HANGIL
LIBRARIUM
NOVAE HUMANITATIS
한길신인문총서 27
한길사

Shakespeare, the Canon of Empire

by Kyung-Won Lee

Published by Hangilsa Publishing Co. Ltd., Korea, 2021

제국의 정전 셰익스피어

'이방인'이 본 '민족시인'의 근대성과 식민성

이경원 지음

HANGIL
LIBRARIUM
NOVAE HUMANITATIS
한길신인문총서 27
한길사

첫 번째 셰익스피어 전집의 속표지

셰익스피어와 같은 극단소속의 배우였던 헤밍스(John Heminges)와 콘델(Henry Condell)은 셰익스피어가 죽은 지 7년이 지난 1623년에 서른여섯 편의 셰익스피어 극작품을 희극, 사극, 비극의 세 장르로 분류하여 2절판으로 출간했다. 이 최초의 셰익스피어 전집에는 열여덟 편의 미출간 극이 포함되어 있다. 편집자 헤밍스와 콘델은 기존의 4절판 작품들은 "도둑질한 가짜 복사본이며, 사악한 협잡꾼들이 사기와 절도로 손상하고 왜곡시킨 것"이라고 주장했는데, 2절판을 출간하며 "이제 그 작품들의 구절을 모두 완벽하게 교정하여 여러분 앞에 내놓습니다"라고 말했다. 하지만 '진짜 셰익스피어'와 '가짜 셰익스피어'을 둘러싼 정본/사본 논쟁은 이후에도 끊이지 않았다. 이 첫 2절판은 750부 가량 출간되었고, 그중 현존하는 235부는 대부분 미국과 영국의 여러 공립도서관과 대학도서관에 소장되어 있다.

셰익스피어 당시 런던의 모습

셰익스피어가 극작가로 활동하던 16세기 말과 17세기 초의 런던은 약 10만 인구의 잉글랜드 수도로서, 상업, 제조업, 무역업, 금융업 같은 초기 자본주의 생산양식이 뿌리를 내리기 시작한 도시였다. 당시 런던은 유럽 대륙뿐만 아니라 아시아와 아프리카 등지의 해외에서 식민지 무역으로 다양한 인종적 배경을 지닌 사람들이 모여든 일종의 다문화 국제도시이기도 했다. 동시에 런던에는 실업자와 걸인이 넘쳐났고 역병과 각종 범죄가 만연했으며, 급격한 팽창에 따른 근대화의 어두운 이면이 드러나고 있었다. 런던의 경제적 동맥이었던 템스강은 오염과 악취가 가득했으며, 런던 시장의 관할권 바깥인 템스강 남안의 서더크 지역은 극장, 주점, 유곽, 놀이터 등의 온갖 유흥시설이 밀집해 있었을뿐더러 공개 처형된 흉악범과 반역자의 머리를 장대에 꽂아 전시하는 공간이었다.

셰익스피어가 태어나고 자라난 생가

셰익스피어는 1564년 런던에서 북서쪽으로 90마일쯤 떨어진 잉글랜드 중남부의 워릭셔주에 소재한 스트랫퍼드 온 에이번에서 장갑 제조공이었던 아버지(John Shakespeare)와 부농 가정 출신 어머니(Mary Arden) 사이에서 셋째로 태어났다. 셰익스피어가 태어날 당시 스트랫퍼드의 주민들은 대부분 양 축산업과 장갑 제조업에 종사했다. 스트랫퍼드는 16세기 후반까지만 해도 200가구 남짓한 조그만 마을이었으나 인클로저 법령 시행 이후 18세기부터 양모산업이 번창하면서 상업과 무역의 중심지로 발전해갔다. 사진 속의 목조건물은 스트랫퍼드에 있던 셰익스피어 아버지의 집으로서, 후대 연구자들이 셰익스피어가 태어나고 자라난 생가로 믿고 있는 곳이다.

세익스피어가 매장된 무덤과 묘비

1616년 쉰두 살의 나이에 사망한 세익스피어의 유해는 고향 스트랫퍼드 온 에이번의 성 삼위일체 교회(Holy Trinity Church) 성단에 안장되었다. 생전에 그가 문구를 작성해놓은 묘비에는 "여기 묻힌 유해가 파헤쳐지지 않기를 예수의 이름으로 비노라. 이 돌무덤을 보존하는 자에게는 축복이 있을 것이며, 나의 유골을 옮기는 자에게는 저주가 있으리라"라고 새겨져 있다. 어떤 비평가는 이 묘비가 아내와의 합장을 원치 않은 세익스피어의 속내를 드러낸다고 해석하기도 한다. 실제로 세익스피어는 혼전 임신한 여덟 살 연상의 해서웨이와 결혼한 후, 런던에서 활동하는 동안 가족과 떨어져 지냈으며, 결혼허가서와 유언장 외에는 세익스피어 부부의 결혼생활을 짐작할 만한 단서를 찾아볼 수 없다. 그의 유언장에는 생전에 축적한 많은 재산을 모두 두 딸에게 상속하고 아내에게는 쓰던 침대 하나만 물려준다고 되어 있다.

런던 레스터 광장의 셰익스피어 동상

셰익스피어가 18세기 중반 이후부터 잉글랜드의 '민족시인'으로 정전화되는 과정에서 가장
눈에 띄는 현상이 잉글랜드 안팎에서 앞다투어 건립한 셰익스피어 동상이었다. 위 사진의 대
리석 동상은 1874년에 이탈리아 조각가 폰타나(Giovanni Fontana)가 웨스트민스터 사원의 경내
에 있던 셰익스피어 동상을 본떠 제작한 것으로, 런던의 레스터 스퀘어 가든 중앙에 설치되어
있다. 받침대 위의 셰익스피어가 펼치고 있는 두루마리에는 『열두 번째 밤』 4막 2장에 나오는
어릿광대 페스티의 "무지 이외의 어둠은 없다"라는 대사가 새겨져 있다.

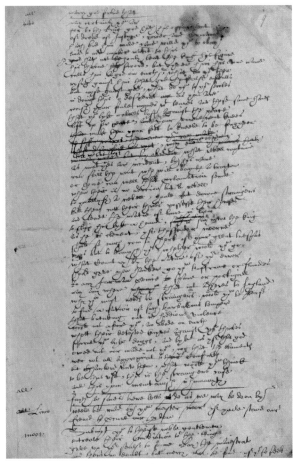

현존하는 셰익스피어의 유일한 육필원고

셰익스피어가 수많은 작품을 남겼음에도 셰익스피어의 육필원고가 오롯이 보존된 작품은 없다. 다만 셰익스피어의 육필원고로 추정되는 파편적 증거는 1596년과 1601년 사이에 먼데이(Anthony Munday)와 체틀(Henry Chettle)이 공저한 『토머스 모어 경』에 담겨 있다. 1871년 영국 문학비평가 심프슨(Richard Simpson)이 이 극 2막에 있는 세 쪽(164행) 분량의 원고에 "Hand D"로 표기된 수정자가 셰익스피어라고 주장한 이후, 여러 학자가 서체, 철자, 문체, 주제, 상징 등의 다방면에 걸친 연구와 논란 끝에 이 부분이 셰익스피어가 쓴 것이라는 결론에 도달했다. 문제가 된 모어의 대사는 문체와 어조로 봐서도 『베니스의 상인』의 재판 장면에서 기독교 사회의 차별에 항의하는 샤일록의 대사를 연상시키는 것이 사실이다.

셰익스피어의 주 무대였던 글로브극장

1599년에 템스강 남안의 서더크에 개장한 글로브극장은 당시 런던에 세워진 여러 공중극장 중의 하나로, 셰익스피어가 소속된 극단의 주 공연장이었다. 최대 수용인원은 약 3,000명이었고 평균 관객 수는 1,200명 정도였는데, 관객의 절반가량은 세 개 층의 관람석을 차지한 귀족과 중산층이었으며, 나머지는 각종 직공, 잡화상, 서기, 선원, 군인, 하인, 매춘부, 유랑민 등으로 구성된 입석 관객(groundlings)이었다. 입석 관객들은 무대 앞의 일명 '구덩이'라는 땅바닥에 빽빽하게 둘러서서 연극을 관람했지만, 그들의 입소문은 연극의 흥행을 좌우했기 때문에 극작가들은 지배 권력의 후원과 검열에 신경 쓰면서도 피지배계층의 취향을 무시할 수 없었다. 글로브극장은 1613년에 화재로 전소되었다가 이듬해 재개장한 후 다시 청교도혁명의 여파로 1644년에 철거되었는데, 아래쪽 사진은 원래 글로브극장이 있던 장소 근처에 최대한 원형에 가깝게 복원하여 1997년에 개장한 글로브극장의 모습이다.

PAPAGALLO, N.º 50   ALLEGORIA SULL' IMPERO INGLESE   Anno. VI.

OMBRE. Progresso e civiltà rigirano il mondo. Molti credano l'Inghilterra una piccola Inivcia, e ben vediamo che e un serpentone.

제국의 양면성을 풍자한 아틀라스 지도

셰익스피어는 잉글랜드의 국가 정체성과 대영제국의 패권 확립 과정에서 중요한 이데올로기적 역할을 한 작가로서, 근대성과 식민성의 상호연관성 혹은 인본주의와 인종주의의 제휴 관계를 잘 드러냈다고 할 수 있다. 위 사진은 이탈리아의 화가이자 디자이너인 그로시(Augusto Grossi)가 1878년에 발표한 영국제국 풍자 지도인데, 오스트레일리아 뉴사우스웨일스의 국립도서관에 소장되어 있다. 천사와 사탄이 서로 반대편에서 대치하고 거대한 뱀이 지구 전체를 휘감고 있는 이 그림은 영국 제국주의의 양면성, 즉 기독교 문명화 사업을 내세운 식민지배 이면에 야만적이고 폭력적인 탐욕이 작동하고 있음을 보여준다.

18세기 셰익스피어 정전화의 주역 개릭

18세기 잉글랜드에서 본격적으로 전개된 셰익스피어 정전화 과정에서 가장 중요한 역할을 한 인물 중의 하나가 개릭(David Garrick)이다. 배우와 극작가로 명성을 쌓은 개릭은 드루어리 레인(Druay Lane)극장의 매니저가 되어 그 극장을 유럽연극계의 최고 명소로 만들었으며, 특히 셰익스피어의 대중적 인기를 확장하는 데 지대한 공헌을 했다. 동시대 문학비평가 존슨(Samuel Johnson)은 개릭의 성공신화를 두고 "그의 직업은 그를 부자로 만들었고, 그는 그 직업을 존귀하게 만들었다"고 평했다. 위의 그림은 18세기 영국 화가 호가스(William Hogarth)가 『리처드 3세』의 주인공 역을 맡은 개릭의 연기 장면을 그린 것이다. 이 장면은 전쟁 전야에 리처드 3세가 자신이 살해한 자들의 유령이 나타나 저주하는 악몽을 꾸고 공포에 질려 있는 모습이다.

백인 무대 최초의 흑인 영웅 오셀로

1603년경에 쓴 『오셀로』에서 셰익스피어는 잉글랜드 연극사 최초로 흑인을 무대 주인공으로 등장시키고, 백인 사회에 진입한 그 '고귀한 야만인'이 어떻게 소외되고 파멸되어 가는지를 세밀하고 심도 있게 묘사했다. 위 사진은 1943년 로브슨(Paul Robeson)과 하겐(Uta Hagen)이 각각 오셀로와 데즈데모나 역을 맡았던 브로드웨이 공연의 한 장면이다. 19세기에도 알드리지(Ira Aldridge)를 비롯하여 오셀로를 연기한 흑인 연극배우가 더러 있었지만, 연극평론가들이 『오셀로』 공연사를 로브슨 이전과 이후로 나눌 만큼 엄청난 인기를 구가하며 로브슨은 20세기 '흑인 오셀로'의 대명사가 되었다.

안토니우스와 클레오파트라의 은화 초상

역사 속의 이집트 여왕 클레오파트라 7세는 마케도니아 왕조의 후손으로, 이집트에서 태어나 이집트 언어를 배우고 사용하였으나 이집트 혈통과는 상관없는 백인이었다. 그런데 셰익스피어는 클레오파트라를 '까무잡잡한 얼굴'을 지닌 '유색인'으로 각색하여 '오리엔트 집시'의 선정성을 부각했다. 위 그림은 기원전 32년경에 로마 제국과 그 속국 이집트의 결속을 다질 목적으로 주조되어 유통되었던 동전에 새겨진 클레오파트라(오른쪽)와 안토니우스(왼쪽)의 초상이다. "클레오파트라의 코가 조금만 짧았다라면 지구 표면이 바뀌었을 것이다"라는 파스칼의 말처럼, 은화 속의 클레오파트라는 좁은 이마, 길쭉한 매부리코, 늘어진 턱선, 큰 입을 가졌으며 당시 유럽인들이 생각하던 미녀의 전형과는 거리가 있었다.

프로스페로가 통치하는 마법의 섬

셰익스피어의 마지막 단독저작 『태풍』의 공간적 배경인 외딴섬은 유럽의 식민지로도 해석할 수 있다. 위 그림은 스위스 화가 푸젤리(Henry Fuseli)가 1786년에 출판업자 보이델(John Boydell)의 셰익스피어 갤러리에 기증한 "프로스페로 암자 앞의 마법의 섬"을 영국의 판화제작자 사이먼(Peter Simon)이 동판화로 제작한 것이다. 여기서 대치하고 있는 마법사 프로스페로와 그의 노예 캘리반은 각각 식민지 지배자와 피지배자, 둘 사이에 떠 있는 정령 에어리얼은 식민지배의 하수인, 프로스페로 뒤쪽의 미랜더는 '야만인'의 침투와 '잡혼'의 위험에서 보호해야 할 백인 여성을 상징한다. 이 그림을 책 표지에 넣은 이유는 탈식민주의 시각에서 프로스페로와 캘리반을 제국주의적 억압의 주체와 이에 맞서는 비서구의 저항 주체로 해석할 수 있기 때문이다.

내 삶의 버팀목이신 하나님과
그가 내게 보내주신 경숙에게
이 책을 바친다

그들의 보물이 내겐 애물이 된 셰익스피어

• 들어가는 말

"영문도 모르고 영문학 합니다." 전공이 뭐냐는 질문을 받을 때, 나도 모르게 종종 내뱉는 우스갯소리다. 셰익스피어(William Shakespeare)를 공부한 연유도 마찬가지다. 어쩌다 대학강의실에서 셰익스피어와 마주친 이후 그와의 질긴 인연은 30년 넘도록 계속되고 있다. 그런데도 나는 "왜 셰익스피어인가?"라는 현문(賢問)에 우답(愚答)을 찾으려고 여전히 헤매고 있다. '원어민'이 아닌 '원주민'인 나에게 영어가 그랬던 것처럼, 셰익스피어는 늘 낯설고 버겁다. 나는 그저 '본토' 편집자들의 불친절한 각주와 '정통' 비평가들의 에두른 해석에 의존하면서, 그리고 선배 영문학자들의 노고가 담긴 한글번역본들과 대조하면서, 셰익스피어가 휘갈겨놓은 16세기 영어를 해독하기에 급급하다. 그 정교한 언어의 조탁, 현란한 재담과 농익은 해학, 미묘한 행간의 함의를 즐기기엔 역부족이다. 내게 직업을 선사해준 셰익스피어는 어느새 짐이 되어버렸다.

그래서인지 애당초 내 관심은 셰익스피어가 어떻게 말하느냐보다 무엇을 말하느냐에 있었다. 이 책 역시 셰익스피어의 언어적 형식이나 미학적 가치에는 별로 관심이 없다. 『제국의 정전 셰익스피어』라는 제목이 말하듯이, 이 책은 셰익스피어의 역사성과 정치성에 주목한다. 나는 셰익스피어가 시공을 초월한 '인류 공통의 자산'임을 부정하지 않는다. 셰익스피어를 접할수록 인간에 대한 그의 혜안에 탄복하지 않을 수 없다. 인간 내면의 온갖 속된 욕망을 들추어내고 개인의 고통을 통해 역사의 흐름을 읽어내는 그의 능력은 대단하다. 나는 다만 이 책에서 바로 그 셰익스피어, '인간성의 창조자'이자 '영문학의 태두'로 추앙받는 그 셰익스피어가 인종주의나 제국주의 같은 정치 이데올로기에 연루되었다는 것을 논증하려고 한다.

영국의 시사주간지 『이코노미스트』는 2015년 7월 18일 칼럼 「부드럽게 작용하다」("Softly Does It")에서 명예혁명, 영국 신사, 셰익스피어 등을 국가 이미지 제고에 기여한 문화유산으로 거론하면서, 특히 셰익스피어를 영국의 가장 중요한 소프트파워로 지목한 바 있다. 그러한 영국 중심적인 평가는 셰익스피어가 쇠락한 제국의 향수를 자극할 뿐 아니라 21세기 다원주의 세계에서도 변함없이 영향력을 발휘하고 있음을 확인시켜준다. 영국인들이 셰익스피어의 위상을 근대 민주주의의 모태로 자부하는 명예혁명에 비견하는 것은 감상에 젖은 과장만은 아니다. 런던의 그리니치 천문대가 세계 표준시의 기준점으로 채택된 그 시기에, 셰익스피어는 유니언잭이 펄럭이는 지구 방방곡곡에서 '야만인'과 '미개인'을 계몽하는 문명의 선교사로 복무하고 있었다. 지금도 그리니치 본초자오선에 맞춰 전 세계의 시간이 정해지는 것처럼, 셰익스피어는 여전히 세계문학 지형도의 꼭대기에 앉아 동서고금을 아우르는 문학의 가치와 규범을 제정하고 있다.

이처럼 엄청난 권위를 지닌 셰익스피어에게 내가 감히 시비를 거는 이유는 그의 문학적 성취에 가려진 그의 미심쩍은 정치적 입장을 점검하기 위해서다. 물론 20세기 후반부터 페미니즘과 탈식민주의를

비롯한 다양한 비평이론이 문학해석에 개입하면서 셰익스피어 예찬
과 숭배의 열기가 예전 같지는 않지만, 셰익스피어를 정치 이데올로
기에 초연한 작가 혹은 나름의 균형감각을 유지한 작가로 보려는 연
구 경향은 좀처럼 수그러들지 않는다. 탈식민주의 시각에 바탕을 둔
나의 '편향된' 판단에는, 셰익스피어의 정치적 편향성에 대한 국내
영문학계의 성찰이 좀 미흡하다. 몇 해 전에 법학자 박홍규 교수가
『셰익스피어는 제국주의자다』에서 보편타당성을 전제한 셰익스피
어 해석의 전통에 일격을 가했지만, 그의 거침없는 발언은 '비전문
가'의 단상쯤으로 치부되고 말았다. 나는 당시에 그 문제 제기가 학
계 내부의 진지하고 치열한 논쟁으로 이어지지 못한 것이 아쉬웠다.

　우리 시대를 대표하는 마르크스주의 문학비평가 제임슨(Fredric
Jameson)은 『정치적 무의식』의 서두에서 "우리의 연구대상은 텍스
트 자체가 아니라 우리가 텍스트를 대면하고 이해하는 방식으로서
의 해석이다"라고 지적한 바 있다. 돌이켜 생각하면, 이 책을 기획하
게 된 연유도 한국 독자들이 셰익스피어를 대면하고 이해하는 방식
에 약간의 수정을 가하고 싶었기 때문이다. 한때 나도 그러했지만,
셰익스피어를 대하는 대다수 '영문학도'는 으레 경의와 찬탄을 표할
마음의 준비가 되어 있다. 셰익스피어가 발산하는 독특한 아우라 앞
에서 우리 스스로 비판의 칼날을 거두는 것이다. 그래서 나는 수업시
간에 간혹 학생들로부터 셰익스피어는 '텍스트를 읽는 즐거움'이나
'순수한 문학적 감동'을 주지 못하는 형편없는 성차별주의자에 불과
하다는 식의 반응을 접하면 당혹스러우면서도 왠지 기분이 나쁘지
않다. 문학작품의 가치를 평가할 때 심미성과 정치성을 동시에 고려
해야 한다는 내 지론을 뒷받침해주는 것처럼 들리기 때문이다.

　왜 셰익스피어인가? 하고많은 작가 중에 왜 셰익스피어가 잉글랜
드의 '민족시인'이 되고 동서고금을 아우르는 세계문학의 '시금석'

이 되었는가? 이 책은 이 질문에 대한 나름의 답변이다. 이 책에서 논증하는 것은 셰익스피어가 재현한 근대성과 식민성 혹은 인본주의와 인종주의의 상호연관성이다. 셰익스피어는 인간의 '인간다움'을 규명하려고 '인간답지 못한' 인간들을 연극무대에 끌어들였고, 백인 주류사회의 모순을 조명하기 위해 '이방인'과 '유색인'을 결핍된 존재로 묘사했다. 그러한 자기 창출과 성찰의 작업은 잉글랜드의 국가 정체성 확립과 앵글로색슨 제국의 패권 구축에 불가결한 이데올로기적 토대를 제공했으며 영국-미국 제국주의 역사 속에서 그가 최고의 정전으로 등극했다는 것, 이것이 책의 핵심논지다. 이는 보편과 객관으로 포장된 셰익스피어의 신화적 권위에 균열을 가하고, 미학적 양가성에 가려진 셰익스피어의 정치적 편향성을 밝히며, '그들'의 정전 셰익스피어를 '우리'의 시각으로 다시 읽어보는 작업이다.

이 책에서 내가 가장 많이 의존하는 분석 틀은 파농(Frantz Fanon), 사이드(Edward W. Said), 바바(Homi K. Bhabha)로 대표되는 탈식민주의 이론이며, 내가 자주 인용하는 학자들은 블룸(Harold Bloom), 테일러(Gary Taylor), 돕슨(Michael Dobson), 그린블랫(Stephen Greenblatt), 룸바(Ania Loomba), 응구기(Ngũgĩ wa Thiong'o)다. 이들의 이름을 열거하는 이유는 책의 구성과 논지를 대변하기 때문이다. 무엇보다도 파농, 사이드, 바바는 책 전체의 이정표라고 할 수 있다. 이들이 정초한 탈식민주의 이론은 내가 셰익스피어와의 힘겨운 씨름을 위해 움켜잡은 살바이자, '프로스페로의 책'을 재해석하는 데 필요한 '캘리반의 눈'이다. 사실, 이 세 인물은 내가 셰익스피어를 비롯한 영문학을 배우고 가르치면서 '이방인'으로서 느낀 이질감과 좌절감에도 불구하고 영문학자의 길을 계속 걷게 해준 기틀이라고 해도 과언이 아니다.

서론에서는 셰익스피어가 위대한(또는 위대해진) 이유를 두 가지

다른 시각에서 분석한다. 20세기 후반을 휩쓴 '이론의 홍수' 속에서 형식주의 미학과 서구·백인·남성 중심적 영문학의 대변인 역할을 자임한 블룸은 셰익스피어의 독보적인 위대함이 원래 텍스트 '안'에 내재한다고 역설하면서, 그 근거로 셰익스피어만의 독창성, 보편성, 객관성, 양가성을 내세웠다. 반면에 당시 영문학의 이단아로 여겨졌던 테일러와 돕슨은 셰익스피어의 신화는 텍스트 '밖'의 정치적 필요와 이데올로기적 압력 덕분에 후대에 만들어진 전통이라고 주장했다.

서론인 1부('셰익스피어 신화의 재해석')에서는 이들의 상반된 입장을 병치해 소개하고, 셰익스피어의 명망은 한 작가의 천부적인 재능에서 비롯된 것이기도 하지만 동시에 그를 둘러싼 외부 환경에 힘입은 바 크다는 것을 논증하려고 한다. 즉 셰익스피어가 잉글랜드의 '민족시인'으로 자리 잡고 더 나아가서 세계문학의 '시금석'으로 등극하는 과정에서, 셰익스피어의 '정전성'과 '정전화'는 불가분의 관계가 있었음을 밝히려고 한다. 그리고 르네상스 시대의 문화적 산물인 셰익스피어를 18세기 이후에 본격적으로 전개된 인종주의·제국주의 담론과 연결짓는 작업이 과도한 '현재주의'의 오류를 범하지 않는지, 탈식민주의 이론을 끌어들여서 셰익스피어를 '제국의 정전'으로 접근하는 것이 왜 필요하고 또한 어떻게 정당화될 수 있는지도 면밀하게 검토할 것이다.

본론은 세 부분으로 구성되어 있다. 2부('셰익스피어가 진단한 근대성의 징후')에서는 먼저 셰익스피어의 대표 명작이라고 할 수 있는 『햄릿』과 『리어왕』이 르네상스라는 역사적 전환기의 갈등과 혼란을 어떻게 극화하는지를 집중 분석한 후, 중세의 기독교적 봉건체제를 떠받치던 세계관이 세속적 근대성의 물결 속에서 허물어지는 양상을 언어, 종교, 젠더, 계급 등의 층위에서 주제별로 점검해나갈 것이다. 이 과정에서 신역사주의 비평가 그린블랫의 저서들은 셰익스피어의 역사성과 정치성을 규명하는 데 유용한 참고서가 된다.

3부('셰익스피어가 창조한 로마와 잉글랜드')에서는 셰익스피어의 잉글랜드 사극과 로마 비극이 동시대 민족주의와 제국주의 담론을 반영하고 또한 창조한 방식을 조명해보려고 한다. 로마는 셰익스피어 시대의 잉글랜드가 꿈꾸던 위대한 제국의 원형이었다는 전제하에, 셰익스피어가 스토아철학의 핵심개념이었던 '불변성'과 그것의 사회정치적 덕목이었던 '남성성'을 경첩으로 삼아 잉글랜드의 국가 정체성을 만들어가는 방식을 살펴볼 것이다. 특히 '플루타르크 3부작'으로 분류되는 『줄리어스 시저』 『코리얼레이너스』 『안토니와 클레오파트라』에서 로마 영웅들이 펼치는 '남성성'의 경연을 비교 분석하면서, 가부장적 제국주의를 떠받치는 담론을 셰익스피어가 어떻게 변주하고 전유하는지를 고찰하려고 한다. 마지막 장에서는 잉글랜드의 민족주의·제국주의 야망을 판타지 형식으로 구현한 후기 로맨스 『심벌린』을 로마와 잉글랜드의 유비 관계를 완결하는 작품으로 읽어볼 것이다.

이 책의 핵심논지를 담은 4부('셰익스피어의 인종적 타자와 식민담론')에서는 셰익스피어가 인종주의, 식민주의, 제국주의, 오리엔탈리즘 같은 지배 이데올로기와 교섭하는 방식을 탈식민주의 시각에서 작품과 인물별로 분석한다. 여기서 상론하는 작품은 『베니스의 상인』 『타이터스 안드로니커스』 『오셀로』 『안토니와 클레오파트라』 『태풍』인데, 분석의 초점은 셰익스피어가 창조한 다양한 인종적·문화적 타자들에 맞추어져 있다. 이를테면, 백인 기독교 공동체 '내부의 타자'로서 주류사회의 모순을 드러내는 유대인 부녀 샤일록과 제시카, 그 공동체에 침투해 '잡혼'의 불안을 야기하는 '야만스러운 무어' 애런과 '고귀한 무어' 오셀로, 이국적 관능미와 풍요로움으로 제국의 담론질서를 교란하는 '동양 요부' 클리오파트라, '배워서 욕하는' 전략으로 식민권력에 균열을 가하는 '비천한 미개인' 캘리반 등의 행적을 따라가면서, 이들을 둘러싸고 전개되는 차별과 억압 혹은 배제와 포섭의 드라마가 어떤 이데올로기적 효과를 가져오는지를 살펴보려고 한다.

이와 아울러 4부에서는 셰익스피어 작품에서 인종 문제가 계급, 젠더, 섹슈얼리티, 종교 등의 여타 심급과 어떻게 맞물려 있는지, 셰익스피어가 '유색인'을 향한 당시의 사회정서를 승인하는지 아니면 초극하는지, 블룸을 비롯한 허다한 서구 비평가들이 강조한 '셰익스피어만의 차이' 즉 셰익스피어 특유의 양가성이나 가치중립성이 인종적 타자의 재현에도 해당하는지를 점검할 것이다. 이러한 시도는 비서구 독자의 관점에서 셰익스피어 재해석의 지평을 확장한 룸바가 말했듯이, '그들의 셰익스피어'를 우리 시대에 어떻게 읽어야 할지를 비판적으로 검토하는 작업이기도 하다.

결론인 5부('정전의 조건과 제국의 전략')에서는 서론에서 제기한 셰익스피어의 정전성과 정전화의 상호작용을 재확인하면서, 본론 전반부와 후반부에서 상술한 셰익스피어의 근대성과 식민성 사이의 연관성을 제국주의 역사의 맥락에서 논증하려고 한다. 여기서 나는 몇 가지 질문을 던져놓고 독자들과 함께 고민해보고 싶다. 하고많은 작가 중에 왜 셰익스피어가 잉글랜드의 '민족시인'으로 등극했는가? 세계문학의 지형도에서 왜 셰익스피어가 가장 꼭대기에 굳건하게 자리를 잡았는가? 문화다원주의 표어가 범람하는 우리 시대에도 왜 셰익스피어는 여전히 문화제국주의의 포교사로 활약하고 있는가? 만약 셰익스피어가 영국·미국·서구의 패권을 재생산하는 데 복무하는 '제국의 정전'이라면, 왜 우리는 당당하게 그를 거부하거나 폐기하지 못하는가? 산뜻한 답을 찾기 힘든 질문들이지만, 그렇다고 마음 편히 건너뛸 수도 없다. 특히 마지막 질문은 내게 가장 버거운 주제인 바, 한때 아프리카 '변방'에서 영어와 영문과 폐지론을 주창했던 응구기를 통해 답을 찾아보려고 한다.

응구기 교수는 2016년에 박경리문학상 수상자로 한국에 왔을 때 알게 되었고, 내가 작년에 캘리포니아대학(UC Irvine) 방문 교수로 갔을 때도 많은 도움을 주었다. 이 책의 결론을 그의 주장으로 마무리하는 이유는 개인적 교분 때문이 아니라 같은 '이방인'으로서 서구 문화제국주의 문제를 놓고 공유해온 비판의식 때문이다. 그는 '정신의 탈식민화'와 '중심의 이동'을 전제하는 세계문학이 서구중심주의에 기초한 제국주의와 결코 양립할 수 없음을 거듭 역설해왔다. 서구 문학과 비서구 문학 사이의 위계질서 대신 생산적인 갈등을 강조하는 응구기의 세계문학론은 내가 왜 '그들의 셰익스피어'를 붙잡고 있는지에 대해 나름의 변명거리를 제공해주었다. 물론 그것이 유일한 정답은 아니지만.[1]

탈고하고 나면 홀가분해야 하는데, 이 책은 전혀 그렇지 못하다. 셰익스피어의 숲속에서 길을 잃고 헤매다가 그나마 서둘러 빠져나올 수 있었던 것은 한국연구재단의 마감기한 덕분이다. 하지만 뒷맛이 영 찝찔하다. 『한여름 밤의 꿈』에서 젊은 연인들이 마법에 홀려 엉뚱한 상대를 쫓아다녔듯이, 『헛소동』의 남녀주인공들이 세간의 평판에 휘둘려 사랑에 빠지고 풍문 때문에 괜한 야단법석을 떨었듯이, 나도 셰익스피어라는 주술사의 평판과 풍문을 따라 한바탕 '헛소동'을 벌이고 난 기분이 마치 몽롱하고 덧없는 '한여름 밤의 꿈'에서 깨어난 듯하다. 셰익스피어에 관한 '큰 그림'을 그리면서 동시에 '세부사항'

---

1) 이에 관한 상세한 논의는 필자와 응구기 교수의 대담을 실은 「문제는 여전히 제국주의다: 탈식민주의 작가 응구기 와 시옹오가 바라보는 세계문학의 지평」, 『작가세계』 111호(2016년 겨울), 390-406쪽을 참고할 것.

도 꼼꼼히 짚어보겠다는 욕심으로 중언부언(重言復言)하다 결국 이도 저도 아니면서 두께만 늘어난 책이 되고 말았다. 독자들의 따가운 비판이 벌써 두려워진다.

　그동안 마음의 빚을 진 분들에게 고마운 마음을 전하고 싶다. 우선, 이상섭 선생님, 이성일 선생님, 최종철 선생님의 셰익스피어 강의와 번역은 이 책의 자양분이 되었고, 임철규 선생님의 『눈의 역사 눈의 미학』과 『고전: 인간의 계보학』은 셰익스피어의 근대성을 조명하는 데 불가결한 길잡이가 되었다. 팔순이 훌쩍 지났음에도 도서관 한 모퉁이에서 '또 다른 마지막 책'을 집필 중이신 임철규 선생님은 후학(後學)을 부끄럽게 만드는 사표(師表)이자 내가 흉내조차 낼 수 없는 우리 시대의 선비다. 학부 시절 그의 수업시간에 까불다가 쫓겨나고 대학원 시절에는 그의 연구실에서 태만하고 탈 많은 조교로 나날을 보내었던 내가, 지금 바로 그 연구실에서 그가 쓰시던 책상에 앉아 이 책의 머리말을 쓰고 있는 모습은 '아이러니'라는 단어 말고는 설명하기가 힘들다. 예나 지금이나 내가 그의 제자임이 자랑스럽고 또한 송구스럽다.

　내게는 제자들이 은사님들 못지않게 고마운 존재다. 내가 셰익스피어와 탈식민주의 강의를 하면서 만난 학부생들과 대학원생들은 학술지에서 구하기 힘든 신선하고 기발한 아이디어를 던져주었다. 이들과 수업시간에 주고받은 토론뿐만 아니라, 내가 충족시킬 수 없었던 이들의 지적인 갈증, 이들과 나누었던 장외(場外) 대화와 정서적 교감, 이들이 아르바이트해서 마련한 비싼 등록금이 내 교수직과 이 책의 밑거름이 되었음을 인정하지 않을 수 없다. 언젠가 비교문학과 대학원 행사를 마치고 가진 뒤풀이 자리에서 어느 학생이 나한테 느닷없는 질문을 한 적이 있다. "선생님은 꿈이 뭐예요?" 나는 대답이 궁해서 얼버무리고 말았다. 당시엔 내 삶이 워낙 복잡하고 고단해서 삶의 목표가 흐릿했던 것 같다. 지금 내가 같은 질문을 받는다면 이렇게 대답하고 싶다. "나를 이 자리에 있게 해준 학생들의 기억에 '괜찮은 선생'으로 남는 것"이라고.

어느새 나도 정년이 멀지 않은 '원로교수'가 되었다. 꿈보다 추억을 먹고 살 때라 그런지, 팬데믹 사태로 만남의 즐거움이 없어진 탓인지, 요즘은 생각나는 얼굴들이 부쩍 많아졌다. 그중에서도 '백양로 프로젝트'에 반대하여 도서관 앞 천막에서 함께 밤을 지새웠던 '연사모' 동지들, 개인정보보호법보다 대학의 자율성을 더 중시했던 '연세 포럼' 회원들, 한마음으로 인문학의 르네상스를 꿈꾸었던 문과대 동료들과 행정실 식구들이 무척 보고 싶다. 내 모자람을 눈감아주고 채워주신 이분들 덕분에 나는 교수직의 보람을 찾을 수 있었다. 소속학과에도 참 고마운 동료들이 많은데, 특히 탈식민주의를 동문수학(同門修學)한 이석구 교수에게 큰 빚을 졌다. 같은 학과, 같은 동아리, 같은 하숙집에서 시작된 우리의 만남은, 같은 대학에 유학해서 같은 날에 같은 지도교수에게 학위논문 심사를 받아 같은 날에 전임교수가 되고 두 차례 안식년도 같은 대학으로 가는 기이한 인연으로 이어졌다. 그와의 동행은 늘 즐겁고 든든했다.

탈식민주의를 주제로 한 내 연구물을 연이어 출간해주시는 한길사 김언호 대표님과 흠투성이 원고를 정제해주신 편집부 김지수 선생님께도 진심으로 감사드린다. 학문적 양심과 자유의 보루여야 할 대학마저 자본과 권력에 예속되어 가는 상황에서, '인문학의 위기'에 굴하지 않고 인문학 도서를 계속 펴내고 있는 한길사에 경의와 감사를 표한다. 마음 같아선 『해리포터』 같은 대박 도서로 손실보전을 해드리고 싶은데, 또다시 이렇게 돈 안 되는(실은, 돈이 많이 드는) 두꺼운 책을 들이밀어서 미안할 따름이다. 출판사 이름처럼 한길사가 인문학 부흥을 위해 우직하게 걸어가는 '하나의 길'이 한국의 지성계와 사회풍토를 주도하는 '큰길'로 이어지기를 소망한다.

내 가족들 또한 빼놓을 수 없는 은인이다. 역병이 창궐하던 캘리포니아에서 신나는 안식년 대신 불안하고 무료한 '감금' 생활을 함께하며 이 책의 집필을 독려해준 아내 경숙, 한때는 내 등골을 휘게 하는 '돈 먹는 하마들'이었지만 이제는 우리 노부부를 챙기느라 어깨가 무거워진 지은, 진이, 건이, 택건, 그리고 '아버님'과 '할아비'라는 새로운 호칭으로 내 삶을 윤택하게 해주는 정이, 주민, 수연, 하진, 지후, 이들 모두에게 평소에 표현하지 못한 사랑과 고마움을 고백한다. 나는 사랑을 주고받은 사람들에게 채권보다 채무가 훨씬 많은 사람이다. 내가 갚지 못하는 이 부채를 하나님이 대신 상환해주시길 기도한다.

2021년 8월, 외솔관 401호실에서
이경원

제국의 정전 셰익스피어

제4부 셰익스피어의 인종적 타자와 식민담론

제1부
셰익스피어 신화의 재해석

제1장 셰익스피어의 정전성과 정전화

"셰익스피어는 오로지 영국-미국 제국주의
덕분에 위대해진 것은 아니지만,
그 역사적 배경이 없었더라면
오늘의 셰익스피어도 없었을 것이다."

1 정전의 중심, 셰익스피어

한 세기를 풍미했던 형식주의 문학비평이 내리막길에 접어들었을 무렵, 당대의 저명 영문학자 블룸은 그 기울어지는 전통의 대변인 역할을 자임하고 나선다. 1994년에 출간된 『서구의 정전』에서 블룸은 중세부터 현대까지 스물여섯 명의 서구 작가들을 정전(正典, the Canon)에 포함하고 그 "정전의 중심"에 셰익스피어를 갖다 놓는다. 셰익스피어는 단순히 정전작가가 아니라 "정전 그 자체인 바, 그는 문학의 기준과 한계를 설정한다"라고 선언한 블룸은, 자신이 말하는 문학이 유럽중심주의적 서구문학이 아니라 동서고금을 아우르는 세계문학이라고 덧붙인다.[1] 셰익스피어는 시대와 지역의 차이를 뛰어넘어 모든 문학의 우열을 판별하는 시금석이라는 것이다. 블룸이 보기에, 셰익스피어가 여타 작가들과 "질적으로 다른" 이유는 아름답

---

1) Harold Bloom, *The West Canon: The Books and School of the Ages*, New York: Hartcourt Brace & Company, 1994, p.50.

고 현란한 언어능력보다 오묘하고 복잡한 인간성에 대한 예리한 통찰력에 있으며, 이 발군의 혜안은 셰익스피어 이전에도 이후에도 발현된 적이 없을뿐더러 누구도 흉내 낼 수 없는 셰익스피어만의 형질이다. 말하자면, 셰익스피어는 블룸 자신이 모든 작가의 숙명으로 간주한 "영향에의 불안감"에도 영향을 받지 않는 초월적인 존재다.

셰익스피어가 초월적인 작가라는 블룸의 주장은 영향을 주고받는 상호텍스트성의 전통에 예속되지 않는 동시에 특정 계층이나 집단의 이해관계를 대변하지 않는다는 것을 의미한다. 남녀노소와 빈부귀천을 불문하고 모두가 셰익스피어를 사랑하는 이유가 바로 여기에 있다. 블룸에게 이 보편성은 "셰익스피어의 수수께끼"다. 왜냐하면 "셰익스피어의 보편성이라는 기적은 우발성의 초월로만 획득될 수 없기" 때문이다. 예를 들어, 『맥베스』와 『리어왕』을 각색한 구로사와 아키라의 영화는 문화 번역가로서의 일본 감독의 손길이 완연한 텍스트인 동시에 셰익스피어 특유의 색깔과 흔적이 오롯이 남아있는 텍스트다.

셰익스피어의 보편성은 언어와 문화의 장벽을 뛰어넘어 오래도록 전해지고 변덕스러운 세월의 테스트도 견뎌내는 생명력을 지녔다고 감탄하는 블룸은 이 불가사의하고 모순적인 기현상을 "셰익스피어만의 또는 셰익스피어다운 차이"(the Shakespearean difference)라고 명명한다. 르네상스 이후 20세기에 이르기까지 허다한 비평가들이 셰익스피어의 명성에 시비를 걸어왔지만, 블룸의 눈에는 그것이 셰익스피어의 천재성을 인정하는 다양한 방식일 뿐이다.[2] 셰익스피어의 초월적 위대함이 결코 논쟁거리가 될 수 없다고 믿는 블룸은 『서구의 정전』을 이렇게 마무리한다. "만약 내가 무인도로 떠나야 하는

---

2) 같은 책, pp.62-63.

상황에서 단 한 권의 책만 갖고 가라면 그것은 셰익스피어 전집이고, 두 권을 선택하라면 셰익스피어와 성서이며, 세 번째 책부터는 생각이 복잡해진다."[3]

셰익스피어를 향한 블룸의 경의와 찬탄은 그의 후속 저서 『셰익스피어: 인간성의 창조』에서도 그칠 줄 모른다. 745쪽에 달하는 이 방대한 야심작에서 블룸은 셰익스피어가 왜 정전의 중심인지를 구체적인 작품분석을 통해 입증하려고 한다. 여기서도 블룸이 셰익스피어의 예외적인 위대함을 주장하는 근거는 다르지 않다. 그것은 셰익스피어의 독창성, 보편성, 중립성이다. 햄릿, 폴스타프, 클리오파트라, 샤일록 같은 "셰익스피어의 발명품"은 "새로운 인간성의 창조"라고 할 만큼 독창적이고 독보적인 업적으로서, 동서고금을 막론하고 그 어떤 철학자도 상상하지 못한 인간성의 심연을 재현했다는 것이다. 일찍이 괴테(Johann Wolfgang von Goethe)는 셰익스피어의 위대함을 인간성을 충실히 모방한 데서 찾았지만, 블룸은 한 걸음 더 나아가 셰익스피어를 인간성의 창조자로 규정하고 셰익스피어 이후의 모든 문학은 아무리 위대하더라도 셰익스피어가 창조한 인간성의 원형을 모방하는 것에 불과하다고 주장한다.[4]

블룸은 셰익스피어의 창의적 상상력에 보편성의 외피를 걸치게 하여 셰익스피어의 신화를 완성한다. 셰익스피어가 창조한 인간형은 계급, 젠더, 인종, 국가, 종교, 언어의 차이에 상관없이 만인이 공감하게 마련인데, 그 이유는 셰익스피어가 정치적으로 편향되지 않고 항상 균형감각을 견지하기 때문이라는 것이다. 더구나 특수와 보편을 완벽하게 조화시키는 셰익스피어의 상상력은 아무리 훌륭한 공

---

3) 같은 책, p.525.

4) Harold Bloom, *Shakespeare: The Invention of the Human*, New York: Riverhead Books, 1998, p.6.

연도, 아무리 예리하고 탄탄한 학술적 분석도 완전히 해독할 수 없는 텍스트의 "남겨진 과잉, 즉 잉여"로 존재한다. 따라서 모든 독자와 관객은 "경탄, 감사, 충격, 외경"으로 셰익스피어를 마주해야 한다는 것이 블룸의 결론이다.[5] 이쯤 되면 셰익스피어는 이데올로기보다 더 무섭다는 종교가 된다. 셰익스피어야말로 유일무이한 "현세의 신"이며 그의 작품은 "세속의 성서"라는 반어법이 말하듯이,[6] 블룸의 셰익스피어 숭배(Bardolatry)는 자신이 거듭 강조하는 '문학'의 경계를 넘어선다.

2 형식주의 미학과 보수주의

그런데 블룸의 두 저서에서 유난히 눈길을 끄는 것은 이론에 대한 알레르기 반응이다. 블룸에게 이론은 좁은 의미에서의 이데올로기, 즉 특정 계층이나 집단의 이해관계를 대변하려는 목적으로 현실을 왜곡하는 '허위의식'이다. 당시의 대표적 이론이었던 페미니즘, 마르크스주의, 라캉주의, 신역사주의, 해체론, 기호학에 "울분의 학파"(the School of Resentment)라는 딱지를 붙인 블룸은 이론의 폐해를 강력하게 규탄한다. 셰익스피어의 핵심적인 덕목 가운데 하나로 "사심 없음" 내지는 "이데올로기로부터의 자유로움"을 꼽는 블룸으로서는 문학을 일종의 이데올로기적 구성물이자 사회적 갈등과 변화의 추동력이 발현되는 공간으로 접근하는 "울분의 학파"가 마뜩찮은 것은 당연하다. 그런데 정작 울분에 찬 사람은 블룸 자신이기라도

---

5) 같은 책, pp.718-719.
6) 같은 책, p.3.

하듯 그의 어투에는 이론에 대한 회의나 거부감을 넘어 경멸과 적개심이 가득 배어 있다. 이유인즉슨 이론은 문학의 무한한 상상력을 편협하고 경직된 틀에 가두고 셰익스피어 같은 위대한 정전을 "오로지 계급, 인종, 젠더, 민족적 이해관계의 산물"로 파악한다는 것이다. 심지어 블룸은 이론이 인기를 끄는 비결은 이론으로 문학에 접근할 경우 문학을 생산하고 이해하는 지식이나 기술의 수준이 낮아도 괜찮다는 "저속한 환상" 때문이라는 발언도 마지않는다.[7]

여기서 한 가지 흥미로운 의문이 생긴다. 너무나 오랫동안 너무나 당연하게 여겼던 셰익스피어의 위대함을 블룸이 아무런 완곡어법 없이 이토록 직설적으로 강변한 배경이 무엇일까? 왜 블룸은 저명학자로서의 모든 예의와 자존심을 접고 이렇게 원색적인 발언을 쏟아 내었을까?

돌이켜 보면, 이론에 대한 블룸의 반감과 경멸은 기득권 상실에 따른 불안감의 표현이었다. 블룸이 『서구의 정전』과 『셰익스피어: 인간성의 창조』를 펴낸 1980-90년대는 이른바 '포스트' 담론의 시대로서, 포스트모더니즘을 위시한 여러 이론이 서구 근대성의 이분법적 논리에 의문을 제기하고 그 이분법이 견고하게 떠받쳐왔던 유럽·백인·남성중심주의에 균열을 내고 있었다. 그 파급효과가 가장 두드러진 분야가 영문학이었던 바, 문학의 자율성과 보편성을 표방하며 문학연구의 지배적 패러다임으로 군림해왔던 형식주의 전통이 문학의 역사성과 정치성에 주목하는 이론의 도전으로 특권적 지위를 잃어가던 때가 바로 이 무렵이다. 주체/타자 또는 중심/주변의 위계를 전복하는 기획이 문학의 안/밖 내지는 정전/비정전의 경계선을 해체하는 작업으로 이어진 것이다. '포스트' 담론의 물결은 여태껏 억압당

---

7) Harold Bloom, 앞의 책, *The Western Canon*, p.527.

해온 타자와 소수자에게는 새로운 사유의 지평을 여는 인식론적 혁명이었지만 반대쪽 입장에서는 혼돈과 무질서였다. 블룸은 후자에 속했고, 그의 두 노작(勞作)은 영토주의적 위기의식을 에둘러 표현한 것이었다.

블룸이 옹호하려던 것은 결국 셰익스피어의 신화요 셰익스피어가 대표하는 영문학이다. 더 엄밀히 말하면, 블룸은 셰익스피어의 신화에 빗대어 구축된 형식주의 문학해석의 전통을 옹호한 셈이다. 형식주의는 문자 그대로 문학의 내용보다 형식을 중시하는 경향을 지칭하지만 실제로는 문학과 문학 아닌 것과의 경계를 설정하고 문학과 사회의 상호작용을 부정한 점에서 문학의 내용에도 관심을 기울였던 것이 사실이다. 그 관심이 정치적 무관심으로 표명되었기에 미학적 형식주의는 자연스럽게(사실은, 필연적으로) 정치적 보수주의와 결탁할 수밖에 없었다. 이는 90년대에 '포스트' 담론이 대두하기 전까지 국내외 제도권 인문학에서 목격한 현상이다. 제임슨은 『정치적 무의식』에서 "공적인 것과 사적인 것, 사회적인 것과 심리적인 것, 정치적인 것과 문학적인 것, 역사나 사회와 '개인적인 것' 사이의 구조적·경험적·개념적 간극을 공고하게 하는 구분"은 "동시대 삶의 사물화와 사유화의 징후이자 강화"이며 "개인 주체로서의 우리의 존재를 불구로 만들고 시간과 변화에 대한 우리의 사유를 마비시킨다"라고 꼬집은 바 있다.[8]

형식주의가 그토록 오랫동안 확고한 전통으로 자리 잡을 수 있었던 데는 인본주의(humanism)의 영향이 한몫했다. 인본주의는 르네상스 이후 전개된 자본주의 근대성의 철학적 토대였지만, '보편적

---

8) Fredric Jameson, *The Political Unconsciousness: Narrative as a Socially Symbolic Act*, Ithaca: Cornell University Press, 1981, p.20.

인간'의 해방을 지향한 인본주의의 가치가 보편타당했다고 볼 수는 없다. 인본주의에서 강조하는 '인간'의 범주가 백인 중산층 남성으로 제한되어 있었기 때문이다. 중세 봉건체제를 무너뜨리고 부르주아 시민혁명을 뒷받침했던 인본주의가 누구에겐 계몽과 해방의 이데올로기였으나 다른 누구에게는 배제와 억압의 이데올로기였다. 가부장제, 자본주의, 식민주의, 인종주의 같은 지배 이데올로기에 알리바이를 제공한 인본주의와 이데올로기적 친연성이 가장 뚜렷했던 방법론이 형식주의다.

인본주의가 '생각하는 주체'의 합리적 이성을 특권화하며 인간/비인간의 단층선을 변주하고 재생산한 것처럼, 형식주의는 문학 텍스트의 자족성과 완결성을 전제하며 문학의 안/밖 또는 미학/정치학의 경계를 강화했다. 인간과 문학의 '내재적' 가치를 역설한 점에서 둘 다 본질주의(essentialism)에 토대를 두고 있었다. 더구나 인본주의와 형식주의는 보편의 이름으로 특정 집단의 이해관계를 대변할 수 있는 통로를 늘 열어놓고 있었다. 넓게는 서구 근대성의 역사에서 좁게는 영문학 비평사에서, 인본주의와 형식주의의 전통은 '사심 없음'과 '가치중립'의 논리로 정당화되는 정치적 무관심이 보수 이데올로기와 유착될 수 있음을 여실히 입증해왔다. 그때마다 인본주의자들과 형식주의자들은 이구동성으로 인간·문학 '본연의' 가치를 외치며 현실의 모순에 눈을 감았다.

그러한 의미에서 블룸은 인본주의자이자 형식주의자다. 엄밀히 얘기하면, 인본주의 전통의 권위에 기댄 형식주의자다. '예술을 위한 예술'을 기치로 내걸고 유미주의(唯美主義) 문학을 추구했던 19세기말의 페이터(Walter Pater)와 와일드(Oscar Wilde)를 블룸이 자신의 취향에 맞는 작가로 지목한 것은 우연이 아니다. 그러한 블룸에게, 영문학 강의실과 학술지에서 배트맨 만화나 모르몬교 테마파크가 초서(Geoffrey Chaucer)와 밀턴(John Milton)의 시를 대체하고 셰익스피어가 이론에 노출되고 오염되는 현상은 신성모독이나 다름없었을 것이다. 브랜틀링거(Patrick Brantlinger)가 『누가 셰익스피어를 죽였는가?』에서 상술한 것처럼, 셰익스피어는 단순히 영문과 커리큘럼의 일부가 아니라 영문학의 전통과 영문과의 자부심을 대표한다. 따라서 셰익스피어가 영문과 필수과목에서 제외되고 문화유물론이나 신역사주의 같은 비평이론으로 난도질당하며 영문과가 문화연구학과로 개편되어 "헤테로토피아의 천국"으로 뒤바뀌는 것은 형식주의자의 악몽이었을 것이다.[9]

아이비리그 대학의 자부심을 대표하는 보수주의 유대인 영문학자 블룸이 미학적 근거를 내세워서 셰익스피어를 "정전의 중심"으로 재규정하는 데는 또 하나의 정치적 의도가 숨어 있다. 블룸이 공격목표로 삼은 여섯 개의 "울분의 학파" 중에서 특히 비판의 날을 세우는 대상은 신역사주의자들인데, 그 이유인즉슨 신역사주의가 푸코(Michel Foucault)의 이론적 훈수를 받아 셰익스피어를 프랑스화(Gallicize) 한다는 것이다. 블룸은 "잉글랜드의 셰익스피어"가 "보편적 셰익스피어"로 치환되는 것은 당연하게 여기면서도 "정치적 셰익스피어"로 둔갑한 국적 불명의 "프랑스 셰익스피어"는 용납하지 않는다.[10] 이는 이론에 대한 블룸의 반감이 민족주의 색채를 띠고 있음을 의미한다.

---

9) Patrick Brantlinger, *Who Killed Shakespeare: What's Happened to English since the Radical Sixties*, New York: Routledge, 2001, pp.13-46. 브랜틀링거는 영문학 안에 문화연구가 들어오고 영문학의 무게중심이 보수에서 진보로 이동했음에도 제도권 아카데미 내부의 불균등하고 불합리한 권력 관계는 여전히 계속되고 있다고 꼬집는다.

10) Harold Bloom, 앞의 책, *The West Canon*, p.521, *Shakespeare: The Invention of the Human*, p.9.

블룸이 보기에, 프로이트(Sigmund Freud), 니체(Friedrich Nietzsche), 하이데거(Martin Heidegger) 등을 프랑스 풍토에 맞추어 재구성한 '고급 이론'(High Theory)은 문학의 본질을 흐리는 주범이며 이들로 인해 "문학연구자들은 아마추어 정치학자들, 무식한 사회학자들, 무자격 인류학자들, 이류 철학자들, 고집불통의 문화사학자들이 되어 버렸다. 그들은 문학에 대해 분개하고 문학을 부끄러워하며 문학 읽는 것을 전혀 좋아하지 않는다."[11] 물론 블룸이 말하는 문학은 유럽 백인 남성 중심의 정전이며 문학 읽기는 문학의 역사성을 배제하는 형식주의적 독해를 가리킨다. 그러한 전통적 문학연구의 중심에 셰익스피어가 자리 잡고 있었는데, 프랑스 이론의 침공으로 인해 셰익스피어의 신화가 훼손되고 앵글로색슨 민족문학이 위기에 처했다고 보는 것이다.

블룸의 반(反)프랑스 민족주의 정서는 이론가뿐만 아니라 작가에게도 적용된다. 블룸의 눈에는 셰익스피어에 비견될 만한 민족시인이 프랑스에는 존재하지 않는다. 다른 서구국가는 독보적인 존재감을 지닌 대표작가를 한 명씩 보유하고 있지만, 프랑스는 누구로든 대체 가능한 "거장들의 군집"밖에 없다는 것이다.[12] 프랑스 문학의 평가절하는 드라이든(John Dryden) 이래 계속된 잉글랜드 문학비평사의 오랜 전통이기도 하다. 최초로 셰익스피어의 정전성을 거론한 드라이든은『극문학 평론』(An Essay of Dramatick Poesie, 1668)에서 잉글랜드의 민족 정서인 다양성과 역동성을 구현한 셰익스피어가 시대착오적인 삼일치법칙에 얽매인 프랑스 신고전주의 극작가들보다 우월하다고 주장한 바 있다. 그런데 왕정복고기의 문화적 지형도를 감

---

11) Harold Bloom, 앞의 책, *The Western Canon*, p.521.
12) 같은 책, p.146.

안하면, 드라이든의 셰익스피어 비교우위론은 당시 프랑스 연극에 대한 런던 관객의 선호에 제동을 걸려는 문화민족주의자의 변론이 었다. 프랑스에 대한 문화적 열등의식과 블룸이 얘기한 "영향에의 불안감"이 이면에 작동한 것이다.

마찬가지로 블룸도 17세기 신고전주의 시대부터 프랑스에는 비(非) 셰익스피어적인 연극전통이 확립되면서 잉글랜드와 프랑스의 대결 구도가 형성되었으나 셰익스피어에 비견될 만한 인물이 출현하지 않았다고 주장한다.[13] 물론 이 평가에 불문학자나 비교문학 전공자가 동의해줄지는 의문이다. 여하튼 '사심 없음'과 '이데올로기로부터의 자유'를 지향하는 블룸의 문학관이 '이데올로기적 사심'에서 자유롭지 않음을 드러내는 것은 흥미로운 아이러니가 아닐 수 없다.

문제는 이런 셰익스피어 신격화가 특정 비평가의 개인적 취향에 그치지 않고 오랫동안 영문학이라는 제도는 물론 서구의 문화산업 전반에 엄청난 영향력을 행사해왔다는 데 있다. 사실, 블룸의 거의 맹목적인 셰익스피어 사랑은 일개 민족국가의 작가를 서구문화의 우월성을 담보하는 '글로벌 아이콘'으로 만든 앵글로색슨 민족주의·제국주의의 이해관계를 대변한다고 해도 과언이 아니다. 이 책의 서론에서 한때는 엄청난 영향력이 있었으나 지금은 잊히고 있는 어느 비평가의 발언을 상당히 긴 분량을 할애하여 되짚는 이유도 그가 문학의 자율성과 보편성을 표방하면서도 문학의 정치성을 암묵적으로 승인해온 보수적 엘리트주의 문학연구의 전통을 상징하는 인물이기 때문이다.

---

13) 같은 책, p.73.

3 형식주의 셰익스피어의 맹점

정전의 확장이 정전의 파괴라는 블룸의 인식은 유럽 백인 남성이 재현의 주체가 된 문학만 정전으로 한정하려는 기득권자의 입장을 대변할 뿐 아니라 정전 자체가 미학적 구현체인 동시에 사회정치적 구성물이라는 사실을 부정한다. 블룸은 셰익스피어가 정전화되었다는 전제, 즉 어떤 문학 외적인 필요나 압력에 의해 셰익스피어 신화가 만들어졌다는 전제를 털끝만큼도 인정하지 않는다. 그는 셰익스피어의 "미학적 우월함을 중상주의적 대영제국의 정치경제적 이해관계를 보호하려는 목적으로 진행된 문화적 음모로 간주하거나, 현대 미국 사회에서 다양한 소수자의 문화적 염원을 제도화하는 데 반대하기 위해 셰익스피어를 유럽중심주의적 권력의 중심으로 이용한다는 주장"은 "울분의 학파가 밀어붙이는 도그마"에 불과하다고 강조한다.[14] 만약 그게 도그마라면, 셰익스피어-영문학-문화제국주의-세계자본주의의 연결고리를 어떻게든 인정하지 않으려는 블룸의 비정치적이고 몰역사적인 입장도 또 하나의 도그마임이 분명하다.

블룸처럼 문학의 역사성과 정치성을 부정하는 형식주의 비평의 또 다른 맹점은 주체와 타자의 상관관계에 대한 문제의식이다. '다른 것'이 부재한다면 '같은 것'만 창궐하고 '그들' 없는 '우리'는 이름 없는 덩어리에 불과하다. 타자는 주체에게 형체와 척도를 제공하며 주체는 타자와의 관계 속에서 비로소 정체성을 구성한다는 전제는 (후기)구조주의 철학자들이 거듭 설파한 비평적 상식이자 동서고금의 위대한 작가들이 줄곧 예시한 인간성의 보편적 조건이다. 그런

---

14) 같은 책, p.53.

데 블룸은 폴스타프, 샤일록, 오셀로, 클리오파트라 같은 인물을 셰익스피어가 창조한 '새로운 인간'으로 평가하면서도 그들을 백인 귀족 남성의 변증법적 상대방으로 보려고 하지 않는다. 따라서 그들이 텍스트 안과 바깥에서 어떻게 전유되고 주변화되는지는 관심이 없다. 하지만 셰익스피어는 사회적 약자에 속했던 여성과 하층민을 무대 중심에 세우고 익명의 타자였던 '야만인'과 '미개인'에게 이름과 목소리를 부여한 작가다. 물론 그 파격적인 재현의 효과는 논쟁의 대상이지만(그것이 이 책이 다루는 내용이다), 셰익스피어가 그의 동시대 작가들보다 타자의 문제에 더 적극적인 관심을 가진 것은 분명한 사실이다.

그러므로 타자의 주체성을 인식하지 않는 셰익스피어, 피지배자가 당하는 차별과 억압에 무관심한 셰익스피어는 총체적 셰익스피어가 아니다. 셰익스피어를 "오로지 계급, 인종, 젠더, 민족적 이해관계의 산물"로 접근하는 것은 "사회적·정치적 과잉결정"으로 비판받을 수 있지만,[15] 셰익스피어를 그러한 이해관계와 단절시키려는 시도는 셰익스피어를 역사의 진공상태에 집어넣는 것이나 다름없다.

이 책에서 쟁론하려는 것은 셰익스피어의 정전성 자체가 아니다. 셰익스피어의 위대함은 부인하기 힘들다. 다만 그 위대함이 텍스트에 내재한다는 주장과 텍스트 외부의 이해관계에 의해 (재)구성되었다는 주장은 별개의 이야기다. 이 책의 기본전제는 셰익스피어의 신화가 미학과 정치학의 양면적 요인에 의해 구축되었으며, 셰익스피어를 총체적으로 파악하려면 정전성(canonicity)과 정전화(canonization)를 병치하여 논의해야 한다는 것이다. 즉 셰익스피어는 오로지 영국-미국 제국주의 덕분에 위대해진 것은 아니지만, 그

---

15) 같은 책, pp. 526-527.

역사적 배경이 없었더라면 오늘의 셰익스피어도 없었을 것이다. 블룸은 "셰익스피어를 셰익스피어답게 읽는 것"은 "셰익스피어 밖으로 나가는 위험한 시도"를 삼가는 것, 즉 이론으로 셰익스피어를 읽어내려고 하지 않는 것이라고 했지만,[16] 이 책은 탈식민주의의 비판적 시각에서 셰익스피어의 '안'(텍스트)과 '밖'(콘텍스트)의 상호작용에 주목하려고 한다.

다시 블룸에 빗대어 말하자면, 이 책은 "우리가 셰익스피어를 창조한 것이 아니라 셰익스피어가 우리를 창조했다(우리가 누구든 간에)"[17]라는 결론을 반박하는 데서 출발한다. 여기서 특히 불편한 것은 "우리가 누구든 간에"라는 괄호 안의 첨언이다. 셰익스피어의 제한 없는 보편성을 은근슬쩍 끼워 넣기 때문이다. 만약 이 책에 부제를 단다면, '캘리반의 눈으로 읽는 프로스페로의 책'이 될 것이다. '우리'의 범주를 인종적·문화적 차이에 따라 세분화하고, '우리'와 셰익스피어는 서로를 (재)창조했으며, 그 의미와 효과는 '우리'와 '그들'의 입장에 따라 달라진다는 사실을 논증하려고 한다.

서론에서 밝혀둘 또 하나의 전제는 이 책에서 말하는 '셰익스피어'가 역사적으로 실존했던 작가의 이름만은 아니라는 점이다. 윌리엄 셰익스피어라는 인물은 1564년 잉글랜드의 스트랫퍼드 온 에이번(Stratford-on-Avon)에서 아버지 존과 어머니 아든(Mary Arden)의 아들로 태어나 그곳에서 자라다가 18세에 해서웨이(Anne Hathaway)와 결혼해 세 자녀를 낳았고, 런던에서 시인, 극작가, 배우, 극장 주주로 활동하며 약 37편의 희곡과 154편의 소네트와 2편의 장편시를 남겼고, 상당한 부를 축적하여 귀향한 후 1616년에 52세의 나이로 사망

---

16) Harold Bloom, 앞의 책, *Shakespeare: The Invention of the Human*, p.719.
17) 같은 책, p.725.

했다. 이것이 셰익스피어의 생애를 증언하는 파편적 현존기록의 골자다. 작가적 명성과 방대한 작품연구자료에 비해 전기 자료가 빈약하다 보니 셰익스피어의 생애는 온갖 추측을 자극하는 수수께끼가 되었다.

2011년에 출시된 영화 「작자불명」("Anonymous")은 셰익스피어 작품의 실제 작가가 17대 옥스퍼드 경 드 비어(Edward de Vere)였다는 주장을 펼친다. 엘리자베스 여왕의 사생아이자 숨겨진 연인이었던 드 비어는 왕위계승을 둘러싼 궁중 암투에 연루되어 민중을 선동할 목적으로 셰익스피어라는 단역배우의 이름을 빌려 극작 활동을 했다는 것이다. 현존 육필원고와 대학교육 기록이 전혀 없는 상황에서 충분히 나올 법한 가설이다. '정통' 셰익스피어 학자들이 터무니없는 음모론으로 일축해도 그런 '막장극'이 인기를 얻고 원작자 논란이 사그라지지 않는 것은 그만큼 '셰익스피어'라는 기표의 실체가 사실과 신화의 합성물임을 반증하기 때문이다.

소위 반스트랫퍼드주의자들(Anti-Stratfordians)이 제기한 가설에 따르면, '셰익스피어'는 당시의 민감한 정치적 상황으로 인해 실명을 걸고 극작 활동을 할 수 없었던 누군가의 필명이거나 정체를 숨기기 위한 차명이었다. '진짜 저자'의 후보로 수십 명이 거론되었고 그 중에서 자주 언급된 인물은 베이컨(Francis Bacon), 말로(Christopher Marlowe), 스탠리(William Stanley), 「작자불명」의 주인공 드 비어 등이다. 셰익스피어를 '진짜 저자'로 인정하지 않은 이유는 '평범한' 출신 배경과 '비범한' 작품 세계 사이의 괴리 때문이다. 세례·결혼·사망 증명서, 납세·소송·부동산거래 기록, 표제지 저자명, 출판등록소·공연사무소 기록 등의 문헌만으로는 셰익스피어의 그 엄청난 천재성과 귀족사회의 상세한 묘사를 도저히 입증할 수 없다는 것이다.

공교롭게도 셰익스피어 정전화 작업이 한창이던 19세기 중반에 처음 불거진 저자 논란은 흥미로운 아이러니를 내포한다. 이 논란은 셰익스피어 신화창조가 수반한 반작용이지만 셰익스피어의 위대함을 훼손시키지 않았다. 거꾸로 생각하면, 대학 문턱에도 가보지 못한 촌뜨기가 그 많은 걸작의 창조자라면 셰익스피어의 천재성은 더욱 불가사의해지는 셈이다. 셰익스피어의 동시대 작가들도 저작권 개념이 없었던 사회 환경에서 활동했음에도 유독 셰익스피어가 집요한 논란의 대상이 되는 것은 셰익스피어 신화화가 그만큼 유별났기 때문이다.

여기서 이 문제를 꺼내는 것은 셰익스피어 유령작가론에 동의한다는 얘기는 아니다. 다만 '가짜' 셰익스피어가 '정황적' 증거에 의존하는 것처럼 '진짜' 셰익스피어도 진위 논란을 잠재울 만한 '실증적' 근거가 충분치 않다는 사실을 인정해야 한다. 스트랫퍼드에서 출생하고 사망한 셰익스피어와 1623년에 나온 2절판 전집(First Folio)의 저자 사이에는 '사라진 연결고리'(missing link)가 있었고, 그 구멍은 후대인들의 부단한 문헌학, 문체론, 해석학 연구로 메워지고 있다. 더군다나 그 작업은 역사적 실존 인물 셰익스피어와 영국의 민족시인 셰익스피어가 같다는 것을 전제하고 진행되어왔다.

셰익스피어의 명망을 구축하는 데 일조한 인본주의, 계몽주의, 역사주의, 형식주의 전통 모두 예외가 아니다. 특히 문학의 자족성과 비정치성을 표방한 형식주의 비평가들은 셰익스피어를 '언어의 감옥'에 가두어놓고 텍스트와 콘텍스트를 분리함으로써 셰익스피어의 위대함을 신성불가침한 교리로 떠받들고 말았다. 거듭 말하거니와 정전으로서의 셰익스피어는 정전이 된 과정과 맥락 안에서 이해하는 것이 필요하다. 이 책에서 말하는 '셰익스피어'도 일차적으로 작가와 그의 작품을 지칭할뿐더러 그(것)에게 의미와 가치를 부여해온 제도, 신화, 담론, 이데올로기와 분리할 수 없는 복합적 개념이다. 다시 말해서, 셰익스피어라는 단어는 '인격적'(personal) 실체이자 그것을 가능케 한 '비인격적'(impersonal) 집성체를 뜻한다.

셰익스피어를 이런 식으로 규정하게 되면, 현대 비평이론에서 '작품'을 대체하는 '텍스트' 개념과 부분적으로 충돌할 수 있다. 한때 (후기)구조주의 미학에 적잖은 파장을 불러일으켰던 바르트(Roland Barthes)의 「저자의 죽음」이라는 글이 있다. 바르트는 "저자의 제국"을 해체하고자 작가를 의미화 과정에서 소외시키고 제거하겠다고 천명한다. 작품-작가-화자-인물의 연결고리를 차단하려는 것이다. 바르트의 작가는 권위(authority)를 지닌 저자(author)가 아니라 단순히 "글 쓰는 사람"이며 "자신이 쓴 책의 과거"일 뿐이고, 의미의 기원은 언어 자체이며 의미화의 최종권위는 독자에게 귀속된다.[18]

그런데 이 책의 분석대상인 셰익스피어는 바르트가 말한 텍스트에 가까운 개념이지만, 바르트가 배제하려던 작가의 '의도' 즉 작가의 개인적 견해와 이해관계는 물론 그것과 영향을 주고받은 동시대와 후대의 사회문화적 풍토와 정서도 포함한다. 셰익스피어를 '제국의 정전'으로 접근하는 이유도 여기에 있다. '저자' 셰익스피어는 제국을 창조했고 동시에 그 제국은 셰익스피어 '현상'을 창조했다는 전제하에, 이 책은 텍스트와 이데올로기로서의 셰익스피어를 그의 작품을 매개로 분석하려고 한다.

---

18) Roland Barthes, "The Death of the Author," *Image-Music-Text*, Stephen Heath(trans.), New York: Hill and Wang, 1977, pp.142-148.

제2장 셰익스피어의 역사성과 정치성

> "셰익스피어는 이데올로기로부터 초연한 것이 아니라
> 이데올로기에 민감했으며, 사심이 없었다기보다는
> 사심을 내색하지 않았던 인물이다."

1 셰익스피어의 독창성?

셰익스피어에 관한 자료를 찾으려고 영국이나 미국의 대학 도서관에 들를 때마다 엄청나게 방대한 참고문헌을 갖춘 것을 보고 놀라지 않을 수 없다. 단일 작가로 셰익스피어만큼 참고문헌이 많은 경우는 찾아볼 수 없을 뿐만 아니라 셰익스피어 관련 자료는 16세기 영문학 전체에 관한 자료보다 더 많다. 인문학 분야에서 '유명 국제학술지'로 인증받는 A&HCI 저널 리스트에도 셰익스피어라는 단일 작가의 이름을 딴 전문학술지가 세 개나 있다.[1] 그리고 이른바 '연구중심대학'의 영문과 커리큘럼에서도 셰익스피어는 확고부동한 위치를 차지한다. 인문학의 위기가 대두한 이후 장르와 시대로 구획된 전통적 교과목이 융합과 통섭을 내세운 주제 중심 과목에 자리를 내어주는 상황에서도 셰익스피어만은 여전히 굳건하게 자리를 보전하고 있

---

1) 셰익스피어 전문학술지로서 A&HCI에 포함된 국제저널은 *Shakespeare Quarterly*, *Shakespeare Survey*, *Shakespeare*이다.

다.[2] 이는 셰익스피어가 각종 문화산업뿐 아니라 학술 담론의 영역에서도 특권적 위치를 차지하고 있음을 보여준다. 우리 시대의 셰익스피어는 제도이자 문화 자본이라고 해도 과언이 아니다.

셰익스피어가 지닌 이 엄청난 자기영속화의 힘은 과연 어디에서 오는 것일까? 이는 셰익스피어를 마주하는 독자라면 한 번쯤 가질 법한 의문이지만, 워낙 주관적이고 상대적인 가치평가가 전제된 질문이기에 누구도 쉽게 대답하기 어렵다. 그런데 앞 장에서 인용한 블룸은 권위자답게 명쾌한 '정답'을 내놓는다. 그가 『서구의 정전』과 『셰익스피어: 인간성의 창조』에서 여타 정전과 비견될 수 없는 셰익스피어만의 위대함을 설파하는 근거는 크게 네 가지로 나누어진다. 그것은 독창성(originality), 보편성(universality), 중립성(neutrality), 양가성(ambivalence)이다. 이 네 개의 핵심어는 블룸이라는 특정 비평가가 셰익스피어라는 특정 작가를 바라보는 시각을 드러낼 뿐 아니라 셰익스피어를 중심에 둔 영문학과 서구문학의 정전화 논리를 함축하고 있다. 외경(畏敬)에 가까운 블룸의 셰익스피어 찬양을 일축하기보다는 그가 제시한 근거를 한 번쯤 따져보는 것이 필요하다. 다만 여기서는 일반론적 논쟁보다는 몇 가지 범례를 통해 그 근거가 보편타당하지 않다는 것을 예증하고자 한다.

먼저 셰익스피어의 독창성부터 짚어보자. 여기서 셰익스피어의 모든 작품이 얼마나 독창적인지를 일일이 검색해볼 수는 없으므로 셰익스피어의 대표작으로 여겨지는 『햄릿』의 경우를 예로 들어보자. 혹스(Terence Hawkes)가 지적하듯, 『햄릿』은 오랜 세월 동안 영문학 제도의 일부로서 거대하고 복잡한 상징적 기능을 수행해왔으며, 단순

---

2) 필자가 소속된 대학의 영문과 학부에는 최근까지 두 학기에 걸쳐 셰익스피어에 관한 과목이 '셰익스피어 I'과 '셰익스피어 II'로 나뉘어 개설되었고, 대학원 커리큘럼에는 셰익스피어만 다루는 과목이 세 개나 있다.

히 한 극작가가 쓴 하나의 극 이상의 의미를 지닌다.[3] 흔히 '햄릿 신드롬'으로 불리는 『햄릿』의 절대적인 인기는 셰익스피어의 다른 작품을 압도한다. 『햄릿』의 아든판 편집자들에 따르면, 60년대 이후 일시적으로 『햄릿』의 아성을 위협한 『리어왕』을 포함해 셰익스피어의 그 어떤 작품도 『햄릿』만큼 전 세계의 비평가, 편집자, 배우, 감독에게 골고루 그리고 변함없이 사랑을 받지는 못했다. 성벽 위의 유령, 물에 빠져 죽은 여인, 해골을 집어 든 청년처럼 『햄릿』을 떠올리는 시각적 아이콘도 독보적인 상징성을 지닌다. 특히 고뇌에 찬 햄릿의 독백 장면이야말로 동서양의 모든 배우가 한 번쯤 연기해보기를 갈망하는 순간이며 '스타'로 발돋움할 수 있는 보증수표다. 영화에서도 지금껏 쉰 개가 넘는 버전이 만들어진 햄릿 이야기는 신데렐라 다음으로 가장 많이 스크린에 옮겨진 서사다.[4] 블룸도 햄릿에게는 셰익스피어가 창조한 여타 캐릭터들이 절대로 흉내 낼 수 없는 독보적인 카리스마와 회의론자의 아우라가 동시에 뿜어져 나온다고 주장하며, 이러한 "햄릿 현상"은 서구 문학사를 통틀어 전무후무한 것이라고 역설한다.[5] 그런데 이처럼 정전 중의 정전인 『햄릿』이 셰익스피어만의 독창성과 보편성을 얼마만큼 담보하고 있을까?

햄릿 이야기의 출처는 12세기 덴마크 작가 그라마티쿠스(Saxo Grammaticus)가 라틴어로 쓴 『데인족의 사적』(Gesta Danorum)이라는 책이다. 열여섯 권으로 된 이 중세 덴마크 역사서에 나오는 햄릿 이야기는 셰익스피어의 햄릿과 유사하다. 기본 플롯은 동생(Feng)이

---

3) Terence Hawkes, *Meaning by Shakespeare*, London: Routledge, 1992, p.4.

4) Ann Thompson and Neil Taylor, "Introduction," in *Hamlet*, London: Bloomsbury, 2016, pp.13-17.

5) Harold Bloom, *Shakespeare: The Invention of the Human*, New York: Riverhead Books, 1998, pp.384-385.

형(Horwendil)을 암살하고 왕권을 찬탈한 후 형수(Gerutha)와 결혼하는데 나중에 아들(Amleth)이 복수한다는 이야기다. 여기서는 선왕이 공개적으로 암살당하지만, 아들이 너무 어려서 즉각 복수하지 못하고 삼촌의 감시를 피하려고 미친 척하고 지내다가 장성한 후에 삼촌의 재산을 불태우고 그를 죽임으로써 아버지의 원한을 갚게 된다. 이 이야기는 너무 길어서 연극 소재로는 부적합했는데 16세기 잉글랜드의 극작가들이 주인공의 긴 성장 과정을 생략하고 당장 복수할 수 있는 상황으로 짧게 재구성해 무대 위에 올리게 되었다. 그리고 원전에서는 부왕이 공개적으로 살해되어서 유령이 등장할 필요가 없었지만, 개작에서는 유령이 등장해 암살의 비밀을 알려준다. 여하튼 햄릿 이야기는 셰익스피어의 창조물이 아니라 이중 삼중의 문화적 번역을 거친 혼성물임이 분명하다.

『원형 햄릿』(*Ur-Hamlet*)의 존재 여부도 많은 논란거리가 되어왔다. 그것이 셰익스피어『햄릿』의 원본인지 다른 작가가 쓴 작품인지 불확실한 데다, 현존하는 원고나 사본은 없지만『원형 햄릿』에 대한 기록은 파편적으로 남아 있기 때문이다. 동시대 작가 멀론(Edmund Malone)은 1589년에『햄릿』이라는 비극이 공연된 바 있다고 했고, 당시 극장 사업가이면서 연극 관련 정보의 중요한 출처인「일기장」("Diaries")의 저자 헨슬로(Philip Henslowe)는 1594년에『햄릿』이란 연극이 공연되었다는 기록을 남겼으며, 의사이자 작가인 로지(Thomas Lodge)는 1596년에 공연된 복수극『햄릿』에 등장하는 유령을 언급했다. 그리고 극작가이자 팸플릿 저자인 내시(Thomas Nashe)는 1589년에 나온 그린(Robert Greene)의 로맨스『메나폰』(*Menaphon*)의 서문에서『햄릿』을 언급하며 그 저자를 키드(Thomas Kyd)라고 밝혔다.[6]

---

6) Ann Thompson and Neil Taylor, 앞의 글, p.45.

셰익스피어가 『햄릿』을 쓴 시기를 인쇄업자 로버츠(James Roberts)가 출판물등기부(the Stationer's Register)에 등록한 1602년 직전으로 추정한다면, 『원형 햄릿』의 흔적들은 셰익스피어의 『햄릿』이 '원형'이 아닐 수도 있다는 의심을 증폭시키면서 셰익스피어의 독창성에 물음표를 달게 한다. 블룸은 『원형 햄릿』이 1589년경에 셰익스피어가 쓴 작품이며 『원형 햄릿』과 『햄릿』의 질적 차이는 "셰익스피어가 10년 넘게 『햄릿』을 구상하고 있었음"을 반증한다고 주장하지만, 이 주장 역시 블룸의 "추측"에 불과하다.[7]

『햄릿』의 편집 역사를 들여다보면 셰익스피어의 원작자 논란은 훨씬 더 복잡해진다. 『햄릿』을 비롯한 셰익스피어의 모든 작품은 2절판(Folio)과 4절판(Quarto)의 두 가지 형태로 출판되었다.[8] 시를 제외한 셰익스피어의 37개 극작품 중에서 19개가 4절판으로 개별 출판되었고, 1623년에 희극, 비극, 사극의 세 장르로 나눈 36개의 극작품을 모두 담은 2절판이 최초로 모습을 드러냈다. 그때 2절판 편집자 헤밍스(John Heminges)와 콘델(Henry Condell)은 기존의 모든 4절판은 원본을 훼손하고 오염시킨 해적판이며 자신들이 펴낸 2절판이 최초의 유일한 '진짜 셰익스피어'라고 주장했다. 이 2절판의 정본 주장으로 인해 대부분의 4절판은 비양심적인 출판업자들이 셰익스피어가 소속된 극단의 허락 없이 대본을 훔쳐서 복사했거나 극을 공연한 배우나 관람한 관객의 기억에 의존해 재구성한 텍스트로 여겨졌다.[9]

---

7) Harold Bloom, 앞의 책, pp.383, 395.
8) 2절판은 종이를 한 번 접어서 두 쪽의 지면을 만든 것으로 가로 8과 1/2인치 세로 13과 3/8인치 크기이며, 4절판은 종이를 두 번 접어서 네 쪽의 지면을 만든 것으로 가로 6과 3/4인치 세로 8과 1/2인치 크기다.
9) 그린블랫은 셰익스피어가 이전에 『햄릿』 공연을 수차례 봤고 직접 햄릿 역할을 맡았을 가능성도 있는데, 그 경우 햄릿의 대사 대본을 가지고 연습했을 것으로 추정한다. 극단에서는 대본을 복사하는 비용과 대본이 외부로 유출될 위

하지만 19세기에 들어오면서 학자들은 2절판의 권위를 의심하고 4절판의 가치를 재해석하기 시작했다. 그 결과 4절판으로 출판된 37개 작품 중에 10개만 '가짜'고 나머지는 '진짜'로 인정한 것이다. 하지만 정본/사본 논쟁은 아직도 끝나지 않았다.

그런데 『햄릿』은 특이한 경우에 해당한다. '진짜' 4절판, '가짜' 4절판, 그리고 2절판의 콘텐츠가 같지 않기 때문이다. 1603년에 나온 첫 번째 4절판(Q1)은 총 2,154행으로 분량이 가장 짧고, 대사 내용과 등장인물 이름(Ofelia, Leartes, Corambis)이 다른 판본과 다르다. Q1의 속표지에 여러 차례 공연한 작품의 대본임을 언급하는 것으로 봐서 원전을 무대공연에 맞게 재구성했을 가능성이 크다. 따라서 Q1은 원작자가 불분명한 『원형 햄릿』의 개작이거나 셰익스피어의 『햄릿』을 대본으로 재구성한 것을 상업적 목적으로 판매한 것일 수 있다. 1604년과 1605년 사이에 나온 두 번째 4절판(Q2)은 총 3,674행으로 분량은 가장 길지만, 나중에 나온 첫 2절판(F1)의 일부 대사가 삭제되었다. Q2의 속표지에 공연 관련 언급이 없는 것으로 보아 무대공연을 위한 대본이 아니라 독서를 위한 책으로 출판되었을 수 있으며, 따라서 Q2가 Q1보다 더 원본에 가까운 텍스트라고 추정할 만하다.

1623년에 전집으로 나온 첫 번째 2절판(F1)은 Q2보다 조금 짧은 총 3,535행의 분량인데, Q2에 있던 222행이 삭제되고 Q2에 없던 83행이 첨가되어 있으며 Q1의 일부 대사도 보이지 않는다.[10] 특히

험 때문에 배우에게도 각자가 맡은 등장인물의 대사만 대본을 제공했다고 한다. 그러한 상황에서 작가·배우·관객이었던 셰익스피어의 기억은 그의 극작 활동의 중요한 원천이 되었을 것이며 『햄릿』의 경우도 예외가 아니었다는 것이다. Stephen Greenblatt, *Will in the World: How Shakespeare Became Shakespeare*, New York: W.W. Norton & Company, 2004, pp.294-295.

10) 좀더 구체적으로 분량의 차이를 계산하면, F1의 27,602단어는 Q1의 15,983단어보다 73퍼센트 길고 Q2의 28,628단어보다 4퍼센트 짧다. 또한 F1의 1,914

『햄릿』의 백미에 해당하는 "존재할 것인가 말 것인가" 대사가 Q2와 F1에는 "To be or not to be, that is the question"으로 되어 있지만, Q1에는 "To be, or not to be —ay, there's the point"로 되어 있을뿐 더러, 이 대사 전체가 아예 다른 데 들어가 있다.[11] 가장 많이 인용되고 사랑받는 셰익스피어의 구절이 따로 떼어져 옮겨질 수 있다는 것은 흥미로운 아이러니가 아닐 수 없다.

물론 셰익스피어 시대에는 '저자'의 개념이 지금과는 달랐다. 사유재산권에 근거한 지적 소유권이 제도화된 것은 자본주의적 생산양식과 가치체계가 형성된 18세기 중반 이후부터다. 따라서 르네상스 시대에는 작가의 독창성과 개체성을 요구할 만한 풍토가 형성되지 않았다. 협업과 표절은 문화적 관행이었고 모든 텍스트는 전유와 혼성모방의 대상이었으며 작품의 소유권은 극장에 귀속되었다. 원작자의 육필원고와 텍스트의 콘텐츠가 오늘처럼 사유재산으로 보호받거나 보존될 수 없었던 것은 지극히 당연하다. 더군다나 편집도 끊임없는 수정과 첨삭의 과정이었고, 그 과정에서 원작은 이런저런 필요와 이해관계에 따라 훼손될 수밖에 없었다. 이러한 시대적 배경을 고려하면 셰익스피어의 텍스트가 그 정도라도 보존된 것이 다행이다. 하지만 거꾸로 생각하면 르네상스 시대의 산물인 셰익스피어를 독창성의 아이콘으로 추앙하는 것 자체가 불합리하다. 작가와 배우이자 극장 주주였던 셰익스피어도 텍스트의 오염과 도적질에 동참했고 그 덕분에 명망과 인기를 얻고 부를 축적했음이 틀림없다. 셰익스피어라고 해서 그러한 초기 자본주의 역사의 물결에서 비켜서 있지

단어(7퍼센트)가 Q2에는 없고, Q2의 2,887단어(10퍼센트)가 F1에는 없다. 현대의 편집자들은 일반적으로 Q2와 F1을 근거로 『햄릿』 텍스트를 재구성하는 편이다.

11) Ann Thompson and Neil Taylor, 앞의 글, pp.8-13.

는 않았을 것이다.

이와 관련하여, 극작가 셰익스피어가 주인공으로 등장하는 영화 「사랑에 빠진 셰익스피어」("Shakespeare in Love")에 눈길을 끄는 장면이 하나 있다. 7개 부분 아카데미상을 휩쓸며 공전의 흥행을 기록한 이 영화에서, 창작 불능(writer's block) 상태에 봉착한 셰익스피어가 귀족 여성과 이루어질 수 없는 사랑에 빠지면서 불현듯 뮤즈에게 영감을 받아 깃펜을 휘갈기는 천재작가로 묘사된다. 낭만주의 시인들이 강조한 시적 상상력의 자발성과 충동성을 구현한 셈이다. 하지만 헨슬로를 비롯한 연극 관계자들이 나누는 대화에서 셰익스피어를 두고 "그는 별 볼 일 없는 작가일 뿐이야"라는 대사가 나온다. 르네상스 당시에 극작가의 사회적 위치를 정확하게 암시하는 대사라고 할 수 있다. 지금은 세계문학의 정전이 된 셰익스피어도 예외가 아니었다. 셰익스피어는 권위(authority)를 지닌 저자(author)가 아니라 생계를 위해 마감 시간에 쫓겨 대본을 썼던 작가(writer)에 불과했다.

최근에 셰익스피어 전기를 펴낸 그린블랫은 셰익스피어가 운이 좋은 작가였다고 주장한다. 협업과 경쟁을 펼친 상당수의 동시대 극작가들이 요절한 덕분에 연극대본 작성을 거의 독점하다시피 했기 때문이다. 1580년대 런던의 연극계에는 옥스퍼드나 케임브리지에서 대학교육을 받은 여섯 명의 젊은 극작가들이 인기와 명성을 누리고 있었는데,[12] 셰익스피어가 등단한 후에 로지를 제외하고 모두 서른을 넘기지 못하고 사망했고 그나마 로지마저 의사로 전업했기 때문에 실질적인 경쟁자가 없었다는 것이다.[13]

---

12) 'The University Wits'로 불린 이 극작가들은 릴리(John Lyly), 말로(Christopher Marlowe), 로지(Thomas Lodge), 그린(Robert Greene), 내시(Thomas Nashe), 필(George Peele)을 가리킨다.

13) Stephen Greenblatt, 앞의 책, p.212.

그린블랫은 셰익스피어를 두고 "갑자기 나타난 까마귀 한 마리가 우리 깃털로 치장하여 백조가 되었다"라고 한 그린의 발언에 주목하면서, 이는 "노략질하고 도적질하고 게걸스럽게 빨아먹는 셰익스피어의 놀라운 능력"을 비아냥대는 말이라고 해석한다.[14] 셰익스피어는 그러한 속물적 엘리트주의자들의 비난에 침묵했고, 그들의 작품을 열심히 패러디하고 베끼는 것으로 답을 대신했다. 셰익스피어가 운이 좋았던 또 다른 이유는 후대에 표절 논란이 제기된 벤 존슨(Ben Jonson), 밀턴, 드라이든, 포프(Alexander Pope) 같은 작가들은 널리 알려진 고전을 모방하고 전유한 데 비해, 셰익스피어는 잘 알려지지 않은 "저급한 문학"에서 많이 따왔기 때문이다. 동시대 작가들끼리 비교해봐도 "벤 존슨은 드러내고 훔쳤고, 셰익스피어는 몰래 훔쳤다."[15]

특히 말로는 셰익스피어에게 많은 영향을 끼쳤다. 셰익스피어가 태어난 1564년에 셰익스피어처럼 조그만 시골 마을의 변변찮은 가정에서 태어난 말로는 셰익스피어의 친구요 경쟁자이자 모델이었다. 셰익스피어는 말로를 따라 배우와 극작가를 겸업하기로 선택했고, 말로의 시적 상상력과 문체를 흉내 내며 작가의 역량을 키워갔다.[16] 말로가 남긴 다섯 편의 극과 셰익스피어의 초기작들을 비교했을 때 어느 쪽이 블룸이 내세운 정전의 조건에 더 부합하는지는 굳이 논의할 필요가 없을 것이다. 만약 말로가 요절하지 않았더라면 셰익

---

14) 같은 책, p.224.

15) Gary Taylor, *Reinventing Shakespeare: A Cultural History from the Restoration to the Present*, London: The Hogarth Press, 1990, p.141.

16) Stephen Greenblatt, 앞의 책, p.192. 그린블랫은 셰익스피어의 초기 작품들 도처에 말로의 『탬벌레인』(*Tamburlaine*)의 흔적이 남아 있으며 셰익스피어의 『헨리 6세』 3부작은 말로와의 공저일 가능성이 크다고 주장한다.

스피어가 영국의 민족시인이 될 수 없었을 것이라는 추측성 주장은 궤변이 아니다. 말로도 셰익스피어도 어느 날 갑자기 템스강에서 신의 계시를 받아 적은 것이 아닐진대, 유독 셰익스피어의 텍스트만 일점일획도 오류가 없는 '세속의 바이블'로 숭배해야 할 이유가 어디에 있는가?

2 셰익스피어의 보편성?

셰익스피어를 정전 중의 정전으로 떠받드는 두 번째 근거는 보편성이다. 일찍이 18세기에 새뮤얼 존슨(Samuel Johnson)이 셰익스피어의 인물들은 "공통된 인간성의 진정한 후손이며, 그의 인물들은 모든 정신을 움직이는 보편적 열정과 원칙의 영향에 따라 행동하고 말한다"라고 주장한 이래,[17] 보편성은 낭만주의와 빅토리아 시대를 거쳐 20세기 중반에 이르기까지 셰익스피어 비평사의 핵심개념으로 자리 잡아 왔다. 일례로, 키트리지(George L. Kittredge)는 「인간 셰익스피어」라는 글에서 셰익스피어의 전기(傳記)를 작품과 병치하여 읽는 것이 불가능하다고 주장한다. 그 이유는 셰익스피어가 "최고의 극작가이자 비범한 인간"이기 때문에 동서고금과 남녀노소의 모든 차이를 넘어서 그 어떤 상황에든 적용되는 존재이며, 셰익스피어는 어떤 인간이든지 될 수 있기에 우리는 그 인간 자체를 도저히 파악할 수 없기 때문이라는 것이다.[18] 셰익스피어 작품의 정전화가 셰익스

---

17) Samuel Johnson, "Preface to Shakespeare," in Arthur Sherbo(ed.), *The Yale Edition of the Works of Samuel Johnson*, vol.7, New Haven: Yale University Press, 1968, p.62.

18) Goerge L. Kittredge, "The Man Shakespeare," *Shakespeare Association Bulletin*

피어라는 작가의 신화화로 이어진 셈이다.

　블룸이 강조하는 '보편적 셰익스피어'도 셰익스피어의 위대함을 가장 포괄적으로 입증하는 요소로서, 셰익스피어가 창조한 인간성은 시공을 초월해 언제 어디서나 같은 가치를 지닌다는 것을 의미한다. 16세기 말 런던 글로브극장에서 귀족과 평민이 함께 즐기던 셰익스피어, 18세기 잉글랜드 편집자들과 비평가들이 연극 대본에서 희곡으로 재구성한 셰익스피어, 19세기 식민지 인도의 고등학교 교실에서 가르친 셰익스피어, 20세기 일본 영화감독이 각색한 셰익스피어, 브로드웨이 뮤지컬로 세계를 누비는 셰익스피어, 영문학 학술지에서 '포스트' 담론으로 분석한 셰익스피어, 한국의 사물놀이 리듬을 얹어 토착화한 셰익스피어 등등, 끊임없이 재생산되는 허다한 셰익스피어들을 아우르는 가치가 존재한다고 블룸은 확신하고 있다. 그것은 바로 인간성이다. 블룸은 인간성 즉 인간의 인간다움이 무엇인지는 말하지 않는다. 대신에 영원한 수수께끼 같은 인간을 셰익스피어는 꿰뚫고 있다고만 주장할 뿐이다. "인간의 본성과 개성, 그리고 인간의 가변성을 재현하는 능력"에서 셰익스피어는 타의 추종을 불허한다.[19] 이에 관해서는 셰익스피어를 필적할 자도 없고 대체할 자도 없다는 것이다. 그런데 블룸의 주장처럼 셰익스피어가 재현한 인간을 세계만민이 얼마나 공감할 수 있을까?

　미국의 백인 문화인류학자 보해넌(Laura Bohannan)은 「미개지에서의 셰익스피어」라는 글에서 나이지리아 내륙지역에서 현장답사를 하면서 겪었던 흥미로운 일화를 소개한다. 보해넌은 평소에 "인간성은 세계 어디를 가나 크게 다른 바 없고" "『햄릿』은 오로지 한 가지

　11(1936), p.172.

19) Harold Bloom, 앞의 책, *The Western Canon*, p.63.

해석만 가능하며 그것은 보편적으로 명백한 것"임을 굳게 믿고 있었는데,[20] 그 신념은 티브(Tiv)라는 조그만 부족공동체와의 문화적 조우를 계기로 여지없이 무너지게 된다. 그 지역은 늪지에 물이 차는 우기에는 농사를 지을 수 없어서 부족민들이 족장 집에 모여 온종일 술과 춤과 한담으로 시간을 보낸다. 족장의 초청으로 모임에 참여한 보해넌은 서양에서 가장 재미있는 이야기를 들려달라는 부족민들의 간청을 거절하지 못하고 '야심작' 햄릿 이야기를 꺼내 든다. "누구든지 『햄릿』을 이해할 수 있음을 입증"할 수 있다는 자신감으로 무장한 채 말이다.

그런데 보해넌의 의도와 부족민들의 반응은 처음부터 어긋난다. 흑인 청중은 백인 화자가 중요하게 여긴 『햄릿』의 모티프를 하찮게 생각하는 반면, 지엽적인 사건과 인물은 심각하게 받아들이기 때문이다. 예를 들어, 햄릿 부왕의 유령을 일종의 징조로 간주한 부족민들은 죽은 사람이 말하고 걸어 다니는 것이 터무니없다고 항의하고, 거트루드의 서두른 재혼은 남성노동력이 필요불가결한 농경사회의 형사취수(兄死取嫂) 관습에 따라 당연하게 인정하며, 햄릿이 어머니에게 쏟아붓는 도덕적 비난과 아버지와 다름없는 삼촌에게 가하는 복수는 죽어 마땅한 패륜 행위로 매도한다.

대신에 부족민들은 햄릿의 아버지와 삼촌이 이복형제가 아닌지, 햄릿의 아버지는 왜 일부다처제를 따르지 않았는지, 플로니어스는 왜 햄릿과 오필리아의 교제를 반대했는지, 오필리아는 자살한 것이 아니라 왕자에게 더럽혀진 여동생을 가문의 수치로 여긴 레이어티즈가 죽인 것이 아닌지 등에 대해 꼬치꼬치 캐묻는다. 그러한 상황에

---

20) Laura Bohannan, "Shakespeare in the Bush," *Natural History* 75(1966), pp.197-198.

서, 햄릿의 광기가 지닌 내적 고통과 번민을 표현할 길은 없고, 극중극「쥐덫」의 긴장감을 스토리텔링 형식으로 전달하는 것도 적합하지 않으며, 이 비극의 백미에 해당하는 햄릿의 독백은 아예 들려줄 엄두조차 나지 않는다. "햄릿은 완전히 내 손에서 벗어나 버렸다"라는 한탄이 백인 여성 인류학자가 '다른 문화'와의 만남에서 내린 결론이다.[21]

보해넌은『햄릿』이 '그들'에게도 나름 재미있는 이야기였음에도 '우리'가 즐기는『햄릿』과는 다른 이야기가 되어버렸다고 고백한다. 문명의 '중심부'에서 유통되는 셰익스피어와 '주변부'에서 수용되는 셰익스피어가 같지 않음을 인정한 것이다. 그 차이는 독자반응 비평가 피시(Stanley Fish)의 용어로 말하면 "해석의 공동체들" 사이에 존재하는 "불일치"의 결과다.[22] 그것은 문화적 차이인 동시에 역사적 간극이다. 그 차이와 간극을 넘어 나이지리아 라고스의 토착 부르주아 관객이 런던이나 뉴욕의 백인 중산층 관객과 동일한 '토대'를 공유하는 이유는 식민지배의 역사와 그 문화적 유산 '덕분에' 셰익스피어를 '셰익스피어답게' 향유하는 훈련을 받았기 때문이다. 하지만 '암흑의 오지'에 갇혀서 서구의 문화적 세례를 받지 못한 '미개인'은 '보편적 셰익스피어'를 소비하는 훈련을 받을 기회가 없었기 때문에 미국 인류학자가 기대한 반응을 보여줄 수 없었다.

그 부족민들의 반응을 원초적이고 원시적이라고 판단하는 근거는 셰익스피어에 내재한 보편적 가치가 아니라 오랜 세월에 걸쳐 셰익스피어를 소비하면서 익힌 문화적 암호와 규약이다.『햄릿』이 '미개지'의 관객과 소통하지 못한 이유는 문학과 연극의 전통에서 축적된

---

21) 같은 글, p.205.
22) Stanley Fish, *Is There a Text in this Class?: The Authority of Interpretive Communities*, Cambridge: Harvard University Press, 1980, p.338.

그 암호와 규약을 구술문화 토양에 억지로 이식하려고 했기 때문이다. 그것이 바로 보편성의 논리에 기초하는 문화제국주의의 모순이다. '우리'의 특수성은 보편으로 승격되고 '그들'의 특수성은 보편의 그늘에 매몰되는 것이다.

픽션이기는 하지만 또 하나의 흥미로운 일례를 소개하고자 한다. 러시아 출신의 미국 작가 아시모프(Isaac Asimov)의 공상과학소설 「불멸의 시인」에 나오는 이야기다. 크리스마스 파티에서 만난 두 대학교수의 대화로 구성된 이 짤막한 단편소설에서, 물리학자 웰치는 영문학자 로버트슨에게 "시간 이동"으로 역사 속의 인물을 불러온 경험을 얘기해준다. 거나하게 술이 취한 웰치의 판타지에 따르면, 아르키메데스, 뉴턴, 갈릴레오 같은 과학자들을 데리고 왔으나 그들은 현대 사회에 적응하지 못해서 돌려보냈다. 그들 모두 "위대한 지성이었지만 유연하고 보편적이지 못한 지성"이라고 결론 내린 웰치는 드디어 셰익스피어를 소환한다. 셰익스피어는 "보편적 심성을 소유한 자, 자신의 시대와 수 세기나 멀리 떨어진 사람들을 잘 이해하고 그들과 함께 살 수 있는 자"라고 믿었기 때문이다.

막상 눈앞에 나타난 셰익스피어는 그의 초상화와 달리 "대머리에 볼품없는 콧수염을 기르고 심한 사투리를 쓰는" 평범한 사람이었다. 상상조차 못 했던 자신의 유명세와 범람하는 문학비평 용어에 신기해하던 셰익스피어는 "마감 시간에 쫓겨 『햄릿』을 여섯 시간도 안 걸려서 썼고, 플롯도 이전에 있던 것을 다듬었을 뿐"이라고 고백한다. 특히 5세기 동안 쏟아져 나온 방대한 셰익스피어 비평을 두고 셰익스피어는 "축축한 헝겊 조각에서 홍수를 짜내는 것"에 비유하며, 자신의 의도와 후대인들의 수용 사이의 엄청난 괴리에 아연실색한다. 웰치는 후대인들이 자신을 어떻게 생각하는지 몹시 궁금해하는 셰익스피어를 로버트슨의 영문학 수업에 가명으로 등록시킨다. 그런데 웰치의 실험은 "실수"였다. 셰익스피어가 셰익스피어 수업에서 낙제점을 받기 때문이다. "불멸의 시인" 셰익스피어는 "굴욕"을 느끼며 과거로 돌아간다.[23]

아시모프의 이야기는 문학 생산자의 시각과 소비자의 시각 사이에 문화적 차이가 개입할 수밖에 없으며 문학해석은 작가의 의도와 상관없는 독자의 전유(appropriation) 행위임을 확인해주는 일화다. 동시에 이 꿈같은 판타지는 보편과 객관의 이름으로 진행되고 추인된 '정전 만들기'를 비꼬는 메타문학적 풍자이기도 하다. 아시모프가 하고많은 작가 가운데 굳이 셰익스피어를 소환한 이유는 셰익스피어가 블룸이 말한대로 정전 중의 정전이며 시공을 초월한 "보편적 심성"의 대명사로 추앙받아왔기 때문이다. 500권이 넘는 책을 펴낸 이 생화학 교수가 예리한 해학의 행간에서 암시하는 것은 보편성의 논리에 근거한 정전화는 물론이고 보편이란 개념 자체도 역사 속에서 구성되는 담론의 효과라는 사실이다.

'우리의 셰익스피어'라는 말이 영문학계의 유행어가 된 적이 있다. 폴란드의 연극비평가 코트(Jan Kott)가 『우리의 동시대인 셰익스피어』에서 셰익스피어는 냉전 시대 동구 유럽에서도 불변의 생명력을 지녔음을 예시하며 "셰익스피어는 한 번도 시대에 뒤진 적이 없다" 라고 천명한 것을 계기로 '우리의 셰익스피어'는 '보편적 셰익스피어'나 '초월적 셰익스피어'의 별칭이 되었다.[24] 그러다가 1985년에 문화유물론 비평가들이 쓴 『정치적 셰익스피어』와 『대안적 셰익스피어』가 출간되면서부터 '그들의 셰익스피어'가 '우리의 셰익스피

---

23) Issac Asimov, "The Immortal Bard"(1954), *The Best Science Fiction of Issac Asimov*, New York: Doubleday, 1986.

24) Jan Kott, *Shakespeare Our Contemporary*(1964), New York: W.W.Norton & Company, 1974, p.131.

어'를 대체하기 시작했고,[25] 이제는 "모든 시대마다 각각의 셰익스피어를 창조한다"라는 가버(Marjorie Garber)의 도발적인 선언도 당연하게 받아들여질 정도로 셰익스피어 해석의 틀은 바뀌었다.[26]

물론 그 틀이 언제 어떻게 또 바뀔지는 모르지만, 한 가지 분명한 것은 셰익스피어를 읽는 방식이 바뀌면 셰익스피어도 바뀐다는 사실이다. 서구 안에서도 '불변의 셰익스피어'와 '가변의 셰익스피어' 사이에 이렇게 메워지기 힘든 단층선이 형성되는데, 하물며 서구 바깥을 향해 '우리의 셰익스피어'에 심취하라고 강요하는 것은 서구 중심적 본질주의자의 욕심이 아닐까? 근대화, 서구화, 세계화의 문턱을 넘어선 한국에서도 마찬가지다. 만약 셰익스피어가 강의실과 학술지에서는 물론이고 각종 문화산업과 언론매체에서 끊임없이 재생산되지 않았더라도 그는 여전히 '우리의 동시대인'일까?

3 셰익스피어의 중립성?

계속해서 셰익스피어의 중립성을 생각해보자. 블룸이 의미한 중립성이란 정치적 편향성의 반대개념이다. 이는 달리 말하면 모든 이데올로기로부터의 자유로움 또는 초연함이기도 하다. 과연 셰익스피어가 그러한지는 본론에서 구체적으로 논의하겠지만, 여기서는 왜 셰익스피어가 그렇게 보이는지를 당시 시대적 상황과 연계해서 검토하겠다.

---

25) Jonathan Dollimore and Alan Sinfield(eds.), *Political Shakespeare: New Essays in Cultural Materialism*, Ithaca: Cornell University Press, 1985; John Drakakis(ed.), *Alternative Shakespeares*, London: Methuen, 1985.

26) Marjorie Garber, *Shakespeare After All*, New York: Anchor, 2004, p.3.

르네상스 연극을 마르크스주의 시각에서 접근한 코헨(Walter Cohen)은 다소 도식적이긴 하지만 상당히 총체적인 분석틀을 제시한다. 코헨은 르네상스 연극을 중세 봉건주의에서 근대 자본주의로 이행한 역사적 전환기의 산물로 파악한다. 중세에는 봉건주의 초기의 농민(peasant) 연극, 중기의 교회(liturgical) 연극, 후기의 도시(urban) 연극이 다양한 영역에서 공동체의 이익과 정서를 대변해왔지만,27) 르네상스 시대에는 세 전통이 통합되면서 민중문화와 엘리트문화의 융합이 연극무대에서 이루어졌다. 여기에 봉건주의에서 자본주의로의 이행에 정치적 매개역할을 했던 절대군주제 이데올로기와 자본주의의 초기형태인 중상주의 경제체제가 개입하고, 종교개혁과 인본주의의 사상적 긴장은 물론 가톨릭과 프로테스탄트 사이의 종교적 갈등까지 투영되면서, 연극무대는 상충하는 목소리와 이해관계가 조우하는 "사회적 혼성조직"이자 "제도적 전쟁터"가 되었다.28) 가톨릭 귀족 중심의 강력한 중앙집권체제를 구축한 프랑스와 봉건주의, 중상주의, 절대군주제가 불편한 동거를 시도한 잉글랜드의 연극을 비교하면, "전자는 계급의 드라마 즉 지배계급의 드라마였는데 비해, 후자는 계급의 드라마인 동시에 국가의 드라마였다."29)

르네상스 잉글랜드의 연극무대가 상충하는 이해관계를 매개하는 공간이었다는 사실은 특정 세력을 일방적으로 옹호하거나 배척할 수 없었음을 의미한다. 특히 봉건귀족과 신흥중산층의 긴장 관계는 연극산업에 종사하는 모든 관계자에게 가장 불안한 뇌관이었다. 르

---

27) Walter Cohen, *Drama of a Nation: Public Theater in Renaissance England and Spain*, Ithaca: Cornell University Press, 1985, p.78.
28) 같은 책, pp.151, 161.
29) 같은 책, p.150.

네상스가 후기 봉건주의와 초기 자본주의 세력이 경합하면서 또한 공존하던 시대였기에, 극장주와 극작가들은 그 세력을 대표하는 귀족과 중산층의 눈치를 동시에 살피지 않을 수 없었다. 이 두 계층은 연극에 가장 직접적인 영향력을 행사하는 집단이기도 했다. 튜더 왕조의 국왕과 귀족은 정치적·경제적 후원자였다. 연극을 권력의 홍보 수단으로 활용한 엘리자베스 여왕은 겨울철과 종교 절기나 역병이 유행할 때 극단을 궁궐로 초청해서 공연하게 했을뿐더러 연극에 적대적이었던 청교도 세력에 바람막이 역할도 해주었다.

하지만 귀족의 보호와 통제는 제한적이었다. 가장 불안했던 것은 런던시 당국의 검열이었다. 당시 관리들은 대개 청교도 중산층 출신으로, 이들이 연극에 반감을 지닌 이유는 연극의 기저에 온갖 비도덕적인 행태를 부추기는 세속적 가치관이 자리 잡고 있으며 연극의 즐거움에 탐닉하는 것은 건강한 자본주의 노동윤리에 어긋난다고 믿었기 때문이다. 코헨이 "르네상스와 종교개혁의 모순적 조화"로 규정한 16세기 잉글랜드 사회의 불협화음이 이렇게 연극무대에서 발화되고 있었고,[30] 셰익스피어의 동시대 극작가들은 사회적 갈등의 한복판에서 권력과의 위태한 게임을 펼치고 있었다.

귀족과 중산층 이외에도 르네상스 연극의 '생산적 갈등'을 주도했던 또 다른 계층이 있다. 그들은 극장과 유곽과 놀이시설이 위치한 런던 변두리의 하층민이었다. 셰익스피어가 활동한 글로브극장의 경우, 최대 수용인원은 약 3,000명이었고 평균 관객 수는 1,200명 정도였는데, 그 관객의 절반가량은 각종 직공과 잡화상, 서기, 선원, 군인, 하인, 매춘부, 유랑민 등으로 구성된 입석 관객(groundlings)이었다. 당시 노동자 일급에 해당하는 1페니를 내고 극장에 입장한 이

---

30) 같은 책, p.145.

들은 세 개 층의 관람석에 앉지 못하고 무대보다 낮은 일명 '구덩이'(the pit)라는 땅바닥에 빽빽하게 둘러서서 술 냄새 풍기는 환호나 야유를 보내고 무대를 향해 먹던 음식물도 던지며 연극을 관람했다.

과연 이들 입석 관객이 연극을 제대로 이해하고 소비하는 지적인 능력이 있었는지는 당시에도 적잖은 논란이 있었다. 글자 그대로, 무대 '밑에 서 있는 자들'(understanders)의 이해력(understanding)이 문제가 된 것이다. 벤 존슨은 이들을 조야하고 야만적이며 두뇌가 없는 무리라고 비하했고, 셜리(James Shirley)는 이들이 좋아하는 것이라고는 음담패설과 노래와 칼싸움밖에 없다고 비웃었다.[31] 하지만 그러한 논평은 역사적 사실의 반영일 수도 있고, 아니면 일부 극작가들의 속물적 엘리트의식의 표현일 수도 있다.

셰익스피어의 연극을 보러 간 입석 관객이 그냥 무대 밑에 서 있는 자들이었는지 아니면 무대를 제대로 이해하고 즐긴 자들이었는지는 확실치 않다. 엘리트문화/대중문화의 경계선이 지금처럼 뚜렷하지 않았던 당시의 사회문화적 지형도를 감안하면, 입석 관객을 교양과 취향이 없는 무식꾼들로 치부하는 것은 온당하지 않다. 분명한 것은 그들이 무대에서 가장 가까이 서 있었다는 사실이다. 그들이 서 있던 '구덩이'는 요즘식으로 말하면 공연장의 R석에 해당한다. 그들에게는 푹신한 방석과 넓은 전망은 없었으나 무대와의 소통이 가능한 지근거리가 있었다. 그들은 비싼 객석에서 무대를 멀찌감치 내려다보는 귀족들이 보지 못하는 미장센의 디테일을 볼 수 있었고, 저속하고 불경스러운 대사를 검열하러 나온 청교도 관리들이 듣지 못하는 배우들의 즉흥 대사도 들을 수 있었다. 더군다나 극장 측에서는 입장료

---

31) David Scott Kastan, "Introduction," in *King Henry IV* Part 1, London: Bloomsbury, 2015, p.34.

의 상당 부분을 차지하고 공연작품의 인기와 성패를 좌우하다시피
하는 입석 관객의 취향을 무시할 수 없었다. 코헨은 이들이야말로 중
세부터 전해져온 민중 문화의 계승자인 동시에 르네상스가 꽃피운
공중극장(the public theater)의 핵심이라고 본다. 입석 관객은 초기 시
장경제의 소비 주체로서 연극이 중세의 공동체적 제의에서 근대의
중상주의적 제도로 진화하는 데 불가결한 역할을 담당했기 때문이
다.[32]

　민중문화와 르네상스 연극의 관계를 재조명한 바이만(Robert
Weimann)도 신분질서와 극장의 '밑바닥'을 차지한 입석 관객의 역
할을 강조한다. 바이만은 농경사회의 제의에서 비롯된 연극은 고대
와 중세에도 민중의 일상에 뿌리를 내린 민중 중심의 사회적 실천이
었고 르네상스 시대에도 자본과 권력이 개입한 상업적 제도화의 과
정을 거치면서도 그 전통의 근간은 바뀌지 않았다고 본다. 입석 관객
은 물론, 대부분 극작가, 배우, 극장주는 권력과 재산의 세습과는 거
리가 먼 장삼이사(張三李四)요 갑남을녀(甲男乙女)였기 때문이다.

　엘리자베스 여왕이 가장 총애했던 광대이자 당대 최고의 인기 배
우였던 탈턴(Richard Tarlton)만 하더라도 출생지조차 알려지지 않
은 천민 출신이었다. 백조극장(The Swan)을 설립한 랭글리(Francis
Langley)는 금속 세공인이었고, 글로브극장의 전신이었던 극장(The
Theater)은 목수 출신의 버비지(Richard Burbage)가 세웠으며, 글로
브극장도 체임벌린극단 소속의 배우들이 주주가 되어 운영했다. 장
미극장(The Rose), 행운극장(The Fortune), 희망극장(The Hope)의
주인이자 르네상스 연극의 관련 정보를 가득 담은 「일기장」의 저자
헨슬로도 귀족 출신이 아니었고 처음에는 동물쇼와 전당포와 유곽

---

32) Walter Cohen, 앞의 책, pp.155, 168.

운영으로 돈을 벌었다. 한마디로, 르네상스 연극의 '토대'가 민중문화였다는 것이다. 바이만은 셰익스피어의 극에서 광대, 마녀, 요정이 빈번하게 등장하고 연극과 현실의 경계가 모호해지는 것도 연극이 민중의 삶에 뿌리를 두고 있기 때문이라고 주장한다.[33]

그린블랫과 함께 신역사주의 비평을 체계화한 몬트로스(Louis Montrose)는 르네상스 잉글랜드의 공중극장이 문화의 상업화와 민주화를 실현했다고 본다. 1페니가 극장 입장의 유일한 기준이 되면서 "명예와 권위의 위계적 구분이 평준화되는 의도치 않은 결과"를 수반했다는 것이다. 단순한 여흥 이상의 기능을 수행한 연극은 기존의 지배 제도인 국가와 교회의 사회적 구속력에 도전하는 "대안적 권위의 장"으로 자리 잡았다. 그 결과, 연극은 종교개혁으로 재무장한 교회의 세속적 적대세력으로 부상한 동시에 "국가의 권위에 대한 정치적 위협"으로 다가왔다. 몬트로스는 셰익스피어 시대에 전개된 반(反)연극 캠페인을 보면 당시 연극의 사회적 파급력이 결코 미미하지 않았음을 짐작할 수 있다고 주장한다. 청교도들을 비롯한 반대 진영에서 공중극장의 규제나 폐쇄를 주장한 근거는 윤리적인 동시에 정치적이었다. 그들에게는 연극이 세속적이고 비생산적인 가치관을 장려할 뿐만 아니라 신분 상승의 허황한 꿈을 심어주고 그것을 실현하는 장이었다.[34]

르네상스 잉글랜드의 공중극장은 특정 세력의 전유물이 아니었다.

33) Robert Weimann, *Shakespeare and the Popular Tradition in the Theater: Studies in the Social Dimension of Dramatic Form and Function*, Robert Schwartz(ed.), Baltimore: Johns Hopkins University Press, 1978, pp.170, 186, 192-196, 214.

34) Louis Montrose, *The Purpose of Playing: Shakespeare and the Cultural Politics of the Elizabethan Theatre*, Chicago: The University Of Chicago Press, 1996, pp.48-52.

당시의 연극은 봉건귀족/부르주아지, 왕당파/공화파, 기독교/인본주의, 가톨릭/프로테스탄트, 엘리트/하층민, 남성/여성, 내국인/외국인 등의 온갖 사회문화적 단층선이 교직하는 무대였다. 특히 관객의 계급적 이질성은 공식문화와 민중문화의 동거라는 르네상스 특유의 현상을 가능케 했으면서도 이로 인해 르네상스 연극산업은 1642년 극장폐쇄로 표면화된 내적 모순과 취약성을 처음부터 내포하고 있었다. 따라서 권력과 자본에 예속된 극작가들은 다층적 사회갈등의 틈바구니에서 영리한 줄다리기를 하지 않으면 생존할 수 없었다.

군주와 권문세가의 심기를 잘못 건드리면 필화의 위험에 빠지기 십상이었고, 연극에 반감을 갖고 틈틈이 검열의 잣대를 들이대는 청교도 관리들의 눈치도 살펴야 했으며, 공연작품의 인기도를 결정짓는 입석 관객의 입소문에도 귀를 기울여야 했던 상황에서, 극작가들이 누릴 수 있는 '표현의 자유'는 그리 많지 않았다. 누구를 대상 관객으로 삼을지, 누구의 입맛과 눈높이에 맞출지를 두고 극작가들은 늘 고민해야 했다. 한마디로, 지배 담론과의 부합성과 인본주의적 계몽성과 대중오락으로서의 상품성까지 갖춰야 했던 르네상스 잉글랜드의 연극은 부단한 타협과 자기검열의 산물이었다. 이처럼 역동적이면서도 억압적이었던 런던에서 활동한 셰익스피어에게 정치적 균형감각은 불가결한 생존전략이었다.

셰익스피어가 런던에 처음 발을 들여놓은 1580년대의 런던은 유흥의 즐거움과 처벌의 두려움이 공존하는 도시였다. 1567년에 최초의 공중극장(The Red Lion)이 개장한 이래, 1570년대부터 런던 외곽지역에 여러 개의 공중극장(The Theater, The Curtain, The Rose, The Swain, The Globe, The Red Bull, The Fortune, The Hope)이 앞다투어 문을 열었다. 1600년에 런던의 총인구가 약 160,000명이었는데, 매주 20,000명 정도의 관객이 공중극장을 찾았다는 기록으로 보아, 당대

사회에서 차지한 연극의 비중이 대단했음을 알 수 있다. 극장 주변에는 춤과 음악을 공연하고 활쏘기와 레슬링 시합도 하며 사슬에 묶인 곰과 황소를 곯리며 즐기는 각종 놀이터가 있었고, 암암리에 매춘을 겸업하는 선술집과 여인숙도 들어서 있었다. 특히 런던 시장의 관할권 바깥인 템스강 남안의 서더크 지역은 다양한 유흥시설이 밀집한 지역이었다. 동시에 그곳은 공개 처형된 흉악범과 반역자의 머리를 장대에 꽂아 전시하는 공간이기도 했다. 런던 시민들은 런던 다리를 건널 때마다 권력에 순응하지 않으면 닥치게 될 처벌의 공포를 매 순간 체감하고 있었다. 말하자면, 템스강 주변 극장은 유곽과 단두대의 접경지대였던 셈이다.

셰익스피어는 타협의 귀재였다. 벤 존슨과 토머스 내시 같은 동료 작가의 필화를 목격한 셰익스피어는 특정 세력을 비난하거나 아니면 옹호하는 발언을 최대한 자제했고 연극무대에 허용된 '인가받은 일탈'의 경계선을 넘지 않았다. 특히 친구요 경쟁자였던 말로의 전철을 셰익스피어는 밟지 않았다. 셰익스피어에게 말로의 작품은 모방의 대상이었으나 그의 인생은 반면교사였다. 말로는 구두 수선공의 아들로 태어나 케임브리지 졸업장과 '신사'의 지위를 획득하고 르네상스 연극의 황금시대를 열었지만, 동성애자와 무신론자로 낙인찍히고 정부 밀정으로도 암약하며 화폐위조 혐의로 체포되는 굴곡진 삶을 살다가 술집 싸움판에 말려들어 비명횡사하고 말았다. 그때 말로의 나이가 스물아홉이었다. 말로의 동숙인이었던 키드는 말로가 예수는 마리아의 사생아요 세례요한의 동성애 파트너이며 모세는 무지몽매한 유대인들을 농락한 사기꾼이었다는 얘기를 거침없이 하고 다녔다고 증언했다.[35]

---

35) Stephen Greenblatt, 앞의 책, p.268.

셰익스피어는 그러한 '이교도'나 '불평분자'의 언행을 일삼지 않았다. 물론 텍스트 안에서는 사회적 약자와 소수자가 전복적인 목소리를 내고 때로는 귀족 영웅 못지않은 역할을 했지만, 그것도 지배 권력이 용인할 수 있는 한계를 넘지 않았다. 셰익스피어의 현명한 처세술은 자신의 입신양명은 물론 동료 배우들에게도 적잖은 혜택을 보장해줬다. 그가 소속되었던 극단(The Lord Chamberlain's Men)의 후원자는 엘리자베스 여왕 시절에 궁궐 여흥의 책임자였던 체임벌린 경이었는데 왕조교체 후에는 제임스 1세가 직접 후원자가 되면서 간판(The King's Men)을 바꾸고 명실상부한 왕립극단이 되었다.

사실과 상상력을 적절히 버무린 그린블랫의 전기에 의하면, 셰익스피어의 지대한 관심사는 일평생 돈이었다. 고향 스트랫퍼드에 있는 가족의 생계를 책임진 가장이요 글로브극장의 수지타산에 민감한 주주였던 셰익스피어는 돈벌이에 방해되는 행동은 일절 삼갔다. 당시 런던의 연극계를 주름잡던 '대학 문인들'(the University Wits)의 요란한 모임에 발을 들여놓지 않았고, 그들이 발표한 수많은 작품 어디에도 셰익스피어는 헌정사를 쓰지 않았다. 상당한 재산을 모으고 난 이후에도 셰익스피어는 런던 북서쪽 변두리의 가발상점 2층에서 지냈는데, 그 지역은 집세가 비싸지 않아서 주로 직공들과 이민자들이 모여 사는 곳이었다. 나중에 글로브극장과 가까운 런던 남동부로 이사한 후에도 셰익스피어는 세금 체납으로 여러 차례 독촉을 받았고, 그다지 크지 않은 액수의 채권 때문에 자주 소송을 제기했다.

셰익스피어는 분주하게 글로브극장과 궁궐을 오가면서 때로는 지방 순회공연까지 다니며 모은 돈을 고향 스트랫퍼드의 땅을 사들이는 데 투자했다. 그런데 거기도 농지를 목초지로 전환하는 인클로저 법령이 발효해 농민들의 극심한 반발을 불러일으켰고 여성과 아이들까지 뛰어든 조직적인 저항이 전개되고 있었다. 반대 운동을 주도한 자가 셰익스피어의 사촌이었는데, 마을 서기였던 그는 인클로저로 인해 적잖은 피해를 보게 된 셰익스피어에게 반대 운동에 동참해 달라고 요청했다. 하지만 셰익스피어는 끝까지 아무런 행동을 취하지 않고 침묵했다. 혹시나 벌어질지 모르는 권력자의 보복을 두려워했기 때문이다.[36]

그린블랫이 추적한 셰익스피어의 행보가 사실에 가깝다고 한다면, 셰익스피어는 몸 사리고 눈치 보는 데 탁월한 감각을 지녔던 인물이다. 셰익스피어의 삶은 모험과는 거리가 멀었다. 그는 불필요한 교분은 자제하고 구두쇠처럼 지내며 노후를 준비했고, 속마음은 가톨릭이면서 국교회 예배당에 출석했으며, 자기보호를 목적으로 정치적 무관심을 표방했다. 덕분에 그는 시골 마을 장갑 장수의 아들로 태어났으나 '신사'의 지위에 오를 수 있었고, 혼돈과 격랑의 시대에서 순탄하게 부르주아지의 성공신화를 써 내려갔다. 그린블랫의 구절을 다시 인용하면, "셰익스피어는 이를테면 경찰이 출동하기 직전까지 어떻게 하면 극한으로 치달을 수 있는지를 파악하는 데만큼은 그의 경력 처음부터 끝까지 정말 보통이 아니다. 말로와 존슨에 비교하면, 그는 신중한 처신의 귀재(a marvel of prudence)다."[37]

이러한 삶의 궤적은 왜 셰익스피어가 작품에서도 좀처럼 이념적 편향성을 드러내지 않았는지를 짐작하게 한다. 어떻게 보면, 셰익스피어는 이데올로기로부터 초연한 것이 아니라 이데올로기에 민감했으며 사심이 없었다기보다는 사심을 내색하지 않았던 인물이다. 캐버너(James Kavanagh)가 적절하게 표현한 것처럼, "셰익스피어 안에 이데올로기가 있는 것만큼 이데올로기가 셰익스피어 안에 있

---

36) 같은 책, pp.361-365, 382-383.
37) Stephen Greenblatt, *Hamlet in Purgatory*, Princeton: Princeton University Press, 2001, p.163.

다."[38] 연극 자체가 사회적 실천이었던 상황에서, 셰익스피어는 연극과 관련된 후원과 검열 제도, 관객 주도의 시장경제, 무대의 기술적 환경 등의 제반 조건에 얽매이면서도 이데올로기를 반영하고 생산하는 작업에 참여했고, 그러한 이데올로기적 실천을 다른 작가들보다 좀더 '요령 있게' 했을 뿐이다.

셰익스피어는 시대의 흐름을 거스른 혁명적 낭만주의자도 아니었고 속세의 이해관계에서 벗어난 관념적 초월주의자도 아니었다. 인클로저 법령에 맞서 균등한 토지분배를 외쳤던 민중주의자나 무정부주의자는 더더욱 아니었다. 그는 누구보다 역사의 흐름을 잘 읽어내고 거기에 편승할 줄 아는 현실주의자였다. 그러한 셰익스피어를 정치적 중립성이나 초연함으로 자꾸 포장하는 것은 그의 텍스트에 담긴 역사성을 억지로 솎아내는 것과 마찬가지다.

4 셰익스피어의 양가성?

블룸이 셰익스피어와 여타 작가들의 '본질적인 차이'를 주장한 또 하나의 근거는 양가성이다. 원래 양가성은 프로이트를 비롯한 정신분석학자들이 사용한 단어로, 주체가 대상을 향해 사랑과 미움 또는 긍정적 감정과 부정적 감정을 동시에 가지는 상태를 의미했다. 이를 식민지 상황에 적용한 바바는 지배자가 피지배자에게 소유욕과 두려움의 모순된 시선을 투사함으로써 온전하고 안정된 주체 구성이 불가능해진다고 주장했다.[39] 이론에 알레르기 반응을 보이는 블룸

---

38) James H. Kavanagh, "Shakespeare in Ideology," in John Drakakis (ed.), *Alternative Shakespeares*, London: Methuen, 1985, p.168.

39) Homi K. Bhabha, *The Location of Culture*, London: Routledge, 1994, pp.70,

이 프로이트와 바바의 양가성 개념을 문자적인 의미로 사용하지는 않는다. 블룸은 셰익스피어가 '발명'한 양가성을 프로이트가 '차용' 했다고 보고, "프로이트의 독창성마저 셰익스피어 앞에 서면 사라지는 것을 목격"하게 된다고 주장한다.[40]

블룸이 말하는 셰익스피어의 양가성은 해석의 모호함과 불확실성을 뜻한다. 말로나 벤 존슨의 작품은 애매한 메시지를 담고 있어도 그들의 개인적 입장을 유추하는 것이 가능한 데 비해, 셰익스피어는 아무리 꼼꼼히 읽어봐도 그가 가톨릭인지 프로테스탄트인지 아니면 무신론자인지, 혹은 봉건귀족의 권위에 도전하는 신흥중산층의 목소리를 셰익스피어가 대변하는지 비판하는지를 가늠할 수 없다는 것이다.[41] 그레이디(Hugh Grady)의 구절을 빌리면, "경합하면서도 상호보완적인 이데올로기나 담론을 대화적 관계로 극화하는 방식, 즉 경합하는 담론이 다른 담론에 통합되지도 않고 종속되지도 않는 양상"은 셰익스피어에게서만 흔히 볼 수 있는 재현양식이다.[42]

그런데 셰익스피어 특유의 양가성은 중립성이나 보편성과 마찬가지로 역사적 맥락에서 이해할 필요가 있다. 부르크하르트(Jacob Burckhardt)의 르네상스 연구를 계승하여 더 정교하게 체계화했다고 평가받는 네덜란드의 역사학자 호이징가(Johan Huizinga)의 가설을 따라가면, 양가성이 셰익스피어의 고유한 재현양식이 아니라 시대의 보편적 정서였다는 주장이 성립한다. 르네상스를 근대의 출발로 규정한 부르크하르트와는 달리, 호이징가는 그의 책 제목 『중세의

72, 77.

40) Harold Bloom, 앞의 책, *The Western Canon*, pp.74-75.

41) Harold Bloom, 앞의 책, *Shakespeare: The Invention of the Human*, pp.7-8.

42) Hugh Grady, *Shakespeare, Machiavelli, and Montaigne: Power and Subjectivity from 'Richard II' to 'Hamlet'*, Oxford: Oxford University Press, 2002, p.208.

가을』이 암시하듯이 르네상스를 중세의 유산을 상속한 시대로 본다. 호이징가가 말하는 중세의 유산이란 "피 냄새와 장미의 향기를 동시에 발하고 있었다"라는 구절로 대변되는 심리적·사회문화적 양가성이다. 중세 후기의 행동 양식은 "격정과 평정, 지독한 복수와 사나이다운 관용, 잔인과 경건, 사랑과 증오, 탐욕과 관대"가 근접했고 때로는 교차했으며, 종교적 심성에서도 "열정적인 경건과 허위적인 무관심"이 대치하거나 병행하고 있었다.[43]

호이징가가 강조한 중세 시대정신의 양가성은 문학작품을 통해서 입증된다. 14세기 이탈리아는 성(聖)과 속(俗)을 대표하는 단테(Dante Alighieri)의 『신곡』(*Divine Comedy*)과 보카치오(Giovanni Boccaccio)의 『데카메론』(*The Decameron*)을 동시에 빚어내었고, 중세 후기 잉글랜드의 걸작인 초서의 『캔터베리 이야기』(*The Canterbury Tales*)에는 고매한 궁정식 연애를 다룬 「기사 이야기」("The Knight's Tale")와 저속하고 관능적인 사랑을 다룬 「방앗간 주인 이야기」("The Miller's Tale")가 함께 담겨 있었다.

프랑스의 역사학자이자 아날학파의 창시자인 페브르(Lucien Febvre)는 호이징가가 중세 후기사회의 특징으로 규정한 양가성의 원인을 인간과 자연환경의 적대관계에서 찾는다. 페브르는 극단적인 자연현상이 인간 행동에 영향을 미쳤던 중세에는 환경을 합리적으로 인식하고 조직하는 능력이 근대와 비교하면 많이 부족했다고 진단한다. 추운 겨울과 더운 여름, 어두운 밤과 밝은 낮, 남아도는 풍작과 굶어 죽는 기아, 죽음의 공포와 삶의 환희, 귀족의 풍요와 농민의 궁핍 같은 중세의 요동치는 삶의 환경이 인간존재의 양면성을 심

---

43) 제베데이 바르부, 『역사심리학』, 임철규 옮김, 창작과비평사, 1983, 89쪽에서 재인용.

화시킨 반면에, 근대에는 더 균질적이고 지속적인 환경을 구축한 과학기술 덕분에 극단에서 극단으로 오가는 인간의 심성이 완화되었다는 것이다. 따라서 불안정한 중세에서 안정화된 근대로 이행하던 르네상스 시대에도 중세로부터 물려받은 양가성이 인간의 내면세계와 사회문화적 풍토를 지배하고 있었다는 얘기다.

　루마니아 태생의 사회학자로서 '역사심리학'을 학문적 영역으로 정초한 바르부(Zevedei Barbu)도 중세와 근대의 단층선을 강조하는 페브르의 입장을 이어받아 중세 후기를 정동성(情動性)이 지배한 사회로 규정하고 그것을 합리적 이성이 지배한 근대와 대비시킨다. 개인을 둘러싼 자연과 사회 환경이 통제 불가능하다 보니 한편으로는 절대자에 대한 의존도가 높았고 또 한편으로는 개인의 심리상태가 고도로 정동화(情動化) 되고 감정의 양가성이 심화했다는 것이다. 바르부는 중세 후기를 군인의 호전성과 수도사의 은둔성이 병존했던 시대, 전부 아니면 전무(All or Nothing)의 원칙이 지배했던 사회로 규정하며, 당시 유럽인의 삶은 극도의 관능성과 극도의 경건함 사이에서 격렬한 진자운동을 했다고 주장한다.[44] 바르부는 또한 중세에서 근대로의 역사적 이행을 정동성의 전위(displacement)와 방향전환(reorientation), 또는 초월적 질서에서 내재적 질서로의 전환으로 설명한다. 중세에는 초월적 질서에 대한 믿음이 강했으나 르네상스 이후에는 그 믿음이 약해지고 사회와 자연 고유의 합리성에 대한 믿음으로 대체되기 시작했는데, 바르부는 그것을 "초월적 이성의 후퇴에 대한 보상"이라고 일컫는다.[45]

　여기서 20세기 초중반에 활동한 석학들을 소환하는 이유는 셰익

---

44) 같은 책, 87-96쪽. 호이징가와 페브르의 주장은 모두 바르부의 책에서 재인용하고 요약한 것임.
45) 같은 책, 44-49쪽.

스피어의 양가성을 역사화하기 위해서다. 호이징가, 페브르, 바르부, 이 세 학자는 중세와 근대를 구분하면서도 흔히 '암흑의 시대'로 여겨지는 중세를 하나의 색깔로 단순화하지 않고 중세 자체의 복합성을 조명하는 데 주력한다. 그리고 중세와 르네상스의 연속성에 주목한 이들은 르네상스 시대의 문학과 예술을 특징짓는 양가성이 근대의 징후가 아니라 중세의 흔적임을 강조한다. 이 전제를 셰익스피어에 적용하면, 블룸이 자랑스러워하는 셰익스피어만의 양가성은 천재작가의 발명품이라기보다는 그 시대의 정서와 사회풍토를 충실하게 반영한 결과물이다.

물론 셰익스피어가 상충하는 가치 사이에서 찢어지고 갈라진 르네상스 인간의 심리상태를 반영하는 기술은 점수를 받아 마땅하다. 하지만 그 시대에 내재한 양가성을 『인간성의 발명』이라는 블룸의 책 제목이 암시하듯 마치 셰익스피어가 창조한 것처럼 강변한다면, 그것은 맹목적인 찬양이요 몰역사적인 비평이다. 바르부가 말한 대로 셰익스피어의 햄릿과 리어가 "조화를 찾는 가련한 감정"과 "통합을 찾는 비극적 투쟁"을 보여준다고 하더라도,[46] 그것은 어디까지나 오래전부터 축적된 사회문화적 감수성을 '번역'한 것일 뿐이다.

셰익스피어의 양가성은 구체적 작품분석으로 검증해야 할 문제다. 하지만 양가성의 강조가 수반하는 이데올로기적 효과, 또는 양가성의 미학과 정치학의 관계에 대해서는 원론적 논의가 필요하다. 미학적 차원에서 볼 때 셰익스피어의 해석학적 다의성과 복합성은 동시대 작가들과 비교하면 눈에 띄는 것이 사실이다. 셰익스피어가 창조한 인물들과 그들이 구현하는 가치는 하나의 고정된 틀에 쉽게 포섭되지 않는다. 셰익스피어는 시대와 지역의 차이에 따라, 그리고 독자

---

46) 같은 책, 226-227쪽.

와 관객의 시각에 따라 끊임없이 변주되었고, 그 변주의 스펙트럼이 유난히 다채롭고 광범했다. 언제 어디서 누가 보더라도 다른 해석의 가능성을 열어놓는 셰익스피어의 모호함은 실로 정전의 조건으로 인정받기에 모자람이 없다.

문제는 그러한 미학적 양가성이 곧바로 정치적 중립과 이데올로기적 객관으로 치환된다는 데 있다. 과연 셰익스피어가 특정 계층의 이해관계에 영향을 받지 않고 정치적 균형감각을 견지하는지, 지배 이데올로기와 교섭하는 방식이 충분히 양가적인지는 세밀히 따져봐야 한다. 셰익스피어가 애런, 오셀로, 샤일록, 클리오파트라, 캘리반 같은 인종적·문화적 타자를 재현한 방식과 효과는 쉽게 단정하기 힘들다. '야만인'과 '이방인'이 알레고리적 악의 화신이나 말 없는 익명의 덩어리가 아니라 스스로 말하는 주체로 무대 위에 등장한 것 자체는 대단한 파격이다. 동시에 셰익스피어의 타자 담론이 강력한 민족국가 건설과 해외식민지 진출을 꿈꾸던 당대의 이데올로기적 풍토를 초극한 것이 아니라 매개한 것도 부인할 수 없다.

따라서 셰익스피어는 인종주의나 제국주의의 비판자가 되기도 하고 옹호자가 되기도 한다. 한편으로는 차별받고 소외당한 타자의 목소리를 대변하고 주류사회의 모순과 위선을 비판하면서도, 다른 한편으로는 주체와 타자의 차이를 이성/감정, 중심/주변, 문명/야만 등의 이분법 속으로 포섭해 타자의 부정적인 이미지를 재생산한다. 이러한 셰익스피어 특유의 이중성은 인종뿐만 아니라 계급과 젠더의 심급에서도 어김없이 나타난다. 그래서 봉건체제와 절대군주제의 대변인이었던 셰익스피어가 인민의 작가로 재탄생하고, 가부장적 시인과 원형적 페미니스트라는 양극단의 평가를 받기도 한다.

그런데 셰익스피어의 연극적 실험과 이데올로기적 복무 사이의 긴장을 양가성의 구현으로 읽어내려는 시도는 문제가 있다. 양가성의 틀이 풍요롭고 세련된 텍스트 분석을 가능케 하는 것은 사실이지만, 그것이 해석학적 만병통치약으로 작용해 셰익스피어의 이중적 서사 전략을 객관이나 중립으로 호도하고 텍스트를 둘러싼 이데올로기적 지형도를 은폐하기 때문이다. 셰익스피어가 보여주는 표층 담론과 심층 담론의 차이는 사이드가 구분한 외현적 오리엔탈리즘과 잠재적 오리엔탈리즘의 차이로 설명할 수도 있다. 사이드에 따르면, 서구의 이른바 진보적인 작가나 사상가들이 이따금 시도하는 자기성찰이나 비판이 서구문학 전반에 걸쳐 "거의 무의식적으로" 작동하는 제국주의적 욕망과 권력의지를 초극할 수 없다. 호메로스(Homer)의 서사시에서부터 할리우드 영화에 이르기까지 서양이 동양을 재현하는 잠재적 오리엔탈리즘의 "획일성, 고정성, 영속성"은 외현적 오리엔탈리즘의 차이와 다양성을 압도한다.[47]

셰익스피어라고 해서 그 유구하고 완고한 전통에서 비켜서 있지는 않다. 셰익스피어가 젠더, 계급, 인종, 종교 등의 여러 심급에서 시도한 파격적인 타자 재현은 표층 담론의 변주일 뿐 심층 담론의 해체는 아니다. 어쩌면 양가성의 논리로 셰익스피어의 '사심 없음'과 '이데올로기로부터의 자유로움'을 추인하는 것이야말로 대영제국의 민족시인 셰익스피어에게 면죄부를 부여하는 동시에 그가 복무한 이데올로기에 이서(裏書)하는 효과를 수반할 수 있다. 이 책이 설정한 최우선 과제도 셰익스피어의 미학적 양가성과 정치적 중립성 사이의 연결고리를 끊어내는 것이며, 이를 위해 본론에서는 셰익스피어의 텍스트가 지닌 양가성의 이면(裏面)을 집중적으로 살펴볼 것이다.

---

47) Edward W. Said, *Orientalism*, New York: Vintage Books, 1978, p.206.

제3장 앵글로색슨 민족의 셰익스피어

> "만약 대영제국의 쇠락 이후 세계질서의 주도권이
> 미국 대신 다른 국가로 넘어갔어도
> 여전히 셰익스피어는 여러 정전 중의 하나가 아니라
> 정전 중의 정전으로 남아 있을까?"

1 '만들어진 전통' 셰익스피어

서구 근대성의 역사가 수반한 현상 중 하나가 민족의식의 형성과 민족국가의 탄생이다. '영국'의 경우도 예외가 아니다.[1] 중세 영국 (잉글랜드)은 교황의 권위와 라틴어의 패권으로 유지된 범유럽 기독교공동체의 일부였을뿐더러, 지리적 위치가 상징하듯 유럽의 구석에 자리한 '주변 도서국'에 불과했다. 잉글랜드의 중세는 근대에 비하면 사회경제적으로나 문화적으로나 '암흑의 시대'였다. 그러나 '신대륙 발견'과 더불어 시작된 유럽의 식민지 팽창이 가속화되고 그 중심 무대가 지중해에서 대서양으로 바뀌면서 근대 영국(브리

---

1) 일반적으로 사용하는 '영국'이라는 단어는 상당히 헷갈린다. 고대의 Britain, 중세와 르네상스 시대의 England, 근대와 현대의 Britain(웨일스·스코틀랜드·북아일랜드를 합병한 The United Kingdom of Britain)을 모두 '영국'으로 통칭하기 때문이다. 이 책에서는 그러한 시대적 구분이 필요할 때는 '잉글랜드' 또는 '브리튼'으로 표기하고 그렇지 않거나 '잉글랜드'와 '브리튼'을 아우르는 경우는 '영국'으로 표기하겠다.

튼)은 유럽의 중심으로 부상하기 시작했다. 잉글랜드의 변신은 대내적으로는 단일 언어와 문화에 기초한 민족국가 즉 앵글로색슨 중심의 '상상의 공동체'를 형성했으며, 대외적으로는 민족국가의 자본주의적 추동력을 해외로 확장하는 식민제국의 건설로 이어졌다. 이 과정에서 물질적 실천과 담론적 실천이 상호보완적으로 병행되었음은 물론이다. 르네상스 이후의 영국 민족주의와 식민주의는 정치적·경제적·군사적 기획인 동시에 그것을 정당화하고 강화하는 이데올로기적 기획이었다.

잉글랜드의 민족국가와 제국 건설 과정에서 핵심적 역할을 담당한 작가가 바로 셰익스피어다. 셰익스피어의 정전화 과정은 잉글랜드의 민족주의·제국주의 역사와 맞물려 있다고 해도 과언이 아니다. 셰익스피어가 등장한 엘리자베스 시대만 하더라도 잉글랜드는 제국 건설의 야망은 부풀어 있었으나 그것을 실현할 물적 기반이 다져지지 않은 '가상의 제국'이었다. 그러나 청교도혁명으로 시작된 일련의 사회적 지각변동을 겪고 난 이후 잉글랜드는 셰익스피어의 동시대인들이 문학작품과 연극무대에서만 그려보았던 위대한 제국의 꿈을 가시적 현실로 경험하게 되었다.

런던 극장의 단역배우이자 대본작가였던 셰익스피어가 잉글랜드의 '민족시인'으로 탈바꿈한 것도 이 시기였다. 민족국가로 태어난 잉글랜드가 대영제국으로 발돋움하면서 정치적·경제적 헤게모니에 걸맞은 문화적 정체성을 수립하는 것은 당연한 시대적 요구였을 터이고, 셰익스피어는 잉글랜드의 그런 이데올로기적 요구를 채워줄 수 있는 가장 적합한 모델이었다. "셰익스피어는 영국적이고 영국적인 것은 셰익스피어다"라는 동어반복이 말하듯이, 셰익스피어는 영국다움(Englishness) 그 자체였으며 "셰익스피어의 잉글리시"라는 표현은 그가 창조한 언어와 문학을 지칭하는 동시에 잉글랜드의 민

족적 우월성을 보증하는 기표가 되었다.[2]

셰익스피어의 정전화는 예나 지금이나 영미권 학자들이 환영하는 연구주제는 아니다. 셰익스피어의 위대함이 '만들어진 전통'이란 전제는 영국과 미국의 문화적 자긍심에 훼손을 가하는 것이기 때문이다. 대서양 양안의 어느 제도권 아카데미에서도 심지어 마르크스주의나 페미니즘 같은 비판적 진영에서도 셰익스피어의 위대함을 의심하지는 않았다. 그런 맥락에서, 테일러의 『셰익스피어의 재발명』과 돕슨의 『민족시인 만들기』는 책 제목이 말하듯이 상당히 도전적인 문제의식을 제시한다. 왕정복고기부터 20세기까지 셰익스피어를 "우리 문화의 기둥"으로 우뚝 서게 만든 역사적 사건들을 추적한 테일러는 누가 왜 셰익스피어를 인류 역사상 가장 위대한 극작가로 결정하게 되었는지를 집요하게 캐묻는다. "다른 유럽지역에서는 모든 우상이 대체된 혁명적 시기에 왜 유독 셰익스피어의 문화적 패권은 살아남고 확대되었는가?"라는 질문을 던져놓고,[3] 다양한 문화예술 장르에서 셰익스피어 산업의 역사를 분석한 테일러는 오늘날의 셰익스피어는 4세기 동안 각 시대가 호명하고 발명한 셰익스피어들의 축적물이라고 해석한다. 그의 책이 나온 1990년 당시로선 보기 드물게 과감하고 도발적인 주장이었다.

90년대 당시 옥스퍼드 출신의 소장 학자였던 돕슨도 셰익스피어 신화가 후대의 정치적 필요에 따라 구성되었다는 주장을 개진한다. "우리가 물려받은 셰익스피어에 관한 대부분의 생각은 르네상스가

---

2) Willy Maley, "'This Sceptred Isle': Shakespeare and the British Problem," in John J. Joughin(ed.), *Shakespeare and National Culture*, Manchester: Manchester University Press, 1997, p.96.

3) Gary Taylor, *Reinventing Shakespeare: A Cultural History from the Restoration to the Present*, London: The Hogarth Press, 1989, p.114.

아닌 계몽주의에서 비롯된 것"이라고 포문을 연 돕슨은, 18세기가 셰익스피어 신화가 확립된 시대였음을 치밀하게 논증한다. 돕슨에 따르면, 셰익스피어가 정전화된 시기와 잉글랜드 자본주의·제국주의가 본궤도에 오른 시기가 일치하는 것은 우연이 아니다. 영국인들이 오후에 차를 마시는 습관과 셰익스피어 연극을 보러 가는 습관은 국내에서 민족주의가 발흥하고 해외에서 식민지무역이 확대된 시대에 생겨났다. 셰익스피어가 잉글랜드의 '민족시인'으로 부상한 시기가 잉글랜드가 스튜어트 왕조의 귀족 정권에서 하노버 왕조의 상업 제국으로 변신한 시기라는 것이다.[4] 그렇다면 18세기 잉글랜드에서 셰익스피어를 둘러싸고 무슨 일이 일어났고 어떤 얘기가 오갔는지 좀 더 자세히 살펴보자.

2 '자연의 시인' 셰익스피어

왕정복고기만 하더라도 셰익스피어 정전화 작업이 본격적으로 진행되었다고 보기 어렵다. 청교도혁명 이후 18년의 공위(空位) 기간에 문을 닫았던 런던 극장들은 스튜어트 왕조의 복고와 더불어 다시 개장했으나, 연극무대는 셰익스피어 시대에 보여준 정치적 다양성과 계급적 이질성이 퇴색되고 '왕의 귀환'을 경축하는 홍보수단으로 바뀌었다. 더구나 프랑스 망명 중에 라신(Jean Racine), 코르네유(Pierre Corneille), 몰리에르(Molière) 등의 신고전주의 연극을 즐겼던 찰스 2세와 귀족들의 영향으로 인해 런던 극장들은 프랑스 연극을 수입하

---

4) Michael Dobson, *The Making of the National Poet: Shakespeare, Adaptation and Authorship, 1660-1769*, Oxford: Clarendon Press, 1992, pp.3-8.

고 모방하느라 급급했다. 셰익스피어는 그러한 연극적·정치적 입맛에 맞지 않았다. 왕정복고기에 가장 인기 있었던 잉글랜드 극작가는 셰익스피어가 아니라 플레처(John Fletcher)와 벤 존슨이었다. 분리→방랑→재회의 서사구조를 지닌 플레처의 비희극(tragicomedy)은 스튜어트 왕조의 영욕(榮辱)을 신의 섭리가 개입한 역사로 포장하기 적합했고, 사회풍자가 깃든 벤 존슨의 도시희극(city comedy)은 잠시 득세한 크롬웰(Oliver Cromwell)의 청교도 공화정을 위선과 기만의 세력으로 희화화하는 데 좋은 모델이 되었기 때문이다. 대신에 셰익스피어는 각색의 대상으로는 남부럽지 않은 인기를 구가했다. 셰익스피어는 거칠고 조야한 '원재료'나 마음대로 갖다 쓸 수 있는 '재고품' 정도로 여겨졌다.[5]

왕정복고기는 각색의 시대였다. 셰익스피어도 예외가 아니었다. 『페리클리스』와 『태풍』처럼 복권(復權)이나 질서회복으로 끝맺는 몇몇 로맨스 작품을 제외하고는 셰익스피어의 원전은 무대에 올려도 흥행에 실패했다. 양가성을 지닌 셰익스피어 극은 스튜어트 왕조의 홍보수단으로 적합하지 않았기 때문이다. 당시 왕실의 후원으로 연극사업을 독점한 킬리그루(Thomas Killigrew)의 국왕 극단(the King's Company)과 대버넌트(William Davenant)의 요크공작 극단(the Duke of York's Company)은 청교도혁명을 폄훼하고 절대군주제의 부활을 경축하는 데 열을 올렸다.[6] '시역'(弑逆)의 공포를 겪은 왕실은 충성

---

5) 같은 책, pp.20-24.
6) 왕당파이자 가톨릭이었던 킬리그루는 추방된 찰스 2세를 따라 파리로 동행했다가 왕정복고와 함께 런던에 돌아와 국왕 극단의 운영자가 되었다. 셰익스피어의 사생아라는 소문이 파다했던 대버넌트는 잉글랜드 내전 동안 찰스 1세의 군대에서 싸우다가 투옥과 해외 유랑 끝에 왕정복고가 되면서 찰스 2세의 동생이자 나중에 제임스 2세가 되는 요크 공작의 극단 운영자가 되어 킬리그루와 왕정복고기 연극산업을 양분했다.

심이 입증된 두 명의 왕당파 측근에게 연극산업의 독점권을 부여해 왕정복고에 찬동하지 않는 극단들의 잠재적 위험을 미리 차단한 것이다.[7] 셰익스피어도 오로지 그러한 목적으로 혼성모방과 패러디의 대상이 되었을 뿐이다.

그런데 자본주의적 근대 시민사회의 도래를 예견한 명예혁명을 기점으로 잉글랜드 사회가 지적 재산권 개념에 눈을 뜨면서 각색이라는 문화적 관행에 제동이 걸리기 시작했다. 일례로, 당시에 가장 저명한 셰익스피어 각색자였던 더피(Thomas Durfey)가 "재산과 예의의 위반자"로 취급받았고 그의 "정치적 부도덕"과 "문학적 천박함"이 인구에 회자되었으며, "고전 작가"인 셰익스피어를 "게걸스럽게" 전유한 더피는 "반(反)작가, 시장바닥의 장난꾸러기"로 전락했다. 이후로 셰익스피어 각색은 점점 더 "저급한 연극적 형식"으로 "저급한 연극적 공간"에서 이루어졌다.[8] 하지만 그렇다고 해서 셰익스피어 자체가 '권위'(authority)를 지닌 '저자'(author)로 탈바꿈한 것은 아니다. '저급한' 셰익스피어와 '문학적' 셰익스피어의 경계선이 사라지고, 셰익스피어가 대중문화와 엘리트문화를 통합하고 연극무대와 출판물을 아우르는 위대한 원전(原典)이 된 것은 18세기에 들어면서부터다.[9] 17세기 후반까지만 해도 셰익스피어는 여전히 '개량'의 손길을 기다리는 옛날 텍스트 덩어리였다.

왕정복고기에 셰익스피어의 위상이 어떠했는지는 잉글랜드 최초의 공식적 계관시인으로 당시 셰익스피어를 적극적으로 각색하고 전유했던 드라이든의 『극문학 평론』에 잘 드러난다. 잉글랜드와 네

---

7) John Loftis, *The Politics of Drama in Augustan England*, Oxford: Clarendon Press, 1963, p.10.
8) Michael Dobson, 앞의 책, pp.101-106.
9) 같은 책, pp.112, 133.

덜란드의 해전에서 들리는 함포 소리를 배경으로, 네 명의 논객이 템스강 위의 거룻배에서 고전극과 현대극, 프랑스 연극과 잉글랜드 연극 중에서 어느 것이 더 우월한지, 그리고 압운시와 무운시 중에 어느 것이 극 장르에 더 어울리는지를 놓고 논쟁을 전개한다. 다분히 민족주의 정서가 배어 있는 이 논쟁은 아리스토텔레스(Aristotle)의 삼일치법칙에 얽매여 "조각의 아름다움"을 추구한 프랑스 연극보다 "더 다양한 플롯과 캐릭터"를 보여주고 "더 남성적인 상상력과 웅대한 정신"을 구현한 잉글랜드 연극이 더 우월하며, 같은 잉글랜드 극작가라도 "규칙을 지키는" 벤 존슨보다 "불규칙한" 셰익스피어가 더 위대하다는 결론에 이른다.

드라이든의 시각을 대변하는 논객은 이렇게 말한다. 셰익스피어는 "가장 넓고 가장 포괄적인 영혼의 소유자"로서 "자연의 모든 이미지가 그의 작품에 담겨 있고 그는 그것을 힘들이지 않고 운 좋게 그려내었다." "그의 부족한 학식을 비난하는 자들은 더 큰 칭찬을 하는 셈이다. 그는 천부적으로 박식했다. 그는 자연을 읽기 위해 책이라는 안경이 필요 없었다. 그는 자신의 내면을 들여다봤는데, 거기에 자연이 있었다."[10]

셰익스피어 예찬론의 원형이라 할 만한 드라이든의 구절은 일견 칭찬 일색으로 들리지만, 그 행간에는 묘한 유보조항이 들어가 있다. 기본적으로 셰익스피어에 대한 드라이든의 평가는 르네상스 시대 전원문학의 논제였던 자연/예술의 이분법에 기초한다. 예술(문명)이 세련과 인위 또는 발전과 오염을 동시에 함축했고, 대립항인 자연도 순수와 원시의 이중적인 의미를 지녔다. 왕정복고기 당시의 시

---

10) John Dryden, "An Essay of Dramatic Poesy"(1668), in Hazard Adams(ed.), *Critical Theory Since Plato*, New York: Harcourt Brace Jovanovich, 1971, pp.243, 246-247.

인과 비평가들에게도 '자연'이 긍정적 의미로만 여겨진 것은 아니었다. 드라이든도 한편으로는 셰익스피어의 "천부적인" 재능에 경탄해 마지않으면서도, 그것을 "학식"이나 "노력"과는 거리가 먼 "운"으로, "책"과 "규칙"에 의해 다듬어져야 하는 "자연"으로 파악하고 있다. 셰익스피어 특유의 예외적인 위대함이 보편적 준거성을 획득하지 못한 것이다. "멋진 정원이지만 잡초가 가득하다"라는 17세기 작가 플레크노(Richard Flecknoe)의 평가가 암시하듯,[11] 왕정복고기의 셰익스피어는 신고전주의의 엄격한 형식주의 잣대에서 완전히 자유롭지 못했다.

3 '만인의 천재' 셰익스피어

18세기로 들어서면서 셰익스피어 정전화의 언술에 중요한 변화가 나타난다. 신고전주의 강령에 틈새가 생기기 시작하면서 '자연'의 시인 셰익스피어가 새로운 평가를 받기 시작한 것이다. 18세기 초반의 시문학을 주도한 포프는 잉글랜드의 문화적 퇴보를 한탄하고 풍자하면서 비판적 대안으로 셰익스피어를 상정했다. 포프는 영웅시격(heroic couplet)의 대가답게 자신이 편집한 셰익스피어 전집(1725)에서 셰익스피어의 '불규칙한' 대사를 과감하게 수정하고 삭제하는 작업을 시도했다. 배우들의 즉흥 대사와 짜깁기로 인해 '오염'된 셰익스피어를 '구출'하겠다는 일념으로 그의 연극 대본을 문학 텍스

---

11) Richard Flecknoe, "Discourse of the English Stage"(1664), in J. E. Spingarn(ed.), *Critical Essays of the Seventeenth Century*, vol.2, Bloomington: Indiana University Press, 1963, p.93. 이상섭, 『영미비평사 1: 르네상스와 신고전주의 비평 1530-1800』, 민음사, 1996, 161쪽에서 재인용.

트로 재구성한 것이다. 포프는 자신이 '정화'한 셰익스피어의 의미를 이렇게 평한다. "셰익스피어를 아리스토텔레스의 규칙으로 재단하는 것은 자기 나라의 법에 따라 행동한 사람을 다른 나라의 법으로 재판하는 것과 마찬가지다."[12] 아리스토텔레스가 대표하는 '고전'(주의)과 이를 계승한 프랑스 신고전주의의 굴레에서 셰익스피어를 해방함으로써 잉글랜드 문학의 자율성과 수월성의 근거를 확보한 셈이다. 셰익스피어 시대나 포프의 시대나 워낙 막강했던 아리스토텔레스의 영향을 생각하면, 포프의 발언은 잉글랜드의 민족주의 정서를 반영한 일종의 문화적 독립선언이라 할 만하다.

18세기 후반에 와서 셰익스피어는 마침내 보편성의 시인으로 추앙받는다. 당대를 대표하는 시인이자 비평가인 새뮤얼 존슨은 시인이 "시대나 국가의 편견"을 넘어서 "보편적이고 초월적인 진리"를 추구하는 "자연의 해석자요 인류의 입법자"가 될 것을 주문하면서,[13] 셰익스피어를 이상적 전형으로 지목한다. 존슨은 자신이 편집한 셰익스피어 작품집의 서문에서 셰익스피어를 "세월의 검증"을 통과한 작가로 규정하면서 이렇게 말한다. "셰익스피어는 모든 작가, 최소한 모든 현대 작가보다 더 자연의 시인이다. 그는 독자들에게 삶의 방식과 규범의 충실한 거울을 들이대는 시인이다. 그의 캐릭터들은 세상이 항상 제공해주고, 관찰하면 언제든 찾을 수 있는 인류 공통의 순종 자손이다. 다른 시인들의 작품에서는 캐릭터가 개인에 불과한 경우가 허다하지만, 셰익스피어 작품에서 캐릭터는 대개 하나의 종

---

12) Alexander Pope, "The Preface of the Editor to The Works of William Shakespear," in Rosemary Cowler(ed.), *The Prose Works of Alexander Pope: The Major Works, 1725-1744*, vol.2, North Haven: Archon Books, 1986, p.16.

13) Samuel Johnson, "Rasselas"(1759), in Hazard Adams(ed.), *Critical Theory Since Plato*, New York: Harcourt Brace Jovanovich, 1971, p.328.

(species)이다."[14]

존슨은 셰익스피어를 비교 대상으로 삼지 않는다. 셰익스피어는 그야말로 독보적이다. 고대와 현대, 잉글랜드와 유럽을 막론하고 셰익스피어를 다른 작가와 비교하는 것 자체가 어불성설이다. 굳이 은유적으로 비교하자면, 다른 작가들이 "물결에 흩어지는 모래"라면, 셰익스피어는 "항상 제자리를 지키는 바위"다. "시간의 물결이 다른 시인들의 용해성 피륙을 계속 씻어 내리지만, 셰익스피어의 금강석에는 아무런 손상을 가하지 못한다."[15]

셰익스피어가 자연을 반영할 뿐만 아니라 재구성하는 "해석자"요 인간의 의미와 가치를 설정하는 "입법자"라고 주장하는 것도 왕정복고기에는 볼 수 없었던 언술이다. 문학적 재현의 전제가 (신)고전주의의 모방론에서 낭만주의의 창조론으로 전환하던 시점에, 존슨은 셰익스피어를 자연과 인간의 충실한 모방자를 넘어서 창조자의 위치로 격상시키는 것이다. 이런 위상변화에 걸맞게 셰익스피어 정전화의 근거가 다양성과 특수성에서 보편성, 객관성, 불변성 등으로 대체된다. 특히 "시대와 장소"의 차이와 상관없는 셰익스피어의 보편성은 핵심개념으로 등장한다. "순종" 앵글로색슨 문학의 대표인 셰익스피어가 인류 "공통"의 자산으로 승격되는 것이다.

존슨은 셰익스피어의 보편성을 개연성(probability)으로 번역한다. 여타 극작가들이 "과장되거나 엉망진창인 캐릭터들, 터무니없고 비길 데 없는 미덕이나 악행으로 눈길을 끄는" 데 비해, 셰익스피어는 초인간적인 영웅 대신 "독자가 똑같은 상황에 처했더라도 그렇게 말

---

14) Samuel Johnson, "Preface to Shakespeare"(1765), in Hazard Adams(ed.), *Critical Theory Since Plato*, New York: Harcourt Brace Jovanovich, 1971, pp.329-330.
15) 같은 글, p.333.

하거나 행동했을 방식으로 말하고 행동하는 사람들"을 재현한다는 것이다. 셰익스피어의 작품이 "삶의 거울"이 되는 이유도 "먼 것을 가깝게 하고 기이한 것을 익숙하게 하기" 때문이다.[16] 드라이든의 셰익스피어가 길들이고 다듬어야 할 '자연'의 시인이었다면, 존슨의 셰익스피어는 모든 것을 포용하고 모든 사람이 공감하는 '자연'의 시인이 된 셈이다.

낭만주의 시대에 와서는 셰익스피어의 보편성에 독창성이 가미되면서 셰익스피어 정전화 논리가 완성된다. "모든 좋은 시는 강력한 감정의 자발적인 범람"이라는 워즈워스(William Wordsworth)의 선언적 명제에서 나타나듯이,[17] 낭만주의 문학은 시인이 모방하는 외부 대상보다 시인 내면의 감수성과 감정의 주체적인 표현에 방점을 두고 있었다. 셰익스피어는 그러한 기준에서도 완벽한 모델이었다. 콜리지(Samuel Coleridge)가 보기에, "셰익스피어는 스피노자(Baruch Spinoza)가 의미한 신, 즉 편재하는 창조력"일 뿐만 아니라 "셰익스피어의 시는 몰개성적(characterless)이다. 개인 셰익스피어를 반영하지 않기 때문이다."[18] 셰익스피어를 누구도 흉내 낼 수 없는 창조적 상상력의 귀재로 치켜세우면서 그 독창성이 "규칙" 즉 문학의 보편적 규범을 벗어나지 않는다고 본 것이다.

재현의 객체와 주체인 "자연"과 "자아"를 각각 "객관적인 것"과

---

16) 같은 글, pp.330-331.

17) William Wordsworth, "Preface to the Second Edition of *Lyrical Ballads*"(1800), in Hazard Adams(ed.), *Critical Theory Since Plato*, New York: Harcourt Brace Jovanovich, 1971, p.435.

18) Samuel Coleridge, "Table Talk"(1823-34), in Elizabeth Schneider(ed.), *Coleridge: Selected Poetry and Prose*, New York: Holt, 1966, p.461. 이상섭, 『영미비평사 2: 낭만주의에서 심미주의까지 1800-1900』, 민음사, 1996, 40쪽에서 재인용.

"주관적인 것"으로 이분화한 콜리지는 가장 이상적인 문학을 "같음과 다름, 총체와 개체 같은 상반되거나 부정합적인 요소들의 균형과 화해"라고 정의하면서,[19] 그러한 균형을 성취한 작가로 셰익스피어를 꼽는다. "인간화된 자연" "개체화된 전형" "만인의 천재" 같은 어구에서 나타나듯이, 콜리지의 셰익스피어는 보편/특수, 객관/주관, 자연/인간, 모방/창조 등의 이분법을 통합하고 초극한 작가로 등극한다. 앞서 논의한 블룸의 셰익스피어 정전화 논리가 18세기 후반에 이미 확립된 것이다.

4 '셰익스피어 산업'의 발전

작가로서의 셰익스피어의 위상은 문학비평뿐만 아니라 공적 영역 전반에서 공고히 자리를 잡아갔다. 『셰익스피어의 재발명』에서 근현대를 아우르며 "셰익스피어 산업"의 역사를 개괄한 테일러는 1709년을 "경이로운 순간"으로 적시한다.[20] 1709년에는 스틸(Richard Steele)이 『구경꾼』(The Spectator)의 전신인 『잡담꾼』(The Tatler)의 창간호를 선보였다. 휘그당의 목소리를 대변한 『잡담꾼』의 창간호와 폐간호에 셰익스피어가 등장한 것은 우연이 아니다. 왕당파와 의회파, 혹은 급진적 청교도들과 보수적 국교도들 사이에서 언제나 타협을 모색했던 휘그당으로서는 정치적 양가성을 담은 셰익스피어가

---

19) Samuel Coleridge, *Biographia Literaria*(1815), in Hazard Adams(ed.), *Critical Theory Since Plato*, New York: Harcourt Brace Jovanovich, 1971, pp.468-471.
20) "셰익스피어 산업"과 "경이로운 순간"이란 표현은 Ivor Brown and George Fearson, *The Shakespeare Industry: The Amazing Monument*, New York: Harper and Brothers, 1939의 책 제목에서 따온 말이다.

적절한 참고서가 될 수 있었기 때문이다.[21] 1709년에는 포프의 시가 처음 책으로 나왔으며, 로우(Nicholas Lowe)가 편찬한 18세기 최초의 셰익스피어 전집이 출간되었다. 반면 왕정복고기 연극의 중심 무대였던 도싯 가든(Dorset Garden) 극장은 헐리고 드루어리 레인(Drury Lane) 극장은 잠정 폐쇄되었으며, 당대 최고의 셰익스피어 배우였던 베터슨(Thomas Betterson)이 마지막으로 햄릿을 연기했다.

이러한 일련의 현상을 두고 테일러는 "무대가 지고 책방이 떴다"라고 표현하고,[22] 돕슨은 "문학이 연극을 순치(馴致)"했고 "연극은 학술연구의 부속물로 식민화"되었다고 얘기한다.[23] 명예혁명으로 등극한 프로테스탄트 군주 윌리엄 3세는 크롬웰처럼 연극을 탄압하지 않았으나 찰스 2세처럼 열렬히 후원하지도 않았고, 주춤거리는 연극의 빈자리를 출판자본주의의 산물인 책이 비집고 들어온 것이다. 공교롭게도 1709년 바로 그해에 말버러(Marlborough) 공작이 이끄는 군대가 프랑스군을 연이어 격파하면서 민족주의 정서가 고조했고, 의회는 출판업자가 독점했던 저작권을 정부가 관리하게 하는 법안을 심의해 그 이듬해에 저작권 역사의 분수령이 된 앤여왕법령(Statute of Anne)을 통과시켰다. 요컨대, 1709년을 기점으로 자본주의와 민족주의가 본격적으로 대두하는 배경 속에서 잉글랜드 문화의 중심은 연극에서 책으로 옮겨갔고, 셰익스피어도 각색과 표절의 대상이었던 연극 대본에서 유일무이한 '작가'의 정신을 담은 '책'(the Book)으로 바뀌어 갔다.

'보는' 셰익스피어에서 '읽는' 셰익스피어로의 전환은 문고판의 양산으로 이어졌다. 대부분의 18세기 셰익스피어 전집을 펴낸 출판

---

21) Gary Taylor, 앞의 책, p.65.
22) 같은 책, p.53.
23) Michael Dobson, 앞의 책, pp.209-210.

업자 톤슨(Jacob Tonson)은 최초의 2절판(1623)처럼 한 권으로 묶지 않고 4절판이나 8절판 크기로 여러 권으로 쪼개어 언제 어디서든 꺼내 읽을 수 있는 휴대용 문고판을 제작했다. 로우(1709), 포프(1725), 시어벌드(Lewis Theobald, 1733), 햄머(Thomas Hanmer, 1744), 워버턴(William Warburton, 1747), 존슨(1765), 카펠(Edward Capell, 1768), 스티븐스(George Steevens, 1773), 리드(Isaac Reed, 1785), 멀론(Edmond Malone, 1790) 등이 편찬한 셰익스피어 전집은 모두 그러했다.

이렇게 '책'이 된 셰익스피어는 1715년에 케임브리지대학 도서관에 진열되면서 고전의 반열에 올라섰고, 독자의 학문적 사유와 연구의 대상이 되는 동시에 시공간을 초월한 인용과 재생산의 원천이 되었다. 무대에서 배우들이 전하는 셰익스피어는 각색과 첨삭으로 오염된 '가짜' 셰익스피어로 비하되고, 활자화된 텍스트로 재탄생해 학술적 검증을 거친 셰익스피어는 원전에 충실한 '진짜' 셰익스피어로 인정받은 것이다. 셰익스피어는 명실상부한 영국의 '민족시인'으로 발돋움했다. 이에 대한 국가적 인정을 과시라도 하듯, 1734년에 조성된 영국 명사들의 전당(the Temple of British Worthies)에 정치·문학·과학계 영웅들과 함께 셰익스피어의 흉상이 전시되었고,[24] 1741년에는 웨스트민스터 사원의 시인의 구역(Poets' Corner)에 그의 동상이 들어섰다.

---

24) '영국 명사들의 전당'에 흉상이 전시된 16명의 인물은 앨프레드(Alfred the Great), 에드워드(Edward the Black Prince), 엘리자베스 1세(Elizabeth I), 윌리엄 3세(William of Orange), 롤리(Walter Raleigh), 드레이크(Francis Drake), 햄던(John Hampden), 바너드(John Barnard), 베이컨(Francis Bacon), 뉴턴(Isaac Newton), 로크(John Locke), 셰익스피어(William Shakespeare), 밀턴(John Milton), 존스(Inigo Jones), 그레셤(Thomas Gresham), 포프(Alexander Pope)다.

그렇다고 해서 셰익스피어 연극이 침체한 것은 아니었다. 18세기 초반에 출판산업의 흥행으로 잠시 주춤했던 연극산업은 셰익스피어를 디딤돌로 삼고 다시 호황을 맞이하게 되었다. 그 중심에 배우이자 제작자이며 극장 운영자인 개릭(David Garrick)이 있었다. 그는 셰익스피어 배우로 쌓은 명성을 발판으로 뛰어난 사업수완을 발휘하며 그가 활동한 드루어리 레인 극장을 웨스트민스터 사원보다 더 유명한 셰익스피어 기념공간으로 만들었다. 돕슨은 "개릭이 셰익스피어의 역할 뿐만 아니라 셰익스피어를 연기하는 배우로, 셰익스피어의 충실한 해설자라기보다는 적통(嫡統)의 화신(化身)으로서 명성을 확립하는 데 성공했다"라고 평가한다.[25] 개릭은 1755년 햄프턴에 셰익스피어 전당(Temple of Shakespeare)을 조성해 셰익스피어의 유물과 관련 자료를 전시했고, 1758년에는 거기에 자신의 형상을 닮은 셰익스피어 동상을 세웠으며, 1769년부터 스트랫퍼드에서 셰익스피어 축제(Shakespeare Jubilee)를 개최하여 셰익스피어 관광사업을 번창시켰다. 셰익스피어의 텍스트, 개릭의 연기와 사업, 프로테스탄트 부르주아 이데올로기가 서로를 전유하면서 강화하는 삼위일체 관계를 형성한 것이다.[26]

이 과정에서 또한 빼놓을 수 없는 것이 셰익스피어 숙녀 클럽(Shakespeare Ladies Club)의 역할이다. 여성은 17세기부터 셰익스피어의 중요한 독자층을 형성했다. 셰익스피어가 사망한 후 100년 남짓 기간에 런던의 여성 문맹률은 91퍼센트에서 44퍼센트로 급감하면서 여성은 잉글랜드의 독서 시장에 주요 고객으로 등장했고, 1730년경에는 일군의 여성 독자들이 셰익스피어의 위상을 고전으로

---

25) Michael Dobson, 앞의 책, p.168.
26) 같은 책, p.179.

격상시킬 것을 요구하기도 했다. 1736년에 런던 상류층 여성들이 결성한 셰익스피어 숙녀 클럽은 셰익스피어 연극산업에도 상당한 영향력을 행사했다. 그들은 당시에 인기를 구가하던 왕정복고기 희극과 이탈리아 오페라보다 셰익스피어 극을 공연하라고 극장가에 압력을 가하기도 했다. 이 때문에 1740년에는 런던에서 공연된 연극의 4분의 1가량이 셰익스피어 작품으로 채워졌다. 그들은 또한 셰익스피어의 인기 작품들뿐만 아니라 오랫동안 잊힌 작품들도 무대에 올리게 했고, 웨스트민스터 사원에 셰익스피어 동상 건립을 위한 모금운동도 전개했다. 비록 그들의 이름은 가부장적 역사의 기록에서 사라졌지만, 남성(중심적) 작가 셰익스피어의 부흥이 여성에게 빚졌다는 사실은 흥미로운 아이러니가 아닐 수 없다.

이렇듯 휘그당의 셰익스피어, 왕실의 셰익스피어, 여성의 셰익스피어, 부르주아지의 셰익스피어, 앵글로색슨 민족의 셰익스피어 등으로 다양하게 전유된 셰익스피어는 1760년경에 오면 정전으로서의 위상이 확립된다. 1760년 케임브리지대학의 어느 고전문학 교수는 아이스킬로스(Aeschylus), 소포클레스(Sophocles), 에우리피데스(Euripides)의 탁월함이 "추종을 불허하는 불멸의 셰익스피어에 의해 모두 통합되고 추월당했다"라고 선언했고, 『영국 잡지』(*The British Magazine*)는 프랑스와 잉글랜드의 위대한 두 극작가를 비교하면서 "코르네유가 셰익스피어에 한참 뒤떨어진다"고 결론을 내렸다. 셰익스피어가 잉글랜드와 프랑스도 참전한 7년전쟁(1756-63)의 문화적 수혜자가 된 셈이다.

테일러의 말을 인용하면, "1760년에 윌리엄 셰익스피어와 조지 3세가 함께 동시에 잉글랜드 왕위에 등극했다."[27] 돕슨도 "1660년대

---

27) Gary Taylor, 앞의 책, pp.114-115.

에는 작가 이하의 존재였던 셰익스피어가 1760년대에 와서는 작가 이상의 존재가 되었다"라고 하면서, 그 엄청난 변화를 이렇게 기술한다. "1760년대에 오면 셰익스피어는 잉글랜드 문학의 도덕적 고양을 이룩한 대가로 굳건히 자리매김하면서 그의 평판은 이제 극작가로서의 구체적인 성취에만 의존하지 않았다. 잉글랜드 문화에 편재하는 그의 명성은 동시대 민족주의의 가장 고귀한 자격과 동의어가 되었고, 잉글랜드인이라는 것은 그의 연극을 읽거나 보지 않고도 그의 상속자가 되는 것을 의미했다."[28]

5 '진짜 셰익스피어'의 신기루

셰익스피어의 정전화에 관해 테리와 돕슨의 저서 못지않게 중요한 연구서가 국내에서도 출간되었다. 이현석의 『작가생산의 사회사』는 출간 당시 한국 셰익스피어 학계에서 별로 주목을 받지 못했지만, 왕정복고기부터 약 1세기 동안 셰익스피어 수용 역사를 정교하게 분석한 노작(勞作)이자 수작(秀作)이다. 이현석은 왕정복고기에는 셰익스피어 각색에 참여한 극작가들과 극장 운영자들을 중심으로, 18세기에는 셰익스피어 전집 편집자들, 전기 작가들, 비평가들, 출판업자들을 중심으로 셰익스피어가 '자연'에서 '작가'로 변신한 과정을 광범위하고도 심층적으로 분석한다. 그는 또한 셰익스피어의 정전화가 근대 자본주의 역사와 궤를 같이한 사회정치적 과정이었음을 확인한다.

이현석은 우선 셰익스피어가 근대적인 의미의 "서지적 자아"(the

---

28) Michael Dobson, 앞의 책, pp.185, 214.

bibliographic ego)가 출현하기 이전의 인물임을 거듭 강조한다. 셰익스피어를 낳은 르네상스는 "독창성을 공동체가 납득할 수 있는 정도의 모방과 동의어"로 이해했던 시대이자 작가의 판권이나 작가의 명성에 대한 자의식도 존재하지 않았던 시대였다는 것이다.[29] 더구나 텍스트를 작가 개인의 전유물이나 독창성의 산물이 아닌 공동체의 공유재산으로 간주하는 태도는 17세기 후반까지 계속되었다. 왕정복고기 작가들은 "원작 보존에의 관심이나 원작자에 대한 존경심을 '각색'이라는 원작 훼손 작업을 통해서 표현"했다. 셰익스피어가 여러 텍스트를 마음대로 전유했던 것처럼, 이 시대 작가들도 셰익스피어의 텍스트를 자유롭게 활용한 것이다.[30]

이현석은 그러한 '전근대적' 풍토에 변화가 온 것은 자본주의 생산양식과 가치관의 대두 때문이라고 본다. 그의 논지를 따르면, 셰익스피어의 정전화 과정은 극단에 있었던 '작품'의 소유권이 출판업자를 거쳐 '작가'로 귀속된 과정과 일치한다. 인쇄 문화의 특징인 책의 고정성과 증식성은 "모든 인간이 패배할 수밖에 없다고 생각했던 시간과의 투쟁에서 승리"한 결과이며, 이는 곧 자본주의 근대성의 성과이기도 했다. 특히 1710년에 제정된 앤여왕 법령은 당시에 형성되기 시작했던 '작가의 판권'이라는 개념을 제도적으로 반영한 것이다. 즉 책으로 출판된 공연 대본의 주인은 그것을 쓴 작가이며 그의 소유권은 일반적인 소유권과는 다른 특별한 성격을 갖는다는 생각을 법제화한 것이다.

18세기 중반 이후로 오면서 작가의 재산권은 물질적 소유권과 구분되었을뿐 아니라 한 단계 높은 지적 재산권으로 승격되었다. 책이

---

29) 이현석, 『작가생산의 사회사: 셰익스피어와 문학제도의 형성』, 경성대학교 출판부, 2003, 64, 378쪽.
30) 같은 책, 50, 90쪽.

라는 '물질적 형식'이 아니라 작가의 사상이라는 '정신적 내용'에 대한 권리를 인정받은 것이다. 출판업자들의 계속된 청원과 소송 끝에 1774년에 내려진 상원 판결은 작가를 책의 정신적 내용인 작품의 주인으로 규정했다. 그렇게 탄생한 근대적 작가 개념 덕분에 독창적 천재작가로서의 셰익스피어의 위상도 확립될 수 있었다. 어떻게 보면, 셰익스피어는 출판자본주의 발전의 사상적 근거를 제공한 동시에 가장 큰 혜택을 받은 셈이다.[31]

그런데 이현석은 18세기에 전개된 판권 논쟁과 셰익스피어 정전화에서 흥미로운 모순을 확인한다. 당대의 모든 셰익스피어 전집 편집자들의 한결같은 욕망은 후대인들이 오염시킨 셰익스피어를 정화해 '원래' 셰익스피어, '진짜' 셰익스피어를 복원하는 것이었다. 하지만 그러한 '정화' 작업에 셰익스피어의 텍스트는 완강히 '저항'했다. 편집자들이 상상한 원래의 셰익스피어가 존재하지 않았기 때문이다. 그들은 "당대의 '사회적 에너지'가 자유롭게 순환하는 공간"이었던 셰익스피어의 텍스트를 "개인의 개성이 영구히 보관된 냉동창고"로 환원하려고 했다. 즉 "셰익스피어 텍스트가 집단적으로 생산되고 공동으로 소유되었던 맥락"을 인정하지 않았다. 더구나 '무식한' 배우들, 출판업자들, 조판공들, 교정자들이 꾸준히 훼손해온 셰익스피어를 '유식한' 편집자들이 바로잡는 것과 원래의 셰익스피어를 복원하는 것은 같은 일이 될 수 없었다. 실은 편집자들 역시 자신들이 가정하는 셰익스피어의 이미지에 맞춰 전집을 (재)구성하면서 원래의 셰익스피어에 또 다른 훼손을 가한 셈이다.

아이러니하게도 그런 모순을 가장 뚜렷하게 드러낸 편집자가 가장 실증적인 본문비평을 시도한 멀론이었다. "독창적이고 유일한 개인

---

31) 같은 책, 230-233, 245, 376쪽.

이 쓴 단 하나의 정본"이 존재했다는 믿음에서 출발한 멀론의 작업은 결국 텍스트의 유동성과 불확정성에 굴복하고 말았다. 인쇄 문화 초기의 텍스트에 남아 있던 구전성(orality)의 흔적을 삭제하려고 했지만, 그 흔적을 걷어낸 틈새와 여백은 편집자의 풍부한 상상력으로 메워질 수밖에 없었다.[32]

테일러와 돕슨 그리고 이현석의 논지를 요약하면, 18세기에 전개된 셰익스피어의 정전화는 시대착오적이고 정치적인 과정이었다. 그것이 시대착오적이었던 이유는 후대인들이 200년의 시차를 거슬러 자신들의 필요와 잣대에 따라 셰익스피어를 전유했기 때문이다. 덕분에 모방과 전유의 귀재였던 셰익스피어가 창조의 천재로 탈바꿈하고, 필사본 문화의 산물이었던 셰익스피어가 인쇄 문화의 총아로 거듭날 수 있었다. 그리고 셰익스피어의 정전화가 정치적이었던 이유는 그의 위대함을 둘러싼 비평가들과 편집자들의 미학적 논증이 출판업자들과 서적상들 그리고 그들을 통제하려는 국가권력의 정치적 이해관계와 맞물려 있었기 때문이다. 더 넓게는 셰익스피어의 정전화를 근대 자본주의 역사의 주체인 부르주아지가 문화적 헤게모니를 장악한 과정과 분리해서 생각할 수 없다. 정치경제 영역에서 발판을 확보한 부르주아지는 한편으로는 '고귀한' 봉건귀족이 독점했던 담론 시장을 재편성하면서 다른 한편으로는 '비천한' 계급적 타자를 배제하고 차별하는 이중 전략을 구사했는데, 이를 위해 선택하고 확산한 '문화 자본'이 셰익스피어였다.

18세기 잉글랜드에서 셰익스피어의 주된 소비 공간이었던 극장과 도서관은 커피하우스나 살롱처럼 하버마스(Jürgen Habermas)가 말한 부르주아 시민사회의 '공공 영역'으로, 거기서 셰익스피어는 궁

---

32) 같은 책, 297, 369-370, 375-377쪽.

정과 교회의 '고리타분한' 교양 지식을 해체하고 장터와 선술집의 '지저분한' 사육제 문화를 규제하는 역할을 성공적으로 수행했다.[33] 요컨대, 셰익스피어는 '문명화'라는 부르주아지의 도덕적 이상을 구현하면서, 동시에 조야한 '자연의 시인'이었던 셰익스피어 자신도 '문명화'되어 갔다.

6 셰익스피어의 '세계화'

잉글랜드의 '민족시인'으로 등극한 셰익스피어의 다음 행보는 유럽대륙의 평정이었다. 18세기 말에 독일에 진출한 셰익스피어는 브람스(Johannes Brahms)와 슈베르트(Frantz Schubert)의 음악에 뚜렷한 흔적을 남겼고, 헤겔(G.W.F. Hegel)과 하이네(Heinrich Heine)에게도 세계문학의 정전으로서의 인증서를 받아냈다. 그리고 셰익스피어는 러시아로 넘어가서 푸시킨(Alexander Pushkin), 오스트롭스키(Alexander Ostrovsky), 투르게네프(Ivan Turgenev), 도스토옙스키(Fyodor Dostoyevsky)에게서 연달아 인정과 모방의 대상이 되었고, 차이콥스키(Pyotr Tchaikovsky)의 교향악에도 적잖은 영감을 불어넣었으며, 헝가리 작곡가 리스트(Franz Liszt)와 이탈리아 작곡가 베르디(Giuseppe Verdi)에게도 중요한 소재를 제공했다. 신고전주의의 산실이자 유럽문화의 중심임을 자부했던 프랑스에서도 스탕달(Stendhal), 위고(Victor Hugo), 뒤마(Alexandre Dumas) 등이 셰익스피어의 위대함을 인정하고 그의 독보적 권위에 항복을 선언하기에

---

33) Peter Stallybrass and Allon White, *The Politics and Poetics of Transgression*, Ithaca: Cornell University Press, 1986, p.97.

이르렀다.[34] 아널드(Matthew Arnold)의 표현을 빌리면, 한낱 강줄기에 불과했던 셰익스피어의 명망은 "셰익스피어 대양"을 이루었고,[35] 그 대양은 대영제국을 둘러싸는 동시에 대영제국을 규정하는 바다가 되었다.

유럽대륙을 정복한 셰익스피어는 영국의 식민지 팽창과 더불어 '세계화'의 길을 걷게 된다. 19세기 중반 이후 '팍스 브리태니커'로 지칭된 영국의 제국주의 패권이 절정에 달하면서 셰익스피어 정전화 작업도 유럽 바깥으로 확대된 것이다. 이 과정에서 영국문학은 기독교와 함께 영국의 식민지배에서 필수불가결한 이데올로기적 기능을 수행했고, 셰익스피어는 항상 그 중심에 서 있었다. 비스와나탄(Gauri Viswanathan)은 영국이 식민지 인도를 통치하는 과정에서 셰익스피어를 비롯한 영국 문학이 성서보다 더 중요하고 효과적인 역할을 담당했다고 본다. 원주민의 문학 교육을 통해 침탈과 억압의 역사를 문명화의 기획으로 합리화함으로써 식민정부는 그람시(Antonio Gramsci)가 의미한 헤게모니, 즉 피지배자의 '동의'에 의한 지배자의 '지적·도덕적 지도력'을 확보할 수 있었다.[36]

존슨(David Johnson)도 셰익스피어가 남아프리카의 식민지 역사에서 알튀세르(Louis Althusser)가 말한 '이데올로기적 국가장치'의 가장 중요한 매개체였다고 주장한다. 식민지 아프리카에서, 특히 20세기 초 남아프리카공화국에서 셰익스피어는 '암흑의 오지'를 밝히는 '문명의 등불'이었으며, '미개한 원시인'을 계몽하고 순화하는 '위대

---

34) Gary Taylor, 앞의 책, pp.167-168.
35) Matthew Arnold, "Address to the Wordsworth Society"(May 2nd, 1883), *Prose Works* X, p.133. Gary Taylor, 앞의 책, p.168에서 재인용.
36) Gauri Viswanathan, *Masks of Conquest: Literary Studies and British Rule in India*, New York: Columbia University Press, 1989, pp.1-22.

한 선생'이었다. 흑백분리정책이 한창이던 1950년대에도 여전히 셰익스피어는 아프리카 교실에서 인본주의와 계몽주의를 가장한 문화제국주의의 전도사로 활약하고 있었다.[37]

어떻게 보면, 셰익스피어는 거의 종교적인 권위를 지닌 비종교적 경전이었으며 식민주의의 물리적 폭력을 가장 교묘하게 호도하고 무마하는 인식론적 폭력이었다. "인도를 다 줘도 셰익스피어와는 바꿀 수 없다"고 하던 어느 백인 식민주의자의 발언이나, "무역, 상업, 제국주의, 형법으로 건설된 영국은 이제 존속하지 않아도 셰익스피어가 창조한 불멸의 제국은 언제나 우리와 함께 있을 것이다. 이것이 야말로 우리가 고마워해야 할 것이 아닌가?"라는 인도 원주민의 발언은 셰익스피어의 이데올로기적 효과가 식민지 지배자와 피지배자 모두에게 얼마나 깊이 침투했는지를 잘 예시해준다.[38]

영국 제국주의 역사와 긴밀한 연관성을 갖는 셰익스피어의 정전화는 대영제국이 쇠락한 이후 미국이 주도하는 신식민적 세계질서에서도 계속되었다. 18세기 영국이 그러했던 것처럼 20세기 미국도 '팍스 아메리카나'를 대표할 만한 문화적 아이콘이 부재한 상황에서, WASP(백인 앵글로색슨 프로테스탄트) 주류사회의 선택은 멜빌(Herman Melville)이나 포크너(William Faulkner)가 아니라 셰익스피어였다. 브리스톨(Michael D. Bristol)에 따르면, 문화적 발전과 성숙을 지향하는 신흥제국 미국이 유구한 전통을 축적한 셰익스피어 아카이브를 차용한 것은 합리적이고 경제적인 선택이었다. "미국의 셰익스피어화와 셰익스피어의 미국화"는 유럽문화의 전통에 대한 노

---

37) David Johnson, *Shakespeare and South Africa*, Oxford: Clarenden Press, 1996, pp.74-90, 147-180.

38) C. D. Narasimhaiah(ed.), *Shakespeare Came to India*, Bombay: Popular Prakashan, 1964, p.v.

스탤지어(엄밀히 말하면, 콤플렉스)와 새로운 문화적 전범을 구축하려는 민족주의적 욕구를 함께 충족시켜주는 호혜적 과정이기 때문이다.[39]

어쩌면 셰익스피어의 필요성은 18세기 영국보다 20세기 미국이 더 절실했는지 모른다. "이집트의 메뚜기 떼처럼 몰려드는" 잡다한 인종과 민족을 통제하고 다문화 사회에서 WASP의 주도권을 확립하는 과정에서 "『베오울프』(*Beowulf*)부터 버지니아 울프(Virginia Woolf)까지" 아우르는 앵글로색슨 영문학이 그 어떤 종교나 정치 이데올로기보다 더 효과적인 기능을 수행했으며, 특히 셰익스피어는 "사회적 통합의 상징"이자 "다양성 속에서의 보편성"을 확보해주는 "문화적 초석"이었다.[40] 미국 내부의 인종적·계급적 갈등을 성공적으로 봉합한 셰익스피어는 여기서 그치지 않고 이제 세계자본주의의 네트워크에 힘입어 한층 더 교묘하고 세련된 방식으로 서구 문화제국주의의 포교사로 활동하고 있다.

셰익스피어의 정전화는 심지어 셰익스피어의 신화에 시비를 거는 정치적 비평에 와서도 계속된다. 셰익스피어의 보편성과 객관성에 의문을 제기하는 것 자체가 셰익스피어를 둘러싼 지식산업을 더욱 번창시킴으로써 결국은 해체하려는 셰익스피어 신화를 재창조하게 되기 때문이다. 문화유물론이나 신역사주의처럼 "의견을 달리하는" 비평도 "영문학 게임"에 합류할뿐더러 그 특권을 양도받는다는 신필드(Alan Sinfield)의 경고는 그런 맥락에서 귀담아들을 만하다.[41] 힐

---

39) Michael D. Bristol, *Shakespeare's America, America's Shakespeare*, London: Routledge, 1990, pp.1-11.
40) Alan Sinfield, *Faultlines: Cultural Imperialism and the Politics of Dissident Reading*, Berkeley: University of California Press, 1992, pp.267-272.
41) 같은 책, p.21.

리(Thomas Healy)도 포스트모더니즘과 다문화주의의 영향으로 인해 "다양한 셰익스피어"가 "통합된 셰익스피어"를 대체하고 있지만, 그 작업은 셰익스피어가 모든 형태의 정치적 문제에 개입할 수 있음을 보여줌으로써 결국 셰익스피어의 정전화를 부지중에 지원하게 된다고 지적한다.[42] 여하튼 셰익스피어는 역사의 변화를 넘어서는 초역사적 정전으로 군림하고 있다. 이쯤 되면, 셰익스피어와의 만남은 세계만민의 축복이며 셰익스피어야말로 영원불멸의 제국이라는 생각이 착각이 아닌 것처럼 느껴진다.

그렇다면 셰익스피어의 위대함은 어디까지 사실이고 어디서부터 신화인가? 왜 셰익스피어가 영국의 민족시인이 되었을까? 만약 대영제국의 쇠락 이후 세계질서의 주도권이 미국 대신 다른 국가로 넘어갔어도 여전히 셰익스피어는 여러 정전 중의 하나(a canon)가 아니라 정전 중의 정전(the Canon)으로 남아 있을까? 일견 어리석어 보이는 이 질문들은 셰익스피어의 정전성에 관심을 가진 사람이면 한번쯤 곱씹어봄 직하다. 사실 셰익스피어 비평사는 이 '우문'에 '현답'을 찾으려는 노력의 연속이었다고 해도 과언이 아니다. 그 답변은 거의 언제나 셰익스피어의 정전성을 의심하기보다는 당연시하는 쪽이었다. 왕정복고기와 18세기부터 낭만주의와 빅토리아 시대를 거쳐 20세기에 이르기까지, 셰익스피어 비평사를 관통하는 기본전제는 셰익스피어의 위대함이 역사적으로 구성된 신화가 아니라 텍스트에 내재하는 '그 무엇'에서 비롯된다는 믿음이다. 아리스토텔레스의 『시학』(Poetics) 이래 서구 문학비평을 지배해온 형식주의와 유럽중심주의 전통이 셰익스피어에게도 어김없이 적용되었고 또한 셰익

---

42) Thomas Healy, "Past and Present Shakespeares: Shakespearean Appropriations in Europe," in John J. Joughin(ed.), *Shakespeare and National Culture*, Manchester: Manchester University Press, 1997, pp.213-214, 227.

스피어를 통해 강화된 것이다.

『제국의 정전 셰익스피어』라는 제목이 달린 이 책에서는 서구인들의 가슴속에 확고부동한 신념으로 자리 잡은 셰익스피어의 정전성을 제국주의의 역사적 맥락 속에서 살펴보고자 한다. 이데올로기로에서 자유롭기 때문에 위대하다는 셰익스피어는 그 자체가 이데올로기일 수도 있다는 의심, 그리고 셰익스피어의 정전성과 셰익스피어의 정전화가 상호보완적 관계를 형성한다는 전제가 이 책의 밑바닥에 깔려 있다.

물론 셰익스피어의 위대함을 부정하자는 얘기는 아니다. 정전으로서의 셰익스피어는 결코 우연이 아니다. 여타 작가들에게는 찾아보기 힘든 정전의 조건들을 분명 갖추고 있다. 여기서 되짚어보려는 것은 셰익스피어의 미학이 아니라 정치학이다. 셰익스피어가 제국의 정전으로 자리 잡을 수 있었던 원인은 셰익스피어의 탈정치성이 아니라 정치성에 있기 때문이다. 즉 셰익스피어의 텍스트에 내재하는, 그래서 셰익스피어의 위대함을 보장해주는 '그 무엇'은 미학적 요소인 동시에 정치적 요소다. 셰익스피어는 근대성의 이데올로기를 문학적으로 구현하는 데 탁월한 재능을 지녔으며, 그것이 제국의 이데올로기적 기획과 궁합이 절묘하게 맞아 떨어진 것이다. 이 책의 본론에서는 셰익스피어가 이데올로기를 초극한 것이 아니라 이데올로기를 적극적으로 재현했으며 '셰익스피어가 창조한 영국'과 '영국이 창조한 셰익스피어' 사이에 긴밀한 상호작용이 있었다는 전제하에, 셰익스피어가 텍스트 안에서 어떻게 민족국가와 제국을 건설했는지를 살펴볼 것이다.

제4장 유럽 르네상스의 역사적 신화

> "셰익스피어가 모든 인류의 자산이라는 전제 자체가
> 총체적인 연구를 가로막는 장벽일 수 있다.
> '모든 인류'의 범주에는 유럽 백인 남성만 속하고
> 그 이외의 소수자는 배제되어왔기 때문이다."

1 '부흥'과 '발견'의 시대

최근에 영문학자들이 셰익스피어가 활동한 시대를 '초기 근대'(early modern)로 지칭하는 경우를 심심찮게 볼 수 있다. 기존에는 이탈리아와 유럽대륙의 예술사에서 비롯된 '르네상스 시대'라는 용어를 사용했고, 잉글랜드 왕조나 국왕 이름을 따서 '튜더-스튜어트'나 '엘리자베스-재커비언'으로 표기하기도 했지만, 언제부턴가 셰익스피어를 '초기 근대'의 범주에 넣는 경향이 생겨났다. 이 시대구분은 셰익스피어가 유럽 근대성(modernity)의 문턱에 서 있던 작가임을 의미한다. 즉 셰익스피어의 잉글랜드는 고대 그리스-로마 문화의 '부활'을 목격했을 뿐만 아니라 근대라는 새로운 시대의 '탄생'을 경험하고 있었다. 초기 근대는 또한 영국 제국이 탄생한 시기이기도 하다.

서론에서 살펴봤듯이, 셰익스피어 시대의 잉글랜드는 제국의 물질적 토대는 미비했으나 담론의 영역에서는 이미 가상의 제국을 건설하고 있었다. 따라서 셰익스피어가 재현하는 르네상스 잉글랜드의 역사에서 근대성과 식민성은 동전의 양면이다. 물론 차니스(Linda Charnes)가 지적한 것처럼 르네상스라는 단어는 엘리트주의 냄새가 배어 있고 초기 근대라는 용어도 유럽 중심적인 발전주의 담론의 산물이므로 둘 다 가치 중립적이지 않다.[1] 그런데도 이 책에서 르네상스나 초기 근대라는 단어를 사용하는 이유는 다른 산뜻한 대안이 없기도 하거니와 그 단어가 지닌 제국주의적 함의를 비판하려는 목적도 있다.

셰익스피어를 제국의 역사와 연계하여 보려면 우선 셰익스피어가 서구 근대성의 출발인 르네상스의 산물임을 전제해야 한다. 그러기 위해서는 르네상스라는 시대의 특징을 간략히 짚어볼 필요가 있다. 르네상스라는 단어가 유럽인들의 역사적 기억과 동경의 대상으로 각인된 것은 유럽 제국주의가 절정으로 치닫던 19세기 중반 무렵이었다. 문예부흥을 뜻하는 르네상스가 왜 제국주의 역사와 맞물려 역사의 중심 무대에 등장하게 되었을까?

19세기는 역사(학)의 전환기이기도 했다. 칸트(Immanuel Kant)와 헤겔로 대표되는 근대철학의 영향으로 역사가들의 초점이 사료를 편찬하는 역사기술에서 사료를 해석하는 역사철학으로 이동하면서 인간, 역사, 문명, 진보 같은 거대담론이 본격적으로 생산되었다. 인간의 역사는 필히 야만에서 문명으로 나아간다는 목적론적 역사관은 문명의 발전과 확산이 유럽의 몫이라는 유럽중심주의 이데올로기와 자연스럽게 결합했고, 그 결과 유럽은 비유럽 세계가 본받고 뒤따라야 할 보편적 인간과 합리적 이성의 대명사가 되었다. 르네상스는 그러한 유럽중심주의 역사관의 산물이었다. 르네상스는 유럽이

---

1) Linda Charnes, *Hamlet's Heirs: Shakespeare and the Politics of a New Millennium*, New York: Routledge, 2006, p.16.

세계의 중심으로 자리 잡은 19세기에 유럽의 영광스러운 자기재현을 위해 창조된 '역사적 신화'였다. 고대 그리스·로마가 식민지 팽창을 꿈꾸던 르네상스 유럽인들에게 잃어버린 황금시대의 추억으로 다가왔던 것처럼, 르네상스는 헬레니즘과 로마 제국의 계승자이자 신이 부여한 문명화 사명의 주역임을 자부하던 19세기 유럽인들에게 감상적 회고의 대상이 되었다.

르네상스 신화 창조가 한창이던 19세기 중엽에 스위스 출신 역사학자 부르크하르트는 이탈리아 르네상스를 "고대의 부흥"이요 "인간과 세계의 발견"으로 예찬한 바 있다.[2] 중세에서 근대로 이행하던 혼란과 갈등의 시기를 인문주의·인본주의 시각에서 재해석한 것이다. 그런 맥락에서 중세는 '암흑의 시대'로 규정되었다. 기독교와 스콜라철학의 강력한 영향으로 말미암아 인본주의에 바탕을 둔 문학과 예술이 제대로 꽃필 수 없었다고 봤기 때문이다. 따라서 중세는 고대 헬레니즘에서 시작된 인본주의 정신의 도도한 흐름이 단절된 문화적 공백기, 즉 고대와 근대 사이의 거대한 구멍이 되어버렸다. 르네상스의 '부활'을 위해 중세는 '죽음'을 당해야 했고, 르네상스가 유럽 근대성의 여명으로 찬란하게 등장하기 위해서 중세는 칠흑 같은 밤으로 채색되어야 했다. 반면에 중세의 끝자락이자 근대의 문턱으로 자리매김된 르네상스는 억압적 신본주의와 주체적 인본주의, 계시적 '로고스'와 계몽적 '코기토', 정태적 봉건주의와 역동적 자본주의 등의 이분법적이고 환원론적인 분류표의 변곡점이 되었다.

르네상스를 해방과 번영의 시대를 여는 역사적 전환기로 보려는 시대구분은 근대중심적인 동시에 유럽중심적이다. 근대는 유럽이

---

2) Jacob Burckhardt, *The Civilization of the Renaissance in Italy*, London: Phaidon Press, 1951, pp.104, 171.

세계의 중심인 시대였고 중세는 그렇지 않았기 때문이다. 르네상스는 유럽 제국주의 역사의 관점에서 봐도 '부흥'과 '발견'의 시대였다. 395년 로마 제국의 동서 분열과 476년 서로마제국의 멸망 이후, 유럽은 경제적으로나 군사적으로나 '암흑의 시대'를 지나가고 있었다. 동시대 인도나 중국에 형성된 도시에 비해 중세 유럽에서는 거기에 버금가는 인구와 경제 규모를 지닌 도시를 찾아보기 힘들었고, 국가 단위로 편성되지 못한 봉건영주의 사병조직은 몽골이나 오스만터키 침략군의 적수가 되지 못했으며, 아시아나 아프리카와의 장거리 무역은 이슬람권의 통제하에 있었다.[3]

중세 유럽이 오랜 동면에서 깨어나 해외팽창의 기지개를 켠 것은 15세기 후반이었다. 콜럼버스(Christopher Columbus)가 아시아와의 무역항로 개발을 위해 나섰다가 예상치 않았던 아메리카를 '발견'한 1492년 바로 그해에 스페인이 유럽의 마지막 이슬람 거점이었던 그라나다 왕국을 정복한 것은 역사적 우연이 아니었다. 1,000년 동안 계속된 기독교 유럽과 비유럽 세계 사이의 힘의 불균형에 변동이 생기기 시작한 것이다. 르네상스가 변동의 시대라면, 그 변동은 유럽 사회 내부와 외부에서 동시에 일어났다. 월러스틴(Immanuel Wallerstein)은 르네상스는 '근대 세계체제'와 '자본주의 세계경제'의 초석을 놓기 시작한 시대였고 본다.[4] 즉 르네상스는 유럽의 자본과 기술, 아프리카의 노동력, 아메리카의 부존자원을 연결하는 '대서양 횡단 식민주의'(transatlantic colonialism)의 출발점이었다.

---

3) G.V. Scammell, *The First Imperial Age: European Overseas Expansion c. 1400-1715*, London: Harper Collins Academic, 1989, pp.1-15.
4) Immanuel Wallerstein, *The Modern World System I: Capitalist Agriculture and the Origins of the European World-Economy in the Sixteenth Century*, San Diego: Academic Press, 1974, pp.300-344.

2 가상의 제국 잉글랜드

그렇다면 셰익스피어 시대의 잉글랜드도 '부흥'과 '발견'의 르네 상스를 구가했던가? 당시의 잉글랜드도 해외팽창을 위한 탐색을 시 도했으나 스페인, 포르투갈, 네덜란드 같은 유럽열강들처럼 본격적 으로 식민지사업에 뛰어들지는 못했다. 비록 튜더 왕조가 16세기 이 전에 중앙집권화를 어느 정도 이룩했지만, 통합된 국가 에너지를 식 민지 팽창으로 전환하지는 못했다. 1534년에 잉글랜드 의회가 교황 의 세력을 차단할 목적으로 잉글랜드를 '제국'으로, 헨리 8세를 교회 와 국가의 '수장'으로 선포하며 민족국가의 기틀을 마련했지만, 17세 기 이전까지 잉글랜드는 이름뿐인 제국이었다. 이베리아 반도국들 이 아프리카와 아메리카의 부존자원을 선점하고 있을 때, 잉글랜드 의 관심사는 절대군주제의 확립과 '켈트 변방'의 통합에 치우쳐 있 었고, 스페인이 멕시코를 정복한 지 반세기가 더 지나고 나서야 잉글 랜드가 버지니아에 처음으로 시도한 식민지정착 사업도 실패로 끝 나고 말았다. 1588년 스페인 무적함대가 태풍으로 인해 런던 침공에 실패한 것을 두고 엘리자베스 여왕은 절대주의와 민족주의 프로퍼 갠더로 활용했지만, 정작 잉글랜드인들이 경험한 것은 강대국의 자 신감이 아니라 약소국의 안도감이었다.

르네상스 잉글랜드는 명실상부한 제국이 아니었다. 유럽 열강들 보다 잉글랜드가 식민지 진출에 얼마나 뒤졌는지는 콜럼버스의 아 메리카 '신대륙 발견'에 관한 편지가 유럽대륙에서는 1494년에 이미 널리 유포되고 있었는데 반해 잉글랜드에서는 출판사조차 구할 수 없었다는 사실만으로도 어렵잖게 짐작할 수 있다. 냅(Jeffrey Knapp) 이 정확히 지적한 대로, 르네상스 잉글랜드는 지도상에 존재하지 않는 제국이었다. 잉글랜드는 모어(Thomas More), 시드니(Philip

Sidney), 스펜서(Edmund Spenser), 헤이우드(Thomas Heywood), 말로, 셰익스피어 등의 문학 텍스트 속에서만 존재하는 가상의 제국이자 지구상 어디에도 없는 제국(an empire nowhere)에 불과했다.[5]

넵에 따르면, 르네상스 잉글랜드의 민족주의 정서는 상당히 모순적이었다. 한편으로는 스페인과 오스만 같은 선행 제국을 초조하고 부러운 시선으로 바라보며 제국의 야망을 키워나갔고, 다른 한편으로는 그 야망을 고립주의(isolationism)와 정신주의(spiritualism)의 굴절된 방식으로 표현하고 있었다. 아메리카 신대륙을 미개와 나태의 세계로 묘사하고 스페인 제국을 물질적 풍요와 정신적 빈곤으로 채색하면서, 잉글랜드는 부패하고 오염된 가톨릭 세력에 둘러싸인 왜소한 섬나라이지만 고귀한 기독교 정신을 보존하는 세계로 재현한 것이다. 따라서 "잉글랜드인들은 자신의 섬나라가 타락한 세계에 의해 고립된 것이 아니라 그 세계를 고립시킨다고 생각했다."[6] 잉글랜드인들에게 아메리카 신대륙과 스페인 식민제국은 일종의 '신포도'였던 셈이다.

그러한 소극적 자기재현이 전부가 아니었다. 이상과 현실 사이의 괴리로 고민하던 16세기 잉글랜드에게 절실히 필요했던 것은 새로운 국가 정체성의 확립이었다. 식민지 진출의 후발주자였던 잉글랜드는 뒤처진 만큼 그것을 호도하는 데는 적극적이었다. 제국의 역사에서 일반적으로 물질적 실천과 담론적 실천이 병행했지만, 16세기 잉글랜드의 경우는 후자가 전자에 선행했다. 말하자면, 엘리자베스 여왕 치하의 잉글랜드는 적어도 담론의 영역에서는 '부흥'과 '발견'의 르네상스를 경험하고 있었다. 셰익스피어를 비롯한 동시대 작가

---

5) Jeffrey Knapp, *An Empire Nowhere: England, America, and Literature from 'Utopia' to 'The Tempest'*, Berkeley: University of California Press, 1992, pp.18-20.

6) 같은 책, pp.4, 7-9.

들에게는 민족국가와 제국을 문학작품과 연극무대에서 건설하는 것은 시대적 요구인 동시에 가장 시장성 있는 작업이었다.

그런데 르네상스 잉글랜드의 자기재현은 과거지향적인 경향을 띠고 있었다. 찬란한 과거를 반추함으로써 불안한 현재를 위로하고 불투명한 미래에 구체적 목표를 상정하고 싶었기 때문이다. 그것은 곧 과거-현재-미래의 연속성을 담보한 솔기 없는 목적론적 서사를 창조하려는 기획으로 이어졌다. 르네상스 잉글랜드인들에게 그 영광스러운 과거가 바로 아서왕의 전설과 로마 제국의 역사였다. 고대 브리튼이 한때 줄리어스 시저가 점령한 로마 식민지였고 아서 왕도 색슨족의 침략을 물리친 켈트족 영웅이었음을 감안하면, 잉글랜드의 민족주의적 '뿌리 찾기'는 흥미로운 역사적 아이러니였다. 로마 역사와 켈트 신화를 잉글랜드가 전유함으로써(엄밀하게 말하면, 잉글랜드를 로마 제국과 켈트족의 족보에 편입시킴으로써) 민족과 제국의 서사시를 써 내려갔기 때문이다.

이런 아이러니를 더 적극적으로 해석한 헬거슨(Richard Helgerson)은 엘리자베스 시대 잉글랜드의 자기재현이 자기소외와 자기비하를 수반하는 기획이었다고 주장한다. 현재 잉글랜드를 스스로 야만적 타자의 위치에 설정하고 나서 잉글랜드의 손상된 이미지를 과거의 도움을 받아 회복했는데, 따지고 보면 그 과거가 현재와 연속성이 없었을 뿐만 아니라 과거 자체도 내적 일관성이 없었다는 것이다.[7] 즉 타자의 파편화된 이미지를 끌어와서라도 주체의 정체성을 구성하려는 제국주의적 욕망이 당대의 텍스트 행간에 배어 있었다는 얘기다.

---

7) Richard Helgerson, *Forms of Nationhood: The Elizabethan Writing of England*, Chicago: The University of Chicago Press, 1992, pp.22-23.

3 '화이트 르네상스'의 신화

잉글랜드 르네상스에 관한 또 하나의 민족주의적 신화는 앵글로색슨 문화의 순수성이다. 르네상스가 유럽중심주의와 오리엔탈리즘의 '뿌리'인 헬레니즘 문화의 부활로 규정되면서부터 유럽인들은 '화이트 르네상스' 즉 '유색인'이 틈입하지 않은 유럽 백인만의 르네상스라는 신화를 만들어냈다. 그 신화는 르네상스는 물론 그것의 모델인 헬레니즘도 유럽과 비유럽 또는 '옥시덴트'와 '오리엔트'의 활발한 교류에서 비롯되었다는 역사적 사실을 부인하고 기원/모방, 중심/주변, 문명/야만의 이분법을 지탱하는 근거가 되었다. 이는 '오염된' 르네상스를 '정화'하려는 인종주의적 불안이 르네상스 연구의 근저에 작용하고 있었기 때문이다.

전통적인 셰익스피어 연구는 유럽 중심적 르네상스 신화의 결정판이라고 해도 과언이 아니다. 그런 점에서, 인종 문제를 셰익스피어 해석에서 지엽적인 이슈로 치부하거나 아예 배제하는 형식주의 전통은 의도적이든 아니든 간에 인종주의적이다. 엄연히 셰익스피어 텍스트에 존재하는 인종적 타자를 간과하거나 삭제해버리기 때문이다. 더구나 그 인종주의 전통이 인본주의의 외피를 걸친 것은 희한한 아이러니가 아닐 수 없다.

그런데 셰익스피어 시대의 잉글랜드는 '순수한' 르네상스 대신 '잡다한' 르네상스를 경험하고 있었다. 아날학파를 주도한 브로델(Fernand Braudel)의 지중해 문명사 연구에 의하면, 그 당시의 지중해는 다양한 인종·문화·종교의 랑데부 무대였으며, 지중해 연안의 베네치아, 콘스탄티노플, 카이로, 예루살렘 같은 도시들은 그야말로 국제적이고 다문화적인 공간이었다.[8] 베르낭은 지중해를 장악한 이슬람 세력을 우회하려고 15세기 말에 콜럼버스와 다 가마(Vasco da

Gama)가 대서양과 인도양 항로를 개척했지만 16세기까지 기독교 유럽과 다른 문화권의 교역 무대는 여전히 지중해였으며, 지중해는 다른 세계들이 조우하고 교섭하며 새로운 혼종적 문화를 생성하는 역동적 공간이었다고 주장한다. 특히 이탈리아 르네상스의 발상지 중하나인 베네치아는 아시아에서 후추, 고추, 향료, 비단, 곡물 등을 수입해 중개한 유럽의 경제적 수도였기 때문에 백인 유럽 주체와 인종적·문화적 타자의 만남을 문학작품이나 연극무대뿐 아니라 일상에서도 심심찮게 목격할 수 있었다. 셰익스피어가 『베니스의 상인』과 『오셀로』에서 백인기독교 사회에 진입한 샤일록과 오셀로의 활동무대를 베네치아로 설정한 것은 결코 우연이 아니었다. 어쩌면 16세기 베네치아는 셰익스피어가 예상한 잉글랜드의 미래였을 수 있다. 그의 예상이 기대였는지 우려였는지 모르지만.

이와 같은 맥락에서, 자딘(Lisa Jardine)과 브로턴(Jerry Brotten)은 오스만제국이 유럽 르네상스의 문화에 끼친 영향을 강조한다. 중세와 르네상스 시대의 오스만제국은 유럽에게 군사적 위협인 동시에 경제적 부러움의 대상이었으며, 특히 술레이만 대제가 통치한 오스만제국은 유럽 국가들과의 활발한 교류를 통해 르네상스의 물질적 토대를 형성하는 데 적잖은 공헌을 했다. 중요한 것은 기독교와 이슬람의 사이의 오랜 적대관계를 넘어선 교류가 일방적이 아니라 쌍방향적이었으며 이를 통해 주고받은 영향이 경제적인 동시에 문화적이었다는 점이다.[9]

---

8) Fernand Braudel, *The Mediterranean and the Mediterranean World in the Age of Philip II*(1949), vol.2, Siân Reynolds(trans.), Berkeley: University of California Press, 1995, p.763.

9) Lisa Jardine and Jerry Brotten, *Global Interests: Renaissance Art between East & West*, Ithaca: Cornell University Press, 2000, pp.8, 184.

셰익스피어 시대의 잉글랜드도 오스만제국과의 교류에 적극적으로 참여했다. 가톨릭 세력의 종가였던 합스부르크제국을 공동의 적으로 삼은 엘리자베스 여왕과 술탄 무라트 3세는 1580년에 조약을 맺고 상호협력을 증대했으며, 이를 계기로 잉글랜드는 레반트 회사를 설립해 지중해 무역에 뛰어들 수 있는 발판을 마련했다. 브로델이 주장하는 것처럼, 잉글랜드가 1600년에 설립한 동인도회사는 레반트 회사의 파생물이었다고 해도 과언이 아니다.[10] 셰익스피어의 동시대 잉글랜드인들에게 기독교 문명의 '공공의 적'이자 대표적인 '오리엔트'로 다가왔던 오스만제국과의 교류가 사실은 제국의 꿈을 실현하는 디딤돌이 된 셈이다.

아르헨티나 출신의 언어학자 미뇰로(Walter D. Mignolo)에 따르면, 지중해에서 대서양으로 활동무대를 이동한 16세기 스페인제국도 "르네상스의 어두운 이면"을 형성하는 데 한몫했다. 스페인은 문자 문명의 이점을 이용해 아메리카 인디언의 언어와 기억과 공간을 식민화하는 데 성공했는데 그 과정에서 "완전히 뒤섞인 문화가 출현"하는 것을 목격하게 되었다.[11] 잉글랜드도 혼종화의 무풍지대가 아니었다. 레바논 출신의 영문학자 마타르(Nabil Matar)는 16, 17세기 잉글랜드인들이 담론의 영역에서는 인종적·문화적·종교적 타자를 경계하거나 혐오했지만 실제로는 일반적으로 알려진 것보다 훨씬 더 광범위하고 심층적인 교류가 이루어졌다고 주장한다. 잉글랜드-북아프리카-북아메리카로 이어지는 "르네상스 트라이앵글"이 형성되면서 잉글랜드인들은 터키인, 무어인, 유대인, 아메리카 인디언과의 인적·물적 교류를 늘렸고, 그 결과 '이방인'과 '야만인'은 연극무대

---

10) Fernand Braudel, 앞의 책, p.627.

11) Walter D. Mignolo, *The Darker Side of the Renaissance: Literacy, Territoriality, and Colonization*, Ann Arbor: The University of Michigan Press, 1995, p.xv.

와 문학작품뿐 아니라 런던 거리에도 점점 자주 등장했다. 특히 "이슬람 지중해"를 무대로 잉글랜드는 오스만제국과 경제, 외교, 군사, 문화, 종교 등의 여러 방면에서 부득이하고 불가결한 교류를 이어갔으며, 심지어 가장 금기시된 무슬림과의 '잡혼'마저도 지중해 연안에서 활동하던 잉글랜드 상인과 이민자들에게는 바람직하지는 않지만 용인될 만한(그리고 실제로 심심찮게 발생하는) 현상이었다.[12]

위에서 인용한 학자들이 이구동성으로 강조하는 바는 르네상스가 유럽과 비유럽의 교류가 빚어낸 문화적 혼종이라는 점이다. 그리고 이 혼종화의 과정은 거의 언제나 쌍방향적이었다. 역사를 거슬러 올라가 보면, 유럽 르네상스에 적잖은 영향을 끼친 오스만제국도 콘스탄티노플을 정복함으로써 비잔틴제국이 계승한 헬레니즘 문화를 수용하고 전파하게 된 것이 사실이다. 서구의 문화적 뿌리인 헬레니즘도 유럽만의 독자적이고 배타적인 성취가 아니라 '오리엔트' 내지는 '야만인'과의 끊임없는 뒤섞임을 통해 만들어진 '잡종'임을 부인할 수 없다. 알렉산더 대왕과 아우구스투스 황제가 작성한 제국의 지도가 차이와 다양성을 포용한 모자이크였던 것처럼, 그것을 계승한 르네상스 문화도 단일한 색깔이 아니었다.

따라서 부르크하르트를 비롯한 백인 유럽 학자들이 주장한 '화이트 르네상스'의 신화 즉 르네상스는 순수하고 온전한 그리스-로마 문화의 부활이라는 전제는 재고해야 마땅하다. 르네상스의 발상지가 지중해 연안의 이탈리아 도시들이었던 이유는 이탈리아가 로마 제국의 '적통' 후손이었기 때문이 아니라 당시 지중해가 유럽·아시아·아프리카의 경제적 교차로이자 유대교·기독교·이슬람이 공유한 문

---

12) Nabil Matar, *Turks, Moors, & Englishmen in the Age of Discovery*, New York: Columbia University Press, 1999, pp.3-8, 40, 83-88.

화적 모태였기 때문이다. 그런 점에서, 르네상스는 바바가 '민족문화'의 순수성과 전일성을 해체하기 위해 강조한 '문화적 차이'와 '문화적 번역'의 좋은 역사적 범례가 될 수 있다.[13]

역사상 다문화 사회로 진입하기 시작한 거의 모든 민족국가가 그러했듯이, 르네상스 잉글랜드도 혼종화의 사회현실을 경계와 불안의 시선으로 바라보았다. 르네상스가 봉건적 사회질서에 균열이 생기고 인종적·문화적 타자와의 만남이 급증한 시기였는데, 당시의 문학과 연극은 그러한 변화를 진단하는 동시에 변화가 수반한 위기의식에 이데올로기적 처방을 내렸다. 가장 인기 있는 처방전이 민족주의와 인종주의였던 바, 호혜적 교역의 파트너에게 야만과 미개의 틀을 씌움으로써 잉글랜드의 불안정한 정체성을 고정하고 앵글로색슨 민족이 주도하는 '상상의 공동체'를 구축한 것이다.

이 과정에서 잉글랜드는 가장 부러워하면서도 가장 경원시했던 '선배' 제국 스페인을 따랐다. 스페인은 지중해 패권을 놓고 오스만제국과 다투다가 '신대륙 발견' 이후 대서양으로 무대를 옮기면서 무슬림에게 부과했던 인종적 타자의 정형을 아메리카 인디언에게 그대로 덮어씌웠다. 마타르는 이러한 중첩(superimposition)의 전략을 잉글랜드가 스페인에게서 전수했다고 본다. 스페인이 지중해에서 마주친 무슬림의 이미지를 대서양 건너 아메리카 인디언에게 씌운 것처럼, 잉글랜드는 아메리카 인디언에게 부과했던 야만과 미

---

13) 바바가 의미하는 '문화적 차이'는 다문화주의에서 말하는 비교 범주로서의 문화적 차이와 다양성이 아니라 불확실성과 불안정성을 수반하는 문화적 의미화의 과정이다. 또한 '문화적 번역'이란 원본의 고정된 의미를 파괴하고 파편화된 의미에서 새로운 의미를 재구성함으로써 원본 자체를 낯설게 하고 원본(기원)과 사본(모방)의 위계질서를 해체하는 과정을 말한다. Homi K. Bhabha, *The Location of Culture*, London: Routledge, 1994, pp.162-164.

개의 이미지를 무슬림에게 씌웠다는 것이다. 차이가 있다면, 타자를 만난 순서가 바뀌면서 중첩의 방향이 바뀌었을 뿐이다. 셰익스피어의 동시대 관객에게 '무어인'과 '인디언'의 구분이 무의미했던 연유도 여기에 있다. '그들' 사이의 차이가 '우리'와 '그들'의 차이 앞에서 사라진 것이다. 여하튼 무슬림은 기독교 유럽이 마주한 타자의 원조였고, 스페인은 잉글랜드에게 강력한 적수이자 모방의 모델이었다.[14]

1601년에 공표된 엘리자베스 여왕의 칙령은 당시에 '화이트 잉글랜드'를 보존해야 한다는 인종주의적 불안이 개인적인 동시에 사회적이었으며 문학적 상상을 넘어 국가정책에도 영향을 미쳤음을 보여준다. 엘리자베스 여왕은 자신이 흑인 하녀와 흑인 악사를 궁중에 두고 '오리엔트 패션'을 즐겼으면서도, 흑인과 무어인을 잉글랜드 땅에 발붙이지 못하게 하라고 추방령을 내렸다. 물론 그런 정책의 이면에는 인구과잉과 실업으로 야기된 사회 불만과 불안을 인종적 타자를 희생양으로 삼아 해소하려는 의도가 있었고, 또한 이슬람에 대해 가톨릭보다 더 배타적인 입장을 취한 프로테스탄트의 정서가 반영되어 있었다. 하지만 그 밑바닥에 깔려 있었던 가장 근본적인 동기는 '영국다움'(Englishness)에 대한 강박, 즉 혼종화에 대한 불안과 두려움이었다. 다문화·다인종 사회가 위대한 제국 건설의 전제조건이며 이것이 제국의 원형으로 여겼던 그리스-로마로부터 배운 역사적 교훈임에도 르네상스 잉글랜드는 '얼룩' 없는 순백색의 제국을 꿈꾸고 있었다.

이렇듯 문화적 혼종화의 현실을 목격하면서도 그것을 애써 외면한 르네상스 잉글랜드의 모순은 후대 유럽 역사에서 더욱 심화되었다.

---

14) Nabil Matar, 앞의 책, pp. 14-17, 98-99.

어떻게 보면, 유럽 근대성의 역사는 민족을 발견하고 보존하며 정화하는 과정이었다. 한편으로는 식민지 타자를 포용하고 전용하여 제국의 '용량'을 늘려가면서, 다른 한편으로는 유럽 안의 민족국가와 유럽 바깥의 식민지를 끊임없이 중심/주변, 기원/모방, 문명/야만 등의 이분법으로 변주함으로써 앵글로색슨족과 게르만족의 위대함을 입증하려고 했다. 원형과 순수에 대한 민족주의적 집착은 사실은 인종주의적 불안과 맞닿아 있었다. 물론 그 불안과 집착은 야망과 현실 사이의 좁혀지지 않는 괴리에 기인했다. 제국의 외연이 확장되고 유럽과 비유럽의 상호작용이 가속화될수록 유럽 열강의 민족문화는 원치 않는 뒤섞임에 노출될 수밖에 없었다.

슈왑(Raymond Schwab)은 『오리엔탈 르네상스』에서 19세기 유럽 낭만주의 문학이 인도와 중국을 비롯한 아시아 문화에게 적잖게 빚졌음을 밝힌다.[15] 길로이(Paul Gilroy)도 『검은 대서양』에서 유럽 모더니즘 문학과 예술의 뿌리는 노예무역과 플랜테이션 역사와 분리 불가능하며 자본주의 근대성의 이면에는 유럽, 아프리카, 아메리카, 카리브해를 아우르는 블랙 디아스포라가 존재한다고 주장한다.[16]

혼종화의 역사적 현실과 그것을 부인하고 은폐하는 담론 사이의 괴리는 헬레니즘에서부터 르네상스를 거쳐 모더니즘에 이르기까지 서구 문화의 전통에 내재하는 보편적 모순일 터, 셰익스피어와 그에 관한 연구도 그 전통에서 비켜서 있지 않았다. 로미오, 줄리어스 시저, 브루터스, 안토니, 햄릿, 맥베스, 리어, 프로스페로, 이들은 모

---

15) Raymond Schwab, *The Oriental Renaissance: Europe's Rediscovery of India and the East, 1680-1880*(1950), Gene Patterson-Black and Victor Reinking(trans.), New York: Columbia University, 1984.

16) Paul Gilroy, *The Black Atlantic: Modernity and Double-Consciousness*, Cambridge: Harvard University Press, 1993.

두 셰익스피어가 창조한 캐릭터들이다. 이들의 공통점은 백인 귀족 남성이라는 데 있다. 그런데 셰익스피어의 텍스트를 좀더 깊이 들여다보면 '화이트 르네상스'와 '화이트 셰익스피어'의 신화가 무색해진다.

셰익스피어가 재현한 인간은 인종과 젠더의 심급에 따라 백인 남성, 백인 여성, 흑인 남성, 흑인 여성의 네 부류로 나누어진다. 여기에 계급, 국가, 종교, 섹슈얼리티의 심급을 적용하면 경우의 수는 훨씬 더 복잡해진다. 사실 셰익스피어는 여성, 하층민, 흑인 등의 다양한 타자를 등장시켜서 그들에게 백인 귀족 남성 못지않게 중요한 역할을 맡긴다. 특히 애런, 오셀로, 샤일록, 클리오파트라, 캘리반 같은 '이방인'이나 '야만인'의 존재는 르네상스 잉글랜드가 인종적·문화적 혼종화의 무풍지대가 아니었으며 셰익스피어도 '다른 피부색'을 지닌 인간에게 무관심한 작가가 아니었음을 여실히 보여준다.

"여태껏 단 한 번이라도 동양인 소크라테스, 흑인 프루스트, 여성 셰익스피어가 있었던 적이 있는가?"[17] 이것은 페미니스트 비평가 세즈윅(Eve Kosofsky Sedgwick)이 정전연구의 서구·백인·남성 중심주의를 꼬집은 질문이다. 흑인 비평가 리틀(Arthur L. Little Jr.)은 이 질문을 이어받아 '블랙 셰익스피어' 또는 '인종화된(racialized) 셰익스피어' 즉 흑인 독자와 관객을 위한 셰익스피어의 전통이 존재하는지를 묻는다.[18] 물론 그의 대답은 예스가 아니다. 이른바 '보편적 셰익스피어'는 백인 남성의 셰익스피어와 동일시되어왔기 때문이다. 왕립셰익스피어극단(RSC)에서부터 키치문화와 광고 문구에 이르기

---

17) Eve Kosofsky Sedgwick, *Epistemology of the Closet*, Berkeley: University of California Press, 1990, p.51.

18) Arthur L. Little Jr., *Shakespeare Jungle Fever: National-Imperial Re-Visions of Race, Rape, and Sacrifice*, Stanford: Stanford University Press, 2000, pp.20-21.

까지 셰익스피어는 '영국다움'을 넘어 '백인다움'의 기표로 굳건히 자리를 잡았다.

최근에 인종을 최종심급으로 상정하는 '특별한 셰익스피어'나 '대안적 셰익스피어'를 '편집증적 비평'이나 '의심의 해석학'으로 몰아붙이는 보수 비평가들의 반발도 '화이트 셰익스피어'를 의심하는 데 대한 편집증적 불편함을 드러내는 것이다. "약간의 편집증은 전혀 문제 될 게 없다"라는 리틀의 냉소 섞인 조언은, 뒤집어서 얘기하면, 그만큼 셰익스피어를 순백색으로 덧칠하려는 전통이 집요하고 유구했음을 말한다. 어쩌면 셰익스피어가 모든 인류의 자산이라는 전제 자체가 실제로는 총체적인 셰익스피어 연구를 가로막는 장벽일 수 있다. 왜냐하면 '모든 인류'나 '보편적 인간'의 범주에는 유럽 백인 남성만 속하고 그 이외의 타자와 소수자는 때로는 공공연히 때로는 암암리에 배제되어왔기 때문이다. 셰익스피어 연구에서 '인간'을 '인종화'하는 것이 유의미한 이유도 여기에 있다. 셰익스피어에서 인종을 걷어내려는 시도 자체가 인종주의적이다.

제5장 르네상스와 식민주의의 정합성

> "제국을 '마음'속에 꿈꾸고 '종이' 위에 표현했던
> 르네상스 잉글랜드를 제국주의 역사에서
> 제외하는 것이 오히려 몰역사적이다."

1 셰익스피어와 탈식민주의의 궁합

"항상 역사화하라!"는 제임슨(Fredric Jameson)의 표어를 굳이 상기하지 않더라도, 텍스트를 역사화한다는 것은 과거에 생산되고 소비된 텍스트를 '지금 여기' 독자의 시각으로 재구성하는 작업을 의미한다. 그것은 제임슨의 표현처럼 "언제나-이미-읽힌 상태로 우리에게 다가오는 텍스트"에서 새로운 여백과 균열을 찾아내는 작업이며, "일군의 해석 가능성이 공공연히 혹은 암암리에 다투고 있는 호머의 전쟁터"에 또 다른 해석의 가능성을 부여하는 행위다.[1) 하지만 제임슨이 옹호하는 바 "우리의 과거 해석이 현재의 우리 경험에 불가결하게 의존한다는 역사주의 관점"이 현재주의(presentism)를 의미하는 것은 아니다. 그것은 작가의 의도와 독자의 반응, 또는 선행 해석들의 퇴적층과 새로운 해석 사이의 변증법적 대화를 의미

---

1) Fredric Jameson, *The Political Unconscious: Narrative as a Socially Symbolic Act*, Ithaca: Cornell University Press, 1981, pp.9, 13.

한다.

역사학자 라카프라(Dominick LaCapra)에 따르면, 과거 텍스트를 현재에 갖고 온다는 것은 현재의 이해관계를 과거에 일방적으로 또는 작위적으로 투사하는 것이 아니라 독자와 텍스트가 지닌 상이한 목소리와 그 둘 사이의 쌍방향적인 영향을 인정하는 것이다. "해석은 정치적 개입의 한 형태"임을 강조하면서도 속칭 '창조적 오독'이나 '주관주의적 침공'을 경계하는 라카프라는 "훌륭한 독자란 모름지기 주의 깊고 끈기 있게 경청하는 사람"임을 잊지 말아야 한다고 덧붙인다.[2]

셰익스피어를 역사화 하는 작업도 마찬가지다. 셰익스피어의 텍스트에 내재하는 '정치적 무의식'을 읽어내는 작업이 '옛날 거기'에 부재했던 타자의 목소리를 발명해내거나 '지금 여기'에 존재하는 독자의 욕망을 투사하는 행위로만 귀결되면 곤란하다. 해석의 주관성과 상대성은 인정하되 주관주의의 횡포는 경계해야 한다. 동시에 셰익스피어의 역사화는 과거 텍스트와 현재 독자 사이의 대화뿐만 아니라 텍스트를 해석하는 다양한 방법론 사이의 대화를 전제해야 한다. 특정 방법론만 고집하는 것은 또 다른 주관주의의 횡포다. 제임슨의 설득력 있는 주장이 인식론적 독단이나 윤리적 독선으로 흐를 수 있는 지점도 바로 여기다.

『정치적 무의식』의 서두에서 제임슨은 "윤리비평, 정신분석학, 신화비평, 기호학, 구조주의, 신학비평 같은 여타 해석방법론"과 마르크스주의의 위계질서를 재정립하려고 한다. "오늘날 지적 시장터의 다원주의" 풍토를 마뜩잖게 여기는 제임슨은 그러한 "여타 해석방법

2) Dominick LaCapra, *Rethinking Intellectual History: Texts, Contexts, Language*, Ithaca: Cornell University Press, 1983, pp.63-64.

론"이 "파편화된 사회생활의 이런저런 지엽적 법이나 우후죽순처럼 복잡하게 생겨나는 문화적 상부구조의 이런저런 하위조직에 충실하게 공명하는" 것에 불과하다고 비판한다. 반면에 마르크스주의는 그러한 비평들로 대체될 수 없으며 그러한 비평들에 우선하는 "초월 불가능한 지평"으로 승격한다.[3] 이는 80년대에 '포스트' 담론이 '우후죽순처럼' 대두하면서 비평계의 맏형 마르크스주의가 느낀 영토 상실의 불안감이라고 이해할 수는 있겠지만, 정치적 입장과 강조점이 서로 다른 비평들 사이의 역할분담과 제휴를 어렵게 만드는 주장이 아닐 수 없다.

본 저서의 목적도 셰익스피어의 역사화인 바, 그 작업을 제임슨이 "여타 해석방법론" 가운데 하나로 간주했을 탈식민주의를 통해 시도해보려고 한다. 싱(Jyotsna G. Singh)이 밝힌 것처럼 탈식민주의 이론의 일차적 과제가 "유럽 식민주의의 문화적 유산"을 연구하고 "과거 식민권력의 문학이 식민지 역사와 피식민 주체의 경험을 재현하고 때로는 왜곡한 양상"을 분석하는 것이라고 할 때,[4] 이 책의 과제도 탈식민주의 이론에 기대어 셰익스피어를 그러한 목적으로 재해석하는 것이다. 따라서 이 책은 "해석이란 주어진 텍스트를 특정한 해석의 지배 약호로 다시 쓰는 것"이라는 제임슨의 전제를 따르면서도, 셰익스피어를 다시 쓰는 "지배 약호"는 마르크스주의가 아니라 탈식민주의임을 미리 밝혀둔다.

그렇다고 탈식민주의를 제임슨이 특권화한 마르크스주의처럼 "초월 불가능한 지평"으로 상정하겠다는 얘기는 아니다. "여타 해석방법론"으로 읽어낸 셰익스피어의 적합성이나 신빙성을 따지는 대신,

---

3) Fredric Jameson, 앞의 책, p.10.

4) Jyotsna G. Singh, *Shakespeare and Postcolonial Theory*, London: The Arden Shakespeare, 2019, p.3.

셰익스피어 텍스트를 분석하는 데 유용하다면 탈식민주의 이외의 비평이론도 차용할 것이다. 탈식민주의적 접근만이 유일한 대안이라고 생각하지 않기 때문이다. 다만 탈식민주의도 셰익스피어를 읽는 여러 방법론 중의 하나임을 강조할 뿐, 그것이 우리 시대에 가장 우선되고 유의미한 해석이라고 강변하지는 않을 것이다.

이 책에서 가장 자주 인용되는 탈식민주의 이론가는 파농, 사이드, 바바다. 특히 사이드와 바바는 식민담론을 비판하는 두 가지 방식을 대표한다. 사이드는 오리엔탈리즘의 "획일성, 고정성, 영속성"을 전제하며 고대부터 중세와 근대를 거쳐 현대까지 이어지는 오리엔탈리즘의 "내적 일관성"을 강조하는 반면,[5] 바바는 오리엔탈리즘의 초역사적 헤게모니를 강조하는 사이드의 입장을 "이론적·역사적 단순화"로 비판하면서 양가성과 혼종성 개념을 내세워 식민담론 내부의 모순과 균열을 드러내는 데 주력한다.[6] 게이츠(Henry Louis Gates, Jr.)에 따르면, 한쪽은 지배 담론의 헤게모니를 "과장"하고 다른 한쪽은 "축소"한다.[7] 따라서 사이드의 시각에서 분석하면 셰익스피어는 원형적 오리엔탈리스트가 되고, 바바의 눈으로 접근하면 셰익스피어는 식민주의의 모순과 한계를 미리 예시한 작가가 된다. 신역사주의 틀에 빗대어 말하면, 누구의 이론을 적용하느냐에 따라 셰익스피어의 이데올로기적 효과가 '전복'과 '봉쇄'로 엇갈린다. 그런데 사이드와 바바의 상반된 입장은 양립 불가능해 보이지만 상호보완적인 분석 틀이 될 수도 있다. 큰 그림(big picture)과 세부사항(details)을

---

5) Edward W. Said, *Orientalism*, New York: Vintage Books, 1978, p.206.

6) Homi K. Bhabha, *The Location of Culture*, London: Routledge, 1994, p.72.

7) Henry Louis Gates, Jr., "Critical Fanonism," in Nigel C. Gibson(ed.), *Rethinking Fanon: The Continuing Dialogue*, New York: Humanity Books, 1999, p.257.

동시에 파악할 수 있기 때문이다. 즉 사이드의 프리즘을 통해 잉글랜드의 정체성이 타자와의 위계적 관계 속에서 구성되는 방식을 조망하고, 바바의 프리즘으로 그 정체성의 불안정과 혼종성이 드러나는 양상을 관찰할 수 있다.

파농은 식민지 시대를 살면서 탈식민주의의 이론적·이념적 토대를 구축한 인물인데, 그를 여기에 소환하는 이유는 인종적 타자로서 체험했던 식민주의의 물리적·인식론적 폭력을 누구보다 더 총체적으로 그리고 심층적으로 분석했기 때문이다. 특히 식민지 흑인의 정신적 식민화와 자기소외에 대한 파농의 진단과 처방은 셰익스피어가 재현한 '이방인'과 '야만인'을 분석하는 데 유용한 참고서가 될 수 있다. 파농은 또한 제3세계가 식민지독립 이후에 봉착할 신식민주의의 폐해도 정확하게 예견하며 이에 대한 탈식민화와 인간해방의 청사진을 제시한 실천적 지식인이다. 힘의 불균형이라는 불가피한 상황에서도 제3세계의 주체성과 피억압자의 비판의식을 거듭 강조한 파농은 셰익스피어의 명망과 권위 앞에서 주눅 들거나 셰익스피어의 정치적 편향성을 미학적 양가성으로 변환하는 데 익숙해진 독자들에게 대안적 해석의 지침이 될 수 있다. 탈식민주의 시각에서 셰익스피어를 읽는다는 것이 그가 대표하는 영문학과 서구문화의 헤게모니에 맞서는 것을 뜻한다면, 파농은 그러한 탈식민적 저항 의지의 대변인이다.

이 책의 과제는 파농을 이념적 토대로 삼고 사이드와 바바를 이론적 도구로 삼아 셰익스피어의 미학성과 정치성을 비판적으로 분석하는 것이다. 그 과정에서 선별적으로 차용하는 파농, 사이드, 바바는 일일이 인용하지 않더라도 논지전개의 추동력으로 작용하고 있음을 미리 밝혀둔다. 본론에서 중점적으로 논의할 내용은 셰익스피어의 정전화가 아닌 정전성이다. 셰익스피어가 제국의 정전이 될 수 있었던 이유와 조건을 텍스트 '안'에서 규명해보려고 한다. 이를 위해 전반부에서는 근대성의 문턱에 들어선 셰익스피어가 근대성의 징후를 어떻게 포착하고 묘사하는지를 살펴보고, 후반부에서는 셰익스피어가 창조한 인종적·문화적 타자가 제국 건설에 어떻게 복무하는지, 셰익스피어가 재현한 근대성과 식민성이 무슨 상관관계가 있는지를 논의할 것이다.

그런데 셰익스피어의 근대성과 셰익스피어의 식민성을 병치하여 분석하면서 꼭 참고해야 할 인물이 미뇰로다. 아르헨티나 출신의 언어학자이자 문화인류학자인 미뇰로는 라틴아메리카 학자들과 함께 '근대성/식민성 연구 프로그램'을 주도하며, 한동안 영미권 탈식민주의 이론의 '사각지대'로 남아 있었던 중남미 지역의 식민지 역사를 배경으로 탈식민 논의를 전개하고 있다. 사실, 이 책의 역사적 배경은 영국 제국주의인데, 공교롭게도 책의 제목과 구성은 미뇰로의 문제의식과 접근방식을 반영하는 것처럼 보인다. 특히 르네상스가 유럽 근대성의 출발점이며, 근대성이라는 그 전대미문의 현상은 유럽의 자기충족적인 사건이 아니라 유럽과 '다른 세계' 사이의 상호작용에서 비롯되었다는 미뇰로의 전제는 이 책에서 시도하는 셰익스피어의 인본주의/인종주의 공모관계 분석에 유용한 참조가 된다. 하지만 여기서 인용하는 탈식민주의 이론과 미뇰로의 입장 사이에는 겹치면서도 갈라서는 지점이 있다.

우선, 유럽 근대성의 모순에 대한 미뇰로의 분석을 되짚어보자. 16세기를 전후하여 중국의 명, 터키반도의 오스만, 카스피해 연안의 사파비, 인도의 무굴, 서아프리카의 오요와 베냉, 아메리카의 잉카와 아스테카 등이 지역 단위로 제국의 아성을 구축하고 있었는데, 왜 르네상스를 기점으로 스페인과 잉글랜드 같은 유럽의 일개 민족국가가 세계제국으로 발돋움했는가? 이 질문을 던져놓고 미뇰로는 이렇게 대답한다. 자본주의라는 새로운 경제형태와 인본주의라는 새로운 지식체계가 유럽이 제국주의 패권을 확보한 원동력이지만, 동시에 "은폐된 차원의 사건들"이 있으니 그것이 바로 "인간 생명과 일반 생명의 처분 가능성(혹은 소모성)"을 전제한 노예무역과 식민지배, 그리고 이를 뒷받침한 인종주의다.[8] 즉 유럽 근대성의 이면에 인본주의를 가장한 인종주의가 잠행하고 있었다는 얘기다. 미뇰로는 근대성과 식민성이 동전의 양면임을 거듭 강조하며, "식민성 없는 근대성은 없다"라고 단언한다. 계몽과 해방을 표방한 근대성의 언술은 억압과 착취를 수반한 식민성의 논리를 은폐하며, 자본주의와 결탁한 근대성/식민성은 식민지 시대에는 물론 탈식민 시대에도 경제, 정치, 젠더와 섹슈얼리티, 주체성과 지식 등의 제반 분야에서 막강한 영향력을 발휘해왔다는 것이다.[9]

미뇰로는 자신의 근대성/식민성 비판이 페루 사회학자 퀴자노(Aníbal Quijano)에게 빚진 것임을 밝힌다. 퀴자노에 따르면, 과거에 유럽이 자행한 아메리카에서 원주민 학살과 구술문화 말살은 아프리카나 아시아의 경우보다 훨씬 더 철저하게 전개되었고, 현재에도 "공식적 정치 질서로서의 식민주의"는 종식되었어도 "권력의 식민성" 즉 "착취와 지배의 상황과 양태"는 여전히 존속되고 있다. 식민주의는 또한 "피지배자의 상상력이 식민화"되는 과정이다. 식민지배의 역사는 주체/객체, 이성/자연의 이분법으로 규정하는 지식의 패러다임을 구축했는데, 문제는 식민지 지배자뿐 아니라 피지배자도

---

8) Walter D. Mignolo, *The Darker Side of Western Modernity: Global Futures, Decolonial Options*, Durham: Duke University Press, 2011, pp.3-6.

9) Walter D. Mignolo, "Delinking: The Rhetoric of Modernity, the Logic of Coloniality, and the Grammar of De-coloniality," *Cultural Studies* 21:2-3(2007), pp.449-514.

보편과 객관의 논리로 포장된 그 유럽중심주의 지식체계를 당연하게 받아들인다는 점이다. 그로 인해 유럽과 아메리카는 "한 개체와 다른 어떤 것과의 관계" 즉 독립된 개체 간의 관계가 아니라 상호주체성이 담보되지 않은 일방적이고 불평등한 관계로 확립되었다. 따라서 식민성과 합리성·근대성의 상호작용에 대한 비판이 "인식론적 탈식민화"의 첫걸음이다.[10]

미뇰로는 유럽중심주의가 지리상의 문제가 아니라 인식론의 문제라는 퀴자노의 전제를 이어받아 라틴아메리카의 독특한 (신)식민적 경험에 부합하는 대안적 패러다임을 제시한다. 미뇰로가 지향하는 가치는 16세기 이후부터 지금까지 유럽중심주의를 지탱하면서 또한 은폐해온 "일원적 보편성"(universality)이 아니라 G7이나 G20 같은 미국 주도의 다극 체제를 넘어서는 "다원적 보편성"(pluriversality)이며, 그것의 최종목표는 칸트식의 계몽주의 유산과 자본주의적 세계주의(globalism)를 모두 초극하는 "탈식민적 세계주의"(decolonial cosmopolitanism)다.[11] 이를 위해 미뇰로는 "대안적 근대성이 아닌 근대성의 대안들을 모색"하여 "식민성과의 연결고리를 끊어내는" 작업을 우선 과제로 설정하고, 그것을 제국주의 냄새가 배어 있는 탈식민적 "사명"(mission) 대신 다른 대안들과의 대등한 관계를 전제하는 탈식민적 "옵션"(option)이라 명명한다.[12] 미뇰로의 주장은 이론

---

10) Aníbal Quijano, "Coloniality and Modernity/Rationality," *Cultural Studies* 21: 2-3(2007), pp.168-178. 이 논문은 1998년 부에노스아이레스에서 열린 라틴 아메리카 학회에서 발표된 논문들을 영어로 번역하여 출간한 *Globalizations and Modernities: Experiences, Perspectives and Latin America*, Stockholm, Forskningsrådsnämnden, 1999에 게재되어 있었다.

11) Walter D. Mignolo, 앞의 책, *The Darker Side of Western Modernity*, pp.22, 283-285.

12) 같은 책, pp.xxviii-xxix.

적으로나 논리적으로나 상당한 매력과 설득력이 있다. 식민담론의 억압적 측면을 집중 조명하는 사이드와 바바의 탈식민주의 이론을 갑갑하게 느낀 비서구 독자라면, 거시적 진단에다 낙관적 대안까지 제시하는 미뇰로의 기획은 명쾌하고 산뜻하게 다가올 것이다. 하지만 미뇰로의 주장에도 짚고 넘어가야 할 부분이 있다.

미뇰로는 사이드와 바바로 대표되는 탈식민주의(postcolonialism)와 자신이 기획하는 탈식민화(decolonization)의 차별성을 강조한다. 이 둘을 구분하는 근거는 언어적·지정학적 모델이 다르고 이론적·이념적 배경도 다르기 때문이다. 미뇰로가 보기에, 기존의 탈식민주의는 아프리카와 아시아에서의 영국 식민지배를 분석대상으로 삼고 있을뿐더러 푸코, 데리다(Jaques Derrida), 라캉 등의 탈구조주의 이론과 포스트모더니즘 철학에 의존하기 때문에 그것이 지닌 서구중심주의의 한계를 노정할 수밖에 없다. 반면에 중남미 지역에서의 스페인 식민지배를 역사적 배경으로 삼은 '근대성/식민성 연구 프로그램'은 마르크스주의를 변주한 주변부 종속이론과 근대세계체제 이론에 바탕을 두고 있어서 근대성을 받아들여야 하는 비서구 사회에 더 유용한 틀을 제공할 수 있다.[13]

그런데 이러한 미뇰로의 차별화 작업은 미묘한 논리적 모순을 드러낸다. 미뇰로는 첫 번째 저서 『르네상스의 어두운 이면』에서 스페인의 중남미 침략사가 언어의 식민화, 기억의 식민화, 공간의 식민화를 동시에 수반했음을 현상임을 논증하면서, 파농, 사이드, 바바를 중요한 참고자료로 인용할뿐더러 서구 중심적 탈근대성

---

13) 미뇰로가 여기서 말하는 근대세계체제 이론은 "제1세계의 경험과 시각에서" 정초한 브로델(Fernand Braudel)과 월러스틴(Immanuel Wallerstein)의 분석 틀이 아니라 "식민성을 수용하는 쪽, 즉 제3세계 시각에서" 구축한 퀴자노의 이론을 가리킨다.

(postmodernity)과 그것에 맞서는 탈식민성(postcoloniality)을 구분한다. 미뇰로는 "우리가 근대성이나 식민주의에서 완전히 벗어나지 못했기에 탈근대와 탈식민은 미심쩍은 표현"이라고 하면서도, "탈근대성과 탈식민성은 근대성에 대응하는 두 가지 상반된 지점을 지칭한다. '해체'(deconstruction)가 탈근대성과 관련된 방식 혹은 기획이라면, '탈식민화'(decolonization)는 탈식민성과 관련된 것에 해당한다"고 주장한다.[14] 하지만 그다음 저서『서구 근대성의 어두운 이면』에서 미뇰로는 자신이 기안한 탈식민성(decoloniality)을 식민성(coloniality)의 대응개념으로 상정하고 그것이 영미권 학자들이 천착하는 탈식민성(postcoloniality)과 어떻게 다른지를 논증하는 데 주력한다. 이를 위해 미뇰로는 사이드의『오리엔탈리즘』이 리오타르(Jean-François Lyotard)의『포스트모던 조건』과 같은 해(1978)에 출간된 사실을 상기시키면서 사이드가 닻을 올린 탈식민주의와 포스트모더니즘의 친연성을 강조한다.[15]

여기서 짚고 넘어갈 것은 미뇰로의 영토주의적 욕망과 전략이다. 한편으로는 "탈식민성(decoloniality)과 탈식민성(postcoloniality)은 어느 것이 최고인지를 결정짓는 투표에서 이기기 위한 선거운동이 아니라 사회변화를 위해 비슷한 목표를 지닌 상호보완적 궤적으로 본다"라고 하면서도, 다른 한편으로는 "미국과 유럽은 탈식민(the decolonial)의 중심축이 될 수 없다"라는 점을 언명한다. 겉으로는 연대를 제안하면서 실제로는 분리를 역설하는 셈이다. 미뇰로는 한 걸음 더 나아가 영미권 탈식민주의와 라틴아메리카 탈식민주의를 각각 "탈구조주의·포스트모더니즘의 옵션"과 "근대성 언술의 옵션"

---

14) Walter D. Mignolo, *The Darker Side of the Renaissance: Literacy, Territoriality, and Colonization*, Ann Arbor: The University of Michigan Press, 1995, p.xii.

15) Walter D. Mignolo, 앞의 책, *The Darker Side of Western Modernity*, p.55.

으로 규정함으로써 후자를 전자보다 더 포괄적인 위치에 갖다놓는다.[16] 하지만 이러한 접근은 영미권 탈식민주의를 포스트모더니즘의 우산 안으로 포섭하려는 서구 담론시장의 전략을 답습한다.[17] 게다가 미뇰로는 라틴아메리카 탈식민주의의 영역을 확보하기 위해 영미권 탈식민주의를 위축시키는 전략을 구사한다. 즉 '우리' 담론의 독자성과 진정성을 부각하기 위해 '그들'의 담론이 서구중심주의와 결탁했다는 혐의를 거듭 시사하는 것이다.

물론 '세계주의' 배후에 작동하는 앵글로색슨 제국주의의 자장에서 벗어나 라틴아메리카의 '지역주의' 담론을 구축하려는 미뇰로의 시도 자체는 유의미하다. 언어도 다르고 지역도 다르며, 식민지배의 주체와 대상도 모두 다르기 때문이다. 하지만 퀴자노가 강조한 "권력의 식민성" 즉 "착취와 지배의 상황과 양태"는 크게 다르지 않다. 차별성 못지않게 공통점과 연속성에 주목해야 하는 것도 이 때문이다. 흥미롭게도 사이드와 바바 공히 제3세계 탈식민주의의 선배로 인정한 파농을 미뇰로도 자신의 탈식민 논의에 계속 끌어들인다. 그런데도 미뇰로가 차별성을 집요하게 부각하는 것은 후발주자의 영역확보 전략이거나 사이드가 지적한 '점유적 배타주의'의 일례로 비칠 수 있다.[18] 미뇰로가 대변하려는 집단이 스페인의 식민지배로 사

---

16) 같은 책, p.xxvi, xxviii.

17) 포스트콜로니얼리즘을 왜 '탈식민주의'로 번역하는지, 탈식민주의를 탈구조주의의 실험장이나 포스트모더니즘의 지류로 합병하는 것이 왜 문제가 되는지는 이경원, 『검은 역사 하얀 이론: 탈식민주의의 계보와 정체성』, 한길사, 2011, 25-60쪽을 참조할 것.

18) 사이드는 말한 점유적 배타주의는 개인의 존재론적 위치나 역사적 경험이 인식론적 입장을 결정짓는다는 가설인데, 이에 대한 사이드의 입장은 애매하다. 『오리엔탈리즘』에서 사이드는 "오직 흑인만 흑인 문제를 논할 수 있고 회교도만 이슬람에 관해 얘기할 수 있다는 식의 편협한 가설을 절대 받아들이지 않는다"(p.322)고 천명하면서도, 실제로는 "모든 유럽인은 동양에 관해 무

멸한 인디언 원주민들이 아니라 앵글로색슨 제국의 패권에 가려진 라틴아메리카 백인 정착민들이라면, 그가 사이드와 바바 같은 이민자 출신의 '문화적 혼종'들이 이룬 성과를 평가절하하여 얻는 순수성과 진정성의 실익이 얼마나 클지는 의문이다. 굳이 점유적 배타주의 논리로 따지더라도, 사이드와 바바는 피정복자의 후예이고 퀴자노와 미뇰로는 정복자의 후예가 아니던가.

이 책에서는 근대성과 식민성이 분리 불가능하다는 미뇰로의 전제를 수용하되, 그가 기안한 용어 구분(postcolonial/decolonial)과 그 개념의 변별성은 간과할 것이다. 언어, 지역, 시대의 차이보다는 그것을 가로지르는 지배 이데올로기, 즉 보편과 객관을 가장한 서구중심주의, 인본주의와 제휴한 인종주의, 문학 텍스트에 잠행하는 오리엔탈리즘이 더 중대한 문제이기 때문이다. 따라서 사이드, 바바와 퀴자노, 미뇰로 공히 파농의 이론적·이념적 유산을 계승하고 변주하는 대동소이(大同小異)한 저항 담론에 속한다는 전제하에, 그리고 응구기가 강조한 '정신의 탈식민화'와 퀴자노가 제안한 '인식론적 탈식민화'가 공통된 문제의식에서 출발했다는 전제하에, 여기서는 이들의 다양한 개념과 주장을 하나의 목적을 위해 전용하려고 한다. 이는 프랑스 식민주의에 맞선 파농의 투쟁과 그 이전에 세계 도처에서 전개된 아이티혁명, 흑인민족주의, 범아프리카주의, 네그리튀드, 할렘르네상스 등을 모두 '탈식민주의'로 범주화하는 논리와 다르지 않다. 제국주의가 공동의 적이기 때문이다.

엇을 말하든 결국 인종주의자요 제국주의자다"(p.204)라는 전제하에 동양에 관한 서양의 재현은 언제나 무지와 왜곡을 수반한다는 논지를 전개한다.

2 인종 · 제국 담론의 역사성

셰익스피어를 탈식민주의 시각에서 접근할 때 논란의 여지가 있는 단어가 있다. 바로 '인종'과 '제국'이다. 인종과 제국은 탈식민주의의 핵심단어이긴 하지만, 유럽 근대성의 역사에서 인종주의와 제국주의 이데올로기가 체계적으로 구축된 18세기 이후에야 안전하게 적용될 수 있는 개념이다. 그런데 16, 17세기 잉글랜드 역사와 문화의 산물인 셰익스피어를 이 단어들을 사용하며 분석하는 것이 타당한가? 만약 르네상스 시대에는 인종과 제국 담론이 맹아적 단계에 있었다면, 그리고 셰익스피어의 작가적 의도나 그가 참여한 담론적 환경이 인종주의나 제국주의와는 전혀 상관이 없었다면, 탈식민주의로 셰익스피어를 역사화하는 작업은 역사성을 담보하지 못한다. 이는 셰익스피어와 탈식민주의의 '궁합' 즉 셰익스피어에 접근하는 탈식민주의의 방법론적 적합성의 문제이므로 작품분석으로 들어가기 전에 한 번쯤 되짚어봐야 할 필요가 있다.

우선 인종(주의)과 르네상스 잉글랜드의 연관성부터 살펴보자. 현대에도 인종(race)이라는 단어와 그것에 인접한 민족(ethnicity, nation)이 지칭하는 내용이 모호할뿐더러 이 단어들 사이의 차이와 경계선도 불분명하다. 르네상스 시대에는 이 단어의 의미가 훨씬 더 불안정하고 불확실했다. 『옥스퍼드 영어사전』에는 'race'가 1508년 스코틀랜드 시인 던바(William Dunbar)가 쓴 시에서 처음 나왔다고 하는데,[19] 거기서는 집단(group)을 뜻했기 때문에 피부색과 연계된 현대적 의미와는 거리가 있었다. 룸바의 분석에 따르면, 16세기 영어 텍스트에 나오는 'race'는 혈통, 가계, 뿌리의 뜻으로 사용되었으며,

---

19) William Dunbar, "The Dance of the Seven Deadly Sins."

대부분 민족, 종교, 국가, 계급, 젠더, 섹슈얼리티 등과 연관된 함의를 지니고 있었다. 셰익스피어도 'race'라는 단어를 열여덟 차례 사용했으나 한 번도 '유색인'이나 '니그로'를 가리킨 적은 없다. 대신에 셰익스피어는 이 단어를 집단적 정체성을 구성하는 여타 심급들과 연계하여 사용한다. 가령, 『안토니와 클리오파트라』에서 안토니는 이방 여인과 사랑에 빠져서 "정실과의 사이에 난 자손"(3.13.112)이 없다고 한탄한다. 여기서 안토니는 혈통의 차이와 위계, 즉 이집트의 근본 없는 서출과 구분되는 로마 귀족의 순수한 혈통을 강조한 점에서 그가 말한 '자손'(race)은 가부장적 제국주의 이데올로기와 무관하지 않은 단어다.[20]

피부색의 차이에 기초한 인종주의적 인종 개념은 18세기부터 본격적으로 전개된 대서양 노예제도와 식민주의 역사의 부산물이다. 그리고 인종 문제가 '과학'의 이름으로 학술 담론의 영역에 진입한 시기는 유럽의 식민제국 건설이 절정으로 치달은 19세기부터다. 그 과정에서 인종이 과학적 진실로 굳어지는 데 적잖게 관여한 것이 이른바 '세 인종' 가설이다. 19세기 초 프랑스의 동물학자이자 해부학자인 퀴비에(Georges Cuvier)가 인류의 조상 아담과 이브는 백인이었으며 이후에 인간은 백인(Caucasian)/황인(Mongolian)/흑인(Ethiopian)의 세 갈래로 분화되었다고 주장한 이래, 피부색의 차이에 기초한 이 인간 분류학은 사이드가 비판한 학술 담론으로서의 오리엔탈리즘을 구성하는 핵심요소가 되었다. 생물학, 인류학, 언어학, 심리학, 골상학 등의 각종 '과학'이 총동원되어 인종을 지속적으로 '발견'하고 '발명'해왔으며, 거기에 '함(Ham)의 저주'로 포장된 기

---

20) Ania Loomba, *Shakespeare, Race, and Colonialism*, Oxford University Press, 2002, pp.22-36.

독교 섭리주의와 데이비드 흄(David Hume), 칸트, 헤겔로 이어진 계몽주의 철학의 권위가 얹히면서 인종의 차이와 우열은 누구도 부인할 수 없는 '진실'로 자리 잡았다.

그 '진실'은 20세기 초 듀보이스(W.E.B. Du Bois)를 비롯한 일군의 흑인 민족주의 사상가들이 생물학적 본질주의에 근거한 인종 개념에 문제를 제기한 이래 계속 도전받고 해체되어왔지만, 인종주의는 21세기에 와서도 오히려 더 교묘하고 음험한 형태로 작동하고 있는 것이 사실이다. 서구 근대성의 역사와 궤를 같이하며 문학과 예술은 물론 모든 학문과 일상적 현실에 깊이 뿌리내린 인종주의는 푸코가 의미한 지식의 '인식론적 근거'(episteme)이자 알튀세르가 말한 바 개인을 주체로 호명하는 '이데올로기'라고 할 수 있다.

하지만 그러한 지배 이데올로기로서의 인종주의가 셰익스피어 시대의 잉글랜드 사회에도 유통되고 있었는지는 따져봐야 한다. 역사주의 관점에서 판단할 때, 르네상스 잉글랜드인들은 피부색이 다른 사람들과의 교류가 증가하면서 불안과 혼란을 느끼고 때로는 오해와 편견에 갇히기도 했으나 그러한 시대 정서를 '번역'하고 '관리'할 체계적 틀을 미처 갖추지 못했다. 그들에게는 자신보다 어두운 피부색이 왜 야만과 미개의 표식인지를 입증해낼 만한 경험적·이론적 역량이 부재했다. 젠더, 계급, 종교의 층위에서는 타자를 인식하고 재현하는 틀이 꽤 활발하게 형성되었지만, 인종 문제는 새로운 '발견'으로 다가왔기 때문이다. 따라서 르네상스 잉글랜드에는 '유색인 편견'(color prejudice)은 있었을지언정 그것이 인종차별주의(racism)로 발전하지 못했다는 견해가 설득력을 지닌다.

이러한 연유로 16, 17세기 잉글랜드의 문학과 연극에 등장하는 '이방인'과 '야만인'을 인종주의의 측면에서 분석하는 것이 몰역사적이라는 주장이 심심찮게 제기되어왔다. 일례로, 부스(Lynda Boose)는 셰익스피어의 동시대 사회에서 피부색이 타자를 규정하는 기준이 아니었음에도 그의 극에 등장하는 애런, 오셀로, 모로코 왕자 같은 무어인을 재현한 방식이 '인종주의'라고 해석하는 것은 문제가 있다고 본다. 당시 잉글랜드는 800년간 지중해 연안에서 노예무역을 지속해왔던 스페인이나 포르투갈과는 달리 아프리카 흑인과의 교류가 활발하지 않았을뿐더러 그나마 노예로 삼은 대상은 브리튼 내부의 켈트족이었으며, 잉글랜드가 후일에 인종주의적이라고 평가받을 만한 시선으로 마주했던 최초의 타자는 아프리카 흑인이나 아메리카 인디언이 아니라 아일랜드 원주민이었다. 따라서 신체적 차이를 형이상학적 우열로 치환하는 데 익숙하지 않았던 르네상스 잉글랜드 사회를 인종주의의 잣대로 평가하려는 시도는 타당하지 않다는 것이다.[21]

물질적 여건의 미성숙은 르네상스 잉글랜드에 인종주의의 라벨을 쉽게 부착할 수 없는 가장 큰 이유로 거론된다. 기본적으로 인종주의가 강대국이 약소국을 정복하고 중심부가 주변부를 억압하는 것을 뒷받침하는 이데올로기일진대, 르네상스 잉글랜드는 그럴 만한 위치에 오르지 못했다는 것이다. 튜더 왕조의 해외 진출을 잉글랜드 식민주의 역사의 출발로 보는 빗커스(Daniel Vitkus)는 당대 잉글랜드인들이 지리적으로나 문화적으로나 지중해 중심주의에서 벗어나지 못했기 때문에 앵글로색슨족을 이상적 모델로 삼은 민족주의나 인종주의의 발흥이 불가능했다고 단언한다. 오히려 지중해 무역에 뒤늦게 뛰어든 잉글랜드가 국제관계의 효용성을 인식하면서 당시 지

---

21) Lynda Boose, "'The Getting of a Lawful Race': Racial Discourse in Early Modern England and the Unpresentable Black Woman," in Margo Hendricks and Patricia Parker(eds.), *Women, 'Race', and Writing in the Early Modern Period*, London: Routledge, 1994, pp.35-36.

중해 패권을 놓고 다투었던 이탈리아, 스페인, 오스만을 부러워하는 처지였다는 것이다. 지중해는 기독교, 유대교, 이슬람 세력의 치열한 각축장이기도 했지만 동시에 유럽, 아시아, 아프리카의 문화가 뒤섞이는 공간이었다. 빗커스는 이러한 다문화주의 풍토가 지배하는 지중해 세계를 바라보는 잉글랜드인들의 시선을 인종주의로 규정하는 것은 단순하고 섣부르다고 주장한다. 지중해 연안 도시들이 스무 편의 셰익스피어 극에서 공간적 배경이 되는 것만 봐도 잉글랜드 연극 무대에는 "외국인 혐오(xenophobia)와 외국인 선망(xenophilia)의 이중적 경향이 동시에 발현"되고 있었다는 것이다.[22]

특히 무슬림에 대한 잉글랜드인들의 정서는 흔히 알려진 것과는 달리 상당히 복합적이었다. 경제적 실익이 종교적 반감에 못지않게 중요했기 때문이다. 마타르에 의하면, 지중해 무역의 후발주자인 프로테스탄트 잉글랜드로서는 인접한 가톨릭 제국 스페인이 가장 버거운 적이었고, 스페인의 패권을 견제하려던 오스만제국에게 잉글랜드는 이이제이(以夷制夷)를 위한 동지였다. 실제로 엘리자베스 여왕은 스페인에 대적할 목적으로 터키와 연합전선을 구축했을 뿐더러, 터키 외교사절이 술탄의 편지를 갖고 런던에 도착해 양국의 무역상들을 보호하는 협정을 체결했으며, '오리엔트 패션'을 선호한 엘리자베스는 이스탄불의 잉글랜드 대사에게 터키 전통의상을 직접 주문하기도 했다.

엘리자베스와 술탄 사이의 활발한 군사적 · 경제적 협력이 스페인을 비롯한 유럽 기독교 국가들한테 얼마나 불편한 행보였는지는 당시 교황이 잉글랜드를 터키의 동맹국으로 비난한 데서도 쉽게 짐작

---

22) Daniel Vitkus, *Turning Turk: English Theater and the Multicultural Mediterranean, 1570-1630*, New York: Palgrave Macmillan, 2003, pp.22-39.

할 수 있다.[23) 제임스 1세도 즉위하자마자 겉으로는 강력한 반이슬람 정책을 표방하면서도 오스만제국과의 무역은 중단하지 않았다. 지중해 무역을 위해 잉글랜드와 터키 상인들 간에 결성한 레반트 회사가 벌어들이는 막대한 수입을 무시할 수 없었기 때문이다. 이러한 역사적 배경을 고려하면, 셰익스피어가 오셀로에게 '고귀한 무어인'이라는 모순적 명칭을 부여하고 백인 귀족과의 금기시된 '잡혼'을 허용한 것이 후대 비평가들이 생각하는 만큼의 엄청난 파격은 아니었을 수도 있다.

플로이드-윌슨(Mary Floyd-Wilson)은 지리기질론(geohumoralism)이라는 분석 틀에 의거하여 르네상스 잉글랜드와 인종주의의 연관성을 부인한다. 플로이드-윌슨에 따르면, 지중해를 세계의 중심으로 믿었던 고대 그리스·로마인들은 지리적 위치와 기후를 기준으로 지중해 중부의 도시국가(polis)를 문명의 중심부로, 지중해 북부와 남부를 주변부로 규정했다. 기후가 온화한 지역에 사는 문명인은 기질이 온화하지만 너무 춥거나 더운 지역에 사는 야만인은 난폭하거나 무기력해지게 마련이며, 그리스·로마인들은 피부색과 기질에서 지중해 북쪽의 '창백한' 스키타이족과 남쪽의 '시커먼' 에티오피아인들처럼 극단적이지 않고 중용의 미덕을 구현했다는 것이다.

고대 오리엔탈리즘의 범례라고 할 수 있는 이 헬레니즘판 풍토지리설은 르네상스 시대에도 여전히 유효했는데, 문제는 당시 잉글랜드가 지중해의 중심이 아닌 주변에 속했으며 지중해 북부 지역 거주민의 '희멀건' 피부는 야만의 상징이었다는 사실이다. 로마 시대에는 게르만족의 '희멀건' 피부보다 로망스족의 '까무잡잡한' 피부가

---

23) Nabil Matar, *Turks, Moors, and Englishmen in the Age of Discovery*. New York: Columbia University Press, 1999. pp.19-20, 34.

남성성의 표상이었던 점을 감안하면, 로마제국의 계승자가 되기를 염원했던 엘리자베스 시대의 잉글랜드가 적어도 피부색에서만큼은 인종주의적 우월의식을 가질 수 없었다는 것이 합리적인 추론이다. 플로이드-윌슨은 잉글랜드가 18세기에 대서양 노예무역에 뛰어들고 나서야 인종주의 이데올로기를 구축하기 시작했으나 16, 17세기에는 오히려 지리적 위치와 피부색에 기인한 야만인 콤플렉스에서 벗어나지 못했음을 강조한다.[24]

제국(주의)이란 단어를 르네상스 잉글랜드에 적용하는 것도 적잖은 논란거리가 되어왔다. 일반적으로 르네상스를 유럽 제국주의의 '부흥'으로 간주하지만, 잉글랜드의 경우는 제국으로 불릴 만한 상황이 아니었기 때문이다. 역사학자 힐(Christopher Hill)은 잉글랜드 제국주의 역사의 전환점을 1642년 청교도혁명으로 본다. 크롬웰의 공화정부는 이전의 튜더-스튜어트 왕조가 보유하지 못했던 해군 중심의 강력한 군대를 양성하고 잉글랜드에서 브리튼으로의 확장을 위한 기반을 마련한 후 유럽 바깥으로 진출하기 시작했다. 오랫동안 '정복되지 않는 민족'의 자부심을 지켜온 스코틀랜드를 합병하고 '반역적인 무법천지' 아일랜드를 정복함으로써 '켈트 변방'의 골칫거리를 해결한 잉글랜드는 네 차례에 걸친 네덜란드와의 전쟁을 통해 해양강국으로서의 입지를 확보했고, 1655년에는 잉글랜드가 식민지개척을 위해 처음으로 정부군을 해외에 파견해 카리브 연안을 침공하고 자메이카를 정복하기에 이르렀다.[25]

---

24) Mary Floyd-Wilson, *English Ethnicity and Race in Early Modern Drama*, Cambridge: Cambridge University Press, 2003, pp.2-4, 10-12.

25) Christopher Hill, "The English Revolution and Patriotism," in Raphael Samuel(ed.), *Patriotism: The Making and Unmaking of British National Identity*, vol.1, London: Routledge, 1989, p.161.

잉글랜드의 식민지 진출은 왕정복고와 명예혁명 이후에 본격적으로 추진되었고, 스페인이 선점했던 아메리카의 부존자원을 가져오고 대서양 중앙항로(The Middle Passage)로 상징되는 노예무역을 주도하면서 잉글랜드는 명실상부한 제국으로 발돋움하게 되었다. 당시 통계를 봐도 1600년에는 아메리카 그 어디에도 잉글랜드 정착촌이 없었지만 1700년에는 북미 동부와 카리브해 연안에 40만 명이 넘는 이주민이 살고 있었다.[26] 18세기 이후부터 아메리카는 잉글랜드인들에게 '미답의 땅'이나 '주인 없는 땅'이 아니라 '약속의 땅'이었으며, 셰익스피어의 『태풍』에 나오는 구절을 인용하면 식민주의 유토피아의 욕망을 구현한 "멋진 신세계"(a brave new world)가 되었다. 이탈리아 르네상스를 촉발했던 지중해 중심의 유럽 경제권이 대서양으로 무대를 옮기면서 한때 유럽 구석의 외딴 섬나라였던 잉글랜드는 '근대 세계체제'의 중심으로 거듭난 것이다.

하지만 잉글랜드의 제국주의적 변신을 16세기 잉글랜드인들은 목격하지 못했다. 잉글랜드의 르네상스는 탐색(reconnaissance)의 시대였다. 그 당시 잉글랜드가 유럽 바깥으로 진출하려는 식민주의 야망은 무르익고 있었지만, 그것을 뒷받침할 만한 물질적 토대가 형성되지 못했다. 셰익스피어의 동시대 잉글랜드인들은 아시아, 아프리카, 아메리카로 뻗어 나가는 유럽 열강들의 식민제국 건설을 그저 바라보고만 있었을 뿐이다. 그나마 잉글랜드의 식민지라 할 만한 지역은 아일랜드와 버지니아였는데, 두 곳 모두 실속이 없었다. 엘리자베스 여왕이 시도한 아일랜드 정복사업은 스페인과 로마가톨릭의 빈번한 개입과 원주민들의 완강한 저항으로 인해 자신의 부왕 헨리 8세가

---

26) Robert M. Bliss, *Revolution and Empire: English Politics and the American Colonies in the Seventeenth Century*, Manchester: Manchester University Press, 1990, p.1.

1534년에 아일랜드를 침공했을 때보다 별다른 진전이 없었고, 인구 과잉과 실업 문제로 시달리던 잉글랜드인들에게 희망으로 다가왔던 버지니아는 정착민들의 연이은 실패와 사망 소식이 전해지면서 '죽음의 덫'이나 '도살장'으로 바뀌었다.[27] 렌먼(Bruce Lenman)이 지적하듯이, 엘리자베스의 식민지사업은 파산했고 제임스 1세는 제국의 업적을 전혀 성취하지 못한 왕조를 물려받았다.[28]

3 르네상스 잉글랜드의 인종주의

인종(주의)이나 제국(주의)이라는 단어가 르네상스 잉글랜드와 어울리지 않는다는 것이 역사주의자의 견해라면, 셰익스피어를 해석할 때도 이 견해를 따라야 하는가? 빗커스는 마땅히 그러하다고 말한다. 잉글랜드가 스코틀랜드를 합병한 1707년 전까지는 영국 제국(British Empire)은 물론 영국(Britain)도 존재하지 않았다고 보는 빗커스는 르네상스 영문학에서 재현된 인종적 타자의 분석 작업이 제국의 담론적 조건을 물질적 조건과 혼동하는 "탈식민주의적 오류" (postcolonial fallacy)에 빠져 있다고 주장한다. 이는 "제국처럼 말하면 제국이 되는 것"으로 착각하는 오류로, 신역사주의나 탈식민주의 비평가들이 "나중에 고안해낸 목적론적 역사관에 의존하여 제국주의 환상을 제국의 증거로 오해하는" 경향을 말한다.[29] 그러한 작업

---

27) Stephen Adams, *The Best and Worst Country in the World: Perspectives on the Early Virginia Landscape*, Charlottesville: University Press of Virginia, 2001, p.156.

28) Bruce Lenman, *England's Colonial Wars, 1550-1688: Conflicts, Empire and National Identity*, New York: Longman, 2001, p.142.

29) Daniel Vitkus, 앞의 책, pp.6, 11. 빗커스는 르네상스 영문학 분야에서 대단

은 후대 비평가의 자의적이고 소망충족적인 곡해에 불과하다는 것이다. 비슷한 맥락에서 스필러(Elizabeth Spiller)도 "초기 근대의 인종지식을 우리의 동시대 인종 개념으로 그냥 개보수(改補修, retrofit)"하는 경향에 문제를 제기한 바 있다.[30] 16세기 역사를 20세기 이론에 꿰맞추는 작업은 시대착오적이라는 얘기다.

그런데 "탈식민주의적 오류"에 대한 비판은 실증주의의 미덕을 지녔음에도 몇 가지 문제점을 드러낸다. 우선, 르네상스 잉글랜드가 인종주의와 상관이 없었다는 견해는 인종 문제를 피부색의 차이로만 환원한 결과다. 18세기 중반 이후부터 영국 제국이 대서양 노예무역과 식민체제를 주도하면서 이분법적 흑백논리에 기초한 인종차별주의 이데올로기가 들어선 것은 사실이나 16, 17세기의 인종 개념은 19, 20세기와 비교하면 훨씬 더 유동적이고 불확실했다. 르네상스 텍스트에서 '블랙'은 통상적으로 국가·민족·종교·지리·풍토·체질·체형·문화·신분 등의 다양한 차이를 표상하는 개념이었을 뿐 사하라 사막 이남의 아프리카 흑인을 지칭한 것은 아니었다. 이를테면, 흑인이 아니어도 검은 눈동자나 검은 머릿결을 지닌 여자는 '블랙'으로 일컬어졌다.[31]

한 업적을 내놓은 그린블랫(Stephen Greenblatt), 홀(Kim Hall), 바텔스(Emily Bartels), 다미코(Jack D'Amico), 푹스(Barbara Fuchs), 리틀(Arthur Little, Jr.)이 모두 "탈식민주의적 오류"를 범하고 있다고 주장한다. 그리고 빗커스는 탈식민주의 이론을 르네상스 영문학에 적용하더라도 동양과 서양의 불균등한 권력관계와 오리엔탈리즘의 일관된 헤게모니를 강조하는 사이드보다는 탈구조주의 이론을 전유하여 지배 담론의 모순과 문화의 혼종성에 주목하는 바바가 더 적절한 분석 틀을 제공한다고 덧붙인다. pp.11-14.

30) Elizabeth Spiller, *Reading and the History of Race in the Renaissance*, Cambridge: Cambridge University Press, 2011, p.3.

31) Lara Bovilsky, *Barbarous Play: Race on the English Renaissance Stage*, Minneapolis: University of Minnesota Press, 2008, pp.14, 17.

인종적 타자의 대명사로 통한 '무어'(Moor)도 모호한 개념이었다. 고대 로마 시대에는 지금의 알제리와 모로코 지역에 해당하는 마우레타니아(Mauretania)에 거주하는 종족을 지칭했으나, 중세에는 북아프리카 지역의 피부색이 어두운 무슬림을 뜻했고, 르네상스 시대에 와서는 인종, 민족, 국가, 종교, 문화의 심급에서 '이상한'(strange) 외부인을 가리키는 총칭으로 확장되었으며 '블랙'이나 '니그로'와 호환되기도 했다. 실제로 셰익스피어 시대에는 사하라사막 이북의 아프리카 흑인과 이남의 아프리카 흑인, 아메리카 인디언, 아시아 인디언, 아랍인, 유대인 등이 모두 '무어'로 일컬어졌다.[32]

16세기 잉글랜드가 아프리카 흑인을 노예로 삼지 않았고 오스만 제국과 부분적인 협력 관계에 있었지만, 당시 잉글랜드인들이 외국인을 향해 인종주의 시각을 지니지 않았던 것은 아니다. 다만 타자를 인식하고 재현하는 방식이 달랐을 뿐이다. 그 방식 중 하나가 반(反)스페인 정서였다. 르네상스 연극무대에서 재현된 스페인의 이미지를 분석한 그리핀(Eric J. Griffin)은 잉글랜드 인종주의가 해외팽창의 최대 걸림돌이었던 스페인을 매개로 형성되기 시작했다고 주장한다. 가톨릭 스페인을 프로테스탄트 잉글랜드의 부정적 대척점, 즉 잔인, 탐욕, 배반, 광신, 미신, 비겁, 부패, 퇴폐, 나태, 오만 등의 스테레오타입으로 '스페인화'(Hispanize)한 이른바 '검은 전설'(the Black Legend) 담론을 그리핀은 잉글랜드 인종주의의 원형으로 보는 것이다. 이는 스페인을 넘어 더 고귀한 기독교 제국을 꿈꾸던 잉글랜드가 식민지 진출의 선두주자였던 스페인이 인종적 타자에게 부과했던 이미지를 전유해 거꾸로 스페인에게 덮어씌운 것으로, 후대에 인

---

32) Anthony Gerard Barthelemy, *Black Face Maligned Race: The Representation of Blacks in English Drama from Shakespeare to Southerne*, Baton Rouge: Louisiana State University Press, 1987, pp.13, 17.

종주의 이데올로기에 동원될 이분법적 흑백논리가 자민족중심주의(ethnocentrism)의 형태로 발화되었다고 할 수 있다.[33]

셰익스피어 시대 잉글랜드인들이 인종주의 시각을 투사한 또 다른 대상은 종교적 타자였다. 특히 무슬림과 유대인은 프로테스탄트 국가 잉글랜드가 가톨릭 제국인 스페인보다 더 노골적으로 타자의 낙인을 부과한 집단이었다. 공교롭게도 무슬림과 유대인에 대한 차별에서도 스페인이 잉글랜드의 선배 역할을 했다. 1492년과 1609년에 각각 유대인과 무슬림을 이베리아반도에서 추방한 스페인처럼, 튜더-스튜어트 왕조는 비국교도들에 대한 배척과 차별 정책을 견지했다. 심지어 기독교로 개종한 무어인(Morisco)과 유대인(Marrano)도 잉글랜드 주류사회의 탄압과 감시를 받아야 했다. 신앙의 순수성과 종교적 정통성에 대한 집착으로 인해 개종이 "영구적으로 불안정한 상태"로 규정된 것이다.[34] 그런데 무슬림과 유대인은 종교적 타자로 따로 범주화되지 않고 국가나 민족 또는 피부색의 차이로 묘사되었다. 따라서 '이교도'와 '야만인'이 같은 범주에 속했고, 두 집단 모두 '블랙'의 이미지로 채색되었다. 이는 다문화·다인종 사회의 징후가 엿보이기 시작한 르네상스의 시대적 상황에서 '순수한 혈통'과 '순수한 신앙'을 지켜야 한다는 주류사회의 불안감이 그만큼 확산하고 있었음을 의미한다.

피부색 이외에도 민족, 국가, 종교 등의 차이가 인종(주의)의 언어로 '번역'된 사실을 고려할 때, 르네상스 잉글랜드의 문학과 연극이 인종주의와 상관이 없었다고 주장하는 것은 타당치 않다. 흑인 페미니스트 홀(Kim Hall)은 텍스트에 산재하는 인종주의의 징후를 적극

---

33) Eric J. Griffin, *English Renaissance Drama and the Specter of Spain*, Philadelphia: University of Pennsylvania Press, 2009, pp.9-15.

34) 같은 책, pp.209-210.

적으로 읽어내면서 르네상스 잉글랜드가 '유색인'에 대한 편견과 혐오가 팽배한 사회였다고 진단한다. 그 근거로 홀은 르네상스 잉글랜드가 고대 헬레니즘과 중세 기독교로부터 검은색과 하얀색을 선/악, 미/추로 치환하는 이분법적 '색깔론'을 이어받았을뿐더러 당시 잉글랜드인들이 유럽과 아프리카의 차이를 상당히 중요하게 인식했다는 점을 강조한다. 아일랜드 남성이나 잉글랜드 여성에게 타자의 기표인 '블랙'이 부과되기는 했지만 그러한 이데올로기적 호명은 아프리카 흑인을 염두에 둔 시각적 틀에 의존했다는 것이다.

특히 당시에 활발하게 유통된 기행문 텍스트들이 인종주의 이데올로기 형성에 가담한 역할을 간과할 수 없다. 해클루트(Richard Hakluyt)의 『잉글랜드의 선구적 항해와 탐험과 발견』(*The Principal Navigations, Voyages and Discoveries of the English Nation*, 1589), 영어로 번역된 『존 맨드빌 경의 여행기』(*The Travels of Sir John Mandeville*, 1499), 아프리카누스(Leo Africanus)의 『아프리카의 지정학적 역사』(*A Geographical Historie of Africa*, 1600)는 아프리카 흑인과의 접촉이 거의 없었던 잉글랜드 독자들에게 '암흑의 대륙'에 대한 인종주의·식민주의 환상을 불러일으켰으며, 아프리카에 다녀온 상인들과 탐험가들의 기록은 잉글랜드의 국가 정체성 형성에도 적잖은 영향을 미쳤다.[35] 백인·기독교·엘리트 남성이 주도한 잉글랜드의 정체성 확립은 피부색이 어둡고 기독교인이 아니며 멀리 떨어진 지역에 거주하는 집단을 차별적 비교의 대상으로 삼아 이루어졌고, 그 과정에서 '겉으로 드러나는' 인종적·문화적 차이가 우월/열등의 증거로 각인되기 시작한 것이다.

---

35) Kim F. Hall, *Things of Darkness: Economies of Race and Gender in Early Modern England*, Ithaca: Cornell University Press, 1995, pp.7, 25-61.

홀의 분석에 의하면, 르네상스 문학에서 가장 선정적인 주제였던 '잡혼'(miscegenation)의 불안은 르네상스 잉글랜드가 인종주의 사회였음을 반증한다. 특히 흑인 남성과 백인 여성의 만남은 셰익스피어가 『타이터스 안드로니커스』와 『오셀로』가 보여주듯이 백인가부장제 사회가 가장 두려워하는 금기에 해당했다. 백인 여성의 몸은 백인 기독교 가부장제 국가의 상징적 영역이기 때문이었다. 흑인 남성의 성적 침투는 '오염'으로 받아들여졌고, 잡종화에 대한 불안은 '백인성'에 대한 집착으로 나타났다. 이는 '백인성'/'흑인성'이라는 인종주의적 대립 구도가 르네상스 시대에 이미 형성되었음을 의미한다. 홀은 노예제도와 식민주의 역사로 인해 "흑인성(blackness)과 영국인다움(Englishness)이 상호배타적 범주"가 되었다는 길로이의 주장을 인용하면서,[36] 그 주장이 르네상스 잉글랜드에도 무리 없이 적용될 수 있다고 본다. 인종이란 결국 언어를 통해 구성되며 생물학적 차이가 아니라 권력과 문화의 문제이므로 르네상스 잉글랜드도 예외가 아니라는 것이다.[37] 신체적 차이에 대한 가설을 사회적 차별과 불평등으로 치환하는 것이 인종주의의 핵심일진대, 르네상스 잉글랜드도 인종주의의 혐의에서 벗어날 수 없다.

만약 '이방인'과 '야만인'에 대한 르네상스 잉글랜드의 사회정서를 '인종차별주의'(racism)로 명명하는 것이 역사주의와 실증주의 시각에서 봤을 때 시대착오적 오류라면, 그리고 굳이 그 입장을 존중해야 한다면, 홀이 제안하는 것처럼 '인종주의'(racialism)라는 단어를 사용할 수 있다. 아피아(Anthony Appiah)가 근현대의 제도화된 '인종차별주의'와 구분하려고 사용한 '인종주의'는 인간이 인종이

---

36) Paul Gilroy, *'There Ain't No Black in the Union Jack': The Cultural Politics of Race and Nation*, Chicago: The University of Chicago Press, 1991, p.55.

37) Kim F. Hall, 앞의 책, pp.6, 11-15.

라는 범주로 분류되며 각각의 인종은 생물학적 형질과 지적·도덕적 속성을 지닌다는 18세기 인종 담론을 말하는데,[38] 홀은 이 개념이 잉글랜드의 경우 16세기부터 유효하다고 보는 것이다.

닐(Michael Neil)도 같은 견해를 피력한다. 노예제도와 흑백분리 정책의 이데올로기적 토대로 복무했고 또한 그것의 고질적 유산으로 현재까지 남아 있는 인종차별주의까지는 아니더라도, 닐은 르네상스 잉글랜드가 "맹아적 제국주의의 압력으로 인해 인종주의(racialist) 이데올로기를 형성하기 시작했다"고 주장한다.[39] 홀과 닐이 의미하는 '인종주의'는 룸바가 말한 '인종 없는 인종주의'와도 일맥상통한다.[40] 비록 르네상스 시대에는 '과학'의 이름으로 인종의 생물학적 차이를 '입증'하지는 못했지만, 잉글랜드인들이 다양한 층위에서 자신과 '다른' 집단을 인식하고 재현하는 나름의 틀을 갖추기 시작했다고 봐야 한다.

아커미(Patricia Akhimie)도 셰익스피어 시대의 인종주의에 대해 설득력 있는 주장을 개진한다. 아커미는 "인종은 마녀 같다. 마녀가 아무리 비현실적이어도 마녀에 대한 '믿음'은 인종에 대한 믿음처럼 여러 지역에서 오랫동안 인간 삶에 중대한 영향을 끼쳐왔다"는 아피아의 구절을 인용하며,[41] "인종은 헛소리다. 하지만 인종은 실질적이다"라면서 이렇게 주장한다. "인종은 차이에 관한 사유의 영역이자 고통으로 물든 영역"으로, 거기에는 "인위적 범주를 확고하다고

---

38) Anthony Appiah, "Race," in Frank Lentricchia and Thomas McLaughlin (eds.), *Critical Terms for Literary Studies*, Chicago: The University of Chicago Press, 1990, p.276.

39) Michael Neil, "Unproper Beds: Race, Adultery, and the Hideous in Othello," *Shakespeare Quarterly* 40(Winter 1989), p.394.

40) Ania Loomba, 앞의 책, p.52.

41) Anthony Appiah, 앞의 글, p.277.

상상"하고 "포함과 제외의 과정이 항상 진행 중"이며 "그 과정이 어떤 이들에게는 큰 이익이 되지만 다른 이들에게는 손해가 된다." 특히 르네상스와 초기 근대에 "실체적 내용"도 없이 생산되고 소비된 인종 담론은 "구조적 관계, 즉 인간의 차이에 관한 유동적인 관념과 사회 내부의 불안정한 권력 구조 사이의 관계"를 매개했다. 지배 집단이 피지배 집단에 대한 우위를 확보하기 위해 "자연스러운 표식"에 부정적 의미를 부과한 것이다. 그 결과, "신체적 표식이 생물학적이고 유전적이며 사회가 승인한 지워지지 않는 낙인"으로 변환되면서 인종은 "억압적 권력 구조를 생산하고 유지하며 또한 떠받치는 개념"으로 자리를 잡았다.[42]

따라서 셰익스피어를 인종의 심급에서 접근하는 것은 당시의 실체적인 인종 개념을 규명하는 작업보다는 그것이 불균등한 권력 관계에 미친 영향을 분석하는 작업이 되어야 한다. 이는 인종뿐 아니라 젠더와 계급의 심급에서도 마찬가지일 것이다. 20세기의 인종, 젠더, 계급 개념이 16세기에는 미처 형성되지 않았음에도 현재의 틀을 과거의 텍스트에 적용하는 이유는 시대의 차이를 가로지르는 억압의 공통분모와 연속성을 되짚어보기 위해서다. 퍼거슨(Margaret Ferguson)이 지적한 것처럼, 시대착오(anachronism)에 대한 역사주의자들의 경고는 환원론적 '이본 합성'(conflation)을 경계하게 해주는 점에서는 유용하지만 그 경고가 구조적 사회모순과 불평등의 '유형'과 관련된 증거를 수집하는 작업을 방해해서는 안 된다.[43] 르

---

42) Patricia Akhimie, *Shakespeare and the Cultivation of Difference: Race and Conduct in the Early Modern World*, London: Routledge, 2018, pp.9-11, 21-22.

43) Margaret Ferguson, "Juggling the Categories of Race, Class, and Gender: Aphra Behn's *Oroonoko*," in Margo Hendricks and Patricia Parker(eds.), *Women, 'Race', and Writing in the Early Modern Period*, London: Routledge, 1994,

네상스 이후의 현상인 인종주의로 르네상스 텍스트인 셰익스피어를 분석하는 것은, 퍼거슨의 용어를 빌리면, "인종이라는 범주로 요술을 부리는" 행위가 아니라 인종주의의 뿌리를 탐색하는 작업이다. 셰익스피어를 통해 20세기 남아프리카공화국의 아파르트헤이트를 비판한 올킨(Martin Orkin)이 인종차별(racism)과 유색인편견(color prejudice)은 결국 같은 개념이라고 얘기하듯이,[44] 20세기 백인우월주의와 16세기 인종 담론 사이에는 차이점보다 공통점이 더 많다. 따라서 르네상스 시대를 대표하는 셰익스피어를 인종(주의)의 틀로 읽어내는 작업은 충분한 역사성을 담보한다.

셰익스피어의 인종적 타자를 분석할 때 또 하나 고려해야 할 문제는 타자 내부의 차이이다. 룸바가 지적하듯이, "셰익스피어 시대는 민족(ethnic)의 정체성을 유동적으로 이해한 마지막 시대이자 인종(race)의 현대적 개념이 대두하기 시작한 시대"였다.[45] 인종적 타자와의 만남은 증가했으나 근현대 인종주의 담론에서 구성한 인종의 개념과 경계선은 명확하게 설정되지 않았던 때가 르네상스 시대다. 따라서 기독교 백인 남성 주체에 상응하는 타자가 구체적으로 누구를 지칭하는지, 유럽 안의 타자와 바깥의 타자가 어떻게 다른지, 피부색의 차이와 국가나 종교의 차이가 중첩되고 또한 분기하는 지점이 어디인지, 백인과 '유색인'의 차이뿐만 아니라 '유색인' 사이의 차이가 무엇인지가 명확하지 않았다. 담론적 유동성으로 인해 심급

---

p.212.

44) Martin Orkin, "Othello and the 'Plain Face' of Racism," *Shakespeare Quarterly* 38 (Summer 1987), p.168.

45) Ania Loomba, "'Delicious Traffick': Racial and Religious Difference on Early Modern Stages," in Catherine Alexander and Staley Wells(eds.), *Shakespeare and Race*, Cambridge: Cambridge University Press, 2000, p.203.

사이의 '이본 합성'은 불가피했다. 르네상스 잉글랜드가 마주한 새로운 인종적 타자는 종종 성적·계급적·종교적 타자의 이미지로 채색되었을뿐더러 인종적 타자 내부의 다양한 차이도 한 가지 범주로 환원되었다. 이를테면, 피부색이 '시커먼' 아프리카인, '거무튀튀한' 무어인, '가무잡잡한' 아랍인, '누리끼리한' 동양인, '불그스름한' 아메리카 인디언, '허여멀건' 유대인을 모두 '블랙'이라는 포대자루에 집어넣은 것이다.

타자의 차이를 합성하고 혼용하는 것은 16세기 잉글랜드의 인종 담론이 지닌 특징이지만, 정작 그것을 비판하는 21세기 학술 담론도 유사한 위험에 노출될 수 있다. 채프먼(Matthieu Chapman)은 신역사주의와 탈식민주의 진영에서 진행한 르네상스 연구가 환원론적 인종 재현을 문제 삼지 않는 것을 문제 삼는다.[46] 채프먼은 이른바 '아프리카 비관론'(Afro-pessimism)을 르네상스 시대에도 적용하여,[47] 르네상스 학자들이 강조하는 백인과 '비백인'(non-white)의 차이를

---

46) Matthieu Chapman, *Anti-Black Racism in Early Modern English Drama*, London: Routledge, 2017, pp.4-9. 채프먼이 인종적 타자의 차이를 간과하는 '이본 합성'의 예로 거론한 르네상스 연구에는 Anthony Barthelemy, *Black Face, Maligned Race*; Peter Fryer, *Staying Power*; Stephen Greenblatt, *Renaissance Self-Fashioning*, Kim F. Hall, *Things of Darkness*; Elizabeth Spiller, *Reading and the History of Race in the Renaissance*; Dennis Austin Britton, *Becoming Christian*; Virginia Mason Vaughan, *Performing Blackness on English Stages, 1500-1800*; Laura Bovilsky, *Barbarous Play* 등이 포함된다. 상세한 서지 정보는 참고문헌을 볼 것.

47) '아프리카 비관론'은 노예제 역사에서 비롯된 뿌리 깊은 차별과 착취로 인해 흑인은 예나 지금이나 좁게는 미국 사회에서 넓게는 세계적으로 다른 심급의 타자들보다 훨씬 더 열악한 존재론적 상황에 놓여 있다는 것을 전제한다. 채프먼이 인용하는 '아프리카 비관론'의 주된 참고서는 Frank B. Wilderson III, *Red, White, and Black: Cinema and the Structure of U.S. Antagonisms*, Durham: Duke University Press, 2010이다.

넘어 '비흑인'(non-black)과 흑인의 차이에 주목할 것을 요구한다. 그래야만 르네상스 잉글랜드 사회에 유통되었고 또한 우리 시대의 르네상스 영문학연구에서도 간과되고 있는 '반흑인'(anti-black) 인종주의를 제대로 규명할 수 있기 때문이다.

채프먼이 보기에, 르네상스 시대의 아프리카 흑인은 '타자의 타자'(the Other 'Other')였는데도 무어인, 흑인, 동양인, 인디언, 유대인은 물론 백인 하층민과 여성까지 하나의 우산 밑에 두려는 시도는 흑인만이 처했던 사회문화적 특수성을 호도하는 결과를 초래한다. 당시 잉글랜드 사회에서 여성, 하층민, 여타 '유색인'은 비록 백인 귀족 남성보다 열등해도 인간성을 공유하는 '다른 인간'이었으나, 흑인은 아예 인간의 범주에서 배제된 '비인간'(non-human)이자 '반인간'(anti-human)이었다. '주인 없는 땅'에서 국가도 종교도 없이 살아가는 흑인은 다양한 인간들의 정체성과 주체성을 구성하는 데 필요한 '밑바탕'에 불과했다. 채프먼은 흔히 노예제도의 산물로 생각하는 '흑인성'(blackness)-'비체화'(abjection)-'사회적 죽음'(social death)의 삼각 연결고리가 사실은 르네상스 시대부터 구축되었기 때문에 잉글랜드인/무어인, 잉글랜드인/흑인, 무어인/흑인 등의 다양한 단층선을 같은 잣대로 접근하는 것은 시대착오적인 오류라고 주장한다.[48]

'아프리카 비관론'에 입각한 채프먼의 지적은 타당하고 또한 필요하다. 이런 식의 접근은 '고통 비교' 담론의 일례로 보일 수도 있지만, 흑인에 대한 구조적 차별의 근원을 서구 근대성의 출발인 르네상스에서 찾는다는 점에서 상당히 유의미하다. 하지만 그 작업이 선별적으로 그리고 정교하게 진행되지 않으면 또 다른 환원론의 위험

---

48) Matthieu Chapman, 앞의 책, pp.14-25.

에 빠지게 된다. 16세기 잉글랜드의 모든 작가가 흑인의 '비체화'에 참여하지 않기 때문이다. 예외에 해당하는 작가가 바로 셰익스피어다. 셰익스피어가 창조한 인종적 타자는 채프먼이 예시한 중세 야외극과 종교극, 필(George Peele)의 『알커자 전투』(*The Battle of Alcazar*), 그린이 각색한 아리오스토(Ludovico Ariosto)의 『격분한 올란도』(*Orlando Furioso*), 호킨스(John Hawkins)의 대서양 탐험과 노예무역 기록, 17세기 가면극 『무어씨의 연회』(*Mr. Moore's Revels*) 등에서 묘사된 인종적 타자와 구분된다.

셰익스피어 작품에 등장하는 인종적 타자는 피부색만 두고 보면 채프먼이 비판한 합성과 혼용의 산물이다. 애런과 오셀로는 무어인임에도 아프리카 흑인의 신체적 특징을 갖고 있고, 유대인 '수전노' 샤일록은 피부색과 상관없이 경제와 종교의 주변인으로 등장하고, 역사적으로 백인의 혈통이었던 클리오파트라는 '까무잡잡한' 피부를 지녔으며, '미개인'으로 적시된 캘리반의 피부색과 거주공간은 모호하게 처리되었다. 이들의 피부색과 인종적 정체성 사이에 일관된 상관관계를 찾기 힘든 것이 사실이다.

그런데 셰익스피어의 특이사항은 인종적 타자에게 주체성과 정체성을 부여한다는 데 있다. 셰익스피어 이전이나 동시대 텍스트에서 인종적 타자는 죄와 악의 알레고리로 표상되거나 내적 갈등과 변화가 없는 평면적인 캐릭터로 등장하지만, 셰익스피어가 창조한 '이방인'과 '야만인'은 그렇지 않다. 샤일록, 오셀로, 클리오파트라는 '타자의 타자'가 아니라 백인 남성에 버금가는 주체성을 지닌 타자이고, '비체화'된 흑인 유형에 가까운 애런과 캘리반도 '인간다움'의 흔적을 보여준다. 본론에서 중점적으로 분석하려는 것도 타자를 재현하는 셰익스피어만의 차별화된 방식이다. 셰익스피어는 '그들'에게 '우리' 인간의 보편적 속성과 '유색인' 특유의 형질을 동시에 부여한다. 이는 단순히 선/악, 미/추의 정형화된 이분법에 의존하는 동시대 작가들과 셰익스피어가 구분되는 지점이다. 그렇다고 해서 셰익스피어가 인종주의 담론과 무관하다는 얘기는 아니다. 셰익스피어는 기존의 전통을 변주해 인종적 타자의 새로운 유형을 창조한 작가다.

따라서 셰익스피어를 분석하려면 채프먼이 예시한 필과 그린 같은 작가들과는 다른 접근방식이 필요하다. 작가의 서사 전략이 복합적인 만큼 해석의 층위도 복합적이어야 한다. 본론에서도 세 측면에 중점을 두려고 한다. 첫째는 인종 담론이 젠더, 계급, 민족, 국가, 종교 담론과 중첩되고 또한 분기하는 지점이고, 둘째는 백인과 '유색인'의 차이뿐만 아니라 인종적 타자들 간의 차이이며, 셋째는 셰익스피어가 인종 담론과 교섭하는 방식이다. 물론 이 모든 작업의 목적은 셰익스피어가 당시 사회정서로 대두하던 인종주의와 '비판적 거리 두기'를 했는지, 그의 연극적 실천이 수반한 이데올로기적 효과가 무엇인지를 살펴보는 데 있다.

4 르네상스 잉글랜드의 제국주의

셰익스피어가 활동했던 시대가 인종주의 사회였음을 인정한다면, 르네상스 잉글랜드와 제국주의의 연관성도 검토해봐야 한다. 앞서 인용한 부스와 빗커스 같은 비평가들은 이데올로기가 물적 토대의 반영이라는 '속류 마르크스주의'의 경제환원론을 답습하고 있다. 담론적 실천이 물질적 실천을 항상 반영만 하는 것이 아니라 때로는 주도하거나 선행한다는 전제는 일종의 비평적 상식이다. 그런데 르네상스 잉글랜드와 제국주의를 양립 불가능한 주제로 보는 시각은 제국과 제국주의의 관계를 '현실'과 '반영' 또는 '실체'와 그것을 합리화하는 '이데올로기'로 구분하고 제국을 제국주의에 선행하는 그 무엇으로 규정하는 본질주의 논리에 근거하고 있다.

본질주의에 대한 비판은 민족주의 논쟁에서도 제기된 바 있다. 민족(nation)을 '창조된 전통'으로 간주한 홉스봄(Eric Hobsbawm)과 '상상의 정치공동체'로 규정한 앤더슨(Benedict Anderson)은 민족주의 이데올로기가 실재하는 민족을 반영하는 것이 아니라 민족주의가 민족을 구성한다고 주장한다.[49] 구성주의 역사학자 겔너(Earnest Gellner)의 구절을 인용하면, "민족의 자의식을 일깨우는 것이 민족주의가 아니라 존재하지 않는 민족을 만들어내는 것이 민족주의다."[50] 이 구절에서 '민족'과 '민족주의' 자리에 '제국'과 '제국주의'를 대입해도 큰 문제가 없을 것이다. 르네상스 잉글랜드가 제국이 아니었다고 해서 당시에 제국주의 담론이나 이데올로기가 없었던 것은 아니다.

영국 제국주의의 연대기적 시발점에 대해서는 역사학자들 간에도 의견이 분분하다. 대체로 잉글랜드, 웨일스, 스코틀랜드, 아일랜드, 카리브해 연안, 북미지역을 포함하는 정치공동체로서의 영국 제국이 구축된 것은 18세기 이후라고 보는 편이지만, 제국의 토대가 그 이전부터 형성되기 시작했다고 보는 학자들도 있다. 영국 제국주의의 발단을 엘리자베스 1세의 통치와 '켈트 변방'에 대한 16세기 잉글랜드의 팽창정책에서 찾거나,[51] 종교개혁과 함께 지배 담론으로 등

---

49) Eric Hobsbawm, *Nations and Nationalism since 1780: Programme, Myth, Reality*, Cambridge: Cambridge University Press, 1990, p.10; Benedict Anderson, *Imagined Communities: Reflections on the Origin and Spread of Nationalism*, London: Verso, 1983, p.6.

50) Earnest Gellner, *Thought and Change*, London: Weidenfeld and Nicholson, 1964, p.169.

51) John Burrow, *A Liberal Descent: Victorian Historians and the English Past*,

장한 프로테스탄티즘과 연관시키기도 하고,[52] 심지어 12세기에 잉글랜드가 시도한 일련의 '켈트 변방' 침공으로 보기도 한다.[53]

『영국 제국의 이데올로기적 기원』을 쓴 아미티지(David Armitage)는 역사학자들이 영국 제국주의의 일치된 연대기를 내놓지 못하고 18세기 이전의 영국을 제국으로 인정하지 않는 이유를 두 가지로 설명한다. 첫 번째는 국가의 역사와 제국의 역사를 분리하기 때문이다. 하지만 영국의 경우, 스페인과 네덜란드처럼 국가 형성과 제국 건설은 동시에 전개된 과정이었다. 아미티지는 웨일스 합병, 아일랜드 침공, 스코틀랜드 통합, 북아일랜드 통합으로 이어진 영국의 팽창과정은 국가의 역사인 동시에 제국의 역사였다고 주장한다. 두 번째 이유는 영국 제국의 역사를 미국독립(1783) 이전의 제1제국과 이후의 제2제국으로 구분하고 분석의 무게중심을 후자에 두기 때문이다. 아미티지는 미국식민지 상실을 계기로 영국 제국주의의 중심 무대가 대서양에서 인도양과 태평양으로 이동했으나 식민정책과 이데올로기는 바뀌지 않았으며 제국주의의 토대는 제1제국에서 이미 갖추어졌다고 본다.[54]

이러한 맥락에서 아미티지는 영국 제국(주의)의 시작을 1540년대 잉글랜드와 스코틀랜드의 갈등에서 찾아낸다. 헨리 8세와 에드워드

Cambridge University Press, 1981, p.231; Michael Hechter, *Internal Colonialism: The Celtic Fringe in British National Development*, London: Routledge, 1998, pp.3-14.

52) Patrick Collinson, *The Birthpangs of Protestant England: Religious and Cultural Change in the Sixteenth and Seventeenth Centuries*, London: Palgrave Macmillan, 1988, p.5.

53) John Gillingham, "Images of Ireland 1170-1600: The Origins of English Imperialism," *History Today* 37(1987), pp.16-22.

54) David Armitage, *The Ideological Origins of the British Empire*, Cambridge: Cambridge University Press, 2000, pp.6-7, 15-21.

6세 치하의 튜더 왕조가 시도한 스코틀랜드와의 통합 전쟁과 그것을 정당화하려는 프로퍼갠더가 영국(British) 제국주의의 기원이라는 것이다. 그것을 '잉글리시'가 아닌 '브리티시' 제국주의로 보는 이유는 당시 담론적 실천에 참여했던 잉글랜드와 스코틀랜드 작가들이 브리튼(Britain)섬 전체를 도래할 제국의 영토로 간주했으며 자신들을 고대 브리튼의 시조 브루투스(Brutus)의 후손이라고 믿었기 때문이다.[55] 브루투스가 로마를 건국한 트로이 영웅 아이네아스(Aeneas)의 후손이라는 신화에 근거해 자연스럽게(사실은 희한하게) 튜더 왕조는 로마제국의 계승자가 된 것이다. 브리튼섬의 역사를 거슬러 올라가면 잉글랜드와 스코틀랜드의 대립 관계 밑바닥에 원주민과 이주민의 반목이 자리 잡고 있었다. 하지만 로마라는 '뿌리'를 공유하려는 제국주의적 향수가 켈트족과 앵글로색슨족 사이의 민족주의적 간극을 봉합함으로써 잉글랜드와 스코틀랜드의 통합이 정당화될 수 있었다. 로마제국과 '브리티시' 잉글랜드를 연결 짓는 제국주의 계보학은 모어의 『유토피아』(Utopia)와 스펜서의 『요정 여왕』(The Faerie Queene)에서도 우회적으로 그려졌다. 모어가 창조한 농경사회 유토피아는 로마의 식민지 경작을 모델로 했고, 스펜서는 마술사 멀린이 아서왕의 영화를 재건할 것으로 예언한 '처녀 여왕'이 바로 엘리자베스라고 주장했다.

1535년에서 1543년 사이에 진행된 웨일스 합병도 영국 제국주의 역사에서 중요한 분수령이 되었다. 스코틀랜드의 제임스 6세가 잉글랜드로 건너와서 제임스 1세가 되고 스튜어트 왕조를 창시하면서 스코틀랜드와 잉글랜드 사이의 통합 논의가 구체화되었던 것처럼, 웨일스 출신의 헨리 튜더가 잉글랜드 국왕으로 등극해 튜더 왕조가 시

---

55) 같은 책, pp. 36-39.

작되면서 잉글랜드와 웨일스는 본격적으로 통합을 추진했다. 이 과정에서도 로마제국과 '브리티시' 잉글랜드 사이의 신화적 연결고리가 중요한 근거로 작용했다. 헨리 8세의 수장령을 정당화하는 데 앞장섰던 리랜드(John Leland)와 베일(John Bale)은 잉글랜드의 '뿌리'를 탐험하려고 잉글랜드와 웨일스를 방방곡곡 돌아다니면서 수집한 지리학적·고고학적 자료들을 『힘든 여정』(*The Laboryouse Journey and Search of John Leland for England's Antiquities*)에 남겼다. 여기서 이들은 튜더 왕조의 기원을 고대 브리튼에 두고 연결고리를 콘스탄티누스 황제와 아서왕에게서 찾았다. 켈트족 신화의 영웅 아서는 브리튼섬을 통일하고 나서 아이슬란드와 스칸디나비아까지 진출했다고 전해지는 '브리티시' 왕이었고, 로마제국의 기독교화에 물꼬를 텄던 콘스탄티누스는 모계혈통이 '브리티시'였기 때문이다. 상당히 궁색한 이유였지만, 앵글로색슨 민족과 상관없는 신화와 역사가 잉글랜드의 제국 건설을 위해 차용된 것이다.

16세기가 영국 제국주의의 기점이 되는 또 다른 이유는 아일랜드 때문이다. 아일랜드는 '켈트 변방' 중에서 잉글랜드의 팽창정책에 가장 완강하게 저항한 국가였다. 그뿐만 아니라, 같은 '켈트 변방'이라도 아일랜드는 웨일스나 스코틀랜드와는 '뿌리'가 다른 민족으로 여겨졌다. 12세기 노르만족 침략 이전의 아일랜드 원주민은 게일족이었는데, 이들의 조상이 지중해 문화권의 '변경'에 속했던 스키타이족으로 알려졌기 때문이다. 16세기 잉글랜드인들에게 아일랜드는 지리적으로는 가까워도 문화적으로는 멀리 떨어진 '변경'이었으며, 아일랜드인은 아프리카 흑인이나 아메리카 인디언과 다를 바 없는 '야만인'과 '원시인'이었다. 이는 잉글랜드가 웨일스나 스코틀랜드보다 아일랜드를 향해 더 호전적인 식민담론을 쏟아낸 배경이기도 하다. 아일랜드 침공에 참여했던 스펜서의 『아일랜드의 현황에 대한 견해』(*A View of the Present State of Ireland*)를 보면, 잉글랜드에게 아일랜드는 왕조 간의 통합보다는 무력에 의한 정복의 대상이었음을 알 수 있다. 스펜서가 당시 잉글랜드 식민정책의 강경노선을 대표하는 인물이긴 했지만, 그의 '견해'가 아일랜드에 대한 잉글랜드의 전반적인 민족주의 정서와 동떨어졌던 것은 아니다. '아일랜드 문제'는 잉글랜드의 제국 건설 기획에 가장 큰 걸림돌이었기에 그것을 해결하는 것은 가장 중차대한 현안이었다.

16세기에 잉글랜드를 중심으로 스코틀랜드와 아일랜드를 통합한 '앵글로-브리티시' 제국 건설 기획에서 상당히 중요한 기능을 수행한 것이 프로테스탄티즘이었다. 잉글랜드, 스코틀랜드, 아일랜드의 삼국 통합을 주창한 데는 지정학적 숙명론과 경제적 이해관계도 작용했지만, 가장 중요한 명분은 유럽대륙의 가톨릭 세력에 맞서는 프로테스탄트 국가·제국의 확립이었다. 말하자면, 프로테스탄티즘은 세 왕국의 갈등적인 관계를 봉합하는 이데올로기적 접착제였다. 여러 프로테스탄트 성직자들이 경쟁적으로 잉글랜드의 식민지 팽창을 옹호하는 글을 썼고,[56] 특히 잉글랜드 국교회 주교였던 해클루트가 탐험가들과 여행가들의 경험담을 수집해서 펴낸 『잉글랜드의 선구적 항해와 탐험과 발견』은 19세기 잉글랜드 역사학자 프루드(James Anthony Froude)가 "근대국가 잉글랜드의 산문적 서사시"로 자리매김할 만큼 잉글랜드 국가 정체성의 초석을 기독교 제국주의의 언술로 다진 텍스트였다.[57] 또 다른 국교회 주교 퍼처스(Samuel Purchas)

---

56) 벤슨(George Benson), 코플런드(Patrick Copland), 크라칸톨페(Richard Crakanthorpe), 크래쇼(William Crashaw), 던(John Donne), 그레이(Robert Gray), 시먼즈(William Symonds), 화이트(John White), 윈스럽(John Winthrop) 등이 잉글랜드의 아메리카 진출을 정당화하는 글을 썼다. David Armitage, 앞의 책, p. 64.

도 해클루트의 기획을 이어받은 『해클루트의 유작, 그의 참배자 퍼처스』(*Hakluytus Posthumous, or Purchas his Pilgrimes*)에서 반(反)가톨릭·반(反)스페인 정서를 내세워 제국 건설의 정당성과 필요성을 역설했다.

엄밀히 말하면 해클루트의 강조점은 잉글랜드라는 자기충족적 민족국가에 있었고 퍼처스의 의제는 삼국 통합에 의한 제국 건설이었지만, 그런 차이는 기독교 제국주의의 공통분모로 수렴되었다. 종교개혁의 추동력이었던 프로테스탄티즘은 잉글랜드 주교제(Episcopalianism)와 스코틀랜드 장로제(Presbyterianism)로 갈라졌고 아일랜드의 뿌리 깊은 민족주의와 가톨릭 정서를 억누르지는 못했으나, 1536년 잉글랜드·웨일스 합병과 1707년 잉글랜드·스코틀랜드 통합, 18세기 이후의 '대영제국' 건설에 이데올로기적 밑거름을 제공했다.[58]

이처럼 앵글로-브리튼 민족주의와 프로테스탄티즘을 내세워 잉글랜드와 '켈트 변방'의 통합을 추진한 튜더 왕조의 제국주의 기획은 모순적이고 역설적이었다. 이를 두고 쉬바이저(Philip Schwyzer)는 16세기 잉글랜드가 '브리튼' 제국의 정체성을 획득했지만 동시에 16세기 브리튼은 '잉글랜드' 국가의 정체성을 상실했다고 주장한다.[59] 잉글랜드가 기획한 '브리튼' 제국주의가 앵글로색슨 중심의 민족국가로서의 잉글랜드의 색깔을 희석했다는 것이다. 한편 모트램(Stewart Mottram)은 튜더 왕조의 제국주의 정책이 '켈트 변방'에

57) Richard Helgerson, *Forms of Nationhood: The Elizabethan Writing of England*, Chicago: The University of Chicago Press, 1992, pp.151-155, 166-181.

58) David Armitage, 앞의 책, pp.61-85.

59) Philip Schwyzer, *Literature, Nationalism, and Memory in Early Modern England and Wales*, Cambridge: Cambridge University Press, 2004, pp.45-48.

대해서는 '식민적'이었던 반면 로마가톨릭을 향해서는 '탈식민적'이었다고 주장한다. 브리튼섬 안에서는 삼국 통합을 추구하는 팽창주의를 지향하면서 유럽대륙을 향해서는 교황의 간섭을 거부하는 고립주의를 표방했다는 것이다. 그래서 모트램은 유럽, 아시아, 아프리카, 아메리카 그 어디에도 제대로 교두보를 확보하지 못하고 지중해 구석의 브리튼섬 안에서만 분주했던 16세기 잉글랜드를 가리켜 '고립된 제국'(an empire apart)이라 일컫는다.[60]

요컨대 셰익스피어 시대의 잉글랜드는 역사학자의 실증주의 시각에서 보면 제국이 아니었으나 담론과 이데올로기의 측면에서는 제국이었다. 르네상스 잉글랜드가 문학작품과 연극무대에서 건설된 '가상의 제국'이었으며 브리튼섬 바깥으로 진출하지 못한 '고립된 제국'이었음은 부인할 수 없는 역사적 사실이다. 그렇지만 르네상스 잉글랜드의 제국 건설 작업이 물질적 조건과 상관없이 담론적 공간에서 활발하게 진행되고 있었다는 것 역시 역사적 사실이다. 요컨대, 제국은 없었으나 제국주의는 있었다는 얘기다. 제국주의를 '땅'을 정복하고 지배한 19세기 영토주의 개념으로 좁게 규정하지 않는 한, 제국을 '마음'속에 꿈꾸고 '종이' 위에 표현했던 르네상스 잉글랜드를 제국주의 역사에서 제외하는 것이 오히려 몰역사적이다. 비록 생경하고 조야한 형태였지만 르네상스 잉글랜드의 제국은 일종의 '가상현실'(virtual reality)이었다. 그러한 제국 건설에 가장 적극적으로 참여했던 작가가 바로 잉글랜드의 '민족시인' 셰익스피어다.

따라서 인종주의와 제국주의 비판이 본령인 탈식민주의 이론을 셰익스피어 해석에 전유하는 것은 시대착오적 '이본 합성'이 아니다.

---

60) Stewart Mottram, *Empire and Nation in Early English Renaissance Literature*, Cambridge: D. S. Brewer, 2008, pp.8-10.

셰익스피어가 인종주의를 승인했는지 비판했는지, 그가 제국주의자나 오리엔탈리스트가 아닌지를 따져보는 작업은 논리적으로나 정치적으로나 타당하고 또한 필요하다. 다시 말해서, 셰익스피어가 창조한 '야만인'과 '이방인'을 분석하면서 인종(주의)과 제국(주의)이란 용어를 사용하는 것은 빗커스가 비판한 '탈식민주의적 오류'에 해당하지 않는다. 셰익스피어의 텍스트도 르네상스 잉글랜드의 문화적 산물이었고 인종주의와 제국주의도 동시대의 '문화적 통화'(cultural currency)였기 때문이다. 오히려 탈식민주의적 접근을 통해 셰익스피어의 역사성과 정치성이 확실하고 세밀하게 밝혀질 수 있을 것이다.

제2부
셰익스피어가 진단한 근대성의 징후

제1장 르네상스 인간의 자화상 『햄릿』

> "햄릿은 신의 피조물로 간주된 중세인과
> 욕망의 주체로 부상한 근대인 사이에서
> 진자운동 하는 '르네상스 인간'의 원형이다."

1 전환기의 혼돈과 불안

문학 장르로서의 비극은 역사적 전환기의 산물이다. 서구 역사를 돌아보면, 비극이라는 장르는 사회경제적 지각변동이 일어난 시대, 기존의 가치체계가 심각한 도전을 받은 시대에 꽃을 피웠다. 사회변화가 수반하는 갈등과 불안이 비극의 원동력으로 작용한 것이다. 거꾸로 얘기하면, 위대한 비극작품은 정체되거나 안정된 시대에 생산되지 않았다. 비극은 전체주의 사회나 낙관론이 팽배한 세계와는 양립할 수 없기 때문이다. 화해 불가능한 이원론적 긴장이 비극의 전제 조건이기에 일원론적 동화나 위계적 통합이 구현된 사회에서는 오이디푸스와 햄릿 같은 비극 영웅이 탄생하지 않았다. 비극은 익숙하고 당연했던 것들이 낯설게 다가올 때, 나이지리아 작가 아체베(Chinua Achebe)의 소설 제목처럼 "모든 것이 무너져내린다"라고 생각될 때 어김없이 등장했다. 언제나 비극은 혼돈의 심연에서 의미의 실마리를 찾아보려는 시도였다.

사회심리학자 바르부는 기원전 5세기 그리스, 16세기 잉글랜드, 17세기 프랑스를 비극의 황금시대로 규정한 바 있다. 이 시대들의 공통점은 모두 사회적 격변기라는 데 있다. 기존의 사회질서는 붕괴하고 그것을 대체할 새로운 질서가 확립되지 않은 상황에서 필연적으로 발생하는 위기의식이 비극을 잉태했다고 보는 것이다. 아이스킬로스, 소포클레스, 에우리피데스, 말로, 셰익스피어, 코르네유, 라신 등의 비극은 "방향을 상실한 인간의 실존적 상황을 표현"한 예술 양식이었다. 동시에 바르부가 비극의 전성기로 예시한 시대는 모두 개인주의적 사회로 옮겨가는 시기였다. 그 역사적 이행기에 비극이 재현한 것은 외적 권위로부터 해방된 인간의 기쁨과 불안, 신이나 운명에 대한 인간의 도전과 좌절, 그리고 개인주의의 미덕과 죄악이었다.[1]

비극이 만개한 시대가 전체주의에서 개인주의로 이행한 시기였다면, 그 원인은 무엇인가? 바르부의 분석에 따르면, 서구 인본주의 문명의 원형적 모델인 그리스 문명의 토대는 기원전 5세기를 전후한 시기에 구축되었다. 당시의 그리스에서는 농업경제에서 상업경제로의 전환, 중산층의 형성과 과두적 귀족체제(oligarchy)의 균열, 도시국가(polis)의 출현과 민주주의 제도(demos)의 정착, 공동사회(Gemeinschaft)에서 이익사회(Gesellschaft)로의 이행 등을 수반한 급격한 사회변동이 일어났다. 가문의 권리에 근거하던 사회구조가 재산에 토대를 둔 사회구조로 재편되었고, 혈연이나 지위로 결정되던 개인의 행동은 점점 능력과 이해관계에 좌우되었으며, 범죄행위에 대한 집단적 책임과 주술적 해결이 법의 심판으로 대체되었다. 이때 법은 종교적·초자연적 권위에서 비롯된 법(thesmoi) 즉 신에 의해 주어지고 사제만이 해석하는 의사(疑似)주술적 법이 아니라 인간이

---

1) 제베데이 바르부(Zevedei Barbu), 『역사심리학』, 임철규 옮김, 창작과비평사, 1983, 236쪽.

만들고 모두에게 알려진 법(nomoi) 즉 시민의 동의를 얻어낸 후 입법체계로 편입된 법을 의미했다.

외부 환경의 변화는 곧 인간 내면의 변화로 이어졌다. 사회질서에 균열이 가해지면서 그리스인, 그중에서도 특히 아테네 시민은 자신을 가족·부족·국가 공동체의 일원으로뿐 아니라 독립된 개인으로 의식하게 되었고, 외부지향적이던 행동이 내부지향적으로 바뀌기 시작했다. 문화인류학 용어로 얘기하자면, 이 변화는 '수치(shame) 문화'에서 '죄의식(guilt) 문화'로의 이행을 의미했다. 공동체 규범과 외부 압력에 기초했던 윤리의식이 양심이라는 내적 권위에 의존함으로써 개인은 자유로운 행위자로 거듭나고 동시에 모든 행위에 대한 개인의 책임감도 커진 것이다.

사회 전반에 걸쳐 전개된 개체화와 민주화는 그리스인의 종교적 심성에도 영향을 미쳤다. 삶에 대한 합리적 태도가 올림포스 신들에 대한 불신을 증폭시켰기 때문이다. 귀족주의 색채가 강한 호메로스의 신화는 새로운 계급으로 대두한 평민의 종교적 욕구를 충족하지 못했고, 그 자리를 더 개인적이고 다양한 형태의 종교적 의식(儀式)이 채워 나갔다. 그런데 그리스인의 고양된 자기의식은 불안감과 동전의 양면을 형성했다. 개인의 귀속성에서 개인의 분리성과 독자성으로 눈을 돌린 결과였다. 기원전 5세기 그리스인은 공동체의 결속이 주었던 안정감 대신에 절대적 권위의 부재에서 비롯된 혼란과 불안을 자유의 대가로 껴안아야 했고, 이러한 양극성은 알렉산더 대왕의 정복과 함께 발전한 개방적이고 역동적인 헬레니즘 문화의 밑거름이 되었다.[2]

로마 제국이 계승한 헬레니즘의 개인주의·인본주의 정신은 수백

---

2) 같은 책, pp.129-155.

년 동안 기독교의 그늘에 가려 있다가 르네상스를 통해 부활했다. 왜 르네상스가 헬레니즘의 부활인지는 기원전 5세기 그리스와 16세기 유럽의 사회문화적 풍토를 비교해보면 분명해진다. 르네상스가 도래하기 전 중세 유럽은 이른바 '암흑의 시대'였다. 로마 제국의 쇠망을 기점으로 시작된 유럽의 중세는 대외적으로는 이슬람 세력에 밀려서 제국주의 역사의 단절을 경험한 시기였고 대내적으로는 봉건주의 사회질서가 개인의 욕구에 재갈을 물렸던 시기였다. 문화적으로도 중세는 지배 이데올로기로 군림한 기독교의 영향으로 세속적 인본주의에 근거한 문학과 예술이 위축될 수밖에 없었다.

그 억압적이고 정태적인 사회구조에 균열이 가해진 시대가 르네상스였다. 중상주의 생산양식과 사회제도가 도입되면서 근대 자본주의의 발판이 형성되기 시작했고, 종교개혁을 계기로 라틴어와 교황의 구심력적인 권위는 원심력적인 민족의식과 국가주의로 대체되었으며, 유럽대륙을 동면상태에서 깨어나게 한 사회변화의 에너지는 유럽 바깥의 식민지 팽창으로 옮겨갔다. 이 모든 변화의 밑바닥에는 인간이 역사의 주인이 되려는 인본주의 사상이 자리 잡고 있었다. 개인의 삶도 국가의 운명도 신의 섭리나 주어진 환경에 얽매이지 않고 인간 주체의 능력과 노력에 따라 달라질 수 있다는 믿음이 확산한 것이다.

역사적 전환기로서의 르네상스의 시대정신을 대변한 사상가로 데카르트(René Descartes)를 꼽을 수 있다. "나는 생각한다, 그러므로 나는 존재한다"라는 데카르트의 명제는 가히 르네상스의 권리장전이라 할 만하다. 하이데거가 근대성의 철학적 선언으로 규정한 이 명제는 '저기 어딘가'에 있었던 진리의 근거를 '지금 여기'에 있는 '나'에게 귀속시키겠다는 선언이다. 진리를 사유와 존재의 일치라고 정의할 때, 고대와 중세의 형이상학은 '나'를 배제하고 사유와 존재의 관계를 고민해왔다. 기독교에서는 "빛이 있으라"는 하나님의 말씀

즉 빛에 대한 생각이 빛이라는 존재를 창조했고, "나는 길이요 진리요 생명"이라는 예수의 말씀이 구원의 절대적 근거가 되었다. 플라톤(Plato)이 말한 이데아도 완전한 자기동일성의 구현이자 모든 불완전한 존재의 척도였고, 아리스토텔레스도 주어진 존재를 있는 그대로 말하는 것 즉 기표와 기의의 괴리가 없는 상태를 진리로 간주했다.

반면에 철학자이자 수학자인 데카르트는 인간의 삶과 세계를 수학적 방식으로 설명하며 사유와 존재가 일치하는 장소를 로고스나 이데아에서 코기토(cogito)로 옮겨놓았다. '나'의 위 또는 바깥의 모든 객관적 진리의 근거를 의심하고 '나' 안에서 진리의 가능성을 모색한 것이다. 따라서 절대자든 대자연이든 모든 대상은 인간의 사유 행위로 의미를 부여받고 인간의 이성은 외부의 사물이 비로소 사물로 등장하는 무대가 되었다.[3] 루터(Martin Luther)의 만인사제설이나 칼뱅(Jean Calvin)의 예정론과 삼위일체론도 초자연적 절대자를 인간의 이성으로 설명해보려는 시도였고, 마키아벨리(Niccoló Machiavelli)의 정치철학도 신의 섭리에서 인간의 자유의지를 분리하려는 노력의 일환이었다.

문제는 중세의 끝자락이자 근대의 문턱이었던 르네상스의 사회정서가 그리 낙관적이지만은 않았다는 점이다. 19세기 역사학자 부르크하르트는 르네상스를 "인간과 세계의 발견"이라고 규정한 바 있지만, 정작 세르반테스(Miguel de Cervantes)와 셰익스피어의 동시대 유럽인들이 경험한 인간의 모습은 신에게 버림받고 방황하는 형이상학적 미아 같았다. 르네상스 유럽인들은 인간의 능력에 대한 믿음과

---

3) 김상봉, 『자기의식과 존재사유: 칸트 철학과 근대적 주체성의 존재론』, 한길사, 1998, 80-86, 118-123쪽.

회의 사이에서 격렬한 진자운동을 하고 있었다. 르네상스 문학의 지배적 에토스가 불안(anxiety)이었으며 르네상스가 비극의 전성기였던 이유도 여기에 있다. 인간 스스로 역사의 주인공이 되어보려는 근대적 주체의 욕망은 인간을 신의 청지기로 간주한 중세적 세계관과 충돌할 수밖에 없었고, 그러한 이원론적 갈등이 연극무대 위에서 비극의 형태로 표현된 것이다. 이는 르네상스 유럽인들이 새롭게 부상하는 세속적 인본주의와 근대적 삶의 양식에 열광하면서도 오랜 중세를 떠받쳐온 기독교 봉건주의의 그늘에서 완전히 벗어나지 못했기 때문이다. 한마디로, 르네상스의 사회적 유동성은 희망의 원천인 동시에 불안의 온상이었다.

16세기 잉글랜드도 그러한 르네상스의 빛과 그림자를 고스란히 드러내고 있었다. 당시 잉글랜드의 가장 중요한 사회변화는 계급구조에서 나타났다. 상업, 제조업, 무역업, 금융업 등의 자본주의적 생산양식이 농업경제를 대체하고 도시를 기반으로 한 신흥중산층(bourgeoisie)이 계급을 형성하면서 봉건주의 귀족체제가 미증유의 위기를 맞이했다. 특히 공유농지를 사유화한 인클로저(enclosure)의 여파로 도시 인구가 급증했다. 1500년에 7만 명이었던 런던 인구는 1600년에 약 20만 명에 이르렀고 1634년에는 30만 명을 넘어섰는데, 이 기간에 잉글랜드의 인구는 250만 명에서 400만 명으로 증가했다. 경제성장의 부작용과 후유증도 적지 않았다. 인플레이션, 과잉생산, 실업, 역병, 폭동, 농촌 기근, 도시 빈민 같은 문제가 급팽창하는 민족국가 잉글랜드의 발목을 잡았다. 바르부가 "펄펄 끓는 가마솥"으로 표현한 16세기 잉글랜드는 역사적 전환기의 양달과 응달을 동시에 목격하고 있었다.[4]

---

4) 제베데이 바르부, 앞의 책, 200-205쪽.

고대 그리스와 마찬가지로 르네상스 잉글랜드에서 물적 토대의 변동은 정신적 혼란을 수반했다. 봉건주의 사회질서를 지탱해오던 기독교적 세계관이 도전받으면서 인간과 신, 개인과 공동체, 군주와 백성의 위계관계가 심각한 질문의 대상이 되었다. 더군다나 낡은 교리와 성직자의 장악력이 느슨해지자 고삐 풀린 개인적 욕구가 분출되기 시작했다. 바르부의 구절을 인용하면, 16세기 잉글랜드는 신앙과 이념의 측면에서 봤을 때 "대공위 시대(interregnum)"이자 "막간(interlude)의 시대"였으며, "내면적 무정부 상태에 가까운 정신적 자유의 시대"였다.[5] 인간성의 개념 자체도 바뀌었다. 주어진 환경에 만족하고 이기심과 탐욕을 억제하며 살아야 마땅했던 인간이 세속적 욕망의 구현을 또 다른 삶의 목표로 설정함으로써 인간성은 자기분열적이고 양극화된 개념으로 재구성되었다. 이러한 시대정신이 문학과 예술에 미친 파급효과도 엄청났다. 이른바 '문예부흥'으로서의 르네상스는 "에토스(ethos)에 대립하는 파토스(pathos)에 토대를 둔 문화의 시대", 즉 "문화적으로 표현양식이 자유로운 시대이자, 소멸하는 양식과 대두하는 양식 사이에 가로놓여져 있는 시대"였다.[6]

격변기 잉글랜드는 비극의 산실이 되었다. 1557년부터 1642년 사이에 생산된 연극작품은 2,000편 이상(이 가운데 4분의 1 정도가 현존)으로 추정되는데, 그중 비극의 가장 보편적인 주제는 종교적 가치와 세속적 가치의 화해할 수 없는 충돌이었다. 즉 르네상스 비극은 인간과 우주를 신비주의 시각에서 바라볼지 합리주의 시각으로 설명할지를 놓고 번민하던 동시대 잉글랜드인들의 정신적 자서전이었다. 절대 권력을 추구하다가 유성처럼 사라진 탬벌레인(Tamburlaine),

---

5) 같은 책, 208-209쪽.
6) 같은 책, 220쪽.

영혼을 팔아서라도 인간의 유한성을 넘어서려고 했던 파우스터스 박사(Doctor Faustus), 정의의 사도가 되려다 미치광이 살인마로 전락한 히에로니모(Hieronimo), 가부장제 신분질서의 금기를 위반한 대가로 장렬히 산화하는 말피 공작부인(The Duchess of Malfi) 등은 모두 '르네상스 인간'의 군상이었다. 그들은 상반된 가치체계 사이에서 갈팡질팡하다 길을 잃어버린 인간들이었으며, 타협이나 조화 대신 '전부 아니면 전무'를 고집하는 인간들이었다. 그들은 한결같이 분열된 의식으로 괴로워했고 광기 같은 사랑이나 극단의 오만과 독선에 휘둘렸다. 관객이 그들에게 아리스토텔레스가 말한 공포와 연민을 느낀 이유는 그들이 쏟아내는 탄식과 절규가 시대적 증후의 표현이었기 때문이다.

2 의심하고 질문하는 인간

『햄릿』은 셰익스피어의 명망을 대표하는 작품이다. 셰익스피어가 영국의 민족시인이고 세계문학의 정전이라면, 『햄릿』은 그의 정전성을 가장 명백하게 입증하는 작품으로 여겨졌다. 『햄릿』이 인기와 인지도에서 셰익스피어의 여타 작품을 능가하는 이유가 무엇일까? 흔히 '햄릿 증후군'으로 일컬어지는 『햄릿』의 이 지속적인 생명력의 비결은 어디에 있는가? 형식주의 비평가들은 셰익스피어의 현란한 언어능력이나 햄릿이라는 캐릭터의 독창성 그리고 삶과 죽음에 관한 작가의 통찰력이 시대의 간극과 문화적 차이를 초월해 세계만민의 공감을 불러일으킨다고 본다. 반면에 역사주의나 유물론 계열의 비평가들은 셰익스피어의 역사성에서 『햄릿』의 인기 비결을 찾는다. 셰익스피어의 역사성이란 그의 텍스트가 유럽 역사의 중대한 전환기였던 르네상스의 문화적 산물이며 또한 그가 감지하고 진단한 근대성의 모순이 21세기 독자와 관객에게도 동시대성이 있음을 의미한다. 말하자면 셰익스피어가 구사하는 예변법(豫辯法)은 일종의 시대착오적인 미래성(anachronistic futurity)을 지닌다는 얘기다.

『햄릿』은 셰익스피어의 가장 '근대적인' 작품으로 평가받는다. 이 비극이 근대적인 이유는 주인공의 사유와 행동이 역사적 이행기의 혼돈과 불안을 여실하게 재현하기 때문이다. 햄릿은 신의 피조물로 간주된 중세인과 욕망의 주체로 부상한 근대인 사이에서 진자운동하는 '르네상스 인간'의 원형이다. 햄릿은 독일 비텐베르크대학에서 공부하다 부왕의 사망 소식을 듣고 귀국한다. 비텐베르크대학이 루터가 주도한 종교개혁의 거점이었고 종교개혁이 르네상스와 함께 유럽 근대성의 추동력이었음을 감안할 때, 햄릿은 신과 인간에 대한 새로운 해석을 접하며 세속적 인본주의 문화를 경험한 근대적 인간에 속한다. 하지만 막이 오르면서 등장하는 선왕 햄릿의 유령은 햄릿이 여전히 중세 봉건주의 세계에 한쪽 발을 걸치고 있음을 말해준다. 햄릿에게 나타나 "나를 기억하라"(1.5.91)라고 요구하는 아버지의 유령은 햄릿에게 거역하기 힘든 전통의 잔상으로 다가온다.『햄릿』은 인간의 성취와 한계를 동시에 목격한 르네상스 시대의 자화상이라고 할 만하다.

전환기적 불안을 반영이라도 하듯, 『햄릿』은 질문으로 시작하고 질문으로 끝난다. 햄릿은 물론 그를 둘러싼 인물들은 끊임없이 질문한다. 막이 오르면서 보초 교대하는 바나도가 프란시스코에게 "거기 누구냐?"(1.1.1)라고 수하(誰何)를 보낸다. 클로디어스는 알현을 청하는 레이어티즈에게 "너한테 무슨 일이 있느냐?"(1.2.42)고 묻고, 실성한 오필리아에게 "어여쁜 아가씨야, 어떻게 된 일이냐?"(4.5.41)라고 묻는다. 오필리아는 햄릿의 애정 표시를 두고 폴로니어스에게 "제가 어떻게 생각해야 할지 모르겠어요"(1.3.103)라며 당혹스러워하고, 「쥐덫」 공연을 보면서 햄릿에게 "이게 무슨 의미입니까?"(3.2.129)라고 질문한다. 폴란드를 정복하고 돌아온 포틴브라스는 "그 광경이 어디에 있느냐?"(5.2.346)면서 마지막 장면에 등장한다.

가장 질문을 많이 하는 자는 햄릿이다. 햄릿 앞의 모든 대상은 유령처럼 "질문을 자아내는 형체"(1.4.43)로 다가온다. 햄릿은 기괴한 모습으로 나타나 자신의 삶을 뒤흔들어놓는 유령에게 부르짖는다. "이게 무슨 까닭이야? 왜 이러는지 말해봐. 왜 그래? 내가 어쩌란 말이야?"(1.4.51, 56) 햄릿은 자신을 염탐하려고 찾아온 로젠크란츠와 길든스턴에게 "무슨 일로 너희가 엘시노어에 왔느냐?" "누가 보내서 온 게 아니냐? 너희가 오고 싶어 왔느냐? 그냥 찾아온 것이냐?"(2.2.270, 274-75)라고 계속 캐묻는다. 복수를 실행하지 못해 자책하던 햄릿은 더 근본적인 질문을 던진다. "인간이 시간을 팔아 얻는 주된 소득과 이윤이 자고 먹는 것밖에 없다면, 인간은 도대체 무엇인가? 짐승과 다를 게 뭐란 말인가?"(4.4.33-35) 처음부터 끝까지 햄릿은 의심하고 질문하는 인간이다.

질문으로 가득 차 있는 『햄릿』에 유난히 자주 등장하는 단어가 몇 개 있다. "정신"(mind), "분별력"(wit), "생각"(thought), "사유"(meditation), "이성"(reason), "영혼"(soul), "머리"(brain) 등인데, 모두 햄릿의 의심이나 고뇌와 연관된 단어들이다. 햄릿은 유령을 향해 "왜 우리 영혼의 범위를 넘어서는 끔찍한 생각들로 우리의 마음을 뒤흔드느냐?"(1.4.54-56)라고 되묻고, 호레이쇼도 햄릿에게 유령이 "어떤 이상하고 끔찍한 모습으로 당신에게 다가와 이성의 주권을 앗아가고 광기로 몰아넣으면 어떡합니까"(1.4.72-74)라고 걱정한다. 햄릿의 "생각"은 책과 연결되기도 한다. 복도를 거닐면서 "책 읽는"(2.2.165) 습관을 지닌 햄릿은 유령에게 복수의 지령을 받은 후

"오로지 당신 명령만 내 머릿속 책에 살아 있으리라"(1.5.102-3)라고 다짐한다. 햄릿의 복수도 "생각"과 연결되어 있다. 복수를 결심할 때는 "나는 생각처럼, 사랑의 상상처럼 재빨리 날아가서 복수할 것"(1.5.29-31)이라고 다짐하고, 복수가 지연될 때는 "내 생각이 피비린내가 나지 않으면 아무 소용이 없다"(4.4.65)라고 괴로워한다. 햄릿의 "생각"은 다른 인물들에게도 주목의 대상이 된다. 클로디어스가 햄릿을 잉글랜드로 보내려는 이유는 "그의 이마 속에서 끊임없이 생겨나는 위험"(3.3.6-7)을 두고 볼 수 없기 때문이다. 미친 척하는 햄릿을 관찰하던 폴로니어스는 "이성이 붕괴"(2.2.162)했다고 진단하고, 햄릿도 자신의 상태를 "정신이 병들었다"(3.2.313)라고 한다.

문제는 햄릿의 "생각"이 혼란스럽다는 데 있다. 햄릿은 "정신과 영혼의 내적인 활동"이 "골격과 몸집의 성장"(1.3.12-13)보다 더딘 오필리아를 "어린아이"(1.3.104)로 여기며 그녀를 기만하고 혼란에 빠트리지만, "생각"이 많은 햄릿도 혼란스럽기는 마찬가지다. 유령을 목격한 햄릿은 호레이쇼에게 "천지에는 우리 철학으론 상상조차 하지 못할 일이 많다네"(1.5.165-66)라면서 온 세상이 불확실성투성이임을 고백한다. 그래서인지 햄릿은 "~인 것 같다"(1.2.134, 2.2.263)나 "~같이 보인다"(3.2.370, 372)라는 표현을 즐겨 사용한다. 사물도 인간도 그에게 불확실한 대상으로 다가오기 때문이다. 『안토니와 클리오파트라』에서 "어떤 말로도 형용할 수 없는"(2.2.208) 클리오파트라의 "변화무쌍함"(2.2.246)으로 인해 인식론적 혼란에 빠진 안토니의 눈에 구름과 안개의 형체가 용, 곰, 사자, 성채, 바위, 산, 곶 등으로 계속 변주되는 것처럼(4.14.2-7), 지금 햄릿에게도 흘러가는 구름이 낙타인 것 같다가 족제비가 되었다가 또 고래로 보인다.(3.2.366-73) "거울 같은 수면"(4.7.165)에 비치는 사물이 물 흐름에 따라 변형되듯, 상황과 관점에 따라 달라지는 대상의 정체성을 햄릿의 "생각"은 쫓아갈 수 없다.

햄릿이 인식론적 혼란에 빠진 원인은 그가 바라보는 대상이 바뀌기 때문이 아니라 그의 "생각"이 "거울 같은 수면"처럼 일렁이기 때문이다. 햄릿은 한편으로는 신의 형상대로 창조된 인간의 오묘함과 이성을 지닌 인간의 위대함에 감탄하면서도, 다른 한편으로는 인간의 모순과 한계에 환멸을 느낀다. "인간이란 얼마나 대단한 걸작품인가. 그의 이성은 얼마나 고귀하고, 능력은 얼마나 무한하며, 형상과 동작은 얼마나 훌륭하고, 행동은 얼마나 천사 같으며, 이해력은 얼마나 신 같은가! 인간은 지상의 아름다움이요 동물들의 귀감이지. 하지만 내게는 인간이 티끌의 결정체일 뿐. 난 인간이 시답지 않아. 여자도 마찬가지야."(2.2.269-75) 햄릿이 인간에 대한 양극단의 시각 사이에서 격렬한 진자운동을 할 수밖에 없는 것은 비텐베르크대학에서 배운 인본주의 사상과 덴마크 왕궁에서 접한 추잡한 인간성 사이의 괴리 때문일 것이다. 권력욕과 정욕을 좇아 형과 남편을 배신한 자들을 보면서, 햄릿은 인간이 천사인지 짐승인지 인간의 이성으로 무엇을 할 수 있는지 도무지 알 수 없다.

인간의 한계와 모순에 대한 햄릿의 문제의식은 죽음의 문제에 맞닥뜨릴 때 더욱 깊어진다. 너무도 유명한 그 대사를 다시 한번 되새겨보자.

존재할 것인가 말 것인가, 그것이 문제로다.
포학한 운명의 쇠뇌와 화살을 견디는 것과
고난의 바다에 맞서서 싸우다가 끝나는 것,
둘 중 어느 것이 정신적으로 더 고귀한가?
죽는 건 자는 것일 뿐. 만약 그게 전부라면,
육신이 상속한 번민과 온갖 타고난 고통을

우리가 한 번 잠들어 끝낼 수 있다고 한다면,
그것이야말로 간절히 원할 삶의 절정이겠지.
죽는 건 자는 것, 자는 건 아마도 꿈꾸는 것.
그런데 걸리는 게 있다. 그 죽음의 잠에서
우리가 이 속세의 번뇌를 벗어던졌을 때
어떤 꿈이 찾아올지 모르니 망설일 수밖에.
그 생각 때문에 재앙 같은 삶을 이어 간다.
그게 아니라면 그 누가 참을 수 있겠는가?
세상의 채찍과 멸시, 압제자의 부정한 짓,
잘난 자의 오만함, 멸시당한 사랑의 아픔,
느려터진 법 집행, 관리들의 오만한 태도,
참을성 있는 자가 받는 못난 자의 발길질.
한 자루 단검이 삶을 정산할 수 있을진대,
그 누가 지친 삶에 투덜거리고 땀 흘리며
무거운 짐을 지고 걸어가려고 하겠는가?
하지만 죽음 후의 그 무엇에 대한 두려움,
어떤 나그네도 국경 넘어 돌아온 적 없는
그 미지의 나라가 우리 의지를 마비시키고,
우리가 알지 못하는 불행으로 날아가느니
차라리 지금의 불행을 견딜 수 있게 한다.
이리하여 분별력이 겁쟁이를 만들어내고,
결단의 홍조가 허약한 숙고로 창백해지며,
위대하고 중요한 계획도 그 생각으로 인해
흐름이 꼬이면서 실행의 명분을 잃고 만다.(3.1.55-87)

여기서 비판의 화살은 보편적 인간에게뿐만 아니라 한 개인으로서의 햄릿 자신에게로 향한다. 햄릿에게 "존재"한다는 것은 생존이나 생활이 아니라 실존이자 실천을 말한다. 햄릿은 인간이 존재하는 이유가 현실의 모순과 부조리를 감내할 것인지 극복할 것인지를 생각할 뿐 아니라 그 생각을 행동으로 옮기는 데 있다고 본다. 그런데 햄릿이 자책하는 것은 저항과 체념 또는 삶과 죽음 중에서 어떤 선택이 "정신적으로 더 고귀한지" 계속 고민하면서도 결정을 내리지 못하기 때문이다. "존재할 것인가 말 것인가"라고 묻는 햄릿은 자신에게 "분별력"과 "숙고"와 "생각"은 있으나 "의지"와 "결단"과 "실행"이 없음을 한탄하고 있다. 햄릿에게 지금 문제가 되는 것은 이성의 가능성이 아니라 이성의 한계다. 의지와 결합하지 않은 이성, 실천이 수반되지 않은 이성은 무거운 삶을 더 무겁게 할 뿐이다.

그래서 "이성의 주권"(1.4.73)에 대한 의심이 햄릿의 대사 곳곳에 묻어나온다. 무엇보다도 죽음 앞에서 인간의 이성은 철저히 무기력해진다. "죽음 후의 그 무엇에 대한 두려움" 때문에 인간의 이성은 "허약"하고 "창백"해지며 만물의 영장이자 우주의 중심인 인간은 "겁쟁이"가 된다. 인간이 자랑하는 "분별력"으로는 "그 무엇"이 무엇인지 도대체 알 수 없기 때문이다. 햄릿이 떨쳐버리고 싶은 "속세의 번뇌"(this mortal coil)는 죽음을 피할 수 없는 "유한자의 뒤엉킨 삶"이기도 하다. 그러나 "미지의 나라"에 대한 무지 때문에 버겁고 지겨운 삶을 이어갈 수밖에 없다.

여기서 햄릿이 의미하는 "존재"를 임철규는 윤리적 실천으로 해석한다. 임철규는 데카르트부터 현대 포스트모더니즘에 이르기까지 서구 철학을 지배해온 관념론의 한계를 지적하면서, 철학자의 근본 과제는 레비나스(Immanuel Levinas)가 예시하듯이 존재론이나 인식론이 아닌 윤리학이어야 한다고 역설한다. 프랑스 철학자 피에르 아도(Pierre Hadot)에 따르면, 고대와 중세의 철학은 "어떻게 살 것인가"에 대한 성찰이었다. 소크라테스, 플라톤, 아리스토텔레스, 그리고 스토아주의 철학자들은 한결같이 "삶의 철학적 방식"에 대한 선택을 놓고 고민했고, 아우구스티누스(Augustine of Hippo)와 아퀴나스(Thomas Aquinas)를 비롯한 중세 철학자들도 신을 가르침을 따라 인간의 윤리적 변화를 추구했다.[7] 그러나 데카르트와 함께 시작된 근대의 주체 철학이 "나는 무엇을 해야 하는가"보다 "내가 무엇을 알아야 하는가"에 천착하면서 철학은 삶과 유리된 '순수 이론'으로 굳어졌다는 것이다. 그래서 임철규는 철학자가 지향해야 할 궁극적인 모델을 예수와 마르크스(Karl Marx)에게서 찾는다. 특히 십자가 위에서 절규하며 죽어간 예수는 절대적인 사랑과 희생의 본보기가 됨으로써 인간이 어떻게 살아야 하는가에 대한 '질문'에 종지부를 찍고 '대답'을 주었다는 것이다.[8]

어쩌면 셰익스피어는 햄릿에게서 자기부정과 자기희생을 수반하는 윤리적 실천에서 자기긍정을 위한 인식론적 성찰로 옮겨가는 근대성의 한 단면을 포착하고 있는지도 모른다. "책 읽으며 나타나는"(2.2.165) 햄릿, "네 시간씩 궁궐복도를 배회하는"(2.2.156-57) 햄릿은 영락없는 근대적 주체의 표상이자 나르시시즘의 늪에 빠진 철학자의 자화상이다. 햄릿이 무슨 책을 들고 다니는지 말하지는 않지만, 거트루드는 그의 모습을 "슬피 책을 읽으며 다가오는 가련한 애"(2.2.165)라고 표현한다. 햄릿은 차가운 이성의 눈으로 주위 사람들을 판단하고 매도하며 타락한 세상을 개탄할 뿐, 그들을 포용하고 세상을 바꾸려는 뜨거운 열정과 의지는 없다. 그래서 햄릿은 슬픈 인간

---

7) Pierre Hadot, *What Is Ancient Philosophy*, Michael Chase(trans.), Cambridge: Harvard University Press, 2002, p.65. 임철규, 『눈의 역사 눈의 미학』, 한길사, 2004, 425쪽에서 재인용.

8) 임철규, 앞의 책, 424-428쪽.

이고, 그가 살아가는 세상은 더럽게만 보인다.

"생각"만 하고 "실행"하지 못하는 햄릿은 역설적이게도 그가 정죄하고 응징하려는 클로디어스를 닮았다. 프로이트를 비롯한 정신분석학자들은 햄릿이 복수를 미루는 이유를 복수의 대상이자 아버지의 대리인인 클로디어스와의 동일시에서 찾는다. 아버지를 제거하고 아버지의 위치를 점유한 클로디어스가 사실은 햄릿 자신의 무의식에 억압되었던 부친살해와 근친상간의 욕망을 대신 실현했기 때문이라는 것이다.[9]

정신분석학 이론에 기대지 않더라도, 기도하는 클로디어스와 이를 지켜보는 햄릿이 닮은꼴임은 어렵잖게 알 수 있다. 햄릿의 정치적 아버지를 자처하는 클로디어스도 자신이 저지른 악행을 "저 위에서" (3.3.60) 어떻게 판단할지 몰라서 참회하고 싶어도 하지 못한다. 그것은 인간의 이성 너머 영역이기 때문이다. "한꺼번에 두 가지 일에 얽매인 사람처럼, 나는 어느 것을 먼저 시작할지 망설이다 둘 다 못한다"(3.3.41-43)는 클로디어스와, "난 공상에 취한 얼간이다. 명분이 있어도 움직이지 않고 한마디 말도 못 하는 멍청한 겁쟁이일 뿐"(2.2.501-4)이라는 햄릿의 모습은 묘하게 중첩된다. 참회할지 말지 망설이는 클로디어스와 복수할지 말지 망설이는 햄릿은 둘 다 "벗어나려고 몸부림칠수록 더 달라붙는 *끈끈이 덫에 빠진 영혼*"(3.3.68-69)이다.

---

9) 양석원, 『욕망의 윤리: 라캉 정신분석과 예술, 정치, 철학』, 한길사, 2018, 247쪽. 양석원은 프로이트가 제시한 『햄릿』의 정신분석학적 해석을 랑크(Otto Rank)와 존스(Ernest Jones)가 변주하고 체계화했으며, 이들의 해석을 승계하면서도 극복한 라캉은 햄릿의 욕망 대상을 어머니로 본 프로이트와는 달리 햄릿의 욕망 대상을 욕망 자체로 보았을 뿐만 아니라 햄릿의 오이디푸스 콤플렉스 대신 거세 콤플렉스를 통해 인간의 존재 자체가 지닌 역설적 함의를 탐구했다고 주장한다. 이에 대한 자세한 설명은 양석원의 책 239-302쪽을 볼 것.

그런데 인간존재에 대한 햄릿의 "생각"은 비관적으로만 흐르지 않는다. "덴마크는 감옥"이라는 햄릿의 말에 로젠크란츠가 "당신의 야망이 감옥을 만듭니다. 거기는 저하의 생각을 담기에 너무 좁지요"라고 하자, 햄릿은 "내가 악몽만 꾸지 않는다면 호두껍데기 속에 갇혀 있다 해도 난 무한한 공간의 제왕이지"(2.2.234, 241-42, 243-44)라고 대답한다.[10] 여기서 햄릿은 인간은 "호두껍데기 속에 갇힌" 너무나 왜소한 존재에 불과하면서도 동시에 "악몽"으로 가득한 현실을 "감옥"이 아닌 "무한한 공간"으로 상상하며 거기서 "제왕" 노릇을 하는 존재로 인식한다. 인간의 "생각"이 대우주와 소우주의 유비 관계를 가능케 하는 것이다.

햄릿은 인간과 짐승의 본질적인 차이가 무엇인지를 의심하면서도, 다른 한편으로는 인간 고유의 '인간다움'에 대한 믿음을 버리지 않는다. 햄릿이 생각하는 '인간다움'의 핵심은 여전히 합리적 이성이다. "과거와 미래를 생각하는 그 위대한 사고력으로 우리를 창조하신 그분이 우리한테도 그 능력과 존귀한 이성을 사용하지 말고 썩히라고 주신 것은 아니지 않은가?"(4.4.36-39)라고 스스로 반문하는 햄릿은 고뇌하는 인본주의자의 표본이라 할 만하다. 햄릿에게 이성은 인간을 짐승과 구분하는 경계선인 동시에 신의 형적(形跡)이자 신과 인간의 연결고리다.

하지만 햄릿은 인간의 "존귀한 이성"에 대한 확신에 이르지는 못한다. 극의 한중간에 있는 "존재할 것인가 말 것인가?"라는 대사가 햄릿의 정신적 여정에서 변곡점이 되는 것은 사실이지만, 오히려 그것은 확실성의 추구에서 불확실성의 인정으로 전환하는 지점이다.

---

10) 이 구절들은 Q2(1604)에는 없고 F1(1623)에만 있다. Q2와 F1을 절충해서 합성한 케임브리지판 『햄릿』에는 이 부분이 본문에 포함되어 있고, Q2에 기초한 아든판 『햄릿』에는 부록(Appendix 1)에 실려 있다.

이전에는 햄릿이 이성의 능력으로 "재앙 같은 삶"을 해결하고 "죽음 후의 그 무엇"을 설명해보려고 애썼지만, 그것이 불가능함을 깨달은 이후에는 햄릿의 "생각"이 달라진다. 햄릿이 호레이쇼를 일컬어 "내가 여태껏 겪은 사람 중에 가장 온전한 사람"(3.2.50-51)이며, "내 소중한 영혼이 선택의 주체가 되어 사람을 선별할 수 있게 된 이후부터 난 그대를 내 사람으로 인을 쳤다"라면서, 그 이유를 이렇게 말한다. "그대는 온갖 일을 겪으면서도 모두 견뎌내었으며, 운명의 여신이 주는 시련과 축복을 똑같이 감사하는 마음으로 받아들인 사람이니까."(3.2.59-64)

햄릿은 자신이 갖고 있지 못한 미덕을 호레이쇼에게서 발견한 것이다. 그것은 세상을 살아가는 데 필요한 균형감각과 평정심, 그리고 운명의 변덕스러움마저 받아들이는 포용력이다. 극의 주요 인물 중에 호레이쇼가 유일하게 살아남는 이유도 여기에 있다. 마지막에 호레이쇼가 "저는 덴마크인이 아니라 고대 로마인입니다"(5.2.325)라며 남은 독배를 들이키고 따라 죽으려고 할 때, 햄릿이 "이 험한 세상에서 힘겹게 숨 쉬면서 내 이야기를 전해줄 것"(5.2.330-31)을 부탁한다. 왜 셰익스피어는 호레이쇼에게 『리어왕』의 에드거 같은 '다음 세대'의 역할을 맡길까?

햄릿의 마지막 부탁은 셰익스피어와 관객들의 소망충족적인 요청이었을지 모른다. 햄릿이 "온전한 사람"으로 일컫는 호레이쇼는 햄릿이 실패한 이성과 신앙의 통합이 가능함을 예증한다. 르네상스인들에게 양립 불가능한 것처럼 여겨지던 인간의 자유의지와 신의 섭리가 화해할 수 있고 또한 화해해야 한다는 것을 보여주는 것이다. 한쪽에서는 스토아주의자들이 인간의 자족성을 주장하고 다른 한쪽에서는 종교개혁자들이 신의 절대 주권을 역설하는 시대를 살아야 했던 셰익스피어의 동시대인들은 오히려 그러한 화해에 대한 굶주림이 간절할 수밖에 없었다. 비록 햄릿은 종국에는 "특별한 섭리"(5.2.198)를 인정하지만, 그것을 "납득하지 못한 자들"(5.2.324)과 함께 무대를 떠나야 한다. "이 험한 세상"에 남아 햄릿의 "상처받은 이름"(5.2.328)을 위무하고 기억하며 기독교와 인본주의의 조화를 모색하는 것은 호레이쇼의 과제다.

햄릿이 씨름하는 인간의 양면성은 그 시대의 화두였기도 하다. '르네상스 인간' 햄릿의 고뇌는 인간의 주체성에 대한 사회적 갈등과 혼란을 대변한다. 중세 기독교의 고삐가 느슨해진 르네상스 시대에는 과연 인간이 홀로서기를 할 수 있는지, 인간의 이성이 진리의 근거가 될 수 있는지를 놓고 상반된 목소리들이 경합했다. 그 논쟁은 르네상스의 양대 진영을 형성한 인본주의와 종교개혁 사이에서뿐만 아니라 각 진영 내부에서도 치열하게 전개되었다. 루터와 에라스뮈스(Desiderius Erasmus)는 둘 다 종교개혁을 주도한 신학자였지만, 루터는 신을 중심에 놓고 인간의 위치를 재정립한 '구심성(centripetal) 인간'을 주창한 데 비해, 에라스뮈스는 인간의 자유의지에 방점을 둔 '원심성(centrifugal) 인간'을 옹립했다. 당대 인본주의 철학을 대표한 데카르트와 몽테뉴(Michel de Montaigne)도 인간을 이성적 주체로 격상시키는 데는 동의하면서도 이성의 보편성과 개별성의 조화 여부에 대해서는 합의를 이루어내지 못했다.[11]

『햄릿』은 이렇게 '갈라진' 시대와 '분열된' 주체에 관한 이야기다. 바르부의 구절을 다시 인용하면, 햄릿은 "통합될 수 없는 인간"이자 "방향을 상실한 인간"이다. 셰익스피어는 중세 덴마크를 배경으로 한 햄릿 이야기를 르네상스 시대의 산물로 재구성하여 햄릿의 내적

---

11) Eric P. Levy, *'Hamlet' and the Rethinking of Man*, Madison: Fairleigh Dickson University Press, 2008, pp.37-38.

갈등에 초점을 맞추었다. 그 시대는 일원론적 세계로부터 떠나 있었으나 다원론적 세계를 맞이할 준비는 되어 있지 않았고, 여러 이념과 교리와 이론이 대두했으나 하나의 체계로 조직화되지 못했다. 또한 이 시대는 개인의 사회적 적응이 중세에서처럼 하나의 획일화된 가치와 동일시하는 과정이 아니라 상충하는 여러 가치 사이에서 고민하고 선택하며 균형을 모색하는 과정이었다. 한마디로, 햄릿은 "조화를 찾는 가련한 감정"을 대변한다.[12] 그렇다면 햄릿이라는 캐릭터는 서구 문학사에서 통합의 실패 또는 조화의 부재 이외에 다른 의미를 갖지 못하는가?

1막에서 유령이 햄릿과 그의 친구들에게 선왕의 죽음에 관한 비밀을 말해주자 햄릿은 이들에게 그 내용을 발설하지 말라고 당부한다. 이때 햄릿은 계속 자리를 옮겨도 끈질기게 쫓아다니며 맹세하기를 요구하는 유령더러 "늙은 두더지가 이렇게 땅을 빨리 파다니, 대단한 공병이네?"(1.5.161-62)라면서 놀라움을 표한다. 헤겔은『역사철학』의 결론에서 절대정신의 변증법적 자기실현에 비유하려고 이 구절을 인용한 바 있는데,『미학』에서는 "늙은 두더지"가 유령이 아니라 햄릿 자신을 가리킨다고 해석한다. 헤겔이 보기에, 나아가려고 애쓰지만 계속 머뭇거리는 햄릿은 어두운 땅속에서 굴을 파려고 바둥대는 두더지와 다를 게 없다. 그 원인은 외부 환경보다 햄릿 자신의 내면에 있다.

햄릿은 끊임없는 망설임과 우유부단으로 결국 자기실현에 이르지 못한다. 그런데 헤겔은 햄릿이 최종목표에 이르지 못한 것을 실패로 보지 않는다. 데카르트, 스피노자, 칸트, 그리고 헤겔 자신이 각자의 시대가 요구하는 철학적 진전을 이루어냈듯이, 르네상스 시대에 출

---

12) 제베데이 바르부, 앞의 책, 214-216, 224-227, 232, 236쪽.

현한 햄릿도 나름대로 의미 있는 궤적을 남겼기 때문이다.[13] 헤겔이 말한 그 궤적은 '르네상스 인간' 특유의 의심과 혼란이었을 것이다. 햄릿은 구시대의 질서를 유지하려는 힘과 새로운 시대를 맞이하려는 힘 사이에서 끼이고 갈라진 존재이면서도, 그가 연출하는 '분열된 주체'는 한 시대의 고민을 담아내는 데 모자람이 없다.

햄릿은 땅속에 파묻힌 두더지가 아니라 땅을 파헤치는 두더지다. 햄릿의 도전은 "진리가 너희를 자유롭게 하리라"는 성서 구절에서 의미하는 그 진리가 과연 유일무이하고 절대적인 것인지를 의심하는 데서 출발한다. 그런데 햄릿은 그 진리를 과감히 포기하지도 못하고 대안적 진리를 발견하지도 못한다. 그는 데카르트처럼 "나는 생각한다. 그러므로 나는 존재한다"라고 선언할 용기도 없다. 데카르트는 『성찰』에서 설령 내가 교활하고 사악한 마귀에게 우롱당하거나 망상과 몽환에 사로잡혀 있다고 하더라도, 기만당하는 나의 존재, 즉 생각하는 내가 있다는 사실만은 부정할 수 없음을 역설한다. 밀랍을 불에 가까이 댈 때 냄새와 색깔과 모양이 달라져도 밀랍의 존재를 오감이나 상상이 아닌 이성의 통찰력으로 인식하는 것처럼, 신을 포함한 모든 외적 대상의 진위를 판단하는 근거가 '생각하는 나'에게 귀속된다는 것이다.[14]

햄릿에게는 이러한 철학적 내공이 없다. 하지만 중요한 것은 햄릿이 의심하기 시작했다는 데 있다. 어슴푸레한 한 줄기 빛을 쫓아 흙더미를 파고 또 파는 두더지처럼, 근대성의 여명기에 태어난 햄릿은

13) G.W.F. Hegel, *Aesthetics: Lectures on Fine Arts*, vol.2, T.M. Knox(trans.), Oxford: Clarendon Press, 1998, pp.1227-37. Margreta de Grazia의 책에서 재인용(pp.28-29).

14) René Descartes, *Meditations on First Philosophy*(1641), Elizabeth S. Haldane(trans.), Cambridge: Cambridge University Press, 1911, pp.8, 11-12.

진리의 근거를 어디에서 찾을지 망설이며 계속 의심하고 질문을 던질 뿐이다. '허구'라는 면책특권 덕분에 문학은 철학보다 더 자유롭게 진리를 탐색할 수 있기 때문이다. 햄릿의 의문에 해답을 내놓는 작업은 후대 철학자들의 몫이다.

3 복수의 주체로 등장하는 인간

왜 햄릿은 복수를 지체하는가? 이 질문은 셰익스피어 비평사에서 수수께끼로 남아 있다. 셰익스피어 정전화가 시작된 18세기 중반부터 숱한 철학자와 비평가들이 햄릿이 복수를 지연하는 이유를 밝히려고 나섰지만 200년이 지나도록 산뜻한 답안을 내놓지 못했다. 햄릿의 망설임은 그야말로 "문학의 스핑크스이자 모나리자"가 되어버린 느낌이다.[15]

햄릿이 복수를 즉각 실행하지 못하는 것을 18세기와 19세기에는 플롯과 연결 지어 설명했으나 아리스토텔레스의 영향을 벗어난 20세기에 들어서면서 캐릭터의 문제로 접근했다. 새뮤얼 존슨과 콜리지는 햄릿의 우유부단을 플롯의 지연으로 이해했고, 스텁스(George Stubbs)는 이 극의 출처인 그라마티쿠스가 쓴 『덴마크 연대기』(*Gesta Danorum*)에서 어린 주인공 암렛이 오랜 세월을 기다렸다가 선왕의 복수를 하게 되는데 셰익스피어는 그 원전의 플롯을 충실히 따랐다고 봤으며, 헤겔은 햄릿의 지연을 정신(spirit)이 자기실현을 향해 나아가는 변증법적 과정을 알레고리로 표현한 것으로 파악했다.[16]

---

15) Margreta de Grazia, '*Hamlet' without Hamlet*, Cambridge: Cambridge University Press, 2007, p.158.
16) 같은 책, pp.166, 172-173.

반면에 "행위는 근본적으로 성격의 표현"이라고 선언한 브래들리(A.C. Bradley)는 햄릿의 불행위 또는 부작위를 그의 성격을 설명하는 중요한 요소로 규정하면서, 플롯은 우울증(melancholia)이라는 햄릿의 성격을 표현하는 형식에 불과하다고 주장했다.[17] 브래들리 이후 20세기 셰익스피어 비평은 햄릿의 불안, 죄의식, 욕망, 트라우마 같은 내면세계를 파헤치는 데 주력했으며, 프로이트를 비롯한 정신분석학적 접근도 그러한 시도의 일환이었다.

해석의 방점이 플롯이든 캐릭터이든 중요한 것은 복수가 아니라 복수의 지연이다. 햄릿이 복수를 지연하는 이유는 복수의 정당성에 대한 확신이 없기 때문이다. 셰익스피어의 초기 비극 『타이터스 안드로니커스』에서 복수는 운명이나 신의 섭리가 개입하지 않는 상황에서 순전히 개인의 의지와 노력으로 이루어진다. 거기서는 사법적 인과응보 체계의 한계를 전제하기 때문에 개인의 복수가 법의 위반임에도 그 필요성을 인정하는 것이다. 타이터스의 복수는 공적인 수행의 성격을 띠게 되므로 아무리 유혈이 낭자한 폭력이 난무해도 관객은 복수의 정당성에 시비를 걸지 않는다. 하지만 햄릿은 5막에 이르기까지는 복수를 실행하지 못하고 계속 미룬다. 햄릿은 타이터스처럼 공동체가 부여하는 공적인 복수의 집행권과 면죄부를 획득하지 못하기 때문이다. 다시 말해서, 햄릿은 복수가 인간의 몫인지를 확신하지 못한다. 클로디어스로 오인한 폴로니어스를 즉각 죽이면서 기도 중인 클로디어스는 죽이지 못하는 햄릿의 엇갈린 행동은 복수가 신의 섭리와 인간의 자유의지가 충돌하는 지점임을 말하고 있다.

---

17) A.C. Bradley, *Shakespearean Tragedy: Lectures on Hamlet, Othello, King Lear, Macbeth*(1904), New York: Meridian Books, 1955, p.35.

인간이 복수의 주체가 될 권한이 있는가의 문제는 『리처드 2세』에서도 논쟁거리가 된다. 랭커스터 공작(John of Gaunt)은 리처드에게 억울하게 살해당한 남편의 원한을 갚아달라고 간청하는 글로스터 백작 부인에게 이렇게 말한다. "바로잡을 권한은 우리가 바로잡을 수 없는 죄를 범한 그의 손에 있으니, 우리 싸움을 하늘의 뜻에 맡깁시다. 하늘은 이 땅에 때가 무르익으면 죄인의 머리 위에 뜨거운 심판을 내리실 겁니다."(1.2.4-8) 백작 부인이 "그이 피가 곧 당신 피예요. 당신을 만든 그 침상, 그 자궁, 그 정기, 그 똑같은 틀이 그이를 남자로 만들었어요. 당신이 숨 쉬고 살아 있어도 그이와 함께 죽었어요. 아버님의 생명으로 빚어진 아우의 죽음을 보고만 있으니 당신은 아버님의 죽음을 용인하는 것과 마찬가지예요. 곤트 아주버님, 그것을 인내라 부르지 마세요. 그것은 절망입니다. ……비천한 자들이 인내라고 이름 붙이는 그것은 귀족의 가슴에는 차갑고 창백한 비겁함에 지나지 않아요."(1.2.21-34)라고 계속 항변하자, 공작은 더욱 단호하게 복수를 거부한다. "이건 하나님의 싸움이오. 하나님의 대리인, 하나님 앞에서 기름 부음을 받은 대리인이 그를 죽게 했소. 그것이 잘못되었다면, 하늘이 복수하실 거요. 나는 절대로 하나님의 대리인에게 성난 팔을 치켜들지 않겠소."(1.2.37-41)

복수의 문제는 중세와 근대의 세계관이 충돌하는 지점이다. 성서의 가르침은 중세적이다. 인간의 생사화복도 국가의 흥망성쇠도 신의 섭리에 속한다. 복수도 신의 영역이다. 억울하고 부당한 일을 당해도 신의 뜻에 맡기고 살아가야 한다. 예수는 "내 사랑하는 자들아 너희 원수를 사랑하며 너희를 핍박하는 자를 위하여 기도하라"(마태복음 5장 44절)라고 명령했고, 사도 바울도 "너희가 친히 원수를 갚지 말고 진노하심에 맡기라. 기록되었으되 원수 갚는 것이 내게 있으니 내가 갚으리라고 주께서 말씀하시니라"(로마서 12장 19절)라고 권면했다. 이 초월주의 세계관은 그토록 오랫동안 중세 봉건주의 체제가 유지될 수 있었던 요인이기도 하다. 그러나 인본주의 시각에서 보면, 복수는 현실의 모순을 인간의 힘으로 해결하려는 시도다. 르네상스 시대에 유통되던 베이컨의 복수 이론에서는 개인의 사적인 복수에 반대하면서도 공적인 복수에는 동의했고, 칼뱅의 정치 이론에서도 공권력에 의한 복수를 정당화했다.

중세와 근대의 갈림길에 선 햄릿은 복수를 실행하는 과정에서 극심한 갈등을 겪는다. 흔히 망설임의 대명사로 여겨지는 햄릿은 실은 클로디어스 못지않게 주도면밀하게 계획하고 실행하는 인물이다. 클로디어스가 햄릿의 친구들을 매수해 햄릿을 감시하게 하고 잉글랜드로 추방하여 죽음을 교사하듯이, 햄릿도 실성한 척 연기하면서 감시의 시선을 회피하고 극중극 공연을 기획해 클로디어스가 선왕의 살해범이라는 심증을 굳히며, 잉글랜드 왕에게 보내는 클로디어스의 편지를 조작해 로젠크란츠와 길든스턴을 처단한다. 게다가 커튼 뒤에 잠복해 있다가 폴로니어스를 클로디어스로 오인하여 살해하고, 해적과 싸우다가 포로가 되자 기지를 발휘해 탈출하는 등, 햄릿은 위기에 처하거나 기회를 포착했을 때는 즉각 행동한다.

햄릿이 복수를 미루는 것은 스스로 복수의 주체가 되는 것이 신의 뜻에 부합하는지 확신이 없기 때문이다. "존재할 것인가 말 것인가"라는 구절을 "복수의 주체가 될 것인가 말 것인가"로 해석할 수도 있다. 햄릿은 "내 아버지가 욕망에 탐닉하여 그의 온갖 죄업이 오월의 꽃처럼 활짝 피었을 때" 살해되어서 "그의 공과가 어떻게 정산될지는 하늘 이외에는 아무도 모르는"(3.3.80-82) 것처럼, 클로디어스가 "영혼을 정화하고 세상 떠날 채비를 갖추었을 때 그의 목숨을 취하는 것"이 "부당하고 비열한 짓"(3.3.85-86, 79)은 아닌지 판단이 서지 않는다. 삶과 죽음의 고비에서 "우리의 상황과 생각의 방향"(3.3.84)

은 극히 제한적이기 때문이다.

햄릿이 폴로니어스를 클로디어스로 착각하고 죽인 후 거트루드에게 자신은 "신의 회초리를 든 대리인"(3.4.173)이 되겠다고 얘기한다. 이는 "scourge and minister"를 셰익스피어가 자주 사용하는 중언법(重言法, hendiadys)으로 보고 "scourging minister"의 의미로 해석한 것이다.[18] 그러나 바워스(Fredson Bowers)는 "scourge"와 "minister"를 별개로 보고 이 구절을 "회초리와 대리인"으로 해석한다. 셰익스피어 시대에는 "회초리"가 악인을 벌하기 위해 소모품으로 사용되는 악인이었고, "대리인"은 정당한 방법으로 악을 처단하고 선을 구현하는 섭리의 집행관이었다.

셰익스피어의 작품에서 예를 들면, 『리처드 3세』에서 리처드가 타락한 잉글랜드를 정화하기 위해 사용되는 "회초리"라면, 헨리 리치먼드는 리처드를 제거하고 튜더 왕조를 창건해 잉글랜드에 영화와 평화를 가져오게 하는 "대리인"이다.[19] 바워스의 주장을 받아들이면, 햄릿은 이 두 가지 역할 사이에서 갈피를 잡지 못하고 있는 셈이다. 햄릿은 개인의 원한을 '공적인 집행'을 통해 해결하지 않고 악을 악으로 갚는 '사적인 복수혈전'을 벌이려다 무고한 폴로니어스를 죽이고 만다. 그래서 햄릿은 "하늘이 뜻하신 대로, 이를 통해 저를 벌하시고 저를 통해 이 자를 벌하십니다" "제가 그를 죽였으니 책임을 달게 지겠습니다"(3.4.171-75)라며 자신도 징계의 도구이자 대상이 되는 "회초리"임을 인정한다.

극이 진행되면서 햄릿은 자신이 신의 "회초리"가 아니라 "대리인"

---

18) 『햄릿』의 아든판 편집자 톰슨(Ann Thompson)과 테일러(Neil Taylor), 뉴케임브리지판 편집자 에드워드(Philip Edwards)도 이렇게 해석한다.

19) Fredson Bowers, *Hamlet as Minister and Scourge and Other Studies in Shakespeare and Milton*, Charlottesville: University Press of Virginia, 1989, pp.91-96.

임을 인식하게 된다.[20] 「쥐덫」으로 쥐덫을 놓고 클로디어스의 반응을 훔쳐보며, 커튼 뒤에서 잠복해 클로디어스를 암살하려던 햄릿은 이제 클로디어스가 마련한 공적인 무대에서 당당하게 "대리인"의 사명을 수행한다. "너무나 용렬하고 비천한 놈"(2.2.485)이라고 자책하며 무력감과 열패감에 빠져 있던 햄릿이 "내가 덴마크의 주인 햄릿이다"(5.1.246-47)라고 선언하며 클로디어스 앞에 나선다. 이 순간 햄릿이 망설이거나 불안해하지 않는 이유는 "저 위에서"(3.3.60) 내려다보는 시선을 인정하기 때문이다. 이는 신의 섭리에 대한 불신과 불만으로 가득 차 있던 햄릿이 신과 화해한 것으로 볼 수도 있다.

"잠 못 이루게 하던 가슴속 모종의 싸움"(5.2.4-5)을 끝낸 햄릿은 호레이쇼의 불길한 예감을 "여자라면 신경 쓸 법한 그런 종류의 불안"(5.2.193-94)으로 일축한다. 그리고 햄릿은 이 말을 남기고 레이어티즈와의 결투에 임한다. "참새 한 마리가 떨어지는 데도 특별한 섭리가 있게 마련이야. 그때가 지금이면 나중에 오지 않을 것이고, 나중에 오지 않는다면 지금이 그때겠지. 그때가 지금이 아니라면 언젠가 올 테고. 중요한 건 마음의 준비잖아. 아무도 자신이 무엇을 남기고 떠나는지 모르는데, 일찍 떠난들 무슨 상관이냐."(5.2.197-202) 인간과 참새를 비교하는 부분은 성서에 나오는 구절로서,[21] 햄릿이 신의 주권과 인간의 존귀함을 동시에 강조하는 그 구절을 인용하는 것은 상당히 상징적이라고 볼 수 있다.

그런데 이 극의 대미를 장식하는 햄릿과 레이어티즈의 결투는 클

---

20) 같은 책, pp.100-101.

21) "참새 두 마리가 한 앗사리온에 팔리지 않느냐. 그러나 너희 아버지께서 허락지 아니하시면 그 하나라도 땅에 떨어지지 아니하리라. 너희에게는 머리털까지 다 세신 바 되었나니, 두려워하지 말라 너희는 많은 참새보다 귀하니라."(마태복음 10장 29-31절)

로디어스가 기획한 것이다. 복수극의 결말치고는 부자연스럽다. 복수의 주체 햄릿의 역할이 두드러지지 않기 때문이다. 햄릿이 무고한 폴로니어스와 오필리아의 죽음을 "내가 집 너머로 쏜 화살에 형제가 다친 것"(5.2.220-21)에 비유하듯이, 선왕 시해와 왕권 찬탈의 장본인인 클로디어스와 공모자 거트루드의 죽음은 계획(그것이 클로디어스의 계획이든 햄릿의 계획이든)과 어긋나는 결과다. 햄릿과 레이어티즈의 죽음도 마찬가지다. 둘 다 어쨌든 아버지의 원한을 갚고 눈을 감긴 해도 그것은 의도한 계획과 다르다. 더구나 이들의 죽음에는 복수의 법칙인 '눈에는 눈으로' 식의 일대일 대응 관계가 적용되지 않는다. 레이어티즈와 클로디어스가 햄릿의 칼끝에 찔려 죽지만, 그것은 "도요새처럼 자신이 쳐놓은 덫에 걸린"(5.2.291) 것에 불과하다. 포틴브라스의 말처럼, 시체들이 뒹구는 무대는 그야말로 "난장판"(5.2.348)이다. 햄릿의 복수극은 결국 "우리 마음대로 어질러놓은 것을 마무리하는 신이 계신다"(5.2.10-11)라는 사실을 확인하는 과정이다.

복수극 『햄릿』이 재현하는 복수는 인과응보와 권선징악의 법칙을 제대로 구현하지 못한다. 합리적 이성의 주체인 인간의 시선으로 볼 때, 이 극은 『리어왕』처럼 부조리극의 요소를 다분히 내포하고 있다. 비극적 파국을 지켜보는 관객은 아리스토텔레스가 말한 공포와 연민을 느꼈을 테지만, 다른 한편으로는 참새 한 마리의 죽음에도 관여한다던 그 "특별한 섭리"가 이 "난장판"과 무슨 상관이 있는지 깊은 의문을 가지면서 극장을 떠날 것이다. 앞서 얘기한대로, 복수가 신의 섭리와 인간의 자유의지가 충돌하는 영역이라면, 이 극은 어느 한쪽에 무게중심을 두는 결말을 내놓지 않는다. 비극 영웅이자 복수의 주체인 햄릿은 자신이 신의 "대리인"이라는 자기발견에도 이르고 "마음의 준비"를 통해 신과 화해도 해보지만, 이 극은 "이렇게 알려지지 않은 일들을 남겨둔 채"(5.2.329) 막을 내린다. 햄릿에게도 그의 관객들에게도 복수는 여전히 수수께끼다. 햄릿이 떠난 무대에는 그의 "상처받은 이름"(5.2.328)만이 인간의 한계와 삶의 부조리를 상징하는 표식으로 유령처럼 맴돌 뿐이다.

4 땅에서 멀어지는 인간

『햄릿』의 근대성은 앞서 살펴본 것처럼 지성사나 형이상학의 맥락에서 많이 논의되었지만, 유물론적 관점 즉 '물질'의 층위에서도 조명해볼 수 있다. 흔히 르네상스를 중세에서 근대로의 이행기로 규정하고 당시 사회갈등의 원인을 한쪽에서는 신본주의와 인본주의의 긴장으로 설명하고 다른 쪽에서는 봉건주의와 자본주의의 충돌로 분석하기도 한다. 그런데『햄릿』의 경우, 일반적으로 이 비극이 르네상스라는 역사적 전환기의 산물임을 전제하면서도, 다음 장에서 다룰『리어왕』같은 작품과는 달리 르네상스의 역사성을 '물질'보다는 '정신'에 무게중심을 두고 읽어내는 경향이 있다. 고통과 불안으로 가득 찬 햄릿의 내면세계를 신의 주권과 인간의 주체성이 부딪치는 형이상학적 전쟁터로만 인식함으로써 '르네상스 인간'이자 '근대적 주체'인 햄릿이 발 딛고 서 있는 물적 토대는 간과하게 되는 것이다. 햄릿을 좀더 폭넓게 이해하려면 르네상스를 봉건주의와 자본주의라는 양립 불가능한 생산양식 간의 충돌로 보는 유물론적 시각이 필요하다.

1막 2장에서 처음 등장하는 햄릿은 몹시 우울하다. 삶의 의미를 어디서도 찾지 못한 채, 자살을 금지하는 기독교 교리만 아니라면 죽음을 선택할 정도로 극심한 무력감에 빠져 있다. 유령을 만나기 전, 햄릿의 첫 번째 독백에서 그가 겪는 우울증의 원인은 선왕의 갑작스러운 죽음과 어머니의 때 이른 재혼으로 밝혀진다. "이 세상의 모든 짓거리가 지겹고 시시하고 무미건조하며 부질없게 느껴지는"(1.2.133-34) 이유는 아버지와 어머니를 한꺼번에 잃어버렸기 때문이다. 그런데 햄릿은 곧이어 자신이 우울해하는 또 다른 이유를 토로한다. 그가 작금의 덴마크 왕국을 "잡초가 우거진 정원"이라고 매도하는 까닭은 "천성이 야비하고 조잡한 것들이 차지하고 있기"(1.2.135-37) 때문이다. 다시 말해, 자신이 이어받아야 마땅한 왕국을 삼촌에게 뺏겼기 때문이다. 게다가 어머니의 재혼은 왕국의 박탈을 합법화하는 행위이기에 햄릿으로서는 더 용납할 수 없다. 햄릿은 창졸간에 적법한 상속자에서 잠재적 반역자로 전락한 셈이다.

왕국을 빼앗긴 햄릿은 "가슴이 터져도 입을 다물어야 하는"(1.2.159) 처지가 되어버렸다. 마치 에식스 백작(Earl of Essex)을 반면교사로 삼은 듯, 햄릿은 감시자 앞에서는 "작전상 미친 척"(3.4.186)하거나 "난 앞으로 나아가지 못하는 위인"(3.2.331)이라면서 의심과 감시의 시선을 회피한다. 하지만 속내를 털어놓을 수 있는 친구 호레이쇼에게는 "선왕을 시해하고 어머니를 욕보인 자가 국왕선출과 내 희망 사이에 새치기하고 그따위 술수로 내 소중한 목숨을 낚시질했으니"(5.2.63-66) 자신은 "완벽한 양심"에 따라 떳떳하게 응징하겠다고 밝힌다. 여기서 주목할 구절은 클로디어스가 "국왕선출과 내 희망 사이에 새치기"했다는 주장이다. 지금 햄릿은 자신이 응당 상속받아야 할 왕국을 강탈당한 데 대한 비분을 표출하고 있다. 햄릿이 상실감과 무력감에서 헤어나오지 못하는 이유는 "아버지가 살해되고 어머니가 더럽혀졌기"(4.4.56) 때문만이 아니라 그들이 뒷받침해주리라고 기대한 "내 희망"이 사라졌기 때문이다.

특히 어머니의 재혼은 햄릿에게 치명적이다. 『햄릿』의 원전에서 중세 덴마크의 군주제는 세습이 아닌 선출 방식을 채택했고 역사적으로도 17세기 중반까지 덴마크가 선출 군주제를 시행했던 사실을 고려할 때, 햄릿으로서는 아버지를 잃은 상태에서 어머니가 유일한 "희망"의 끈이었다. 여성의 몸은 가부장제 사회에서 권력과 재산이 이양되는 통로이기 때문이다. 클로디어스는 거트루드를 가리켜 "한때 내 형수였고 지금은 내 왕비이며, 전운이 감도는 이 나라 황실의 과부 상속인"(1.2.8-9)이라고 한다. 여기서 "과부 상속인"(jointress)은 "공동 상속녀"로 번역될 수도 있는데, 거트루드가 왕권을 공유하는 사람이 현재 남편일 수도 있고 과거 남편일 수도 있다. 아니면, 이 단어는 문자 그대로 "연결고리가 되는 여인"을 뜻하기도 한다. 즉 거트루드는 클로디어스에게도 햄릿에게도 왕국 소유권을 담보해주는 "연결고리"다.

유령도 햄릿에게 "근친상간을 범하고 간통을 저지른 그 짐승"(1.5.41)이 "가장 정숙해 보이는 내 왕비의 마음을 낚았다"(1.5.45-46)라고 하는데, 왕비의 "마음"(will)은 성적 욕망인 동시에 정치적 의지이기도 하다. 이는 거트루드가 "남편 동생의 아내"(3.4.14)가 됨으로써 아들에게 갈 왕권의 지분을 시동생에게 넘긴 것을 의미한다. 햄릿이 아버지의 죽음보다 어머니의 재혼에 더 절망하고 상심하는 이유도 여기에 있다. 어머니의 재혼은 햄릿에게 상실이자 배반이다.

『햄릿』은 주인공의 내면을 집중 조명하면서도 그의 정신과 마음이 물질적 조건과 무관하지 않음을 거듭 말하고 있다. 그 물질적 조건의 핵심인 왕권은 곧 땅의 소유권이다. 햄릿의 우울증을 유물론적 시각에서 분석한 디그라치아(Margreta de Grazia)에 따르면, 영토의 침탈은 『햄릿』의 배경이자 핵심 주제다. 막이 오르면서 덴마크 왕국은 침략의 위기에 직면하고, 막이 내리면서 덴마크는 노르웨이에게 정복당한다. 그사이에 온갖 형태의 크고 작은 영토 갈등이 전개된다. 포틴브라스의 선왕과 햄릿의 선왕은 왕실 소유지를 놓고 싸웠고, 햄릿의 아버지와 삼촌은 덴마크라는 정원(庭園)을 놓고 싸웠으며, 막간극에서도 곤자고와 루시에이너스가 정원에서 땅 때문에 싸우고, 국왕과 교회는 경내묘지를 차지하려고 싸우고, 햄릿과 레이어티즈는 오필리아를 매장할 흙무덤 위에서 싸운다. 이 극의 배경인 노르웨이와 폴란드 간의 전쟁에서는 죽음을 앞둔 2만 명의 병사가 "자웅을 겨루기에도 비좁고 시체 파묻을 묏자리로도 모자라는 땅 한 조각을 위해 싸운다."(4.4.61-64) 흙에서 만들어져서 흙으로 돌아가는 인간의 속성을 상징이라도 하듯, 햄릿이 보는 세상은 "불모의 밭두렁"(2.2.265)이요 그가 생각하는 인간은 "티끌의 결정체"(2.2.274)다. 이는 땅을 빼앗긴 햄릿의 삶이 무의미하다는 뜻인 동시에 그만큼 땅이 그에게 중요하다는 뜻이기도 하다. 햄릿이 "내 속에는 겉으로 보여줄 수 없는 그 무엇이 있다"(1.2.85)라고 했는데, "그 무엇"이 바로 왕국 즉 땅을 빼앗긴 데서 비롯된 울분이다.[22]

앞서 얘기했듯이, 햄릿은 자신을 쫓아다니며 복수의 맹세를 하라고 채근하는 유령을 "늙은 두더지"에 비유하지만, 어두운 땅 밑에서 해방의 출구를 찾아 헤매는 그 두더지는 불안과 혼돈 속에서 삶의 의미를 붙잡으려는 햄릿의 모습이기도 하다. 그런데 물리적 생존을 위해 땅굴을 파는 두더지와 실존적 고뇌의 늪에서 허우적거리는 햄릿 사이에 땅을 공통분모로 유비 관계를 찾아볼 수 있다. 디그라치아는 두더지(mole)와 땅(mold, mould)이 셰익스피어 당시에 동음이의어였으며 최초의 인간 아담의 이름이 히브리어 진흙(adamah)에서 유래하였음을 언급하면서 인간 햄릿은 땅과 분리될 수 없는 존재임을 재차 강조한다.[23] 셰익스피어가 이 단어들의 어원을 의식했는지는

---

22) Margreta de Grazia, 앞의 책, pp.2-3.

몰라도 유난히 이 극에서 몸과 흙과 땅의 연관성을 거듭 암시한다. 극의 여러 곳에 선왕 햄릿, 폴로니어스, 오필리아의 시체가 땅에 매장되는 이야기가 나오고, 햄릿도 자신의 육체가 언젠가는 흙이 되는 것을 상상하며, 특히 5막에서 햄릿은 무덤 파는 인부와의 대화에서 인간이 진토(塵土)임을 깨닫는다. 인간은 땅과 떼어놓을 수 없는 존재라는 것, 이것이 이 극을 관통하는 문제의식이다.

디그라치아는 땅을 뺏기고 상심하는 햄릿이 왜 근대적 인간인지를 근대성의 양대 축이었던 종교개혁과 자본주의의 전개과정을 통해 설명한다. 종교개혁 이전의 중세 기독교는 땅에 집착하고 땅에 얽매인(earthbound) 종교였다. 예루살렘, 베들레헴, 겟세마네, 골고다 같은 성지(the Holy Land)가 신앙의 근거이자 대상이었고, 성지 회복을 위한 십자군 원정은 예수의 신성을 땅에서 찾으려는 가장 전형적인 사건이었다. 하지만 루터의 종교개혁은 신앙의 터전을 성묘(聖墓), 성체(聖體), 성상(聖像) 등의 물리적 대상에서 인간의 정신과 마음으로 옮겨놓으며 기독교를 의식(儀式)의 종교에서 의식(意識)의 종교로 변환시키는 계기가 되었다.

중세 봉건주의에서 근대 자본주의로의 이행도 인간을 땅에서 떼어놓는 과정이었다. 토지를 매개로 신분체계를 구축했던 봉건주의와는 달리, 마르크스가 말한 자본의 '본원적 축적'은 수도원 해체와 공유지의 사유화(enclosure)를 통해 농민이 토지에서 쫓겨나고 임금노동자로 전환되는 것을 수반했다.[24] 말하자면 생산자(농민)와 생산수단(토지)의 분리가 자본주의적 근대성의 '토대'가 된 것이다. 이렇듯 성(聖)과 속(俗), 또는 정신과 물질의 양대 영역에서 근대적 주체는

---

23) 같은 책, pp.29-30.
24) 같은 책, pp.25-28.

땅에서 멀어지는 인간으로 자리 잡았다.

햄릿의 삶도 그러한 근대성의 모순을 예시한다. 인간은 원래 땅과 떼어놓고 생각할 수 없는 존재인데, 햄릿은 땅에서 단절되어 있다. 땅의 소유가 권력과 신분을 결정하는 사회에서, 땅의 상속권을 뺏긴 왕자의 신분은 허울에 불과하다. 햄릿이 처한 상황은 5막에 나오는 무덤 파는 인부와 크게 다르지 않다. 생산과 생존의 수단인 땅에서 쫓겨난 인부와 왕국의 상속권을 박탈당한 왕자의 공통점은 둘 사이의 신분 차이를 가로지른다. 오필리아의 무덤과 덴마크 왕국은 닮은 꼴이다. 인부가 파는 무덤이 지체 높은 자들만 누울 수 있는 배타적인 공간이듯이, 햄릿에게 덴마크는 "잡초 우거진 정원"(1.2.135)이고 햄릿은 "헐벗고 외로운 자"(4.7.49-50)일 뿐이다.

그런데 햄릿은 무덤 파는 인부와의 만남을 통해 땅에서 펼쳐지는 자연의 섭리를 배운다. 땅을 뺏기고 울분과 우수에 차 있던 햄릿은 무덤 장면에서 땅은 사유(私有)의 대상이 아니라 삶과 죽음의 순환이 전개되는 공간임을 깨우친다. 땅에서 소외되었던 햄릿이 땅과 화해를 한 것이다. "알렉산더는 죽었다. 알렉산더는 묻혔다. 알렉산더는 흙으로 돌아갔다"(5.1.198-99)라는 구절은 햄릿의 교육이 완성되었음을 알려준다. 시저의 경구 "왔노라, 보았노라, 이겼노라"를 풍자한 이 구절은 위대한 정복자의 대명사인 알렉산더와 시저가 햄릿의 반면교사(反面敎師)임을 암시한다. 광활한 땅을 차지했던 자들이 땅문서 보관하기에도 좁은 무덤에 갇혀 구더기 밥이 되는 것을 눈으로 확인한 햄릿은 그동안 자신을 사로잡았던 영토주의 욕망에서 벗어나게 된다. 땅에 대한 집착을 떨쳐낸 햄릿, 땅과 화해한 햄릿은 마침내 죽음의 두려움도 넘어서면서 레이어티즈와의 승산 없는 결투에 나선다.

5 명멸하는 중세의 유령

햄릿이 역사적 전환기를 살았던 '르네상스 인간'을 대표한다고 할
때, 그런 '중간자'로서의 햄릿을 가장 잘 표현하는 주제가 죽음이다.
나이트(G. Wilson Knight)가 햄릿을 두고 "삶 속을 걸어 다니는 죽음
의 대사(embassador)"라고 말했듯이,[25] 햄릿은 시종일관 죽음을 대
면하고 죽음에 천착한다. 햄릿에게 죽음은 두려움이자 집착이요 강
박이다. 줄리어스 시저, 브루터스, 리어, 오셀로, 맥베스, 안토니와 클
리오파트라, 로미오와 줄리엣 같은 셰익스피어의 다른 비극 영웅들
은 죽음을 삶의 종착역으로 생각하지만, 햄릿에게는 삶 자체가 죽음
이다. 어쩌면 삶과 죽음의 경계선이 햄릿에게는 의미가 없는지도 모
른다. 그의 삶은 "정신적 죽음의 감옥에 갇혀" 있다.[26] 그리고 햄릿
이 품은 죽음의 기운은 독버섯처럼 엘시노어 성 전체로 퍼져나간다.

『햄릿』은 죽음을 상징하는 유령의 출몰로 막이 오르고, 무고한 자
가 희생당하거나 자결하며, 주인공의 목숨을 노리는 자들이 도리어
죽임을 당하고, 독배를 마시거나 독 묻은 칼에 찔려 죽은 자들의 시
체가 가득한 무대로 막이 내린다. 극의 배경마저 수많은 병사가 죽어
가는 전쟁이다. 자기발견을 향한 햄릿의 지난한 여정이 끝을 맺는 오
필리아의 장례식 장면에서도 무덤과 해골이 극의 미장센을 압도한
다. 한때 자신을 등에 업고 뺨을 비비며 놀아줬던 익살꾼의 해골을
집어 든 햄릿은 인간의 유한성과 인생의 찰나성을 깨닫는다. 거기엔
천하를 호령하던 알렉산더 대왕도 시저도 예외가 될 수 없다.

"존재할 것인가 말 것인가, 그것이 문제다"로 시작하는 햄릿의 대

---

25) G. Wilson Knight, "The Embassy of Death," *The Wheel of Fire: Interpretations
   of Shakespearean Tragedy*(1930), London: Methuen, 1965, p.32.
26) 같은 책, pp.21, 22.

사도 죽음의 문제와 씨름하는 유한자의 딜레마를 드러낸다. 햄릿은 삶이 너무 힘겨워 차라리 죽기를 원하면서도 다른 한편으로는 죽음 후의 미지의 세계에 대한 두려움으로 인해 그 곤고한 삶을 끝내지 못한다. 여기서 햄릿을 망설이게 하는 원인은 사후세계의 불확실성이기도 하고 자살을 죄악시한 중세 기독교의 도덕률이기도 하다. 살기도 싫고 죽기도 무서운 햄릿의 곤경은 '르네상스 인간'의 전형적 모습이다. 르네상스 인본주의자들이 무신론자는 아니었어도 신의 절대적 주권을 분석과 타협의 대상으로 삼은 것 자체가 루비콘강을 건넌 것과 다름없었다. 강 저편에서 그들은 새로운 세계를 향한 열망과 환희도 맛보았지만, 잃어버린(아니면 저버린) 세계에 대한 죄책감과 다가올 세계에 대한 불안감에 시달려야 했다. 특히 죽음의 문제는 가장 근본적인 딜레마였다. 죽음을 '숙명'이 아닌 '문제'로 인식한 순간 그들은 이미 승산 없는 싸움에 들어선 것이다. 차라리 중세 기독교인들처럼 죽음을 신의 뜻에 맡겨버리면 마음이라도 편하겠건만, 셰익스피어의 관객들은 죽음을 인간의 고민거리로 끌어안은 햄릿을 바라보며 '공포'와 '연민'을 느끼지 않을 수 없었다.

중세 기독교와 종교개혁 이후 기독교의 가장 중요한 차이는 사후세계관이다. 연옥의 존재 여부는 중세 가톨릭과 근대 프로테스탄티즘을 구분 짓는 경계선이 되었다. 중세 가톨릭 교리에 의하면, 사후에 악인의 영혼은 지옥으로 선인의 영혼은 천국으로 직행하지만, 선인과 악인의 중간지대에 속하는 사람의 영혼은 대부분 연옥으로 간다. 연옥은 생전에 지은 죄를 다 갚기 전까지 머물러야 하는 거대한 지하 감옥이다. 연옥으로 간 영혼은 나중에 천국으로 올라가지만 거기서 일정 기간 끔찍한 고통을 당해야 한다. 연옥에서의 체류 기간은 1,000년에서 2,000년 사이인데, 연옥에서는 지옥에서보다 기간은 짧지만 똑같은 강도의 고통을 당해야 한다. 다행히 연옥에서 당하는 고통의 기간과 강도를 줄여줄 방법이 있었으니 그것은 기도와 자선과 특별미사다. 그래서 부자들은 구빈원, 병원, 학교 등의 공공기관을 건립하고, 빈자들은 미사를 위한 헌금을 했다. 이러한 선행은 가톨릭 신자에게 일종의 사후 보험이었다.

하지만 종교개혁의 여파로 르네상스 잉글랜드도 산 자가 죽은 자를 위해 아무것도 해줄 수 없는 사회가 되었다. 연옥의 존재 자체가 부인되었을 뿐만 아니라 망자의 영혼을 위한 기도조차 금지되었다. 헨리 8세는 가톨릭 의식의 공간인 수도원과 예배당을 해산했고, 에드워드 6세와 엘리자베스 1세도 연옥과 관련된 모든 가톨릭 의식과 제도를 폐지했다. 전통적인 가톨릭 장례식은 밤낮 켜진 촛불, 사방에 가득한 십자가, 끊임없이 울리는 조종, 친지들의 울음소리, 이웃들의 조문, 망자를 기념하는 음식과 조의금, 연옥의 여정이 고통스럽지 않기를 기원하는 사제의 기도로 가득 채워졌으나, 이 모든 의식이 금지된 것이다. 특히 망자를 위한 기도는 불법이었다. 망자의 이름을 부를 수도 없으며 망자와는 어떤 메시지도 교환할 수 없게 되었다. 프로테스탄트들은 이 모든 가톨릭 의식과 제도를 돈을 갈취하기 위한 사기와 공갈로 매도했다. 그런데 튜더 왕조의 제도적 탄압에도 불구하고 가톨릭 신앙과 의식은 민간사회에 존속했다. 사랑하는 사람을 떠나보낸 이들의 슬픔을 억압하고 망자와 소통하고 싶은 염원을 차단하는 것이 부적절하고 불가능했기 때문이다.

셰익스피어와 그의 가족들도 그러한 종교적 갈등에서 벗어날 수 없었다. 셰익스피어가 가톨릭이었는지 프로테스탄트였는지를 말해주는 명확한 증거는 없지만, 치열한 종교적 고민이 있었음을 추정케 하는 자료는 남아 있다. "나는 차라리 천사가 무덤 입구의 돌을 굴려서 당신 영혼이 그리스도의 육체처럼 무덤 바깥으로 걸어나가게 해달라고 하고 싶어요." 이것은 셰익스피어의 아내 해서웨이 비문에 딸 수재나(Susanna)가 1623년에 새긴 글귀로, 셰익스피어의 가족들 삶에 배어 있었던 가톨릭의 흔적이라고 할 수 있다. 그리고 1596년에 셰익스피어의 외아들 햄닛(Hamnet)이 열한 살의 나이에 사망했고 1601년에 그의 아버지 존(John)도 사망했다. 『햄릿』을 쓴 시점에는 아버지가 살아 있었으나 죽음을 앞둔 상황이었다.

셰익스피어 전기를 쓴 그린블랫의 추정에 의하면, 셰익스피어의 아버지는 손수 키운 손자의 때 이른 죽음과 장례식을 목격했을 것이다. 독실한 가톨릭 신자였던 존은 연옥으로 간 손자의 영혼과 머잖아 연옥으로 갈 자신의 영혼을 위해 셰익스피어가 가톨릭 미사에 의한 전통적 장례의식을 치러줄 것을 원했을 것이고 셰익스피어는 아버지의 요구를 거절하기 힘들었을 것이다. 아들을 먼저 떠나보낸 후 아버지와의 이별을 준비하고 있던 셰익스피어에게 연옥의 의식이 중요하게 다가왔던 이유는 충분하다. 아들의 무덤 옆에 서 있던 셰익스피어는 신에게 사후세계에 대한 질문했을 것이다. 셰익스피어는 주일마다 잉글랜드 국교회 예배에 참석하면서 그가 듣고 암송한 것을 진심으로 믿었을까? 셰익스피어는 가톨릭 교리와 프로테스탄트 교리 사이에서 어느 쪽에도 닻을 내리지 못하고 계속 표류하지 않았을까?[27)]

겉으로는 프로테스탄트이면서 속으로는 가톨릭이었던 셰익스피어가 느꼈을 갈등은 동시대 잉글랜드인들의 불안정한 종교적 심성을 대변한다. 당시 잉글랜드의 종교적 불확실성은 중세에서 근대로 이행하던 르네상스 특유의 갈등이었으며, 그 갈등은 개인적이자 사회적이었다. 그런 상황에서 연극은 교회가 억압하고 은폐한 종교적

---

27) Stephen Greenblatt, *Will in the World: How Shakespeare Became Shakespeare*, New York: W.W. Norton, 2004, pp.288-292.

갈등을 드러내고 해소하는 역할을 담당했다. 『햄릿』 5막에서 레이어 티즈는 오필리아가 자살했기 때문에 장례식을 제대로 치러주지 못한다는 교회의 결정에 불만을 품고, 무덤 파는 인부에게 "또 다른 의식은 없소?"(5.1.212, 214), "더 해야 할 건 없소?"(5.1.224)라고 거듭 질문한다. 그것은 셰익스피어 아버지의 질문이자 셰익스피어 자신의 질문인 동시에 이 장면을 바라보는 동시대 관객들도 마음에 품었을 법한 질문이다. 셰익스피어가 클로디어스를 프로테스탄트와 연관 짓는 듯한 장면도 있다. 당시 프로테스탄트 교회에서는 영생의 축복을 누리는 망자에 대해 과도한 애도를 하는 것은 적절치 않다고 가르쳤다. 클로디어스는 같은 이유로 햄릿을 이렇게 타이른다. "집요한 애도에 매달리는 것은 경건치 못한 고집이요 사내답지 못한 슬픔이다. 그것은 하늘을 거스르는 태도, 심약한 가슴, 안달하는 마음, 단순하고 무식한 사고력을 보이는 거야."(1.2.92~97) 그린블랫은 이 극에서 가장 사악하고 비열한 인물이 프로테스탄트 언어를 사용하는 것을 우연으로 보지 않는다.[28]

무대에 올리는 모든 작품이 검열당하고 검열의 주체가 대부분 런던시의 프로테스탄트 관리였던 상황에서, 특히 연옥을 구체적 장소로 언급하는 것이 금지된 상황에서, 필화가 두려웠던 셰익스피어는 신중하고 또 신중할 수밖에 없었다. 햄릿에게 나타난 유령은 이렇게 말한다. "나는 네 아비의 혼령이다. 내가 생전에 지은 더러운 죄가 불타서 정화될 때까지 일정 기간 밤에는 나다니고 낮에는 불 속에 갇혀 굶고 지내야 할 운명에 처해 있다. 그런데 나는 내가 갇힌 감옥의 비밀을 말해주는 것이 금지되어 있단다. 만약 내가 지옥 얘기를 한마디

---

28) Stephen Greenblatt, *Hamlet in Purgatory*, Princeton: Princeton University Press, 2013, p.247.

라도 하게 되면 그 얘기는 네 영혼을 쥐어뜯고 네 젊은 피를 얼어붙게 하고, 네 두 눈은 궤도를 이탈한 별처럼 될 것이며, 곱게 빗질한 네 머리채는 풀어 헤쳐지고 네 머리카락은 성난 고슴도치의 깃털처럼 곤두설 것이다. 하지만 저승 얘기는 살아 있는 자들에게 절대로 들려줄 수 없느니라."(1.5.9-22) 유령은 연옥이라는 단어는 사용하지 않지만, 사실은 연옥에 대해 당시 가톨릭 신자들이 믿어왔던 내용을 상세히 말하고 있다.

유령이 햄릿에게 요구하는 내용은 중세 가톨릭의 의식(儀式)과 밀접한 연관이 있다. 유령은 자신의 '준비되지 못한 죽음'을 햄릿에게 하소연하면서 이렇게 말한다. "나는 그렇게 잠자는 도중에 생명과 왕관과 왕비를 동생에게 한꺼번에 빼앗겼고, 한참 죄를 짓다가 성체도 못 받고 고해성사도 못 하고 성유도 못 바른 채 죽고 말았다. 마지막 정산도 하지 못하고 내 모든 허물을 머리에 인 채 심판대로 소환되었어. 아, 무섭다! 아, 무섭다! 정말 무섭다!"(1.5.74-80) 중세 가톨릭 교리에 따르면, 세상을 떠나는 마지막 순간에 성체를 받고 고해성사를 하고 성유를 바르는 의식을 치러야 하는데, 지금 유령은 그러한 가톨릭 식의 '준비된 죽음'을 맞이할 기회가 없었다고 햄릿에게 불만을 토로하는 것이다.

유령 자체도 셰익스피어 당시에 매우 민감하고 위험한 이슈였다. 프로테스탄트 교리에서는 유령의 존재를 인정하지 않았다. 유령은 기껏해야 죽은 사람의 환영이거나 산 사람을 미혹하는 악마로 규정되었다. 햄릿보다 먼저 유령을 목격한 호레이쇼, 바나도, 마셀러스는 유령을 "그것"(1.1.20), "그 무서운 모습"(1.1.24), "망령"(1.1.27, 1.2.210), "환영"(1.1.126), "이 물체"(1.1.155) 등으로 일컫고, 햄릿도 아버지의 유령에게 "당신"(you)이라고 부르지 않고 "너"(thou)라고 하대하는 호칭을 사용한다. 햄릿은 유령과 대화하고 난 후 처음에는

"성 패트릭에 맹세코, 이 환영은 진실한 유령이야"(1.5.135-37)라고 호레이쇼에게 주장한다. 성 패트릭(Saint Patrick)은 아일랜드 지역에서 연옥으로 내려가는 동굴을 발견했다고 전해지는 인물이다. 그런데 2막의 독백에서 햄릿은 그 입장을 철회하며 유령의 신빙성을 불신하는 태도를 보여준다. "내가 본 혼령은 악마일 거야. 악마는 자신을 보기 좋은 모습으로 위장하는 기술이 있지. 그래, 아마도 나의 허약함과 우울증을 이용하려는 거겠지. 그놈은 나 같은 사람들을 우롱하여 파멸시킬 힘이 있으니까."(2.2.533-38) 이는 아마도 객석 어딘가에서 지켜보는 프로테스탄트 관리의 감시와 검열의 시선을 의식한 발언일 것이다. 유령에 대한 햄릿의 불확실한 태도는 이후에 전개되는 복수의 지연과 망설임, 위장된 광기, 막간극에도 연결된다.[29]

그렇다면 왜 셰익스피어는 위험을 무릅쓰고 유령을 이 극의 중요한 모티프로 사용하는가? 르네상스 잉글랜드의 극작가 중에서 셰익스피어만큼 무대에 유령을 자주 등장시킨 이는 없다. 셰익스피어는 연극과 유령 사이의 상관관계를 인식하고 유령을 소중한 연극 자원으로 활용한다. 그린블랫은 셰익스피어를 "르네상스 주술사"로 규정하면서, 셰익스피어는 "부재하는 목소리, 얼굴, 몸, 영혼을 언어를 통해 소환하거나 그것과 소통하는 힘을 지닌" 주술사 같은 극작가라고 주장한다.[30] 그린블랫에 따르면, 셰익스피어 극에 출현하는 유령은 신학적, 심리적, 연극적 질문을 제기하면서도 그 질문에 명확한 답변을 제시하는 대신 다양한 시각에서 상징적 의미를 전달한다. 즉 그릇된 추측에 의한 혼란을 초래하고, 역사의 악몽을 반추하며, 주인공의 심리적 불안을 대변하거나, 연극의 기능과 의미를 되새기는 역할을

---

29) Stephen Greenblatt, 앞의 책, *Will in the World*, pp.288-322.
30) Stephen Greenblatt, 앞의 책, *Hamlet in Purgatory*, p.3.

한다는 것이다.[31] 『실수 연발 희극』과 『열이틀째 밤』에서는 쌍둥이를 유령으로 오인하고, 『리처드 3세』와 『줄리어스 시저』에서는 살해한 자에 대한 기억이 유령으로 나타나며, 『맥베스』에서는 주인공의 불안과 두려움이 유령에 투사된다. 그러므로 셰익스피어가 재현하는 유령은 죽은 자의 혼령으로 위장한 악마도 아니고 산 자의 중보기도를 요구하는 연옥의 영혼도 아니다. 그가 불러내는 유령은 "연극에서 존재하고 연극으로 존재하는 형상" "무대 위에서 등장하고 말하기 때문에 관객이 믿는 형상"이며, 이러한 유령은 결국 연극과 인생 혹은 환상과 현실의 경계선을 모호하게 만든다.[32]

『햄릿』에서도 셰익스피어는 12세기 덴마크 원전에는 없었던 유령을 무대에 등장시킨다. 햄릿이 마주한 유령은 셰익스피어의 다른 극에 나오는 유령보다 더 복합적인 의미를 지닌다. 가령, 맥베스는 눈앞에 어른거리는 단검을 "뜨거워진 머리가 만들어낸 헛것"(2.1.38-39)으로 여기고, 맥베스 부인은 남편이 봤다는 뱅쿼의 유령을 "겨울철 난로 가에서 할머니가 지어낸 아낙네들 이야기"(3.4.64-65)로 일축한다. 그러나 햄릿이 본 것은 "믿을 만한 유령"(1.5.137)이다. 유령을 처음 목격한 보초병 바나도가 "이건 환상 이상의 무엇이 아닌가?"(1.1.52)라고 묻자, "학자"(1.1.41) 특유의 불신과 회의에 가득 차 있던 호레이쇼도 "내 눈으로 직접 보고 진실로 판단하고 보증한"(1.1.56-57) 것이라고 대답한다. 그들이 목격한 것은 물리적 현상인 동시에 기억의 합성물이다. 그 유령은 독살되어 부패한 시체가 아니라 노르웨이나 폴란드와의 전쟁에 출정하려고 갑옷으로 무장했던 "그 수려하고 용맹스러운 모습"(1.1.46)으로 나타난다. 햄릿이 본 유

---

31) 같은 책, p.157.
32) 같은 책, p.195.

령도 자신이 존경하고 어머니가 사랑했던 인물이며, "모든 신이 대장부의 보증이 무엇인지를 세상에 보여주려고 다투어 인증한 것 같은 최고 형상들의 결합물"(3.4.58-60)이다. 즉 햄릿이 인지하는 선왕의 유령은 단순히 귀신이나 망상이 아니다. 그것은 그리움과 두려움, 연민과 불안, 죄책감과 경계심, 사랑과 증오 등의 복합적 감정을 동시에 불러일으키는 존재로 다가온다.

흥미로운 것은 "나를 기억하라"라는 유령의 지상명령이 점차 힘을 잃어가면서 유령에 대한 햄릿의 기억과 망각이 교차한다는 사실이다. 극 전반부에서는 유령의 실체와 영향력이 용명(溶明)되지만, 후반부에서는 유령의 잔상과 기억이 용암(溶暗)되는 양상을 보인다. 이 극에서 유령은 세 번 나타난다. 1막에서 보초병들과 호레이쇼가 목격하고 다음에 햄릿이 이들과 함께 목격한 유령은 3막의 침실 장면에서 다시 나타나는데, 이때 유령은 햄릿만 볼 뿐 거트루드의 눈에는 보이지 않는다. 이후에는 유령이 나타나지도 않고 햄릿의 대사에서 언급되지도 않는다. 4막까지만 해도 "아버지는 죽임을 당하고 어머니는 더럽혀진"(4.4.56) 아들의 무기력함을 한탄하던 햄릿이 5막에서는 "내 왕을 죽이고 내 어머니를 욕보인"(5.2.63) 삼촌에 대한 복수를 다짐한다. 유령과 햄릿의 관계적 정체성이 "아버지"에서 "왕"으로 바뀐 것이다. "아버지"는 혈연의 친밀감과 종교적 권위를 함축하는데, "왕"은 권력의 세습과 정치적 질서를 상징한다. 즉 햄릿이 상실한 대상이 세속적이고 근대적인 가치를 지닌 것이다.

더구나 햄릿은 선왕의 죽음에 대한 비밀을 그 누구에게도 알리지 않고 죽는다. 독이 온몸에 퍼져 죽어가던 햄릿은 "말문이 막힌 채 이 장면을 보고만 있는 관객들에게 내가 시간만 있다면—오, 내가 설명해주면 좋을 텐데. 냉혹한 저승사자가 어김없이 날 잡아가는구나—그냥 관두자"(5.2.319-21)라며 입을 다문다. 햄릿의 마지막 말은 "남은 건 침묵뿐"(5.2.342)이다. 햄릿이 호레이쇼에게 살아남아 후세에 "내 이야기를 전해달라"(5.2.333)라고 부탁하지만, 정작 호레이쇼는 햄릿에게서도 유령에게서도 선왕의 죽음에 관한 비밀을 들은 적이 없다. 역사의 기억을 요구하던 유령은 햄릿의 죽음과 함께 망각의 무덤으로 되돌아간다.[33]

유령이 햄릿에게 기억해달라고 끈질기게 당부한 것은 무엇일까? 햄릿이 "망각의 강변에 편안히 뿌리 내린 무성한 잡초보다 더 둔한"(1.5.32-33) 자신을 탓하며 잊지 않으려고 애썼던 것은 무엇인가? 물론 그것은 일차적으로(표면적으로) 선왕의 억울한 죽음과 원한이다. 그러나 셰익스피어 시대의 유령의 종교적·사회적 상징성을 생각한다면, 아버지의 유령은 그 이상의(이면의) 의미를 지닌다. 아버지의 유령은 아버지가 대표하는 구세대의 잔상이며, 퇴락하는 봉건사회의 유물이다. 더구나 이 극의 행간에 함축된 유령과 연옥의 연관성은 아버지를 중세 가톨릭의 대변인으로 상정하기에 충분하다. 당시의 가톨릭 입장에서 보면, 프로테스탄트는 이단이었으며 종교개혁은 분열이자 이탈이었다. 수백 년 동안 유럽인의 종교적 심성을 지배해오던 가톨릭이 대표한 기독교가 내파(內波) 위기에 처한 것이다. 셰익스피어의 아버지 존이 그랬던 것처럼, 햄릿의 아버지도 아들에게 가톨릭 교리와 제의를 지켜달라고 요구하고 있다. 그 보존의 요구가 변화의 압박과 맞닥뜨리면서 '르네상스 인간'의 번민은 깊어진다.

하지만 변화를 주저하는 개인의 내적 갈등은 역사의 흐름을 거스르지 못한다. 아버지에 대한 햄릿의 기억이 흐려지듯, 햄릿의 발목을 붙잡고 있던 중세 가톨릭의 정언(定言)은 차츰 힘을 잃어간다. "희미해지는 반딧불의 무기력한 불빛이 임박한 아침을 알려주면"(1.5.89-

---

33) 같은 책, pp.225-229.

90) 어둠의 사자 유령은 퇴장해야 하듯이, '암흑의 시대'인 중세도 근대의 여명이 밝아오면서 기억과 망각이 교차하는 역사의 뒤안길로 물러간다. 물론 중세와 근대, 봉건주의와 자본주의, 가톨릭과 프로테스탄트를 어둠/빛 이분법으로 구분하는 것이 근대중심적 도식화의 위험을 수반하지만, 역사는 살아남은 자의 기록이기에 중세는 암흑의 시대로, 가톨릭 봉건체제는 구시대의 유물로 재현될 수밖에 없다. 다만 그 유물의 영향력이 분열된 주체 햄릿을 탄생시키고, 화해 불가능한 대립이 르네상스 비극의 보편적 주제가 될 만큼 쉽게 사라지지 않는다. "잘 있거라, 잘 있거라, 잘 있거라, 나를 기억해라"(1.5.91)라는 당부를 남기고 떠났다가 다시 돌아오는 유령은 '르네상스 인간'의 마음 한구석에 굳게 자리 잡은 '아버지'의 유훈(遺訓)이다. 이는 중세의 황혼과 근대의 여명이 중첩되는 시대를 살았던 셰익스피어와 그의 관객들이 그 유훈을 끌어안고 씨름할 수밖에 없었음을 암시한다. 종교개혁으로 균열이 생긴 '아버지'의 권위가 청교도혁명과 명예혁명으로 붕괴할 때까지 중세의 유령은 잊히는 것을 두려워하며 머물 곳을 찾아 배회하고 있었다. 어쩌면 그후에도 중세의 유령은 서구 근대성의 가장자리나 그늘진 구석에서 끊임없이 출몰하고 있는지도 모른다.

제2장 전환기 역사의 비망록『리어왕』

> "폭풍우 몰아치는 광야를 방랑하는 리어와
> 도버해협의 절벽에서 뛰어내리는 글로스터는
> 절대자를 의심하고 형이상학적 미아가 되어버린
> '르네상스 인간'의 표상이다."

1 상충하는 두 가지 세계관

20세기를 대표하는 마르크스주의 사상가이자 미학 이론가인 루카치(Georg Lukács)가 셰익스피어의 문학적 성취를 높이 평가한 적이 있다. 유럽 근대성의 역사를 배경으로 리얼리즘 소설의 부침을 분석한『역사 소설』에서, 루카치는 총체성의 미학적 구현으로 생각하는 '역사 소설'의 유사한 선례를 셰익스피어에서 찾는다. 루카치는 서사시·소설과 드라마의 형식적 차이를 인정하면서도 각 장르가 시대정신과 사회변화의 반영이라는 점을 강조한다. 중요한 공통분모는 계급구조의 변동을 수반한 사회적 충돌이다. 그 충돌 양상을 서사시나 소설은 느슨하고 광범위하게 다루는 데 비해, 드라마는 농축해서 경제적으로 보여준다. 따라서 "드라마에서 동어반복에 해당하는 것이 소설에서는 전형성을 구체화하기 위해 불가결한 요소가 된다."[1]

---

1) Georg Lukács, *The Historical Novel*(1962), Hannah and Stanley Mitchell(trans.), Lincoln: University of Nebraska Press, 1983, p.40.

루카치는 장르 차이를 예시하기 위해 셰익스피어의『리어왕』을 토마스 만(Thomas Mann)이나 고리키(Maxim Gorky)의 서사시적 대하소설들과 비교한다. 세 작가 모두 개인과 가정이 사회변화에 휩쓸리는 모습을 묘사하는데, 셰익스피어는 두 명의 가부장 주인공을 내세워 봉건 가족체제의 붕괴과정을 집중 조명함으로써 사회적 충돌이 수반하는 모든 가능한 양상을 '총체적으로' 재현한다는 것이다. 만약『리어왕』에서 주인공이 리어 한 명이었더라면 갈등의 다양성을 제시하지 못했을 것이고, 소설에서처럼 리어의 아내와 글로스터의 아내가 등장해 부모와 자식의 갈등을 반복했더라면 그것은 불필요한 과잉이었을 것이다.[2]

   루카치는 셰익스피어의 위대함을 보편성과 개체성의 연결고리를 만드는 능력에서 찾는다. 셰익스피어는 사회적 충돌과 개인적 고통의 정합성, 즉 역사의 '큰 그림'과 일상의 '세부사항' 사이의 유기적 상호작용을 가장 잘 그려낸 극작가라는 것이다. 루카치의 견해는 마르크스의 비극론과 맞닿아 있다. 마르크스에 따르면, 영웅의 야망과 그의 시대 사이의 불일치가 비극의 조건인 바, 비극은 특정 계급 또는 그 계급을 대표하는 개인이 역사의 흐름에서 소외되어야 할 때가 도래했음을 깨닫지 못하는 데서 발생한다. 루카치도 비극에서 개인의 고통은 사회 변화의 축소판이며 비극 영웅은 헤겔이 말한 '세계사적 개인'(the world-historical individual)이라고 주장하면서, 가장 대표적인 범례를 셰익스피어의 비극 영웅에게서 찾는다. "저물어가는 봉건주의와 산고(産苦)를 겪는 마지막 계급사회 사이의 세계사적 충돌"을 다루는 셰익스피어의 비극은 주인공의 성격묘사를 통해 르네상스 시대를 재현하는 연극적 역사주의"(dramatic historicism)의

---

2) 같은 책, pp.93-94.

경향이 두드러진다. 즉 주인공을 사회변화의 중심에 위치시킴으로써 연극적 허구에 불과한 개인의 운명이 시대의 영고(榮枯) 같은 '느낌'(impression)이 들게 한다는 것이다.[3]

마르크스와 루카치의 비극론은 셰익스피어의 비극 중에서도 특히 『리어왕』의 주인공들에게 잘 들어맞는다. 『리어왕』은 아버지의 비극이자 국왕의 비극인 동시에 봉건귀족의 비극이다. 다시 말해서, 이 극은 한 개인의 비극이면서 또한 그 개인이 속한 계층과 사회의 비극으로서, 개인의 불안과 고통에서 사회의 구조적 변화를 읽어낼 수 있는 작품이다. 리어와 글로스터는 중세 봉건질서를 대표하는 인물로 사회 곳곳에 드러나는 자본주의적 근대성의 징후를 혼란과 무질서로 인식한다. 반면에 고너릴과 리건, 그리고 에드먼드는 신분상으로 봉건귀족이지만 언어와 가치관에서는 신흥중산층에 해당하는 인물들로 그들의 아버지 세대가 인정할 수 없는 삶을 추구한다. 이 변화의 소용돌이 속에서, 쇠퇴하는 봉건체제에 발 딛고 서 있는 두 노인은 구체제를 넘어서려는 자식들에게 기만당할 수밖에 없다. 문제는 리어와 글로스터가 자신들이 역사의 흐름에서 배제되어야 한다는 사실을 깨닫지 못한다는 데 있다.

그래서 셰익스피어는 리어와 글로스터를 사회변화의 소용돌이 한복판에 집어넣고 그들을 극한상황에 몰아넣는다. 그들은 근대성의 징후와 시대의 변화를 감지하지 못한 채, 인간존재의 새로운 의미를 깨닫기 위한 여정을 떠나야 한다. 폭풍우 몰아치는 광야를 방랑하는 리어와 도버해협의 절벽에서 뛰어내리는 글로스터는 절대자를 의심하고 형이상학적 미아가 되어버린 '르네상스 인간'의 표상이다. 그런데 셰익스피어는 저물어가는 중세와 밝아오는 근대 사이에서 어

---

3) 같은 책, pp.97-98, 118.

느 한쪽 편을 들지 않는다. 셰익스피어는 봉건귀족과 신흥중산층이 서로 자신들의 방식을 인간성의 구현이라고 주장하는 시대적 혼돈을 경험하며, 새롭게 대두하는 신세대의 목소리를 담아내기는 하지만 그것을 바라보는 시선은 승인과 찬양보다 의심과 경계에 가깝다. 그렇다고 해서 셰익스피어는 구세대의 상실감과 향수를 대변하지만은 않는다. 셰익스피어의 비극적 의식은 상실과 혼란에서 비롯되는 자기분열이다. 신의 침묵을 주장한 인간은 '홀로서기'를 감행해야 하는데, 과도기 르네상스는 아직 '로고스'의 권위를 대체할 '코기토'에 대한 확신이 서지 않은 시대다. 셰익스피어 특유의 양가성도 이처럼 모순된 가치가 불안한 균형을 이루고 있던 당대 사회현실을 반영한 것이다.

『리어왕』에는 유독 자연과 관련된 단어(nature, natural, unnatural)가 자주 나온다.[4] 이 점에 착안해 댄비(John F. Danby)는 『리어왕』을 자연의 해석을 둘러싼 비극으로 읽어낸다. 댄비는 이 극의 갈등 이면에 "선의의 자연"(the Benignant Nature)과 "악의의 자연"(the Malignant Nature)이 충돌하고 있다고 주장한다. "선의의 자연"이란 후커(Richard Hooker)와 베이컨 등이 표방한 관념론적·초월주의 자연관으로, 자연은 합리적으로 운행되는 질서와 조화의 세계인 동시에 신의 계시가 구현되는 공간이라고 믿는다. "악의의 자연"은 홉스(Thomas Hobbes)와 마키아벨리가 대변한 유물론적·실증주의 자연관으로, 자연이 물질적 인과관계가 지배하는 세계이자 과학적 측량과 개발의 대상이라고 본다. 리어, 글로스터, 켄트, 올버니, 코딜리아

---

4) 이 단어들이 『리어왕』에서 무려 40회 이상 나온다. 동일한 단어들이 『아테네의 타이먼』에는 25회, 『맥베스』에는 28회 등장하는데, 이것도 셰익스피어의 다른 작품에 비하면 빈번한 편이다.

가 전자에 속한다면, 에드먼드, 고너릴, 리건은 후자에 해당한다.[5] 댄비가 말하는 상반된 두 자연관은 각각 중세와 근대의 인간관 혹은 세계관이기도 하다. 한쪽이 자연과 인간을 기독교적 봉건질서의 상징인 '존재의 거대한 고리'(the Great Chain of Being)에 귀속시키고 개개인에게 '주어진 자리'를 충실하게 지키면서 살아갈 것을 요구한다면, 다른 한쪽은 자연을 적자생존의 공간으로 그리고 인간을 사회변화의 주체로 여기며 역동적이고 적극적인 삶을 추구한다.

『리어왕』은 중세의 황혼과 근대의 여명을 병치한다. 그리고 이 극에 나타나는 상충하는 자연관은 중세 신본주의·봉건주의에서 근대 인본주의·자본주의로 이행하던 르네상스 시대의 사회적 혼란과 갈등을 표현한다. 이러한 가치의 충돌은 각각 구세대와 신세대를 대표하는 글로스터와 에드먼드의 대사에서 나타난다. 고너릴과 리건의 감언이설에 기만당한 리어는 가장 사랑하는 딸 코딜리아와 충신 켄트를 추방하고, 글로스터는 장자상속권을 뺏으려는 서자 에드먼드의 모함에 빠져 장남이자 적자인 에드거가 자신의 생명과 재산을 노린다고 착각한다. 모든 인간관계에 환멸을 느낀 글로스터는 에드먼드 앞에서 시대의 불안과 위기의식을 토로한다.

요즈음에 일어난 일식과 월식은 분명히 우리에게 불길한 징조다. 이
현상을 자연의 이치로 이러쿵저러쿵 설명할 수 있겠지만 인간 세계는
그러한 징조의 결과로 말미암아 고통받고 있지 않은가. 사랑은 식어
가고, 우정은 멀어지며 형제 관계는 쪼개진다. 도시에는 폭동이, 시골
에는 다툼이, 궁궐에는 반란이 일어난다. 부자간의 인연도 금이 간다.

---

5) John F. Danby, *Shakespeare's Doctrine of Nature: A Study of 'King Lear'*, London:
Faber and Faber, 1949, pp.19-42.

이 못된 아들 녀석도 징조 탓이다. 왕은 천성에 어긋나게 처신하고, 아들은 아비에게 등 돌린다. 우리가 누리던 좋은 시절은 다 지나갔구나. 음모, 기만, 반역, 온갖 파멸의 무질서가 우리 무덤으로 요란하게 따라오는구나.(1.2.103-14)

하지만 에드먼드는 "이 나쁜 놈" 에드거를 잡아들이라고 명하고 물러가는 글로스터의 등 뒤에서 아버지가 신봉하는 인간관과 우주관을 비웃는다. 에드먼드가 보기에, "징조"에 매달리는 아버지의 신념은 미신에 불과하며, 아버지 세대가 향해야 할 곳은 "무덤"이다.

가끔 우리 행동이 지나쳐서 불운이 닥칠 때, 우리가 그 원인을 해와 달과 별 탓하는 것이야말로 얼마나 어리석은가. 우리가 악인이 된 것이 필연이고, 바보인 것도 하늘의 뜻이며, 악당이나 도둑놈이나 반역자가 된 것도 천체의 운행 때문이고, 주정뱅이나 사기꾼이 된 것도 별자리 영향에 억지로 순응한 결과라니. 인간이 악한 이유가 신의 섭리라니. 색골이 자신의 음탕한 기질을 별자리 탓으로 돌리는 건 희한한 책임회피가 아닌가. 내 아버지와 어머니가 용꼬리 밑에서 나를 만들었고 내가 큰곰자리 밑에서 태어났기 때문에 성질 사나운 색골이라고? 웃기고들 있네! 아버지가 이 서자를 만들 때 천상에서 가장 순결한 별이 반짝이고 있었다 해도 지금 내 모습이 다르지 않을 거야.(1.2.118-34)

지금 에드먼드는 인간과 자연과 우주를 글로스터와 정반대 시각에서 재해석한다. 글로스터가 초자연적 의미를 부여하는 "해와 달과 별"은 자연현상일 뿐이며, 개개인의 생사화복을 두고 "하늘의 뜻" "천체의 운행" "필연" "별자리 영향" "신의 섭리"를 운운하는 것은 "희한한 책임회피"에 불과하다. 초월적 절대자가 아닌 유한적 인간에게 역사의 권한과 책임을 귀속시키는 것이다. 어떻게 보면, 에드먼드는 냉소적이고 염세적인 불평분자(malcontent)가 아니라 새로운 시대의 도래를 공지하는 근대적 주체다. 그리고 셰익스피어가 에드먼드의 입을 통해 표방하는 문제의식은 훗날 인본주의와 자본주의로 명명될 가치체계의 기본 전제에 해당한다. 좀더 유추해서 읽어보면, 봉건체제의 균열을 알리는 에드먼드의 행간에서 300년 후 자본주의의 소멸을 예견한 마르크스의 반향마저 느낄 수 있다. "불길한 징조"에 대한 믿음은 과학에 상반된 허위의식으로서의 이데올로기며, "우리가 누리던 좋은 시절"은 타파해야 할 구시대의 유물이고, "음모, 기만, 반역, 온갖 파멸과 무질서"는 앞으로 도래할 계급혁명의 징후다.

세상을 바라보는 에드먼드의 새로운 시각은 자연의 여신에게 기원하는 독백에서 더 분명히 드러난다.

자연아, 넌 내 여신이며 난 네 법을 따른다.
왜 나는 관습의 저주와 희한한 국법 때문에
내 권리가 박탈되는 것을 참아야만 하는가?
형보다 일 년 하고 두어 달 늦게 나왔다고?
내가 서자라서? 왜 내가 천하다는 말인가?
나도 정실 자식들 못지않게 준수한 외모와
관대한 성품과 탄탄한 골격을 갖추었는데,
왜 그들은 우리를 비천한 자로 낙인찍는가?
천하다고? 사생아라고? 비천해? 왜 비천해?
자연의 욕정에 휘둘려 남몰래 낳은 자식이
지겹고 맥 빠진 침대에서 비몽사몽간에 만든
얼간이보다 더 멋있고 생기 넘치지 않는가?

자, 그럴진대 적출의 핏줄을 받은 에드거야,
내가 네 땅을 가져야겠다. 아버지의 사랑은
적자뿐 아니라 서자 에드먼드에게도 향한다.
'적자'라? 그럴듯한 말이군. 하지만 적자야,
이 편지가 전달되어 내 계략이 성공한다면
서자 에드먼드는 적자의 위에 오를 것이다.
나는 창대하고 나는 번영하리라. 신들이여,
이제 서자들을 위해 일어나거라!(1.2.1-22)

소위 "천출"(bastard)의 권리장전이라 할 만한 에드먼드의 독백
은 이질적 계층으로 구성된 동시대 관객들에게 상반된 반응을 불
러일으켰을 것이다. 기존 질서의 유지를 원하는 봉건귀족에게는
이 대사가 불온하고 불편한 도전으로 다가왔겠지만, 귀족의 반열
에 합류하려는 신흥중산층이나 극장 '밑바닥'을 차지한 입석 관객
(groundlings)에게는 깊은 공명을 주었을 것이다. 에드먼드는 백작의
아들이지만 에드거 같은 "적통"이 아니라는 이유로 귀족의 특권에서
배제된 '주변부 타자'다. 피지배계층 관객은 "저 녀석을 인정할 때마
다 얼굴을 붉히다 보니 이제는 철면피가 되었소"(1.1.9), "그 아이는
9년 동안 집을 나가 있었고, 또 나갈 겁니다"(1.1.31-32)라는 글로스
터의 푸념을 들으면, 귀족체제의 '언저리'를 맴돌며 가부장 사회의
'얼룩'으로 살아온 에드먼드가 왜 아버지를 배반하고 형을 기만해야
하는지를 이해하게 된다. 그에게는 "관습의 저주와 희한한 국법"을
"합법적으로"(1.1.18) 극복할 수 있는 대안이 없기 때문이다.
억눌리고 소외된 자의 항변처럼 들리는 에드먼드의 독백은 적자와
서자의 위계를 부정하는 데 그치지 않고 중세 봉건시대를 지탱해온
기독교적 초월주의 세계관에 근본적인 질문을 던지고 있다. 그것이

전복적인 이유는 인간성과 사회질서가 주어진 것이 아니라 만들어지는 것임을 역설하기 때문이다. 여태껏 혈통에 의해 부여받은 신분, 지위, 권력, 재산이 모두 쟁취와 교환의 대상이 되는 것이다. "태생으로 안 되면 수완으로 땅을 차지할 거야. 내 목적에만 맞으면 뭐든지 좋아"(1.2.181)라고 세상을 향해 던지는 "천출"의 출사표는 목적이 수단을 정당화하고 인간의 능력이 신의 섭리나 사회 환경에 우선한다고 믿는 마키아벨리주의자의 언명인 동시에 근대 인본주의와 자본주의의 역사를 관통하는 새로운 '게임의 법칙'이다. 글로스터와 반대로, 사회적 혼란과 위기를 기회로 활용하는 에드먼드는 이러한 근대성의 가치를 체득한 인물이다. 실제로 에드먼드는 자신의 매력과 지략을 십분 활용해 장자상속제와 적서차별을 극복하고 "글로스터 백작"(3.5.17-18)의 자리에 오르는 데 성공한다. 물론 에드먼드의 도전은 "운명이 한 바퀴 다 돈 후에"(5.3.172) 에드거의 복귀와 함께 막을 내리지만, 그의 체제전복적인 말과 행동은 르네상스라는 역사적 전환기의 무대에 강렬한 파장을 불러일으킨다.

2 사랑과 결혼의 물질성

에드먼드가 예시하는 인본주의적·자본주의적 근대성의 실험은 고너릴과 리건의 삶에서도 이어진다. 『리어왕』에는 부모와 자식의 관계를 재조명하는 두 개의 플롯, 즉 리어의 세 딸 이야기와 글로스터의 두 아들 이야기가 병렬구조를 이루는데, 중세와 근대의 충돌이라는 주제도 이 두 플롯에서 변주되다가 에드먼드의 신분상승을 연결고리로 삼아 하나의 서사로 수렴된다. 글로스터 플롯에서는 사회변화의 요구가 재산과 권력의 부계 상속 과정에서 표출되는 데 비해,

리어 플롯에서는 근대성의 징후가 사랑과 결혼의 젠더 관계를 통해 드러난다. 막이 오르면서 전개되는 '사랑 경연'은 부모와 자식의 사랑도 남녀나 부부간의 사랑도 물질적 이해관계에 좌우된다는 것을 보여준다. 그것이 새로운 시대의 사회풍토다.

이 극의 시대적 배경은 고대 브리튼이지만, 등장인물들이 사용하는 언어나 표방하는 가치관으로 보면 리어의 궁궐은 셰익스피어의 동시대 사회다.[6] "저는 오로지 본분에 따라 전하를 사랑할 뿐 더도 덜도 아닙니다"(1.2.92-93)라고 천명하는 코딜리아는 당대 사회에 팽배한 세속적 물질주의와 타협하기를 거부하는 것이며, 따라서 리어의 궁궐에서 추방당할 수밖에 없다. 코딜리아가 강조하는 "본분"(bond)은 자식의 마땅한 도리이자 태생적인 책무다. 반면에 고너릴과 리건에게는 부모와 자식의 관계는 일종의 "계약"(bond)이며, 그 관계의 결속력은 상황에 따라 언제든지 흐트러지고 깨어질 수 있다.

코딜리아와 언니들 사이에 형성되는 이데올로기적 단층선은 그녀의 청혼자들 사이에서도 나타난다. '사랑 경연'에 참여하기를 거부하는 코딜리아에게 격분한 리어는 "진실을 네 지참금 삼아라"

---

6) 셰익스피어는 당시 관객들에게 잘 알려진 실제 인물과 사건을 각색해 이 극의 소재로 활용했다. 가령, 리어의 두 사위 이름이 역사적 연관성을 지닌다. 제임스 1세의 두 아들에게 내려진 작위가 콘월 공작(Duke of Cornwall)과 올버니 공작(Duke of Albany)이었고, 올버니 공작 찰스(Charles)가 나중에 왕위를 계승했다. 코딜리아의 모델도 실존 인물이었을 수 있다. 엘리자베스 여왕 시대의 대지주였던 브라이언 애너슬리(Brian Annesley)에게 세 딸이 있었는데, 막내딸 코델(Cordell)이 아버지를 미치광이로 몰아 재산을 뺏으려던 언니들과 싸우고 나중에 아버지의 유산을 모두 상속했다고 한다. 에드먼드 역시 레스터 백작(Earl of Leicester)의 서자였던 로버트 더들리 경(Sir Robert Dudley)을 연상시킨다. 그는 아버지에게 많은 재산을 물려받았으나 아버지가 엘리자베스 여왕의 총애를 잃지 않으려고 서자의 존재를 부인했기 때문에 잉글랜드를 떠나 서인도제도에서 탐험가로 활동했다.

(1.1.109)라며 의절을 선언하고 "한때 내가 비싸게 여겼으나 지금은 값어치가 떨어진" "저 실속 없는 조그만 애"(1.1.197-99)를 누구든 데리고 가라고 하자, 두 명의 청혼경쟁자는 상반된 반응을 보인다. "지위와 재산"(1.1.250)을 중시하는 버건디 공작은 "그런 조건으로는 선택할 수 없소이다"(1.1.207)라면서 물러가지만, 프랑스 왕은 "사랑이 본질에서 벗어나 이해타산에 얽매이는 것은 사랑이 아니며, 그녀 자체가 지참금"(1.1.240-42)이라면서 코딜리아의 손을 잡는다. 그가 밝히는 선택의 변은 매우 낭만적이다. "가장 아름다운 코딜리아여, 그대는 가난하지만 가장 부유하고, 버림받은 최고급상품이기에, 내버린 것을 줍는 게 합법적이라면 이제 나는 그대와 그대의 미덕을 취하겠소."(1.1.252-55) 아이러니하게도 프랑스 왕은 사랑과 결혼을 상업화하는 용어로 중상주의적 인간관계를 비판하고 있다. 여하튼 고너릴·리건과 버건디 공작에게는 분리 불가능한 "사랑의 본질"과 "이해타산"이 코딜리아와 프랑스 왕에게는 양립 불가능하다.

16세기 잉글랜드의 결혼제도를 분석한 스톤(Lawrence Stone)에 따르면, '이해관계에 의한 결혼'과 '감정에 따른 결혼' 사이의 구분이 당시 귀족사회에서는 별다른 의미가 없었다. '이해관계'가 '감정'에 우선했기 때문이다. 귀족들 간의 결혼에서 낭만적 사랑은 덧없고 불합리한 요소였고 중요한 것은 권력과 재산이었다. 지배계층의 결혼은 기득권 유지를 위한 제도였기에 계급적 동족혼(endogamy)의 성격을 띠었으며, 경제적 거래나 정치적 유대를 수반하는 정략결혼은 예외가 아니라 원칙이었다. 그리고 관직과 재화가 개인의 능력이나 사회의 필요보다는 가부장의 인맥과 연고에 의해 분배되는 세습적 관료제 사회에서 자녀 결혼에 대한 아버지의 권한은 거의 절대적이었다. 특히 지참금 제도 덕분에 전문 중개인이 매개하는 결혼 시장에서 부유한 집안의 딸은 인기 상품이었으며, 딸을 둔 아버지로서는 결혼이 권문세가와의 정치적 연결고리인 동시에 재정손실을 수반하는 경제적 배수로였다. 한마디로, 귀족사회에서 결혼은 가부장적 권력 게임의 장이었다. 반면에 상속받을 재산도 권력도 없는 피지배 계층에게 낭만적 사랑이나 성적 욕망 같은 '감정에 의한 결혼'은 현실과 동떨어진 환상만은 아니었다. 어릴 적부터 가정을 떠나 농촌에서 머슴이나 도시에서 도제로 살아가다 보니 부모의 직접적인 통제를 받지 않고 배우자를 스스로 선택할 수 있었다. 그들에게 결혼은 가정이나 가문끼리의 결연이 아니라 개인의 선택이었다.[7]

이런 사회적 맥락에서 볼 때, 버건디 공작의 현실적 결정은 '정상' (natural)이고 프랑스 왕의 낭만적 선택은 '비정상'(unnatural)이다. 마찬가지로 딸과 사위들에게 "통치권과 영토소유권과 국가 정사를 이양"(1.1.49-50)해주고 배후에서 섭정하려는 리어의 "은밀한 계획" (1.1.35)은 "노인네 망령"(1.1.294)이 아니라 지배계층 내부의 호혜적 거래다. 따라서 '이해관계에 의한 결혼'은 리어의 궁궐을 지배하는 '게임의 법칙'인 바, 그것을 거부하는 코딜리아의 행위는 가부장의 권위에 대한 반역이자 귀족공동체 규범으로부터의 일탈이다. '동종 사회적' 권력의 게임 자체를 거부하는 코딜리아도 전복적인 인물이지만, 그 게임에 참여해 질서를 교란하고 파괴하는 에드먼드는 더 위협적이다. 뛰어난 신체 조건에 담대한 지략까지 장착한 '이단아'가 신분의 장벽을 뚫고 귀족사회로 진입하는 데 성공함으로써 '위대한 존재의 고리'로 상징되는 봉건주의 질서에 균열을 가하고 있다. 이제 에드먼드의 성공신화가 귀족사회의 결혼 시장에서 새로운 교섭방식으로 자리 잡게 되면, 체제유지의 수단이었던 결혼이 신흥중산층의

---

7) Lawrence Stone, *The Family, Sex and Marriage in England 1500-1800*, New York: Harper & Row, 1979, pp.69-76, 81-82.

신분 상승을 위한 합법적 경로가 되는 것이다.

글로스터와 에드먼드의 부자지간에 나타나는 중세와 근대의 충돌 양상은 올버니와 고너릴의 부부관계에서도 드러난다. 올버니는 장인에게 권력과 재산을 이양받은 정치적 후계자이면서도 아내와는 전혀 다른 가치관을 표방한다. 고너릴은 완고한 아버지를 길들이고 무력화하여 중앙집권체제를 구축하려고 하지만, 올버니는 아내의 권력의지와 통치전략을 승인하지 않는다. 리어의 처우를 둘러싸고 벌어지는 부부간의 충돌은 극의 시작부터 끝까지 계속된다. 고너릴이 비난하는 올버니의 "무기력한 온유" "해로운 관용" "지혜의 부족"(1.4.337-40)은 남성성의 결핍을 가리킨다. 올버니는 정치적 수완도 없고 성적 매력도 없는 남자라는 것이다. 리어를 축출하고 권력 기반을 다진 후에도 고너릴은 여전히 올버니를 "유약한 남편"(4.2.1), "소심한 남자"(4.2.51), 집에서 바느질이나 하면 어울리는 "겁쟁이 새 가슴"(4.2.12), "내 침대를 무단점거하고 있는 바보"(4.2.28) 등으로 힐난하며 그녀의 성적·정치적 불만을 노골적으로 드러낸다. 반면에 에드먼드를 "여자의 섬김을 받을 자격이 있는"(4.2.27) 남자로 치켜세우며, 올버니가 "잡종 새끼"(5.3.81)로 취급하는 에드먼드를 자신의 짝으로 대체한다. 고너릴의 눈에 비친 올버니는 "어리석은 설교"(4.2.38)나 일삼은 "멍청한 도덕군자"(4.2.59)에 불과하다.

반면에 올버니는 고너릴을 "얼굴에 몰아치는 무례한 바람 속의 먼지만도 못한"(4.2.31-32) 인간으로 경멸한다. 올버니와 고너릴이 이렇게 치열하고 치졸한 부부갈등을 펼치는 이유는 두 사람의 가치관이 양립할 수 없기 때문이다. 올버니가 글로스터처럼 초월적 권위와 기존의 위계질서를 존중하는 데 비해, 고너릴은 에드먼드처럼 개인의 세속적 욕망과 권력의지에 충실한 삶을 영위한다. 이들의 가정이 중세 봉건주의와 근대 자본주의의 상반된 가치관이 부딪치는 공간이 되는 것이다. "자식 때문에 미쳐버린 아버지"(4.7.17)이자 "학대받는 왕"(5.3.5) 리어가 올버니에게는 지켜야 할 권위와 질서의 상징이지만, 고너릴에게는 건너뛰어야 할 장애물일 뿐이다.

"만약 하늘이 천사들을 내려보내어 이 비열한 악행을 바로잡지 않으면, 인간이 깊은 바다의 괴물처럼 서로 잡아먹을 때가 올 것"(4.2.47-51)이라는 올버니의 경고에는 후대인들이 자본주의적 근대성으로 설명할 '말세' 사회풍토에 대한 봉건귀족의 불안과 적대감이 담겨 있다. 올버니가 말하는 "깊은 바다의 괴물"은 구약성서에서 언급된 바다 괴물을 연상시키지만, 인간끼리 "서로 잡아먹는" 상황은 홉스가 『리바이어던』(Leviathan)에서 '만인에 대한 만인의 투쟁'으로 묘사한 '자연 상태'를 연상시킨다. 물론 홉스는 권력의 근거로 왕권신수설을 대체할 사회계약설을 제안하면서 리바이어던이라는 거대 권력체제 즉 국가의 필요성을 강조한 것인데, 지금 올버니는 약육강식과 적자생존의 '자연 상태'를 해결하기 위해 인간의 제도보다 신의 섭리에 호소하고 있다.

그런데 여기서 짚고 넘어가야 할 것이 있다. 이 극에서 에드먼드, 고너릴, 리건이 모두 신의 섭리나 사회질서보다 개인의 욕망을 중시하는 '신세대' 인물이지만, 글로스터의 차남과 리어의 두 딸 사이에는 간과하기 힘든 차이가 있다. 대사 분량은 물론, 욕망의 주체로서의 자의식, 아버지를 배반하는 이유, 죽음을 맞이하는 방식 등에서 이 세 인물에게 '남녀차별의 원칙'이 적용된다. 셰익스피어가 에드먼드를 '악인'으로 설정하면서도 그에게는 관객이 공감할 수 있는 지점을 몇 군데나마 열어놓는다. 반면에 고너릴과 리건의 경우, 합심해 아버지를 내치고 난 후에 남자를 독차지하려고 자매끼리 아귀다툼을 벌이다가 언니가 동생을 독살하고 자결한다. 패륜녀들이 치정에 얽힌 '막장극'을 펼치는 셈이다. 노비(Marianne Novy)가 지적한 대로, 고너릴과 리건은 에드먼드와 같은 듯하면서 다른 부류의 '아웃사이더'다. 그들은 에드먼드처럼 상속권을 박탈당한 자식이지만 에드먼드와는 달리 한 번도 불평하지 않는다. 불평할 처지가 아니기 때문이다. 그들에게는 에드먼드처럼 독백을 통해 내면의 갈등을 관객에게 알릴 기회도 주어지지 않는다. 번민이나 성찰과는 어울리지 않기 때문이다.[8]

브래들리는 『리어왕』의 "세 악당"(에드먼드, 고너릴, 리건) 중에서 에드먼드가 "어쨌든 여자가 아니기" 때문에 가장 덜 혐오스럽다고 말한 바 있다.[9] 이는 젠더의 차이에 따라 윤리적 평가의 잣대가 달라진다는 것을 셰익스피어도 브래들리도 기정사실로 받아들이고 있음을 의미한다. 에드먼드처럼 고너릴과 리건도 관습에 도전하고 경계를 넘어서는 인간(overreacher)이지만, "자식의 탈을 썼으나 바다 괴물보다 더 흉측하고"(1.4.252-53) "독사의 이빨보다 더 날카로운"(1.4.280) 두 자매의 언행은 시종일관 비난과 정죄의 대상이 될 뿐이다. 모든 혼란이 수습되는 극의 결말에서 올버니가 고너릴과 리건의 시체를 내려다보며 "우리를 떨게 만드는 하늘의 심판이 우리의 동정심을 불러일으키지 않는다"(5.3.230-31)라고 남기는 담담한 한마디는 이 극에서 두 자매에게 주어진 위치와 역할이 무엇인지를 함축하고 있다.

셰익스피어가 고너릴과 리건의 정반대편에 '착한 딸' 코딜리아를 배치한 것은 의미심장하다. 1막에서 코딜리아는 리어가 보기에 두 언니와는 다른 형태의 '못된 딸'이다. 아버지의 뜻을 거스르고 구혼

---

8) Marianne Novy, *Shakespeare and Outsiders*, Oxford: Oxford University Press, 2013, pp.140-141.

9) A.C. Bradley, *Shakespearean Tragedy: Hamlet, Othello, King Lear, Macbeth*(1904), New York: Meridian Books, 1955, p.248.

자의 손을 잡는 코딜리아는 줄리엣이나 데즈데모나 못지않게 반역적이다. 그래서 리어는 코딜리아를 "내 친딸로 딸로 인정하기조차 부끄러운 년"(1.1.213-34)이라고 규탄한다. 하지만 코딜리아에게 화해의 기회가 주어진다. "허망한 공명심 때문이 아니라 오직 사랑, 소중한 사랑, 연로한 아버지의 권리 때문"(4.4.27-29)에 돌아온 코딜리아는 리어와 눈물의 재상봉을 하며 눈물의 의미를 일깨워준다. 여성 군지휘관이자 프랑스 왕후로 잉글랜드 땅을 침입한 것 자체가 가부장제와 민족주의 정서에 어긋나므로 결국 제거될 수밖에 없지만, 마지막 순간의 리어에게 코딜리아는 치유하고 위로하는 "천국의 영혼"(4.7.46)으로 다가온다. 특히 리어의 실권과 실성 소식을 접했을 때 코딜리아가 보이는 반응은 1막에서 리어를 충격에 빠뜨렸던 그 솔직하면서도 당돌한 모습을 상쇄하고 남는다. 시종이 전하는 코딜리아의 부드러움과 절제는 가부장제 사회가 희구하는 '이상적 여성성'의 전형이다.

> 그녀는 격분하지 않으셨어요. 인내와 슬픔이
> 그녀를 가장 잘 표현하려고 다투는 듯했어요.
> 이따금 햇빛이 비춰면서 비가 내리는 것처럼
> 그녀의 미소와 눈물은 아름답게 어울렸어요.
> 그녀의 난숙한 입술이 머금은 행복한 미소는
> 그녀의 눈가에 찾아온 손님을 모르는 듯했고,
> 그 손님은 다이아몬드에서 진주가 떨어지듯이
> 그렇게 그녀의 눈을 떠나갔습니다. 한마디로,
> 모든 사람에게 슬픔이 그렇게 잘 어울린다면
> 슬픔은 가장 사랑받는 보석이 될 것입니다. (4.3.16-24)

코딜리아가 연출하는 "인내와 슬픔" "미소와 눈물"의 "아름다운 조화"는 두 언니의 '여자답지 못한' 공격성과 뚜렷한 대조를 이룬다. "천국 같은 눈동자에서 떨어지는 거룩한 물방울"(4.3.31)이 아름다울수록, "무한정 펼쳐지는 여자의 욕정"(4.6.266)이 더욱 추하고 흉하게 느껴지는 것이다. 그래서 이러한 차이를 별자리 탓으로 설명하는 켄트의 짤막한 대사에는 상당한 무게가 실려 있다. "우리의 인간성을 결정하는 것은 저 별들, 우리 머리 위의 별들입니다. 그렇지 않고서야 같은 부모에게서 어쩌면 저렇게도 다른 자식이 나오겠습니까." (4.3.33-36)

극 초반부에 "없음"(1.1.87)으로 강력한 울림을 남기고 떠난 코딜리아는 한동안 무대 위에 등장하지 않는다. 그런데 1막 2장에서 4막 3장까지 코딜리아의 '몸'은 무대에 없지만 '마음'은 여기저기에 출몰한다. "천륜의 도리, 자식의 본분, 예의 바른 태도, 응당한 감사의 마음"(2.2.367-68)을 저버린 고너릴과 리건의 언행, 코딜리아의 "아주 작은 흠을 몹시 추하게 여긴"(1.4.258-59) 리어의 후회, "가장 소중한 것을 내쳐버린"(3.2.31-32) 리어의 어리석음을 꼬집는 어릿광대의 거듭된 지적, "사랑하는 딸의 권리를 짐승처럼 무자비한 딸들에게 넘긴" 리어의 "끓어오르는 수치심"(4.3.45-47), 아버지에 대한 측은지심에 "천사 같은 눈에서 흘러내리는 거룩한 눈물"(4.3.31), 리어의 정치적 복권을 원격조정하는 코딜리아의 밀서, 코딜리아와의 접선 장소로 여러 차례 언급되는 도버해협, 이 모든 것들은 무대에 부재하는 코딜리아의 존재감을 드러낸다. 비록 코딜리아는 가부장제 권력투쟁의 장에서 내쳐지고 종국에는 허망하게 사멸하지만, 사회질서를 교란하는 '못된 딸들'과의 대조를 통해 그들을 간접적으로 단죄하고 실추된 가부장의 자존심을 회복하는 역할을 완수한다. 코딜리아는 가부장제의 희생양인 동시에 가부장제의 구원병이자 대변인이 되는 것이다.

여성에 대한 셰익스피어의 이중 잣대는 사회변혁기의 모순을 성적 타자에게 전가하는 가부장제 사회의 담론적 전략에 해당한다. 여성을 성적·정치적 욕망의 주체로 등장시켜 놓고서는 역동적이고 독립적인 삶의 방식을 엄격히 단죄하는 것이다. 고너릴과 리건의 경우가 그렇다. 그들에게 내리는 형량은 유사한 혐의로 기소된 에드먼드보다 훨씬 더 무겁다. 이는 지배계층으로 향할 피지배계층 남성의 불만과 불안을 그들보다 더 '밑'에 있던 여성에게 전가하도록 유도하는 전략이다. 물론 봉건적 귀족체제의 위기는 17세기 중반 이후 부르주아 시민혁명으로 귀결되었지만, 르네상스 당시에만 해도 계급갈등으로 인한 사회적 불안이 성적 타자에게 전치됨으로써 일시적으로나마 봉합될 수 있었다. 말하자면, 여성 혐오와 비하는 역사적 전환기의 와중에서 여성의 목소리를 통제하는 수단인 동시에 가부장제 사회 내부의 계급갈등을 호도하고 완화하는 전략이었다. 여성을 욕함으로써 남성끼리의 싸움을 무마한 점에서, 성적 타자는 지배계층 남성이 피지배계층 남성에게 던져준 '먹잇감'이었다. 남성 작가 셰익스피어는 그러한 남성중심주의적 '제로섬게임'에 동참하고 있었다.

3 광기 속에서 되찾는 이성

인간, 자연, 사랑, 결혼 같은 가장 근본적인 문제를 둘러싼 혼란은 기존의 가치와 질서에 의존하던 개인의 삶을 송두리째 뒤흔들어놓는다. 그 과정에서 봉건적 가부장제 사회의 주역들은 원치 않는 사회 적응과 재배치의 여정을 떠나야 한다. 먼저, 리어의 여정부터 따라가 보자. 두 딸과 사위들에게 "통치권, 조세권, 나머지 집행권"을 넘겨주고 자신은 "왕의 이름과 명예"(1.1.136-38)만 유지하며 노년을 보내려던 리어의 계획은 처음부터 어긋난다. 리어의 괴팍하고 변덕스러운 성격을 마뜩잖게 여긴 고너릴과 리건이 그를 "고분고분한 아버지"(1.4.226)로 만들기로 작심하고 번갈아 가며 문전박대한 것이다. 이들은 리어의 수행 기사들을 "식탐과 색욕"(1.4.235)을 빌미로 대량 해고하고 리어의 충복인 켄트를 차꼬에 채움으로써 가부장·군주의 권위와 자존심을 철저히 짓밟아버린다. "늙은 바보들은 다시 어린애가 되므로 말을 듣지 않으면 달래면서 회초리를 들어야 한다"(1.3.20-21)고 생각하기 때문이다. 리어는 고너릴에게 "생식기관이 말라버리는 불임"과 "독사의 이빨보다 더 날카로운 배은망덕한 자식"(1.4.270, 280-81)으로 일평생 고통당해보라는 저주를 퍼붓고, "칭찬의 주제요 노년의 위안이었던 최고의 딸, 가장 소중한 딸"(1.1.216-17) 코딜리아를 추방한 자신의 결정을 후회하지만, 떠나간 권력의 풍향이 바뀔 리 만무하다.

극도의 배신감과 모멸감의 늪에 빠진 리어에게 가장 먼저 찾아오는 것은 정체성의 위기다. "나를 아는 자 여기 있는가? 이건 리어가 아니다. 리어가 이렇게 걷고 이렇게 말하느냐? ……내가 누구인지 말해줄 자 없는가?"(1.4.217-21)라는 질문은 자기발견을 향한 험난한 여정의 첫걸음이다. 이때 등장하는 인물이 "서글픈 바보" 리어의 길잡이가 되어줄 "즐거운 바보"(1.4.135) 어릿광대다. 그는 자신의 눈앞에 서 있는 "아저씨"(1.4.129)가 "리어의 유령"(1.4.222)에 불과하며, 리어의 처지를 "금관을 내준 대머리 왕관"(1.4.151), "숫자 없는 영(零)" "아무것도 아닌 존재"(1.4.183-85), "알맹이 없는 콩깍지"(1.4.190) 등에 비유해도 리어는 아직 그 의미를 깨닫지 못한다. 오로지 "배은망덕한 자식"을 비난하고 정죄하기에 급급할 뿐, 리어는 자신의 허물을 돌아보거나 현실을 대면하지 못한다.

고너릴과 리건에 대한 리어의 분노는 여성 혐오로 발전한다. 리어는 죽은 아내 즉 두 딸의 어머니를 "간통녀"(2.2.321)로 매도하면서, 딸들의 불효를 모든 여성의 부정(不貞)으로 견강부회한다. 그의 가부장적 심성을 떠받치던 남성성이 상처를 받았기 때문이다. 리어는 자식과 신하 앞에서 눈물을 보여야 하는 상황이 견딜 수 없다. 고너릴에게 수모를 당했을 때 "네가 이렇게 나의 남성성을 뒤흔들어놓는 힘이 있어서, 너한테 어울리는 이 뜨거운 눈물을 내가 부득이 흘리다니 수치스럽도다"(1.4.288-91)라고 울분과 울음을 터뜨린 리어는, 리건이 언니에게 되돌아가서 용서를 빌라고 하자 "신들이여, 이 불쌍한 노인네를 굽어살피소서. 고귀한 분노로 저를 움직이시고, 여자의 무기인 눈물로 제발 이 남자의 뺨을 더럽히지 않게 하소서"(2.2.461-67)라며 울부짖는다. 그에게 눈물은 여자의 무기이자 남자의 수치다. 하지만 "아니야, 난 울지 않을 거야"(2.2.472)라는 몸부림에도 불구하고, 때맞춰 내리치는 폭풍우처럼 "이 남자의 뺨"에도 주체할 수 없는 눈물이 쏟아져 내린다.

리어의 교육은 3막부터 본격적으로 이루어진다. 어릿광대와 함께 궁궐을 떠난 리어는 폭풍우 치는 숲을 방랑하며 재생을 위한 훈련에 돌입한다. 리어는 실성한 사람처럼 "눈먼 광풍에 흩날리는 백발을 쥐어뜯고" "이리저리 휘몰아치는 비바람을 비웃기라도 하듯" "새끼 젖 빨리던 곰도 굴속에 들어가고 사자와 굶주린 늑대도 털을 말리는 이 밤에, 모자도 쓰지 않은 채 이놈의 세상 될 대로 되라고 소리 지르며 뛰어다닌다."(3.1.7-15) "모든 인내의 표본"(3.2.36)이 되겠다고 다짐한 리어는 "사나운 자연"(3.1.4)을 형이상학적 훈련장으로 삼고 "인간의 본성으로는 감내할 수 없는 고통과 공포"(3.2.48-49)에 자신을 노출시킨다. "모자도 쓰지 않은"(3.1.14), "맨머리"(3.2.60, 3.7.58),

"벌거숭이"(3.4.100) 같은 표현이 암시하듯이, 리어는 왕관, 모자, 의상 등으로 표상되는 왕의 특권을 내려놓고 '맨몸'과 '빈손'으로 자연을 대면한다. 하지만 리어는 여전히 자기연민과 자기합리화의 단계에 머물러 있다. 한편으로는 "드러나지 않고 정의의 채찍도 맞지 않은 죄악"(3.2.52-53)에 응당한 징벌이 내려지기를 기원하면서, 다른 한편으로는 자신을 "불쌍하고 연약하며 멸시받는 늙은이"(3.2.20)요 "지은 죄보다 더 많이 당하는 사람"(3.2.59-60)이라고만 생각한다.

리어의 광기와 실성은 자기발견을 향한 여정의 변곡점이 된다. 2막에서 "밑에서 치밀어 오르는 울화병"(2.2.245)과 씨름해오던 리어는 극한상황에 노출되는 3막에서 육신도 정신도 완전히 망가진다. 리어가 "내 마음속의 태풍"(3.4.12)이라고 표현한 광기는 "살갗을 파고드는 이 험한 폭풍우"(3.4.6-7)의 내면적 증후다. 태풍이 자연 세계의 모든 형상을 무차별적으로 파괴하듯, 광기는 이성과 감정의 위계질서를 파괴하고 정신세계의 혼란을 초래한다. 하지만 리어가 믿어온 합리적 이성은 봉건주의적·가부장적 억압의 기제이기에 해체되고 또한 재구성되어야 한다. 그런 점에서, 광기는 정화와 갱생을 위한 통과의례다. 아이러니하게도 리어가 정신이상 증세를 보이는 그 순간, 처음으로 타인을 향한 관심을 가지기 시작한다. 리어는 그림자처럼 따라다니던 어릿광대에게 "내 정신이 이상해지기 시작하는구나. 얘야, 넌 괜찮아? 춥지 않니? 헛간이 어디 있느냐? 궁핍이라는 희한한 기술이 허접스러운 것을 소중하게 만든다. 내 가슴 한구석에는 너를 가엾이 여기는 마음이 있어"(3.2.67-73)라면서, 어릿광대에게 헛간에 먼저 들어가 비바람을 피하라고 권유한다. 여태껏 리어에게서 볼 수 없었던 중요한 변화다. 리어는 한 걸음 더 나아가서 빈자를 향한 연민과 부자에 대한 분노를 토로한다.

가난하고 헐벗은 자들아, 너희가 누구이기에
이 무정한 태풍의 돌팔매질을 견디고 있느냐.
머리 눕힐 집도 없이 허기진 배를 움켜잡고
구멍이 숭숭 뚫린 누더기 하나 걸친 상태로
어떻게 이런 날씨에 몸을 보전한단 말인가?
아, 나는 여태껏 이런 일에 너무 무심했구나.
허식이여, 치료를 받고, 너 자신을 드러내어
가난한 자들이 느끼는 것을 너도 느껴보아라.
그래서 먹고 남은 여분을 그들에게 나눠주고
하늘이 더 정의롭다는 것을 보여주도록 해라.(3.4.28-36)

리어가 '정상'일 때는 없었던 깨달음이 '비정상' 상태에서 찾아온 것이다. 어릿광대를 향한 개인적 동정에서 비롯된 이 깨달음은 모든 피억압자의 소외와 사회적 불평등에 대한 비판으로 발전하고 있다. 특히 '부의 분배'와 '잉여가치' 그리고 '사회적 정의'에 대한 성찰은 마르크스주의의 핵심논제를 미리 예시한 것이며, 또한 마르크스가 봉건주의에서 자본주의로의 이행을 촉발했다고 평가한 인클로저(Enclosure)에 맞서 싸웠던 '울타리 파괴자들'(the Levellers)과 '농지 균분론자들'(the Diggers)의 목소리를 대변한 것이기도 하다. 여기서 엿볼 수 있는 것이 극작가의 노련한 서사 전략이다. 셰익스피어는 이처럼 과격하고 위험한 발언을 '미친 사람'의 입에서 쏟아져 나오게 함으로써 검열의 시선을 비켜 가고 있다.

리어의 급진적인 사회비판은 거지 톰으로 변장한 에드거와의 만남에서도 계속된다. 추위와 굶주림에 떨고 있는 거지 톰에게서 리어는 또다시 사회적 모순과 부조리를 읽어낸다.

너는 벌거숭이 몸으로 이처럼 매서운 하늘에 맞서느니 차라리 무덤에 가는 게 낫겠다. 인간이 고작 이것밖에 안 된단 말이냐? 저 애를 잘 관찰해봐라. 너는 누에에게 비단도, 짐승에게 가죽도, 양에게 양털도, 고양이에게 사향도 빚진 게 없지 않은가? 여기 우리 셋은 문명의 산물이건만, 너는 물(物)자체. 문명의 혜택을 받지 않은 인간은 너처럼 초라하고 헐벗은 두발짐승과 다를 게 없구나. 벗자, 벗자, 이 빌린 것들. 자, 여기 단추를 끌러 다오.(3.4.99-107)

리어의 각성은 개인적인 동시에 사회적이며 정신적인 동시에 물질적이다. 인간의 '인간다움'은 문명의 혜택을 입을 때, 즉 의식주 문제가 해결될 때에만 확보될 수 있음을 강조한다. 다시 말해서, 거지 톰처럼 가는 동네마다 쫓겨나고 시궁창의 이끼와 썩은 고기로 연명하는 인간은 "두발짐승"에 불과하다. 리어는 이처럼 '비체'(abject) 같은 존재를 양산하고 유기하는 사회구조를 탄핵하는 것이다. 더구나 단추를 끄르는 제의적 행위는 자신의 특권을 완전히 내려놓는다는 표시로서, 신분과 재산과 권력 모두 의복과 마찬가지로 본질이 아니라 겉치레이며 잠시 "빌린 것들"(lendings)임을 암시한다.

4막에 가면, 리어가 깨달음에 이르는 과정에서 줄곧 안내자 역할을 하던 어릿광대가 등장하지 않는다. 리어의 교육이 완성 단계에 도달했기 때문이다. 교육의 효과는 뚜렷하다. 리어의 깨달음은 철학적인 동시에 정치적이다. 완전한 광기의 상태에서 쏟아내는 리어의 아래 대사는 동시대 사회의 디스토피아적 현실을 우회적으로 고발한 어릿광대의 대사(3.3.81-95)를 직설적으로 재연한다.

네 이놈 형리야, 피 묻은 손을 당장 멈춰라.
왜 네놈이 저 창녀에게 채찍질하고 있느냐?

너도 옷을 벗으면 그녀를 채찍질하는 이유와

똑같은 뜨거운 욕정으로 그녀를 올라탈 텐데.

고리대금업자가 사기꾼을 교수형에 처하다니.

해진 누더기 사이로는 죄가 뚜렷이 드러나고,

법복과 모피 외투는 모든 죄를 뒤덮어버린다.

죄를 금도금하면 강한 정의의 창도 부러지고,

죄를 넝마로 덮으면 난쟁이의 밀집도 뚫는다.

아무도 죄가 없다. 아무도. 내가 복권해주마.(4.6.156-64)

이른바 유전무죄(有錢無罪) 무전유죄(無錢有罪)로 표현되는 사법제도의 모순과 사회적 정의의 부재를 통렬하게 질타하고 있다. 리어 곁에 있던 에드거가 보기에, 미친 사람의 허튼소리처럼 들리는 이 항변은 "의미와 무의미의 혼합이며, 광기 속의 이성"(4.6.170-71)이다. 미치고 나서 깨닫고, 물질적 추락을 통해 정신적 고양을 경험하는 역설이 성립하는 셈이다. 그뿐만 아니라, 리어는 눈먼 글로스터에게 "우리는 울면서 이 세상에 나왔어. 우리가 공기 냄새를 처음 맡는 순간, 우리는 응애응애 울어대지 않았던가. 우리가 태어나는 순간 이 넓은 바보들의 무대에 나왔다고 울었다네"(4.6.174-75)라고 말한다. 마침내 리어는 눈물과 울음을 여자의 표상이나 남자의 수치로 여기지 않고 인간의 일부로 받아들이는 것이다.

셰익스피어는 훈련과정을 이수한 리어에게 코딜리아와의 재상봉을 허락한다. 분노와 절망의 광기에서 깨어나 "환한 대낮"(4.7.53)의 세계로 돌아온 리어는 "녹은 납처럼 뜨겁게 흘러내리는 내 눈물"(4.7.47-48)을 부끄러워하지 않는다. 리어를 "국왕 전하"(4.7.44)로 칭하며 그의 정치적 복권을 기획하는 코딜리아에게, 리어는 "정말 하찮고 어리석은 늙은이"(4.7.60)를 용서하고 잊어달라며 무릎 꿇고 빈다. 여기서 극이 끝났다면 리어의 여정은 『페리클리스』나 『겨울 이야기』처럼 완벽한 '가족 로맨스'가 되었을 것이다. 하지만 부녀간의 아름다운 용서와 화해는 비극적 결말로 치닫는 반전(peripeteia)에 자리를 내줘야 한다.

그런데 광기에서 이성으로 돌아온 리어에게 셰익스피어는 과격한 정치적 발언을 허용하지 않는다. 코딜리아가 이끄는 프랑스군이 패전하면서 리어는 그녀와 함께 에드먼드의 포로가 된다. "최선의 의도가 최악의 결과를 초래"(5.3.4)한 상황에 마음 아파하는 코딜리아에게 건네는 리어의 위로는 지극히 비정치적이다.

> 아냐, 아냐, 아냐, 아냐. 이제 감옥으로 가자.
> 우리 둘이서 새장의 새들처럼 노래하며 살자.
> 네가 나에게 축복 기도를 해달라고 요청하면,
> 나는 너에게 무릎 꿇고 너의 용서를 빌 거야.
> 그렇게 우리는 기도하고 노래하며 살아가자.
> 옛날얘기도 나누고 벼슬아치들을 비웃으면서
> 한심한 녀석들이 전해주는 궁궐 소식도 듣자.
> 누가 지고 이겼는지 누가 들어오고 나갔는지
> 그들한테 들으면서 우리도 같이 얘기할 거야.
> 마치 우리가 신들의 밀정이라도 되는 것처럼
> 세상의 불가사의한 부정행위들도 파헤쳐보자.
> 밀물과 썰물 같은 고관대작의 파벌과 분쟁도
> 우리는 깊은 감옥 안에서 지켜보며 살자꾸나.(5.3.8-19)

리어가 광기의 상태에서 보여줬던 급진적 정치의식은 온데간데도 없다. 대신에 방관자의 무관심과 숙명론자의 체념이 감옥으로 향하는 리어를 압도한다. 리어의 이 마지막 선회에도 셰익스피어의 정치적 계산이 깔려 있다고 봐야 한다. 셰익스피어는 도발적이고 과격한 언행을 언제나 어릿광대나 하층민이나 미친 사람의 몫으로 돌린다. 연극을 후원하거나 검열하는 지배 권력이 '그러한 부류'의 발언에 그다지 개의치 않기 때문이다. 권위와 신빙성이 떨어지는 '그들'의 발언은 웬만하면 용인해주는 것이 지배 권력의 통치전략이다. 하지만 같은 말이라도 제정신으로 돌아온 "학대받는 왕"(5.3.5)의 입에서 나온다면 얘기는 달라진다. "광기 속의 이성"(4.6.171)이라는 서사의 안전장치가 사라진 상황에서 셰익스피어의 리어에게 남은 선택은 체념과 도피밖에 없다.

영국의 사회주의 극작가 본드(Edward Bond)는 이 극을 개작한 『리어』(*Lear*, 1971)에서 리어의 마지막 모습에 흥미로운 수정을 가한다. 셰익스피어의 리어처럼 자기성찰의 여정을 마친 후에, 전제군주에서 정치실천가로 변신한 본드의 리어는 실성과 실명의 이중 고통을 통해 체득한 지식과 문제의식을 행동으로 옮긴다. 리어는 자신의 독재 왕국을 보호하려고 쌓은 성벽을 스스로 허물어버린다. 말하자면 본드의 리어는 '깨달은 인간'에 그치지 않고 '행동하는 인간'으로 삶을 마감하는 것이다. 20세기 구소련과 동유럽에서는 셰익스피어가 역사적 전환기의 계급갈등을 읽어낸 점을 높이 평가해 '인민의 작가'로 추앙하기도 했지만,[10] 본드의 눈에 비친 셰익스피어는 봉건주의에서 자본주의로 이어지는 계급사회의 일원일 뿐이다.

셰익스피어의 은퇴 후 삶을 그린 『빙고』(*Bingo*, 1973)에서, 본드는 한편으로는 기득권을 지키려고 인클로저 계약에 서명하고 가난한

---

10) Alexander Shurbanov and Boika Sokolova, *Painting Shakespeare Red: An East-European Appropriation*, Madison, New Jersey: Fairleigh Dickson University Press, 2001을 참고할 것.

자들의 고통을 외면하면서 다른 한편으로는 극심한 양심의 가책에 시달리는 셰익스피어의 모순을 재조명하기도 했다. 실제로 인클로 저 법령의 혜택을 누렸던 셰익스피어가 죄책감과 씨름했는지는 알 수 없지만, 리어를 미친 사회혁명론자에서 제정신의 현실도피자로 회귀시킨 것은 지극히 '셰익스피어다운' 선택이다.

4 정신과 육체의 역설적 관계

글로스터의 여정도 리어와 흡사하다. 리어가 어릿광대와 동행하면서 고통과 성찰의 과정을 수행하는 것처럼, 글로스터도 거지 톰으로 변장한 에드거의 안내를 받아 한계상황을 거치면서 깨달음을 얻는다. 그리고 리어의 삶에서 이성과 광기 사이의 위계질서가 역전되듯이, 글로스터의 경우는 육안(肉眼)이 멀고 영안(靈眼)이 뜨는 아이러니를 보여준다. 지배 권력을 대표하는 두 사람이 '바보'와 '거지'의 도움을 받아 새로운 인간으로 거듭나는 것이다. 또 다른 공통점은 실성하거나 실명하면서 체득한 통찰력과 비판의식이 본드의 리어가 예시하는 사회적 실천으로 전환되지 못한다는 데 있다. 셰익스피어의 리어와 글로스터는 기울어가는 봉건체제의 자기성찰과 회한을 보여주는 역할을 완수하고 역사의 뒤안길로 사라져야 한다.

리어의 교육이 일찌감치 1막부터 시작되는 데 비해, 글로스터의 교육은 3막 후반부에서 본격적으로 시작된다. 리어가 자기연민의 단계를 넘어 사회적 모순과 빈자의 고통에 분노할 때만 해도 글로스터는 거지 톰으로 변장한 에드거를 알아보지 못하고 리어에게 "전하, 왜 이런 작자를 거느리고 다니시나이까"(3.4.137)라면서 거지와의 동행을 못마땅하게 여긴다. 게다가 글로스터는 변장한 켄트 앞에서 "그토록 훌륭한 켄트"(3.4.149)의 충고를 무시했던 것을 후회하고, "이 세상의 그 어떤 아비보다 더 극진히 사랑한 아들"(3.4.165)을 눈앞에서 지나친다. 육안은 밝아도 영안은 어두운 상태에 있는 것이다.

그런데 글로스터의 교육은 기간은 짧아도 교육의 강도와 효과는 리어에 못지않다. 코딜리아와 제휴해 리어의 복권을 도모하려던 글로스터가 에드먼드의 밀고로 체포되면서 지난한 훈련이 시작된다. 글로스터를 심문하던 리건과 콘월은 글로스터가 두 딸의 배은망덕한 행위에 항의하며 "나는 복수의 신이 그런 자식들을 응징하는 것을 내 눈으로 똑똑히 볼 것이오"(3.7.64-65)라고 하자, 그의 양쪽 눈을 뽑아버린다. 그리고 리건은 "내 아들 에드먼드는 어디 있느냐? 에드먼드야, 효심의 불길을 밝혀서 이 잔인무도한 행위를 복수해다오"(3.7.84-86)라고 부르짖는 글로스터에게 에드먼드가 배신자임을 알려준다.

몸과 마음이 갈기갈기 찢긴 글로스터는 봉건시대의 충절을 대표하는 노인 종복의 손에 이끌려 숲속의 훈련장에 들어선다. 앞 못 보는 글로스터는 이미 삶의 혜안을 가졌다. 리어는 실성도 각성도 서서히 진행된 데 비해, 글로스터는 실명이 급작스러운 만큼 성찰의 준비단계를 건너뛴다.

내게는 길이 없으니까 눈이 필요하지 않아.
내가 눈으로 봤을 때는 돌부리에 넘어졌지.
흔히 그렇지만, 우리가 부유하면 자만하고,
완전히 궁핍에 처하면 우리에게 득이 되지.(4.1.20-23)

글로스터가 강조하는 육안의 상실과 영안의 회복, 몸의 고통과 마음의 평안, 물질적 궁핍과 정신적 부유 같은 주제는 기독교적 역설(逆說)을 담고 있다. 리어가 광기 속에서 진정한 이성적 통찰력을 지니듯이, 글로스터도 넘어지고 나서 교만을 뉘우치고 겸손의 지혜를 터득한다. 그런데 지금 단계에서 글로스터의 각성은 기독교적 귀의(歸依)와는 거리가 있다. "개구쟁이들이 파리를 갖고 놀 듯, 신은 우리를 그렇게 다루며 장난삼아 우리를 죽인다."(4.1.38-39)『리어왕』의 비극적 에토스를 압축하는 이 대사는 사랑하는 아들을 궁지로 몰아넣은 아버지의 자책이면서, 또한 절대자를 밀어내고 '홀로서기'를 하려다가 넘어진 '르네상스 인간'의 절규이기도 하다. "미친 사람이 눈먼 사람을 인도하는 것은 시대의 재앙"(4.1.49)이라는 그의 한탄에는 폭풍우 치는 숲속에서 길을 잃은 두 노인의 비탄과 체념도 담겨 있지만, 동시에 역사변화의 소용돌이 속에서 방향도 희망도 상실한 유한자(有限者)의 절망이 드러난다. 좌절한 인간의 자유의지가 신의 섭리와 화해하려면 아직 시간이 필요하다.

글로스터의 형이상학적 성찰은 리어의 경우와 마찬가지로 사회적 비판의식으로 발전한다. 추위와 굶주림에 떠는 거지 톰을 생각해서 "이 벌거숭이가 걸칠 옷이나 갖다 주라"(4.1.46)고 부탁하고, "하늘의 저주로 모든 불행을 감내한"(4.1.66-67) 그에게 지갑을 내밀며, 글로스터는 처음으로 타인의 고통을 공감하고 권력의 횡포에 분노하는 모습을 보여준다.

내가 불행해지면 네가 행복해질 수 있구나.
하늘이시여, 늘 그렇게 되기를 바라나이다.
당신의 명령을 무시하고 호의호식하는 자,
자기가 고통을 못 느낀다고 안 보려는 자,
당신의 권세를 민감하게 느끼게 하옵소서.
그래서 적절한 분배로 잉여분을 되돌려서
각자가 충분히 가질 수 있게 해주시옵소서.(4.1.68-74)

앞서 인용한 리어의 대사(3.4.28-36)와 마찬가지로, 글로스터의 기원은 지배 권력의 심기를 건드릴 수 있는(하지만 피지배계층은 진정으로 공감했을) 위험하고 예민한 문제를 언급한다. 셰익스피어가 미친 리어와 눈먼 글로스터의 입을 통해 이처럼 체제전복적인 비판을 반복하는 것은 그만큼 동시대 잉글랜드 사회에서 경제적 잉여와 분배, 그리고 사회적 정의의 문제가 심각한 갈등요인으로 대두하고 있었기 때문이다. 이 갈등은 사회변화의 에너지가 분출된 르네상스의 불가피한 시대적 풍경으로서, 오랜 봉건주의 체제에 균열이 가해지면서 불거지는 현상이기도 하고, 새로운 자본주의 생산양식이 수반하는 모순과 부조리의 징후일 수도 있다. 여하튼 셰익스피어는 동시대 사회의 불안과 불만을 외면하지 않으면서 그렇다고 대면하지도 않는 모호한 입장을 취한다. 곁눈질로 바라보고 완곡어법으로 얘기하는 것이다. 그것이 상충하는 압력과 교섭하며 격변기를 살아남는 셰익스피어만의 방식이다.

정치적 함의로 가득 찬 글로스터의 대사에서 또 하나의 주목거리는 "보는"(see) 것과 "느끼는"(feel) 것의 대조다. 시력을 상실한 글로스터는 지금 보지 못하는 대신 느낀다. 타인의 고통을 느끼지 못했기 때문에 보지 않았던 과거의 글로스터와 정반대다. 이전에는 보는 것과 느끼는 것이 별개의 기능이었지만 이제는 하나로 통합된 것이다. 이 극에서 셰익스피어는 보는 것과 느끼는 것의 차이를 반복해서 강조한다. 글로스터는 자신이 내친 에드거를 생각하며 "내가 눈으로 봤을 때는 걸려 넘어졌어. ……살아생전에 너를 내 손길로 느껴볼 수 있다면, 나는 내 눈을 되찾았다고 말할 텐데"(4.1.21-26)라고 한탄한다. 리어가 눈먼 사람이 어떻게 세상 돌아가는 것을 보느냐고 물었을 때, 글로스터는 "저는 느낌으로 봅니다"(4.6.145)라고 대답하고, 리어는 "자네 귀로 보게나"(4.6.147)라고 권면한다. 리어는 호의호식하는 고관대작들을 향해서도 "가난한 자들이 느끼는 것을 너희도 느껴봐라"(3.4.34)라고 일갈한다. 에드거도 자신을 알아보지 못하는 글로스터에게 "슬픔을 알고 느끼는 기술이 있어 마음에 연민이 가득 찬 사람"(4.6.218-19)으로 소개하고, 마지막에는 "우리가 해야 할 말은 관두고 우리가 느끼는 것을 말합시다"(5.3.323)라는 말로 극을 마무리한다. 이 모든 대사는 실성한 리어, 실명한 글로스터, 각성한 에드거의 입에서 나온 말이다.

왜 이 극은 눈으로 보는 것 즉 시각을 통해 아는 것을 문제 삼을까? 어쩌면 셰익스피어는 르네상스 시대에 대두한 이성중심주의의 한계를 지적하는지도 모른다. 『눈의 역사 눈의 미학』에서 서구 문화사를 인본주의 관점에서 통시적으로 분석한 임철규에 의하면, 르네상스는 인간 감각의 무게중심이 청각에서 시각으로 옮겨가는 시대였다. 예를 들어, 르네상스의 재현양식을 대표하는 원근화법은 공간을 인간의 눈높이에서 수학적으로 재구성한 것으로 르네상스의 인간중심주의 사상이 낳은 독특한 시대적 산물이었다. 르네상스 시대에 현미경, 굴절망원경, 안경, 인쇄술의 발명과 보급이 활발히 이루어진 것도 시각의 중요성이 반영된 결과였다.[11] 데카르트가 말한 '생각하는 주체'가 눈으로 보는 주체임을 예시한 것이다. 광학기술에 매료된 데카르트는 시각을 "가장 고귀하고 포괄적인 감각"이라고 했고,[12] 눈을 "영혼의 창문"이라 칭한 다빈치(Leonardo da Vinci)도 시각을 천문학, 지리학, 수학, 예술, 건축, 항해술의 원천으로 규정했으며,[13]

---

11) 임철규, 『눈의 역사 눈의 미학』, 한길사, 2004, 136-137쪽.

12) René Descartes, *Discourse on Method, Optics, Geometry and Meteorology*, Paul J. Olscamp(trans.) Indianapolis: Hackett, 1965, p.65.

13) Leonardo da Vinci, *Treaties on Painting*, A. P. McMahon(ed. and trans.), Princeton: Princeton University Press, 1956, p.30.

원근법의 근대적 상징성을 강조한 『회화론』의 저자 알베르티(Leon Battista Alberti)는 인간의 눈을 신과 동일시하기까지 했다.[14]

르네상스의 시각중심주의와 인간중심주의는 중세 기독교 문화와 비교하면 더 두드러진다. 중세를 대표한 장르가 귀로 듣는 시와 음악이었다는 것은 가장 지배적인 감각이 청각이었음을 말한다. 또한 기독교나 이슬람 같은 일신론 사회에서는 청각적 문화가 발전했다. 성서에서도 하나님의 말씀은 보는 것이 아니라 듣는 것이다. 모세가 시내 산에서 십계명을 받을 때도, 바울이 다메섹 도상에서 하나님을 만날 때도, 계시는 청각적으로 임했다. 반면에 에덴동산에서 이브는 선악과가 "보암직해서" 뱀의 유혹에 넘어갔고, 선악과를 따먹은 아담과 이브는 "눈이 밝아" 죄책감과 수치심을 느끼게 되었다(창세기 3장 6-7절). 지혜의 왕 솔로몬은 여호와가 가장 싫어하는 일곱 가지 죄악 중에서 "교만한 눈"을 첫째로 꼽았으며(잠언 6장 17절),[15] 예수의 제자 요한은 "안목의 정욕"을 기독교인이 가장 경계할 죄악 중의 하나로 규정했고, 사도 바울도 "믿음은 바라는 것들의 실상이요 보이지 않는 것들의 증거"(히브리서 11장 1절)임을 강조하면서 "눈에 보이는 것"을 "믿음"의 대척점이자 하위개념으로 설정했다. 요컨대, 청각과 시각은 각각 신본주의와 인본주의를 대표하는 감각이라고 할 수 있다.

---

14) Alfred W. Crosby, *The Measure of Reality: Quantification and Western Society, 1250-1600*, Cambridge: Cambridge University Press, 1997, p.133. 여기 인용한 데카르트, 다빈치, 알베르티의 구절은 임철규의 『눈의 역사 눈의 미학』 137-138쪽에서 재인용.

15) 솔로몬은 "여호와께서 미워하시는 것 곧 그가 마음에 싫어하시는 것이 예닐곱 가지이니, 곧 교만한 눈과 거짓된 혀와 무죄한 자의 피를 흘리는 손과 악한 계교를 꾀하는 마음과 빨리 악으로 달려가는 발과 거짓을 말하는 망령된 증인과 및 형제 사이를 이간하는 자이니라"(잠언 6장 16-19절)라고 말했다. 솔로몬은 아담과 이브가 범한 원죄(原罪)의 원인이자 성서에서 가장 중죄(重罪)로 간주하는 교만이 인간의 눈에서 비롯된다고 본 것이다.

물론 이러한 중세/근대의 시대구분은 도식화의 위험이 뒤따른다. 임철규가 지적한 것처럼, 중세 기독교의 핵심교리가 예수의 성육신이었기 때문에 신의 형상을 시각적으로 재현한 예술 양식이 활발했고 성인과 순교자의 삶을 기리는 성상, 스테인드글라스, 프레스코벽화, 목판화 등이 중세인의 일상에 널리 그리고 깊이 파고들었다. 그런데 르네상스 이후에는 종교개혁을 주도한 프로테스탄트 진영에서 성상파괴운동을 통해 인간의 이성적 능력이자 세속적 욕망의 원천인 눈에 대한 전쟁을 전개했지만, 가톨릭교회의 반종교개혁 운동은 성상과 성화의 부활을 통해 시각적으로 가장 화려한 바로크 예술 양식의 토대를 구축하게 되었다.

하지만 임철규는 중세와 근대가 중첩되는 양상에 주목하면서도, 중세의 쇠퇴를 시각의 우위와 연관시킨 호이징가와 17세기를 "거의 배타적으로 시각에 특권을 부여한" 시대로 파악한 푸코의 입장에 동의한다.[16] 눈이 상징하는 인간의 이성적 능력에 대한 가치판단에서 중세와 르네상스 시대 사이에 중요한 차이가 있기 때문이다. 일례로, 12세기 작품으로 추정되는 구글리엘모(Guglielmo Ebero)의 「아담의 창조」와 미켈란젤로(Michelangelo Buonarroti)의 「아담의 창조」를 비교해보면, 중세 아담은 나약하고 무기력한 존재로 묘사되었지만, 르네상스 아담은 당당하고 아름답게 그려졌고 그의 시선은 거의 대등한 눈높이에서 창조자를 응시하고 있다.[17]

그러나 르네상스가 인간중심주의 시대였다고 해서 인간이 우주의 중심으로 확고하게 자리 잡았던 것은 아니다. 호이징가가 "중세

---

16) Johan Huizinga, *The Waning of the Middle Ages*, Hopman(ed.), New York: Doubleday, 1954, p.284; Michel Foucault, *The Order of Things: An Archaeology of the Human Sciences*, Alan Sheridan(trans.), New York: Vintage, 1973, p.133.
17) 임철규, 앞의 책, 258쪽.

의 가을"이라고 규정한 르네상스는 인간에 대한 예찬 못지않게 인간에 대한 회의도 충만한 시대였다. 르네상스는 신의 절대적인 권위에서 벗어나 인간의 가능성을 모색하고 구현한 근대의 시작이었지만, 흑사병, 내란, 전쟁, 흉작, 폭동 같은 중세의 궁핍한 유산을 이어받은 시대이기도 했다. 게다가 르네상스는 기독교적 일원론의 가치에서 이탈했으나 새로운 가치의 정립으로 이어지지 못한 시대였다. 말하자면 자유와 혼란이 공존한 시대가 르네상스였다. 르네상스의 그러한 복합적 정서를 대변이라도 하듯이, 한쪽에는 미켈란젤로의 아담이 조물주를 두려움 없이 정면으로 응시하고 있고, 다른 한쪽에는 방향을 상실한 셰익스피어의 햄릿이 우수(憂愁)에 찬 시선으로 요릭의 해골을 바라보고 있다.[18]

셰익스피어는 인간의 눈을 이성적 판단과 양심까지 포함한 인간 정신의 표상으로 보면서도 시각의 한계와 기만성을 거듭 지적한다. 가령, 맥베스는 눈앞에 나타난 마녀들의 예언을 듣고 "눈에 보이는 것은 모두 환상일 뿐"(1.3.142)임을 의심하면서도 환상과 현실을 동일시하는 데서 비극이 시작하며, 자신에게 닥치는 비극을 예감하는 순간에도 "모든 감각 중에 이 눈만이 바보"(2.1.44)라고 토로한다. 데즈데모나의 불륜을 확인하고자 "눈에 보이는 증거"(3.3.366)에 집착하던 오셀로는 외관(seeming)과 실체(being)의 괴리를 인식하지 못하고 이아고의 계략에 말려 파국을 초래한다. 마찬가지로 리어와 글로스터도 외관과 실체를 동일시한 '눈뜬장님'이었으며, 눈을 잃고 나서야 비로소 눈에 보이는 것이 "아무것도 아닌 것"(1.1.87-90, 1.4.130, 185)임을 깨닫는다.[19] 이 비극 영웅들의 고통을 통해 셰익스

---

18) 같은 책, 253-265쪽.
19) 같은 책, pp.265-272.

피어가 말하려는 것은 "제대로 보십시오"(1.1.159)라는 켄트의 충고 속에 압축되어 있다. 그것은 보는 것을 아는 것으로 환원하는 시각중심주의 · 이성중심주의(logocentrism)의 한계를 지적한 것이다.

임철규는 "보는 것이 눈의 본질이 아니라 눈물이 눈의 본질"이라는 데리다의 구절을 인용하면서,[20] 일군의 현대 철학자들이 고대 그리스 이래 서구 형이상학을 지배해왔던 시각중심주의의 사각지대를 조명한 것에 주목한다. 특히 푸코와 데리다를 비롯한 프랑스 포스트모더니즘 계열의 이론가들은 시각을 특권화하고 감각을 서열화하는 전통에 반기를 들었다는 것이다. 임철규는 "철학의 미래 ─서방의 운명─를 결정하는 투쟁은 윤리와 미학, 레비나스와 하이데거 사이의 투쟁이 될 것이다"[21]라는 코헨(Richard A. Cohen)의 진단에 동의하면서, 철학이 '보는 눈'으로 타자를 규정하고 재현하려고만 하지 말고 '울고 있는 눈'으로 타자의 고통에 공감하고 동참할 것을 주문한다.[22] 셰익스피어가 『리어왕』에서 '보는 인간'과 '느끼는 인간'을 대비한 것도 이와 같은 맥락에서 해석할 수 있지 않을까? 만약 정말 셰익스피어가 부조리극 같은 이 『리어왕』에서 데카르트의 '생각하는 주체'로 대표되는 철학적 근대성의 문제점을 드러내려고 했다면, 시대를 읽어내고 또한 시대를 앞서가는 그의 혜안을 인정하지 않을 수 없다.

---

20) Jacques Derrida, *Memoirs of the Blind: The Self-Portrait and Other Ruins*, Pascale-Anne Brault and Michael Naas(trans.), Chicago: The University of Chicago Press, 1993, p.126. 임철규, 앞의 책, 『눈의 역사 눈의 미학』, 421쪽에서 재인용.

21) Richard A. Cohen, *Ethics, Exegesis, and Philosophy: Interpretation after Levinas*, Cambridge: Cambridge University Press, 2001, p.151.

22) 임철규, 앞의 책, 『눈의 역사 눈의 미학』, 421~423쪽.

5 근대성의 여명

추방, 방랑, 귀환으로 이어지는 에드거의 여정도 『리어왕』에서 중요한 역사적 의미를 지닌다. 에드먼드의 음모로 누명을 쓰고 거지 행세를 하며 목숨을 부지하다가 세 차례의 나팔 소리와 함께 귀환하는 에드거는 무너진 질서를 다시 일으켜 세우는 주인공으로 등장한다. 그가 회복하는 질서는 장자상속과 적서차별에 기초한다. 동시에 그 질서는 가부장제의 핵심인 부계상속의 원칙을 고수한다.

이 극의 플롯은 리어와 세 딸의 이야기이고 서브플롯이 글로스터와 두 아들의 이야기인데, 양쪽의 유일한 생존자인 올버니와 에드거가 만나 에드거가 모든 권한을 이양받는 마지막 장면은 상당히 의미심장하다. 1막에서 리어의 두 딸과 사위들이 재산과 권력을 양분하고 글로스터의 서자이자 차남인 에드먼드가 '글로스터 백작' 직위를 계승하는 것은 원칙이 아니라 변칙이다. 따라서 에드먼드의 귀환과 승리는 어지럽혀진 질서를 제자리에 돌려놓는 사필귀정(事必歸正)이라고 할 수 있다. 후대 비평가들에게 적잖은 논란거리가 되었던 코딜리아의 죽음도 그런 맥락에서는 수긍할 만하다. 이렇게만 보면 셰익스피어도 보수적인 극작가임이 분명하다.

그러나 '원래 자리'로 돌아온 에드거는 '원래 모습'에서 많이 달라졌다. 1막에서 동생에게 기만당하고 아버지의 집에서 추방되는 에드거는 "본성이 남을 해치거나 의심하는 것과 거리가 멀고, 어리석은 올곧음이 내 계략을 쓰기에 안성맞춤인 고매한 형"(1.2.177-80)이다. 혈통과 성품은 고결하면서도 세상 물정에는 눈이 어둡고 거짓과 술수에 취약하다는 얘기다. 그래서 에드거의 변신은 그의 삶에 중요한 전환점이 된다.

나는 도망 다니면서 목숨을 부지해야겠다.
인간을 경멸하는 가난이 짐승의 모습으로
여태껏 인간을 전락시킨 모습들 가운데서
가장 비천하고 초라한 형색을 취해야겠다.
얼굴은 똥칠하고 허리엔 누더기를 두르며
머리는 산발하고 몸뚱이를 다 드러낸 채,
거센 비바람과 하늘의 박해를 대면하리라.
이 나라에는 베들레헴 수용소의 거지들이
나에게 좋은 증거와 선례가 되어주겠구나.
그들은 고래고래 소리 지르고 돌아다니며
마비되어 고통에 무감각해진 맨 팔뚝에다
바늘, 나무꼬챙이, 못, 찔레 가시를 쑤신다.
그 끔찍한 형색으로 그들은 누추한 농가와
가난한 촌락, 외양간, 물방앗간을 전전하며
미친 저주와 기도를 섞어 동냥을 구걸한다.
난 불쌍한 거지, 불쌍한 톰으로 살아갈 뿐,
에드거는 더이상 내 삶에 존재하지 않는다. (2.2.176-92)

에드거의 입을 통해 셰익스피어가 관객에게 보여주려는 것은 하층
민의 피폐한 삶의 모습이다. 이름은 병원이지만 실은 학대와 유폐의
공간인 베들레헴(Bedlam)을 비롯해 당시 잉글랜드 사회의 밑바닥과
그늘진 곳에는 "고통에 무감각해진" "몸뚱어리를 드러내고" "짐승의
모습으로" 떠돌아다니는 걸인과 광인이 허다했다. 에드거가 "불쌍한
톰"으로 살아가는 것은 단순히 도피를 위한 신분 위장만이 아니라
그들의 삶을 체험하고 증언하는 방편이다. 어두운 숲속에서 마주친
글로스터가 아들을 몰라보고 그의 정체를 묻자 에드거는 이렇게 대

답한다.

불쌍한 톰이랍니다. 헤엄치는 개구리, 두꺼비, 올챙이, 도마뱀을 잡아 먹지요. 사악한 마귀가 발광하여 내가 분통이 터질 때는 야채 대신에 소똥을 먹고, 늙은 쥐와 시궁창의 개도 삼키며, 썩은 웅덩이의 푸른 이끼도 들이킨답니다. 이 동네에서 저 동네로 채찍 맞고 쫓겨 다니며, 족쇄도 채워지고 감옥에도 가지요. 한때는 겉옷 세 벌과 속옷 여섯 벌이 있었고, 말도 타고 칼도 차고 다녔는데, 지난 7년 동안 톰은 생쥐나 들쥐 같은 작은 짐승만 먹고살았어요.(3.4.125-35)

에드거는 지금 목격자인 동시에 '현장 리포터'로서, 리어와 글로스터가 몰랐던 궁궐 바깥의 '불편한 진실'을 대면하게 한다. 셰익스피어가 변장한 에드거의 행적을 통해 하층민의 일상을 필요 이상으로 생생하고 장황하게 묘사하는 이유도 여기에 있다. 덕분에 리어와 글로스터는 힘 있고 돈 있는 자들을 향해 가난한 자들의 고통을 함께 느껴보라고 외치게 된다. 어쩌면 그 외침은 전망 좋은 2층 객석을 향한 입석관객들의 요청이었을 수도 있고, 셰익스피어가 자신의 연극을 후원하는 귀족들에게 보내는 행간의 메시지였을 수도 있다.

거지 톰을 연기하면서 대언하는 에드거는 봉건체제의 이데올로기적 주춧돌인 기독교를 향해서도 냉소적 발언을 쏟아낸다. 십계명을 패러디하고, 중세 기독교에서 규정한 7대 죄악을 나열하면서(3.4.78-98), 에드거는 하층민의 고통이 종교적 선/악과는 무관하다는 것을 에둘러 강조한다. 에드거가 언급하는 온갖 귀신과 악마의 리스트(3.6.6-31, 4.1.59-66)는 당시 잉글랜드 국교회 대주교였던 하스넷(Samuel Harsnett)의 책에 나오는 귀신숭배, 마술, 이단 등의 금지 목록에 포함된 내용인데,[23] 에드거는 지배 종교의 공식담론과 상관없는 맥락에서 선문답 같은 얘기를 늘어놓고 있다. 더구나 에드거의 귀신 이야기는 당시 하층민의 일상이 '미신'이나 '이단'에 '오염'되어 있음을 보여준다. '정통' 기독교 신앙은 지배계층의 종교이며 계급사회의 하층부로 내려갈수록 기독교의 삼투압이 떨어진다는 것이다.

사회 '이면'의 거울 역할을 하는 에드거는 리어와 글로스터의 변화를 유도하면서 자신도 변화한다. 에드거는 실성한 리어와 실명한 글로스터를 동행하면서 동병상련(同病相憐)의 원리를 체득한다.

> 지체 높은 분이 우리처럼 고난을 겪을 때
> 우리의 불행을 힘들게만 생각하지 않는다.
> 걱정 없는 생활과 행복한 일상을 뒤로하고
> 혼자 고통받으면 마음이 정말 고통스럽다.
> 그러나 슬픔의 짝과 고통의 벗이 함께하면
> 우리 마음은 고통을 건너뛸 수도 있는 법.
> 나는 무릎을 꿇는데 왕은 허리를 굽혔으니
> 이제 내 고통은 얼마나 가볍고 견딜만한가.
> 그는 자식 때문이고 난 아버지 때문이구나.(3.6.99-106)

그런데 에드거가 말하는 고통은 고전적 비극 개념에 맞닿아 있다. 아리스토텔레스에 따르면, 비극은 기본적으로 귀족 영웅의 추락을 다루는 장르이며, 추락하는 주인공의 신분이 높을수록 비극성이 깊어진다. 에드거가 억울하게 당하는 고통을 견뎌낼 수 있는 것은 리어

---

23) 셰익스피어가 이 극을 쓰면서 참고한 하스넷의 책은 *A Discovery of the Fraudulent Practices of John Darrel*(1599)과 *A Declaration of Egregious Popish Impostures*(1603)이다.

와 글로스터가 "슬픔의 짝과 고통의 벗"이 되어 줄뿐더러 "무릎을 꿇는" 자신의 고통이 "허리를 굽히는" 그들의 고통에 비하면 "가볍다"라고 생각하기 때문이다. 고통의 정도가 신분과 계급에 따라 달라진다는 것은 귀족주의적 발상이다. 같은 고통이라도 "우리"보다 "지체 높은 분"이 더 고통스럽다는 것이다. 고대 귀족/노예 사회의 비극 개념을 재생산하는 에드거는 조금 전에 동시대 하층민의 고통에 주목해주기를 요청하던 에드거와는 다른 사람처럼 보인다.

에드거의 비극론은 또한 중세의 문학적·철학적 알레고리인 '운명의 수레바퀴'에 근거한다. 이것 역시 보카치오의 『유명인사의 운명』(*De Casibus*) 같은 작품에서 다루는 귀족의 양명(揚名)과 영락(零落)에 초점이 맞추어져 있다. 상승과 하강의 주체는 어디까지나 지배계층이며, 권력의 파노라마에서 에드거가 대변하려고 했던 피지배계층은 익명의 배경으로 남는다.

> 멸시당하면서 겉으로 아첨받는 것보다는
> 이렇게 아예 대놓고 멸시당하는 게 낫다.
> 최악의 운은 가장 낮고 비천한 상태지만
> 두려움 없이 희망 속에 살아갈 수 있다.
> 최고의 상태에서 가장 슬픈 일이 생기고,
> 최악의 상태에서 웃음을 되찾을 수 있다.
> 불어라 형체 없는 바람아, 너를 환영한다.
> 네가 최악으로 몰아넣는 이 불쌍한 놈은
> 너의 광풍에 아무것도 빚진 것이 없단다.(4.1.1-9)

이후에도 에드거는 자신은 운명의 여신이 돌리는 수레바퀴 위에 있다는 것을 거듭 강조한다. 도버해협 절벽에서 투신을 시도했다가 혼절한 글로스터가 정신을 차린 후 자신의 곁을 지킨 에드거에게 "당신은 누구시오?"라고 묻자, 에드거는 "운명의 횡포에 익숙해진 정말 불쌍한 사람"(4.6.217)이라고 대답한다. 최후의 결투에서 에드거의 칼에 쓰러진 에드먼드가 "내 운명을 이렇게 만든 당신은 도대체 누구요?"라고 물었을 때도 에드거는 자신의 정체를 밝히고 "신은 공평하시며, 우리가 좋아하는 악을 도구 삼아 우리를 징계하신다"(5.3.168-69)라고 대답한다. 에드먼드가 "운명의 수레바퀴가 한 바퀴 다 돌았고, 나는 여기에 있소"(5.3.172)라면서 숨을 거두듯이, 두 형제는 엇갈리는 상승과 하강의 쌍곡선을 그리고 있다.

극의 후반부로 갈수록 사회 문제는 실종되고 개인의 흥망성쇠와 인과응보가 부각된다. 적자·장자의 위치를 되찾은 에드거로서는 "신은 공평하시다"라고 하겠지만, 그가 연기했던 거지 톰은 이 말에 동의하지 않을 것이다. 신의 뜻이나 운명은 인간의 자유의지와 대척점에 위치할뿐더러 사회적 모순과 부조리의 알리바이를 제공하는데, 이 극에서도 마찬가지다. 실성한 리어와 실명한 글로스터가 체제전복적인 발언을 쏟아내다가 온건한 숙명론자로 바뀌는 것처럼, 에드거도 밑바닥 인생의 대변인에서 지배 권력의 일원으로 회귀하면서 그것을 운명의 선회로 설명한다.

하지만 탈정치적 회귀 때문에 에드거의 여정 자체를 무의미하다고 볼 수는 없다. 이 극에서 세대갈등과 세대교체는 서사의 골격이다. 그래서 마지막 장면은 함축적이다. 구세대를 대표하는 리어와 글로스터는 사라졌고, 이들에게 동조했던 올버니는 켄트와 에드거에게 전권을 이양하며 난국을 타개해달라고 부탁하는데, 구세대의 유일한 생존자 켄트는 "저는 곧 여정을 떠나야 합니다. 제 주군이 부르시니 거절할 수 없습니다"(5.3.320-21)라면서 물러간다. 이에 에드거는 "우리는 이 슬픈 시대의 무게를 감내해야 합니다. 해야 할 말 대신에 우리가 느낀 것을 말합시다. 가장 오래 사신 분이 가장 많이 고통받았소. 젊은 우리는 절대로 그만큼 살지도 못하고 보지도 못할 겁니다"(5.3.322-25)라고 마무리한다.[24] 이와 함께 울려 퍼지는 장송곡은 세대교체가 완성되었음을 알리지만, 에드거의 에필로그에는 과거에 대한 회한과 향수, 미래에 대한 기대와 불안이 섞여 있다. 그것은 또한 셰익스피어와 그의 관객이 공유했던 르네상스의 복합적인 시대정신이기도 하다.

중세와 근대가 교차하는 시점에 셰익스피어가 에드거를 차세대 대표로 임명하는 데는 이유가 있다. 에드거에게는 올버니와 코딜리아가 갖지 못한 자산이 있기 때문이다. 그것은 백작의 아들이 거지 톰으로 살면서 겪은 추위와 굶주림의 경험이다. 거지 톰은 에드거에게 단순히 목숨을 부지하기 위한 위장의 페르소나가 아니라 새 시대의 지도자가 거쳐야 할 통과의례의 별칭이다. 에드거는 훈련을 통해 하층민의 궁핍한 삶에 분노하고 공감할 줄 아는 인물로 거듭난 것이다. 이 극의 곁가지인 에드거의 '변신 이야기'는 리어와 글로스터의 비극이 에둘러 표현하려고 했던 정치적 함의를 드러낸다. 그것은 봉건군주 리어의 왕좌를 에드거가 계승하더라도 봉건주의의 이데올로기적 유산은 이어받지 않았으면 좋겠다는 과도기적 절충안이다. 『베니스의 상인』에서도 재판관으로 변장한 포샤가 공의와 자비의 조화가 신의 속성인 것처럼 신의 세속적 대리인인 군주도 백성의 곤경과 허물에 측은지심(惻隱之心)을 가지라고 촉구한 바 있다.

『리어왕』은 체제 전복의 염원을 담은 작품이 아니다. 셰익스피어를 인클로저에 반기를 든 사회혁명가나 지배 권력을 부정하는 무정

---

24) 이 마지막 대사를 1608년 4절판에서는 올버니가 하고 1623년 2절판에서는 에드거가 하는 것으로 되어 있는데, 여기서는 2절판에 따라 에드거의 대사로 간주하고 그 의미와 효과를 논한다.

부주의자로 보는 것은 과잉해석이다. 그렇다고 그를 새로 출범한 스튜어트 왕조의 전도사로 간주하는 것은 환원주의적 오류다. 셰익스피어는 권력의 시선을 의식하면서도 연극의 시장성을 고민한 전업(專業) 작가다. 셰익스피어의 소속 극단(Lord Chamberlain's Men)이 제임스 1세 등극 후 왕립극단(The King's Men)으로 승격하고 국왕의 전폭적인 후원을 받았지만, 글로브극장의 공동주주였던 셰익스피어는 연극 흥행을 좌우한 중하층 관객의 입소문을 예의 주시할 수밖에 없었다.

『리어왕』의 결말은 '거듭난' 에드거에게서 소통과 공감의 능력을 갖춘 군주의 출현을 기대하게 한다. 정치적 '소원성취'나 다름없는 이 행간의 메시지는 절대군주제의 현실에서 고대 그리스·로마의 정치사를 반추하며 공화정의 이상을 탐색했던 르네상스 잉글랜드의 사회풍토를 반영한다. 셰익스피어가 이 극을 쓴 시기에는 인본주의자들의 공론에 불과했던 공화정이 반세기도 안 되어 잉글랜드의 정치 현실로 다가왔던 사실을 생각하면, 에드거의 계급적 변복(變服)과 자기성찰에 담긴 희망은 유의미한 역사성을 지닌다. 어쩌면 셰익스피어의 눈치 빠른 관객들은 구체제의 상속자이자 근대성의 전령인 에드거의 모습에서 부르주아 시민혁명의 여명을 감지하지 않았을까?

제3장 실체와 재현의 모호한 경계선

> "연극이 삶의 일부이자 삶 자체가 연극이라는
> 셰익스피어의 생각은 실체의 허상으로 여겼던 것들이
> 곧 실체이며, 진실이나 본질로 믿는 것들이 표상의
> 효과일지 모른다는 의심을 관객들이 갖게 한다."

1 전환기의 언어와 역사

앞의 두 장에서 살펴본 르네상스의 전환기적 모순은 언어철학에도 적잖은 파급효과를 미친다. 셰익스피어가 재현하는 중세 봉건주의·신본주의와 근대 자본주의·인본주의의 비극적 갈등은 세계관이나 인간관의 충돌로 전개되는 동시에 언어관의 차이로도 나타난다. 일반적으로 표리부동(表裏不同)이라는 단어는 부정직이나 불성실의 의미를 내포한다. 진실/거짓, 속내/겉모습, 실체/이미지 등의 이분법에서 후자는 전자의 부정적인 대척점을 형성한다. 그런데 셰익스피어는 겉과 속의 차이가 과연 본질적인지, 표리부동이 반드시 나쁜 것인지를 질문하면서 관객이 가지고 있던 기존의 가치관을 혼란스럽게 한다.

그래서 셰익스피어는 말장난(pun)을 즐긴다. 셰익스피어는 여러 의미를 지닌 단어, 또는 소리는 같아도 뜻은 다른 단어를 사용해 기표와 기의 사이의 일대일 대응 관계를 해체한다. 어떻게 보면, 셰익스피어는 포스트모더니즘 철학자들이 강조하는 의미의 불확정성을 예시한 셈이다. 이글턴(Terry Eagleton)이 지적하듯이, 셰익스피어를 읽으면 마치 그가 헤겔, 마르크스, 니체, 프로이트, 비트겐슈타인(Ludwig Wittgenstein), 데리다를 두루 섭렵한 듯한 느낌이 드는 이유도 여기에 있다.[1] 하이데거식으로 얘기하면, 어차피 모든 것이 현존(presence)이 아니라 그것의 파편이자 흔적일진대, 그리고 현존의 재현(representation)이 '언제나 이미' 잘못된 재현(misrepresentation)이라면, 참과 거짓 사이에 명확한 경계선을 긋는 것이 과연 타당한지를 셰익스피어는 묻고 있다. 바로 이것이 셰익스피어가 근대성의 징후와 한계를 동시에 인식한 지점이다.

이글턴은 셰익스피어가 언어의 기호학적 속성에 주목하게 된 원인을 마르크스주의자답게 자본주의적 근대성의 여파로 설명한다. 마르크스와 엥겔스가 『공산당선언』에서 지적한 대로 "모든 새로운 관계가 견고해지기 전에 낡아지고, 모든 단단한 것이 공기 속으로 녹아 사라지며, 모든 성스러운 것이 모독당하는"[2] 자본주의의 (자기)파괴적 재생산의 메커니즘을 셰익스피어의 동시대 사회가 벌써 목격하기 시작했다고 보는 것이다. 이글턴에 따르면, "자본 축적을 위한 무한 질주 속에서 끊임없이 한계를 밀어제치고 전통적 경계를 흩뜨리는" 새로운 생산양식의 핵심은 노동의 소외와 잉여가치의 발생이다. 대자연의 풍요나 신의 은총으로 받아들인 봉건시대의 잉여생산과는 달리, 근대 자본주의적 잉여가치는 상품의 교환 가치 회로 안에서 발생한다. 문제는 교환 가치 자체가 "기존의 계측기준과 상호관계를 계속 위반"하면서 "일종의 보편적 혼돈을 배태"한다는 데 있다. 그것

---

1) Terry Eagleton, *William Shakespeare*, Oxford: Blackwell, 1986, pp.ix-x.
2) Karl Marx and Friedrich Engels, "Manifesto of the Communist Party"(1848), *The Marx-Engels Reader*, Robert C. Tucker(ed.), New York: W.W. Norton & Company, 1978, p.476.

이 혼돈으로 다가온 이유는 단순한 이항대립으로 파악한 갈등이 "해체론적 방식" 즉 "각 항이 혼란스럽게도 그 반대 항에 내재하는 것처럼 보이는" 양상으로 전개되기 때문이다.[3]

이글턴은 셰익스피어의 텍스트에 편재하는 "존재와 부재의 끊임없는 유희"를 그러한 사회변동의 징후로 파악한다. 노동의 주체인 인간이 노동의 결과인 상품에서 멀어지고 그 상품의 사용 가치와 교환 가치가 달라지듯이, 기호는 그것이 지시하는 대상에서 멀어지고, 몸과 유기적 일체였던 언어가 쪼개지고 흩어지는 기현상, 이것이 셰익스피어가 씨름한 "이데올로기적 딜레마"다. 인간의 몸은 생물학적으로 주어지는 "물질적 욕구의 집적물"이자 사회문화적으로 구성되는 "사실과 가치의 불가분한 통합체"인데, 그 몸에 계속 덧씌워지는 미증유의 경제원칙과 생소한 삶의 방식이 "언어의 기호학적 수수께끼"로 표현된 것이다. 요컨대, 이글턴은 셰익스피어의 극에서 "등가성(equivalence)이 모호성(equivocation)으로 불편하게 수렴"되는 원인은 초기 자본주의 사회의 모순이며, 셰익스피어가 재현하는 "몸과 언어의 갈등"이나 "기호와 사물의 구조적 불일치"는 결국 "계급갈등의 알레고리"라고 본다.[4]

이러한 유물론적 접근은 철학, 종교, 정치 등의 여러 측면에서 설명할 수 있는 르네상스의 복합성을 하나의 틀로 환원하는 문제점에도 불구하고 셰익스피어의 근대성을 논할 또 하나의 근거를 제공한다. 여하튼 셰익스피어는 언어의 불투명성과 비결정성에 깊은 관심을 가졌던 작가임은 분명하다. 언어학적 근대성의 핵심은 의미를 표현하고 반영하는 언어에서 의미를 생산하고 구성하는 언어로의 전

---

3) Terry Eagleton, 앞의 책, pp. 97-101.
4) 같은 책, 99-101쪽.

환이다. 본래 투명하고 정확한 의사소통의 도구인 언어가 왜곡과 기만의 수단으로 사용되기도 하고, 때로는 '본질'의 가변성이나 '진실'의 허구성을 드러내기도 한다. 물론 그러한 언어의 속성은 고대와 중세에도 해당하는 문제이지만, 근대로의 전환기인 르네상스 특유의 헷갈리는 언어관은 그 시대의 산물인 셰익스피어의 텍스트에 고스란히 담겨있다. 셰익스피어의 주인공들이 보여주는 말과 행동의 불일치 또는 명시적 의미와 함축적 의미의 괴리는 언어가 '진실'의 매개체만은 아니며 '진실' 자체도 담론의 구성물일 수 있다는 회의론적 문제의식을 내포한다.

공교롭게도 셰익스피어가 이 문제를 파고드는 장르는 '역사적 진실'을 다루는 사극이다. 『메타역사』의 저자 화이트(Hayden White)에 따르면, 19세기에 헤겔이 정초한 역사철학의 영향으로 역사의 저울추가 서술에서 해석으로 이동했다. 역사의 핵심은 "선택과 배열"을 통해 실제로 발생한 사건이나 있었던 사실에 "인과관계"를 부여하는 "줄거리 짜기"(emplotment)이며, 줄거리는 역사가의 시각에 따라 프라이(Northrop Frye)가 『비평의 해부』에서 서사 장르로 예시한 로맨스, 비극, 희극, 풍자의 네 양식으로 변주된다.[5] 문학과 역사의 근본적인 경계가 허물어진 셈이다. 그런데 셰익스피어의 사극은 '재현'으로서의 역사가 헤겔에 앞서 르네상스 시대에도 일종의 문화상품으로 소비되고 있었음을 예시한다. 셰익스피어가 극화한 중세 잉글랜드 역사는 사실과 허구의 중간지대로서, 거기에는 화이트의 논문 제목처럼 "역사적 허구와 허구적 역사와 역사적 사실"이 혼재한다.[6] 셰익스피어의 사극은 큰 틀에서는 역사적 사실에 충실하면서도

---

5) Hayden White, *Metahistory: The Historical Imagination in Nineteenth-Century Europe*, Baltimore: The Johns Hopkins University Press, 1973, pp.5–11.

6) Hayden White, "Introduction: Historical Fiction, Fictional History, and

세부사항에서는 당대의 정치적 상황에 맞게 그것을 전유하고 변주한다.[7] 중대한 사건들의 "인과관계"를 "짜 맞추는" 과정에 셰익스피어 개인의 시각과 당대 사회의 압력이 개입한 것이다.

셰익스피어의 사극은 연대기 순으로 처음과 마지막에 해당하는 『존 왕』과 『헨리 8세』를 제외하면 여덟 편의 작품이 서사의 연속성을 지닌다. 『헨리 6세』 1부·2부·3부, 『리처드 3세』로 이어지는 제1사부극(The First Tetralogy)과 『리처드 2세』, 『헨리 4세』 1부·2부, 『헨리 5세』로 이어지는 제2사부극(The Second Tetralogy)은 각각 나름의 '줄거리'가 있다. 제1사부극은 제2사부극보다 연대기 순으로는 나중이지만 주인공들의 언어나 세계관은 더 중세적이다. 특히 권력의 개념이나 작동방식에서 보면, 혈통과 세습에 의한 왕권의 적법성을 강조하는 제1사부극은 중세 봉건주의의 유산을 더 충실하게 재연한다. 그런데 제1사부극의 마지막 작품이자 제2사부극으로 이행하는 중간 다리인 『리처드 3세』에 오면, 근대성의 양상이 엿보이기 시작한다. 주인공 리처드가 태생적 '본질'로 여겨진 혈연관계를 무시하고 언어의 기만과 연극적 수행을 통해 왕위를 쟁취하는 과정은 제2사부극에서 전개되는 볼링브룩과 해리 왕자의 등극 과정 못지않게 '근대적'이다.

시대와 편집자에 따라 '비극'으로 분류되기도 했던 『리처드 3세』는 다른 제2사부극 작품과 비교하면 왕조나 국가의 흥망성쇠보다는 개인의 영달과 몰락에 초점이 맞추어져 있다. 리처드는 『오셀로』의 이아고, 『리어왕』의 에드먼드와 함께 셰익스피어가 창조한 대표적 마키아벨리주의자로 꼽힌다. 특히 자신의 손에 피를 묻히지 않으면

Historical Reality," *Rethinking History* 9:2-3(2005).

7) Lily B. Campbell, *Shakespeare's "Histories": Mirrors of Elizabethan Policy*. London: Methuen, 1964, p.125.

서도 잔혹하고 간교하게 정적들을 제거해가는 리처드는 캐릭터라기보다는 무대 위의 감독이나 지휘자 같은 인상을 준다.

『리처드 3세』는 주인공의 독백으로 막을 여는 유일한 셰익스피어극이기도 한데, 여기서 리처드는 꼽추로 태어난 자신의 신체적 기형으로 인해 "내가 악당임을 입증하고 이 시대의 한가로운 즐거움을 증오하기로 작정한"(1.1.30-31) 인물임을 천명한다. 리처드는 왕좌에 오르는 데 걸림돌이 되는 형과 두 조카와 정적들을 차례로 교살(矯殺)하고, 디딤돌이 되면 철천지원(徹天之冤)을 품은 여인들에게도 구혼하면서 권력을 쟁취하고 유지한다. 리처드의 악행은 그의 어머니마저 "네가 내 아들이냐?" "너는 이 세상을 나의 지옥으로 만들려고 태어났다"(4.4.155, 167)라고 저주할 정도로 무차별적이고 가증스럽다.

처음부터 리처드는 "주정뱅이의 예언, 비방, 꿈"(1.1.33)으로 사실을 왜곡해 자신의 권력의지를 구현하겠다고 계획한다. 게다가 리처드는 자신이 중세 도덕극에 등장하는 악(Vice)의 캐릭터처럼 "한 단어로 두 가지 의미를 상징하는"(3.1.83) 언술을 사용한다고 스스로 밝힌다. 언어의 작위성과 불확정성을 최대로 활용하는 리처드의 전략은 시민들을 조종하고 기만하는 장면에서 가장 확연하게 드러난다. 리처드는 "아가씨 역할을 연기하십시오. 계속 사양하면서 받아들이세요"(3.7.50)라는 버킹엄의 조언에 따라 두 명의 사제 사이에서 기도문을 손에 들고 시민들 앞에 등장해 이미지 가공을 위한 연기를 훌륭하게 수행하고, 그 결과로 호의적인 여론을 등에 업고 왕좌에 오르는 데 성공한다.

리처드는 남편과 아버지가 리처드에게 살해당하고 깊은 상심과 원한에 사무쳐 있는 앤에게 구혼할 때도 "아가씨 역할을 연기"한다. 처음에는 리처드에게 침을 뱉고 저주를 퍼붓던 앤이 결국 리처드의 청혼을 받아들이는 그 불가사의한 장면은 리처드의 뛰어난 연기력을 입증하는 또 하나의 연극적 압권이다. 앤에게 무릎을 꿇고 가슴을 열어젖히며 단검으로 찔러보라는 리처드의 "공격적인 수동성"(aggressive passivity)에 앤의 완강한 저항은 무너지고 만다.[8] 리처드가 참회의 뜻을 담았다는 반지를 건네자 앤은 "받는 것이 주는 것은 아니오"라는 동의도 거절도 아닌 모호한 말로 불안한 망설임을 대신해보는데, 리처드도 "이런, 내 반지가 그대의 손가락을 감싸는군요. 그렇게 그대 가슴도 내 초라한 마음을 품어주는구려"(1.2.205-7)라며 합의와 강제 사이의 애매한 행동으로 앤의 마음에 '입성'하는 데 성공한다. 여기서 리처드는 호전적 남성과 유혹하는 여성의 상반된 역할을 동시에 수행하는 양성적(bisexual) 연기를 펼친다.[9] 이 구애 장면은 굳게 닫힌 앤의 '가슴'을 리처드의 '혀'가 비집고 들어가는 점에서 정형화된 여성성/남성성을 연출하지만, 리처드의 맨 가슴을 위협하는 앤의 단검과 리처드의 반지를 끼는 앤의 손가락은 '침투하는' 남성과 '침투당하는' 여성 사이의 젠더 관계가 역전된 순간을 암시한다.

'실체'를 호도하는 '이미지'로 왕위에 오르는 리처드는 단순히 악의 화신이라기보다 르네상스 시대의 '자기 연출'을 극단적인 형태로 예시하는 인물이다. 16세기 유럽의 지배계층은 남녀노소를 막론하고 의상, 언어, 행동 등의 모든 일상에서 '고귀함'의 규범을 훈련받고 실천해야 했다. 그것이 귀족으로서의 계급적 정체성을 구성하고 인정받는 방식이었기 때문이다. 1561년에 영어로 번역된 카스틸리오네(Baldassare Castiglione)의 『궁정인을 위한 책』(*The Book of the Courtier*)

---

8) Jean Howard and Phyllis Rackin, *Engendering a Nation: A Feminist Account of Shakespeare's English Histories*, London: Routledge, 1997, p.109.

9) 같은 책, p.110.

은 당시 잉글랜드 귀족의 필독서이자 규범집으로 자리 잡았다. 특히 전혀 노력하지 않은 것처럼 보이게 하는 '계산된 태연함'과 '의도적 방심'(sprezzatura), 즉 기술이 아닌듯한 기술로 '우아함'(grazia)을 연출하는 능력은 귀족의 '품격'(decorum)으로 요구되었다.

『리처드 3세』의 주인공도 그런 기술을 유감없이 발휘한다. 증오와 원한으로 다가오는 앤과 엘리자베스, 그리고 의구심에 가득 찬 시민들을 차례로 승복시키는 과정에서 리처드는 상대방의 마음을 치밀하고 집요하면서도 냉담하게 파고드는 언술로 그들을 무장해제하는 데 성공한다. 이를 바라보는 관객 역시 리처드에 대한 역사적 기억과 도덕적 판단을 잠시 유보하며 그의 언술에 동참하고 설득당하는 묘한 경험을 하게 된다.

2 실체의 부재, 허상의 편재

『리처드 3세』의 주인공이 능변과 술수로 권력을 쟁취한 인물이라면, 제2사부극의 첫 작품 『리처드 2세』에서는 리처드와 볼링브룩이 다른 방식으로 권력 게임을 벌인다. 전자는 언술이 뛰어나고 제의를 중시하는 반면, 후자는 계략에 능하고 행동을 앞세운다. 포커(Charles R. Forker)가 지적한 것처럼, 『리처드 2세』는 언어를 뜻하는 단어들(tongue, breath, throat, mouth, word, name, speech)로 가득하고 "언어와 현실 사이의 긴장"을 주제로 삼은 극인데,[10] 리처드와 볼링브룩은 상반된 언어철학을 지닌 인물로 등장한다. 리처드는 군주로서

---

10) Charles R. Forker, "Introduction," in *King Richard II*, London: The Arden Shakespeare, 2002, p.65.

의 자신의 말이 절대적인 위력이 있다고 믿는다. 1막에서 모브레이에게 추방령을 내릴 때 "내가 네게 '귀환 불가'라는 절망을 선고하노니, 위반하면 죽음이다"(1.3.152-53)라는 대사에 드러나듯, 리처드는 "기표와 기의 사이의 공간을 삭제하는 본질주의 언어 개념"을 갖고 있다. 하지만 자신의 위력을 확인이라도 하듯 볼링브룩과 모브레이의 결투를 느닷없이 중단시키고 이들을 추방하는 조치는 리처드의 정치적 패착으로 작용한다.

반면 볼링브룩은 언어를 "의사소통의 인위적 수단"으로 간주하는 "현실적이고 실용주의적인 언어 개념"을 지니고 있다.[11] 가령, 리처드가 볼링브룩의 추방 기간을 10년에서 6년으로 줄여주자, 볼링브룩은 "짤막한 말 한마디에 참으로 긴 시간이 담겨 있구나! 꾸물대는 네 번의 겨울과 까불거리는 네 번의 봄이 말 한마디로 끝나버리는군요. 그런 게 왕의 언어인가 봅니다"(1.3.213-15)라는 냉소적인 응답으로 리처드의 언어적 권위와 진정성을 힐난한다.

리처드와 볼링브룩의 상이한 언어는 이 극에서 갈등요인이 되는 가치관의 차이를 반영한다. 외관과 실체의 일치를 전제하는 리처드의 언어는 중세 봉건귀족의 가치체계를 대변한다. 눈에 보이는 것과 보이지 않는 것 사이의 괴리를 인정하지 않는 것이다. 그에게 가장 중요한 것은 "이름"(3.2.85, 86, 3.3.137, 146, 4.1.255-56, 259)이다. 리처드가 집착하는 "이름"은 호칭이나 명분이 아니라 그것에 상응하는 사회적 정체성이다. 리처드가 "2만 명의 병사 이름"보다 더 귀중하게 여기는 "왕의 이름"(3.2.85)을 자신이 다스리는 "땅"(3.2.6, 10, 12, 24, 3.3.59)과 연관시키는 것도 이 때문이다. 봉건영주에게 "땅"이 전부이듯이, 리처드에게 "이름"은 존재 그 자체다.

---

11) 같은 글, pp.66-67.

그래서 리처드는 왕권 상실을 "왕의 이름을 잃는 것"(3.3.145-46)
으로 받아들이고, "이름"이 없어진 자신을 "아무것도 아닌 존재"
(4.1.201, 5.5.38, 40, 41)라 생각한다. 민심과 군대가 볼링브룩에게 돌
아섰다는 비보를 접했을 때 리처드는 "텅 빈 왕관"(3.2.160)에 "경의,
전통, 형식, 의전(儀典)의 책무"(3.2.172-73)가 담겨 있었다고 말한
다. "거칠고 흉흉한 바다의 그 많은 물도 기름 부음 받은 왕의 향유
를 씻겨낼 수 없다"(3.2.54-55)라고 일갈하고, 폐위 순간에도 "내 왕
관이 곧 나"(4.1.191)였다는 리처드는 왕권신수설을 믿는 전제군주이
자 눈에 보이는 것에 절대적 가치를 부여하는 일종의 성상 숭배자다.
볼링브룩에게 왕관과 홀을 건네주며 "이제 나 자신을 무슨 이름으로
불러야 하나?"(4.1.259)라고 한탄하는 그의 모습은 "이름"을 잃어버
린 자의 비애를 압축해서 드러낸다.

　반면에 볼링브룩의 언어는 형식주의와 본질주의에 얽매이지 않는
근대 자본주의 가치관을 표방한다. 볼링브룩이 중시하는 것은 형식
이나 제의가 아니라 실속이며, 그 어떤 형식도 하나의 불변하는 본
질을 담보한다고 믿지 않는다. 공교롭게도 그는 이 극에서 더비, 헤
러퍼드, 볼링브룩, 랭커스터, 헨리 4세 등으로 다양하게 호명된다. 리
처드에게 부여되는 복수의 이름은 친족, 신하, 반역자, 찬탈자, 군주
등으로 변주되는 그의 유동적이고 불확실한 정체성을 상징하며, 그
는 상황과 지위의 변화에 따라 사용하는 언어도 달리하는 실용적이
고 상대주의적인 태도를 보여준다.[12] "비록 추방을 당해도 진정한
잉글랜드 혈통을 지닌 남자"(1.3.309)로 잉글랜드 땅을 떠났던 볼링
브룩은 리처드가 "이름" 타령을 하고 있을 때 "물자와 병력을 증강"
(3.2.35)해 "왕의 이름"을 얻는다.

---

12) 같은 글, p.68.

『리처드 2세』는 여기서 멈추지 않고 가장(假裝)의 연기가 과연 허구에 불과한지를 질문하는 데까지 나아간다. 리처드가 아일랜드 정벌을 떠난 후 "건강을 해치는 우울감"(2.2.3)에 빠진 리처드 왕비를 부시가 위로하는 대사를 살펴보자.

모든 슬픔은 슬픔의 실체처럼 보이게 하는
스무 개의 허상이 있으나, 그렇지 않습니다.
슬픔의 눈은 눈멀게 하는 눈물로 흐려져서
하나의 온전한 물체를 여럿으로 흩어놓지요.
요지경처럼 똑바로 보면 형태가 헷갈리지만
삐딱하게 보면 그것이 무엇인지 드러납니다.
친애하는 왕비 마마, 전하께서 떠나신 것을
삐딱하게 바라보시면, 전하의 부재 자체보다
슬픔의 허상이 더 슬프게 다가올 것입니다.
똑바로 보면 그것은 없는 것의 허상입니다.
자비로우신 왕비 마마께서 슬퍼하실 이유는
전하가 떠나신 것 말고는 아무것도 없습니다.
더 보이는 것은 없으나 혹여 뭔가 보인다면,
그것은 상상한 것을 실제 있는 것으로 알고
눈물 흘리는 그릇된 슬픔의 눈 때문입니다.(2.2.14-27)

부시는 슬픔의 "실체"(substance)와 "허상"(shadow)을 혼동하는 리처드 왕비가 "눈멀게 하는 눈물" 때문에 눈이 흐려져서 리처드의 부재라는 "실제"(true) 상황을 대면하지 못하고 "상상"(imaginary)에서 비롯되는 "그릇된(false) 슬픔"에 빠져 있다고 진단한다. 이에 리처드 왕비는 부시의 말에 수긍하면서도, "어쨌든 난 슬퍼하지 않을 수 없어. 아무것도 아닌 것을 아무리 생각하지 않으려고 해도 그 생각 자체가 너무 힘겨워서 날 약하고 움츠러지게 만들어"(2.2.30-32)라고 대답한다. 부시가 그것은 "그냥 상상에 불과"(2.2.34)하다고 재차 위로해봐도, 리처드 왕비는 "그건 상상이 아니야. 생각이란 과거의 슬픔에서 기인하는데, 내 경우는 그렇지 않아. 아무것도 아닌 것이 내가 슬퍼하는 그 무엇을 생기게 했거나, 아니면 그 뭔가가 내가 슬퍼하는 아무것도 아닌 것을 만들었겠지. 나는 나중에 있을 슬픔을 미리 갖고 있나 봐. 난 그게 무엇인지 모르고 이름도 모르지만, 이름 없는 슬픔이란 것은 알지"(2.2.36-40)라고 말한다. 마치 선문답 같은 이들의 대사는 "뭔가 있는 것"(something)과 "아무것도 없는 것"(nothing)의 차이, 또는 참/거짓, 실체/허상의 이분법적 구분이 얼마나 타당한지에 대해 의문을 제기한다.

이와 비슷한 질문이 리처드의 폐위 장면에서도 나온다. 거울 속의 자기 모습을 쳐다보며 제의적 나르시시즘을 연출하던 리처드가 자기연민에 북받쳐 거울을 깨트렸을 때, 볼링브룩이 "당신 슬픔의 허상이 거울에 비친 당신 형상을 일그러뜨렸소"(4.1.292-93)라고 하자, 리처드는 "내 슬픔의 허상이라고? 어디 보자. 맞는 말이군요. 내 슬픔은 모두 내 안에 있어. 겉에 드러나는 이 슬픔은 고통받는 영혼 안에서 말없이 북받쳐 오르는 보이지 않는 슬픔의 허상일 뿐이며, 실체는 그 안에 있소"(4.1.295-99)라고 대답한다. 볼링브룩은 리처드의 슬픔도 거울에 비친 그의 얼굴도 실체가 아닌 허상이요 이미지에 불과하다고 빈정대지만, 리처드는 외면의 슬픈 표정과 내면의 슬픔 즉 허상과 실체의 차이를 강조한다. 리처드가 이미지 이면의 실체가 존재한다고 믿는 본질론자라면 볼링브룩은 실체도 일종의 이미지라고 생각하는 반본질론자다. 마치 왜곡으로서의 이데올로기를 강조한 마르크스와 이데올로기 '안'과 '밖'의 경계를 해체한 푸코의 차이를 보는 듯하다.

『리처드 2세』에서 볼링브룩이 선보이는 근대적 권력 개념은 권력의 연극성과도 연결된다. 리처드도 자기연민과 자아도취에 빠진 군주로서 권력을 빼앗기는 자의 '제의적 연극성'을 보여주지만, 볼링브룩은 그것과는 성격이 다른 연극성 즉 권력을 빼앗는 자의 '정치적 연극성'을 구현한다. 볼링브룩이 "평민들을 대하는 공손한 태도"는 처음부터 리처드에게 불안한 요소로 작용한다. "겸손하고 친밀한 공손함으로 그들의 마음을 파고들어, 시정잡배들에게 존경심을 남발하고, 하찮은 직공들에게 미소의 기술로 구애하며 자신의 운명을 참고 견디니, 내가 그들의 마음도 그와 함께 유배지로 보내버린 꼴이 되었다. 그는 헤픈 여자들에게도 고개 숙여 인사를 한다. 마차짐꾼들이 그에게 신의 축복을 기원하면, '고맙소, 내 동포들이여 내 사랑하는 친구들이여'라고 화답하며 나긋나긋한 무릎을 공물로 바친다. 나의 잉글랜드가 거꾸로 그의 나라가 되고, 백성들은 그를 다음번 왕으로 고대하는 것 같다."(1.4.24-36) 리처드의 우려대로 볼링브룩은 "존경심의 남발" "미소의 기술" "나긋나긋한 무릎" 덕분에 민심과 왕권을 얻는 데 성공한다. 겉과 속을 달리하는 연극적 수행이 권력의 수단인 동시에 권력의 속성이 된 것이다.

효율성과 수행성에 기초하는 근대적 권력 개념은 『헨리 4세』와 『헨리 5세』에서 볼링브룩의 아들 해리 왕자(헨리 5세)를 통해 한층 더 뚜렷하게 구현된다. 이와 관련된 몇 개의 장면을 살펴보자. 『헨리 4세』 1부에서 해리 왕자는 부왕의 기대에 어긋나게 뒷골목 부랑배들과 어울리며 허랑방탕한 삶을 영위하는데, 거기에는 그럴 만한 이유가 있음을 밝힌다.

나는 너희를 모두 알기에 망나니짓을 해도

한동안 너희 마음대로 하도록 놔두려고 한다.
하지만 이건 내가 태양을 흉내 내는 것이지.
태양으로 말하자면, 불결하고 더러운 구름이
자신의 아름다움을 덮어 가리도록 놔뒀다가
세상이 원해서 스스로를 드러내고 싶을 때
질식시킬 것 같았던 추하고 지저분한 구름을
불쑥 뚫고 나오면 더 큰 경탄을 자아내는 법.
일 년 내내 휴일이어서 늘 노닥거리다 보면
노는 것도 일하는 것만큼 지겹게 마련이지.
하지만 휴일이 가끔 오면 엄청 기다려지듯
자주 일어나지 않는 일처럼 반가운 게 없지.
마찬가지로 나도 방탕한 행동을 벗어던지고
갚기로 약속하지도 않았던 빚을 갚아버리면,
나는 말보다 행동이 앞서는 자로 보일 테고
사람들의 예상이 틀렸음을 입증하게 되겠지.
진흙투성이 땅바닥 속에서 빛나는 보석처럼,
내 허물과 대조되어 더욱 눈부실 내 변신은
차이를 부각해주는 배경이 없는 변화보다는
더 멋있게 돋보이고 더 많은 시선을 끌겠지.
난 나쁜 행동을 하더라도 요령 있게 하면서
기대치가 바닥일 때 내 시간을 회복할 거야.(1.3.185-207)

이 독백이 드러내는 것은 신성불가침한 권력의 적법성(legitimacy)
이 아니라 불안정한 권력의 적법화(legitimation) 과정이다. 권력이란
자기창출의 전략을 통해 창출되는 것으로, 그 전략의 핵심은 연극적
수행(performance)이다. 해리 왕자는 폴스타프 일행과 한가롭게 "망

나니짓"을 일삼는 자신을 "불결하고 더러운 구름"에 가려진 "태양"
과 "진흙투성이 땅바닥"에 파묻힌 "보석"에 비유하며 그동안 허송한
"시간을 회복"할 때를 기다리고 있다. 대조 효과를 극대화하기 위해
서다. 해리 왕자가 대조하려는 것은 자신의 현재와 미래뿐만 아니라
자신과 이스트칩 하층민이다. 자신을 더 돋보이게 하려고 친구들을
"배경"(foil)으로 전유하겠다는 심산이다. 이런 마키아벨리주의적인
자기창출은 중세 봉건주의 시대에는 분명 낯선 광경이었을 것이다.

　해리 왕자가 추구하는 권력 창출의 새로운 전략은 부왕 헨리 4세에
게서 물려받은 것이다. "무절제하고 저속한 욕망"과 "천박한 쾌락"
(3.2.12, 14)에 탐닉하는 아들을 보다 못해 소환하여 독대한 자리에
서, 헨리는 과거에 어떻게 리처드 2세의 왕권을 찬탈하는 데 성공했
는지를 들려주며 자신을 모델로 삼아 개과천선하라고 요구한다. 헨
리가 채택한 전략은 신비화를 통한 차별화였다. 헨리의 묘사에 따르
면, "경박한 왕" 리처드는 "천박한 어릿광대나 저속한 재담꾼들과 이
리저리 떠돌아다니며" "대중적 인기에 영합하여 천한 자들의 길거리
동무로 전락했고" "허구한 날 사람들의 시선을 사로잡았으나" "그의
모습은 싫증과 식상(食傷)의 대상이 되고 말았다." 반면에 헨리 자신
은 "하늘의 예절을 익히며 겸손의 옷을 입고 뭇사람의 마음을 빼앗
았고" "교황의 성의처럼 늘 새롭고 신선한 모습을 유지하며, 눈에 띄
지 않으면서 경탄을 자아내고, 희소하지만 값비싼 존재가 되었다."
(3.2.46-91) 헨리는 해리 왕자에게 리처드의 전철을 밟지 말고 자신
이 그러했던 것처럼 목표와 전략이 있는 삶을 살라고 충고한다.

　부왕의 신랄한 질타에 해리 왕자는 "젊은 혈기에서 비롯된 일탈과
비행"(3.2.26-27)을 인정하면서도, 그것이 고도의 정치적 계산과 연
출임을 강조한다. 해리 왕자는 최대 적수이자 왕권세습의 걸림돌인
핫스퍼에 대한 헨리의 우려를 일축하며 이렇게 말한다. "언젠가는

명성과 명예의 총아인 이 용맹한 핫스퍼, 만인이 칭송하는 이 용사를 당신이 무시하는 해리가 대면할 것입니다. ……이 북방의 젊은이가 쌓아온 명예로운 공적과 제가 받은 모욕적인 대우를 교환할 날이 옵니다. 전하, 퍼시는 저를 대신하여 공적을 축적하는 대리인일 뿐입니다. 저는 그에게 철저한 정산을 요구하여 그가 이룬 무훈을 하나도 빠짐없이 양도해올 것입니다. 그가 성취한 명예는 아무리 하찮아도 다 청구할 것이며, 응하지 않으면 그의 심장을 뜯어내어서라도 갖고 올 것입니다."(3.2.145-52)

그야말로 부전자전(父傳子傳)이다. 여기서 해리 왕자는 시장 상인들의 언어로 정치적 야심을 표현한다. "교환"(exchange), "대리인"(factor), "축적"(engross), "회계"(account), "양도"(render), "정산"(reckon), "청구"(ask) 등의 중상주의 용어는 그가 권력을 세습이 아닌 거래와 쟁취의 대상으로 인식하고 있음을 말해준다. 아버지에게도 아들에게도 권력은 마치 상인이 상거래로 이윤을 취하듯이 주도면밀한 계산과 이미지 연출을 통해 만들어가는 것이다. 어쩌면 셰익스피어는 언어의 투명성보다 작위성을 인식하고 권력의 정당성보다 효율성을 더 중시하는 볼링브룩과 해리 왕자를 통해 새로운 시대가 요구하는 마키아벨리주의적 지도자의 모습을 제시하고 있는지도 모른다.

3 진실과 허구의 다름 혹은 같음

플레처와의 공저이자 셰익스피어의 마지막 사극인 『헨리 8세』는 "모든 것이 진실"(All Is True)이라는 부제가 암시하듯 진실과 허구의 근본적 차이에 의문을 제기한다. '진실'과 관련된 단어들(truth, true, truly)이 49회나 나오는 이 극에서, 셰익스피어와 플레처는 16세기 잉글랜드를 휘몰아쳤던 종교개혁과 그것이 수반한 가톨릭/프로테스탄트의 투쟁 과정에서 핵심 논쟁거리였던 진실/허구의 문제를 프로테스탄트 시각에서 재조명한다. 『헨리 8세』의 정치적 편향성은 당대의 역사적 배경과 무관하지 않다. 이 극의 초연 중에 발생한 화재로 글로브극장이 전소된 1613년은 제임스 1세의 장자이자 왕위계승자였던 헨리 왕자의 급작스러운 죽음으로 잉글랜드 사회가 충격과 슬픔에 빠져 있던 시기다. 헨리 왕자는 유럽대륙 전체의 종교개혁을 야심차게 추진했던 잉글랜드 프로테스탄트 민족주의의 표상이었다. 그해에 헨리 왕자의 누이가 유럽에서 가장 강력한 프로테스탄트 지도자였던 프레더릭(Frederick)과 결혼했는데, 그 결혼은 잉글랜드인들에게 헨리의 빈자리를 메워주는 정치적 보상이었다. 따라서 후일에 잉글랜드 군주가 되는 아기 엘리자베스의 세례식을 대미로 배치한 이 극은, 헨리 왕자의 죽음을 애도하는 동시에 엘리자베스 공주의 결혼을 축하하기 위한 '프로테스탄트 프로퍼갠더'였다고 해도 과언이 아니다.

『헨리 8세』에는 두 개의 플롯이 전개된다. 본줄거리는 헨리 8세가 캐서린 왕비와 이혼하고 앤 불린과 결혼하는 과정이고, 곁줄거리는 버킹엄 공작과 울지 추기경 사이에 벌어지는 권력 암투 과정이다. 최종 승자는 물론 프로테스탄트 진영이다. 특히 헨리와 캐서린의 이혼은 로마 교황의 영향력을 차단하기 위해 잉글랜드 국왕이 잉글랜드 교회의 우두머리임을 선언한 수장령(Acts of Supremacy, 1534)의 단초가 된 사건이다. 그러한 맥락에서 보면, 이 극은 헨리 8세-엘리자베스 1세-제임스 1세로 이어지는 프로테스탄트 잉글랜드의 황금시대가 어떻게 서막을 열었는지를 되새겨보는 회고록이다. 회고의 목적은 텍스트의 안(헨리 8세의 개인사)과 밖(제임스 1세의 종교개혁),

그리고 잉글랜드의 과거(튜더 왕조)와 현재(스튜어트 왕조)의 연속성을 확인하는 것이다. 그 연결고리가 캐서린 왕비의 죽음을 대체하는 아기 엘리자베스의 출생이다. 그래서 5막의 세례식 장면은 희망과 축복의 기운이 가득하고, 이를 주관하는 크랜머 대주교는 조연답지 않은 중량감을 드러낸다. 정쟁과 모함에 흔들리지 않고 끝까지 헨리 8세에게 충성을 다하는 크랜머가 중세 '암흑기'를 벗어나 잉글랜드의 '르네상스'를 구현할 엘리자베스에게 세례를 베푸는 모습은 셰익스피어 사극 전체의 에필로그 같은 느낌을 준다.

그런데 왕조의 정통성과 종교개혁의 정당성을 재확인하는 이 극에 "모든 것이 진실"이라는 애매한 부제가 달린 것이 꽤 흥미롭다. 마치 작가가 역사의 객관과 중립을 스스로 유보하고 진실에 대한 회의론적 접근을 시도하는 것처럼 보인다. 프로테스탄트 민족주의를 고양하려는 프로퍼갠더의 취지에도 그다지 어울리지 않는다. "아첨"은 빼고 "진실"만 담았다는 크랜머의 긴 축사(5.4.14-62)를 훑어보면, 이러한 의구심에 더 무게가 실린다. 크랜머의 대사는 시대적 맥락에서 과거와 현재로 나누어진다. "이 왕실 아기"가 "잉글랜드의 행복"을 가져다주고, "진정 흠 없는 백합"으로 죽었다가 "처녀 불사조"로 환생한 엘리자베스 여왕이 생전에 구현했던 "평화, 풍요, 사랑, 진실, 경외"를 제임스 1세에게 계승해준다는 내용이다. 일견 잉글랜드 판 용비어천가라 할 만하다. 크랜머는 헨리 8세의 동시대 시점에서 잉글랜드의 미래, 즉 앞으로 다가올 엘리자베스 시대와 제임스 시대에 대한 계시적 예언을 하고 있지만, 셰익스피어의 동시대 관객에게는 엘리자베스 시대가 과거지사이고 제임스 시대는 현재 상황에 해당한다. 형식은 미래의 예언이면서도, 내용은 과거의 회고와 현재의 서술인 셈이다.

문제는 관객이 목격하는 텍스트 '바깥'의 현재가 크랜머가 텍스트

'안'에서 예언한 장밋빛 미래와는 거리가 멀다는 데 있다. 스튜어트 왕조를 창건한 제임스 1세는 잉글랜드 민족주의의 근거인 튜더 신화와 상관이 없었으며, 가계도에서도 '순혈'이나 '정통'이 아니었다. 원래 스코틀랜드의 국왕 제임스 6세였던 제임스 1세는 후사(後嗣) 없이 죽은 엘리자베스의 종손 자격으로, 즉 증조모이자 외증조모인 마거릿 튜더 덕분에 잉글랜드 왕좌에 올랐다. 스코틀랜드 여왕이었다가 제임스 4세의 왕비가 된 마거릿은 헨리 8세의 누나였으므로, 엘리자베스 1세와 제임스 1세는 촌수로 6촌이었고 항렬에서는 할머니와 손자 관계였다. 이렇게 복잡한 가계와 불안한 권력 기반에서 출발한 제임스 1세는 그것을 상쇄할 만한 통치술을 발휘하지 못했다. 의회와의 갈등 끝에 무리하게 의회를 해산하고, 기대에 못 미치는 미온적인 반(反)가톨릭 정책을 시행하며, 국교회로 개종하지 않는 청교도들을 박해하고, 가톨릭들이 시도한 암살 음모 사건(The Gunpowder Plot)을 겪는 등 제임스 1세 치하의 잉글랜드는 크랜머가 기원했던 황금시대를 구가하지 못하고 있었다. 잉글랜드의 '주변부' 출신으로 반쪽만 '진실'이었던 제임스 1세는 "고귀하고 강력한 잉글랜드 공주, 엘리자베스"(5.4.3-4)의 추억만 되새기게 했을 뿐이다.

그 맥락에서 크랜머의 축사를 다시 읽어보면, 묘한 냉소적 여운이 행간에 배어 있다. 『리어왕』 3막에서 셰익스피어가 어릿광대의 입을 빌려 그의 동시대 잉글랜드는 마술사 멀린이 예언한 앨비언 왕국이 아니라는 것을 우회적이면서도 신랄하게 풍자했듯이, 미리 보는 송덕문(頌德文)처럼 들리는 크랜머의 기원도 제임스 1세에 대한 잉글랜드인들의 불만과 요청을 담은 일종의 상소문(上疏文)일 수 있다. 이는 또한 겉으로는 국교도 행세를 하면서 속으로는 가톨릭이었던 셰익스피어가 진실/허구, 정통/이단 논쟁에 휩싸인 당대 잉글랜드 사회를 향해 던지는 암시적 메시지일 수도 있다. 사실, 16세기 잉글랜드는 참과 거짓의 기준 자체가 하루아침에 뒤바뀌는 반전(反轉)과 혼돈의 사회였다. 한때 이단으로 매도당하고 처형된 종교개혁가와 프로테스탄트들이 갑자기 '진실'의 대변인으로 추앙받고, 캐서린을 밀어내고 왕비 자리를 차지한 앤이 3년도 되지 않아 다른 여인에게 밀려나면서 간통과 반역 혐의로 참수당했다가 그의 딸이 왕위에 오르면서 순교자로 탈바꿈했다. 그러한 '역사의 배반'을 목격하면서 셰익스피어도 그의 관객들도 오늘의 진실이 내일은 거짓이 될지 모른다는 회의가 자연스럽게 들지 않았을까?

그래서인지 『헨리 8세』에서는 '진실'을 담아야 할 증언과 보고가 왜곡된 여과 과정을 거쳐 전달되고 그것이 주요 인물들의 정치적 운명을 좌우하게 된다. 특히 버킹엄 공작의 반역 혐의는 감시자(the Surveyor)의 간접 보고를 통해 확정된다. 울지 추기경에게 매수된 감시자는 "제 영혼을 걸고 저는 진실만 말하겠습니다"(1.2.177)라고 서약해놓고 편파적인 증언으로 버킹엄을 모략한다. 위증이 '진실'의 증언으로 둔갑한 것이다. 캐서린 왕비의 폐위를 결정하는 청문회도 울지와 그의 사주를 받은 중신들의 모함으로 인해 파행으로 치닫는다. 헨리도 캐서린이 "성자 같은 온유함과 아내다운 자제력"을 지닌 "이 세상 왕비 중의 최고 왕비"(2.4.135-38)임을 알면서도 필요와 이해관계에 따라 "내 양심의 밑바닥을 뒤흔드는"(2.4.178-79) 결정을 내린다.

흥미롭게도 이 극에서 중대한 역사적 사건들은 대부분 등장인물의 대화나 보고를 통해 전해진다. 막이 열리면서 노퍽 공작은 헨리 8세와 프랑스 왕이 만나는 역사적 장면을 그 자리에 없었던 버킹엄 공작에게 전해준다. 2막에서는 이 극의 정치적 백미라고 할 수 있는 버킹엄의 재판이 익명의 시종들이 나누는 대화를 통해 관객에게 전달된다. 헨리와 캐서린의 이혼에 관한 "무성한 소문"(2.1.147)도 익명의 시종들 입에서 회자되며, 소문을 차단하려는 헨리의 강력한 조치에도 불구하고 진실과 무관하다고 여겨졌던 "그 헛소문은 진실로 판명"(2.1.152-53)이 된다. 이외에도, 관객은 교황과 내통하는 울지의 밀서가 발각되는 사건, 캐서린의 이혼과 추방 과정, "천사"(4.1.43)에 비유되는 앤의 빼어난 미모, 앤의 대관식 장면 등도 모두 시종들의 대화를 통해 접한다. 참회 기도를 마치고 처형당하는 울지의 마지막 순간도 그리피스라는 캐서린의 시종이 전해준다.

이상의 장면들은 잉글랜드 역사의 변곡점이 되거나 정치적 상징성을 내포하기 때문에 연대기 기술자가 건너뛸 수 없는 내용이다. 하지만 셰익스피어는 그러한 장면들을 무대 위에 직접 재연하지 않고 등장인물의 대사를 통해 간접 전달하는 서사 전략을 채택한다. '재현'으로서의 역사(기술)를 예시하기 위한 것이다.

여기서 울지 추기경에 대한 캐서린과 그리피스의 엇갈린 평가가 특히 관객의 이목을 끈다. 캐서린은 울지의 "성직 매매가 공정거래이며 그의 의견이 곧 법"이었던 상황을 지적하며, "어전(御前)에서 거짓을 말하고, 항상 말과 뜻이 따로 놀았던" "나쁜 성직자의 표본"(4.2.36-39, 44)이라고 비판한다. 반면에 그리피스는 울지가 "비천한 가문 출신이었음에도 자수성가하여 높은 지위로 올라섰고, 어릴 적부터 성숙하고 훌륭한 학자였으며, 그를 싫어하는 사람들에겐 거만하고 차가웠지만 그를 따랐던 사람들에겐 여름처럼 따뜻했습니다. 그는 재물을 모을 때는 탐욕스러웠어도 나눠줄 때는 정말 관대했습니다"라고 엇갈린 평가를 하며, 죽음 앞에서도 울지는 "자신이 어떠한 존재인지를 깨닫고 미미한 모습이 축복임을 알았으며, 하나님을 경외하며 죽었습니다"(4.2.49-68)라고 보고한다. 그러자 캐서린은 자신이 죽은 후에도 "그리피스처럼 정직한 연대기 기록자가 실추된 내 명예를 회복해줬으면 좋겠다"(4.2.71-72)라고 대답한다.

이들의 대화는 역사가 사실이나 인간에 대한 해석이며 그 해석은 주관적이고 상대적임을 말해준다. 더구나 주요 장면에서 대부분 시종들이 전언(傳言)하는 상황은 상당히 암시적이다. 국가와 국왕의 중대사를 무명의 시종들이 전하도록 배치하는 것은 귀족주의 역사의 계급 편향성을 탈피하는 동시에 역사의 재현 자체가 '진실'과 거리가 있음을 보여주는 작가의 '의도적 곡해'다.

"모든 것이 진실"이라는 『헨리 8세』의 부제는 거꾸로 얘기하면 절대적이고 유일무이한 진실, 모두가 승복하는 보편적 진실은 존재하지 않는다는 의미가 된다. 이러한 반어법은 모든 재현이 언제나 이미 '잘못된 재현'이라고 선언한 니체, 모든 지식과 담론이 '정치적'임을 강조한 푸코, 기표와 기의의 '비상응성'을 강조한 라캉, 현전(現前)도 아니고 부재도 아닌 '흔적'에서 의미가 생성된다고 주장한 데리다 등의 근현대 철학자들이 씨름한 문제와 맞닿아 있다. 셰익스피어의 동시대 사회에도 기독교 일원론에 균열을 가하는 인본주의적 회의주의 인식론이 대두하고 있었다. 신앙의 근거를 제도나 전통에서 개인에게 옮긴 루터, 윤리와 정치의 부조화를 정당화한 마키아벨리, 어떤 문제든 하나의 해답을 경계하고 의심한 몽테뉴, 진리의 근원인 신의 절대성과 초월성을 부정한 스피노자 등이 소외와 박해 속에서 구축했던 철학적 근대성은 흔히 '니체의 유산'으로 평가되는 탈구조주의 사유의 기틀을 4세기 앞서 마련했다고 봐야 한다.[13)]

"진실은 진실이 아닌가 봐?"(2.4.222-23) 『헨리 4세』 1부에서 폴스타프가 무심코 내뱉는 듯한 이 한마디는 셰익스피어가 줄곧 씨름한 진리/허구의 문제를 압축하고 있다. 셰익스피어가 단순히 기표와 기

---

13) 탈구조주의가 '니체의 유산'이라는 평가는 *Alan D. Schrift, Nietzsche's French Legacy: A Genealogy of Poststructuralism*, New York: Routledge, 1995의 책 제목에서 인용한 것이다.

의의 (불)일치 여부에 관심이 있었는지, 아니면 기의 자체가 기표의 효과에 불과하다는 생각까지 했는지는 명확하지 않다. 범박하게 말해서, 전자의 경우라면 셰익스피어는 구조주의자이고 후자라면 탈구조주의자에 해당하는 셈이다. 여하튼 셰익스피어가 자신의 동시대 사회가 겪는 가치관의 혼란과 변화를 포착했고 그것을 무대 위에 박진감 있게 연출한 것은 분명하다. 그래서 셰익스피어를 전환기 역사의 증인이나 근대성의 문학적 전령으로 평가하는 것을 과도한 칭찬이라고만 할 수는 없다.

4 기표와 기의의 (불)일치

셰익스피어의 사극이 실체와 재현의 긴장 관계를 완곡하고 함축적으로 그렸다면, '역사 비극'이라고 할 수 있는 셰익스피어의 로마 비극은 이 문제를 한층 더 깊고 세밀하게 다룬다. 로마 비극에서는 줄리어스 시저, 브루터스, 안토니, 코리얼레이너스 등의 모든 로마 영웅이 '기표 놀이'의 주체이자 희생자가 된다. 특히 '고귀한 로마인'을 규정하는 남성성은 로마 귀족 남성들이 목숨보다 소중히 여기는 규범이다. 이에 관해서는 3부 3장과 4장에서 상세히 분석하므로 여기서는 『코리얼레이너스』의 한 장면만 예를 들어보자.

『코리얼레이너스』에서 주인공을 곤경에 빠뜨리는 것은 본질론적 자아 개념이다. 코리얼레이너스는 도시국가 로마의 수호신이지만, "민중이 도시다"(3.1.200)라고 주장하는 로마 시민들을 대놓고 무시하는 귀족 엘리트주의자다. 코리얼레이너스와 시민들의 갈등이 악화하는 상황에서 그의 어머니 볼럼니아가 타협과 상생을 모색하라고 충고하자, 그는 "왜 당신은 저한테 더 온순해지라고 하십니까? 제가 성격을 거스르며 살아야 합니까? 차라리 저답게 행동하라고 하세요"(3.2.15-17)라고 항변한다. "성격"(nature)과 "행동"(playing), "마음"(heart)과 "말"(mouth)을 동일시하는 코리얼레이너스는 자신의 원래 모습대로 즉 남성성의 규범에 충실하게 행동하겠다는 것이다. 하지만 코리얼레이너스는 내면의 표현으로 간주하는 행동이 일종의 연기(performance)이며, 그 연기가 성격을 구성한다는 것을 인정하지 않는다. 인간의 자아를 행동에 선행하는 고정된 본질로 생각하기 때문이다.

코리얼레이너스는 시민들 앞에서 "겸손의 겉옷"(2.3.150, 218)을 걸치고 표를 구하는 것만 연기가 아니라 "자신의 원래 성격대로"(3.2.17) 거만하고 독선적으로 행동하는 것도 연기임을 알지 못한다. 이 한계를 볼럼니아가 정확하게 지적한다. "이제부터는 네 권위와 체면을 지키는 한도 내에서 너 자신을 그들이 원하는 대로 만들어가거라."(3.2.85-87) "너는 나의 투사다. 내가 너를 그렇게 만들었다."(5.3.62) 볼럼니아가 거듭 사용하는 "만든다"(frame)라는 단어는 개인의 성격과 정체성이 주어진 것이 아니라 만들어지는 것임을 강조한다. 어머니는 아들에게 이러한 구성주의적 주체 개념을 가르쳐주려고 하지만 그는 끝까지 배우지 못한다. 도리어 "이전에 해본 적이 없는 역할을 해라"(3.2.110-11)라는 어머니의 권고를 "매춘부의 심성"(3.2.113)으로 일축해버린다. 볼럼니아는 그러한 코리얼레이너스가 "너무 절대적"(3.2.40)이라고 한탄하고, 메니니어스는 "그의 마음이 곧 그의 말"이며 "그의 성격은 이 세상을 살아가기에는 너무 고귀하다"(3.1.257, 259)라고 지적한다.

비극 영웅의 내적 갈등을 드러내는 독백이 코리얼레이너스에게 주어지지 않는 것도 이 때문이다. 그나마 형식상 독백이라 할 만한 대사(2.3.110-21, 4.4.1-6, 12-26)도 그의 내면세계를 드러내지 못한다.

특히 그의 마지막 독백(4.4.12-26)은 가치와 감정과 인간관계가 모두 변한다는 것을 말하면서도 가변성에 대한 자의식을 찾아볼 수 없다. 코리엘레이너스는 "지금 굳게 맹세한 친구들"과 "한마음을 품고 있는 듯한 두 개의 가슴"이 "사소한 일 때문에 철천지원수로 돌변하고" 반대로 "죽도록 미워하는 적들"이 "우연한 계기나 하찮은 속임수로 절친이 되는" 세태를 개탄하지만, 자신도 "여반장(如反掌)처럼 뒤바뀌는 세상사"의 일부임을 깨닫지 못한다. 코리얼레이너스는 『줄리어스 시저』의 브루터스나 안토니 같은 훌륭한 배우가 아니다. 한마디로, 연기력이 모자란다. '로마다움'의 가치와 규범은 변화하기 마련인데, 그는 아들, 남편, 아버지, 군인, 정치인, 웅변가, 철학자 등의 다양한 가면을 상황에 맞게 바꿔 쓰고 연기할 수 있는 재주가 없다. 어릴 적부터 가정과 전쟁터에서 '고귀한 로마인'을 수행하도록 훈련받았지만 하나의 역할만 고집할뿐더러 그것이 역할놀이라는 연극적 자의식이 부족하다.

재현과 실체의 긴장은 셰익스피어의 다른 비극에서도 주인공이 파국에 처하는 원인이 된다. 그런데 비극에서도 사극에서처럼 언어의 내용과 형식의 간극을 인지하고 이용하는 자가 그렇지 못한 자를 기만하고 권력을 쟁취한다. 익숙한 예를 『리어왕』에서 찾아볼 수 있다. 막이 오르면서 벌어지는 '사랑 경연'에서 상반된 세계관을 지닌 인물들의 언어 사용 방식이 부각된다. '말'(tongue)과 '마음'(heart)의 차이를 당연시하는 고너릴과 리건은 마음에 없는 미사여구로 늙은 부왕의 마음을 사서 원하는 바를 얻지만, 겉과 속이 같아야 한다고 믿는 코딜리아는 진심을 온전히 표현하지 못할 바엔 아무 말도 하지 않겠다고 하다가 미움을 사고 추방당한다. 리어와 글로스터도 코딜리아처럼 언어의 형식과 내용을 동일시하기 때문에 그렇지 않은 자식들에게 기만과 배신을 당한다. '적자' 에드거와 '서자' 에드먼드의 갈등 관계에서도 전자는 언어의 투명성을 믿는 데 비해 후자는 언어의 작위성을 이용한다. 이처럼 두 진영이 표방하는 언어관과 그것의 바탕이 되는 세계관을 비교하려면 양측에 붙은 선과 악의 꼬리표를 떼어내어야 한다. 즉 정직이나 솔직함이 미덕이고 아첨과 거짓을 악덕으로 여기는 이분법을 잠시 유보할 필요가 있다.

확연히 구분되는 언어관의 차이는 등장인물들의 가치관과 세계관의 차이에서 기인한다. 언어의 투명성을 전제하는 쪽은 중세 봉건주의 세계관을 표방하는 반면, 언어의 불확실성을 수용하는 쪽은 근대 자본주의 세계관을 대변한다. 전자는 주어진 운명 즉 기존의 사회질서와 지배 이데올로기에 순응하고 이를 충실히 재생산하려고 한다. 1막에서 코딜리아가 강조하는 부녀지간의 "유대"(1.1.102)는 구조주의 언어철학자 소쉬르(Ferdinand de Saussure)가 말한 기표와 기의의 "결합"(bond)을 상기시킨다. 소쉬르는 그 결합이 인위적이긴 해도 기표와 기의 사이의 연결고리는 고정되어 있음을 강조한 바 있다. 코딜리아는 아버지이자 군주인 리어와의 "유대"가 어떤 상황에서도 변치 않는다고 믿고, 그의 복권을 위해 목숨을 건 전쟁도 불사하면서 자신의 말과 마음의 "결합"이 확고하다는 것을 보여준다.

리어는 고너릴과 리건의 빈말을 진심으로 착각하고 정치적 오판을 할뿐더러 코딜리아의 침묵으로 대변되는 "아무것도 아닌 것"(nothing, 1.1.96, 98)을 글자 그대로 해석해 말 속에 담긴 마음을 헤아리지 못한다. 리어는 기표와 기의의 (불)일치에 대한 문제의식이 전혀 없는 인물이다. 군주로서의 절대적인 권위가 부여된 그의 곧 행동으로 구현되었기 때문이다. 봉건적 위계를 중시하는 충신 켄트도 변장 후에 자신이 "혈통이 고귀한 가문 출신의 신사"(3.1.44)임을 거듭 강조하고, 오스월드를 "정직이라곤 찾아볼 수 없는 놈"(2.2.75)이라고 경멸하며, 콘월에게 "직언이 내 직업"(2.2.96)이라고 하다가 곧장을 맞고 고초를 겪기도 한다.

반면에 고너릴과 리건 그리고 에드먼드에게 중요한 것은 언어의 내용이 아니라 형식이다. 고너릴과 리건은 감언이설로 아버지를 기만하고, 에드먼드는 즉흥연기로 아버지를 기만한다. 특히 발신자와 수신자가 일치하는 에드먼드의 조작된 편지는 기표와 기의의 괴리를 극단적으로 보여준다. 이들에게 언어는 욕망을 추구하고 달성하는 수단에 불과하다. 소쉬르의 기호학을 변주한 라캉의 용어로 얘기하면, 이들에게 기의는 기표의 효과이며 기의와 기표의 관계는 계속 미끄러진다. 고너릴, 리건, 에드먼드는 기표와 기의의 괴리를 인지할 뿐만 아니라 그것을 자신들의 정치적 욕망을 추구하는 수단으로 활용한다. 언어가 자기 연출과 권력 창출의 수단이 되는 것이다. 이들의 언어 행위가 어떤 본질론적인 가치관에 얽매이지 않은 것처럼, 이들의 가치관은 봉건주의와 가부장제로 대표되는 기존의 지배 이데올로기에 구속되지 않는다. 사회구조보다는 개인의 자유의지를 중시하기 때문이다. 그런 점에서 볼 때도 이 비극은 중세의 봉건주의적 '유대'에서 근대의 자본주의적 '계약'으로 전환하는 르네상스 시대의 산물이다.

흥미롭게도, 바보(the Fool)는 기표와 기의의 괴리를 제대로 파악한 현자라고 할 수 있다. 이 어릿광대는 언어의 표리부동한 기호학적 속성을 인지하지 못한 리어의 선생 역할을 한다. 권력을 이양한 후 딸들에게 배척당한 리어가 "내가 누구인지 말해줄 자 없는가?"라고 묻자, 어릿광대는 "리어의 그림자"(1.4.221-22)라고 대답한다. 재산과 권력이 리어의 본질이었다는 의미다. 머리 위에 얹힌 왕관에 집착하는 리어에게, 어릿광대는 권력 없는 왕관은 "노른자 빼먹은 달걀 껍데기"(1.4.152)이며, 다스릴 땅이 없는 군주는 "숫자 없는 영(零)"(1.4.183)이라는 사실을 상기시킨다. 어릿광대의 가르침 덕분에 리어는 자신이 "아무것도 아닌 존재"(1.4.185)임을 조금씩 깨우쳐간다. 폭풍우 내려치는 숲속의 훈련장에서 광기 속의 깨우침을 터득해가던 리어는 겉옷을 벗어던지는 장면을 연출한다. 여기서 리어는 신분과 권위의 상징인 의복을 "빌린 것"(3.4.106)으로 표현한다. 왕권의 상징인 왕관과 어의(御衣)도 일종의 기표임을 인식한 것이다. "모자도 쓰지 않은"(3.1.14), "맨머리"(3.2.60, 3.7.58), "벌거숭이"(3.4.100) 같은 단어가 반복해서 암시하듯이, 자기발견을 향한 리어의 여정은 왕관, 모자, 의상 등의 겉치레를 떨쳐버리는 과정이다. 다시 말해, 리어는 기표에 대한 집착, 즉 기표와 기의의 일치에 대한 환상에서 벗어나 '맨몸'과 '빈손'으로 현실을 대면해야 한다.

『리어왕』에서 나타나는 기호학적 긴장은 정치적 함의를 지닌다. 중세는 귀족과 평민이라는 계급적 기표가 혈통에 따라 부여되었던 시대다. 귀족으로 출생한 자는 평생 귀족이었으며, 그 특권적 위치를 후손들이 대물림했다. 반대로 평민으로 태어난 자는 아무리 노력해도 귀족이 될 수 없었다. 그러한 정태적 사회구조에서 신분과 지위는 고정불변의 본질로 여겨졌다. 하지만 근대는 개인에게 주어진 사회적 지위를 넘어 자신의 능력과 노력으로 더 나은 지위를 쟁취하는 것이 가능해진 시대요, 본질적인 것으로 믿었던 계급적 기표의 절대성이 허물어진 시대다. 누구에겐 삶의 안전장치였으나 다른 누구에게는 억압의 쇠사슬이었던 '존재의 거대한 고리'(The Great Chain of Being) 대신, 고귀함과 비천함 사이를 오르내리는 '사닥다리'가 사회질서의 합리적 원리로 작동하기 시작했다. 이는 "먼저 된 자로서 나중 되고, 나중 된 자로서 먼저 될 자가 많으니라"라는 성서 구절이 세속에도 적용되면서 프로테스탄트 자본주의의 윤리적 지침으로 자리잡은 것이기도 하다. 『리어왕』에서 벌어지는 '적자' 에드거와 '서자' 에드먼드의 싸움은 그러한 '고귀함'의 기표를 지키려는 자와 쟁취하려는 자의 갈등이다.

하지만 근대는 기표를 해체하는 대신 도리어 획득한 기표에 집착하는 방향으로 나아갔다. 인간해방의 수단이었던 자본이 또 다른 신이 되고, 모든 이에게 자기실현의 기회를 제공한다고 믿었던 자본주의가 부와 권력의 세습을 보장하는 또 하나의 봉건주의로 변질했기 때문이다. 더구나 개인의 의지로 운명을 개척한다는 환상에 사로잡혔던 근대인은 사실은 자신이 타인의 시선에 종속된 욕망의 주체임을 뒤늦게 깨닫게 된다. 겉으로 보이는 기표의 노예가 된 것이다.

보드리야르(Jean Baudrillard)나 들뢰즈(Gilles Deleuze) 같은 포스트모더니즘 철학자들이 지적한 것처럼, 교환 가치가 사용 가치를 대체한 자본주의 사회에서는 이미지(simulacrum)가 현실(reality)에 우선할 뿐 아니라 현실을 구성하고 대체하기에 이른다. 개인의 정체성과 고귀함/비천함이 학력, 직업, 외모, 의상, 주거지 등으로 결정되는 것이다. 이처럼 기표의 유희가 난무하는 점에서, 후기 자본주의 사회는 중세 봉건사회로 회귀했다고 해도 과언이 아니다. 기표의 양태만 바뀌었을 뿐, 기의에 대한 기표의 우위는 시대의 변천을 가로지르는 보편적 현상이다. 어떻게 보면, 기표의 허구성을 인지하면서도 그것에 집착하는 에드먼드와 기표를 기의와 동일시한 리어와 글로스터는 다른 듯하면서 닮았다. 모두 이미지의 노예이자 아이콘의 숭배자이기 때문이다.

이러한 맥락에서 볼 때, 『리어왕』은 근대성의 모순을 미리 예시한 비극이다. 본다는 것은 기표에 영향받는다는 것을 의미한다. 리어와 글로스터는 '눈'으로 표상되는 인간의 시각과 이성이 가진 맹점을 드러낸다. 리어는 권력과 재물을 모두 잃고 미친 후에 통찰력을 터득하고, 글로스터도 눈알이 뽑혀 앞을 보지 못할 때 사실을 파악한다. 즉 리어와 글로스터는 '눈'을 잃어버리면서 기표의 속박에서 벗어나는 것이다. 알맹이를 둘러싸는 껍데기가 떨어져 나갔을 때, 본질을 가리는 이미지를 차단했을 때, 세상을 보는(see) 대신 느꼈을(feel) 때, 인간은 본연의 모습을 되찾는다는 역설이 성립한다.

에드거와 에드먼드의 갈등도 같은 맥락에서 해석할 수 있다. 에드먼드의 실패 원인은 기표에 대한 집착이다. 그는 '서출'이라는 사회적 낙인을 '적자'의 타이틀로 대체하려고 하지만, 둘 다 껍데기임을 깨닫지 못한다. 반면에 에드거가 거지 톰으로 변장하는 것은 리어의 실성이나 글로스터의 실명과 마찬가지로 기표의 굴레에서 벗어나기 위한 장치다. 에드거는 신분 위장으로 '고귀한 혈통'의 외피를 벗어 던지고 동시대 사회의 '어두운 이면'을 온몸으로 느끼며 철학적·이데올로기적 깨달음을 얻기 때문에 에드먼드에게 최종 승리를 거두게 된다.

셰익스피어는 사극과 비극에서뿐만 아니라 희극에서도 기의와 기표의 (불)일치를 중요한 화두로 다룬다. 사랑과 결혼이 기본 주제인 희극에서 셰익스피어는 이 문제를 독특한 방식으로 재현한다. 셰익스피어의 여러 희극 작품 중에서도 특히 『헛소동』이 흥미로운 예를 제공해준다. 이 낭만 희극은 두 쌍의 남녀 베너딕/비어트리스, 클로디오/히어로가 엎치락뒤치락 벌이는 사랑 이야기다. 그런데 이들이 펼치는 사랑의 '헛소동'은 예사롭지 않다. 사랑에 빠지고 사랑에 눈머는 것 자체가 이성/감정, 실체/외양의 이분법적 위계가 허물어지는 과정을 수반하지만, 셰익스피어는 이 극에서 그 전복적이고 혼란스러운 상황을 극한까지 밀어붙인다.

먼저, 베너딕과 비어트리스의 이야기부터 살펴보자. 만나기만 하면 다투던 베너딕과 비어트리스는 상대방이 자신을 사랑한다는 것을 확인한 후 자신의 감정을 표현하게 되는데, 이 과정이 모두 타인의 의견에 의존한다. 베너딕은 원래 가부장적 나르시시즘에 빠진 인물로, 사랑에 대한 냉소와 여성에 대한 적대감으로 가득 차 있다. 그는 그토록 멋있고 남자답던 클로디오가 사랑에 빠지면서 "바보"(2.3.9)가 되어버린 것을 개탄한다. 헤라클레스처럼 남성성이 넘쳤던 클로디오가 여자 때문에 거세되고 순치된 "바보"로 변한 것을 반면교사로 삼아, 아담이 타락하기 이전의 에덴동산을 다 준다 해도 "모든 불안과 공포와 근심을 달고 다니는" 비어트리스 같은 말괄량이와는 절대로 결혼하지 않겠다고 맹세한다. 그녀와 결혼하느니 차라리 "지옥을 도피처 삼아 사는 것이 더 편안하다"(2.1.219-39)라면서 마음의 빗장을 굳게 걸어 잠근다. 베너딕이 생각하는 이상형은 "아름답고" "슬기롭고" "부유하고" "정숙한" 여인(2.3.8-34)인데, 그렇게 완벽한 여성이 아니라면 절대로 사랑하지 않으리라고 다짐한다.

하지만 이 극의 '어른들'은 베너딕이 자기애의 감옥에 갇혀 있게 내버려 두지 않고 그를 세상 밖으로 끌어낸다. 레오나토, 돈 페드로, 클로디오는 베너딕이 그들의 대화를 엿듣게 하는 상황을 설정한 후, 비어트리스가 베너딕을 진정 사랑하는 것처럼 착각하도록 만든다. 세 사람의 대화를 엿들은 베너딕은 즉시 비어트리스를 사랑하기로 작정한다. 그가 돌변한 이유는 "진실"의 "증인들" 덕분이다. "그들이 말하기를"(they say) 비어트리스는 베너딕이 이 세상에는 존재하지 않는다고 믿었던 미모, 지혜, 재산, 정절을 모두 갖춘 완벽한 여자이며, "그들이 말하기를" "바로 그 여자"가 자신을 애타게 연모한다고 하기 때문이다(2.3.217-27). "총각으로 늙어 죽기로" 결심했던 베너딕은 자신의 오만과 편견을 뉘우치고, "입맛은 바뀌지 않는가. 젊어서 고기를 좋아한 사람이 늙어서도 그러기는 힘들다"(2.3.229-31)라는 이유를 내세우며 비어트리스의 사랑에 "보답"하기로 한다. 베너딕의 변화를 목격한 돈 페드로는 "똑같은 그물을 그녀에게도 쳐놓으면" "그들이 진실과 거리가 먼 사랑의 망령에 빠져서 서로 똑같은 생

각을 하는 웃음거리가 벌어질 것"(2.3.206-10)이라고 예견한다. 그의
예상은 정확히 맞아떨어진다.

베너딕에 맞서는 비어트리스도 원래 도도하고 까탈스러운 여자다.
'정숙한 말괄량이'인 비어트리스는 결혼과 부부관계에 대한 당대 프
로테스탄트 규범에 어긋나는 인물이다. 뛰어난 언변과 재치가 있으
면서 동시에 순결 이데올로기에 충실한 여성은 모순으로 여겨진 것
이다. 더구나 비어트리스도 베너딕처럼 사랑과 결혼 자체에 알레르
기 반응을 보인다. 좋은 신랑감 만나서 결혼이나 하라고 권면하는 삼
촌 레오나토에게 비어트리스는 이렇게 대답한다. "하나님이 진흙 이
외의 다른 물질로 인간을 만들기 전까지는 절대로 결혼하지 않을 거
예요. 여자가 잘난 척하는 흙 한 줌에 휘둘리며 사는 건 너무 서글픈
일이죠. 왜 여자의 인생이 갈팡질팡하는 흙덩어리에 의존해야 하나
요? 삼촌, 저는 절대로 그러지 않을 거예요. 절대로. 아담의 아들들이
제 오빠들인데, 저더러 어떻게 근친상간의 죄를 범하라고 하세요?"
(2.1.52-57)

가부장적 결혼제도를 완강히 거부하는 비어트리스도 가부장적 계
몽과 훈육의 대상이 된다. 그녀의 태도를 마뜩잖게 여긴 사촌 히어
로가 "어린 큐피드의 은밀한 화살이 단지 소문으로만 사랑의 상처를
내도록"(3.1.22-23) 기획한다. 히어로와 하녀들은 비어트리스가 엿
듣는 상황에서 베너딕이 이탈리아에서 가장 멋있고 용감한 남자이
며, 주제를 모르고 오만하고 도도하게 구는 비어트리스에게 너무나
아까운 남자라고 얘기한다. 비어트리스는 "베너딕 씨의 외모, 거동,
화술, 용맹은 이탈리아에서 최고"라는 하녀의 "공상"(3.1.95-97) 같
은 이야기를 엿듣자마자 그에 대한 애정이 솟아난다. "우연히 생기
는 사랑"(3.2.105)의 결정판이다. 여기서 그 "우연"은 소문과 평판이
다. "다른 사람들은 당신이 그럴만한 가치가 있다고 하는데, 난 그것

을 소문에 상관없이 믿고 있어"(3.1.115-16)라는 비어트리스의 독백이 암시하듯, 이 극이 펼치는 사랑의 경연은 소문이 사실을 대체하고 본인의 판단보다 타인의 시선과 평가에 의존하는 아이러니를 보여준다. 이는 또한 사랑의 가변성과 취약성을 시사한다. 비어트리스의 속마음을 꿰뚫어 보는 하녀 마거릿이 지적하는 것처럼(3.4.73-84), 사랑은 언제든지 바뀌고 움직이게 마련이다.

클로디오와 히어로의 관계도 마찬가지다. 히어로는 이 극의 주인공 중 가장 대사가 적은 인물로서, 재현의 주체가 아니라 대상이며, 관찰당하고 평가당하는 여성이다. 동시에 히어로는 쉽게 규정하기 어려운 인물로서, 극 제목인 '괜한 야단법석' 즉 소문에 의한 오해를 가장 잘 드러낸다. 이를테면, 히어로는 돈 페드로의 여자라는 소문, 난잡한 여자라는 소문, 죽었다는 소문 등이 끊임없이 떠돌아다닌다. 클로디오는 이러한 히어로를 처음 선택할 때부터 베너딕과 돈 페드로의 의견에 의존한다. 클로디오는 딴 남자들이 좋아하는 여자를 좋아하기 때문에 두 남녀는 관계의 취약성을 안고 출발한다. 따라서 그 여자를 다른 남자들이 싫어하면 자기도 싫어진다. 돈 존의 음모로 히어로의 부정을 의심한 클로디오가 확인 없이 곧장 단정해버리는 이유도 그 때문이다. 더구나 클로디오의 의심과 예단도 다른 사람들이 전하는 말에 전적으로 의존한다. 클로디오는 사랑하는 여인의 내면적 가치를 스스로 판단하지 못하고 타인의 해석에 의존하는 것이다.

이와 관련하여 흥미로운 장면이 전개된다. 히어로 얼굴의 홍조가 '순수'의 증표인지 '경험'의 흔적인지를 두고 논란이 벌어진다. 클로디오는 히어로와의 결혼식이 예정된 교회에 나타나 "마치 처녀인 양 얼굴을 붉히는" 히어로는 "정절의 무늬와 허울"(4.1.31)에 불과하며, 그녀의 홍조는 "음란한 잠자리의 열기를 아는"(4.1.39-40) 표징이라고 몰아붙인다. 히어로의 "겉모습"(seeming)을 "다이애나의 정조"가 아닌 "비너스의 욕정"(4.1.55-58)과 연관시키는 것이다. 이와 반대로, 결혼식을 집례하려던 신부는 히어로의 홍조를 "흰옷의 천사가 내비치는 천 가지 순수의 수줍음"(4.1.160-61)으로 해석한다. 히어로의 순결 여부가 표상과 해석에 좌지우지되는 것이다. 이 서글픈 '진실 게임'에 히어로의 아버지 레오나토도 동참한다. 돈 존의 계략에 속아 넘어간 클로디오가 결혼식장에 나타나 "레오나토 씨, 저 여자를 도로 데려가시오. 친구에게 이따위 썩은 귤을 주면 안 되잖소"(4.1.29-30)라고 항의하자, 레아나토는 기절해서 쓰러져 있는 히어로에게 "살아나지 마라. 다시는 눈뜨지 마라"(4.1.120-43)라고 저주를 퍼붓는다. 가부장제 모순의 핵심이 '가부장'임을 보여주는 순간이다. 돈 존의 하수인인 보라치오는 이러한 가부장제의 맹점을 정확하게 간파하고 이용한다. 그리고 이 모든 '헛소동'은 여성의 순결·정조가 고정불변의 '본질'이나 '진실'의 문제가 아니라 해석의 관점에 따라 달라지는 '기표의 효과'임을 암시하고 있다.

5 변장과 연극의 기호학

셰익스피어의 희극 중에서 대중적인 인기가 가장 많았던 『한여름 밤의 꿈』은 실체와 재현의 간극을 주제로 다룬다. 이 낭만 희극은 중국 상자(Chinese boxes)처럼 여러 겹의 극중극으로 구성되어 있다. 아테네 군주 테시어스와 아마존 여왕 히폴리타, 아테네의 젊은 남녀 두 쌍, 요정 세계의 왕 오버론과 여왕 티타니아, 당나귀로 변장한 보텀과 마술에 홀린 티타니아, 결혼 축하 막간극의 피라머스와 시스비, 이렇게 네 층위에서 각양각색의 사랑 이야기가 펼쳐진다. 그런데 테시어스/히폴리타 이야기가 가장 바깥 테두리가 되고 피라머스/시스비 이야기가 가장 안쪽에 배치된 서사구조는 극이 진행될수록 안과 바깥의 경계가 모호해지고 위와 아래의 위계도 흐트러진다. 낮과 밤, 현실과 환상, 이성과 마법, 인간과 요정, 인생과 연극의 상반된 세계를 넘나드는 극의 전개가 실체와 재현의 근본적인 차이가 무엇인지, 과연 재현 너머에 실체란 것이 존재하는지를 의심하게 하기 때문이다.

요정의 미약(媚藥)으로 뒤엉켰던 사랑의 상응 관계가 정리된 후, 꿈에서 깨어난 네 남녀의 대사를 들어보자.

드미트리어스. 이것들은 조그맣고 식별할 수 없어.
          먼 산이 구름으로 바뀐 것 같아.
허미아. 내 생각엔 갈라진 눈으로 이것들을 보는 것 같아.
          모든 게 둘로 보여.
헬레나. 나도 그래. 내가 찾은 드미트리어스는 내 것인데
          내 게 아닌 보석 같아.
드미트리어스. 우리가 깨어 있는 것 맞아?
          난 우리가 아직 잠자고 꿈꾸는 것 같아.(4.1.186-93)

네 남녀는 자신들이 사랑했던 상대가 누구인지, 그 사랑이 꿈인지 생시인지, 눈앞에 보이는 것이 실체인지 환영인지 제대로 파악하지 못한다. 티타니아와의 일장춘몽(一場春夢) 같은 사랑에서 깨어난 보텀도 "참으로 희한한 그 꿈"은 "인간의 머리로는 이해할 수 없으며", 그 꿈을 설명하려는 자는 "당나귀 같은 바보"요 "얼룩 옷 입은 광대"(4.1.203-205, 208)라고 말한다. 이 비몽사몽(非夢似夢) 상태를 판단하고 규정하려 들지 말고 그대로 받아들이라는 얘기다. 보텀의 충고

는 네 층위의 극중극을 '위'에서 내려다보는 관객들에게도 향한다. 막간극을 구경하는 무대 위의 아테네 관객들이 배우이듯이, 그들의 연기를 구경하는 객석의 관객들도 극장 바깥에 나가면 삶을 연기하는 배우가 된다. 막간극과 극, 극장 안과 밖의 경계뿐 아니라 연극과 인생의 경계도 모호해지는 것이다.

연극배우 출신답게 셰익스피어는 다른 작품에서도 종종 삶을 연극에 비유한다. 『좋으실 대로』에서 "온 세상은 무대이며, 모든 남자와 여자는 배우일 뿐"(2.7.140-41)이고, 『베니스의 상인』에서도 세상은 "모든 사람이 맡은 역할을 연기하는 무대"(1.1.78)다. 그리고 『리어왕』에서 인간이 울면서 태어나는 세상은 "거대한 바보들의 무대"(4.6.179)이며, 『맥베스』에서 인간은 "걸어 다니는 그림자요, 잠시 무대에서 우쭐대고 안달하다가 소리 소문도 없이 사라지는 불쌍한 배우"(5.5.23-25)로 묘사된다. 제이퀴즈는 시종일관 삶을 관조하는 현자 같은 인물이고, 안토니오도 돈과 사랑의 뒤엉킨 이해관계에서 한 발 물러나 있는 인물이며, 리어와 맥베스는 영욕과 부침을 겪으며 자기성찰을 체득한 비극 영웅이다. 이들의 입을 통해 셰익스피어는 자신의 연극관과 인생관을 피력하는 셈이다. 연극이 삶의 일부이자 삶 자체가 연극이라는 셰익스피어의 생각은 실체의 허상으로 여겼던 것들이 곧 실체이며, 진실이나 본질로 믿는 것들이 표상의 효과일지 모른다는 의심을 관객들이 갖게 한다.

셰익스피어의 마지막 낭만 희극인 『열이틀째 밤』도 기표와 기의의 (불)일치를 이슈로 다루는데, 여기서는 변복(變服, cross-dressing)이 주요 모티프로 작용한다. 『베로나의 두 신사』 『베니스의 상인』 『좋으실 대로』 『심벌린』에서도 여성 인물의 남장(男裝)이 갈등의 원인과 해결의 도구가 되긴 하지만, 변복으로 인한 오해와 혼란은 『열이틀째 밤』에서 가장 복잡하게 전개된다. 셰익스피어의 여느 희극과 마찬가지로『열이틀째 밤』도 정체성의 상실과 관계의 단절에서 출발해서 회복과 화해로 나아가는 서사구조를 지닌다. 그 과정에서 여주인공 비올라의 변복이 젠더, 계급, 섹슈얼리티의 여러 심급에서 갈등과 혼란을 야기한다.

난파선에서 구사일생으로 목숨을 건진 비올라는 낯설고 험한 곳에서 살아남으려고 세자리오라는 이름의 시동으로 변장하고 올시노 공작의 하인으로 들어간다. 여염집 규수가 타향에서 신분강등을 감수하면서 성적 타자로서의 위험요인을 제거한 것이다. 계급과 젠더의 위계질서를 뒤집는 비올라의 변복은 섹슈얼리티의 경계선마저 흐리면서 올시노와 올리비아를 비롯한 남녀주인공들의 이성애적 관계를 방해하고 지연시킨다. 비올라가 잠시 걸친 남성(성)의 외피가 일종의 본질이나 실체로 여겨지기 때문이다.

비올라는 자신의 변장이 수반하는 기호학적 간극을 시종일관 인지하는 인물이다. 목숨을 구해준 선장 앞에서 시동으로 변장하면서 비올라는 "아마도 이런 변장이 제가 의도하는 모습에 잘 어울릴 것"(1.2.51-52)이라고 말한다. "변장"(disguise)이 "의도"(intent)에 "어울린다"(become)라는 것은 겉모습과 속내의 차이가 좁혀지고 이미지가 실체를 대체한다는 뜻이다. 비올라는 자신을 남자로 오인하고 접근하는 올리비아에게도 "저는 제가 수행하는 역할과는 다른 사람입니다"(1.5.179), "저는 제 모습과 다른 사람입니다"(3.1.139)라고 거듭 말해줘도 올리비아의 눈에는 세자리오만 보이고 그 이면의 비올라는 보이지 않는다. 비올라가 연기하는 남자 "역할"과 남자 "모습"을 남자/여자로 구분되는 "사람"과 동일시하기 때문이다. 비올라가 지적한 대로, 올리비아는 "꿈을 사랑"(2.2.26)한 셈이다. 올리비아가 사랑한 것은 세자리오가 아니라 그의 "환상"이다. 올리비아의 구애를 받은 세바스천도 비올라처럼 당혹스럽기는 마찬가지다. "이게 어찌

된 영문인가? 내가 미쳤거나 아니면 꿈꾸고 있나 보다. 환상이여, 내 이성을 깊은 망각의 강에 빠뜨려라. 이게 꿈이라면 나를 계속 잠들게 하라."(4.1.59-62)

겉모습과 이미지에 매료되는 올리비아의 사랑은 『열이틀째 밤』에서 그 누구의 사랑보다 더 애절하고 진지하다. 올리비아가 비올라의 쌍둥이 오빠 세바스천과 결혼한다는 점에서 이 극은 올리비아의 "꿈"이 깨어지지 않는 상태로 끝난다고 볼 수 있다. 다시 말해서, 올리비아의 "꿈"이 한순간에 현실이 된 것이다. 올리비아의 구애 대상이 세자리오로 남장한 비올라에서 쌍둥이 오빠 세바스천으로 대체되는 과정은 "하나의 얼굴, 하나의 목소리, 하나의 옷차림 속에 두 사람이 있는 자연의 요지경"(5.1.212-23)을 경험한다. 일종의 현현(epiphany)처럼 임하는 이 대체과정은 솔기 없이 매끈하게 봉합되기 때문에 그 어떤 상실과 고통도 수반하지 않는다. 오히려 올리비아에게는 사랑하는 남편도 얻고 잃어버렸던 오빠를 되찾는 이중의 축복으로 다가온다. 올리비아의 시각에서 볼 때, 꿈과 삶 내지는 환상과 실체의 차이가 무의미해지는 것이다.

그러나 셰익스피어는 이 극에서 환상을 좇아가는 사랑을 다 승인하지는 않는다. 사랑을 신분상승의 방편으로 삼으려는 말볼리오가 그 경우에 해당한다. 말볼리오는 하녀 머리아가 올리비아의 필체를 흉내 내어 쓴 거짓편지와 박사로 변장한 어릿광대 페스티의 속임수로 인해 올리비아를 차지할 수 있다는 환상에 빠진 채 우롱과 경멸의 대상이 된다. 말볼리오는 기표와 기의의 일치를 믿기 때문에 기만당하는 것이다. 올리비아처럼 말볼리오도 겉과 속을 동일시함으로써 대상을 보면서도 보지 못하는 오류에 빠진다. 하지만 올리비아와는 달리 말볼리오에게는 회복의 기회가 끝까지 주어지지 않는다. 희극적 축제 정신에 어긋나는 냉소주의와 과도한 윤리의식에 사로잡혀 있기 때문이다. 환상과 현실의 간극을 봉합하고 갈등에서 화해로 나아가는 것이 낭만 희극의 정신이라면, 검열과 비판을 일삼는 "청교도"로 희화화되는 말볼리오는 용서와 화해와 잔치에 초대받을 수 없다. 머리아가 보기에 말볼리오는 자기애와 속물근성에 얽매인 "위선자"(2.3.136)이자 "기회주의자"(2.3.143)이며, 올리비아의 눈에 비친 말볼리오의 "꿈"은 "한여름 밤의 광기"(3.4.53)에 불과하다.

『열이틀째 밤』에서 기표와 기의의 불일치를 비올라 못지않게 정확하게 인지하는 인물은 어릿광대 페스티다. "주피터가 다음에 털을 분배할 때는 당신에게 턱수염을 주소서"(3.1.43-44)라는 대사가 암시하듯, 페스티는 남장한 비올라의 젠더 정체성을 처음부터 눈치채고 있다. "훌륭한 재담꾼에겐 언어가 말랑말랑한 장갑 같아서, 너무나 쉽게 겉과 속을 바꿔 낄 수 있지"(3.1.11-13)라는 대사에서도 페스티는 언어의 기호학적 속성을 인지하고 있음을 보여준다. 비올라도 "이 작자는 바보 역할을 할 정도로 현명하다"(3.1.58)라면서 페스티의 지적 능력을 인정한다. 현자인 척해도 실은 바보인 앤드류 경이나 말볼리오와 반대로, "언어를 오염시키는 자"(3.1.35)임을 자처하며 "바보 역할"을 하는 페스티는 셰익스피어가 가장 동일시했을 인물이다. 페스티를 진짜 바보로 여기는 세바스천도 그의 현란한 언어 유희의 제물이 된다. "그런 것이 그런 것은 없다"(4.1.8)라는 페스티의 헛소리 같은 경구는 비올라/세자리오의 이중성을 암시하는 말인데, 세바스천은 비올라의 정체성이 밝혀지는 5막에 가서야 그 의미를 깨닫는다. 반면에 페스티는 토파스 경으로 변장한 자신의 정체를 알고 있는 머리아와 토비 경에게는 "있는 것은 있는 것이다. 나는 목사이므로 목사다. '그것'은 '그것'이고 '있는' 것은 '있는' 것이다"(4.2.14-16)라고 얘기한다.

한쪽에서는 기표와 기의의 불일치를 암시하면서 다른 쪽에서는 일치를 강조하는 페스티의 '갈라진 혀'는 5막에서 비올라/세자리오의 정체가 밝혀지는 순간에 통합된다. 같은 외관 속에 다른 두 실체가 공존함을 깨달은 올시노는 자신이 경험한 인식론적 혼란을 "그러면서도 그렇지 않은 자연의 요지경"(5.1.212-23)으로 설명할 수밖에 없다. 하나의 물체가 여럿으로 보이고 참되다고 믿었던 것이 거짓이 되는 변복의 요술은 매사에 용의주도한 올시노를 우롱하고 그가 자랑하던 합리적 이성의 영역을 넘어선다. 이 깨달음은 페스티가 여기저기 던져놓은 부정과 긍정의 화해이며, 또한 셰익스피어가 관객과 공유하는 변복의 궁극적 의미이기도 하다. 여기서 "자연의 요지경"(a natural perspective)은 인간의 눈이 상징하는 합리적 이성의 산물이 아니라 자연이 창조한 시각적 환상을 말한다. 인간의 이성은 끊임없이 경계선을 긋고 어떤 의미를 부여하려고 해도, 자연의 환상은 그렇게 애써 만들어진 범주와 정체성을 자꾸 흩뜨려놓는 것이다.

이런 '현실의 환상'(the illusion of reality)이야말로 『열이틀째 밤』이 보여주는 연극과 삶의 기호학이다. 미천한 소년 배우가 귀족 여성 비올라를 연기하고, 그 비올라는 시동 세자리오로 변장하며, 그 세자리오가 다시 비올라로 돌아간다. 그리고 올시노와 올리비아는 비올라/세자리오/세바스천과 그(녀)를 둘러싸고 '한여름 밤의 꿈'에 빠졌다가 깨어나고, 잘난 자들이 연출하는 '실수 연발 코미디'를 바보 같은 페스티가 꼬집고 익살 떨며, 이들 모두의 '헛소동'을 바라보며 즐기던 셰익스피어와 관객도 무대 위의 또 다른 바보들임을 깨닫는다. 양파껍질처럼 겹겹이 쌓인 이 극중극의 연쇄 구조는 연극에만 국한되지 않고 인간 삶의 모든 지평으로 확장된다. 그 누구도 극중극의 최종적 '바깥'에 설 수 없고 전지적(全知的) '위'에서 내려다볼 수 없다. 모두가 이런저런 가면을 쓰고 연극적 수행으로서의 삶을 살아가는 배우들이다.

대본작가이자 연극배우였던 셰익스피어에게는 세상이 일종의 연극무대이며 인간은 그 무대 위에서 역할놀이 하는 배우이기에, 현자나 권력자들이 내세우는 온갖 우열의 논리가 무의미하게 다가왔을 수도 있다. 참/거짓, 속/겉, 실체/표상, 현실/환상, 정상/비정상 등의 이분법적 경계선을 흐트러트리는 셰익스피어의 연극적 실험은 20세기 후반 서구 지성계를 뜨겁게 달구었던 상대주의 인식론과 맞닿아 있다. 특히 환상이 이성을 지배하는 두 남매(세바스천과 올리비아)의 사랑 이야기는 기의가 기표의 효과이며 이미지가 곧 현실이라는 포스트모더니즘 철학의 핵심 전제를 예증한다. 비록 셰익스피어는 라캉과 들뢰즈의 용어는 사용하지 않아도 이들이 제시한 문제의식을 징후적인 형태로 미리 보여주는 것이다.

제4장 가부장제 사회의 모순과 불안

"셰익스피어 작품에는 여성의 순결과 정절에 집착하는 남성이 넘쳐난다.
그들의 의심과 질투는 근거도 없고 해결책도 없다. 그들의 이마에 돋은 '뿔'은
스스로 만든 것인 동시에 사회가 심어준 것이다. '오쟁이 지는 남자'가
가부장적 환상과 편견의 산물이기 때문이다."

1 '셰익스피어의 누이들'

"여자들에게도 르네상스가 있었던가?" 지금으로부터 44년 전 미
국의 여성 사학자 켈리(Joan Kelley)가 던진 이 질문은 남성 중심적
역사학 전통에 균열을 가한 도발적인 이의신청이었다. 부르크하르
트가 이탈리아 르네상스를 "세계와 인간의 발견"으로 예찬한 이래
르네상스는 암흑의 중세에서 찬란한 근대로 나아가는 전환기로 규
정되어 왔지만, 켈리는 여성의 관점에서 르네상스의 역사적 의미와
중세/르네상스의 시대구분을 재평가한 것이다. 여성의 섹슈얼리티
에 대한 시각, 여성의 경제적·정치적 역할, 여성의 문화적 역할, 여
성에 관한 이데올로기의 네 측면을 분석한 켈리는 자신이 제기한 질
문에 단호히 '아니오'라고 대답한다. 켈리는 중세 사회가 여성의 "성
적·정서적 권리를 장려"한 데 비해 르네상스 시대는 여성의 "사회
적·개인적 선택권이 축소"되었으며, 중세에 싹튼 여권신장의 가능
성이 도리어 르네상스 인본주의의 물결 속에서 시들어버렸다고 진
단한다.[1] 인본주의자들이 우주의 중심에 재배치한 '인간'의 범주에

여성은 포함되지 않았다고 본 것이다.

르네상스가 엘리트 남성만의 이벤트였다는 켈리의 지적은 동시대 여성의 역할과 지위를 조명하고 여성의 목소리가 담긴 텍스트를 발굴하는 후속 작업으로 이어졌다. 그중에서 특히 문제가 된 것이 물질적 실천과 담론적 실천 사이의 괴리다. 16세기 유럽 사회에서 생산양식의 다변화와 노동력의 분화, 핵가족제도의 도입, 흉년, 실업, 빈곤, 인플레이션 등의 제반 문제로 인해 여성의 경제적 역할이 커졌음에도 불구하고 여성의 자율성을 통제하려는 가부장제 담론은 오히려 더 활발하게 생산되었다. 그 담론적 실천에 이데올로기적 추동력을 제공한 것이 종교개혁과 초기 자본주의를 견인한 프로테스탄티즘이었다. 건강하고 조화로운 가정을 기독교 사회의 토대로 본 교구 목사들과 인본주의자들은 여성이 가정 안에서 적극적으로 담당할 역할을 강조했다.

애머슨(Susan Amussen)에 따르면, 당시 프로테스탄티즘은 여성에게 "이중의 메시지"를 부과했다. 한편으로는 남편과 아내의 관계를 하나님과 인간 또는 군주와 백성의 위계에 비유하며 아내가 남편의 권위에 복종할 것을 설파하면서도, 다른 한편으로는 여성이 결혼생활을 통해 남성과 대등한 동반자 위치에 설 것을 주문했다.[2] '진보'를 자처한 인본주의자들은 가정 안에서 "폭정 없는 위계"가 가능하다고 생각하며 "부부간의 우애와 남성의 우월적 지위 사이의 조화"를 모색했지만, 그들의 방점은 여전히 "남성의 우월적 지위"와 "위계"에 가 있었다.[3] 결과적으로, 여성을 가정의 재생산을 위한 불가결

---

1) Joan Kelley, "Did Women Have a Renaissance?" in *Women, History, and Theory: The Essays of Joan Kelley*, Chicago: The University of Chicago Press, 1984, p.20.

2) Susan Dwyer Amussen, *An Ordered Society: Gender and Class in Early Modern England*, New York: Columbia University Press, 1988, p.42.

한 수단 즉 출산과 육아의 전담자로 자리매김함으로써 가정에서의 노동분업이 중세보다 한층 더 굳건하게 확립되었다.

프로테스탄티즘의 영향으로 '여성성'의 패러다임이 전환되면서 여성에게 요구되는 이상적 덕목도 처녀의 순결에서 아내의 정절로 무게중심이 이동했다. 권력과 재산을 계승하는 여성의 몸을 '흠결' 없이 보존하고 관리해야 한다는 압력 때문이었다. 기혼 여성의 섹슈얼리티를 부부간의 성적 쾌락보다 생산(procreation)수단으로만 인식하는 풍조가 팽배했고, 적통(嫡統)을 번식하는 목적 이외에 여성이 성적 욕망의 주체로 자기재현을 할 공간은 허용되지 않았다. 그러한 시대 정서에 발맞춰서 간통과 사생아 출산에 대한 처벌이 강화되었을 뿐 아니라 그 책임은 여성에게 전가되었다.

스톤은 1600년을 전후해 잉글랜드에서는 성범죄와 명예훼손을 둘러싼 고소와 재판이 급증했는데, 대부분 남편의 난봉보다 아내의 음욕을 문제 삼았다고 지적한다.[4] 게다가 같은 시기에 잉글랜드 길거리에서는 '바가지 긁는 아내'(scold)와 '말 안 듣는 아내'(shrew)를 마녀로 매도하고 징벌 의자에 앉혀서 '길들이는' 장면도 심심찮게 볼 수 있었다.[5] 이렇듯 기혼 여성에게 이중 잣대를 들이대고 '헤픈 여자'와 '드센 여자'를 단죄하는 데 급급했던 르네상스 시대는 켈리

---

3) John C. Bean, "Comic Structure and the Humanizing Kate in *The Taming of the Shrew*," in Carolyn Lenz, Gayle Greene, and Carol Thomas Neely(eds.), *The Woman's Part: Feminist Criticism of Shakespeare*, Urbana Champaign: University of Illinois Press, 1983, p.66.

4) Lawrence Stone, *The Family, Sex and Marriage in England, 1500-1800*, New York: Harper & Row, 1977, pp.501, 519.

5) D.E. Underdown, "The Taming of the Scold: The Enforcement of Patriarchal Authority in Early Modern England," in Anthony Fletcher and John Stevenson(eds.), *Order and Disorder in Early Modern England*, Cambridge: Cambridge University Press, 1985, p.121.

의 지적처럼 여성에게는 '부흥'과 '발견'의 시대가 아니었음이 분명하다.

특히 셰익스피어 시대의 잉글랜드는 자본주의와 식민주의 발전단계에서도 후발주자였지만 여성 문제에서도 '후진국'이었다. 레번튼(Carol Leventon)은 16세기 잉글랜드와 베네치아를 비교하면서 여성에 대한 통제과 억압이 잉글랜드에서 훨씬 더 심했다고 지적한다. 상대적으로 베네치아에서는 여성이 상당한 경제적 독립과 영향력을 확보했다. 결혼한 여성은 별다른 제한 없이 재산을 소유하고 처분하는 권리를 부여받았으며, 그 권리는 공허한 형식이 아니라 법으로 보장되고 실제로 행사되었다. 더구나 베네치아의 귀족 여성은 아버지뿐만 아니라 어머니에게서도 재산을 상속받았고, 또한 자신의 재산을 결혼하는 딸이나 여동생에게 직접 상속할 수 있었다. 생산수단을 공유했던 베네치아 여성은 자신의 법적 지위와 경제적 역할에 대한 분명한 자기의식이 있었다.

셰익스피어가 베네치아를 배경으로 『베니스의 상인』과 『오셀로』에서 포샤와 데즈데모나 같은 진취적이고 주체적인 여성을 거울삼아 가부장제 사회의 불안을 조명한 것도 우연이 아니다. 반면에 동시대 잉글랜드는 아버지와 남편의 가부장적 권위가 절정에 달했던 시기였다. 귀족이든 평민이든 여성은 스스로 재산을 소유하거나 처분할 권리가 없었고, 단지 남자 상속자가 없는 경우에만 딸에게 상속권을 인정했을 뿐이다. 그나마 결혼 지참금을 통한 여성의 재산권 행사가 증가했지만, 그것마저 파급효과를 봉쇄하려는 시도가 다양한 형태로 전개되었다.[6]

---

6) Carol Leventen, "Patrimony and Patriarchy in *The Merchant of Venice*," in Valerie Wayne(ed.), *The Matter of Difference: Materialist Feminist Criticism of Shakespeare*, Ithaca: Cornell University Press, 1991, pp.57-60.

이러한 맥락에서 되새겨봄 직한 인물이 셰익스피어의 누이동생 주디스(Judith)다. 20세기의 선구적 페미니스트 작가 버지니아 울프는 『자기만의 방』(*A Room of One's Own*)에서 여성 억압의 역사를 조망하면서, 주디스 셰익스피어라는 가상 인물을 창조한다. 울프 자신과 마찬가지로, 딸아이는 학교에도 보내지 않는 가부장적 환경에서 태어나고 자라난 주디스는 오빠 윌리엄 못지않은 문학적 재질을 지녔음에도 불구하고 집 안에 갇혀서 허드렛일만 하고 소일한다. 아버지의 가정폭력과 강제결혼을 피해 가출한 주디스는 주위의 비웃음을 무릅쓰고 배우의 꿈을 품고 런던으로 향하지만, 거기서 극장 매니저와 사랑에 빠지고 임신한 상태에서 홀로 남게 된다. 사생아 출산에 대한 사회적 통념이 두려웠던 주디스는 결국 자살로 굴곡진 생을 마감한다. 잉글랜드 최고의 극작가로 등극한 셰익스피어는 사후에 고향의 교회 묘지에 안장되고 웨스트민스터 사원에 시비도 건립되지만, 주디스의 주검은 현재 런던의 어느 버스 정류장이 위치한 곳에 묻힌다. 울프는 작가가 되려는 여성에게 필요한 것은 '자기만의 방'과 연 500파운드의 수입이라는 의미심장한 첨언으로 결론을 대신하며 글을 맺는다.

울프가 창조한 가상 인물 주디스는 르네상스 시대를 살았던 잉글랜드 여성들을 대표한다. 셰익스피어가 활동한 16세기 말 잉글랜드 사회에서 여성은 빈부귀천에 상관없이 정치와 경제 활동에서 배제되었을 뿐 아니라 문학적 재현의 주체가 될 수 없었다. '그들'은 '우리'가 필요할 때마다 소환당해 '우리'의 즐거움과 깨달음을 위해 조롱이나 숭배의 대상이 되었을 뿐, 독자와 관객 앞에서 떳떳하게 '그들'의 이야기를 할 수 없었다. 비록 5세기나 지나서 '발굴'된 르네상스 여성 작가가 몇몇 있었지만, 그들은 18세기 여성 작가들이 겪었던 것보다 "훨씬 더 달래기 힘든 적대감"에 맞서 "독특한 자기재현의 전략"을 개발해야 했다. 그들은 자신의 문학적 포부를 '여성적'이고 '사적'인 장르, 즉 "종교, 자녀교육, 남성 작가가 쓴 작품의 번역"에 한정시킴으로써 가부장제 사회가 부과한 여성의 '행실 규범'을 '집 안'에서 재생산하는 데 그쳤다. 게다가 당시에 글을 쓴 상당수 여성은 자신을 통제하고 억압한 가부장제 이데올로기에 대해 전혀 문제의식이 없었을뿐더러 그것을 당연하게 심지어 만족스럽게 받아들였다.[7] 울프가 18세기에 중산층 여성이 글쓰기를 시작하고 돈을 번 것을 두고 "십자군 원정과 장미전쟁보다 더 중요한" 사건으로 평가하며,[8] 주디스의 꿈을 한 세기 후에 이룬 잉글랜드 최초의 여성 전업작가 벤(Aphra Behn)의 무덤에 모든 여성이 함께 헌화하라고 요청하는 것도 이 때문이다.

2 '드센' 여성을 '다루는' 방식

여성 억압이 가장 심했던 16세기 후반의 잉글랜드에 유럽대륙 국가들이 경험하지 못한 변수가 있었으니, 바로 '여성 상위'(woman on top)의 최고 모델이었던 엘리자베스 '여왕'이다. 이복언니 메리 1세의 이른 사망으로 1558년 25세의 나이에 잉글랜드 왕좌에 오른 엘리자베스 1세는 44년 동안 여성 군주로서의 온갖 장애와 한계를 극복하고 유연한 외교술과 종교정책을 발휘하며 위기의 잉글랜드를 성

---

7) Randall Martin, "Introduction," *Women Writers in Renaissance England: An Annotated Anthology*(1997), Randall Martin(ed.), New York: Routledge, 2014, pp.2, 5.

8) Virginia Woolf, *A Room of One's Own* and *Three Guineas*, Oxford World's Classics, Morag Shiach(ed.), Oxford: Oxford University Press, 2000, p.49.

공적으로 이끌어갔다. 엘리자베스 1세가 온 유럽의 화제가 된 이유는 스페인 무적함대를 격퇴하고 잉글랜드 국교회를 설립했기 때문만이 아니라 그가 '처녀 여왕'이었기 때문이다. 스페인의 필립 2세와 결혼한 메리 1세와 달리, 엘리자베스 1세는 일평생 독신을 견지했다. 비밀연애와 사생아 출산을 둘러싼 소문이 끊임없이 나돌고 유럽 각국에서 몰려든 제후들과의 결혼 협상이 잉글랜드 외교정책의 핵심이 되었지만, 엘리자베스는 자신이 국가와 결혼했고 국민이 남편이라는 수사를 동원하며 허다한 구애자들을 물리치고 한 남자의 아내가 되기를 거부했다.

하지만 엘리자베스 1세가 고집한 독신의 삶은 국가적 불안을 야기했다. 불과 반세기 전에 불확실한 후계구도와 이복형제들 간의 갈등 탓에 에드워드 6세와 메리 1세의 짧은 재위 기간에 튜더 왕조의 위기를 목격한 잉글랜드인들로서는 여성 군주라는 정치 현실이 견디기 힘든 모순이었거니와 후사(後嗣) 없이 늙어가는 '처녀 여왕'이 마냥 자랑스러울 리 없었다. 그래서 16세기 말 잉글랜드의 가부장제 사회는 이런저런 방식으로 그들의 군주를 압박했다. 실제로 엘리자베스 여왕에게 짝을 찾아주려는 왕실과 국가 차원의 노력이 계속되었고 문학작품과 연극무대에도 그의 결혼을 장려하고 미리 축하하는 상황이 심심찮게 연출되었다.

가령, 스펜서의 『요정 여왕』(The Faerie Queene)에서 엘리자베스 여왕을 모델로 한 정절의 여전사 브리토마트와 용맹한 사냥꾼 벨피비의 서사시적 여정은 사랑과 결혼의 로맨스 구도로 수렴된다. 셰익스피어의 낭만 희극에서도 『헛소동』의 비어트리스, 『좋으실 대로』의 로잘린드, 『베니스의 상인』의 포샤, 『열이틀째 밤』의 올리비아 등 엘리자베스를 연상시키는 지혜롭고 담대한 여주인공들이 극 흐름을 주도하다가 한결같이 결혼이라는 가부장적 제도로 포섭된다. 엘리자베스가 직접 읽고 봤을 여주인공들의 러브스토리는 그에게 적잖은 압력으로 다가왔을 것이다. 거꾸로 생각하면, 무소불위의 권력을 행사한 군주에게조차 결혼과 가정의 필요성을 공공연히 요구했던 당대 가부장제 사회가 일반 여성에게는 얼마나 노골적인 통제를 가했을지 어렵잖게 짐작할 수 있다.

브라이텐버그(Mark Breitenberg)는 16세기 잉글랜드가 양산한 미증유의 결혼 담론 이면에 가부장제 사회의 위기의식이 자리 잡고 있었다고 진단한다. 여성의 주체성과 섹슈얼리티를 적극적으로 통제하려는 시도 자체가 증폭된 남성의 불안(male anxiety)에서 기인한다는 것이다. 브라이텐버그가 말하는 불안은 "남성들 사이에 발화되고 유통된 담론으로, 남성들이 고통과 고민의 언어를 공유하면서 자신들의 정체성을 구축해가는 방식"이며, "초기 근대 섹스-젠더 체계 특유의 사회적 긴장, 즉 무엇보다도 남성 주체를 생산하는 긴장을 내면화"한 현상이다. 16세기 잉글랜드 사회가 '서방질'한 아내를 창녀나 마녀로 낙인찍고 '오쟁이'진 남편을 공중의 놀림감으로 삼은 것도 가부장제 사회 내부의 불안과 긴장을 해소하고 봉합하려는 방책이었다. 그리고 법과 종교의 이름으로 결혼과 정절을 예찬하고 불륜과 사생아 출산을 단죄한 것 역시 여성을 희생양 삼아 '불안한 남성'의 우월적 지위를 강화하는 과정의 일환이었다.[9]

셰익스피어도 여성의 주체성과 남성의 불안을 동전의 양면으로 인식하며 심각한 사회적 문제로 접근한 작가다. 그런데 셰익스피어가 여성의 성적·정치적 욕망을 '다루는' 방식이 비극과 희극에서 다르게 나타난다. 비극에서는 작품에 따라 정도의 차이는 있으나 희극과

---

9) Mark Breitenberg, *Anxious Masculinity in Early Modern England*, Cambridge: Cambridge University Press, 1996, pp.12-13, 20-23.

비교하면 여성 인물의 주체성을 논할 여지가 현저히 줄어든다. 셰익스피어 비극에서 여성 주인공은 주인공답지 않다. 비극 영웅의 가장 중요한 특징은 고통과 성찰의 여정에서 겪는 치열한 내적 갈등인데, 셰익스피어의 여성 주인공에게서 관객은 그러한 내면의 변화를 읽어내기가 힘들다. 여성 주인공에게는 자신의 동기와 번민을 밝힐 기회가 좀처럼 부여되지 않기 때문이다. 따라서 관객은 여성 주인공이 무슨 생각을 하는지 알 수 없고, 단지 남성 인물들의 대화나 행동을 통해 추측할 뿐이다. 말하자면, 셰익스피어는 젠더의 차이에 따른 불균등하고 불공평한 재현을 하는 셈이다.

셰익스피어의 대표 비극 『햄릿』을 예로 들어 '남녀차별'의 재현방식을 확인해보자. 엘리엇(T.S. Eliot)은 『햄릿』을 재미는 있어도 일관성이 없는 "예술적 실패작"으로 평가하면서, 그 원인 중의 하나로 거트루드를 지목한 바 있다. 엘리엇이 보기에, 햄릿은 어머니로 인해 삶의 환멸을 느끼게 되지만 그 인과관계가 충분히 설득력이 없으며, 거트루드의 죄책감은 "오셀로의 의심, 안토니의 도취, 코리얼레이너스의 교만"과는 달리 "타당하고 자명한" 방식으로 표현되지 못한다. 이는 "객관적 상관물" 즉 주인공의 감정에 상응하는 외부의 "대상, 상황, 일련의 사건들"이 부재하기 때문이다.[10] 『햄릿』에 대한 엘리엇의 불만은 여성 주인공에게 초점을 맞추면 너무나 당연한 얘기가 된다. 햄릿의 번민과 환멸에 비하면 거트루드의 죄책감은 "적절한 등가물"이 미흡하다. 거트루드가 남편의 독살에 연루되었는지, 왜 서둘러 시동생과 재혼했는지, 햄릿이 "당신 남편 동생의 아내"이자 "내 어머니"(3.4.14-15)라고 일컫는 이중적 입장 사이에서 어떠한 갈등

---

10) T.S. Eliot, "Hamlet and His Problems"(1919), in Hazard Adams(ed.), *Critical Theory since Plato*, New York: Harcourt Brace Jovanovich, 1971, p.789.

을 겪었는지를 관객이 알 길이 없다. 그러니 햄릿의 눈에 보이는 유령이 거트루드의 눈에는 보이지 않는다. 셰익스피어는 악당 역할을 하는 클로디어스에게까지 "내 강렬한 의지마저 짓누르는 강렬한 죄책감"을 토로하는 긴 독백(3.3.36-72)을 허용하면서, 거트루드에게는 이에 상응하는 자기표현의 기회를 부여하지 않는다.

어머니의 죄책감은 아들이 대신 말해준다. 거트루드의 침실에 침입한 햄릿은 "정숙한 여인의 우아함과 수줍음을 더럽히며" "혼인의 서약을 노름꾼의 맹세처럼 거짓되게 만드는"(3.4.39, 42-43) 어머니의 재혼을 질타한다. "중년 여인의 뼛속에서 난동부리는" 욕망과 "뜨거운 불길 속에서 밀랍처럼 녹아내리는" 정절(3.4.81-83) 사이의 격렬한 진동은 햄릿의 신랄한 정죄를 통해 비로소 드러난다. 아들의 언어로 어머니의 죄책감을 통역하고, 남성의 시선으로 여성의 욕망을 재단하는 것이다. 거트루드는 "너는 내 눈을 내 영혼으로 향하게 하여, 거기에 절대 지워지지 않는 시커멓고 고통스러운 얼룩을 보게 한다"(3.4.87-89) "제발, 그만해라. 네 말이 비수처럼 내 귀를 파고든다"(3.4.91-93)라고 할 뿐, 그 "고통스러운 얼룩"의 원인을 자신의 입으로 밝히지 않는다. 더구나 거트루드의 죽음도 자결인지 아닌지 불분명하다. 클로디어스가 만류하는데도 독배를 들이키는 거트루드는 마치 버거운 죄책감으로 인해 죽음을 간절히 기다리고 있었던 사람 같다. 결과적으로, 거트루드의 삶도 죽음도 모나리자의 미소처럼 "수수께끼 같은 여성성의 표상"으로 남는다.[11]

엘리엇이 『햄릿』을 "문학의 모나리자"라고 말한 주된 근거는

---

11) Jacqueline Rose, "Hamlet-the *Mona Lisa* of Literature", in Deborah E. Barker and Ivo Kamps(eds.), *Shakespeare and Gender: A History*, London: Verso, 1995, p.107.

314

거트루드이지만,[12) 오필리아도 거트루드 못지않게 모호한 인물이다. 쇼월터에 따르면, 문학, 대중문화, 회화에서 오필리아의 가시성(visibility)은 셰익스피어 비평 텍스트에서 그녀의 비가시성(invisibility)에 반비례한다. 오필리아는 서구 문화의 전통에서 '여성적' 광기와 연약함의 가장 유명한 표상으로 자리 잡았지만, 정작 그녀의 이야기(her story)는 남성중심주의적인 인본주의 비평에도 없고 라캉의 정신분석학 비평에도 없다. "생각, 성욕, 언어가 박탈당한 오필리아의 이야기는 영(零)의 이야기, 즉 여성적 차이가 빚어내는 제로, 빈 원, 혹은 수수께끼"로 남아 있다. 따라서 페미니즘 비평의 과제는 오필리아를 "여성적 부재(absence)의 상징"과 "햄릿의 아니마(anima)"로 간주하는 재현의 역사(his story)에 비판적으로 개입해 "오필리아를 텍스트에서 해방"하고 "그녀를 비극의 중심으로 창조"하는 것"이다.[13)

셰익스피어 수용 역사에서의 젠더 편향성을 지적한 쇼월터의 지적은 『햄릿』 자체에도 똑같이 적용된다. 이 비극에는 오필리아에 관한 이야기는 많아도 오필리아 자신의 이야기는 없다. 명색이 '여주인공'인 오필리아는 클로디어스의 딸, 레이어티스의 여동생, 햄릿의 연인으로 살다가 죽는 '배경'(foil) 인물이다. 그녀는 아버지와 오빠가 집착하는 순결 이데올로기의 주입 대상이거나 햄릿이 씨름하는 염세주의와 여성 혐오의 투사 대상일 뿐이다. 남성 인물들이 '대변'하던 오필리아는 실성하고 나서야 제 목소리를 낸다. 하지만 "가장

---

12) T.S. Eliot, 앞의 글, p.789.
13) Elaine Showalter, "Representing Ophelia: women, madness, and the responsibilities of feminist criticism," in Patricia Parker and Geoffrey Hartman(eds.), *Shakespeare and the Question of Theory*, New York: Methuen, 1985, pp.78-79.

낙심하고 비천한 여인"(3.1.154)이 쏟아내는 울분은 "아무것도 아닌 것"(4.5.7)으로 치부되고 만다. 『리어왕』에서 셰익스피어가 실성한 남성 주인공을 통해 "의미와 무의미가 혼재"하는 "광기 속의 이성"(4.6.170-71)을 보여준 것에 비하면, 오필리아의 실성은 또 하나의 강요된 침묵이다.

오필리아가 스스로 말하는 주체가 아니다 보니 그녀의 의도나 동기는 거트루드의 경우처럼 '여성적' 비결정성과 유동성을 상징하는 텍스트의 여백으로 남는다. 가령, 막간극 「쥐덫」 공연을 보면서 햄릿과 대사를 주고받을 때의 오필리아는 아무것도 모르는 순진한 어린애 같기도 하고 성적 함의가 가득한 농담을 받아칠 정도로 성숙한 여인 같기도 하다. 4막에서도 "실성의 구체적인 사례"(4.5.171)로 등장하는 오필리아는 미친 원인이 무엇인지 자신의 입으로 말하지 않고, 대신 클로디어스가 아버지의 죽음과 햄릿의 배반에서 비롯된 "깊은 슬픔의 해독"(4.5.75) 때문이라고 진단한다. 하지만 오필리아의 실성을 상징하는 산발, 야생화, 노랫말 등은 섣부른 가부장적 독해를 거부한다. 풀어헤친 머리가 실성했거나 겁탈당한 여성의 상징인 데다 오필리아의 노래에 담긴 외설스러운 내용에 주목하면,[14] 이 장면은 햄릿과의 혼전 성관계를 금하는 아버지와 오빠의 신신당부가 무시되었음을 암시한다. 게다가 실성한 오필리아가 들고 다니는 야생화 중에서 회향(fennel)과 운향(rue)이 셰익스피어 당시에 피임약이나

---

14) "그는 방문을 열어젖히고 처녀를 불러들였는데 나올 때는 처녀가 아니었어요…… 젊은 남자들은 틈만 생기면 그 짓을 하지요. 수탉에 맹세코 그들은 욕 먹어도 싸답니다. 그녀가 말하기를 '당신이 날 덮치기 전에 결혼한다고 약속했잖아요'라고 하자, 그는 '저기 해에 걸고 맹세코, 네가 내 침대로 오지만 않았더라도 난 그랬을 거야'라고 대답했어요."(4.5.53-55, 60-66) 여기서 맹세의 근거인 수탉(Cock)은 신(God)과 음경(penis)의 이중 의미를 지닌다.

낙태약으로 사용된 점에 비추어볼 때, 오필리아의 섹슈얼리티는 더욱 수수께끼로 남는다.

거트루드가 전하는 오필리아의 죽음도 의문투성이다. "자신의 고통을 알지 못하는 것처럼 찬송가 몇 마디를 읊조리며" "죽음의 진흙탕으로 빨아들이는 그 물먹은 무거운 겉옷"에 자신을 내맡기는 오필리아의 모습(4.7.175-81)은 "익사"의 원인이 자살 충동(death wish)이었음을 암시한다. 그리고 오필리아가 햄릿의 아기를 가졌을 거라는 추측을 전제한다면, 셰익스피어 비평사에서 처녀/창녀의 이분법에 따라 거트루드의 반대편에 배속되었던 오필리아는 완전히 다른 인물로 바뀐다. 순결의 표상인 오필리아는 감시와 통제의 시선이 미치지 못하는 텍스트 이면에서 순결 이데올로기를 우롱했을뿐더러, 남성 중심적인 권력투쟁의 가련한 희생양처럼 보이면서도 실제로는 가부장적 폭력에 온몸으로 저항했음을 '침묵으로 말한' 셈이다. 덴마크 왕권의 부계 상속을 담보하는 몸속의 아기와 함께 자신을 소멸시킴으로써 오필리아는 쇼월터가 후대 페미니스트들의 과제로 천명한 "오필리아를 텍스트에서 해방하고 그녀를 비극의 중심으로 창조"하는 작업을 스스로 수행했다고 볼 수 있다.

거트루드와 오필리아의 침묵을 관객이 추측에 의존해 읽어낼 수밖에 없는 것은 셰익스피어가 그들에게 자기재현의 공간을 제공하지 않기 때문이다. 그것은 『햄릿』뿐 아니라 셰익스피어의 비극 장르 전반에 걸쳐 드러나는 공통된 문제다. 『타이터스 안드로니커스』의 태모라와 라비니아, 『줄리어스 시저』의 포샤, 『트로일러스와 크레시다』의 크레시다, 『오셀로』의 데즈데모나, 『리어왕』의 고너릴과 리건과 코딜리아, 『안토니와 클리오파트라』의 클리오파트라, 『코리얼레이너스』의 볼럼니아와 버질리아 등이 예시하듯이, 여성 주체는 충분히 주체적이지 않다. 『로미오와 줄리엣』을 제외하면 셰익스피어 비극에서 주인공의 내적 갈등과 변화를 드러내는 독백(soliloquy)도 남성 주인공의 전유물이나 다름없다. 웹스터(John Webster)의『말피 공작부인』(The Duchess of Malfi)의 주인공처럼, 셰익스피어가 창조한 귀족 여성들은 한결같이 '요란하게' 등장했다가 '허망하게' 또는 '조용하게' 사라진다. 때로는 고매하고 때로는 문란한 그들의 도전은 일탈이나 위반으로 귀결된다. 그들은 남성 주인공의 영웅적 함량을 시험하는 수단이자 자기성찰의 여정을 돋보이게 하는 배경일 뿐이다.

반면에 '쾌락원칙'이 지배하는 희극에서는 여성의 재현 방식이 '현실원칙'을 따르는 비극에서보다 훨씬 더 다채롭다. 셰익스피어의 희극 여주인공은 가부장제 질서에 대응하는 방식에 따라 크게 네 범주로 나누어진다. 첫 번째 범주는 드센 여자가 더 드센 남자에게 '순치'되는 경우다. 가장 비근한 예가『말괄량이 길들이기』다. '개방적' 작가 셰익스피어의 명성에 흠집을 내고 원작자 논란을 불러일으킬 정도로,[15] 이 극은 '말괄량이' 신부에 대한 '독불장군' 신랑의 언어적·물리적 폭력이 난무한다. 캐서리나는 연애와 결혼 자체에 알레르기 반응을 보이는 '반사회적' 인물로, "여자가 저항 정신이 없으면 바보나 다름없다"(3.2.221-22)라고 천명하며 아버지와 예비남편의 가부장제 권위에 맞선다. 이에 페트루치오는 "그녀의 기질을 역이용하여 제압하는"(4.1.169) 전략으로 "그녀의 거칠고 완고한 성품에 재갈을 물리고"(4.1.198) 엄청난 지참금이 딸린 신부를 차지한다. 마지막에 캐서리나가 다른 여성 인물들에게 "그대의 남편은 그대의 주인이며 삶이며 보호자요, 그대의 머리와 주권자"(5.2.152-53)임을 설파

---

15) Leah Marcus, "The Shakespearean Editor as Shrew-Tamer," in Deborah E. Barker and Ivo Kamps(eds.), Shakespeare and Gender: A History, London: Verso, 1995, pp.217-218, 225.

하는 일장연설은 빅토리아 시대에 "이 극의 최고 보석"으로 꼽혔고, 복종하는 아내로 거듭난 캐서리나를 "구원의 은혜를 입은 여자"로 보기도 했다.[16] 물론 거꾸로 보면 이 극은 아내 길들이기에 집착하는 동시대 사회의 병폐를 비꼰 소극(笑劇)이 되고, 캐서리나의 연설도 기독교 가부장제 담론의 패러디로 읽을 수 있지만, 초기 셰익스피어의 미숙한 극작술을 드러내는 남성 중심적 소망성취의 판타지라는 인상을 지울 수 없다.

두 번째 범주는 순결·정조 이데올로기로 '길들여지는' 여성이다. 셰익스피어의 낭만 희극에 등장하는 여주인공들은 대부분 '잠재적 말괄량이'다. 그들은 아버지의 권위나 예비남편의 구애에 승복하지 않고 자신의 의견을 내세우며 버팀으로써 결혼으로 향하는 플롯을 지연시킨다. 하지만 그 과정에서 그들은 가부장제 사회가 요구하는 '여성성'의 덕목을 받아들이면서 '바람직한 신부'로 거듭나게 된다. 『말괄량이 길들이기』의 비앙카, 『한여름밤의 꿈』의 허미아, 『헛소동』의 비어트리스, 『태풍』의 미랜다 등이 이 범주에 속한다.

세 번째 범주는 자신의 욕망을 남장(男裝)이라는 연극적 장치로 은폐하면서 동시에 해소하는 여성이다. 『베로나의 두 신사』의 줄리아, 『베니스의 상인』의 포샤, 『좋으실 대로』의 로잘린드, 『열이틀째 밤』의 비올라가 여기에 해당한다. 이들은 '착한 딸'이나 '고분고분한 여자'로 남아 있기를 거부하고 스스로 기지를 발휘해 여러 장애물을 제거한 후 자신이 원하는 사랑을 쟁취한다. 이를 위해 이들은 '남성성'의 외피를 걸치고 남자들만의 배타적 영역에 잠입해 잠정적으로 '인가받은' 주도권을 행사한다. 사회질서를 무너뜨리지 않으면서 개인적 욕망을 구현하는 이들의 위장 행보는 가부장적 권위와 여성의 주

---

16) 같은 글, p.225.

체성 사이에서 셰익스피어가 모색한 타협안이라고 할 수 있다. 이 두 가지 범주에 대해서는 2부 3장과 4장에서 좀더 상세히 분석하려고 한다.

네 번째 범주는 여성의 주체성에서 비롯되는 불안을 계급적 타자에게 전이하는 방식이다. 대표적인 예를 『헛소동』과 『열이틀째 밤』에서 만나볼 수 있다. 두 낭만 희극의 여주인공들은 전통적인 '여성성'과는 거리가 있다. 『헛소동』의 히어로는 비어트리스에 비해 조용하고 수동적인 여성처럼 보이지만, 그의 이름(Hero)과 "처녀 기사" (5.3.13)라는 칭호가 무색하지 않게 자신의 정절을 둘러싼 조작된 소문에 굴하지 않을뿐더러 완고한 독신주의자 비어트리스가 결혼하도록 배후에서 조종하고 주도한다. 스즈키(Mihoko Suzuki)에 따르면, 히어로가 그의 분신과도 같은 하녀 마거릿을 통해 적극적으로 개입하는 모습이 남성 관객들에게 달갑지 않은 일인데, 이 극은 그 책임을 마거릿의 애인 보라치오에게 전가한다. 계급적 타자인 보라치오는 성적 타자인 히어로와 마거릿의 전복적 행위가 수반하는 불안감을 전이하고 해소하는 희생양이다.[17]

『열이틀째 밤』에서는 올리비아의 집사 말볼리오가 같은 역할을 담당한다. 귀족 여성 올리비아가 올시노 공작의 구애를 거절하고 계급의 단층선을 뛰어넘어 시동 세자리오를 흠모하고 떠돌이 이방인 세바스천과 결혼하는 일련의 과정은 희극 장르가 아니면 사회적으로 용납될 수 없다. 물론 변장과 쌍둥이라는 연극장치가 개입되기는 하지만, 올리비아의 행보는 『오셀로』나 『말피 공작부인』의 여주인공 못지않게 파격적이고 전복적이다. 이에 따른 위험 부담을 신분 상승

---

17) Mihiko Suzuki, "Gender, Class, and the Ideology of Comic Form: *Much Ado about Nothing* and *Twelfth Night*," in Dympna Callaghan(ed.), *A Feminist Companion to Shakespeare*, Oxford: Wiley Blackwell, 2016, pp.150-153.

320

의 헛된 꿈을 꾸다가 웃음거리가 되는 말볼리오가 떠맡는다. 말볼리오는 계급, 젠더, 섹슈얼리티의 여러 심급에서 야기되는 불안을 해소하는 불가결한 인물이다. 스즈키가 지적하듯, 이 극에서 여성(올리비아, 비올라, 머리아)은 모두 신분의 장벽을 넘어 자신이 원하는 남성(세바스천, 올시노, 토비)과 결혼하지만, 남성은 여성이 구현하는 욕망의 대상이 될 뿐이다. 게다가 올시노와 올리비아는 세자리오/비올라에게 상반된 동성애적 매력을 느끼면서 "젠더의 같음이 신분의 다름에 우선하는" 묘한 상황을 연출한다.[18] 이처럼 여성의 우월한 지위와 지혜, 신분질서의 교란, 동성애의 틈입 등으로 불거지는 가부장제 귀족사회의 모순과 불안을 "자기애로 병든"(1.5.86) "청교도 같은 작자"(2.3.136) 말볼리오에게 전가해 해소하는 것은 지극히 희극다운 해결책이다.

이렇듯 셰익스피어가 비극에서나 희극에서나 여성을 욕망의 주체로 재현하는 것은 그만큼 당시 가부장제 사회의 권력 구조가 불안정했음을 반증한다. 켈리가 지적한 대로 르네상스는 잉글랜드에서도 '그들'이 배제된 '우리'끼리의 잔치였지만, 젠더 관계의 모순에서 기인한 파열음은 도처에서 감지되고 있었고, 이를 무마하기 위한 시도는 전례 없이 다양하고 활발했다. 모든 권력 관계에서 억압과 저항은 동시 현상일 터, 16세기 잉글랜드 경우도 여성의 욕망은 억누를수록 더욱 꿈틀거렸고 이에 따른 남성의 불안은 좀처럼 가라앉지 않았다. 다음 장에서는 비극 장르보다 여성의 주체성을 더 과감하게 재현했다고 여겨지는 셰익스피어의 낭만 희극과 후기 로맨스를 중심으로, 여성의 욕망과 남성의 불안이 맞물려서 서로 증폭되는 양상을 살펴볼 것이다.

---

18) 같은 글, pp.157-159.

3 순결 · 정조 이데올로기의 틈새

장르를 불문하고 셰익스피어의 남성 주인공은 늘 불안하다. 여성의 섹슈얼리티 때문이다. 아버지는 딸의 순결(virginity)에 대해, 남편은 아내의 정조(chastity)에 대해 강박적으로 집착한다. 셰익스피어의 낭만 희극이 낭만적이지 않은 이유도 이 때문이다. 이러한 남성의 불안은 르네상스 시대 가부장제 사회에 내재한 모순을 반영한 것이다. 『똑같은 잣대로』에서 어릿광대 역할을 하는 루시오는 여성을 처녀, 아내, 과부, 창녀의 네 가지 범주로 분류한다. 빈센시오 공작이 "쓸데없는 얘기"(5.1.180)로 일축하지만, 사실 이 분류는 여성을 처녀/창녀로 양극화하는 당대 남성들의 시선을 대변한다. 거기에는 이른바 '중간지대'가 존재하지 않는다. 가부장제 사회가 여성을 의심과 불안을 불러일으키는 존재로 대상화하기 때문이다. 그 대가는 남성도 여성과 함께 부담해야 한다. 『좋으실 대로』 4막에서 등장인물들은 불안이 남성의 '운명'이라고 제창한다. "그대는 뿔 다는 것을 수치로 여기지 마라. 그대가 태어나기 전부터 있던 투구가 아니냐. 그대 아버지의 아버지도 그것을 달았고, 그대 아버지도 역시 그것을 달았느니라. 뿔, 뿔, 그 욕정의 뿔이야말로 너희들이 비웃고 경멸할 물건이 아니니라."(4.2.14-19)

셰익스피어의 낭만 희극은 결혼을 예찬하지 않지만 그렇다고 독신을 권장하지도 않는다. 『한여름 밤의 꿈』에서 제일 윗사람인 테시어스 공작은 아버지가 정해준 남자와 억지로 결혼하느니 차라리 "처녀의 순례길"을 떠나겠다는 허미아에게 "꽃망울도 피어보지 못하고 가시 위에서 시드는 장미보다 향기를 내뿜는 장미가 현실적으로 더 행복하다"(1.1.75-77)라고 충고한다. 『좋으실 대로』에서 바보와 현자의 이중역할을 하는 터치스톤은 여자가 "정절과 미모를 겸비한 것은 설탕에 꿀 바르는 것"(3.3.27-28)과 마찬가지고, 남자는 빈부귀천을 막론하고 오쟁이 지게 마련이며 이마에 돋는 뿔은 "아내의 지참금"(3.3.50)이라는 냉소적인 결혼관을 피력한다. 이어지는 대사에서 터치스톤은 서방질하는 아내라도 있는 편이 낫다는 체념 섞인 한탄을 늘어놓는다. "그렇다고 독신 남자가 복 받은 거냐? 아니야. 성벽으로 둘러싸인 도시가 시골 마을보다 더 가치 있듯이, 유부남의 이마가 총각의 맨 이마보다 더 명예롭잖아. 방어할 줄 아는 게 모르는 것보다 훨씬 낫고, 뿔이 있으면 없는 것보다 더 값이 나가니까."(3.3.53-58) 하지만 터치스톤은 누구나 '오쟁이 진 남자'(cuckold)가 될 수 있다는 불안감에도 불구하고 자신을 그다지 좋아하지도 않는 오드리와 결혼한다. 터치스톤이 얘기하려는 것은 단순히 결혼에 대한 회의가 아니라 가부장제 사회 자체의 딜레마다. 결혼이 필요불가결한 만큼 "뿔도 혐오스럽지만 불가피"(3.3.47)하다는 그의 입장은 지극히 남성 중심주의적인 '현실론'을 대변한다.

남성이 생각하는 결혼이 계륵(鷄肋) 같은 것이라면, 여성은 어떻게 생각할까? 남성 작가 셰익스피어는 여주인공 로잘린드를 통해 '침묵하는' 여성의 결혼관을 '간접적으로' 전해준다. 로잘린드는 "사랑은 순전히 광기"(3.2.384)임을 알면서도 그 광기 속으로 빠져들고 말았지만, 자신의 정절을 장담하는 올랜도에게 "머리에 집을 지고 다니는 달팽이"처럼 이마에 돋는 뿔을 "지참금"이자 "숙명"(4.1.50-51)으로 받아들이라고 경고한다. 개니미드로 남장한 로잘린드가 올랜도에게 연애 상담을 하면서 동시에 자신의 감정을 솔직히 드러내는 장면은 꽤 흥미롭다. 그(녀)는 소극적으로 접근하는 올랜도에게 더 적극적으로 구애하라고 충고하면서 실은 가면에 숨겨진 자신의 욕망을 노골적으로 표현한다. 남자가 구애하다가 말문이 막힐 때 "가장 뾰족한 변통수는 키스"인데, 자신이 올랜도를 그렇게 만들지 못하면

"내가 정절을 재치보다 더 중요하게 여기기 때문"(4.1.78)이라고 말한다. 여기서 "재치"(wit)는 성적인 기교나 요령을, "중요한"(rank)은 곪고 썩은 상태를 뜻하기도 한다. 로잘린드는 "지금 내 기분은 축제 분위기여서 뭐든 다 승낙할 것 같으니 빨리 구애해봐요"(4.1.62-63)라고 올랜도에게 독촉하고, 결혼서약을 연습하면서도 "확실히 여자는 행동보다 생각이 더 빠르다"(4.1.130)라면서 속히 결혼하고 싶은 마음을 표현한다.

그뿐만 아니라 로잘린드는 바깥으로 "나가고"(out) 싶은 여성의 욕망을 대변한다. "여자는 똑똑할수록 제멋대로 하지요. 여자의 재치는 문을 걸어 잠그면 창문으로 튀어나가고, 창문을 닫으면 열쇠 구멍으로 빠져나가고, 열쇠 구멍을 막으면 연기를 타고 굴뚝으로 새어나간답니다."(4.1.151-54) 여기서도 "재치"가 성적 욕망과 기교를 의미한다고 보면 이 대사는 더욱 전복적으로 들린다. 올랜도가 "그런 재치 있는 아내"가 이웃 남자와 바람피우다 걸리면 뭐라고 변명하겠냐고 하자, 로잘린드는 "자신의 잘못을 남편 탓으로 돌리지 못하는 여자에게 절대로 애 키우게 하면 안 되죠. 그런 여자는 애를 바보로 키울 테니까요."(4.1.155, 161-64)라고 응수한다.

로잘린드의 활기찬 지적·성적 "재치"가 남성성/여성성의 고정관념에 사로잡힌 올랜도를 압도하고 있다. 더구나 아내의 서방질이 "남편 탓"이라는 말은 단순한 우스갯소리가 아니라 가부장제 사회에 가하는 일침이다. 비록 로잘린드는 『오셀로』의 에밀리아처럼 정절에 대한 가부장제 사회의 모순된 이중잣대를 신랄하고 직설적으로 비판하지는 않지만, 여성도 남성 못지않게 통제하기 힘든 욕망의 주체임을 개니미드라는 '남자 상담사'의 입을 빌려 말한다. 로잘린드의 복화술은 낭만 희극의 여주인공과 양반집 규수답게 점잖은 완곡어법을 쓰면서도 그 행간에는 여성에게만 정절을 강요하지 말라는 따끔한 충고를 담고 있다.

"소에게 멍에를 씌우고 말에게 재갈을 물리며 매에게 방울을 달듯이, 인간의 욕망도 그렇게 해야죠. 암수비둘기가 부리를 비벼대듯이, 결혼생활은 서로 물어뜯는 겁니다."(3.3.73-75) 이 대사는 "고매한 바보, 존경받는 바보"(2.7.33-34)를 자처하는 염세론자 제이퀴즈가 결혼은 바보짓이라고 하자, "사리에 밝은 바보"(3.3.29) 터치스톤이 대답하는 말이다. 어쩌면 선문답 같은 이 바보들의 대화 속에 셰익스피어가 관객들에게 가장 전하고 싶은 메시지가 담겨 있는지 모른다. 결혼은 남편과 아내 모두에게 "멍에"요 "재갈"이며, 달콤한 사랑놀이가 아니라 "서로 물어뜯는" 전쟁이라는 것. 이것이 리얼리스트 셰익스피어가 로맨틱한 결혼을 꿈꾸는 미래의 신랑·신부들에게 미리 보내는 주례사가 아닐까?

『좋으실 대로』가 여성의 정절을 결혼의 이면(裏面) 조항으로 끼워 넣는다면, 『헛소동』은 이 문제를 정면으로 다룬다. 이 극은 제목부터 가부장제 사회의 모순과 틈새를 잘 드러낸다. 『헛소동』은 아무것도 아닌 것(nothing)을 두고 괜한 야단법석을 벌인다는 뜻인데, 셰익스피어는 nothing의 복합적 의미를 이용하여 순결·정조 이데올로기를 교묘하게 해체한다. 르네상스 시대에 nothing이란 단어는 noting의 동음이의어였다. noting은 뭔가를 알아차리고(noticing) 파악하는(knowing) 것으로, 남에게서 전해 듣거나(hearsay) 엿들어서(overhear) 아는 것을 뜻했다. 이 극에서도 등장인물들이 다른 사람의 전언, 떠도는 풍문, 세인들의 평판으로 인해 갑자기 마음을 바꿔 사랑에 빠지거나 상대방의 배신을 예단한다.

게다가 nothing은 셰익스피어 시대에 여성 성기를 의미하는 단어였다. 이는 가랑이 사이에 아무것도 없다는 여성 비하적인 표현으로, 프로이트가 말한 부재와 결핍으로서의 여성성을 암시한다. 무(無)로서의 여성은 '아무것도 아닌' 동시에 '아무것도 없는' 존재라는 것이다. nothing이 지닌 복합적인 의미가 결합하면 흥미로운 아이러니가 성립한다. '괜한 야단법석'은 히어로의 정절에 대한 오해에서 비롯되었으며, 그 오해는 근거 없는 소문이 만들어낸 환상이었음이 드러난다. 즉 '헛소동'은 여성의 순결과 정조에 대한 남성의 집착이 빚은 피해망상증에 불과하다.

『헛소동』에서 두 쌍의 남녀가 결혼에 이르는 과정에 겪는 온갖 우여곡절은 '진실'의 왜곡에서 비롯된다. 견원지간(犬猿之間)이었던 베너딕과 비어트리스가 느닷없이 서로 사랑하고, 모두 부러워하는 결혼을 약속한 클로디오와 히어로가 파경에 처하는 것도 평판과 소문 때문이다. 비어트리스와 "만날 때마다 언쟁을 벌이던"(1.1.59) 베너딕은 "그녀를 사랑하지 않으면 난 유대인이다"(3.1.253)라고 다짐하기에 이르고, "내 눈에는 그녀가 여태껏 본 가장 사랑스러운 여자"(1.1.176)라던 클로디오는 히어로를 "썩은 오렌지"(4.1.30)로 몰아세운다. 특히 히어로의 순결을 둘러싼 오해와 소동은 셰익스피어의 전체 작품을 통틀어 남성의 불안감과 편집증을 가장 적나라하게 드러낸다. 악의적으로 조작된 "겉모습"(4.1.54)이 모든 삶을 지배하고, "히어로의 부정에 대한 그럴듯한 진실"(2.2.44)이 매춘부를 탄생시킨다. 이 미혹과 망상의 촌극은 '상남자' 클로디오가 대표하는 가부장제 사회가 얼마나 광적으로 여성의 순결과 정절에 집착하는지, 또한 그 집착이 얼마나 터무니없고 파괴적인지를 여실하게 보여준다.

그래서 『헛소동』의 결말은 상쾌하지도 유쾌하지도 않다. 히어로의 순결을 의심하지 않는 사제는 파탄에 직면한 결혼을 안타까워하며, 그녀와 똑같이 생긴 사촌을 클로디오와 결혼시키는 '사촌 쌍둥이' 작전을 고안한다. 정조를 잃은(정확히 말하면, 잃은 것으로 여겨지는)

여성은 사회적 죽음에 처하는 것이다. 히어로가 조작된 소문에 의해 부정한 여자로 매도당했음에도, 그들은 히어로가 이미 신부의 자격을 잃어버렸다고 보는 것이다. 죽은 줄 알았던 히어로가 눈앞에 나타나자 아버지 레오나토는 "훼손된 명예가 살아 있는 동안 그 애는 죽었소"(5.4.66)라고 한다. '헛소문' 때문에 '헛소동'을 벌인 가부장제 사회의 모순을 압축한 구절이다. "또 다른 히어로"(5.4.62)를 만들어 내어 균열을 봉합하는 사제의 기획도 씁쓸한 여운을 남긴다. "이상한 상처는 이상한 방식으로 치료해야 낫는 법. 자, 아가씨여, 죽어서 살아나요"(4.1.252-53)라는 그의 대사는 문제도 해결책도 비정상임을 스스로 인정하고 있다. 낭만 희극의 행복한 결말을 위해 '오염된' 신부를 죽인 후 '순결한' 신부로 부활시키는 사제의 '묘수'는 순결 이데올로기의 모순을 훤히 들여다보면서도 그것을 폐기하자고 제안하지는 못하는 남성 작가 셰익스피어의 궁여지책(窮餘之策)이다. 다만 셰익스피어는 사랑하는 여인이 정숙하다는 사실(혹은 소문)이 그렇게도 중요한 것인지 아니면 '아무것도 아닌 것'인지를 되새겨보도록 관객에게 요청할 뿐이다.

낭만 희극은 아니지만 『트로일러스와 크레시다』도 『헛소동』처럼 연인의 정절에 집착하는 남자가 주인공으로 등장한다. 희극, 사극, 비극, 문제극, 비희극 등으로 다양하게 분류되어온 『트로일러스와 크레시다』는 애매한 장르만큼이나 주제도 모호하고 불확실하다. 호메로스의 『일리아드』에 나오는 전쟁영웅들을 색다른 시각에서 재해석한 이 극은 셰익스피어의 여타 극에서 억측과 망상의 산물에 불과한 여주인공의 부정(不貞)을 플롯의 한 축으로 삼고 트로일러스와 크레시다의 '흔들리는 사랑'을 어두운 색조로 그려낸다. 이 씁쓸한 러브 스토리의 초점은 크레시다가 변심하는 과정과 연유, 그리고 이를 지켜보는 트로일러스의 불안하고 비통한 심정에 맞추어져 있다. 트로

이 전쟁의 격랑에 부유(浮遊)하는 이들의 사랑은 덧없는 삶, 타산적인 인간관계, 뚜렷한 가치의 부재 같은 전환기의 위기의식을 고스란히 담아낸다. 플롯은 비극이 아니지만, 이 극의 분위기는 셰익스피어의 여느 비극보다 더 음울하다.

셰익스피어가 재구성한 크레시다는 정숙하고 조신한 '이상적 여성'이 아니다. 마치 풍부한 이성 경험을 자랑이라도 하듯 크레시다의 언어는 성적 함의로 가득하며, 숙맥 같은 구애자인 트로일러스를 안달하게 하면서 능숙하게 관계를 주도한다. 하지만 셰익스피어는 이들의 표류하는 사랑을 크레시다의 탓으로만 돌리지는 않는다. 그 맞은편에 자신의 이름이 후대의 허다한 문학작품에서 "진실의 진정한 원조로 인용"(3.2.176)되리라고 장담하는 트로일러스가 서 있다. 크레시다가 배신의 아이콘이라면, 그는 불신의 화신이다. 트로일러스는 크레시다와 첫 키스를 하고 뜨거운 사랑을 고백하는 바로 그 순간에도 "그녀가 맹세할 때처럼 항상 신선하게 사랑의 절개를 지킬"(3.2.156) 수 있을지부터 걱정한다.

포로 교환의 맞상대로 크레시다를 그리스로 떠나보내야 하는 상황에서도 "대책이 없다"(4.4.54)라고 체념하는 트로일러스는 그야말로 대책 없는 인물임을 확인시켜 준다.[19] "이게 사실이냐?" "이게 가능한 얘기냐?"(4.4.29, 31)라며 가기 싫다고 애원하는 크레시다와, "변

---

19) 트로일러스의 소극적이고 무기력한 모습은 셰익스피어가 참고했을 원전 텍스트들과 차이가 있다. 셰익스피어가 줄거리를 따온 초서(Geoffrey Chaucer)의 『트로일러스와 크레시다』(*Troilus and Criseyde*), 초서에게 영향을 미친 보카치오의 『사랑에 엎드러지다』(*Il Filostrato*), 그리고 보카치오가 참고한 12세기 프랑스 시인 드상 모어(Benoît de Sainte-Maure)의 『트로이의 로맨스』(*Le Roman de Troie*)에서는 격분한 트로일러스가 크레시다에게 함께 도주하자고 제안하는데, 이를 거부한 크레시다가 10일 안에 돌아오겠다는 약속을 남기고 떠난다.

치 마라"(4.4.57, 65, 73), "유혹되지 마라"(4.4.90)라고 애원하는 트로일러스의 병치는 이 극을 비극이 아닌 소극(笑劇)으로 만드는 장면 중 하나다. 트로일러스의 영웅답지 못한 모습은 크레시다가 그리스 진영에서 적장 다이오미디스의 유혹에 넘어가는 현장을 먼발치에서 숨어서 바라보기만 하는 장면에서 한층 더 두드러진다. 앞으로 나설 용기가 없어서 "시들어버린 절개"(5.2.48)만 한탄하고 있는 트로일러스는 고대 서사시와 비극에서 재현된 비운의 트로이 왕자와는 거리가 멀다. 원전에서 트로이 성이 함락되면서 아킬레스의 칼에 쓰러지는 그의 운명은 이 극에서는 더 관심을 끌지 못한다.

『트로일러스와 크레시다』를 지배하는 불신과 배신의 기운은 남녀 주인공뿐만 아니라 남성 영웅들에게도 적용된다. 이 극에는 중상주의 언어가 널려 있고, 상대주의 가치관과 회의론적 세계관이 팽배해 있다. 헥터에게 "가치란 스스로 평가되기도 하지만 그것을 평가하는 사람에 따라 견적과 값어치가 매겨지는 것"(2.2.54-56)이고, 아킬레스는 남자의 명예를 "지위, 부귀, 총애 같은 외적인 것에 따르는 우연의 포상"(3.3.81-83)으로 보며, 율리시스는 사랑도 우정도 공적도 다 "시샘하고 비방하는 시간에 종속"(3.3.174-75)된다고 말한다. 셰익스피어의 초청으로 근대의 문턱에 이주한 이 고대 영웅들은 모든 질서가 뒤집히고 허물어지는 사회변동의 한가운데서 길을 잃고 헤매고 있다. 율리시스의 구절을 더 인용하면, "시간"(Time)은 "거대한 배은망덕의 괴물"인 "망각"의 전대를 등 뒤에 짊어지고 "유행 쫓아다니는 주인" 같아서, "떠나는 손님과는 작별의 악수도 제대로 하지 않고 오는 손님은 버선발로 달려나가 껴안는다."(3.3.166-69) 그래서 남성성의 원형적 모델이었던 호메로스의 영웅들도 하나같이 풍자의 대상으로 전락한다. 『일리아드』의 백미에 해당하는 헥터와 아킬레스의 결투마저 이 극에서는 기회주의자의 허망한 승리로 끝난다. 남성의 의리와 용맹이 타산적인 이해관계 앞에서는 무의미하고 무기력해지는 것이다.

이처럼 냉소적인 회의론이 팽배한 사회풍토에서 여성의 정절은 그야말로 '아무것도 아닌 것'이 된다. 남성 영웅들의 눈에 비친 헬렌과 크레시다는 "아무 때나 굴러떨어지는 전리품이요 노름해서 따는 암컷들"(4.5.63-64)이며, 이들을 쫓아다니는 파리스와 다이오미디스는 "김빠진 술통에서 찌꺼기라도 건지겠다고 보채는 오쟁이 진 놈 같고 화냥년 가랑이에서 후손 얻는다고 좋아하는 색골 같다."(4.1.63-66) 중세와 르네상스의 연애 시에서 찬미와 숭배의 대상이었던 여성이 이 극에서는 상품으로 거래되며, 그 거래를 성사시키기 위해 "수천 척의 배를 진수하고 왕관 쓴 왕들은 상인으로 변신한다."(2.2.81-83) 셰익스피어는 사랑의 맹세를 깨트리는 여자들뿐만 아니라 그 여자들을 놓고 '아귀다툼'을 벌이면서도 그들을 매도하고 폄훼하는 남자들도 '싸잡아' 비판의 저울대에 올린다. 그들 모두 "변덕스러운 운명의 궁궐 바닥을 기어 다니고" "그 여신의 눈에 들려고 얼간이 노릇을 할"(3.3.135-36)뿐이다.

"장가가시오, 장가가시오, 뿔로 장식된 지팡이보다 더 성스러운 건 없답니다."(5.4.120-21) "그건 아무리 지혜로운 자라도 감염되는 두려움입니다. 그것이야말로 정직한 자도 용인할 수밖에 없는 부득이한 약점입니다."(1.2.259-62) 첫 번째 구절은 『헛소동』의 마지막 장면에서 베너딕이 친구들에게 아내의 부정을 미리 겁내지 말고 자기처럼 결혼하라고 권하는 대사다. 그다음 구절은 『겨울 이야기』에서 아내의 부정을 의심하고 분노와 수치심에 치를 떠는 리안티즈에게 그의 신하 카밀로가 건네는 간언(諫言)이다. 두 구절은 '오쟁이 지는 것' 또는 그것에 대한 두려움이 모든 남성의 숙명이자 가부장제 사회의 보편적 증후임을 말하고 있다. 이는 또한 독신주의자가 아니었을 셰익스피어가 그의 관객들에게 넌지시 던지는 충고이기도 하다. 그 것이 자신의 경험에서 우러러나온 것이든 선행 작품들에서 영감을 받은 것이든, 셰익스피어는 불안이 사랑과 결혼의 '비용'임을 증언한다.

셰익스피어가 여성의 순결과 정조를 가장 '흥미로운' 주제 가운데 하나로 취급하는 것은 그만큼 그것이 당시에 민감한 사회적 현안이었음을 반증한다. 셰익스피어가 의도한 것인지는 확실하지 않지만, 남성의 불안을 집중조명하는 그의 텍스트 행간에는 여성의 욕망이 꿈틀거리고 있다. 그것은 사랑의 이름으로 무마하고 결혼과 가정이라는 제도 안으로 포섭하며 정절 이데올로기로 포장하려고 했으나, 완전히 봉쇄할 수 없었던 욕망이다. 르네상스가 계급과 종교를 포함한 뭇 심급에서 변화의 목소리가 불거진 시대였을진대, 젠더 관계도 예외였을 리 없다. 그 징후를 감지한 '남성 작가' 셰익스피어는 여성을 욕망의 주체로 전면에 내세우지는 못하고 남성 관객에게 불안을 참고 살라고 당부할 따름이다. 여성의 정절을 놓고 숭배와 혐오 사이에서 바쁘게 움직이던 셰익스피어의 깃털 펜은 결국 체념 섞인 승복으로 작품을 마무리 짓는다. 인생도 사랑도 원래 그런 거라고. 그러니 '괜한 야단법석' 피우지 말라고.

4 '가족 로맨스'의 씁쓸한 뒷맛

셰익스피어의 낭만 희극과 후기 로맨스는 저작 시기뿐 아니라 주제와 플롯에서도 구분이 된다. 두 장르 모두 정체성의 상실과 회복, 또는 단절에서 화해로의 전환이라는 공통된 서사구조를 지니지만, '행복한 결말'에 도달하는 과정에서는 차이가 있다. 펠퍼린(Howard

Felperin)에 따르면, 셰익스피어의 낭만 희극과 로맨스는 "한층 더 새롭고 고양된 사회의 확립"을 향해 나아가는 점에서는 유사하지만, 등장인물들이 극복해야 하는 "장애물"의 강도가 다르다. 예를 들어 『좋으실 대로』에서는 뱀과 사자가 사람의 생명을 위협할 뿐이지만 『겨울 이야기』에서는 실제로 곰이 사람을 잡아먹고 폭풍으로 인명 피해가 발생하며, 『베니스의 상인』에서 세 상자 게임은 남편감을 고르는 통과의례인데 비해, 『페리클리스』에서 폭군의 수수께끼는 풀어도 죽고 못 풀어도 죽는 불가피한 숙명이다. 따라서 셰익스피어의 로맨스에서는 봉착하는 난관이 더 험난한 만큼 그것을 헤쳐가는 방식도 더 초자연적이다. 인간의 힘으로 해결 불가능한 문제가 마법이나 신의 개입(deux ex machina)으로 마무리되고, 폭풍과 난파의 위험에서 살아남은 등장인물들은 행복한 타락(felix culpa)이라는 기독교적 역설을 경험한다. 이러한 장르의 차이를 두고 펠퍼린은 "세속적인" 낭만 희극보다 "종교적인" 로맨스의 규모가 더 광대하며, 전자가 등장인물들의 눈높이 "안에서" 사건을 풀어간다면 후자는 그 "위에서" 내려다본다고 설명한다.[20]

셰익스피어의 낭만 희극과 로맨스의 또다른 차이점은 각각 결혼 전(before)과 후(after)에 초점을 맞춘다는 데 있다. 대부분의 낭만 희극이 젊은 남녀가 사랑에 빠지고 결혼에 이르는 과정을 다루는 데 비해, 로맨스는 결혼 이후에 부부가 가정의 위기를 극복해가는 과정을 보여준다. 그런 점에서, 셰익스피어의 후기 로맨스는 일종의 '가족 로맨스'다. 가족관계의 단절과 회복이 플롯의 뼈대를 이루는 셰익스피어의 로맨스는 남편과 아내 또는 부모와 자식이 불륜의 의혹과 출

---

20) Howard Felperin, *Shakespearean Romance*, Princeton: Princeton University Press, 1972, pp.57-70.

생의 비밀을 품은 채 헤어졌다가 우여곡절 끝에 다시 만나면서 숨겨졌던 신분이 밝혀지고 깨어졌던 가정이 완전체로 거듭나는 파노라마를 펼친다. 물론 험난한 여정이 남기는 로맨스의 "쑵쓸한 달콤함"은 낭만 희극의 "달콤함"과 대조가 된다. 상실한 것이 완전히 회복되지 않고, 재생이 탄생과 똑같지는 않기 때문이다.[21]

그런데 셰익스피어는 낭만 희극에서처럼 네 편의 후기 로맨스에서도 딸의 순결과 아내의 정조를 계속 중대한 사회적 '문제'로 조명한다. 『페리클리스』『심벌린』『겨울 이야기』『태풍』에서 가족의 위기를 초래하는 것도 그 위기를 극복하는 것도 결국 여성의 정절과 연관되어 있다. 사랑을 얘기하는 로맨스가 "쑵쓸한" 뒷맛을 남기는 이유도 딸과 아내의 '몸'을 둘러싼 갈등이 워낙 치열하기 때문이다.

『페리클리스』는 공간이동이 가장 많은 셰익스피어 작품이다. 이 극의 주인공 페리클리스는 전반부에서 결혼할 여자를 구하는 여정을 완수하고, 후반부에서는 잃어버린 아내와 딸을 찾아 나서는 여정을 이어간다. 타이어→앤티악→타이어→탈서스→펜타폴리스→타이어→탈서스→타이어→탈서스→타이어→탈서스→미틸리니→에퍼서스로 이어지는 페리클리스의 끊임없는 여정은 가족의 이별, 방랑, 재회라는 로맨스 서사구조로 수렴된다. 이 과정에서 페리클리스는 항해할 때마다 폭풍우를 만나 난파당하고, 아내 타이사는 선상 출산 후에 바다에 던져지고, 딸 마리나는 못된 양부모에게 맡겨졌다가 사창가에 팔려가는 등 모든 가족이 감내하기 힘든 역경과 고초를 잇달아 겪는다. 그런데 이 지난한 여정의 핵심은 죽은 줄 알았던 타이사가 정절을 지켰는지, 해적에게 납치당해 사창가로 넘겨진 마리나가 순결을 지켰는지를 확인하는 데 있다.

---

21) 같은 책, p.62.

『페리클리스』에서 사창가 장면이 유난히 장황하게 설정된 것도 그 때문이다. 마리나는 "한 번도 찢긴 적이 없고"(4.5.47-48), "아직 길들이지 않았으며"(4.5.67) "오입질하고 나서 의사가 필요 없는"(4.5.33-34) "숫처녀"(4.5.100)로 사창가에 홍보된다. 마리나는 그녀를 이용해 한몫 챙기려는 포주와 그런 "상품"(4.2.27-28)을 찾는 남자들의 겁박과 회유에 시달리지만, 끝까지 굴하지 않고 "난 남자가 스쳐 간 적이 없는 처녀막을 고이 지키겠다"(4.2.139)라는 결심을 이행한다. 이에 대한 '보상'으로 마리나는 사창가에서 마리나를 취하려다 뉘우친 미틸리니의 총독 라이시머커스와 결혼하고, 정절의 여신 다이애나의 신전에서 사제로 지내던 타이사는 남편과 감격스러운 해후를 한다. 아내와 딸의 '더럽혀지지 않은' 몸이 가족 로맨스의 행복한 결말을 보장하는 것이다.

『심벌린』에서는 가족, 국가, 국제관계의 세 층위에서 갈등과 화해의 이야기가 전개된다. 아버지와 딸, 그리고 남편과 아내의 이별과 재회가 미시적 서사구조를 형성하고, 그 배후에 앵글로색슨 민족의 수난과 번영이 거시적 서사구조를 형성한다. 로마 제국의 식민지였던 브리튼은 독립전쟁에서 승리하고 로마와 화해한 후 자발적으로 조공을 바치는 대등한 국가로 격상한다. 잉글랜드의 조상 격인 브리튼이 위대한 제국의 유산을 계승하는 동시에 그 그늘을 벗어나 민족국가로 발돋움하는 것이다. 그런데 개인과 가족과 국가의 운명이 맞물려 전개되는 이 복합적인 서사의 기저에 순결 이데올로기가 작동한다. 이모젠의 가명(Fidele)이 암시하듯, 여주인공의 정절(fidelity)을 시험하고 또한 보존하는 것이 이 극 '이면'(裏面)의 핵심 과제다. 여성의 '깨끗한' 몸이 영화로운 민족국가를 건설하는 제국주의 기획의 '밑바탕'이 되는 것이다.

하지만 그 과정은 전혀 영화롭지 않다. 어이없게도 이모젠의 정절은 남자들의 허세 경쟁을 위한 제물이 된다. 이모젠을 세상 어떤 여자보다 더 "아름답고, 고결하고, 현명하고, 정숙하고, 성실하고, 완벽하며, 어떤 유혹에도 끄떡없다"(1.4.60-62)라고 굳게 믿는 잉글랜드 신사 포스추머스와 "세상 어떤 여자도 무너뜨릴 수 있다"(1.4.115-16)라고 호언장담하는 이탈리아 한량 이아키모가 이모젠의 정절을 놓고 내기를 한다. 이모젠에게 접근했다가 퇴짜맞은 이아키모는 침실에 잠입해 포스추머스가 "사랑의 족쇄"(1.1.123)로 준 팔찌를 훔치고 "그녀의 왼쪽 가슴에 난 사마귀"(2.2.36-37)를 확인한 후, 그것을 포스추머스에게 "그녀의 지조 없음을 확인"하는 "물증"(2.4.119, 127)으로 제시한다. 이에 포스추머스는 자기 아내가 "창녀의 이름을 획득했다"(2.4.128)라고 격분하면서 하인에게 이노전을 살해하라고 지시한다. 포스추머스의 아래 독백은 남성의 불안과 질투가 얼마나 독성이 강한지를 여실히 보여준다.

남자들이 반쪽짜리 조력자인 여자들 없이
살아갈 길이 없을까? 우린 모두 사생아다.
내가 아버지라 불렀던 그 덕망 높은 분도
나를 찍어낼 때는 어디에 있었는지 모른다.
난 위조범이 자기 공구로 찍어낸 짝퉁이야.
하지만 어머니는 그 시절의 다이애나였고,
지금의 내 아내도 비할 데 없는 귀감이지.
그래 복수하자, 복수! 내가 응당 누려야 할
침실의 쾌락도 참으라고 간청하던 여자였어.
수줍어서 피어난 홍조는 너무나 매혹적이라
늙은 새턴 신이 봐도 식은 욕정이 끓었겠지.
내겐 방금 내린 흰 눈처럼 정결한 여자였어.

오, 이 마귀들아! 그 시샘 많은 이아키모가

그녀를 보자마자 첫눈에 한마디 말도 없이

도토리로 잔뜩 배를 불린 독일 멧돼지처럼

'우와!' 하고 소리 지르며 그녀를 올라탔겠지.

그놈이 예상했던 만큼의 저항만 있었을 뿐,

그녀도 그놈을 거부하지도 않고 받아들였어.

내 안에도 여자의 속성을 찾아볼 수 있을까.

악을 부추기는 충동은 다 여자의 속성이야.

거짓말, 아첨, 기만, 욕정과 음탕한 생각들,

앙갚음, 야심, 탐욕, 예측 불가능한 거드름,

업신여김, 고상한 척하는 욕망, 비방, 변덕,

이름 붙여진 모든 죄악, 지옥의 모든 죄악,

전부든 부분이든, 아니 전부라고 해야 옳지,

이 모든 것들이 여자의 속성임이 틀림없어.

여자들은 악행에서조차 일관성이 없다니까.

일 분 지난 악을 삼십 초 된 악으로 바꾸지.

난 여자를 비난하고 혐오하며 저주할 거야.

하지만 고단수는 여자들을 정말 미워하면서

그들이 욕심을 이루도록 기도해주는 것이지.

마귀들도 그보다 더 잘 괴롭힐 수는 없어.(2.5.1-34)

　　망상과 편견의 응축물인 포스추머스의 독백은 셰익스피어 극의 그 어떤 대사보다 더 비속하고 자극적이다.[22] 셰익스피어는 여기서

---

22) 이 극의 아든판 편집자(Valerie Wayne)에 따르면, 위폐를 "찍어내는"(stamp) 행위는 성교 동작, "수줍어서 피어난 홍조"(a pudency so rosy)는 흥분한 여성의 질, "방금 내린 흰 눈"(unsunned snow)은 섹스 경험이 없는 여성, "도토리

성적인 함의를 지닌 표현을 사용해 포스추머스의 독백 행간에 외설을 틈입함으로써 그가 쏟아내는 극도의 여성 혐오와 비하가 남근 중심적 환상의 산물임을 암시하고 있다. 아담 갈비뼈의 일부(the man's part)를 떼어 내어서 이브를 만들었다는 천지창조의 일화를 상기하더라도, 포스추머스가 열거하는 "여자의 속성"(the woman's part)은 남자의 속성인 불안과 집착을 성적 타자에게 전이하고 투사한 것임을 역설적으로 말해준다.

하인이 지시를 따르지 않아 목숨을 부지한 이모젠은 '피들레'라는 남자애로 변장해 온갖 우여곡절을 겪은 끝에, 뒤늦게 자신의 잘못을 깨닫고 뉘우친 남편과 재회한다. 그 과정에서 셰익스피어의 다른 작품에서도 종종 등장하는 변복, 반지, 수면제, 유령의 모티프가 이 극에서도 로맨스 장르 특유의 거듭되는 반전을 가져온다. 이모젠의 '결백' 덕분에 심벌린은 잃었던 두 아들을 되찾고, 브리튼에는 "평화의 화음"(5.4.466)이 울려 퍼지며, 인정받지 못한 결혼을 했던 포스추머스와 이모젠은 당당한 부부의 관계를 획득한다. 1막에서 "그녀의 연인이 아닌 숭배자"(1.4.71)를 자처한 남편에게서 "오직 신들만이 주실 수 있는 선물"(1.4.87-88)이라고 극찬을 받았던 이모젠은, 5막에서 "그녀는 정절의 신전이자 정절 그 자체"(5.5.220-21)라는 찬사를 다시 받을 뿐 아니라, 그녀를 유혹하려던 이아키모로부터도 "정절을 맹세한 모든 여자 중에 가장 진실한 공주"(5.5.415-16)로 인정받는다. 『심벌린』은 여주인공의 정절이 알파와 오메가인 남성 판타지다.

남성의 불안과 질투가 얼마나 파괴적인지를 보여주는 또 하나의

로 잔뜩 배를 불린 독일 멧돼지"(a full-acorned boar, a German one)는 발기한 남성의 음경, "예상했던 만큼의 저항"(opposition but what he looked for should oppose)은 삽입할 때의 의례적인 거부의 몸짓을 암시한다.

사례가 『겨울 이야기』다. 같은 주제를 다룬 『오셀로』에서는 주인공이 그럴 만한 이유가 있었다. 오셀로와 데즈데모나 사이에는 인종의 장벽과 나이의 격차가 가로놓였을 뿐더러 누구라도 속아 넘어갈 수밖에 없는 이아고의 계략과 즉흥연기가 개입했다. 그러나 『겨울 이야기』에서 리안티즈가 아내의 불륜을 의심하는 근거는 터무니없다. 시칠리아 왕 리안티즈와 보헤미아 왕 폴릭시니스는 어린 시절부터 변함없는 우정을 쌓아온 죽마고우(竹馬故友)다. 폴릭시니스는 시칠리아에 와서 리안티즈와 9년간 함께 지내다가 나랏일로 보헤미아에 다시 돌아가야 하는 상황이다. 그러나 리안티즈는 자신이 아무리 간청해도 더 오래 머무를 수 없다던 폴릭시니스를 허마이어니가 간단히 설득했다는 이유 하나만으로 느닷없이 허마이어니와 폴릭시니스의 부적절한 관계를 의심한다. 두 사람의 화기애애한 대화와 정다운 표정을 불륜의 증거로 확신한 리안티즈는 허마이어니를 "헤픈 여자"(1.2.271), "아무나 올라타는 창녀"(1.2.274), "결혼서약도 안 하고 가랑이 벌리는 천한 년"(1.2.275-76), "간음한 여편네"(2.1.78, 88), "반역자"(2.1.89), "잠자리 옮겨 다니는 년"(2.1.93)으로 매도하며, 자신을 "달걀처럼 빼닮은"(1.2.130) 아들도 두 사람 사이에 생겨난 사생아로 의심한다.

리안티즈의 의심은 확신으로 돌변한다. "우정을 너무 섞다 보면 살을 섞게 마련"(1.2.109)이라고 단정한 리안티즈는 "불가능한 것을 가능케 하는 감정"(1.2.138)의 노예가 된다. 처음에는 친구와의 "우정"(1.1.24)을 뜻했던 "감정"(affection)이 여기서는 아내의 "욕정"을 의심하는 그의 "불안정한 정신상태"를 가리키고, 이는 곧바로 마음의 "병"(infection)으로 자리 잡는다. 리안티즈도 자신의 상상이 "사실이 아닌 것과 공모해 전혀 없는 것(nothing)의 짝이 되고, 조금이라도 그럴듯하면 뭔가 있는 것(something)과 결합하며, 아무런 근거 없이 내 마음에 병을 일으키고 내 이마에 뿔을 돋게 한다"(1.2.141-46)라는 것을 알고 있다. 하지만 불안과 의심의 토양에 "두껍고 깊숙이 뿌리 내린 양다리 뿔"(1.2.185)은 리안티즈의 삶을 부식시키고 온 나라를 황폐화한다. 그의 신하들이 "정말 위험한 그 병적인 생각을 고치려고"(1.2.294-96) 아무리 이치에 맞는 설명을 해도 귀에 들어오지 않는다. 심지어 허마이어니의 무죄를 알리는 아폴로의 신탁마저 리안티즈의 광기 앞에서는 무용지물이다. 리안티즈는 죽마고우를 독살하라는 명령을 내리고, 그 명령을 거부하는 충신을 추방하며, 왕위를 계승할 외아들과 정숙하고 아름다운 아내와 갓 태어난 딸을 죽음으로 내몬다.

가장 우습고도 서글픈 아이러니는 리안티즈의 "근거 없는" 의심이 『헛소동』에서처럼 "아무것도 아닌 것"에 근거한다는 데 있다. 신하 카밀로가 불합리하고 해로운 상상을 중단하라고 간언해봐도 리안티즈는 아내와 친구를 향한 분노와 증오를 주체하지 못한다.

귓속말하는 것이 아무것도 아니란 말이냐?
코를 비비는 것도? 입술을 빨아대는 것도?
한껏 웃어젖히다가 한숨으로 그치는 것도?
그것은 정절을 깨트리는 확실한 증거이지.
등 위에 올라타고, 구석에서 붙어먹는 것도?
일각이 여삼추인 듯 시계를 재촉하는 것도?
대낮에도 한밤이 오기를 학수고대하는 것도?
남들 눈은 백내장이고 지네들 눈만 성하냐?
못된 짓이 눈에만 안 띄면 아무것도 아니냐?
그러면 세상만사가 아무것도 아니란 말이냐?
그게 아무것도 아니라면, 머리 위의 하늘도,

보헤미아도, 내 아내도 다 아무것도 아니지.(1.2.282-94)

셰익스피어는 여기서 다시 한번 가부장제 사회의 폭력성과 취약성을 여실히 보여준다. 여성을 부재와 결핍으로 간주하는 남성이 그 "아무것도 아닌 것" 때문에 자신의 모든 것을 걸고 또한 모든 것을 잃는 과정을 답습하는 것이다. 이마에 상상의 '뿔'을 단 셰익스피어의 여느 남성 주인공들과 마찬가지로, 리안티즈의 의심은 편집증과 피해망상으로 치닫는다. 손수건 한 장을 "눈에 보이는 증거"로 믿었던 오셀로처럼, 리안티즈도 "우정"과 "환대"의 몸짓을 "못된 짓"의 "확실한 증거"로 둔갑시킨다. 신체 부위에 대한 구체적인 상상이 논리적 비약과 결합하면서 "조금이라도 그럴듯한" 꼬투리가 "분별력"(1.2.269)을 완전히 마비시키는 것이다. 친구와 아내를 향해 "인간이 어찌 이리 빗나갈 수 있단 말인가?"(1.2.331)라고 개탄해마지않는 리안티즈의 대사는 실은 자신이 처한 "불안정한 정신상태"의 "정곡을 찌르고"(1.2.138) 있다.

리안티즈의 광기는 값비싼 대가를 치른다. 아내와 갓난 딸을 죽게 내버리고 어린 아들까지 병으로 잃은 리안티즈는 16년 동안 참회와 인고의 세월을 보낸 후에야 화해의 기회를 얻는다. 『헛소동』에서 '죽었던' 히어로가 쌍둥이 사촌으로 '환생'하듯이, "생명 없는 모조품"(5.3.15) 같았던 허마이어니의 석조상이 '소생'하면서 리안티즈의 "병적인 의심"(5.3.149)에서 비롯된 '헛소동'이 막을 내린다. 리안티즈가 "예술에 기만당했다"(5.3.68)라고 표현하는 허마이어니의 변신 장면은 "예술"과 "마술"(5.3.104, 110)의 차이를 무색하게 하는 동시에 르네상스 문학의 화두였던 예술(Nature)과 자연(Art)의 긴장이 변증법적으로 통합되는 순간을 연출한다. 양털 깎기 축제에서 플릭시니스가 "자연을 개량하고 변화시키는 것이 예술이지만, 예술 그 자체가 자연이다"(4.4.95-97)라고 얘기했듯이, 시간의 나이테까지 담은 허마이어니의 "살아 숨 쉬는" 석조상은 삶과 예술, 현실과 소망, 현재와 과거를 하나로 통합한다.

그런데 이 경이로운 갱생과 통합의 순간에 허마이어니가 보이는 묘한 반응이 눈길을 끈다. 리안티즈가 재회의 벅찬 기쁨을 만끽하는 것과는 대조적으로, 허마이어니의 관심은 오로지 딸 퍼디타에게로 향한다. "네가 살아 있다는 희망의 신탁을 전해 들었기에 난 그 결말을 보려고 여태껏 삶을 부지했다"(5.3.126-28)라는 의미심장한 한 마디는 허마이어니의 복잡한 심경을 대변하는 듯하다. 남편의 턱없는 의심 때문에 옥중에서 출산하고 눈물과 한숨으로 속절없는 세월을 견뎌온 허마이어니는 '끝이 좋으면 다 좋아' 식의 희극적 '해피엔딩'이 편하지만은 않을 것이다. 어쩌면 이 극은 가부장제 사회가 베푸는 용서와 화해의 잔칫상에 허마이어니를 초청할 뿐만 아니라 그녀에게 참석을 강요하고 있는지 모른다. 상처는 봉합되었으나 그 흔적은 남아 있음을 "명예로운 남편"(5.3.143)으로 거듭난 리안티즈가 알고 있을까?

셰익스피어의 마지막 로맨스 『태풍』에서는 딸의 순결이 아버지의 가장 소중하고 불가결한 정치적 자산이 된다. 동생의 배신으로 무인도에 추방된 밀라노의 제후 프로스페로는 마술을 사용해 딸 미랜다와 정적 알론소의 아들 퍼디난드를 결혼시킴으로써 자신의 지위를 되찾는 데 성공한다. 『태풍』은 아버지와 딸이 잃었던 정체성을 회복하고, 서로 죽은 줄 알았던 아버지와 아들이 재회하며, 젊은 남녀의 결혼으로 새로운 시대를 여는 '가족 로맨스'의 전형적 양식을 재연한다. 이 과정에서 프로스페로가 가장 우려하는 것은 퍼디난드와 미랜다의 혼전 섹스다. 딸의 순결을 권력 회복의 수단으로 삼으려는 프로스페로는 딸과 예비사위에게 결혼식 전까지 절대로 "선을 넘지 말라"고 거듭 당부하며, 만약 이를 무시할 경우 두 사람의 결혼은 아버지의 저주가 깃든 악몽으로 변할 것이라고 경고한다. 프로스페로가 딸의 순결을 자신의 정치적 거래와 협상을 위한 필수품으로 인식하기 때문이다.

퍼디난드와 미랜다는 첫 만남부터 예사롭지 않다. 이들은 서로를 "여신"과 "정령"으로 생각하며 "만나자마자 눈이 맞아버린다"(1.2.441-42). 퍼디난드의 첫 질문은 "그대는 처녀인가요 아닌가요?"(1.2.428)다. "저는 분명히 처녀예요"(1.2.429)라는 미랜다의 대답을 듣고 난 퍼디난드는 "오, 당신이 처녀라면, 당신의 사랑이 딴 데로 간 적이 없다면, 난 당신을 나폴리의 왕비로 삼겠소"(1.2.448-50)라고 화답한다. 첫눈에 반하는 사랑임에도 처녀성이 사랑의 공공연한 전제조건이 된다.

사실 두 남녀는 상반된 이유로 사랑에 빠진다. 외딴섬에 유배된 아버지의 품 안에서 자라온 미랜다는 "내 평생에 만나본 세 번째 남자이자 한숨을 짓게 한 첫 번째 남자"(1.2.446-47)인 퍼디난드를 맹목적으로 사랑하지만, "내가 곧 나폴리 왕"(1.2.435)이라 생각하는 퍼디난드는 적출(嫡出) 왕위계승자를 낳아줄 "처녀"라서 미랜다를 선택한다. 둘의 이성 경험은 판이하다. 퍼디난드는 "허다한 여자들과 눈이 맞았던"(3.1.39-40) 한량인 데 반해, 미랜다는 "남자라고는 선량한 친구인 당신과 사랑하는 아버지밖에 본 적이 없는"(3.1.50-52) 요조숙녀다. 더구나 이전에 만났던 양반집 규수들의 부정(不貞) 즉 "가장 고귀한 매력을 깎아 먹는 결점"(3.1.44-45)에 번번이 실망했던 퍼디난드로서는 "내 지참금의 보배인 순결을 걸고 맹세커니와 이 세상에 당신 이외에는 친구가 필요 없고, 당신 말고는 좋아할 형상을 상상할 수 없어요"(3.1.50-52)라고 수줍은 듯 당당하게 고백하는 미랜다가 "너무나 완벽하고 비길 데 없는 최고 걸작품"(3.1.47-48)이 아닐 수 없다. 지극히 낭만적인 것처럼 보이는 이들의 사랑이 실은 지극히 정치적인 거래인 셈이다.

프로스페로의 계획은 예상치 않았던 난항에 부딪힌다. 자신의 처녀성을 지켜야 할 미랜다가 오히려 퍼디난드보다 더 적극적으로 구애하기 때문이다. "너무 쉽게 탄 상은 가볍게 여길까 봐"(1.2.452-53) 걱정하는 프로스페로는 딸과 예비사위의 사랑을 지연시키려고 안간힘을 쓴다. 미랜다와 퍼디난드를 자신의 정치적 디딤돌로 이용하면서도 그들의 사랑에는 걸림돌이 되려는 것이다. 프로스페로와 퍼디난드, 미랜다의 갈등과 미묘한 신경전은 결혼식 직전까지 계속된다. 처녀성이 결혼 조건인 남자와 처녀성을 지참금으로 내세우는 여자의 호혜적 만남임에도, 혼전순결에 집착하는 아버지로서는 딸의 성급한 행보가 불안 요소로 다가온다.

숨김이나 꾸밈과는 거리가 먼 딸이 못 미더운 아버지는 예비사위를 압박하는 수밖에 없다. 때로는 마술의 힘으로, 때로는 회유하는 대화로 퍼디난드를 통제하던 프로스페로는 혼인과 다산의 신들이 강림해 결혼식을 축하하는 가면극을 공연하기 직전까지 그에게 혼전순결의 약속을 지키라고 거듭 당부하고 또한 겁박한다. "만약 그대가 완전하고 거룩한 격식에 따르는 신성한 예식을 치르기 전에 그녀의 처녀막을 침범하면, 하늘은 이 혼약을 숙성시키는 축복의 단비를 절대로 내리지 않을 것이다. 대신에 무자식으로 인한 미움과 눈꼴 시린 경멸과 불화가 가득하고 너희가 합방하는 침대는 서로 증오하는 잡초로 뒤덮일 것이니라. 그러므로 하이멘의 횃불이 환하게 비출 때까지 근신하거라."(4.1.15-23) "사랑의 유희가 지나치지 않도록 해라. 아무리 굳은 맹세도 혈기 앞에서는 불 속의 지푸라기에 지나지 않아 더한층 자제해라. 그렇잖으면 네 맹세도 말짱 헛것이니라." (4.1.51-54)

결국, 아버지가 딸과 예비사위에게 부과한 욕망의 제어장치는 고장 나지 않고 제대로 작동한다. 차가운 이성의 "맹세"가 미랜다의 "솔직함"과 퍼디난드의 "혈기"를 억누르는 데 성공한 것이다. 주피터의 아내 주노의 전령인 아이리스의 전언에 따르면, 비너스와 큐피드가 두 남녀에게 "음란의 마법"(4.1.95)을 걸려고 하다가 이들의 "맹세"(4.1.96) 때문에 계획이 무산되었다고 한다. 이런저런 고비를 넘긴 퍼디난드와 미랜다는 주노를 비롯한 요정들로부터 "명예, 재물, 결혼의 축복, 백년해로, 자손의 번성, 일상의 기쁨"(4.1.106-108)을 누리라는 축복을 받으며 부부의 가약을 맺는다. 프로스페로의 정치적 복권을 위한 은밀한 계획은 성공적으로 끝난다. 그 계획을 이루는 데 가장 소중한 "지참금"(3.1.54)이었던 미랜다의 "처녀막"(4.1.15)은 오롯이 보존되었다가 화해와 통합의 잔칫상에 진설(陳設)된다.

프로스페로의 정치적 복권을 위한 은밀한 계획은 성공적으로 끝난다. 그런데 이 과정에서 적나라하게 드러나는 것은 프로스페로의 불안감이다. 미랜다가 "간사한 수줍음"을 배격하고 "솔직하고 신성한 순수함"(3.1.81-82)으로 퍼디난드에 대한 애정을 표현하기 때문이다. 전지적 시점(全知的 視點)을 지닌 프로스페로는 미랜드의 행적을 그림자처럼 따라다니며 '파놉티콘' 같은 빈틈없는 감시와 통제를 시도한다. 딸의 혼전순결을 지키려는 아버지의 다짐과 노력은 강박증적 집착에 가깝다. 이것이 셰익스피어가 드러내고자 하는 가부장적 귀족사회의 아이러니다. 즉 남성의 권력이 여성의 몸을 제어하면서 동시에 거기에 의존해야 하는 아이러니다. '깨끗하게 보존된' 몸, '오염되지 않은' 몸, '침범당한 적이 없는' 몸은 성적 타자가 주체의 권력을 거래하고 강화하는 수단이 되는 것이다. 셰익스피어가 이런 가부장제의 모순을 부지중에 또는 은연중에 승인한다는 비판을 받을 수 있지만, 여하튼 그 모순을 은폐하지 않고 무대 위에 여실하게 재현한다는 점은 분명하다. 어쩌면 셰익스피어는 이러한 모순을 가부장제 사회질서의 속성이자 불가피한 현실로 받아들일 수밖에 없음을 관객에게 시사하는지도 모른다.

5 사랑과 결혼의 근대적 풍속도

셰익스피어 극의 가장 보편적인 주제는 사랑이다. 희극의 주제는 이루어지는 사랑이고, 비극의 주제는 이루어질 수 없는 사랑이다. 희극에서는 사랑을 성취하는 과정이 상실과 갈등을 수반하지만 결국 용서와 화해를 통한 결혼으로 마무리된다. 반면에 비극에서는 양립 불가능한 가치의 충돌로 인해 사랑의 열매를 맺지 못하고 파국으로 치닫는다. 그런데 이러한 장르의 차이에 상관없이, 셰익스피어가 그리는 사랑의 모습은 그리 숭고하지도 않고 아름답지도 않다. 심지어 낭만 희극에서조차 사랑은 낭만적이지 않다. 비극에서든 희극에서든 사랑과 결혼은 상반된 가치의 충돌과 협상이 전개되는 장이기 때문에 치열한 갈등과 적잖은 상실을 수반한다. 삼각관계는 기본이고, 불륜과 근친상간, 음모와 배신, 의심과 질투, 집착과 강박증 등이 셰익스피어가 쓴 거의 모든 사랑 이야기를 수놓는다. 어떻게 보면, 셰익스피어의 사랑 이야기는 요즘 소비되는 '막장드라마'의 요소를 완비하고 있다고 해도 과언이 아니다.

셰익스피어가 재현하는 사랑의 가장 중요한 속성은 물질성이다. 거의 모든 경우에서 사랑과 결혼의 가장 중요한 조건은 돈이다. 사랑이 물질적 이해관계에 종속되는 것이다. 초기 희극 『말괄량이 길들이기』에서 페트루치오는 "나는 돈 많은 아내를 취하기 위해 파두아에 왔다"(1.2.74)라고 공언하며, 캐서리나의 성격과 가치관은 개의치 않고 상속 재산만 계산하며 즉흥적으로 결혼을 결심한다. 캐서리나의 아버지 밥티스타도 별반 다르지 않다. 밥티스타는 큰딸 캐서리나보다 더 사랑하고 아끼는 둘째 딸 비앙카에게 구혼하러 몰려드는 남자들에게 "가장 많은 지참금을 내는 사람이 비앙카의 사랑을 차지할수 있다"(2.1.332-34)라며 딸의 결혼을 상업적 거래수단으로 삼는다. 이런 상황에서 진정한 사랑은 찾아볼 수 없고, 여성의 목소리도 들리지 않는다. 결혼 제안과 승낙의 모든 절차는 남자들끼리의 계약을 이행하는 것에 불과하다. 특히 캐서리나의 경우는 더 일방적이다. 장인과 사위가 북 치고 장구 치는 형국이다. 아버지가 처분하려는 물건을남편이 싼값에 구매하는 셈이다. 캐서리나는 말괄량이처럼 굴면서나름의 저항을 시도해보지만 결국 결혼 '당하고' 만다. 이들 셋은 승자와 패자가 극명하게 엇갈리는 결혼게임을 한 것이다.

그러나 이런 불균등하고 불합리한 권력관계에서 이루어진 '거래'에서 캐서리나가 단순히 가부장적 가치를 습득하고 체화했다고만보기는 어렵다. 도리어 캐서리나는 자신을 둘러싸고 옥죄는 남성중심주의적 사회질서에 맞서서 전략적 지혜를 발휘하며 돌파구를 모색한다. 결혼이라는 가부장적 제도가 페트루치오와 밥티스타에게는 남자들끼리의 게임이지만, 캐서리나는 처음에는 그 게임에 참여하기를 완강히 거부하다가 점점 거기에 발을 들여놓는다. 가부장제의 덕목인 복종을 생존전략으로 채택하고 남성의 영역 안으로 들어가서 남성의 권력과 협상한다. 이것은 편입 '당하는' 것이기도 하고진입 '하는' 것이기도 하다. 동일한 과정을 페트루치오는 포섭이라고보지만 캐서리나는 침투로 해석하는 것이다.

여성 주체성의 측면에서 자주 논의되는 『베니스의 상인』에서도 사랑과 결혼은 물질적 거래와 맞물려 있다. 바사니오/포샤, 그라시아노/네리사, 로렌조/제시카의 세 쌍이 결혼하게 되는 이 극에서 사랑은 재산상속이나 신분상승의 욕구와 분리해서 생각할 수 없다. 말하자면, 사랑과 결혼은 '아버지의 법'이 구현되는 공간이다. 세 상자 게임의 선택대상이 되는 포샤는 아버지의 유언이 자신의 결혼에 절대적인 영향력을 미치는 상황을 두고 "살아 있는 딸의 의지가 죽은 아버지의 의지에 따라 제어되고 있다"(1.2.23-24)라고 불만을 토로하고, 아버지의 소유물이나 다름없는 제시카는 "대문을 걸어 잠그고, 창문에 올라서지 말며, 길거리에 고개를 내밀지 말라"(2.5.28-31)는 샤일록의 명령으로 인해 집 안에 감금된 상태에 처해 있다. 여성의 적극적인 노력과 개입 덕분에 세 쌍은 모두 결혼에 성공하지만, 결과적으로는 결혼이 가부장적 권력과 재산을 이양하는 과정이고, 남편을 주체적으로 선택하는 여성은 이양의 매개체가 되는 것이다.

따라서 『베니스의 상인』에서는 남녀가 만나서 혼인에 이르게 되는 과정이 짧고 간단하다. 그 과정에 낭만적 사랑이 개입할 여지가 별로 없다. 바사니오와 포샤는 첫눈에 서로 반하고, 상자 고르기 테스트는 통과의례에 불과하다. 네리사와 그라시아노는 결혼할 생각이 없었지만 바사니오와 포샤의 결혼에 부화뇌동(附和雷同)하듯이 즉흥적으로 결혼을 결정한다. 제시카와 로렌조도 사랑의 도피행각 이전에 가졌을 법한 교감이 전혀 없다. 반면에 이들은 배우자 선택 시 경제적 조건을 가장 중시한다. 바사니오가 포샤에게 청혼하는 이유도 로렌조가 제시카를 좋아하는 이유도 모두 돈이다. 여성이 경제적 가치로 치환되고, 결혼은 서로가 필요한 것을 주고받는 거래로 성사된다. 남성(바사니오와 로렌조)은 여성(포샤와 제시카)에게 돈이라는 유형적 재산을 제공받고, 여성은 결혼을 통해 아버지의 억압에서 탈피하여 자율성과 주체성의 공간을 확보한다. 물론 그 공간은 넓게 보면 여전히 가부장제 위계질서하에 존재한다.

세 상자 게임을 주관하는 포샤의 전략은 무척 흥미롭다. 포샤는

'아버지의 법'이라는 테두리 안에서 자신의 욕망을 실현하려고 한다. 즉 가부장제 질서와 여성 주체의 욕망 사이에서 '현명한' 타협을 모색한다. 포샤는 온전히 체제를 거부하지도 않고 온전히 체제에 순응하지도 않는다. 대신에 체제를 인정하면서 체제의 틈새를 비집고 들어간다. 이런 협상 전략은 재판 장면에서도 계속된다. 일단 포샤는 남성의 배타적 영역인 '법' 안으로 들어가서, 남성의 외피를 걸치고 남성을 연기한다. 남성으로의 변장은 여성의 주체성을 유보하고 남성중심주의를 재생산하는 행위이기도 하지만, 동시에 남성중심주의의 모순과 허구성을 드러내는 행위이기도 하다. 하지만 셰익스피어는 이 담대하고 지혜로운 여주인공이 가부장제 질서를 와해시키는 것은 허용하지 않는다. 교란이 전복으로 이어지지 않게 하는 것이다. 셰익스피어는 온건하면서 지혜로운 방식으로 주체성을 구현한 포샤를 5막에서 성적 타자의 위치로 복귀시킨다.

극의 결말은 가부장적 권위의 회복이지만, 바사니오와 포샤의 관계는 '남성성'/'여성성'의 이분법을 잠정적으로 유보한다. 경제력과 지력에서 우월한 위치를 점유한 포샤는 바사니오와의 관계에서 늘 주도권을 잡는다. 두 남녀는 언어능력에서도 전통적인 젠더관계를 탈피한다. 포샤의 다변과 능변에 비교가 되는 바사니오의 간결한 대사들은 '남자다움'과는 거리가 있다. 안토니오 구출 작전도 자신의 재산을 사용하라는 포샤의 허락과 명령으로 전개된다. 포샤가 법학박사로 변장해 문제를 해결하는 과정도 '남성성'과 '여성성'이 연극적 수행임을 보여준다. 운명을 가르는 상자 선택을 앞두고 용맹한 남성과 아름다운 여성은 "겉모습"이요 "그럴듯해 보이는 진실"(3.2.87, 100)에 불과하다는 것을 바사니오가 깨닫게 해주었던 포샤는, 법학박사로 변장하면서도 남자다운 남자는 "교묘하게 지어낸 거짓말"과 "허세 부리는 놈들의 수천 가지 조야한 속임수"(3.4.69, 77)가 만들어낸 허상임을 네리사에게 상기시킨다.

어떻게 보면, 이 극의 플롯은 가부장적 남성 관객들에게 불편할 수 있다. 철없는 무일푼 한량이 부유하고 현명한 상속녀를 만나 성실한 남편으로 거듭나는 이야기이기 때문이다. 포샤는 사랑에 눈이 멀어 너무 쉽게 바사니오의 구애를 받아들였지만, 우월한 지력과 경제력으로 예비 남편을 '훈육'하고 '계몽'하는 데 성공한다. 포샤가 가상의 삼각관계를 펼치려고 실제 인물이 아닌 가상 인물을 내세우는 것도 우연이 아니다. 실존 인물을 삼각관계에 끌어들이면 실제로 외도를 한 셈이 되지만, 포샤는 바사니오 길들이기를 위한 속임수로 가상 인물과 바람피우는 연기를 한다. 이는 여주인공을 한순간도 정절을 잃지 않는 '깨끗한 여자'로 남겨두려는 남성 작가의 '배려'이기도 하다. 포샤는 미모, 재물, 지혜, 정절을 다 갖춘 '완벽한 여자'로 판명되면서 이 극은 행복한 결말로 나아갈 수 있다.

문제는 포샤가 너무 완벽하다는 데 있다. 아버지의 권력이 남편에게로 넘어가는 권력 이양작업을 여성이 홀로 여러 난관을 헤쳐내고 완수한다는 것은 남성중심주의 사회의 허점을 드러내는 것과 마찬가지다. 바사니오의 청혼과 안토니오의 재판 과정에서 불거지는 기독교 가부장제 사회의 위기는 "허세 부리는" 남자들이 자초한 것으로, "배움도 모자라고 학식도 없으며 세상 물정도 모르는 소녀"(3.2.159)의 개입을 통해 비로소 해결된다. 사랑과 결혼의 수동적 대상이어야 할 여성이 남성의 전유물인 '돈'과 '법'을 장악하면서 남성보다 더 적극적인 주체로 탈바꿈하는 포샤의 이야기는 분명 남성 관객들에게 묘한 여운을 남긴다. 사랑과 결혼도 남녀의 우열과 위계도 결국 '돈'에 좌우된다는 사실을 암시하기 때문이다. "내가 사는 동안 네리사의 반지를 안전하게 지키는 일 외에는 걱정할 게 없겠네요"(5.1.307)라는 그라시아노의 마무리 대사도 곱씹을수록 뒷맛이 개운치 않다. 반지를 여성 성기의 상징으로 본다면, 가부장제 사회에서 남성의 성적·경제적 불안은 결코 해소될 수 없음을 셰익스피어는 역설적으로 말하고 있다.

셰익스피어의 낭만 희극에서 다루는 또 다른 핵심 주제는 사랑의 가변성 내지는 찰나성이다. 이는 『한여름 밤의 꿈』에서 잘 드러난다. 네 명의 남녀가 짝 찾기 게임을 전개하는 이 극은 사랑의 일방성과 편향성을 강조한다. 요정 퍽이 엉뚱한 사람의 눈에 사랑의 묘약을 바르는 실수를 저지르면서, 네 남녀는 관객도 헷갈릴 정도로 엎치락뒤치락하는 혼란 속에서 모두 어긋나는 사랑, 원치 않는 사랑을 경험하게 된다. 그 과정에서 사랑은 늘 짝사랑으로 다가온다. 이는 내가 상대방을 좋아하는 만큼 상대방도 나를 좋아하는 감정의 균등 관계가 불가능하다는 것을 말한다.

이 주제는 사랑의 덧없음과 연결된다. 사랑은 예기치 않은 마법에 빠지는 것으로, 사랑에 눈이 뜨는 것은 눈이 머는 것이다. 5막에서 이 극의 무대감독 역할을 하는 테시어스가 얘기하듯이, 광인과 시인과 연인은 모두 "펄펄 끓는 머리"(seething brains, 5.1.4)를 지녔다. 사랑에 빠지면 그야말로 머리에 김이 난다. "이집트 집시여인의 얼굴에서 헬렌의 아름다움을 보는"(5.1.11) 연인에게, "차가운 이성"(5.1.6)은 무용지물이 된다. 막간극에서 '밑바닥' 역할을 하는 보텀의 지적처럼, "이성과 사랑은 좀처럼 동행하지 않는다."(3.1.138-39) 바로 그 사랑의 열병을 앓는 헬레나가 말하기를 "사랑은 천하고 추하며 하찮은 것들에 형상과 품격을 부여하지. 사랑은 눈이 아닌 마음으로 보니까. 그래서 날개 달린 큐피드를 장님으로 그려놓은 거야. 사랑은 판단력도 없어. 날개만 있고 눈이 없으니 무턱대고 서두르기만 해." (1.1.232-37) 하지만 시간이 지나면 "펄펄 끓는 머리"는 차갑게 식어버린다.

바로 그 변덕스러운 사랑에 빠진 라이샌더는 "전쟁이나 죽음이나 질병이 사랑을 공격하면, 사랑은 소리처럼 순식간에 지나가고, 그림자처럼 쉽게 바뀌며, 꿈처럼 허망하게 끝나고, 칠흑 같은 밤의 번개처럼 빨리 사라진다"(1.1.142-45)라고 말한다. 라이샌더는 불가피한 외부 요인으로 사랑이 변한다고 말하지만, '변치 않는 사랑'은 이 극 안에도 바깥에도 그리고 막간극에서도 없다. "진정한 사랑은 절대로 순조롭게 진행된 적이 없다"(1.1.134)라던 라이샌더도, "진정한 연인들은 방해를 받아도 운명의 칙령에 맞선다"(1.1.151)라던 허미아도 예외가 될 수 없다. 첫눈에 눈멀게 하는 미약(媚藥)의 유통기한이 다하는 순간, 요정들도 인간들도 모두 '제정신'이 들면서 '제자리'를 찾아간다.

밤새 헬레나 대신 허미아를 쫓아다닌 드미트리어스도 아침이 밝아오자 "허미아에 대한 내 사랑은 어릴 적에 미치도록 좋아했던 하찮은 장난감 기억처럼 이제는 눈처럼 녹아버렸어요"(4.1.164-67)라고 말한다. 요정들의 왕 오버론도 "지난밤 사건들은 더 기억할 필요가 없는 꿈속의 한바탕 소용돌이"였으므로 "모두 아테네로 돌아가게"(4.1.66-68) 하라고 퍽에게 명령을 내린다. 이 극에서 거의 모든 등장인물이 전쟁 같은 사랑에 뛰어들지만 그들이 펼친 '사랑의 헛수고'는 결국 '한여름 밤의 꿈'에 불과하다.

변하는 사랑에 대한 불안은 종종 전(before)과 후(after)의 차이로 표현되기도 한다. 『좋으실 대로』에서 올랜도는 무적의 씨름꾼 찰스를 메다꽂았지만, 로잘린드를 보는 순간 그는 "꺼꾸러진다."(1.2.248) 올랜도에게 첫눈에 반한 로잘린드 역시 "내 자존심이 내 운처럼 무너졌다"(1.2.241)라고 한다. 사랑 씨름을 시작하자마자 서로에게 한판패를 당한 셈이다. 이후에 개니미드라는 남자로 변장한 로잘린드는 올랜도에게 결혼 전과 후의 차이를 이렇게 얘기한다. "남자들이 구애할 때는 사월인데 결혼하면 십이월이 되죠. 여자들도 처녀 적엔 오월이지만 아내가 되면 날씨처럼 변덕이 심해진답니다. 저도 바바리 산 수비둘기가 암컷에게 하듯 시샘을 부리고, 비 올 때 앵무새처럼 시끄럽게 떠들어대며, 원숭이처럼 새것만 찾고 내 욕심만 채울 거예요. 당신이 기분 좋을 때는 우물가의 다이애나처럼 아무 이유 없이 울어대고, 당신이 자고 싶을 때는 하이에나처럼 웃어댈 거예요." (4.1.137-46)

여기서 로잘린드는 상담사 역할을 하는 척하면서 자신의 감정을 가면의 힘을 빌려 표현하고 있다. 올랜도가 자리를 뜨고 난 후, 로잘린드의 사촌 실리아가 "넌 사랑 타령으로 우리 여자들을 욕보였어"(4.1.189-90)라고 핀잔을 줘도, 로잘린드는 "내 애정은 포르투갈 만처럼 깊이를 측량할 수 없어"(4.1.195-96), "난 올랜도를 잠시라도 안 보면 못 견디겠어"(4.1.204-5)라며 애타는 속마음을 토로한다. 로잘린드는 자신이 앓는 사랑의 열병이 "환상에서 생겨났고 변덕으로 잉태되어 광기로 태어난 비너스의 그 짓궂은 사생아"(4.1.199-201) 큐피드 때문이라고 탓하면서도, "환상"과 "변덕"과 "광기"가 사랑의 속성임은 깨닫지 못한다.

『열이틀째 밤』에서는 올시노 공작이 변하는 사랑의 주인공이다. 올시노도 어김없이 첫눈에 올리비아에게 반한다. "오, 내 눈이 올리비아를 처음 봤을 때, 그녀는 역병으로 오염된 공기를 정화하는 것 같았어. 그 순간 나는 한 마리 수사슴이 되고, 내 욕망은 사납고 잔인한 사냥개들처럼 계속 날 쫓아온다."(1.1.18-22) 올리비아는 "죽은 오빠 사랑을 슬픈 기억 속에 선명히 간직하려고" 7년 동안 칩거하며 "수녀처럼 너울로 얼굴을 가리고 지내는"(1.2.30-31, 27) 중인데, 그녀의 침묵과 거절이 올시노의 욕망을 더욱 자극한다. 아이러니하게도 올시노는 변덕이 사랑의 속성임을 알면서도 자신의 마음을 제어하지 못한다. 사랑을 "환상"(fancy)으로 여기는 올시노는 "환상은 온 갖 형상으로 가득하며 무한한 상상의 나래만 펼친다"(1.1.1-15)라고 한탄할 뿐이다. 올시노는 또한 사랑을 음악, 바람, 바다에 비유한다. 아무리 감미로운 음악도 자꾸 들으면 "맛이 질리고 무감각해지며", 제비꽃 향기를 가득 담은 남풍도 시간이 지나면 "예전처럼 달콤하게 느껴지지 않고", 무한용량의 바다는 모든 것을 받아들여도 그 속에 들어가고 나면 "모조리 순식간에 가치가 떨어지고 싸구려가 된다." (1.1.1-14) "과잉"(excess)과 "식상(surfeit)을 피할 수 없는 사랑의 운명으로 보는 것이다.

올시노의 사랑 철학은 "일관성"(2.4.75)이 없다. 그는 남장한 비올라에게 "우리의 사랑은 여자들의 사랑보다 더 경솔하며 불안정하고, 더 우유부단하게 갈망하며, 더 쉽게 기울고 더 빨리 사그라진다"(2.4.33-35)라면서 오히려 남자가 여자보다 더 변덕스럽다는 것을 인정한다. 하지만 자신의 끈질긴 구애에 반응이 없는 올리비아를 겨냥해 올시노는 여성 비하적인 푸념을 늘어놓는다. "그 어떤 여자의 옆구리도 내 심장을 고동치는 강력한 사랑의 격정을 감당할 수 없어. 여자의 심장은 이렇게 큰 사랑을 담지 못해. 그들은 용량이 부족해. 아, 가엾어라. 여자들의 사랑은 간이 아닌 혓바닥이 좌우하기 때문에 쉽게 질리고 싫증 나고 비위 상하는 식욕일 뿐이야. 그런데 내 사랑은 바다처럼 늘 굶주리고 뭐든 다 소화할 수 있지."(2.4.93-101) 직전 대사와 완전히 모순이다. 이에 비올라는 "꽃망울 속의 벌레처럼 자신을 감춘 채 붉은 뺨을 갉아 먹고, 연모의 상념과 창백하고 시샘하는 우울증으로 야위어가는" 여자들의 사랑도 "우리 남자들의 사랑 못지않게 진정한 사랑"(2.4.105, 111-13)이라고 얘기해주지만, 그(녀)의 함축적인 반박은 올시노의 귀에 들어오지 않는다.

올시노의 변하는 사랑은 어릿광대 페스티에게 풍자 대상이 된다.

"온 세상보다 더 고귀한 내 사랑의 값어치는 오염된 땅의 분량으로 매길 수 없다"라고 호언장담하는 올시노에게, 페스티는 "이제 우울의 신이 당신을 보호하고, 양복쟁이가 오색 비단으로 당신 양복을 지어줄 것입니다. 당신 마음은 오팔(opal)이니까요. 저는 당신처럼 변치 않는 사람들을 모두 바다로 내보내어 그들이 모든 일에 관여하고 모든 곳에 마음을 두게 하고 싶습니다. 그게 바로 멋진 여행을 항상 쓸데없는 것으로 만드니까요."(2.4.73-78) 여기서 우울의 신(Saturn), 오색 양복, 오팔, 바다, 여행은 모두 변하는 사랑을 상징한다. "바다 같은 포용력"을 자랑하던 올시노는 올리비아가 비올라의 쌍둥이 오빠 세바스천을 좋아하게 되자 "흉포한 질투심"(5.1.115)을 드러낸다. 그리고 비올라의 젠더·계급 정체성이 밝혀지면서 올시노는 페스티가 예견한 대로 금방 마음을 바꾸고 올리비아 대신 비올라의 손을 잡는다. 남매의 "정말 고귀한 혈통"을 확인하자마자 "이 행운의 난파선에서 나도 한몫 챙기련다"(5.1.260, 262)라고 나서는 올시노는 가히 변덕과 편승의 달인이라 할 만하다. "우리 남자들은 말도 많고 맹세도 즐겨 하지만, 사실은 우리 허세를 우리 의지력이 받쳐주지 못해요"(2.4.116-17)라던 비올라/세자리오의 지적이 정확하게 맞아떨어진 셈이다.

이렇듯 사랑을 주제로 한 셰익스피어의 대표적인 낭만 희극 세 편이 역설적으로 보여주는 것은 사랑의 덧없음이다. 불꽃처럼 타올랐다가 사그라지는 것이 사랑이며, 백만 번 맹세해도 한 번 싫다고 하면 끝나는 것이 셰익스피어가 그리는 사랑이다. 욕망이 부재와 결핍에서 비롯된다는 라캉의 전제가 이보다 더 타당할 수 없다. 그토록 가지려고 애쓰던 대상을 갖는 순간, 욕망은 사라진다. 그래서 사랑에 빠지고 사랑에 눈머는 장소는 공교롭게도 일상의 공간이 아니다. 『한여름 밤의 꿈』은 아테네 근교의 달빛 어린 숲, 『좋으실 대로』는 프랑스 도시에서 멀리 떨어진 아든 숲,[23) 『열이틀째 밤』은 당시 자유분방한 성도덕으로 유명하던 일리리아를 배경으로 이런저런 형태의 '보헤미안 랩소디'를 펼친다. 이 전원 세계와 주변부 사회는 합리적 이성이 지배하는 아폴로의 세계가 아니라 일탈과 혼돈이 허용되는 디오니소스의 세계. 그런데 사랑의 혼란과 상처가 결혼으로 봉합되고 어김없이 일상의 세계로 돌아가는 것은 우연이 아니다. 도피와 귀환의 서사구조는 위기에 처했던 가부장제 질서를 회복하는 동시에 고삐 풀린 사랑에 재갈을 물리는 장치다. 셰익스피어가 변하는 사랑을 인간의 본능으로 묘사하면서도 그것을 방치하지 않고 결혼과 가정이라는 제도 안으로 포섭하는 이유는 그 문제가 앞에서 논의한 여성의 정조와 연관되기 때문이다.

6 왜 사랑은 '미친 짓'인가?

『한여름 밤의 꿈』에서 허미아를 사이에 두고 드미트리어스와 경쟁해야 하는 라이샌더는 "사랑의 과정은 결코 순탄하게 진행되지 않는다"(1.1.134)라고 한탄한다. 『좋으실 대로』에서 올랜도와 사랑에 빠지는 것을 경계하는 로잘린드는 "사랑은 미친 짓"(3.2.384)이며, "남자들이 연애할 때는 사월이지만 결혼하고 나면 십이월이다"

---

23) 셰익스피어가 아든 숲을 배경으로 삼은 이유가 무엇인지에 대해서는 의견이 분분하다. 아든(Arden)은 이상향의 상징인 아카디아(Arcadia)와 에덴(Eden)의 합성어라는 주장, 셰익스피어의 어머니 이름(Mary Arden)에서 따왔다는 주장, 셰익스피어의 고향 스트랫퍼드-온-에이븐 근처의 숲이라는 주장, 프랑스·벨기에·룩셈부르크에 걸쳐 있는 아덴(Ardennes) 숲이라는 주장, 이 극의 줄거리 출처인 로지(Thomas Lodge)의 『로잘린드』(*Rosalynde*, 1590)에 나오는 숲이라는 주장 등이 제기되었다.

(4.1.137-39)라고 푸념을 늘어놓는다. 『한여름 밤의 꿈』에서 테시어스 공작은 사랑에 빠진 남녀 짝들을 지켜보며 연인과 시인과 광인의 공통점은 "펄펄 끓는 머리"(5.1.4)라는 말을 남긴다.

이 구절들은 모두 셰익스피어가 그리는 사랑의 속성을 함축한다. 셰익스피어 극에서 사랑은 장르를 막론하고 과정도 힘들고 뒷맛도 그리 개운하지 않다. 심지어 낭만 희극에서조차 사랑은 낭만적이지 않다. 이른바 지고지순한 '플라토닉 러브', 중세 이탈리아 시인 페트라르카(Francesco Petrarca)가 그린 숭고한 '궁정 연애'(courtly love) 같은 것은 셰익스피어에게서 찾아보기 힘들다. 로미오와 줄리엣의 사랑은 셰익스피어의 작품 세계에서 원칙이 아닌 예외에 해당한다. 셰익스피어가 보여주는 것은 참고 기다리는 사랑, 자신을 희생하고 양보하는 사랑이 아니라 극히 이기적이면서 변덕스러운 사랑이다. 사랑은 집착이기에 상대방의 마음을 할퀴고 결혼으로 봉합되어도 생채기를 남긴다. 사랑의 비합리성, 맹목성, 일방성, 가변성, 찰나성, 폭력성, 물질성, 육체성, 정치성, 이런 주제가 셰익스피어의 '사랑 이야기'를 수놓는다. 왜 셰익스피어에게 사랑은 전쟁인가? 왜 셰익스피어가 그리는 사랑은 순수하지도 아름답지도 않을까?

우선, 셰익스피어의 개인사에서 단서를 찾아볼 수 있다. 셰익스피어는 열여덟 살의 어린 나이에 여덟 살 연상의 해서웨이와 결혼했는데, 그의 아내는 그때 이미 임신한 상태였다. 셰익스피어와 해서웨이의 '이례적인' 결혼은 후대인들의 뜨거운 관심과 온갖 추측성 이야깃거리가 되었다. 당시 관례에 따르면, 교회에서 3주 동안 결혼을 공지해 범죄나 부채 또는 이혼 경력 같은 문제가 없는지를 확인한 후에 결혼식을 올린다. 그런데 이들의 경우에는 결혼예고(banns)의 절차 없이 해서웨이의 친척이 거액의 공탁금을 걸고 결혼식을 거행했다. 혼전임신, 미혼모, 사생아 등에 대한 사회적 낙인을 두려워했던 당시의 제반 상황을 생각할 때, 셰익스피어는 원치 않은 결혼을 급히 서둘러서 했음을 어렵잖게 짐작할 수 있다.

셰익스피어는 고향 스트랫퍼드 온 에이번에 아내와 자녀들을 남겨 두고 런던에서 '기러기아빠' 생활을 했다. 더구나 결혼 허가서와 유언장 이외에는 셰익스피어의 결혼생활에 대한 흔적을 찾아볼 수 없다. 그 많은 소네트와 극작품 어디에도 아내에 대한 사랑을 표현한 곳은 한 군데도 없다. 셰익스피어는 극작가와 극장 주주로 번 돈을 부동산에 투자해 상당한 부를 축적했지만, 유언장을 보면 그는 아내에게 재산을 거의 상속하지 않았다. 외아들 햄닛을 일찍 잃은 셰익스피어는 재산을 대부분 두 딸 수재너와 주디스에게 주었고, 아내에게는 쓰던 침대 하나만 남겼다. 생전에 자신이 문구를 작성한 묘비에는 아내와의 합장을 원치 않는 내용이 새겨져 있다.[24] 한마디로, 셰익스피어의 결혼생활이 행복하지 않았다는 얘기다.

행복한 결혼생활과는 거리가 멀었던 셰익스피어가 결혼 회의론자가 된 것은 전혀 이상하지 않다. 결혼과 가정이라는 가부장적 제도뿐만 아니라 사랑에 대해서도 셰익스피어는 '현실적인' 시각으로 바라볼 수밖에 없었을 것이다. 셰익스피어의 전기적 배경에 비추어보면, 결혼이 남자에게는 사회적 굴레요 여자에게는 성적 족쇄이며, 사랑은 물질적 이해관계에 좌우되는 욕망이거나 기껏해야 눈먼 자들의 환상이라는 생각을 가지게 된 것은 지극히 당연하다. 더구나 그 눈먼 사랑마저 변덕스러운 감정, 상대방의 정절에 대한 의심, 터무니없는 질투심에 휘둘리는 것을 경험했다면, 사랑도 결혼도 셰익스피어에게는 개인의 삶을 억압하는 가부장적 제도이자 이데올로기에 불과

---

24) Stephen Greenblatt, *Will in the World: How Shakespeare Became Shakespeare*, New York: W. W. Norton & Company, 2004, pp.118-148.

했을 것이다. 비록 셰익스피어가 억압된 여성의 목소리를 대변한 선구적 페미니스트는 아니었지만, 최소한 가부장제의 모순을 인식하고 무대 위에 형상화했던 작가임은 부인할 수 없다. 그러한 셰익스피어의 개인적 고민과 문제의식은 또한 그의 관객들이 공유한 사회적 이슈였기에 그가 한 시대를 풍미한 인기작가로 발돋움할 수 있었을 것이다.

셰익스피어가 유난스레 집요하게 파고드는 남성의 불안도 사회적 질병이다. 비극이든 희극이든 셰익스피어 작품에는 여성의 순결과 정절에 집착하는 남성 주인공이 넘쳐난다. 타이터스, 햄릿, 오셀로, 트로일러스, 안토니, 포드, 바사니오, 클로디오, 페리클리스, 포스추머스, 리안티즈, 프로스페로 등 모두가 하나같이 딸, 아내, 어머니, 연인의 '깨끗한 몸'을 의심하거나 고집하는 남자들이다. 그들의 의심과 질투는 근거도 없고 해결책도 없다. 흥미롭게도, 남자의 예단으로 제기되는 여자의 부정이 거의 모든 경우 '아무것도 아닌 것'으로 판명된다. 상상이 사실을 앞지른 것이다. 그들의 이마에 돋은 '뿔'은 스스로 만든 것인 동시에 사회가 심어준 것이다. '오쟁이 지는 남자'가 가부장적 환상과 편견의 산물이기 때문이다. 셰익스피어가 남성의 불안과 가부장제의 모순을 상품화해 돈을 벌 수 있었던 것은 그만큼 그 문제가 당대의 보편적 이슈였음을 반증한다. '아무것도 아닌 것'을 두고 '헛소동'을 벌이는 모습은 셰익스피어의 상상력이 빚어낸 진풍경이 아니라 그가 일상에서 목격하던 현실이었다. 셰익스피어에게 특별한 점이 있다면, 이는 그가 남성의 불안을 동시대의 여타 작가들보다 더 박진감 있게 묘사한 동시에 그것을 개인의 광기가 아닌 사회의 모순으로 접근했다는 데 있다.

거시적이고 통시적인 맥락에서 보면, 셰익스피어가 사랑과 결혼을 '어두운색'으로 그린 것은 근대성의 모순에 대한 반응일 수 있다.

데카르트-칸트-헤겔로 이어지는 유럽의 주체 철학은 정신/육체, 이성/감성의 이분법적 위계에 기초한다. 중세를 지배했던 '이데아'와 '로고스'의 자리를 르네상스 이후에 '코기토'가 대체한 것이다. 하지만 셰익스피어는 그러한 근대성의 이분법에 의문을 제기한다. "정신적인 것이 육체적인 것과 물질적인 것보다 우월하고 우선하는가?" "과연 합리적 이성이 인간의 본질인가?"라는 질문이다. 물론 르네상스 시대에도 몽테뉴, 스피노자, 마키아벨리 등이 인간에 대한 대안적 해석을 내놓았지만, 유럽 형이상학의 근간은 데카르트의 주체 철학이었다.

인식론적 반전이 이루어진 것은 19세기 후반이다. 자본주의와 제국주의의 확산을 통한 유럽 근대성의 전개가 절정에 이르렀을 무렵, 프로이트, 마르크스, 니체가 인간을 사유하는 주체가 아닌 성적·경제적·정치적 욕망의 주체로 재해석하면서 근대성의 모순을 조명해 볼 이론적 토대가 마련되었다. 마르크스의 메타포로 얘기하면, 합리적 이성이라는 인간의 '상부구조' 밑에 섹스·자본·권력이라는 '토대'가 있음을 강조한 것이다. 이는 철학적 근대성의 '이면'이기도 하거니와 근대성을 성찰하려는 현대 철학과 문학의 기본전제이기도 하다. 어떻게 보면, (포스트)모더니즘 철학자들이 씨름한 문제를 셰익스피어는 사랑과 결혼이라는 가장 보편적인 주제를 통해 수 세기 전에 미리 연극무대 위에서 재현하며 인간에 대한 대안적 해석을 시도했다고 할 수 있다.

제5장 해학에 담긴 민중의 정치의식

"셰익스피어는 권력의 인내심을 거스르지 않으면서
권력의 모순을 꼬집고, 하층민의 불경스럽고 가시 돋친 항변을
익살과 외설로 포장하며, 엘리트 관객과 입석 관객에게
같은 언어로 다른 의미의 웃음을 선사한다."

1 역사의 창조자와 구경꾼

셰익스피어 극은 물론 귀족 문학이다. 장르가 비극이든 희극이든, 등장인물이 남성이든 여성이든, 주인공은 귀족이다. 아니면 신분 상승을 노리는 신흥중산층 즉 '귀족 지망자'라도 되어야 주인공을 맡는다. 귀족 역할을 연기한 배우들도 셰익스피어 자신도 귀족이 아니었지만, 그들은 항상 귀족의 눈치를 보면서 귀족의 이해관계를 대변해야 했다. 르네상스가 봉건적 귀족체제의 붕괴가 시작된 시대였으나 귀족의 영향력은 여전히 막강했기 때문이다. 그러한 상황에서 피지배계층의 목소리는 셰익스피어 극에서 미미할 수밖에 없었다. 하지만 셰익스피어는 귀족이 아닌 인물들을 침묵하는 배경으로만 놔두지 않았다. 귀족 영웅들의 운문 대사와 구분되는 단역들의 산문 대사는 분량은 짧아도 파장은 길게 느껴지는 경우가 적지 않다. 셰익스피어가 이들의 볼멘소리나 허튼소리를 작품에 틈입시킨 이유는 귀족이 모르는 '다른 세계'를 보여주고 권력에 대한 '다른 시각'을 제시하기 때문이다.

셰익스피어 당시 잉글랜드의 신분체계는 대략 네 층위로 나누어졌다. 최상층에는 신분과 지위를 배타적으로 세습하는 귀족이 있었고, 바로 밑에는 작위(爵位)가 없어도 문장(紋章)은 있었던 기사·지주·신사 등이 젠트리(gentry)라는 준(準) 귀족 계층을 형성했으며, 그 밑에 자작농·소지주·상인·장인 등의 다양한 직군으로 구성된 중하위계층이 있었고, 맨 밑에 소작농·임금노동자·하인·빈민·유랑민 같은 하위계층이 있었다. 르네상스는 이 사회질서의 경계가 점점 불확실해지던 시대다. 특히 중하위계층은 도시를 기반으로 한 상업·제조업·무역업·금융업 등에 종사하며 중상주의 경제의 초석을 놓은 부르주아지의 전신으로서, 사회변동의 주역으로 부상하기 시작했다. 그리고 하위계층은 역사적 전환기에 신분 상승에 성공한 중간계층과는 달리, 근대 사회의 기층(基層)으로 계속 남아 프롤레타리아라는 계급적 타자로 자리를 잡았다. 이 장에서는 셰익스피어 극에 등장하는 중하위계층과 하위계층을 '민중'으로 범주화해 그들의 역할을 분석하고자 한다.

르네상스 잉글랜드 사회의 피지배계층을 '민중'으로 칭하고 그들을 계급갈등의 한 축으로 상정하는 것은 논란의 여지가 있다. 당시에도 지배와 예속의 권력 관계는 엄연히 존재했지만, 근대의 부르주아지/프롤레타리아 같은 계급적 단층선이 명료하게 존재하지 않았을 뿐만 아니라 피지배계층을 포괄하는 통칭이 없었기 때문이다. 셰익스피어도 최상위계층(왕족·귀족)과 중상위계층(젠트리)의 아래쪽에 있는 중하위계층과 하위계층을 지칭할 때 같은 단어를 사용하지 않는다. 『코리얼레이너스』한 작품만 보더라도, 귀족과 갈등 관계를 형성하는 계급적 타자는 "시민"(citizen), "평민"(plebeian), "민중"(people), "다중"(multitude), "군중"(mob), "서민"(common people) 등의 다양한 호칭으로 일컬어진다.

그런데 여기서 민중이란 단어를 쓰는 것은 다른 적절한 역어가 없기 때문만은 아니다. 민중은 구체적 역사성과 정치성을 전제한다. 즉 민중은 피억압자의 대명사인 동시에 사회변화에 반응하고 참여하는 집단적 주체를 가리킨다. 또한 민중이라는 범주는 고대의 귀족/노예, 중세의 봉건영주/농노, 근대의 자본가/노동자 식의 이원론적 사회구조에서 배제되는 여타 중하위계층을 포괄하는 이점이 있다. 게다가 르네상스 시대의 민중은 귀족 엘리트문화에 대응하는 민중 문화(popular culture)를 계승하고 전파하는 역할을 담당한 계층으로서, 당시 공중극장의 무대 위에서 펼쳐진 이른바 '문화전쟁'(culture war)의 한 축이었다.

셰익스피어는 이러한 사회문화적 주체로서의 민중을 종종 무대에 등장시킨다. 예를 들어, 『한여름 밤의 꿈』에서는 귀족의 여흥을 위해 동원된 "비천한 기능공들"(rude mechanicals, 3.2.9)이 카니발의 해학을 선사하고, 『햄릿』에서는 왕보다 왕자를 더 지지하는 "헛갈리는 다중(the distracted multitude, 4.3.4)이 정치적 압력으로 작용하며, 『줄리어스 시저』에서는 광장에 몰려든 "어중이떠중이들"(the tag-rag people, 1.2.257)이 여론의 주체로서 주인공의 정치적 운명과 역사의 흐름을 바꾸고, 『코리얼레이너스』에서는 귀족 영웅이 경멸하는 "지리멸렬한 다중"(the many-headed multitude, 2.3.15)이 그를 추방하고 파멸시킨다. 요컨대, 셰익스피어 극에서 민중이 항상 귀족 주인공을 돋보이게 하는 배경이거나 지배자가 창조하는 역사의 구경꾼만은 아니다. 권력에 불만을 지닌 민중이 간혹 갈등과 변화의 주체가 되는 것이다.

그런데 셰익스피어가 재현하는 저항 주체를 민중으로 통칭하더라도 민중을 계급갈등의 주체로 간주하는 것 또한 재고할 필요가 있다. 신분(estate)이나 계층(hierarchy)과는 달리, 계급(class)은 마르크스주의에서 근대 자본주의의 산물로 상정한 개념이다. 따라서 자본주의 생산양식이 채 정착하지 않았던 '초기 근대'에서 민중의 계급의식과 계급갈등을 논하는 것 자체가 시대착오적 오류일 수 있다. 일찍이 마르크스는 이 문제를 명료하게 정리한 바 있다. 마르크스에게는 부르주아지와 프롤레타리아만 계급이었다. 농민과 소시민은 계급의식이 빈약했을뿐더러 그것을 조직화하는 사회경제적 환경을 갖추지 못했기 때문에 계급으로 인정하지 않은 것이다. 물론 마르크스가 전망한 계급혁명은 아직도 장밋빛 청사진으로 남아 있으며, 셰익스피어 시대에는 더더욱 그러했다.

루카치도 『역사와 계급의식』에서 계급의식을 프롤레타리아 고유의 세계관으로 규정한다. 루카치에게 적잖은 영향을 끼친 베버(Max Weber)가 프롤레타리아의 철학적 빈곤을 지적한 것과는 달리, 루카치는 자본주의 체제에서 인간관계의 물화(reification)를 온몸으로 겪는 프롤레타리아는 자신들을 집단적 계급으로 인식하면서 계급혁명의 주체로 거듭나게 된다고 주장한다. 반면에 농민과 소시민은 "봉건사회의 잔재와 굳게 연결되어 있었기"때문에 세상을 바라보는 "시각이 모호하고 열매를 맺지 못했다"라고 진단한다. 루카치는 계급의식을 이렇게 정의한다. "계급의식은 그것을 의식하게 된 시점에 도래했다. 그때부터 사회갈등은 의식 투쟁 즉 사회의 계급적 속성을 은폐하거나 폭로하려는 이데올로기 투쟁에 반영되었다. 그러나 이 갈등이 불거졌다는 사실은 순수 계급사회의 변증법적 모순과 내적 붕괴를 미리 가리킨다는 것을 뜻한다. 헤겔이 말하지 않았던가. '철학이 암울한 그림을 그리는 삶의 양식은 수명을 다했다. 그것은 암울한 그림 덕분에 회생할 수는 없고 단지 인지될 뿐이다. 땅거미가 드리워지기 시작해야 비로소 미네르바의 부엉이가 날개를 펼치고 날아오른다.'"[1]

루카치의 논리에 따르면, 셰익스피어 시대의 민중은 계급의식이 없었다. 계급 구성원으로서의 "의식"도 없었고 집단적 "이데올로기 투쟁"의 경험도 없었기 때문이다. 그런데 셰익스피어의 작품에 들어가 보면, 권력에 대한 민중의 불만과 저항이 줄기차게 제기되고 있음을 확인하게 된다. 그것이 루카치가 말한 계급의식까지는 아니더라도, 계급사회의 모순에 대한 피지배자의 비판의식은 분명히 발화되고 있다. 비록 당대가 서슬 퍼런 절대군주제 시대였고 셰익스피어가 권력의 눈치를 살피는 작가여서 익살과 풍자의 가면을 썼음에도, 텍스트 곳곳에 배어 있는 민중의 목소리는 정신분석학에서 강조하는 '텍스트의 무의식'으로만 접근할 수 없는 매우 '의식적인' 언어로 표현되어 있다. 이는 계급사회의 모순을 "은폐하거나 폭로하려는 이데올로기 투쟁"이 연극무대 안과 밖에서 맹아적 형태로 전개되었고, 셰익스피어는 봉건체제의 "내적 붕괴를 미리 가리키는" 징후를 포착해 무대 위에 재현했음을 의미한다.

헤겔은 철학자가 역사의 예언자가 아니라 해설자라고 했다. 헤겔의 경구는 셰익스피어에게도 적용된다. 셰익스피어는 『헨리 6세』 2부에서 공식 역사에서는 '반란'으로 처리된 잭 케이드의 민중혁명을 잉글랜드 역사극의 소재에 집어넣고, 『헨리 4세』 1부에서 '뒷골목' 유곽을 무대로 한 폴스타프의 해학을 사회 풍자의 촉수로 삼았다. 그 이유는 셰익스피어가 역사적 선견지명이 있어서라기보다는 그의 사회가 봉건체제의 몰락과 새로운 형태의 계급갈등을 목격하고 있었기 때문이다. 말하자면, 셰익스피어는 새벽녘에 세상을 깨우는 '갈리아의 수탉'이 아니라 황혼이 깃들어야 날개를 펴는 '미네르바의 부

1) Georg Lukács, *History and Class Consciousness: Studies in Marxist Dialectics*(1968), Rodney Livingstone(trans.), Cambridge: The MIT Press, 1988, p.59.

엉이'였다. 비록 셰익스피어가 포퓰리스트도 아니고 아나키스트도 아니지만, 계급사회의 모순을 간파하는 그의 통찰력만은 되새겨볼 만하다.

2 이름 없는 자들의 쓴소리

셰익스피어 극에는 가끔 익명의 등장인물이 나온다. 이름도 없고 존재감도 없는 단역들은 항시 대체 가능한 시민 1, 시민 2로 불리거나 하찮게 여겨지는 직업명이 주어질 뿐이다. 하지만 이들의 언행은 묘한 파장을 남긴다. 『리처드 2세』에 등장하는 정원사(Gardener)가 그렇다. 리처드 왕비와 정원사가 왕궁 후원에서 마주치는 장면에서 일꾼에 불과한 정원사와 하인들은 의미심장한 대사를 주고받는다. 원래 정원은 왕비 같은 귀족에게는 휴식과 위안의 공간이고 정원사에게는 고달픈 노동의 공간이지만, 이들의 조우는 계급의 단층선을 넘어서는 장면을 연출한다. 정원사가 사용하는 언어부터 예사롭지 않다. 그는 하인들에게 "철없는 애들처럼 축 늘어져서 나무에 지나친 하중을 가하는 어린 살구나무를 동여매어 휘어진 잔가지를 지탱하고" "사형집행인이 하듯이 우리 영토에서 건방 떠는 너무 빨리 자란 가지들의 머리를 쳐내어라. 우리의 관리방식은 공평해야 하니까"라고 지시하고, 자신은 "아무런 이익이 되지 못하고 건강한 화초로부터 땅의 영양분이나 빨아먹는 무익한 잡초를 뽑아버린다."(3.4.29-39) "하중"(oppression), "지탱"(supportance), "구역"(commonwealth), "관리"(government), "공평"(even) 같은 단어는 물론이거니와, 전지(剪枝)와 제초(除草) 작업을 묘사하는 언어 자체가 정치적 함의로 가득하다.

정원사의 지시를 이행하는 하인은 한층 더 전복적인 대사를 쏟아 낸다. "왜 우리는 울타리 쳐진 구역 안에서 꼭두각시처럼 법과 규칙과 정해진 몫을 따르면서 변함없는 팔자대로 살아야 하나요? 바다로 둘러싸인 우리 땅은 잡초가 가득해서 아름다운 화초가 질식하고 열매는 방치되며, 울타리는 망가지고 화단은 잡초로 뒤덮이며, 건강에 좋은 풀잎은 죄다 벌레가 갉아먹고 있는데 말입니다."(3.4.40-47) 여기서 정원은 잉글랜드를 상징한다. 이 하인이 묘사하는 잉글랜드는 자신이 관리하는 정원보다 "법과 규칙과 정해진 몫"이 허물어진 무질서한 세계다. 그는 자신의 삶을 구속하는 "울타리"와 "팔자"를 한탄할뿐더러 국가의 곳간을 축내고 백성의 고혈을 빨아먹는 "잡초"를 제거하지 못하는 국왕에게 비판의 화살을 돌린다. 리처드를 직무유기를 범한 게으른 정원사에 비유함으로써 "기름 부음 받은 왕"이요 "신이 임명한 대리인"(3.2.55, 57)임을 자처하는 절대군주를 국가의 관리자로 강등시키는 것이다. 국가라는 것이 억압과 차별의 "장벽"인 동시에 보호의 "울타리"일진대, 정원사와 하인은 보호막의 기능을 상실한 국가의 종언을 고하고 새로운 형태의 국가가 도래하기를 염원하고 있다.

정원사는 정치논평가인 동시에 역사의 전령이다. 이 극에서 관객들은 리처드의 폐위 소식을 정원사를 통해 처음 접한다. 정원사는 "우리가 정원을 가꾸듯이 자기 나라를 제대로 다듬고 돌보지 못한" "소모적인 왕"(3.4.56-57) 리처드가 볼링브룩에게 제압당했다는 사실을 알린다. 리처드 왕비가 "흙보다 나을 게 없는 너 같은 미물이 감히 그의 몰락을 예언하느냐"라고 꾸짖지만, 정원사는 "저는 단지 모든 사람이 알고 있는 바를 말할 뿐입니다"(3.4.78-79, 91)라고 대답한다. 구중궁궐 속에서 사회와 단절되어 살아가는 왕비에게, 정원사는 길거리에 떠도는 소식을 전하고 역사적 사건에 대한 자신의 정치적 견해를 피력하고 있다. 이 장면은 문맹률이 낮아지고 인쇄 문화가 보급되면서 민중이 정치 담론의 생산과 소비 주체로 부상하기 시작한 당대 사회풍토를 반영한다. 하버마스가 말한 부르주아 시민사회의 공적 영역(the public sphere)은 18세기에 본격적으로 형성되었지만, 셰익스피어는 한 세기 앞서 그것의 맹아적 형태를 미리 보여주는 것이다.

셰익스피어는 민중의 침묵을 정치적 의사 표현의 방식으로 예시하기도 한다. 『리처드 3세』에서 길거리에 모인 세 명의 시민들은 "어지러운 세상"(2.3.5)을 개탄하는 대화를 주고받는다. 에드워드 왕의 사망 이후에 어린 왕자의 외척들과 삼촌 리처드 사이에 벌어지는 권력 암투가 우려되기 때문이다. 그런데 다음 장에 등장하는 시민들의 태도는 판이하다. 리처드가 자신이 왕위에 오르는 데 방해가 되는 정적들을 제거한 후 형제와 어머니까지 헐뜯는 흑색선전으로 시민들의 동의를 구하려고 애쓰는데, 시민들이 아예 반응을 보이지 않는 것이다. 홍보를 담당했던 버킹엄 공작이 리처드에게 보고하기를 "그들은 한마디 말도 하지 않고 벙어리 조각상이나 숨만 쉬는 돌처럼 서로 쳐다보면서 죽은 듯이 멍한 표정을 지었습니다"(3.7.25-26)라고 한다. "이 고의적인 침묵"(3.7.28)의 의미를 두고 시장을 비롯한 수하들은 리처드의 귀에 거슬리지 않는 해석을 늘어놓지만, 지배 권력은 피지배자의 의중을 전혀 읽지 못한다. 시민들의 침묵은 일종의 수동적 저항이었다.

공증인(Scrivener)의 침묵은 특히 상징적이다. 공증인은 리처드의 등극에 반대하던 헤이스팅스를 반역 혐의로 고소하는 문서를 밤새 필사했는데, 그는 자신이 고소장 필사를 끝내기도 전에 이미 헤이스팅스가 죽임을 당했다는 것을 알기 때문에 마음이 편치 않다. 무고한 헤이스팅스가 재판을 받기도 전에 처형당했고, 재판은 조작된 각본에 따른 요식행위에 불과한 것이다. 하지만 공증인은 이 비밀을 끝내 발설하지 않는다. 그 대신 공증인은 "세상 돌아가는 꼴이 끝내주는 구나. 어느 누가 이 명백한 사기극을 알아채지 못할 만큼 멍청할까? 하지만 어느 누가 그것을 알고 있다고 말할 만큼 무모할까? 참 나쁜 세상이다. 그런 사악한 짓을 알고도 말하지 않는다면 만사가 엉망진 창이 될 거야"(3.6.10-14)라고 탄식할 따름이다. '사실'을 기록하고 증언해야 할 공증인이 권력에 대한 두려움 때문에 본연의 책무를 포 기하는 것이다. 그의 냉소적인 침묵은 체념이자 굴종이다. 하지만 공 증인의 비겁한 침묵은 그가 속한 사회를 대변한다. 이 극에서 클래런 스, 버킹엄, 앤, 마거릿, 에드워드, 대주교, 시장, 시민들, 모두가 부당 하고 부패한 권력 앞에 침묵한다. 헤이스팅스도 처음에는 리처드의 조력자였다. 리처드의 궁궐을 지배하는 가치는 진리나 정의가 아니 라 사욕이다. 따라서 공증인의 침묵은 부당한 권력에 맞서지 못하는 사회의 한 단면이며, 그가 필사하는 공소장은 진실을 부르짖으면서 도 진실의 왜곡에 공모하는 자들을 풍자하는 기록이다.

익명의 셰익스피어 캐릭터를 얘기할 때, 『햄릿』의 무덤 파는 인부 (Gravedigger)를 빼놓을 수 없다. 5막에서 오필리아의 시신을 매장하 려고 무덤을 파던 인부는 의미심장한 말을 내뱉는다. "뼈대 있는 양 반들은 하나같이 정원 가꾸고 도랑 치고 무덤 파는 일을 하며 살았 어. 그들은 아담의 직업을 이어받았지."(5.1.29-31) 인간이 땅과 떨어 져 살 수 없는 존재임을 강조하는 동시에 당대의 계급사회를 풍자하 는 말이기도 하다. 이 대사는 1381년 농민봉기를 선동한 혐의로 파문 당하고 참형 당한 사제 존 볼(John Ball)의 설교 구절("아담이 땅을 파 고 이브가 실을 자았을 때, 누가 양반이던가?")을 전유한 것이어서 상 당히 날카로운 가시를 품고 있다. 더군다나 무덤 파는 인부의 명칭은 17세기 잉글랜드의 정치적 격동기에 울타리 파괴론자들(Levelers)과 더불어 농민과 하층민의 목소리를 대변하며 계급사회의 모순을 타파하려고 했던 토지 균분론자들(Diggers)을 연상시킨다. 상대적으로 온건한 정책을 내걸었던 울타리 파괴론자들과는 달리, 진정한 평등주의자들로 불린 토지 균분론자들은 크롬웰이 시도한 금권(金權) 민주제보다 더 급진적인 의회 민주제를 요구하는 한편, 중세 농민혁명에 이념적 뿌리를 두고 인클로저 반대 운동을 전개하면서 인간과 땅의 생태적 연계성을 역설한 바 있다.

무덤 파는 인부와 그의 동료들은 계급사회의 모순을 신랄하게 꼬집는다. 햄릿이 보기에, 죽음 앞에서 모든 사람이 평등하다. "살아생전에 잘 나가는 땅 투기꾼"이었던 변호사도 죽고 나면 "위대한 대갈통에 자디잔 진흙만 가득"할 뿐이고, 세월이 흘러 시체가 부식(腐植)하면 "토지계약서 두 장 넓이밖에 안 되는 땅뙈기"마저 다른 시체에 양보하고 "그의 해골은 망나니의 진흙투성이 삽으로 두들겨 맞는" 신세가 된다(5.1.96-103). 하지만 이것은 햄릿의 감상적 단상일 뿐, 무덤 파는 인부의 생각은 다르다. 만약 오필리아가 "양갓집 규수가 아니었더라면 교회 묘지 바깥에 묻혔을 것"(5.1.23-25)이라는 지적은 신분상의 차이가 생전이나 사후에나 변함없는 사회적 단층선이라는 사실을 지적한다. 자살을 죄악시하는 기독교 교리를 무시하고 오필리아의 기독교식 장례를 허용하는 것은 귀족의 '세속적' 특권이 교회의 '신성한' 권위에 우선하는 기현상이다. 인부는 이 모순을 "지체 높은 양반들은 물에 빠져 죽거나 목매달아 죽을 권리가 동료 기독교인들보다 더 많다"(5.1.27-29)라는 말로 에둘러 비꼰다.

어떻게 보면, 지배계층과 피지배계층을 대표하는 햄릿과 인부는 계급의 차이에 상관없이 모두 땅과 얽혀 있는 존재다. 그들은 인부가 파고 있는 무덤이 누구 것인가를 두고 익살스러운 설전을 벌인다(5.1.110-20). 인부는 자신이 무덤 안에 있으므로 무덤은 자기 땅이라고 하고, 햄릿은 무덤이 죽은 자가 누울 곳이므로 인부의 땅이 아니라고 한다. 둘 다 "거짓말"(lie)이다. 이 무덤은 햄릿도 인부도 지금 당장 "누울"(lie) 곳이 아니다. 게다가 인부는 죽어서도 이 무덤에 누울 수 없다. 햄릿과 인부는 각각 무덤 안과 바깥에 "있으면서"(lie) 부질없는 말장난을 하고 있다. 인부의 말재간을 당해내지 못한 햄릿은 "시절이 하도 희한해서 농사꾼의 발가락이 조신(朝臣) 발뒤꿈치에 바싹 따라붙으니까 발 튼 데가 스칠 때마다 쓰리다"(5.1.131-33)면서 말꼬리를 돌린다. 신분의 차이가 무덤 앞에서 무의미해지는 것이다. 계속되는 인부와의 대화에서 햄릿은 인간의 실체를 조금씩 깨우친다. 햄릿은 선왕의 어릿광대로 자신을 업어 키웠던 요릭의 해골을 만져보면서, "온 세상을 두려움에 떨게 했던 그 흙덩어리"(5.1.204) 알렉산더 대왕과 시저 황제가 술통 마개 만드는 회반죽이나 벽의 바람구멍 메우는 찰흙으로 변환하는 것도 상상하게 된다. 인간(human)과 흙(humus)의 연계를 반추하는 햄릿의 상상력 속에서, 왕과 광대 사이의 위계질서는 또다시 허물어진다.

　무덤 파는 인부와의 조우는 햄릿의 마지막 인생 여정에서 중요한 순간이 된다. "귀부인 시체가 구더기 밥이 되고, 턱이 떨어져 나간 머리통이 머슴의 삽으로 두들겨 맞는"(5.1.83-86) 것을 보고, 햄릿은 "기막힌 혁명"(fine revolution)이라고 말한다. 이 극을 생태학적 관점에서 분석한 랜들(Martin Randall)은 인간의 유한성과 가변성을 상징하는 해골을 인간의 물질성에 대한 환유로 해석한다. 따라서 햄릿이 말하는 "혁명"은 귀부인과 구더기가 진흙에서 함께 뒹구는 신분상의 추락이 아니라 흙→음식→몸→구더기→흙으로 돌고 도는 자연계의 순환을 의미한다. 뱀과 악어(worm)에 비유되던 클리오파트라가 독사(worm)에게 물려 죽고 나일강의 구더기(worm) 밥이 되어 진흙으로 돌아가듯, 여기서도 "매장은 산 자와 죽은 자의 단절이 아니라 변태공생(metabiosis)의 에코-드라마를 통한 수렴"으로 이어진다는 것이다.[2] 셰익스피어 당시 revolution이 계급혁명을 뜻하지 않았다는 점에 비추어볼 때, 랜들의 주장은 나름 설득력이 있다. 그런데 햄릿과 인부가 주고받는 대화 행간에 계급적 함의가 짙게 배어 있는 것을 고려한다면, 햄릿이 말한 "혁명"은 소우주(인간)와 대우주(자연)에 다 해당하는 얘기다. 무덤 파는 인부가 무덤으로 향하는 왕자에게 자연의 순환을 일깨워주는 장면 자체가 '혁명적'이다. 인부의 삶의 터전인 흙 위에서 '왕자' 햄릿은 흙에서 왔다가 흙으로 돌아가는 '인간' 본연의 모습을 성찰하는 것이다.

셰익스피어는 후기 로맨스인 『페리클리스』에서도 익명의 하층민이 날카로운 속뜻이 담긴 대사를 하는 장면들을 삽입한다. 폭풍으로 난파당했다가 살아난 페리클리스가 파도와 싸우는 어부들의 대화를 엿듣게 된다. 그들은 "반은 물고기이고 반은 짐승"(2.1.25)인 바다 괴물 돌고래가 폭풍을 일으키고 작은 물고기들을 다 집어삼킨다고 푸념하면서, 육지에도 돌고래 같은 인간들이 우글거리고 "큰놈들이 작은 것들을 잡아먹는" 약육강식이 벌어지고 있다고 말한다. 그들은 "불쌍한 치어들을 몰아붙여서 한입에 꿀꺽하는" 돌고래처럼, "부유한 구두쇠들도 "교구, 예배당, 첨탑, 종을 다 집어삼키기 전에는 벌린 아가리를 절대 다물지 않는다"(2.1.28-34)라고 개탄한다. 어부들이 말하는 게걸스러운 괴물이 지배계층의 탐욕에 대한 풍자임은 모든 관객이 어렵잖게 짐작했을 것이다. 심지어 한 어부는 자신이 교회 머슴이면 종탑 안에 있다가 "그놈이 날 삼키면 그놈 뱃속에서 계속 시끄럽게 종을 쳐대어서 그놈이 삼킨 종, 종탑, 예배당, 교구를 모조리

2) Martin Randall, *Shakespeare and Ecology*, Oxford: Oxford University Press, 2015, pp.159-160.

도로 토해내도록 하겠다"(2.1.39-42)라고 말한다. 듣기에 따라서는 괴물의 구토가 사회질서를 뒤집는 반란을 시사할 수도 있다.

페리클리스는 어부들의 대화 내용을 "멋진 우화"(2.1.35)라고 평하면서, "이 어부들은 바다의 백성인 물고기로부터 인간의 병폐를 짚어내는구나. 그들이 바다 왕국에서 수집한 생각들은 우리가 수긍하거나 드러낼 수밖에 없다"(2.1.47-50)라고 인정한다.『리처드 2세』의 정원사와『햄릿』의 무덤 파는 인부가 그러하듯이, 무지몽매한 어부들이 고달픈 노동의 현장에서 내뱉는 '잡담'은 엘리트계층의 탐욕을 비웃고 계급사회의 모순을 꼬집는다. 헬펀(Richard Halpern)은 어부들의 대화가 인클로저 법령으로 농민들이 경작지를 박탈당하고 도시의 저임금노동자와 빈민으로 전락하던 상황을 비판하고 있으며, 삼킨 것을 토해내는 괴물의 모습은 인클로저에 반대해 농민들이 일으킨 미들랜드 폭동(the Midlands Uprising, 1607)을 염두에 둔 것이라고 주장한다.[3]

극 후반부의 사창가 장면에서도 하층민의 푸념은 신랄한 풍자를 담고 있다. "양심"(4.2.10, 19) 운운하며 등장하는 포주 부부는 "온종일 손님 받다가 썩어 문드러진" 창녀들을 폐기처분하고 어린 사생아들을 엄마 자리에 "도로 갖다 누이며" 해적들에게서 사들인 "숫처녀" 홍보에 열을 올리는 등 "이윤"을 위해서라면 무슨 짓도 서슴없이 하는 자들이다(4.2.8, 14, 38, 54, 113). 그런데 "신들이 고깝게 볼지 모르니" "한창때 한몫 잡고 이 바닥을 뜨자"(4.2.29-32)라는 남편에게, 아내가 "다른 부류들도 우리 못지않게 못된 짓 한다"라고 하자, 남편

---

3) Richard Halpern, *Shakespeare Among the Moderns*, Ithaca: Cornel University Press, 1997, pp.144-145.『페리클리스』와 비슷한 시기에 쓴 것으로 추정되는『코리얼레이너스』에서도 셰익스피어는 로마 시민들의 반란을 미들랜드 폭동에 빗대어 재현한다.

이 "그렇지. 아니, 우리보다 더 잘 하지. 우린 못된 짓에 서투르잖아. 우리가 하는 장사는 천직도 아니고 소명도 아니지"(4.2.33-36)라고 응수한다. 거꾸로 얘기하면, 이들은 "천직"이나 "소명"을 내세우면서 "못된 짓"을 일삼는 "다른 부류들" 즉 위정자들과 성직자들을 비꼬는 것이다.

실제로 그다음 사창가 장면에서 "다른 부류들"의 대표인 라이시머커스 총독이 신분을 숨기고 "음흉한 짓"(4.5.37)을 하려고 "변장하고"(4.5.24) 나타나 "깨끗한 죄인" 즉 "오입질하고 나서 의사가 필요 없는"(4.5.33-34) 숫처녀를 찾는다. "이 지체 높으신 분"(4.5.55) 앞에 "한 번도 가지가 꺾인 적이 없는"(4.5.47-48) 페리클리스의 딸이 끌려 나온다. 공주에서 창녀로 전락한 마리나가 "정절의 귀감"(4.5.116)이라면, 포주가 "이 나라의 총독이시며 내가 신세를 톡톡히 진 분"(4.5.54-55, 57-58)으로 소개하는 라이시머커스는 위선적 권력의 표본이다. 비록 극은 개심한 라이시머커스가 마리나를 배필로 맞이하는 희극적 반전으로 이어지지만, 한 나라의 수반이 매음굴 고객이자 후원자로 등장하는 이 사창가 장면은 지배 권력의 이면과 부조리를 적나라하게 들추어낸다.

포주의 하수인 볼트의 볼멘소리도 그냥 지나칠 수 없다. 마리나가 "아침밥 한 끼 값도 안 되는 까다로운 정절"(4.5.4.5.127) 때문에 손님 받기를 계속 거부하자, 포주는 볼트에게 "그년의 유리 같은 처녀막을 깨뜨려서 말랑말랑하게 해놔라"(4.5.146-47)라는 지시를 내린다. 이에 마리나는 라이시머커스에게 했듯이 볼트를 설득하려고 설전을 벌인다. 마리나가 그에게 "당신이 하는 이 짓 말고는 뭐든 하세요. 폐기물 용기를 비우고 하수도 쓰레기를 치우든지, 비천한 망나니의 도제로 따라다니든지, 뭘 해도 이 짓보다는 나을 겁니다"(4.5.177-80)라고 질책하자, 볼트는 "나더러 어쩌란 말이냐? 너라면 전쟁터에

나가서 7년 동안 노역한 대가로 한쪽 다리 잃어버리고 목발 하나 살 돈도 없는 무일푼 신세가 되면 좋겠냐?"(4.5.173-76)라고 반문한다. "참한 아가씨 찾아다니는 천한 작자들을 위해 문지기 노릇이나 하는 저주받은 자"(4.5.168-69)라는 마리나의 비난을 볼트가 '고귀한' 공주의 질책으로 받아들였는지 아니면 '비천한' 창녀의 읍소로 여겼는지는 몰라도 여하튼 그는 "미숙하고 얼빠진 영계"(4.2.79-80)를 범하지 않는다. 하지만 볼트의 이 짤막한 항변에는 부역(賦役)에 동원되고 나서 "폐기물"이나 "쓰레기"처럼 버려지는 하층민의 울분이 응축되어 있다. 누구를 위한 나라이고 누구를 위한 전쟁인가라는 질문이 자연스럽게 따라오게 하는 장면이다.

3 누구를 위한 전쟁인가?

계급사회의 모순이 가장 원색적으로 드러나는 공간이 전쟁터다. 장군과 병사로 대별되는 군사적 계급은 귀족과 평민의 사회적 계급을 전치할 뿐 아니라 한층 더 공고하게 재생산한다. 빈곤과 불평등이 죽음으로 치환되기 때문이다. 셰익스피어가 재현하는 전쟁도 그런 맥락에서 되새겨볼 필요가 있다. 셰익스피어 극에서 전쟁은 공식적으로 그리고 표면적으로는 지배계층 간의 권력투쟁이다. 제1사부극에서의 장미전쟁, 제2사부극에서의 웨일스와 프랑스 정벌, 로마 3부작에서의 내전과 식민전쟁, 『햄릿』을 비롯한 비극에서의 여러 전쟁은 모두 봉건영주 또는 국왕끼리의 싸움이다. 그런데 셰익스피어는 이러한 지배계층 내부의(intraclass) 싸움 이면에 종종 계급 간의(interclass) 갈등을 틈입시켜 전쟁의 성격과 의미를 다채롭게 구성한다. 가장 두드러진 예를 『헨리 5세』에서 찾아볼 수 있다.

『헨리 5세』는 일종의 전쟁문학이다. 전쟁이 극의 플롯이고 주제다. 『헨리 4세』 1부에서는 내란의 상처를 봉합하고자 "하나의 본질" "하나의 실체" "하나의 길"(1.1.11, 15)을 내세우며 계획한 예루살렘 원정이 시작하기도 전에 좌초되지만, 『헨리 5세』에서는 "하나의 조화" "하나의 표적" "하나의 목적"(1.2.206, 208, 213)을 지향하는 국가통합 작업이 외부의 적 덕분에 차근차근 진행된다. 그런데 그 과정에서 드러나는 것이 전쟁을 유발하고 주도하는 지배계층의 욕심이다. 『헨리 4세』 1부에서 해리 왕자를 탕아에서 영웅으로 재탄생시킨 쉬루즈버리 전투가 국왕과 봉건영주들 간의 권력투쟁이 낳은 부산물이듯이, 『헨리 5세』에서도 잉글랜드의 프랑스 침공은 국왕과 주교들의 이해관계가 맞물려 성사된 정치적 기획임이 밝혀진다. 르네상스 잉글랜드인들이 가장 영웅시했던 왕의 서사시적 여정이 음모와 배신으로 점철된 진흙탕 싸움으로 재해석되는 것이다. 셰익스피어는 전쟁을 제국 건설의 불가피한 과정으로 승인하면서도 전쟁의 정당성에 대한 질문을 은근하게 유도한다. 자신들의 기득권을 지키기 위해 달려온 귀족 남성들에게는 전쟁터가 용맹과 의리를 입증하는 형이상학적 시험장이지만, 징집관을 매수할 돈이 없어서 끌려 나온 병사들에게 전쟁터는 약탈과 살육의 공간일 뿐이다.

전쟁터의 위계질서는 국왕-귀족지휘관-중간장교-병사로 세분되는데, 위로 올라갈수록 애국심이 충만하고 아래로 내려갈수록 불만과 냉소가 감돈다. 전쟁의 어두운 이면을 가장 적나라하게 드러내는 자들은 폴스타프의 친구들이다. 『헨리 4세』 1부에서 민중 문화의 전복성과 카니발의 일탈을 구현했던 그들은 『헨리 5세』에서도 여전히 전복적인 언행을 일삼는다. 가령, "프랑스로 가자! 내 친구들아, 찰거머리처럼 빨고 또 빨자. 진짜 피를 빨아 보자"(2.3.53-54)라는 피스톨의 산문 대사는 바로 앞 장면에서 헨리가 프랑스와 내통한 반역자들을 처단하고 "제군들이여, 이제 프랑스로 가자!"(2.2.183)라고 출정을 독려하는 운문 대사를 풍자한다. 이들의 냉소적 패러디는 전투 현장에서 더욱 신랄해진다. 아르플뢰르 성으로의 진격을 앞두고 헨리는 병사들의 사기를 북돋우기 위해 장중하고도 장황한 연설을 한다. 그는 "전쟁에서 단련된 조상에게서 물려받은 혈통"은 빈부귀천에 상관없이 모든 "고귀한 잉글랜드인들"(3.1.17-18)이 공유하는 형질이며 "잉글랜드산 수족을 지닌 멋진 자작농들은 그 누구도 미천하거나 비열하지 않다"(3.1.25-26, 29)라고 강조한다. 하지만 곧바로 이어지는 전투 장면에서 피스톨 일행은 오합지졸에 불과하다. 피스톨은 진격을 명하는 장교에게 "흙으로 빚어진 인간들에게 자비를 베풀고, 당신의 분노, 그 남자다운 분노를 누그러뜨리시오"(3.2.22-23)라고 사정하고, 님은 "당신이 떠벌리는 명예는 내 기분만 잡친다"(3.2.26-27)라고 불평한다.

이 극에서 가장 신랄한 평자는 피스톨 일행을 수행하는 익명의 시동(Boy)이다. 그가 보기에, 바돌프는 "혈색은 좋아도 간은 콩알만 하고", 피스톨은 "살인적인 혀와 온화한 검을 가졌으며", 님은 말 많은 겁쟁이로 비칠까봐 "악담에도 선행만큼 인색하다."(3.2.32, 34, 39) 그는 이유도 모르고 끌려 나온 전쟁에 대해서도 "내가 지금 런던의 술집에 있었으면 얼마나 좋을까. 한 사발의 술과 목숨을 위해서라면 내 모든 명예를 팽개치겠다"(3.2.12-13)라는 말로 쌓인 불만을 대신한다. 여기엔 『헨리 4세』 1부에서 "명예는 문장(紋章)을 새겨넣은 방패에 불과하다"(5.1.139-40)라고 빈정대던 폴스타프의 입김이 진하게 배어 있다. 당시의 입석관객들에게는 시동의 이 한마디가 계급을 초월한 잉글랜드 남성성에 호소하는 헨리의 독전(督戰) 연설보다 더 묵직한 울림을 주었을 것이다. 특히 피스톨처럼 전쟁터에서 구사일생으로 살아남았거나 『페리클리스』의 볼트처럼 전쟁의 상처가 온몸과 마음에 남아 있는 관객들은 시동의 냉소적 반응에 격하게 공감했을 것이다.

하층민의 이러한 푸념과 볼멘소리는 헨리가 고취하려는 민족주의 이데올로기가 계급사회의 밑바닥까지 삼투하지 못한다는 것을 말해준다. 그들에게는 "우리 왕국의 존립"(2.2.176)이나 "고귀한 잉글랜드인의 혈통"(3.1.17-18)보다 "내게 하나밖에 없는 목숨"(3.2.4)이 더 소중하다. 국가와 국왕이 그들의 목숨을 지켜주지 못할 뿐만 아니라, 필요할 때는 "내 형제"(4.3.62)라고 해놓고 끝나면 헌신짝처럼 버려지기 때문이다. 따라서 조국을 위한 장렬한 전사는 '개죽음'일 뿐이며, 약삭빠르게 살아남는 것은 수치가 아니라 삶의 지혜다. 셰익스피어는 소심하고 용렬한 하층민의 생존전략을 보여주면서 사실은 그들이 그렇게 살아갈 수밖에 없는 이유를 조명한다. 그 이유가 개인이 아니라 사회에 있음을 에둘러 말하는 것이다.

'누구를 위한 전쟁인가'라는 질문은 극 후반부에도 계속 제기된다. 전쟁의 향방을 가를 아쟁쿠르 전투를 앞둔 전날 밤, 번민과 두려움으로 잠 못 이루던 헨리는 병사들을 다독이려고 홀로 변장하고 막사를 순회한다. 여기서 헨리는 피스톨, 플루엘런, 가워, 그리고 세 명의 병사들과 차례로 마주치면서 전쟁터의 현장과 전쟁 이데올로기 사이의 괴리를 확인하게 된다. 그들 역시 폴스타프와 시동의 인생 철학을 반복한다. "모래톱에 좌초한 선원들이 다음 파도에 씻겨 내려갈 것을 예상하듯이"(4.1.98-99), 동이 트면 죽음과 대면할 병사들의 소원은 승리의 환희나 조국의 영광된 미래가 아니라 "왕 곁에 바짝 붙어 있다가 무슨 수를 써서라도 이곳을 빠져나가는 것"이나 "왕이 혼자 여기 와서 몸값을 지급하고 불쌍하기 짝이 없는 많은 생명을 구해주는 것"(4.1.115-17, 121-22)이다. 특히 윌리엄스라는 병사는 전쟁의 정당성에 근본적인 의문을 던진다. 헨리는 "왕이 복식을 벗어던지고 벌거숭이가 되면 한낱 인간에 불과하고"왕도 분명 우리와 똑같은 성정을 지녔기에 우리처럼 이유 있는 두려움에 굴복하며"왕의 명분은 정당하고 그의 전쟁은 명예롭다"(4.1.105-6, 108-10, 127-28)라고 주장하지만, 윌리엄스는 "그건 우리가 알 바 아니다"(4.1.129)라고 일축해버린다. 계속해서 윌리엄스는 전쟁에 수반되는 모든 억울하고 무고한 희생의 책임은 전적으로 왕에게 있다고 몰아붙인다.

그 명분이 선하지 않다면, 왕이 홀로 엄중한 응보(應報)를 치를 거야. 그때 전쟁터에서 잘려나간 모든 팔다리와 머리가 최후의 심판 날에 한 몸이 되어 '우린 그 장소에서 죽었소'라고 외치겠지. 어떤 자들은 욕설을 퍼붓고, 어떤 자들은 수술 의사 불러달라고 울부짖고, 어떤 자들은 빌려준 돈 받아달라고 아우성치며, 어떤 자들은 남겨두고 온 가련한 아내와 너무 어려 작별인사도 못 한 자식 때문에 울고 있겠지. 전쟁터에서 죽는 사람들은 준비된 죽음을 맞기가 어려워. 무고한 피를 흘린 그들이 어떻게 신의 자비로운 판결을 받을 수 있겠는가? 이 사람들이 준비된 죽음을 맞지 못한다면, 그들을 거기 데려간 왕이 엄중한 책임을 져야지. 왕에게 복종하지 않는 건 백성의 도리가 아니니까.(4.1.134-46)

윌리엄스는 지금 아쟁쿠르 벌판에서 밤새 뜬눈으로 죽음의 공포에 떨고 있는 병사들뿐 아니라 여태껏 전쟁에서 스러져간 숱한 병사들과 치료도 보상도 못 받은 채 버려진 상이군인들, 그리고 남편과 아버지를 잃고 천시와 굶주림 속에 살아가는 가족들을 대변하고 있다. 그들에게 전쟁은 이유를 모르는 형벌이요 가장 야만적인 폭력이다. 신의 권위를 위임받은 왕을 신의 이름으로 탄핵하는 윌리엄스의 항변은 당시 절대군주제하에서 역린(逆鱗)을 건드리는 도발이겠으나,

셰익스피어는 헨리를 병사로 변장시키는 교묘한 연극적 완충장치로 '어전(御前)에 망발(妄發)'하는 위험을 제거한다.

왕의 '인간다움'에 대한 호소가 먹혀들지 않자, 헨리는 윌리엄스와 신학적 논쟁을 펼친다. 헨리는 전쟁에서 군인이 죽고 사는 문제는 신의 섭리요 인과응보라고 강변한다. "전쟁은 신의 채찍이고 전쟁은 신의 응징"이며 "이미 왕의 법을 어겼던 자들이 지금 왕이 일으킨 전쟁에서 벌을 받기 때문에"(4.1.168-70) 무고해 보이는 병사들의 죽음에는 왕의 책임이 없다는 것이다. 하지만 헨리의 논리는 윌리엄스에게 전혀 설득력이 없다. 헨리가 병사들의 마음을 떠보려고 왕의 말이 미덥잖다고 하자, 윌리엄스는 "불쌍한 졸병의 불만이 군주한테 무슨 대수냐? 그건 딱총나무 총으로 쏘는 것만큼 위험하고, 공작 깃털로 부채질해서 태양을 식히려는 것과 마찬가지야"(4.1.195-99)라고 빈정댄다. "너무 노골적인 비난"(4.1.201)으로 헨리를 불쾌하게 하던 윌리엄스는 전쟁에서 살아남으면 헨리와 결투하기로 약속하고 떠난다.

막사에 홀로 남은 헨리는 왕에게 "일상화된 제의"와 "강요된 경외"와 "유독한 아첨"은 있지만 "거지의 튼튼한 무릎"과 "배는 불러도 머리는 빈 노예들의 단잠"이 없다(4.1.227-81)고 한탄한다. 헨리의 논쟁과 독백에 얼마나 많은 당대 관객이 공감했을지도 미지수지만, 왕이 일개 병졸의 불만에 자기연민과 합리화의 변을 장황하게 늘어놓는 것 자체가 윌리엄스의 항변이 "딱총나무 총"이나 "공작 깃털의 부채질"이 아님을 말해준다. 지배자는 피지배자가 자발적 복종 대신에 냉소적 묵종으로 반응할 때 가장 불편하고 불안해지기 마련이다.

헨리가 설파하는 전쟁 이데올로기는 모든 잉글랜드 병사들이 제창(齊唱)하는 국가(國歌)가 되지 못한다. 특정 가치나 제도의 명암을 동시에 조명하기를 즐겨 하는 셰익스피어가 여기서도 그냥 지나치지 않기 때문이다. 중과부적의 잉글랜드군이 기적적인 승리를 거둔 후, 헨리가 전사자 명단을 보고받는 자리에서 잉글랜드와 프랑스의 귀족과 신사들은 한명 한명씩 호명되는 데 비해, "비천한 출신"의 무명용사들은 통계 숫자로 기록될 뿐이다. 전투 전에는 헨리의 "형제" "친구" "동포"(4.0.34)였다가 전투 후에는 "이름 없는 여타 병사들"(4.8.106)로 바뀐다. 『홀린셰드 연대기』(Holinshed's Chronicles)에서처럼, 헨리가 기록하는 '역사'에도 이들이 낄 자리는 없다. 이들에게는 명예로운 죽음보다 비굴한 삶을 선택하라는 폴스타프의 충고가 유용했을 것이다. 폴스타프의 충고에 충실한 인물이 그의 마지막 남은 친구 피스톨이다. 전투에 절대로 앞장서지 않은 덕분에 목숨을 부지한 피스톨은 뇌물을 받고 프랑스 포로를 방면해주고, 몽둥이찜질에 난 생채기를 전투에서 입은 상처라고 떠벌리고 다니다가, 뚜쟁이와 소매치기로 연명하기 위해 런던 뒷골목으로 잠입한다. 그의 질긴 생명력은 폴스타프의 너털웃음처럼 헨리의 공식담론이 포섭하지 못하는 텍스트의 틈새로 남는 것이다.

4 바보의 지혜와 가르침

셰익스피어 극에는 장르를 막론하고 어릿광대가 자주 등장한다. 셰익스피어가 창조한 어릿광대는 바보 역할을 해도 바보는 아니다. 그는 바보인 척하면서 귀족 영웅들의 어리석음을 지적하고 풍자할 뿐더러 그들의 각성을 유도하기도 한다. 대표적인 예를 앞서 분석한 『리어왕』에서 찾아볼 수 있다. 어릿광대는 리어의 익살꾼인 동시에 선생 역할을 겸한다. 『신곡』에서 단테가 천국에 들어가지 전까지 베르길리우스의 안내를 받아 지옥과 연옥을 여행하는 것처럼, 리어가 걸어가야 하는 '밤으로의 긴 여로'에서 어릿광대는 동행자이자 안내자가 된다. "서글픈 바보" 리어의 길잡이 역할을 "즐거운 바보" (1.4.135) 어릿광대가 해주는 것이다.

리어의 수행(修行)에서 광기가 필수요건인 바, 어릿광대는 리어를 광기로 인도하는 역할을 한다. 그는 리어가 처한 곤경이 본인의 잘못과 오판의 결과임을 반복해서 지적한다. 어릿광대의 지적이 워낙 신랄하고 집요해서 리어는 미치지 않을 수 없다. 리어가 "나를 미치지 않게 하소서. 미치면 안 됩니다. 자비로운 하늘이시여, 나는 미치지 않으렵니다. 내게 평정심을 주셔서 미치지 않게 하소서"(1.5.42-45)라고 버티지만, 어릿광대는 그를 미치도록 유도한다. 그리고 어릿광대는 줄곧 눈물짓고 울부짖으면서도 "아니야, 난 다시는 울지 않을 거야"(3.4.17)라고 발버둥 치는 리어로 하여금 남성성의 가면을 벗어던지게 만든다. 4막에서 리어가 "광기 속의 이성"(4.6.171)을 획득하고 그의 광기가 정점에 이르러 "죽여라, 죽여라, 죽여라, 죽여라, 죽여라!"(4.6.183)를 부르짖을 때, 어릿광대는 리어 곁에 머물러 있을 필요가 없다.

어릿광대는 리어에게 교훈을 주는 데 그치지 않고 사회현실에 눈을 뜨게 한다. 그런데 셰익스피어는 리어와 함께 그의 관객들도 어릿광대의 교육 대상으로 삼는다. 리어 일행이 오두막으로 들어간 후, 어릿광대가 하는 운문 독백은 관객들에게 현실을 대면하고 문제의식을 공유하기를 촉구한다.

사제가 쓰잘데기도 없는 말만 일삼고,
양조업자가 술빚는 엿기름에 물 타며,
귀족이 양복장이에게 유행을 가르치고,
이교도는 놔두고 기둥서방만 처형한다.

법정의 모든 판결이 올바로 내려지고,
빚진 시종과 가난한 기사가 없어지며,
사람들이 중상모략을 입에 담지 않고,
소매치기가 군중 속에 보이지 않으며,
고리대금업자가 떳떳하게 돈을 세고,
포주와 창녀가 교회를 세우는 날에는
엘비언 왕국에 큰 혼란이 찾아오리라.
그때까지 살아서 이런 일을 보는 자는
발로 걸어 다니는 시절을 볼 것이니라.(3.3.81-95)

어릿광대는 이것이 중세의 아서왕 신화와 연관된 마법사 멀린의 예언이라고 하지만, 사실은 르네상스 잉글랜드를 배경으로 한 사회 풍자다. 셰익스피어는 '인가받은 독설가' 어릿광대의 입을 빌려 처음 4행에서는 동시대 사회가 봉착한 디스토피아의 현실을 고발하고, 다음 6행에서는 가난하고 소외된 자들이 꿈꾸는 유토피아의 비전을 제시한다. 그런데 어릿광대가 전하는 행간의 메시지는 역설적이면서 냉소적이다. 한편으로는 유토피아가 "발로 걸어 다니는" 것처럼 상식과 원칙이 통하는 사회임을 강조하면서, 다른 한편으로는 그러한 사회가 도래하면 잉글랜드에 대혼란을 초래한다고 함으로써 유토피아가 실현 불가능한 환상임을 암시한다. 스펜서는 『요정 여왕』에서 멀린의 예언에 빗대어 엘리자베스 여왕이 통치하는 잉글랜드를 황금시대의 구현으로 찬양했지만, 셰익스피어의 어릿광대는 당시 잉글랜드가 유토피아와는 거리가 멀다는 것을 교묘한 완곡어법으로 말하고 있다. '바보'의 횡설수설(橫說竪說)이 촌철살인(寸鐵殺人)의 의미를 담은 셈이다.

어릿광대에게 날카로운 사회비판의 논조를 전수받은 리어는 그가 떠나고 광기가 정점에 달했을 때 지배계층의 탐욕과 위선에 통렬한 비판을 가한다. 앞서 제2장에서 인용한 리어의 대사(4.6.156-64)는 현실의 부조리를 우회적으로 고발한 어릿광대의 독백(3.3.81-95)을 아예 직설적으로 되풀이해 한층 더 신랄하게 지배계층을 질타한다. 미친 리어를 미친 듯이 분노하게 만드는 것은 사회적 불평등이다. 사창가에 드나드는 형리가 창녀를 채찍질하고, 중죄인이 잡범을 교수형에 처하며, 권력형 비리는 모피 외투로 덮여져도 생계형 범죄는 헤진 누더기 사이로 낱낱이 드러난다. 이 모순된 현실에 눈을 뜬 리어는 모든 "난쟁이"의 "무죄"와 "복권"을 선언하기에 이른다. 리어의 이러한 혁명적 비판의식은 어릿광대의 가르침 덕분이다. 구중궁궐에서 호의호식하던 절대군주가 황량한 광야에서 헐벗고 굶주린 노인네로 추락하면서 정의와 분배를 얘기하는 평등주의자로 변신하는 과정에서, 어릿광대는 불가결한 선생 역할을 한다.

셰익스피어는 민중을 사회혁명의 주체로 등장시키지 않는다.『줄리어스 시저』와『코리얼레이너스』에서 역사의 흐름과 주인공의 운명을 바꾼 시민들의 '폭동'은 서사의 배경으로만 언급되고,『헨리 6세』2부에서는 부패하고 무능한 권력에 맞서는 잭 케이드의 '반란'이 귀족에게 사주받은 꼭두각시놀음으로 처리되었다. 그렇게 하지 않았더라면 오늘의 정전작가 셰익스피어는 존재하지 않았을 것이다. 처세에 능한 셰익스피어는 필화의 덫에 빠지지 않기 위해 안전한 우회로를 택했다. 아래로부터의 혁명 대신 위에서의 변화, 즉 피지배자의 항거에 의한 체제 전복 대신 지배자 내면의 혁명인 자기성찰을 사회변화의 징후로 부각하는 것이다.『리어왕』에서도 마찬가지다. 리어와 글로스터가 걸어가는 자기발견의 여정은 계급의 단층선을 넘는 과정이다. 이처럼 귀족 주인공들이 계급적 경계선을 넘나드는 장면은 전복적으로 비칠 수 있다. 그러나 셰익스피어는 이를 실성과 실명의 모티프로 중화시키는 동시에 하층민을 서사의 전면에 배치하지 않는 '지혜'를 발휘한다.

하지만 『리어왕』에서 하층민의 역할은 결코 미미하지 않다. 리어는 '바보'와의 동행 끝에 자신의 무지와 교만을 깨닫고, 글로스터는 '거지 톰'의 손을 잡고 나락으로 떨어지는 훈련과정을 이수하며, 그 '거지'의 누더기를 걸친 에드거도 하층민의 삶을 체험하고 나서 공감과 연민의 능력을 지닌 지도자로 거듭난다. 이처럼 '밑바닥'에서 '밑바탕' 역할을 하는 계급적 타자는 사회적 예속(servitude)과 유용성(service)을 동시에 구현한다.

셰익스피어는 고통을 통해 성장하는 귀족 이야기의 배경으로 하층민을 끌어들이면서도 그 배경을 평가절하하지 않는다. 한편으로는 '우리'와 '그들' 사이의 차이와 위계를 인정하면서 다른 한편으로는 '우리'의 자족성 대신 '그들'과의 상호의존적인 관계를 강조한다. 비록 셰익스피어가 민중의 대변인은 아니지만, 민중의 불만을 도외시하지는 않는다. 셰익스피어는 자신이 창조한 어릿광대처럼 권력의 인내심을 거스르지 않으면서 권력의 모순을 꼬집고, 하층민의 불경스럽고 가시 돋친 항변을 익살과 외설로 포장하며, 객석에서 '내려다보는' 엘리트 관객과 땅바닥에서 '올려다보는' 입석 관객에게 같은 언어로 다른 의미의 웃음을 선사한다. 셰익스피어가 어릿광대를 '영리한 바보'로 재현하는 것은 사회의 저변(底邊)이 자신의 문화적 뿌리이고 무대 앞의 땅바닥이 연극의 경제적 토대이기 때문이다.

5 '밑바닥 인생들'의 꿈

연극무대는 갈등과 대화의 장(場)이다. 사회 갈등이 문화의 영역에서 불거지고 또한 무마되기도 한다. 셰익스피어 시대의 공중(公衆) 연극도 그러했다. 귀족문화와 민중문화가 융합되어 있었던 당시 연극은 모든 계층을 아우르는 유일한 장르였기에 연극의 사회적 매개 기능은 더욱 두드러졌다. 이 책의 서론에서 언급했듯이, 르네상스 연극의 가장 중요한 특징은 계급적 이질성과 문화적 혼종성이다. 무대 위에서는 출신이 '비천한' 배우들이 '고귀한' 귀족 역할을 했고, 그들의 대사는 근엄한 귀족문화와 그것을 풍자하는 민중문화를 동시에 대변했으며, 객석은 소수의 귀족과 다수의 중산층으로 채워졌고 그 밑의 땅바닥은 하층민 차지였다. 따라서 셰익스피어는 지배자와 피지배자의 상반된 이해관계가 충돌하는 지점을 포착해 그것을 권력의 비위를 거스르지 않는 한도 내에서 조율해야 했다.

『햄릿』에서 막간극 「쥐덫」을 공연할 배우들에게 햄릿은 "연기의 목적"(the purpose of playing)을 이렇게 말한다. "자연에 거울을 갖다 대어서, 덕스러운 자에게 그 모습을 보여주고 가소로운 자에게는 그 작태를 보여주며, 지금 이 시대의 현실과 상황을 있는 그대로 충실하게 전하는 것이다. 이것을 과장하거나 제대로 못 하면, 무식한 자들의 웃음을 자아내어도 유식한 자들을 괴롭게 하지. 연극에 관해서 다른 누가 뭐라 해도 그런 유식한 사람의 의견은 귀담아들어야 해." (3.2.21-28) 햄릿이 보기에, 배우의 연기는 자신이 속한 시대의 정서를 반영하는 동시에 그 시대의 규범을 제시해야 하므로 정치적·윤리적 목적의식을 담아내야 한다. 그 목적이 바로 "자연이 정한 한계를 넘지 않는"(3.2.19) 것이다. 여기서 햄릿이 말하는 "연기"가 연극을 의미하고 "한계"(modesty)가 계급적 단층선을 상징한다고 보면, 그의 연극관은 지극히 보수적이고 엘리트주의적이다. 연극의 형식과 내용에서, 무대 위에서든 극장 바깥에서든, '존재의 거대한 고리'에서 정해놓은 각자의 '자리'를 지키고 거기에 맞게 '행동'(acting)하라는 얘기다. 이른바 '어울림'(decorum)의 규범이다.

그래서 햄릿은 하층민의 연극적 취향을 싫어하고 경멸한다. 햄릿이 배우들에게 강의하는 연기 이론을 들어보자. "내가 자네들에게 보여준 대로 혀를 굴려서 대사를 부드럽게 암송해봐. 대개 배우들이 연설조로 대사를 읊는데, 차라리 읍내 야경꾼들한테 대사를 맡기고 싶어. 손도 톱질하듯이 너무 흔들어대지 말고 부드럽게 움직여. 열정의 격류, 폭풍, 소용돌이라고 해야 할 대목에서도 제발 자제해서 부드럽게 표현하도록 해. 아, 정말이지, 난 가발을 덮어쓰고 떠들어대는 배우가 흥분을 주체하지 못하고 대사를 갈가리 찢고 누더기로 만들어 바닥 관객들(groundlings)의 귀청을 찢으려고 꽥꽥대는 모습을 보면 진절머리가 난다니까. 대개 그런 관객들은 뜻도 모르는 무언극이나 시끄러운 소리 말고는 아는 게 없지. 소란한 이슬람 신을 과장되게 연기하는 작자는 매로 다스렸으면 좋겠어. 헤롯보다 더 고함을 질러. 제발 그렇게 하지 말아줘."(3.2.8-14) 지금 햄릿은 배우들에게 연기 기술을 가르칠 뿐만 아니라 대상 관객을 제대로 파악하라고 주문하고 있다.

하지만 『햄릿』은 햄릿의 연극 이론을 지지하지 않는다. 비수기인 우기(雨期) 동안의 실내 공연과 귀족의 여흥을 위한 궁궐 공연을 제외하면, 상업적 공중극장을 활동무대이자 생계의 터전으로 삼았던 셰익스피어와 그의 동료 배우들로서는 햄릿의 엘리트주의 연극관에 동의하기가 어려웠을 것이다. 『햄릿』은 "유식한" 소수의 귀족 관객이 몰입했을 귀족 영웅의 내적 갈등을 집중 조명하지만, 그렇다고 "무식한" "바닥 관객들"이 좋아했을 법한 볼거리를 배제하지 않는다. 오히려 셰익스피어는 햄릿을 오만한 왕자에서 겸손한 인간으로 거듭나게 한다. 햄릿은 오직 아버지의 복수를 위해 무고한 생명을 희생시키고도 자신의 허물을 깨닫지 못하는 자기중심적 인물이었으나 무덤 파는 인부에게서 인간이 흙으로 만들어지고 흙으로 돌아가는 미물임을 배우게 된다. 셰익스피어의 다른 극들에서도 '무대감독' 햄릿이 경멸했을 카니발의 해학과 음담패설, 눈을 즐겁게 하는 구경거리, 요란한 길거리 칼싸움은 물론, 민중문화의 단골 메뉴인 광대, 유령, 마녀, 요정이 등장하는 '버라이어티쇼'가 전개된다. 그런 '잡동사니'는 '밑바닥' 관객들의 취향만 충족시키는 눈요깃거리가 아니라 이질적 관객을 대상으로 한 당대 공중극장의 핵심요소였기 때문이다.

셰익스피어는 『한여름 밤의 꿈』에서 연극이 상충하는 계급적 이해관계가 경합하는 장임을 더 상세히 예시한다. 귀족 남녀의 사랑과 결혼 이야기가 펼쳐지는 이 낭만 희극에 목수, 직조공, 풀무수리공, 땜장이, 가구장이, 양복장이 등의 다양한 하층계급 인물들도 등장한다. 아테네 공작 테시어스와 아마존 여왕 히폴리타의 결혼식 축하공연을 담당하는 이 "어릿광대 패거리, 비천한 기능공들"(3.2.9)은 짤막한 막간극을 공연하는 데 그치지 않는다. 극 시작부터 끝까지 계속 무대에 등장하는 이들은 요정과 인간 세계의 경계를 넘나들며 극의 플롯과 주제를 귀족 주인공들과 함께 이끌어간다. 더구나 그들은 익명의 무리가 아니라 각자가 이름과 직업을 가졌기 때문에, 고대 아테네를 배경으로 요정들이 출몰하는 이 초현실적이고 비사실적인 희극에 현실감각을 덧입혀준다. 즉 그들의 존재 덕분에 이 극은 제목처럼 일장춘몽으로 끝나지 않고 셰익스피어의 동시대 관객이 동일시할 수 있는 구체적 역사성이 확보된다. 그들이 공연하는 막간극 「피라머스와 시스비」가 '막간'에 삽입되지 않고 극의 대미를 장식하도록 배치된 것도 예사롭지 않다.[4] 이는 미숙한 배우들이 펼친 조야한 막간극

---

4) 1692년 도싯 가든에서 공연된 가면극에서 이 막간극이 극 중간에 배치되었고,

에 셰익스피어가 색다른 의미를 부여했음을 의미한다.

아마추어 배우들은 공연 준비 모임 때부터 흥미로운 상황을 연출한다. 여기서 목수인 피터 퀸스가 무대감독처럼 배역을 지정하고 대본을 나눠주며 모임을 진행한다. 그런데 이들은 감독의 일방적인 지시보다는 토론과 협의를 통해 공연을 준비한다. 이를테면 상향적(bottom-up)이고 민주적인 집단인 셈이다. 그들은 퀸스의 지시에 자꾸 이의를 제기하고 회의 진행을 지연시킨다. 특히 보텀은 과도한 연기 욕심을 드러낼 뿐 아니라 퀸스에게 배우들의 이름을 한 사람도 빠트리지 말고 차례로 호명하라고 거듭 요청한다(1.2.2, 9, 14-15). 포효하는 사자 역할까지 하겠다고 나서는 보텀에게, 퀸스는 "그걸 너무 소름 끼치게 했다가 공작부인과 귀부인들이 놀라서 비명이라도 지르면 우린 다 교수대로 끌려가야 해"(1.2.70-72)라고 만류한다. 이에 보텀은 "난 목소리를 낮춰서 젖먹이 비둘기처럼 부드럽게 어흥 할 거야. 마치 꾀꼬리처럼 말이지"(1.2.75-77)라고 대답한다.

3막의 예행연습에서도 퀸스는 피라머스가 자결하려고 칼을 뽑는 장면과 사자가 나타나는 장면에서 객석의 귀부인들이 겁먹을까봐 걱정하고, 보텀은 주인공의 죽음이 연기일 뿐이며 사자 역할을 하는 배우는 진짜 사자가 아니라는 것을 프롤로그에서 미리 알려주고 공연 중에도 상기시켜주라고 얘기한다. 브레히트(Bertolt Brecht)가 서사극 이론에서 강조한 것처럼, 관객이 무대와의 심리적 '거리 두기'를 하도록 유도하라는 얘기다. 여기서 셰익스피어는 당시의 연극이 후원과 검열의 이중적 통제하에서 항상 권력의 눈치를 살피며 위태한 줄타기를 해야 했던 상황을 익살스럽게 에둘러서 표현하고 있다.

1816년 코벤트 가든 공연에서는 「테시어스의 승리」라는 막간극으로 막을 내렸다.

막간극 공연은 퀸스 일행의 우려가 기우(杞憂)가 아님을 보여준다. 우선 테시어스가 궁전의 연회 담당관인 필로스트레이트의 추천을 받아 공연작품을 선택하는 장면부터 '연극의 정치학'을 예시한다.[5] "오래된 고안품"과 '날카롭고 비판적인 풍자"(5.1.50, 54)를 싫어하는 테시어스는 "즐거우면서 애절하고, 지루하면서도 짤막한, 그래서 뜨거운 얼음"(5.1.58-59) 같은 「피라머스와 시스비」를 선택한다. "불협화음에서 화음을 찾아내는"(5.1.60) 테시어스의 취향은 비극과 희극의 장르 경계를 즐겨 넘나드는 셰익스피어의 극작술과 맞닿아 있다. 이 막간극의 예행연습을 미리 관람하며 "즐거운 눈물"(5.1.69)을 쏟았던 필로스트레이트는 반대 의견을 개진한다. 이유인즉슨 배우들이 "여기 아테네에서 육체노동만 하느라 여태껏 정신노동을 해본 적이 없고 이번에 각하의 혼례에 대비해서 생전 안 쓰던 머리를 굴리느라 끙끙대는 작자들"(5.1.72-75)이며, 그들이 준비한 작품은 "각하를 섬기려고 머리를 쥐어짜서 안쓰럽게 고생하며 대사를 외우려는 그들의 마음가짐에서 재미를 느끼시면 모를까, 세상 허접하고 보잘것없기"(5.1.78-81) 때문이다. 하지만 테시어스는 바로 그 이유에서 이 작품을 골랐다고 말한다. "진정성과 존경심"(5.1.83)이 묻어나기 때문이라는 것이다.

히폴리타가 "모자라는 자들이 무리하게 애쓰다가 바치려던 존경심의 품질이 떨어지는 건 원치 않아요"(5.1.85-86)라고 하자, 테시어스는 이렇게 대답한다.

---

5) 셰익스피어 시대에 의전관(Lord Chamberlain) 휘하의 연회 담당관(Master of Revels)은 궁궐의 여흥을 주관하면서 연극 대본을 미리 읽어보고 공연 여부를 승인하는 역할도 병행했다. 공교롭게도 셰익스피어가 소속된 극단의 공연에서 허미아와 라이샌더의 결혼에 반대하는 이지어스 역할을 맡은 배우가 퀸스 일행의 막간극 공연에 반대하는 필로스트레이트 역할도 맡았다고 한다.

하찮은 것에 감사하면 우리 자애가 돋보여요.
그들 잘못을 포용하는 것이 우리 즐거움이죠.
서투른 존경심으로 전심전력을 다 하는 것은
공과를 따지지 말고 고상하게 평가해줍시다.
예전에 내가 방문한 곳에서 위대한 학자들이
미리 준비한 환영사로 날 맞이한 적이 있어요.
나는 그들이 벌벌 떨면서 안색이 창백해지고,
문장을 채 끝내지 못하며, 겁에 질린 나머지
연습했던 말을 삼키고, 마지막엔 말문이 막혀
환영 인사도 못 하고 끝나버리는 것을 보았소.
여보, 난 이 침묵에서 환영의 뜻을 포착했고,
불손하고 무엄한 능변을 떠벌이는 혓바닥보다
겁먹고 존경하는 수줍음에서 많은 걸 읽었소.
그러므로 난 알았소. 사랑과 말 없는 진정성은
말을 적게 할수록 더 많이 드러나게 마련이오.(5.1.89-105)

테시어스의 대사는 모든 권력의 욕망과 속성을 대변한다. 신이든
군주든 가부장이든 모든 지배자는 피지배자의 인정(認定)을 원한다.
그 인정은 감사가 깃든 경외심으로 표현되어야 하며, 가장 적절한
표현방식은 진정성이 느껴지는 어눌함이다. 피지배자가 '말하는 주
체'로서 당당하고 유려하게 의견을 표명하는 모습은 지배자가 원하
는 그림이 아니다. 그것은 '차이'를 흐트러뜨리기 때문이다. 지배자
가 수시로 상대적 우월감을 확인하며 '가당치 않은 온정'을 베풀 때,
그리고 피지배자가 자신의 부족을 아는 데서 비롯되는 '자발적인 복
종'으로 화답할 때, 불균등하고 갈등적인 권력 관계가 원만해진다.
셰익스피어 시대에도 연극을 후원하고 검열했던 권력의 주체들에게

는 그것이 "연극의 목적"이었다. 테시어스가 "서투른 존경심"으로 "큰 웃음"(5.1.70)을 주는 작품을 선호하듯이, 엘리자베스 여왕과 귀족들도 현실의 "불협화음"이 무대 위에서 "화음"으로 변환되는 마법 같은 허구를 즐겨보았다.

그렇다면 퀸스와 그의 동료들도 같은 생각일까? 그들의 속마음도 오로지 "진정성과 존경심"일까? '고귀한' 관객들과 '비천한' 배우들은 애당초 서로 다른 이유로 같은 자리에 모였다. 예행연습 도중에 티타니아와 숲속으로 사라져버린 보텀 때문에 테시어스의 혼례 축하공연에 차질이 생기게 되었을 때, 가구장이 스넉은 "우리 공연이 잘 진행되었으면 우리 모두 한밑천 잡았을 텐데"(4.2.17-18)라면서 보텀을 원망하고, 풀무수선공 플루트는 "오, 멋진 친구 보텀, 그는 평생 일당 6펜스를 잃어버렸어"(4.2.19-20)라고 아쉬워한다.

한편, 뒤엉켰던 연인 관계가 정리되고 합동 혼례를 앞둔 전날 밤에 테시어스는 "저녁 식사 후 잠잘 때까지 이 기나긴 세 시간을 때울 만한 무슨 가면극이나 춤이 없느냐? 평소에 우리 즐거움을 돋구던 책임자는 어디 갔느냐? 준비해놓은 여흥이 무엇이냐? 이 고통스러운 시간을 덜어줄 연극이 없느냐?"(5.1.32-37)라고 채근한다. 그러니까 두 집단은 상반된 "연극의 목적"을 표방한다. 보텀과 그의 친구들에게 연극은 생계수단이지만, 테시어스를 비롯한 귀족 관객들에게는 연극이 여흥이다. 테시어스가 미천한 배우들에게 바라는 것은 충성심이고, 그들이 테시어스에게 기대하는 것은 일당과 연금이다. 지배자와 피지배자가 연극을 매개로 정신적 위안과 물질적 보상을 맞바꾸는 것이다. 이는 계급의 차이에서 비롯되는 일종의 노동분업이다. 연극이 누구에게는 저녁 식사 후의 심심풀이 유희이고 또 다른 누구에게는 저녁 한 끼를 위한 노역이다.

막상 공연이 시작되자 극도로 긴장한 퀸스 일행은 테시어스가 기대했던 "겁먹고 존경하는 수줍음"을 실컷 보여준다. 프롤로그 역을 맡은 퀸스는 연신 말을 더듬으며 비문을 남발하고, 그의 동료 배우들도 관객의 불평과 웃음을 동시에 유발하는 생경한 연기를 펼친다. 테시어스는 "누가 봐도 조잡한 이 극이 굼뜬 걸음으로 가는 밤을 즐겁게 해줬다"(5.1.357-58)라는 촌평을 남기고 객석을 떠난다. 하지만 테시어스 일행은 "조잡한" 극의 대사 행간에 담긴 "날카롭고 비판적인 풍자"를 읽지 못한다. 의도적 단어 오용(malapropism)과 잘못된 구두법으로 가득한 퀸스의 프롤로그는 권력의 시선을 회피하면서 그 권위를 해체하고, 보텀을 비롯한 아마추어 배우들은 엘리트 관객들의 계속되는 간섭과 지적을 무시하면서 브레히트의 서사극처럼 '동일시의 환상'을 파괴하는 연기를 펼친다. 그들은 테시어스가 원하는 "수줍음"과 "어눌함"을 연막으로 삼고 그의 "상상력"과 "분별력"(5.1.211, 230)을 우롱한다. 일례로, 스넉이 연기하는 사자는 "용맹하기로는 영락없는 여우"이며 "분별력에서는 거위"(5.1.227-28)다. 마키아벨리가 군주의 덕목으로 제시한 사자의 힘과 여우의 슬기를 뒤집어서 여우처럼 겁 많고 거위처럼 어리석은 군주상을 예시하는 것이다. 테시어스가 "온순하고 양심적인 짐승"(5.1.225)이라고 좋아하는 이 '사자답지 않은 사자'가 누구를 가리키는지는 어느 귀족 관객도 눈치채지 못한다.

그러한 맥락에서 보면, 보텀은 셰익스피어의 여느 어릿광대 못지않게 흥미로운 캐릭터다. 퍽이 "그 얼간이 무리 가운데 가장 멍청한 녀석"(3.2.13)으로 평가하는 보텀은 이 극에서 요정들과 대면하는 유일한 인물로서, 대사 분량과 역할에서 비중이 가장 큰 인물이다. 퍽의 장난으로 당나귀로 변신한 보텀은 햄릿이 강조한 "연기의 목적"에 어긋나는 연기를 선보인다. 이 극의 아든판 편집자 차우두리 (Sukanta Chaudhuri)가 "프롤레타리아 앵커맨"으로 칭한 보텀은 엘리트 관객의 웃음과 비웃음을 동시에 불러일으킨다. 더구나 나태와 무지의 상징인 당나귀로 변신한 보텀이 요정 여왕 티타니아와 사랑에 빠지는 장면은 후원자와 검열자의 눈에 평민들의 신분상승 판타지를 자극하는 "정치적 신성모독"으로 비칠 수 있다.[6] 이 우스꽝스러운 에피소드는 비록 희극적 모티프인 밤, 꿈, 숲의 비현실성을 담보하긴 해도 자칫 티타니아와 '처녀 여왕' 엘리자베스의 유비관계를 암시함으로써 필화를 입을 수 있다.

티타니아의 품속에서 잠들었다가 깨어난 보텀이 독백하는 이른바 "보텀의 꿈"은 전복적인 메시지를 얼버무리면서 흘리는 셰익스피어 특유의 둔사(遁辭)를 잘 보여준다.

> 난 정말 희한한 꿈을 꿨어. 내가 꿈을 꿨는데, 인간의 머리로는 그게 무슨 꿈이었는지 말할 수 없어. 이 꿈을 설명하려 드는 인간은 나귀 같은 바보야. 내 생각엔, 아냐 누구도 말 못 해. 내 생각엔, 꿈을 꾸긴 했는데, 아냐 내가 무슨 꿈을 꿨는지 얘기해주려는 자는 얼룩 옷 걸친 광대일 뿐이야. 내 꿈이 무엇이었는지는 인간이 눈으로 듣지 못하고 귀로 보지 못하며 손으로 맛보지 못하고 혀로 이해하지 못하며 심장으로 말할 수 없어. 난 피터 퀸스에게 이 꿈으로 연가를 만들라고 해야지. 제목은 '보텀의 꿈'으로 할 거야. 거기엔 바닥이 없으니까.(4.1.203-15)

---

6) Sukanta Chaudhuri, "Introduction", *A Midsummer Night's Dream*, London: The Arden Shakespeare, 2017, pp.90, 96. 정절의 여신 다이애나는 당대 르네상스 문학에서 엘리자베스 여왕의 알레고리로 자주 등장한다. 다이애나는 오비디우스(Ovid)의 『변신』(*Metamorphoses*) 같은 고대 신화에서 티타니아라는 이름으로 등장하기도 한다.

비몽사몽간에 중얼거리는 보텀의 독백은 꿈과 현실 또는 연극과 삶의 경계가 불분명하다는 것을 말하고 있다. 막간극에서 시스비의 연인 역을 맡아야 하는데 느닷없이 티타니아의 연인이 되고, 직조공으로서 요정 여왕과 덧없지만 황홀한 사랑을 나눈 보텀은 어디까지 환상이고 어디부터 현실인지 가늠할 수 없다. 세상이 무대며 인간은 배우라는 셰익스피어의 연극·인생 철학이 '고귀한' 공작이 아닌 '미천한' 장인의 입을 통해 전해진다. 여기서 이 독백은 보텀의 혼잣말이지만 동시에 보텀의 우스꽝스러운 행위를 '내려다보는' 귀족 관객들을 향하고 있다. 삶 자체가 "한여름 밤의 꿈"이며 인간은 "얼룩 옷 걸친 광대"임을 모르는 자들, 부귀영화를 누리는 왕후장상의 삶도 역할놀이에 불과함을 모르는 자들은 모두 보텀 자신처럼 "나귀 같은 바보"라는 것이다.

"보텀의 꿈"은 경계선 넘어서기를 통한 사회적 평등을 염원한다. 보텀이 마지막 행에서 말하는 "바닥"(bottom)은 자신의 이름일뿐더러 측량의 근거나 토대를 의미한다. 꿈에 "바닥"이 없다는 것은 그 꿈이 재현 불가능한 환상이거나 사회적 금기이기 때문이다. "바닥"은 또한 사회질서의 밑바닥을 의미하는 동시에 앉았을 때 신체의 밑바닥인 엉덩이를 가리킨다. 셰익스피어 극에서 민중문화의 요소를 분석한 패터슨(Annabel Patterson)은 보텀이 연기하는 바보(ass)와 그가 변신한 나귀(ass)가 엉덩이(arse)의 동음이의어라는 것에 주목해, 무지몽매한 하층민, 짐을 운반하는 나귀, 성교 시 몸을 지탱하는 엉덩이가 모두 '밑'에서 떠받치는 '토대'임을 암시한다고 주장한다.[7] 즉 "보텀의 꿈"은 바보로 놀림 받고 나귀처럼 짐만 지는 밑바닥 인생

---

7) Annabel Patterson, *Shakespeare and the Popular Voice*, Cambridge: Basil Blackwell, 1989, p.66.

들을 재평가하고 '저속한' 카니발 에너지의 사회적 효용성을 강조한다는 것이다.

성서 구절을 풍자한 눈, 귀, 손, 혀, 심장의 비유도 묘한 정치적 함의를 지닌다. 사도 바울은 "하나님이 자기를 사랑하는 자들을 위하여 예비하신 모든 것은 눈으로 보지 못하고 귀로 듣지 못하고 사람의 마음으로 생각지도 못하였다 함과 같으니라"(고린도전서 2장 9절)라고 말했다. 인간을 향한 하나님의 사랑은 인간의 이성이 아닌 성령의 계시로만 이해할 수 있음을 강조한 구절이다. 보텀은 이 구절을 살짝 비틀어서 신체기관들 사이의 우열관계를 해체하는 것이다.

보텀의 패러디는 여기서 그치지 않는다. 바울은 기독교인이 서로 다른 은사를 받았으며 은사의 경중이나 우열을 따질 수 없다는 것을 강조하기 위해 이렇게 말했다. "몸은 한 지체뿐만 아니요 여럿이니…… 만일 다 한 지체뿐이면 몸은 어디냐. 이제 지체는 많으나 몸은 하나라. 눈이 손더러 내가 너를 쓸 데가 없다 하거나 또한 머리가 발더러 내가 너를 쓸 데가 없다 하지 못하리라. 그뿐 아니라 더 약하게 보이는 몸의 지체가 도리어 요긴하고, 우리가 몸의 덜 귀히 여기는 그것들을 더욱 귀한 것들로 입혀 주며 우리의 아름답지 못한 지체는 더욱 아름다운 것을 얻느니라 그런즉 우리의 아름다운 지체는 그럴 필요가 없느니라. 오직 하나님이 몸을 고르게 하여 부족한 지체에게 귀중함을 더하사 몸 가운데서 분쟁이 없고 오직 여러 지체가 서로 같이 돌보게 하셨느니라."(고린도전서 12장 14-25절) 보텀이 바울의 구절을 '세속적'으로 전유하여 말하는 것은 "더 약하게 보이는 지체"의 "요긴"함과 "덜 귀히 여기는 지체"의 "귀중"함이다. "아름답지 못한 지체"가 없으면 "아름다운 지체"도 없다는 것이 "보텀의 꿈"이 암시하는 궁극적인 메시지다.[8]

셰익스피어는 보텀을 어떠한 시선으로 바라보았을까? 몬트로스는 셰익스피어가 활동했던 극단(the Lord Chamberlain's Men) 소속의 전문배우들이 보텀역을 맡은 배우를 비롯해 다른 아마추어 배우에게 "애정, 관용, 우월감, 비웃음의 복합적인 감정"을 느꼈을 것이라고 주장한다. 셰익스피어와 보텀의 관계도 마찬가지다. "직조공이자 배우이며 몽상가"인 보텀은 셰익스피어의 경력과 야망을 대변한다. 그런데 몬트로스는 무명배우로 시작해 극작가로 명망을 쌓고 신분 상승의 꿈을 이룬 셰익스피어가 자신의 미천한 과거를 상기시키는 보텀에게 완전한 감정이입을 하지 않았으리라고 본다. 다만 셰익스피어는 자신의 연극에 "좀처럼 사라지지 않는 문화적·사회적·정신적 유래의 흔적"으로 남아 있는 민중 문화와 장인 계층의 정서를 "보텀의 꿈"을 통해 표현했다는 것이다.[9]

차우두리는 바흐친(Mikhail Bakhtin)의 카니발 이론을 차용한 신역사주의 분석 틀을 따라 『한여름 밤의 꿈』에 담긴 민중 문화의 정치적 효과를 "정형화된 무질서" "관습의 관습적 타파" "사회질서의 일시적 전복"으로 설명한다. 지배 담론에 "흠집을 내어놓고 그것을 지움으로써 흔적만 남긴다"라는 것이다.[10] 하지만 그 "흔적"은 보텀과 그를 창조한 셰익스피어조차 생각지 못한 파급력을 지녔을 수 있다. 르네상스 잉글랜드의 공중극장이 공시적(共時的) 맥락에서는 권력을 홍보하고 계급갈등을 봉합하는 매개물이었으나, 통시적(通時的) 관점에서 보면 봉건체제의 위기를 가져온 사회변화의 에너지가 표출되는 공간이었다. 그리고 귀족 관객들이 웃음거리로 삼은 "비천한 기능공들"은 공중극장의 연극산업과 그것이 구현한 중상주의 경

8) 같은 책, pp.68-70.
9) Louis Montrose, *The Purpose of Playing: Shakespeare and the Cultural Politics of the Elizabethan Theatre*, Chicago: The University of Chicago Press, 1996, p.198.
10) Sukanta Chaudhuri, 앞의 글, pp.88-89, 107.

제의 "바탕"이었다. 아마 셰익스피어도 자신의 연극적 실천이 역사의 흐름 한가운데 있었고 또한 그 흐름을 바꾸는 데 관여하고 있었다는 것을 의식하지 못했을지 모른다. 만약 셰익스피어가 반세기 후에만 『한여름 밤의 꿈』을 썼더라도, 그러니까 국왕을 단두대에 처형하는 정치혁명을 목격하면서 이 극을 썼더라면, "보텀의 꿈"에 좀더 선명하게 민중의 정치적 소망을 담아내지 않았을까?

제3부
셰익스피어가 창조한 잉글랜드와 로마

제1장 민족국가 잉글랜드와 그 '변방'

> "초자아가 리비도를 계도하고, 국가권력이 개인의
> 주체성을 통제하며, 플롯이 캐릭터에 우선하는
> 양상은 셰익스피어의 '잉글랜드 만들기' 기획이
> 수반하는 이데올로기적 배치 과정이다."

1 셰익스피어 사극과 민족주의 담론

서구 근대성의 역사가 수반한 현상 중의 하나로 흔히 민족의식의 형성과 민족국가의 탄생을 거론한다. 잉글랜드의 경우도 예외가 아니다. 중세 잉글랜드는 교황의 권위와 라틴어의 헤게모니로 유지된 범유럽 기독교공동체의 일부였으며, 지리적 위치가 말해주듯 유럽대륙 문화권에서 멀리 떨어진 주변 도서국이었다. 중세 잉글랜드는 르네상스의 기운을 선점한 유럽대륙 국가들과 비교하면, 그리고 뒤늦게 근대성의 물결에 합류한 근대 잉글랜드와 비교하면, 사회경제적으로나 문화적으로나 '암흑의 시대'를 겪고 있었다. 그러나 '신대륙 발견'과 더불어 시작된 유럽의 식민지 팽창이 가속화되고 그 중심 무대가 지중해에서 대서양으로 이동하면서 르네상스 이후의 잉글랜드는 유럽의 '주변'에서 '중심'으로 부상하기 시작했다.

잉글랜드의 변신은 대내적으로는 단일 언어와 문화의 담론에 기초한 근대 민족국가, 즉 앵글로색슨 중심의 '상상의 공동체'를 형성했으며, 대외적으로는 민족국가의 자본주의 추동력을 해외로 확장하는 식민제국의 건설로 이어졌다. 이러한 잉글랜드의 팽창과정에서 물질적 실천과 담론적 실천이 상호보완적으로 병행되었음은 물론이다. 다시 말해서, 르네상스 이후의 잉글랜드 민족주의와 제국주의는 정치적·경제적·군사적 기획이었을 뿐만 아니라 그것을 정당화하고 공고하게 하는 이데올로기적 기획이었다.

셰익스피어를 잉글랜드 민족주의와 연관하여 논의하려는 시도는 어쩌면 자의적일 수 있다. 민족주의의 개념과 기원을 규정하는 것 자체가 워낙 다양하고 상충하는 방식으로 이루어지기 때문이다. 잉글랜드의 경우, 민족주의의 시발점을 청교도혁명을 기점으로 기독교 선민의식이 팽배해진 17세기 중반이나 제국주의의 물적 토대가 구축된 18세기 후반으로 보게 되면, 셰익스피어와 민족주의는 양립 불가능한 주제일 수 있다. 그런데 이러한 시대구분은 민족과 민족주의의 관계를 '현실'과 그것의 '반영', 내지는 '실체'와 그것을 합리화하는 '이데올로기'로 구분하고 민족을 민족주의에 선행하는 그 무엇으로 규정하는 본질주의 입장에 근거하고 있다. 그러나 민족이란 개념 자체를 역사적 실체가 아닌 담론적 실천이 빚어낸 '상상의 공동체'로 해석하게 되면 얘기는 달라진다. 즉 민족주의 이데올로기가 실재하는 민족을 필연적으로 반영한다기보다는 민족이 민족주의를 통해 구성된다는 전제가 성립한다. 이러한 구성주의 시각을 대변하는 겔너에 의하면, "민족의 자의식을 일깨우는 것이 민족주의가 아니라 존재하지 않는 민족을 만들어내는 것이 민족주의다."[1]

셰익스피어를 민족주의의 관점에서 분석할 수 있는 근거도 여기에 있다. 비록 셰익스피어는 중세 봉건주의에서 근대 자본주의로의 전

---

1) Earnest Gellner, *Thought and Change*, London: Weidenfeld and Nicholson, 1964, p.169.

환기인 르네상스의 문화적 부산물이기에 후대의 '공식적' 민족주의나 제국주의와는 시간적 거리가 있지만, 잉글랜드라는 민족국가와 그것을 확장한 식민제국의 물적 토대가 갖추어지기 전에 셰익스피어는 텍스트 안에서 이미 잉글랜드의 민족의식을 재현하고 있었던 것으로 볼 수 있다. 서론에서 인용한 블룸의 표현을 빗대어 말하면, 셰익스피어는 보편성의 미학을 완성한 '인간의 창조자'일뿐 아니라 역사적 선견지명을 발휘한 '잉글랜드의 창조자'가 되는 셈이다.

셰익스피어의 '잉글랜드 건설' 작업은 모든 장르에 걸쳐 다양하게 전개되는데 특히 사극에서 뚜렷이 나타난다. 제1사부극 『헨리 6세』 1부·2부·3부, 『리처드 3세』와 그 뒤를 잇는 제2사부극 『리처드 2세』, 『헨리 4세』 1부·2부, 『헨리 5세』는 중세 잉글랜드를 배경으로 봉건 영주들 간의 권력투쟁을 극화하면서도 근대 민족국가의 형성과정을 일관된 주제로 삼는다. 연대기적 배경은 중세이면서도 이데올로기적 배경은 근대인 것이다. 그리고 셰익스피어가 두 연작을 쓴 순서는 연대기 순서와 정반대다. 제2사부극은 잉글랜드의 가장 위대한 군주 헨리 5세의 프랑스 정벌로 막을 내리지만, 제1사부극은 요절한 헨리 5세의 공백으로 인한 내우외환(內憂外患)의 소식으로 시작된다. 즉 셰익스피어는 연대기 시간의 흐름을 따라 과거에서 현재로 내려오지 않고 고고학 발굴 작업처럼 현재에서 과거로 거슬러 올라가는 기억의 순서에 의해 두 연작을 쓴 것이다. 그러므로 두 연작 사이의 시간의 흐름은 과거로의 회귀이며 두 연작을 가로지르는 주제는 잃어버린 영웅과 지나간 시대에 대한 향수라고 할 수 있다. 두 연작에서 펼쳐지는 웅대한 파노라마는 『헨리 5세』로 수렴되며, 셰익스피어의 '잉글랜드 건설'도 제1사부극에서 제2사부극으로 가면서 더욱 구체적으로 진행된다.

제1사부극과 제2사부극 사이의 차이와 연속성도 그런 맥락에서 되짚어볼 만하다. 전통적 셰익스피어 비평에서는 두 연작이 지닌 서사적 독립성과 자족성을 인정하면서도 동시에 홀(Edward Hall)과 홀린셰드(Raphael Holinshed)의 연대기에서 재현한 '튜더 신화'를 문학적으로 형상화했다는 점에서 둘 사이의 유기적 일관성을 강조한다. '존재의 거대한 사슬' 개념으로 르네상스 시대의 우주적·사회적 위계질서를 설명한 틸리아드(E.M.W. Tillyard)에 따르면, 셰익스피어의 사극은 신의 섭리가 인간의 역사에 구현되는 과정을 극화한 것으로 궁극적인 목적은 튜더 왕조가 아서 왕의 전설에서 예언된 잉글랜드의 번영과 영광을 실현할 대리자임을 보여주는 것이다.[2] 리브너(Irving Ribner)도 기독교의 목적론적 역사관에 기초하여 두 연작 모두 타락-고통-구원으로 이어지는 기독교적 서사구조를 지니고 있음을 강조한다. 차이가 있다면, 제1사부극은 내란과 반역으로 점철된 장미전쟁의 파노라마를 통해 잉글랜드라는 집단적 주체가 서사시적 영웅으로 부상하는 과정을 보여주고, 제2사부극은 탕아였던 해리 왕자가 국가의 영웅 헨리 5세로 거듭나는 모습을 묘사한다는 것이다.[3]

그러나 이러한 구역사주의 해석은 셰익스피어의 역사극이 당대의 지배 이데올로기였던 절대군주제에 복무한다는 것을 간접적으로 드러내지만 텍스트가 지닌 근대성의 함의를 제대로 읽어내지 못한다. 르네상스 시대에는 신의 섭리가 인간 역사의 알파와 오메가라는 기독교적 역사관이 역사의 방향은 정치적 상황이나 인간의 의지와 능력에 따라 결정된다는 마키아벨리적 역사관과 공존하고 있었으며,

---

2) E.M.W. Tillyard, *Shakespeare's History Plays*, London: Chatto and Windus, 1943, pp.39-40.

3) Irving Ribner, *The English History Play in the Age of Shakespeare*, Princeton: Princeton University Press, 1957, p.169.

셰익스피어의 잉글랜드 사극도 상반된 역사관 사이의 긴장을 내포한다.[4] 따라서 내란과 반역이 남긴 도덕적 · 정치적 교훈에만 주목하는 틸리아드식의 분석은 섭리주의 역사관과 인본주의 역사관의 혼합물인 셰익스피어의 역사극을 일면적으로 파악한 것이다.

두 연작의 주인공을 집단적 주체(잉글랜드)와 개인적 주체(헨리 5세)로 대별하는 리브너의 해석도 시사적이면서 동시에 제한적이다. 제2사부극에서 여러 인물의 영웅적 기질과 개체성이 더 두드러지는 것이 사실이지만 이들이 대변하는 가치가 개인적 차원에 머무르지 않기 때문이다. 제2사부극을 논의할 때마다 얘기되는 리처드/볼링브룩의 이항대립과 해리/핫스퍼/폴스타프의 삼각 구도도 잉글랜드의 국가 정체성을 구성하는 작업과 무관하지 않다. 특히 헨리 3부작은 희대의 탕아였던 해리 왕자가 위대한 군주로 탈바꿈하는 과정을 그린 개인의 성장소설인 동시에 헨리 5세의 변신이 궁극적으로 잉글랜드의 승리로 귀결되는 민족의 서사시이기도 하다. 더구나 셰익스피어가 잉글랜드의 국가 정체성을 구성하는 방식은 오히려 제1사부극보다 제2사부극이 더 체계적이고 효과적이다. 잉글랜드를 주인공으로 놓고 볼 때, 제2사부극은 작품 간의 유기적 일관성과 플롯의 완결성에서 앞설 뿐 아니라 서사 전략도 더 정교하고 적극적이다.

신역사주의 비평의 화두가 되는 국가권력 문제를 두고 보더라도 두 연작 사이의 차이는 리브너와는 정반대 방식으로 설명될 수 있다. 제1사부극에서 사회적 신분과 권리는 계보에 의해 결정되고 왕권의 자격은 부계혈통에 근거하며 권력은 왕의 몸을 중심축으로 형성되고 유지된다. 반면에 제2사부극에서는 왕권이 선천적 혈통보다 후천

---

4) Phyllis Rackin, *Stages of History: Shakespeare's English Chronicles*, Ithaca: Cornell University Press, 1990, pp.5-7.

적 노력으로 확보될 뿐 아니라 권력의 수행 공간이 군주와 봉건귀족의 고유한 활동영역인 궁정과 전쟁터를 벗어난다. 그리고 제1사부극이 권력의 적법성과 정태적 구조를 강조하는 반면 제2사부극은 권력의 효율성과 역동적 과정을 강조한다. 전자가 권력을 혈통과 세습을 통해 '주어지는' 것으로 파악하는 데 비해 후자는 권력을 개인의 능력과 노력에 따라 '만들어지는' 것으로 인식하는 것이다. 요컨대, 권력 개념에서 제1사부극은 중세적이고 제2사부극은 근대적이다. 이는 제2사부극이 연대기 순서로는 중세로 더 거슬러 올라가면서도 사회문화적 풍토에서는 근대성 담론을 극화하기에 더 적합한 조건을 갖추고 있음을 의미한다.

셰익스피어의 잉글랜드 사극은 권력 개념의 변화와 더불어 서사의 중심이동도 보여준다. 제1사부극은 군주에게 초점을 맞춰서 서사를 전개하지만 제2사부극은 무게중심을 군주에서 국가로 이동한다. 헬거슨은 이러한 변화를 절대군주제에 내재하는 모순으로 설명한다. 절대군주제는 16세기 잉글랜드의 권력 구조이자 지배 이데올로기였으며 당시의 문학, 연극, 역사기술은 왕권의 강화와 유지를 위한 프로퍼갠더 역할을 담당했다. 셰익스피어의 사극도 예외는 아니다. 그런데 문제는 절대군주제를 합리화하려는 튜더 왕조의 기획이 점차 군주보다는 국가를 부각하는 일종의 부메랑효과를 초래했다는 사실이다. 통합되고 중앙집권적인 권력체제를 구축하려는 튜더 왕조의 노력이 군주보다는 국가를 통치의 근거와 충성의 대상으로 여기게 했다는 것이다.[5] 앤더슨(Perry Anderson)의 주장처럼 절대군주제는 봉건귀족이 부상하는 신흥중산층에 맞서서 자신들의 기득권을 강화

---

5) Richard Helgerson, *Forms of Nationhood: The Elizabethan Writing of England*, Chicago: The University of Chicago Press, 1992, pp.1-18.

하려는 정치체제였지만,[6] 군주주의가 배태한 국가주의나 애국심이 신성불가침의 왕권을 불안정하게 하는 요인으로 작용한 것이다.

셰익스피어의 사극 역시 절대군주제에 복무하면서도 그런 이데올로기적 균열에 영향을 받았을 수 있다. 물론 엘리자베스 시대만 해도 "군주를 향한 충성심이 국가에 대한 충성심을 포섭하는 경향"이 지배적이었던 것이 사실이지만,[7] 상호보완적이면서도 때로는 긴장 관계를 노정하는 군주주의와 국가주의의 애매한 역학을 셰익스피어의 동시대 사회가 감지하지 못했을 리는 없다. 더구나 셰익스피어가 제2사부극을 쓴 시기가 엘리자베스 사후의 왕위계승 문제로 프로테스탄트 잉글랜드인들의 불안감이 고조되고 권력 누수 현상이 발생하기 시작한 1590년대 후반이었음을 상기한다면 제2사부극의 초점이 군주에서 국가로 이동한 것은 우연이 아니다.

2 민족국가의 젠더화와 잉글랜드 남성성

셰익스피어의 제2사부극은 타자를 전유해 주체를 구성하는 방식으로 잉글랜드의 국가 정체성을 창조한다. 이 작업은 두 가지 전략을 병행한다. 하나는 민족의 젠더화(engendering)이고 다른 하나는 민족의 인종화(racialization)다. 성적 타자와 인종적 타자를 동시에 전유하는 민족주의 담론의 속성을 셰익스피어도 충실하게 따르는 것이다. 르네상스 시대의 역사기술이 철저하게 남성 중심적이었다는

---

6) Perry Anderson, *Lineage of the Absolutist State*, London: NLB, 1974, p.18.

7) Peter Furtado, "National Pride in Seventeenth-Century England," in Raphael Samuel(ed.), *Patriotism: The Making and Unmaking of British National Identity*, vol.1, London: Routledge, 1989, p.44.

것은 주지의 사실이다. 남성이 재현의 주체가 되고 남성만의 미덕으로 여기는 용맹과 명예를 찬양하며 과거와 현재의 목적론적 연속성을 가부장적 계보로 구성하는 역사(history)야말로 '그의 이야기'(his story)만 펼쳐지는 배타적이고 독점적인 영역이었다. 거기에서 여성이 자신의 목소리를 발할 수 있는 공간은 허용되지 않았다. 여성은 가부장적 텍스트의 각인을 기다리는 여백으로만 남아 있었고, 남성 영웅이 펼치는 흥망성쇠의 파노라마를 돋보이게 하는 익명의 배경으로 존재했을 뿐이다. 셰익스피어 역시 그러한 전통에서 크게 벗어나지 않는다. 특히 셰익스피어의 역사극은 그의 다른 장르들에 비해 여성의 주변화가 더욱 두드러진다. 그의 작품 어디에서도 역사의 무대 중앙을 차지하는 여성 주인공은 찾아볼 수 없을 뿐만 아니라, 침묵, 순종, 정절의 여성적 규범을 위반하는 인물은 역사의 흐름을 방해하는 걸림돌이나 남성 영웅을 파멸시키는 유혹의 덫으로 묘사된다.

페미니즘의 시각에서 셰익스피어의 잉글랜드 사극을 분석한 하워드(Jean H. Howard)와 래킨(Phyllis Rackin)에 의하면, 두 연작은 여성을 타자화하는 방식에서 뚜렷한 차이가 있다. 제1사부극에서는 제2사부극에서보다 상대적으로 여성 인물들이 침묵하는 타자가 아니라 말하는 주체로 등장할뿐더러 '여자답지 못한' 행동을 일삼으면서 젠더의 차이와 위계를 교란한다. 물론 여기서 말하는 '여자답지 못한' 여성이란 남성의 고유 영역으로 여겨지는 역사에 개입하고 정치에 관여하는 여장부를 지칭한다. 예를 들어, 『헨리 6세』 1부에서 조안(잔다르크)은 수적으로 열세인 프랑스군을 이끌고 기적적으로 잉글랜드군을 연이어 격파하며, 『헨리 6세』 2부·3부에서는 마거릿 왕비가 요크 가문과 화친하려는 헨리 6세의 계획을 저지하고 전쟁터에서도 남편보다 더 유능한 장군임을 입증한다. 하지만 여성성을 상실한 이들은 가부장적 권위를 위협하고 부계혈통의 정통성을 오염시키는 마녀와 창녀의 이미지로 묘사되면서 결국 남성이 주도하는 역사의 세계에서 배제된다.

셰익스피어가 재현한 여장부 가운데 가장 위력적이고 위협적인 조안의 역할은 매우 상징적이다. 『헨리 6세』 1부에서 처음에는 조안이 드보라와 아스트라이아의 딸에 비유되는 긍정적 이미지로 등장하지만, 군사적 승리가 거듭될수록 그녀의 모습은 '여성다움'의 규범에서 점점 멀어진다. 조안과의 결투에서 패배한 톨벗 경은 마치 거세된 듯한 절망과 수치심에 사로잡혀 그녀의 초자연적이고 불가사의한 능력을 마술로 설명하려 한다. 르네상스 시대의 마녀는 여성성의 미덕을 상실한 존재일뿐더러 인간성의 범주에도 속하지 못하는 가장 주변화된 타자다. 따라서 조안을 마녀로 규정하는 것은 그녀를 문명 사회의 테두리 바깥으로 추방하는 것이다. 이는 클리오파트라의 경우처럼 여성의 성적 에너지나 정치적 리더십으로 인한 가부장제의 불안감을 해소하는 전형적인 방법이다.

조안의 마녀 이미지는 변복(變服)을 통해 더욱 강화된다. 물론 마커스(Leah S. Marcus)가 지적한 대로 남자로 변장한 여장부 조안의 모습은 여성 군주라는 정치적 모순을 경험하고 있던 당시 잉글랜드 관객들에게 낯설거나 어색하지 않았을 수 있다. 잉글랜드의 남성성을 상징하는 전설적인 장군 톨벗에게 경이로운 승리를 거둔 조안은, 잉글랜드 해군이 스페인의 무적함대를 기적처럼 격퇴한 후 아마존의 이미지를 극대화한 복장으로 등장해 "나는 가냘프고 연약한 여자의 몸이지만 잉글랜드 국왕의 용기와 배짱을 가졌다"라고 일갈하던 엘리자베스 여왕을 연상시킨다.[8] 하지만 엘리자베스의 양성적 자

---

8) Leah S. Marcus, *Puzzling Shakespeare: Local Reading and Its Discontents*, Berkeley:

기연출이 동시대 잉글랜드 사회에 불러일으켰을 가부장적 불편함은 민족주의나 애국심으로 무마될 수 있었을지 몰라도, 프랑스 여성인 조안의 전도된 군사적 리더십과 이를 표상하는 남장(男裝)은 해소되기 힘든 모순으로 남는다. 연극적 상상력 속에서만 허용되는 변복은 남성이 지배하는 역사의 세계에서는 금기요 위반이다. 그것은 남성성과 여성성의 차이를 불안정하게 하는 정치적 반란행위다. '남자 같은' 여성이 행사하는 힘은 악마적이며, 조안이 걸친 남성 의복은 『맥베스』의 마녀들이 기른 수염처럼 기괴함의 기표일 뿐이다.[9]

반면에 제2사부극에서는 여성 인물들의 역할이 축소될 뿐 아니라 이들에게는 전쟁이나 국사에 참여할 기회조차 주어지지 않는다. 이름도 없이 잠시 등장해 극에 아무런 영향도 미치지 못하는 리처드 2세의 아내가 그렇고, 잉글랜드 남성과 결혼했는데도 영어로 말하지 못하는 이방 여성들, 즉 웨일스 마술사 글렌다워의 딸과 프랑스 공주 캐서린도 마찬가지다. 전사나 마녀의 모습으로 남성의 불안을 불러일으키는 '기괴한' 여성 대신에 '가정 안에서' 아내, 어머니, 과부, 시녀의 역할을 충실하게 수행하는 '전통적' 여성으로 등장한다. 예외가 있다면, 『리처드 2세』에서 요크 공작부인이 볼링브룩의 사면을 놓고 남편과 격론을 벌이며 적극적으로 국사에 간섭한다. 하지만 이 장면은 "우리 광경이 심각한 일에서 '왕과 거지' 같은 희극으로 변해버렸다"(5.3.77-80)라는 리처드의 냉소적 반응이 말하듯이, 여성이 '공적' 영역에 개입하는 행위가 '역사'를 폄훼하는 부당하고 우스꽝스러운 것임을 암시할 따름이다. 『헨리 4세』에 나오는 선술집 주모와 작부도 여성성의 규범에서 벗어나 성적 자유와 경제적 독립을 누리

University of California Press, 1988, p.66.
9) Phyllis Rackin, 앞의 책, pp.197-200.

지만, 이들은 셰익스피어의 사극에서 가장 주변적인 하층 여성으로 장차 해리 왕자가 건설할 새로운 민족국가에서 배제되고 처벌받아야 한다.

하워드와 래킨은 셰익스피어의 사극에서 여성의 역할이 점차 축소되는 양상은 근대성의 단면을 반영한 것이라고 본다. 그리고 이들은 자본주의적 생산양식이 대두하면서 남성과 여성을 '공적' 영역과 '사적' 영역으로 분리하는 성적 노동분업이 가속화되고 그것을 합리화하는 남성성과 여성성의 담론이 활발히 생산된 사회적 배경이 셰익스피어 해석에도 영향을 미쳤다고 주장한다. 일례로, 여성의 공적 역할이 가장 두드러지는 『헨리 6세』가 톨벗의 비장한 죽음 장면 덕분에 셰익스피어 당대에 가장 많은 인기를 끌었으나 왕정복고와 18세기 이후에는 정전의 범주에서 점점 멀어졌다. 반면에 남성과 여성의 영역 구분이 가장 두드러진 『헨리 4세』가 후대로 오면서 가장 각광받는 셰익스피어 사극으로 자리 잡았다. 이는 자본주의와 가부장제가 결탁한 근대성의 전개과정이 셰익스피어의 정전화 역사와 맞물려 있음을 의미한다.[10]

그런 맥락에서 보면, 『리처드 2세』는 제1사부극과 제2사부극의 연결고리다. 일반적으로 『리처드 2세』는 리처드와 볼링브룩의 엇갈린 흥망성쇠를 통해 중세적 세계와 근대적 세계의 충돌을 보여주는 작품으로 해석된다. 리처드는 쇠퇴하는 중세 봉건주의와 기독교적 가치관을 대변하고 볼링브룩은 부상하는 근대 자본주의와 유물론적 가치관을 대변하며, 그 사이에서 셰익스피어는 볼링브룩의 왕권 찬탈을 합리화함으로써 권력의 적법성보다 효율성을 더 중시하는 근

---

10) Jean H. Howard and Phyllis Rackin, *Engendering a Nation: A Feminist Account of Shakespeare's English Histories*, London: Routledge, 1997, pp.20-30.

대성의 이데올로기를 암묵적으로 승인한다는 것이다. 이러한 중세와 근대의 대립 구도 역시 남성성/여성성의 이분법으로 번역된다. 중세적 권력을 유지하려는 리처드를 여성적으로 그리고 근대적 권력을 수행하는 볼링브룩을 남성적으로 묘사함으로써 튜더 왕조의 정치적 기원인 왕권 찬탈을 중세로부터 근대로의 이행으로 설명하는 것이다.

제2사부극의 시작인 『리처드 2세』와 제1사부극을 끝맺는 『리처드 3세』의 공통점은 남성성과 여성성의 차이를 이성과 감정의 이분법으로 나타낸 데 있다. 『리처드 3세』에서 글로스터 부인과 요크 부인이 그랬던 것처럼, 『리처드 2세』에서도 글로스터 부인과 리처드의 왕비는 사적인 감정에 휩싸여 남성의 공적인 임무를 방해하거나 아예 공적인 영역에서 배제된다. 이러한 가부장적 재현은 리처드와 볼링브룩의 성격묘사에서 한층 더 분명해진다. 리처드는 시종일관 말이 행동에 앞서고 전쟁터에 나가기를 싫어하며 이탈리아풍의 의상과 사치스러운 쾌락에 탐닉할 뿐 아니라 지나친 용맹과 깊은 절망 사이에서 급격한 감정의 기복을 드러낸다. 병상에 누워 죽음을 기다리는 리처드의 삼촌도 "격렬하게 타오르는 불꽃은 금방 꺼져버리고 갑자기 퍼붓는 폭우는 오래가지 않으며, 전력으로 내달리는 말은 일찍 지치고 게걸스레 먹는 음식은 이내 식상하는 법"이라며 자기 조카의 "경박한 허영심"과 "고갈시키는 성급함"을 한탄한다(2.1.31-39).

리처드의 몰락을 초래하는 기질은 이성의 결여와 감정의 과잉, 즉 가부장제 담론에서 남성성의 부정적 대립항인 여성성으로 규정된다. 심지어 리처드의 미덕조차 여성적 이미지로 채색된다. 역경에 대처하는 리처드의 의연한 모습을 두고 요크가 "눈물과 미소가 싸우는 그의 얼굴은 슬픔과 인내의 상징"(5.2.31-33)이라고 묘사하는데, 이 장면은 『리어왕』에서 "인내와 슬픔이 서로 다투고 미소와 눈물이 햇

빛과 비처럼 한꺼번에 보이는"(4.3.16-18) 여성성의 표상 코딜리아를 연상케 한다. 게다가 마지막 폐위 장면에서 나타나듯이 리처드는 시적 감수성과 수사학이 뛰어나지만, 그의 능변(能辯)은 다변(多辯)이 되고 이는 곧 여성적 수다스러움으로 연결된다.[11]

'여자 같은' 리처드의 반대쪽에 '남자다운' 볼링브룩이 서 있다. 현란한 언술과 장엄한 의식을 앞세우면서도 거기에 뒤따르는 행동이 없는 리처드와는 달리, 볼링브룩은 전략적으로 언어를 구사하며 이따금 보여주는 그의 계산된 침묵은 남성적 과묵함으로 나타난다. 볼링브룩도 때로는 리처드 못지않게 연극적이다. 1막에서부터 볼링브룩은 "겸허하고 친근한 공손함으로 백성들의 가슴을 파고드는"(1.4.25-26) 처세술로 리처드를 불안케 하고, 5막에서는 부당하게 권력을 쟁취하고서도 시민들의 열렬한 지지를 끌어낸다. 그러한 헨리 4세를 요크는 "세련된 배우"(5.2.24)에 비유한다. 하지만 이 두 인물이 지닌 연극적 기질의 차이는 이들이 보여주는 권력 개념의 차이만큼이나 분명하다. 리처드의 연극성이 나르시시즘과 개인주의 성향의 표현이라면, 볼링브룩의 연극성은 권력을 창출하고 강화하려는 정치적 전략이요 실천이다. 콜더우드(James L. Calderwood)의 표현을 인용하면, 리처드와 볼링브룩은 각각 "중세적·종교적·시적" 언어철학과 "근대적·실용적·과학적" 언어철학을 대변하는 인물이다.[12]

중세와 근대의 대립은 『헨리 4세』에서 한층 더 복잡하게 전개된다. 『리처드 2세』에서는 리처드와 볼링브룩의 성격묘사를 통해 중세적 가치와 근대적 가치의 충돌을 형상화하지만, 『헨리 4세』에서는 그 대

---

11) 같은 책, pp.140-143.

12) James L. Calderwood, *Shakespearean Metadrama*, Minneapolis: University of Minnesota Press, 1971, p.162.

립이 핫스퍼와 해리 왕자의 인물 대조뿐 아니라 서사의 중심이동을 통해서도 나타난다. 극의 초점이 국왕에서 국가로 옮겨지는 것이다. 이전에는 잉글랜드의 왕과 다른 나라의 왕, 혹은 중앙집권적 군주와 이에 맞서는 봉건영주의 갈등을 묘사함으로써 국왕이 잉글랜드를 의미하는 재현 구도를 형성했지만, 이제는 잉글랜드의 정체성을 나타내는 상징물이 국왕의 몸이나 로맨스의 무대인 궁궐에 국한되지 않고 지리적 박진성을 지닌 마을, 도시, 변경, 외국으로 확장됨으로써 민족국가 잉글랜드의 경계선이 관객의 상상 속에 구체적이고도 입체적으로 그려진다. 국가 중심의 서사와 근대적 역사관의 연관성이 셰익스피어의 제2사부극에서 더 뚜렷해지는 것이다.

앞서 인용한 헬거슨에 따르면, 르네상스 잉글랜드의 역사관에는 연대기(chronicle)와 지형도(chorography) 사이의 긴장이 배어 있다. 연대기는 국왕 중심의 역사기술로, 목적론적이고 통시적이며 단선적인 구조를 지닌 '시간의 서사'다. 따라서 연대기에서는 국왕이 곧 국가이며 잉글랜드에 대한 충성은 군주에 대한 충성과 동일시된다. 반면에 '장소의 서사'인 지형도는 동시대적이고 공시적인 구조를 지니고 있으며 지역적 차이와 다양성을 통해 잉글랜드의 정체성을 만들어간다. 지리적 고유명사의 레퍼토리를 담은 지형도는 국왕보다 국토와 국민을 충성 대상으로 삼음으로써 결국 근대적 민족국가 건설의 주체인 신흥중산층과 의회 세력의 이데올로기적 지형을 재현한다. 이러한 변화는 봉건주의에서 자본주의로의 전환기에 대두하였다가 부르주아 시민사회의 형성과 함께 몰락한 절대군주제의 궤적을 반영한 것이기도 하다. 절대군주제는 중세의 이데올로기적 복무 대상이었던 신·교회·봉건영주를 군주·국가로 대체하는 데 성공했지만, 그 이후 근대로의 이행과정에서 군주와 국가의 상관성은 형이상학적 필연성을 점차 잃어가고 있었다.[13]

『헨리 4세』는 셰익스피어의 다른 어느 극보다도 이러한 연대기와 지형도의 병치를 뚜렷이 나타낸다. 국왕 중심의 서사와 국가 중심의 서사가 상호보완적이면서도 상호대립적인 관계를 형성하는 것이다. 비록 『헨리 4세』 2부는 가부장적 질서로의 회귀와 군주의 권위를 상징하는 대관식 행렬로 막을 내리지만, 연대기의 궁극적인 승리에 도달하기까지 랭커스터 왕가의 역사는 내우외환으로 점철되어 있다. 『헨리 4세』 1부는 막이 오르면서부터 연대기적 역사기술의 취약성과 불완전함을 드러낸다. 찬탈한 권력에 정당성을 부여하고자 예루살렘으로 십자군 원정을 추진하던 헨리 4세의 기획은 잉글랜드 변방에서 들려오는 패전 소식과 반란의 위협으로 좌절되고, 연대기적 궤도를 이탈해 지형도적 방황을 일삼는 해리 왕자는 부왕의 불안정한 권력 기반을 더욱 불안하게 한다. 이후에도 연대기의 목적론적 서사는 그것에 도전하는 지형도의 서사에 의해 끊임없는 개입을 당하고, 가부장적 왕위계승과 중앙집권적 권력체제를 지향하는 플롯은 이를 방해하려는 서브플롯들로 인해 오랜 지연을 겪어야 한다. 이는 서사시의 선형적 진행과 로맨스의 원형적 방랑이 교직하면서 경쟁하는 서사구조라고 할 수 있다. 그러나 공시적(synchronic) 지형도와 통시적(diachronic) 연대기의 긴장은 결국 후자가 전자를 포섭하는 방향으로 수렴된다. 한편으로는 다양하고 상충하는 공간을 병치하면서 다른 한편으로는 지역적 차이와 다양성을 우열과 위계로 환원하는 것이다. 이 원칙은 『헨리 4세』에서도 어김없이 적용된다.

『헨리 4세』 1부에서 서사 전개의 공간은 런던 왕궁, 런던 변방, 잉글랜드 북부, 웨일스의 네 지역으로 나누어진다. 이 네 지역은 서로 다른 삶의 양식과 가치관으로 구분된다. 헨리 4세가 차지한 왕궁은 국

---

13) Richard Helgerson, 앞의 책, pp.131-136.

가권력의 중심이자 지배 담론의 기반이고, 나머지 세 곳은 헨리 4세가 구축하려는 구심성(centripetal) 권력을 위협하고 교란하는 원심성(centrifugal) 공간이다. 핫스퍼를 비롯한 봉건영주들의 본거지인 잉글랜드 북쪽에는 헨리 4세에 대한 반란이 일어나고, 마술사 글렌다워가 지배하는 웨일스에는 헨리 4세가 찬탈했던 왕위의 적통 계승자인 모티머가 포로로 잡혀 있으며, 폴스타프 일행의 활동무대인 런던 밤거리에서는 해리 왕자가 아버지의 기대를 저버리고 방탕한 삶을 즐기고 있다. 헨리 4세가 잉글랜드를 강력한 민족국가로 건설하기 위해서는 이 세 지역으로부터의 도전과 위협을 극복해야 한다. 그 과정에서 해리 왕자는 런던의 뒷골목에서 왕궁으로 서서히 활동무대를 이동하면서 잉글랜드의 변방을 평정해나간다.

이러한 역사기술 전략은 잉글랜드와 웨일스의 상반된 묘사에서 잘 드러난다. 셰익스피어가 그리는 지형도에 따르면, 잉글랜드는 가부장적 역사의 중심부이고 웨일스는 그것을 위협하는 주변부에 해당한다. 잉글랜드가 역사와 정치의 공간이자 남성적 이성이 지배하는 세계라면, 웨일스는 시와 음악과 마술로 특징지어지는 여성적 감성의 세계다. 그런데 튜더 왕조의 계보를 따져본다면, 셰익스피어의 이러한 지형도는 상당히 작위적이다. 『헨리 5세』에서 잉글랜드의 영웅 헨리 5세와 결혼하는 프랑스 공주 캐서린은 실제 역사에서는 헨리 5세가 일찍 죽은 후 웨일스 남자 오웬 튜더와 재혼해 헨리 7세의 조모가 되는데, 이로써 튜더 왕조의 부계적 뿌리는 웨일스가 된다. 그리고 잉글랜드와 웨일스는 양국 모두 여성을 통치자로 두었을뿐더러 두 여왕의 조부가 모두 웨일스 출신이라는 공통점이 있다. 극중에서도 『헨리 4세』에서 잉글랜드의 정체성을 대표할 해리의 공식적 직위는 웨일스 왕자이며, 『헨리 5세』에서도 그가 웨일스 출신이라는 사실이 거듭 강조되고 있다. 그런데도 셰익스피어가 중심과 주변의 이분법으로 잉글랜드와 웨일스의 경계선을 긋는 것은 앵글로 색슨 민족이 역사적 실제가 아니라 담론적 구성물임을 반증하는 것이다.

웨일스의 주변성과 타자성은 『헨리 4세』 1부에서 주요 모티프가 된다. 극의 도입부에서부터 잉글랜드의 참패 소식과 함께 웨일스 여인들의 '엽기적 행위'가 전해지면서 주변적 타자로서의 웨일스의 이미지가 각인된다. 웨일스 여인들이 잉글랜드 병사들의 시체에 "차마 형언할 수 없을 잔인하고 추잡한 유린"(1.1.44-46)을 가했다는 보고는 웨일스를 야만과 미개의 세계로 만들기에 충분하다. 3막에 가면 웨일스의 주변성은 마술사 글렌다워를 통해 색다른 모습으로 그려진다. 글렌다워가 읊조리는 시와 그의 딸이 부르는 감미롭고 이상야릇한 노래가 암시하듯이, 웨일스는 이국풍의 정서와 여성적 관능미 그리고 변방 특유의 나태함과 한가로움이 지배하는 세계다.

웨일스는 이국 여인의 매력과 마녀·창녀·집시의 기괴함을 동시에 지닌 모호하고 위험한 세계로 재현된다. 이 여성적이고 야만적인 변방에 문명의 중심부에서 온 핫스퍼와 모티머가 등장하는데, 이들은 '영국다움'의 잣대로 볼 때 뚜렷한 대조를 이룬다. 해리 왕자의 정치적 경쟁자이기도 한 핫스퍼는 중세 봉건 기사의 전형으로 군사적 용맹과 가부장적 명예를 지고의 가치로 숭배하며 글렌다워의 비합리적이고 여성적인 세계를 경계하고 경멸한다. 반면에 글렌다워의 전쟁포로이자 사위인 모티머는 자신의 정치적 권위와 권리를 상실한 채 글렌다워가 제공하는 감각적 쾌락에 탐닉한다. 범박하게 말해서, 핫스퍼와 모티머는 각각 '영국다움'의 과잉과 상실을 보여준다.

모티머는 잉글랜드의 변방인 웨일스를 우회적이면서도 확연하게 드러내는 인물이다. 원래 리처드 2세 이후의 적법적 왕위계승자인 "고귀한" 모티머는 "비정상적이면서 야만적인"(1.1.38, 40) 글렌다

위에게 포섭됨으로써 잉글랜드를 중심으로 전개되는 역사와 정치의 세계에서 단절되어 있다. 사랑의 노예가 된 모티머의 결혼은 속박이 자 도피이며,[14] 일종의 정치적 거세에 해당한다.[15] 이처럼 매혹적인 여인과의 결혼이 정치적 파멸로 이어지는 남성 영웅의 운명은 셰익 스피어 사극의 출처인 홀과 홀린셰드의 연대기에 반복해서 나타나 는 주제다. 헨리 6세와 마거릿의 결혼이나 에드워드 4세와 엘리자베 스 그레이의 결혼 모두 랭커스터 왕가와 요크 왕가에 정치적 재앙을 초래하는 원인으로 작용한다.

'유혹당하는' 남성과 '유혹하는' 여성의 이분법적 관계는 아담 과 이브, 삼손과 데릴라, 다윗과 밧새바, 솔로몬과 시바, 오디세우스 와 키르케, 아이네아스와 디도, 안토니와 클리오파트라 등의 허다 한 경우에서 드러나듯이 헤브라이즘과 헬레니즘을 가로지르는 보 편적인 주제이기도 하다. 마치 로마 제국의 영웅 안토니가 이집트 의 '요부' 클리오파트라와의 만남으로 인해 본래의 남성다움과 제국 의 미덕에서 멀어진 '탕아'로 그려지는 것처럼, 잉글랜드 장군 모티 머의 정치적 고립과 파멸도 여성적(feminine)이면서 동시에 여성화 (effeminating)시키는 웨일스의 속성과 연관이 된다. 요컨대, 잉글랜 드의 변방 웨일스는 시와 음악, 사랑과 은둔, 마술과 신비의 세계이 자 여성적 감성과 유혹이 상존하는 야만적이고 위험한 공간이며, 따 라서 남성 중심적인 합리성의 세계이자 정치와 역사의 중심 무대인 잉글랜드에 의해 지배당해야 마땅한 대상으로 재현된다.

---

14) J.L. Simmons, "Masculine Negotiations in Shakespeare's History Plays: Hal, Hotspur, and 'the Foolish Mortimer'," *Shakespeare Quarterly* 44(1993), p.444.
15) Phyllis Rackin, 앞의 책, pp.173-174.

3 민중 문화의 주변성과 전복성

중심과 주변의 이분법에 기초한 셰익스피어의 '잉글랜드 건설' 작업은 런던 왕궁과 이스트칩 유곽의 병치를 통해 더욱 강화된다. 셰익스피어 사극의 기본적 대립 구도는 지배계층 내부의 갈등 즉 군주와 봉건영주 혹은 랭커스터 왕가와 요크 왕가 사이의 권력다툼으로 나타나지만, 『헨리 4세』에서는 지배계층과 피지배계층의 갈등이 중요한 요소로 작용하며 이스트칩은 계급적 타자의 억압과 저항이 구체화되는 공간이다. 다양한 신분과 직종의 장삼이사(張三李四)가 모여드는 이스트칩은 당대 런던의 현실과 도회지 하층민의 삶을 생동감 있게 보여주는 공간일뿐더러, 엘리자베스 시대 연극이 지닌 매력과 위험을 동시에 구현하는 양면적 세계다. 거기에는 연극의 전복적 상상력과 에너지가 분출하며, 경계를 넘어서고 질서를 위반하는 즐거움이 있다. 그곳은 또한 지배계층의 공식문화에 대한 풍자가 성행하는 카니발의 세계이며, 이성과 질서가 지배하는 아폴로적 세계가 아니라 자유, 해방, 일탈, 혼돈 등으로 채색되는 디오니소스적 세계다. 더구나 술집 이름인 멧돼지 머리(Boar's Head)가 매춘부 침실(Whore's Bed)의 두음전환(spoonerism)이라는 점이 암시하듯이, 이스트칩은 장차 해리 왕자가 구현할 가부장제의 정치적·도덕적 권위를 위협하고 민족국가의 목적론적 역사의 진행을 지연시키는 공간이다.

유곽의 주모와 작부로 등장하는 넬 퀴클리와 돌 테어쉬트는 이스트칩의 전복성을 구체화하는 인물이다. 이들은 귀족 남성이 주도하는 셰익스피어의 역사극에서 가장 소외되고 주변화된 성적·계급적 타자인 동시에 사회적 무질서에 대한 지배자의 불안을 가장 효과적으로 드러내는 역할을 한다. 이들은 표준영어(the King's English)의 오용(malapropism)과 공식문화의 풍자를 통해 민중문화의 카니발적 자유를 표현하며 국가권력이 강화하려는 위계를 끊임없이 교란한다. 극 중에서 몇 번 언급되지만 한 번도 등장하지 않는 퀴클리의 "착한 남편"은 그녀의 경제적 자율성을 간접적으로 말해주고, 신분을 가리지 않는 테어쉬트의 무분별하고 자유분방한 매춘행위는 성적·계급적 차이의 붕괴에 대한 두려움을 증폭시킨다. 퀴클리의 경제적 독립과 테어쉬트의 성적 독립은 젠더 이데올로기와 신분질서를 동시에 어지럽힌다는 점에서 가부장적 귀족체제에 대한 이중의 위협으로 다가온다.[16)]

비천하고 전복적인 퀴클리와 테어쉬트는 영광스러운 민족국가의 탄생과 양립 불가능한 인물들이며, 따라서 이들은 배제와 처벌의 대상이 될 수밖에 없다. 『헨리 4세』 2부의 결말에서 체포된 이들이 국왕 면전에서 쫓겨날 뿐 아니라 폴스타프와는 달리 감옥에 끌려가 채찍질 당하는 것은 '자연스러운' 인과응보다. 이들의 죄목이 술집을 출입하던 남자를 때려죽였다는 사실은 잉글랜드 군인들의 시신을 유린한 웨일스 여인들을 연상시킨다. 두 장면 모두 가부장제 질서에 물리적·정신적 폭력을 가한 성적 타자의 야만성과 기괴함을 암시한다. 특히 『헨리 4세』에서 "착한 남편"의 아내이자 폴스타프의 정부였다가 『헨리 5세』에서 기수 피스톨의 아내로 등장하는 퀴클리는 "세 번이나 변절한 창녀" "변화무쌍한 요부"로 묘사된 클리오파트라의 패러디라 할 만하다. 주모와 작부의 이중역할을 하다가 성병으로 사망하는 퀴클리는 성적·경제적 자유가 도덕적 타락으로 치닫는 '공적' (public) 여성의 결말을 보여준다. 사망한 여인이 넬(퀴클리)인지 돌

---

16) Jean H. Howard and Phyllis Rackin, 앞의 책, p.179.

(테어쉬트)인지 분간하지 못하는 피스톨의 대사(5.1.85-86)도 두 종류의 '공적' 여성(선술집 여주인과 매춘부)을 동일시하는 텍스트의 의도적 오류일 수 있다. 이러한 일련의 배제와 처벌은 텍스트에 내재하는 연극의 카니발적 위험을 하층 여성에게 전이시키는 작업이다.[17] 이들은 위반의 두려움과 일탈의 즐거움을 동시에 제공해주지만, 연극의 양가적 유희는 한시적이며 그러한 모순의 해소는 이들의 희생을 수반해야 한다.

자유와 무질서를 동시에 상징하는 이스트칩의 양면성을 가장 생동감 있게 보여주는 인물이 바로 폴스타프다. 퀴클리와 테어쉬트의 활동무대인 유곽 자체는 여성적 공간이지만, 선술집과 카니발의 연관성을 가장 역동적으로 구현하는 인물은 폴스타프다. 그런데 폴스타프는 웨일스의 변방 여성이나 이스트칩의 하층 여성과 연관되면서도 그들과 같은 범주로 간단하게 규정되지 않는 애매하고 까다로운 인물이다. 그의 이름(fallen staff)이 암시하듯이, 귀족(Sir John)과 천민(Jack)의 상반된 세계를 넘나드는 폴스타프는 모든 사회적 위계질서의 경계를 모호하게 한다. 또한 그는 중세 도덕극에서나 등장할 법한 악의 화신이면서 카니발의 해학과 건강한 웃음을 전달하는 어릿광대이며, 거짓되고 비겁한 언행을 일삼지만 적나라하게 권력의 위선과 허구를 폭로한다. 한마디로, 폴스타프는 "역설적 이항대립"의 덩어리다.

셰익스피어를 "인간성의 창조자"로 규정한 블룸이 폴스타프를 햄릿과 더불어 셰익스피어가 창조한 가장 위대한 캐릭터라고 주장하는 이유도 하나의 고정된 역할에 국한되지 않기 때문이다. "삶 자체

---

17) Barbara Hodgdon, *The End Crowns All: Closure and Contradiction in Shakespeare's Histories*, Princeton: Princeton University Press, 1991, p.172.

로 가득 쑤셔넣은" 폴스타프는 셰익스피어가 가장 동일시했을 인물이며, 이 "허풍스런 겁쟁이, 떠돌이 협잡꾼, 무례한 어릿광대"는 "우리가 판단하려고 하면 도리어 판단당하는" 인물이다.[18] 캐스턴 (David Scott Kastan)은 한 걸음 더 나아가 셰익스피어의 작품에서 폴스타프가 가장 흥미진진한 캐릭터인 이유는 가장 캐릭터답지 않은 캐릭터이기 때문이라고 주장한다. 즉 폴스타프는 가장 완숙하면서도 가장 자율적인 피조물이며, 가장 일관되면서도 가장 복합적인 성격이라는 것이다.[19]

폴스타프의 양면성과 복합성을 근대성의 맥락에서 해석한 그레이디(Hugh Grady)는 폴스타프의 "고정되지 않은" 정체성을 근대적 주체의 특징으로 본다. 폴스타프는 공동체가 누리는 카니발의 일탈과 무질서를 주재하는 동시에 부식성 리비도와 개인주의적 시장경제의 논리를 추구하며, 민중문화와의 연대의식을 강렬하게 표출하면서도 민중문화를 억압하는 국가권력에 편승하면서 편입되는 인물이다. 그리고 폴스타프는 자신의 연극적 수행의 허구성을 인지하고 그것을 스스로 비판하면서 또한 연극의 정치성과 정치의 연극성을 예리하게 해부하는 점에서 브레히트식의 소격효과(alienation effect)를 예시하는 메타연극적 캐릭터다. 그레이디는 셰익스피어 비평사에서 폴스타프를 해리 왕자가 경계하고 추방해야 할 부정적 인물로 보는 시각과 해리 왕자의 권력 창출을 교란하는 긍정적 인물로 보는 시각으로 구분하면서, 폴스타프에 대한 이원화된 해석이 20세기 후반에는 푸코와 바흐친의 상반된 이론적 틀로 변주되었다고 주장한다. 폴

---

18) Harold Bloom, *Shakespeare: The Invention of the Human*, New York: Riverhead Books, 1998, pp.8, 15.
19) David Scott Kastan, "Introduction," in *King Henry IV Part 1*, London: Bloomsbury, 2015, p.44.

스타프의 언행이 푸코의 억압적 권력 이론을 따르면 신역사주의에서 강조하는 전복과 봉쇄의 역학에 포섭되지만, 바흐친의 카니발과 헤테로글로시아 개념을 적용하면 권력에 저항하고 공식담론을 풍자하는 효과를 가져온다는 것이다.[20]

여하튼 폴스타프는 주인공인 헨리 4세나 해리 왕자보다 더 많은 비평적 관심을 받아온 인물이다. "전체주의 권력에 대한 저항의 표식" "하나가 될 수 없는 이질성의 육중한 증거" "플롯의 유기체적 일부가 아니라 플롯에 대한 위협" "다른 무엇의 모방이 아닌 그 자체" "우리가 존경할 수는 없지만 즐길 수는 있는 인물" "거짓말쟁이, 욕심쟁이, 겁쟁이, 도둑놈이긴 하지만 위선자나 바보는 아닌 인물" "국민의 책임에 대한 정반대" "문학적 전통이나 다른 작품들에 포섭되지 않는 개체성" "국가나 어떤 추상적 개념에 귀속되지 않는 존재."[21] 이 구절들은 『헨리 4세』 1부의 아든판 편집자 캐스턴이 폴스타프를 두고 얘기한 것으로, 숱한 셰익스피어 학자들이 동참한 폴스타프 예찬의 전통을 대변한다고 해도 과언이 아니다.

관객과 비평가들이 폴스타프에 열광하는 이유는 그가 스스로 말한 것처럼 "가짜가 아니라 인간 삶의 진짜 완벽한 모습"(5.4.114, 118)이기 때문이다. 폴스타프가 의미하는 인간 삶의 진짜 모습은 고전 비극이 다루는 고관대작들의 숭고한 이야기가 아니라 '보통사람들'의 애환과 해학을 담은 이야기다. 리비도의 명령을 충실히 따르고 현실원칙보다 쾌락원칙을 우선시하는 폴스타프의 삶은 분명 방종이고 일탈이지만, 그것이 없으면 인간도 역사도 '색깔'이 없어진다. 이데올로기의 '호명'에 대한 저항이 없으면 이데올로기가 존재할 이유도

---

20) Hugh Grady, *Shakespeare, Machiavelli, and Montaigne: Power and Subjectivity from 'Richard' to 'Hamlet'*, Oxford: Oxford University Press, 2002, pp.55, 138.

21) David Scott Kastan, 앞의 글, pp.45-50.

없다. 폴스타프라는 희대의 캐릭터가 플롯에 종속되지 않는 이유도 여기에 있다. 아리스토텔레스가 『시학』에서 강조한 플롯은 시간의 흐름에 따른 목적론적 서사를 수반하고 그것이 지향하는 목적(telos)은 지배 권력의 역사와 연계되지만, 플롯의 도구로 복무하기를 거부하는 폴스타프는 권력의 궁극적 승리를 잠시 유보한다.

"플롯에 대한 위협"으로서의 폴스타프의 정체성은 그가 사용하는 언어에서 잘 나타난다. 셰익스피어의 극에서 지배계층과 피지배계층의 경계는 그들의 구분된 대사, 즉 운문과 산문의 차별적 사용을 통해 설정된다. 특히 역사극에서는 신분이나 계급의 차이에 따른 무운시(blank verse)와 산문의 구분이 두드러진다. 이는 귀족 남성만을 역사의 주인공으로 상정하는 르네상스 역사기술의 규범인 동시에 지배계층과 피지배계층의 담론적 실천을 문자문화와 구술문화로 구분하는 당대의 사회적 지형도이기도 하다. 연극이 전복적인 이유는 그러한 사회적 변별성을 흩뜨리기 때문이다. 시청각적 구경거리를 제공하는 극장은 엘리트문화의 언어와 코드를 깨우치지 못한 하층민도 접근할 수 있는 공간이며, 남성/여성 또는 주인/하인의 차이를 흐트러뜨리는 변복은 젠더나 계급의 차이가 기표의 유희이거나 담론적 구성물일 수 있음을 암시한다. 더구나 정확한 암송이 요구되는 무운시와 달리 하위 언어인 산문은 배우의 즉흥연기가 개입할 수 있는 일종의 열린 텍스트다. 셰익스피어가 정치비판과 풍자를 어릿광대나 하층민의 입을 통해 시도하는 이유도 여기에 있다.

폴스타프의 역할도 공식담론의 규칙성과 경직성에서 벗어난 카니발의 자유로움을 전달하는 것이다. 제2사부극의 주제가 근대적 권력의 연극성이라고 할 때, 지배 권력의 패러디를 수행하는 폴스타프야말로 가장 연극적인 인물이다. 폴스타프의 연극성은 헨리 4세와 해리 왕자의 면담을 흉내 내는 선술집의 모의 면담이나 쉬루즈버리 전투에서 핫스퍼의 죽음과 병치된 그의 가짜 죽음 장면에서도 잘 나타나지만, 무엇보다 그의 대사에서 확연하게 드러난다. 음란한 비속어 속에 예리한 풍자와 위트가 숨겨진 그의 산문 대사는 권력의 검열과 통제 바깥에서 떠돌아다니고, 절제되지 않은 익살과 예측할 수 없는 즉흥연기는 구술문화의 현재성과 민중문화의 자발성을 생동감 있게 보여준다. 하지만 폴스타프가 대표하는 민중문화의 전복적 에너지를 봉쇄하고 포섭하는 것은 근대 민족국가의 건설 과정에서 필요불가결한 작업이다. 이 극에서 셰익스피어가 폴스타프에게 여성적 이미지를 부과하는 것도 이러한 이데올로기적 필요와 무관하지 않다.

폴스타프는 『헨리 4세』에서 시종일관 여성 혐오적인 언어를 구사하며 가장 노골적으로 성적 충동을 표현하는 인물인 동시에 가장 '여성화된' 남성이다.[22] 폴스타프의 성격은 거짓과 변덕, 게으름과 나태함, 물질적 탐욕과 저속한 관능주의, 비대한 몸집과 거칠고 과장된 말투에 어울리지 않는 군사적 무능력과 비겁함 등으로 묘사된다. 폴스타프가 자신의 똥배를 두고 "나를 망치는 자궁"(Part II, 4.3.22)이라고 하듯이, 그의 몸은 귀족 남성 영웅의 고귀함과 상치되는 모든 요소를 담고 있다. 특히 폴스타프의 비겁함과 언행 불일치는 가부장제 담론에서 얘기하는 여성성을 그에게 덮어씌우는 요소다. 그런 점에서, 명예로운 죽음보다 비굴한 삶을 선택하는 폴스타프는 봉건귀족의 기사도 정신을 대표하는 핫스퍼와 뚜렷한 대척점을 형성한다. 말하자면, 핫스퍼와 폴스타프는 각각 남성성의 과잉과 결여를 극단적으로 드러낸다.

물론 가부장적 민족주의 담론에 균열을 가하는 폴스타프 특유의

---

22) Valerie Traub, *Desire and Anxiety: Circulations of Sexuality in Shakespearean Drama*, London: Routledge, 1992, pp.50-70.

연극적 수행성은 적잖은 파장을 불러일으킨다. 특히 헨리 4세와 해리 왕자의 정치적 운명이 걸린 쉬루즈버리 전투 직전에 내뱉는 폴스타프의 독백은 셰익스피어 작품을 통틀어 가장 원색적이면서도 가장 냉소적인 반전(反戰) 대사에 해당한다. 해리가 폴스타프에게 마지막 기도를 하고 죽을 준비나 하라면서 물러가자 폴스타프는 전쟁터에서 요구하는 남성성의 덕목을 신랄하게 비꼬면서 전쟁-죽음-명예의 끈끈한 연결고리를 가차 없이 끊어버린다.

> 난 아직 죽을 때가 안 됐어. 그분(하나님)이 정한 날이 오기 전에 죽음의 빚을 갚긴 싫어. 나한테 독촉하지도 않는데 뭐 하러 미리 나대느냐 말이지. 여하튼 상관없어. 명예가 내게 박차를 가하는데, 괜히 나섰다가 명예가 나를 찍어내 버릴 수도 있잖아. 그땐 어떡해? 명예가 잘린 다리를 다시 붙여줄 수 있나? 아니지. 팔뚝이라도 붙여주나? 아니지. 상처의 고통을 덜어주나? 아니지. 그럼 명예가 수술하는 기술이라도 있나? 아니지. 명예가 뭐지? 그냥 단어야. '명예'란 단어 속에 뭐가 있는 거야? 그놈의 '명예'가 도대체 뭐야? 공기뿐. 참 산뜻한 셈법이네. 누가 명예를 가졌어? 수요일에 뒈진 놈이지. 그자가 명예를 느끼나? 아니지. 그자 귀에 명예가 들리나? 아니지. 그러면 명예는 무감각한 거네? 그래 죽은 놈한테는. 하지만 명예는 살아 있는 사람과는 같이 살잖아? 그렇지도 않아. 왜? 험담이 명예를 가만히 놔두지 않아. 그러니까 난 명예 따윈 필요 없어. 명예는 장례식용 문장(紋章)에 불과해. 이걸로 내 교리문답 끝.(5.1.127-40)

폴스타프는 전투가 끝난 후에도 헨리 4세로 변장해 싸우다 용장 더글러스에게 대신 죽임을 당한 스트랫퍼드 경과 블런트 경의 시체를 내려다보며 명예로운 죽음이 부질없음을 되뇐다. 폴스타프에게는 "아가리 벌린 명예"나 "원치 않아도 찾아오는 명예"보다 "내가 지킬 수 있는 목숨"(5.3.60-62)이 더 소중하다. 실제로 폴스타프는 핫스퍼를 요절내겠다고 허세를 부리다가 막상 더글러스와 대면하자 죽은 척하고 쓰러져서 목숨을 부지한다. 죽은 영웅보다 살아남은 겁쟁이가 더 실속 있다는 자신의 지론을 충실히 실천한 셈이다.

브리스톨이 주장한 것처럼, 죽음을 가장하고 죽음을 모면하면서 삶에 집착하는 폴스타프의 모습은 단순히 원초적인 생존 논리를 넘어 지배계층의 전쟁 이데올로기에 편입되기를 거부하는 계급적 타자의 저항으로 읽을 수도 있다.[23] 문제는 전복적 효과를 수반하는 폴스타프의 연극적 언행이 일관된 파급효과를 갖지 못한다는 데 있다. 이스트칩이 카니발의 활력을 구현하는 공간이고 폴스타프는 그곳을 대표하는 인물이지만, 극이 진행될수록 폴스타프의 역할은 공식문화의 냉소적 풍자에서 공식문화의 저급한 희화화로 바뀌어 간다. 용렬하고 비천하게 재현되는 폴스타프의 부정적 이미지가 그의 긍정적 측면을 상쇄하는 것이다. 관객의 애정과 경계심을 동시에 유발하던 폴스타프의 양가성은 헨리 3부작 후반부로 갈수록 균형을 유지하지 못하고 점점 한쪽으로 기울어진다.

폴스타프에게 전복성과 주변성을 동시에 부여하는 셰익스피어의 서사 전략은 폴스타프를 잉글랜드의 변방인 웨일스와 연관시키는 대목에서도 잘 나타난다. 이스트칩과 웨일스는 양쪽 다 술집 주모와 작부, 마법사의 딸 같은 '위험한' 여성들이 '거세 공포증'을 불러일으키는 공간이다. 이 연관성은 폴스타프가 전사한 핫스퍼의 다리를 찌르는 행위를 통해 더욱 뚜렷해진다. 이 장면은 극의 도입부에서

---

23) Michael D. Bristol, *Carnival and Theater: Plebeian Culture and the Structure of Authority in Renaissance England*, London: Routledge, 1985, pp.182-183.

잉글랜드 병사들의 시신을 유린한 웨일스 여인들을 연상시키는데, 둘 다 남성 고유의 영역인 전쟁터에서 남성의 몸과 명예를 더럽히는 '야만적' 행위에 해당한다. 『헨리 4세』 2부의 주제가 폴스타프의 배척과 추방이라고 할 때, 이 마지막 장면은 흥미로운 전환점이 된다. 핫스퍼의 시신을 등에 메고 자신의 전과로 떠벌리는 폴스타프의 모습은 권력의 허구를 풍자하는 측면도 있지만, 폴스타프의 행위 자체가 더 원색적인 허구임을 드러낸다. 신역사주의 용어로 말하면, 폴스타프의 행위는 전복과 봉쇄의 이중효과를 수반한다. 이 장면은 폴스타프의 야만적 주변성이 심화하는 과정과 해리 왕자가 이스트칩을 벗어나서 왕궁으로 나아가는 과정이 교차하는 지점이기도 하다. 따라서 폴스타프의 추방은 논리적 귀결인 동시에 정치적 필연이며, 그 작업은 『헨리 4세』 2부에서 잉글랜드 왕위에 등극한 해리가 폴스타프를 외면하고 재판관(Chief Justice)을 새로운 동반자로 선택함으로써 마무리된다.

폴스타프의 추방은 그의 성격과 역할 못지않게 줄곧 논란거리가 되어왔다. 18세기 최초의 셰익스피어 전집을 출간한 편집자 로우(Nicholas Rowe)가 불만을 제기한 이래, 19세기와 20세기에도 많은 셰익스피어 비평가들이 죽마고우를 배척하고 헨리 5세로 등극하는 해리 왕자의 비정함을 문제 삼았다. 무대에 올린 『헨리 4세』 2부 공연에서도 관객의 관심은 대부분 '돌아온 탕자' 해리 왕자보다 그에게 버림받은 폴스타프에게 향했다.[24] 그뿐만 아니라 해리 왕자의 타산적이고 비인간적인 면모나 그를 둘러싼 냉혹한 정치 현실도 폴스타프의 추방과 연계해 비평가들의 도마 위에 올랐다. 어쩌면 『헨리

---

24) James C. Bulman, "Introduction," in *King Henry IV* Part 2, London: Bloomsbury, 2016, pp.97-99.

4세』2부가 보여주려는 것은 그레이디가 지적한 것처럼 해리 왕자의 승리인 동시에 그 승리로 인해 치러야 하는 대가일지도 모른다. 그 대가는 관객의 몫인 바, 폴스타프와 더불어 그의 친구 해리도 잃어버렸다.[25] 한때 폴스타프와 함께 밤거리를 누비며 그의 너털웃음을 즐기던 해리, 입석 관객과 선술집의 언어로 소통하고 교감하던 해리는 사라졌다. 대신에 군주의 위용을 갖춘 마키아벨리주의자 헨리 5세가 관객에게 다가온다.

하지만 선/악, 진/위의 경계선을 흐리게 하는 폴스타프의 추방은 불가결하다. 폴스타프가 무대 위에 남아 있는 한, 해리 왕자가 헨리 5세로 완전히 변신하는 것은 난망하다.『헨리 4세』1부와 2부를 해리 왕자의 성장소설이라고 볼 때, 교육의 종착역에 도달한 해리는 두 명의 아버지 즉 친부 헨리 4세와 양부 폴스타프를 놓고 양자택일할 수밖에 없다. 해리 왕자의 개인적 성장이 잉글랜드의 집단적 정체성 확립과 맞물려 있기 때문이다. 해리의 선택은 사육제(Carnival)와 사순절(Lent)이 동시에 진행될 수 없으며 금욕의 고통을 거쳐야 갱생의 기쁨을 맛본다는 기독교 원칙이 세속 정치에도 적용된다는 사실을 여실히 보여준다. 이렇듯 초자아가 리비도를 계도하고, 국가권력이 개인의 주체성을 통제하며, 플롯이 캐릭터에 우선하는 양상은 셰익스피어의 '잉글랜드 만들기' 기획이 수반하는 이데올로기적 배치 과정이다.

결과적으로, 셰익스피어는 카니발의 자유분방함을 폴스타프에게 부여하는 동시에 그것을 통제하는 이중의 서사 전략을 구사했다. 즉 셰익스피어는 폴스타프를 통해 공식문화를 비판하고 풍자하면서도 그가 대표하는 민중문화 자체를 공식문화의 대안으로 상정하거나 새

---

25) Hugh Grady, 앞의 책, pp.186, 199

로 탄생할 민족국가의 규범으로 승인하지는 않는다. 이것이 연극의 정치학이며 카니발의 역학이다. 카니발은 디오니소스적 무질서의 축제이지만 그것은 시공간적 한계를 지니며, 일상의 억압과 통제로부터의 해방이지만 어디까지나 '인가된 일탈'이다. 정치적 효과의 측면에서 볼 때, 카니발은 피지배자의 축적된 불만을 표출할 통로를 미리 제공함으로써 사회혁명의 위험을 미연에 방지하는 안전장치이며, 지배 권력이 효과적인 자기 재생산을 위해 스스로 '제의적' 싸움에 드러내는 통치전략이다.[26] 가부장적 제국주의 담론의 질서를 교란하는 성적·계급적 타자의 전복적 행위는 결국 국가권력에 의해 봉쇄되며, 이들의 저항은 억압의 알리바이를 제공해 오히려 국가권력을 공고하게 만드는 요인으로 작용하게 된다.[27]

4 잉글랜드, 민족국가에서 제국으로

『헨리 4세』 1부에서 런던 왕궁과 뒷골목, 또는 잉글랜드와 웨일스 사이의 갈등을 빚었던 '내부 식민주의' 문제는 『헨리 5세』에서 상당부분 해결되고, 서사의 공간적 배경은 헨리 3부작이 기획하는 민족국가 건설을 위해 잉글랜드 밖으로 이동한다. 3부작의 완결판 『헨리 5세』는 과거의 영웅적 군주에 대한 향수뿐만 아니라 미래의 대영제

---

26) Peter Stallybrass and Allon White, *The Politics and Poetics of Transgression*, Ithaca: Cornell University Press, 1986, pp.6-14.

27) Jonathan Dollimore, "Introduction: Shakespeare, Cultural Materialism and the New Historicism," in Jonathan Dollimore and Alan Sinfield(eds.), *Political Shakespeare: New Essays in Cultural Materialism*, Ithaca: Cornell University Press, 1985, pp.10-15.

국을 향한 판타지를 그리는 텍스트다. 이제 잉글랜드의 정복 대상은 프랑스다. 잉글랜드와 프랑스의 대립은 『헨리 4세』에서처럼 남성성과 여성성의 이분법적 틀에 기초하고 있을 뿐만 아니라 차이를 우열과 위계로 치환하는 자민족중심주의를 중심축으로 전개된다. 물론 『헨리 5세』에도 전쟁의 정당성을 둘러싼 귀족과 하층민 사이의 갈등과 완결되지 않은 '내부 식민주의'의 모순이 계속 불거져 나오지만, 내적 긴장과 균열은 잉글랜드의 궁극적 승리라는 명제 속으로 포섭된다. 민족주의적 통합과 제국주의적 팽창은 동전의 양면처럼 서로 맞물려 있는 기획이기 때문이다.

그러한 맥락에서, 『헨리 5세』의 코러스가 담당하는 역할을 되짚어볼 필요가 있다. 이 극은 셰익스피어 사극 중에서 코러스가 나오는 유일한 작품으로,[28] 막이 시작할 때마다 코러스가 일종의 모두(冒頭)발언으로 극의 흐름과 분위기를 주도한다. 코러스가 처음 도입된 고대 그리스 비극에서는 여러 명의 코러스가 등장인물과 해설자를 겸행하면서 대사와 노래를 통해 무대와 관객 사이의 중재인 혹은 작가와 시민의 대변인 역할을 했는데, 코러스의 역할이 축소된 르네상스 연극에서는 프롤로그, 에필로그, 유령, 서막, 막간극 등의 방식으로 다양하게 변주되었다. 셰익스피어도 『한여름 밤의 꿈』 『헨리 4세』 2부, 『로미오와 줄리엣』 『햄릿』 『페리클레스』 『겨울 이야기』에서 변형된 코러스를 가동하지만, 『헨리 5세』에 비해 대사 분량과 역할이 적다. 『헨리 5세』에서 코러스의 일차적인 역할은 관객의 참여를 유도하는 것이다. 아리스토텔레스의 삼일치법칙에 얽매이지 않고 주인공의 서사시적 여정과 제국 건설의 파노라마를 좁은 무대와 짧은 시

---

28) 『헨리 4세』 2부의 서막에 등장하는 '소문'(Rumor)을 코러스의 변주된 형태로 해석할 수도 있지만, 『헨리 5세』에서 코러스가 담당하는 역할과는 차이가 있다.

간 안에 펼쳐야 하는 셰익스피어는 관객의 상상력에 호소하는 단어들(imagine, suppose, behold, thought, fancies, conjecture)을 거듭 사용하며 서사 전개의 틈새를 메우려고 한다. "이 초라한 무대" 위에 "그 광대한 장면"과 "그 위대한 인물"(1.1.4, 10-11)을 담아내려면 "여러분의 생각으로 우리의 부족한 연기를 보충"(3.1.35)해야 하기 때문이다.

『헨리 5세』의 코러스가 담당하는 더 중요한 역할은 봉합과 봉쇄다. 지금까지 헨리 3부작은 통합된 국가 건설을 방해하고 지연시키는 '주변부'의 목소리를 허용했다. 구심성 '연대기' 역사와 원심성 '지형도' 서사가 경합하는 과정을 보여준 것이다. 하지만 이제는 전자가 후자를 포섭하고 민족주의·제국주의 기획을 완결해야 할 시점이다. 코러스는 그 이데올로기적 요구에 부응해 목적론적 서사의 추동력을 제공한다. 코러스는 극 '위'에서 무대를 내려다보며 전체를 아우르는 전지적(全知的) 인물로서, 그동안 지체되어왔던 플롯의 전개를 독촉하고 견인한다. 코러스의 이 역할은 작가를 위해서도 필요하다. 헨리 3부작의 '공식적' 목적이 군주와 국가 권력의 홍보라고 할 때, 셰익스피어가 여태껏 그 목적에 충실했다고 보기는 어렵다. 보기에 따라서는, 지배 권력의 정당성보다 허구성과 탐욕을 보여주는 데 더 치중했다는 느낌이 든다. 특히 폴스타프와 그의 이스트칩 패거리가 펼친 디오니소스적 카니발의 해학은 아무리 '인가된 일탈'이라 해도 후원자와 검열자의 심기를 불편하게 했을 수 있다. 그러므로 코러스는 텍스트의 불안한 지점을 봉합하고 지배 권력의 우려를 불식시키는 장치다. 작가의 대리인으로 '여겨지는' 코러스가 소리 높여 '용비어천가'를 선창하게 함으로써 셰익스피어는 자신이 말로 같은 '불온한' 극작가가 아니며 3부작의 궁극적인 의도가 지배 권력의 이해관계와 어긋나지 않음을 우회적으로 강변한다. 코러스는 셰익스피어의 자기보호를 위한 연막(煙幕)이자 저간의 미흡한 홍보 효과를 만회하려는 변백(辨白)일 수 있다.

그런데 극이 실제로 진행하는 방향과 속도는 코러스의 전망과는 다르다. 코러스는 셰익스피어의 페르소나이기 때문이다. 셰익스피어는 코러스를 통해 '잉글랜드 만세!'를 외치면서도 잉글랜드 진영의 '잉글랜드답지 못한' 행동을 병치함으로써 극적 긴장감과 현장감을 쉽게 포기하지 않는다. 이 극의 분위기는 전반부만 놓고 보면 『헨리 4세』 1부와 크게 다르지 않다. 대외적으로는 잉글랜드와 프랑스 사이에 전운이 감도는 가운데 스코틀랜드의 침략을 걱정하는 상황이고, 대내적으로는 프랑스에 매수되어 헨리의 암살을 모의하는 귀족들과 여전히 도둑질과 아귀다툼을 일삼는 하층민들이 국가의 안녕과 질서를 어지럽힌다. 게다가 주교들도 교회의 기득권을 보호하기 위해 프랑스의 왕위계승 법령을 자의적으로 해석하며 헨리의 프랑스 정벌을 부추긴다. 잉글랜드의 구성원들은 빈부귀천을 막론하고 모두 각자의 사리사욕만 채우려고 할 뿐이다. 캔터베리 대주교는 잉글랜드가 복종을 통해 조화와 질서를 유지하는 꿀벌들처럼 국왕을 정점으로 각계각층의 백성들이 "하나의 목표를 향해 다른 방식으로 일하는"(1.2.205) 공동체로 거듭나야 한다고 설파해봐도 그런 지배 담론은 사회 저변으로 스며들지 못한다. 특히 동상이몽(同床異夢)의 셈법으로 프랑스 정벌에 합의하는 정치·종교 지도자들의 이기적인 행태는 코러스가 찬양하는 잉글랜드의 모습과는 거리가 멀다.

지배계층 내부의(intraclass) 불협화음은 계층 간의(interclass) 갈등으로 전이된다. 헨리가 역모자들을 처단한 후 "경들이여, 이제 프랑스로 갑시다. 친애하는 형제들이여, 전진합시다"(2.2.183, 190)라는 일장연설로 출정식을 올리지만, 이어지는 장면에서 피스톨은 이를 빈정대기라도 하듯 "프랑스로 가자. 내 친구들아, 말거머리처럼 피를 빨고, 빨고, 또 피를 빨자"(2.3.53-54)라면서 억지로 헨리의 뒤를 따라간다. 잉글랜드를 "하나의 화음"(1.2.181)으로 통합하고 통치하려는 헨리의 바람이 아직은 냉소와 무관심의 불협화음으로 돌아온다.

그 와중에 잠시 관객의 이목을 끄는 폴스타프의 외로운 죽음은 상당히 시사적이다.『헨리 4세』에서 공식문화의 대척점을 형성했던 폴스타프가『헨리 5세』에서는 아무런 역할을 하지 못하고 병상에서 쓸쓸히 죽어간다. 이스트칩의 주모 퀴클리가 "왕이 그의 마음을 죽여버렸다"(2.1.88)라고 한탄하며 폴스타프에게 관심을 가져달라고 거듭 요구해도 그녀의 목소리는 프랑스 정벌을 떠나는 군인들의 분주한 발걸음과 고함에 묻혀버린다. 폴스타프의 친구들도『헨리 4세』에서 보여준 민중문화의 역동성과 활력을 상실한 채 주변부 타자의 소외감과 냉소주의로 일관한다. 바돌프, 님, 피스톨은 모두 전쟁터에서 온갖 거짓되고 비겁한 행동을 일삼으며 텍스트의 이데올로기적 구심점에서 점점 멀어져간다. 바돌프와 님은 교회 물건을 훔치다 처형당하고 테어쉬트는 성병에 걸려 사망한다. 폴스타프와 그의 친구들은 글자 그대로 사라진다.

여기서 셰익스피어가 폴스타프의 친구들을 배제하는 방식이 제법 흥미롭다. 이들을 가장 신랄하게 비판하는 인물은 민족과 국가의 이름으로 이들을 죽음의 전쟁터로 내모는 국왕이나 귀족들이 아니라 이 극에서 가장 무지몽매하고 존재감이 없는 익명의 시동(Boy)이다. 셰익스피어는 그에게 긴 분량의 산문 대사를 부여한다. 시동의 눈에 비친 이스트칩 일행은 전쟁터에서 자기 잇속만 챙기는 좀도둑이며 허장성세만 부리다가 적 앞에서는 줄행랑을 치는 겁쟁이에 불과하다. "내가 어려도 저 허풍쟁이들의 정체를 다 파악했지. 내가 저 세 작자를 쫓아다니는 시동이긴 하지만, 셋이 한꺼번에 날 섬긴다고 해도 내 성에 차지 않을 거야. 정말이지 저 세 얼간이는 한 명의 사내

구실도 못해. ……난 저들을 떠나서 좀더 나은 주인을 찾아 섬겨야겠다. 저들의 비행에 비위가 상해서 토할 것 같다"(3.2.27-53)라며 퇴장하는 시동은 마치 헨리(또는 셰익스피어)가 고용한 비밀정보원처럼 폴스타프의 친구들이 저지른 악행을 관객에게 낱낱이 보고한다. 지배 권력의 위선과 이기심을 폭로하고 풍자했던 계급적 타자들이 이번에는 자신들 밑의 또 다른 계급적 타자에 의해 더 신랄한 비판의 제물이 되는 것이다.

『헨리 4세』에서 카니발의 웃음과 일탈, 디오니소스적 해방과 축제의 주체였던 이스트칩의 계급적 타자는 이제『헨리 5세』에서 새로운 민족국가 건설을 향해 치닫는 텍스트의 목적론적 서사 속으로 편입되어 배제와 처벌의 대상으로 재배치된다. 따라서 셰익스피어의 관객은 계급적 타자에 대한 섣부른 동정이나 옹호를 제어하고 지배자와 피지배자 양측 모두를 향해 적당한 비판적 거리를 유지하게 된다. 하지만 이 양면적인 거리는 텍스트의 팽팽한 긴장이 권력의 자장에 의해 이완되면서 한쪽은 좁혀지고 다른 한쪽은 멀어지게 된다.

이러한 민족주의 서사의 변곡점이 프랑스와 정벌이다.『헨리 5세』의 역사적 배경인 백년전쟁(1337-1453)은 프랑스의 왕위계승을 둘러싼 잉글랜드와 프랑스의 영토전쟁으로, 봉건제도의 몰락과 중앙집권체제의 구축이 진행되면서 '잉글랜드 국민'과 '프랑스 국민'이라는 공동체 의식이 대두하는 계기가 되었다. 이 극에서 셰익스피어가 재현하는 전쟁도 잉글랜드의 국가 정체성을 창조하는 계기로 작용한다. 국가 건설의 방해가 되는 내부의 모순과 균열이 프랑스와의 전쟁을 통해 봉합되는 것이다.

프랑스 정벌의 관문인 아르플뢰르 성을 함락하는 과정에도 흥미로운 장면이 삽입되어 있다. 성을 포위하고 있는 잉글랜드 진영에는 상호대립적인 귀족과 하층민 이외에도 이들 사이의 연결고리 역할을 하는 장교들이 등장한다. 잉글랜드의 가워, 웨일스의 플루엘런, 스코틀랜드의 제이미, 아일랜드의 맥모리스가 모여서 작전 회의를 하는 장면은 우연의 일치로 보기 힘들다. 미래의 영국(Great Britain)을 구성하는 국가들을 대표하는 네 명의 장교가 외부의 적 프랑스와 대치한 상태에서 다투며 삐걱거리는 이 장면은 셰익스피어의 동시대 잉글랜드인들이 지녔던 민족주의적 욕망과 불안, 그리고 잉글랜드가 앞으로 씨름해야 할 '켈트 변방'의 문제를 함축적으로 재현한다. 여기서도 문제는 역시 아일랜드다. 이번 전쟁에 아일랜드 사람들은 별로 참전하지 않았다고 플루엘런이 비난하자, 맥모리스는 "내 나라가 뭐 어쨌다고? 내 나라 사람들이 무슨 악당, 사생아, 무뢰한, 깡패냐? 내 나라가 어떻다는 거야? 누가 내 나라에 대해 지껄이고 있냐?"(3.2.125-27)면서 격분하여 대든다.

셰익스피어가 이 극을 쓴 시기에 웨일스는 이미 잉글랜드에 합병되었어도 아일랜드는 완강하게 저항하고 있었던 사실을 생각할 때, 플루엘런과 맥모리스의 다툼은 웨일스와 아일랜드의 상반된 처지를 대변한다고 볼 수 있다. 맥모리스의 주장은 웨일스와 똑같이 엘리자베스 여왕의 통치에 복무하는 아일랜드를 별개의 주변부로 여기지 말라는 항변일 수도 있고,[29] 아니면 잉글랜드나 웨일스나 아일랜드 모두 대동소이하므로 유독 아일랜드만 차별하는 것은 불합리하다는 주장일 수도 있다.[30] 맥모리스의 의중이 무엇이든 간에 이 장면은 앵글로색슨 민족주의가 '내부 식민주의'의 갈등을 완전히 해결하지 못한 절름발이 이데올로기임을 반증한다.

---

29) Philip Edwards, *Threshold of a Nation: A Study of English and Irish Drama*, Cambridge: Cambridge University Press, 1979, pp.74-76.

30) David V. Barker, "'Wildehirissheman': Colonialist Representation in Shakespeare's *Henry V*," *English Literary Renaissance* 22(1992), pp.48-50.

하지만 위기와 분열의 순간이 잉글랜드 장교 가워에 의해 수습된다는 것 역시 우연이 아니다. 그리고 곧바로 협상 나팔이 울리면서 헨리의 최후통첩은 잉글랜드군의 무혈입성으로 이어진다. 이는 잉글랜드 제국의 이데올로기적 토대가 한순간에 확립되는 것이 아니라 전복과 봉쇄의 상호작용이 반복되면서, 지배 권력에 대한 원심력과 구심력이 충돌하고 타협하면서 점진적으로 구축된다는 것을 보여준다. 다시 말해, 이 극에서는 제국 건설을 향해 나아가는 직선적(linear) 서사와 그것을 지연시키는 원형적(circular) 서사가 교직하고 경합하는 나선형(spiral) 서사가 전개되고 있다.

이 극의 직선적 서사는 잉글랜드 왕궁→아르플뢰르 성→아쟁쿠르 벌판→프랑스 왕궁으로 공간이 이동하면서 펼쳐진다. 헨리를 기다리는 최후의 관문은 아쟁쿠르 전투인데, 그 직전에 헨리는 다시 한 번 원형적 서사에 노출된다. 이번에도 헨리를 곤혹스럽게 하는 것은 잉글랜드 내부의 타자다. 전투 전날 밤 헨리는 병사의 옷차림으로 변장하고 홀로 민심사찰을 나섰다가 피스톨, 플루엘런, 가워, 그리고 세 명의 병사들과 차례로 마주치면서 전쟁터의 현장과 전쟁 이데올로기 사이의 괴리를 확인하게 된다. 특히 윌리엄스라는 병사는 전쟁의 정당성에 근본적인 의문을 제기한다. 헨리는 전쟁터에서 군인이 죽고 사는 것은 신의 섭리요 인과응보의 문제라고 강변해보지만, 전쟁터에서 예상치 못한 죽음을 맞을까봐 두려워하는 윌리엄스에게는 전혀 소용이 없다. 헨리와 윌리엄스는 전쟁에서 살아남으면 결투하기로 약속하고 헤어진다.

밤의 장막이 걷히면서 헨리는 죽음을 두려워하는 자연인에서 죽음의 두려움을 숨겨야 하는 왕으로 돌아오고, 잠시 그의 행진을 지연시켰던 원형적 서사는 목적론적 서사에 다시 자리를 내어준다. 그리고 헨리가 밤새 막사를 순회하며 확인한 계층 간의 괴리와 민족주의의 균열은 신분을 초월한 전우애와 연대의식으로 봉합된다. 헨리는 엄청난 수적 열세에 놓인 잉글랜드군은 승리의 명예를 범인(凡人)들과 나누기 싫은 "우리 행복한 소수, 우리 형제 전우들"이라고 치켜세우며, "오늘 나와 함께 피를 흘리는 자들은 내 형제가 되고, 아무리 비천한 출신이더라도 오늘부터 고귀한 신분으로 바뀔 것"(4.3.60-63)이라고 선언한다. 여태까지 계급, 가문, 지역, 젠더 등의 단층선으로 나뉘고 쪼개어졌던 잉글랜드가 공동의 적 프랑스 앞에서 "하나"가 되고 "우리"로 뭉쳐지는 순간이다. 절망과 체념의 아쟁쿠르 벌판을 깨우는 헨리의 긴 독전 연설(4.3.18-67)은 셰익스피어의 작품 전체를 통틀어서 가장 노골적으로 그리고 가장 강력한 울림으로 국가와 국왕의 혼연일체를 고취하는 장면이라고 할 수 있다.

서사의 원심력과 구심력 사이의 팽팽했던 긴장은 극의 종반부로 갈수록 한쪽으로 쏠린다. 아쟁쿠르 전투를 전환점으로 서사의 초점은 잉글랜드 귀족의 고귀함과 남성성으로 수렴된다. 비루한 잉글랜드 하층민과 비겁한 프랑스 귀족에 대비해, 잉글랜드의 귀족을 전쟁터의 진정한 영웅으로 부각하는 것이다. 전쟁터는 남성성의 연기가 전개되는 장이며, 연극적 수행으로서의 남성성은 여성성의 철저한 배제를 전제한다. 가장 극명한 예가 엑시터의 보고를 통해 전해지는 요크와 서포크의 장렬한 최후다. 여기서 관객은 잉글랜드의 기적적인 승리 이면에 이들의 용맹과 희생이 있었음을 목격한다. 국가를 위해 입은 "영광스러운 상처"를 무한한 자랑으로 여기고, 죽어가면서도 국왕의 안부를 묻는 이들의 모습은 잉글랜드가 왜 승리할 수밖에 없는지를 말해준다.

엑시터가 전하는 요크와 서포크의 최후 장면은 그야말로 남성성의 극치를 보여준다. 서로 부둥켜안고 입 맞추며 "고귀하게 끝맺는 사랑의 계약을 피로 봉인하며 죽음과 한 몸이 되는"(4.4.26-27) 이들의 제의적 행위는 셰익스피어가 재현한 그 어떤 이성애 장면보다 더 친밀하고 끈끈한 동종사회적 유대(homosocial bonding)의 순간을 연출한다. 그것은 여성은 물론 여성성을 지닌 모든 종류의 타자들이 발을 들여놓을 수 없는 '진짜 사나이들'의 세계다. 이 장면을 전하는 엑시터도 듣는 헨리도 눈물로 이들의 장렬한 죽음을 애도한다. 여성적 나약함과 부끄러움의 상징이었던 눈물마저 남성 고유의 숭고한 정서적 교감으로 용인되고 있으니, 참으로 지독한 아이러니다.

이처럼 헌신적이고 용맹스러운 잉글랜드 귀족 남성의 반대편에 그렇지 못한 프랑스 귀족 남성이 있다. 비장하고 결연한 태도로 출정하는 잉글랜드 귀족들과 달리, 군사령관과 황태자를 비롯한 프랑스 귀족들은 전투가 임박했는데도 시와 춤과 애인에 관한 한담이나 나누면서 명마와 갑옷 타령만 하고 있다. 이들은 과거 노르만정복을 들먹이며 프랑스와 잉글랜드의 관계를 "순종"/"잡종" "적자"/"서자" "뿌리"/"곁가지" 등으로 묘사하지만(3.5.5-14), 이들의 호언장담 이면에는 이미 상대방의 용맹에 대한 두려움이 드리워져 있다. 더구나 이들의 민족주의적 우월의식은 프랑스의 겁쟁이 남자들보다 잉글랜드의 용감한 전사들에게 몸을 바치겠다는 프랑스 여인들의 '반역'에 의해여지없이 무너져 내린다. "특기라고는 춤과 줄행랑밖에 없는 프랑스 남자들을 잉글랜드의 댄스교습소에 보내어 높이 뛰는 러볼터즈와 잽싸게 돌아서는 코란토즈나 가르치게 하라"(3.5.32-35)는 프랑스 여인들의 힐난은 프랑스 군인들을 심리적으로 무장해제시켜버린다. 전투가 시작되기도 전에 이미 승패가 결정된 것이다. 이는 셰익스피어가 즐겨 쓰는 타자 재현 방식으로, 타자가 스스로 비하하게 하는 '부정적 자기연출'을 통해 주체의 우위를 우회적으로 그러나 더설득력 있게 부각한다.

5 로맨스, 야만적 폭력의 완충장치

'남성적' 잉글랜드와 '여성적' 프랑스의 대립은 헨리와 프랑스 공주 캐서린의 만남으로 수렴된다. 아쟁쿠르 전투에서 승리한 헨리가 캐서린을 전리품으로 요구하면서 비롯된 이들의 만남은 정복자와 피정복자의 권력 관계를 드러내면서도 그러한 위계를 구체화하는 과정이 꽤 복잡하고 흥미롭다. 비록 전리품이지만 쉬운 '입성'을 허용하지 않으려는 캐서린을 놓고 헨리는 회유와 위협의 양동작전을 전개하며 상당한 노력을 기울여야 한다. 헨리에게 구애는 또 하나의 전투이며, 성적 정복은 이미 달성한 군사적 정복을 마무리하는 작업이다. 가부장적 제국주의 시각에서 보면, 헨리가 성취한 성적 정복과 군사적 정복은 신으로부터 기독교 군주에게 주어지는 이중의 축복이며, 사랑과 결혼이라는 희극적 결말로 향하는 성적 정복은 군사적 정복이 수반하는 역사의 모순과 폭력성을 무마하는 이데올로기적 완충장치다.

헨리와 캐서린의 만남은 분명 로맨스의 형식을 취하고는 있지만, 그 이면에는 가부장적 제국주의의 권력 관계가 교묘하게 작동한다. 무엇보다 헨리의 구애 행위는 억압적이고 폭력적이다. 헨리의 대사 행간에는 회유와 협박, 진솔함과 억지가 함께 담겨 있다. 캐서린의 거부 의사에 상관없이 헨리는 자신의 욕망과 의지를 드러내는 표현(I will, you will, thou shall, thou must)을 반복하며 정복자로서의 위상을 은근히 그러나 집요하게 부각한다. 수락과 거부를 오가던 캐서린은 결국 헨리의 강제 키스로 입을 '봉쇄'당함으로써 '말하는 주체'에서 '침묵하는 타자'로 돌아서게 된다. 이 과정은 앞서 아르플뢰르 성을 함락할 때와 흡사하다. 거기서도 헨리는 물리적 폭력보다는 항복하지 않으면 가장 잔인하고 야만적인 살육과 강간을 자행하겠다는 언어폭력을 동원한다.

헨리의 구애 전략은 『말괄량이 길들이기』에서 페트루치오가 캐서리나를 '길들이는' 방식과도 비슷하다. 두 남자 모두 쌍방향적인 소통보다는 일방적인 강요로 상대방을 굴복시킨다. 게다가 페트루치오처럼 헨리도 여주인공의 이름을 케이트(Kate)로 바꿔 부름으로써 일방통행을 가능케 하는 자신의 우월한 위치를 확인시킨다. 이는 여성을 먹거리(cates)로 규정해 남성들 간의 거래와 소비의 대상으로 치환하는 행위이며,[31] 예의와 격식을 갖추어 자행하는 인가된 형태의 강간이다.[32] 이름 바꿔 부르기는 강제적 입맞춤·입막음에 상응하는 인식론적 폭력으로, 낯설고 다루기 힘든 타자를 순치시키려고 주체의 재현체계로 편입시켜 재구성하는 작업이다.

헨리의 구애가 지닌 정치적 함의는 의사소통의 매개언어가 정복자의 언어라는 점에서 잘 드러난다. 헨리와 캐서린 모두 상대방 언어에 서툴러 시녀의 통역에 의존하지만, 중요한 차이는 캐서린이 헨리를 만나기 이전부터 영어를 배우고 있었고 헨리를 만나서도 서투르긴 하지만 영어로 말하기를 계속 시도한다는 점이다. 아쟁쿠르 전투가 벌어지기 훨씬 이전인 3막에서, 캐서린은 마치 자신이 정복당할 것을 예상하고 준비라도 하듯이 시녀에게서 영어 단어를 배운다. 특히 자신의 신체 부위들을 차례로 나열하며 영어를 익히는 과정이 공교롭게도 성교를 뜻하는 속어로 끝난다는 것은 무척 시사적이다. 이는 헨리 3부작이 기획하는 제국 건설의 지형도가 여성의 몸 위에 그려진다는 것을 말해준다. 더구나 이 장면은 아르플뢰르 성의 함락 직

31) Jean H. Howard and Phyllis Rackin, 앞의 책, p.192.
32) Joel B. Altman, "Vile Participation: The Amplification of Violence in the Theater of *Henry V*", *Shakespeare Quarterly* 42(1991), p.31.

후 프랑스 시장이 "우리 성문으로 들어오시오"라고 하자 헨리가 "너희 성문을 열어라"(3.3.49, 51)라고 일갈하며 입성하는 장면으로 이어진다. 프랑스 땅을 정복하고 프랑스 성을 함락하는 과정과 프랑스 여성을 차지하는 과정이 묘하게 중첩되는 순간이다. 땅을 짓밟고, 칼과 창으로 찌르며, 성으로 들어가고, 혀로 겁박하는 행위는 모두 은유적 의미에서 남근의 침입이며 강간이다. 따라서 프랑스의 영토를 상징하는 캐서린의 몸을 영어로 번역하고 규정하는 작업은 5막에서 진행될 성적 정복과 군사적 정복의 이중 기획을 미리 보여주는 일종의 미니리허설이다.

정복자 헨리가 언어전쟁에서 승리하는 것은 중요한 의미가 있다. 르네상스 잉글랜드 문학은 물론 서구문학 전반에서 자주 나타나는 주제가 인종적·문화적 혼종화에 대한 두려움이다. 이는 정복자로서의 백인기독교 영웅이 이방 여인에게 유혹당하거나 원주민 사회에 동화되는 데 대한 두려움이며, 기원과 순수를 표상하는 서구 주체가 비서구 타자와의 식민적 만남으로 인해 원래의 정체성을 상실하게 될지 모른다는 두려움이다. 셰익스피어의 『안토니와 클리오파트라』나 스펜서의 『요정 여왕』 2권에 나오는 행복의 정자(The Bower of Bliss) 장면에서도 그러한 인종주의적 불안감이 나타난다. 더 가까운 예를 『헨리 4세』 1부에서도 찾아볼 수 있다. 잉글랜드의 국가 정체성 확립을 지향하는 헨리 3부작에서, 모티머와 헨리 5세는 언어장벽을 넘어선 이국풍 로맨스의 주인공으로 등장한다. 그런데 한쪽은 자신의 언어를 버리고 상대방의 언어를 배우려고 하고, 다른 한쪽은 상대방이 자신의 언어와 관습을 받아들이게 한다. 즉 모티머는 '여성적' 변방인 웨일스 문화에 편입되고, 헨리는 '여성적' 프랑스의 영토에 잉글랜드의 남성성을 이식하는 데 성공한다. 이 차이는 왜 요크 왕가의 적자였던 모티머가 잉글랜드의 왕위계승권을 박탈당하고 대신에 왕위찬탈자의 아들인 헨리 5세가 민족국가 건설의 주인공이 되는지를 설명해주는 준거이기도 하다.

헨리 3부작의 대미를 장식하는 헨리와 캐서린의 결합은 가부장적 제국주의의 승리와 함께 권력의 '인간성'을 보여주는 효과가 있다. 셰익스피어가 헨리 3부작을 비롯한 사극 전반에 걸쳐 다루는 주제는 권력의 적법성과 효율성뿐만 아니라 권력의 허구성과 폭력성이다. 때로는 노골적인 직설법으로 때로는 냉소가 깃든 패러디로 폭로하는 지배계층의 위선과 거짓, 그리고 피지배계층에 대한 억압과 착취는 셰익스피어가 그려내고자 하는 제국주의적 지형도의 얼룩이며 새로 창조하는 민족국가의 어두운 그림자임이 분명하다. 그래서인지 마지막 작품인 『헨리 5세』에서는 이전의 부정적 이미지를 상쇄라도 하듯 군주의 인간적인 면모, 즉 '인간의 얼굴을 가진 권력'의 모습이 부쩍 강조되고 있다. 예를 들어, 아쟁쿠르 전투를 앞둔 전날 밤의 불안과 번민을 토로하며, 왕권이란 "공허한 의식"과 "해로운 아첨"을 빼면 아무것도 아님을 깨닫는 독백(4.1.226-81), 십자가에 못박히기 직전 겟세마네 동산에서의 예수를 연상시키는 절박한 기도(4.1.286-303) 등은 자연인으로서의 헨리의 모습을 적나라하고 숨김없이 드러낸다. 병사의 옷차림으로 위장하고 야영지를 순찰하는 장면도 군주로서의 '감추기'가 곧 인간으로서의 '드러내기'임을 보여준다.

이러한 '권력의 인간화' 작업을 완성하는 것이 헨리의 구애와 결혼이다. 물론 페트라르카의 연애시를 흉내 내는 헨리의 낭만적 대사의 행간에 억압적 권력의 냄새가 진하게 배어나지만, 한 인간으로서의 이성애적 욕망을 표출하는 헨리의 투박한 구애 장면은 모반, 술수, 처벌, 배척으로 점철된 잉글랜드 역사를 좀더 밝고 부드러운 색채로 덧칠하고 있는 것임이 틀림없다. 더구나 셰익스피어의 사극 중에서 『헨리 5세』가 이성애적 욕망과 성적 정복을 낭만 희극처럼 '행복한 결말'로 그려낸 유일한 작품이다.[33] 이전의 잉글랜드 사극에서는 '여자답지 못한' 여성과의 만남으로 인해 남성 주인공이 역사와 정치와 도덕의 중심에서 멀어지는 결과를 초래하지만, 여기서는 사랑과 결혼이 화해와 통합을 도출하는 촉매로 작용한다. 이는 그만큼 헨리의 구애 장면이 역사의 야만성을 희석하고 제국주의적 지도 그리기를 완성하는 유의미한 순간임을 의미한다.

셰익스피어가 창조한 민족국가 잉글랜드는 불협화음이 제거된 완벽한 교향악은 아니다. 온갖 이질적인 타자의 목소리가 잠시 가라앉긴 했지만, 틈만 있으면 다시 고개를 내밀려고 꿈틀거리고 있다. 거기에는 헨리에게 끊임없이 역한 술 냄새와 독설을 내뿜어대는 폴스타프도 있고, 헨리의 바쁜 걸음에 딴죽을 걸고 소매를 끌어당기는 퀴클리와 테어쉬트도 있으며, 서투른 영어로 자꾸 말대꾸하려는 맥모리스와 캐서린도 있다. 헨리의 잉글랜드는 이들을 성공적으로 통제하고 통합함으로써 유지될 수 있다. 이렇듯 헨리 3부작이 재현하는 억압과 저항 또는 전복과 봉쇄의 변증법적 상호작용은 정치적 근대성의 핵심이기도 하다. 범박하게 말하면, 중세 봉건체제는 신-군주-백성으로 이어지는 단선적 위계질서를 구축했지만, 근대 자본주의 역학은 마키아벨리가 강조하듯 권력의 연극적 수행성에 기초하고 사회적 교섭과 투쟁을 통해 전개되어왔다. 헨리 3부작은 셰익스피어의 잉글랜드가 대내외적으로 이미 그러한 근대성의 단계에 들어선 정치공동체임을 보여준다.

셰익스피어가 창조한 잉글랜드는 차이를 아우르는 민족국가이자 혼종성에 기초한 제국이다. 순혈주의를 견지하고 싶지만 할 수 없는 잉글랜드의 현실은 에필로그에 투영되어 있다. 셰익스피어가 제1사

---

33) Jean H. Howard and Phyllis Rackin, 앞의 책, p.196.

부극에서 생생히 묘사한 헨리 5세 사후의 혼란과 내전을 코러스가 예언하는데, 민족국가의 서사시를 끝맺는 에필로그치고는 찜찜한 여운이 남는다. 그러나 "신이 내린 검으로 세계 최고의 정원을 수중에 넣고 그 통치권을 후손에게 물려줌으로써, 짧지만 가장 위대하게 살다간 잉글랜드의 찬란한 별" 헨리는 셰익스피어의 동시대 사회가 공유한 민족주의 야망의 아이콘으로 각인되고 있다. 불안과 욕망, 균열과 통합, 전복과 봉쇄 사이에서 진자운동 하던 셰익스피어의 양가성은 결국 한쪽으로 무게중심이 기울어질 수밖에 없다. 셰익스피어는 잉글랜드의 창조자인 동시에 잉글랜드의 피조물이기 때문이다.

제2장 로마 제국의 이데올로기적 토대

"르네상스 잉글랜드와 시공간적으로 멀리 떨어진
고대 로마는 제국 건설의 욕망을 투사하는
거울이었으며, 타자와의 동일시를 통해 주체를
구성하는 자기재현의 모델이었다."

1 위대한 제국의 모델, 로마

셰익스피어 시대의 잉글랜드는 '가상의 제국'이었다. 제국 건설
을 향한 야망은 부풀기 시작했으나 그것을 실현할 수 있는 물적 토대
는 빈약했다. 대서양 항로가 개척되기 전까지 지정학적으로 지중해
권 유럽의 변방이었던 잉글랜드는 유럽대륙 열강들의 식민지 개척
을 초조하고 부러운 시선으로 바라봐야 했다. 역설적이게도 식민지
진출의 후발주자였던 잉글랜드는 식민담론의 생산과 소비에는 경쟁
국들에 뒤처지지 않았다. 그 담론적 실천의 핵심은 잉글랜드가 유럽
기독교 문명의 변방에서 중심으로, 더 나아가서는 이탈리아, 스페인,
포르투갈, 네덜란드 등이 선점한 식민적 근대성의 주체로 거듭나는
것이었다. 이러한 시대 정서를 가장 적극적으로 수렴하고 매개한 공
간이 연극무대였다. 엘리트문화와 민중문화가 분화되지 않았던 르
네상스 시대에는 연극이 다양한 계층의 목소리와 이해관계가 조우
하는 공적 영역이었는데, 잉글랜드라는 '상상의 공동체'을 건설하고
확장해가는 데에도 주도적인 역할을 담당했다.

르네상스 잉글랜드의 국가적 목표 가운데 하나가 위대한 제국 건설이었다면, 그 모델은 로마였다. 헬거슨은 고대 그리스-로마 문화와 중세 켈트 문화가 르네상스 잉글랜드의 자기재현을 위해 똑같이 중요한 모방의 대상이었다고 주장하지만,[1] 로마의 영향은 압도적이었다. 물론 로마의 두드러진 존재감은 르네상스 문화의 산물이었다. 아우구스티누스의 『신국』(*The City of God*)에서 보듯이 중세 시대에 로마는 기독교의 초월주의 세계관으로 인해 세속적 이교도 문화의 아이콘으로 치부되었고, 이는 잉글랜드에서도 마찬가지였다. 이탈리아 르네상스의 여명기였던 14세기 중반에 오면, 페트라르카를 비롯한 인본주의자들이 로마를 역사의 중심에 놓고 세속적 제국의 부활을 주도한 반면, 잉글랜드에서는 초서가 당대 문화적 풍토를 넘어서 로마를 재현 대상으로 삼은 유일한 시인이었으나 그마저도 기독교의 그늘에 가려 부수적 관심사에 머물렀다.[2]

하지만 르네상스를 계기로 로마는 유럽 문명의 모델이 되었다. 근대 유럽문화에 남긴 로마의 유산을 통시적으로 연구한 본다넬라(Peter Bondanella)에 따르면, 영향력의 측면에서 적어도 18세기까지 중세 유럽이나 고대 그리스는 로마에 필적할 수 없었다. 일종의 신화와 세속적 종교로 탈바꿈한 로마의 역사는 "변화, 발전, 성장, 진화, 혁명, 쇠퇴, 부패, 타락, 죽음 등의 역사적, 철학적, 인간적 문제"와 불가분의 연관성을 갖게 되었다. 이처럼 변화무쌍한 신화적 상상력을 담은 로마는 "숭배해야 할 유적이라기보다는 자기표현을 위해 끊임없이 변주 가능한 원천이요, 후대의 필요를 충족시키며 상이한 시대

1) Richard Helgerson, *Forms of Nationhood: The Elizabethan Writing of England*, Chicago: The University of Chicago Press, 1992, p.23.
2) Paul Dean, "Tudor Humanism and the Roman Past: A Background to Shakespeare," *Renaissance Quarterly* 41:1 (Spring 1988), pp.85, 91.

양식에 영향을 끼치고 다양한 예술적 표현양식에 영감을 불어넣는 공통의 자산이 되었다."[3]

잉글랜드는 로마의 문화적·정치적 유물을 '재발견'하는 작업에 이탈리아를 비롯한 유럽대륙 국가들보다 뒤늦게 뛰어들긴 했어도 결코 소극적이지는 않았다. 엘리자베스 시대 잉글랜드인들에게 로마라는 단어는 제국주의 향수와 민족주의 욕구를 자극하는 기표가 되었고, 이런 시대 정서는 다양한 문화적 재현을 통해 확산되고 있었다. 그중에서도 연극무대는 로마의 '재건'이 가장 활발하게 진행된 공간이었다. 잉글랜드 연극사 연구를 보면, 로마가 런던 연극무대에 가장 빈번히 등장한 시대는 르네상스였다.[4] 셰익스피어의 동시대 극작가들은 로마의 신화와 잉글랜드의 현실 사이의 간극을 의식하는 한편 로마의 유산을 앞다투어 전유하면서 그 간극을 메우려고 했다. 그들의 관심은 로마가 '옛날 옛적에' 어떠했던가보다는 로마가 '지금 여기' 자신들에게 무슨 의미가 있는가에 더 쏠려 있었다. 그러다 보니 로마 역사의 재현은 몰역사적인 양상으로 흐를 수밖에 없었다. 벤 존슨이 지적한 이후 심심찮게 거론되어온 셰익스피어의 '시대착오' 문제도 역사적 정확성을 개의치 않고 로마 열풍에 무분별하게 몰입했던 당대 사회의 정서와 무관하지 않을 것이다.[5]

---

3) Peter Bondanella, *The Eternal City: Roman Images in the Modern World*, Chapel Hill: The University of North Carolina Press, 1987, pp.1, 4-5, 21, 23.

4) Alfred Harbage, *Annals of English Drama, 975-1700*, Philadelphia: University of Pennsylvania Press, 1964; Walter Wilson Greg, *A List of English Plays Written before 1643 and Printed before 1700*, New York: Haskell House Publishers, 1968; Terence P. Logan and Denzell S. Smith(eds.), *The Predecessors of Shakespeare*, Lincoln: University of Nebraska Press, 1973; *The Later Jacobean and Caroline Dramatists*, Lincoln: University of Nebraska Press, 1978를 참고할 것. 셰익스피어 시대에 나온 로마 극의 목록을 보려면 Paul Dean의 앞 논문을 참고할 것.

5) Robert S. Miola, *Shakespeare's Rome*, Cambridge: Cambridge University Press,

그렇다면 셰익스피어에게 로마는 무엇이었던가? 이 질문은 로마를 소재나 배경으로 사용한 셰익스피어의 작품을 논할 때마다 거의 어김없이 제기되었으나 학자들 간의 합의는 도출되지 못했다. 아마그 원인은 셰익스피어가 로마를 하나의 색깔로 그리지 않았기 때문일 것이다. 스펜서(Terence Spencer)는 셰익스피어가 재현한 로마 역사를 권력 구조에 따라 공화제-과두제-군주제의 세 단계로 구분하면서, 우리가 보는 것은 단수의 로마가 아니라 복수의 로마라고 주장한다.[6] 토머스(Vivian Thomas)는 셰익스피어가 "변화하는 로마"를 묘사했는데, 작품마다 서로 다른 가치에 무게중심을 두고 있어서 하나의 틀로 해석할 수 없다고 본다.[7] 캔터(Paul A. Cantor)도 "르네상스 시대의 잉글랜드에는 로마에 대한 하나의 지배적인 입장이 존재하지 않았다. 당대의 중요한 지적 갈등과 논쟁이 대개 로마를 둘러싸고 전개되었다"라고 지적한다.[8] 미올라(Robert S. Miola)는 셰익스피어가 재현한 로마의 다면성을 이렇게 얘기한다. "로마는 때로는 메타포이고 때로는 신화이며, 때로는 둘 다이거나 아무것도 아니기도 하다. 로마는 다채롭게 변신하지만 나름 뚜렷한 정체성을 지니고 있다. 멀리 떨어진 전쟁터, 거칠고 원시적인 풍경, 적들의 도시와 구분된 고유의 광장, 성벽, 신전으로 구성된 로마는 끊임없이 변하면서도 알아볼 수 있는 존재다. 로마는 액션을 위한 배경인 동시에 그 자체가 주인공이다."[9]

1983, pp.9-10.

6) Terence Spencer, "Shakespeare and the Elizabethan Romans," *Shakespeare Survey* 10(1957), p.27.

7) Vivian Thomas, *Shakespeare's Roman Plays*, London: Routledge, 1989, p.1.

8) Paul A. Cantor, *Shakespeare's Rome: Republic and Empire*, Ithaca: Cornell University Press, 1976, p.17.

9) Robert S. Miola, 앞의 책, p.17.

이 비평가들이 이구동성으로 강조하는 것은 셰익스피어가 창조한 로마의 상징성을 한마디로 규정하기 힘들뿐더러 로마가 단순히 고대 도시만을 가리키지 않는다는 점이다. 즉 셰익스피어의 로마는 인간 보편의 문제를 탐색하기 위한 지리적 배경만은 아니라는 얘기다. 이들은 일반적으로 비극 장르로 분류되는 『타이터스 안드로니커스』 『줄리어스 시저』 『코리얼레이너스』 『안토니와 클리오파트라』는 고유한 역사적 배경과 정치적 갈등을 보여주기 때문에 셰익스피어의 여타 비극들과는 구분된다고 본다. 이 네 편의 로마 비극에서 로마 자체가 재현의 목적이라는 것이다. 토머스의 구절을 인용하면, "열 편의 잉글랜드 사극에서 장소와 상징으로서의 잉글랜드의 정체성이 뚜렷이 표현되지만, 네 편의 로마 비극에서는 장소와 상징으로서의 로마가 더 확연히 표현되고 있다."[10]

로마에 대한 셰익스피어의 관심은 네 편의 로마 비극뿐만 아니라 그의 작품 세계 전반에 걸쳐 나타난다. 셰익스피어의 첫 번째 희극 『실수 연발 희극』은 로마 희극작가 플라우투스(Plautus)의 『매내크미』(*Manaechmi*)를 상당 부분 모방한 것이고, 서사시 『비너스와 아도니스』는 로마 시인 오비디우스(Ovid)의 『변신』(*Metamorphoses*)에서 줄거리를 따온 것이며, 『루크리스의 강간』도 공화정이 확립되기 이전의 초기 로마를 배경으로 삼는다. 후기 로맨스 『심벌린』은 로마의 식민지였던 고대 브리튼이 로마로부터 독립하는 과정을 플롯의 배경으로 삼고 로마 제국의 계승자임을 자임하던 16세기 잉글랜드의 민족주의적 소망을 충족한다.

이외에도 셰익스피어 작품 곳곳에 로마의 역사와 신화에 대한 언급이 편재해 있다. 『리처드 3세』에서 에드워드 왕자는 런던탑을 바

---

10) Vivian Thomas, 앞의 책, p.10.

라보면서 "줄리어스 시저가 저것을 지었던가?"(3.1.69)라고 되뇌인다. 잉글랜드의 젊은 왕자가 로마제국의 위대함을 대표하는 줄리어스 시저의 영예를 회상하면서 자신의 정치적 야망을 피력하는 것이다. 『헨리 5세』의 5막에서도 코러스는 프랑스 정벌을 성공적으로 끝내고 귀환하는 헨리의 모습을 "정복자 시저"의 개선행렬에 비유한다.[11] 이쯤 되면, 셰익스피어에게 로마는 관심이나 호기심을 넘어 향수와 동경의 대상인 것처럼 보인다.

셰익스피어에게 로마가 중요했던 이유는 그의 동시대 관객들에게 새로운 정치윤리와 이데올로기를 제시하는 역사적 거울이 되었기 때문이다. 딘이 정확하게 지적한 것처럼, 셰익스피어의 로마 비극은 "로마와 잉글랜드를 병치하는(placing in tandem)" 르네상스 특유의 사유방식을 예시하며, 셰익스피어는 "로마 역사를 잉글랜드 역사의 각주에 나올법한 출처나 장식적 비유와 유사한 사건을 말하기 위한 자료가 아니라 잉글랜드 역사를 해석하기 위한 매개체로 사용했다."[12] 현재를 위해 과거를 전유하는 이른바 '현재주의' 입장에서 로마 역사를 재구성했다는 것이다. 사실과 허구가 혼합된 '로마인 이야기'에 르네상스 잉글랜드인들이 열광했던 이유는 그들의 현재가 초라했던 만큼 그들의 조상이 누린 과거의 영화를 더 부러워했기 때문이다.

로마는 르네상스 잉글랜드에게 분명 제국의 원형이었다. 로마가 정치적·문화적 위대함의 상징이라면, 셰익스피어의 잉글랜드는 그 위대함의 계승자가 되기를 간절히 원했다. 하지만 이탈리아를 비롯한 유럽의 여러 국가가 로마 제국의 유산을 서로 상속하겠다고 나선

---

11) Paul A. Cantor, *Shakespeare's Roman Trilogy: The Twilight of the Ancient World*, Chicago, The University of Chicago Press, 2017, pp.21-22.
12) Paul Dean, 앞의 글, pp.102-103.

판에, 잉글랜드도 자신의 족보를 로마와 연결해보려고 했으나 그 근거는 상당히 작위적이었다. 로마-잉글랜드의 족보가 처음 만들어진 것은 제프리(Geoffrey of Monmouth)의 『브리타니아 열왕기』(*Historia Regum Britanniae*, 1136)에서였다. 제목은 '역사'를 표방했으나 전설과 신화로 가득한 이 책의 제1권에 보면 고대 로마의 시조 아이네이스의 후손 브루투스가 고향에서 추방되어 방랑하다가 앨비언(Albion)이라는 외딴섬에 정착하여 거인들을 물리치고 자신의 이름을 따서 그 섬을 브리튼으로 명명했다는 내용이 나온다.

이렇게 '만들어진' 로마와의 연결고리는 헨리 튜더가 왕위에 등극하면서 잉글랜드가 로마의 적통 후예임을 기정사실화하는 근거가 되었다. 그리고 이 신화적 계보학은 르네상스 잉글랜드의 제국주의 담론을 구성하는 '역사적' 출처를 제공했다. 일례로, 스펜서의 『요정여왕』 제3권에 등장하는 마법사 멀린의 예언이다. 엘리자베스 여왕의 알레고리인 순결과 정의의 전사 브리토마트에게, 멀린은 요크 가문과 랭커스터 가문의 통합이 튜더 왕조에서 이루어질 것이며 아서왕이 구현하고자 했던 브리튼의 영광이 '처녀 왕'을 통해 완성되리라고 예언한다. 아이네이스-브루투스-아서왕-엘리자베스로 이어지는 '솔기 없는' 민족 서사시가 구축된 셈이다.

그러한 맥락에서 보면, 셰익스피어가 창조한 로마가 16세기 잉글랜드와 정서적으로 거리가 먼 타자라는 견해는 재고의 여지가 있다. 시먼스(J.L. Simmons)는 로마가 세속적 이교도 문화를 대표하는 세계이므로 셰익스피어가 구현하고자 했던 기독교적 가치를 담아낼 수 없다고 주장한다.[13] 앨비스(John Alvis)도 셰익스피어의 여타 비

---

13) J.L. Simmons, *Shakespeare's Pagan World: The Roman Tragedies*, Charlottesville: University Press of Virginia, 1973, pp.3-15

극 영웅들과는 달리 로마 비극의 주인공들은 마키아벨리 정치윤리의 영향으로 자신들의 정치적 이해관계만 추구하는 인물들이기 때문에 잉글랜드 관객들이 존경할 만한 모델이 아니라고 주장한다.[14] 하지만 셰익스피어의 로마에 대한 기독교적 해석은 당대의 세속적 인본주의 정서를 제대로 읽어내지 못하는 한계가 있다. 르네상스 잉글랜드에게 로마는 타자이면서 동시에 전치된 주체요 제2의 자아였다. 셰익스피어의 잉글랜드와 시공간적으로 멀리 떨어진 로마는 제국 건설의 욕망을 투사하는 거울이었으며, 타자와의 동일시를 통해 주체를 구성하는 자기재현의 모델이었다.

셰익스피어가 창조한 로마는 그가 창조한 잉글랜드와 동떨어진 세계가 아니었다. 셰익스피어의 잉글랜드 사극이 격랑의 장미전쟁을 거친 튜더 왕조의 권력 기반을 강화하는 홍보성 기획이었다면, 그의 로마 비극은 1588년 스페인 무적함대 격퇴를 계기로 대두하기 시작한 민족주의·제국주의 정서를 문학적으로 형상화하는 작업이었다. 그 작업은 잉글랜드 안팎으로 이중의 효과를 가져왔다. 한편으로는 민족주의에 편승한 절대군주제 이데올로기를 사회 전반으로 확산시킴으로써 지배계층이 원하는 방식의 사회통합을 시도할 수 있었고, 다른 한편으로는 유럽의 여타 민족국가들이 공유하는 로마 제국의 역사적 의미망 속에 잉글랜드를 편입시킴으로써 외딴 섬나라를 유럽의 주변에서 중심으로 재배치할 수 있었다. 한마디로, 셰익스피어의 로마 비극은 잉글랜드 사극과 더불어 르네상스 잉글랜드의 국가 정체성을 구축해가는 이데올로기적 기획이었다.

---

14) John Alvis, "The Coherence of Shakespeare's Roman Plays," *Modern Language Quarterly* 40:2 (June 1979), pp.124-125, 134.

2 '로마다움'의 미덕, 불변성

셰익스피어가 자신이 창조한 '가상현실' 로마에 역사적 사실성을 불어넣는 방식은 두 가지다. 하나는 고대 도시국가 로마가 그러했으리라고 추정되는 모습과 최대한 비슷하게 16세기 런던의 연극무대 위에 재연하는 것이다. 비록 셰익스피어는 언어적·문화적 장벽으로 인해 로마 역사에 대한 지식이 제한적이었음에도, 동시대 잉글랜드 극작가들 가운데 로마의 여러 가지 물리적인 특징을 가장 생생하게 묘사한 작가임이 틀림없다. 셰익스피어는 로마의 관습과 제도, 로마의 신화, 로마의 지리적 지형과 사회적 풍토, 로마 귀족과 평민의 상이한 어투와 행동 양식 등을 세밀하고 풍부하게 그려냄으로써 생동감 있는 로마를 창조하는 데 성공했다. 캔터의 표현을 인용하면, 셰익스피어의 로마 극은 관객들에게 "셰익스피어에 관해서뿐만 아니라 로마에 관해서 뭔가 배우는 기회를 제공한다."[15]

셰익스피어가 로마라는 역사적 환상을 창조하는 또 하나의 방식은 로마를 '로마답게' 만드는 철학적·정치적 가치를 무대 위에 형상화하는 것이다. 이른바 '로마다움' 또는 '로마적인 것'을 상징하는 가치는 겉으로 드러나지 않아도 등장인물의 대사와 행동 구석구석까지 깊숙이 스며 있어서 셰익스피어의 로마 비극을 그의 여타 작품들과 구분 짓는 무형의 지표가 된다. 토머스에 따르면, 셰익스피어는 역사적 자료나 근거보다는 작가의 권한을 십분 활용하면서 로마를 "단순한 장소가 아니라 다양한 가치, 태도, 야망, 개성을 관객이 느낄 수 있게 하는 사회적 우주"로 창조한다. 그 결과 "로마라는 단어는 셰익스피어의 작품에서 강력한 반향을 불러일으키며, 이처럼 등장

---

15) Paul A. Cantor, 앞의 책, p.7.

인물들의 생각과 행동에 배어 있는 사회적 에토스를 통해 고대 로마에 대한 박진감과 연대의식을 형성한다."[16]

셰익스피어가 창조한 로마의 핵심 가치가 무엇인가에 대한 비평가들의 견해는 대동소이하다. 캔터가 보기에 '로마다움'을 구성하는 요소는 "엄격함, 자긍심, 영웅적 미덕, 공동체를 위한 헌신에서 비롯된 정신적 활력"이며,[17] 미올라는 "지조, 명예, 그리고 가족과 국가와 신들에 대한 경의"로 꼽고,[18] 토머스도 "애국심, 불굴의 정신, 지조, 용맹, 우정, 가족애, 신들에 대한 존경심"으로 규정한다.[19] 이 가치들의 상대적인 중요성은 로마의 정치적 발전단계에 따라 또는 주인공이 처한 여건과 이해관계에 따라 달라질 뿐만 아니라, 그 가치들이 대개는 상호보완적이지만 때로는 상호모순적인 경우도 발생한다.[20] 예를 들면, 브루터스가 개인적 의리와 정치적 대의 사이에서, 코리얼레이너스가 가족에 대한 사랑과 국가에 대한 의무 사이에서 양자택일해야 하는 것처럼, 로마 영웅들은 주어진 상황에서 가치의 충돌로 인한 비극적 딜레마에 봉착하게 된다.

셰익스피어가 로마 비극에서 재현하는 '로마다움'의 가치가 다양하지만, 그중에서도 가장 두드러지는 것은 불변성(constancy)이다. 셰익스피어가 창조한 '고귀한 로마인'(the noble Roman)의 별칭이 '변치 않는 로마인'(the constant Roman)이라고 할 정도로 로마 비극에서 자주 사용되는 불변이란 단어는 로마 영웅들이 추구하는 가치를 대변한다. 인간의 삶과 감정, 인간을 둘러싼 자연환경과 사회제도

---

16) Vivian Thomas, 앞의 책, pp.1, 7.
17) Paul A. Cantor, 앞의 책, p.37.
18) Robert S. Miola, 앞의 책, p.17.
19) Vivian Thomas, 앞의 책, p.13.
20) 같은 책, p.13.

가 모두 변하는 것일진대, 불변성은 '고귀한 로마인'뿐만 아니라 모든 인간과 양립하기 힘든 이상임이 틀림없다. 인간이 신이 되지 않는 한, 변하는 것이 인간다움의 한 요소이다. 그런데도 셰익스피어가 '변치 않는 로마인'을 로마 비극의 모델로 상정한 이유는 불변성이 고대 로마나 르네상스 잉글랜드의 이데올로기적 풍토와 무관하지 않았기 때문이다. 그 상관관계를 파악하려면 우선 불변성 담론의 철학적·문화적 전통과 배경을 살펴볼 필요가 있다.

불변성 담론의 기원은 흔히 금욕과 극기로 대표되는 스토아주의로 거슬러 올라간다. 기원전 3세기 그리스 아테네의 제노(Zeno)를 비롯한 철학자들의 가르침에서 출발한 스토아주의는 로마 시대에 와서 인간의 존엄성을 구현하는 삶의 철학으로 발전했고, 키케로(Cicero), 세네카(Seneca), 아우렐리우스(Aurelius) 황제 등이 주도한 이론적 체계화의 과정을 거치며 '고귀한 로마인'의 가장 강력한 도덕적·윤리적 규범으로 자리 잡았다. 로마 제국이 기독교화된 이후에 세속적 범신론의 온상으로 규정되어 영향력이 쇠퇴하기 시작한 스토아주의는 중세에 신본주의 교부철학의 위세에 가려져 있다가 르네상스 시대에 스토아철학과 기독교를 융합한 신스토아주의(Neostoicism) 형태로 부활하게 된다. 이러한 스토아주의의 궤적은 인본주의의 역사와 중첩된다. 스토아주의에서 추구한 인간다움의 이상이 결국 인간에게서 신의 형적을 찾아보고 더 나아가 인간을 신에 버금가는 위치에 올려놓으려는 시도였기에 스토아주의는 그리스-로마 시대에 만개한 인본주의의 철학적 기반이었다고 해도 과언이 아니다.

그런데 스토아주의의 키워드인 불변성의 라틴어 어원(constantia)은 확고부동(steadfastness)과 시종일관(consistency)이라는 복합적 의미를 지닌다. 확고부동은 내면의 감정과 외부의 압력에 동요하거나 굴복하지 않고 원래 상태를 유지하는 것이고, 시종일관은 신념,

원칙, 감정, 행동이 변하지 않는 상태, 즉 자기모순이 없음을 의미한다. 같은 듯하면서 약간 다른데, 이 미묘한 차이가 실제 행동에서는 사라진다. 일종의 실천적 윤리강령인 스토아철학에서 불변성의 가치는 삶의 현장에서 겉으로 드러나는 태도로 구현되기 때문이다. 셰익스피어의 로마 영웅들을 스토아철학의 배경에서 분석한 마일즈(Geoffrey Miles)에 따르면, 불변성의 이중적 의미는 스토아철학의 양대 축인 키케로와 세네카의 상이한 강조점을 상징하는 동시에 스토아철학 자체의 논리적 자기모순을 드러낸다. 키케로와 세네카 둘 다 불변성을 윤리학의 핵심 가치로 내세우면서도 전자는 일관성에 후자는 확고함에 무게중심을 두는데, 어느 경우든 그 불변성이 윤리적 미덕이 되려면 개인의 내면적 속성으로만 남지 않고 타인의 눈앞에 구체적 행위로 나타나야 한다. 즉 남들에게 덕스럽게 '보여야' 진정한 미덕이 되는 것이다.[21]

정신적 불변성과 실천적 불변성의 긴장 관계를 키케로와 세네카의 주장에서 자세히 확인해보자. 우선, 키케로는 스토아주의의 이론적 토대를 완성한 철학자이자 자신의 이론을 현실정치 영역에서 실천한 정치가요 웅변가였지만, 그의 사유체계 자체에서 모순과 틈새가 드러난다. 키케로의 사상적 계보는 스토아, 에피쿠로스, 플라톤 등의 여러 학파와 연결되는데, 특히 스토아주의와 플라톤주의의 영향이 컸다. 그런데 이 두 학파는 인간의 본성과 능력에 대한 인식에 차이가 있었다. 키케로가 접했던 플라톤주의는 기본적으로 인간이 진리에 도달하기 힘들다는 회의론을 견지했지만, 스토아주의는 인간이

---

21) Geoffrey Miles, *Shakespeare and the Constant Romans*, Oxford: Oxford University Press, 1996, pp.13-14. 다음에 이어지는 키케로, 세네카, 플루타르코스, 몽테뉴 등의 스토아주의 사상가들에 대한 논의의 상당 부분은 이 책의 내용을 요약한 것이다.

진실과 거짓을 구분하고 윤리적 실천을 통해 자기실현에 이르는 것이 가능하다는 입장을 표방했다. 다만 양쪽은 군중의 의견이나 평판이 비이성적이고 맹목적이며 변덕스럽다는 엘리트주의 시각은 공유했다. 이처럼 인간에 대한 상이한 인식론을 융합하여 구축한 키케로의 스토아주의는 논리적 자기모순을 노정할 수밖에 없었다. 더구나 키케로가 추구한 인간의 보편적 존엄성과 로마인 특유의 명예가 사회적 역할수행과 타인의 평가를 통해 구현된다는 점은 군중의 의견을 오염되었거나 진리에서 멀어진 것으로 보는 시각과 양립하기 힘들었다.

키케로 철학의 틈새를 잘 드러내는 또 하나의 핵심개념은 어울림(decorum)이다. 적절, 예의, 조화, 부합 등으로 번역되는 이 단어는 스토아철학의 원칙을 담고 있다. 그런데 이 어울림의 기준은 이중적이다. 개인의 행동은 인간으로서의 보편적 속성뿐 아니라 자신이 속한 공동체의 규범과 관습에도 부합해야 하기 때문이다. 이를테면, 일상에서 귀족은 고귀하게 행동하고 노예는 비천하게 행동해야 마땅하며, 문학작품에서도 선인은 착한 언행이 어울리고 악인은 못된 언행이 어울린다. 즉 어울림이란 자신의 역할을 일관되게 수행하는 것, 자기모순이 없는 것을 말한다. 여기서 키케로는 윤리적 상대주의로 선회한다. 옳고 그름 또는 좋고 나쁨의 여부가 사람에 따라 그리고 상황에 따라 달라질 수 있게 된다.

키케로는 어울림을 페르소나(persona)에 비유한다. 그리스 비극의 등장인물이 쓰는 가면을 가리키는 페르소나는 가변성과 수행성을 전제한다. 배우가 특정 인물을 상징하는 가면을 쓰면 그 역할에 충실해야 할뿐더러 그 배우가 다른 가면을 쓰면 다른 역할을 하게 된다. 그 역할놀이는 배우 자신이 아닌 관객에게 보여주고 평가받기 위한 것이다. 명예, 정의, 절제, 용기 등의 스토아주의적 가치를 설파하는 키케로의 유작 『의무론』(*On Duties*)의 라틴어 원제목(*De offciis*)이 '의무 수행론'을 뜻한다는 사실은 키케로의 강조점이 무엇인지를 잘 말해준다. 철학자이자 정치가였던 키케로가 상아탑 속에 칩거하는 철학자보다 공적 영역에서 용기를 발휘하는 정치가를 더 높게 평가한 이유도 여기에 있다. 키케로에게 철학자의 은둔은 나태하고 비겁하며 이기적이고 반사회적인 삶의 범례에 불과하다.

키케로가 강조한 불변성의 가치는 그리스·로마 인본주의 철학의 월계관인 동시에 족쇄였다. 이론과 실천, 윤리와 정치, 개인과 사회, 보편과 특수, 본질과 수행 사이의 조화는 현실정치에서는 물론 문학작품에서도 실현 불가능한 이상이었다. 스토아주의를 비극 장르에 접목한 세네카도, 그의 문학적 유산을 계승한 르네상스 극작가들도 불변성을 완벽히 구현한 영웅을 창조하지 못했다. 오히려 이상과 현실의 간극에서 비롯되는 비극성이 시대를 가로지르는 주제가 되었다. 그 간극은 키케로 자신도 후대 극작가들도 인지했을 것이다. 공화국에서 제국으로 이행하던 로마의 전환기에 공화정을 수호하려다 최후를 맞은 키케로는 셰익스피어의 '고귀한 로마인' 브루터스와 닮은 점이 많다. 불완전한 인간에게서 완전함을 추구하다가 인식론적 교착상태에 봉착한 키케로가 페르소나의 연극성에서 비상구를 찾은 것처럼, 내면의 욕망과 두려움을 철저히 억누르며 한계상황에서 최대한 고귀하게 보이려고 애쓰는 브루터스는 가장 완벽한 연기자다. 하지만 키케로와 브루터스가 지향한 불변성도 어울림도 모두 페르소나였다.

키케로의 스토아주의 후배인 세네카도 불변성을 최고의 덕목으로 간주하면서 더 개인주의적인 입장을 취했다. 키케로가 개인의 내면적 속성과 그것의 사회적 효용성을 함께 고민한 데 비해, 세네카의 무게중심은 개인의 영웅적 자기실현에 기울어져 있었다. 세네카가 추구한 불변성이 무엇인지는 로지(Thomas Lodge)가 영어로 번역해 1614년에 출간한 세네카 전집의 표지 그림에서 잘 드러난다. 그 그림에는 불변성의 알레고리를 상징하는 여인이 숯불이 가득 담긴 놋그릇에 손을 넣은 채 검을 곧추세워 잡고 있다. 그런데 놀랍게도 그녀의 표정은 아주 담담하고 태연하다.

세네카가 불변성의 표상으로 내세우는 철학자 스틸본(Stilbon)도 적군에게 성이 함락당하고 자신의 모든 재산과 사랑하는 딸들까지 뺏긴 상황에서도 정복자를 향해 자신은 잃은 것이 전혀 없다고 일갈한다. 정말 소중한 것은 정신이며 그 누구도 자신의 정신만은 정복할 수 없다는 것이다. 이것이 세네카가 생각하는 현자(sapiens)의 모습이다. 그것은 아무리 강한 외적의 침입에도 끄떡없는 난공불락의 성과 같다. 세네카는 외부의 변화에 전혀 동요하지 않는 인간을 신과 대등한 위치에 올려놓는다. 오히려 고통을 모르기 때문에 흔들리지 않는 신보다 고통을 느끼면서도 참아내는 인간이 더 위대하다는 역설도 성립한다.

그런데 세네카의 이상형인 확고부동한 현자는 초인간적인 동시에 비인간적인 존재다. 절대로 감정에 휘둘리지 않고 어떤 고통과 상실도 감내할 수 있는 초인은 신에 근접하는 동시에 인간에서 멀어진다. 인간의 '인간다움'을 잃어버리는 것이다. 이 모순적인 아이러니는 인간의 존엄성과 잠재력을 극한까지 밀어붙인 그리스-로마 인본주의가 맞닥뜨린 막다른 골목이다. 셰익스피어의 브루터스와 코리얼레이너스를 비롯한 로마 비극의 영웅들이 초래하는 파국도 신과 인간의 경계를 넘어서려는 오만(hubris)의 결과다. 그리고 세네카가 추구한 불변성도 키케로의 경우처럼 인간의 내면적 형질이긴 하지만 결국 연극적 퍼포먼스의 형태로 드러나야 한다. 즉 확고부동한 현자인지 변덕스러운 범부인지의 여부는 고통이라는 시험을 통해 입증

될뿐더러 공적 영역에서 타인에게 인정을 받아야 한다. 부상한 검투사가 적에게 고통을 숨기고 용맹하게 싸우는 것처럼, 세네카의 진정한 영웅은 자신의 내적 갈등이나 두려움을 다른 사람들이 눈치채지 못하게 연기해야 한다.

세네카의 '변치 않는 로마인'을 기다리는 최후의 적은 죽음이다. 모든 인간의 보편적 운명인 죽음은 역설적으로 인간 한계를 초월할 수 있는 최고의 기회가 된다. 죽음 앞에서 인간은 가장 왜소하고 나약해지지만, 또한 가장 위대해질 수도 있기 때문이다. 죽음은 삶의 끝(end)인 동시에 삶의 목적(end)이 된다. 일종의 '죽음 충동'이 세네카의 스토아철학에 내재한다고 해도 과언이 아니다. 물론 이는 세네카가 죽음 자체를 염원하고 찬양한다는 얘기는 아니다. 세네카가 강조하려는 것은 기꺼이 죽을 수 있는 자는 끝까지 고귀하게 살 수 있다는 점이다. 죽음 앞에서도 자긍심과 평정심을 지킬 수 있다면 그 어떤 위협에도 타협하거나 굴복하지 않기 때문이다.

따라서 가장 명예로운 죽음은 자결이다. 세네카에게 자결은 자기파괴를 통한 자기보존의 행위다. 삶의 미련을 떨쳐버리고 죽음의 두려움을 극복함으로써 필멸의 인간이 불멸의 신에 버금가는 존재로 격상하게 되는 것이다. 하지만 정작 세네카 자신은 평소의 지론대로 '현자답게' 죽지 못했다고 전해진다. 타키투스(Tacitus)의 기록에 따르면, 네로 황제의 개인교사와 자문관을 지냈던 세네카가 네로 암살을 공모한 혐의로 체포되어 자결하라는 명령을 받자 세네카는 이런저런 방식으로 여러 번의 시도 끝에 힘들게 죽었다고 한다. 일평생 죽음을 조롱하며 살아온 세네카도 막상 죽음과 대면한 순간 엄청난 두려움과 싸울 수밖에 없었다.

3 르네상스와 불변성의 재해석

세네카가 죽은 지 1,500년 후 스토아주의는 헬레니즘의 부활과 함께 유럽 문화의 중심 무대로 귀환했다. 르네상스 시대에 대두한 신스토아주의는 고대 인본주의와 중세 신본주의의 융합물이자 스토아철학과 스콜라철학의 경연장이었다. 당시 르네상스 사상가와 작가들은 스토아철학에 대한 논쟁에 경쟁적으로 참여했다. 특히 프랑스의 철학자이자 정치가였던 몽테뉴는 스토아철학을 르네상스 시대정신에 맞게 변주해 적잖은 반향을 불러일으켰다. 플로리오(John Florio)의 번역으로 1603년에 출간된 몽테뉴의 『수상록』(*Essays*)은 셰익스피어에게도 중요한 참고서가 되었다. 특히 로마 역사를 배경으로 한 『줄리어스 시저』『코리얼레이너스』『안토니와 클리오파트라』는 키케로와 세네카의 스토아철학을 몽테뉴의 회의주의 시각으로 재해석한 작품들이다. 『수상록』 영역본이 나오기 전에 1599년경에 쓴 『줄리어스 시저』에도 몽테뉴의 흔적이 농후하다. 셰익스피어와 몽테뉴가 공유한 생각은 키케로와 세네카의 스토아철학에서 비롯된 것으로 『수상록』뿐만 아니라 당시 핸드북과 팸플릿 등의 다양한 경로를 통해 유통되었다.

1550년대부터 20여 년에 걸쳐 쓴 몽테뉴의 『수상록』은 상대주의 인식론에 기초하고 있을뿐더러 그의 에세이 모음집 자체도 논리적 일관성을 갖추고 있지 않다. 초기의 몽테뉴는 죽음의 문제에 천착한 정통 스토아주의자였다. 어떻게 하면 죽음의 두려움을 극복할 수 있는가? 어떤 형태의 죽음이 가장 정직하고 현명하며 명예로운가? 이 문제의 답을 찾기 위해 몽테뉴는 인간의 이성과 의지에 주목한다. 「불변성에 관하여」("Of Constancie")라는 글에서 몽테뉴는 불가피한 것을 견디며 인간의 변하기 쉬운 감정을 통제하는 능력을 불변성이라고 규정한다. 몽테뉴는 시저와 타협하기를 거부하고 자결한 카토 (Cato the Younger)를 불변성의 표상으로 치켜세우며, 기꺼이 그리고 기쁘게 죽음을 맞은 카토의 현자다운 용기를 높이 평가한다. 세네카의 영향력이 강하게 배어 있는 주장이 아닐 수 없다.

하지만 시간이 지나면서 몽테뉴는 불변성의 개념을 상대화한다. 몽테뉴는 초기 저작부터 인간과 세계의 불변성에 대한 의문을 제기하는데, 후기로 갈수록 스토아철학에서 요구하는 불변성은 불가능할 뿐더러 바람직하지 않다는 견해를 피력한다. 몽테뉴의 반스토아주의적 문제의식을 더 확고하게 추인해준 것은 고대 그리스 철학자 피론(Pyrrho)의 회의론이다. 진실/거짓의 이분법에 기초한 플라톤주의와 스토아주의에 맞선 피론은 모든 지식이 불확실하고 모든 가설이 대등한 개연성을 지니므로 진위에 대한 최종판단을 유보해야 한다고 주장했다. 기독교도였던 몽테뉴는 피론의 회의론을 절대자의 계시를 제외한 모든 지식에 적용하여 보편적 이성과 개인적 의견 사이의 위계를 해체한다. 몽테뉴는 인간의 생각과 감정도 바뀌고 사회규범과 관습도 달라지며 그러한 불확실성과 가변성이 대자연의 순리에 부합한다고 주장한다. 따라서 인간 본연의 연약함에서 유리된 스토아철학의 윤리적 이상은 일종의 광기이며 자기기만에 지나지 않는다. 심지어 몽테뉴는 인간 본성을 인정하지 않는 완벽함의 추구를 '야만적'이라는 단어까지 사용하며 비난한다.

몽테뉴의 인식론적 전환은 불변성에 대한 회의에서 끝나지 않고 가변성에 대한 긍정으로 나아간다. 마지막 에세이 「경험에 관하여」 ("Of Experience")에서 몽테뉴는 불완전한 세계를 살아가는 불완전한 인간은 삶을 감내하려 하지 말고 향유할 것을 권고한다. 인간은 바위처럼 단단한 존재가 아니라 모래처럼 흐트러지는 존재이며, 변덕이나 자기모순으로 비난받는 일관성의 결여가 인간의 결함이 아니라 본성이라고 본 것이다. 몽테뉴의 회의론을 셰익스피어의 로마 영웅들에 빗대어 얘기하면, '변치 않는 로마인'의 이상에 가장 근접하는 브루터스가 오히려 비정상이고, '로마다움'을 상실한 안토니가 더 인간답고 자연스러운 인물이다. 셰익스피어의 로마 비극을 읽다 보면, 불변성을 '고귀한 로마인'의 이상으로 간주한 키케로나 세네카보다 그들을 상대주의적으로 재해석한 몽테뉴의 영향이 더 크다는 인상을 지울 수 없다. 아마 몽테뉴의 반향은 왜 셰익스피어가 불변성에 집착하는 로마 영웅들에게 유보적인지를 설명해주는 단초가 될 수 있을 것이다.

셰익스피어의 로마 비극에 앞서 살펴볼 또 하나의 배경 텍스트는 플루타르코스(Plutarch)의 『영웅전』(*Lives of the Noble Greeks and Romans*)이다. 셰익스피어의 동시대 시인 피첨(Henry Peacham)이 성서를 제외하고 세상 모든 책을 불태워도 남겨야 할 마지막 한 권의 책이라고 말한 『영웅전』은 르네상스 문학과 연극에 지대한 영향을 끼쳤다. 세 편의 셰익스피어 로마 비극 『줄리어스 시저』『코리얼레이너스』『안토니와 클리오파트라』도 이 책에서 줄거리를 가져왔다. 대학교육을 받지 못해 희랍어 원전에 접근하지 못했을 셰익스피어는 아마도 『영웅전』의 영어 번역본을 읽었을 것이다. 그것 역시 암요 (Jaques Amyot)가 불어로 번역한 것을 다시 노스(Thomas North)가 영어로 옮긴 것인데, 당대의 그리스-로마 문예 부흥에 힘입어 엄청난 인기를 누렸던 텍스트다.

셰익스피어에게 『영웅전』은 출처 이상의 의미를 갖고 있다. 특히 『줄리어스 시저』『코리얼레이너스』『안토니와 클리오파트라』는 셰익스피어의 '플루타르크 비극'이라는 범주로 분류되기도 한다. 이 세 편의 비극은 출처가 같을뿐더러 로마 역사의 발전단계인 도시국가-공화국-제국을 각각의 배경으로 삼는다는 점에서 일종의 유기체적 연작 형태를 취하고 있다. 물론 플루타르코스가 그러한 3부작을 설계한 것은 아니다. 더구나 그는 스토아주의자도 아니었고 불변성 문제에 천착하지도 않았다. 불변성을 핵심개념으로 부각한 것은 플루타르코스의 희랍어 원전을 번역하는 과정에서 '불변'이라는 단어를 반복해서 사용한 번역자들이다. 암요와 노스가 당시 르네상스의 지적 풍토에 편승하고자 스토아주의의 키워드를 끼워 넣으면서 원문을 각색한 것이다. 노스의 영어 번역본을 읽었을 셰익스피어는 빈번히 등장하는 '불변'이라는 단어에 주목하면서 이 세 로마 비극을 구상했을 것이다.

브루터스, 코리얼레이너스, 안토니를 '불변성 3부작'의 영웅으로 분석한 마일스에 따르면, 플루타르코스의 희랍어 원전과 노스의 영어 번역본 사이에 미묘한 해석의 차이가 존재한다. 노스가 일괄적으로 '불변성'이나 '변치 않는'이라고 옮긴 단어가 원전에서는 조금씩 다른 뜻을 지닌다. 브루투스를 묘사하는 불변성이라는 영어 단어가 원전에서는 진중, 안정, 자제, 합리, 결단, 고결 등을 의미한다. 플루타르코스가 묘사한 브루투스는 좀처럼 감정에 휘둘리지 않고 합리적 결정만 내리며 일단 자신이 내린 결정은 번복하지 않는 인물이다. 특히 시저 암살에 가담하는 후반부에서 플루타르코스의 브루투스는 시련과 역경 앞에서 흔들리지 않을뿐더러 겉으로 내색하지도 않는다. 그런데 셰익스피어는 『줄리어스 시저』에서 연극적 수행으로서의 불변성을 브루터스의 가장 중요한 특성으로 부각한다. 플루타르코스의 원전에서보다 르네상스 번역본에서 더 두드러진 브루터스의 연극적 불변성을 셰익스피어는 한층 더 강조함으로써 인간 내면과 외면의 괴리에서 비롯되는 자기모순을 보여주는 것이다.

셰익스피어는 코리얼레이너스와 안토니의 재현에서도 플루타르코스를 온전히 따르지 않는다. 플루타르코스의 마르티우스 코리올라누스는 '야만인'과 구분이 힘들 정도로 오만하고 완고하며 자기 억제력이 결핍된 데 비해, 셰익스피어의 코리얼레이너스는 용감하고 확고부동한 '고귀한 로마인'의 이상에 더 근접한 인물이다. 그리고 플루타르코스의 안토니우스는 브루투스와 반대로 무절제하고 변덕스러운 난봉꾼이자 인내심과 일관성을 결여한 기회주의자이지만, 셰익스피어의 안토니는 사적인 감정과 공적인 책무 사이에서 갈등하는 비극 영웅이다. 한마디로, 플루타르코스의 브루투스는 스토아주의의 불변성을 추구하면서도 아리스토텔레스가 강조한 중용의 미덕을 갖추었다면, 코리올라누스와 안토니우스는 그 기준에 전혀 부합하지 않는다. 하지만 셰익스피어는 세 인물의 공통점에 주목하며 그들이 보여주는 상이한 삶의 방식에 윤리적 판단을 유보한다. 오히려 셰익스피어는 플루타르코스의 영웅 브루투스가 구현하려는 불변성의 이면적 모순에 주목한다.[22]

4 불변성과 남성성 담론

키케로, 세네카, 플루타르코스, 암요, 노스, 몽테뉴 등 여러 단계의 언어적·문화적 번역을 거친 불변성 개념은 셰익스피어의 로마 비극에서 다시 한번 번역된다. 셰익스피어가 동시대 지배 담론을 전유해 번역한 불변성은 그의 로마 비극에서 '남성성'(masculinity) 또는 '남자다움'(manhood)으로 나타난다. 남성성은 셰익스피어의 로마 비극뿐만 아니라 그의 여타 비극과 잉글랜드 사극 그리고 낭만 희극까지 모든 장르에 편재하는 핵심개념이다. 그런데 로마 비극에서 재현된

---

22) 같은 책, pp.110-122.

남성성에 주목하는 이유는 다른 어떤 장르에서보다 남성성과 불변성의 상관관계가 더 두드러지며 모든 주인공의 언행이 오직 남성성의 기준에 맞춰져 있기 때문이다.

『심벌린』의 경우를 제외하면, 셰익스피어가 묘사하는 로마는 강력한 가부장제 사회이며 로마 영웅들이 추구하는 가치는 철저히 남성중심주의적이다. 이들은 남성성을 정신과 육체 양면에서 로마 귀족이 갖추어야 할 최고 덕목으로 간주한다. 군인으로서는 일당백의 용맹과 불굴의 투지를, 정치가로서는 고매한 대의명분과 지혜로운 책략을 지녀야 한다. 이들은 적과 조우하는 전쟁터에서나 시민을 선동하는 광장에서나 심지어 가족과 대화하는 집안에서조차 남성성을 과시하는 데 여념이 없다. 셰익스피어는 인간 안에 자연적으로 존재하지 않고 사회 안에서 만들어진 가치가 어떻게 남성과 여성에 의해 실천되고 재생산되는지를 보여준다.

그런데 셰익스피어가 재현한 남성성을 분석하기 전에, 이 책에서 사용하는 남성성 개념과 셰익스피어 당시에 생산되고 소비되었던 남성성의 의미가 상응하는지를 살펴봐야 한다. 남성성 개념 자체가 시대와 지역에 따라 변주되어왔기 때문이다. 르네상스 영문학의 남성성 연구에서 자주 인용되는 셰퍼드(Alexandra Shepard)에 따르면, 셰익스피어 시대의 남성성 개념은 사회적 지위(estate)를 의미했고, 젠더 말고도 나이, 결혼, 계급 등의 복합적 요소에 의해 구성되었다. 당시 지배 담론에서는 남성성을 인간다움, 어른다움, 남자다움을 포괄하는 개념으로 규정하며 '인간다운 인간'을 중산층 중년 기혼 남성에 국한했지만, 그러한 가부장적 남성성 개념에 포섭되지 않는 다양한 요소들이 존재했다.

남성성을 가부장제와 동일시하는 기존 연구에 반대하는 셰퍼드는 르네상스 시대에 모든 심급을 아우르는 획일적 남성성은 존재하지 않았으며, 가부장제 사회 내부에 '가부장적 남성성' '반(反)가부장적 남성성' '대안적 남성성' 같은 상충하는 남성성 개념들이 공존하며 경합했다고 주장한다. 1560년에서 1640년 사이 잉글랜드의 인구 자료를 보면 전체 남성의 약 20퍼센트는 결혼과 가정의 가부장적 제도 바깥에서 임금노동자나 떠돌이 생활을 하며 그들 나름의 남성성을 구현하고 있었다. 따라서 그들은 "능력, 성장, 근면, 자족, 정직, 권위, 자율, 극기, 절제, 이성, 지혜, 기지"로 특징지어지는 규범적 남성성 대신에 "난봉, 과잉, 허세, 완력, 인생무상, 공동생산" 같은 일탈적이고 전복적인 삶의 양식을 추구했다. 이는 남성성 자체가 남성과 여성 사이는 물론 남성 사이에도 모순과 갈등을 내포한 담론이었음을 의미한다.[23]

셰퍼드가 강조한 남성성의 복합성은 그람시의 헤게모니 이론을 차용한 사회학자 코넬(Raewyn Connell)의 '헤게모니적 남성성' 개념과 연결된다. 남성성을 정치적·문화적 투쟁과 전략의 산물로 간주하는 코넬은 가부장제 사회질서가 물리적 폭력보다는 법과 제도, 문화적 코드 등의 여러 수단으로 압박해 '동의'를 얻어냄으로써 유지된다는 것을 강조한다. 그리고 코넬은 '헤게모니적 남성성'이 남성과 여성 사이의 위계뿐 아니라 비(非)헤게모니적 남성성의 공모, 종속, 주변화를 통해 지배계층 남성과 피지배계층 남성 간의 불균등한 관계도 재생산한다고 주장한다.[24] 코넬과 셰퍼드는 모두 그람시에게 빚지고 있는데, 셰퍼드가 그람시의 헤게모니 이론에 내포된 사회변화의

---

23) Alexandra Shepard, *Meanings of Manhood in Early Modern England*, Oxford: Oxford University Press, 2003, pp.246-249.

24) Raewin Connell, *Gender and Power: Society, the Person, and Sexual Politics*, Stanford: Stanford University Press, 1987, pp.183-188; Raewin Connell, *Masculinities*, Cambridge: Cambridge University Press, 1995, pp.76-81.

역동성을 좀더 적극적으로 적용하여 남성성 담론의 내적 긴장을 강조한다고 볼 수 있다.

이 책에서 사용하는 남성성이란 용어도 일차적으로는 셰퍼드가 말한 '가부장적 남성성'이나 코넬이 말한 '헤게모니적 남성성' 즉 지배 엘리트계층의 남성성을 지칭하지만, 셰익스피어의 동시대 사회가 목격한 남성성의 복합성에 주목하면서 남성성을 구성하는 핵심요소인 젠더의 차이가 계급이나 인종 담론과 어떠한 상호작용을 하고 있는지를 분석할 것이다.

셰익스피어의 로마 영웅들이 '보여주려고' 애쓰는 남성성은 젠더 역학에 기초한다. 이들은 남성성과 그것의 대립항인 여성성을 용맹/비겁, 존귀/비천, 강인/나약, 관대/편협, 대범/소심, 불변/변덕, 성숙/유치, 진중/경솔, 침착/조급, 헌신/탐닉, 자립/의존 등의 논리로 규정하면서 여성성을 억압하고 비하함으로써 남성성을 구현하려고 한다. 이성/감정 또는 정신/육체의 이분법을 끊임없이 변주하는 것이다. 로마 영웅들이 가장 두려워하는 남성성의 상실은 여성화를 뜻하며, 그것은 이들에게 사회적 죽음이나 다름없다. 뿐만 아니라 남성성은 계급과 인종의 심급에서도 '고귀한 로마인'과 그렇지 못한 하층민이나 로마 성벽 바깥의 이방인을 구분하는 잣대가 된다. 셰익스피어의 로마 비극에 나오는 외국인, 이를테면, 고트, 볼스키, 무어, 이집트 등지의 '야만인'은 거의 언제나 남성성과 상반된 이미지로 묘사된다. 그리고 로마 남자이면서도 남자답지 못한 익명의 하층민 집단도 '고귀한 로마인'의 시민권을 박탈당하고 '내부의 야만인'으로 강등된다.

남성성의 결여는 성적·계급적·인종적 타자의 증표다. 이는 남성성이 가부장적 귀족사회와 제국주의의 연결고리이자 공통분모임을 뜻한다. 셰익스피어의 로마 비극은 그의 장르 중에서 여성의 주변화가 가장 명백한 잉글랜드 사극 못지않게 가부장적 사회를 재현한다. 남성성이 로마 제국의 이데올로기적 토대라고 해도 과언이 아니다. 그런데 셰익스피어는 남성성에 기초한 로마의 가부장적 제국주의를 무조건 찬양하거나 옹호하지 않는다. 이는 셰익스피어가 그의 동시대 작가들과 구분되는 지점이다. 셰익스피어는 한편으로는 남성성을 모든 로마 영웅들이 앞다투어 추구하는 가치로 부각하면서도 또 한편으로는 남성성에 대한 집착을 이들의 비극적 파국을 초래하는 '하마르티아'로 상정한다. 그렇다면 남성성의 파노라마를 통해 셰익스피어가 동시대 관객들에게 전달하려던 메시지는 무엇인가? 이는 셰익스피어를 그가 창조한 인물들과 동일시할 수 없다는 전제하에, 그의 로마 비극을 접하면서 자연스럽게 맞닥뜨리는 질문이다.

사실 셰익스피어 비평에서 남성성의 문제는 로마 비극뿐 아니라 그의 작품 전반에 걸쳐 드러난다. 특히 70년대 이후 페미니즘 비평에서 셰익스피어가 재현한 남성성은 가장 중요한 화두로 등장했다. 그 이전의 셰익스피어 연구에서는 남성(성)이 인간(성)을 대체하고 대표했다. 가령, 「인간 햄릿」「인간 오셀로」「셰익스피어와 보통 인간」『셰익스피어와 인간의 본성』같은 제목이 말해주듯이,[25] 셰익스피어가 창조한 남성 인물이 인간의 전형으로 해석되었다. 그러나 스펜서(Theodore Spencer)의 『셰익스피어와 인간의 본성』의 패러디이자 인간중심주의로 위장한 남성중심주의적 셰익스피어 연구전통에 대한 도전으로 평가되는 듀젠베어(Juliet Dusinberre)의 『셰익스피어와 여

---

25) Elmer Edgar Stoll, *Hamlet the Man*, Oxford: Oxford University Press, 1935; Elmer Edgar Stoll, "Othello the Man," *Shakespeare Association Bulletin* 9(1934), pp.111-124; G.H. Murphy, "Shakespeare and the Ordinary Man," *Dalhousie Review* 25(1935), pp.161-173; Theodore Spencer, *Shakespeare and the Nature of Man*, New York: Macmillan 1942.

성의 본성』은 남성과 인간의 등가성을 해체하는 작업을 시도했다.[26]
이와 함께 페미니스트 비평가들은 1990년 버틀러(Judith Butler)의
『젠더 트러블』이 나오기 전에 남성성이 생물학적 본질이 아니라 연
극적 수행이자 기호학적 구성물임을 셰익스피어의 작품 분석을 통
해 이미 입증해왔다. 이들은 또한 셰익스피어가 재현한 남성성 개념
이 르네상스 잉글랜드의 가부장제 질서와 민족국가 정체성 형성에
어떠한 역할을 담당했는지를 밝히는 데 주력했다.

따라서 셰익스피어가 재현한 남성성은 새로운 비평적 관심사가
아니다. 스미스(Bruce R. Smith)의 『셰익스피어와 남성성』과 웰스
(Robin Headlam Wells)의 『셰익스피어가 생각하는 남성성』은 이 문
제를 정면으로 다루었고,[27] 이외에도 많은 비평가가 장르별로 또는
개별 작품에서 남성성의 재현 양상과 효과를 분석했다. 그런데도 이
책에서 셰익스피어의 로마 비극을 따로 분석하는 이유는 셰익스피
어가 로마 비극에서 가장 깊이 남성성 문제에 천착하기 때문이다. 이
어지는 두 장에서는 『줄리어스 시저』『코리얼레이너스』『안토니와
클리오파트라』를 비교 분석하면서, 젠더 수행성으로서의 남성성이
로마의 가부장제와 제국주의 권력에 어떠한 방식으로 복무하며, 더
나아가서는 로마 제국을 동경하고 계승하려던 16세기 잉글랜드의
국가 정체성에 어떠한 영향을 미쳤는지를 살펴보고자 한다.

---

26) Juliet Dusinberre, *Shakespeare and the Nature of Woman*, London: Macmillan, 1975.

27) Bruce R. Smith, *Shakespeare and Masculinity*, Oxford: Oxford University Press, 2000; Robin Headlam Wells, *Shakespeare on Masculinity*, Cambridge: Cambridge University Press, 2001.

제3장 '고귀한 로마인'의 연극적 수행성

> "불변성의 화신임을 자처하는 로마 영웅들은
> 화고부동한 척, 시종여일한 척할 뿐이다.
> 북극성, 대리석, 강철 등의 이미지로 자신을 포장하지만
> 그들의 내면에는 온갖 감정의 격류가 요동친다."

1 '부동의 북극성' 줄리어스 시저

기원전 44년 3월 15일 아침, 로마 폼페이우스 극장 앞에서 희대의 영웅이자 독재자가 일군의 원로의원들에게 잔인하게 살해되었다. 흔히 '시저 암살'로 일컬어지는 이 사건은 "성서의 사건들 말고는 서구의 가장 유명한 역사적 사건"으로 자리매김되면서,[1] 끊임없는 정치적 논쟁과 문학적 재현의 원천이 되었다. 이 사건과 그 주역들에 대한 평가도 오랜 세월에 걸쳐 논란거리가 되었으나 합일된 결론은 도출되지 않았다. 시저 암살은 로마를 폭정에서 구한 용단이었는가 아니면 괴테의 말처럼 가장 무의미한 행위였는가? 시저는 영웅인가 폭군인가? 브루터스는 애국시민인가 암살자인가? 군주가 폭군이면 신하의 선택은 무엇이어야 하는가? 이 질문에 대한 대답은 대개 양가적이었다. 『줄리어스 시저』의 원전 작가 플루타르코스는 물

---

1) David Daniell, "Introduction," in *Julius Caesar*, London: Bloomsbury Arden Shakespeare, 2014, p.1.

론, 키케로를 비롯한 동시대 로마인들은 시저의 능력을 치하하면서도 그의 야망과 전제정치는 비판하는 편이었다. 중세에 와서도 페트라르카는 시저를 예찬하고 단테는 브루터스와 캐시어스를 예수를 배반한 유다와 함께 지옥의 가장 낮은 곳에 배치했는데, 아퀴나스(Thomas Aquinas)는 시저를 죽어 마땅한 독재자로 규정하면서도 그의 공적은 인정했다. 절대군주제가 대세였던 르네상스 시대에도 독일의 루터, 스페인의 멕시아(Pedro Mexía), 프랑스의 몽테뉴, 잉글랜드의 엘리엇(Thomas Elyot) 등이 시저 재평가 작업을 이어갔다. 특히 잉글랜드에서 줄리어스 시저의 반향은 강력했다. 공화정에서 제정으로의 전환기를 통치한 시저와 절대군주제를 추구한 튜더 왕조의 엘리자베스 사이에는 간과하기 힘든 유비 관계가 있었고, 이를 배경으로 폭군의 폐위나 시해가 정당한가에 대한 논란이 문학작품과 연극무대에서 활발하게 전개되었다.[2]

셰익스피어의『줄리어스 시저』도 그러한 정치적 논쟁에 개입한 작품이다.『줄리어스 시저』가 후대 비평가들의 주목을 받은 이유는 이 비극이 셰익스피어의 다른 작품들과 비교해서 하나의 변곡점이 되기 때문이다.『줄리어스 시저』는 셰익스피어가 극작가로서의 역량이 만개한 시기에 쓴 첫 번째 비극으로, 장미전쟁을 배경으로 한 잉글랜드 사극에서 다루었던 반역이란 주제를 비극 장르에 접목한 최초의 작품이다. 반역에 대한 셰익스피어의 시선도 모호하다. 제목의 주인공 줄리어스 시저와 서사의 주인공 브루터스 사이에서 어느 쪽의 편도 들지 않고 공화정과 군주정에 대한 최종평가도 유보한 채 셰익스피어는 플루타르코스보다 더 '객관적으로' 로마 역사의 가장 극적인 순간을 재구성한다. 그리고 셰익스피어는 고대 로마와 16세기 잉글

---

2) 같은 글, pp.25-26, 32-34.

랜드의 연결고리를 남성성에서 찾는다. 상이한 두 시대를 가로지르는 공통의 사회정서가 가부장적 제국주의이고 그것의 핵심 가치가 남성성이기 때문이다.

사실, 남성성 담론은 셰익스피어가 당대의 가장 민감하고 위험한 정치적 화두였던 공화주의에 에둘러 접근하기 위한 일종의 복화술이었다. 근대로의 이행기를 살았던 르네상스 잉글랜드인들이 권력체제에 관심을 가진 것은 전혀 이상한 일이 아니었다. 튜더-스튜어트 왕조가 왕권신수설에 기대어 절대군주제 홍보에 힘을 쏟았지만, 세습군주제와 전제정치의 병폐에 시달리던 시민들은 연극무대에서 목격하는 폭군의 몰락에 카타르시스를 느꼈고, 고대 그리스-로마의 정치제도에 주목한 인본주의자들의 마음속에는 공화정이 대안으로 자리 잡았다. 그들은 아리스토텔레스의 『정치학』(*Politics*)과 폴리비오스(Polyvius)의 『역사』(*The Histories*)를 규범적 텍스트로 삼고, 군주정치·귀족정치·민주정치가 각각 독재정치·과두정치·대중정치로 변질할 위험이 있으므로 세 체제의 장점을 결합한 공화정치가 가장 이상적인 제도라는 신념을 공유하고 있었다.

셰익스피어 시대의 공화주의 논쟁을 연구한 해드필드(Andrew Hadfield)는 "셰익스피어가 공화주의자였는가?"라는 질문을 던져놓고 셰익스피어가 정치체제로서의 공화정을 명시적으로 옹호하지 않아도 그의 작품에 공화주의와 연관된 이미지와 수사가 넘쳐난다고 주장한다.[3] 셰익스피어가 공화주의를 작품의 전면에 부각하지 못한 이유는 동시대 잉글랜드의 정치문화 때문이었다. 군주제가 잉글랜

---

3) Andrew Hadfield, *Shakespeare and Republicanism*, Cambridge: Cambridge University Press, 2005, p.1. 해드필드는 셰익스피어의 공화주의적 관심이 드러나는 작품으로 『헨리 6세』 3부작, 『루크리스의 강간』 『타이터스 안드로니커스』 『줄리어스 시저』 『햄릿』 『오셀로』 『똑같은 잣대로』를 분석한다.

드의 엄연한 정치 현실이었던 상황에서, 공화주의의 공론화는 검열의 표적이 될 수밖에 없었다. "1590년대에 공화주의 옹호자들이 그들의 의견과 사상을 밝히려면 너무 많은 것을 감수해야 했다. 그것은 그들의 이상이었다. 그들은 오히려 암시적인 제언과 언급, 외국 국가나 고대 국가에 대한 아낌없는 예찬에 매달렸을 뿐 좀처럼 명백하고 일관된 주장을 펼치지 않았다. 당시에 공화주의가 정치이론가들이나 역사학자들보다는 자신이 선택한 방식으로 이상을 추구하는 상상력 풍부한 문학 작가들에게 인기 있는 것처럼 보였던 이유도 바로 여기에 있다."[4] 그래서 인본주의 사상가들은 군주정에서 공화정으로의 전환보다는 군주의 전횡을 방지하고 왕권을 견제할 보완책의 도입을 조심스럽게 제안했고, 극작가들은 고대 로마 공화국과 르네상스 베네치아 공화국을 모델로 공화정의 명암을 우회적으로 조명했다.

그런데 르네상스 인본주의자들이 신봉한 공화주의는 예로부터 남성중심주의에 기초하고 있었다. 이성과 자유를 실천하는 주체는 오직 남성이라고 믿은 것이다. 플라톤(Plato)은 『국가』(The Republic)에서 폭군은 여자처럼 겁이 많아서 집에 숨어 지내고 자신의 두려움을 은폐하는 연기에 능하다고 주장하면서 공화정의 대척점인 폭정을 여성성과 연관시켰다.[5] 아리스토텔레스는 가정(oikos)에 속한 여성은 노예나 어린이와 마찬가지로 도시국가(polis)의 구성원이어도

---

4) 같은 책, pp.51–52. 해드필드는 "문학적 현상으로서의 공화주의"를 예시하기 위해 말로(Christopher Marlowe), 존슨(Ben Jonson), 롯지(Thomas Lodge), 릴리(John Lyly), 채프먼(George Chapman), 스펜서(Edmund Spenser), 시드니(Sir Philip Sidney) 등의 르네상스 잉글랜드 작가들의 텍스트를 분석한다(pp.54–95).

5) Rebecca W. Bushnell, *Tragedies of Tyrants: Political Thought and Theater in the English Renaissance*, Ithaca, Cornell University Press, 1990, p.20.

정치적 주체인 '시민'으로 인정하지 않았다. 아리스토텔레스의 정치 이론을 계승한 보이티우스(Boethius)는 『철학의 위안』(*The Consolation of Philosophy*)에서 변덕스럽고 예측 불가능한 세상(Fortune)을 남성의 합리적 이성(Virtue)으로 통제할 것을 주문했고, 마키아벨리도 『군주론』에서 '여성적' 운명과 '남성적' 능력을 대조하면서 로마의 공화정은 합리적 남성 주체인 '시민'의 참여와 자치로 일궈낸 문명의 성취라고 칭송했다.[6] 16세기 잉글랜드의 대표적인 인본주의 공화주의자였던 스미스(Sir Thomas Smith)도 여왕이나 공작부인 같은 예외적인 경우를 제외하면 여성은 잉글랜드 공화정에 참여할 자격과 능력이 없다고 보았다.[7]

셰익스피어도 『줄리어스 시저』에서 가부장적 공화주의의 이상이 여성 군주라는 모순된 현실의 대안이 될 수 있는지, 그것의 원형적 모델인 로마 공화정이 실제로 어떠했는지, 그리고 왜 그러한 정치적 실험이 실패로 끝났는지를 탐색한다. 군주제를 공통분모로 한 줄리어스 시저와 엘리자베스 여왕의 유비 관계를 간과할 수 없는 상황에서, 셰익스피어의 탐색은 조심스러울 수밖에 없었다. 셰익스피어는 위대한 문명의 성취로 여겨지는 로마를 거울로 삼아 공화주의의 한계를 짚어봤다고 할 수 있다. 그렇다고 셰익스피어가 엘리자베스 여왕을 의식해서 이 극을 절대군주제의 홍보물로 쓴 것은 아니다. 양립 불가능한 군주제와 공화제를 대표하는 줄리어스 시저와 브루터스 사이에서 셰익스피어는 어느 한쪽을 일방적으로 지지하거나 비판하

---

6) Hanna F. Pitkin, *Fortune is a Woman: Gender and Politics in the Thought of Nicolò Machiavelli*, Berkeley: University of California Press, 1984, pp.48-49. 아리스토텔레스, 보이티우스, 마키아벨리의 주장은 Coppélia Kahn, *Roman Shakespeare: Warriors, Wounds, and Women*, London: Routledge, 1887, pp.83-85에서 재인용.

7) Andrew Hadfield, 앞의 책, p.21.

지 않고, 양쪽 모두를 향해 심정적인 등거리를 유지하면서 정치적 현실과 이상의 괴리를 그려낸다.

셰익스피어의 여타 로마 비극들과 달리『줄리어스 시저』에 인종적 타자가 등장하지 않는 이유도 이와 무관하지 않다.『타이터스 안드로니커스』『코리얼레이너스』『안토니와 클리오파트라』는 외부 침입이나 정복을 다루지만『줄리어스 시저』는 내부 갈등에 초점을 맞추고 있다. 즉 '고귀한 로마인'과 '비천한 야만인'의 충돌이 없고, 다른 가치를 지닌 로마인들끼리의 갈등만 전개된다. '우리'와 '그들' 사이의 이분법적 경계선이 없다 보니 양측을 선악의 흑백논리로 구분하는 것이 불가능하다. 주요 인물들은 모두 나름의 정당성을 지닌 대의명분에 따라 행동하며 어느 한쪽의 논리가 다른 쪽의 논리를 압도하지 못한다. 이 극이 '야만인'과 '이방인'의 개입 없이 로마인들 사이의 갈등만 보여주는 이유는 '로마다움'을 구성하는 가치의 내적 긴장과 자기모순에 천착하기 위해서다. 그러한 비판적 성찰의 대상으로 집중조명을 받는 가치가 바로 불변성의 가부장적 별칭에 해당하는 남성성이다.

『줄리어스 시저』에서 로마는 남성성의 경연장이며 로마 영웅들은 남성성을 연기하는 배우다. 이 극에 나오는 로마 영웅들은 남성성에 집착하고 남성성을 과시한다. 줄리어스 시저, 브루터스, 캐시어스, 안토니, 옥테이비어스, 그 누구도 예외가 아니다. 심지어 시저의 아내 칼퍼니아와 브루터스의 아내 포샤도 남성성의 경연에 뛰어든다. 이들에게 남성성이란 공적 주체의 자격과 정당성을 획득하고 정치적 욕망을 실현하는 수단이다. 동시에 남성성은 로마 귀족만이 지닌 계급적 속성이자 고귀함의 증표이지만, 남성성의 결여는 형언할 수 없는 수치요 정치적 거세에 해당한다. '고귀한 로마인'이라는 표현은 동어반복일 만큼 로마 귀족 남성의 고귀함은 불가결한 덕목이다. 문제는 그것을 어떻게 구현하느냐에 있다. 스토아주의에서 강조한 불변성이 인간 내면의 자기충족적인 속성인 동시에 공적 영역에서의 윤리적·정치적 실천이어야 하는 것처럼, 이 극의 로마 영웅들이 지향하는 남성성은 내적 충실성과 외적 수행성의 일치를 전제한다. 하지만 이들은 남성성을 구체화하는 과정에서 언행일치를 보여주지 못하고, 자신의 의지와는 달리 표리부동한 모습을 드러낸다.

먼저 이 극의 제목 상의 주인공인 줄리어스 시저부터 살펴보자. 『줄리어스 시저』의 구성은 시저의 죽음 이전과 이후로 나뉜다. 시저 암살 장면이 나오는 3막 1장은 극의 정중앙인 동시에 플롯의 분기점에 해당한다. 왜 셰익스피어가 극의 후반부에는 무대에 등장하지도 않는 인물을 작품 제목으로 정했을까? 무대 위의 존재감과 역할로 따진다면 이 극의 제목은 『마커스 브루터스』가 되어야 마땅하다. 그런데도 셰익스피어가 줄리어스 시저를 제목으로 정한 이유는 그의 이름이 지니는 상징성 때문이다. 르네상스 잉글랜드인들에게 로마 제국이 역사인 동시에 신화였던 것처럼, 시저(카이사르)는 단순히 역사적 인물을 지칭하는 고유명사가 아니라 로마 제국의 아우라를 발산하는 신화적 상징이다. 줄리어스 시저는 또한 이 극에서 남성성의 수사와 수행 사이의 괴리가 가장 큰 인물이다. 셰익스피어는 로마 제국의 아이콘이 구현하는 남성성의 이면을 조명하기 위해 시저를 전면에 내세운 것이다. 이는 셰익스피어의 주된 관심이 시저를 비롯한 특정 인물의 영웅적 이미지보다는 그 이미지의 허구성에 있음을 의미한다.

극의 도입부에서 주연 대신에 조연들이 '분위기 잡는' 장면을 연출하는 것은 셰익스피어가 즐겨 쓰는 방식이다. 그들은 주인공이 표방하는 가치나 이해관계를 미리 암시하기도 하고 그를 반대하는 집단의 목소리를 통해 대조 효과를 연출하기도 한다. 『줄리어스 시저』도 마찬가지다. 막이 오르면서 등장하는 호민관들과 평민들은 하찮은 잡담처럼 들리면서도 신랄한 행간의 의미를 지닌 대사를 주고받는다. 평민들은 정적을 섬멸하고 개선하는 시저를 환영하기 위해 길거리로 나왔고, 호민관들은 승승장구하는 시저의 인기에 흠집을 내려는 목적으로 나왔다. 상반된 목적을 지니고 광장에서 마주친 이들은 시저가 대표하는 '로마다움'에 대한 상반된 견해를 표방한다. 호민관들은 한때 폼피를 로마의 최고 영웅으로 추앙하던 군중이 이제는 폼피의 아들들을 처단하고 돌아오는 시저에게 열광하는 모습을 보고 배은망덕하고 변덕스럽다고 개탄한다. 호민관들의 눈에 비친 목수나 구두수선공은 "생각 없는 짐승들보다 더 못한 나무토막이요 돌멩이들"(1.1.36)이다. 그들에게는 '고귀한 로마인'이 지녀야 하는 불변성이나 남성성의 흔적을 전혀 찾아볼 수 없기 때문이다.

하지만 평민들은 호민관들의 경멸과 겁박에 주눅 들지 않고 성적·정치적 풍자를 함축한(그러나 호민관들이 알아채지 못하는) 곁말로 지배계층의 탐욕과 허세를 꼬집는다. "자네들은 뭐 하는 작자들이냐?"는 힐난에 구두수선공은 "제 직업은 건전한 양심으로 밥 벌어 먹고사는 일인데요, 그게 말하자면, 낡은 구두밑창(bad soles)을 고치는 일입니다"(1.1.13-14)라고 대답한다. 구두밑창(sole)과 영혼(soul)의 동음이의어를 이용하여 고매한 귀족과 비루한 하층민의 우열을 교묘하게 해체한다. 계속해서 구두수선공은 "저는 송곳 하나로 먹고사는 놈인데, 장사꾼들 일이나 여인네들 일에는 끼어들지 않습니다. 그걸로 낡은 신발들 꿰매는 일을 하지요. 시원찮은 신발들은 모두 제가 고쳐줍니다. 그럴듯하게 생긴 남자들이 신고 다니는 암소가죽 신발도 제 손을 안 거친 게 없지요"(1.1.22-27)라고 맞받아친다. 송곳과 신발이 각각 남성과 여성의 성기를 상징한다고 볼 때, 이 대사는 지배계층이 성적·계급적 타자를 착취하는 사회현실을 고발하는 동시에 귀족 남성의 계급적 특권을 담보하는 귀족 여성의 정절을 부정하고 있다. 오히려 여성의 몸은 귀족과 평민이 공유하고 뒤섞이는 공간이 되고 만다. '고귀한 로마인'의 배타적 남성성은 출발부터 상실과 오염의 위험에 노출되는 것이다.

애매한 분위기 속에 등장하는 시저의 모습도 상당히 모호하다. 3월 15일을 조심하라는 점쟁이의 외침을 일축한 시저는 환호하는 군중 속으로 위풍당당하게 발걸음을 옮기지만, 그의 영웅적 이미지는 오래가지 못한다. 캐시어스에 따르면, 시저는 과거에 타이버강에서 수영시합을 하다 빠져 죽을 뻔했고, 스페인 원정을 갔을 때는 시저가 간질로 쓰러져서 "아픈 계집애처럼"(1.2.128) 새파랗게 질린 얼굴로 살려달라고 애원했다고 한다. 시저로서는 자신의 수치스러운 과거를 목격한 캐시어스가 "위험한"(1.2.194) 인물이 아닐 수 없다. 시저는 안토니에게 캐시어스가 "관찰력이 뛰어난 자이며 사람의 행동거지를 꿰뚫어본다"(2.1.201-2)고 두려움을 나타내면서도, "내가 누굴 두려워해서가 아니라 경계할 필요가 있는 자들을 그대에게 말해줄 뿐이야. 나는 항상 시저니까"(1.2.210-11)라면서 곧바로 두려움을 덮어버린다. 시저에게 남성성은 두려움을 은폐하는 가면이기에 더욱 과장되게 연기하는 것이다. "난 그가 무섭지 않아"(1.2.197)라는 시저와 한쪽 귀가 먹어서 안토니에게 밀착수행을 부탁하는 시저 사이의 괴리는 이 극의 영웅들이 앞다투어 구현하려는 남성성이 표리부동하고 모순적인 가치임을 일찌감치 예견하고 있다.

과거에도 현재에도 간질은 시저의 아킬레스건이다. 공회당에서 "오합지졸들"(1.2.243)과 "어중이떠중이들"(1.2.257)의 환성과 갈채 속에 안토니와 시저가 세 차례나 월계관을 헌정하고 사양하는 "정말 우스꽝스러운 짓"(1.2.235)을 연출한 직후, 시저는 또 간질이 발작하여 쓰러진다. 정신을 차린 시저가 자신의 병약한 모습을 양해해달라고 하자 "서너 명의 계집애들"이 그에게 전폭적인 충성과 지지를 보낸다. 캐스카의 표현을 빌리면, 그들은 "시저가 자기네 어미를 찔러 죽였더라도 똑같은 반응을 보였을"(1.2.270-73) 형편없는 족속이다. 남성성의 표상인 시저가 가장 영광스러운 순간에 가장 수치스러운 모습을 드러내는 것도 아이러니이거니와, 시저에게 "역겨운 구취를 내뿜으며"(1.2.245) 환호하는 군중의 대다수가 시류에 편승하는 하층민과 사리분간을 못 하는 여성이라는 사실은 시저가 내세우는 남성성이 키케로나 세네카가 역설한 불변성과는 거리가 있음을 말해 준다.

"관찰력이 뛰어난" 캐시어스의 눈에 "그처럼 연약한 기질을 지닌 자가 이 웅대한 세계의 주도권을 쥐고 홀로 승리의 영광을 누리는" (1.2.129-30) 것은 도저히 용납할 수 없다. 시저가 위대해 보이는 이 유는 "지금 로마인들은 조상에게서 물려받은 허우대는 있으나 서글프게도 아버지의 기개는 사라지고 어머니의 심성에만 휘둘리기" (1.3.82-83) 때문이다. 시저의 독재가 가능해진 원인을 로마 고유의 남성성이 약화된 데서 찾는 것이다. 계속해서 캐시어스는 "로마인들을 순한 양으로 보기 때문에 그가 늑대가 되고, 로마인들이 암사슴 같지 않으면 그가 사자가 될 수 없다"(1.3.103-5)라고 개탄하면서 시저의 독재에 맞서 궐기할 것을 촉구한다. 캐시어스가 보기에 "로마가 시저처럼 용렬한 작자를 환하게 밝혀주는 천한 땔감 노릇이나 한다면 로마는 쓰레기, 부스러기, 찌꺼기가 되는 것"(1.3.108-11)이다. 시저는 줏대 없는 여성과 하층민의 여론을 호도하는 독재자인 동시에 시저 자신도 그들처럼 변덕스럽고 비루한 인물이라는 것이다.

셰익스피어의 비판적 시선은 고귀하지 못한 하층민과 여성보다 고귀하게 보이는 시저에게로 향한다. 시저와 무지몽매하고 우왕좌왕하는 군중이 뭐가 얼마나 다르냐는 질문을 던지면서 시저의 신화적 카리스마를 재고하게 유도하는 것이다. 이는 셰익스피어가 원전에 없는 내용을 꾸며낸 것이다. 플루타르코스는 『영웅전』에서 시저를 고매하고 관대하며 현명한 지도자로 묘사한다. 어떠한 위험도 기꺼이 감수하고 자신의 신체적 결함까지 극복하며 분열된 로마를 통합하는 플루타르코스의 시저는 가히 스토아주의의 '현자'에 비견될 만하다. 하지만 셰익스피어는 시저의 위대함이 내면의 자질이 아니라 이미지임을 보여준다. 셰익스피어는 동일한 인물에 대한 두 가지 상반된 모습을 병치한다. 하나는 과거의 시저이고 다른 하나는 현재의 시저다. 전자는 환호하는 군중의 시저이고 후자는 암살을 모의하는 자들의 시저다. 어느 것이 진짜 시저인지, 한 걸음 더 나아가서, 과연 '진짜 시저'라는 것이 있는지를 판단하는 것은 관객의 몫이다.

극의 도입부에서부터 취약하고 불안정해 보이던 시저의 남성성은 죽음의 두려움 앞에서 본색을 드러낸다. 시저가 암살되는 3월 15일, 천둥번개가 내리치는 이른 아침에 시저의 아내 칼퍼니아가 그에게 가서 지난밤에 자신이 꾼 악몽과 야경꾼이 목격한 불길한 징조를 들려주며 오늘은 절대로 등청하지 말 것을 간청한다. 죽음의 경고장이 아내를 통해 전달된 것이다. 시저의 첫 반응은 보통사람과는 확연히 다르다. "겁쟁이들은 죽기 전에 여러 번 죽음을 맛보지만 용감한 자는 오직 한 번이오. 내가 여태껏 들은 말 중에 가장 이해되지 않는 것은 필연적 종말인 죽음이 때가 되면 올 줄 알면서도 사람들은 그것을 두려워한다는 사실이오"(2.2.33-37)라는 대사는 시저를 진정한 영웅으로 포장하기에 충분하다. 그런데 "위험이란 놈은 시저가 자기보다 더 위험하다는 걸 잘 알지. 나와 위험은 같은 날에 태어난 쌍둥이 사자들인데 내가 형이고 더 무섭지"(2.2.44-48)라는 그의 호언장담에서 관객은 행간의 아이러니를 느끼기 시작한다.

시저는 죽음의 두려움을 애써 부정해도 은연중에 혹은 부지중에 그 두려움을 인정하고 있다. 아무리 만류해도 시저가 뜻을 굽히지 않자 칼퍼니아는 "당신의 두려움이 아니라 제 두려움 때문에 집에 계신다고 생각하시고"(2.2.50-51) 원로원에는 아파서 못 나간다는 핑계를 대라고 제안한다. 이때 시저는 기다렸다는 듯이 그 제안을 즉각 받아들인다. 시저를 압도하는 죽음의 두려움과 그것을 어떡하든지 남성성의 가면으로 은폐하려는 절박함이 적나라하게 드러나는 순간이다. 죽음의 두려움을 아내에게 전가하며 '남성적' 강인함을 과시하려고 하지만, 죽음과 맞서지 못하고 자신이 가장 경멸하는 '여성적' 나약함의 뒤에 숨는 꼴이 되고 만다. 속으로는 등청할까 말까 계속 망설이면서 겉으로는 네 차례나 "시저는 나아가리라"(2.2.10, 28, 48, 107)라고 큰소리치지만, 그의 호언은 허언으로 들릴 뿐이다.

시저의 언어는 공허할뿐더러 지극히 연극적이다. 시저는 삼인칭 화법(illeism)을 즐겨 쓴다. 삼인칭 화법이란 말하는 주체가 자신을 일인칭 대신 삼인칭으로 호명하는 방식으로, 자신을 외부에서 제3자의 관점에서 바라보게 함으로써 주체에게 객관적 권위를 부여하는 효과가 있다. 하지만 주체의 자기객관화는 자기희화화의 역효과를 수반하기도 한다. 마일즈의 분석에 따르면, 시저, 브루터스, 캐시어스, 안토니, 캐스카, 포샤 등 이 극의 다른 인물들도 간혹 삼인칭 화법을 사용하지만 유독 시저가 자주 사용한다. 자신이 원하는 이미지를 제3자인 '시저'의 입을 빌려 투영하고 확인하려는 욕구가 강하기 때문이다. 이는 시저가 타인의 시선에 가장 민감하게 반응하는 인물임을 의미한다.

시저에게 중요한 것은 내면의 충실성이 아니라 외부 평가에 의존하는 체면이다. 시저에게는 체면이 전부이며, 체면을 잃는다는 것은 그의 모든 명예와 정체성을 잃는 것이다. 연극의 메타포로 얘기하면, 시저에게는 '시저'라는 이름 자체가 일종의 페르소나다. 따라서 시저는 자신에게 부여된 '사회적' 역할을 '어울림'의 법칙에 따라 충실히 연기해야 한다. 겁약, 소심, 변덕, 유치, 편협 같은 '어울리지 않는' 모습을 보이는 것은 배우로서의 자격 상실이다. "어라, 시저가 무서워하다니"(2.2.101)라는 반응이 나오는 순간, 시저의 페르소나는 사라진다. 시저는 언제 어디서나 '시저다워야' 한다.[8] 문제는 시저의 연기력이 신통찮다는 데 있다. 자신은 당대 최고의 배우라고 자부하지만, 관객의 눈에 비친 그의 연기는 너무 힘이 들어가 있다. 감독 셰익스피어가 배우 시저에게 그렇게 부자연스러운 연기를 주문하기 때문이다.

말과 행동 사이의 틈새가 점점 벌어지는 상황에서 시저는 또 한 차례 시험을 치른다. 시저가 공회당에 못 나가는 게 아니라 안 나가겠다고 버티고 있을 때, 암살 모의자 중의 일원인 데시어스가 다가와서 시저가 거부하기 힘든 미끼를 던진다. 그는 칼퍼니아의 흉몽을 길몽으로 해석하면서 만약 시저가 등청하지 않는다면 원로원이 시저의 대관식을 취소할지 모른다는 말을 전한다. 우려를 가장한 협박이다. 계속해서 데시어스는 시저가 고작 '여편네'의 꿈 때문에 대사를 그르치는 졸장부로 낙인찍히기 싫으면 꼭 공회당에 나가야 한다고 압박한다. 시저로서는 결코 묵인할 수 없는 비난이다. 이에 시저는 즉시 등청하기로 결정한다. 데시어스가 친 덫에 걸려든 것이다. 그만큼 시저에게 남성성은 집착이요 강박이기 때문이다. 시저의 결정은 자신의 합리적 판단보다는 미신과 아첨에 의존하는 모습을 드러낸다.

---

8) Geoffrey Miles, *Shakespeare and the Constant Romans*, Oxford: Oxford University Press, 1996, pp.141-142. 셰익스피어가 사용한 삼인칭 화법은 원래 John W. Velz, "The Ancient World in Shakespeare: Authenticity or Anachronism? A Retrospect," *Shakespeare Survey* 31(1978), pp.1-12에서 분석된 내용인데, 마일즈가 이를 발전시켜 논의하고 있다.

죽음의 공포와 대장부의 체면 사이에서, 점쟁이의 경고와 안토니의 격려 사이에서, 그리고 아내의 눈물 어린 고언과 배반자의 감언이설 사이에서 끊임없이 오락가락하는 시저는, 폼페이서 시저로 지지하는 마음을 바꾼 길거리 군중과 크게 다른 바 없다.

마침내 시저는 공회당으로 나아간다. "가장 위험한 사자"가 늑대 소굴로 들어가는 것이다. 역모자들을 마주한 시저는 늑대 떼에 둘러싸여 으르렁거리는 사자처럼 방어적인 겁박으로 팽팽한 대치상황을 연출한다. 시저는 추방당한 아우를 사면해달라는 메텔러스의 탄원을 "굽신거리는 인사치레와 꼬리 치는 개의 아첨"으로 매도하면서, 자신은 "보통사람들처럼 피가 들끓어서 법과 원칙을 어린애들 노리개로 전락시키고, 얼간이들이나 허물어뜨리는 감정 때문에 진정한 형질이 녹아내리는"(3.1.37-43) 일은 결코 없을 것이라고 단언한다. 이성과 감정의 이분법에 기초한 남성성 담론의 상투적인 과잉이다. 브루터스까지 가세해 앞길을 가로막고 심버의 사면을 요구하자 시저는 자신을 북극성에 비유하며 유일무이한 지존으로 천명한다.

허나 나는 북극성처럼 변치 않는 사람이오.
확고부동하게 한곳에 머무르는 자질에서는
창공의 그 어떤 별도 그에 비견될 수 없소.
하늘에는 헤아릴 수 없는 별들이 존재하고
그들 모두가 불이요 제각기 빛을 발하지만
그중에 오직 하나만이 제자리를 지킨다오.
인간들로 가득 채워진 이 세상도 마찬가지.
그들도 육신이 있고 이성적 판단도 하지만
난공불락의 지위를 지키며 천체의 운행에도
흔들리지 않는 자는 오직 나 하나밖에 없소.

그게 바로 나라는 사실을 지금 보여주겠소.

심버의 추방에 대한 내 생각은 변함이 없고

그 결정은 지금도 변함이 없소.(3.1.60-73)

오비디우스의 서사시적 공명이 느껴지는 이 대사는 시저의 위세와 허세를 동시에 보여주는 이 극의 수사학적 백미다. 그 공명은 시적이면서도 정치적이다. 여기서 관객은 시저가 과연 "아픈 계집애처럼 나약한 심성을 지닌 작자"(1.2.128-29)인지 아니면 "우리 시대의 가장 품격 있고 걸출한 지도자"(3.1.163)인지, 그가 표방하는 불변성이 "고귀한 로마인의 진정한 형질"(3.1.41)인지 "로마 배우들이 표정에서 속내를 드러내지 않으려고 쓰는"(2.1.224-25) 가면인지, 또한 그러한 시저를 암살하는 것이 우국충정에서 비롯된 혁명인지 시기와 권력욕이 빚은 반역인지, 잠시 판단을 유보하게 된다. 하지만 셰익스피어는 시저의 장엄하고 유려한 언술에 매료되어 한순간 동요했던 관객의 마음을 제자리로 돌려놓는다. 계속된 간청에 역정이 난 시저는, 자신의 마음을 움직이려는 시도는 올림포스산을 들어 올리려는 부질없는 짓이라며 자신을 신의 위치로 격상시킨다. 자화자찬의 영웅적 이미지가 절정에 달하는 순간이다.

바로 그 순간, 불변성의 표상 북극성은 짧은 궤적을 남기고 소멸하는 별똥별로 전락한다. 서구 연극무대에서 가장 유명한 장면인 시저 암살이 벌어지는 것이다. 그런데 셰익스피어가 이 장면을 묘사하는 방식이 꽤 흥미롭다. 플루타르코스의 기록에는 암살자들이 시저의 몸을 서른세 번이나 난도질하는 것으로 되어 있는데, 셰익스피어는 그 장면을 아주 간결하게 처리한다. 장황하고 장엄한 수사를 단말마의 비명과 병치함으로써 시저의 죽음을 최대한 느닷없고 어이없게 재현하는 것이다. 일명 "쓰러지는 질환"(1.2.253)인 간질로 인해 전쟁터와 개선행렬 한복판에서 치욕적인 모습을 보였던 것처럼, 초인적인 이미지를 연출한 직후에 시저는 또다시 그리고 영원히 쓰러진다. 시저의 허망한 죽음은 그가 대표하는 남성성의 허망함을 보여준다.

셰익스피어가 시저의 마지막 대사인 "브루터스, 너마저?"(3.1.77)를 라틴어로 표기한 이유도 그 때문일 것이다. 물론 격음과 탁음이 어우러진 "엣투 브루테?"(Et tu, Brute?)는 브루터스가 시저의 서자였다는 플루타르코스의 기록에 비춰보면 아비에게 칼을 들이대는 "짐 승처럼 우매한 놈"이란 뜻도 있고, 로마 역사의 결정적인 순간을 간결하면서도 강렬하게 전달하는 청각적 효과도 있겠지만, 동시에 시저가 마지막 숨을 몰아쉬며 내뱉는 비명의 의성어로서 그의 덧없는 죽음을 더없이 박진감 있게 표현한다.

셰익스피어는 시저의 시신도 여성적 이미지로 채색한다. 브루터스가 시저 암살의 정당성을 설파하는 일장연설을 하고 자리를 뜬 후, 안토니는 시저의 관을 끌고 나타나 연단 앞에 전시한다. 군중에 둘러싸인 시저의 시신은 생전의 이미지였던 "거대한 아폴로 조각상"(1.2.135)과는 거리가 멀다. "단검이 뚫고 지나가고" "찢어져서 틈이 생기고" "검이 쑤시고 들어가고" "피가 뿜어져 나온 흔적이 남은"(3.2.172-76) 시저의 시신은 유린당한 여성의 몸을 연상시킨다. 안토니는 그 상처를 눈물이 쏟아지는 눈과 진홍색 입술을 벌리고 있는 입에 비유한다. 더구나 그 입은 "너무 불쌍하게도 말 못 하는 입"(3.2.218)이다.

칸(Coppélia Kahn)은 "말하는" 안토니의 혀와 "말 못 하는" 시저의 상처를 남성성과 여성성의 상징으로 해석한다. 남근을 상징하는 안토니의 생동적이고 감동적인(moving) 혀가 청중의 가슴을 파고들어 "생명력을 잃고 수동적으로 피만 흘리고 있는 시저의 몸을 정치 권력의 도구로 변환"한다는 것이다.[9] 실제로 안토니의 연설은 "당신들의 분노를 끓어오르게 하고 시저의 상처 하나하나에 혀를 집어넣어 로마의 돌멩이들이 봉기하고 폭동을 일으키게 하는"(3.2.221-24) 극적 반전을 가져온다. 브루터스와 안토니의 '남성적' 혀와 시저의 '여성적' 상처가 합작해 역사의 흐름을 뒤바꾼 셈이다. 시저는 생전에도 죽는 순간에도 그리고 사후에도 남성성의 허구성을 가장 확연하고 요란하게 드러내는 인물로 남는다.

시저는 죽음 자체가 두렵기도 했지만, 사실은 죽음의 두려움이 더 두려웠다. 그에게 죽음은 한순간의 고통이었지만 죽음의 두려움은 일평생 따라다니는 고통이었다. 시저는 죽음의 두려움을 스스로 인정하는 것도 두려웠고 그것을 다른 사람에게 들키는 것도 두려웠다. 시저의 남성성은 그 고통을 숨기는 가면에 지나지 않았다. 하지만 남성성의 가면은 완벽한 위장술이 될 수 없었다. 숨기려고 애를 쓰면 쓸수록 가면 틈새로 비집고 나오는 두려움의 민낯이 더욱 두드러지기 때문이다.

시저를 죽인 자들도 마찬가지다. 시저가 쓰러진 순간 암살자들은 "자유다! 해방이다! 독재는 죽었다!"(3.1.78)라고 외치지만, 이들 역시 죽음의 두려움과 승산 없는 싸움을 해야 한다. 시저를 암살한 직후 이들의 첫 대화도 죽음의 두려움을 내색하지 않기로 서로 다짐하는 내용이다. 명실상부한 혁명지도자로 부상한 브루터스는 안토니를 살려두어서 후환을 걱정하는 동료들에게 "우리도 언젠가 죽는다는 건 알고 있잖소. 그건 시간문제일 뿐, 하루하루 죽음을 향해 다가가고 있는 거요"(3.1.99-100)라고 하자, 캐스카는 "20년 일찍 죽는 자는 죽음을 두려워하는 시간을 그만큼 줄이는 것이지요"(3.1.101-2)

---

9) Coppélia Kahn, *Roman Shakespeare: Warriors, Wounds, and Women*, London: Routledge, 1997, p.104.

라고 응수하고, 이에 다시 브루터스는 "그렇게 보면 죽음은 축복이네요. 우린 시저가 죽음을 두려워하는 시간을 줄여줬으니 그의 친구인 셈이오"(3.1.103-5)라고 화답한다. 죽음의 두려움을 외면해보려는 자기최면일 뿐이다. 그중에서 죽음의 두려움을 남성성의 가면 뒤에 가장 잘 숨기는 인물, 즉 죽음이 두렵지 않은 척 가장 잘 연기하는 배우가 이 극의 실질적인 주인공인 브루터스다.

2 '우리의 로마 배우' 브루터스

브루터스도 시저처럼 남성성에 대한 강박에 사로잡힌 인물이다. 그런데 브루터스는 시저 못지않게 남성성의 구현에 집착하는 배우이면서도 연기하는 방식이 시저와는 다르다. 브루터스는 시저보다 더 세련되고 연기력이 뛰어난 배우다. 그의 연기를 관람하다 보면, 관객은 남성성이 시저처럼 타인의 시선을 의식하며 수행해야 하는 외적 이미지가 아니라 진정한 영웅의 내재적 기질이며 심성이라는 생각을 하게 된다. 그만큼 수사와 수행 사이의 괴리가 적다는 얘기다. 남성성이란 덕목을 말과 행동으로 사적 영역과 공적 영역에서 일관되게 실천하려고 노력하기 때문이다.

브루터스가 연기하는 남성성은 시저의 경우보다 더 복합적이다. 시저가 오로지 죽음의 두려움을 숨기려고 애쓰는 데 비해, 브루터스가 남성성의 가면으로 은폐하려는 것은 죽음의 두려움뿐 아니라 자신의 정치적 욕망이다. 물론 극의 종반부에서 브루터스도 죽음이라는 가장 불가피하고 버거운 시험대에 오르지만, 그전에는 혁명의 대의명분과 자신의 권력의지 사이에서 타협점을 찾고자 고민과 고투를 계속한다. 그리고 브루터스는 시저와 달리 비판적 자의식을 지닌 인물이다. 자신의 내면에서 전개되는 치열한 진자운동과 자기모순적인 갈등을 부인하거나 외면하지 않고 그것을 대면하고 성찰한다. 브루터스는 셰익스피어가 창조한 로마 영웅 중에서 스토아철학의 '현자'에 가장 근접한 인물이다.

브루터스의 고결한 성품은 스스로 자랑하지 않아도 주위 인물들이 확인해준다. 캐시어스를 비롯한 시해 모의자들이 브루터스를 가담시키려고 끈질기게 회유하는 것도 그가 로마의 여론을 견인하는 인물이기 때문이다. 그들에게 브루터스의 가담 여부는 민심의 향배와 혁명의 성패를 좌우하는 요소다. "아, 캐시어스, 그대가 고결한 브루터스를 우리 측에 끌어들일 수만 있다면 얼마나 좋을까"(1.3.140-41)라는 시나의 절박한 희망이나, "모든 사람이 브루터스를 우러러보지요. 우리끼리 추진하면 사악하게 보이는 일도 그를 내세우면 마치 연금술의 마법처럼 덕스럽고 가치 있는 일로 뒤바뀐다오"(1.3.157-60)라는 캐스카의 절대적인 신뢰는 브루터스의 영향력이 얼마나 지대한지를 말해준다. 적들에게나 친구들에게나, 길거리 군중에게나 원로원 의원들에게나, 브루터스는 옳고 그름을 가늠하는 잣대요 시금석이다.

하지만 셰익스피어는 브루터스를 "로마의 영혼"(2.1.320)으로만 놔두지 않는다. 상충하는 가치 사이에서 첨예한 내적 갈등을 겪는 것이 비극 영웅의 공통된 운명이라면, 브루터스도 예외가 아니다. 셰익스피어가 브루터스의 고결한 성품과 병치하는 것은 그의 마음속에 꿈틀거리는 권력의지다. 브루터스는 모든 로마인의 존경과 찬사를 한 몸에 받는 정신적 지도자이자 로마를 독재의 수렁에서 건져내겠다고 나서는 공화주의자다. 하지만 엄격하게 말해서 브루터스는 공화정 수호라는 명분으로 시저의 권력을 찬탈하는 정치적 배신자다. 시저와의 우정을 저버리고 출발하는 그의 정치혁명은 이미 불변성이라는 덕목과 어긋나 있다. 따라서 브루터스는 시저에 대한 '사적' 의리와 로마에 대한 '공적' 의무 사이에서 격렬한 진자운동을 하게 된다. 그런데 브루터스에게 내적 갈등의 한 축이 되는 공동체적 책임 감이 개인의 권력욕과 무관하지 않음을 보는 것이 이 비극의 '관전 포인트' 중 하나다. 브루터스가 가장 두려워하는 것은 자신의 정치적 욕망이나 사적인 이해관계를 다른 사람들이 알아채는 것이다.

브루터스 속에 잠복한 욕망을 알아채고 겉으로 꺼내주는 인물이 바로 캐시어스다. 맥베스 안에 잠자던 권력욕을 마녀들과 맥베스 부 인이 일깨워준 것처럼, 캐시어스는 자신의 역할을 거울에 비유한다. "자네의 숨겨진 가치를 스스로 확인할 수 있는 거울이 자네에겐 없 으니"(1.2.56-57), "내가 거울이 되어 자네가 알지 못하는 진면목을 가감 없이 보여주겠네"(1.2.67-70)라는 캐시어스의 제안은 그의 역 할이 무엇인지를 분명히 말해준다. 여기서 브루터스가 캐시어스의 거울에 비친 "그림자"(1.2.58)나 "투영"(1.2.68)이 되는 것은 라캉이 말한 '거울 단계'의 상상적 동일시를 연상시킨다. 어린아이가 거울 에 비친 자신의 모습을 향해 자기애와 공격성이라는 양가적 반응을 보이는 것처럼, 브루터스는 캐시어스가 일깨워주는 자신의 정치적 욕망을 한편으로는 부인하면서도 다른 한편으로는 인정할 수밖에 없다.

브루터스 내면에 잠재하는 권력욕을 자극하고 표면화하는 캐시어 스는 어쩌면 브루터스의 대변인이자 제2의 자아일 수 있다. 캐시어 스가 내세운 시저 암살의 명분은 공화정 수호이지만 그 이면에 시저 에 대한 시기심과 열등감이 작용하고 있다는 사실을 부인할 수 없다. 시저의 수치스러운 수영시합과 간질을 브루터스에게 말해주는 것도 그 때문이다. 캐시어스는 브루터스를 혁명에 가담하도록 유도하기 위해 "나보다 하등 나을 게 없는 작자를 무서워하며 사는 것보다는 차라리 죽는 게 낫다"(1.2.95-96)거나 "인간은 때로는 스스로 운명의 주인이 되어야 해. 우리가 노예가 되는 이유는 별자리 때문이 아니라 우리 자신 탓이야"(1.2.138-40)라면서 '고귀한 로마인'의 자존심을 자극하는 불만을 토로하는데, 이는 곧 브루터스의 불만이기도 하다. 브루터스가 하고 싶지만 참고 있는 말을 캐시어스가 대신 해주는 셈이다.

군중의 함성과 주악 소리를 배경으로 브루터스와 캐시어스가 주고받는 긴 대사(1.2.25-76)도 중세 도덕극에서 주인공의 내적 갈등을 선한 천사와 악한 천사의 알레고리로 표현하는 것과 흡사하다. 특히 캐시어스의 다음 대사는 주인공을 유혹하는 악한 천사의 속삭임 같기도 하고 브루터스의 속내를 밝히는 독백처럼 들리기도 한다. "'브루터스'와 '시저'를 놓고 보세. '시저'란 이름이 뭐가 그리 대단한가? 왜 그 이름이 자네 이름보다 더 크게 들린다고 생각하나? 두 사람 이름을 나란히 써놓으면 자네 이름도 똑같이 멋있어. 불러보면 자네 이름도 입에 잘 붙어. 무게를 재어봐도 못지않게 무겁지. 주문을 외우면 '브루터스'가 '시저' 만큼 빨리 혼령을 불러올 걸세."(1.2.141-49)

브루터스는 캐시어스의 자극하는 언사에 쉽게 마음을 열지 않는다. 캐시어스가 시저는 로마의 지도자가 될 자격이 없으며 브루터스가 로마의 미래를 책임져야 한다고 거듭 설득해도 브루터스는 "내 생각은 나중에 말해주겠네"(1.2.163-64)란 말로 즉답을 회피한다. 망설임과 우유부단의 대명사로 여겨지는 햄릿이 그러하듯이, 브루터스 내면의 갈등은 타협점을 찾기 힘들어 보인다. "자신과 전쟁 중"(1.2.46)인 브루터스는 가히 로마판 햄릿이라고 할 만하다. 하지만 브루터스의 내적 긴장은 햄릿만큼 팽팽하지도 않고 오래가지도 않는다. 캐시어스의 설득이 거부할 수 없는 유혹으로 다가오기 때문이다.

"내 어눌한 언변이 이 정도라도 브루터스의 마음에 불씨를 살려놓았으니 잘된 거야"(1.2.174-76)라는 캐시어스의 자평은 이미 동요하기 시작한 브루터스의 마음을 대변한다. 캐시어스가 지핀 불씨는 그의 예상보다 더 빨리 더 거센 불꽃으로 타오른다.

극심한 번민으로 불면증에 시달리던 브루터스는 새벽에 홀로 정원을 거닐다가 마침내 결단을 내린다. 그 결단의 변은 "그가 죽어줘야겠어. 나로서는 그에게 발길질할 개인적인 이유가 전혀 없지만 오로지 공공의 이익 때문"(2.1.10-12)이다. 이어지는 독백에서 브루터스는 시저가 왕관을 쓰게 놔두는 것은 뱀에게 독이빨을 심어주는 것이므로 뱀이 부화하기 전에 뱀 알을 없애버려야 한다는 결론에 이른다. "공공의 이익"만 강조함으로써 "개인적인 이유"는 철저히 은폐하는 것이다. 그런데 브루터스는 시저와는 달리 자신의 말과 마음이 다르다는 사실을 인지하는 동시에 그것을 불편하고 수치스럽게 여긴다. 캐시어스를 비롯한 음모자들이 들이닥치기 직전에 행하는 아래의 독백은 브루터스가 왜 이 비극의 주인공인지를 잘 보여준다.

아, 음모여, 악한 것들이 활개 치는 밤에도
네 음험한 얼굴 드러내기를 부끄러워하는데
대낮에 네 흉측한 낯을 숨길 어두운 동굴을
어디서 찾겠는가? 음모여, 애쓰지 말아라.
네 얼굴을 미소와 친절함으로 가려 보아라.
네 민낯을 드러내고 네 갈 길을 걸어간다면
지옥행 하계의 통로가 아무리 어둡다 해도
네 모습을 감추지는 못하리라.(2.1.77-85)

지금 브루터스는 캐시어스가 비춰주는 거울 속의 자신의 모습을 응시하고 있다. 일종의 자기발견이다. 이 발견은 수치스럽고 고통스럽다. 여태껏 몰랐던, 아니면 모르는 척했던 자신의 "원래 모습"을 바라보고 있기 때문이다. 브루터스가 말하는 "음모"는 시저에 대한 정치적 반역을 가리키는 동시에 "자신과 전쟁 중"인 브루터스의 자기모순과 자기분열 상태를 의미한다. 명예욕으로 포장된 권력욕은 자타가 공인하는 이상주의자 브루터스가 외면하고픈(하지만 대면해야 하는) "흉측한 민낯"으로 다가온다. 이러한 죄의식과 자괴감, 그리고 자기모순에 대한 성찰이 있기에 브루터스는 햄릿, 오셀로, 리어, 맥베스 같은 셰익스피어의 위대한 비극 주인공들에 비견될 수 있다.

오랜 망설임 끝에 결단을 내린 브루터스는 적극적이고 주도적인 행보를 보여준다. 그리고 지금까지 시저 시해 음모자들을 규합하고 브루터스의 권력의지를 조종해왔던 캐시어스의 리더십은 브루터스에게 이양된다. 캐시어스는 동지들끼리의 서약, 원로정치인 시서로의 포섭, 시저의 심복 안토니의 제거를 차례로 제안하지만, 모두 브루터스가 일언지하에 기각한다. 이유는 남성성의 원칙에 어울리지 않기 때문이다. 배신과 이탈을 막기 위한 서약이 불필요한 이유는 거사의 대의만으로도 "겁쟁이들에게 용기의 불길을 지펴주고, 아낙네들의 녹아내리는 마음에 용맹의 강철을 입히는 데 충분"(2.1.119-21)하기 때문이다. 브루터스에게 "맹세 따위는 사제들, 겁쟁이들, 모사꾼들, 산송장 같은 노인네들, 부당한 대우도 기꺼이 감수하는 자들이나 하는 짓거리"(2.1.128-30)에 불과하다. 소신이 확고하고 경륜이 풍부한 원로정치인으로 여론주도 능력이 있는 시서로의 합류를 원치 않는 이유는 브루터스가 "다른 사람이 시작한 것은 절대로 따라올 사람이 아니기 때문"(2.1.150-51)이다. 시저를 제거하는 이유가 독재에 대한 저항이라면서 정작 브루터스 자신은 리더십의 분산을 원치 않는 것이다.

"시저의 총아"이자 "교활한 책략가"(2.1.155, 157)인 안토니를 살려 두려는 이유도 크게 다르지 않다. 안토니는 "시저의 곁다리"(2.1.164) 에 불과한데 그자까지 죽인다면 이 거사의 동기가 "분노"와 "악의" (2.1.163)로만 비칠 수 있다는 것이다. 이어지는 브루터스의 대사는 명분과 대의를 중시하는 이상주의자의 면모를 여실히 드러낸다.

> 제사장은 될지언정 도살자는 되지 맙시다.
> 우리는 모두 시저의 영혼에 맞서 일어났소.
> 인간의 영혼에 피가 흐르는 것은 아니잖소?
> 시저의 영혼만 없애고 육신은 놔두고 싶소.
> 하지만 아쉽게도 시저는 피를 흘려야 하오.
> 고매한 동지들이여, 그를 담대히 처단하되
> 분한 마음에 휩싸여 그를 죽이지는 맙시다.
> 그의 몸을 베어서 신의 제단에 바치더라도
> 그를 난도질하여 개들에게 던지지 맙시다.
> 우리의 심장은 영리한 주인이 그러하듯이
> 머슴들을 부추겨 격분한 행동을 하게 하고
> 그들을 꾸짖는 척합시다. 그래야 사람들이
> 우리의 목적을 시기가 아닌 필연으로 알고
> 우리를 살인자가 아닌 숙청자로 여깁니다.(2.1.165-79)

정의감과 자긍심으로 가득한 브루터스의 대사는 흥미로운 아이러 니를 드러낸다. 브루터스는 시저를 죽이고 안토니를 살려두는 이유 를 남성성의 담론으로 설명하는데, 가장 내세우고 싶은 "고매하고" "필연적인" 거사를 가장 잔혹하고 야만적인 도살장의 단어(butchers, dismember, carve, hew, carcass)로 합리화하고 있다. "담대한 숙청자"

임을 자처하면서 어느새 "격분한 도살자"가 되는 것이다. 실제로 브루터스는 시저를 암살한 직후, 유혈이 낭자한 시저의 시신을 내려다보며 제사장의 의식을 집행한다. "허리를 구부립시다, 로마인들이여, 허리를 구부려서 우리의 손을 시저의 피에 담그고 팔꿈치까지 흥건히 적시며 우리의 검도 피로 물들입시다. 그리고 우리 모두 시장 거리로 나아가서 붉게 물든 우리의 검을 머리 위로 흔들며 함께 외칩시다. 평화다! 자유다! 해방이다!"(3.1.105-10) 가장 잔혹한 살육 장면을 거룩한 제의행위로 포장하고 있다. 그렇지만 "허리를 구부리는"(stoop) 순간, 브루터스는 고매한 공화주의자에서 비루한 현실정치가로 "낮아지고" 그의 정치적 이상주의는 피로 물든 권력욕에 "굴복한다." 플루타르코스에는 없었던 이 장면을 셰익스피어가 생생하게 극화해 집어넣은 이유도 브루터스의 부정적인 선회를 부각하기 위해서일 것이다.

브루터스의 대사는 언어 형식에서도 눈에 띄는 변화를 보여준다. 반역적 혁명의 방관자에서 가담자로 그리고 주도자로 전환해 가는 과정은 브루터스의 언어적 전환을 수반한다. 1막에서는 캐시어스의 장황한 도발과 설득에 짤막하고 모호한 대답으로 속내를 숨기다가 2막에서부터 결단을 내리고 행동으로 옮기는 과정에서는 엄청난 다변가와 웅변가로 바뀐다. 셰익스피어 특유의 무운시(blank verse)가 브루터스의 입으로 분출되는 것이다. '북극성'의 자리를 놓고 극의 전반부에서는 시저, 후반부에서는 안토니와 경쟁하는 브루터스에게 가장 효과적인 무기는 칼이 아닌 말이다. 좀처럼 감정의 기복을 드러내지 않는 브루터스는 시종일관 절제되고 논리적인 언어를 구사한다. 브루터스의 감정은 강렬하면서도 그것을 표현하는 방식은 매우 지적이고 명료하며 논리정연하다. 브루터스가 즐겨 쓰는 어법은 대칭과 반복이다. 자신이 옳다고 생각하는 것을 상대방에게 주입하려는 욕구가 강하기 때문이다. 이는 불규칙하고 정제되지 않은 민중의 산문체 언어와 구분되는 로마 귀족만의 재현양식이기도 하다. 감정이나 환경에 휘둘리지 않는 '고귀한 로마인'의 불변성을 언어의 형식으로 드러내는 것이다.

논리적 균형미와 수사학적 대칭 구조를 갖춘 브루터스의 대사는 광장에 모인 로마 시민들을 상대로 시저 암살의 필연성과 정당성을 홍보하는 연설에서 더욱 빛을 발한다.

로마인들이여, 나의 동포여, 친애하는 벗들이여, 조용히 하고 내 말을 들어보시오. 내 명예를 봐서 내 말을 믿어주고, 그대들이 믿는 내 명예를 기억해주시오. 그대들의 지혜로 나를 심판하고, 그대들의 분별력을 일깨워서 올바른 재판관이 되어주시오. 여기 모인 자 중에 단 한 사람이라도 시저를 진정 사랑한 자가 있다면, 나는 이렇게 말하겠소. 시저를 향한 브루터스의 사랑이 그의 사랑 못지않았다고. 그런데 왜 브루터스가 시저에게 반역했느냐고 그 사람이 묻는다면, 난 이렇게 대답하겠소. 내가 시저를 덜 사랑했기 때문이 아니라 내가 로마를 더 사랑했기 때문이라고. 그대들은 시저가 죽고 모두가 자유인으로 사는 것보다 시저가 살고 모두가 노예로 죽는 것을 원하시오? 시저가 날 사랑했기에 나는 그를 위해 울고 있소. 시저가 행운아였기에 나는 기뻐했소. 시저가 용맹스러웠기에 나는 그를 존경했소. 하지만 시저가 야심을 가졌기에 나는 그를 죽였소. 그의 사랑 때문에 눈물 흘렸고, 그의 행운 때문에 기뻐했고, 그의 용맹 때문에 존경했으나, 그의 야심 때문에 죽였소. 여기 이 자리에 노예가 되고 싶은 비루한 자 있소? 있거든 말하시오. 그에게 난 잘못했소. 여기에 로마인이 되고 싶지 않은 용렬한 자 있소? 있거든 말하시오. 난 그에게 잘못했소. 여기에 내 나라를 사랑하지 않는 미개한 자 있소? 있거든 말하시오. 난 그에게 잘못했

소.(3.2.13-33)

　브루터스 언술의 백미에 해당하는 연설을 셰익스피어는 운문 대신 산문으로 전달한다. 의외의 변주가 아닐 수 없다. 셰익스피어 극에서 운문과 산문은 계급적 위계질서를 반영한다. 운문은 귀족의 언어고 산문은 평민의 언어다. 이 극에서 줄리어스 시저, 캐시어스, 안토니, 옥테이비어스를 비롯한 귀족 남성은 물론 포샤와 안토니의 종복까지도 고양된 감정이나 중요한 메시지를 전달할 때 무운시로 얘기하는데, 브루터스의 수사학적 기교와 긴장감이 절정에 달한 순간을 산문체로 표현하는 것은 연극적 '어울림'의 법칙에도 어긋난다. 어쩌면 이는 가장 운문적인 순간을 산문으로 나타냄으로써 대조 효과를 극대화하려는 셰익스피어의 전략일 수 있다. 아니면 이 장면에서 산문 리듬이 웅변에 더 자연스러울 수도 있다.[10] 여하튼 여기서 브루터스는 뛰어난 웅변가임을 입증한다. 브루터스가 연단에서 내려온 후 "브루터스 만세!"와 "브루터스를 시저로!"(3.2.47-53)를 연호하는 군중은 개선하는 시저에게 환호하던 군중과 묘하게 중첩된다. 대중적 인기와 여론의 풍향계가 얼마나 쉽게 바뀌는지를 보여주는 장면이다.

　그런데 브루터스의 연설에는 논리만 있고 감정은 없다. 청중의 머리에 호소하는 차가운 합리적 추론은 가득해도 청중의 가슴을 움직이는 뜨거운 감성적 울림이 거의 없다. 또한 브루터스의 연설은 지극히 자기중심적이고 엘리트주의적이다. 자신의 한계나 허물은 일절 언급하지 않고 자신이 로마를 위해 헌신하고 성취한 것만 강조한다. 브루터스의 시선은 청중을 위에서 아래로 내려다보고 있으며, 그의

───────────────

10) David Daniell, 앞의 글, p.55.

연설 행간에는 온정주의적 우월의식이 진하게 배어 있다. 어쩌면 브루터스의 '어울리지 않는' 산문체 연설도 언어의 형식과 내용의 괴리를 통해 그의 표리부동한 모습을 풍자하는 장치일 수 있다. 즉 겉으로는 평민과의 일심동체를 강조하려고 평민의 언어인 산문으로 연설하지만, 속으로는 평민에 대한 귀족의 계급적 우월의식을 버리지 못하는 것이다.

브루터스의 자아도취적 독선은 뒤에서 분석할 안토니의 연설과 비교해보면 더 확연히 드러난다. 안토니는 자신을 낮추고 브루터스를 높이는 척하며 시저에 대한 감상적 기억에 호소함으로써 브루터스에게 기울어진 청중의 마음을 돌려놓는다. 반면에 자기합리화의 수사로 가득한 연설을 마친 브루터스는 캐시어스의 반대를 무릅쓰고 안토니를 군중 앞에 홀로 남겨둔 채 광장을 떠난다. 승자의 여유와 남자다운 대범함을 과시하는 장면이지만, 혁명의 성패가 엇갈리는 분수령이 되고 만다. 자신감이 시저에게 허세라면 브루투스에게는 본심이다. 어느 경우든 현실정치에서는 치명적인 흠결로 작용한다.

3 '명망 있는 여자' 포샤

브루터스의 삶을 지배하는 남성성은 아내 포샤에게까지 '전염'된다. 브루터스는 공적 영역에서 웅변가이자 능변가이지만 사적 영역에서는 눌변가인데, 흥미롭게도 포샤는 가정에서 남편보다 훨씬 더 '남성적인' 언어를 사용한다. 잠 못 이루고 정원을 거니는 브루터스에게 다가온 포샤는 요즈음 "먹지도 않고 말도 없고 잠도 못 자는" 이유가 무엇인지, "차가운 눈초리"와 "성난 손짓"(2.1.241, 245, 251)으로 자신을 멀리하는 이유가 무엇인지 말해달라고 간청한다. 브루터스가 몸이 좀 안 좋을 뿐이라며 침실로 들어가라고 하자, "아내의 권리와 자격"을 내세운 포샤는 "한때 칭송이 자자했던 아름다움"과 "우리를 한 몸으로 만든 그 위대한 맹세"에 걸고 "당신의 분신이자 반쪽인 나"(2.1.268, 270-273)에게 가슴속의 비밀을 털어놓으라고 강력하게 요구한다.

포샤는 무릎까지 꿇으면서 "내가 당신의 분신일터, 식사 때나 곁을 지키고 잠자리나 같이하며 가끔 말동무나 되어주는 존재에 불과한가요? 나는 당신이 누리는 즐거운 삶의 가장자리만 맴돌고 있어야 하는가요? 그게 전부라면, 포샤는 브루터스의 매춘부일 뿐 아내는 아니지요"(2.1.281-286)라고 브루터스의 냉대와 무관심을 공박한다. 이 과정에서 포샤는 장문의 웅변조 대사를 쏟아내고 브루터스는 짤막하고 무성의한 대답으로 일관하며 골치 아픈 상황을 모면하려고만 한다. '적극적인' 남편과 '소극적인' 아내의 젠더 관계가 뒤바뀐 이 장면에서, 브루터스는 가정에서도 냉정하고 정제된 언어를 사용하면서 남성성의 체면을 지키려고 애쓴다.

계속되는 압박에도 브루터스가 속내를 털어놓지 않자 포샤는 자신도 젠더의 장벽을 넘어 귀족 남성들만의 '동종사회적'(homosocial) 사회에 참여할 자격이 있음을 격앙된 어조로 항변한다.

내가 여자인 건 인정하지요. 하지만 나의 브루터스가 아내로 삼은 여자예요. 내가 여자인 건 인정하지요. 하지만 케이토의 딸로서 명망 있는 여자예요. 그런 아버지, 그런 남편을 둔 내가 어찌 여느 여자들처럼 나약하겠습니까. 당신이 간직한 비밀이 무엇인지 알려주세요. 절대로 발설하지 않을 거예요. 여기 허벅지에 내 손으로 자발적인 상처를 내어 불변성의 확실한 증거를 남겼잖아요.(2.1.291-300)

브루터스의 남성성을 모방하고 공유하려는 포샤가 내세우는 자격 요건은 족보와 혈통이다. 남성성을 사회문화적 구성물이 아닌 태생적 본질로 여기는 것이다. '고귀한 로마인'의 원형인 케이토가 아버지이며 그의 조카이자 사위인 브루터스가 남편이라는 사실은 포샤 자신이 "여느 여자들"보다 더 강인하고 과묵하며 진중하다는 것을 확인해주는 공인인증서다. 포샤가 내미는 마지막 카드는 허벅지에 있는 "불변성의 확실한 증거"다. 포샤의 상처는 남편만이 알고 있는 은밀한 신체적 비밀이기에 부부간의 친밀감과 유대감을 상징하기도 한다. 여태껏 브루터스가 아내의 신체적 비밀을 아무에게도 말하지 않았던 것처럼 포샤 자신도 남편의 정치적 비밀을 끝까지 지키겠다는 다짐을 담고 있다.

그런데 포샤의 허벅지에 난 상처는 다분히 양성적이다. 여성 성기와 가까운 위치에 있고 형태가 비슷한 점에서 그것은 여성적 섹슈얼리티의 상징이다. 정신분석학 용어로 말하면 그 상처는 거세의 흔적으로서, 가부장적 권력의 기표인 남근의 부재를 상징한다. 하지만 포샤의 상처는 여성성을 드러내는 동시에 여성성과 남성성의 경계선을 흐트러뜨리기도 한다. 포샤의 상처는 "내 손으로" 낸 것이기 때문이다. 포샤의 "자발적인 상처"(voluntary wound)는 여성적 통제 불가능성 즉 여성이 스스로 피를 멈출 수 없는 생리현상과 정반대 의미를 지닌다.[11] 더구나 코리얼레이너스의 경우처럼 전쟁터에서 입은 상처는 로마 용사의 몸에 각인된 남성성의 훈장이다. 바로 그 훈장을 포샤도 차고 있다는 사실은 용맹, 극기, 자율, 불변 등의 덕목으로 대표되는 남성성이 여성도 모방하고 학습할 수 있는 속성임을 반

---

11) Gail K. Paster, *The Body Embarrassed: Drama and Disciplines of Shame in Early Modern England*, Ithaca: Cornell University Press, 1993, p.94.

증한다. 칸이 분석한 것처럼, 여성성의 은밀한 표식인 그 상처는 셰익스피어의 로마 비극에서 남성성의 전시장에서도 심심찮게 드러난다. 난도질당하고 유혈이 낭자한 시저의 시신도 그렇거니와, 캐시어스와 브루터스, 그리고 나중에 안토니가 친구나 부하의 칼에 달려들어 자결하는 모습도 '뚫리는' 혹은 '침입당하는' 남성의 몸을 예시한다. 여성성의 부정과 억압을 통해 남성성을 구현하려는 로마 가부장제 사회가 '억압된 것의 귀환'을 부지중에 목격하게 되는 셈이다.[12]

남성의 배타적 영역에 진입하려는 포샤와 그녀의 요구를 차단하려는 브루터스 사이에 흐르던 팽팽한 긴장감은 대문 두드리는 소리에 사라진다. '집 밖'에서 찾아온 '남성 동지' 리게리어스의 등장에 포샤는 '집 안'으로 퇴장한다. 브루터스의 거사계획을 눈치챈 포샤는 안절부절못하고 허둥대는 자신의 모습이 원망스러울 뿐이다. "아, 불변성이여, 내 곁을 굳게 지켜다오. 내 마음과 혀 사이를 태산으로 가로막아다오. 내 마음은 남자 같은데 힘은 영락없는 여자구나. 여자가 비밀을 지키는 것이 이리도 어려운가?"(2.4.6-9)라는 방백은 '고귀한 로마인'의 일원임을 자부했던 포샤의 고통스러운 깨달음이다. 포샤의 자기발견은 자기소외로 이어진다. 시저 암살을 암시하는 예언을 점쟁이에게서 들은 포샤는 극도의 불안과 두려움을 감당하지 못하고 "난 들어가야겠어. 여자의 심장은 왜 이렇게 약하단 말인가?"(2.4.39-40)라고 한탄하면서 물러난다. 감정의 동요를 여성성의 탓으로 돌리고 자신을 남성성의 획득에 실패한 존재로 생각하는 것이다. 그리고 포샤는 무대에 나타나지 않는다. 나중에 브루터스가 군자금 문제로 캐시어스와 다투고 화해하는 자리에서 포샤의 마지막을 이렇게 전한다. "나의 부재를 견디지 못한 데다 젊은 옥테이비어스가

---

12) Coppélia Kahn, 앞의 책, p.101.

마크 안토니와 합류하여 전열을 정비한다는 것을 듣고 비탄에 잠겨서 죽은 거겠지. 포샤의 죽음과 함께 그 소식이 왔으니까. 그 소식을 듣고 정신 줄을 놓은 그녀는 아무도 없을 때 불덩이를 삼키고 말았다네."(4.3.150-154)

포샤에게 마지막 발언의 기회는 주어지지 않는다. 포샤가 죽은 후 브루터스가 남 얘기하듯 담담하게 분석하는 죽음의 원인은 남편의 부재다. '남자답게' 살려다가 '여자답게' 죽은 셈이다. 명예로운 죽음은 브루터스의 불변성을 흉내 내려는 포샤에게도 중요한 문제가 된다. 플루타르코스의 원전에는 브루터스가 죽은 후 남편을 따라 자결하는 포샤와 브루터스가 죽기 전에 우울증이 악화되어 병사하는 포샤의 두 가지 버전이 있는데, 노스(Thomas North)는 이것을 모호하게 번역한 데 비해 셰익스피어는 포샤가 불안감과 초조함을 견디지 못해 스스로 목숨을 끊는 것으로 처리한다. 불변성의 표상 브루터스와 그를 흉내 내려는 포샤 사이의 우열이 가려지도록 셰익스피어가 재구성한 것이다. 그런 점에서, 셰익스피어는 가부장적 작가다.

그런데 포샤 이야기를 약간 비틀어보면 셰익스피어의 초점이 다른 데로 향한다는 것을 알 수 있다. 포샤는 남성성의 허구성에 대한 무지로 인해 남성만의 공적 영역에 동참하지 못한다. 이는 『베니스의 상인』에 등장하는 동명이인 포샤와 대조를 이룬다. 낭만 희극의 주인공 포샤는 남성의 외피를 걸치고 남성성을 연기하며 남성의 세계로 침투해 남성중심주의적 사회의 문제를 해결한다. 포샤가 성공하는 이유는 남성성이 "속임수"(2.4.40-41)임을 인지하기 때문이다. 남성성은 남성 내면의 본질적인 속성이 아니라 남에게 보여주기 위한 연극적 수행임을 바사니오의 예비 아내는 파악한 것이다. 반면에 브루터스의 아내는 남성성을 혈통과 신분에 의해 결정되는 고정불변의 본질이라고 믿는다. 하지만 그 믿음이 이데올로기적 허위의식임을 셰익스피어는 로마의 여장부 포샤의 '뒤에서' 그리고 '위에서' 바라보며 말하고 있다.

4 '진짜 대장부'는 누구인가?

포샤의 '끼어들기'로 인해 잠시 파문이 일었던 남성성의 무대는 다시 남자들만의 경연장으로 돌아온다. 시저 장례식 연설로 안토니가 군중의 마음을 차지하면서 독재자 암살이 공화정 수복으로 이어지지 못하고 브루터스·캐시어스 진영과 안토니·옥테이비어스 진영 간의 내전으로 치닫게 된다. 이 과정에서 특히 관객의 눈길을 끄는 것은 브루터스와 캐시어스의 다툼이다. 극의 전반부에서 전개된 브루터스의 내적 갈등이 후반부에서는 공화주의자들끼리의 갈등으로 대체되는 것이다. 여기서 셰익스피어는 "우리의 로마 배우"(2.1.225) 브루터스가 쓴 남성성의 가면을 집요하게 벗긴다. 브루터스의 가면은 시저의 것과는 달리 겉과 속을 구분하기가 힘들 정도로 워낙 정교해서 셰익스피어는 마치 양파껍질을 벗겨내듯 여러 겹의 다채로운 가면에 가려진 주인공의 민낯을 차근차근 들추어낸다. 그 역할을 꾸준하게 수행하는 인물이 브루터스의 가장 친밀한 동지 캐시어스다.

최후의 일전을 앞둔 긴박한 상황에서 캐시어스는 그동안 쌓인 브루터스에 대한 불만을 마침내 터뜨린다. 불만의 원인은 브루터스의 독선이다. 그런데 식어버린 우정에 먼저 문제를 제기하는 측은 브루터스다. 둘 사이에 "예전의 다정한 표정과 솔직하고 허물없는 대화"는 사라지고 "억지로 꾸며낸 허례허식"(4.2.16-18, 21)만 남은 원인이 전적으로 상대방 탓이라고 생각하기 때문이다. 부하들을 물리고 막사 안에서 두 남자가 벌이는 지루한 언쟁은 전혀 남자답지도 않고 어른답지도 않다. 최소한의 예의도 갖추지 못하는 여느 부부싸움처럼 막말과 고성이 오가는 이들의 치열하고 치졸한 감정싸움은 '고귀한 로마인'의 치부를 적나라하게 드러낸다. 캐시어스가 브루터스를 마뜩잖게 여기는 이유는 혼자 깨끗한 척하기 때문이다. 부하가 저지른 뇌물수수 사건을 묵인해달라는 요청을 브루터스가 묵살함으로써 자신의 체면을 훼손했다는 것이다.

반면에 브루터스가 캐시어스를 공격하는 이유는 "민감하게 반응하는 손바닥"(4.3.11) 때문이다. 자격이 없는 자들에게 금화를 받고 관직을 팔아먹는 탐욕과 부패를 절대 용납할 수 없다는 것이다. 더군다나 그러한 매관매직은 시저를 처단한 혁명의 대의와도 정면으로 배치된다. 따라서 브루터스의 비난은 단순히 개인적인 서운함의 표현이 아니라 일종의 "응징"(4.3.16)이다. "도적들을 도운 죄를 물어 이 세상의 으뜸가는 자를 처단한 우리 중의 하나가 어찌 지저분한 뇌물로 우리 손을 더럽히고, 한 움큼의 쓰레기 때문에 우리의 고귀한 명예가 담긴 중대한 직책을 팔아넘긴단 말인가? 그따위 로마인이 되느니 차라리 개가 되어 달 쳐다보며 짖는 게 낫지."(4.3.24-28)

브루터스가 캐시어스의 청탁을 무시하고 그의 부하를 뇌물죄로 처벌할 것을 주장하는 모습은 시저가 암살되기 직전에 심버를 사면해달라는 브루터스의 탄원을 일축하는 장면과 흡사하다. 둘 다 불변성을 이유로 가장 가까운 친구의 간청을 들어주지 않는다. 외부의 압력이나 타인의 설득으로 인해 자신의 확고부동한 원칙을 "굽히거나" 강철 같은 의지가 "녹아내리는"(3.1.41, 45) 것을 절대 용납할 수 없기 때문이다. 둘 사이에 차이가 있다면, 시저의 불변성이 체면이나 위신을 지키려는 방편인 데 비해, 브루터스의 불변성은 자족성의 표현이자 자기합리화의 원리다.

브루터스가 캐시어스를 이처럼 신랄하게 비난하고 정죄하는 것은

"나는 정직으로 완전무장하고 있다"(4.3.67)라고 확신하기 때문이다. 하지만 바로 그 순간, 브루터스는 친구의 부탁을 거절한 진짜 이유를 털어놓는다. 예전에 군자금을 융통해달라는 브루터스의 요청을 캐시어스가 들어주지 않았다는 것이다. 이는 브루터스답지 않은 이유이거니와 군자금을 캐시어스더러 마련하라고 한 이유는 더욱 황당하다. "나는 비열한 방식으로 돈을 모을 수 없어. 하늘에 맹세코, 난 차라리 심장을 녹여서 떨어지는 선혈로 금화를 주조할망정 농민들의 굳은 손을 비틀어 그들의 푼돈을 부당하게 쥐어 짜낼 수는 없지." (4.3.71-75) 그러면서 브루터스는 친구를 위해 "그 정도의 하찮은 지출을 마다한" 캐시어스를 "탐욕스럽다"(4.3.79-80)라고 욕한다. 시저의 허망한 죽음과 맞먹는 반전이 아닐 수 없다. 홀로 '움직이지 않는' 북극성인 줄 알았던 브루터스도 '움직이는' 행성임이 드러나는 순간이다. 이 반전은 브루터스의 독선이 위선으로 판명되는 순간이기에 시저의 경우보다 더 충격적이다. 여태껏 캐시어스의 현실주의적 전략과 처세술을 용렬하고 비겁하다고 비난해온 브루터스가 사실은 빌라도처럼 자신의 손에 피 묻히기를 꺼리는 위선자임이 드러나는 것이다.

서로의 속내를 확인한 후 브루터스와 캐시어스는 어색한 화해를 시도한다. 이들의 화해가 어색한 이유는 감정의 앙금이 남아 있기 때문이 아니라 감정에 휘둘리지 않았던 브루터스가 감정의 밑바닥을 드러내 버렸기 때문이다. 시저 시해라는 역사적 사건으로 인해 주변 사람들이 모두 불안과 두려움으로 동요할 때 그들을 독려하고 안심시켰던 로마의 영웅이 친구와의 사소한 금전 문제로 감정을 통제하지 못하고 경멸해마지않던 "어중이떠중이처럼" "녹아내리고" "휘어지는" 모습을 연출한 것은 캐시어스에게도 브루터스 자신에게도 놀랍고 또한 민망하다. 그래서 브루터스는 "캐시어스, 자네는 양 같은 사람을 상대하고 있어. 그는 세게 부딪치면 잠시 불꽃이 튀었다가 금방 차가워지는 부싯돌 같은 사람이지"(4.3.109-12)라면서 화해의 손을 내민다. 방금 캐시어스에게 격분했던 모습을 의식한 궁색한 변명이다. 외부의 충격에 약간의 동요는 있었지만 그래도 자신은 여전히 부싯돌처럼 단단하다는 얘기다.

하지만 브루터스의 자기합리화는 스스로 생각해봐도 흡족하지 않고, "우발적인 불운에 굴복하는 것은 자네 철학과도 전혀 맞지 않아"(4.3.143-44)라는 캐시어스의 지적도 몹시 불편하게 다가온다. 이때 브루터스는 아껴두었던 비장의 카드를 꺼낸다. "그 누구도 이런 슬픔은 감당하지 못해. 포샤가 죽었어."(4.3.145) 그 효과는 기대 이상이어서 단숨에 전세가 역전된다. "아, 얼마나 견디기 힘든 비통한 상실인가! 내가 자네를 그렇게 힘들게 해놓고도 자네 손에 죽지 않은 게 도리어 이상하지"(4.3.148-49)라는 캐시어스의 진심 어린 사과와 위로는 브루터스가 보인 '남자답지 못한' 행동의 완벽한 알리바이가 된다.

여기서 브루터스는 잠시 벗었던 남성성의 가면을 다시 쓴다. 포샤가 죽은 원인을 묻는 캐시어스에게 브루터스는 이렇게 대답한다. "나의 부재를 견디지 못하고" 불리해진 전세로 인해 "비탄에 빠져" "제정신이 아닌 상태에서 불덩이를 삼켜버렸어."(4.3.150-54) 마치 전령의 보고처럼 간결하고 담백하다. 그리고 이 보고는 브루터스가 생각하는 '여자다움'의 고정관념을 더없이 깔끔하게 압축하고 있다. 지금 남편의 입을 통해 의존적이고 감정적인 '여자'로 재구성되는 포샤는 한때 케이토의 딸이자 브루터스의 아내로서 남성만의 '동종사회적인' 정치 세계에 당당하게 진입을 시도했던 포샤와 뚜렷한 대조를 이룬다. "그 여자 얘기는 그만하고, 술이나 한잔하지. 자네에게 섭섭했던 마음은 다 묻어버리겠네"(4.3.156-57)라는 브루터스의 건배 속에 포샤의 기억은 말 그대로 묻혀버린다.

캐시어스가 재차 조의를 표하려고 하자 브루터스는 "제발 그 얘기는 그만하게나"라고 역정을 내고 "우리의 당면과제나 의논하자"(4.3.162-64)라면서 화제를 돌린다. 당면과제란 물론 필리피 전투를 앞둔 전략수립이다. '역사의 대업'을 이루려는 '사내대장부'에게 아내의 죽음마저 한낱 사소한 골칫거리에 불과하다. 남성성의 경연장에 참전하는 브루터스의 동료와 부하들이 보면, 공적 대의를 위해서라면 사적 감정은 철저히 숨기고 억누르는 브루터스야말로 확고부동하고 시종여일한 불변성의 용사다. 그러나 남성성 규범에 회의적인 관객의 눈에는 브루터스의 영웅적 모습이 강박과 집착으로 비칠 것이다.

셰익스피어는 북극성처럼 움직이지 않고 바위처럼 단단한 브루터스의 불변성이 실은 세련되고 계산된 연기임을 거듭 확인시켜준다. 뒤이어 등장한 머세일러가 포샤의 죽음을 전해주자 브루터스는 마치 그 소식을 처음 듣는 것처럼 그리고 아무렇지 않은 척 행동한다. 심지어 포샤가 "이상한 방식으로"(4.3.187) 죽었다고 하는데도 더 묻지도 않는다. "그렇군. 잘 가요, 포샤. 우린 다 죽게 마련이야, 머세일러. 그녀도 언젠가는 죽어야 한다는 걸 생각하면 난 그것을 견뎌내는 인내심이 생기지."(4.3.188-90) 이것이 브루터스가 바치는 조사의 전부다.

지금 브루터스는 아내의 죽음을 애도하는 남편이 아니라 인생의 생사화복에 초연한 스토아철학자이며, 거대한 적수와의 승산 없는 싸움에서 이긴 후 극한의 고통을 참으며 관중의 갈채를 기다리는 검투사 같기도 하다. 머세일러는 "대단한 사람은 대단한 고통도 이렇게 견뎌내는군요"(4.3.191)라고 경의를 표하고, 캐시어스는 감정에 휘둘리는 자신의 모습은 "본성"(nature)이며 브루터스의 초인적인 평정심은 "예술"(art)이라고 추어올린다(4.3.193-94). 하지만 브루터스의 연기가 무대 위의 로마인들에게 깊은 공감을 불러일으켜도 무대를 바라보는 관객들에게는 그렇지 않다. 아내의 죽음을 자신의 남성성을 과시하는 수단으로 사용하는 브루터스는 죽음에 대한 자신의 두려움을 아내의 두려움으로 전가하는 시저와 점점 닮아가기 때문이다. "예술"의 경지에 이른 브루터스의 남성성은 그만큼 인간의 "본성"에서 더 멀어지는 것이다.

시저 못지않게 명분과 체면에 집착하는 브루터스는 현실감각이 떨어지는 인물이기도 하다. 브루터스가 지향하는 공화주의 자체가 정치적 이상인 바, 그것을 실현하는 방식도 지독하게 이상주의적이다. 사사건건 이상주의자 브루터스는 현실주의자 캐시어스와 충돌한다. 브루터스는 정치적 운명을 결정짓는 여러 차례의 고비마다 캐시어스의 현명하고 현실적인 충고를 무시하고 실패를 자초한다. 2막에서는 안토니를 살려두기로 결정하고, 3막에서는 안토니에게 시저의 시신을 앞세우고 연설할 기회를 허락하며, 안토니를 홀로 남기고 현장을 떠나버림으로써 그가 마음껏 군중을 조종할 수 있게 한다. 5막에서도 옥테이비어스 진영과 벌이는 최후의 일전에서 군사적 우위를 무력화하는 전략적 판단 착오를 범한다. 수차례의 고비에서 한 번이라도 캐시어스의 충고를 따랐다면 로마의 역사는 바뀌었을 것이다. 특히 브루터스의 마지막 선택은 치명적이다. 브루터스와 캐시어스는 전투 장소를 놓고 또다시 부딪치는데, 캐시어스의 전략이 훨씬 더 합리적이다. 하지만 브루터스는 자신의 의견을 고집해 손실을 감수하고 필리피로 진격하게 한다. 이유는 아군의 용맹스러운 기백을 과시해 적군을 주눅 들게 해야 한다는 것이다. 전투가 개시되었을 때도 브루터스는 성급하게 공격 명령을 내려 주력 부대를 함정에 빠지게 만든다. 브루터스는 이상주의적 혁명가이면서 비현실적 정치인임을 스스로 입증하는 것이다.

이러한 이념적·실천적 이상주의의 근저에도 남성성이 자리 잡고 있다. 자신의 이해관계를 추구하되 최대한 덜 노골적으로 덜 치사하게 보이도록 하고 자신의 대범함을 과시하기 위해 적에게 최대한의 아량과 관용을 베푸는 브루터스는 자타가 공인하는 남성성의 화신이다. 셰익스피어의 로마 비극 전체를 통틀어 브루터스는 남성성을 가장 치밀하고 세련되게 연기하는 배우일 수 있다. 하지만 남성성에의 집착이 자신의 발목을 잡는다는 사실을 브루터스는 끝까지 인식하지 못한다. 과도한 자기합리화의 욕구로 인해 정치적 파국을 자초할 뿐 아니라 혁명의 대의였던 공화주의 수호에도 실패한다. 브루터스는 공화주의 이상을 실현하고자 아버지(같은) 시저를 암살했지만, 그의 자리를 대신해 옥테이비어스·레피더스·안토니의 제2차 삼두정치체제가 들어서고 결국 그 과두제는 옥테이비어스가 로마 제국 최초의 황제로 등극하는 길을 터놓게 된다. 『줄리어스 시저』만 놓고 본다면, 브루터스의 남성성이 역사의 '퇴행'을 초래한 원인이 되는 셈이다.

그러한 맥락에서, 필리피 전투 전날 밤에 브루터스에게 나타나는 시저의 유령은 다분히 암시적이다. 정체를 묻는 브루터스에게 시저의 유령은 "그대의 악령"(4.3.279)이라고 대답한다. 시저의 악령이 아니라 브루터스 자신의 악령이라는 대답은 플루타르코스 원전에 충실한 재현일 수도 있지만, 이 극에서는 그 이상의 의미를 지닌다. 이 유령은 극심한 번민과 불안에 사로잡힌 브루터스의 내면을 상징할수도 있고, 겉모습은 시저의 유령이지만 실제로는 브루터스의 유령이라는 점에서 둘 사이의 연관성을 함축하기도 한다. 공화주의자 브루터스와 독재자 시저 사이에는 차이점보다는 공통점이 많다는 것이다. 둘 다 정치적 욕망의 주체이며 그것을 합리화하려고 남성성을 연기하는 "우리의 로마 배우들"(2.1.225)이다. 따라서 시저와 브루터스의 유령은 무대 위에 부재하는 캐릭터인 동시에 브루터스를 관찰하는 관객의 일원이다. 그 유령은 또한 브루터스가 끊임없이 억누르고 숨기려는 자신의 무의식적 욕망으로서, 지금 브루터스는 '억압된 것의 귀환'을 목격하고 있다.

브루터스가 통과해야 할 마지막 시험은 역시 죽음의 두려움이다. 그것은 셰익스피어가 벗기는 브루터스의 마지막 가면이기도 하다. 플루타르코스의 브루투스와 셰익스피어의 브루터스는 죽음에 임하는 태도에서도 차이가 있다. 원전에서 브루투스는 젊은 시절에는 자결을 인정하지 않다가 거사가 실패로 끝나면서 태도를 바꾼다. 그런데 노스는 과거 시제를 현재 시제로 번역하고, 브루투스가 대사 도중에 자결에 대한 종전의 반대 입장을 철회한 것으로 기술한다. 노스의 번역본을 읽었을 셰익스피어는 브루터스의 변화를 더 선명히 보여준다. 필리피 전투를 앞두고 캐시어스와 나누는 대화에서 브루터스는 앞으로 닥칠 일이 두려워 미리 목숨을 끊는 것은 비겁하고 비열할 뿐더러 신의 섭리에도 어긋난다고 주장하다가, 만약 포로가 되어 로마의 개선행렬에 구경거리로 끌려가는 것보다는 차라리 죽는 편이 낫다고 말한다. 어떻게 죽는 것이 불변성의 가치에 가장 부합하는가를 놓고 셰익스피어의 브루터스는 치열하게 고민하는 것이다.

브루터스가 명예로운 죽음과 수치스러운 삶 사이에서 쉽게 선택하지 못한다는 것은 그만큼 그에게도 죽음이 버거운 적임을 말해준다. 세네카를 비롯한 스토아주의자들에게도 자결은 인간이 인간성의 한계를 뛰어넘어 운명에 맞선다는 점에서 가장 고귀하고 명예로운 행위였으나 그것은 이론이었을 뿐, 세네카조차 '깔끔하게' 목숨을 거두지 못했다. 지금 캐시어스도 막사에 드리워진 "죽음의 장막 아래에서 우리 군대는 죽을 준비를 하겠다"(5.1.87)라고 다짐하고, 브루터스도 자신이 "너무나 위대한 정신을 지닌 자"(5.1.112)이므로 노예로 끌려가는 것보다는 기꺼이 자결하겠다고 하지만, 이들의 마음속에는 엄청난 동요와 불안이 일고 있다.

5막에서 관객의 시선을 끄는 것은 죽음을 앞둔 브루터스와 캐시어스의 내적 갈등뿐만 아니라 죽음을 맞이하는 두 인물의 공통점이다. 셰익스피어는 죽음을 앞둔 캐시어스에게 의외로 많은 분량의 대사를 부여하며 그에게 브루터스 못지않은 '고귀한 죽음'을 허용한다. 브루터스와 "영원한 작별인사"(5.1.115)를 의연하게 나누고 헤어진 캐시어스는 교전 중에 브루터스보다 먼저 죽는데, 그가 자결하는 원인은 "나쁜 시력"과 "비관적인 생각이 빚어낸 끔찍한 오판"(5.3.21, 67)이다. 전세가 호각지세인 상황에서 정찰을 떠난 부관 티티니어스가 먼 벌판에서 아군과 어울려 승리를 환호하는 모습을 적에게 포로가 되는 것으로 오인한 것이다. "오늘이 내가 태어난 날이니 시간이 한 바퀴 돌았구나. 내가 시작한 날에 끝을 맺어야지. 내 삶은 한 바퀴 다 돈 거야"(5.3.23-25)라는 비극 영웅다운 말을 남기고 시종 핀더러스의 칼을 향해 달려든다. 뒤늦게 도착한 티티니어스는 캐시어스를 "붉은 노을 속에 지는 태양"(5.3.60-61)에 비유하며 그의 이마에 월계관을 씌운 후 "로마인의 역할"(5.3.89)을 다하기 위해 캐시어스의 칼 위에 엎드러진다. 브루터스도 캐시어스와 티티니어스의 시신을 내려다보며 진심 어린 경의와 애도를 표한다.

브루터스의 죽음도 캐시어스의 죽음과 닮은꼴을 이룬다. "그 어떤 적도 고귀한 브루터스를 생포하진 못할 거요. 그렇게 엄청난 수치를 그가 당하도록 신들이 내버려 두지 않을 거요. 당신이 그를 찾아내더라도 그는 죽었든 살았든 브루터스다운 본연의 모습으로 있을 거요"(5.4.21-25)라는 루실리어스의 예견처럼, 브루터스는 적군이 들이닥치기 전에 이미 자신의 운명을 결정짓는다. "때가 온 것을 직감하고"

(5.5.19) "스스로 뛰어드는 것이 밀쳐질 때까지 늑장 부리는 것보다 낫다"(5.5.24-25)고 판단한 브루터스는 부하들과 일일이 작별을 고한 후, 그의 검을 잡은 시종 스트레이토에게 뛰어든다. 캐시어스의 자결 장면과 흡사하다. 두 인물의 최후의 일성마저 비슷하다. 캐시어스는 "시저여, 내가 그대를 죽인 그 칼로 내게 복수하는구려"(5.3.45-46)라면서 숨을 거두고, 브루터스도 "시저여, 이제 편히 쉬시오. 내가 당신을 죽일 땐 이렇게 선의로 하진 않았소"(5.5.51-52)라면서 쓰러진다.

셰익스피어가 캐시어스와 브루터스의 최후순간을 대등하게 병렬하는 것은 의미심장하다. 브루터스는 극의 주인공이고 캐시어스는 조연인데도 두 인물에게 같은 분량과 농도의 애도사가 바쳐지는 것은 우연이 아니다. 이는 그들의 삶의 방식이 이상주의든 현실주의든, 그들이 신봉하는 가치가 스토아주의든 에피쿠로스주의든, 죽음 앞에서는 차이가 없다는 의미일 수 있다. 비록 브루터스가 캐시어스보다 더 "고결하고 정직한" 삶을 살았지만, 그리고 안토니가 브루터스야말로 "가장 고귀한 로마인"(5.5.69)이자 "진짜 대장부"(5.5.76)였다고 기리지만, 죽음의 관문을 통과할 때만큼은 그들의 '등급'이 대동소이하다는 것이다. 브루터스와 캐시어스 사이의 우열을 없애는 병치는 그들이 일평생 구현하려고 애썼던 남성성의 덕목이 죽음 앞에서는 누구도 예외 없이 무용지물임을 말해준다.

렙혼(Wayne Rebhorn)은 셰익스피어가 브루터스와 캐시어스의 차이점보다 공통점에 더 치중하는 이유는 경쟁(emulation)이 로마 엘리트 사회의 에토스임을 보여주기 위함이며, 이를 위해 시저나 브루터스 같은 특정 인물을 예외적으로 영웅화하지 않는다고 주장한다.[13)]

13) Wayne Rebhorn, "The Crisis of the Aristocracy," in Richard Wilson (ed.), *Julius*

렙혼의 주장을 약간 수정하면, 브루터스와 캐시어스의 공통점을 경쟁보다는 제휴 관계로 파악할 수 있다. 제휴란 두 인물이 공화주의를 신봉하는 혁명 동지임은 물론이고 죽음 앞에서 왜소해지는 유한자인 동시에 남성성·불변성의 연극성을 함께 보여주는 "로마 배우들"(2.1.225)임을 의미한다. 등장인물들의 왜소함이 그들이 대표하는 이데올로기의 허구성으로 이어지는 것이다.

『줄리어스 시저』에서 로마 영웅들이 구현하려는 남성성은 결국 '척하는 것'에 불과하다. 시저도 캐시어스도 그리고 브루터스마저도 남성성이 내재하는 속성이 아니라 연극적 수행임을 보여준다. 이들은 타인에게 보여주려고 때로는 지나치게 때로는 우스꽝스럽게 남성성을 연기할 따름이다. 이를 통해 셰익스피어는 '남자라는 이유로' 자연스럽게 여겨지는 남성성이 실제로는 얼마나 부자연스러운 이미지의 재현인지를 폭로한다. 인간의 '인간다움'을 부정하는 남성성은 여성성이라는 반면교사가 없이는 존재할 수 없는 허상에 불과하다. 바로 그 남성성이 남성에게 강박관념과 억압적 굴레로 작용하고 있다. 남성성의 철학적·윤리적 토대라고 할 수 있는 불변성도 마찬가지다. 불변성의 화신임을 자처하는 로마 영웅들은 확고부동한 척, 시종여일한 척할 뿐이다. 북극성, 대리석, 강철 등의 이미지로 자신을 포장하지만 그들의 내면에는 불변성의 이미지에 균열을 가하는 온갖 감정의 격류가 요동친다. 이 불변성의 연극성은 브루터스가 불안과 두려움 속에서 시저 암살을 모의하는 동지들을 독려하던 구절에 잘 압축되어 있다.

동지들이여, 기운차고 즐거운 표정을 합시다.

Caesar: Contemporary Critical Essays, Basingstroke: Palgrave, 2002, pp.30, 35.

우리 표정이 속마음을 드러나게 하지 맙시다.
불굴의 기백과 외형적 불변성을 장착하고서
우리 로마 배우들처럼 의연하게 행동합시다.(2.1.223-26)

여기서 눈길을 끄는 단어는 "표정" "배우" "장착" "외형적"이다. 자타가 공인하는 불변성의 아이콘 브루터스가 불변성은 내재적 자질이 아니라 연극적 수행임을 스스로 인정하는 것이다. 캐시어스의 단어로 얘기하자면, 불변성은 고통이나 감정에 영향받지 않는 "본성"(nature)이 아니라 영향받지 않는 것처럼 연기할 수 있는 "기술"(nature)이다. 요컨대, 불변성은 억압이며 은폐다. 그리고 자신의 속내를 가장 잘 숨기는 인물이 바로 브루터스다. 죽음 앞에서도 "브루터스다운 본연의 모습"을 유지하려고 애쓴 브루터스는 연기력이 "예술"의 경지에 이른 "우리의 로마 배우"임에 틀림없다. 하지만 셰익스피어는 그의 은폐 기술이 완벽하지 않다는 것을 집요하게 드러낸다. 인간의 자연스러운 권력욕, 명예욕, 시기심, 두려움을 억누르고 숨길수록 브루터스는 점점 경직되고 편협하며 위선적인 인물로 바뀌어간다. 인간의 보편적 "본성"을 부정하려는 초인적인 "예술"이 인간성에서 멀어지게 만드는 것이다. 이처럼 초인적이면서도 비인간적인 브루터스의 반대편에 너무나 인간적인 안토니가 서 있다.

5 '교활한 책략가' 안토니

『줄리어스 시저』는 시저 암살을 분기점으로 전반부에서는 시저와 브루터스의 대립, 후반부에서는 브루터스와 캐시어스의 갈등과 더불어 브루터스와 안토니의 충돌을 보여준다. 보기에 따라서는 셰익스피어가 극 제목과는 달리 후반부에 더 무게중심을 두는 것 같다. 극 전체를 놓고 보면, 브루터스와 안토니의 운명은 반대 방향으로 교차한다. 브루터스가 추락하는 만큼 안토니는 부상한다. 처음에는 안토니의 존재감은 미미하다. 안토니는 한쪽 귀가 먹은 시저를 밀착수행하고 시저에게 세 차례나 월계관을 헌정하는 "정말 우스꽝스러운 짓"(1.2.235)을 연출할 뿐이다. 캐시어스가 브루터스에게 "시저의 총아"요 "교활한 책략가"(2.1.155, 157)인 안토니를 시저와 함께 제거해야 한다고 주장하지만, 브루터스는 안토니가 "시저의 수족"(2.1.164)에 불과하며 "주색잡기에 탐닉한"(2.1.187-88) 작자이므로 그럴 필요가 없다고 일축한다. 물론 이 평가는 오판이다. 덕분에 안토니는 목숨을 부지하고 역사의 흐름을 바꾼다. 이는 그만큼 브루터스가 안토니의 잠재력을 과소평가했음을 반증한다. 하지만 극이 진행될수록 안토니는 시저의 대리인에서 브루터스의 적수로 그리고 최후의 승리자로 변신해간다.

브루터스와 안토니는 엇갈린 운명만큼이나 상반된 가치관을 갖고 있다. 안토니는 명분보다 실리를 추구하는 인물이다. 자신이 원하는 것을 얻을 수만 있으면 위신과 체면은 얼마든지 버릴 수 있고 소신과 원칙도 언제든지 바꿀 수 있다. 비굴하다고 할 정도로 안토니는 변화하는 환경에 기민하게 대응한다. 안토니의 유연함은 브루터스의 경직성과 뚜렷하게 대조된다. 남성성에 집착하고 얽매인 브루터스와 달리, 안토니는 거기에서 자유롭다. 다시 말해, 안토니는 고매하고 관대하며 용맹스러운 남성성의 가면을 굳이 쓰려고 애쓰지 않는다. 상황에 따라서 민낯의 색깔이 달라질 뿐이다. 그때그때 자신과 상대방의 권력 관계를 정확하게 파악하고 거기에 맞게 처신하는 것이다. 물론 안토니도 브루터스도 남성성을 연기하는 "우리의 로마 배우"이지만, 안토니의 행위에서 브루터스 같은 위선적 자기합리화는 찾아

보기 힘들다. 게다가 즉흥연기에 관한 한, 안토니는 최고의 배우다. 하나의 가면만 고집하는 고매한 이상주의자 브루터스와는 반대로, 안토니는 변화하는 외부 환경에 다양한 가면을 쓰고 대처하는 현실주의자다. 안토니는 키케로나 세네카의 스토아철학에서 이상형으로 내세우는 '변치 않는 로마인'과는 거리가 멀다.

안토니의 현실주의적 면모는 시저가 암살된 직후부터 드러난다. 혼비백산해 집으로 도망간 안토니는 일단 하인을 보내 브루터스의 의중 파악에 나선다. 하인의 말을 통해 전달되는 안토니의 태도는 완전한 굴복이다. 안토니가 명한 대로 "무릎을 꿇고 몸을 낮추고 엎드린" 하인은 "시저는 강하고 담대하며 제왕답고 다정한 분이었으며, 브루터스는 고결하고 지혜로우며 용감하고 정직합니다. 나는 시저를 경외하고 존경하며 사랑했으나 브루터스를 사랑하고 존경한다고 말해주시오"라고 전하면서, 안토니가 시저의 시신만이라도 볼 수 있게 허락해준다면 "살아 있는 브루터스보다 죽은 시저를 더 사랑하지 않고 앞으로 브루터스와 운명을 함께할 것"(3.1.123-35)을 약속한다. 이에 브루터스는 안토니의 간청을 즉각 수락한다. 안토니는 브루터스가 어떠한 사람인지, 그가 무엇을 바라는지 정확히 파악하고 접근했기 때문이다. 안토니는 브루터스가 패배한 적수에게 아량을 베풀어야 하는 인물일 뿐만 아니라 시저가 독점했던 권력과 권위의 계승자인 동시에 부재하는 시저의 오이디푸스적인 경쟁자임을 알고 있다. 지금 브루터스가 가장 원하는 것은 시저와 대등한 위치에 오르는 것인데, 안토니는 그의 '인정 욕구'를 정중하고도 교묘하게 충족해주는 것이다.

신변 안전을 보장해주겠다는 브루터스의 약속을 받아낸 후 역사의 현장에 나타난 안토니는 의외로 당당하고 거리낌이 없다. 자신에게 쏟아지는 의심과 경계의 시선을 개의치 않고 시저의 시신을 향해 "당신이 성취하신 그 모든 정복, 영광, 승리, 전과가 이렇게 조그만 형체로 쪼그라졌나이까?"라고 울부짖는다. 안토니 자신도 "이 세상의 가장 고귀한 피로 값지게 된 그대들의 칼에" 찔려 "이 시대의 걸출한 영웅이자 최고 지도자인 시저 옆에서" 함께 죽을 수만 있다면 더할 나위 없는 영광이라면서 시저에게 아낌없는 애도와 경의를 표한다(3.1.149-50, 155-56, 162-63). 시저의 이름을 드높이면서 시저 암살자들을 안토니 자신의 위치로 끌어내리는 것이다. 안토니가 담대하게 변한 이유는 하인을 통해 브루터스의 "우애와 선의와 존중"(3.1.176)을 파악했기 때문이다. 브루터스의 남성성을 최대한 이용하는 것이다. 계속해서 안토니는 자신을 "겁쟁이 아니면 아첨꾼"(3.1.193)으로 바라보는 시선을 의식한 듯, 자신의 정치적 타협을 뉘우치고 질타한다(3.1.194-206).

이는 시저 곁을 지키지 못한 안토니 자신에 대한 비난인 동시에 시저를 "도륙한" 암살자들에 대한 비난이다. 이는 또한 교묘하고 우회적인 자기합리화이기도 하다. 안토니의 자기비하를 가장한 자기합리화는 브루터스의 독선적인 자기합리화와 비교되는데, 오히려 안토니의 언술이 더 호소력이 있다. 게다가 "아름다운 수사슴"(brave hart)과 시저의 "용감한 심장"(brave heart)이 동음이의어여서 안토니의 조사는 상당히 전복적인 메시지를 함축한다. 물론 행간에 담긴 안토니의 의도가 무엇인지를 브루터스가 모르지 않지만 브루터스는 그 정도는 "친구로서 하는 말치고는 상당히 절제된 것"(3.1.213)으로 용인한다. 이는 안토니가 아량 넓은(척하는) 브루터스의 인내심의 한계를 치밀하게 계산하고 발언한다는 것을 의미한다. 브루터스 일행이 자리를 뜬 후 무대에 혼자 남겨지자 안토니는 비로소 시저의 시신을 향해 "이 도살자들을 부드럽고 예의 바르게 대하는 것"(3.1.255)에 대한 용서를 구하고 "이탈리아 전체를 무자비한 살육과 파괴로 가득 채울"(3.1.262-63) 처절한 보복을 다짐한다. 완곡어법이 전혀 없는 이 독백은 안토니가 여태껏 얼마나 철저히 속내를 숨겨왔는지, 그리고 안토니가 브루터스와는 완전히 다른 의미에서 "우리의 로마 배우"(2.1.225)인지를 여실히 보여준다.

드디어 안토니가 시저의 시신을 끌고 군중 앞에 등장한다. 먼저 연설을 마친 브루터스가 "나는 로마를 위해 내가 가장 사랑하는 자를 죽였소. 만약 조국이 나의 죽음을 요구한다면 시저를 죽인 검이 나를 위해서도 준비되어 있소"(3.2.44-47)라는 자신감 넘치는 첨언과 함께, "시저의 시신에 경의를 표하고 시저의 영광을 추모하는 마크 안토니의 연설을 경청해줄 것"(3.2.58-59)을 부탁하는 승자의 여유까지 과시하고 퇴장한다. 연단에 오른 안토니는 "그놈의 시저는 독재자였어. 그건 확실해. 로마가 그를 제거한 건 참 다행이야"(3.2.69-71)라고 웅성거리는 군중을 내려다보며 이렇게 입을 연다.

친구들이여, 로마인들이여, 동포들이여,
내 말 좀 들어주시오. 내가 여기 온 것은
시저의 찬양이 아니라 장례를 위해서요.
인간의 악행은 죽은 후에도 기억되지만,
선행은 유골과 함께 묻혀버리기 마련이오.
천하의 시저라고 한들 다를 게 없겠지요.
고귀한 브루터스는 그가 야심이 컸답니다.
그게 사실이라면 참 안타까운 허물이지요.
시저는 그것에 대한 무거운 대가를 치렀소.
난 브루터스와 나머지 분들의 허락을 받아
여기 시저 장례식에서 한마디 하려고 왔소.
(브루터스도 나머지 분들도 고매하시지요.)

시저는 의리 있고 공명정대한 내 친구였소.
하지만 브루터스는 그가 야심이 컸답니다.
브루터스가 명예로운 분임은 의심치 않소.
시저는 허다한 포로들을 로마로 데려왔고,
그들의 몸값은 나라의 곳간을 가득 채웠소.
이것 때문에 시저가 야심 있게 보였던가요?
가난한 자들이 울 때 시저도 함께 울었소.
야심은 그것보다는 더 냉혹한 게 아닌가요.
하지만 브루터스는 그가 야심이 컸답니다.
브루터스가 명예로운 분임은 의심치 않소.
루퍼칼리아 축제에서 여러분도 다 봤잖소.
내가 세 번이나 그에게 왕관을 바쳤을 때,
그는 세 번 사양하였소. 이게 야심인가요?
하지만 브루터스는 그가 야심이 컸답니다.
브루터스가 명예로운 분임은 의심치 않소.
나는 브루터스의 말을 반박하는 게 아니라
내가 아는 것을 여러분에게 말할 뿐이오.
한때 여러분도 진정으로 시저를 사랑했소.
그런데 왜 그를 애도하기를 꺼리는 거요?
여러분의 판단력은 짐승들에게 옮겨갔고
사람들은 이성을 잃었소. 날 용서하시오.
내 마음이 관에 누운 시저와 함께 있기에
내게 돌아올 때까지 잠시 말을 멈춰야겠소.(3.2.74-108)

『줄리어스 시저』에서 가장 긴 대사이자 셰익스피어 특유의 유려한
무운시를 잘 보여주는 이 대사는 앞선 브루터스의 연설과 형식은 비

슷해도 내용은 상반된다. 안토니도 브루터스처럼 대구(對句)와 반복을 즐겨 사용한다. 자신의 주장을 논리적으로 일관성 있게 전달하기 위한 전형적인 언술이다. 특히 세 차례나 반복되는 "하지만 브루터스는 그가 야심이 컸답니다. 브루터스가 명예로운 분임은 의심치 않소"라는 구절은 청중에게 화자의 의견을 강요하지 않고 청중이 스스로 판단하도록 유도하는 효과가 있다.

여기서 안토니는 "명예로운"(honourable)이라는 형용사를 열 차례 반복하고 "브루터스는 명예로운 사람"임을 다섯 번이나 강조한다. "명예(로운)"라는 단어를 두고 셰익스피어의 안토니와 관객이 교감한 의미와 그 단어가 로마 시대에 통용되던 의미는 같지 않다. 영어 단어 honorable의 라틴어 어원에 해당하는 honorabilis는 다른 사람들에게 비치는 모습을 의미하며, 또 다른 라틴어 어원인 honesus도 물건이나 행위를 지칭하고 사람에게 사용하면 고귀한 태생이나 신분을 뜻한다. 고대 로마인들은 명예의 개념을 개인의 외적 조건이나 사회적 위상과 연계했고, 셰익스피어 시대 잉글랜드인들은 개인의 내적 속성이나 도덕적 품격으로 이해했다.[14] 따라서 안토니의 연설 행간에는 냉소적 아이러니가 담겨 있다. 브루터스의 혈통과 신분은 명예롭고 그의 정치 행보도 그렇게 비치지만, 시저를 무자비하게 살해한 행위는 진정한 로마인의 명예와는 거리가 멀다는 것을 안토니는 무대 위의 관객인 군중에게 암시하는 것이다.

안토니의 연설이 보여주는 것은 공감과 소통의 기술이다. "브루터스를 시저로 추대하고 그의 동상을 세우자"(3.2.49, 51)라는 말이 나오는 상황에서 연단에 올라간 안토니에게 필요한 것은 민심의 반전

---

14) Gary B. Miles, "How Roman Are Shakespeare's 'Roman'?," *Shakespeare Quarterly* 40:3 (Fall 1989), p.276.

이다. 이를 위해 안토니는 군중의 마음을 파고든다. 안토니의 연설에서 청중의 입장과 감정에 대한 이해와 고려가 돋보인다. 상대방에게 주의를 기울이면서 상대방이 듣고 싶은 것이 무엇인지를 파악하고 접근하는 것이다. 그리고 표정, 어투, 목소리, 몸동작을 통해 말로 나타내지 못하는 행간의 의미를 전달한다. 이것이 안토니가 동원하는 수사학적 '기술'인 바, 브루터스와 뚜렷하게 대조가 된다.

둘 다 연단에 올라가서 연설하는데, 브루터스의 어투는 군중을 내려다보며 말하는 것 같고 안토니의 어투는 군중과 같은 눈높이에서 말하는 것 같다. 브루터스는 "조용히 하고 내 말을 들어보시오, 끝까지 참고 들으시오"라고 다소 위압적인 어투로 연설을 시작하지만, 안토니는 군중을 "친구들"이라고 호명하며 "내 말 좀 들어주시오"라고 공손하게 말문을 열고 나중에는 군중을 "선생님들"(3.2.122)로 드높인다. 그리고 브루터스의 연설(3.2.12-34, 36-47)에는 '나'가 무려 스물여덟 차례 나오고 '브루터스'도 세 번이나 나오는 반면, 안토니의 연설에는 사실관계를 전달하기 위해 '나'를 사용하는 경우를 제외하면 모든 인칭대명사가 '그'와 '당신'이다. 안토니는 자신이 로마를 위해 무엇을 했는지가 아니라 시저가 로마를 위해 무엇을 했는지, 시저가 없는 로마에게 무엇이 필요한지를 역설하는 것이다. 그럼으로써 청중이 로마 공동체의 구성원이라는 주인의식과 연대의식을 일깨워준다.

안토니의 연설이 끝난 후, "시저가 엄청 억울하고" "구관이 명관이며" "안토니가 가장 고귀한 로마인이다"(3.2.111, 113, 117) 같은 반응이 나오자, 안토니는 동요하기 시작한 군중의 마음을 완전히 돌려세우려고 비장의 카드를 꺼낸다. 그것은 시저가 양피지에 써서 봉인했다는 유언장이다. 군중이 유언장을 공개하라고 소리를 지르자 안토니는 기다렸다는 듯이 "참으시오. 친구들이여. 난 그것을 읽을 수 없소. 시저가 당신들을 얼마나 사랑했는지 알면 큰일 납니다. 당신들은 나무나 돌이 아니고 사람이오. 시저의 유언을 듣는 순간 당신들은 격분하고 광분할 것이오. 당신들이 시저의 상속자임을 모르는 게 낫소. 당신들이 알게 되면, 아, 무슨 일이 일어날 것인가?"(3.2.141-47)라면서 군중의 호기심을 최대치로 끌어올린다. 하지만 안토니가 시저의 방에서 발견했다는 이 유언장은 안토니가 즉흥적으로 꾸며낸 거짓말이다. 그렇지만 효과는 엄청나다. 로마를 독재의 수렁에서 구원한 "명예로운 자들"이 졸지에 "역적" "원흉" "살인마"(3.2.154, 156)로 매도된다.

연단에서 내려온 안토니는 유언장을 공개하는 대신 군중에게 시저의 관 주위로 모이게 하고 시신을 공개한다. 그리고 또 한차례 긴 연설(3.2.167-195)을 이어간다. 여기서도 안토니의 접근방식은 브루터스와 비교된다. 철저하게 감정을 억제한 브루터스는 논리적이고 정치적인 언술로 군중의 "지혜"와 "분별력"에 호소하며 그들에게 자신의 행위에 대한 "올바른 재판관"이 되어줄 것을 요청했다. 브루터스는 자신의 혁명에 동조하지 않는 사람들을 "노예가 되기를 원하는 비루한 자" "로마인이 되고 싶지 않은 용렬한 자" "내 나라를 사랑하지 않는 미개한 자"라고 비난했다(3.2.13-33). 반면에 안토니는 시저의 시신과 상처를 보여주면서 군중의 연민과 동정을 최대한 자극하는 감정적인 언술을 구사한다. 군중의 가슴에 담겨 있는 "아낙네들의 녹아내리는 마음"(2.1.121)을 알기 때문이다. 안토니는 자신과 함께 눈물 흘리는 군중이 시저와 일심동체임을 강조하면서 그들을 "연민"과 "자비"의 대상이 아닌 주체로 격상시킨다. 이제 그들은 "오합지졸들"이나 "어중이떠중이들"(1.2.243, 257)이 아니라 시저와 함께 쓰러지고 안토니와 함께 슬퍼하는 역사의 주인공이 된 것이다.

한 걸음 더 나아가서 안토니는 "브루터스는 명예로운 사람"이라는 반어법을 사용하는 대신 그의 "반역" 행위를 정조준한다. 브루터스가 가장 우려했던 것은 시저 시해의 동기가 "격분"이나 "악의"나 "시기심"으로 비치고 자신이 "제사장"과 "숙청자"가 아니라 "도살자"와 "살인마"로 여겨지는 것이었는데(2.1.165-179), 안토니는 그 지점을 정확하게 공격하고 있다. "난도질당한" 시저의 몸을 전시해 암살을 눈앞에 생생하게 재연함으로써 브루터스의 "무자비함"과 "배은망덕"을 부각하는 것이다.

안토니는 청중의 마음을 움직이고 조종하는 탁월한 웅변가임을 입증한다. 안토니는 마지막 네 번째 연설에서도 "나는 브루터스 같은 웅변가가 아니고 알다시피 진솔하고 투박한 사람"이며 "나는 수완도 언변도 인품도 없고 사람들의 격정을 자극하는 연기도 말재주도 연설능력도 없지만, 당신들이 알고 있는 바를 솔직히 얘기할 뿐"(3.2.210-11, 214-17)이라고 주장한다. 하지만 실은 자신의 "수완"과 "언술"이 브루터스보다 훨씬 더 낫다는 것을 보여준다. 능변을 은폐하는 눌변이 안토니의 수완이며, 완곡어법을 가장한 직설화법이 그의 언술이다. "사랑하는 시저의 상처"를 "말 못 하고 벌린 가엾디가엾은 입"(3.2.218)에 비유하는 시적 기교는 브루터스가 지니지 못한 언술이고, "만약 내가 브루터스고 브루터스가 안토니라면, 그 안토니는 당신들의 분노를 들끓게 하고 시저의 상처마다 혀를 집어넣어 로마의 돌멩이들도 봉기하여 폭동을 일으키게 할 것이오"(3.2.219-23)라는 구절은 안토니가 구사하는 완곡어법의 백미다. 그 효과는 기대 이상이다. 네 차례에 걸친 안토니의 계산된 즉흥 연설이 끝나자마자 군중은 "우리 모두 봉기합시다"(3.2.223)라며 술렁이기 시작한다.

민심의 풍향계가 바뀐 것을 확신한 안토니는 최후의 일격을 가한다. 그것은 계속 공개할 듯 말 듯 하면서 군중의 호기심을 임계점에 이르게 한 시저의 유언장이다. 존재하지 않기에 보여줄 수도 없는 유언장이지만 돌아선 군중의 마음을 붙잡아두기엔 더없이 좋은 수단이다. 안토니가 전해주는 유언장의 내용인즉슨 "그가 모든 로마 시민에게 개인마다 75드라크마씩 하사하며" "타이버강 한쪽 편에 있는 모든 땅과 시저 소유의 정원과 새로 묘목들을 심은 과수원을 당신들과 당신 후손에게 영원히 주어서 누구나 산책하며 휴양하는 즐거움을 누리도록 하겠다"(3.2.234-35, 238-42)라는 것이다. 이 말을 듣는 순간 군중은 "역적들의 집을 불태우러"(3.2.246) 달려간다. 이들이 애도하는 시민에서 행동하는 폭도로 돌변한 이유는 시저의 유언이 지위 고하를 막론하고 "모든" 로마 시민에게 적용되며 그 혜택을 "누구나" 누릴 수 있다고 보장하기 때문이다.

"폭동"은 『줄리어스 시저』가 보여주는 또 하나의 혁명이다. 물론 이 혁명은 시저를 지지했던 시인 시너가 시저 암살에 가담한 시너로 오인을 받아 성난 군중에게 길거리에서 처참하게 살해되는 장면이 말해주듯이 엄청난 사회적 혼란과 정치적 무질서로 치닫는다. 하지만 셰익스피어는 브루터스의 혁명과 시민 폭동 사이의 공통점과 차이점이 무엇인지 관객이 되새겨보도록 유도한다. 둘 다 기존의 위계질서를 전복한 점에서는 마찬가지다. 그런데 브루터스의 시저 암살은 지배계층 내부의 혁명인 데 비해, 로마 시민의 폭동은 일종의 계급혁명이다. 그들은 브루터스, 캐시어스, 데시어스, 캐스카를 타도의 대상으로 일일이 거명하면서 횃불을 치켜들고 귀족들의 집으로 향한다(3.3.36-38). 그동안 '고귀한 로마인'의 대척점에서 익명의 덩어리로 남아 있던 군중이 역사의 주체로 등장하는 순간이다.

셰익스피어의 '플루타르크 3부작'은 줄리어스 시저→브루터스→안토니→옥테이비어스로 이어지는 개인적 부침(浮沈)의 서사시다. 권력체제의 재편이 한 개인의 야욕에서 또 다른 개인의 야욕으로 대체되는 과정에 불과하다. 그런데 셰익스피어는 그 대체과정에서 민중의 목소리를 완전히 삭제하지 않는다. 『줄리어스 시저』에서도 시민의 궐기는 "교활한 책략가" 안토니의 배후조종에 의한 일시적 폭동이지만 로마 역사의 흐름을 바꾸는 중요한 전환점으로 작용한다. 아이러니하게도 그들의 변덕이 변화의 동력이 된 셈이다. 여기서 셰익스피어가 제시하는 또 하나의 암시적인 메시지는 1막 1장에 등장한 목수와 구두수선공 같은 "하층민"에게 국가의 권력 구조가 공화정이냐 군주정이냐가 중요하지 않다는 점이다. 그들의 관심사는 정치제도나 이데올로기가 아니라 누구든지 인간답게 살 수 있는 물질적 조건이다. 이것을 이상주의자 브루터스는 몰랐고 현실주의자 안토니는 알았다.

제4장 로마 남성성의 과잉 혹은 상실

"셰익스피어의 궁극적 관심은 남성(성)이다.
셰익스피어는 남성성의 문제를 살펴보고
가부장제 사회의 모순과 불안을 조명하기 위해
여성을 배경과 소재로 전유할 뿐이다."

1 로마 비극과 남성성의 파노라마

예나 지금이나 잉글랜드인들의 로마 사랑은 대단하다. 아마도 잉글랜드인들에게 로마보다 더 깊은 울림을 주는 국가는 없을 것이다. 그들에게 로마는 향수와 동경의 대상이며 역사 이상의 신화적 상징성을 지닌다. 그래서 잉글랜드의 '뿌리'를 어떡하든 로마에서 찾으려는 시도가 끊이지 않았다. 건국 영웅 브루터스는 로마인이며 잉글랜드의 역사는 줄리어스 시저의 브리튼섬 정복으로 시작한다. 16세기 극작가 셰익스피어와 18세기 역사가 기번(Edward Gibbon)도 시대와 장르는 달라도 로마를 집중적으로 탐험하고 로마의 역사적 유산을 발굴한 공통점이 있다. 둘 다 잉글랜드인이면서 '다른 세계' 로마에 깊은 관심을 가지고 잉글랜드와 로마의 유비 관계를 찾아보려고 노력했다. 그런데 이들은 로마를 무조건 찬양하지 않고 냉철한 분석의 대상으로 삼았다. 로마의 번영기를 다룬 시오노 나나미의 『로마인 이야기』와는 달리, 기번의 『로마 제국 쇠망사』(*The History of the Decline and Fall of the Roman Empire*)는 로마의 쇠퇴기를 다루었다. 기번은 또한 로마의 번영을 쇠퇴의 필연적 원인으로 보고 로마가 멸망한 원인을 내부에서 찾는다. 이민족 동화정책이 제국의 문화적 분열을 초래한 원인으로 작용했으며 국교화된 기독교의 초월주의 세계관이 원래 로마가 지녔던 건강한 세속적 실용주의를 대체하면서 제국의 정신적 토대가 약해졌다는 것이다.

셰익스피어도 작가로서의 생애 전반에 걸쳐 화려하고 위대한 로마 영웅들의 이야기를 무대 위에 재현하면서 로마 제국의 성취와 한계를 동시에 탐색한다. 셰익스피어의 작품 중에서 『루크리스의 강간』 『타이터스 안드로니커스』 『줄리어스 시저』 『코리얼레이너스』 『안토니와 클리오파트라』 『심벌린』은 로마 역사나 신화를 배경으로 하고 있다. 플루타르크 비극으로 일컬어지는 세 편의 비극 『줄리어스 시저』 『코리얼레이너스』 『안토니와 클리오파트라』는 이야기의 출처가 플루타르코스의 『영웅전』이라는 공통점을 지닌다. 그래서 이 세 비극작품을 플루타르크 3부작이라고 부르기도 한다. 그런데 출처가 같다는 것 말고 다른 이유로 세 비극을 3부작이라고 묶는 비평가들도 있다. 애당초 셰익스피어가 어떤 유기적 연관성이나 일관된 주제를 염두에 두고 세 비극을 썼을 것으로 추정하는 것이다. 그렇다면 플루타르크 3부작을 가로지르는 공통의 주제는 무엇일까?

『줄리어스 시저』 『코리얼레이너스』 『안토니와 클리오파트라』를 로마 3부작으로 명명한 캔터(Paul A. Cantor)는 세 비극의 주인공은 로마 영웅들이 아니라 로마라고 주장한다. 로마의 흥망성쇠가 세 비극의 주제인데, 캔터가 말하는 로마는 로마 제국이 아니라 로마 공화국을 가리킨다. 공화주의라는 정치적 이상의 실험과 실패가 로마 3부작의 주제라는 것이다. 셰익스피어가 집필한 순서는 『줄리어스 시저』-『안토니와 클리오파트라』-『코리얼레이너스』이지만,[1] 캔터의 주장대로 세 작품을 "공화국의 비극"으로 본다면 공화국의 상승과 하강이라는 플롯은 『코리얼레이너스』-『줄리어스 시저』-『안토니와 클리오파트라』의 순으로 전개된다. 이 순서는 로마가 도시에서 국가를 거쳐 제국으로 팽창해가는 과정인 동시에 정치제도로서의 공화정이 쇠퇴하는 과정이기도 하다. 셰익스피어는 『코리얼레이너스』에서 로마 공화국의 초기 단계, 『줄리어스 시저』에서 공화제의 모순과 위기, 『안토니와 클리오파트라』에서 로마 제국의 정초 단계인 군주제로의 이행을 보여준다.[2]

캔터가 하나의 범주로 묶은 로마 3부작은 남성성의 파노라마이기도 하다. 세 편의 로마 비극을 『코리얼레이너스』-『줄리어스 시저』-『안토니와 클리오파트라』의 순서로 배열해 로마 공화국의 흥망을 읽어낸다고 한다면, 이 배열은 남성성의 주제에도 똑같이 적용될 수 있다. 『코리얼레이너스』의 주인공은 생경하고 투박하게 남성성을 구현하고, 『줄리어스 시저』의 브루터스는 더 세련된 형태로 남성성을 연기하며, 『안토니와 클리오파트라』에서 안토니는 남성성의 규범에서 이탈한 모습을 보여준다. 앞 장에서 분석한 『줄리어스 시저』가 남성성의 모순과 위기에 초점을 맞춘다면, 『코리얼레이너스』와 『안토니와 클리오파트라』는 각각 남성성의 과잉과 남성성의 결여를 다루고 있다. 이 장에서는 『코리얼레이너스』와 『안토니와 클리오파트라』의 남성 주인공들을 비교 분석하면서, 남성성을 재현하는 셰익스피어의 시각을 살펴보고자 한다.

---

1) 셰익스피어가 『안토니와 클리오파트라』와 『코리얼레이너스』를 쓴 시기는 정확하지 않다. 『안토니와 클리오파트라』는 1607년에 처음 공연되었다는 기록이 있고, 『코리얼레이너스』는 1605년에서 1608년 사이에 쓴 것으로 추정될 뿐이다. 위에서 정한 집필순서는 『코리얼레이너스』를 셰익스피어의 마지막 비극으로 보는 비평가들의 견해를 따른 것이다.

2) Paul A. Cantor, *Shakespeare's Roman Trilogy: The Twilight of the Ancient World*, Chicago: The University of Chicago Press, 2017, p.23.

『코리얼레이너스』는 로마를 배경으로 한 셰익스피어 작품 중에서 가장 '로마적인' 작품에 해당한다. 이 극에서 명사 '로마'와 형용사 '로마의'라는 단어가 무려 113번이나 사용되는데, 같은 단어들이 73번 나오는 『줄리어스 시저』에 비하면 빈도가 훨씬 더 높은 편이다.[3] 이 극은 공회당, 원로원, 신전, 시장, 성문, 타이베르강 같은 로마의 지리적·공간적 배경은 물론이고, 로마의 제도, 양식, 관습도 상당히 세밀하게 묘사하고 있다. 게다가 『코리얼레이너스』는 셰익스피어의 로마 비극 전체를 관통하는 '로마다움' 또는 남성성의 가치를 가장 원색적이고 직설적으로 재현한다. 셰익스피어는 아무런 완곡어법 없이 주인공의 언행을 통해 남성성의 민낯을 관객들에게 드러낸다. 한마디로, 이 비극은 로마를 배경으로 한 작품인 동시에 로마와 '로마다움' 자체에 관한 작품이라고 할 수 있다.

그러나 『코리얼레이너스』에서 셰익스피어가 창조한 로마는 동경과 숭배의 대상이 아니며 르네상스 시대의 그래머스쿨에서 라틴어 교육의 배경으로 등장하는 로마와도 거리가 있다. 로마를 키케로와 세네카가 강조한 스토아철학의 미덕을 구현한 문명 세계로 재현한 벤 존슨과는 달리, 셰익스피어는 이 극에서 로마를 문명의 모델이나 제국의 원형으로 제시하지도 않고 로마의 귀족 남성을 이상적인 영웅으로 묘사하지도 않는다. 오히려 셰익스피어는 로마를 비판적 해부의 대상으로 삼는다. 이 극이 "정말 위대하고 정말 로마적인 것"을 표현했다는 드라이든의 평가는 온당하지 못하다.[4] 로마가 해부 대

---

3) Manfred Pfister, "Acting the Roman: Coriolanus," in Maria Del Sapio Garbero(ed.), *Identity, Otherness and Empire in Shakespeare's Rome*, London: Routledge, 2016, p.37.

4) 같은 글, p.38. 인용한 드라이든 구절의 출처는 D. Nichol Smith(ed.) *Eighteenth Century Essays on Shakespeare*, Glasgow: J. MacLehose & Sons, 1903, p.309이며,

상이 된다는 것은 몸의 이미지와 연관되는데, 이 극에서 로마는 국가 (body politic)인 동시에 몸(body)으로 묘사되며, '로마다움'의 화신인 코리얼레이너스의 몸도 비판적 관찰의 대상이 된다.[5] 따라서『코리얼레이너스』에서는 앞 장에서 분석한『줄리어스 시저』에 비해 관객이 로마와 로마인들에게 가지는 감정이입의 깊이가 얕아진다. 이 극을 보는 관객은 주인공을 향해 아리스토텔레스가 강조한 공포와 연민을 느끼기보다는 비판적 거리를 두면서 비극적 영웅의 하마르티아가 무엇인지를 탐색하게 된다.

남성성의 주제에 초점을 맞추어보면, 셰익스피어의 마지막 비극 『코리얼레이너스』는 그의 첫 번째 비극『타이터스 안드로니커스』로 회귀한 듯한 느낌을 준다. 두 비극의 주인공들이 남성성을 구현하는 배경과 방식이 흡사하기 때문이다. 두 비극 모두 로마가 내부 갈등과 외부 침입의 이중적 위협 하에 처한 상황에서 자신의 공동체에서 추방된 주인공이 "배은망덕한 로마"에 복수하기 위해 적군을 이끌고 로마를 침략하는 이야기를 전개하고 있다. 그 과정에서 두 주인공은 로마의 핵심 가치를 남성성으로 간주하고 그것을 너무 경직되고 편협한 방식으로 추구한 결과, 남성성에의 집착이 도리어 그들에게 비극적 파국을 초래하는 원인이 된다. 그러한 맥락에서 보면,『코리얼레이너스』는『줄리어스 시저』와도 유사하다. 줄리어스 시저와 브루터스가 '공적' 대의를 위해 '사적' 감정을 통제하고 은폐하며 애국을 명분으로 '여성적인 것'을 철저하게 억압하는 것처럼, 코리얼레이너스도 전쟁터와 가정을 이항 대립적이고 양립 불가능한 공간으로 인식하며 자신의 삶에서 여성성의 흔적을 지워내려고 안간힘을 쓴다.

Pfister의 글에서 재인용한 것임.

5) 같은 글, pp.38-39.

코리얼레이너스에게 여성성은 남성성의 대척점으로서 가장 수치스러운 사회적 낙인이자 로마 영웅의 추락을 초래하는 내면의 적이다.

『줄리어스 시저』와 『코리얼레이너스』 사이의 유사성은 서사구조에서도 찾아볼 수 있다. 캔터의 주장대로 두 극의 주인공을 로마라는 집단적 주체로 상정할 때, 셰익스피어가 탐구하는 공통된 주제는 로마의 자기성찰이다. 이 두 극에서는 로마와 인종적·문화적 타자와의 충돌이 로마의 자기성찰을 위해 그다지 중요한 배경이 되지 않는다. 물론 『코리얼레이너스』에서도 로마와 볼스키족의 충돌과 양 진영을 대표하는 코리얼레이너스와 아우피디어스의 경쟁이 서사의 한 축을 형성하지만, 로마와 '야만인' 사이의 이데올로기적 경계가 『타이터스 안드로니커스』와 『안토니와 클리오파트라』에서만큼 뚜렷하지 않다. 코리얼레이너스의 적수인 아우피디어스는 선/악, 문명/야만의 이분법적 대척점을 형성하는 대신에 주인공의 군사적 용맹과 정치적 수완을 시험하고 측량해주는 도구 역할을 담당한다. 로마가 겪는 곤경은 외부 침공에서 비롯되지 않고 로마 성벽 내부에서 초래된 것이며, 외부의 '야만인'은 로마 자체의 야만성을 비춰주는 거울이 될 뿐이다.

볼스키족은 피부색이 다른 인종적 타자는 아니다. 이탈리아반도 남부를 거점으로 세력을 확장한 볼스키는 기원전 300년경에 로마에 통합될 때까지 약 200년 동안 초기 로마 공화국과 적대관계를 형성했던 강력한 부족국가였으며, 로마 제국의 황금시대를 정초한 아우구스투스 황제의 조상도 볼스키 출신이었다. 『코리얼레이너스』의 주인공은 볼스키와의 전쟁에서 많은 공을 세웠던 로마 장군 코리올라누스(Gaius Marcius Coriolanus)를 모델로 했으며, 그의 가명(家名)은 기원전 493년에 자신이 정복한 볼스키 성읍(Corioli)의 이름을 따서 만든 것이다. 이 극에서 코리얼레이너스의 적수로 나오는 아우피디어스의 모델은 볼스키의 장군이자 정치지도자였던 아우피디우스(Attius Tullius Aufidius)로서, 그는 평민들과의 갈등으로 로마에서 추방된 코리얼레이너스와 연합군을 편성해 로마 성읍과 식민지를 정벌하면서 로마 공화국을 위기에 처하게 했다. 코리얼레이너스의 어머니와 아내와 아들도 이 극에서처럼 로마를 침공한 코리얼레이너스를 설득해 화친을 끌어냈다고 한다. 이처럼 역사 속에서도 로마와 볼스키의 관계는 '안'/'밖' 또는 '우리'/'그들' 사이에 명확한 경계선을 긋는 것이 힘들었다. 로마의 적은 로마 '안'에 있었다.

2 여성에게 전이된 남성성

『코리얼레이너스』의 주인공은 '로마다움'의 화신이자 로마의 이데올로기적 피조물이다. 그 이데올로기가 바로 남성성이다. 그것은 영웅숭배주의, 공동체주의, 귀족중심주의, 남성우월주의로 요약되는데, 이 모든 '-주의'는 배타적이고 편협하다. 코리얼레이너스가 생각하는 남성성은 로마 귀족 고유의 타고난 형질이자 타협 불가능한 본질적 가치다. 그에게 남성성은 로마의 명예, 로마의 고귀함, 로마의 위대함과 동의어다. 그것을 지키는 것이 가문의 영광이자 애국이며, 그것을 잃는 것은 정치적 거세요 사회적 죽음이다.

하지만 남성성은 코리얼레이너스에게 양날의 검이 된다. 초인간성과 비인간성을 동시에 부여하기 때문이다. 남성성 덕분에 로마의 수호신이 된 코리얼레이너스는 남성성 때문에 로마의 배반자가 된다. 로마가 낳고 '로마다움'의 이데올로기로 빚어낸 자식이 너무 거대해져서 로마가 수용 가능한 용량을 넘어서는 순간, 로마는 그를 도시 밖으로 패각추방(ostracize)해야 한다. 어떻게 보면, 로마의 전설적인 영웅 코리얼레이너스는 '로마다움'이라는 이데올로기의 산물이자 희생자다. 이 극에서 코리얼레이너스와 그를 창조한 로마는 주인공(protagonist)과 적수(antagonist)의 관계를 형성하는데, 로마를 서사의 주인공으로 보면 이 대립 구도는 역방향으로도 성립한다.

이러한 비극적 아이러니의 전개과정에서 한 가지 특이한 것은 남성성과 여성성의 단층선이 여성 인물들 간의 긴장 관계로 표현된다는 점이다. 1막에서 코리얼레이너스의 어머니 볼럼니아와 그의 아내 버질리아가 집 안에서 같이 바느질하는 '아낙네들'로 등장하지만, 이들은 각각 '남자 같은' 여성과 '여자다운' 여성의 스테레오타입을 예시한다. 이들은 볼스키족과의 전쟁에 출정한 아들·남편의 무사 귀환을 함께 기다리면서도 그의 무용담을 전해 듣고 정반대 반응을 보인다. 코리얼레이너스가 볼럼니아에게는 '우리' 아들이지만 버질리아에게는 '내' 남편이기 때문이다. 한 여자는 전쟁영웅으로 거듭난 아들의 명성에 가슴 벅찬 희열과 자부심을 느끼고, 다른 여자는 남편의 오랜 부재와 독수공방에 불만을 표시하며 생사를 넘나드는 그의 안전을 염려한다. 시어머니는 그런 며느리를 마뜩잖게 여기며 여태껏 자신이 아들을 키워온 방식을 설교한다.

어미야, 제발 노래도 부르고 좀더 즐거운 표정을 지으면 좋으련만. 내 아들이 내 남편이라면, 그가 침대에서 사랑을 표현하며 날 안아주는 것보다 그가 내 옆에 없어도 명예를 얻을 수 있는 게 훨씬 더 기쁘겠다. 외동아들인 그 애가 어렸을 적에 너무 잘생겨서 사람들의 이목을 끌고 왕들이 한 시간만 아들을 빌려달라고 간청해도 내가 잠시도 떨어져 있을 수 없어서 거절하던 시절에, 나는 명예가 그런 애에게 어떻게 하면 잘 어울릴지 늘 고민했단다. 난 살아 움직이지 않는 명예는 벽에 걸린 초상화처럼 소용이 없다고 생각했기에 아무리 위험한 곳이라도 명예를 얻을 수만 있으면 가라고 했다. 그 애를 잔인한 전쟁에 내보내면 참나무 가지로 만든 화관을 이마에 두르고 돌아왔지. 어미야, 너니까 하는 얘긴데, 그 애가 이제 사내대장부로 성장한 걸 보니까 낳을 때 사내아이인 것을 확인했던 것보다 훨씬 더 기쁘고 춤이라도 추고 싶단다.(1.3.1-17)

볼럼니아의 대사에는 젠더 관계를 함축하는 단어들로 가득하다. 한편에 "침실" "사랑" "어린" "자궁"이 있고, 그 반대편에 "전쟁" "위험" "명예" "명성" "조국"이 있다. 대장부 같은 이 '로마의 어머니'는 전자를 비하하고 후자를 존중한다. 여성성을 남성성에 완전히 복속시키는 것이다. 그리고 '어른다움'을 '남자다움'과 동일시하며 전쟁터를 '어른다움'을 계발하고 '남자다움'을 시험하는 훈련장으로 여긴다. 버질리아가 자기 남편이 전쟁터에서 죽기라도 했으면 어쩔 뻔했냐고 반문하자, 볼럼니아는 결연한 어투로 자신의 소신을 피력한다.

그러면 그의 명성이 내 아들이라 생각하고 그걸 내 자식 삼으면 되지. 내가 분명히 말하건대, 내게 똑같이 사랑하는 열두 명의 아들이 있고 그들 모두가 네 서방이자 내 아들인 마시어스처럼 소중해도, 그중에 한 놈이라도 향락에 빠지는 것보다 열한 명 모두 조국을 위해 장렬히 죽는 게 낫다.(1.3.20-25)

볼럼니아는 『타이터스 안드로니커스』에서 전사한 아들의 관을 끌고 등장하는 개선장군 타이터스를 연상시킨다. 타이터스는 아들 스무 명을 전쟁터에서 희생시키면서까지 로마를 '야만인' 고트족으로부터 지켜온 로마의 수호신이다. 그에게는 승전의 기쁨과 영광이 아들들을 잃은 슬픔을 압도한다. 아들의 시신이 담긴 관을 바라보며 "오! 내 기쁨을 담은 거룩한 창고여, 덕행과 고귀함이 가득한 달콤한 감방이여"(1.1.92-93)라고 외치는 타이터스는 '사적'이고 '여성적'이며 '야만적'인 것을 철저히 제어하고 승리한 '고귀한 로마인'의 정형이다. 셰익스피어는 이 '로마의 아버지'를 약 20년 후에 '로마의 어머니'로 환생시켜놓은 듯하다. 가히 치마 두른 타이터스라고 할 만한 볼럼니아는 로마 성벽 안의 투사요 집 안의 대장부다.

코리얼레이너스는 어머니의 이데올로기적 소산이다. 볼럼니아는 어릴 적부터 아들에게 명예, 애국심, 군사적 용맹 같은 로마의 규범과 가치를 주입했다. 코리얼레이너스에게 볼럼니아는 어머니인 동시에 아버지다. 부재하는 아버지 역할을 어머니가 대신하는 것이다. 볼럼니아에게 아버지의 생물학적 남근(penis)은 없어도 이데올로기적 남근(phallus)은 있다. 가부장(家父長) 사회에서 가부장(家婦長)이 된 볼럼니아는 자신의 삶에서 여성성의 흔적을 걷어내고 오직 남성성의 규범으로 아들을 세뇌하고 가르쳤다. 결과는 완벽한 성공처럼 보였다. 볼럼니아는 "헥토르에게 젖을 빨리던 헤카베의 가슴도 그리스인들의 칼을 맞고 피가 솟아나는 헥토르의 이마보다 더 아름답지 않았다"(1.3.41-44)라고 회상하며, 코리얼레이너스를 헥토르에 비견하는 동시에 자신을 호메로스의 영웅을 키워낸 헤카베와 동일시한다. 그녀의 이데올로기 교육에 대단한 자부심과 성취감을 느끼는 것이다. 볼럼니아는 로마 남성 귀족의 이데올로기를 내면화한 여성으로서, 명예에 대한 억압된 욕망을 아들에게 투영하고, 그 욕망을 실현한 코리얼레이너스를 통해 보상받고 대리만족한다.

유년기부터 '아버지 같은 어머니'에게서 '사나이 이데올로기'를 주입받은 코리얼레이너스는 '완벽한 남자'로 태어났다. 볼럼니아의 남성중심주의적 가정교육 덕분에 바위처럼 단단하고 무쇠처럼 견고한 무적의 용사가 된 코리얼레이너스는 "열일곱 차례나 전투의 예봉에 나서서 다른 용사들에게서 승리의 면류관을 빼앗아버렸고"(2.2.98-99), 그의 몸에는 진정한 남자의 명예를 상징하는 "스물다섯 군데 상처가 새겨져 있다."(2.1.150) "내 얼굴에 얼룩진 핏자국을 사랑하는 자, 신변의 위험보다 나쁜 평판을 더 무서워하는 자, 용감한 죽음을 추잡한 삶보다 더 가치 있게 여기는 자, 조국이 자신보다 더 소중하다고 생각하는 자."(1.6.67-72) 이것은 볼스키족과의 전투를 앞둔 코리얼레이너스가 자신과 운명을 함께할 병사를 선발하는 조건이다. 어머니가 원하던 바로 그 '진짜 사나이'가 된 아들이 남성성의 훈련생에서 교관으로 탈바꿈한 것이다.

볼럼니아의 이데올로기 교육은 아들에게서 멈추지 않고 손자에게 이어진다. 볼럼니아를 방문한 발레리아는 코리얼레이너스의 어린 아들이 나비를 잡아서 갖고 놀다가 갑자기 화를 내며 이를 악물고 갈기갈기 찢어 죽이더라고 전해준다. 코리얼레이너스가 "검을 집어 들 나이에 전쟁터에서 잔뼈가 굵다 보니 학교에서 제대로 된 언어교육을 받지 못한"(3.1.322-24) 것처럼, 그의 아들도 "학교 선생한테 가는 것보다 칼 구경하고 북소리 듣기를 좋아한다."(1.3.57-58) 아들이 아버지의 판박이인 셈이다. 발레리아는 "부전자전"(1.3.59)이라며 "정말 기백이 대단한 애"(1.3.69)라고 칭찬하고, 볼럼니아는 "아버지의 기질을 이어받았다"(1.3.68)라고 뿌듯해한다. '사내아이'에서 '사내대장부'로의 변신을 요구하는 로마 귀족 남성의 훈육이 삼대에 걸쳐 진행되는 것이다. 과거 어릴 적의 코리얼레이너스도 현재 그의 아들도 남성성 증후군의 부산물이다.

코리얼레이너스 가문의 '사내대장부' 만들기 전통은 셰익스피어 시대의 사회적 관습이었다. 당시에 '남자다움'과 '어른다움'은 귀족 가문의 기혼 남성에게만 해당하는 개념이었다. 이는 르네상스 잉글랜드의 정치적·문화적 계승과 모방의 대상이었던 로마 시대에도 마찬가지였다. 로마 시민인 동시에 성인남성을 가리키는 남자·어른의 자격은 사회적 신분과 연계된 것으로, 여성, 청소년, 하층민, 노예, 외국인과는 상관이 없었으며 그러한 타자에게는 '여자 같다'는 꼬리표가 붙기 일쑤였다.[6] 그런데 신체적으로나 정신적으로나 남자·어른의 기준에 이르지 못한 사내아이도 남성성 담론의 영향권 바깥에 있지 않았다. 딸과는 달리 아들은 유년 시절부터 행동 규범집이나 가정 안의 역할모델을 통해 남성성 교육을 받아야 했다.[7] 특히 아버지와 할아버지는 사내아이에게 모방의 대상이자 가장 영향력 있는 텍스트가 되었다. 귀족 가정의 사내아이는 일찍부터 남성성 담론을 내면화하고 일상에서도 가정 안의 가부장을 모방함으로써 미래의 가부장이 되는 준비를 했다.[8]

이러한 '남자 만들기' 교육제도에 균열이 생기게 하는 인물이 바로 버지니아다. 그녀의 목소리는 크지는 않지만 시어머니가 지휘하는 남성성의 교향악에 불협화음을 일으키기에는 충분하다. 버지니아는 아비를 빼닮은 아들이 걱정되고 시어머니가 주도하는 집안 분위기도 못마땅하다. 볼럼니아와 발레리아가 이구동성으로 칭찬하는 아들이 그녀에게는 "말썽꾸러기"(1.3.70)일 뿐이다. 그래서 볼럼니아의

---

6) Marilyn Skinner, "Introduction," in Judith P. Hallett and Marilyn B. Skinner(eds.), *Roman Sexualities*, Princeton: Princeton University Press, 1997, p.14.

7) Elizabeth Foyster, *Manhood in Early Modern England: Honour, Sex, and Marriage*, Harlow: Longman, 1999, p.39.

8) Jennifer Jordan, " 'To Make a Man without Reason': Examining Manhood and Manliness in Early Modern England," in John H. Arnold and Sean Brady(eds.), *What is Masculinity?: Historical Dynamics from Antiquity to the Contemporary World*, London: Palgrave Macmillan, 2011, p.247.

훈계에도 불구하고 버지니아는 남성성의 신도가 되기를 거부한다. 대신에 버지니아는 "또 하나의 페넬로페"(1.3.84)로 남기를 원한다. 오랜 세월을 베틀 짜면서 숱한 남자들의 구애를 뿌리치고 정절을 지켰던 율리시스의 아내처럼, 버지니아도 "주인양반이 전쟁에서 돌아오기 전까지는 문지방을 넘지 않는"(1.3.76-77) 정숙하고 조신한 '가정의 천사'가 되고자 한다. 발레리아가 "바느질은 그만두고" "집 바깥으로 나가서" "한가한 아낙네 놀음이나 즐기자"(1.3.71-73)라고 거듭 청하지만 버지니아는 완강하게 거절한다.

극 후반부에서 버지니아는 코리얼레이너스의 추방을 사주한 호민관들을 맹렬히 비난하며 '공적' 영역에 개입하기도 하지만, 전반부에서 그녀는 영락없는 '여자'요 소심하고 겁약한 '집사람'이다. 버지니아는 남편의 무사 귀환을 학수고대하면서도 "철갑 두른 손으로 피투성이 얼굴을 훔치는"(1.3.36-37) 코리얼레이너스를 생각하면 진저리난다. 나중에 코리얼레이너스가 부상당했다는 소식이 전해지자 볼럼니아는 "오 그가 부상당했다니, 신들이여 감사합니다"라고 기뻐하지만, 버지니아는 "오, 제발, 안돼요, 안돼요"(2.1.117-18)라고 부르짖는다. 그녀가 남편에게 원하는 것은 피로 얼룩진 전리품이 아니라 포근한 침실에서의 뜨거운 포옹이다.

3 '전쟁 기계' 코리얼레이너스

코리얼레이너스는 셰익스피어가 창조한 최고의 초인적 영웅임에 틀림없다. 그에게서 비루하거나 음흉한 구석은 찾아볼 수 없다. 오히려 너무 걸출한 영웅이어서 범인의 입맛과 눈높이에서 벗어난다. 헨리 5세, 햄릿, 맥베스, 오셀로, 줄리어스 시저, 브루터스, 안토니, 그 누구도 코리얼레이너스의 용량(caliber)에 필적하기 힘들다. 그나마 오셀로가 군사적 용맹과 정치적 담백함에서 코리얼레이너스와 비견될 만하다. "우둔한 호민관들"과 "너절한 평민들"(1.9.6-7), "변덕스러운 귀족"(2.1.45)과 "우스꽝스러운 백성"(2.1.82), "새끼번식만 하는 하층민"(2.2.76)과 "어중이떠중이 다중"(2.3.15)은 모두 코리얼레이너스의 위대함을 돋보이게 하는 배경이며, 적장 아우피디어스마저 그에게 두려움과 시기심 섞인 존경심을 표하며 고개를 숙인다. 평소에도 사치와 향락을 멀리하고 승전 후에도 전리품을 챙기지 않고 병사들을 먼저 배려하는 코리얼레이너스는 스토아철학의 이상을 전쟁터에서 구현한 '로마다움'의 표상이다.

모든 로마 병사들이 "마시어스! 마시어스!"를 외치며 그에게 환호와 갈채를 보낼 때, 코리얼레이너스는 "전쟁터의 북과 나팔이 아첨꾼으로 변하면 궁정과 도시는 위선과 감언이설로 가득할 것이오"(1.9.42-44)라면서 자신의 군사적 공적이 정치적 이득으로 환원되는 것을 경계한다. 군사령관 메니니어스가 전하는 코리얼레이너스의 정신적 고결함은 그의 신체적 비범함 못지않게 경탄을 자아낸다.

그는 우리가 내미는 전리품들을 걷어찼고,
값비싼 물건들을 허섭스레기처럼 바라봤소.
그가 오로지 탐내는 것은 궁핍함 자체이고,
행위 자체를 행위에 대한 보답으로 여기며,
시간을 끝내려고 시간을 사용하는 사람이오.(2.2.122-27)

그렇지만 코리얼레이너스의 영웅적 자질은 셰익스피어의 그 어떤 비극 영웅보다 더 투박하고 원색적이다. 미올라가 지적한 대로, 이 극에서 남성성을 재현하는 방식이 가정과 전쟁터, 전원시와 서사시,

에로스(eros)와 투모스(thumos), 비너스의 애욕과 마르스의 용맹 같은 이분법의 변주인데,[9] 코리얼레이너스는 오직 한쪽만 추구한다. 더구나 코리얼레이너스가 남성성에 집착하는 양상은 장소나 상황의 변화에도 전혀 달라지지 않는다. 전쟁터에서든 시장터에서든 광장에서든 밀실에서든 그의 가부장적 쇼비니즘은 변함이 없다. 스토아철학의 미덕이자 '고귀한 로마인' 담론의 핵심 가치였던 일관성과 불변성이 코리얼레이너스의 경우에는 극도로 경직되게 구현되면서 그 미덕과 가치가 그의 '하마르티아'가 된다. 애국심과 공명심이 혼합된 코리얼레이너스의 남성성은 군인으로서는 누구도 흉내 낼 수 없는 카리스마를 연출했으나 정치인으로서는 치명적 약점으로 작용하는 것이다.

볼스키의 성읍을 정복하고 아우피디어스를 제압한 코리얼레이너스가 로마 시로 개선하자 "땀에 찌든 목덜미에 싸구려 천을 두른 부엌데기들"과 "온갖 장삼이사들"부터 "좀처럼 길거리에 나오지 않던 사제들"과 "태양의 뜨거운 키스를 피하려고 너울을 쓴 귀부인들"(2.1.202-11)까지 모든 로마 시민들이 그를 열렬히 환영한다. 문제는 이제부터다. 귀족들의 요청으로 코리얼레이너스가 정계에 입문하는 것이다. 코리얼레이너스가 출마할 집정관(consul)은 귀족을 대표하는 권력자로서, 평민의 대표인 호민관(tribune)과 대립적인 위치에 서게 된다. 집정관에 선출되려면 "시장터에 나가서 남루한 겉옷을 걸치고 겸손을 연기하거나 몸의 상처를 보여주며 역겨운 구취가 배어 있는 표를 구걸하는"(2.1.227-29) 정치적 제의(祭儀)를 거쳐야 한다. 코리얼레이너스가 입어야 하는 겉옷은 하층민의 작업복이며, 그

---

9) Robert S. Miola, *Shakespeare's Rome*, Cambridge: Cambridge University Press, 1983, pp.175-177.

가 속살을 드러내고 보여줘야 하는 상처는 용사에게 어울리지 않는 취약성의 흔적이다. 말하자면, 계급적 타자와 성적 타자의 위치에 서는 것이다. "하늘을 찌르는 거만함"(2.1.248)으로 장전된 코리얼레이너스로서는 결코 받아들일 수 없는 조건이다. 그나마 메니니어스의 끈질긴 회유에 못 이겨 코리얼레이너스는 투표하러 나온 시민들에게 고개를 뻣뻣이 쳐든 채 "잘 부탁합니다"(2.3.49)라고 건성으로 인사하면서 힘겹게 통과의례를 치르지만, 몸의 상처는 끝까지 보여주기를 거부한다.

코리얼레이너스가 자신의 몸에 난 상처를 보여주지 않는 데에는 이유가 있다. 전쟁터에서 입은 상처는 군인의 명예로운 흔적이지만, 전시가 아닌 평시에 장터에서 그것도 자신이 경멸해마지않는 "부엌데기들"과 "시정잡배들"에게 상처를 드러내는 것은 전혀 명예롭지 않다. 로마 시대의 남성성을 섹슈얼리티의 측면에서 분석한 월터스(Jonathan Walters)에 따르면, '남자다운 남자' 즉 성인 귀족 남성은 "침투 불가능한 침투자"(impenetrable penetrator)로 재현되었다. 로마 시대의 신분질서나 젠더 위계는 신체의 보전과 자유 여부에 따라 결정되었는데, 자신의 몸을 타인의 침투로부터 지킬 수 있고 자신은 타인의 몸에 침투할 수 있는 자가 진정한 남자였다. 이성애든 동성애든 성관계에서 침투하는 자는 남성적이고 침투당하는 자는 여성적으로 여겨진 것이다. 특히 남성이 다른 남성에게 침투당하는 것을 두고 "여자 경험을 하다"(muliebria pati)라고 표현했는데, 이는 성적으로 수동적인 존재는 "어떤 행위의 대상이 되는 것"을 의미했다. 따라서 귀족 남성의 성적 대상이 되는 청소년이나 남자 노예는 '남자답지 못한' 남자, '여자 같은' 남자였다.[10] 그런 맥락에서 보면, 코리얼

10) Jonathan Walters, "Invading the Roman Body: Manliness and Impenetrability

레이너스로서는 자신의 몸을 드러내어 여성의 성기를 연상시키는 '여성적' 상처를 남자답지 못한 성적·계급적 타자의 '남성적' 시선에 침투당하게 하는 것은 절대 용납할 수 없는 일이다.

시민들은 "거만한 마음으로 겸손의 의복을 걸치고"(2.3.150-51) "우리에게 표를 구걸하면서 우리를 조롱한"(2.3.156) 코리얼레이너스의 표리부동한 태도를 어렵잖게 간파한다. 코리얼레이너의 연기가 어설펐기 때문이다. 평민 대표인 호민관들은 이러한 시민들의 불만과 불안을 파고든다. "당신들의 호의가 필요한 때도 대놓고 경멸하면서 표를 달라고 하는 자가 만약 짓밟을 권력이 생기면 그의 경멸이 당신들을 멍들게 할 것을 왜 모른단 말이오?"(2.3.197-200)라며 "신중하게 판단하여 무지한 투표를 철회"(2.3.215-16)하라고 요구한다. 그들은 "개를 짖으라고 기르면서 짖는다고 때리는"(2.3.213-14) 귀족들의 횡포를 코리얼레이너스가 집정관이 되면 가장 앞장서서 자행하리라고 미리 겁을 준다.

변덕스러운 군중심리를 자극하고 조종해 자신들의 정치적 기득권을 확보하려는 호민관들의 전략은 정확히 맞아떨어진다. 코리얼레이너스의 편협한 엘리트주의 덕분이다. 귀족들의 간곡한 요청에도 불구하고 코리얼레이너스는 호민관들과 시민들에게 자신의 속내를 다 드러내는 경멸적인 언어를 쏟아냄으로써 로마는 걷잡을 수 없는 갈등과 혼란으로 치닫는다. "그의 마음이 곧 그의 입"(3.1.259)이 되는 코리얼레이너스의 성격을 호민관들이 절묘하게 이용한 것이다. 코리얼레이너스의 과도한 남성성이 자신의 정치적 파국을 초래할 뿐 아니라 도시공동체를 첨예한 계층갈등에 빠지게 한 셈이다.

---

in Roman Thought," in Judith P. Hallett and Marilyn B. Skinner(eds.), *Roman Sexualities*, Princeton: Princeton University Press, 1997, pp.30-33.

코리얼레이너스는 마음(heart)과 그것의 표현(mouth)이 같을 뿐더러 그것을 공적인 영역에서 과시하려고 애쓴다. 키케로와 세네카 같은 스토아 철학자들처럼, 코리얼레이너스는 명예를 수행(performance)의 덕목으로 간주하며 타인의 인정(recognition)에 집착한다. 코리얼레이너스의 가장 중요한 관심은 자신의 모습이 다른 사람들에게 어떻게 비치는가에 있다. 즉 코리얼레이너스는 시민들 앞에서 자신의 체면이 깎이는 것을 가장 싫어하고 가장 두려워한다. 하지만 코리얼레이너스는 원치 않는 상황으로 내몰린다. 그의 오만하고 독선적인 언행에 격분한 시민들이 공개사과를 요구한 것이다. 볼럼니아까지 나서서 시민들의 분노를 누그러뜨리기 위해 "네가 이전에 해본 적이 없는 역할을 하라"고 간청해보지만 코리얼레이너스는 그러한 연극적 수행을 남자답지 못한 수치로 여긴다.

> 내 성질은 다 버리고 창녀의 영혼으로 덧씌워라.
> 전쟁터의 북소리에 맞춰 부르짖던 내 목소리여!
> 아기 잠재우는 환관이나 계집애의 피리가 되어라.
> 망나니의 방실거리는 미소가 내 뺨에 자리 잡고,
> 어린 학생들의 눈물이 내 눈알에 가득 차게 하라.
> 비렁뱅이의 혓바닥이 내 입술 사이로 들락거리고,
> 오직 말 탈 때만 구부렸던 갑옷 속의 내 무릎이
> 동냥하는 거지처럼 굽혀라! ─이따위 짓은 안 해요.
> 이로 인해 내가 진실을 존중하는 마음이 없어지고
> 내 육체의 행동이 내 정신에게 본질적인 비루함을
> 가르치게 될까봐 두려워요.(3.2.112-24)

코리얼레이너스가 말하는 자신의 "성질"도 그가 받드는 "진실"과

"정신"도 결국 남성성을 가리킨다. 전쟁터 북소리와 자장가 피리소리를 대비시키고 자신과 같은 '진짜 남자'의 반대편에 "창녀" "환관" "계집애" "아기" "망나니" "어린 학생" "거지"를 열거하는 코리얼레이너스는 성적 · 계급적 타자에 대한 극도의 혐오와 경멸을 드러낸다. 그리고 그 이면에는 두려움이 깔려 있다. 코리얼레이너스에게 남성성의 상실은 곧 여성화이며 정치적 거세이기 때문이다. 그의 "정신" 속에는 귀족주의와 가부장제가 견고한 제휴를 맺고 있다.

그래서 셰익스피어는 코리얼레이너스를 남성성의 표상으로 재현하지 않는다. 볼럼니아가 지적하듯이, 그는 "너무 완고"(3.2.39)하기 때문이다. 남성성 이데올로기로 코리얼레이너스를 빚어낸 어머니마저 "전시에도 명예와 지략이 떨어질 수 없는 친구가 되거늘, 하물며 평시에 그 둘이 함께 어울려서 나쁠 게 뭐가 있는가?"(3.2.43-46)라면서 아들의 외고집을 질책한다. 결국 이 완고함 때문에 코리얼레이너스는 시민들과 화해할 수 있는 마지막 기회를 차버린다. 전쟁터에서 완벽한 영웅이었으나 정치판에서는 더없는 부적격자임을 스스로 입증하는 것이다. 『줄리어스 시저』에서 브루터스의 숭고한 공화주의 이상이 현실정치에서는 분열과 고립의 원인이 되는 것처럼, 모두가 경탄해 마지않았던 코리얼레이너스의 군사적 미덕이 정치적 부덕으로 변질되어버린다.

호민관들에 의해 "민중의 반역자"(3.3.65)로 몰린 코리얼레이너스는 목숨 걸고 지켜온 로마에서 추방당한다. 시민들을 향해 퍼붓는 코리얼레이너스 저주와 욕설은 그가 추구해온 "명예"가 "지략"뿐만 아니라 공동체에 대한 책임감도 결여하고 있음을 드러낼 뿐이다.

똥개처럼 짖어 대는 이 용렬한 후레자식들아,
네놈들의 아가리 냄새는 시궁창의 악취 같고

네놈들의 사랑 놀음은 내다버린 송장 같아서
내 숨결만 더럽히니 내가 네놈들을 추방한다.
어디 한번 여기 남아 불안에 떨며 살아봐라.
사실무근 소문만 듣고 놀란 가슴 쓸어내리며
적의 투구 깃털 소리에 절망하고 나자빠져라.
네놈들의 수호자를 위세 부리며 쫓아낸 후에
네놈들의 무지 덕분에 당하고 나서야 깨닫고,
네놈들만 명줄 이으며 숨죽이고 숨어 있다가
무혈입성 적군에게 두들겨 맞고 무릎 꿇어라.
네놈들이 사는 이 도시도 쳐다보기 싫어지니
내가 이렇게 등 돌리고 딴 세상으로 떠나겠다.(3.3.119-34)

코리얼레이너스가 지키려는 명예는 '고귀한 로마인'의 덕목과는
거리가 있다. "내가 없어 봐야 내 가치를 알게 될 것이다"(4.1.14)라
는 말을 남기고 로마를 떠나는 코리얼레이너스의 뒷모습은 호메로
스의 아킬레스를 연상시킨다. 『일리아드』에서 자신의 전리품을 가로
챈 아가멤논의 부당한 처사에 격분한 아킬레스는 "그리스인 가운데
가장 빼어난 전사"요 "가장 용감한 전사"인 자신을 "존중하지 않았
던 일"을 뼈저리게 후회할 것이라고 저주하면서 전쟁터에서 철수해
버린다.[11] 마찬가지로 코리얼레이너스도 자신이 로마의 안녕에 필
수불가결한 존재임을 알기 때문에, 자신의 부재가 로마의 위기로 이
어진다는 것을 예견하며 로마를 떠난다.
　추방도 배반도 상호적이다. "내가 네놈들을 추방한다"라는 말 대

---

11) *Homeri Opera — Iliadis*, David B. Monro and Thomas W. Allen(eds.), Oxford:
　　Oxford University Press, 1920, pp.1. 90-91, 412, 233-246. 이 구절은 임철규,
　　『고전: 인간의 계보학』, 한길사, 2016, 19쪽에서 재인용.

로, 로마에게 배반당하고 로마에서 추방당하는 코리얼레이너스가 로마를 배반하고 로마를 유기한다. 이는 개인의 명예와 우월감을 과시하기 위해 공동체를 위기로 몰아넣는 오만(hubris)이며, 그 결과는 개인한테도 공동체에도 파국이다. 이 극이 일종의 복수극이라고 할 때, 복수의 동기가 애국심보다 공명심이라는 점에서 코리얼레이너스는 아우피디어스와 크게 다른 바 없다. 로마의 수호신이 로마의 성벽 바깥으로 쫓겨나서 로마의 적과 손잡고 로마를 침공하는 일련의 과정은 로마와 "딴 세상"(a world elsewhere)의 정치적·도덕적 경계선이 그다지 뚜렷하지 않다는 것을 보여준다.

코리얼레이너스가 향하는 "딴 세상"은 적국 볼스키다. 거기에는 코리얼레이너스에게 여러 차례 치욕적인 패배를 당한 "철천지원수" (4.4.18) 아우피디어스가 복수의 칼을 벼리고 있다. 아우피디어스가 "곧은 물푸레나무 창을 수백 번 휘둘러봤지만 부러진 창 조각들이 달에 생채기만 내었을 뿐"(4.5.110-11)이라고 토로하듯이, 코리얼레이너스라는 이름은 그에게 "원한과 반감의 증표"(4.5.74)로 각인되어 있다. 하지만 아우피디어스는 쌍수를 들고 환영한다. 코리얼레이너스의 군사적 효용성 때문이다. 그런데 "당신의 해묵은 증오에 목을 내미는"(4.5.97-98) 코리얼레이너스와 "그대의 몸을 내 양팔로 휘감는"(4.5.4.5.108-9) 아우피디어스 사이에는 역전된 권력 관계가 형성된다. 그 관계를 아우피디어스는 남녀관계의 은유로 번역한다. "내가 그대를 보니 내 신부가 첫날밤에 문지방을 넘어올 때보다 내 황홀한 가슴이 더 뛰고 있소."(4.5.117-20) 여태껏 한 치의 틈도 허용하지 않았던 코리얼레이너스의 '강철 같은' 남성성에 미세한 균열이 생기기 시작한 것이다.

비극 영웅 코리얼레이너스와 그의 관객 사이에 형성되었던 정서적 동일시는 극이 진행되면서 점점 옅어진다. 극 초반부에 보여주었던 공동체를 위한 희생과 헌신을 찾아볼 수 없기 때문이다. 볼스키 진영으로 귀화한 후에도 코리얼레이너스의 초인적 용맹은 계속되지만, 그의 칼끝이 로마를 향할 뿐만 아니라 그를 움직이는 것은 오로지 로마에 대한 증오와 복수심이기에 이 극의 주인공은 '고귀한 로마인'의 정형에서 멀어질 수밖에 없다. 코리얼레이너스가 관객의 공감을 잃는 이유는 그의 남성성이 너무 경직되고 편협하기 때문이기도 하지만 로마가 아닌 "딴 세상"의 승리를 위해 복무하기 때문이다. 이는 셰익스피어가 재현하는 남성성이 로마의 가부장적 제국주의와 불가분의 관계에 있음을 확인시켜주는 대목이기도 하다.

셰익스피어가 고삐 풀린 코리얼레이너스의 남성성에 제동을 거는 또 다른 방식은 남성성의 과잉과 인간성의 상실을 병치하는 것이다. 즉 코리얼레이너스의 남성성과 인간성은 반비례한다. 걸출한 전사로서의 코리얼레이너스의 위용이 드러날수록 보편적 인간으로서의 매력은 사라진다. 처음부터 코리얼레이너스는 "머리부터 발끝까지 피로 물든 존재"(2.2.107)였으며, "겁쟁이의 공포를 유희로 삼았고"(2.2.103), 살육을 "끊임없는 노략질"(2.2.118)로 즐겼지만, 로마를 수호한다는 대의명분 덕분에 그의 야만적 폭력성이 어느 정도는 정당화될 수 있었다. 하지만 로마에 "등을 돌린" 코리얼레이너스는 이데올로기적 후원을 받을 수 없기에 그의 과도한 남성성은 냉정한 관찰의 대상이 된다. 코미니어스는 "푸줏간 주인들이 파리를 죽이듯이" 로마 군인들을 학살하는 코리얼레이너스를 "자연이 아닌 다른 신이 만든 물건"(4.6.91-93, 96)이라 하고, 한때 코리얼레이너스가 아버지처럼 따랐던 메니니어스도 두려움에 질린 어투로 그를 이렇게 묘사한다. "그의 찡그린 얼굴은 익은 포도를 시게 만들고, 그의 걸음걸이는 전쟁 기계의 움직임 같소. 그가 밟는 땅바닥은 지레 움츠러들고, 그의 눈길은 갑옷 몸통도 꿰뚫을 수 있으며, 그가 내뱉는 말은 조종

처럼 들리고 그의 헛기침은 대포 소리 같소."(5.4.18-21)

인간의 한계를 넘어서면서 인간성을 잃어가는 코리얼레이너스는 르네상스 문학에 등장하는 식민정복자를 연상시킨다. 말로의 탬벌레인이나 스펜서의 레드크로스와 가이언처럼, 코리얼레이너스는 엄청난 물리적 힘뿐 아니라 상대방을 압도하는 외관을 지니고 있다. "울타리에 가려진 외로운 용이 더 무섭고 소문만 무성하듯이"(4.1.30-31), 코리얼레이너스는 의도적으로 자신을 공포의 대상으로 각인시킨다. 게다가 코리얼레이너스는 "말없이 손짓으로만"(5.1.67) 상대방을 제압하는 기술을 구사한다. 사실 코리얼레이너스는 비극 영웅이기 이전에 전형적인 폭군이다. 이 극에서 코리얼레이너스가 용(4.1.30, 4.7.23, 5.4.13), 곰(1.3.33, 2.1.11), 호랑이(5.4.28), 독수리(3.1.139, 5.6.115) 등에 비유되는 것도 우연이 아니다. 포학한 맹수의 이미지는 서구 서사시와 전쟁문학에 내재하는 제국주의 판타지를 부각하는 동시에 코리얼레이너스가 추구하는 남성성의 양면성을 암시한다. 코리얼레이너스는 한편으로 헤라클레스(4.1.17, 4.6.101), 헥토르(1.3.43-44, 1.8.12), 알렉산더(5.4.22), 제우스(5.3.71), 마르스(4.5.120)에 비견되면서도, 다른 한편으로는 "물건"(2.2.107, 4.5.118, 4.6.91, 4.7.42, 5.4.14)과 "기계"(5.4.19)로 묘사된다. 코리얼레이너스의 초인간성과 비인간성은 동전의 양면이기 때문이다.

아리스토텔레스는 인간을 '정치적 동물'로 규정한 바 있다. 인간은 유일하게 언어를 사용하고 선악을 판별할 수 있는 존재이자 자기충족적인 개체로 살아갈 수 없는 존재로서, 그러한 인간다움의 속성을 구현할 수 있는 이상적 정치공동체를 아리스토텔레스는 가족이나 촌락이 아닌 국가(polis)로 보았다. 공동체 '안'에 속하지 않는 인간은 인간성이 부재한 짐승이거나 인간성을 초월한 신이 되는 것이다. 코리얼레이너스도 로마라는 공동체를 벗어나 자족성을 추구하는 외로운 영웅이지만 '정치적 동물'의 속성을 상실한 점에서 아리스토텔레스가 말한 인간이 아니라 신이나 짐승에 가깝다.[12] 이것은 코리얼레이너스의 비극적 딜레마다. 초인적 영웅인 코리얼레이너스는 로마의 이데올로기적 피조물이자 로마의 수호신인 동시에 로마의 구성원들과 함께 살아갈 수 없는 존재다. 코리얼레이너스가 로마에서 추방될 수밖에 없는(또는 그가 로마를 떠나야 하는) 이유도 개인의 야망이 공동체의 규범과 가치를 넘어서기 때문이다. 따라서 그의 초인적 능력은 인간답지 못하게 그려진다.

셰익스피어가 비극 영웅의 내적 갈등을 드러내는 독백을 코리얼레이너스에게 부여하지 않는 것도 이 때문이다. 그나마 두어 차례 나오는 코리얼레이너스의 독백(2.3.110-21, 4.4.1-6)은 그의 내면세계를 보여주지 못한다. 마지막 독백(4.4.12-26)에서도 코리얼레이너스는 가치와 감정과 인간관계가 모두 가변적임을 말하면서도 정작 가변성에 대한 자의식은 결여하고 있다. "손바닥 뒤집듯이 변하는 세상"을 한탄하고 "내 고향을 미워하고 원수의 도시에 사랑을 쏟게" 한 주변 환경을 탓할 뿐, 코리얼레이너스는 자신이 그렇게 쉽게 변하는 인간 세계의 일원임을 깨닫지 못한다. 그에게는 셰익스피어의 다른 비극 영웅들이 보여주는 자기성찰과 자기발견이 없다. 따라서 코리얼레이너스를 바라보는 관객은 그의 물리적 거대함에 압도당하면서 그것에 어울리지 않는 정신적 왜소함에 비판적 거리를 두게 된다.

더구나 조국을 등진 코리얼레이너스는 '고귀한 로마인'의 핵심 덕목인 불변성에서 멀어진다. 키케로와 세네카 같은 스토아주의자들이 내세운 '변치 않는 로마인'은 그 어떤 내적 갈등이나 외부 압력에

---

12) Paul A. Cantor, 앞의 책, *Shakespeare's Roman Trilogy: The Twilight of the Ancient World*, pp.171-172.

도 굴복하거나 타협하지 않고 원래 모습을 유지해야 한다. 그러나 셰익스피어의 코리얼레이너스는 로마와 "딴 세상"을 오락가락하며 양쪽 어디에도 속하지 못하는 유배자요 양쪽을 번갈아 대적하는 배신자가 된다. 이는 코리얼레이너스가 추구하는 남성성이 공적인 대의보다 사적인 야망에 바탕을 두기 때문이다.

모든 고전 비극이 그러하듯이, 『코리얼레이너스』에도 주인공의 운명을 뒤바꿀 극적 반전이 기다리고 있다. 전쟁터와 시장터, 공회당과 집안, 로마와 볼스키 등 장소와 상황을 가리지 않고 질주하던 코리얼레이너스의 남성성은 아이러니하게도 그가 남성성과 무관하게 여겼던 가족에 의해 제동이 걸린다. 그리고 셰익스피어의 비극 영웅 중에 가장 평면적인 캐릭터인 코리얼레이너스에게 예기치 않았던 변화가 찾아온다. 코리얼레이너스가 볼스키 군대의 선봉장이 되어 파죽지세로 침공해오면서 로마가 풍전등화의 위기에 처하게 되자, 그가 한때 아버지처럼 따랐던 메니니어스가 볼스키 진영으로 건너가 그의 마음을 돌리려고 해보지만 아무런 소용이 없다.

그런데 코리얼레이너스가 "나는 아내도 어머니도 자식도 모르는 사람"(5.2.81)이라며 메니니어스를 돌려세우는 순간, 그의 어머니와 아내와 아들이 나타나 무릎을 꿇는다. 코리얼레이너스는 "사랑이여, 가라! 혈육의 유대와 특권은 모두 부서져라! 완고함이 미덕이 되어라"고 외치면서도, 속으로는 "내가 녹아내린다. 내가 다른 사람보다 더 단단한 흙으로 빚어진 게 아니다"(5.3.24-29)라며 "차가운 이성"에 거역하는 "본능"과 싸워야 한다. 짧지만 고통스러운 이 자기분열의 순간에도 코리얼레이너스는 남성성에 집착한다. "볼스카인들이 로마를 유린하고 이탈리아를 약탈하더라도 나는 절대로 본능을 따르는 애송이는 되지 않겠소. 나는 스스로 태어난 사람처럼, 혈육이라고는 없는 사람처럼 굳게 서 있을 것이오."(5.3.33-37)

코리얼레이너스의 남성성 판타지는 결국 어머니의 눈물에 종지부를 찍는다. 가장 수치스럽게 여겼던 눈물이 그를 굴복시킨 것이다. 코리얼레이너스가 쌓아놓은 그 높고 견고한 남성성의 성벽을 무너뜨린 볼럼니아의 무기는 가족과 조국에 대한 사랑이다. "조국의 폐허를 짓밟아 승리를 거두고 감히 아내와 자식의 피를 흘린 공로로 월계관을 쓰려거든, 너를 이 세상에 낳은 네 어미의 배를 짓밟고 지나가거라"(5.3.116-18, 123-24)라는 볼럼니아의 절규가 코리얼레이너스의 질주를 멈추게 한다. 코리얼레이너스는 어머니를 끌어안고 울부짖는 자신의 모습을 "신들이 내려다보며 비웃을 해괴망측한 장면"(5.3.183-85)이라고 자책하지만, 여기서 셰익스피어는 그에게 "물건"과 "기계"에서 인간으로 회귀할 기회를 부여하고 있다. 강철처럼 단단하던 남성성이 "녹아내리고" 무적의 용사가 "애송이"로 바뀌면서 코리얼레이너스는 잃어버렸던 인간성을 회복하는 것이다.

코리얼레이너스의 죽음도 그의 인간성을 확인하는 제의적 절차에 해당한다. "약속에 충실한 전쟁" 대신 "합당한 평화"(5.3.190-91)를 선택한 코리얼레이너스는 이제 전쟁 기계도 아니고 아우피디어스의 적수도 될 수 없다. 코리얼레이너스에 대한 열등감과 시기심을 오로지 군사적 필요 때문에 삭이던 아우피디어스는 코리얼레이너스를 "반역자"(5.6.85)로 몰아세우고 처단한다. 흥미롭게도 이 초인적인 영웅의 죽음은 전혀 영웅답지 않게 묘사된다. 자신을 움직이지 않는 북극성에 빗대던 줄리어스 시저의 허장성세가 단말마의 비명으로 끝나듯이, "비둘기장의 독수리처럼 볼스키 진영을 휘저었다"(5.6.115)라고 자랑하던 코리얼레이너스도 아우피디어스에게 "울보 애송이"(5.6.104)와 "사악한 허풍쟁이"(5.6.119)로 놀림 받으며 별다른 저항도 해보지 못하고 암살자의 칼에 쓰러진다. 이 마지막 장면은 중과부적의 장렬한 전투나 맞상대와의 최후의 결투도 아니고 고

독한 영웅의 비장미 넘치는 자결은 더욱 아니다. 허망하기 짝이 없는 코리얼레이너스의 죽음은 덧없는 유한자의 소멸을 예시해줄 뿐이다.

코리얼레이너스의 비극을 통해 셰익스피어가 관객에게 보여주는 것은 남성성과 인간성의 반비례 관계다. 코리얼레이너스가 남성성의 갑옷으로 중무장할수록 그의 인간성은 사라진다. 반면에 그 갑옷에 균열이 생기면서 그의 인간성이 조금씩 드러난다. 비록 이 극에는 햄릿이나 리어 같은 주인공의 치열한 자기성찰은 없어도, 남성성에 편집증적 집착을 보였던 코리얼레이너스가 마지막 순간에는 군인의 "명예"보다 아버지·남편·아들의 "자비"(5.3.199-200)를 선택한다. 이런 반전의 변곡점을 제공하는 것이 어머니의 눈물이다. 부재하는 아버지를 대신해 코리얼레이너스를 남성성의 이데올로기로 빚어내었던 어머니가 결국 그것을 해체하는 역할을 하는 것이다.

볼럼니아의 모순된 역할은 남성성과 여성성 또는 부성애와 모성애의 경계선이 코리얼레이너스가 생각하는 것보다 훨씬 더 모호하고 유동적임을 말해준다. 동시에 이 아이러니는 억압되고 은폐된 여성성이 보편적 인간성을 구성하는 요소임을 강조하려는 셰익스피어의 완곡어법이기도 하다. 셰익스피어가 재현한 코리얼레이너스가 남성성의 이상적 영웅이 아니라 일종의 반면교사라는 사실은 비슷한 시기에 쓴 또 다른 로마 비극 『안토니와 클리오파트라』의 남성 주인공과 비교해보면 더 분명해진다.

『코리얼레이너스』의 아든판 편집자 브록뱅크(Philip Brockbank)도 이 극을 과도한 전사(warrior) 숭배에 빠진 고대 도시의 비극으로 해석한다. 전사 숭배는 공동체 덕목으로 기능했음에도 그것이 인간의 보편적 요구와 화해할 수 없으므로 코리얼레이너스는 죽어야 하고, 공동체는 수치를 당한 후 정화되고 정제된다는 것이다.[13) 로마가 낳은 코리얼레이너스가 로마의 갱생을 위해 죽어야 한다는 점에서 그는 공동체의 정화와 보존을 위한 희생양이 된다. 그러므로 이 극에서 셰익스피어가 문제 삼는 것은 남성성의 과잉이지 남성성 자체는 아니라는 전제가 성립한다.

셰익스피어의 궁극적인 관심은 코리얼레이너스라는 초인간적 영웅보다 그를 만들어내고 그를 필요로 했던 로마라는 도시와 그 시대에 있다. 코리얼레이너스라는 개인의 영욕과 부침이 로마의 남성성 숭배문화를 들여다보기 위한 역사의 한 단면이라면, 셰익스피어는 남성성을 어떠한 시각으로 바라볼까? 남성성의 과잉을 비판하는 셰익스피어가 적절하게 구현되는 남성성은 옹호한다고 봐야 하는가? 이 문제는 남성성의 측면에서 코리얼레이너스와 대척점을 형성하는 안토니의 비극을 분석한 후에 논의할 것이다.

4 로마의 변천과 '로마다움'의 변주

『코리얼레이너스』와 『안토니와 클리오파트라』는 셰익스피어가 같은 시기에 쓴 로마 비극임에도 공통점보다 차이점이 더 많다. 우선 『안토니와 클리오파트라』는 『코리얼레이너스』보다 지정학적 배경이 훨씬 더 확장되었다. 이웃 부족국가의 침략으로 풍전등화의 위기에 처했던 일개 도시국가 로마가 이제는 지중해의 패권을 차지한 명실상부한 제국으로 변신한 것이다. 앞서 소개한 『셰익스피어의 로마 3부작』의 저자 캔터는 도시국가, 공화국, 제국으로 이어지는 로마 역

---

13) Philip Brockbank, "Introduction," in *Coriolanus*, London, Routledge, 1976, p.66.

사의 황금시대는 공화국이며 플루타르크 3부작은 공화국의 흥망성쇠를 다룬다고 주장한 바 있다.

그런데 이 로마 3부작의 유기적 연관성을 로마의 팽창과정으로 본다면, 『안토니와 클리오파트라』의 배경이 되는 로마 제국이 로마 역사의 황금시대가 된다. 따라서 『안토니와 클리오파트라』에서는 『코리얼레이너스』에서처럼 기근에서 비롯된 폭동이나 물질적 궁핍이 극의 소재가 되지 않는다. 대신에 빈번한 공간이동과 풍요롭고 사치스러운 삶으로 특징지어지는 새로운 로마를 만난다. 유럽, 아시아, 아프리카를 분할통치하는 삼두정치와 지중해를 오가는 로맨스가 배경이 되는 『안토니와 클리오파트라』에서는 『코리얼레이너스』의 로마인들이 상상하지 못했던 "새 하늘, 새 땅"(1.1.17)이 펼쳐진다.

『안토니와 클리오파트라』가 재현하는 로마에서는 전쟁보다 평화, 정치보다 사랑, 금욕보다 쾌락이 우선한다. 이 극에서는 『코리얼레이너스』와 『줄리어스 시저』에서 간과되거나 억압되었던 에로스의 해방을 목격할 수 있다. 공동체의 이익을 개인의 욕망에 우선시했던 『코리얼레이너스』와 『줄리어스 시저』의 로마 영웅들과 비교하면, 『안토니와 클리오파트라』의 주인공들은 낭만적 사랑을 정치적 이해관계 못지않게 중요하게 여긴다. 따라서 여성의 역할도 중요해진다. 『코리얼레이너스』의 볼럼니아와 버지니아, 『줄리어스 시저』의 칼퍼니아와 포샤는 정도의 차이는 있으나 클리오파트라에 비하면 비중이 턱없이 미약하다. 코리얼레이너스, 시저, 브루터스를 둘러싼 어머니와 아내들은 '여성'의 영역에 머물며 '여자다운' 역할을 하지만, 클리오파트라는 가부장적 젠더 위계를 넘어 안토니에게 성적·정치적 리더십을 발휘할뿐더러 두 사람의 러브스토리가 로마와 이집트의 외교적 관계를 좌우한다.

『코리얼레이너스』와 『안토니와 클리오파트라』의 또 다른 중요한 차이점은 주인공들의 심리상태다. 코리얼레이너스는 단순하고 평면적인 캐릭터다. 누구와도 비견될 수 없는 물리적 용맹과 강인함을 지닌 영웅이지만 그의 심리적 용량은 별로 크지 않다. 그 위풍당당한 용사에게서 치열한 내적 갈등이나 자기분열의 고통은 찾아보기 힘들다. "그의 마음이 곧 그의 말이며, 그의 가슴에 새긴 것은 혀로 뱉어내야 한다"(3.1.256-57)는 메니니어스의 지적처럼, 코리얼레이너스에게는 햄릿 같은 회의나 망설임도 없으며 맥베스 같은 불면의 번민도 없다. 반면에 안토니는 셰익스피어의 여느 비극 영웅처럼 심리적 깊이와 농도를 드러내는 캐릭터다. 안토니는 셰익스피어 전체 작품에서 두 작품에 걸쳐 주인공으로 나오는 유일한 인물이다. 『줄리어스 시저』에서는 브루터스의 정적으로『안토니와 클리오파트라』에서는 클리오파트라의 연인으로 등장하는데, 플루타르크 3부작의 마지막 비극에서 더 깊이 있고 성숙한 내면 연기를 보여준다. 영민한 현실정치인에서 사랑에 눈먼 대장부로 변신한 안토니는 비너스와 마르스 사이에서 치열한 진자운동을 거듭하는 비극 영웅으로 재탄생한다.

『안토니와 클리오파트라』가 셰익스피어의 여타 로마 비극들과 가장 뚜렷하게 구분되는 지점은 남성성의 재현 방식이다.『타이터스 안드로니커스』『줄리어스 시저』『코리얼레이너스』에서는 남성성의 과잉이 주인공의 하마르티아로 작용하는 데 비해,『안토니와 클리오파트라』에서는 남성성의 상실로 인한 비극적 갈등이 전개된다. 또한 로마의 분열과 위기가 앞선 세 편의 로마 비극에서는 자생적이지만, 『안토니와 클리오파트라』에서는 인종적·문화적 타자와의 만남에서 비롯된다. 제목이 암시하듯『안토니와 클리오파트라』는 로마 장군 자신보다 이집트 여왕과의 관계에 관한 작품이다. 로마의 자기성찰에서 주체와 타자의 차이로 재현의 초점이 이동하는 것이다. 그런데

558

안토니가 남성성을 상실하는 원인이 '요부' 클리오파트라다. 원래는 줄리어스 시저와 브루터스에 버금가는 '고귀한 로마인'이었으나 클리오파트라와 이집트 문화에 탐닉하면서 안토니는 가부장제와 제국주의의 규범에서 멀어지는 것으로 묘사되고 있다.

캔터의 분석에 따르면, 『코리얼레이너스』와 『안토니와 클리오파트라』의 남성 주인공들은 로마 역사의 상이한 시기와 '로마다움'의 상이한 속성을 대표하는 인물이다. 코리얼레이너스가 "공화국의 고귀한 시민들이 실천하는 금욕적이고 통제된 군인의 삶을 예시"한다면, 안토니는 "제국의 해외팽창에 영향을 받아 고귀함의 오랜 전통을 거부하고 감각적 탐닉을 지향하는 새로운 로마인의 삶을 예시"한다. 한쪽이 공적인 대의의 실현을 사적인 욕망의 추구보다 우선시하는 스토아주의자의 삶이라면, 다른 한쪽은 매 순간 본능에 충실하고 주어진 조건을 향유하는 에피쿠로스주의자의 삶이다.

캔터는 이 두 가지 삶의 방식에 도덕적 위계를 부여한다. 『코리얼레이너스』는 "투박하지만 타락하지 않은 로마, 즉 세련되지 못한 것이 장점이자 단점인 로마를 보여주는 데 비해, 『안토니와 클리오파트라』는 세련됨이 쇠락(decadence) 상태에까지 이른 로마, 즉 로마다움의 생기를 잃어버린 로마를 재현한다"라고 주장한다.[14] 따라서 캔터는 『안토니와 클리오파트라』의 역사적 배경이 되는 로마 제국을 로마의 황혼기로 해석한다. 로마의 제국주의적 팽창이 로마다움의 상실을 수반하는 역효과를 초래하며, 인종적·문화적 타자와의 만남으로 인해 로마가 '로마답지 않은'(un-Roman) 사회로 변질된다고 보는 것이다.[15]

---

14) Paul A. Cantor, 앞의 책, *Shakespeare's Rome: Republic and Empire*, pp.15, 50-51.

15) Paul A. Cantor, 앞의 책, *Shakespeare's Roman Trilogy: The Twilight of the Ancient*

사실, 캔터가 강조하는 로마의 변화 또는 변질은 공화국에서 제국으로의 전환기를 배경으로 한『줄리어스 시저』에서 이미 징후가 나타난다. 원로원의원 시서로가 주변 사람들이 알아듣지 못하는 그리스어를 사용했다는 얘기가 나오는데(1.2.278-83), 이는 역사적 실존인물인 키케로가 지배 엘리트계층의 배타적 언어였던 그리스어로 연설했다는 플루타르코스의 기록에 비춰볼 때 그리스를 정복한 로마가 문화적으로는 헬레니즘에 정복당하는 상황을 암시한다.[16]

『안토니와 클리오파트라』에서도 로마가 이집트를 식민화하는 동시에 이집트 문화에 영향을 받는 것으로 그려진다. 안토니뿐만 아니라 삼두정치 주역들을 비롯한 로마의 모든 장군은 폼페이의 선상 향연에서 "알렉산드리아의 진수성찬"과 "이집트식 바커스 축제"(2.7.94, 102)에 흠뻑 취하고, 이집트의 괴상한 뱀과 악어, 나일강의 범람과 풍년, 피라미드의 오묘한 장관에 관한 이야기에 귀를 기울이며 이국적인 문화를 동경하고 갈망한다. 로마 장군들의 '로마답지 않은' 언행은 전쟁터의 부하들에게도 파급된다. 안토니의 심복 벤티디어스는 "상관이 없을 때 너무 큰 전공을 세우는 것보다 적당히 그만두는 게 낫다. ……쉴 새 없이 갑작스럽게 명성을 쌓으면 상관의 총애를 잃는다"(3.1.12-15, 19-20)라면서 일부러 파르티아 패잔병들을 끝까지 추격해 섬멸하지 않는다. "용사의 미덕이었던 야망"(3.1.22-23)이 무사안일과 복지부동을 추구하는 개인주의 풍토에 굴복한 것이다.

그런데『안토니와 클리오파트라』에서 로마인들이 지향하는 삶의 방식을 로마다움의 상실로 또는 이집트 문화에의 동화로 평가절하

World, p.36.
16) 같은 책, p.37.

하는 것은 재고할 필요가 있다. 로마 시인 호라티우스(Horace)의 '현재를 즐겨라'(carpe diem)라는 경구가 함축하듯이, 개인주의적 향락추구도 로마인들에게는 하나의 '삶의 방식'(modus vivendi)이었다. 따라서 캔터의 주장은 도식적이고 일면적이다. 전쟁의 신 마르스와 사랑의 신 비너스의 공존, 내지는 스토아주의와 에피쿠로스주의의 긴장이 셰익스피어가 보여주는 로마의 총체적 모습인데, 공화국의 규범을 로마다움의 원형으로 간주하는 캔터는 제국의 포용성과 다양성을 로마다움의 상실로만 해석한다. 다만 남성성을 로마다움의 핵심 가치로 치환할 경우, 캔터의 분석은 『코리얼레이너스』와 『안토니와 클리오파트라』의 차이를 설명하는 데 도움이 된다. 물론 셰익스피어가 남성성을 로마다움과 동일시하는지는 별도로 논증할 문제이지만, 두 편의 로마 비극이 남성성의 과잉과 상실로 대비된다는 점은 분명하다.

그렇다면 남성성이 캔터가 강조한 로마다움의 핵심인가? 공화국 영웅들의 스토아주의적 삶이 가장 완벽한 남성성의 구현인가? 고대에서 현대까지 서구의 남성성 숭배문화를 분석한 호흐(Paul Hoch)는 캔터와 다른 의견을 개진한다. 이상적 남성을 생산윤리에 근거한 '퓨리턴' 모델과 소비윤리에 근거한 '플레이보이' 모델로 구분한 호흐는, 전자가 내란이나 외침을 겪는 시기에 대두하는 남성상이라면 후자는 경제발전과 계급분화가 이루어지는 시기에 인기 있는 남성상이며, 지난 3,000년의 서구 역사에서 남성성 담론은 이 양대 모델 사이에서 진자운동을 계속해왔다고 주장한다. 호흐는 로마 역사에서도 유사한 양상을 찾아낸다. 기원전 1000년에서 186년까지의 로마 공화국에서는 남성성의 전형이 자연환경을 극복하는 농부나 주변국과 싸우는 용사였으나, 카르타고와의 전쟁에서 승리한 이후 로마의 제국주의 패권이 지중해로 확장되면서 경제적 잉여와 여가를 즐기고 쾌락을 추구하는 귀족 한량이 시대의 영웅으로 등장했으며, 로마 제국이 쇠망하면서 남성성 모델은 다시 반대 방향으로 바뀌었다.[17]

호흐의 분석 틀은 특정 문화권만 분석대상으로 삼는 한계와 이분법적 도식화의 위험이 있지만, 로마의 역사적 단계에 따른 남성성의 변환을 개관할뿐더러 남성성의 문제에 천착하는 셰익스피어의 로마 비극에 상당히 정확하게 맞아떨어진다. 더구나 로마다움을 복합적 가치로 상정하는 호흐는 『안토니와 클리오파트라』를 단순히 로마다움의 상실로 읽어내는 캔터보다 더 다양한 해석의 가능성을 열어놓는다.

5 '녹아내리는 용사' 안토니

『안토니와 클리오파트라』는 막이 열리면서부터 셰익스피어의 이전 로마 비극에서는 볼 수 없었던 색다른 분위기를 연출한다. 로마가 도시국가나 공화국이었을 때를 배경으로 한 작품들에서는 긴장감 넘치는 로마 성벽 안에서 경계심이나 경쟁심으로 무장한 주인공이 등장했지만, 이 극의 도입부는 로마 제국의 영웅이 풍요, 안락, 관능, 이완으로 채색된 알렉산드리아에서 스스로 무장 해제한 모습을 보여준다. 안토니는 타이터스와 줄리어스 시저 같은 개선장군도 아

---

17) Paul Hoch, *White Hero Black Beast: Racism, Sexism and the Mask of Masculinity*, London: Pluto Press, 1979, pp. 118-122. 호흐에 따르면, '퓨리턴' 모델은 초기 로마 공화국의 농부와 용사, 중세의 기사, 종교개혁 시대의 청교도, 19세기 빅토리아인과 근대 미국의 개척자에게서 나타나고, '플레이보이' 모델은 로마 제국의 귀족, 르네상스와 튜더 시대의 궁정인, 18세기 계몽주의 시대의 신사, 현대 소비사회의 부유한 한량에게서 찾아볼 수 있다.

니고 브루터스 같은 정치혁명가도 아니며 코리얼레이너스 같은 무적의 용사는 더욱 아니다. 그는 이국 여인과 사랑 놀음에 빠진 한량이며 왕년의 명성에 기대어 살아가는 노장일 뿐이다. 막을 여는 파일로의 대사는 안토니의 변화를 정확하게 진단하고 있다.

우리 장군님의 눈먼 애욕은 한계를 넘었소.
한때는 빛나는 갑옷 입은 군신 마르스처럼
전쟁터 병사들을 굽어보던 그 멋진 눈매가
이제는 꺾이고 틀어져서 본분을 상실한 채
까무잡잡한 상판대기만 쳐다보고 있답니다.
치열한 전투 와중에 가슴 혁대를 터뜨리던
그의 가슴은 이제 모든 자제력을 상실하고
집시 욕정을 식히는 풀무와 부채가 되었소.(1.1.1-10)

물론 파일로가 말하는 "까무잡잡한 상판대기"는 클리오파트라를 가리킨다. 그가 지적하는 것은 과거 안토니와 현재 안토니의 차이다. 이 변화는 파일로가 보기에 이탈이요 타락이다. 안토니의 이탈은 시간적인 동시에 공간적이다. 안토니는 과거 공화국 시절의 로마다움에서 멀어졌을뿐더러 제국의 심장부 로마에서 멀리 떨어져 있다. 문명의 중심부에서 부과되는 통제와 경쟁을 벗어난 안토니는 주변부가 제공하는 안일하고 이완된 삶을 만끽하는 것이다. 안토니는 "오늘 밤은 뭘 하고 놀까?"에만 관심이 있을 뿐, "지금은 비너스의 사랑과 그녀의 감미로운 시간을 즐길 때이므로, 딱딱한 대화로 이 순간을 망치지 말자"(1.1.45-48)라며 로마에서 온 사신도 접견하지 않는다. "세상을 호령하는 삼대 천왕의 하나였다가 매춘부의 얼간이로 바뀐"(1.1.12-13) 안토니를 따라, 그의 부하들도 "낮에는 창피하게 잠만 자다가 해가 지면 밤새도록 불 밝히고 술 마시며, 멧돼지 여덟 마리를 통째로 구워 열두 명의 아침상을 차리는 것이 조족지혈에 불과할 정도의 어마어마한 향연"(2.2.187-92)을 즐긴다.

안토니는 이집트 문화에 탐닉하면서 동화된다. 어떻게 보면, 안토니는 캔터의 표현대로 "정복자보다는 피정복자의 모습에 가깝다."[18] 정치적·군사적으로는 정복자이면서 성적·문화적으로는 피정복자라는 것이다. 제국주의 패권을 대표하면서도 식민지의 토착 문화에 포섭된 안토니의 모호한 위상은 시드누스강에서 클리오파트라와 조우하는 장면에서부터 드러난다. 피정복 국가의 여왕인 클리오파트라는 비너스를 능가하는 관능미와 이국적인 매력을 장착하고 "대단히 의기양양한 여주인"(2.2.194)의 자태로 안토니를 맞는다. 여기서 클레로파트라는 이미 "그의 심장을 수중에 넣어버리고"(2.2.196) 이후로 안토니는 주인과 노예의 이중역할을 한다. 이 사실을 간파한 클리오파트라는 안토니를 손쉽게 조종하고 이용할 수 있다.

> 그게 언제였더라? 세월이 참 빠르네.
> 내가 너무 웃어서 그를 화나게 했다가
> 그날 밤엔 웃어서 그의 화를 풀어줬지.
> 다음 날 아침에 아홉 시도 되기 전에
> 내가 그를 술 취하게 해서 잠재운 후
> 그에게 내 머리 장식과 겉옷을 입히고,
> 나는 그의 필리피 칼을 차고 놀았어.(2.5.18-23)

클리오파트라가 전해주는 이 복장 도착(transvestism) 장면은 안토

---

18) Paul A. Cantor, 앞의 책, *Shakespeare's Rome: Republic and Empire*, p.26.

니와 클리오파트라 사이의 뒤바뀐 위치를 가장 압축해서 연출한다. 그런데 만취한 안토니가 여자 옷과 장식을 걸치고 침대에 누워있는 모습은 그리 낯설지 않다. 스펜서의 『요정 여왕』 2권 12편에 보면, 임무 수행 중이던 기사 버던트가 '축복의 정자'에서 창검과 방패를 팽개치고 관능적이고 매혹적인 아크레이시아의 무릎을 베고 잠든 모습이 나온다. 식민지 기행문이나 오리엔탈리즘 서사에 등장할 법한 이 장면은 유럽 문명을 대표하는 백인 남성이 토착 문화와 원주민 여성을 만나면서 "남자다운 기력, 목적을 향한 방향성, 문명의 질서가 기초하는 차별의식, 이 모든 것이 모조리 삭제되어버린" 상황을 예시한다.[19] 스펜서는 절제를 상징하는 기독교 영웅 가이언을 보내어 이 정자를 철저히 파괴하게 함으로써 버던트가 봉착한 정신적 혼란과 도덕적 마비를 치유한다.

그러나 셰익스피어의 안토니는 클리오파트라의 침대를 뛰쳐나오지 못한다. 특히 클리오파트라가 찬 안토니의 칼은 로마 역사를 바꾼 필리파이 전투에서 안토니가 브루터스와 캐시어스를 격퇴할 때 사용한 것으로, 과거 안토니가 발휘했던 용맹과 극기의 상징물이다. 이 보검이 클리오파트라의 수중에서 유희의 소품이 된다는 것은 군인으로서의 명예뿐만 아니라 성적·인종적 타자에 대한 가부장적 제국주의의 헤게모니가 유보되었음을 의미한다.

안토니의 정신적 예속은 극의 후반부로 갈수록 심해진다. 2막까지만 해도 안토니는 로마와 이집트 사이에서 오락가락하는 모습을 보여준다. 자신이 로마를 비운 사이에 아내 풀비아가 옥테이비어스 시저와 전쟁을 일으켰다가 사망했다는 소식을 접한 안토니는 "이

---

19) Stephen Greenblatt, *Renaissance Self-Fashioning: From More to Shakespeare*, Chicago: The University of Chicago Press, 1984, pp.182-184.

단단한 이집트의 족쇄를 끊어버리지 않으면 정신이 팔려 망할 것"
(1.2.112-13)을 깨닫고 "미혹하는 여왕"(1.2.125)의 끈질기고 간교
한 만류를 뿌리치고 로마로 향한다. 로마에 도착한 안토니는 시저
와 화해하고 "미모와 지혜와 정숙으로 안토니의 마음을 안주시킬"
(2.3.241-42) 옥테이비아와 정략결혼 하면서 클리오파트라에게 빠져
있던 마음을 일시적으로 돌이키게 된다. 하지만 "그는 다시 이집트
여자에게 돌아가고 말 것"(2.6.123)이라는 이노바버스의 예상대로 로
마를 떠난 안토니는 "낚싯바늘에 끈적거리는 아가미가 꿰뚫린 황갈
색 물고기"(2.5.12-13)처럼 클리오파트라의 완전한 노예가 된다. 안
토니는 악티움 해전에서 참패하고 나서야 비로소 자신이 클리오파
트라의 정복자가 아니라 피정복자라는 사실을 깨닫는다.

> 이집트여, 그대는 너무나 잘 알지 않는가.
> 내 마음은 당신 배의 키에 묶여 있었기에
> 나는 당신이 조종하는 대로 끌려간 것이오.
> 내 영혼은 당신 수중에 완전히 장악되었고
> 당신이 손짓만 하면 신의 명령도 뿌리치고
> 달려가리라는 것을 당신은 알고 있었잖소.
> 이제 나는 애송이와 비굴하게 조약을 맺고
> 비천한 자들이 쓰는 술수로 흥정해야 하오.
> 한때 세상의 절반을 내 맘대로 주물리면서
> 행운을 주었다 뺏었다 하던 내가 말이오.
> 당신은 내 정복자이며 사랑에 취한 내 칼이
> 무조건 복종할 것을 당신은 알고 있었잖소.(3.11.56-68)

셰익스피어는 안토니와 클리오파트라의 역전된 권력 관계에서도

어김없이 남성성의 문제를 다룬다. 셰익스피어가 세밀하게 묘사하는 것은 클리오파트라와의 사랑이 안토니의 남성성에 미치는 영향이다. 안토니를 바라보는 로마인들은 적이든 친구든 이구동성으로 그의 퇴행적인 변화를 '여성화'로 간주한다. 삼두정치의 짝패이자 제국 내부의 적수인 옥테이비어스 시저는 안토니의 '탈선'과 '추문'을 남자답지 못한 행위로 해석한다.

알렉산드리아로부터 소식이 왔다고 하오.
그 작자는 낚시질과 술잔치로 소일하면서
밤새 등불 밝히고 환락에 빠져 있답니다.
이건 클리오파트라보다 남자답지 못하고,
톨레미 여왕보다 더 여자 같은 꼴이지요.
사신 접견도 안 하고 동료 생각도 안 하니,
남자들이 저지르는 모든 잘못의 결정체를
이 남자에게서 본다고 해도 과언이 아니오. (1.4.4-10)

시저가 개탄하는 안토니의 현재 모습은 시저가 기억하는 안토니의 과거 모습과 극명한 대조를 이룬다.

안토니여, 그 음탕한 향연을 집어치워라.
그대가 집정관 허시어스와 팬서를 죽이고
모데나에서는 나에게 패전했을 때만 해도
굶주림이 당신 뒤를 쫓아다니지 않았던가.
그대가 고귀하게 자라난 신분이긴 했으나
야만인조차 견디기 힘든 고통을 감내하며
굶주림에 맞서 싸웠지. 말 오줌을 마시고,

짐승들도 내뱉을 웅덩이 흙탕물도 마셨어.

거친 덤불 속의 떫은 열매로 배를 채웠고,

온 들판이 눈으로 하얗게 뒤덮였을 때도

사슴처럼 나무껍질로 연명하지 않았던가.

알프스에서는 보기만 해도 숨이 멎는다는

끔찍한 짐승시체도 거리낌 없이 삼켰잖아.

지금 이런 말 하면 그대 명예가 깎이지만,

그 모진 고난 덕분에 진짜 용사가 되었고

지금처럼 얼굴도 비리비리하지는 않았지.(1.4.56-72)

시저가 보기에, 한때는 "진짜 용사"였고 인내와 극기의 화신이었던 안토니가 "음탕한 향연"에 빠져 여자나 어린애처럼 "비리비리한 얼굴"로 변해버렸다. 호오의 용어로 말하면 안토니는 '퓨리턴'에서 '플레이보이'로 변신한 셈인데, 남성성을 로마인의 최고 덕목으로 여기는 시저는 안토니가 원래의 로마다움과 남자다움을 상실했다고 평가한다.

안토니의 부하 스케이러스도 악티움 해전에서 "이집트의 음란한 창녀에 이끌려" 전투 도중에 "돛을 펄럭이며" 도주하는 안토니를 "노망한 청둥오리"에 비유하며, "경험과 남자다움과 명예를 모조리 저버리는 그토록 수치스러운 행위는 여태껏 본 적이 없다"(3.10.10, 20-24)라고 한탄한다. 안토니도 스스로 "내 권위가 녹아내린다"(3.13.90)라면서 자신의 모습이 "망가진 유령"(4.2.27) 같다고 말한다. "녹아내리다"(3.13.90, 3.13.165, 4.12.22, 4.15.63)라는 단어는 이 극에서 자주 쓰이는데, 흔히 무쇠나 바위에 비유되는 견고하고 변치 않는 남성성이 해체되어 여성성의 상징인 눈물처럼 흘러내리거나 형체도 없이 사라지는 것을 뜻한다. 안토니와 그를 둘러싼 로마인들은 남성성의 상실을 '여성화'와 정치적 '거세'로 보면서, 그 원인을 한결같이 "집시의 욕정"(1.1.10)과 "음탕한 향연"에서 찾는다.

녹아내리고 흐트러지며 망가진 안토니의 모습은 이 극에서 물, 흙, 강, 바다, 뱀, 악어 등 클리오파트라와 이집트를 상징하는 이미지와 연결된다. 이 이미지들의 공통점은 로마인들의 잣대로 측량할 수 없는 비정형성이다. 범람하는 나일강과 이지러지는 달처럼 클리오파트라는 계속 모습이 달라진다. 그녀의 일상은 술, 음식, 비단, 향료, 황금, 마약, 당구, 낚시, 섹스, 한담, 미신, 질투, 폭력 등으로 채색되어 있다. "어떤 말로도 형용할 수 없는"(2.2.208) 클리오파트라의 "변화무쌍함"(2.2.246)은 로마인들이 지닌 인식과 재현의 틀을 완전히 벗어난다. 그래서 로마 남성들은 클리오파트라를 마녀로 규정한다. 마녀는 그들이 생각하는 인간이나 여자의 범주를 넘어서는 존재이기 때문이다. 고정된 형체가 없는 클리오파트라는 가부장적 제국주의의 시선을 교란하고 유럽중심주의 재현체계를 무력화시킨다. 무정형 자체가 성적·인종적 타자에게 부과되는 또 다른 정형이 되는 이유도 여기에 있다.

그러한 클리오파트라와 연합한 안토니도 원래 자신의 모습을 잃어버리고 그녀를 닮아간다. 안토니가 죽고 난 후 클리오파트라가 정치적 협상과 선택의 주체로 로마화(Romanize)되는 것과 반대로, 안토니는 클리오파트라의 영향으로 이집트화(Egyptianize)되는 것이다. 클리오파트라의 가변적 속성이 그대로 자신에게 전이되었음을 깨달은 안토니는 죽음을 선택하기 직전에 이렇게 토로한다.

우리가 보는 구름은 때로는 용으로 보이고,
안개가 때로는 곰이나 사자처럼 보이다가,
높이 솟은 성이나 절벽에 걸려 있는 바위나

험준한 산이나 나무가 자라는 푸른 곳처럼
보이기도 하다가, 세상을 향해 손짓하면서
허공에서 우리 눈을 미혹하고 있는 것이지.
자네도 이런 황혼의 장관을 보지 않았는가.
흘러가는 구름은 지금은 말의 형상이다가
순식간에 물에 물 탄 듯이 사라지고 말지.(4.14.2-11)

안토니의 변화는 파괴적이다. 변화에 대한 두려움이 너무 크기 때문이다. 클리오파트라에게는 무정형과 변신이 일종의 정체성이자 생존전략이지만, 안토니에게는 클리오파트라와의 동화가 정체성의 해체이며 상실이다. 자신이 무쇠처럼 단단하다고 믿었던 안토니로서는 무쇠가 물을 만나 부식하는 것을 용납할 수 없다.

6 해체된 남성성, 분열된 주체

『줄리어스 시저』에서의 안토니와 『안토니와 클리오파트라』에서의 안토니는 완전히 다른 인물이다. 로마 광장에서 일장 연설로 역사의 흐름을 바꿨던 안토니와 알렉산드리아 밤거리에서 여흥을 즐기는 안토니, 또는 필리파이 전투에서 승리한 안토니와 악티움 해전에서 패배한 안토니 사이에는 메워지지 않는 간극이 있다. 그런데 『안토니와 클리오파트라』에서는 과거 안토니와 현재 안토니의 대비 못지않게 안토니와 옥테이비어스 시저의 대비가 두드러진다. 이 극에서 로마와 이집트의 차이는 문명/야만의 이분법으로 재현된다. 로마가 역사와 정치와 업무의 세계이며 합리적 이성이 통제하는 아폴로의 세계라면, 이집트는 신화와 사랑과 축제의 공간이며 감정과 욕망이 지배하는 디오니소스의 세계다.

로마와 이집트의 문화적 차이는 안토니와 클리오파트라의 관계에 서보다 옥테이비어스와 안토니의 관계에서 더 명백하게 드러난다. 안토니는 로마 장군이지만 성적 다산과 물질적 풍요의 땅 이집트에 동화되어 로마다움의 정체성을 상실한 인물로 묘사되는 반면에, 옥테이비어스는 냉정하고 경쟁적이며 타산과 자제에 능한 인물로 과거 공화국 시절의 안토니보다 스토아주의적 삶의 방식에 더 경도된 인물이다.

안토니와 옥테이비어스는 로마와 이집트의 지역적 차이로 대비될 뿐 아니라 과거와 현재의 시대적 차이를 대변한다. 실제 역사에서 스무 살의 나이 차가 났던 안토니와 옥테이비어스는 이 극에서도 일종의 세대갈등을 드러낸다. 안토니는 옥테이비어스를 거듭 "애송이"(3.11.62, 3.13.17, 4.12.48)로 부르며 그런 손아래 상대와 싸우고 타협해야 하는 상황을 못마땅해하고, 옥테이비어스는 자신을 풋내기 취급하는 안토니를 "늙은 무뢰한"(4.1.4)으로 되받아치며 한물간 용사에게 일말의 경의도 표하지 않는다. 안토니는 저물어가는 구세대의 대표답게 줄리어스 시저와 폼페이 대제가 맞섰던 파르살리아에서 옥테이비어스와 일대일 결투를 하자고 제안한다. 헥토르와 아킬레스의 결투가 상징하는 이 고전적이고 고답적인 방식을 새 시대의 총아인 옥테이비어스가 받아들일 리 만무하다.

이 극에서 안토니가 헤라클레스나 아이네아스 같은 신화적 인물에 비유되는 것도 우연이 아니다. 헤라클레스는 리디아 여왕 옴팔레의 노예가 되어 여장하고 여자 일을 했고, 아이네아스는 카르타고 여왕 디도와 사랑에 빠져 이탈리아반도로 가는 여정이 지체되었다. 둘 다 안토니처럼 '동양 요부'에게 잠시 예속된 백인 남성이었으나 안토니와는 달리 치명적 유혹을 물리치고 결국 자신에게 주어진 과업을 완수했다.[20] 안토니가 신화적 상징성을 지닌 '그때 그 사람'인데 비해, 옥테이비어스는 '지금 여기' 전개되는 역사의 주역으로 부상한다. 안토니도 자신이 저무는 태양이고 옥테이비어스가 떠오르는 태양임을 알기에 더욱 과거의 기억에 집착해보지만 그것 역시 부질없음을 알고 있다.

> 응 그랬었지. 그자는 필리파이 벌판에서
> 마치 무희처럼 칼을 허리에 차고 있었고,
> 난 여위고 주름진 캐시어스를 때려뉘었지.
> 광분한 브루터스를 요절낸 것도 나였잖아.
> 그는 혼자 부하들에게 명령만 내렸을 뿐
> 용감히 전투에 뛰어들어 싸우지는 못했지.
> 허나 지금 와서 그게 무슨 상관이 있으랴.(3.11.35-40)

"천하태평의 시대가 도래했다"(4.6.5)라는 옥테이비어스의 선언처럼, 팍스 로마나(Pax Romana)로 일컬어지는 새로운 세계질서의 주인공은 아우구스투스 시저로 등극하게 될 옥테이비어스이며, 공화제에서 과두제를 거쳐 군주제로 나아가는 로마 역사의 흐름은 안토니가 제안한 파르실리아 결투가 아닌 악티움 해전에서 결정된다.

이 극의 대립 구도는 안토니를 두고 싸우는 옥테이비어스와 클리오파트라 사이에도 형성된다. 차니스에 따르면, 이 극에서는 두 가지 서사가 충돌한다. 하나는 로마의 팽창에 따른 영토 확장과 더불어 전개되는 옥테이비어스의 통합된 목적론적 서사로, 나중에 베르길리

---

20) Marjorie Garber, *Shakespeare After All*, New York: Anchor Books, 2004, pp.737-740.

우스(Virgil)와 오비디우스(Ovid)가 아우구스투스 시저에게 바치는 '용비어천가'에서 완성된다. 차니스는 이 제국의 서사를 "공간의 식민화를 통한 시간의 정복"으로 설명한다. 다른 하나는 제국의 담론 질서 ─ 차니스는 부르디외(Pierre Bourdieu)의 개념을 빌려 이것을 로마의 '아비투스'(habitus)라고 표현한다 ─ 바깥에 위치하는 클리오파트라의 서사로서, 연극적 수행과 가변적 주체 구성을 통해 옥테이비어스의 단선적 서사의 진행을 방해하고 지연시킨다.[21] 안토니는 이 두 서사 '사이에 끼어' 있다. 한쪽에서는 옥테이비어스가 자신이 주도하는 제국 경영에 동참하라고 손짓하고, 그 반대쪽에서는 클리오파트라가 제국의 영토를 넘어선 "새 하늘과 새 땅"(1.1.18)으로 들어오라고 유혹한다. 안토니는 그 사이에서 쉽사리 선택하지 못한다. 양쪽에서 각각 안토니의 '이성'과 '감정'에 호소하며 그의 발목을 잡아당기기 때문이다.

실제로 안토니는 한곳에 귀속되지 않고 로마와 이집트를 빈번히 왕래한다. "로마가 타이버강에 잠겨버려라. 질서정연한 제국의 둥근 아치도 무너져라. 여기가 내 세계다"(1.1.33-34)라면서 이집트의 자유분방한 삶을 즐기던 안토니가 풀비아의 사망 소식을 듣자마자 "이 단단한 이집트의 족쇄를 부숴버리지 않으면 난 사랑에 눈멀어 망할 거야"(1.2.113-14)라며 황급히 로마로 떠난다. 하지만 로마에서 안토니는 옥테이비아에게 "내 흠결을 들추는 세간의 소문을 다 믿지 마시오. 내 비록 올곧게 살지 못했으나 이제부터 정도를 걸어가겠소"(2.3.5-7)라고 다짐해놓고서는 곧바로 "이집트로 가야겠어. 화친을 위해 이 결혼을 했지만 내 즐거움은 동방에 있어"(2.3.37-39)라면서

---

21) Linda Charnes, *Notorious Identity: Materializing the Subject in Shakespeare*, Cambridge: Harvard University Press, 1995, pp.110, 126-127.

이집트로 향한다.

옥테이비어스와 클리오파트라의 상반된 입장에서는 이렇게 몸도 마음도 계속 오락가락하는 안토니가 마뜩할 리 없다. 옥테이비어스는 안토니의 무책임한 일탈을 비난하면서도 그의 마음을 로마에 붙잡아두기 위해 누이와의 정략결혼을 승인한다. 클리오파트라도 흔들리는 안토니의 마음을 이집트에 묶어두려고 자신의 매력과 연기력을 총동원한다. 그런데 옥테이비어스와 클리오파트라는 남성성에 집착하는 안토니의 자존심을 자극하는 전략을 공유한다. 남성성의 상실에 대한 두려움이 안토니의 가장 취약한 급소이기 때문이다. 옥테이비어스는 안토니의 과거와 현재를 비교하면서 과거의 영웅다운 모습을 회복할 것을 권면하고, 클리오파트라는 안토니가 옥테이비어스가 대표하는 로마 제국의 대리인이 아니라 자신만의 제국을 다스리는 황제임을 상기시킨다. 그 사이에서 안토니의 마음은 갈라질 수밖에 없다.

이 극은 남성성 규범에 집착하는 안토니와 거기서 이탈한 안토니 사이의 괴리를 드러내는 작품이다. 그 괴리는 끝까지 메워지지 않은 채 안토니에게 감내하기 힘든 상실감으로 다가오고, 결국 자기소외로 이어진다. "여기 있는 나는 안토니건만, 눈에 보이는 형체를 부여잡을 수 없다"(4.14.13-14)라는 탄식은 분열된 주체 안토니의 내적 고통을 압축한다. 안토니의 극심한 자기분열은 그가 셰익스피어의 이전 로마 영웅들과 구분되는 지점이다. 타이터스, 줄리어스 시저, 브루터스, 코리얼레이너스는 모두 남성성 규범에 따라 살고 죽는다. 남성성에 대한 과도한 집착은 고통과 파국을 초래하지만, 안토니처럼 남성성을 상실했다는 열패감과 자괴감으로 고통받지는 않는다. 남성성에 대한 집착에서는 안토니가 셰익스피어의 여타 로마 영웅들에게 전혀 뒤지지 않는다. 오히려 안토니의 집착은 강박과 편집증에 가깝다. 상실한 남성성을 회복하고자 안간힘을 쓰는 안토니는 '고귀한 로마인'의 규범에서 점점 멀어진다.

안토니가 남성성의 상실(엄밀히 말하면, 남성성을 상실했다는 자의식)로 인해 자기소외에 빠지는 이유는 타인의 시선에 종속되기 때문이다. 안토니는 이 극에서 타인의 관찰과 평가에 가장 민감하게 반응하는 인물이다. 관찰당하고 평가당하는 안토니의 불안은 '여성화'될지 모른다는 '거세 공포증'과 맞물려 있다. 그 두려움은 안토니에게 죽음보다 더 무서운 적으로 다가온다. 클리오파트라가 죽었다는 오보를 전해 듣고 안토니가 부하에게 죽여달라고 부탁하는 이유도 이와 무관하지 않다.

> 에로스, 너는 주인이 팔이 포박당한 채
> 교정받을 각오를 한 듯 목을 구부리고
> 파고드는 수치심에 얼굴도 들지 못하며
> 죄인으로 낙인이 찍힌 비천한 모습으로
> 승리한 시저의 전차 뒤에 끌려가는 꼴을
> 로마의 창문턱에 걸터앉아 구경할 텐가?(4.14.71-77)

안토니가 예상하는 자신의 비참한 최후는 그가 클리오파트라에게 저주하듯 예고해준 최후의 모습과 흡사하다. 두 경우 모두 치욕적인 구경거리가 된다. 구경하는 자와 구경당하는 자의 위상적 불균형이 극대화되기 때문이다. '고귀한 로마인'이었던 안토니가 길거리의 비천한 구경거리가 되는 것은 계급 위계의 역전인 동시에 젠더 관계의 역전이다. 마치 포르노의 여배우처럼 안토니는 발가벗겨진 채 관음증(觀淫症)적 시선에 노출되어야 한다. 즉 "파고드는 수치심"에 몸을 내놓아야 한다. 자신의 몸이 타인의 시선에 노출되고 침투당하는 것을 가장 부끄럽게 여기는 이유는 그것이 안토니에게는 가장 극단적인 형태의 '여성화'이기 때문이다.

안토니를 짓누르는 '여성화'의 두려움은 역설적이게도 클리오파트라만이 해소해줄 수 있다. 셰익스피어가 창조한 로마 영웅들은 브루터스가 말한 것처럼 남성성을 연기하는 "우리의 로마 배우들"(2.1.225)인데, 안토니의 경우는 대상 관객이 다르다. 타이터스, 줄리어스 시저, 브루터스, 코리얼레이너스 등과는 달리, 안토니는 로마인들의 시선은 별로 개의치 않고 클리오파트라에게 자신의 남성성을 과시하려고 한다. 안토니의 시선이 오직 클리오파트라에게만 꽂혀 있다는 파일로의 지적처럼, 클리오파트라에게 인정받으려는 욕구가 안토니에게는 삶의 추동력이다. 거꾸로 말하면, 그 인정 욕구가 좌절되는 데서 안토니의 비극이 시작된다. 로마와 이집트의 불균등한 권력 관계를 배경으로 하는 이 극에서 백인 남성 주체의 남성성이 성적·인종적 타자의 인정에 의존하는 것은 흥미로운 아이러니가 아닐 수 없다. '로마 배우'의 성패가 '이집트 관객'의 평가에 좌우되는 것이다.

이러한 상황은 바바의 식민주체 이론이 맞아떨어지는 지점이기도 하다. 바바에 따르면, 식민지 지배자의 주체 구성이 피지배자의 '차이'에 의존할 뿐 아니라 피지배자의 차이 자체가 유동적이고 가변적이기 때문에 주체의 정체성도 불안정해진다.[22] 제국의 주체 안토니와 식민지 타자 클리오파트라의 만남이 여기에 해당한다. 안토니는 지배와 예속의 안정된 위계를 원하지만, 클리오파트라는 욕망과 두려움을 동시에 불러일으키는 양가적 대상이다. 안토니에 대한 클리

---

22) Homi K. Bhabha, *The Location of Culture*, London: Routledge, 1994, pp.86-89.

오파트라의 인정은 미흡하고 때로는 지연된다. 클리오파트라의 인정이 안토니가 기대한 만큼 즉각적이고 충분하지 않은 것이다. 이러한 인정의 '미끄러짐'은 자신의 남성성이 유실된다는 안토니의 불안과 맞물려 있다. 그리고 안토니의 불안은 극이 진행될수록 증폭된다. 안토니는 점점 클리오파트라만 바라보지만, 클리오파트라는 그렇지 않기 때문이다.

안토니의 의존상태는 시저와의 전쟁에서 패하면서 더욱 심해진다. 시저와의 남성성 경쟁에서 훼손당한 자존심을 클리오파트라에게서 보상받으려는 욕구가 강해지기 때문이다. 안타깝게도 이후에 안토니가 보여주는 것은 용렬한 남성(성)의 민낯이며, 곤경에 처한 그의 언행은 패자의 자존심과 열등감이 동전의 양면임을 말해줄 뿐이다. 시저의 사신을 접견했다는 이유로 클리오파트라를 "여기저기 붙어 먹는 기회주의자"(3.1.3.110)로 매도하는 안토니에게서, "측량 가능한 사랑은 거지 놀음"이며 클리오파트라를 품으려면 "새 하늘과 새 땅이 필요"(1.1.15-17)하다던 안토니의 이전 모습은 찾아볼 수 없다. 심지어 안토니는 클리오파트라의 '과거'를 들추어냄으로써 그동안 숨기고 억눌렀던 의심과 질투의 응어리를 여지없이 드러내고 만다.

당신은 죽은 시저 밥상에 있던 찬밥이었소.
당신은 네이우스 폼페이가 남긴 찌꺼기였소.
이외에도 사람들 입에 오르내리지 않았지만
허다한 남정네들과 음탕한 시간을 보냈겠지.
단언컨대 당신은 정조에 대해 짐작만 할 뿐
그것이 무엇인지는 절대로 알 수 없을 거요.(3.13.116-22)

셰익스피어는 '여성성'의 속성으로 여겨지는 질투를 안토니에게 덧입힌다. 특히 클리오파트라의 남성 편력에 대한 의심은 질투를 넘어 편집증과 과대망상으로 치닫는다. 이 과정에서 안토니는 클리오파트라의 변덕과 폭력성을 닮아간다. 2막에서 안토니가 로마에서 옥테이비아와 결혼했다는 소식을 전하는 사신에게 온갖 욕설과 폭력을 가하는 클리오파트라의 모습과, "천하의 주인"(3.13.72) 시저의 메시지를 클리오파트라에게 전하는 사신에게 채찍질을 퍼부으며 분노와 열패감을 달래는 안토니의 모습은 희한하게 중첩된다. 이 광포한 분노가 "아직도 날 모르세요?"(3.13.157)라는 클리오파트라의 한 마디로 '눈 녹듯이' 풀어지는 안토니의 변덕스러운 모습도 클리오파트라를 연상시킨다. 더군다나 안토니는 줄리어스 시저→폼페이→안토니→옥테이비어스 시저로 이어지는 클리오파트라의 방향전환을 "세 번씩이나 배신한 화냥년"(4.12.13)이라고 비난하는데, 실은 안토니 자신의 애정행각도 풀비아→클리오파트라→옥테이비아→클리오파트라로 갈아타는 배신의 연속이었다.

안토니는 클리오파트라를 "창녀" "마녀" "집시"(4.12.13, 16, 25, 28)라고 부른다. 그야말로 적반하장(賊反荷杖)이다. 클리오파트라에게 퍼붓는 안토니의 여성 혐오적인 언어폭력은 자기소외의 산물이다. 안토니 스스로 통합된 자아를 견지하지 못하다 보니 클리오파트라와의 관계도 타인의 시선과 평가에 휘둘리고, 다른 로마인들이 사용하는 언어로 클리오파트라를 규정한다. 게다가 안토니는 클리오파트라가 시저의 포로로 로마에 끌려가면 "소리 지르며 달려드는 시정잡배들에게 불쌍한 난쟁이나 얼뜨기처럼 꼴사나운 구경거리가 되고" "오래 참고 기다린 옥테이비아의 긴 손톱에 할퀴어 얼굴에 고랑이 패는"(4.12.34-39) 수모를 당할 것이라고 저주를 퍼붓는다. 극이 막바지로 갈수록 안토니의 수사와 수행 사이의 괴리는 더 깊어지고 그를 향한 관객의 동일시도 점차 약해진다. "난 아직 안토니야"

(3.13.93)라는 억지 섞인 외침은 자신이 과거 안토니가 아니라는 말로 들리고, 클리오파트라의 키스를 받으며 "이제 난 강철 같은 남자"(4.4.33)라고 호언하며 떠나는 출정식은 승산 없는 최후의 일전과 씁쓸한 대조를 이룬다.

안토니의 쪼그라진 위상과 안쓰러운 허세의 병치는 그의 죽음 장면에서 더욱 확연해진다. 안토니가 죽음을 선택하는 이유는 정치적 희망이 완전히 사라졌을 뿐 아니라 자신의 남성성 경연을 관전하고 박수갈채를 보내줄 클리오파트라가 존재하지 않는다고 생각하기 때문이다. 물론 이는 클리오파트라의 연기로 인한 안토니의 오판이다. 클리오파트라가 안토니의 이름을 부르며 용감하게 자결했다는 거짓 전갈을 접한 안토니는 "이제 군인도 아니고"(4.14.42), "여자의 용기도 없다"(4.14.59)라면서 극도의 자기 비난에 빠진다. "피할 수 없는 수치와 공포가 등 뒤에서 쫓아오는"(4.64-66) 상황에서, 비극 영웅으로서의 안토니가 실추된 명예를 회복할 유일한 방법은 자결이다. 하지만 셰익스피어는 그의 작품을 통틀어 안토니에게 가장 영웅답지 못한 죽음을 부여한다. 장황한 고별사를 늘어놓은 후에 안토니는 클리오파트라와 에로스의 "고귀한 행적이 남긴 용감한 교훈"을 본받아 "신랑이 신부의 침실로 달려가듯"(4.14.98-101) 자신의 칼 위에 엎드러지지만, 그의 제의적 행위는 깔끔하게 마무리되지 않는다. "어라, 안 죽네? 안 죽잖아? 여봐라, 근위병! 날 처치해다오"(4.14.103-4)라고 부르짖는 안토니의 모습은 이 극이 보여주는 안티클라이맥스의 백미라고 할 만하다.

안토니의 처연하고 처절한 제의행위는 클리오파트라가 몸을 피한 종묘로 실려 온 후에도 계속된다. 안토니는 한편으로는 마치 엄마 품에 안긴 아기가 울부짖듯이 "나 죽어요. 이집트, 죽는다고요"(4.15.18, 41)라고 거듭 클리오파트라의 연민을 애원하면서, 다른 한편으로는

"시저의 용맹은 안토니를 넘어뜨리지 못했고 안토니의 용맹이 스스로 승리한 것"(4.15.14-15)이며, 자신은 "지금까지 세상의 가장 위대하고 고귀한 군주로 살아왔고, 이제 비겁하게 동포에게 투구를 벗어던지며 천하게 죽지 않고 로마인이 로마인에게 용감하게 정복당하는 것"(4.15.54-57)이라고 강변한다. 진퇴양난(進退兩難)과 사면초가(四面楚歌)의 지경에서 맞닥뜨린 죽음을 명예로운 자기소멸로 끝까지 미화하는 것이다. 안토니의 질긴 목숨이 마침내 끊어지자 클리오파트라는 "아, 세상의 왕관이 녹아내렸다. 전쟁의 화관이 시들어버렸고, 용사의 잣대가 쓰러졌다"(4.15.63-64)라고 슬퍼하지만, 그녀의 애도는 관객의 냉담한 시선을 되돌려놓지 못한다. 오히려 안토니의 최후는 감정이입의 클라이맥스를 방해하고 지연시킨다. 안토니의 남성성이 죽기 전에 이미 녹아내리고 시들어버렸기 때문이다. 이는 안토니가 주인공이지만 4막에서 일찍 사라져야 하는 이유이기도 하다. 극의 대단원은 "고귀한 로마의 방식을 따라"(4.15.87) 의연하게 죽음에 맞서는 클리오파트라의 몫이다.

7 셰익스피어에게 남성성이란?

지금까지 세 장에 걸쳐 살펴보았듯이, 셰익스피어의 플루타르크 3부작에서 재현된 로마다움과 남성성의 문제는 선/악 또는 정상/비정상의 이분법적 틀로 간단히 규정하기가 어렵다. 『줄리어스 시저』 『코리얼레이너스』 『안토니와 클리오파트라』를 함께 놓고 보면, 셰익스피어는 남성성을 로마다움으로 쉽게 치환하지 않는다는 것을 알수 있다. 코리얼레이너스는 셰익스피어의 로마 영웅 중에서 가장 단순하고 투박한 형태로 남성성을 구현한다. 줄리어스 시저는 이면적 두려움과 표면적 허장성세의 이중성을 드러낸다. 브루터스는 세련되게 남성성을 연기하면서 그것이 내면적 속성이 아니라 연극적 수행임을 자각한다는 점에서 다른 로마 영웅들과 구분된다. 안토니는 『줄리어스 시저』에서는 담력과 의리와 지략을 겸비한 영웅이었으나 『안토니와 클리오파트라』에서는 무책임할 정도로 욕망을 추구하는 개인주의자로 바뀐다. 그런데 셰익스피어는 어느 경우든 옳고 그름이나 좋고 나쁨의 잣대로 재단하기보다 그렇게 다양한 삶의 방식을 있는 그대로 보여주는 입장을 견지한다. 심지어 남성성의 규범에서 이탈한 안토니의 경우도 캔터가 주장하는 것처럼 '로마답지 못한' 삶이 아니라 로마다움의 다양성을 구성하는 일례로 제시한다.

셰익스피어가 재현하는 로마다움은 키케로와 세네카 같은 스토아주의자들이 '현자'의 조건으로 내세운 불변성보다 더 복합적인 개념이다. 로마 시대에도 스토아주의 전통에 맞선 에피쿠로스주의자들이 고통과 두려움을 극복하는 대안을 제시했고, 르네상스 시대에는 스토아철학을 상대주의 인식론으로 변주한 몽테뉴가 불변성보다 가변성과 불확실성을 인간존재의 보편적 조건으로 재해석했다. 이는 '인간다움'과 '로마다움'의 이상이 획일적이지 않았음을 의미한다. 로마다움의 스펙트럼 한쪽에는 시종일관과 확고부동의 불변성을 구현하려는 인간형이 있었고, 다른 쪽에는 변하는 세계를 살아가는 변하는 인간형이 있었다. 세네카의 동시대 로마인들도 셰익스피어의 동시대 잉글랜드인들도 그 사이에서 갈등하고 타협하며 살았을 것이다. 몽테뉴의 『수상록』과 그의 회의론이 16세기 잉글랜드 사회에 적잖은 영향을 끼친 사실을 감안하면, 무쇠나 바위처럼 견고한 남자가 되려고(또는 그렇게 보이려고) 노력하는 코리얼레이너스와 브루터스보다 녹아내리고 흐트러지는 삶을 영위하는 안토니에게 셰익스피어의 관객들은 더 공감했을지 모른다.

불변성과 불가분의 관계에 있는 남성성에 대해서 셰익스피어는 어떠한 입장을 취하는가? 가부장제·제국주의 사회의 보편적 준거가 되는 남성성은 셰익스피어가 재현한 로마에서도 핵심 가치로 복무한다. 하지만 셰익스피어는 남성성을 전적으로 옹호하지도 않고 전적으로 비판하지도 않는다. 오히려 셰익스피어는 로마인들의 다양한 삶을 통해 남성성에의 집착이나 남성성의 상실에서 기인하는 갈등과 모순을 분석하는 데 치중한다. 이 지점에서 자연스럽게 떠오르는 몇 가지 질문이 있다. 그렇다면 셰익스피어는 지나치거나 모자라지 않는 남성성을 규범적 가치로 승인하는가? 셰익스피어가 문제 삼는 것은 남성성의 과잉이나 결핍인가, 아니면 남성성 자체인가? 셰익스피어는 남성성의 비현실성 즉 남자다움과 인간다움 사이의 괴리를 말하려는 것이 아닌가? 한 걸음 더 나아가서, 셰익스피어는 남성성을 본질적 가치가 아닌 사회문화적 구성물로 인식한 것이 아닌가?

이글턴은 셰익스피어를 읽다 보면 "이 보수적인 가부장" 작가가 헤겔, 마르크스, 프로이트, 니체뿐만 아니라 비트겐슈타인과 데리다까지 섭렵한 것 같은 느낌이 든다고 했다. 셰익스피어가 언어, 욕망, 가치 같은 문제에 접근하는 방식이 "우리가 아직 그를 따라잡아야 하는" 작가라는 생각을 들게 하기 때문이다. 즉 셰익스피어는 언어의 기호학적 속성에서 기인한 "몸과 언어의 갈등"이나 "기호와 사물의 구조적 불일치"를 "해체론적 방식"으로 재현했다는 것이다.[23] 해체론의 유용성을 논증한 이석구에 따르면, 데리다는 여성을 '진실의 알레고리'로 사용한 니체를 전유하여 로고스 중심주의를 해체한다.

---

23) Terry Eagleton, *William Shakespeare*, Oxford: Basil Blackwell, 1986, pp.ix–x. 97–101.

니체는 진실이 여성처럼 남성 철학자에게 상호모순적인 세 가지 양태(진실인 순간, 진실이 아닌 순간, 진실도 거짓도 아닌 순간)로 다가온다고 얘기했는데, 데리다는 니체가 여성의 '본질'도 없으며 여성에 대한 '진실'도 없음을 강조한 것으로 재해석한다. 즉 데리다가 니체를 빗대어 말하고자 하는 바는 성차(性差)가 없다는 것이 아니라 이분법으로 확정된 남성/여성이 없다는 점이다.[24] 이글턴과 이석구의 지적은 셰익스피어의 남성성 재현에도 적용될 수 있다. 만약 셰익스피어도 니체처럼 남성(성)을 '진실'이나 '본질'이 아닌 담론적 구성물로 파악했다면, 셰익스피어에게 '포스트모던'이나 '해체론자'라는 딱지를 붙여도 크게 이상하지 않을 것이다.

그런데 여성 문제에 대한 셰익스피어의 모호한 입장은 그가 속했던 사회 환경과 무관하지 않다. 셰익스피어의 동시대인들은 다양한 심급에서 중층적으로 진행된 사회변화를 목격하고 있었다. 역사학자 스톤이 '귀족사회의 위기'로 규정한 르네상스 시대에는 중세 봉건주의에서 근대 자본주의로 이행하면서 계급구조는 물론 젠더 관계에도 공전의 변화가 일어나고 있었다.[25] 이른바 '남성성의 위기'가 대두한 것이다. 그런데 가부장제 사회의 위기의식은 남성성 담론을 더 활발하게 생산하고 소비하는 요인으로 작용했다. 키멀(Michael Kimmel)은 르네상스 시대의 남성성 개념은 여성성과 마찬가지로 젠더 관계의 맥락에서 사회적으로 구성되었을뿐더러 여성성 개념의 변화에 대한 반작용(reaction)이었다고 주장한다.[26]

---

24) 이석구, 『저항과 포섭 사이: 탈식민주의 이론에 대한 논쟁적인 이해』, 소명출판, 2016, 710-717쪽.

25) Lawrence Stone, *The Crisis of the Aristocracy, 1558-1641*, Oxford: Oxford University Press, 1967.

26) Michael Kimmel, "The 'Crisis' of Masculinity in Seventeenth-Century

브라이튼버그도 남성성을 르네상스 가부장제 사회가 봉착한 불안(anxiety)의 산물로 분석한다. 불안이란 주체가 인지하지 못하는 위험을 예견하고 대비하는 상태라고 규정한 프로이트를 남성성 분석에 적용한 브라이튼버그는, 불안이 가부장제 사회의 모순을 드러내는 동시에 불안정한 가부장제 체제를 강화하고 존속시키는 역설적 기능을 수행한다고 주장한다. "남성성에 내재하는 불안"은 "가부장제의 불가피한 산물"이자 "가부장제의 풍토병"이지만 "사회체제의 회복 탄력성"으로도 작동한다는 것이다. 또한 "남성성은 기본적으로 남자들끼리 발화하고 소진하는 담론으로서, 고통과 번민의 공통언어를 통해 자신들의 정체성을 확인하는 방식"이며, 이 과정에서 남성성 담론은 여성이라는 타자에게 의존하면서도 불안의 책임을 전가하는 역설을 수반한다.[27]

코넬이 말한 '헤게모니적 남성성'이 사회구성원의 '동의'를 얻어내는 담론적 전략 가운데 하나가 복화술적 완곡어법이다. 셰익스피어 시대의 가부장적 귀족체제가 위기를 타개한 방식도 이에 해당한다. 겉으로는 젠더 문제를 건드리는 것 같지만, 실제로는 계급갈등을 다룬 것이다. 이는 기존의 사회질서에 대한 계급적 타자의 불만을 성적 타자에게 전가·전이함으로써 르네상스 시대의 유동성을 봉합하려는 지배 권력의 우회 전략이었다. 다시 말해서, 여성에 관한 재현은 사회변혁기에 여성의 목소리를 '대변'하고 '관리'할 뿐만 아니라 가부장제 사회 내부의 계급갈등을 호도하는 수단이었다. '그들'

England," Stefan Horlacher(ed.), *Constructions of Masculinities in British Literature from the Middle Ages to the Present*, London: Palgrave Macmillan, 2011, p.90.

27) Mark Breightenberg, *Anxious Masculinity in Early Modern England*, Cambridge: Cambridge University Press, 1996, pp.1-23.

을 비하하고 정죄함으로써 '우리' 사이의 갈등을 무마한 점에서, 여성은 지배계층 남성이 피지배계층 남성에게 제공하는 희생양이었던 셈이다. 돌이켜보면, 유구한 가부장제 역사에서 단 한 번이라도 '이상적 남성성'이 완벽하게 구현된 적이 없었으며, 그 실패를 항상 다른 사회적 약자, 특히 여성의 탓으로 돌려왔다.

그렇다면 셰익스피어는 이러한 남성성 담론의 남성중심주의를 초극했다고 볼 수 있을까? 그렇지 않다. 셰익스피어의 궁극적 관심은 남성(성)이다. 셰익스피어는 남성성의 문제를 살펴보기 위해 여성을 배경과 소재로 전유할 뿐, 여성 자체에 관심을 가진 것이 아니다. 남성성에 대한 대안으로서 여성성을 탐구하는 것은 더더욱 아니다. 가부장제 사회의 모순과 불안을 살피려고 여성을 끌어들일 뿐이다. 여성이 무엇을 원하고 생각하는지는 셰익스피어에게 부수적이고 지엽적인 관심사다. 셰익스피어는 남성 작가이면서 남성중심주의적 작가다. 남성 주체의 자기성찰을 위해 여성이라는 타자를 거울로 이용하는 것이다. 이는 셰익스피어가 가부장제의 불안과 그늘을 들추어낼지언정 여성해방을 외치는 페미니스트가 아닌 것만큼 분명한 사실이다.

물론 그 셰익스피어를 전유하고 재해석하는 작업은 후대 독자와 관객의 몫이다. 여성을 타자화하는 셰익스피어를 통해 여성 억압의 역사를 재조명하고, 침묵당한 여성의 목소리를 텍스트 행간과 이면에서 읽어내는 것이다. 그래서 셰익스피어는 가부장제와 페미니즘이 마주치는 이데올로기적 전쟁터가 된다. 하지만 텍스트의 전유는 거기까지다. 여기서 한 걸음 더 나아가서 셰익스피어를 그가 살았던 가부장제 시대를 거스른 여성주의 작가로 탈바꿈하는 것은 비평가의 '소망 충족'이다. 여성 문제에 관한 한, 셰익스피어 특유의 양가성은 충분히 양가적이지 않다.

16세기 작가 셰익스피어를 원형적 페미니스트로 재구성하는 것은 21세기 독자가 누릴 수 있는 자유다. 다만 그 해석의 자유를 누릴 때 버지니아 울프가 『자기만의 방』에서 남긴 그 유명한 구절을 한 번쯤 되새겨볼 필요가 있다. 울프는 셰익스피어의 누이로 설정한 가상 인물 주디스의 짧은 생애를 반추하면서, 재현의 주체가 될 수 없었던 셰익스피어의 동시대 여성 "그녀"의 처지를 이렇게 표현한다. "그녀는 상상의 영역에서는 가장 중요하지만, 현실에서는 철저하게 하찮은 존재다. 그녀는 시의 전편을 주름잡지만, 역사에서는 거의 존재하지 않는다. 그녀는 허구에서는 왕들과 정복자들의 삶을 주무르지만, 현실에서는 그녀의 손가락에 억지로 반지를 끼운 자의 사내아이를 위한 노예였다. 문학에서 가장 영감을 받은 말들과 가장 심오한 생각들이 종종 그녀의 입에서 흘러나오지만, 실제 삶에서 그녀는 거의 읽지도 못하고 쓰지도 못했으며 남편의 소유물이었을 뿐이다."[28] 셰익스피어야말로 문학적 상상과 허구 속에서 여성을 역사의 주인공으로 창조한 대표적인 작가다. 그렇게 한 이유가 여성을 위해서였을까?

---

28) Virginia Woolf, *A Room of One's Own and Three Guineas*, Oxford World's Classics, Morag Shiach(ed.), Oxford: Oxford University Press, 2000, p.56.

제5장 제국의 '변방' 브리튼의 재발굴

> "깨끗하고 솔기 없는 브리튼-잉글랜드의 계보를
> 믿고 싶은 르네상스 잉글랜드 관객들에게 셰익스피어가
> 보여주는 것은 '겹치는 영토와 뒤엉킨 역사'다."

1 브리튼의 야만성 혹은 상고성

영국의 역사는 침략과 정복의 연속이었다. 섬나라 영국은 고대와 중세에는 끊임없이 외부의 침공에 시달렸고, 르네상스 이후 근대에는 외부로 진출하고 확장했다. 그 과정은 정복당하든 정복하든 간에 원주민과 이주민의 경계가 계속 흐트러지는 '혼종화'의 역사였다. 유럽에서 가장 면적이 넓은 섬 그레이트 브리튼은 고대 그리스인들이 앨비언(Albion)이라고 불렀고, 기원후 43년 이 섬을 침공한 로마인들이 브리튼인(Briton)의 거주지라는 의미의 라틴어로 브리타니아(Britannia)라고 부르면서 브리튼은 지정학적 명칭이 되었다. 후기 중세 이전의 브리튼은 유럽대륙 민족들의 사냥터였다. 율리우스 카이사르(Julius Caesar)의 침공과 이후 400년간 계속된 로마의 식민지배는 게르만족 계통의 앵글로색슨족과 바이킹족의 후예인 데인족의 침략으로 이어졌다. 10세기경에 앵글로색슨족은 브리튼 남동부를 기반으로 잉글랜드 왕국을 건설했으나 1066년에 프랑스 지역 출신의 노르만족에게 정복당하면서 권력의 중심부에서 물러나야 했다.

그런데 앵글로색슨족의 침략과 지배 과정에서 게일어를 사용하는 브리튼 원주민들은 섬의 북서부로 밀려나서 이른바 '켈트 변방'(the Celtic Fringe)을 형성하게 되었다. 말하자면, 근현대 브리튼의 중심부인 잉글랜드는 이민족이 세운 국가였으며, 노르만정복 이후 노르만-플랜태저넷-튜더-스튜어트로 이어진 잉글랜드 왕조는 정복자의 역사였던 셈이다.

이러한 혼종화의 역사는 셰익스피어의 동시대 잉글랜드인들에게 적잖은 혼란과 불안감을 가져다주었다. 통합된 민족국가와 강력한 제국을 꿈꿨던 르네상스 잉글랜드는 민족주의와 제국주의 담론의 토대인 '뿌리'가 모호했기 때문이다. 당시 잉글랜드는 외연의 확장을 기획하면서도 내부를 깔끔히 정리하지 못했고, 영광스러운 미래를 바라보면서도 자랑스럽지 못한 과거에 발목이 잡혔다. 모든 민족 담론이 그러하듯이, 르네상스 잉글랜드인들은 '뿌리'와의 연속성을 확보하려고 중세 잉글랜드를 거쳐 고대 브리튼으로 올라갔는데, 그 선조들의 혈통이 워낙 뒤죽박죽이라서 그것을 부정하거나 조작해야만 하는 딜레마에 봉착했다.

그래서 역사 형식을 갖춘 통시적 서사가 해결책으로 등장했다. 셰익스피어와 동시대 작가들에게 많은 소재를 제공한 홀린셰드의 『연대기』(*Chronicles of England, Scotland, and Ireland*, 1577)는 고대에서 중세를 거쳐 르네상스 시대까지 브리튼 군도의 복잡다기한 역사를 정리하고 주석을 달았다. 『연대기』의 모델이 된 제프리의 『브리튼 열왕기』(*The History of the Kings of Britain*)도 트로이 영웅 아이네아스의 후손인 브루투스가 앨비언섬에 정착한 이야기부터 색슨족의 침입을 물리친 아서왕의 이야기까지 솔기 없는 목적론적 서사를 전개한 브리튼의 서사시다.

셰익스피어도 고대와 중세를 넘나들며 잉글랜드의 계보학적 정체성을 탐색한다. 그런데 셰익스피어의 전기 작품과 후기 작품에 드러나는 역사적 시각이 서로 다르다. 셰익스피어가 엘리자베스 여왕 시대에 쓴 극들은 잉글랜드다움(Englishness) 즉 잉글랜드의 순수성과 독자성을 강조하는 경향을 보인다. 가령, 『리처드 2세』에서 곤트의 존 공작이 과거의 영화와 현재의 혼란을 대조하려고 소환하는 '조국'에는 '켈트 변방'이 낄 자리가 없다. 그가 찬양하는 "왕들의 옥좌요 주권이 통치하는 이 섬, 또 하나의 에덴이요 천국에 버금가는 이 왕족의 보금자리, 전쟁의 신이 머무는 이 자리" "역병과 전쟁의 손길에서 보호하려고 자연이 스스로 건설한 이 요새"(2.1.40-44)는 오직 잉글랜드만 가리킨다. 『헨리 4세』 1부에서도 웨일스는 "규율이 없고 길들지 않은 글렌다워"(1.1.40)가 마술로 다스리는 지역이요 잉글랜드의 왕위계승자인 모티머가 여성적이고 야만적인 문화에 동화되어 정치적으로 거세당하는 공간이며, 스코틀랜드는 해리 왕자의 서사시적 여정에 최대 걸림돌이자 "예의범절도 모르고 자제력도 없으며 오만불손한"(3.1.180-81) 핫스퍼의 본거지다.

잉글랜드의 민족주의 서사시를 완결하는 『헨리 5세』에서는 스코틀랜드가 "까불대는 이웃"(1.2.145)으로 묘사된다. 헨리는 프랑스 정벌을 앞두고 "고양이가 없을 때 쥐가 그러하듯, 잉글랜드 독수리가 사냥 나간 틈을 타서 빈 둥지에 잠입한 스코틀랜드 족제비가 고귀한 알들을 집어삼키는"(1.2.169-72) 상황을 우려한다. 앵글로색슨 잉글랜드의 원조임을 자부하던 프랑스도 잉글랜드의 식민지로 재배치된다. 프랑스 귀족들이 잉글랜드를 두고 "우리 조상들이 욕정을 배출하다가 생겨난 몇 개의 싹이 조야한 야생 그루터기에 접붙여져서 갑자기 땅 위로 솟아난 우리의 곁가지"이며 "노르만족이긴 한데 잡종 노르만족이며 노르만의 서출들"(3.5.10)이라 비하하지만, 헨리의 성공적인 프랑스 정벌을 통해 순종/잡종, 적자/서자, 줄기/곁가지의 위계는 결국 역전된다.

그러나 엘리자베스 여왕이 후사(後嗣)를 남기지 않고 죽은 탓에 스코틀랜드의 제임스 6세가 잉글랜드의 제임스 1세로 등극하면서 '켈트 변방'은 잉글랜드인들에게 이전과는 다른 의미를 지니게 되었다. 셰익스피어도 제임스 1세가 소속 극단의 후원자가 되면서『리어왕』『맥베스』『심벌린』처럼 웨일스와 스코틀랜드를 아우르는 브리튼을 배경으로 하는 극들을 연거푸 무대에 올렸다.『리어왕』은 고대 브리튼으로 거슬러 올라가서 르네상스 잉글랜드의 전환기적 사회현상을 되짚어보고 있다.『맥베스』는 스코틀랜드 봉건영주들 간의 권력투쟁을 그렸는데 왕권을 찬탈했던 야망의 화신 맥베스가 스코틀랜드와 잉글랜드 연합군에게 패퇴하는 것은 상당히 상징적이다. 그리고 맥베스가 살해한 뱅쿼의 후손이 왕이 되리라는 마녀들의 예언과 제임스 1세가 뱅쿼의 후손이라는 당시의 추측성 소문은 묘하게 맞닿아 있다. 마지막으로『심벌린』은 고대 브리튼의 일부였던 웨일스 지역을 무대로 로마와 브리튼의 갈등과 화해 과정을 극화하면서 르네상스 잉글랜드의 역사적 '뿌리'를 탐색한다.

이 중에서 특히『심벌린』은 '그때' 브리튼과 '지금' 잉글랜드의 관계를 고찰하는 측면에서 접근할 필요가 있다. 이 극은 웨일스에서 자라난 형제가 잉글랜드 출신의 아버지와 재회하고 그들의 누이동생은 스코틀랜드 남자와 결혼하는 범브리튼(pan-British) 가족 로맨스이자,[1] 브리튼이 로마 제국에 맞서 독립전쟁을 펼치며 주인공이 브리튼과 이탈리아를 오가고 유럽의 각국 남자들이 등장하는 범유럽(pan-European) 국제 드라마다. 셰익스피어의 후기 로맨스인『심벌

---

[1] John Kerrigan, *Archipelagic English: Literature, History, and Politics 1603-1707*, Oxford: Oxford University Press, 2008, p.133.

린』은 탈역사적 장르의 작품답게 고대 브리튼을 배경으로 미래의 잉글랜드가 건설할 제국을 판타지 형식으로 반추할 뿐 아니라 로마 식민지였던 고대 브리튼의 역사를 극화하면서도 '켈트 변방'에 대한 르네상스 잉글랜드의 식민주의적 관심을 표명한다. 특히 이 극은 당시에 제임스 1세가 추진한 잉글랜드와 스코틀랜드의 통합과 관련하여 로맨스답지 않게 동시대적인 정치성이 강했던 작품이다. 비록 그 기획은 의회의 반대에 부딪혀 당장 열매를 맺지 못했으나 잉글랜드인들이 국가 정체성을 재고하는 계기가 되었다.

『심벌린』을 당시의 양국통합 논쟁과 연관해 분석한 에스코베도 (Andrew Escobedo)는 셰익스피어가 "고대 브리튼과 동시대 잉글랜드를 분리"한다고 전제하면서 이렇게 주장한다. "이 극은 어색하게 혼종적이면서 고대와 연결된 브리튼 국가와, 잠재적으로 순수해도 전통에서 단절된 잉글랜드 국가 사이의 긴장을 극화한다. 주인공 포스추머스는 고대 브리튼 왕조에 관한 서사의 일부이지만 (놀랍게도) 왕조와 연관된 역할을 맡지 않고 '뿌리 없는' 잉글랜드 국가의 모델을 예시한다." 따라서 이 극이 보여주는 "브리타니아에서 잉글랜드로의 전환"은 "유구하고 존엄한 기원을 상실함으로써만 '근대' 국가라는 공동체로 재구성될 수 있다"라는 것을 암시한다.[2] 르네상스와 근대의 민족·국가 담론은 과거와 현재의 연속성을 강조하거나 반대로 과거의 유산을 평가절하하고 현재의 진보와 발전을 경축하는 두 가지 경향이 있는데,『심벌린』은 후자 쪽으로 치우쳐 있다는 것이다.

에스코베도는『심벌린』에 나타나는 '뿌리'에 대한 엇갈린 평가가 당시의 잉글랜드·스코틀랜드 통합 논쟁과 무관하지 않다고 본다. 통

---

2) Andrew Escobedo, "From Britannia to England: *Cymbeline* and the Beginning of Nations," *Shakespeare Quarterly* 59 (Spring 2008), p.63.

합 찬성론자들은 위대한 제국을 꿈꾸는 잉글랜드가 인종적·문화적 차이와 다양성을 포용한 로마를 모델로 삼아야 하며, 로마 제국의 유산을 계승하려면 스코틀랜드가 포함되는 브리튼을 잉글랜드의 기원으로 인정해야 한다고 주장했다. 반면에 통합 반대론자들은 잉글랜드의 국가 정체성을 상고성(上古性)보다 현대성에서 찾으려고 했기 때문에 '변방' 스코틀랜드와의 통합은 잉글랜드의 순수성과 독자성을 훼손시킨다는 논리를 내세웠다.

에스코베도에 따르면, 『심벌린』은 "브리튼·잉글랜드가 브리튼 '혹은' 잉글랜드로 전환하는 역사적 시기를 포착"한 작품이다. 이 극에는 "웨일스인이 잉글랜드인의 동포인가 이웃인가?"라는 질문을 던져놓고 답안을 찾던 르네상스 잉글랜드 사회의 민족주의적 고민이 담겨 있다. 그것은 "우리는 모두 브리튼인이다"와 "우리는 잉글랜드인이고 그들은 아니다"라는 두 명제 사이의 선택이다. 브리튼인가 잉글랜드인가? 셰익스피어는 이 두 가지 국가 정체성을 동시에 수용하면서도 융합하지는 않는다. 어느 것을 선택하든 득실이 있다. 우선, '브리튼' 옵션은 혼종성과 이질성을 받아들임으로써 상고성을 얻을 수 있다. 브리튼이 내부적으로는 심벌린이 다스리는 '중심부'와 그의 두 아들이 자라난 '주변부'로 구성되고 외부적으로는 로마 제국과 경쟁하는 국가이므로, 그것을 계승한 잉글랜드는 고래(古來)의 기원을 확보하는 것이다. 따라서 트로이 영웅을 조상으로 둔 브리튼인의 혈통은 로마인 못지않게 유구하며 그 역사는 스튜어트 왕조가 견인하는 '그레이트 브리튼' 기획에 추동력을 제공한다.

반면에 '잉글랜드' 옵션은 순수성과 근대성을 확보하는 대신 상고성을 포기해야 한다. 이 선택을 하게 되면 잉글랜드의 기원을 고대 브리튼이 아닌 앵글로색슨족이나 노르만족 같은 중세 '이민족'에 두어야 한다. 더구나 다른 유럽 국가들과의 차별화로 내적 동질성을 유지하려는 노력이 "순수를 지향하는 이상과 관계적 정체성의 현실 사이에서 진자운동" 하게 만든다. 이 극에서도 '잉글랜드' 시나리오는 웨일스의 옛 지명인 밀퍼드 헤이븐(Milford Haven)이 잉글랜드인들에게 고대의 '기원'을 제공하는 것이 아니라 자신들이 모호하게 차별화하는 국가 웨일스를 '주변부'의 알레고리로 변환시킨다. 그래서 에스코베도는 통합 반대론자들의 입김이 배어 있는 『심벌린』에서 셰익스피어는 어중간한 타협책을 답안으로 제시한다고 본다. '근대' 국가 잉글랜드의 기원을 무리하지 않고 '적당하게' 주장하면서 '먼저 온 자들'과 '나중 온 자들' 사이의 위계를 조정하는 것이다. 르네상스 잉글랜드인들에게는 극 주인공의 이름(Posthumous)이 뜻하는 '사후'(死後)가 자랑할만한 미덕은 아니지만 그렇다고 부끄러워해야 할 이유도 아니었다는 것이다.[3]

그런데 셰익스피어가 『심벌린』에서 잉글랜드의 상고성과 혼종성보다 근대성과 독자성에 더 가중치를 두고 민족·국가·제국 담론을 펼친다는 에스코베도의 주장은 재고의 여지가 있다. 무엇보다 셰익스피어는 '그레이트 브리튼' 카드로 잉글랜드와 스코틀랜드의 통합을 밀어붙이던 제임스 1세의 입장을 의식하지 않을 수 없었다. 더구나 프랑스를 비롯한 유럽대륙 국가들로부터 '잡종'이나 '서출' 또는 '곁가지'로 폄하되어온 잉글랜드로서는 '뿌리'로서의 브리튼이 절실히 필요했다. 런던의 옛 지명인 러드 타운(Lud's Town)이 제프리의 『브리튼 열왕기』에서 얘기하듯 로마의 식민지배 이전에 브리튼을 다스린 러더왕의 이름을 딴 것이든, 현대 역사언어학자들이 주장하는 것처럼 고대 켈트 언어의 일종인 브리튼어(Brittonic)의 'Londonjon'에서 유래한 것이든 간에, 잉글랜드의 '중심' 런던은 켈트 '변방'과

---

3) 같은 글, pp.85-87.

끊기 힘든(실은, 끊기 싫은) 역사적 인연이 있었다. 브루투스 신화를 통해 로마 제국의 적통 계승자를 자처한 르네상스 잉글랜드에게는 로마와의 연결고리인 '브리튼' 옵션이 필요 불가결했을 것이다.

2 로마 제국의 식민지 브리튼

셰익스피어는 『심벌린』에서 고대 브리튼을 향수와 동경의 대상으로만 재현하지는 않는다. 셰익스피어 특유의 양가성이 잉글랜드의 '뿌리' 탐색 작업에서도 가동되는 것이다. 무엇보다 고대 브리튼은 로마의 식민지였음을 관객들에게 계속 상기시킨다. 대표적인 예가 브리튼 왕 심벌린이 아우구스투스 황제의 대사이자 로마 군대의 사령관인 카이어스 루시어스를 접견하는 장면이다. 루시어스는 브리튼을 정복했던 "줄리어스 시저에 대한 기억"(3.1.2)을 내세우면서 한동안 바치다가 근자에 중단한 조공을 계속 바치라고 요구한다. 여기서 시저의 소환은 중요한 상징성을 지닌다. 시저는 로마와 브리튼의 식민적 만남을 문명과 야만의 조우로 간주한 인물이기 때문이다. 브리튼에 대한 시저의 시각은 르네상스 잉글랜드인들이 아일랜드나 아프리카 또는 아메리카의 원주민 사회를 바라본 시각과 크게 다르지 않았다. 『태풍』에서 프로스페로와 유럽 백인들이 캘리반을 계몽하기 어려운 '미개인'으로 여기는 것처럼, 시저에게 브루투스의 후예들은 '곁가지'이자 '야만인'이었을 뿐이다. 그때 시저에게 브리튼의 '현재'는 로마의 '과거'였다.

루시어스의 제국주의 언술에 브리튼 왕실은 민족주의 언술로 대응한다. 심벌린의 왕비는 "브리튼은 스스로 존립하는 세계"(3.1.12-13)임을 강조하고, 왕자 클로튼은 "시저가 여기 와서 정복은 했으나 '왔노라 봤노라 이겼노라'라고 큰소리는 치지 못했소"(3.1.22-24)라고 반박한다. 심벌린은 "시저의 야심이 부풀어서 세상의 면적을 넓히다시피 했고 터무니없게 우리에게 멍에를 지웠지만, 용맹한 민족은 그 것을 떨쳐버리기 마련일 터, 우리가 바로 그런 민족이오"(3.1.48-53)라고 맞선다. 특히 심벌린은 시저가 도착하기 이전의 브리튼에 문명과 역사가 존재했다는 사실을 강조하기 위해 "우리의 조상은 멀무시어스"(3.1.54)임을 천명하며 "멀무시어스가 우리 법을 제정했고, 그분이 브리튼 최초로 머리에 금관을 쓰고 스스로 왕이라 칭했소"(3.1.558-61)라고 역설한다. 제프리의 『브리튼 열왕기』에 나오는 고대 브리튼의 전설적인 왕 멀무드(Dyfnwal Moelmud)를 내세워 조상 선재(先在) 경쟁을 하는 것이다. 조공을 거부하는 브리튼의 강력한 저항은 결국 전쟁으로 이어진다. 루시어스는 "시저는 당신이 나라 안의 신하들보다 더 많은 수의 왕들을 종으로 거느리시오"라고 상기시키며 "시저의 이름으로 전쟁과 혼란을 선포"(3.1.63-66)한다.

식민지 브리튼의 후진성은 로마가 덧씌운 굴레인 동시에 브리튼 스스로 빠져 있는 늪이다. 왕에게 추방된 신하가 보복으로 왕자들을 유괴하고, 남은 왕위계승자인 공주는 신분이 낮은 남자와 결혼하여 왕의 분노를 사며, 왕비는 전남편과의 사이에서 낳은 아들을 왕좌에 앉히기 위해 왕과 공주의 독살을 시도하고, 그 아들은 이복누이를 겁탈하고 그녀의 남편을 살해하려고 하며, 남편은 아내의 정절을 걸고 내기를 하다가 무고한 아내를 죽일 뻔했다. 한마디로, 브리튼은 배신과 음모로 가득한 사회다. 남편과 아내, 부모와 자식, 오빠와 누이, 왕과와 신하의 모든 관계가 뒤틀리고 무너져버렸다. 마치 드라이든의 『인디언 여왕』(The Indian Queen), 『인디언 황제』(The Indian Emperor), 『그라나다 정복』(The Conquest of Granada) 같은 전형적인 식민주의 작품에서 정복자가 도착하기 전에 이미 원주민 사회가 부패와 무질서

속에 빠져 정복당할 준비가 되어 있는 것처럼, 『심벌린』에서 브리튼은 문명과 질서의 제국 로마의 지배를 받아 마땅한 세계로 그려져 있다.

로마와 브리튼의 식민적 관계가 '문명'과 '야만'의 이분법으로 규정되듯이, 브리튼 자체도 러드 타운과 밀퍼드 헤이븐의 두 지역이 '중심'과 '주변'으로 구분된다. 밀퍼드는 어릴 적에 심벌린의 신하 벨레리어스에게 유괴된 두 왕자 귀더리어스와 아비레이거스가 자신들의 정체성을 모른 채 자라온 촌구석인데, 궁궐이 있는 러드 타운에서 보면 변방 중의 변방이다. 벨라리어스는 동굴이 집이 된 궁핍한 삶을 양아들들에게 안빈낙도(安貧樂道)로 합리화한다. "애들아, 허리를 굽혀라. 이 문이 하늘에 대한 경배를 가르치고 머리 숙여 아침 예배를 드리게 한다. ……우리는 바위굴이 집이지만 완악한 부자들의 죄를 짓지 않는다."(3.3.2-9) 그에게 "이 삶은 상전 받들면서 욕먹는 것보다 더 귀하고, 할 일 없이 빈둥대는 것보다 더 값지며, 공짜 비단옷 뽐내는 것보다 더 떳떳하다."(3.3.21-24) 하지만 "날개를 펼친 독수리보다 껍질 속의 풍뎅이"(3.3.20-21)가 더 안전하고 편안하다는 벨레리어스의 자기 위안이 두 아들에게는 통하지 않는다. 귀더리어스에게는 이곳이 "무지의 토굴이요 꿈속의 여행이며, 담벼락 넘어가기를 두려워하는 빚쟁이의 감옥"(3.3.33-35)이고, 아비레이거스도 "우린 아는 게 없어요. 우린 짐승 같아요. 사냥할 땐 여우처럼 민첩하고 먹잇감 다툴 땐 늑대처럼 사납지요. 용맹이라곤 도망가는 짐승 쫓아가는 것밖에 없어요. 우린 새장에 갇힌 새처럼 지저귀며 우리의 속박을 마음껏 노래하죠"(3.3.39-44)라고 불평한다.

부자지간의 설전은 르네상스 전원문학의 핵심 주제인 자연/예술의 이원론에 근거한다. '녹색' 전원과 '회색' 도시를 두고 아버지는 순수와 오염으로 대별하고, 아들들은 그것을 각각 원시와 문명으로 간주한다. 이들의 삶의 양식은 또한 식민담론의 단골 소재인 '고귀한 야만인'을 예시한다. "도시의 고리대금업"과 "궁궐의 권모술수"도 모르고 "전쟁의 노고"와 "비방하는 비문(碑文)"도 없는 삶(3.3.45, 46, 49, 52)은 '문명인'의 시각에서 보면 순수하지만 단순하고 평화롭지만 정체되어 있다. 귀더리어스와 아비레이거스가 문명의 '중심부'인 러드 타운에 돌아와서야 "감추어진 본성의 불꽃"(3.3.79)이 타오르고 "두 뺨에 흐르는 왕자의 혈통"(3.3.93)이 드러난다. 다시 말해서, 이들이 자라난 '주변부' 밀포드는 타고난 본성과 고귀한 혈통을 중화(中和)시키는 곳이다. 러드 타운과 밀퍼드 헤이븐 사이의 우열은 로마와 브리튼 사이의 위계 못지않게 뚜렷하고 고정적이다. 적어도 브리튼이 로마와의 전쟁에서 승리를 거두기 전까지는.

3 로마 제국의 계승자 잉글랜드

『심벌린』은 사극이나 비극이 아니라 로맨스다. 그래서 '현실 원칙'에 충실한 리얼리즘이 유보되고 '쾌락 원칙'을 따르는 극적 반전(peripeteia)이 일어난다. 5막에서 브리튼이 독립전쟁에서 기적 같은 승리를 거두면서 제국 로마와 식민지 브리튼의 공고한 위계질서에 균열이 발생하고, 가족과 국가 단위의 모든 갈등과 혼란이 서둘러 봉합된다. 이 과정에서 중요한 촉매 역할을 하는 인물이 이모젠이다. 실명(Innogen)과 가명(Fidele) 모두 정절을 상징하는 이모젠은 브리튼의 국가 정체성과 맞닿아 있다. 이 극에는 두 종류의 침략이 전개된다. 한쪽에서는 로마가 브리튼의 완전한 식민화를 위해 공격하고, 다른 쪽에서는 이탈리아 한량 이아키모가 브리튼 공주 이모젠을 차지하려고 침실에 잠입한다. 군사적 침략과 성적 침략을 병치한 것이다. 결과는 두 경우 다 정복을 시도하는 측의 패배다. 브리튼이 로마 제국의 침략에 굴복하지 않고 독립전쟁에서 승리해 나라의 주권을 회복하는 과정과 이모젠이 이아키모의 유혹에 무너지지 않고 끝까지 정절을 지킴으로써 남편을 되찾는 과정이 닮은꼴을 이룬다.

이 극에서 로마는 브리튼에게 여러 형태로 패배를 맛본다. 아우구스투스 황제의 대리인인 루시어스 장군은 전쟁에서 포로가 되고, 이탈리아에서 건너온 이아키모는 이모젠을 유혹하는 데 실패할 뿐만 아니라 전쟁터에서 마주친 그녀의 남편 포스추머스에게 제압당한다. 그 직후 이아키모가 "브리튼이여, 이 땅의 신사가 우리 귀족들을 능가하듯이 이 못난 놈보다 낫다면, 로마인들은 사내가 아니고 브리튼인들은 신과 같다"(5.2.8-10)라고 스스로 한탄하는 대사는 로마와 브리튼의 역전된 관계를 함축해준다.

로마 군대의 일원으로 참전했던 포스추머스가 "이탈리아 옷을 벗어던지고 브리튼 농부 차림으로 갈아입는"(5.1.22-24) 장면도 상당히 상징적이다. 포스추머스의 외면적 변신은 아내에게 가한 고통과 조국에 대한 불충을 뉘우치고 진정한 '브리튼 남성'으로 거듭나는 내면적 변신과 동시에 일어나기 때문이다. 이후에 죽음을 불사한 포스추머스와 밀포드 삼부자(三父子)의 일당백(一當百) 활약 덕분에 브리튼은 누구도 예상치 못했던 승전을 하고 식민지배의 굴레에서 벗어나게 된다. 심벌린은 "고귀한 분노"로 "대단한 무공"(5.5.8, 9)을 세운 포스추머스의 활약을 이렇게 전한다. "그처럼 맹렬하게 싸운 초라한 차림의 병사를 찾을 수 없다니 너무나 안타깝소. 그의 누더기는 황금갑옷을 부끄럽게 했고, 그의 맨가슴은 뚫리지 않는 방패보다 앞서 나갔소."(5.5.3-5)

브리튼의 독립은 초자연적 계시와 함께 찾아온다. 포스추머스가 "위대한 주피터가 독수리를 타고 내려와 내 친족 혼령들과 함께 다가온"(5.5.426-28) 꿈을 꾸고 깨어났는데, 그의 가슴 위에 불가사의한 책이 놓여 있었다. 예언가가 해몽하기를, "자신이 누구인지 모르는 사자 새끼가 아무도 찾지 않았는데도 한 가닥 미풍을 타고 나타날 때, 거대한 삼나무에서 잘려나간 가지들이 오랫동안 죽어 있다가다시 살아나 묵은 등걸에 접붙여져서 생기 있게 자라날 때, 포스추머스의 고난은 끝나고, 브리튼은 복을 받아 평화와 풍요 속에 번영하리라."(5.4.434-41) 단절과 갈등에서 재회와 화해로 나아가는 로맨스의서사구조가 개인/가정/국가의 삼중 층위에서 완결되는 것이다. 스펜서의 『요정 여왕』에서 마술사 멀린이 엘리자베스 여왕의 통치가 아서 왕의 위업을 재연하리라고 예언한 것처럼, 극을 마무리 짓는 주피터의 계시는 제임스 1세 치하의 잉글랜드가 위대한 제국으로 변신하리라는 민족주의 판타지를 담고 있다.

『심벌린』의 결론은 브리튼의 번영뿐만 아니라 로마와 브리튼 간의국제 평화도 구현한다. 심벌린은 루시어스에게 "우리가 이겼지만, 황제와 로마 제국을 따르겠소. 그리고 예전처럼 계속 조공을 바치기로약속하리다"(5.5.459-61)라며, "로마와 브리튼의 기수가 우호의 깃발을 함께 흔들라"(5.5.478-79)라고 명한다. 자발적으로 바치는 조공은 브리튼이 로마 제국의 대등한 파트너인 동시에 로마 제국의 진정한 계승자가 되는 것을 의미한다. "로마의 독수리가 남쪽에서 서쪽으로 높이 솟아올라 점점 형체가 작아지더니 빛나는 태양 속으로 사라졌습니다"(5.5.469-72)라는 예언가의 계시는 로마에서 브리튼으로 이어지는 제국주의의 패권을 재차 확인시켜준다. 힘과 평화의 상징인 독수리가 찬란한 태양을 배경으로 남쪽(이탈리아)에서 서쪽(브리튼)으로 날아가는 모습은 '로마의 지배에 의한 평화'(Pax Romana)에서 '영국의 지배에 의한 평화'(Pax Britannica)로의 전환을 완벽하게 구현한다.

에드워즈(Philip Edwards)는 역사적으로 브리튼 왕 심벌린이 통치한 시기가 '평화의 왕' 예수가 탄생한 시기와 같을뿐더러 아우구스투스 황제가 '로마의 지배에 의한 평화'를 구현한 시기와도 일치하는 사실에 주목한다.[4] 셰익스피어가 그 시기의 역사적 사건을 극화한 것은 우연이 아니라는 얘기다. 내부 통합과 외부 확장이 시대의 야망으로 다가오던 시대에 그러한 야망을 일찍이 구현한 인물을 무대 위에 소환함으로써 『심벌린』이 문학의 사회적 매개 기능을 수행했다고 보는 것이다. 계속해서 에드워즈는 이 극이 제국의 계승뿐 아니라 진정한 제국의 모습에 관한 작품이라고 주장한다. 강압적 종속 대신 자발적 계약에 의한 통합을 잉글랜드가 지향해야 할 제국의 모델로 제시한다는 것이다.[5]

이와 같은 맥락에서, 예이츠(Frances Yates)는 르네상스 잉글랜드인들이 자신들을 '정화된 종교를 전파하는' 새로운 로마인으로 생각했으며, 튜더 왕조의 제국주의는 떠오르는 근대 민족주의와 기우는 중세 보편주의의 혼합물이었다고 주장한다.[6] 셰익스피어가 로마 역사에 자꾸 눈을 돌린 이유도 로마가 단순히 강력한 제국이어서가 아니라 민족주의와 보편주의의 성공적인 융합을 이룩한 제국이었기 때문이다. 『심벌린』도 로마처럼 포용력을 갖춘 제국을 미래에 잉글랜드가 지향할 모델로 제시한다. 이 극에서 시도하는 잉글랜드의 '뿌리' 찾기는 브리튼과 로마의 연결고리를 찾는 작업으로 이어지는데, 상고성과 다양성이 브리튼-로마 유비 관계의 핵심이다.

---

4) Philip Edwards, *Threshold of a Nation: A Study in English and Irish Drama*, Cambridge: Cambridge University Press, 1979, p.87.

5) 같은 책, p.93.

6) Frances A. Yates, *Astraea: The Imperial Theme in the Sixteenth Century*, London: Routledge & K. P. Paul, 1975, pp.116, 187.

사이드가 제국의 역사를 "겹치는 영토, 뒤엉킨 역사"라는 구절로 압축해서 표현했듯이,[7] 로마도 브리튼도 혼종화에서 자유롭지 않다. 양국의 건국 신화를 보면, 로마의 시조는 트로이 왕자 아이네아스의 후손들(로물루스와 레무스 쌍둥이)이고, 브리튼의 시조도 아이네아스의 또 다른 후손(브루투스)이다. 로마의 뿌리와 브리튼의 뿌리가 뒤엉킨 것이다. 『심벌린』에서도 브리튼은 '로마화' 되었다. 심벌린은 젊은 시절을 로마에서 보내며 선진 문명을 접했고 로마 황제로부터 기사 서품을 받았으며, 브리튼인들은 주피터 신을 경배한다. 이 극이 암시하는 것은 유구한 역사를 확보하는 대가로 단일민족의 신화를 포기해야 하는 '공정한' 손익계산이다. 르네상스 잉글랜드로서는 '뿌리'를 찾은 데다 그 '뿌리'가 가장 위대한 제국과 연결되어 있으니, 계보의 순수성을 내줘도 그다지 손해 보는 거래는 아닌 셈이다.

『심벌린』이 재현하는 민족과 제국의 모자이크는 바바의 탈식민주의·탈민족주의 이론으로도 설명될 수 있다. 데리다의 '산종'(散種) 개념을 민족의 이산에 적용한 「민족의 산종」에서 바바는 본질주의와 역사주의에 기초하는 민족 담론을 해체한다. 바바는 "사건과 사상 간의 일차원적 상응 관계를 전제"하는 역사주의나 "민중·민족·민족문화를 경험에 따른 사회학적 범주나 온전한 문화적 실체로 규정" 하는 본질주의는 "시간적 과정"으로서의 민족을 간과하는 오류라고 지적한다. 그가 말하는 "시간적 과정"이란 민족 담론이 한편으로는 과거의 기원과 전통에 호소하면서 다른 한편으로는 현재의 문화적 의미화에 의존하는 이중적 시간성이다. 즉 "하나로서의 다수"라는 동질적이고 통합적인 민족 서사가 구축되려면 이질적이고 상충하는 파편들이 모여 상상의 공동체를 구성하는 모자이크 작업이 필요하

---

7) Edward W. Said, *Culture and Imperialism*, New York: Vintage Books, 1994, p.3.

며, 그 공동체의 지형도는 끊임없는 수정과 변형에 노출된다는 것이다. 따라서 과거-현재-미래로 이어지는 민족의 장엄한 목적론적 역사는 "서사적 노고의 결과물"일 뿐이다.[8]

셰익스피어가 『심벌린』에서 '옛날 옛적' 브리튼과 '지금 여기' 잉글랜드의 연결고리를 동질성보다 이질성에서 찾는 이유도 바바가 지적하는 '민족의 산종'을 인지하고 있었기 때문이다. 깨끗하고 솔기 없는 브리튼-잉글랜드의 계보를 믿고 싶은 르네상스 잉글랜드 관객들에게 셰익스피어가 보여주는 것은 "겹치는 영토와 뒤엉킨 역사"다. 민족이 과거에 실재했던 실체가 아니라 현재의 "문화적 의미화"를 통해 만들어지는 일종의 텍스트이며, 고정불변의 본질적 가치가 아니라 "시간적 과정"에 계속 노출되는 담론적 구성물이라는 것, 이것이 '뿌리'의 모호함으로 인해 고민하고 '켈트 변방'의 문제와 씨름하던 동시대 잉글랜드 사회에 던지는 셰익스피어의 메시지다.

---

8) Homi K. Bhabha, "DissemiNation," in *The Location of Culture*, London: Routledge, 1994, pp.142-143. 바바의 민족 담론 해체에 관한 논의는 이경원, 『검은 역사 하얀 이론: 탈식민주의의 계보와 정체성』, 한길사, 2011, 413-414쪽에서 따온 것이다.

제4부
셰익스피어의 인종적 타자와 식민담론

제1장 샤일록: 문화적 차이와 차별의 수사학

> "르네상스 잉글랜드의 연극무대에서 유대인은
> 무어인과 함께 가장 흥미를 끌었던 '이방인'일 뿐 아니라
> 무어인 같은 '유색인'이 아니면서도 '유색인'에
> 상응하는 역할을 주문받았던 '내부의 타자'다."

1 낭만 희극과 오리엔탈리즘

흔히 낭만 희극(romantic comedy)이라고 하면 사랑과 결혼 같은 '낭만적인' 주제를 다루는 장르로 생각하기 쉽다. 사극과 비극에서 다루는 정치와 역사 같은 골치 아픈 문제는 접어두고 낭만 희극에서는 순수하고 아름다운 사랑에 초점을 맞추리라고 기대하게 된다. 하지만 셰익스피어의 낭만 희극이 그리는 사랑은 전혀 낭만적이지 않다. 남녀주인공이 우여곡절을 겪으며 사랑의 열매를 맺는 과정은 온갖 모순과 갈등이 불거지는 전쟁터를 방불케 하며, 그 험난한 여정은 다양한 지배 이데올로기의 경연장처럼 보인다. 더구나 셰익스피어가 사랑과 결혼을 남성 중심적인 시각에서 접근하다 보니 가부장제 이데올로기가 거의 모든 작품의 행간에 스며 있다. 전혀 상관없을 것 같은 인종편견이나 오리엔탈리즘도 셰익스피어의 낭만 희극에 심심찮게 출몰한다. 인종적 타자를 직접 재현의 대상으로 삼는 경우는 드물지만, 성적·계급적 타자를 묘사하는 언어가 '야만인'이나 '미개인'의 고정관념을 재생산하거나 '문명' 세계와 대척점을 형성하는

비현실적이고 탈역사적인 공간이 '오리엔트'로 설정되어 있다.

셰익스피어의 대표적인 낭만 희극 중 하나인 『한여름 밤의 꿈』을 되짚어보자. 귀족/천민, 극/막간극, 인간/요정, 도시/전원, 밤/낮, 꿈/현실, 이성/광기 등의 여러 경계선을 넘나들며 가부장적 결혼제도의 모순을 드러내고 또한 봉합하는 이 희극은 문명사회의 대안적 도피처로 설정된 숲속 요정들의 세계도 모순과 갈등의 무풍지대가 아님을 보여준다. 요정 왕 오버론이 왕비 티타니아가 인도에서 데리고온 업둥이를 자신의 수종으로 삼으려고 하면서 둘은 양보 없는 다툼을 벌인다. 인도 소년은 익명의 생모와 양모 티타니아 사이의 연대를상징할 뿐만 아니라 가부장적 부계사회에 맞서는 대안적 모계사회를 상징한다. 어머니가 자식의 생물학적 창조자인 동시에 사회학적창조자라는 티타니아는 딸이 아버지가 정한 남자와 결혼해야 한다는 아테네 군주 테시어스의 입장과도 배치된다. 그리고 티타니아가애지중지하는 인도 소년은 오버론에게 간통과 잡혼의 이중적 불안을 야기한다.[1] 이 업둥이의 출생지이자 문명사회 아테네의 지리적·이데올로기적 대척점인 인도는 '부재하는 동양'(the absent Orient)의표상이다.

인도 업둥이 소년과 그의 인도 어머니는 무대에 등장하지 않지만, 르네상스 잉글랜드 사회에서 유통된 오리엔탈리즘의 흥미로운 사례를 제공한다. 헨드릭스(Margo Hendricks)는 오버론과 티타니아의 갈등을 유발하는 이 업둥이 소년이 "왜 하필 인도인이어야만 하는가?"라는 질문을 제기하고 중상주의와 식민주의가 결합한 오리엔탈리즘을 이 극에서 읽어낸다. 아테네와 숲으로 구분되는 이 극의 공간은

---

1) Louis Montrose, *The Purpose of Playing: Shakespeare and the Cultural Politics of the Elizabethan Theatre*, Chicago: The University of Chicago Press, 1996, pp.133-139.

"인도를 요정 세계에서 펼쳐지는 모든 거래가 출발하고 수렴되는 상징적·이데올로기적 중심축으로 설정하는 삼각 구도"로 재배치한 것이다.[2] 라만(Shankar Raman)도 콜럼버스가 찾으려다 실패한 인도는 유럽인들의 가슴속에 식민주의 환상을 불러일으키는 대표적인 오리엔트라고 보면서, 이 극에서 부재하는 업둥이 소년은 유럽 르네상스에서 "부재하는 인도"와 "식민지 역사의 비가시성(invisibility)"을 상징하며 오버론과 티타니아의 경제적 협상은 "동양의 상품화"를 예시한다고 주장한다.[3] 이러한 역사적 맥락에서 보면, 오버론과 티타니아의 다툼은 다분히 식민주의적 함의를 띠고 있다. 오버론이 "난 단지 업둥이 꼬마를 내 시동 삼으려고 요청하는 것뿐인데, 왜 티타니아가 오버론을 거역하는 거요?"라고 따지자, 티타니아는 이렇게 대답한다.

요정 나라를 다 줘도 그 애를 살 수 없어요.
그 애 엄마는 내 명령을 받드는 신도였는데,
밤에는 향신료 냄새 밴 인도의 공기를 쐬며
내 곁에 앉아 엄청 자주 수다를 떨곤 했지요.
나와 함께 넵튠의 황금빛 모래사장에 앉아서
바다 위에 떠다니는 상선들을 보기도 했지요.
우린 고삐 풀린 바람에 부푼 돛을 보며 웃고,
그녀는(그때 내 시종을 밴 부른 자궁을 안고)
헤엄치듯 종종걸음으로 돛을 흉내 내곤 했죠.

---

2) Margo Hendricks, "'Obscured by Dreams': Race, Empire, and Shakespeare's *A Midsummer Night's Dream*," *Shakespeare Quarterly* 47:1 (Spring 1996), pp.41, 44.

3) Shankar Raman, *Framing India: The Colonial Imaginary in Early Modern Culture*, Stanford: Stanford University, 2001, pp.244-245, 275.

그녀는 땅 위를 항해하듯 여기저기 다니더니
상품을 가득 싣고 항구로 돌아오는 상선처럼
이런저런 물건들 주워서 내게로 돌아왔지요.
하지만 인간인 그녀는 이 애 낳다가 죽었어요.
그녀 때문에 난 이 애를 여태껏 키우고 있고,
그녀 때문에 난 이 애와 떨어지지 않을 거예요.(2.1.122-37)

룸바의 분석에 따르면, 이 극의 초연 시기가 동인도회사가 설립된
1,600년 전이지만, 동방(the East)에 대한 잉글랜드인들의 관심과 욕
망이 극의 밑바닥에 깔려 있다. 티타니아의 대사에서 업둥이 엄마의
"부른 자궁"과 상선들의 "부푼 돛" 사이에 명백한 유비 관계가 성립
하며, 업둥이는 잉글랜드의 인도 시장(India Market)에서 거래되던
"상품"으로 묘사된다. 그리고 인도 소년을 둘러싼 요정 부부간의 갈
등은 당시에 외국풍물 시장에서 구한 상품을 두고 심심찮게 벌어진
가정 내의 주도권 싸움을 연상시키며, 그 싸움의 결과는 이 극에서
오버론이 승리하는 것처럼 가부장적 제국주의의 권력 강화로 이어
진다.[4)]
　인도 소년은 16세기 말 잉글랜드 사회에 내재한 '식민적 무의식'의
상징이다. "요정 나라를 다 줘도 살 수 없는" 업둥이는 당시 인도가
네덜란드를 비롯한 유럽 국가들 사이에 식민지 진출의 경쟁 대상이
었던 상황을 암시한다. 특히 업둥이 엄마가 티타니아의 "명령을 받
드는 여신도"이고 그들이 "향신료 냄새 밴 인도의 공기를 쐬며 엄청
자주 수다를 떨었다"라는 구절은 인도를 차지하고 싶은 잉글랜드인

---

4) Ania Loomba, "The Great Indian Vanishing Trick: Colonialism, Property,
and the Family in *A Midsummer Night's Dream*," in Dympna Callaghan(ed.), *A
Feminist Companion to Shakespeare*, Oxford: Wiley Blackwell, 2016, pp.9, 185.

들의 식민주의적 욕망과 사회적 풍토를 대변하고 있다.

그러한 시대 정서를 반영이라도 하듯, 광기와 마술 같은 사랑의 이면을 조명하는『한여름 밤의 꿈』에서 등장인물들은 인종주의 언어를 스스럼없이 사용한다. 숲속으로 도피한 아테네의 네 남녀는 요정 퍽의 실수로 모두 엉뚱한 상대와 사랑에 빠지게 된다. 헬레나에게 반한 라이샌더는 원래 연인이었던 허미아가 자신을 쫓아오자 "저리 가! 이 에티오피아인아"(3.2.257), "뭐, 자기라고? 꺼져" 거무튀튀한 타타르인아, 지긋지긋한 약 같으니라고. 넌 꼴도 보기 싫은 물약이야, 꺼져"(3.2.263-64)라고 악담과 독설을 내뱉는다. 에티오피아인은 당시에 무어인과 마찬가지로 아프리카 흑인을 가리키고, 타타르인은 투르크족이나 몽골족을 일컫는다. 추하고 혐오스러운 대상을 향해 인종주의와 오리엔탈리즘의 언어가 투사되는 것이다.

5막에서 테시어스는 연인, 광인, 시인은 모두 "머리에 김이 나고" "상상력으로 가득한" 상태, 즉 "창조적인 환상"이 "차가운 이성"을 지배하는 상태(5.1.4-8)에 빠져 있다면서, 그 일례로 "이집트 여인의 얼굴에서 헬렌의 아름다움을 볼 수 있는"(5.1.11) 상상력을 지녔다고 말한다. 이집트 여인은 클리오파트라처럼 '까무잡잡한' 피부색을 지닌 이집트 집시를 가리키는데, 고결하고 정숙한 유럽 백인 여성과 상반되는 비유럽 '유색인' 여성을 상징한다. 가부장적 여성성의 규범에서 벗어난 성적·인종적 타자를 피부색의 차이로 묘사하는 것이다.

『열이틀째 밤』에서도 '오리엔트'는 일탈과 혼돈의 세계로 묘사된다. 이 낭만 희극의 지리적 배경은 발칸반도의 아드리아해 연안에 있는 일리리아인데, 고대에 해적 출몰로 악명이 높았으나 로마의 행정구역으로 편입되었고, 중세에는 슬라브족이 점령하면서 알바니아로 개명했고, 셰익스피어 당시에는 베네치아 공화국의 영토가 되었다.

가톨릭과 그리스정교회가 일정 기간 실제로 동성애 관계를 허용했던 곳이기도 한 일리리아는 셰익스피어의 동시대 관객에게 금기시된 동성애가 활발한 공간으로 알려져 있었다.

『헨리 6세』 2부에서도 일리리아는 해적의 본거지로 언급된다 (4.1.108). 일리리아는 디오니소스적인 일탈과 카니발의 자유를 누리는 곳인 동시에 여러 가지 위험과 무질서에 노출된 세계로서, 사이드가 말한 '오리엔트'의 이미지로 채색된 공간이다. 극 중에서 일리리아는 쌍둥이 남매 세바스천과 비올라가 배가 난파되어 서로의 생사도 모르고 헤어지게 되는 곳이다. 세바스천이 비올라를 찾아 혼자 떠나려고 하자 그를 친구 이상의 감정으로 아끼는 안토니오는 "안내자나 친구가 없는 외국인에게는 이 지역이 생소할뿐더러 흉포하고 적대적인 곳"(3.3.9-11)이라고 우려한다. 혼자 떠나보낸 세바스천이 걱정된 안토니오가 적군의 영토인 일리리아로 뒤따라왔다가 붙잡혀 올시노 공작 앞에 끌려 나왔을 때, 공작은 그를 "악명 높은 해적, 바다의 도둑"(5.1.65)이라 일컫는다. 일리리아는 유럽 문명사회의 '주변부'로서 폭력과 범죄가 빈번한 위험지역으로 알려져 있었음을 짐작할 수 있다.

『열이틀째 밤』은 섹슈얼리티 문제를 텍스트의 배경이나 행간에 남겨두지 않고 전면에 배치한다. 안토니오와 세바스천의 끈끈한 유대관계는 동종사회적(homosocial) 우정보다 동성애적 사랑에 더 가깝고, 쌍둥이 오빠 세바스천을 찾아 나서려고 남자로 변장한 비올라는 이성애와 동성애가 뒤엉키는 삼각관계를 유발한다. 세자리오라는 청년으로 남장한 비올라를 향해 동성애적 애착을 느끼는 올시노 공작과 이성애적 연정을 불태우는 올리비아 사이에는 오해와 혼란만 쌓여가고, 거기에다 세바스천까지 끼어들면서 낭만 희극의 이성애 규범은 비올라의 젠더 정체성이 밝혀지기까지 붕괴 위험에 놓이게 된다. 이 상황에서 올시노는 올리비아에게 "죽음을 앞둔 이집트 도둑이 야만적인 질투심으로 인해 사랑하는 자를 죽여버리는 것처럼 행동하고 싶지만 난 그럴 용기가 없소"(5.1.113-15)라고 토로한다. "이집트 도둑"은 고대 그리스의 로맨스 『에티오피카』(*Ethiopica*)에 나오는 강도를 가리키는데, 그는 생명이 위태로워지자 다른 남자가 자기 여자를 차지하지 못하게 그녀를 죽이려고 한다. 올시노는 비올라/세자리오를 올리비아에게 뺏기지 않으려는 절박한 심정을 '야만인'의 파괴적인 질투심과 소유욕에 빗대어 표현한 것이다.

이외에도 『열이틀째 밤』에는 오리엔탈리즘의 언어와 비유가 이따금 나온다. 셰익스피어의 희극에서는 카니발의 일탈과 해학을 통제하려는 청교도적 인물이 조롱의 대상이 되기 마련인데, 이 극에서는 올리비아의 집사인 말볼리오가 그 역할을 담당한다. 말볼리오는 자신에게는 관대하고 타인에게는 엄격한 인물이다. 그의 위선적 행태를 마뜩잖게 여긴 올리비아의 시녀 머리아는 주인의 필적을 흉내 내어 올리비아가 말볼리오를 사랑한다는 가짜 연애편지를 전달하고, 이를 곧이곧대로 믿은 말볼리오는 우스꽝스러운 행동으로 조롱거리가 된다. 머리아는 말볼리오의 기행을 두고 "저 멍청한 말볼리오가 이교도가 되어버렸어요. 영락없는 사교도예요. 믿음으로 구원받는다고 여기는 기독교인이라면 절대로 그런 황당무계한 편지내용을 믿지 않을 테니까요"(3.2.65-68)라고 힐난한다. "이교도"(pagan)와 "사교도"(renegade)는 각각 무슬림과 개종한 스페인 무슬림을 지칭한다.

머리아와 그의 친구들은 말볼리오를 미친 사람으로 몰아세우며 어두운 방에 가둬놓고 골려주는데, 말볼리오가 "끔찍한 암흑"(4.2.30)에 갇힌 자신을 구해달라고 하자, 목사로 분장한 광대는 "미친놈아, 착각하지 마라. 너는 암흑이 아닌 무지 속에 빠져 있다. 넌 안개 속에서 방황하는 이집트인들보다 더 무지하다"(4.2.42-44)라고 놀려댄다. '오리엔트'에 부과되는 온갖 부정적인 스테레오타입이 계급적 타자의 위선과 탐욕을 희화화하는 데 사용되는 것이다.

셰익스피어의 낭만 희극 중에서 오리엔탈리즘이 지배 이데올로기로 작용하는 작품은 『베니스의 상인』이다. 이 극이 펼쳐지는 베네치아는 당시에 독특한 지정학적·역사적 배경을 지니고 있었다. 유럽 르네상스의 거점 중 하나인 베네치아는 콜럼버스의 '신대륙 발견' 이전까지 유럽인들이 '지구의 중심'으로 생각한 지중해를 무대로 유럽, 아시아, 아프리카가 경합하고 교류하던 국제도시였다. 베네치아는 경제적으로는 중세 봉건체제에서 탈피한 근대 자본주의의 발흥지였고, 정치적으로는 절대군주제의 대안인 공화정의 실험장이었으며, 문화적으로는 차이와 다양성이 허용되는 다문화주의 사회였다. 바다가 육지로 스며드는 지리적 형상이 상징하듯이, 120여 개의 섬으로 연결된 수상 도시 베네치아는 샤일록과 오셀로 같은 인종적·문화적 타자의 진출이 활발한 공간이기도 했다. 셰익스피어의 동시대 잉글랜드인들에게 베네치아라는 곳은 신화적 환상으로 자리 잡았다. 당시에 변방 도서국이었던 잉글랜드로서는 해양대국 베네치아가 로마 제국과 헬레니즘의 계승자인 동시에 식민지 진출을 향한 팽창주의적 야망을 투사한 미래의 런던이었다. 베네치아는 또한 1590년대에 "이국풍 외국 여행의 별명"이 되었다. 셰익스피어도 『사랑의 헛수고』에서 경이로운 경험을 하는 장소로(4.2.94-96), 『리처드 2세』에서는 치열한 인생 전투에서 벗어난 안식의 장소(4.1.94-95)로 그린 곳이 베네치아다.[5]

『베니스의 상인』에서 주제로 다루는 '유대인 문제'만 하더라도 베

---

[5] John Drakakis, "Introduction," in *The Merchant of Venice*, The Arden Shakespeare, London: Bloomsbury, 2010, p.4.

네치아는 작품 속 베니스처럼 유대인을 차별하고 배척하는 인종주의 사회가 아니었다. 르네상스 시대에 베네치아에 형성된 유대인 게토는 스페인, 포르투갈, 독일, 레반트 등지에서 이주한 유대인들의 집단거주지였다. 인종차별의 상징적 공간인 현대 미국의 흑인 빈민가와는 달리, 당시 베네치아의 유대인 게토는 반유대주의의 산물이 아니라 유대인들이 기독교인들과 상당히 우호적인 관계를 유지하며 왕성한 사회경제적 활동을 펼쳤던 공간이었다. 베네치아의 유대인은 일부가 고리대금업에 종사하긴 했지만 대부분 국제적 네트워크를 구축한 상인들로서 초기 자본주의 발전의 주역을 담당했다.

그런데 왜 셰익스피어는 당대 잉글랜드인들이 부러움과 호기심으로 바라본 베니치아를 배경으로, 그것도 화해와 통합을 지향하는 낭만 희극에서, 유대인과 무어인을 등장시켜 인종적·문화적 차이를 쟁점화하는가? 식민지무역으로 모험자본을 축적하는 상인 안토니오의 도시 베네치아와 셰익스피어 시대의 잉글랜드 사이에는 무슨 이데올로기적 연관성이 있는가?

2 셰익스피어 시대의 유대인 담론

1517년 4월 30일, 여느 해 같으면 메이데이 전야제로 흥청거렸을 런던의 칩사이드 밤거리에 약 1,000명의 군중이 몽둥이와 돌멩이를 들고 모여들었다. 주로 직공을 비롯한 하층민들로 구성된 이 성난 군중은 뉴게이트 감옥에 외국인 혐오 범죄로 갇혀 있던 죄수들을 탈옥시킨 후, 세인트폴성당 근처의 외국인 거주지역으로 몰려가 평소에 반감과 질시의 대상이었던 외국인 경제특구(liberty)를 파괴와 약탈의 무법천지로 만들었다. 이들의 주된 공격대상은 프랑스와 네덜란드 출신의 직공들이었고, 이탈리아에서 건너온 상인들과 은행업자들, 그리고 이베리아반도에서 추방된 개종 유대인들도 피해를 입었다. 이튿날 아침에 진압된 폭동은 주동자들이 처형되고 나머지 가담자들은 왕의 특별사면을 받으며 봉합되었지만, 그 상흔은 깊었다.[6] 동시대 연대기 작가 에드워드 홀이 '불운한 메이데이'(Evil May Day)로 명명한 이 사건은 근대성의 문턱을 넘고 있었던 잉글랜드의 인종주의·민족주의 단층선을 확인하는 계기였고, 이후에 서구의 다문화사회가 겪게 될 사회적 갈등의 중요한 선례로 남게 되었다. 이 폭동의 피해자인 이민자들은 조그만 중세촌락에서 거대한 근대도시로 거듭나기 시작하던 당시 런던의 사회경제적 발전에 중요한 역할을 담당하고 있었지만, 자국의 도시 하층민들이 분출한 상대적 박탈감과 울분의 희생양이 된 것이다.

이 자민족중심주의적 폭동을 소재로 한 극이 먼데이(Anthony Munday)와 체틀(Henry Chettle)이 1596년과 1601년 사이에 쓴 것으로 추정되는 『토머스 모어 경』(Sir Thomas More)이다. 국가권력과 개인의 자유라는 민감한 주제를 다루어 수차례 검열과 수정을 거쳐야 했던 이 극은 『유토피아』의 저자이자 당대의 르네상스 인본주의와 반종교개혁의 목소리를 대표한 모어를 주인공으로 내세운다. 헨리 8세 시절 대법관의 직위에 올랐던 모어는 그가 섬기던 주군이 로마교황청의 세력을 차단하고 잉글랜드의 왕권을 강화하기 위해 기획한 수장령(Acts of Supremacy)에 끝까지 반대하다 반역 혐의로 처형당한 가톨릭 순교자다. 『토머스 모어 경』은 역사의 격랑에 맞서야 했던 인본주의자의 마지막 여정을 그리고 있는데, 극 초반부에 모어가

---

6) Steve Rappaport, *Worlds within Worlds: Structures of Life in Sixteenth-Century London*, Cambridge: Cambridge University Press, 2002, pp.15 – 17.

'불운한 메이데이' 폭동의 진압과정에 참여했던 실화에 근거한 장면이 나온다. 런던 밤거리에 등장한 모어는 이민자를 추방하라고 외치는 군중을 설득하려고 이렇게 얘기한다.

당신들 잘못으로 쫓겨나면 어디로 갈 텐가?
어느 나라가 당신들을 받아줄 수 있겠는가?
프랑스, 플랑드르, 독일, 스페인, 포르투갈?
잉글랜드와 결연하지 않는 곳 어디에 가도
당신들은 이방인으로 취급받을 수밖에 없어.
어찌하여 당신들은 끔찍한 폭력을 행사하고
이 세상 어디에도 거주지를 내주지 않으며
당신들의 목에 혐오로 벼린 칼날을 들이대고
당신들을 개 취급하며 발길질하고 쫓아내는
그 야만적인 족속들을 좋다고 따라 하는가?
그것은 하나님이 당신들을 창조하지 않았고
모든 자연 원소가 당신들 편의와 상관없이
오직 그들에게만 주어지는 것과 마찬가지다.
당신들이 이렇게 대우받는다고 생각해보라.
이것이 바로 이방인이 처한 상황이 아닌가?(2.3.136-50)

이 대사는 원작자 논쟁으로 유명해진 구절이기도 하다. 1871년 영국 작가이자 문학비평가인 심프슨(Richard Simpson)이 셰익스피어가『토머스 모어 경』의 원고를 수정한 작가 가운데 한 명이라고 주장했고,[7] 서체, 철자, 문체, 주제, 상징 등의 다방면에 걸친 연구와 논란

---

7) 가톨릭 신자이자 가톨릭 잡지『한담가』(*The Rambler*)의 편집인이었던 심프슨은

끝에 이 극의 원고에 "Hand D"로 표기된 수정자가 셰익스피어라는 데 상당수 학자가 동의했다. 만약 이 가설이 사실이라면, 『토머스 모어 경』 2막에 있는 세 쪽(164행) 분량의 수정 원고는 현존하는 셰익스피어의 유일한 육필원고가 되는 셈이다. 여하튼 모어의 대사는 문체와 어조를 보더라도 『베니스의 상인』의 재판 장면에서 기독교인들의 차별에 항의하는 샤일록의 대사를 연상시키는 것이 사실이다. '우리'가 다른 세계에 가면 '그들'이 된다는 역지사지(易地思之)의 심정으로 "이방인들"(strangers)을 대해야 한다는 모어의 다문화주의 시각은 인종적 타자를 재현하는 셰익스피어의 시각과 상당히 비슷하다.

『토머스 모어 경』 2막에서 폭도들을 설득하는 모어의 대사가 셰익스피어가 쓴 것이라는 가정하에, 아델만(Janet Adelman)은 이 대사에서 셰익스피어 특유의 모호한 지점을 읽어낸다. 폭도들의 주된 공격대상은 자신들의 일자리를 빼앗아가는 프랑스와 네덜란드 출신의 직공들인데, 모어는 스페인 종교재판(the Inquisition)으로 이베리아 반도에서 추방된 소수의 신교도와 유대인도 "불쌍한 이방인들"의 범주에 포함한다. 특히 런던에 정착한 포르투갈 출신의 개종 유대인들은 의심과 경계의 대상이 되었다. 1594년 엘리자베스 1세의 주치의였던 포르투갈 출신의 유대인 의사 로페즈(Roderigo López)가 여왕을 독살하려고 했다는 혐의로 처형된 사건 때문이다.

하지만 모어가 런던의 개종 유대인에게 내미는 동정의 손길은 양날의 검일 수도 있다. 모어의 대사를 『베니스의 상인』과 병치해서 읽으면, 셰익스피어가 잉글랜드 관객에게 암시하는 메시지는 이중적

셰익스피어가 국교도가 아니라 가톨릭이었다는 주장을 최초로 제기한 인물이기도 하다.

으로 다가온다. 이민자 추방을 외치는 잉글랜드인들이 외국에 가면 샤일록처럼 "개 취급당하며 걷어채고 쫓겨나는" 차별을 겪겠지만, 샤일록이 안토니오에게 하듯이 거꾸로 '내부의 이방인'이 잉글랜드 인들의 목에 "혐오로 벼린 칼날을 들이대는" 상황도 상상해봐야 한다는 것이다.[8] 즉 샤일록이 피해자가 될 수도 있고 가해자가 될 수도 있으며, 셰익스피어는 '이방인'에 대한 동정심과 경계심을 동시에 전달한다는 것이다.

애덜먼은 상호텍스트성의 측면에서 『베니스의 상인』과 함께 읽어 볼 만한 텍스트 두 개를 소개한다. 극작가이자 희극배우였던 로버트 윌슨(Robert Wilson)의 연작 『런던의 세 아가씨』(*The Three Ladies of London*, 1584)와 『런던의 세 도련님과 세 아가씨』(*The Three Lords and Three Ladies of London*, 1590)가 셰익스피어의 참고문헌이 되었다는 것이다. 중세 알레고리와 도덕극 형식을 차용한 이 연작은 16세기 잉글랜드 사회에서 논란거리가 된 유대인의 고리대금업과 개종을 주제로 다루는데, 흥미롭게도 두 극은 '유대인 문제'를 정반대 시각으로 접근한다. 『런던의 세 아가씨』는 윌슨이 참고했을 것으로 추정되는 작자 미상의 『유대인』(*The Jew*, 1579)이나 『런던에서 배척당한 세 아가씨』(*London Against the Three Ladies*, 1582)처럼 유대인을 악독한 수전노와 음흉한 색골로 정형화하지 않고 당시의 반유대주의 사회정서에 비판적 거리를 두는 데 비해, 『런던의 세 도련님과 세 아가씨』는 기독교인과 유대인의 불분명해진 위치를 '제자리'로 돌려놓는다.[9]

『런던의 세 아가씨』는 일견 외국인 혐오를 부추기는 작품처럼 보인다. 극 전반부의 배경인 런던은 주인공 '재물'과 그녀의 하인들인

---

8) Janet Adelman, *Blood Relations: Christian and Jew in 'The Merchant of Venice,'* Chicago: The University of Chicago Press, 2008, pp.9-10.
9) 같은 책, pp.12-23.

'위장' '성직 매매' '사기' '고리대금'의 이름이 암시하듯이 부패하고 타락한 세계로 묘사되는데, 그 원인을 외국인들 탓으로 돌린다. '위장'과 '사기'는 잉글랜드 이외의 유럽 혈통이 뒤섞인 '잡종'이며, '성직 매매'는 로마인이다. 게다가 '사랑'과 '양심'을 오염시키는 '재물'과 그녀의 사주로 '환대'를 살해하는 '고리대금'은 런던 시민임에도 유대인 혈통을 지닌 '내부의 이방인'이다. 런던이 외국인과 유대인 때문에 『베니스의 상인』의 베니스 같은 욕망의 도시로 변한 것이다. 그런데 터기로 무대를 옮긴 극 후반부에서 관객은 예상치 않았던 유대인의 모습을 만난다. 정직하고 관대한 유대인 대부업자 지론티어스가 불성실하고 이기적인 이탈리아 상인 멀캐도러스와 극명하게 대비되기 때문이다. 지론티어스는 기독교인들보다 더 기독교적 가치에 충실한 인물인 데 비해, 멀캐도러스는 빌린 돈을 갚지 않을뿐더러 채무를 회피하려고 자신의 종교와 국적도 바꾸는 후안무치한 인물이다. 더구나 지론티어스는 개종을 상습적으로 일삼는 잉글랜드 기회주의자 피터 경과도 뚜렷한 대조를 이루면서 기독교인/유대인, 영국인/외국인의 우열관계는 완전히 뒤집힌다.[10]

반면 『런던의 세 도련님과 세 아가씨』는 시종일관 외국인 혐오와 자민족중심주의가 확연한 작품이다. 스페인 무적함대 격퇴 직후에 쓴 것으로 보이는 이 극은 강력한 반스페인 정서와 함께 여과되지 않은 반유대주의를 표출한다. 전편에서 타락하고 오염되었던 런던의 세 아가씨 '재물' '사랑' '양심'은 명예를 회복한 후 잉글랜드 귀족 남성들인 '신중' '화려' '만족'과 짝을 맺고, 특히 탐욕의 상징이었던 '재물'은 착하고 자비로운 잉글랜드 여성으로 거듭난다. 더군다나 '재물'의 사악한 하인들은 집에서 쫓겨나서 스페인으로 추방당한

---

10) 같은 책, pp.15-16, 19-20.

다. 대신에 세 명의 스페인 남성 '교만' '야망' '포학'이 스페인 무적함대처럼 런던에 침투해 세 명의 런던 아가씨에게 접근하지만, 잉글랜드 귀족 남성들의 우월함을 부각하는 배경에 지나지 않는다. 이렇게 정화되고 질서를 회복한 런던에 살아남는 '재물'의 유일한 하녀는 '고리대금'이다. 하지만 '고리대금'은 잉글랜드에서 태어나고 살아도 유대인 혈통을 지닌 '내부의 이방인'이기에 결코 진정한 영국인이 될 수 없는 인물로, 『베니스의 상인』에서 샤일록이 처한 애매한 사회적 위치를 미리 보여준다.[11]

애덜먼은 『런던의 세 도련님과 세 아가씨』가 『런던의 세 아가씨』보다 더 단순하고 더 재미없는 작품이지만 '유대인 문제'에 대한 윌슨의 최종결론을 제시한다고 본다. 그리고 애덜먼은 셰익스피어가 윌슨의 연작을 읽었다는 증거는 없지만, 『런던의 세 도련님과 세 아가씨』의 관점으로 『런던의 세 아가씨』를 재구성한 작품이 『베니스의 상인』이라고 주장한다.[12] 윌슨이 연작 전편에서는 반유대주의의 허점을 조명하다가 후편에서는 반유대주의를 옹호하는 쪽으로 입장을 선회한 데 비해, 셰익스피어는 하나의 작품에서 표면적으로 반유대주의를 유보하면서 이면적으로는 승인한다는 것이다. 이 유대인 학자의 해석을 따른다면, 셰익스피어는 윌슨보다 '유대인 문제'를 더 모호하게 그리고 이중적으로 접근하는 작가다.

『베니스의 상인』과 연관해 가장 흔히 거론되는 동시대 텍스트는 말로의 『몰타의 유대인』(The Jew of Malta, 1590)이다. 『베니스의 상인』에서 셰익스피어가 말로의 주인공 바라바스를 인용하는 것을 보면 (4.1.292), 당시에 이 작품이 상당한 인기를 누렸음을 짐작할 수 있다.

---

11) 같은 책, pp.20-21.
12) 같은 책, p.21.

유대인을 주인공으로 등장시킨 최초의 잉글랜드 연극이기도 한『몰타의 유대인』은 스페인과 오스만제국이 지중해 패권을 놓고 싸웠던 역사를 배경으로 몰타섬에서 벌어지는 기독교/유대교/이슬람교의 삼각 갈등을 극화한다. 여기서 유대인 상인 바라바스는 간교하고 포학한 마키아벨리주의자로 나온다. 군비 충당을 위해 유대인 재산을 압류한 조치에 대항하려고 시작된 바라바스의 복수극은 잔혹한 연쇄살인으로 치닫는다. 그의 딸을 차지하려고 다투는 총독 아들과 친구, 그의 범행을 알고 수도원으로 도피한 딸과 수녀들, 그의 재산을 서로 기부받으려는 수도사들, 그의 살인 행각을 도운 하인, 그의 하인을 매수해 갈취하려는 창녀와 포주 등이 차례로 바라바스에게 희생당한다. 상황에 따라 개종을 거듭하며 몰타 총독과 터키 황제 사이에서 저울질하던 바라바스는 결국 자신이 쳐놓은 덫에 걸려 끓는 가마솥에서 끔찍한 죽음을 맞이한다. 이렇듯 원색적으로 유대인의 폭력성과 야만성을 그린다는 점에서 이 비극은 전형적인 반유대주의 텍스트로 읽히기가 십상이다.

하지만『몰타의 유대인』을 반유대주의에 유보적인 텍스트로 읽을 수도 있다. 그린블랫은 바라바스가『베니스의 상인』의 샤일록 같은 고리대금업자가 아니라 안토니오처럼 국제무역에 종사하는 상인이며, 바라바스의 악행이 사회적 차별에 대한 반응이라는 데 주목한다. "세계에 불고 있는 바람은 황금에 대한 욕망"(3.1.421-23)이라는 구절이 암시하듯이, 바라바스는 "이 극을 지배하는 정신"을 대표한다. 바라바스의 탐욕, 이기심, 표리부동, 흉악한 교활함을 특정 유대인의 왜곡된 심성으로만 보기에는 개인과 사회의 상동성이 너무 뚜렷하다. 터키인들은 기독교인들에게 조공을 거두고, 기독교인들은 유대인들의 돈을 빼앗고, 수도원은 그 돈을 챙기고, 종교계는 돈 많은 개종자를 서로 차지하려고 싸우고, 매춘부와 사기꾼들은 이삭

줄기에 여념이 없다. 바라바스의 폭력성은 유대인 고유의 속성이 아니라 르네상스 유럽 전체의 사회풍토라는 것이다. "가짜 신앙고백이 은폐된 위선보다 더 낫다"(1.5.31-32)라는 바라바스의 일침은 말로 자신의 냉소적인 시각을 대변한다. 말로는 거짓인 줄 알고 거짓말하는 유대인이 진실이라고 생각하며 거짓말하는 기독교인보다 더 낫다고 본다. 말로는 기독교 윤리와 기사도 정신이 항상 저급한 욕망과 연계되었음을 인식한 작가이기에, 그가 들이대는 비판의 칼날은 유대인의 유별난 악행이 아니라 그것을 낳은 기독교사회로 향한다.[13]

셰익스피어가 재현한 '유대인 문제'를 심층적으로 분석한 샤피로 (James Shapiro)에 따르면, 유럽 근대성의 역사에서 인종주의와 민족주의가 본격적으로 대두한 18세기 이전에 인종적 타자의 역할을 담당한 것은 유대인이었다. 18세기 이후 아프리카 흑인이 겪은 디아스포라의 원조에 해당하는 유대인은 "국가 없는 민족"(a nationless nation)으로 유럽 전역에 흩어져 살면서 민족국가의 정체성을 확립하고 주류사회의 경계선을 긋는 데 필요한 내부의 타자로 복무했다. 브리튼섬에 침공한 앵글로색슨족이 잉글랜드 국민이 되고, 이베리아반도에 이주한 켈트족의 후손은 스페인 국민이 되는 것이 민족 이산과 혼종화의 보편적 원칙인데도, 유대인은 언제 어디서나 이 원칙의 예외였다. 그 원인은 선민의식을 지닌 유대인이 타국에 거주해도 동화되기를 거부한 측면도 있지만, 기독교 사회가 유대인에게 문화적 시민권을 부여하지 않았기 때문이다. 기독교와 유대교의 종교적 차이는 백인과 '유색인'의 인종적 차이 못지않은 사회적 단층선이었

---

13) Stephen Greenblatt, *Learning to Curse: Essays in Modern Culture*, New York: Routledge, 1990, pp.58-63, 66.

다. 예수를 죽인 자들의 후예라는 낙인은 반유대주의의 알리바이로 작용했고, 영원히 저주받은 유대인이 당하는 박해와 추방은 신의 심판으로 정당화되었다.[14]

인종주의적 반유대주의는 르네상스 잉글랜드의 국가 정체성 형성에 중요한 역할을 했다. 1290년에 에드워드 1세가 유대인 추방령을 선포한 이후 1657년에 크롬웰이 유대인의 귀환을 허용할 때까지 유대인은 잉글랜드 땅에 발을 들여놓지 못했고, 청교도혁명→왕정복고→명예혁명으로 이어진 격변기에도 잉글랜드에 거주한 유대인의 지위는 크게 달라지지 않았다. 국왕이나 의회로부터 공민권을 받거나 기독교로 개종한 유대인도 '이방인'의 꼬리표를 뗄 수 없었고, 잉글랜드 사회 내부의 계급적 갈등이 불거질 때마다 희생양이 되어야 했다.

샤피로는 16, 17세기 잉글랜드가 보인 반유대주의의 원인을 전치된 선민의식에서 찾는다. 프로테스탄트 국가로 바뀐 잉글랜드가 현대판 선민이 되기 위해 선민의 원형이었던 유대인을 깎아내려야 했다. 그래서 유대인에게 더럽고 냄새나며 교활하고 음험한 수전노 또는 얼굴도 마음도 시커먼 호색한 같은 스테레오타입이 씌워졌다. 선민의 자리를 놓고 경쟁하게 되면서 선망과 전유의 대상이었던 유대인이 경멸과 혐오의 대상으로 바뀐 것이다. 르네상스 잉글랜드의 반유대주의는 스페인혐오(Hispanophobia)와 마찬가지로 민족주의와 인종주의가 중첩되는 양상을 띠었다. 민족의 경계선이 인종화(racialize)되고 피부색의 차이가 민족화(nationalize)된 것이다.[15] 잉글랜드 종교개혁의 부산물인 '유대인 문제'에 이렇게 종교, 민족, 인종의 여러 심급이 맞물려 있는 텍스트가 바로 『베니스의 상인』이다.

---

14) James Shapiro, *Shakespeare and the Jews*, New York: Columbia University Press, 1996, pp.13-14, 168-173.
15) 같은 책, p.3.

3 유대인과 기독교인의 유사성

『베니스의 상인』은 셰익스피어의 여느 낭만 희극과 마찬가지로 사랑과 결혼을 기본 주제로 삼는다. 세 쌍의 남녀가 사회적 억압과 편견을 극복하고 새로운 삶을 개척해가는 이야기는 셰익스피어 희극의 공통된 주제다. 그런데 이 극의 특이점은 주인공들이 쟁취하는 사랑이 돈과 연관된다는 데 있다. 물론 사랑의 물질성은 셰익스피어가 장르를 가리지 않고 자주 무대에 올리는 화두이지만, 이 극에서처럼 사랑과 돈의 연관성에 천착하는 경우는 별로 없다. 세 쌍의 남녀가 내세우는 결혼의 동기는 오묘하고 신비로운 사랑이지만, 그 이면에 작동하는 추동력은 사회경제적 이해관계다. 이들에게 결혼은 재산상속과 신분상승의 수단이며, 사랑은 결혼이라는 '상거래'의 윤활유 또는 덤으로 따라오는 보너스에 불과하다. 그래서 이들의 결혼은 위태로운 '담보 계약'을 이행하고 까다로운 '성실성 시험'(integrity test)을 통과하는 의례를 수반한다. 상자와 반지가 상징하는 사랑의 물질성을 확인하기 위해서다. 『베니스의 상인』을 "태동하는 자본주의 문화의 경제원칙을 탐구"하는 작품으로 파악한 이건(Gabriel Egan)은 베니스가 "도시국가의 정치나 윤리가 아닌 경제(토대)가 법(상부구조)을 통제"하는 세계라고 주장한다.[16]

이 극의 또 다른 특이점은 사랑과 돈의 문제에 법이 개입한다는 데 있다. 돈과 법은 유럽 근대성의 산물이다. 중세에는 땅이 권력이고 신분이었지만, 르네상스로 닻을 올린 근대에는 돈의 '교환 가치'가 땅의 '사용 가치'를 대체하기 시작했고, 돈의 자본주의적 가치를

---

16) Gabriel Egan, *Shakespeare and Marx*, Oxford: Oxford University Press, 2004, pp.105-106.

담보한 것은 신의 섭리나 영주의 훈령이 아니라 국가의 법이었다. 이 극도 르네상스 시대에 사회적 관심사로 대두한 돈과 법 혹은 자본과 국가의 상호보완적이고 상호의존적인 관계를 조명한다. 그런데 기독교 상인과 유대인 고리대금업자의 갈등을 법으로 해결하려는 시도는 근대적 사법체계의 명암을 드러낸다. 법은 사회구성원의 권리를 보호하는 동시에 박탈하는 수단이 된다. 유대인 고리대금업자가 호소하는 법이 돈의 남용과 횡포를 담보하듯이, 이에 대응하기 위해 기독교인 재판관이 축어적으로 해석하고 집행하는 법은 차별과 박해의 알리바이로 동원된다. 이는 중상주의(mercantilism)로 명명되는 초기 자본주의의 한 단면인 바, 마르크스주의 비평가들이 비극 장르에서 『리어왕』과 함께 희극에서 『베니스의 상인』에 주목하는 이유이기도 하다. 코헨에 따르면, 셰익스피어 비극에서는 리어와 글로스터처럼 봉건귀족이 새로운 사회에 적응하는 데 실패하지만, 희극에서는 사회변화의 압력에 직면한 귀족이 전원 세계로 도피해 재충전하고 적응하는 데 성공한다. 『베니스의 상인』도 전통적 위계질서를 파괴하지 않고 결혼을 통해 부르주아지가 귀족사회에 편입되고 계급 갈등이 봉합되는 과정을 그린다.[17]

이 낭만 희극을 지배하는 중상주의·자본주의 가치관은 퀴어 비평에서도 논란거리가 된다. 『셰익스피어와 퀴어 이론』의 저자 산체즈(Melissa E. Sanchez)는 이 극에서 서사의 한 축을 형성하는 두 기독교 남성 주인공들(바사니오와 안토니오)의 동성애 관계가 포샤와 샤일록이 경쟁적으로 추구하는 사욕과 축재(蓄財)에 오염되지 않은 "궁극적인 피난처"라고 주장한다. 즉 남성 간의 우정은 "일, 돈, 법과 연

---

17) Walter Cohen, *Drama of a Nation: Public Theater in Renaissance England and Spain*, Ithaca: Cornell University Press, 1985, p.188.

계된 이성애적 결혼제도"와 그것이 상징하는 "물질적 이해관계"에 영향을 받지 않는 유일한 관계로 설정된다는 것이다.[18] 셰익스퀴어 (Shakesqueer) 프로젝트에 참여한 리틀도 이 극이 포샤를 금·은·납 상자 게임을 통해 상품화함으로써 여주인공을 베니스의 중상주의 사회가 몰두하는 "부의 재생산"의 중심에 위치시킨다고 지적한다.[19] 다시 말해서, 포샤와 바사니오의 '낭만적' 사랑이 안토니오와 바사니오의 '이상한' 사랑에 비교하면 더 세속적이고 저급하게 느껴질 정도로 이 극은 가부장적 결혼제도의 물질성을 적나라하게 드러낸다는 것이다.

그런데 『베니스의 상인』을 사랑, 돈, 법 같은 보편적인 주제로만 접근하면, '이방인'으로서의 유대인이 차지한 독특한 사회적 위치를 간과하게 된다. 르네상스 잉글랜드의 연극무대에서 유대인은 무어인과 함께 가장 흥미를 끌었던 '이방인'일 뿐 아니라 무어인 같은 '유색인'이 아니면서도 '유색인'에 상응하는 역할을 주문받았던 '내부의 타자'다. 셰익스피어는 이 극에서 사랑과 돈 그리고 법의 문제가 얽혀 있는 자본주의 근대성의 단면을 재현하면서도 전환기의 불안과 갈등을 샤일록이라는 종교적·문화적 타자를 통해 조명한다. 유대인이 르네상스 기독교 사회를 테스트하는 시금석 역할을 하는 것이다. 샤일록은 개인인 동시에 유형(type)이자 정형(stereotype)이다. 보빌스키(Lara Bovilsky)가 지적한 것처럼, 유대인에 관한 잉글랜드인들의 민족주의 판타지를 대표하는 샤일록은 영문학에서 유대인

---

18) Melissa E. Sanchez, *Shakespeare and Queer Theory*, London: The Arden Shaakespeare, 2019, p.122.

18) Melissa E. Sanchez, *Shakespeare and Queer Theory*, London: The Arden Shaakespeare, 2019, p.122.
19) Arthur Little, Jr., "The Rites of Queer Marriage in *The Merchant of Venice*," in Madhavi Menon(ed.), *Shakesqueer: A Queer Companion to the Complete Works of Shakespeare*, Durham: Duke University Press, 2011, p.219.

재현의 준거(準據)가 될 정도로 역사적 상징성을 지닌 인물이다.[20] 따라서 이 극에서 '유대인 문제'는 계급갈등이나 가부장적 억압구조의 부산물로 접근하는 대신 그 자체가 텍스트 분석의 심급으로 설정되어야 한다.

프라이는 『비평의 해부』에서 아리스토파네스(Aristophanes)부터 채플린(Charlie Chaplin)에 이르기까지 서구 희극에 등장하는 희생양(pharmakos) 캐릭터를 설명하면서 셰익스피어의 작품에서는 폴스타프와 샤일록을 일례로 지목한 바 있다. 프라이는 공동체의 이해관계에 따라 소환되었다가 구제(驅除)되는 희생양은 "결백하지도 않고 죄를 짓지도 않은" 그래서 "도덕적으로 설명할 수 없는" 인물로서, 박해받는 유대인이나 흑인 그리고 소외된 천재작가는 모두 "부르주아 사회의 이스마엘"에 해당한다고 주장했다.[21] 『베니스의 상인』에서도 기독교 법정은 외국인이 내국인의 생명을 위협했다는 혐의로 샤일록에게 유죄판결을 내리고 그의 재산을 몰수한다. 이 판결의 타당성은 셰익스피어 비평사에서 끊임없는 논란거리가 되어왔다. 샤일록이 무죄인지 유죄인지, 사악한 수전노인지 핍박받는 이방인인지, 샤일록이 고수하려는 가치가 무엇이고 거꾸로 그를 배척하는 가치가 무엇인지, 샤일록이 왜 낭만 희극의 행복한 결말에서 배제될 수밖에 없는지를 두고 질문과 논쟁이 오고갔고, 어떤 비평가들은 장르

---

20) Lara Bovilsky, *Barbarous Play: Race on the English Renaissance Stage*, Minneapolis: University of Minnesota Press, 2008, pp.67-68.

21) Northrop Frye, *Anatomy of Criticism: Four Essays*, Princeton: Princeton University Press, 1957, pp.40-41. 구약성서의 「창세기」에 나오는 이스마엘은 아브라함의 장자이자 이삭의 이복형이다. 노쇠하여 자식 생산 능력이 없는 아브라함과 그의 아내 사라는 후사(後嗣)의 축복을 내리겠다는 여호와의 언약을 믿지 않고 사라의 여종인 하갈의 몸에서 이스마엘을 얻지만, 사라가 이삭을 낳게 되자 하갈과 이스마엘을 광야로 추방한다.

의 정체성이 모호한『베니스의 상인』을 문제극(problem play)의 범주에 포함하기도 했다.[22] 그런데 희생양으로서의 샤일록은 프라이가 말한 것처럼 도덕적으로 설명하기 힘들어도 정치적으로는 설명이 필요한 인물이다. 이 극에서 세밀하게 되새겨봐야 하는 것은 개인 샤일록보다 그와 사회 사이의 상호작용이다. 샤일록의 '반사회적' 언행은 그를 정죄하고 배척하는 사회의 이면을 드러내기 때문이다.

『베니스의 상인』에서 셰익스피어는 샤일록을 침묵하는 배경으로 두지 않고 텍스트의 전면에 배치해 그에게 소명의 기회를 부여한다. 유대인과 기독교 사회의 적대관계가 일방적이지 않고 상호적임을 보여주기 위해서다. 역시 셰익스피어다운 전개 방식이라 할 만하다. 구혼 비용을 빌리려고 샤일록을 찾아온 바사니오가 담보를 제공할 안토니오와 저녁 식사라도 하자고 제안하자 샤일록은 단호하게 거절한다. 샤일록이 "돼지고기 냄새나는"(1.3.30) 모임에 가지 않고 "아양 떠는 세리처럼 생긴"(1.3.37) 안토니오를 미워하는 이유는 그가 기독교인인 데다 무이자로 돈을 빌려주어 자신의 고리대금업을 방해하기 때문만은 아니다. "그 작자는 신성한 우리 민족을 미워하고, 상인들이 운집한 곳에서도 나와 내 사업을 비난하고 정당한 이윤 추구를 '이자'놀이로 조롱했어. 내가 그를 용서한다면 내 민족이 저주받을 것이다"(1.3.44-48)라는 대사에서 샤일록의 "오래도록 품은 원한"(1.3.43)이 단순히 종교적 갈등에서 비롯된 것이 아님을 짐작할 수 있다. 샤일록은 가슴속에 응어리진 울분을 급기야 안토니오 면전에서 여과 없이 토설한다.

---

22) E.M.W. Tillyard, *Shakespeare's Problem Plays*, London: Chatto & Windus, 1950; A.G. Harmon, *Eternal Bonds, True Contracts: Law and Nature in Shakespeare's Problem Plays*, Albany: SUNY Press, 2004.

안토니오 씨, 당신은 나와 내 이자에 관해
리알토에서 시도 때도 없이 욕하지 않았소.
그래도 난 어깨를 움츠리고 그걸 참아왔소.
왜냐하면 고난이 우리 민족의 훈장이니까.
당신은 날 이교도, 흉악한 개라고 욕하면서
내가 입었던 유대인 양복에다 침을 뱉었소.
내가 가진 것으로 이득을 취했을 뿐인데요.
그런데 이제는 내 도움이 필요한가 보군요.
허 그것참, 당신이 나한테 와서 하는 말이
'샤일록, 돈이 좀 필요해' 이렇게 말하네요.
당신이란 사람은 내 수염에 가래침을 뱉고
나를 낯선 개처럼 발길질해서 쫓아냈는데,
이제 와서 돈 좀 빌려달라고 부탁하다니요.
내가 당신한테 뭐라고 말하면 좋겠습니까?
'개한테 무슨 돈이 있습니까? 개가 어떻게
삼천 더켓을 빌려줍니까?'라고 말할까요?
아니면 허리를 굽히고 노예 투의 목소리로
숨을 죽이며 비굴하게 이렇게 속삭일까요?
'훌륭하신 선생님, 당신은 지난 수요일에
내게 침 뱉으셨고 어떤 날엔 발길질하셨고,
또 다른 날에는 저더러 개라고 욕하셨지요.
그 예우의 대가로 이 거액을 빌려드립니다.'(1.3.102-24)

행간마다 울분과 냉소가 가득 돋친 샤일록의 대사는 그가 안토니
오를 미워하는 진짜 이유가 무엇인지를 말해준다. 그것은 종교적 갈
등이나 금전적 손실이 아니라 사회적 차별과 멸시다.

외로운 이방인의 넋두리로 들릴 수도 있는 샤일록의 이 '말대꾸' (talking back)에 무게를 실어주는 것은 안토니오의 언행이다. 안토니오는 샤일록을 만나자마자 그를 대놓고 경멸하는 태도를 드러낸다. 샤일록이 「창세기」에 나오는 야곱과 외삼촌 라반의 이야기에 빗대어 고리대금업의 정당성을 변호하자, 안토니오는 샤일록을 "자신의 목적을 위해 성경을 인용하는 마귀" "웃음 띤 얼굴을 지닌 악당" "겉은 먹음직스럽지만 속은 썩은 사과"(1.3.94, 96-97)로 매도하며 극도의 혐오감을 표현한다. 더군다나 안토니오는 지금 샤일록에게 도움을 청하는 처지임에도 뻣뻣하고 거만한 태도로 일관한다. 안토니오는 샤일록을 리알토에서 다시 만나더라도 그에게 돈을 빌리더라도 똑같이 욕하고 침 뱉겠다면서, 자신은 "우정"에 근거한 거래를 할 수 없는 "적"이므로 혹여 계약을 지키지 못하면 "편한 얼굴로 형벌을 집행"(1.3.125-32)하라고 말한다. 살 한 파운드에 집착하는 샤일록에게 사실은 안토니오가 먼저 빌미를 제공한 셈이다.

샤일록은 굳게 빗장이 걸린 그의 집이 상징하듯이 이 극에서 가장 외롭고 소외된 인물이다. 사회 활동이 거의 없는 샤일록으로서는 소통수단으로서의 유일한 무기가 돈이다. 그는 돈거래를 통해 인간관계를 쌓기 원한다. 안토니오의 변치 않는 오만과 허세 섞인 우월감을 확인한 샤일록은 이렇게 말한다. "아니, 왜 역정을 내는 겁니까? 난 당신과 친구가 되고 싶고 당신의 마음을 얻고 싶소. 당신이 여태껏 내게 덮어씌웠던 불명예를 잊어버리고, 당신이 지금 필요한 돈을 주면서 이자는 한 푼도 안 받겠다는데, 당신은 내 말을 듣지도 않는군요."(1.3.134-37) 안토니오가 원하는 것은 샤일록의 돈이지만, 샤일록이 원하는 것은 안토니오의 한 마디 사과와 인정(認定)의 악수다. 지금 안토니오는 그 화해의 기회를 걷어차고 있다. "우정"에 굶주린 이방인에게 "불모의 쇠붙이가 낳는 새끼"(1.3.129)나 지급하겠다는 기독교 상인의 마음속에는 쇠붙이처럼 차갑고 메마른 셈법만 작동할 뿐이다.

안토니오는 원래 샤일록보다 훨씬 더 관계를 중시하는 인물이다. 무이자로 유통되는 그의 돈과 오대양을 누비는 그의 상선들이 상징하듯, 안토니오는 소통과 유대를 생업 수단으로 삼는 상인이다. 또한 안토니오는 지역사회에서 섬김과 나눔의 삶을 실천하는 가장 관대하고 이타적인 기독교인이다. 그러한 안토니오가 유독 샤일록을 경멸하는 것은 우연이 아니다. 이는 유대인과 기독교인의 반목이 화해 불가능할 뿐 아니라 그 원인이 기독교 사회 내부에 있음을 암시한다. 즉 샤일록을 둘러싼 갈등은 개인과 사회의 공동 책임이라는 얘기다. 엄밀히 말하자면, 셰익스피어의 저울이 가리키는 책임의 무게추는 오히려 안토니오 쪽으로 기울어진다. 안토니오가 구현하는 기독교의 자비와 관용이 보편적이지 않고 선별적이기 때문이다. 샤일록과 안토니오의 조우는 두 종류의 증오가 맞부딪치는 상황을 연출한다. 샤일록의 증오가 유대인으로 살면서 실제로 겪은 차별과 박해에서 비롯되었다면, 안토니오의 증오는 유대인에 대한 사회적 편견과 통념에 바탕을 두고 있다. 전자는 물리적·제도적 폭력에 대한 반응이고, 후자는 인식론적·이데올로기적 폭력의 부산물이다. 좀더 범박하게 말하면, 한쪽은 피해자의 증오이고 다른 쪽은 가해자의 증오다. 어느 것이나 공존과 상생의 걸림돌이기는 마찬가지다.

양비론(兩非論)을 선호하는 셰익스피어는 반목과 갈등의 책임을 샤일록에게도 묻는다. 그런데 이번에는 셰익스피어가 우회로를 선택한다. 샤일록의 적수인 안토니오를 잠시 물러나게 하고 샤일록의 하인과 딸이 그를 배반하고 떠나게 함으로써 샤일록에게 문제가 있음을 입증한다. 이런 방식이 좀더 객관적으로 보이기 때문이다. 배반의 원인은 샤일록의 옹색하고 음흉한 성격이다. 샤일록의 하인 란슬롯이 "돈 많은 유대인 섬기기를 그만두고 그토록 가난한 신사를 좇아가는"(2.2.138-39) 이유는 "그 유대인이 분명 악마의 화신"(2.2.24)이기 때문이다. 샤일록은 바사니오의 집으로 가는 란슬롯에게 "내 집에서처럼 포식하지 못할 거다"(2.5.3-4)라고 으르지만, 란슬롯은 도주를 만류하는 아버지 고보에게 "저는 그를 섬기면서 굶어 죽을 뻔했어요. 제 갈비뼈 사이로 손가락이 다 들어가요"(2.2.99-100)라고 하소연한다.

샤일록의 무남독녀 제시카가 젊은 기독교인 남자의 품으로 도망치는 이유도 "우리 집이 지옥"(2.3.2)이기 때문이다. "내가 핏줄로는 아버지의 딸이지만 그의 삶의 방식은 물려받지 않겠다"(2.3.18-19), "내 운명이 방해하지만 않는다면, 난 아버지를 잃었고 당신은 딸을 잃었어"(2.5.54-55)라는 제시카의 결연한 독백에서 샤일록이 얼마나 편협하고 탐욕스러운 인물인지 짐작할 수 있다. 관객들은 란슬롯과 제시카를 통해 "늙은 샤일록과 바사니오의 차이를 눈으로 보고 판단"(2.5.1-2)하는 것이다. 이렇듯 셰익스피어는 샤일록을 공적 영역인 리알토 시장에서도 사적 영역인 집에서도 배척당하는 인물로 묘사함으로써 유대인의 고정관념을 설득력 있게 재생산한다.

그러나 셰익스피어는 샤일록을 영락없는 수전노로 각인시켜놓고 그에게 자기변호의 기회를 허용한다. 안토니오의 상선들이 난파했다는 소식을 접한 안토니오의 친구들이 뭐하러 그의 살 한 파운드를 요구하느냐고 묻자, 샤일록은 "낚싯밥에나 쓰려고요. 그게 아무짝에도 쓸모없지만 내 복수를 위해선 필요하지요"라면서 그동안 가슴에 담아두었던 말을 쏟아낸다. "그는 날 망신시키고 50만 더캣이나 손해를 입혔으며, 내 손실에 웃고 내 이익을 비웃었으며, 내 민족을 멸시하고 내 장사를 방해했으며, 내 친구들과 멀어지게 하고 내 적들은 부추겼소. 이유가 뭔가요? 내가 유대인이라는 겁니다. 유대인은 눈이 없나요? 유대인은 손도 기관도 신체도 감각도 감정도 울화도 없나요? 기독교인과 같은 음식을 먹고 같은 무기로 상처를 입고, 같은 질병에 걸리고 같은 방법으로 치료받으며, 겨울과 여름에 같이 추위와 더위를 타잖아요? 우리는 바늘로 찔러도 피가 안 난답니까? 우리는 간지럼 태우면 안 웃나요? 우리는 독약을 마셔도 안 죽어요? 우리는 해코지당해도 복수하면 안 됩니까? 우리가 다른 것도 당신네와 같다면, 그 점도 닮았지요. 만약 유대인이 기독교인에게 잘못하면 무슨 관용을 베풀던가요? 복수지요! 만약 기독교인이 유대인에게 잘못하면, 유대인은 기독교인을 본받아 어떻게 참아야 합니까? 그야 복수지요! 난 당신네가 가르쳐준 악행을 실행할 거요. 그리고 어렵긴 하겠지만 배운 것보다는 더 잘 할 거요."(3.1.48-66) 당연히 안토니오의 친구들은 유구무언이다.

샤일록의 변론은 방어인 동시에 공격이다. 그런데 이번에는 샤일록이 겨누는 비판의 칼끝이 안토니오 개인보다는 기독교 사회 전체를 향한다. 샤일록은 유대인과 기독교인이 공유하는 '인간다움'의 보편성(universality)을 강조함으로써 기독교가 표방하는 보편성(catholicity)의 맹점을 폭로한다. 샤일록의 눈으로 본 베니스의 기독교 사회는 '배타적 보편성'의 모순에 빠져 있다. 앞에서는 만인을 향한 관용을 말하면서 뒤에서는 사회적 약자를 차별하고 타자를 배제한다는 것이다. 하지만 샤일록의 항변은 논리적 형식주의의 유혹에 빠진다. 유대인과 기독교인의 다름보다는 같음에 초점을 맞춘 샤일록은 복수할 때도 기독교인과 같은 잣대로 하겠다고 천명한다. '눈에는 눈으로'의 원칙에 따라 자신이 의도하는 악행을 미리 정당화하는 것이다. 샤일록의 관객들은 유대인과 기독교인이 '같은 인간'이라는 주장에는 공감하지만, 그가 "기독교인을 본받아" 잔인한 복수를 하겠다는 계획에는 동의하기 어렵다.

이 극은 셰익스피어의 다른 희극보다 병치와 대조가 더 눈에 띈다. 큰 틀에서는 공간적으로 '회색 도시' 베니스와 '녹색 전원' 벨몬트가 대척점을 형성하고, 서사적으로는 상자 고르는 '가벼운' 플롯과 살 한 파운드의 '무거운' 플롯이 평행선을 그리며 긴장감을 조성한다. 작은 틀에서는 바사니오가 안토니오에 대한 우정과 포샤에 대한 연정 사이에서 저울질하고, 포샤와 제시카는 서로 다른 이유와 다른 방식으로 아버지의 그늘에서 벗어나 새로운 삶을 개척한다. 그리고 샤일록은 안토니오의 파산 소식과 제시카의 도주 소식으로 희비의 쌍곡선을 경험하면서, 자신도 '유대인다움'과 '인간다움' 사이에서 진자운동을 거듭한다. 그 과정에서 관객도 샤일록을 향해 혐오와 동정의 상반된 감정을 오가며, 정의와 자비 중에서 어느 잣대를 그에게 들이댈지 고심하게 된다. 이렇게 반복되는 양가성의 틀 속에서 잠시 흔들리고 유보되었던 관객의 도덕적·정치적 판단 기준은 극 후반부에서 샤일록이 본색을 드러내면서 조금씩 제자리를 찾아간다.

소송과 재판이 진행되는 과정에서 샤일록은 잔혹하고 탐욕스러운 유대인의 정형에 충실한 역할을 계속한다. 제시카의 개종과 결혼보다 금전 손실에 격분하며 "차라리 딸년이 내 발치에 뒈져 있고 그년 귀에 보석이 걸려 있으면 좋겠어"(3.1.80-81)라고 저주하는 모습도 그렇고, 안토니오를 선처해달라는 공작의 호소도 외면하고 원금의 세 배를 주겠다는 바사니오의 제안도 거절하며, "넌 망할 놈의 가증스러운 개새끼야" "네 욕심은 피에 굶주리고 게걸스러운 늑대 같다"(4.1.127, 136-37)라는 그라시아노에게 "네 욕설로 계약서의 서명을 지울 수 없다면, 그렇게 떠들어대 봤자 네 허파만 아프지"(4.1.138-39)라고 맞받아치는 모습은 관객의 공감에 빗장을 걸어버리게 한다. 흔히 유대인의 사법적 정의를 대변한다고 말하는 '눈에는 눈으로'의 원칙에서 한 치도 물러서지 않는 것이다. 3막부터 4막까지 샤일록이

입에서 끊임없이 내뱉는 "계약"(3.1.42, 43, 45, 3.3.4, 5, 12, 13, 17, 4.1.36, 86, 138, 203, 238, 255, 258, 314)과 "법"(4.1.100, 101, 141, 202, 233, 234, 309)이라는 단어는 이 낭만 희극이 지향하는 화해와 통합의 정신과도 완전히 어긋난다. 샤일록이 당하는 차별과 박해는 자업자득(自業自得)이라는 인상을 지울 수 없다.

그렇지만 셰익스피어는 이 극의 이념적 대치와 긴장감이 최고조에 달하는 법정 장면에서 샤일록에게 다시 한번 자기변호의 기회를 부여한다. 이번이 샤일록의 마지막 기회이자 의외의 반전이기에 그 충격 효과는 더욱 강력하다. 베니스의 공작은 샤일록에게 "놋쇠 같은 가슴과 부싯돌처럼 거친 심장을 가진 자들, 여간해선 생각을 바꾸지 않는 터키인들, 공손한 예절의 본분은 들어본 적도 없는 타르타르인들"마저 연민을 느낄 안토니오의 절박한 처지를 고려해 "너그러운 조치"(4.1.30-33)를 내려달라고 요청한다. "너그러운"(gentle)이라는 단어는 비유대인 기독교인(gentile)의 동음이의어로서, 이 극에서 자주 사용되는 말놀이다. 여기서 공작은 샤일록을 이름 대신 "유대인"으로 호명하며 유대교에서 강조하는 정의보다 기독교의 핵심 가치인 자비에 따른 결정을 하라고 압박하고 있다. 이는 유대인을 터키인이나 타르타르인 같은 '야만인'의 범주에 포함할뿐 아니라 유대교와 기독교의 차이를 정의와 자비의 이분법으로 규정하는 것이다. 이에 샤일록은 공작이 전혀 예상치 못한 답변을 내놓는다.

저는 이미 공작님께 제 의도를 말씀드렸고,
계약서에 명시된 제 몫과 벌금을 받겠다고
거룩한 우리 안식일에 걸고 맹세했습니다.
만약 이것을 거부하시면, 공작님의 헌장과
이 도시의 자유는 휴짓조각이 되고 맙니다.

제가 왜 삼천 더캣 대신 썩은 살덩어리를
원하는지 물으신다면 대답하지 않겠습니다.
제 기분이라고 해두지요. 대답이 됐습니까?
제집에 들락거리는 쥐 한 마리 독살하려고
일만 더캣을 기꺼이 쓴다면 얘기가 됩니까?
이런, 아직도 제 대답이 신통찮은가 보죠?
누구는 입 벌린 돼지 통구이가 보기 싫고,
누구는 고양이만 쳐다보면 미칠 지경이고,
누구는 풍적 소리만 들으면 오줌을 지리죠.
그 이유인즉슨 희로애락을 다스리는 감정이
좋다가 싫다가 제멋대로 요동치기 때문이죠.
자, 이제 제 답을 드리죠. 왜 어떤 사람은
입 벌린 돼지나 해 없는 고양이를 못 참고
왜 어떤 사람은 양털 입힌 풍적을 못 참아,
본인도 다른 사람도 다 기분 나쁜 치욕을
면하지 못하고 기어이 초래하고야 맙니까?
마찬가지로 왜 저도 안토니오 씨를 상대로
이렇게 손해 보는 소송을 마다하지 않는지
그 이유를 댈 수 없고 대지도 않겠습니다.
그에게 품은 해묵은 증오와 혐오감 말고는
뭐가 있겠습니까? 이제 대답이 됐습니까?(4.1.34-61)

샤일록의 대사는 이 극에서 가장 강력한 파장을 불러일으키는 연
설이라 해도 과언이 아니다. 관객의 의표를 찌르는 샤일록의 이 항변
은 "자비로 정의를 완화"하라고 권면하는 포샤의 연설(4.1.180-201)
보다 오히려 더 깊은 인상을 남긴다. 유대인에 대한 편견을 상식으로

공유했던 셰익스피어의 동시대 관객들에게도 이 연설은 적잖은 도전으로 다가왔을 것이다.

샤일록의 반론은 감정적이면서도 논리적이고 개인적인 동시에 사회적이다. 증오를 증오로 갚겠다는 샤일록은 그 악순환의 원인을 기독교 사회에 돌림으로써 자신의 증오를 합리화한다. 기독교인들이 이해하지 못하는 자신의 "기분"과 "감정"은 "해묵은 증오와 혐오감"에 대한 정당한 반응이라는 것이다. 이른바 반인종주의적 인종주의(anti-racist racism)의 언술이다. 여기서 한 걸음 더 나아가서, 샤일록은 문화상대주의 시각에서 자신의 정치적 입장을 옹호한다. 차이의 포용을 기치로 내건 다문화주의 공화국의 기독교인들을 향해 샤일록은 "입 벌린 돼지 통구이가 보기 싫은" 유대인의 취향도 존중받아야 할 차이임을 지적하고 있다. 이는 평등과 정의와 보편적 인권에 대한 요구이기도 하다. 샤일록의 눈에 비친 베니스는 차이를 차별의 구실로 삼는 배타적인 공동체다. 샤일록은 기독교 사회의 위선이 드러나는 틈새를 집요하게 파고든다. "내 권리를 부정한다면, 당신네 법은 허수아비야. 베니스의 법령은 효력이 없어"(4.1.101)라고 일갈하는 샤일록은 사악하고 옹졸한 수전노가 아니라 주류사회의 치부를 비추는 거울이다.

4 셰익스피어는 반유대주의자인가

하지만 샤일록의 저항은 여기까지다. 셰익스피어는 '이교도'가 발하는 불협화음이 기독교 교향악의 선율을 계속 어지럽히게 놔두지 않는다. 법학박사로 변장한 포샤가 공작을 대체하는 임시 지휘자로 등장해 깨어진 화음을 회복한다. 도덕적 우열이 사라진 유대인과 기독교인의 관계를 암시라도 하듯 "여기에 누가 상인이고 누가 유대인입니까?"(4.1.170)라는 질문과 함께 법정에 들어선 포샤는 유대인과 기독교인 간의 모호해진 경계선을 다시 분명하게 그어놓는다.

여기서 샤일록이 남기는 마지막 인상은 그야말로 인상적이다. "법"과 "계약"을 주문처럼 되뇌며 안토니오의 가슴살을 떼어내려고 칼을 버리는 샤일록은 영락없는 복수의 화신이다. 살의에 가득 찬 눈빛과 득의양양한 미소가 교차하는 그의 표정은 강자의 횡포를 고발하고 약자의 설움을 대변하던 이전 모습을 상쇄한다. 반면에 제단에 바쳐진 어린 양처럼 죽음을 기다리는 안토니오는 오만한 반유대주의자에서 양순한 희생자로 탈바꿈한다. 피해자와 가해자의 위치가 뒤바뀐 것이다. "잠깐 기다리시오"(4.1.301)라며 형 집행에 제동을 건 포샤는 샤일록이 소수자 권리 보호 수단으로 호소했던 "법"과 "계약"을 다수자의 응징 수단으로 재해석한다. '똑같은 잣대로'(measure for measure)하는 보복의 진수를 보여주는 셈이다. 샤일록은 목숨만 건질 뿐 모든 것을 잃는다.

홀더너스(Graham Holderness)는 샤일록이 했을 법한 대안적 선택을 상상해본다. 만약 샤일록이 자신의 앙숙이자 포로인 안토니오의 사면을 요청했더라면, 노예를 사고팔며 부리는 베니스의 기독교인들보다 자신이 도덕적으로 더 우월함을 입증하고, 원금의 세 배를 보상하겠다는 바사니오의 제안을 받아들여 실익도 챙겼을 것이다. 더구나 샤일록은 자신의 종교적 신념과 재산권을 침해받지 않고서도 그러한 일석이조(一石二鳥)의 승리를 거둘 수 있었다. 만약 그랬다면 샤일록은 기독교사회에서 인정받는 유대인이 될 것이고, 이 극은 희극 장르답게 화해와 통합의 정신을 구현하며 모두가 행복한 결말로 나아갈 수 있었을 것이다. 하지만 샤일록은 멈춰야 할 지점을 지나쳐 버린다. 샤일록이 서로 용서하라는 예수의 가르침과 희극의 에토스에 어긋나는 선택을 할 수밖에 없는 것은 근본주의 종교 이념과 중상주의 경제 현실이 그를 한쪽으로만 몰아세우기 때문이다. 홀더너스는 샤일록이 안토니오에게 "사법적 살인"을 시도한 대가로 부과되는 재산몰수와 강제 개종의 벌칙은 죄와 벌 사이에 "균형이 잡힌" 판결이라고 주장한다. 외국인의 경제 활동을 보장하는 하위 법과 내국인의 생명을 보호하는 상위 법이 충돌하는 상황에서, 샤일록은 어쨌든 내국인의 생명을 위협하는 "중죄"를 범했으나 정상참작으로 목숨은 부지하게 되었다는 것이다.[23]

그러나 홀더너스 식의 결론은 재고의 여지를 남긴다. 샤일록의 "불가피한" 소송과 포샤의 "균형 잡힌" 판결은 분명 셰익스피어의 낭만 희극에 어울리지 않는 요소다. 물론 셰익스피어는 비극뿐만 아니라 희극에서도 『좋으실 대로』의 제이퀴즈, 『헛소동』의 돈 존, 『열이틀째 밤』의 말볼리오, 『태풍』의 안토니오처럼 희극 정신에 어긋나는 불평분자(malcontent)나 냉소적인 어릿광대를 등장시킨다. 그런데 이들은 '이방인'이 아니며 사회적 죽음으로 내몰리지도 않는다. 샤일록과 비교하면, 배제의 원인과 강도에서 확연히 차이가 난다.

『베로나의 두 신사』에서 낭만 희극의 궁극적인 지향점(telos)으로 제시되는 "하나의 잔치, 하나의 가족, 하나의 상호 행복"(5.4.171)에 샤일록이 참여하지 못하는 이유가 그의 개인적인 성향이나 기질 때문만은 아니다. 이 극의 청사진에서 샤일록은 애당초 화해와 통합의 잔치에 초청받지 못할 존재였다. 그래서 그는 가차 없이 추방된다. 포샤의 판결이 내리고 나서 공작이 특별사면령을 내리자, 샤일록은 이렇게 진술한다. "내 목숨과 전부를 가지시오. 사면은 필요 없소. 당

---

23) Graham Holderness, *Shakespeare and Venice*, London: Routledge, 2016, pp.83-87.

신들이 내 집을 받치는 기둥을 뽑아가면 내 집을 빼앗는 것이고 내가 살아가는 수단을 가져가면 내 삶을 빼앗는 것이오."(4.1.370-73) 셰익스피어의 희극 어디에서도 이렇게 철저한 응징이 가해진 적이 없다. 포샤의 판결에 "다니엘이 재림했다!"(4.1.336)라고 환호하는 안토니오의 친구들과, "몸이 편치 않소"(4.1.392)라는 말을 남기고 쓸쓸하게 법정을 떠나는 샤일록 사이에는 희극 정신으로 봉합되지 않는 사회적 단층선이 가로놓여 있다.

그 단층선은 샤일록이 줄기차게 호소하는 "법"과 포샤가 비장의 무기로 내미는 "베니스의 법"(4.1.344) 사이의 차이로 나타난다. 전자는 인종, 종교, 국적에 상관없이 적용되는 기본법이고, 후자는 그 차이를 감안한 특별법이다. 그런데 포샤가 주관하는 법정에서는 후자가 전자의 상위법으로 작용한다. 기독교 민족주의가 사법체계에 우선하는 지배 이데올로기이기 때문이다. "공정한 재판관, 박식한 재판관"(4.1.319) 포샤가 내세우는 내국인 보호법은 실은 외국인 차별법이다. 결과적으로, 계약을 위반한 안토니오는 베니스 시민이라는 이유로 무죄가 되고, 샤일록은 그의 생명을 위협한 혐의로 중죄인이 된다. 샤일록은 안토니오에게 빌려준 원금도 돌려받지 못할 뿐만 아니라 재산의 절반은 국가에 환수되고 나머지 절반은 안토니오에게 이양되었다가 로렌조 부부에게 귀속된다. 샤일록에게는 "삶"과 "전부"를 박탈하는 이 판결이 법과 정의의 이름으로 행해지는 제도적 기만이나 다름없다. "이게 법이냐?"(4.1.309)라는 한 마디가 샤일록의 형언할 수 없는 분노와 상실감을 대변할 뿐이다.

그렇다면 유대인과 기독교인들 사이의 '치킨게임'에서 유대인의 완패로 극을 마무리 짓는 셰익스피어는 반유대주의자인가? 포샤의 판결은 '해석의 공동체'에 속한 셰익스피어와 그의 관객들이 함께 내리는 판결이다. 샤일록은 돈과 법은 있으나 그것을 이용할 수 있는 능력이 없다. 셰익스피어는 그 능력을 샤일록에게 부여하지 않는다. 샤일록은 한없이 영악한 척하지만 이아고나 에드먼드처럼 언어의 작위성을 인지하고 전유하는 마키아벨리주의적 지략가는 아니다. 샤일록은 오셀로나 모로코 왕자처럼 해석학적 상상력이 모자라는 '이방인'일 뿐이다.

물론, "그대는 우리의 정신이 어떻게 다른지를 볼지니라"(4.1.364)라는 공작의 대사를 거꾸로 읽으면 기독교와 유대교의 "정신"이 다를 게 없다는 의미이고, 포샤가 내린 극도의 축어적이고 형식주의적인 판결을 기독교사회의 "법"과 "정의"에 대한 신랄한 풍자로 읽을수도 있다. 유대인을 추방하는 대가로 기독교공동체가 져야 하는 부담 또한 적지 않다. 샤일록이 믿었던 "당신네 헌장과 당신네 도시의자유"(4.1.38)는 허울이었고, 차이의 포용을 기치로 내걸었던 다문화주의 공화국 베니스는 당대 런던과 다른바 없는 백인기독교 사회임이 드러난다. 하지만 유대인 샤일록은 결국 기독교 사회의 배경이다. 그 배경 역할마저 4막에서 끝나고, 5막에서는 샤일록이 아예 사라진다. '행복한 결말'에 그가 낄 자리가 없기 때문이다.

튀니지 출신의 유대인 작가이자 비평가인 멤미(Albert Memmi)는 "자신의 이익을 위해 타자의 차이를 사용"하고 "자신의 위안을 위해 타자에게 낙인 씌우는" 것을 인종주의의 핵심으로 규정한다.[24] 유대인이란 정형을 오리엔탈리즘의 산물로 간주한 포스트모더니즘 철학자 리오타르(Jean-François Lyotard)도 서구 사회의 오랜 반유대주의를 단순한 외국인 혐오가 아니라 타자의 완강한 차이를 주체의 재현체계 안으로 편입하려는 욕망으로 분석하면서, 그 욕망의 이면에는

---

24) Albert Memmi, *Racism*(1982), Steve Martinot(trans.), Minneapolis: University of Minnesota Press, 2000, pp.52, 68.

완전한 순치와 계몽도 불가능하고 완전한 배제와 추방도 불가능한 '국가 없는 민족'에 대한 불안감이 늘 자리 잡고 있다고 주장한다.[25] 드라카키스(John Drakakis)는 멤미와 리오타르의 전제를 따라 이 극을 인종주의 텍스트로 접근하면서, '유대인 문제'를 정면으로 다룬 경쟁작가 말로의 성상 파괴적인 에너지가 셰익스피어에 와서 상당히 희석되었다고 진단한다.[26] 즉 셰익스피어는 말로보다 더 정교하고 안전한 방식으로 인종주의와 교섭하며 기독교인 관객의 눈높이에 벗어나지 않게 유대인을 재현했다는 얘기다. 그래서 셰익스피어는 '세련된' 오리엔탈리스트이며, 인종주의를 '티 나지 않게' 포장하는 데 능한 작가다.

사이드는 『오리엔탈리즘』에서 영국의 인도 식민지배를 '창조적 파괴'로 해석한 마르크스를 오리엔탈리스트로 규정했다. 마르크스가 영국의 식민주의 역사 자체는 비판하면서 그 야만적인 역사가 봉건체제를 붕괴시키고 사회혁명의 물꼬를 텄다고 긍정적으로 평가한 것을 두고 사이드는 유럽중심주의 역사관의 일례로 지적한 것이다.[27] 만약 사이드가 유대인이었다면 마르크스를 반유대주의자로 소환했을지 모른다. "유대교는 지금 시대의 보편화된 반사회적 요소"라고 본 마르크스는 "단순히 유대인이 돈의 힘을 획득했을 뿐만 아니라 돈이 유대인을 통해 또한 유대인과 상관없이 세계를 움직이는 힘이 되었고 유대인의 실용주의 정신이 기독교 국가들의 실용주의 정신이 되었다"라고 주장한다. 마르크스가 보기에, "돈이면 뭐든지 하는" 배금주의(拜金主義) 풍토가 "문명사회의 유대교"이며, "일

---

25) Jean-François Lyotard, *Heidegger and 'The Jews*,' Andreas Michael and Mark Roberts(trans.), Minneapolis: University of Minnesota Press, 1990, pp.3, 23.

26) John Drakakis, 앞의 글, pp.21-25, 30.

27) Edward W. Said, *Orientalism*, New York: Vintage Books, 1978, p.155.

상 속의 세속적 유대인"이 된 부르주아 기독교인이 "모세 5경과 탈무드를 암송하는 유대인"을 대체하면서 "유대교에서 발원한 기독교가 다시 유대교로 합병"되었다. 따라서 "인류가 유대교에서 해방되는 것"이 바로 "인간해방"이다.[28] 여기서 마르크스는 자신이 유대인이면서 자본주의의 모순을 비판하기 위해 유대인의 고정관념을 전유했다. 마르크스의 비판 대상은 "유대인의 편협함보다 유대인처럼 편협해진 사회"이지만, 유대교와 자본주의 또는 유대인과 부르주아지의 은유적 동일시를 통해 반유대주의 담론을 재생산했다는 점은 부인할 수 없다.

셰익스피어도 마르크스와 매한가지 이유로 오리엔탈리즘과 반유대주의에 연루되었다고 볼 수 있다. 『베니스의 상인』에서 기독교와 기독교인이란 단어는 27번이나 나오는데,[29] 이는 셰익스피어의 시선이 어디를 향하는지 짐작하게 해준다. 더구나 당시 잉글랜드 내부의 첨예한 가톨릭/프로테스탄트 갈등에도 불구하고 안토니오를 비롯한 이탈리아 가톨릭교도들을 기독교인으로 지칭하는 것은 등장인물들과 이 극을 관람하는 잉글랜드 프로테스탄트 관객들 사이에 괴리가 없음을 의미한다. 『베니스의 상인』이 던지는 궁극적인 질문은 "유대인은 누구인가?"가 아니다. 셰익스피어가 샤일록을 통해 유대인의 '인간다움'을 부각하는 목적은 유대인과의 비교 우위를 통해 구축된 기독교인의 정체성을 확인하기 위해서다.

---

28) Karl Marx, "On the Jewish Question,"(1843) in Robert C. Tucker(ed.), The Marx-Engels Reader, New York: W.W.Norton&Company, 1978, pp.48-52.

29) 이는 이 단어들이 셰익스피어 전제 작품에 나오는 횟수의 1/3에 해당하며, 셰익스피어는 그 어떤 작품에서보다 이 극에서 이 단어들을 3배나 더 많이 사용하고 있다. James L. O'Rourke, "Racism and Homophobia in *The Merchant of Venice*," *ELH* 70(Summer 2003), p.376.

백인기독교 주체의 자기성찰을 위한 역할을 충실히 이행한 후에 사회적 죽음을 맞는 샤일록은 프라이가 말한 것과는 또 다른 의미에서 이 극의 희생양이다. 만약 셰익스피어를 탈식민주의 법정에 세운다면, 그가 무죄선고를 받을 수 없는 이유도 '이방인'을 주류사회의 모순을 들여다보기 위한 거울로 사용한 후 폐기하기 때문이다. 마르크스가 자본주의의 모순을 비판하려고 유대인의 고정관념을 전유한 것처럼, 셰익스피어도 기독교 사회를 성찰하기 위한 시금석으로 유대인을 사용한 것이다. 사이드가 마르크스와 함께 셰익스피어를 오리엔탈리스트의 명단에 포함하는 이유도 여기에 있다.

5 인종주의와 결탁한 여성 주체성

『베니스의 상인』에서 단 한 명의 주인공을 꼽으라면 누구일까? "베니스의 상인"은 누구를 지칭하는 것일까? 등장인물의 직업으로 따지면, "거상"(royal merchant, 3.2.238)으로 일컬어지는 안토니오에게 우선권이 주어진다. 안토니오는 세계 각지에서 해난사고의 위험을 무릅쓰고 향료와 비단 등의 식민지 "상품"을 거래하는 "벤처"(1.1.14, 39, 41) 사업가다. 그런데 사랑과 결혼을 주제로 하는 낭만 희극의 장르를 고려한다면, 바사니오가 이 극의 실질적인 주인공이다. "많은 유산을 물려받은"(1.1.160) 포샤에게 구혼하려고 친구의 생명을 담보로 돈을 빌려 여행을 떠나는 바사니오는 "황금 양털"을 찾아가는 "허다한 제이슨"(1.1.170, 172) 중 한 명이다. 그가 참여하는 상자와 반지 게임은 안토니오의 "벤처" 사업 못지않게 행운과 위험을 함께 수반하는 상거래다. 반면에 종교적 차이와 갈등에 초점을 맞추면, 기독교 사회의 '이방인' 샤일록도 주인공의 자격이 충분하다. 더구나 우정에 목매달고 위험한 계약을 체결하는 안토니오나 분수에 넘는 지출로 재산을 탕진한 바사니오와는 달리, 이윤과 계약을 최우선시하는 냉철한 기회주의자 샤일록은 이 극에서 가장 상인다운 심성과 태도를 지닌 인물이다.

그런데 이 세 명의 남성 주인공과 다양한 방식으로 교섭하며 극의 진행을 주도하는 인물이 바로 포샤다. 이 백인 귀족 여성은 중요한 사건들의 막후에서 중재자와 무대감독 역할을 하는 실질적인 주인공이다. 포샤는 상자 고르기 게임에서 바사니오의 올바른 선택을 유도함으로써 가부장제 권력이 아버지로부터 남편에게로 '순탄하게 이양'되도록 한다. 플롯의 백미인 재판 장면에서는 포샤가 샤일록과 안토니오 사이의 출구 없는 종교적·사회적 갈등을 '경이롭게 해결'한다. 또한 이성애적 사랑과 결혼의 증표인 반지를 빼앗고 돌려주는 과정을 통해 포샤는 안토니오와 바사니오 사이의 동성애적 유대를 '깔끔하게 차단'한다. 한마디로, 포샤는 남성 인물들이 초래하거나 연루된 가부장제 사회의 모순을 해결하는 여성 영웅이다. 그런 점에서, 포샤는 셰익스피어의 낭만 희극에 등장하는 여성 주인공 중에서 가장 담대하고 적극적이면서도 가장 지혜롭고 주도면밀한 인물이라고 해도 과언이 아니다.

"정말이지, 내 작은 몸은 이 큰 세상이 지겨워."(1.2.1-2) 포샤가 무대에 등장하며 내뱉는 첫 마디다. 포샤의 성격과 역할을 암시하는 이 대사는 "내가 왜 이리 슬픈지 정말 모르겠어. 나도 지겨워"(1.1.1-2)라던 안토니오의 메아리처럼 들린다. 안토니오와 포샤는 각각 동성애적 욕망과 이성애적 욕망의 주체로 둘 다 그 욕망의 불안으로 인한 우울감에 사로잡혀 있다. 그런데 포샤는 불안하고 불편한 상황에 대처하는 방식에서 안토니오보다 훨씬 더 적극적이며 효율적이다. 안토니오는 바사니오를 향한 애정을 우정으로 포장하고 은폐하는 데 그치지만, 포샤는 모든 수단과 방책을 동원하여 바사니오에게 품은 욕망을 표현하고 성취한다. 물론 이 차이는 동성애를 금기시하는 사회풍토와 무관하지 않지만, 포샤의 성격 자체가 묵종이나 체념과는 거리가 멀다. 지금 포샤가 우울한 이유도 아버지의 방식대로 결혼 상대를 선택해야 하기 때문이다. 포샤는 "'선택'이란 단어"가 자신의 처지와 모순임을 지적하며 하녀 네리사에게 강한 불만을 토로한다. "난 원하는 사람을 선택하지도 못하고 싫어하는 사람을 거절하지도 못하니, 살아 있는 딸의 의지가 죽은 아버지의 유언으로 재갈이 물린 꼴이지."(1.2.21-24) 포샤가 말하는 아버지의 "유언"(will)은 "의지"의 동음이의어로서, 자신의 자유의지를 억압하는 가부장적 규범과 관습을 의미한다. 처음부터 포샤는 아버지의 그늘에 안주하지 않을 욕망의 주체임을 언명하는 것이다.

포샤는 오필리아처럼 '순종하는 딸'은 아니지만 데즈데모나처럼 '반역하는 딸'도 아니다. 포샤는 '아버지의 법'을 거스르지 않고 자신의 욕망을 구현할 절충안을 모색한다. 유럽 각지에서 몰려든 "한 떼의 구혼자들"(1.2.103)을 이런저런 이유로 다 내친 포샤는 그들 중 한 명과 결혼하느니 "시빌라처럼 오래 살더라도 다이애나처럼 처녀로 죽겠다"(1.2.101)라고 작정한다. 이미 포샤의 마음은 "학자이자 군인인 베니스 사람"(1.2.108)에게 가 있기 때문이다.[30] 재색을 겸비한 포샤와 문무를 겸비한 바사니오의 결합은 "죽은 아버지의 의지"와 "살아 있는 딸의 의지"를 매개하는 타협책임을 암시한다. 이는 또한 백인 귀족끼리의 동족결혼(同族結婚)을 보장하는 복선(伏線)이기도 하다. 바사니오는 네리사가 보기에도 "아름다운 여인을 차지할

---

30) 네리사가 바사니오를 지칭하는 "학자(a scholar)와 군인(a soldier)"은 르네상스 시대에 남성성을 조화롭게 구현한 가장 이상적인 조신(朝臣)이자 구애자(courtier)로서, 햄릿 같은 예외적인 영웅에게 적용되는 찬사다.

자격이 뭇 남자 중에서 가장 충분한 분"이며, 포샤 역시 그를 "네 칭찬이 아깝지 않은 사람"(1.2.112-16)으로 인정한다. 바사니오는 자신을 "황금 양털"을 손에 넣으려는 "제이슨"으로 피력하지만, 관객들이 목격하는 것은 포샤가 여러 장애를 극복하고 자신이 원하는 바사니오를 쟁취하는 과정이다.

포샤를 기다리는 첫 번째 장애물은 상자 고르기 게임이다. 모로코 왕자, 아라곤 왕자, 바사니오가 차례로 등장하여 금·은·납 세 상자를 놓고 제비뽑는 과정에서 포샤는 '아버지의 법'을 어기지 않으면서 주체적 선택을 위한 공간을 확보한다. 구혼자에게 상자의 비밀을 알려주지 말라는 아버지의 유언을 축어적으로 해석한 포샤는 우회적인 방식으로 자신이 좋아하는 바사니오에게만 힌트를 제공한다. 그것이 가능한 이유는 포샤의 우월한 지력(智力) 때문이다. 포샤는 기표와 기의의 불일치라는 언어의 속성을 인지하는 데 비해 세 명의 구혼자들은 그렇지 못하다. 금·은·납 상자는 각각 "다수가 원하는 것" "각자가 마땅히 받을 것" "가진 것을 다 내놓는 위험"을 선택의 보상으로 적어놓고 있다.

첫 번째 도전자인 모로코 왕자는 자신의 욕망과 타인의 욕망이 같다고 믿는 인물이다. "황금빛 마음을 지닌 자는 볼품없는 싸구려에 고개를 숙이지 않는다"(2.7.20)라면서 납 상자를 거른 모로코 왕자는, "공평한 평가"를 해도 "충분한 자격"(2.7.25-27)이 있는 자신에게은 상자가 어울린다고 고민하다가, "이렇게 귀중한 보석을 금보다 저급한 것에 박아넣은 적이 없다"(2.7.54-55)라는 이유로 결국 금 상자를 선택한다. 하지만 그가 확인하는 것은 포샤의 초상화가 아니라 해골 그림이다. 단순 무지하고 허장성세를 부리며 겉치레를 중시하는 무어인의 고정관념에 부합한 선택이다.

두 번째 도전자인 아라곤 왕자도 모로코 왕자처럼 기표와 기의의 불일치를 인지하지 못할뿐더러 그의 이름(Arragon)이 말해주듯 귀족주의적 오만과 편견에 사로잡혀 있는 인물이다. 금빛에 현혹되는 "많은 사람"을 "겉치레로 선택하는 우둔한 다중"(2.9.25)으로 간주한 아라곤 왕자는 "난 천한 것들과 부화뇌동하여 야만적인 다중과 한패가 되지 않겠다"(2.9.31-32)라고 다짐하며 금 상자를 고르지 않는다. 대신 그는 자신의 세계관인 "명예"와 "공적"의 상동성을 의미하는 은 상자를 고른다. 봉건귀족의 대표 격인 아라곤 왕자는 "자격 없이 걸치는 위엄"과 "공로를 승인받지 않은 명예"(2.9.37-39)를 경멸하며, "명예의 진정한 씨앗"이 "세월의 쓰레기더미"와 뒤섞이고 "명령하는 자가 명령받는 자가 되는"(2.9.44-47) 사회적 혼란을 개탄한다. 르네상스라는 역사적 전환기에 목격하는 신분질서의 변동을 받아들이지 못하는 것이다. 그가 선택한 은 상자에는 "눈을 껌벅이는 바보의 초상화"(2.9.53)만 담겨 있고, 새 시대에 적응하지 못한 그의 귀족주의적 선택은 "그림자에 입 맞추는 행위"(2.9.65)로 묘사된다. 아라곤 왕자도 모로코 왕자도 '본질'로 여겨지는 기의가 욕망의 구성물이며 기표의 유희임을 인지하지 못한 것이다.

"심사숙고하는 바보들"(2.9.79)이 물러간 후, 드디어 세 번째 도전자 바사니오가 등장한다. 포샤는 "처녀는 말은 못 하고 생각만 할 뿐"(3.2.8)이라면서도 이 극에서 가장 장황한 대사를 이어가면서 바사니오를 향한 애정을 때로는 은근하게 때로는 숨김없이 표현한다. 바사니오의 눈길 때문에 몸이 두 쪽으로 갈라졌다는 포샤는 "내 반쪽은 당신 것, 나머지 반쪽도 당신 것. 내 것이라고 하고 싶은데, 내 것이 곧 당신 것이므로 모두 당신 거예요"(3.2.16-18)라고 먼저 고백하고, 바사니오가 상자 고르기를 기다리는 시간이 형틀 위에서 고문당하는 것이라고 하자 포샤는 "고백하고 사세요"(3.2.34)라고 압박해 그의 사랑 고백을 받아낸다.

바사니오의 표현처럼 "고문하는 사람이 구원의 해답을 가르쳐주는"(3.2.37-39) 포샤의 편법 교육은 상자 선택 직전에 더 꼼꼼히 진행된다. 포샤는 악사들이 부르는 노래에서 납(lead)과 압운이 같은 단어들(bred, head, fed)을 반복하는 동시에 "환상(fancy)의 원천이 눈"(3.2.67)이라는 구절을 통해 기표와 기의의 불일치를 암시함으로써 납 상자가 정답임을 알려준다. 포샤의 교육 덕분에 "겉과 속이 전혀 다를 수 있고, 세상은 언제나 꾸밈에 현혹당한다"(3.2.72-73)라는 사실을 깨달은 바사니오는 "헤라클레스의 수염과 마르스의 험상궂은 인상"도 "용맹의 겉모습"에 불과하고 "인도 여인을 가리는 아름다운 베일"도 "현자마저 기만하는 허울 좋은 진실"(3.2.85-101)임을 되새기며 포샤에게 무언의 재가를 받은 후, 납 상자를 향해 "너의 핏기 없는 모습이 화려한 웅변보다 내 마음을 더 움직인다"(3.2.106)라며 승부수를 던진다. 납 색깔(pale)을 장식과 능변에 상반되는 솔직함(plain)으로 해석한 것이다. 결과적으로, 바사니오의 현명한 선택은 포샤의 '원격조정'으로 이루어졌고, 포샤는 선택의 대상이면서도 선택의 주체 역할을 한 셈이다.

이처럼 포샤의 현명하고 적극적인 면모가 드러나는 상자 고르기 게임은 인종주의와 민족주의의 비준 과정이기도 하다. 그 중심에 포샤가 있다. 포샤가 결혼 상대를 접견하는 벨몬트의 저택은 계급, 인종, 국가, 종교의 심급에서 '그들'을 배제하고 '우리'끼리의 결속을 추구하는 동족결혼이 게임의 법칙으로 작용하는 배타적 공간이다. 겉보기에는 구혼자들의 출신 배경을 다양하게 배치하여 게임의 개방성과 중립성을 담보하는 듯하면서도, 실제로 포샤는 인종주의 · 민족주의적 선입견에 따라 구혼자들을 평가하고 최종선택을 내린다. 이들에 대한 포샤의 촌평은 르네상스 당시에 유통되던 국가별 고정관념을 고스란히 담고 있다. 이를테면, 나폴리 남자는 명마 타령만

하고, 팔라틴 남자는 항상 찌푸리고 다니며, 프랑스 남자는 사치와 변덕이 심하고, 잉글랜드 남자는 외국어 능력과 패션 감각이 없으며, 스코틀랜드 남자는 현실적 이해관계에 눈이 어둡고, 게르만 남자는 사나운 술고래다. 그리고 상자 고르기에 도전하는 스페인 남자는 거드름 피우는 부호에 불과하다.

포샤는 인종적 타자인 모로코 왕자를 향해 가장 노골적인 편견을 드러낸다. "다섯 번째 이방인" 청혼자인 모로코 왕자가 도착했다는 전갈을 받은 포샤는 앞선 "네 명의 이방인들"보다 나을 게 전혀 없다고 예단하면서 "만약 그가 성자의 성품에다 악마의 피부색을 지녔다면, 내 남편 될 생각은 말고 내 고해나 들어주는 사제가 되면 좋겠다" (1.3.124-26)라고 말한다. 성품을 비롯한 제반 조건이 아무리 훌륭해도 "거무튀튀한 무어인"은 싫다는 얘기다. 어두운 피부색을 저주받은 악마의 표상으로 간주하는 인종주의 알레고리를 스스럼없이 사용하는 것이다. 더구나 포샤의 대사 행간에는 고해하는 사람이 사제의 얼굴을 보지 못하듯이 모로코 왕자를 아예 대면하지 않았으면 좋겠다는 속마음이 배어 있다. 그런데 포샤는 모로코 왕자의 면전에서는 "고명하신 왕자님은 여태껏 저를 찾아온 그 어떤 남자보다 제 사랑을 차지할 자격이 충분합니다"(2.1.20-22)라는 외교적 언술로 자신의 흑인혐오 성향을 은폐한다. 하지만 모로코 왕자가 상자 게임에서 탈락하고 떠나자마자, 포샤는 "간단히 처리해버렸군. 커튼을 내리고 가자. 그런 피부색을 가진 자들은 모두 그렇게 선택하라지" (2.7.78-79)라면서 숨겼던 속내를 다시 드러낸다.

남편 고르는 과정에서 잠시 텍스트의 수면 위로 부상했다가 침잠한 포샤의 인종편견은 남편의 친구를 구하는 과정에서 더욱 지속적이고 노골적으로 본색을 드러낸다. 극 전반부에서 즉흥적으로 불거졌던 포샤 '개인'의 인종편견이 후반부에서는 기독교 '사회'가 공유하는 지배 이데올로기로 확장되는 것이다. 법학박사 밸써자로 변장하고 법정에 등장한 포샤는 흔히 유대교 관습법으로 알려진 '눈에는 눈, 이에는 이'라는 잣대를 유대인 샤일록 못지않게(실은 더 철저히) 적용해 그를 사회적 죽음으로 내몬다.

포샤가 동원하는 전략은 극도의 형식주의다. 샤일록과 안토니오가 맺은 계약의 취지보다 문구에 치중한 포샤의 판결은 법을 남용하고 법을 왜곡한 것과 다름없다. 포샤는 안토니오의 살 한 파운드를 요구하는 샤일록의 권리행사를 무효화시키는 데서 멈춰야 했는데 거기서 한 걸음 더 나아가 샤일록이 내세우는 "법"과 "계약"을 역으로 과잉해석해 잔혹한 응징의 근거로 이용한다. 포샤의 판결은 법의 정신인 정의 구현과 무관하다. 포샤의 관심은 오로지 남편의 친구를 보호하고 기독교공동체의 이해관계를 대변하는 데만 쏠려 있다. 샤일록은 어차피 "지는 소송"(4.1.61)을 한 셈이다. 따라서 "법학박사" 포샤가 걸친 법복은 가부장제의 장벽을 넘어서는 여성 주체의 변복(cross dressing)일 뿐만 아니라 백인기독교 주체의 인종편견을 법과 정의의 가면으로 은폐하는 위장술(camouflage)이다. 포샤를 "재림한 다니엘"(4.1.329, 336)이라면서 "이제야 이교도 네놈을 메다꽂았다"(4.1.330)라고 환호하는 그라시아노는 포샤의 대변인이나 다름없다.

인종주의와 결탁한 포샤의 형식주의 논리를 구현하는 것은 베니스의 자민족중심주의적 사법체계다. 포샤가 비장의 카드로 내미는 "베니스의 법"(4.1.344)은 내국인 보호의 명분으로 시행되는 외국인 차별법이다. 샤일록은 베니스 시민의 생명을 위협한 혐의로 전 재산을 몰수당하고, 목숨을 부지하려면 공작에게 무릎 꿇고 빌어야 하는 처지가 된다. 샤일록의 생명은 공작의 "자비"에 달리고, 샤일록이 생명처럼 아끼는 재산은 안토니오의 "자비"에 내맡긴다. 하지만 그들의 "자비"는 "베푸는 자도 복 받고 받는 자도 복 받는 이중의 축복"이 아니고, "왕좌 위의 군주에게 왕관보다 더 어울리는 힘 중의 힘"도 아니며, "군주의 통치권 위에 있는 하나님의 속성"(4.1.182-91)은 더더욱 아니다. "자비란 강제로 생기는 게 아닙니다"(4.1.180)로 시작하는 포샤의 장황한 압박성 권고는 포샤의 인종편견을 절묘하게 숨기면서 또한 드러낸다. 라이언(Kiernan Ryan)이 지적한 것처럼, "기독교인의 설교와 실행 사이의 악명 높은 모순"을 스스로 입증하는 포샤의 자비 예찬론은 "과장된 위선적 언술"이자 "보복을 위한 연막"일 뿐이다.[31]

게다가 베니스의 사법적 권위를 대표하는 공작은 샤일록에게 "그대는 우리 정신이 어떻게 다른지를 보라"(4.1.364)라면서 사면령을 내리지만, 이것 역시 이 희극이 수반하는 아이러니의 백미다. 관객이 보는 것은 유대인과 기독교인의 다름이 아니라 같음이기 때문이다. 상대방을 철저히 짓밟고 나서야 생색내듯이 베푸는 "자비의 행위"(4.1.198)는 승자의 관용이라기보다 용렬한 뒷 궁리(afterthought)에 가깝다. 1막에서 상자 게임을 앞두고 불만에 싸인 포샤는 "선을 행하는 것이 아는 것처럼 쉽다면야 부속예배당은 교회가 되고 가난뱅이의 오두막은 왕자의 궁궐이 되었겠지. 자신의 가르침을 실천하는 성직자는 정말 훌륭해. 난 내 가르침을 따르는 스무 사람 중 하나가 되기보다 스무 사람에게 선행을 가르치는 게 더 쉬워"(1.2.12-17)라며 언행 불일치의 고충을 토로한 바 있다. 아버지의 "차가운 명령"과 바사니오를 향한 "뜨거운 성정"(1.2.18) 사이에서 갈등하던 모습이다.

그 갈등을 슬기롭게 해결한 포샤가 유대인과 기독교인의 갈등 앞에서는 균형감각을 잃어버린다. 인종편견이라는 "뜨거운 성정" 때문

---

31) Kiernan Ryan, *Shakespeare's Comedies*, London, Palgrave Macmillan, 2009, p.119.

이다. 공작이 자랑하고 포샤가 실행하는 "우리 정신"은 비합리적일 뿐만 아니라 위선적이며, 샤일록이 내세우는 "기분"과 "감정"보다 나을 게 없다. "나는 당신들이 가르쳐준 악행을 실천하겠소. 그 일이 쉽지는 않겠지만, 교육받은 것보다 더 잘 해낼 겁니다"(3.1.64-66)라고 이죽거리는 샤일록과, "그대가 정의를 촉구하므로 그대가 원하는 것 이상으로 확실히 정의가 실현될 것이오"(4.1.311-12)라고 너스레를 떠는 포샤는 도덕적 우열을 가리기 힘든 자민족중심주의자다. 굳이 차이를 찾는다면, 포샤가 속내를 은폐하는 데 더 능숙할 뿐이다.

샤일록과 포샤는 '똑같은 잣대로' 하는 보복의 악순환에 빠진다. 포샤는 안토니오에게 보복하려는 샤일록의 잣대를 역이용해 샤일록에게 보복한다. 정의와 자비의 긴장 관계를 주제로 다루는 셰익스피어의 다른 희극 『똑같은 잣대로』에서도 잣대의 일관성 혹은 편협성은 중요한 문제가 된다. 샤일록과 마찬가지로 안젤로도 자비와 조화되지 않은 정의를 내세우다 바로 그 정의의 잣대로 인해 곤경에 처한다. 그런데 안젤로는 샤일록과 달리 같은 잣대(정의)로 죗값을 치르지 않고 다른 잣대(자비)로 구제받는다. 『똑같은 잣대로』는 신부 바꿔치기(bed trick)와 머리통 바꿔치기(head trick)를 통해 희극에 어울리는 용서와 화해의 결말로 나아간다.

같은 희극 장르 작품임에도 『베니스의 상인』은 샤일록에게 그렇게 자비를 베푸는 연극적 장치가 없다. 샤일록과 안젤로의 상반된 운명은 전자는 유대인이고 후자는 기독교인이라는 데서 기인한다. 안젤로의 위선은 가부장적 기독교공동체 내부의 문제로서 '우리끼리' 해결하고 포용해야 한다. 반면에 샤일록의 탐욕과 증오는 공동체를 위협하는 '이방인'의 문제이기에 다른 방식으로 해결해야 한다. 잠시나마 젠더 정체성을 위장하고 전권을 위임받은 포샤가 샤일록에게 용서와 화해의 기회를 부여하지 않는 것은 어쩌면 당연한 일인지도 모른다. 가부장제 사회의 모순을 극복하는 여성 주체 포샤가 인종주의자가 될 수밖에 없는 이유는 그를 창조한 작가와 그에게 매료된 관객들이 인종편견이라는 "우리 정신"을 공유하기 때문이다.

　가부장적 억압에 도전하면서 인종주의 이데올로기를 승인하는 포샤의 양면적 태도는 그가 쟁취하는 여성 주체성을 반감시킨다. 비록 한정된 시간과 비현실적 공간 안에서 남성성의 가면을 쓰긴 하지만, 포샤는 조력자 내지는 수혜자라는 '여성적' 위치를 벗어나 새로운 젠더 관계를 정립하는 데 성공한다. 하지만 포샤의 성취 이면에 드러나는 인종주의와 자민족중심주의는 이 희극의 오점으로 남는다. 포샤는 '야만인'이나 '이방인' 못지않게 탐욕스럽고 위선적인 기독교 공동체의 수호자 역할을 함으로써 예외적으로 부여받은 주체적 이미지를 스스로 희석하는 것이다. 이런 반감(半減) 효과는 결국 작가의 책임이다. 셰익스피어는 종교적 타자에 대한 잔혹한 보복을 남성 주체에게 맡기지 않고 성적 타자인 여성에게 떠넘긴다. 안토니오나 바사니오의 경제적 무능과 공작의 정치적 무기력이 돋보이는 것도 셰익스피어의 그러한 서사 전략과 무관하지 않다. 남성 주인공들의 주체성이 유보된 상황에서 포샤는 잠시 여성 주체성을 확보하지만, 인종편견에 사로잡힌 반유대주의자의 혐의를 대가로 감수해야 한다. 덕분에 타자의 전복적인 목소리를 봉쇄해야 하는 가부장제 주체의 윤리적 책임과 부담은 고스란히 포샤의 몫이 된다.

6 기독교의 오이디푸스 콤플렉스

『베니스의 상인』은 돈과 법 그리고 사랑에 관한 작품이지만 동시에 종교적 차이를 다루는 작품이다. 이 낭만 희극은 당시 유럽 기독교공동체의 민감한 화두였던 '유대인 문제'에 천착할 뿐만 아니라 그 문제를 기독교 개종을 통해 해결하려는 사회적 욕망을 표현한다. 그 맥락에서 주목해야 할 인물이 제시카다. 이 극에서 기독교인과 유대인의 갈등은 안토니오와 샤일록 또는 포샤와 샤일록의 충돌을 통해 전개되지만, 셰익스피어가 개종의 명암을 집중 조명하기 위해 샤일록의 딸 제시카를 추가로 배치해 주연 같은 조연 역할을 맡긴다. 제시카의 결혼이 포샤의 결혼과 병치된 곁가지 서사임에도 가볍게 지나칠 수 없는 이유는 신분이나 인종 못지않게 확고한 사회적 단층선으로 작용했던 종교적 장벽을 넘어서기 때문이다. 물론 비극과 희극의 장르 차이는 있지만, 『리어』의 에드먼드도 『오셀로』의 데즈데모나도 극복하지 못했던 장벽을 포샤는 거뜬히 뛰어넘는다. 하지만 그 장벽을 초극해 '낭만적' 사랑을 쟁취하려고 감행하는 제시카의 개종은 셰익스피어의 관객들이 예상치 못한 기독교 사회의 모순과 불안을 드러낸다. 더구나 제시카의 험난한 개종 과정은 유대인에 대한 차별과 혐오가 인종이나 민족 담론으로 재구성되고 있어서 더욱 흥미로운 관찰 지점을 제공한다.

이 극에서 개종은 세 사건을 통해 반복적으로 진행된다. 유대인 가정에서 도주해 기독교 가정으로 들어가는 란슬롯, 유대인 아버지를 버리고 기독교 남성과 결혼하는 제시카, 기독교 사회가 강요하는 개종을 받아들여야 하는 샤일록, 모두 유대인의 기독교 개종이라는 주제를 기독교 시각에서 재현하는 데 동원되는 인물이다. 얼핏 보면 세 사건은 기독교인과 유대인을 가해자와 피해자의 관계로 설정하는 듯하다. '유대인 문제'의 중심에 선 샤일록이 무남독녀와 전 재산을 빼앗기고 사회적 죽음을 맞이하기 때문이다. 그런데 이 극은 핍박당하는 유대인을 부각하고 기독교 사회의 모순을 고발하면서도 동시에 유대인에 대한 편견과 고정관념을 재생산한다. 특히 란슬롯의 주인 바꾸어타기와 제시카의 야반도주는 밀접하게 연관된 사건으로, 개종의 필요성과 정당성을 우회적으로 역설한다. 샤일록의 강요된 개종과는 달리, 란슬롯과 제시카가 유대인 주인과 아버지를 떠나 기독교인 주인과 남편에게 옮겨가는 과정은 엄연히 자유의지에 의한 선택이다. 란슬롯은 샤일록을 "악마의 화신"(2.2.24)으로 생각하고, 제시카는 "우리 집은 지옥"(2.3.2)이라고 한탄한다. 이들의 자발적인 선택에는 그만한 이유가 있음을 보여줌으로써 샤일록의 강제 개종이 수반하는 주류사회의 폭력성을 희석하게 된다.

제시카의 야반도주에 선행하는 란슬롯의 도주는 개종의 타당성과 불안감을 미리 암시한다. 자식이 부모를 속이고 떠난다는 점에서 두 사건은 흡사하지만 란슬롯의 도주는 제시카의 경우에 비해 적잖은 망설임과 죄책감을 수반한다. 란슬롯의 새 주인 바사니오는 옛 주인 샤일록보다 훨씬 더 선량하고 관대하므로 "부자 유대인 섬기는 것을 그만두고 가난한 신사를 따라가는"(2.2.138-39) 선택은 란슬롯의 "양심에 부합"(2.2.1)할 뿐만 아니라 샤일록도 이를 전혀 개의치 않고 오히려 좋아한다. 그런데 왜 란슬롯의 "양심"은 수전노 유대인에게 충성하라고 충고하고 "마귀"는 자비로운 기독교인 가정으로 도망가라고 속삭이는가? 그리고 란슬롯의 아버지는 왜 느닷없이 나타나서 굳이 필요해 보이지도 않는 축복을 아들에게 내리는가?

'괜한 야단법석'처럼 펼쳐지는 어릿광대 란슬롯의 삽화(揷話)는 유대교와 기독교의 애매하고 불편한 관계를 익살스럽게 재현한다. 신약성서가 구약성서의 속편이듯, 유대교는 기독교의 역사적 뿌리이자 종교적 모태다. 비록 유대인이 예수를 죽인 자들의 후손이고 이로 인해 선민에서 난민으로 전락했지만, 유대교와 기독교의 계보학적 연속성은 부인할 수 없는 사실이다. 아브라함→이삭→야곱에서 발원한 히브리 민족의 배타적인 족보는 메시아 예수를 낳은 육신의 족보이기도 하다. 문제는 기독교 유럽이 아브라함을 '믿음의 조상'으로 받들면서도 아브라함의 후손은 증오하고 배척하는 데 있었다. 이 역설적 자기모순은 1290년과 1492년에 잉글랜드와 스페인이 유대인을 추방하고 강제개종시킨 것을 필두로 유럽기독교 국가들이 유대인을 희생양 삼고 선민의 자리를 차지하려고 다투는 과정에서도 깔끔하게 해결되지 않는 신학적 딜레마로 남아 있었다. 혈통이나 행위가 아닌 오직 믿음으로 구원받는다는 사도 바울의 선언이 정통성 문제로 고민하던 당시의 기독교인들에게 '새로운 언약'으로 들렸겠지만, 바울은 은총의 수혜 범위를 유대인을 넘어 '이방인'과 '야만인'까지 확대한 것이지 유대인 박해를 정당화한 것은 아니었다.[32]

셰익스피어의 동시대에도 '유대인 문제'는 기독교 사회의 '그늘'이었으며, 가톨릭이든 프로테스탄트든 간에 '뿌리'를 잘라낸 데서 비롯된 오이디푸스적 죄책감이 그들의 전이된 선민의식 밑바닥에 드리워져 있었다. '유대인 문제'를 조명하는『베니스의 상인』에서 구약성서의 인물과 일화가 유난히 자주 등장하는 것이나 굳이 필요해 보이지 않는 란슬롯 부자(父子) 이야기가 설정된 것을 이 맥락에서 해석해볼 필요가 있다.『베니스의 상인』의 핵심 주제를 종교의 차이

---

[32] 바울이 복음의 보편성을 강조하기 위해 "헬라인이나 야만인이나 지혜 있는 자나 어리석은 자에게 다 내가 빚진 자라"(로마서 1장 14절), "거기에는 헬라인이나 유대인이나 할례파나 무할례파나 야만인이나 스구디아인이나 종이나 자유인이 차별이 있을 수 없나니"(골로새서 3장 11절)라고 얘기한 구절에서, '야만인'은 비그리스인(non-Greeks)을 지칭하며 '이방인'(Gentile)은 그리스인과 로마인을 포함한 비유대인(non-Jewish)을 의미한다. 이 맥락에서는 영국인도 '이방인'이 될 수 있고 '야만인'이 될 수도 있다. 바울도 예수가 "육신으로는 다윗의 혈통에서 나셨고 성결의 영으로는 하나님의 아들로 선포되셨으니"(로마서 1장 3-4절), "아브라함은 우리 모든 사람의 조상이라"(로마서 4장 16절)면서 "육신의 혈통"에 의한 유대교와 기독교의 계보학적 연속성을 거듭 강조한 바 있다.

보다는 종교의 전환으로 파악한 애덜먼은 란슬롯과 제시카의 도주가 유대교와 기독교의 애증(愛憎) 관계를 은폐하는 동시에 부각한다고 주장한다. 란슬롯과 제시카가 샤일록을 떠나는 것은 기독교가 유대교와의 연결고리를 끊어내려는 시도를 상징하며, 그 과정은 자립의 기쁨과 함께 단절의 불안도 수반한다는 것이다.[33]

특히 란슬롯의 경우는 심리적 양가성이 두드러진다. 란슬롯은 샤일록의 집에서 벗어나는 것을 "유대인의 종"에서 "젊은 주인"(2.2.43), "젊은 신사"(2.2.55)로 거듭나는 사회적 도약으로 생각한다. 바울이 기독교인의 중생(重生)을 "종"에서 "아들"로의 변화로 설명한 것과 유사하다. 그런데 란슬롯의 "양심"은 "내 유대인 주인 곁에 있으라"(2.2.20-21)고 충고하고, "마귀"는 "용기를 내어 도망쳐라"(2.2.10-11)라고 속삭인다. 중세의 교훈 극 『보통사람』(Everyman)과 크리스토퍼 말로의 『파우스트 박사』(Doctor Faustus)에서 주인공이 선한 천사와 악한 천사 사이에서 자기분열의 갈등을 겪듯이, 란슬롯도 유대인 옛 주인과 기독교인 새 주인 사이에서 격렬한 진자운동을 한다. 오랜 망설임 끝에 란슬롯이 도망하기로 작정하는 순간, 뜬금없이 그의 아버지 고보가 등장하는 것은 우연이 아니다. 여기서 갑자기 나왔다가 샤일록의 집에서 도망가는 아들을 축복해주고 사라지는 고보는 아들의 불안감과 죄책감을 해소해줄 목적으로 소환되는 단역이다.

애덜먼은 란슬롯과 샤일록의 관계를 「창세기」에 나오는 쌍둥이 형제 야곱과 에서 이야기를 배경으로 기독교와 유대교의 갈등 관계로 해석한다.[34] 란슬롯은 앞 못 보는 고보와 마주치자 처음에는 정체

---

33) Janet Adelman, 앞의 책, p. 3.
34) 같은 책, pp.46-52.

를 숨기다가 자신이 아들임을 실토하고 아버지의 축복을 받아내는 데, 고보가 란슬롯의 긴 턱수염을 만져보고 아들임을 확인하는 장면은 야곱이 눈이 어두운 아버지를 속이고 형의 재산 상속권을 가로챈 일화를 연상하게 한다.[35] 샤일록이 아브라함(Abraham)을 원래 이름인 아브람(Abram)으로 부르는 것도 흥미롭다. 기독교에서는 아브람에서 아브라함으로의 개명을 히브리 족장에서 "열방의 아버지"(창세기 17장 5절)와 "우리 모든 사람의 조상"(로마서 4장 16절)으로 거듭나는 것으로 해석한다. 그러나 샤일록의 관점에서 볼 때, "우리의 성스러운 아브람"(1.3.68)이 진정한 조상이다. 게다가 샤일록은 도망친 란슬롯을 "하갈의 멍청이 후손"(2.5.42)이라고 욕한다. 하갈은 히브리 족보에서 적통(嫡統) 이삭의 이복형 이스마엘을 낳은 아브라함의 하녀이자 첩이다. 샤일록은 기독교 사회로 편입한 유대인을 이스마엘의 후손으로 칭함으로써 란슬롯과 야곱의 유비 관계를 해체하고 유대교와 기독교를 적자와 서자 또는 원조와 파생의 관계로 재규정하는 것이다. 이는 기독교 사회가 육신의 혈통과 율법의 문구에 집착하는 유대교를 기독교의 '과거'로 묶어놓지만, 그 불편한 '과거'의 청산이 깔끔하게 진행되지 못하고 있음을 의미한다.

7 개종이 수반하는 혼종화의 불안

개종에 대한 불안은 란슬롯보다 제시카의 경우에 훨씬 더 복잡하

---

35) 야곱은 죽을 때가 다 된 아버지 이삭이 형 에서에게 모든 재산을 물려주려는 것을 알아채고는 염소 가죽으로 만든 옷을 입고 팔에 털이 많은 형으로 변장한 후 눈이 어두운 아버지에게 접근해 자신이 형이라고 속이고 아버지의 축복을 받아내어 형의 재산 상속권을 가로챘다(창세기 27장).

고 심도 있게 그려진다. 제시카의 개종은 결혼과 동반할 뿐만 아니라 그 결혼이 기독교 주류사회가 보기에 일종의 이족혼(exogamy) 또는 잡혼(miscegenation)에 해당하기 때문이다. 이 극에서 제시카는 포샤의 대리보충 아니면 반면교사의 역할을 담당한다고 볼 수 있다. '아버지의 법'을 거스르지 않고 그 테두리 안에서 주체성을 구현해가는 '착한 딸' 포샤와는 달리, 제시카는 불순종하고 반역적인 딸의 표본으로서 여성의 재산 소유에 대한 가부장제 사회의 불안감을 반영하는 인물이다.

이 극과 자주 비교되는 말로의 『몰타의 유대인』에서는 애버게일이 아버지 바라바스의 악행을 알기 전까지 순종적이고 동정심이 많은 딸이었는데, 셰익스피어는 제시카를 제어 불가능한 딸로 각색한다. 이렇듯 태생의 한계와 성격의 결함을 지닌 제시카가 기독교인 남편을 만나 '계몽'과 '순치'를 거쳐 주류사회에 편입되는 과정을 그림으로써 이 극은 기독교 가부장제의 우월함과 포용성을 시험하고 또한 입증한다. 하지만 이 극은 '외부인'에서 '내부인'으로 탈바꿈하려는 유대인 여성 자신에게나 이를 바라보는 관객들에게나 불편하고 불안한 구석을 자꾸 드러낸다. 란슬롯과는 달리 제시카는 별다른 망설임이나 죄책감도 없이 유대인 아버지를 버리고 기독교인 남편의 품에 안기지만, 그의 개종 과정은 낭만 희극의 즐거움과 문제극의 씁쓸함을 동시에 전달한다.

제시카는 이름부터 예사롭지 않다. 다윗왕의 아버지 이새(Jessi)의 여성형 이름인 제시카는 아브라함에서 시작해 다윗을 거쳐 예수의 아버지 요셉에 이르기까지 42대에 걸친 히브리 족속의 '정통' 혈통을 상징한다. 여자이지만 유대인의 정체성이 분명한 인물이다. 이는 메시아로 온 예수가 유대인 마리아의 몸에서 태어난 것과 연결되면서 동시에 제시카의 몸도 유대인 혈통을 물려주는 통로가 될 것을 암시한다. 그런데 제시카는 무대에 등장하자마자 "내가 핏줄로는 아버지의 딸이지만 그의 삶의 방식은 물려받지 않았다"(2.3.18-19)라며 기독교 개종에의 의지를 강력하게 표명한다. 제시카는 결혼하려고 개종한다기보다는 개종하기 위해 결혼하는 것처럼 보인다.[36)]

하지만 제시카가 남편 로렌조와 함께 벨몬트에 도착했을 때 그라시아노는 친구 아내가 된 제시카를 "이교도"(3.2.217)와 "이방인"(3.2.236)이라 부른다. 물론 그라시아노가 이 극에서 가장 노골적으로 반유대주의 정서를 표현하는 인물이긴 하지만, 바사니오/포샤, 로렌조/제시카, 그라시아노/네리사 세 커플이 이 낭만 희극의 행복한 결말을 함께 만들어간다는 점을 감안할 때 그라시아노의 적대적인 호칭은 그냥 생각 없이 던지는 말이 아니다. 제시카는 자신이 기독교인이 되었다고 생각하지만, 기독교 사회는 제시카를 '공식적'으로 받아들이고 나서도 여전히 유대인으로 여기는 것이다. 남편을 통해 '신분 세탁'에 성공했어도 제시카는 화합과 통합의 축제에 어울리지 않는 불청객이라는 여운이 진하게 남는다.

기독교인들이 제시카에게 계속 덧씌우는 '유대인다움'(Jewishness)은 종교적 차이만 뜻하지 않는다. 그라시아노는 가면극에 참여하기 위해 횃불잡이 시동으로 변장한 제시카를 보고 "숙녀가 틀림없어. 유대인은 아니야"(2.6.52)라고 말한다. 여기서 숙녀(gentlewoman)를 뜻하는 gentle이란 단어는 비천한 유대인에서 존귀한 기독교인으로 변신한 제시카의 위상을 가리킨다. 란슬롯이 기독교인 주인을 섬겨서 사회적 도약을 꿈꾸는 것처럼, 제시카는 기독교 남성과의 결혼을 통해 신분 상승을 이룬다는 것이다. 그뿐만 아니라 gentle은 비유대인(non-Jewish)을 의미하는 gentile의 동음이의어다. 유대인/기독교

---

36) Janet Adelman, 앞의 책, pp.68-71.

인의 이항대립은 종교적 개념이지만, 유대인/비유대인의 경계는 인종이나 민족의 범주가 된다.

애덜먼은 그라시아노가 숙녀·비유대인을 유대인의 반대개념으로 설정해 gentle·gentile과 Jew의 두 단어에 인종적 함의를 부여함으로써 제시카의 인종적 타자성을 교묘하게 부각한다고 본다. 제시카는 개종을 통해 기독교인이 될 수는 있을지언정 비유대인 즉 유럽 백인 기독교인은 될 수 없음을 암시한다는 것이다.[37] 유대인의 종교적 차이보다 인종적 차이가 '토대' 또는 '최종심급'으로 작용하는 셈이다. 로렌조도 제시카가 샤일록의 금화를 갖고 도망오려는 계획을 듣고서는 같은 동음이의어 숙녀/비유대인(gentle/gentile)을 사용해 그의 유대인 연인을 칭찬한다. "만약 그 여인의 유대인 아버지가 천국에 가게 되면, 그건 비유대인 딸 덕분이지. 그녀가 불신자 유대인의 딸이라는 이유 말고는 불행이 절대로 그녀의 앞길을 가로막지 못할 거야."(2.4.33-37) 거꾸로 말하면, 유대인의 딸이라는 꼬리표가 불행의 원인이 될지 모른다는 얘기다.

유대인의 인종적 타자성은 아예 직설적 인종 담론으로 표현되기도 한다. 제시카의 야반도주를 당연하게 여기는 기독교인들에게 샤일록이 "내 딸은 내 혈육"이라고 항변하자, 살라리노는 "당신 살과 딸의 살은 흑옥과 상아보다 더 다르고, 당신 피와 딸의 피는 적포도주와 백포도주보다 더 다르지"(3.1.33-36)라고 맞받는다. 유대인과 기독교인의 차이를 아예 피부색에 따른 인종적 차이로 치환하는 것이다. 실제로 제시카의 '하얀 피부'와 '백인다움'은 주목거리가 된다. 란슬롯에게서 제시카의 편지를 전해 받은 로렌조는 "난 이 필체를 알지. 정말 아름다운 필체잖아. 그리고 편지를 쓴 그 손은 그걸 적

---

37) 같은 책, p.75.

은 종이보다 더 하얗지"(2.4.13-15)라고 기뻐한다. 이후에도 로렌조는 '아름다움'과 '흰 살결'의 이중 의미를 지닌 fair를 반복해서 사용하면서(2.4.28, 39, 2.6.56) 제시카는 예외적으로 겉과 속이 유대인답지 않다는 것을 강조한다. 로렌조로서는 제시카가 백인기독교 사회의 일원으로서 결격사유가 없음을 확인받고 싶겠지만, 그가 거듭 환기하는 제시카의 외모와 피부색은 샤일록을 비롯한 여타 인종적·종교적 타자와의 차별성을 에둘러서 부각한다.

유대인과의 연결고리를 끊으려는 제시카에 비해, 샤일록은 유대인의 정체성에 집착한다. 사실 이 극에서 '혼종화'를 가장 두려워하는 인물은 샤일록이다. 혹여 제시카가 기독교인들의 가면무도회에 기웃거릴까봐 불안해하는 샤일록은 "집 문을 걸어 잠가라. 북소리와 목을 비틀듯 깩깩거리는 피리 소리가 들려도 창틀에 올라가지 말고, 얼굴을 페인트칠한 바보 예수쟁이들 구경한답시고 길거리에 고개도 내밀지 마라. 집의 귀를 막고, 내 말인즉슨 창문을 닫고, 천박한 바보들의 소음이 경건한 내 집 안으로 들어오지 않게 해라"(2.5.28-35)라고 신신당부한다. 기독교인에게 둘러싸인 샤일록의 집은 유대인의 고립을 상징하지만, 유대교와 기독교의 관계를 "경건한" 원조와 "천박한" 아류로 여기는 샤일록은 자신의 집을 보호와 보존의 거점으로 생각하는 것이다. 하지만 샤일록의 우려는 곧바로 현실로 바뀐다. "사랑에 눈이 멀어 자신이 범하는 엄청난 바보짓을 알지 못하는"(2.6.37-38) 제시카가 빗장을 활짝 열어젖히고 만다.

물론, 집 밖으로 나가려는 딸과 집 문을 걸어 잠그려는 아버지 사이의 갈등을 사랑에 눈먼 딸과 돈에 눈먼 아버지의 갈등으로 처리해 버리려는 것은 이 낭만 희극의 '낭만적' 셈법이다. 그런데 그 이면에는 교묘한 '정치적' 거래가 진행된다. 이 극은 봉쇄하는 아버지와 전복하는 딸의 이야기인 동시에 기독교 사회 내부의 틈새를 유대인을 희생양 삼아 봉합하는 이야기다. 여성 억압과 유대인 차별이 맞물린 구도에서 극의 무게중심은 한쪽으로 기울어진다. 즉 유대인 가정을 담보하여 기독교 가정의 위기를 수습하는 구도로 전개된다. 포샤가 감행했을 법한 위험하고 부담스러운 '딸의 반란'을 제시카에게 떠맡기는 동시에 그 반란이 계몽주의·인종주의의 '원격조정'을 통해 이루어지게 함으로써, 포샤와 바사니오가 새로 창조하는 백인기독교 공동체는 '낭만적' 사랑과 결혼이라는 가부장적 틀을 깨트리지 않고 완성되는 것이다. 그러려면 누군가가 소모품 역할을 해줘야 한다. 따라서 유대인 '끼리' 다투는 샤일록·제시카 부녀 이야기는 필요에 따라 사용하고 폐기하기에 적합한 소재다. 이 극에서 유대인의 종교적 차이가 이따금 인종적 차이로 채색되는 이유도 바로 여기에 있다. 기독교인 관객으로서는 무어인이 유대인보다 더 '부담 없는' 타자이기 때문이다.

유대인의 인종적 타자성을 부각하기 위해 유대인과 무어인의 연관성을 암시하는 장면도 자주 나온다. 안토니오의 배가 모두 난파했다는 소식을 들은 샤일록은 "한때는 시장에서 으쓱거리고 다녔지만 이젠 리알토에 고개도 못 내미는 알거지, 파산자, 방탕아"(3.1.39-40)에게 절대로 자비를 베풀지 않겠다고 "자신의 동포인 튜벌과 추스에게 맹세"(3.2.283-84)한다. 마치 딸과 재산을 도둑맞은 데 대한 보상과 보복을 안토니오에게 하려는 듯,[38] 살 한 파운드에 대한 샤일록의 집

---

38) 실제로 샤일록은 법정 장면에서 바사니오가 "왜 당신은 그렇게 열심히 칼을 갈고 있는가"라고 묻자 "저기 저 파산자의 몰수금을 잘라내려고"(4.1.120-21)라고 대답한다. 샤일록에게는 안토니오의 살 한 파운드가 "몰수금"(forfeiture)에 해당하는데, 그것은 샤일록이 안토니오에게 받아내야 할 몰수금이자 기독교인들이 제시카의 도둑질을 통해 샤일록에게 부과한 몰수금이기도 하다. 공교롭게도 제시카의 개종과 도주, 그리고 사랑과 결혼이 "도둑질"(stealing)로 표현된다(5.1.15, 190). 샤일록이 요구하는 안토니오의 살 한

착은 더욱 완강해진다. 복수 의지를 다지는 순간에 샤일록이 소환하는 튜벌과 추스는 「창세기」에서 노아의 손자들이자 각각 야벳과 함의 아들인 두발(Tubal)과 구스(Cush, Chus)의 이름을 딴 인물들이다. "같은 족속의 일원"(3.1.70)인 튜벌은 샤일록에게 제시카가 외국에서 재산을 탕진하고 다닌다는 '나쁜 소식'과 안토니오가 완전히 파산했다는 '좋은 소식'을 동시에 전해준다. 추스는 구약성서에서 에티오피아의 지명이고 북아프리카 무어인의 조상이기도 하다. 여하튼 샤일록, 튜벌, 추스가 "같은 족속"으로 분류되고 유대인은 피부색이 어두운 무어인의 "동포"가 됨으로써 제시카의 '백인성'과 대비되는 샤일록의 '흑인성'은 더욱 뚜렷한 인종적 기표로 자리를 잡는다. 하지만 '하얀 유대인' 제시카와 '검은 유대인' 샤일록 사이의 경계선이 때로는 제시카가 원하는 대로 분명하게 그어지지만, 그렇지 않은 경우도 자꾸 발생한다.[39]

유대인 주인에서 기독교인 주인으로 옮겨타는 란슬롯도 유대인과 무어인 사이의 연결고리를 환기하는 데 일조한다. 란슬롯이 제시카처럼 기독교로 개종하는 유대인이 많아지면 돼지고기 가격이 폭등해 국가 경제에 해를 끼친다고 하자, 로렌조는 "국가로서는 니그로 계집의 배를 부풀게 하는 것보다 낫지. 무어 여자가 네 애를 가졌잖아"(3.5.34-36)라고 핀잔을 준다. 이들의 대사는 기독교인/유대인/무어인 사이의 위계질서를 확인하는 동시에 유대인과 무어인의 인접

파운드는 도둑맞은 딸과 재산에 대한 보상의 성격을 띤다고 할 수 있다.

39) 애딜먼은 이 극에서 유대인과 기독교인의 차이 못지않게 유대인 간의 차이도 중요하다고 주장한다. 여기서 말하는 '하얀 유대인'(the white Jew-by-religion)은 기독교로 개종한 유대인이며, '검은 유대인'(the black Jew-by-race)은 개종 여부와 상관없이 인종적 타자로 여겨지는 유대인을 의미한다. Janet Adelman, 앞의 책, p.84.

성을 암시한다. 그런데 란슬롯의 '잡혼'을 비난하는 로렌조 자신도 '잡혼'과 대동소이한 '이족혼'의 당사자이며, 따라서 그가 구혼하는 "지혜롭고 아름답고 진실한"(2.6.57) 유대인 여성과 어릿광대의 애를 밴 "니그로 계집" 사이에 간과하기 힘든 유비 관계가 성립한다. 무어인의 몸에서 나온 아이는 아버지가 누구든 상관없이 항상 무어인이듯이, 제시카와 로렌조 사이에 태어날 아기는 결국 유대인이다.

상자 고르기 게임의 첫 번째 도전자인 모로코 왕자도 무어인이다. "내 피부색 때문에 나를 싫어하진 마시오"(2.1.1)라는 일성을 날리며 포샤에게 다가오는 모로코 왕자는 '무어인다움'의 정형을 충실하게 재연한다. 강력한 흑백대조 효과를 발산하는 "까무잡잡한"(tawny) 얼굴과 전신을 휘감은 하얀 겉옷, 담대함과 무모함을 혼동하는 과장된 언술, 사물의 겉과 속이 같다고 믿는 단순무식함, 이 모든 요소가 그를 백인 귀족 기독교 여성의 짝이 될 수 없게 만드는 결격사유다. 하물며 모로코 왕자는 유럽 백인과 아프리카 흑인은 혈통(血統)은 달라도 혈색(血色)은 같다고 주장한다. "태양의 열기가 고드름도 못 녹이는 북쪽 지방의 남자 중에 피부색이 가장 흰 자를 데리고 와서 누구 피가 더 붉은지 당신의 사랑을 걸고 살을 베어봅시다."(2.1.4-7) 물론 여기서 말하는 "피"(blood)는 생물학적 의미의 혈액이지만, 모든 인간의 피는 붉다는 그의 주장은 백인과 흑인의 차이가 살갗처럼 피상적(skin-deep)이라는 것을 강조한다.

모로코 왕자의 구혼이나 란슬롯의 '혼외 정사'는 제시카의 결혼과 다른 듯하면서도 비슷하다. 세 경우 모두가 백인 기독교인과 인종적·종교적 타자의 만남에 해당한다. 백인 기독교인의 시각에서 볼 때, 사회적 금기에 도전하는 이들의 행동은 예외적이면서 전복적이다. 일단 겉으로는 모로코 왕자와 란슬롯의 경우가 더 위협적인 것처럼 보인다. '눈에 보이는' 피부색의 차이는 타협 불가능한 요소이기 때문이다. 그래서 이들의 구애와 정분은 결혼으로 이어질 수 없다. 만약 이들의 도전이 어떤 식으로든 사회적 승인을 받았더라면, 『오셀로』와 『타이터스 안드로니커스』의 파국이 이 극의 '논리적' 결론이 되었을 것이다.

그런데 실은는 제시카의 경우가 더 위협적이다. 닐(Michael Neill)은 르네상스 시대의 백인기독교 사회에서 가장 불안하고 골치 아픈 타자는 아프리카 흑인이나 무슬림이 아니라 유대인이라고 주장하면서, 그 까닭을 "잠행성(潛行性)"에서 찾는다. 백인과 피부색의 차이가 거의 없는 유대인은 "유사성으로 위장"한 "숨은 이방인"이며, 그 "은밀한 차이"로 인해 백인 기독교인의 "정체성이 사회 내부로부터 몰래 부식(腐蝕)하기" 때문에 유대인이 무어인보다 더 위협적인 타자라는 것이다.[40] 제시카가 그런 "숨은 이방인"에 해당한다. 제시카는 개종과 결혼을 통해 주류사회에 편입했을뿐더러 피부색마저 '백인으로 통하는' 유대인이다. 말하자면, 주체/타자의 차이를 없애고 중심/주변의 경계선을 흐리게 한다. 제시카의 결혼이 모로코 왕자의 구혼과 구분되는 지점이 바로 여기다. '피 한 방울'만 섞이면 '혼혈'로 간주하는 순혈주의 사회로서는 '겉'으로 기독교인이 되었으나 '속'으로는 유대인의 피를 유전시킬 '회색 인간' 제시카가 눈에 띄게 '시커먼' 무어인보다 더 불편하고 불안한 존재로 남는다.

제시카의 젠더 정체성도 고착되어 있어야 할 '유대인다움'을 유동적으로 만드는 요인이다. 샤피로에 따르면, 말로의 애버게일과 셰익스피어의 제시카 같은 유대인 딸은 낙인찍힌 그들의 아버지와 기독교공동체를 분리했던 종교적 경계선을 쉽게 건너갈 수 있다. 유대인

---

40) Michael Neill, *Putting History to the Question: Power, Politics, and Society in English Renaissance Drama*, New York: Columbia University Press, 2000, p.272.

여성의 종교적 차이가 신체적 특징으로 환원되지 않기 때문이다.[41] 할례의 종교적 제의로 유대인의 정체성을 몸에 각인하는 유대인 남성과는 달리, 유대인 여성은 그러한 가시적 흔적이 없어서 기독교인으로의 변신에 용이하다는 것이다. 게다가 제시카는 샤일록이 입고 다니는 "유대인 양복 상의"(1.3.108)를 걸치지 않아서 의상에서도 '이방인'의 표시가 나지 않는다. "핏줄"로는 유대인의 딸이지만 "삶의 방식"에서는 기독교인 남편을 따르겠다고 다짐하는 제시카는 기독교와 유대교 사이에 가로놓인 장벽을 집 문턱처럼 쉽게 넘어선다. 사내아이로 변장하고 야음을 틈타 도주하는 제시카는 로렌조에게도 "눈에 띄지 않는"(2.6.44) 존재다. 이처럼 적극적으로 동화하는 제시카와 완강하게 저항하는 샤일록은 기독교 가부장제 사회를 살아가는 유대인의 두 가지 유형인 바, 이들을 구분하는 지점을 젠더의 차이로 볼 수 있다.

그런데 개종한 유대인 여성은 '눈에 보이는 증거'가 남지 않기 때문에 오히려 기독교인들의 불안감을 더 유발한다. 기독교로 개정하기를 강요받았던 스페인과 포르투갈 출신의 유대인들은 마라노(Marrano)라고 불렸는데 이들은 주일예배 때마다 잉글랜드 국교도로서 신앙고백을 하면서도 유대인의 선민의식이나 가톨릭 국가에 대한 충성심을 가슴속에 품고 있었고, 다른 기독교인들 또한 그들의 신앙심을 의심했다. 이렇듯 타자로서의 신체적 차이가 없어서 백인 기독교인으로 '통하는' 제시카의 은폐된 혼종성도 겉과 속이 다르다는 의혹을 자아내며 주류사회의 포용력을 시험한다.

---

41) James Shapiro, 앞의 책, p.120.

8 포섭과 배제의 이중 전략

불안하고 애매한 제시카의 정체성은 베니스에서 벨몬트로 무대가 이동해도 해결되지 않는다. 엄밀히 말하면, 오히려 더 복잡해진다. 베니스와 벨몬트의 상반된 지정학적 상징성은 비평가들이 자주 언급한 내용이다. 코헨은 베니스를 중상주의적 경쟁 사회이자 남성적인 서사시의 세계로, 벨몬트를 여성적이고 모성적인 사회요 여유와 풍요가 깃든 로맨스의 세계로 구분 짓는다. 셰익스피어의 낭만 희극이 사회변화의 압력과 불안에서 벗어나려는 봉건귀족의 유토피아적 욕망을 담아내었다고 보는 코헨은 이 극에서 벨몬트는 엄격한 경제원칙이 유보된 비현실적인 세계이자 위기에 처한 귀족의 도피와 재충전을 위한 공간이며 더 나아가서 귀족과 신흥중산층의 계급갈등이 화해되는 공간이라고 주장한다.[42]

수상 도시로서의 특성에 주목한 길리스(John Gillies)는 베니스가 방어벽이 없고 다양한 인종적·문화적 타자의 진입에 노출된 혹은 그것을 포용하는 세계시민 도시이며, 그리스·로마를 계승한 제국이자 유럽 문명의 전진기지라고 해석한다.[43] 반면에 벨몬트는 외부인

---

42) Walter Cohen, "*The Merchant of Venice* and the Possibilities of Historical Criticism," in Ivo Kamps(ed.), *Materialist Shakespeare: A History*, London: Verso, 1995, pp.80-82. 코헨의 마르크스주의 분석 틀은 이 극에도 적용된다. 호화로운 생활로 재산을 탕진한 바사니오와 해외무역으로 재산을 축적한 안토니오는 쇠락하는 중세 봉건주의와 대두하는 근대 자본주의를 대표하는 인물인데, 이들 사이의 잠재적인 갈등 관계가 불거지지 않는 것은 샤일록이라는 이방인이 '공공의 적' 역할을 해줄 뿐 아니라 귀족 여성 포샤가 다스리는 벨몬트라는 탈역사적 공간으로 도피하기 때문이다. 따라서 바사니오와 포샤의 동족결혼(endogamy)은 안토니오와 샤일록이 대표하는 신흥중상주의 세력에 맞서 봉건귀족의 특권을 지키려는 정략결혼이라고 할 수 있다.

43) John Gillies, *Shakespeare and the Geography of Difference*, Cambridge: Cambridge

의 침입을 경계하고 물리쳐야 하는 일종의 정원이며, 다양성과 이질성보다 순수성과 동질성을 지향하는 배타적 세계다. 애덜먼도 벨몬트를 "외부인의 침입과 잡혼의 기회를 허용하지 않는 어머니의 몸과 동정녀 탄생의 판타지"를 구현한 세계로 본다. 샤일록의 칼날에 노출되는 안토니오의 몸이 상징하듯 베니스가 경제적 이유로 인종적·문화적 타자를 수용해야 하는 도시국가라면, 벨몬트는 그런 사회적 오염의 해독제로 설정되었다는 것이다.[44] 문제는 포샤의 '처녀왕국'에 '명예시민'으로 입성하는 제시카 본인도 그다지 흡족하지 않다는 데 있다.

제시카는 벨몬트로 가기 전부터 로렌조와의 결혼을 불안해한다. 제시카와 로렌조의 결혼을 마뜩잖게 여기는 란슬롯이 "당신은 아버지와 어머니 모두의 업보로 지옥에 갈 겁니다. 당신 아버지 스킬라를 피하면 당신 어머니 카리브디스와 마주치는 꼴이죠. 당신은 어느 쪽으로든 가망이 없어요"(3.5.13-15)라고 낙담시키는 말을 던지자, 제시카는 "난 남편을 통해 구원받을 거야. 그이가 날 기독교인으로 만들었으니까"(3.5.17-18)라고 반박한다. 하지만 유대인의 딸이자 불륜의 소산이라는 이중의 낙인이 백인 기독교인 남성과의 결혼으로 완전히 지워지지 않는다는 것을 제시카 자신도 의식하고 있다. 어릿광대가 무심코 던지는 듯한 익살은 제시카에 대한 기독교인들의 거부감뿐만 아니라 제시카 자신이 느끼는 불안감도 대변한다. 주류사회의 시선을 스스로 내면화한 것이다. 뒤늦게 등장한 로렌조가 "내

University Press, 1994, pp.123-125.
44) Janet Adelman, 앞의 책, pp.94-96. 애덜먼은 "황금 양털을 찾아 몰려드는 수많은 이아손"(1.1.170, 172)을 접견하고 모로코 왕자와 아라곤 왕자 같은 인종적 문화적 타자의 구혼을 거부하는 벨몬트의 여주인 포샤는 잉글랜드의 처녀여왕 엘리자베스를 연상시킨다고 주장한다.

아내를 그렇게 구석으로 몰아세우는"(3.5.27) 란슬롯을 나무라면서 제시카가 포샤 못지않게 귀중한 신붓감이라고 칭찬해봐도 제시카의 위축된 의욕은 회복되지 않는다. 그래서인지 포샤와 네리사의 활약이 펼쳐지는 4막의 법정 장면에서 제시카의 모습은 찾아볼 수 없다.

　제시카의 우울감과 소외감은 화해와 통합의 결말로 나아가는 5막에서도 사라지지 않는다. 포샤가 벨몬트를 떠나 있는 동안 로렌조와 함께 포샤의 빈집 관리를 맡은 제시카는 아버지를 배반하고 그의 재산으로 기독교 사회에 편입한 자신의 선택을 후회하는 듯한 발언을 한다. 공교롭게도 로렌조와 제시카가 오비디우스, 베르길리우스, 초서 등의 작품에서 소환하는 신화적 인물들은 배반이나 이별을 겪는 비극적 사랑의 주인공이다. 마찬가지로 "부유한 유대인의 돈을 훔친 제시카는 흥청망청 낭비하는 연인과 함께 베니스에서 벨몬트까지 멀리 도망왔고" "젊은 로렌조는 사랑을 맹세하며 진정성이라고는 찾아볼 수 없는 수많은 서약으로 그녀의 마음을 훔쳤다"(5.1.15-20)라고 표현한다. 이들이 주고받는 대사는 연애 유희의 성격을 띠지만, 그 행간에는 돈으로 맺어진 이들의 사랑이 "도둑질"이며 "낭비"라는 뉘앙스도 깔려 있다. 이는 제시카도 크레시다, 시스비, 디도, 메데이아의 불운한 전철을 밟을지 모른다는 얘기다. 로렌조가 "부드러운 달빛이 졸고 있는 강둑에 앉아 귓전에 스며드는 음악 소리를 들어보자. 아늑한 정적이 깃든 밤에는 감미로운 화음 가락이 잘 어울리지"(5.1.54-57)라고 제안하지만, 제시카는 "난 아무리 감미로운 음악을 들어도 흥겹지 않아요"(5.1.69)라고 일축한다. '순백색' 공동체에 들어선 '회색 인간' 제시카는 포샤가 지휘하는 교향악의 불협화음으로 남는 것이다.

　포샤가 벨몬트로 돌아온 직후부터 제시카는 무대에 있어도 말이 없다. 제시카의 긴 침묵은 그녀가 벨몬트에서 존재감이 없는 존재가 되었음을 의미한다. 바버(C.L. Barber)는 제시카의 침묵을 벨몬트의 새로운 환경에 완전히 녹아든 데서 오는 편안함으로 해석했지만,[45] 애덜먼은 제시카를 향한 포샤의 불편한 심기와 의도적인 무관심이 제시카의 침묵을 통해 표현된다고 주장한다.[46] 포샤는 그라시아노 같은 노골적인 반유대주의자는 아니어도 이 극의 행간에 작용하는 인종주의 담론의 실질적인 조율자다. 포샤가 보기에, 제시카는 영원한 "서출"(3.5.7, 11)이며, 유대인의 딸이 기독교인 남편의 품에서 "구원"받겠다는 것은 "헛된(bastard) 희망"에 불과하다. 만약 이 극의 장르가 비극이었다면, 포샤/바사니오, 네리사/그라시아노의 '동족혼'과 병치된 제시카/로렌조의 '이족혼'은 오셀로/데즈데모나의 '잡혼'처럼 화해 불가능한 갈등으로 치달았을 것이다.

이렇듯 벨몬트의 백인기독교 공동체는 개종한 유대인을 완전히 배척하지도 않고 그렇다고 완전히 포용하지도 않는다. 아버지에게서 남편으로의 까다로운 가부장적 승계 작업이 '유종의 미'를 거두는 포샤의 결혼과는 달리, 제시카의 결혼은 상실과 단절을 수반할뿐더러 그 결과도 희극답지 않게 찝찝한 여운을 남긴다. 그런데도 왜 이 극은 유대인의 개종과 결혼을 플롯에 틈입시키고 또한 승인하는가?

2막에 보면 샤일록의 집에서 도망치던 란슬롯이 아버지를 만나는 장면이 나온다. 고보가 "유대인 주인댁으로 가는 길이 어디요?"라고 묻자, 란슬롯은 이렇게 대답한다. "다음 모퉁이에서 오른쪽으로 돌고, 다음 모퉁이에선 왼쪽으로 돌아가시오. 그다음엔 어느 쪽으로도 돌지 말고 반드시 빙빙 돌아서 유대인 집으로 가시오."(2.2.36-39) 앞 못 보는 아버지에게 도움이 되지 않는 허튼소리에 불과하다. 란슬롯

---

45) C.L. Barber, *Shakespeare's Festive Comedy: A Study of Dramatic Form and Its Relation to Social Custom*, Princeton: Princeton University Press, 1959, p.188.

46) Janet Adelman, 앞의 책, pp.76-77, 88-89.

의 대사에서 여섯 번이나 나오는 turn 또는 turning이란 단어는 개종 (conversion)의 라틴어 단어(vertere)에서 유래했다. 어쩌면 이 단어의 반복은 개종에의 강박감이 샤일록의 집에서 바사니오의 집으로 가는 길 곳곳에 있고 텍스트의 행간에도 있으며 또한 셰익스피어의 동시대 잉글랜드 사회에도 잠재하고 있었음을 말해주는지 모른다. 기독교 자체가 유대교로부터의 '원초적' 개종이었을뿐더러 그 개종은 여전히 미완성이기 때문이다.[47]

제시카/로렌조 이야기가 샤일록/안토니오, 포샤/바사니오 이야기의 곁가지여도 지나칠 수 없는 이유가 여기에 있다. 제시카의 자발적 개종과 결혼은 한편으로는 기독교 사회의 소원성취이겠지만, 다른 한편으로는 '아버지'를 저버린 죄책감과 씨름하는 과정을 보여준다. 그 죄책감은 겉으로 드러나지는 않아도 은밀하고 끈질기게 따라다닌다. 그러한 점에서, 제시카는 기독교의 계보학적 정체성을 상징하는 인물이다. 이 극에서 포샤가 백인기독교 사회의 수호자와 대변인 역할을 하지만, 어떻게 보면 아버지의 유지(遺旨)를 따른 '착한 딸' 포샤보다 아버지를 배반하고 떠난 '못된 딸' 제시카가 기독교 발전사를 더 닮았다. 기독교는 유대교의 유산에 기초하면서도 그것을 부인하고 넘어선 종교이며, '옛 언약' 십계명을 십자가의 '새 언약'으로 덮어쓴 종교다. 그렇다고 해서 포샤와 기독교의 연관성이 사라진다는 얘기는 아니다. '뿌리'에서 단절된 불안감이 굴절되어 유대인 차별과 박해로 나타났듯이, 그리고 이론적으로는 신의 보편적 은총을 역설하면서 실질적으로는 '우리'와 '그들'의 경계를 다져왔듯이, 포샤도 샤일록에게 개종을 강요하면서 스스로 개종한 제시카를 무시하는 '포섭과 배척'의 이중 정책으로 '유대인 문제'를

---

47) 같은 책, p.65.

교섭한다.

포샤와 제시카는 기독교의 모순을 각각 다른 방식으로 보여주는 쌍생아 같다. 포샤가 기독교의 혼종적 현실과 순혈주의 욕망 사이의 괴리를 예시한다면, 제시카는 유대교를 계승하면서도 초극하려는 기독교의 오이디푸스 콤플렉스를 구현한다. 둘 사이의 공통점은 불안이다. 제시카는 차이를 없애지 못해 불안하고, 포샤는 차이가 없어질까봐 불안하다. 특히 포샤와 기독교인들의 시각에서는 차이 자체도 위협이고 차이의 삭제도 위협이다. 그래서 개종으로 종교적 차이를 극복하려는 제시카에게 기독교인들이 인종적 타자성을 자꾸 덧씌우는 것이다. 마치 식민지 상황에서 지배자가 "거의 같지만 완전히 똑같지는 않은" 즉 "어느 정도의 차이를 지닌" 피지배자를 기대하듯이,[48] 『베니스의 상인』에서 기독교 사회도 유대인의 개종을 압박하는 동시에 개종한 유대인에게서 "인식 가능한"(recognizable) 차이가 남기를 원한다. 타자성의 흔적이 남아 있어야 '우리'와 '그들'의 우열을 확인할 수 있기 때문이다.

『베니스의 상인』에서 셰익스피어는 '유대인 문제'를 단순히 종교 갈등으로만 다루지 않는다. 그것은 종교, 민족, 계급, 인종의 여러 심급이 '중층결정'된 범주로 나타난다. 이는 그만큼 '유대인 문제'가 유럽의 기독교 사회에 내재하는 다양한 사회적 모순과 맞물려 있었음을 암시한다. 셰익스피어 시대의 잉글랜드 관객들에게는 당시 유럽 최대의 해양제국이자 다문화주의 도시였던 베네치아가 미래의 런던이었을 터, '이방인'이나 '야만인'과의 점증하는 교류는 불가피한 현실로 다가왔을 것이다. 셰익스피어가 『베니스의 상인』과 『오셀로』에서 그린 베니스는 런던의 미래를 미리 반추해보는 거울이었다

---

48) Homi K. Bhabha, *The Location of Culture*, London: Routledge, 1994, p.86.

고 해도 과언이 아니다. 유대인 고리대금업자가 기독교 상인의 가슴에 증오의 비수를 들이대고 무어인 용병이 백인 귀족 여성의 침실을 꿰차는 이야기는 글로브극장의 관객들로서는 상상하기도 싫은 악몽이었을 것이다. 그런데도 셰익스피어가 그 악몽을 극화한 것은 베네치아에서 목격하던 디스토피아(dystopia)와 벨몬트에서나마 상상해봄 직한 유토피아(utopia) 사이의 어딘가에 실현 가능한 유토피아(eutopia)를 잉글랜드의 미래로 제시하기 위함이 아닐까?

제2장 애런: '문명'과 '야만'의 이분법

> "이 극의 플롯이 로마 가부장제·제국주의 질서의 파괴와
> 재건이라면, 그 과정은 성적 타자 라비니아와 태모라,
> 그리고 인종적 타자 애런을 희생양으로 삼아 전개된다."

1 초기습작의 정전성 논쟁

셰익스피어의 첫 번째 로마 비극인 『타이터스 안드로니커스』는 그 다음에 이어지는 세 편의 로마 비극 『줄리어스 시저』 『코리얼레이너스』 『안토니와 클리오파트라』와 여러 면에서 구분된다. 세 작품은 플루타르코스의 『영웅전』에 근거해 역사적 사건과 인물을 재현했고, 『타이터스 안드로니커스』는 거의 모든 내용이 허구다. 『타이터스 안드로니커스』는 고대 문학작품과 신화뿐 아니라 중세와 르네상스 시대에 유통되던 설화, 일대기, 산문, 발라드 등에서 파편적으로 소재를 따왔기 때문에 작품의 출처에 대한 학자들의 견해가 출처만큼이나 다양하다. 한 가지 분명한 것은 셰익스피어가 여러 출처의 정보와 지식을 이리저리 짜깁기해 한 편의 완결된 '로마인 이야기'를 창조했다는 것이다. 그리고 세 편의 플루타르코스 비극이 로마 역사의 특정 시기를 배경으로 한 데 비해, 『타이터스 안드로니커스』는 그렇지 않다. 『코리얼레이너스』 『줄리어스 시저』 『안토니와 클리오파트라』는 각각 공화정의 초기와 말기, 그리고 제정(帝政)의 시작이라는 일

련의 역사적 발전단계를 보여준다. 반면에 『타이터스 안드로니커스』는 시대적 배경이 분명하지 않다. 일부 학자들은 황제를 '시저'로 부르고 타르킨, 루크리티아, 브루터스 같은 이름이 나오는 것으로 봐서 시대적 배경이 로마 제국의 후기라고 보지만,[1] 어떤 학자들은 특정 시기로 단정하기 어려우며 로마가 거쳤던 모든 단계가 뒤섞여 있는 것으로 봐야 한다고 주장한다.[2]

작가 셰익스피어의 이력에서도 『타이터스 안드로니커스』는 다른 로마 비극과 구분된다. 1593년이나 1594년경에 쓴 것으로 추정되는 이 초기습작은 셰익스피어의 첫 로마 비극이자 첫 비극이며 또한 잉글랜드에서 인쇄된 최초의 셰익스피어 작품이기도 하다.[3] 세네카의 영향으로 16세기 런던 연극무대에서 인기를 끌었던 복수비극 장르에 속하는 이 비극은 복수의 끝장을 보여준다고 할 만큼 셰익스피어 작품 중에서 가장 잔혹한 장면들로 가득하다. 살인, 강간, 수족 절단, 참수, 생매장, 식인 등 온갖 끔찍한 잔혹 행위가 열네 차례나 무대 위에서 생생하게 전개되는 이 복수비극은 르네상스 당시에는 폭력적 선정성을 추구하던 관객의 취향을 충족시킨 덕분에 엄청난 인기를 끌었으며, 극작가로서의 셰익스피어의 명성을 확립하는 데 도움이 된 작품 중의 하나다.

그러나 18세기부터 이 극은 관객과 비평가들에게 외면을 받으면서

---

1) Clifford Huffman, "*Titus Andronicus*: Metamorphosis and Renewal," *Modern Language Review* 67:4 (1972), p.735; Grace Starry West, "Going by the Book: Classical Allusions in Shakespeare's *Titus Andronicus,*" *Studies in Philology* 79:1 (Spring 1982), p.74.

2) Jonathan Bate, "Introduction," in *Titus Andronicus*, London: Bloomsbury Arden Shakespeare, 1995, p.19; Terence J.B. Spencer, "Shakespeare and the Elizabethan Romans," *Shakespeare Survey* 10 (1957), p.32.

3) Jonathan Bate, 앞의 글, pp.44, 77.

셰익스피어의 정전에도 배제되었고 19세기 이후에는 거의 잊힌 작품이 되고 말았다. 이 극이 유구한 영문학 정전화 역사에서 어떤 위치에 있었는지는 "어떤 관객도 참을 수 없는 야만적 스펙터클과 대량학살"을 지적한 새뮤얼 존슨과 "지금껏 쓰인 극작품 중에서 가장 지루하고 진부한 것 중의 하나"라고 혹평한 T.S. 엘리엇의 반응에서 어렵잖게 짐작할 수 있다. 이 극이 다시 주목을 받은 것은 20세기 중반 이후부터다. 특히 올리비에(Lawrence Olivier)와 비비언 리(Vivien Leigh)가 타이터스와 라비니아 역할을 맡았던 브룩(Peter Brook)의 1955년 스트랫퍼드 공연과 뒤이은 유럽 순회공연은 이 극이 재조명을 받게 된 계기가 되었고 그 이후 이 극은 셰익스피어 연구의 중요한 텍스트로 자리 잡았다.[4]

이 과정에서 가장 논란이 된 것은 원작자 문제다. 이미 18세기부터 셰익스피어 편집자들이 이 극은 필(George Peele), 키드(Thomas Kid), 또는 내시(Thomas Nashe) 등의 극작가와 셰익스피어가 공저한 것이라는 주장을 제기했다. 이후 원작자 연구는 공저를 기정사실로 받아들이면서 어떤 부분이 셰익스피어가 쓴 것이냐에 집중되었으며, 이러한 접근은 20세기에도 로버트슨(John M. Robertson)의 저서 『셰익스피어가 '타이터스 안드로니커스'를 썼는가?』(1905), 윌슨(Dover Wilson)의 캠브리지 판(1948)과 맥스웰(J.C. Maxwell)의 아든

---

4) 같은 글, pp.33-34. 베이트에 따르면, 1943년 프라이스(Hereward Price)가 최초로 이 극의 구조적 완성도를 인정했고, 1957년 웨이스(Eugene Waith)가 최초로 셰익스피어와 오비디우스의 상호텍스트성에 주목했으며, 1972년 파머(Davis Palmer)가 최초로 이 극의 장면 하나하나씩 독해했고, 1974년 트리코미(Albert Tricomi)가 최초로 이 극의 메타포를 심층적으로 분석했고, 1983년 헌터(G.K. Hunter)가 최초로 이 극의 '로마다움'에 관심을 가졌으며, 1991년 제임스(Heather James)가 최초로 이 극에 재현된 제국의 문화적 유산을 읽어내었다.

판(1953) 서론에서도 계속 이어졌다. 그런데 20세기 후반에 들어서면서 이 극이 셰익스피어의 단독저작이라는 주장이 제기되었다. 대표적인 학자가 뉴 아든판(1995)을 편집한 베이트(Jonathan Bate)다. 베이트는 이 극이 구조적 일관성과 언어적 특성으로 봐서 셰익스피어의 단독저작이 확실하며, 공저로 의심받는 이유는 초기 셰익스피어가 르네상스 당시의 문화적 관행이었던 표절을 적극적으로 했기 때문이라고 주장한다.5)

『타이터스 안드로니커스』의 수용을 둘러싼 논쟁은 셰익스피어의 정전성이 셰익스피어의 정전화와 밀접한 관계가 있음을 예증한다. 아든판 제2집 편집자 맥스웰은 "이 극은 연극으로서도 정교한 작품이 아니며 희곡으로서도 널리 읽힐 만한 작품이 아니다"라고 형편없게 평가한 데 비해,6) 아든판 제3집 편집자 베이트는 "이 극은 무대연출뿐만 아니라 미학성과 정치성에서도 복잡하고 세련된 작품"이며 "셰익스피어의 가장 창조적인 작품 중의 하나"라고 극구 칭찬한다.7) 같은 출판사의 평가가 시대와 편집자에 따라 이렇게 완연히 달라진다는 것은 셰익스피어의 가치가 텍스트에 내재하는 미학적 요소뿐만 아니라 텍스트 외부의 정치적·이데올로기적 환경에 좌우된다는 사실을 말해준다.

이처럼 부족한 역사성, 불확실한 원작자, 미성숙한 극작법, 과도한 폭력성 등의 문제점들이 있음에도 『타이터스 안드로니커스』는 이후에 셰익스피어가 내놓을 '성숙한' 로마 비극의 특징과 에토스를 지니고 있다. 어떤 비평가들은 이 극을 두고 "셰익스피어 예술세계의

---

5) 같은 글, pp.79-83.

6) J.C. Maxwell, "Introduction," in *Titus Andronicus*, London: Methuen, 1953, p.xvii.

7) Jonathan Bate, 앞의 글, pp.3, 4.

현관이나 앞마당" 같다거나, 이 극에서 로마는 "복수극을 위한 배경"에 불과하다고 평가하지만,[8] 작품 속으로 들어가보면 셰익스피어가 박진감 있는 '진짜' 로마를 재현하기 위해 상당한 공을 들였음을 알 수 있다. 스펜서는 이 극이 "일반적으로 셰익스피어의 위대한 로마 비극이라고 여겨지는 세 작품(『줄리어스 시저』『안토니와 클리오파트라』『코리얼레이너스』)보다 오히려 더 전형적인 로마 비극이며 로마 역사의 특징적 요소를 더 많이 담고 있다"고 주장한다.[9] 『타이터스 안드로니커스』를 로마 비극의 범주에 포함할 수 있는 근거는 무엇보다도 주인공이 남성성으로 대표되는 '로마다움'의 가치에 충실하며 플롯도 로마와 '야만인' 사이의 경계선을 따라 전개되기 때문이다.

2 '야만인'을 닮아가는 로마인들

『타이터스 안드로니커스』의 이데올로기적 풍토는 극의 도입부에서 상당히 애매하게 설정된다. "야만인 고트족과의 지겨운 전쟁"(1.1.28)에서 승리한 로마는 이제 제국의 왕관을 서로 차지하려는 형제간의 분쟁에 휘말려 있다. 이 내전의 위기상황에서 개선장군 타이터스가 로마 시민들의 열렬한 환호를 받으며 등장한다. 스물다섯 명의 아들 가운데 넷만 남고 나머지 아들을 모두 전쟁터에서 잃어버리면서까지 로마를 외적들로부터 지켜온 타이터스는 범접하기 힘든

---

8) M.W. MacCallum, *Shakespeare's Roman Plays and Their Background*, London: Macmillan, 1910, p.177; Maurice Charney, *Shakespeare's Roman Plays: The Function of Imagery in the Drama*, Cambridge: Harvard University Press, 1961, p.207.

9) Terence J. B. Spencer, 앞의 글, p.32.

전쟁영웅의 위풍을 뿜어낸다. 그가 무대에 끌고 나오는 것은 고트족의 여왕 태모라를 비롯한 전쟁포로들과 전사한 아들의 관이다. "고귀한 인간이요 용맹한 전사"(1.1.25)인 타이터스에게는 전쟁터에서 아들들을 잃은 슬픔보다 승전의 기쁨과 영광이 더 의미 있다. 특히 타이터스가 "오! 내 기쁨을 담은 거룩한 창고여, 덕행과 고귀함이 가득한 달콤한 감방이여"(1.1.95-96)라고 칭송하는 아들의 관은 사적이고 여성적이며 야만적인 것을 모두 제압하고 승리한 '고귀한 로마인'의 표상이다. 하지만 동시에 그 시커먼 관은 로마 가부장제 사회의 어두운 이면을 드러낸다. 그것은 자기소멸을 통한 자기실현을 강요하는 억압적 사회의 상징이요, 장엄한 개선행렬에 드리워진 죽음과 공허함의 그늘이다.

"정의, 절제, 고귀함"(1.1.15)을 표방한 로마의 이면에 잠복한 야만성은 다음에 이어지는 제의행위에서 본색을 드러낸다. 죽은 동생들의 위령제를 위해 고트족 포로를 산 제물로 바치자는 장남 루시어스의 요청에 타이터스는 태모라의 눈물 어린 호소를 외면하고 그녀의 큰아들 알라버스를 죽이고 토막 내어 불사르게 한다. 로마의 장례풍습과는 무관한 이 잔혹한 제의는 앞으로 로마에 다가올 혼란과 무질서의 원인이 될뿐더러 로마 내부의 야만성을 드러낸다. 태모라의 아들들이 "스키타이족도 이렇게 야만적이지는 않았고" "스키타이족은 이 오만한 로마와는 비교도 안 된다"(1.2.134-35)라고 치를 떨며 개탄하듯이, 로마의 수호신 타이터스의 모습은 처음부터 고귀하지 못한 만행으로 얼룩진다.

타이터스의 완고함과 무자비는 새 황제를 선출하는 과정에서도 드러난다. 군인은 정치에 어울리지 않는다며 왕좌를 거부한 타이터스가 선왕의 장자 새터나이너스를 황제로 천거하고, 그 대신에 자신의 딸 라비니아를 왕비로 삼겠다는 새터나이너스의 요청을 수락한다.

그런데 라비니아는 새터나이너스의 동생이자 왕위 경쟁자인 바시에 이너스와 이미 약혼한 상태다. 타이터스의 세 아들이 부당한 정치적 거래에 반발하고 나서자 타이터스는 그중에서 뮤시어스를 즉결 처형해버린다. 자신의 권위에 대한 도전은 그 누구도 용납하지 못하는 것이다. 게다가 죽인 아들을 "형의 자격도 없고 아들의 자격도 없는" "반역자"(1.1.351, 354)로 매도하며 가족묘에 안장하는 것조차 허락하지 않는다. 타이터스의 모습을 바라보며 그의 동생이자 호민관인 마커스가 던지는 말은 의미심장하다. "당신은 로마인이지 야만인이 아니잖소."(1.1.383)

이 극의 1막이 보여주는 것은 관용과 자비가 없는 로마 남성성이다. 그것은 군인의 덕목과 시민적 덕목 사이의 괴리이기도 하다. 타이터스는 전쟁터에서는 로마 남성성을 체현한 완벽한 영웅으로 추앙받았지만, 성벽 안에서는 '야만인'으로 둔갑하게 된다. 이는 성벽 안과 밖을 지배하는 가치가 양립 불가능할 뿐 아니라 타이터스가 새로운 가치에 적응하는 데 실패하기 때문이다. 그에게 로마 남성성은 투철한 군인정신이 전부다. 이처럼 극도로 편향된 남성성에 집착하는 타이터스는 "과도한 로마 미덕이 악덕이 되는" 아이러니를 초래하며, 가족애라는 보편적 인간성을 희생하고 추구하는 영웅숭배는 가족과 국가의 토대를 무너뜨린다는 것을 보여준다.[10] 타이터스가 "미덕의 수호자이자 로마 최고의 전사"(1.1.68)에서 무자비한 독재자로 바뀌면서 그가 지키려는 로마는 형제들끼리 칼을 겨누고 아버지가 자식을 죽이며 아들이 외국 군대를 이끌고 아버지 나라에 쳐들어오는 무법천지로 변한다.

---

10) Robert S. Miola, *Shakespeare's Rome*, Cambridge: Cambridge University Press, 1983, p.50.

로마와 고트족 사이의 불분명한 경계는 양측이 사용하는 언어로 인해 더욱 모호해진다. 특히 눈에 띄는 것은 양측이 서로를 '야만인'으로 비난하는 모습이다. 마커스는 고트족을 야만적이라고 하고 태모라의 아들들은 로마를 야만적이라고 하며, 심지어 마커스는 타이터스에게 야만인이 되지 말라고 경고한다. 극이 진행되면서 태모라와 그녀의 두 아들과 무어인 애런에게도 모두 야만적이라는 수식어가 붙는다. 말하자면 '야만인'은 인종적·문화적 차이에 상관없이 로마인, 고트인, 무어인에게 공통적으로 해당하는 대명사가 된다. 게다가 고트족도 로마의 언어인 라틴어와 그것이 담은 헬레니즘의 문화유산에 정통하다. 이 극에는 오비디우스, 리비우스(Livy), 베르길리우스, 호라티우스, 세네카 등의 로마 문학과 역사에 대한 언급이 자주 등장하는데, 로마인들은 물론 고트족과 심지어 무어인 애런까지도 고전에 대한 지식을 과시하며 은유적이고 함축적인 방식으로 주장을 펼친다.[11]

모든 등장인물은 자신의 고통과 슬픔을 라틴어로 표현하고 자신의 행동에 고전을 인용하며 권위를 부여한다.[12] 원래 '야만인'의 그리스 어원(barbaros)이 이집트, 페르시아, 페니키아, 메디아 같은 주변 민족이 그리스어를 말하지 못하고 '버벅거리는'(bar-bar-bar) 모습을 가리키는 의성어에서 기인한 점을 감안하면,[13] 로마와 '야만인'

---

11) Barbara Antonucci, "Romans versus Barbarians: Speaking the Language of the Empire in *Titus Andronicus*," in Maria Del Sapio Garbero(ed.), *Identity, Otherness and Empire in Shakespeare's Rome*, London: Routledge, 2009, p.122.

12) Mary L. Fawcett, "Arms/Words/Teras: Language and the Body in *Titus Andronicus*," *English Language History* 50:2 (1983), p.269.

13) 이 단어는 플라톤과 호메로스도 도시국가의 시민이면서 그리스어에 능통하지 못한 자를 지칭하는 의미로 사용한 적이 있지만 보편화된 용어는 아니었다. 이 단어가 열등한 인종적·문화적 타자를 의미하게 된 것은 기원전 5세기

사이의 우열과 위계를 흐리게 하는 것은 상당한 파격이 아닐 수 없다. 셰익스피어가 로마에 특권적인 위치를 부여하지 않는 것은 '야만인'의 문화에 침투당하고 오염된 로마의 위기를 드러내기 위한 장치이거나, 아니면 문화적 혼종성으로 문명/야만의 이분법을 흩뜨리려는 서사 전략일 수도 있다.[14]

로마 고유의 '로마다움'을 모호하게 만드는 또 하나의 요소는 이 극의 서사적 대칭 구조다. "정교한 구조적 일관성"을 근거로 이 극이 셰익스피어의 단독저작이 확실하다고 본 베이트는 셰익스피어가 로마와 '야만인'에게 대등하고 대칭적인 서사를 부여한다고 주장한다. 예를 들어, 1막에서 태모라의 아들 알라버스의 신체가 절단되듯 2막에서 타이터스의 딸 라비니아가 절단되고, 태모라가 아들의 목숨을 구하기 위해 무릎 꿇고 애원하는 모습을 나중에 타이터스가 똑같이 재연한다. 베이트는 이 대칭 구조를 시각화하는 장치가 무대 공간이라고 분석한다. 막이 오르자 무대 좌우편의 두 출입구로 각각 새터나이너스와 바시에이너스가 입장한다. 이들은 왕권을 놓고 다투는 형제로서, 한쪽은 고트족과 결탁하고 다른 한쪽은 안드로니커스 가문을 대표한다. 무대 양쪽의 문이 상반된 정치적 이해관계를 상징하는 셈이다.

태모라의 아들을 제물로 바치는 야만적 제의행위가 끝난 후 바시에이너스는 라비니아와 마커스를 데리고 한쪽 문으로 퇴장하고, 새터나이너스는 태모라, 드미트리어스, 카이런, 애런과 함께 반대쪽 문

에 벌어진 페르시아전쟁 이후부터였는데, 당시에는 그리스의 적이었던 페르시아인을 지칭했다. 이후 로마 시대에는 로마제국 내부의 외국인이나 주변 민족을 가리키는 말로 확장되어 갔으며, barbarian이라는 영어 단어가 처음 등장한 것은 16세기다.

14) Barbara Antonucci, 앞의 글, p.129.

으로 퇴장한다. 타이터스가 자신의 명령에 반발하는 뮤시어스를 처형하고 난 후에도 한쪽 문으로 새로 황제 자리에 오른 새터나이너스가 태모라, 드미트리어스, 카이런, 애런을 데리고 등장하고, 반대쪽 문으로 바시에이너스가 라비니아와 타이터스의 세 아들과 함께 등장한다. 이러한 공간적 대칭과 병렬은 어느 한쪽이 정치적으로나 윤리적으로나 우위에 있지 않고 양쪽 모두 야만적 폭력성에 물들어 있음을 상징한다.[15]

이외에도 많은 비평가들이 이구동성으로 지적하는 것이 이 극의 모호한 이데올로기적 지형도다. 미올라(Robert S. Miola)는 이 극이 로마와 야만적 이방인 사이의 갈등 대신 『줄리어스 시저』에서처럼 성벽 안에서 전개되는 정치적 갈등을 부각한다고 주장한다.[16] 토머스(Vivian Thomas)는 이 극에서 '고귀한 로마인'과 '야만인'의 차이가 흐려지면서 관객은 문명의 전형 로마와 야만의 화신 로마 사이에서 긴장감을 느끼게 된다고 주장한다.[17] 바커(Francis Barker)는 로마인과 '야만인'이 근원적이고 구조적인 차이로 범주화된다고 주장하면서도 동시에 로마의 비문명적인 요소 즉 로마의 원시성을 강조한다.[18] 리블러(Naomi Conn Liebler)도 이 극이 재현하는 로마는 "모호성의 도시"이며, 로마의 문화적 정체성은 이방인의 편입으로 인한 "혼란과 갈등"으로 채색되고 정치적 리더십은 "혼종화"로 인한 위기에 처해 있다고 주장한다.[19]

---

15) Jonathan Bate, 앞의 글, pp.4-7.

16) Robert S. Miola, 앞의 책, pp.44, 70.

17) Vivian Thomas, *Shakespeare's Roman Plays*, London: Routledge, 1989, p.29.

18) Francis Barker, *The Culture of Violence: Essays on Tragedy and History*, Manchester: Manchester University Press, 1993, pp.144-145.

19) Naomi Conn Liebler, *Shakespeare's Festive Tragedy: The Ritual Foundations of Genre*, London: Routledge, 1995, p.133.

이네즈(Paul Innes)는 특히 1막에서의 무대 배치를 집중적으로 분석하며 이데올로기적 경계선의 부재를 드러내는 것이 이 극의 공간 정치학이라고 주장한다. 이네즈에 따르면, 무대 뒤 즉 로마의 성벽 바깥은 로마와 고트족의 전쟁터이며, 성벽 안의 무대도 로마인들끼리의 내전이 벌어지는 전쟁터인데, 사실은 로마와 '야만인'의 대립이 전후방 없는 게릴라전의 형태로 전개된다. 무대 위(upper stage), 무대(main stage), 무대 아래(below stage)의 세 층위를 오가며 진행되는 문명과 야만의 갈등은 계속 "혼합과 혼동"으로 이어지며, 그 결과 로마와 '야만인'의 차이는 사라지고 양쪽의 공통점이 드러난다.[20]

세네카의 스토아철학과 제국주의 이데올로기의 관계를 분석한 브레이든(Gordon Braden)에 따르면, 초인적인 위대함을 지향하는 스토아철학이 정치적으로 전용될 경우 일인 독재에 근거한 군주제를 정당화하며 궁극적으로는 제국 내부의 모순을 유발하는 원인으로 작용한다. 아킬레스나 알렉산더처럼 경쟁적이고 투쟁적인 자아실현을 추구하는 위대한 영웅의 야망이 도시국가의 공동체적 이익과 긴장 관계를 형성하게 되며, 그러한 긴장과 갈등이 도시국가→공화국→제국으로 나아가는 로마 역사의 추동력인 동시에 제국의 데카당스를 초래하는 자기파괴적 요소로 작용한다. 제국의 존망을 위협하는 적은 외부가 아닌 내부에서 일어나며, 결국 로마는 자신을 일어서게 했던 바로 그 '힘'으로 인해 무너진다는 것이다.

이런 역사적 아이러니가 구체화되는 소우주적 공간이 가정이다. 외부의 적을 정복한 로마에 필히 찾아오는 것은 내전인데, 내적 갈등은 국가 안에서뿐만 아니라 가정 안에서 전개된다. 제압해야 할 외부의 적이 없다고 생각할 때 제국은 자신의 권력을 행사하고 확인하기

---

20) Paul Innes, *Shakespeare's Roman Plays*, New York: Palgrave, 2015, pp.14-16.

위해 내부의 적을 만들어내며, 그러한 "제국의 파라노이아"는 자신의 어머니를 죽이는 네로 황제의 만행에서 드러나듯 제국의 기원을 스스로 파괴하는 양상으로 치닫는다는 것이다.[21] 『타이터스 앤드로니커스』는 브레이든의 분석이 잘 들어맞는 작품이다. '야만인'과의 전쟁에서 승리한 로마에 평화와 번영이 찾아오는 대신 형제간의 권력 암투로 내전이 발생하고, 로마의 수호신이었던 앤드로니커스 가문은 골육상쟁의 무질서한 공간으로 전락한다. "제국의 파라노이아"로 인해 로마는 '야만인'이 창궐하는 정글로 변해가는 것이다.

3 로마의 이데올로기적 지형도

하지만 '고귀한 로마인'의 야만성이 『타이터스 앤드로니커스』의 최종결론은 아니다. 셰익스피어가 문제 삼는 것은 '로마다움'의 이데올로기 자체라기보다는 그것의 과잉이나 불균형이다. 이 극에는 로마와 로마 아닌 것 사이에 보이지 않는 단층선이 여전히 존재한다. 비록 타이터스의 로마가 베르길리우스가 예찬한 아우구스투스 황제의 황금시대는 아니더라도 로마가 '야만인'으로 여기는 '이방인'보다는 낫다는 암시가 이 작품 밑바닥에 깔려 있다. 첫 장면부터 야만성을 드러낸 로마는 고트족과 무어인의 영향으로 더 야만스럽게 변해간다. 극이 진행되면서 등장인물들은 로마인, '이방인'과 연합한 로마인, 고트족, 무어인의 네 부류로 범주화된다. 일종의 정치적·도덕적 스펙트럼이 형성되는 것이다.

---

21) Gordon Braden, *Renaissance Tragedy and the Senecan Tradition: Anger's Privilege*, New Haven: Yale University Press, 1985, pp.11-15.

앞서 인용한 비평가들처럼 로마의 내재적 야만성에만 주목하다 보면 인종적 차이에 따른 이 위계질서를 놓치게 된다. 이들은 내부 갈등이 로마인들끼리의 문제가 아니라 '야만인'이 로마에 들어오면서 발생하는 문제임을 간과한다. 극의 전반부에서는 궐위 기간 동안 형제간의 왕권 다툼이 전개되지만, 후반부에서는 내부분열을 틈탄 외부인과 이를 저지하려는 안드로니커스 가문 사이의 갈등으로 전환한다. 그 내부/외부 갈등의 중심에 고트족 여왕 태모라와 그녀의 무어 연인 애런이 있다.

형제간의 권력투쟁도 중립적으로 묘사되지 않는다. 장자우선권을 내세우는 새터나이너스도 투표를 요구하는 바시에이너스도 내전의 위험을 개의치 않고 정치적 욕망만 추구하지만, '로마다움'의 잣대에서 더 벗어나는 인물은 새터나이너스다. 바시에이너스는 이상적 군주의 가능성을 지닌 데 비해 새터나이너스는 이기적이고 탐욕스러운 인물이며,[22] 동생은 안드로니커스 가문과 동맹을 맺지만 형은 '이방인'들과 결탁하여 로마를 배신한다. 더구나 애런이 자신의 음모를 후원해줄 신으로 새턴(Saturn)을 지목하는 것은 우연이 아니다. 오비디우스의 『변신』에서는 새턴의 통치가 타락 이전의 에덴동산과 같은 황금시대를 구가한다. 하지만 다른 신화에서는 새턴이 풍요로운 농경과 평화의 신이 아닌 파괴와 죽음의 신이며, 르네상스 시대 조상(彫像)에는 자식을 잡아먹는 모습이 새겨져 있다.[23]

새턴은 어원상으로 에트루리아의 장례식과 지하세계의 신 새터(Satre)에서 비롯되었고 게르만족이나 카르타고를 비롯한 '야만인'

---

22) Alan Sommers, "Wilderness of Tigers: Structure and Symbolism in *Titus Andronicus*," *Essays in Criticism* 10(1960), p.279.

23) Harry Levin, *The Myths of the Golden Age in the Renaissance*, Bloomington: Indiana University Press, 1969, pp.19-21, 195-199.

의 신화에도 등장하는데, 이 신화의 기원인 그리스의 신 크로누스처럼 황금시대와 그것의 상실이라는 이중적 상징성을 지녔다.[24] 여기서 애런이 새턴에게 기원하는 것은 황금시대의 상실과 연관된다. 새 황제 새터나이너스를 안드로니커스 가족과 바시에이너스가 "새터나인"(1.1.250, 426, 432, 3.1.301, 4.3.35)으로 부르는 것도 다분히 암시적이다. 타이터스의 무자비하고 무분별한 폭정과 이를 틈탄 '야만인'의 침투로 악한 황제 새터나이너스의 통치가 시작되면서 로마에 풍요의(Saturnian) 시대가 아닌 암흑의(Saturnine) 시대가 도래하는 것이다. "정의의 여신 아스트라이어가 떠나버린"(4.3.4) 로마는 아버지가 딸을 죽이고 엄마가 아들의 시체를 먹는 골육상잔의 정글로 바뀐다.

로마와 '야만인'의 대립 구도는 라비니아와 태모라의 병치를 통해 더욱 뚜렷해진다. 타이터스의 딸이자 바시에이너스의 연인인 라비니아는, 고트족 여왕이었다가 무어인 애런과 공모해 로마 왕비의 자리를 차지하는 태모라와 여러 면에서 대조를 이룬다. "로마의 귀중한 장식, 우아한 라비니아"(1.1.55)가 로마 여성의 최고 덕목인 순결과 정숙을, "음란한 요부이자 관능적인 고트 여인"(2.2.109-10)은 정반대 속성을 대표한다. 윌번(David Willbern)은 라비니아와 태모라를 "여성적 로마의 상징적 의인화"로 읽는다. 라비니아가 "공격과 침략의 위협에 직면한, 보호와 구원의 손길이 필요한 순수하고 정숙한 어머니"라면, 태모라는 "그런 어머니(라비니아)를 파괴하려고 하는, 매혹적이고 위험하며 위협적인 어머니"에 해당한다. 두 여인이 서사구조의 양대 축을 형성한다고 보는 윌번은 "새터나이너스와 태모라가 장악한 악한 로마를 무너뜨리고 새로운 황제가 통치하는 선한 로마

---

24) William F. Hansen, *Ariadne's Thread: A Guide to International Tales Found in Classical Literature*, Ithaca: Cornell University Press, 2002, p.385.

를 재건하는 것이 이 극의 정치적·심리적 목표"라고 주장한다.[25]

칸(Coppélia Kahn)도 라비니아와 태모라가 "정숙한 딸과 음탕한 어머니"라는 상반된 위치를 점유한다고 본다. 라비니아는 바시에이너스와 정혼한 사이지만 태모라가 그녀를 자신의 두 아들에게 겁탈하라고 내어줄 때 "꽃을 꺾는다"(deflower), 즉 "처녀를 범하다"(2.2.191)라는 표현을 쓰면서 라비니아의 처녀성을 강조한다.[26] 반면에 태모라는 이미 두 아들을 둔 어머니인데도 애런과의 사이에서 혼혈 사생아를 낳는다. 따라서 라비니아의 강간은 정결한 처녀의 잠재적인 다산성을 사악하고 부정한 어머니가 절단하는 행위이며, 타이터스의 입장에서는 아버지의 보물을 어머니가 훔치고 파괴하는 것이므로 무자비한 보복을 정당화하는 근거가 된다.[27]

4 '더럽혀진' 딸과 도시의 정화

라비니아의 강간은 『타이터스 안드로니키스』의 핵심 사건이다. "로마 왕실의 여인"(2.2.55)인 라비니아는 태모라가 타이터스에게 행하는 복수의 수단일 뿐 아니라 이 로마 비극의 상징이다.[28] 셰익스피어의 『루크리스의 강간』에서처럼 라비니아는 가부장제의 절대적 가

---

25) David Willbern, "Rape and Revenge in *Titus Andronicus*," *English Literary Renaissance* 8:2(Spring 1978), p.164.

26) "deflower"라는 표현은 겁탈당하고 유린당한 라비니아를 처음 발견한 마커스가 비탄에 잠겨 절규하면서 내뱉는 단어이기도 하다(2.3.26).

27) Coppélia Kahn, *Roman Shakespeare: Warriors, Wounds, and Women*, London: Routledge, 1997, pp.48-54.

28) A.C.Hamilton, *The Early Shakespeare*, San Marino: The Huntington Library, 1967, p.69.

치인 순결·정조와 잠재적 폭력에의 취약성을 동시에 상징한다. 흥미롭게도 이 극에서 '로마다움'의 증표는 남성성이며 그것을 구현하는 주체는 남성 영웅이지만, 로마 자체는 『헨리 5세』와 『코리얼레이너스』에서처럼 "성문"(1.1.65)과 "어머니의 자궁"(1.1.95)에 비유되는 '여성적인' 공간이며, 라비니아는 이 '여성화된' 로마의 상징이다.[29] 스탤리브라스(Peter Stallybrass)는 르네상스 시대 가부장제 담론에 나타난 여성의 몸과 국가의 유비 관계를 이렇게 분석한다. "여성들이 묘사의 대상이 되었을 때, 순결과 부부지간의 '정조'는 딸과 아내를 감시하면서 지켜야 하는 취약한 상태로 그려졌다. 하지만 역설적으로 정상적인 '여자'는 침투할 수 없는 완벽한 요새로 표상되었고, 이는 곧 온전한 국가의 상징이기도 했다. 국가도 처녀처럼 담이 쳐진 정원, 즉 적들이 침입하지 못하도록 담으로 둘러싸인 정원이었다."[30]

　이 극에서도 라비니아를 지키는 것은 로마를 외적으로부터 수호하는 것과 마찬가지다. 거꾸로 얘기하면, 라비니아를 지키지 못하는 것은 로마의 성벽이 뚫리는 것이다. 따라서 태모라의 두 아들 드미트리어스와 카이런이 로마의 딸이자 아내인 라비니아를 강간하는 것은 성적 침투인 동시에 정치적 침략이다. 겁탈당한 후 범인의 정체를 알리지 못하도록 혀와 두 손을 잘린 채 등장하는 라비니아의 모습은 로마가 봉착한 정치적 혼돈과 무질서를 상징한다. 비탄에 잠긴 타이터스가 이 상황을 트로이의 멸망에 비유하고(3.1.70, 3.2.28), 철저한 복수를 맹세하는 루시어스가 자신을 오비디우스의 브루투스에 비유하

---

29) David Willbern, 앞의 글, pp.161-162.

30) Peter Stallybrass, "Patriarchal Territories: The Body Enclosed," in Margaret W. Fergusson, Maureen Quilligan, and Nancy J. Vickers(eds.), *Rewriting the Renaissance: The Discourses of Sexual Difference in Early Modern Europe*, Chicago: The University of Chicago Press, 1986, p.129.

는(3.1.300) 것도 라비니아의 유린이 가정의 비극인 동시에 국가의 비극임을 강조하기 위해서다. 형제간의 권력다툼에 휘말리고 외부 침략자들에게 짓밟혔다가 가족의 도움으로 '명예회복'을 하는 것이 라비니아에게 주어진 비극적 운명이라고 할 때, 그녀의 개인적인 운명은 로마라는 정치공동체의 운명과 닮은꼴을 형성한다.

'야민인'이 문명 세계를 침범해 혼란에 빠트리는 이야기는 고전적 주제다. 특히 오비디우스의 『변신』에는 트라키아 왕 테레우스가 아테네 공주이자 처제인 필로멜라를 강간하고 혀를 잘라버렸는데 그녀가 태피스트리에 이 사실을 기록해 언니 프로크네에게 보내자 이에 분개한 언니가 테레우스의 아들 이티스를 죽이고 요리하여 아버지가 아들의 시체를 먹게 하는 이야기가 나온다.[31] 셰익스피어는 라비니아를 필로멜라에 비유하며(2.4.38-43) 이 이야기를 오비디우스로부터 빌려왔음을 밝히면서도, 원전보다 '야만인'의 비인간성을 더 뚜렷이 재현한다. 길리스가 지적한 대로, 셰익스피어는 오비디우스가 암시했던 혼란의 주제에 정치적 상징성을 덧입힌다. 오비디우스는 형부가 처제를 범함으로써 친족 관계의 질서를 어지럽히는 것을 부각했다면, 셰익스피어는 라비니아의 강간을 로마와 '야만인'의 갈등으로 치환한다. 더구나 라비니아는 베르길리우스의 『아이네이스』에서 멸망한 트로이를 탈출한 아이네이스와 결혼해 로마의 어머니가 되는 이탈리아 공주의 이름이다. 베르길리우스의 서사시에서 건국(founding) 신화의 주인공이었던 라비니아가 셰익스피어의 로마 비극에서는 혼란(confounding)의 매개체가 되는 것이다.[32] "혼란이 들이닥친다"(2.2.184)라는 라비니아의 마지막 말처럼, 로마는 '야만

---

31) 현존하지는 않지만, 소포클레스의 비극 『테레우스』(Tereus)도 같은 내용을 다루었다고 한다.
32) John Gillies, 앞의 책, 1994, p.104.

인'과 뒤섞이면서 인해 인종적 순수성에 기초한 '로마다움'을 상실한다.

라비니아의 강간이 극의 핵심적 사건이 되는 이유는 비단 그것이 내포하는 비극적 상징성 때문만은 아니다. 라비니아를 둘러싼 로마와 '야만인' 간의 싸움을 더 세밀하게 읽어내려면 태모라의 두 아들에게 강간당한 라비니아가 나중에 아버지에게 죽임을 당하는 점에 주목해야 한다. 루크리스의 경우와 마찬가지로 라비니아의 강간은 그로 인해 더럽혀진 로마의 정화를 전제한다. 즉 라비니아는 공동체의 정화를 위한 희생 제물로 바쳐져야 한다. 셰익스피어와 르네상스 문학에 재현된 강간을 제국주의적 주체 구성과 연관해 분석한 리틀에 따르면, 라비니아의 강간과 희생은 가부장적 제국주의 공동체의 대표인 로마와 그것을 모방하고 계승하려는 르네상스 잉글랜드를 위한 제의적 행위에 해당한다. 지라르(René Girad)의 폭력 이론을 차용한 리틀은 라비니아가 로마의 안/바깥 또는 적/동지 사이의 불분명해진 경계선을 상징하는 '위기의 몸'인 동시에 그 경계선을 재정립하기 위한 희생양으로 해석한다.[33] 로마를 '야만인'이 오염시키고 난 후 오염된 로마가 스스로 정화하는 인종주의 서사 구도가 성립하는 것이다. 이러한 서사는 '유색인'의 성적 침투와 인종적 혼종화를 두려워하던 르네상스 시대의 백인가부장제 사회에도 훌륭한 반면교사가 될 수 있었다.

라비니아의 강간과 희생을 인종보다 젠더에 초점을 두고 접근한 이네즈는 이글턴의 비극 이론을 통해 라비니아를 둘러싼 가부장적 교환경제를 분석한다. 비극의 사회성을 강조한 이글턴에 의하면, 비

---

33) Arthur L. Little Jr., *Shakespeare Jungle Fever: National-Imperial Re-Visions of Race, Rape, and Sacrifice*, Stanford: Stanford University Press, 2000, pp.48-49, 57.

극의 주인공은 사회질서의 내적 모순을 구체화하며 그의 파국은 사회질서의 파산을 상징하는데, 그 모순을 제거하기 위해서는 주인공이 고귀한 위치에서 비천한 밑바닥으로 추락해야 한다.[34] 이네즈는 추락의 높이가 높을수록 그 광경은 더 장관이라고 덧붙이면서 『타이터스 안드로니커스』에서 폭력성이 "찬란한 과잉"의 형태를 띠는 이유도 여기에 있다고 주장한다. 즉 주인공 타이터스가 대표하는 로마 가부장제 사회의 모순을 부각하려면 타이터스 개인은 물론이고 그의 세계가 철저하게 파괴되어야 하고 가정도 거기에 포함된다는 것이다.

라비니아는 타이터스가 가진 모든 것의 핵심이다. 따라서 라비니아가 겁탈당하고 무대에 재등장하는 3막 1장은 이 극에서 서사의 중심에 해당한다.[35] 라비니아의 강간은 "여성에 대한 범죄가 아니라 재산권을 박탈당하고 명예가 손상된 아버지에 대한 범죄"이며,[36] 그 아버지가 대표하는 가부장제 사회질서에 대한 범죄다. '오염되지 않은' 라비니아의 몸은 가부장제의 '번식'을 위한 그릇이요 지배계층끼리 권력과 재산의 '교환'을 위한 상품이기에 그의 몸을 파괴하는 것은 잠재적 다산성과 교환가치를 박탈하는 사회적·정치적 범죄가 된다.

문제는 강간당한 라비니아가 침묵(당)한다는 데 있다. 혀와 양손이 잘린 라비니아는 말도 못 하고 글도 못 쓰는, 문자 그대로 의사소통

---

34) Terry Eagleton, *Sweet Violence: The Idea of Tragedy*, Oxford: Blackwell, 2003, pp.85, 280.

35) Paul Innes, 앞의 책, pp.38-39.

36) Kaitlyn Regehr and Cheryl Regher, "Let Them Satisfy Thus Lust on Thee: *Titus Andronicus* as Window into Societal Views of Rape and PTSD," *Traumatology* 18:2 (2012), p.29.

능력을 완전히 상실한 '몸뚱이'로 남는다. 『오셀로』의 데즈데모나를 연상시킬 정도로 자신의 주장을 당당하게 피력했던 '말하는 주체' 라비니아는 이제 '침묵하는 대상'으로 바뀌고, 그녀의 '몸뚱이'는 아버지, 삼촌, 오빠, 조카 등 남성 주체의 해석을 기다리는 텍스트가 된다. 라비니아의 몸이 태모라의 아들들이 자행하는 물리적 폭력의 대상에서 그녀의 가족들이 가하는 인식론적 폭력의 대상으로 변하는 것이다.

그런데 이 과정에서 '여성적 텍스트'로서의 라비니아의 몸은 남성 독자의 가부장적 해석을 계속 회피하고 거부한다. 라비니아의 아버지, 삼촌, 오빠, 조카는 그녀의 몸 '바깥'에 난 상처에만 주목할 뿐 몸 '안'의 보이지 않는 상처는 알아보지 못한다. 비록 라비니아의 삼촌 마커스는 라비니아를 처음 본 순간 그녀가 강간당한 것을 눈치채지만 그것은 일시적이고 은유적인 지식에 머무른다. 다른 가족들처럼 혀와 양손의 절단에만 시선이 고정되기 때문이다. 2막에서 관객이 목격한 라비니아의 강간을 가족들은 4막에 가서야 우연히 '발견' 하는데, 3막은 거기까지 이르는 모호하고 혼란스러운 과정만 보여준다.

라비니아의 상처를 성적 차이와 불확정성을 동시에 상징하는 프로이트적 의미의 페티시로 해석한 칸은 "드미트리어스와 카이런처럼 이 텍스트는 강간을 과시하다가 은폐하고 강간을 지시하다가 삭제한다"라고 주장한다. 이 극에서 부재와 간극의 형태로 나타나는 강간은 강간에 대한 텍스트적 불안과 검열의 결과이자 원인이라는 것이다.[37] 칸의 주장은 라비니아의 몸을 둘러싼 가족들의 반응을 보면 수긍이 간다. 강간당한 라비니아를 처음 본 사람은 사냥하다 마주친

---

37) Coppélia Kahn, 앞의 책, p.58.

마커스다. 자신을 피해 달아나는 라비니아에게 마커스는 "네 남편은 어디 있느냐?"(2.3.12)라고 묻는다. 숲속을 방황하는 기혼 귀족 여성에게 던지는 자연스러운 질문이다. 라비니아의 신체 절단을 확인하고 쏟아내는 마커스의 절규는 희화화된 페트라르카의 수사적 기교로 채색되어 있다. 이는 "강간 이전에 욕망과 교환의 대상으로 존재했던 라비니아가 그녀를 교환하고 욕망했던 남성들의 언어로 구성된 존재"이며 "라비니아는 이제는 그 언어적·사회적 공간에 거주할 수 없음"을 말해준다.[38] 라비니아의 몸과 마커스의 언어 사이에 좁혀질 수 없는 괴리가 발생한 것이다.

3막에서도 마커스, 타이터스, 루시어스가 훼손된 라비니아의 몸을 함께 해석해보려고 하지만, 라캉의 표현처럼 기표와 기의의 교합은 계속 미끄러지고 지연될 뿐이다. 라비니아가 눈물을 쏟는 이유를 두고 타이터스는 억울하게 죽은 오빠들이라고 해석하고, 마커스는 무고하게 살해당한 남편이라고 해석하며, 루시어스는 슬퍼하는 아버지의 모습이라고 해석한다. 라비니아의 몸짓과 웅얼거림을 보며 타이터스는 "난 그 애의 신호를 이해할 수 있어"(3.1.144), "난 그 애의 손상된 신호를 모두 해석할 수 있어"(3.2.36)라고 거듭 주장하지만, 라비니아의 몸은 남성 주체의 해석학적 침투를 허용하지 않는 "텍스트의 아포리아"로 남아 있다.[39]

라비니아의 수수께끼를 푸는 자는 공교롭게도 가장 지적 능력이 부족한 타이터스의 손자다. 그가 들고 다니다가 떨어뜨린 오비디우스의 『변신』에서 "필로멜라의 비극적 이야기"(4.1.47)를 통해 라비니아가 전달하려던 메시지를 타이터스와 마커스가 우연히 알게 된다.

---

38) 같은 책, pp.58-59.
39) 같은 책, p.62.

숨겨진 진실의 단초를 찾은 타이터스는 "아, 강간이 네 번민의 원인이었나 보다"(4.1.49)라고 탄식할 뿐이다. 강간범을 밝혀내는 장면도 또 다른 아이러니를 연출한다. 마커스가 시범을 보여준 대로 마커스의 지팡이를 입에 물고 팔과 다리로 라비니아가 힘겹게 써 내려가는 라틴어는 "강간, 카이런, 드미트리어스"(4.1.78)다. 여성의 고통을 서술하기 위해 라비니아는 남근을 상징하는 지팡이에 의지하고 가부장적 텍스트를 전유하면서 가부장적 언어를 사용하는 것이다. 라비니아를 둘러싸고 전개되는 이 일련의 의미화 과정은 가부장제 문화 속에서 형성되는 여성과 텍스트성의 복합적인 관계를 예시할 뿐만 아니라 남성 작가 셰익스피어가 여성의 주체성을 삭제하는 양상을 부지중에 드러낸다.[40]

라비니아의 유린된 몸을 해석하는 과정에서 더 놀라운 것은 가족들의 가부장적 반응이다. 이들의 관심은 라비니아가 느낄 형언할 수 없는 고통보다 자신들에게 미치는 영향에 있다. 루시어스는 그녀의 모습을 보고 "이 광경이 나를 죽이는구나"(3.1.65)라고 짤막한 말을 내뱉는다. 초점이 "나"에게 가 있다. 이것은 "라비니아가 겪는 고통의 전위(displacement)"인 바, "폭력의 희생자가 볼 때 고트족의 신체적 잔학성 못지않게 섬뜩한 일"이다.[41] 안드로니커스 가문의 상속권자요 로마 제국의 왕권계승자인 루시어스가 라비니아에게 닥친 비극을 자신의 정치적 손실로 '번역'하는 것이다. 자신의 고통을 관찰하고 평가하는 가부장적 시선 앞에서 라비니아는 "수치심에 겨워 얼굴을 돌릴"(2.3.28) 뿐이다. 가부장제 사회에서 강간 피해자는 동정과 연민의 대상이 되거나 경멸과 비난의 대상이 되게 마련인데, 이제

---

40) 같은 책, pp.62, 66.

41) Liz Oakley-Brown, *"Titus Andronicus* and the Cultural Politics of Translation in Early Modern England,*" Renaissance Studies* 19:3(2005), pp.331-332.

딸과 아내로서의 효용 가치를 상실한 라비니아는 후자의 범주에 속한다.

삼촌과 아버지의 반응도 오빠와 크게 다르지 않다. 유린당한 라비니아를 발견한 마커스는 타이터스처럼 분노와 비탄의 절규를 쏟아낸다. "말해다오, 내 소중한 조카딸아, 어떤 가혹하고 무자비한 손이 너의 두 나뭇가지를 쳐내고 잘라내어 네 몸을 발가벗겼단 말인가? 그 사랑스러운 장식품이 드리우는 그늘은 왕들이 잠들고 싶어 안달하던 자리가 아니던가?"로 시작하는 마커스의 긴 대사(2.3.16-57)는 라비니아의 고통보다 그녀가 상실한 상품성에 초점을 두고 있다. 원예와 조경의 언어로 묘사되는 라비니아는 정성스럽게 가꾸고 다듬어야 할 나무요 정원이었지만 지금은 "발가벗겨지고" "침범당했으며", 한때 "왕들"에게 상납해야 할 "장식품"이고 머리를 눕힐 은밀한 "그늘"이었으나 "짐승들"과 "괴물들"이 짓밟고 지나간 "진흙땅"이 되어버렸다.

이어지는 타이터스의 대사에서도 아버지는 딸의 고통보다 자신의 억울한 손실에 우선순위를 두고 있다. "내게 검을 가져다오. 로마를 위해 헛되이 싸웠던 내 손을 잘라버리련다. 내 손은 쓸데없는 기도를 하느라 쳐들었고 무익한 일에 봉사했구나. ……라비니아야, 너는 손이 없어도 괜찮다. 로마에 봉사하기 위한 손은 헛될 뿐이다."(3.1.73-81) "헛되고" "쓸데없고" "무익한" 같은 단어의 반복은 타이터스가 라비니아의 비극을 기본적으로 개인과 국가 간의 교환경제의 측면에서 접근하고 있음을 보여준다. 전쟁터에서 40년의 세월을 보내며 스물한 명의 아들을 잃은 대가로 타이터스가 요구했던 것은 "세상을 호령하는 왕권이 아니라 내 나이에 어울리는 명예의 지팡이"(1.1.201)였다. 라비니아를 왕비로 삼고 노년의 섭정을 하려던 것이다. 그 발판이 사라졌으니 타이터스는 배신감과 상실감에 치를 떨 수밖에 없다. "광막한 바다 한가운데 바위 위에서 밀려오는 파도를 하나하나 세면서"(3.1.94-96) 복수를 다짐하는 타이터스에게 라비니아의 '오염'과 '훼손'은 수많은 아들의 희생이나 가문의 유일한 계승자 루시어스의 추방보다 "내 영혼의 훨씬 더 큰 상처"(3.1.102)로 다가온다.

지켜야 할 정원이 지켜지지 못하면 폐기처분 되어야 한다. 그것이 아버지가 "내 영혼보다 더 소중한 라비니아"(3.1.103)라고 말한 딸의 운명이다. 어떻게 보면, 라비니아는 이 극에서 도둑맞은, 도둑맞을 신부 혹은 강간당한, 강간당할 처녀 역할을 한다. 아버지의 손을 벗어나 낯선 남자들에게 이리저리 소모된 후 아버지의 손에 소멸되는 라비니아는 가부장제 사회의 모순을 '온몸으로' 보여준다. 마지막에 타이터스가 "죽어라, 죽어라, 라비니아야. 너와 함께 네 수치도 없어져라. 너의 수치와 더불어 네 아비의 슬픔도 없어져라"(5.3.45-46)라고 울부짖으며 남근의 상징적 등가물인 검으로 그녀를 찔러죽이는 행위도 일종의 제의적 강간이다. 더럽혀진 가문이 깨끗해지려면 그녀가 희생양으로 바쳐져야 한다. 안드로니커스 가문의 수장 타이터스에게는 딸의 고통이 그의 슬픔이자 수치이며, 그것은 곧 로마의 슬픔과 수치이기 때문이다.

로마의 '보물'인 라비니아는 새터나이너스와 바시에이너스 사이에서, 바시에이너스와 드미트리어스·카이런 사이에서, 드미트리어스와 카이런 사이에서, 그리고 타이터스와 드미트리어스·카이런 사이에서 끊임없는 쟁탈과 거래의 대상이 된다. 이렇게 뺏겼다가 되찾고 오염되었다가 정화되는 남성 중심적 순환계의 한가운데에 라비니아가 놓여 있다. 셰익스피어가 재현한 로마 사회에서 여성은 "사회적으로 주변이지만 상징적으로 중심"이며, "여성의 중심적인 위치는 그들의 섹슈얼리티, 특히 그들의 자궁"이라는 칸의 주장이 라비니아에게 정확하게 맞아떨어진다.[42] 이네즈의 구절을 인용하면, "이 극은 라비니아를 가부장제에 의한, 그리고 가부장제를 위한 의미화의 공간으로 위치시킨다."[43] 질서의 파괴와 회복이 비극의 기본 리듬이라면, 이 로마 비극에서는 그 리듬이 여성의 몸을 경첩 삼아 전개되는 것이다.

5 백인 왕비와 흑인 노예의 '잡혼'

라비니아의 상실과 파괴 그리고 '명예회복'이 가부장적 함의를 지니는 것처럼, 그의 상대역 태모라도 이 극의 이데올로기적 지형에서 중요한 위치를 차지한다. 극의 도입부에서는 나라와 자식을 잃은 태모라의 비탄이 승리에 도취한 타이터스의 오만과 병치되면서 고트족의 여왕은 관객의 동정과 연민을 불러일으켰다. 그래서 태모라가 안드로니커스 가문에 복수를 천명하는 것도 명분이 있었다. 그러나 태모라가 "멸망한 트로이의 여왕"(1.1.136) 헤카베에서 "방랑하는 로마 왕자"(3.2.22) 아이네이스를 유혹하는 디도로 바뀌면서 그녀는 가부장적 제국 로마의 대척점에 서게 된다. 지배 권력의 내분을 틈타 로마의 왕비가 된 태모라는 새터나이너스 배후에서 온갖 음모와 흉계로 안드로니커스 가문을 파멸시키고 로마를 혼란의 도가니로 빠트린다. 태모라는 타이터스에게 당한 폭력을 갑절로 갚아주

---

42) Coppélia, Kahn, 앞의 책, p.19. "symbolically central, though socially peripheral"이란 구절은 칸이 Barbara A. Babcock and Victor Turner(ed.), *The Reversible World: Symbolic Inversion in Art and Society*, Ithaca: Cornell University Press, 1978, p.32에서 인용한 것을 재인용한 것이다.

43) Paul Innes, 앞의 책, p.44.

는 데 성공하지만, 타이터스가 찼던 야만의 훈장도 갑절로 이양받는다. 태모라가 바시에이너스를 숲으로 유인해 살해한 후 라비니아를 두 아들에게 내어주려고 할 때, 라비니아가 그녀의 "여성성"(2.2.174, 182)에 호소하면서 차라리 "자비로운 살인자"(2.2.178)가 되어 당장 죽여달라고 간청하지만, 태모라는 "욕정으로 가득한 내 아들들이 이 계집을 덮치게 놔두고 나는 사랑하는 무어인이나 찾으러 가겠다"(2.2.190-91)라며 발길을 돌린다.

애런과의 연합은 태모라가 '야만화'되는 결정적인 원인이다. 태모라가 로마 황제 새터나이너스와의 혼인으로 '로마화'되는 것처럼 보이지만, 로마 가부장제 사회의 명예를 상징하는 라비니아를 유린하고 '비천한 야만인' 애런을 성적·정치적 동반자로 삼으면서 '문명의 중심부'에서 한층 더 멀어진다. 태모라는 또한 로마인에게서 '야만인'에게로 권력을 이동시키는 매개역할을 한다. 타이터스에서 새터나이너스로, 새터나이너스에서 태모라로, 그리고 태모라에서 애런으로 옮겨가는 로마의 권력은 최종적으로 타이터스의 장남 루시어스가 탈환하기까지 '야만인'과 그들에게 조종당하는 로마인의 수중에 놓이게 된다. 그 과정에서 권력은 정의와 결별하고 야만은 문명의 외피를 걸친다. 이 '야만화'된 로마를 배후에서 은밀히 움직이는 자들이 "가장 탐욕스럽고 음탕한 여인"(5.1.88) 태모라와 "악의 화신"(5.1.40) 애런이다. 엄밀히 말하면, 새터나이너스의 배후에 태모라가 있고 태모라의 배후에 애런이 있다.

로마 남편 새터나이너스와 무어 애인 애런 사이에서 양다리를 걸친 태모라를 두고 리틀은 "반(half)야만인, 반외국인"으로 규정한다. "클리오파트라의 셰익스피어적 원형"이기도 한 태모라는 "이중으로 인종화"된 존재다. 태모라를 두고 로마인들은 '유색인'으로 보고 고트인들은 백인으로 보기 때문이다.[44) 그런데 이 극에는 태모라의 하얀 피부를 강조하는 구절은 많지만, 클리오파트라처럼 "까무잡잡한 얼굴"을 가졌다는 구절은 찾아볼 수 없다. 숲속에서 애런과 밀애를 즐기는 태모라를 발견한 바시에이너스는 "왜 백설처럼 아름다운 준 마들에게서 떨어져 나왔는가?"(2.3.76)라고 개탄한다. 반면에 드미트리어스와 카이런은 태모라가 애런과의 사이에서 낳은 아기는 아버지의 '검은 피부'를 이어받았다. "시커먼"(4.2.101) 아기를 보자마자 기겁하며 없애려고 하고, 유모도 "하얀 피부를 지닌 우리 족속 애들에 비하면, 애는 두꺼비처럼 혐오스럽다"(4.2.67-68)라며 고개를 돌린다.

'혼종' 아기의 피부색은 아버지에게도 거북하고 불편하다. 아기를 품에 안고 숲속으로 도주하던 애런은 "나와 네 어미가 반반씩 섞여서 까무잡잡하게 태어났구나. 이놈아, 네 피부색이 누구 새끼인지 말해주지 않고 네 얼굴이 어미를 닮기만 했어도 넌 황제가 될 몸인데. 수소와 암소가 다 우유색이면 절대로 시커먼 송아지가 나올 수 없지"(5.1.31-32)라고 한탄한다. 따라서 태모라의 인종적 위치가 이중적이라는 리틀의 주장은 은유적 의미에서만 수긍이 간다. 하지만 태모라의 피부색이 무엇인가에 상관없이 그녀의 인종적 정체성은 '야만인'과 분리할 수 없다. 이 극에서 새터나이너스·태모라·애런의 성적 삼각관계가 로마인·고트인·무어인의 인종적 삼각관계를 형성하고, 태모라는 백인과 흑인 사이의 중간지대에 위치한다. 그리고 극 후반부에서 애런과의 부정한 관계가 드러나면서 태모라의 야만적 타자성이 더 뚜렷해진다. '전적인 야만인' 애런과 가까워질수록 '부분적 야만인' 태모라는 점점 더 '검게' 변해가는 것이다.

『타이터스 안드로니커스』에서 피부색이 갈등의 최종심급으로 설

---

44) Arthur L. Little Jr. 앞의 책, pp.62-63.

정된 것은 극의 출처인 오비디우스의 『변신』과 구분되는 지점이다. 오비디우스에서는 '잡혼'이 근친상간에 비하면 이차적인 문제였다. 필로멜라의 강간은 형부가 처제를 탐하고 범함으로써 친족 관계의 질서를 어지럽힌 사건이었다. 그런데 셰익스피어는 '잡혼'을 백인가부장제 질서를 뒤흔드는 갈등요인으로 부각한다. 로마에 혼란을 초래하는 두 차례의 '잡혼'이 태모라를 통해 이루어진다. 하나는 로마 황제와의 혼인이고, 다른 하나는 무어인과의 간통이다. 둘 다 "정치 공동체 내부의 혼란을 구조적으로 표현한 것"이지만,[45] 관객들의 시선은 후자에게 더 쏠리게 된다. 새터나이너스와의 결혼으로 "나는 이제 로마와 한 몸이다"(1.1.462)라고 했던 태모라가 "야만스러운 무어인"과 다시 한 몸이 됨으로써 자신의 이질성과 혼종성을 스스로 입증하는 것이다. 태모라와 애런의 '잡혼'은 혼란과 무질서에서 벗어나 새롭게 거듭나는 로마에서 그녀가 결국 배제되어야 하는 이유가 된다. 태모라도 라비니아처럼 로마의 '정화'와 '명예회복'을 위해 소모되는 또 하나의 제물이다. 이 극의 플롯이 로마 가부장제·제국주의 질서의 파괴와 재건이라면, 그 과정은 성적 타자 라비니아와 태모라, 그리고 인종적 타자 애런을 희생양으로 삼아 전개된다.

6 '야만스러운 무어인'이 필요한 이유

『타이터스 안드로니커스』에서 문명/야만의 대립이 인종 갈등을 매개로 전개된다는 점을 감안할 때, 애런의 비중은 무대 등장 횟수나 대사 분량에 비하면 훨씬 더 크게 느껴진다. 일단 애런은 시각적으로

---

45) John Gillies, 앞의 책, p.108.

가장 두드러지는 인물이다. 극의 후반부로 갈수록 인종과 피부색에 관한 이미지와 메타포가 더 빈번하게 나오는 이유는 배후 조종자였던 애런이 전면에 등장하기 때문이다. 이는 그만큼 '시커먼 야만인'에 대한 '하얀 로마'의 불안과 두려움이 증폭된다는 것을 의미한다. 애런은 단순히 "악의 화신"(5.1.40)만은 아니다. 애런은 당시 백인가부장제 담론에서 궁극적인 차별과 배제의 대상이 되는 "야만스러운 무어인"(2.2.78, 5.3.4)이며, 유럽 문명 주체에게 가장 두렵고도 혐오스러운 위협으로 다가오는 인종적 타자다. 그래서 그에게 쏟아지는 욕설과 저주가 온통 인종주의 언어로 도배된다.

"거무튀튀한 키메르인"(2.2.72), "까마귀처럼 새까만 연인"(2.2.83), "숯처럼 시커먼 무어인"(3.2.79), "지옥에서 온 개새끼"(4.2.79), "입술이 두툼한 노예"(4.2.177), "혐오스러운 악당"(5.1.94), "짐승같은 악당"(5.1.97), "굶주린 호랑이, 저주받은 악마"(5.3.5), "개만도 못한 놈, 더러운 노예"(5.3.14), "무신론자 무어인"(5.3.121), "우상숭배자 무어인"(5.3.143) 등등 인종적 타자 애런의 인간성을 부정하는 관용어는 집요하게 반복된다. 그 결과, 애런은 선/악, 미/추, 빛/어둠, 구원/저주, 순수/타락, 주인/노예, 문명/야만, 중심/주변 등으로 끊임없이 변주되는 인종주의적 이분법의 위계 구도에서 '밑바닥' 자리를 확고하게 차지하게 된다.

라비니아의 강간도 애런과 연관해서 보면 또 다른 의미를 지닌다. 바시에이너스를 살해하고 라비니아를 강간하는 자는 태모라의 아들 드미트리어스와 카이런이지만, 이 모든 일을 계획하고 사주하는 자는 애런이다. 게다가 애런은 타이터스의 두 아들 마시어스와 퀸터스를 바시에이너스의 살해범으로 누명을 씌워 죽게 하고 타이터스와 새터나이너스를 이간질하여 로마를 내전으로 치닫게 만든다. 애런은 『오셀로』의 이아고와 『리어왕』의 에드먼드처럼, 비극적 갈등과 파국을 유도하고 조종하는 무대 위의 감독이다. 그 마키아벨리적인 악당이 여기서는 인종적 타자이기에 관객의 반감은 배가한다. 그런 점에서, 라비니아의 진짜 강간범은 애런이라는 리틀의 주장이 설득력을 지닌다.[46]

셰익스피어 극에서 '유색인' 남성이 백인 여성을 실제로 강간하는 경우는 없다. 『태풍』의 캘리반도 『베니스의 상인』의 모로코 왕자도 '흑인 강간범' 신화와 무관하지 않지만 애런처럼 잠재적 강간범으로 남아 있다. 유일한 예외가 '고귀한 무어인' 오셀로인데, 그는 기독교 유럽의 문화적 세계를 받았기에 데즈데모나와의 '잡혼'에 성공하지만 결국은 비극적 파국을 맞이해야 한다. 백인 귀족 여성이 '유색인'에게 정복당하는 것은 아무리 연극적 허구라도 용납할 수 없는 사회적 금기에 해당한다. 인종적 타자의 성적 침투가 가장 민감한 사회적 이슈였기에 무대 위에서도 흑인 남성과 백인 여성 사이에 최소한의 '안전거리'를 유지하는 것이다. 애런은 그러한 백인 남성의 성적 불안을 우회적으로 투사하는 대상이다. 즉 애런은 '반(half) 야만인' 드미트리어스와 카이런을 대리인으로 삼아 라비니아를 강간하게 하고 자신은 라비니아의 성적 대리인이자 '반 야만인'인 태모라를 차지함으로써, '야만인'은 절대로 백인 여성을 범할 수 없다는 문화적 규범은 어기지 않으면서 '흑인 강간범'이라는 인종주의 신화를 충실히 수행하는 것이다.

애런의 '흑인다움'을 공간적으로 그리고 시각적으로 더 부각하는 장치가 숲이다. 이 극에서 숲은 『좋으실 대로』의 아든처럼 문명사회의 갈등과 모순이 해결되는 전원 세계도 아니고 『리어왕』의 폭풍우 내리치는 숲처럼 주인공의 정신적 성장과 자기발견을 위한 훈련장

---

46) Arthur L. Little Jr., 앞의 책, p.63.

도 아니다. "야행성 올빼미나 죽음의 징조인 갈까마귀"(2.2.97)의 서식처인 이 "어두운" 숲은 로마의 성벽 바깥에 위치하는 '야만인'의 활동영역이며 애런의 "시커먼" 성적·정치적 욕망이 실현되는 공간이다. "떠드는 혀와 보는 눈과 듣는 귀가 많은 궁전"(2.1.127)에서 멀리 떨어진 이곳에서 태모라와 애런이 은밀히 만나며 바시에이너스는 살해당하고 라비니아는 강간당한다. 원래 귀족들이 곰이나 사슴을 사냥하고 놀았던 "꽃향기 가득한 초록의 숲"(2.2.2)이 '야만인'들의 인간 사냥터로 바뀐 것이다. 특히 바시에이너스의 시체가 버려지는 구덩이는 많은 지형적 상징성을 지닌다. "쳐다보기도 싫은 구덩이"(2.2.193), "입구가 야생 찔레로 덮인 희한한 구멍"(2.2.198-99), "더러운 피투성이 구멍"(2.2.210), "혐오스럽고 캄캄하며 피를 들이키는 구덩이"(2.23.224), "안개 낀 코키터스강 입구처럼 음험하고 다 집어삼킬 듯한 무서운 무덤"(2.2.235-36), "깊은 구덩이로 집어삼키는 자궁"(2.2.239-40) 등으로 묘사되는 이 구덩이는 입, 질, 자궁, 무덤, 지옥의 복합적인 이미지를 지닌 '암흑의 핵심'으로서 인종적 타자의 야만성을 압축하고 있다.

　'야만인'에 대한 응징은 그들이 로마인들에게 가한 폭력 못지않게 야만적이다. 인과응보와 권선징악에 근거한 '시적 정의'가 이 복수극에서는 극단의 물리적 폭력에 의해 구현된다. 질서회복의 역할을 담당하는 루시어스가 '야만인' 고트족의 군대를 이끌고 아버지의 나라를 침공하면서 모호해진 로마와 '야만인'의 경계는 '야만인'에 대한 타이터스의 '야만적인' 복수로 인해 또다시 불분명해진다. 라비니아가 막대기를 입에 물고 흙 위에 드미트리어스와 카이런의 이름을 새겨서 강간범의 정체를 알게 된 타이터스는 실성한 척 연기를 하며 '눈에는 눈으로' 식의 치밀한 복수를 진행한다. 타이터스는 자신의 두 아들을 참수해 머리통을 보냈던 태모라에게 이와 비슷하면서도 더 잔혹한 방식으로 되돌려준다. 라비니아가 지켜보는 가운데 "요리사 놀이를 하는"(5.2.204) 타이터스가 드미트리어스와 카이런의 목을 베어 대야에 피를 받고 뼈를 갈아 파이를 만들고 머리통도 구워서 잔칫상에 내놓자, 태모라는 "자신이 낳고 기른 새끼의 살을 맛있게 먹어치운다."(5.3.61-62) 타이터스가 태모라에게 음식의 재료가 무엇인지 알려주고 그녀를 죽이고, 새터나이너스는 타이터스를 "미친놈"(5.3.64)이라면서 죽이자, 다시 루시어스가 "복수에 대한 복수"(5.3.66)로 새터나이너스를 죽이면서 광란의 연쇄살육은 끝이 난다.

질서의 파괴와 회복이라는 비극의 리듬은 루시어스가 "로마의 상처를 치유하고 로마의 비애를 씻어내는"(5.3.148) 역할을 함으로써 완결된다. 하지만 뒷맛은 개운치 않다. 극의 결론에서 루시어스를 신격화하는 것은 정의의 여신이 귀환하여 정의의 제국과 황금시대를 회복하는 것으로 해석할 수도 있지만[47] 문제는 루시어스가 구현하는 정의가 로마에 내재하는 야만적 폭력성과 맞물려 있다는 점이다. 무대에 남은 것은 로마인과 '야만인'의 구분 없이 나뒹구는 시신들뿐이고, 로마 남성성의 적통 계승자 루시어스가 선언한 질서회복은 불투명하고 공허하게 들린다. 마커스가 로마의 상황을 "세찬 바람과 광포한 돌풍에 뿔뿔이 흩어진 새떼"(5.3.67-68)와 "의지할 데 없고 희망도 없이 내버려진 아이"(5.3.74)에 비유한 것처럼, 안드로니커스 가문이 대표하는 가부장적 제국의 토대는 부서지고 무너졌다. 이대로 막이 내리면 이 극은 원인도 해결도 없는 일종의 부조리극이 되고 만다. 유일한 생존자 루시어스의 당면과제가 "흩어진 알갱이를 모아

---

47) Frances A. Yates, Astraea: *The Imperial Theme in the Sixteenth Century*, London: Routledge & Kegan Paul, 1975, p.75.

서로 의지하는 다발을 만들고, 부러진 사지를 다시 하나의 몸으로 짜 맞추는"(5.3.69-71) 로마의 재건 작업이라면, 그 작업은 이데올로기적 층위에서도 이루어져야 한다.

이 위기의 순간에 로마를 구해주는 인물, 엄밀하게 얘기하면, 로마의 체면을 살려주는 인물이 무대에 남은 마지막 '야만인' 애런이다. 애런은 로마의 안과 바깥에 편재하는 야만성에도 불구하고 로마를 상대적으로 조금 더 고귀하게, 즉 로마를 조금 덜 야만적으로 보이게 하는 인물이다. 애런은 이 복수비극의 결말에서 불가결한 존재다. 그래서 극의 후반부로 올수록 애런의 위치설정이 더 정교해진다. 이름이 '빛'을 뜻하는 루시어스와 얼굴이 '시커먼' 애런이 최후의 대립 구도를 형성하고 대조 효과를 연출하는 것은 우연이 아니다. 애런이 바시에이너스의 시체를 버리는 구덩이와 애런이 생매장되는 구덩이가 병치된 것도 흥미로운 아이러니다. 그리고 줄곧 마키아벨리주의자의 독백이나 짧고 간헐적인 대사만 주어졌던 애런에게 4막과 5막에서 주인공 못지않은 대사 분량을 할애하는 것도 극작가의 이데올로기적 관용 때문은 아니다. 마지막에 셰익스피어가 애런의 역할을 부각하는 것은 인종적 타자에게 발언권을 주어서 스스로 부정적인 자기재현을 하게 함으로써 주체의 우월함을 우회적으로 확인하기 위해서다.

"악의 화신"(5.1.40)답게 애런은 끝까지 참회나 화해를 거부한다. 인종적 타자의 역할을 충실히 수행하기 위해서다. 자신의 아기를 살려주는 대가로 루시어스에게 털어놓는 만행의 리스트(5.1.124-44)는 단연 압권이다. 자기 사전에 종교나 양심 따위는 없다고 밝힌 애런은, "피에 굶주린 마음"(5.1.101)을 태모라의 아들들에게 가르쳐서 라비니아를 "다듬어주었고"(5.1.93), 타이터스를 기만해 한쪽 팔을 스스로 잘라오게 했을 때는 "너무 웃다가 심장이 터질 뻔했고"

(5.1.113), 죽은 두 아들의 머리통을 부여잡고 울부짖는 타이터스를 벽 틈새로 몰래 구경할 때도 "워낙 신나게 웃다 보니 그의 눈처럼 내 눈에도 눈물이 가득했다"(5.1.116-17)라고 말한다. 복수비극 장르가 유행한 16세기 잉글랜드 연극무대에서 악역으로서는 타의 추종을 불허한다. 관객의 비난과 저주를 온몸에 짊어진 애런은 "할 수만 있다면 내가 여태껏 저지른 것보다 만 배나 더 나쁜 악행을 하고 싶소. 내 평생에 선행을 한 번이라도 했다면 그거야말로 진정 후회할 일이오"(5.3.187-90)라는 독설을 내뱉고 무대 뒤로 끌려나간다.

이아고, 에드먼드, 리처드 3세 같은 셰익스피어의 백인 마키아벨리주의자들보다 애런의 사악함은 훨씬 더 투박하고 원색적이다. 더구나 같은 '유색인'이라도 셰익스피어 특유의 양가성과 균형감각이 빚어낸 샤일록, 오셀로, 클리오파트라와는 달리, 애런은 관객의 유색인 혐오를 투사하기 위한 평면적 캐릭터다. 이 조야한 초기 비극에서 관객이 경험하는 카타르시스가 있다면, 그 원천은 로마 영웅 타이터스의 하마르티아와 고통이 전해주는 공포와 연민이 아니라 인종적 타자 애런의 비인간성을 확인하는 데서 오는 인종주의적 우월감일 것이다.

마지막으로 관객의 눈길을 끄는 것은 애런의 아기다. '까무잡잡한' 피부 덕분에 '시커먼' 애런 못지않게 '눈에 띄는' 이 아기는 '유색인'에 대한 백인가부장제 사회의 시선을 가늠하는 또 하나의 단서가 된다. 짧은 등장에도 긴 여운을 남기는 아기의 운명은 관객의 기대와는 어긋나게 그려진다. 이 극에서 타이터스의 아들들은 루시어스를 제외하고 모두 죽는다. 전쟁터에서 죽거나 아버지 손에 죽임을 당하거나 누명을 쓰고 살해당한다. 태모라의 장남도 제물로 바쳐지고 나머지 두 아들은 복수의 제물이 된다. 그런데 '잡혼'의 흔적이자 로마의 '오염'을 상징하는 애런의 아기는 살아남는다. 자신의 목숨을 담보해서라도 아기를 살리려는 애런의 맹목적인 부성애 덕분이다. 태모라의 두 아들이 어머니의 '잡혼'을 은폐하기 위해 아기를 없애버리려고 하자, 애런의 반응은 여느 비극 영웅 못지않게 대담하고 도전적이다. "내 연인은 내 연인일 뿐이고, 이 아이는 나 자신이며 내 청춘의 생명력이자 화신이오. 이 아이는 세상 모든 것보다 더 중요하고 세상 모든 것에 맞서 안전하게 지킬 것이오."(4.2.109-12) 자식을 죽음으로 몰아넣거나 지켜내지 못한 타이터스나 태모라와 뚜렷한 대조를 이룬다. 시종일관 인간 이하의 존재로 묘사되던 애런의 인간성이 드러나는 극히 예외적인 순간이다.

왜 루시어스는 애런의 아기를 살려둘까? "태모라의 불타는 욕정이 낳은 천출"이요 "그의 악마 같은 얼굴을 점점 빼닮아가는"(5.1.43, 45) 애런의 아기가 끝까지 살아남는 것은 의외가 아닐 수 없다. 극의 기본적인 대립 구도가 문명/야만의 갈등이며 그 갈등의 해결은 야만의 척결과 문명의 재생으로 이루어진다고 할 때, 아기의 생존은 이 극이 지향하는 그러한 인종주의적 정의 구현과도 모순된다. 유럽 중심적인 야만의 개념을 확립하고 계승한 고대 그리스·로마 사회에서도 문명과 야만의 뒤섞임은 금기시된 주제였으며, '오염'을 두려워하는 수치 문화의 특성상 죽음이 '잡종'의 태생적 운명이었다.[48] 그런데 왜 셰익스피어는 '야만인' 애런에게 인간성의 형적을 부여하는 것도 모자라 사회적 금기를 어기면서까지 '야만인'의 자손을 문명 사회에 편입시키는가? 애런은 '야만인'으로 죽고 그의 아들은 '야만인'으로 살아남는 모순을 어떻게 해석해야 하는가?

물론 이 문제는 로마의 새 지도자 루시어스의 로마인다운 아량과 고매함으로 설명해버리면 간단하다. 루시어스가 "네 아이는 반

---

48) John Gillies, 앞의 책, p.110.

드시 살려줄 것이며 그놈이 커가는 것을 내 눈으로 지켜볼 것이다"(5.1.60)라는 애런과의 약속을 지킨 것은 로마 남성성의 실천이라고 할 만하다. 이것은 더 적극적으로 해석하면 유색인 혐오를 극복한 보편적 휴머니즘의 발로일 수 있고, 애런의 아기는 피부색의 차이를 넘어선 치유와 화해의 상징이 된다. 당시의 역사적 맥락을 감안할 때 루시어스의 결정은 일종의 다문화주의적 타협일 수 있다. 혼종화를 인종적·문화적 타자와의 교류가 증가하던 르네상스 시대의 불가피한 사회현상으로 인정하고 받아들이자는 것이다. 아니면, 그 반대로 이것은 혼종화에 대한 인종주의적 경고일 수 있다. 그렇게 되면 애런의 아기는 룸바가 지적한 것처럼 인종적 관용의 상징이 아니라 관객에게 '잡혼'의 위험을 일깨우고 문명과 야만의 경계선을 다시 긋기 위한 생체적 반면교사로 남는다.[49] 이는 인종적 타자의 성적 침투에 대한 불안과 두려움이 셰익스피어의 동시대 사회에 팽배해 있었음을 의미한다.

셰익스피어의 의도가 무엇이든 간에, 분명한 것은 타이터스에서 루시어스로 계승되는 로마 가부장제 사회의 질서체계를 위협하는 궁극적인 적은 인종적 타자 애런이라는 점이다. 태모라가 라비니아의 대척점에 위치하듯이, "이 모든 재앙을 계획하고 모의한 주범"(5.3.122) 애런은 타이터스의 적대자임에 틀림없다. 그런데 태모라와 애런이 똑같이 호랑이, 곰, 까마귀 같은 동물에 비유되는 '야만인'이면서도 둘 사이에는 중요한 차이가 있다. 태모라가 야만스러운 이유는 애런과의 금지된 '잡혼' 때문이지만, 애런은 '야만인'으로 등장해 '야만인'으로 행동하다가 '야만인'으로 퇴장한다. 일관된 야만성,

---

49) Ania Loomba, *Shakespeare, Race, and Colonialism*, Oxford: Oxford University Press, 2002, p.85.

변화나 협상의 여지가 없는 비인간성은 애런에게만 부여된 속성이다. 반면에 고트족 여왕 태모라는 한때 로마의 적이었으나 새터나이너스와 결혼하면서 로마 황후가 되었고, 로마의 새 황제가 될 루시어스는 고트족과의 제휴를 통해 로마의 정치적 질서를 회복한다.[50] 고트족은 로마의 변방에 있어도 필요에 따라 협상과 포섭의 대상이 되는 데 비해, 무어인은 시종일관 철저한 배제와 말살의 대상에 불과하다. 이는 나중에 잉글랜드가 웨일스나 스코틀랜드 같은 '켈트 변방'은 대영제국의 일원으로 편입하면서도 아프리카와 아메리카의 식민지 원주민에게는 제국의 명예시민권을 부여하지 않는 것과 마찬가지다.

미학적으로 셰익스피어의 초기습작에 해당하는 『타이터스 안드로니커스』는 정치적으로도 『오셀로』나 『안토니와 클리오파트라』 같은 후기 비극에 비해 세련미가 떨어진다. '야만인'의 예외적인 고귀함보다 상투적인 야만성을 강조하기 때문이다. 이는 잉글랜드가 본격적으로 식민지 팽창을 시도한 18세기 후반부터 지배 담론으로 자리잡은 인종주의를 셰익스피어가 200년이나 앞서 실천하고 있었음을 의미한다. 그런데 당시에 셰익스피어가 받아들인 인종 개념은 본질주의적 이분법에 기초하고 있었기에 그가 재현한 인종적 타자 애런은 인간다움이 결여된 악마와 짐승에 불과하다. 오셀로, 샤일록, 클리오파트라, 캘리반의 경우에서 보듯이 후기 셰익스피어가 재현한

---

50) 역사적으로도 고트족은 로마와 충돌도 교류도 많던 민족이다. 원래 게르만족의 분파로서 스칸디나비아반도에 거주하던 고트족은 민족대이동 때 남하하여 흑해와 발칸반도 일대에 정착한 후, 로마와 숱한 전쟁을 치르다가 로마의 동맹국이 되었고, 고트족의 일부는 이베리아반도로 서진하여 로마의 잔존세력과 무어인들을 축출하고 그 지역의 지배민족으로 자리 잡았다. 어떻게 보면, 고트족은 로마의 변방에 위치하면서 로마의 적과 동지 사이를 오가다가 종국적으로는 로마가 쇠망하는 원인 중의 하나로 작용했다.

인종의 드라마는 복합적이고 양가적인 데 비해, 셰익스피어가 처음으로 그린 인종적 타자인 애런은 그의 극작술만큼이나 단순하고 투박하다. 셰익스피어가 당대의 연극적 전통을 벗어나 인종적 타자를 단순한 알레고리적 '악의 화신'이 아닌 '말하는 주체'로 무대 위에 등장시킨 점에서는 분명 선구적이지만, 그의 인종주의적 시선은 아직 선구적이지 않다. 최소한 10년은 기다려야 셰익스피어가 당대의 지배 이데올로기인 인종주의와 좀더 정교하게 협상하는 모습을 볼 수 있을 것이다.

제3장 오셀로: '고귀한 야만인'의 자기소외

> "'고귀한 무어' 오셀로는 백인에게 고귀하다고
> 인정받으려는 흑인, 흑인이면서도 흑인혐오와
> 백인선망에 빠진 흑인, 백인과의 관계 속에서
> 자신을 백인과 동일시하는 흑인이다."

1 백인 무대에 등장한 흑인 영웅

『타이터스 안드로니커스』에서 '악의 화신' 애런이 무대를 휘젓다
가 끌려나간 지 15년 후, 셰익스피어는 『오셀로』에서 또 다른 무어
인을 무대에 등장시킨다. 그런데 이번에 글로브극장 관객들이 만나
는 무어인은 노예가 아니라 장군이다. 외적을 물리치고 나라를 지키
는 오셀로는 애런의 정반대 편에서 로마의 수호신 역할을 했던 타이
터스를 연상시킨다. 검은 피부 이외에는 오셀로와 그의 '동포'이자
'선배'인 애런과의 공통점을 찾아볼 수 없다. 헌터(G.K. Hunter)가
지적한 대로 셰익스피어는 이 새로운 유형의 무어인에게 "왕족의 혈
통, 기독교 세례, 낭만적 기질과 기품, 그리고 무엇보다 화려한 언변
과 화술" 같은 "예상 밖의" "어울리지 않는" 특징을 부여한다.[1] 검은
피부로 대변되는 오셀로의 '흑인성'도 애런의 경우보다 훨씬 더 모

---

[1] G.K. Hunter, *Dramatic Identities and Cultural Tradition: Studies in Shakespeare and His Contemporaries*, Liverpool: Liverpool University Press, 1978, p.31.

호하고 복잡한 표상이어서 극의 명쾌한 이분법적 해석을 가로막는다. 『타이터스 안드로니커스』에서는 애런의 피부색과 행위가 '일치' 했기 때문에, 즉 그가 '무어다움'의 스테레오타입에 충실했기에 별 문제가 되지 않았으나, 『오셀로』에서는 무어가 용맹스러운 장군으로 등장한다. '흑인성'을 단순히 죄나 악과 동일시하는 알레고리는 중세 기독교의 유구한 재현 방식이었는데, 셰익스피어는 그 전통을 따르지 않고 백인 주류사회 내부의 흑인 영웅을 창조함으로써 전례 없는 진기한 연극적 경험을 관객에게 선사한다.

잉글랜드 르네상스 관객에게 일종의 문화적 트라우마로 다가온 『오셀로』는 크게 두 종류의 반응을 불러일으켰다. 하나는 인종주의 '규범'에 어긋난 작품과 작가를 '문제'로 취급하는 것이었다. 셰익스피어의 연극적 실험은 워낙 파격적이었기에 5세기가 넘게 비평가들 사이에 끊임없는 논란을 불러일으켰다. 그들에게 검은 피부를 지닌 비극 영웅은 개념적 모순이었고, 인종 장벽을 넘어선 사랑과 결혼은 악명 높은 위반이었으며, 무대 위에서 생생히 재현된 살해 장면은 용납 불가능한 충격이었다. 이 딜레마를 해결하고자 후대 극작가들은 오셀로와 이아고를 백인과 흑인으로 뒤바꾸어 각색하거나 데즈데모나 살해 장면을 무대 뒤에서 처리하기도 했고, 오셀로와 데즈데모나에게 닥친 비극의 원인을 무어인 '고유의 야만성'과 '어울리지 않는' 결혼에서 찾았다.

17세기 문학비평가 라이머(Thomas Rhymer)가 이 극의 교훈을 "양반집 규수가 부모 뜻을 거스르고 시커먼 무어인과 도주한 데 대한 경고"로 규정한 것을 필두로,[2] 허다한 후대 비평가들은 오셀로의 '흑

---

2) Thomas Rhymer, "A Short View of Tragedy"(1693), in Brian Vickers(ed.), *Shakespeare: The Critical Heritage*, vol.2, 1693-1733, London: Routledge & Kegan Paul, 1974, p.51.

인성'에 이런저런 방식으로 시비를 걸었다. 20세기 초 영문학의 이념적·제도적 틀을 마련한 리비스(F.R. Leavis)는 오셀로가 "쉽게 속아 넘어가고 엄청 자기중심적인 무어인"이며, "지독한 우둔함, 정신 이상적이고 자기 기만적인 격정, 난폭한 관능성과 추악한 질투심"으로 인해 스스로 파국을 초래한다고 주장한다.³⁾ 리비스의 입장을 계승한 러너(Lawrence Lerner)도 오셀로에게는 두 종류의 자아, 즉 "이교도, 야만인, 흑인 외부인"과 "이성과 문명의 세계" 베니스에 편입된 기독교 용병이 있는데, "두 오셀로는 하나이며, 이 극은 (안타깝게도) 원래 상태로 되돌아가는 야만인의 이야기"라고 주장한다.⁴⁾ 심지어 어떤 비평가들은 오셀로의 의심과 질투의 원인은 데즈데모나와의 성적 합일이 좌절되었기 때문이고, 데즈데모나는 "정숙할 뿐만 아니라 순결하며 그녀는 처녀로 살다가 처녀로 죽었다"라는 억지 주장까지 펼친다.⁵⁾ 비록 문학적 상상 속이긴 하지만, 그들에게는 인종 간의 사랑이 인정하고 싶지 않은 끔찍한 '변태'였던 것 같다.

20세기에 와서도 여전히 계속된 인종주의적 『오셀로』 비평은 연극무대에도 영향을 미쳤다. 이 극의 뉴 케임브리지판 편집자 샌더스(Norman Sanders)는 리비스의 해석이 원래 전문영역인 시와 소설을 넘어 희곡에 참견하는 월권행위라고 비판하면서도,⁶⁾ 당대 최고의 셰

---

3) F.R. Leavis, "Diabolic Intellect and the Noble Hero, or the Sentimentalist's Othello," *The Common Pursuit*, London: Chatto & Windus, 1962, pp.137, 142, 147.

4) Lawrence Lerner, "The Machiavel and the Moor," *Essays in Criticism* 9:4(1959), pp.358-360.

5) T.G.A. Nelson and Charles Haines, "Othello's Unconsummated Marriage," *Essays in Criticism* 33:1(1983), pp.1-18.

6) Norman Sanders, "Introduction," in *Othello*, Cambridge: Cambridge University Press, 1984, p.23.

익스피어 배우 올리비에의 연기를 "최근에 가장 성공적인 오셀로"로 격찬하며 그 이유를 이렇게 말한다. "이 배우는 서인도제도 사람의 걸음걸이와 몸짓을 세밀하게 모방하면서 진한 흑인 분장, 이기적 감수성과 소외감, 경이로운 창의적 발성을 장착한 거장다운 단독 연기를 선사했다. 그가 각인시킨 원시인의 초상은 억지로 끌려 들어온 문명사회에 적응하지 못하고 끔찍한 오판으로 인해 야만으로 되돌아가는 모습을 보여줬다."[7] 올리비에의 "거장다운" 연기의 핵심을 "원시인" 오셀로의 인종적·문화적 타자성을 극대화하는 능력으로 본 것이다. 리비스도 샌더스도 오셀로를 잠시 문명사회에 편입되었다가 "원래 상태로 되돌아가는 야만인"으로 규정한다. 이 말인즉슨 오셀로의 야만성은 '부여'된 것이 아니라 무어인 심성에 '내재'하며 셰익스피어는 그것을 '있는 그대로' 잘 표현했다는 얘기다. 무어인이 야만인이라는 전제는 셰익스피어, 라이머, 리비스, 올리비에, 샌더스 등이 함께 재생산한 신화이자 담론임에도 불구하고 의심할 여지가 없는 '사실'로 굳어진 것이다.

『오셀로』를 둘러싼 또 하나의 비평적 반응은 인종 문제를 삭제하거나 건너뛰는 것이었다. 셰익스피어 정전화의 토대를 구축한 새뮤얼 존슨과 콜리지가 주도한 이 전통은 이 극을 민감한 정치적 이슈에서 분리함으로써 셰익스피어의 윤리적 권위를 지켜주었다. 존슨과 콜리지는 각각 신고전주의와 낭만주의 문학을 대표하는 비평가인데, 셰익스피어의 정치적 객관성과 중립성에는 하나같이 의문을 제기하지 않았다. 셰익스피어가 창조한 인물들을 "공통된 인간성의 순혈 후손"으로 규정한 존슨은 오셀로도 예외가 아니라고 본다. 존슨은 오셀로가 "불같은 솔직함, 관대함, 가식 없는 순수함, 무한한 자신

---

7) 같은 글, p.47.

감, 격렬한 애정, 불굴의 결단력, 완고한 복수심"을 지녔다고 평하면서도,[8] 그러한 특징을 인종적 타자의 정형으로 간주하지는 않는다.

마찬가지로 콜리지도 셰익스피어가 '무어'와 '니그로'를 혼용하는 것은 무지의 소산이 아니라는 얘기만 할 뿐, 오셀로를 파멸시키는 이아고의 "이유 없는 악의"와 "초인적 술책"을 인종 문제와 연관시키지는 않는다.[9] 또 다른 낭만주의 비평가 해즐릿도 오셀로의 "고귀한 성품"과 "근거 없는 질투", 이아고의 "충분한 동기가 없는 악행"을 지적할 뿐만 아니라, "사랑과 미움, 애정과 원한, 질투와 후회 사이에서 진동하는" 주인공의 모습을 통해 "우리 본성의 강점과 약점을 드러내는" 이 극은 셰익스피어의 다른 어떤 비극보다 "인간의 문제"를 더 균형감각 있게 그리고 관객이 깊이 공감할 수 있게 접근한다고 주장한다.[10]

20세기 초 셰익스피어 비평에서 '성격 분석'을 주도한 브래들리(A.C. Bradley)는 리비스처럼 "오셀로를 체질적으로 질투심 강한 인물로 보는 것은 터무니없는 생각"이며, 오셀로는 셰익스피어가 창조한 비극 영웅 중에 가장 낭만적이고 시적이며 순수하고 고귀한 인물이라고 본다. 브래들리는 『오셀로』에서 인종이 중요한 문제임을 인정하면서도, 이 극을 "기독교에 입문하고 고용인의 문화를 다소 흡입했으나 그 이면에 내재하던 무어인 혈통의 격정과 동양인 특유의 의처증이 마지막에 베니스 문화의 얇은 껍질을 뚫고 폭발하는 고귀

8) Samuel Johnson, "Preface to Shakespeare"(1765), *Critical Theory Since Plato*, Hazard Adams(ed.), New York: Harcourt Brace Jovanovich, 1971, pp.329-330.

9) Samuel Coleridge, *Biographia Literaria*(1815), *Critical Theory Since Plato*, Hazard Adams(ed.), New York: Harcourt Brace Jovanovich, 1971, pp.468-471.

10) William Hazlitt, *Characters of Shakespeare's Plays*(1817), New York: Wiley and Putnam, 1845(Digital Library of Harvard University), pp.30, 36.

한 야만인에 관한 연구"로 읽는 것은 적절치 않다고 주장한다.[11]

20세기를 풍미한 형식주의 비평 전통의 일원인 하일먼(Robert B. Heilman)도 셰익스피어는 항상 "인간의 본질"을 다룬다는 전제하에 이 극은 "지위의 확실성"을 위해 고군분투하는 한 인간의 이야기로 봐야 한다면서 이렇게 말한다. "오셀로는 인종 간의 결혼에 관한 책이라기보다는 보통사람(Everyman)에 대한 드라마다. 오셀로의 무어다움(Moorishness)은 심리적·도덕적 요소가 아니라 '불안정'과 '배제' 같은 너무나 익숙한 단어가 나타내는 전형적인 인간 문제의 상징이다. 무어인다움은 인간의 육체가 상속받은 여러 불행 중의 하나일 뿐이다."[12]

이렇듯 오랫동안 하나의 작품을 놓고 상반된 해석이 팽팽하게 대립하는 경우는 흔치 않을 것이다. 한쪽은 비평가들 자신의 인종편견을 드러내면서까지 오셀로에 내재한 무어인 특유의 '야만성'을 강조하고, 다른 쪽은 작품의 미학과 정치학을 완전히 분리하며 오셀로의 보편적 '인간성'을 부각한다. 어느 쪽도『오셀로』에 담긴 인종 문제를 제대로 읽어낸다고 볼 수 없다.

그런데 흥미롭게도 인종 문제에 천착하는 탈식민주의 비평에서도 엇갈리는 해석을 내놓는다. 예를 들면,『탈식민적 셰익스피어』의 공동 편저자들인 룸바와 올킨(Martin Orkin)은 이 극의 인종 문제를 정반대 입장에서 접근한다.[13] 룸바는 비서구 제도권 대학의 영문학을

---

11) A.C. Bradley, *Shakespearean Tragedy: Lectures on Hamlet, Othello, King Lear, Macbeth*(1904), London: MacMillan, 1922, pp.186-187.

12) Robert B. Heilman, *Magic in the Web: Action and Language in 'Othello'*, Lexington: University of Kentucky Press, 1956, pp.138-139.

13) Ania Loomba and Martin Orkin(eds.), *Post-Colonial Shakespeares*, London: Routledge, 1998.

가부장제와 제국주의 헤게모니의 재생산 수단으로 간주하고, 거기에 복무하는 제3세계 지식인을 '고귀한 야만인' 오셀로에 비유한다. 그리고 룸바는 이 극의 갈등은 백인가부장제 사회의 인종주의와 그것에 도전하는 오셀로·데즈데모나 사이에 형성되며, 갈등의 전개 방식은 오셀로의 '흑인성' 즉 인종적 차이와 긴밀하게 맞물려 있다고 주장한다.[14] 극의 서사구조도 성격묘사도 인종주의적이라는 얘기다.

한편 올킨은 『인종차별정책에 반대하는 셰익스피어』라는 그의 책 제목이 말하듯이,[15] 남아프리카공화국의 상황에서 셰익스피어를 '탈정치화'하여 읽는 형식주의 비평을 비판하며 교육현장에서 셰익스피어는 인종주의 이데올로기에 대한 효율적인 저항수단이 될 수 있음을 역설한다. 『오셀로』도 그러한 맥락에서 재해석한 올킨은 "이아고의 인종주의 이면에 작동하는 메커니즘을 정밀하게 조사하고 인간의 가치를 피부색에 따라 정하는 체제를 거부하는 점에서, 이 극은 여태껏 그랬거니와 여전히 인종주의에 대항하는 작품"이라는 결론을 내린다.[16]

『오셀로』의 수용 역사를 개괄하는 이유는 인종 문제 하나만 두고 보더라도 셰익스피어의 텍스트가 아주 다양한 해석의 스펙트럼을 제공하며, 따라서 선택은 독자의 몫임을 예시하기 위해서다. 그런데 탈식민주의 시각에서 볼 때, 작가·작품의 인종주의적 기반과 독자의 인종주의적 개입을 당연시하는 리비스식의 접근도 문제이거니

---

14) Ania Loomba, *Gender, Race, Renaissance Drama*, Manchester: Manchester University Press, 1989, pp.16-17, 32, 41.

15) Martin Orkin, *Shakespeare against Apartheid*, Craighall: Ad Donker Publishers, 1987,

16) Martin Orkin, "Othello and the Plain Face of Racism," *Shakespeare Quarterly* 38:3(1987), p.188.

와, 인종 문제를 탈정치화하여 감상적 인본주의의 틀에 편입하여 봉합하는 브래들리식의 접근도 재고의 여지가 있다. 그 대신 이 장에서 시도하는 『오셀로』의 탈식민주의적 분석은 기본적으로 작가와 작품이 인종주의 이데올로기에 복무했다는 룸바의 입장을 따르되 부분적인 수정을 가하려고 한다. 즉 셰익스피어는 인종주의 자체를 초극하거나 거부한 것이 아니라 인종주의의 작동방식을 색다르게 그리고 흥미롭게 변주했다는 전제하에, 그 변주의 행간을 다시 읽어보려고 한다. 이는 셰익스피어를 인종주의자로 간단히 결론짓기 전에, 인종주의를 비판하는 듯하면서도 인종주의에 암묵적으로 동의하는 셰익스피어 특유의 양가적 재현을 되짚어보는 작업이기도 하다.

2 '고귀한 무어인'의 모순된 정체성

셰익스피어가 『오셀로』에서 재현한 무어(the Moor) 이야기는 창작물이 아니다. 극의 출처는 친티오(Cinthio)라는 별명으로 알려진 이탈리아 작가 지랄디(Giovanni Battista Giraldi)의 『이야기 모음집』(*Gli Hecatommithi*, 1565)에 실린 「무어 장교」("Un Capitano Moro")다. 이 원전에는 데즈데모나만 이름이 있고 오셀로를 포함한 다른 인물들은 이름이 없다. 그리고 데즈데모나와 무어의 사랑 이야기가 아닌 그녀를 짝사랑한 기수의 악행이 서사의 중심을 이룬다. 그런데 셰익스피어는 그 익명의 무어 군인에게 이름을 부여했을 뿐 아니라 그를 백인 주류사회의 흑인 영웅으로 재창조했다. 사실 이 각색은 원전의 배경인 베네치아에서는 그다지 큰 이슈가 아니었을 것이다. 16세기 베네치아는 유럽, 아시아, 아프리카를 연결하는 지중해 무역의 중심지로 인종 간의 만남이 활발한 다문화주의 도시국가였기 때문이다.

베네치아 거리를 활보하는 무어는 이국적 호기심이 아니라 일상의 현실이었다. 하지만 식민지 진출의 후발주자였던 잉글랜드의 관객에게는 흑인이 영웅이라는 사실 자체가 엄청난 충격이었다. 셰익스피어의 각색이 얼마나 예외적이었는지는 그의 동시대 사회에서 '무어'라는 인종적 기표가 무엇을 의미했는지를 되새겨보면 잘 알 수 있다.

원래 무어는 고대에는 아프리카 북서부 지역, 즉 지금의 모로코와 알제리가 위치한 지역에 해당하는 모리타니아 왕국의 원주민 베르베르족을 지칭했고, 이슬람 세력이 확장된 중세에는 북아프리카, 이베리아반도, 지중해 연안 등지에 거주하던 아랍계 무슬림을 의미했다. 그런데 중세 후기와 르네상스 시대로 오면서 무어는 사하라사막 이북과 이남을 다 포함하는 아프리카 흑인, 에티오피아인, 근동과 중동 아랍인, 인도인 등 기독교 유럽의 인종적·문화적·종교적 타자를 총칭하는 합성어로 통용되었다. 심지어 '무어' '투르크' '니그로' '오리엔탈' '인디언' '무슬림' 등은 맥락에 따라 호환 가능한 용어가 되었다. 이렇게 무어라는 단어의 의미가 왜곡되고 확장된 것은 무지와 편견의 소산이다. 십자군 원정의 연이은 실패와 이슬람의 유럽 대륙 침공에 따른 유럽인들의 두려움이 무어라는 단어에 투영되어 이슬람에 '검은 피부'를 덧씌운 것이다. 더구나 15세기 이후 서아프리카 지역의 흑인이 유럽 노예시장에 유입되면서 생긴 '흑인 무어' (blackamoor)라는 단어는 북아프리카 출신의 무어를 더 '흑인화'하게 되었다. 르네상스를 계기로 유럽이 활발한 해외팽창을 시도하면서 다양한 타자와의 만남이 증가했으나 한번 각인된 무어·무슬림의 스테레오타입은 좀처럼 수정되지 않았다.

사실 르네상스 잉글랜드 사회에 유통된 항해와 탐험 기록은 유럽 바깥의 '유색인'에 대한 꽤 상세한 정보를 제공하고 있었다. 잉글랜드의 아메리카 진출을 다룬 해클루트의 『잉글랜드의 선구적 항해와 탐험과 발견』, 아일랜드와 아메리카의 식민지 개척에 참여했던 롤리의 『가이아나의 발견』, 아랍 외교관이자 탐험가였던 아프리카누스의 아프리카 탐험을 기술한 『아프리카의 지정학적 역사』 등은 비유럽 세계의 지역 풍토를 기술해 '암흑의 오지'를 식민주의적 호기심과 탐사의 대상으로 끌어들였다. 14세기 유럽에도 마르코 폴로(Marco Polo)나 맨더빌(Sir John Mandeville)이 쓴 것으로 추정되거나 작자 미상의 기행문이 문화상품으로 소비되고 있었으나 '다른 세계'에 대한 이국적(exotic) 상상력을 자극하는 데 그쳤다. 이에 비해 16세기 기행문 텍스트는 아프리카 내부의 인종적·문화적 차이를 상당히 사실적으로 기술하고 있다. 가령, 아프리카 흑인을 지역에 따라 다섯 가지 인종으로 분류하면서 서아프리카의 '니그로'와 북아프리카의 '무어'를 별개의 인종 범주로 구분하는 동시에 무어를 피부색이 '까무잡잡한 무어'(white or tawny Moor)와 '시커먼 무어'(Negros or black Moor)로 구분한다.[17]

더구나 당시 런던 길거리에서 '유색인'과 마주치는 일이 다반사였다. 특히 아프리카 흑인들은 하인, 하녀, 악기연주가, 무용수, 통역사, 매춘부 등의 다양한 직종에 종사했고, 더러는 기독교 세례를 받고 시민권을 획득한 후 런던에 정착해서 살았다. 16세기 말에 잉글랜드에 거주한 흑인의 숫자는 현존하는 기록이 없어서 정확히 알 수 없지만, 엘리자베스 여왕이 '니그로' 추방령을 내린 것을 보면 흑인의 증가가 사회 문제로 대두하고 있었음을 짐작할 수 있다. 엘리자베스는 1596년에서 1601년 사이에 런던 시장에게 보낸 세 차례의 교서에서

---

17) Eldred Jones, *Othello's Countrymen: The African in English Renaissance Drama*, London: Oxford University Press, 1965, p.22.

스페인의 서인도제도 식민지에서 들여온 흑인들을 국외로 추방하라는 명령을 내렸는데, 실은 그들을 스페인에 억류된 자국민 전쟁포로와 교환하기 위해서였다. 바텔즈(Emily C. Bartels)에 따르면, 이 흑인 추방령은 일차적으로는 1588년 스페인 무적함대 침공 이후 잉글랜드와 스페인 사이에 고조되던 긴장 관계의 부산물이었으며, 그 배경에는 반(反)스페인 민족주의와 프로테스탄티즘 이외에도 '니그로'에 대한 인종주의적 혐오와 불안이 작용했을뿐더러 흑인이 백인 하층민의 일자리를 빼앗아간다는 잉글랜드 내부의 계급적 불만을 무마하려는 목적도 있었다.[18)

여하튼 셰익스피어의 동시대인들은 기행문과 연극무대에서뿐만 아니라 일상에서도 인종적 타자를 심심찮게 만날 수 있었다. 이러한 타자 담론과 경험이 잉글랜드라는 민족국가의 정체성을 확립하는데 중요한 기능을 수행했다. 그런데 16세기 잉글랜드 극작가들은 '무어'와 '니그로'를 종종 혼용했다. 그들의 출신 지역이나 문화적 차이보다는 백인기독교 사회의 일원이 아니라는 점이 더 중요했기 때문이다. 셰익스피어도 예외가 아니었다. 서아프리카의 '니그로'와 북아프리카의 '무어'의 차이를 몰랐을 리 없는 셰익스피어가 그 두 유형을 '합성'해 시켜면 피부와 두툼한 입술을 지닌 무어 캐릭터를 창조한 것은 아프리카 대륙 전체를 익명의 덩어리로 간주한 인종주의 시각을 수용하고 또한 이용한 결과다. "서로 잡아먹는 식인종과 머리통이 어깨 아래쪽에 붙어 있는 원시인"(1.3.143-45)에 관한 오셀로의 모험담을 흡입한 데즈데모나처럼, 셰익스피어와 그의 관객들이 지닌 이국풍 취향은 해클루트의 탐험 기록보다 『동방견문록』과 『맨더

---

18) Emily C. Bartels, *Speaking of the Moor from 'Alcazar' to 'Othello'*, Philadelphia: University of Pennsylvania Press, 2008, pp.100-117.

빌 여행기』 수준에 머물러 있었다. 인종주의가 인종을 만들고 민족주의가 민족을 창조한 담론적 전통을 셰익스피어도 충실히 답습한 것이다.

셰익스피어의 극에도 '무어'로 지칭된 인물들이 종종 등장한다. 『타이터스 안드로니커스』의 애런과 그의 갓난아기, 『베니스의 상인』에서 포샤에게 청혼했다가 거절당하는 모로코 왕자, 그리고 『오셀로』의 주인공이다. 그 이외에도 무대에는 등장하지 않지만 『베니스의 상인』에서 하인 란슬롯 고보의 아기를 밴 무어 여인이 언급되고, 『태풍』에서 알제리 출신의 흑인 마녀로 언급되는 캘리반의 어머니 시커랙스도 출신 지역으로 따지면 무어의 범주에 속한다. 이 중에서 오셀로는 셰익스피어가 창조한 최고의 무어 캐릭터로서, 무어에게 부과된 인종주의의 사회적 낙인을 아주 독특한 방식으로 연출한다. 서론 제5장에서 논의했듯이, 인종주의란 단어를 르네상스 잉글랜드 사회에 적용하는 것은 논란의 여지가 있을 수 있다. 물론 16세기의 인종주의는 잉글랜드의 식민제국 건설이 본격적으로 진행된 18세기 중반 이후의 체계화된 인종주의와는 다르지만, 그렇다고 인종주의라고 일컬을만한 사회풍토가 없었던 것은 아니다. 브리스톨이 지적한 대로, 셰익스피어 당시의 인종(주의) 담론은 "대규모의 억압적인 사회경제적 제도로 조직화되지는 않았어도 분명 널리 공유된 정서와 태도"로 자리 잡고 있었다.[19] 오셀로는 그러한 의미에서의 인종주의를 대면해야 하는 인종적 타자다.

셰익스피어가 오셀로의 인종적 타자성을 극화하는 방식은 아주 애매모호하다. 우선 오셀로의 정체성 자체가 문제다. 기독교 문명 사회에 편입된 이방인, 즉 '고귀한 무어인'이라는 설정부터 예사롭

---

19) Michael D. Bristol, *Big-Time Shakespeare*, London: Routledge, 1996, p.181.

지 않다. 13세기부터 통용된 '고귀한'(noble)이란 단어는 봉건 귀족 (nobility)의 속성이나 형질을 가리키던 말인데, 셰익스피어 당시에도 혈통과 신분에서 비롯된 귀족만의 특권의식을 담고 있었다. 그 단어를 인종적 타자에게 적용한 것이야말로 '어울림'(decorum)의 법칙을 위반하는 일종의 도발이자 파격이었다. 게다가 그 모순덩어리인 '고귀한 무어'가 모든 백인 남성이 흠모하고 욕망하는 '여신' 같은 귀족 여성을 차지했으니 그 충격을 현대 관객은 상상할 수 없다. 이 극의 지리적 배경인 베네치아만 하더라도 이슬람 사회와의 활발한 경제적·문화적 교역으로 오셀로와 데즈데모나의 만남은 어느 정도의 개연성이 있었겠지만, 상대적으로 다른 문화권과의 교류가 훨씬 제한적이었던 잉글랜드의 관객들에게는 이 이야기가 쉽게 받아들여지지 않았을 것이다. 연극적 선정성과 정치적 안전성 사이에서 언제나 줄다리기를 해야 했던 셰익스피어도 인종 간의 결혼이 매우 민감하고 위험한 주제임을 인식하지 않았을 리 없다.

『오셀로』에서 기본 갈등은 인종 장벽을 넘어서려는 두 남녀주인 공과 인종주의에 기초한 백인가부장제 사회 사이에 전개된다. 개인의 욕망과 사회의 규범이 충돌하는 모양새다. 이 극은 오셀로와 데즈데모나가 개인의 자유의지를 위협하는 외부 세력에 굴복하지 않고 맞서는 비극적 영웅이라는 점에서, 소포클레스의 『오이디푸스 왕』 (King Oedipus)이 대표하는 고전 비극의 인본주의 정신을 계승한다고 할 수 있다. 이 극은 또한 남녀주인공이 불합리한 사회 환경으로 인해 고통당하고 파멸된다는 점에서, 밀러(Arthur Miller)의 『세일즈맨의 죽음』(Death of a Salesman) 같은 현대 비극의 사회적 에토스도 배태하고 있다. 그런데 일견 단순해 보이는 이 갈등 구도는 남녀주인공의 이중적 정체성 때문에 더 복잡해진다. 오셀로는 그린블랫이 말한 대로 "제도이자 이방인이고, 정복자이자 이교도"이며,[20] 뉴먼(Karen

Newman)이 지적한 것처럼 "백인 남성의 헤게모니로 대표되는 남성 권력과 특권의 전형인 동시에 위협적인 이방인 세력"을 상징한다.[21] 룸바에 따르면, 오셀로는 "검은 피부와 두꺼운 입술뿐만 아니라 대단한 군사적 기술과 수사학적 능력을 지녔으며, 애정의 용량과 폭력의 성향을 함께 갖추었다."[22] 오셀로는 겉은 '야만인'이면서도 속은 '문명인'인 셈인데, 이 '문명화된 야만인'이 약간의 자극만 가하면 언제든 야만으로 회귀할 준비가 되어 있는 것처럼 묘사되어 있다.

오셀로의 정체성은 이중적인 동시에 양극적이다. 한쪽에는 공작이 존경하고 데즈데모나가 사랑하는 장군이 있고 반대쪽에는 백인사회가 경멸하고 차별하는 무어가 있는데, 그 사이에 중간지대는 없다. 오셀로는 백인기독교 국가의 군사적 필요성 때문에 고용된 용병이기에 오셀로라는 이름으로 호명되지 않는다. 그는 장군 아니면 무어다. 오셀로가 자신과 타인을 인식하는 방식도 이처럼 양극단 사이에서 진자운동을 거듭한다. 오셀로는 철저한 흑백논리로 적과 동지, 기독교인과 이교도, 성녀와 창녀를 구분한다. 이아고는 이 양극화된 이분법의 틈새를 파고드는 전략을 구사한다. 그 결과, 카시오는 충성스러운 부관에서 배신자로, 데즈데모나는 정숙하고 현명한 아내에서 주위 남자들에게 꼬리 치는 창녀로, 오셀로 자신은 고귀한 장군에서 비천한 야만인으로 전락한다. 백인사회가 오셀로를 바라보는 시각

20) Stephen Greenblatt, *Renaissance Self-Fashioning: From More to Shakespeare*, Chicago: The University of Chicago Press, 1980, p.234.

21) Karen Newman, "And Wash the Ethiop White: Femininity and the Monstrous in *Othello*," in Jean E. Howard and Marion F. O'Connor(eds.), *Shakespeare Reproduced: The Text in History and Ideology*, London: Methuen, 1987, p.153.

22) Ania Loomba, *Shakespeare, Race, and Colonialism*, Oxford: Oxford University Press, 2002, p.92.

만큼이나 오셀로가 타인을 바라보는 시각도 극단적이기 때문에 화해의 가능성은 아예 존재하지 않는다.

오셀로는 특히 데즈데모나와의 관계에서 중층적 모순을 드러낸다. 무어·장군·남성인 오셀로는 계급과 젠더의 위계에서는 지배자인데 인종의 심급에서는 피지배자에 속하고, 백인·귀족·여성인 데즈데모나는 계급과 인종으로는 지배자이지만 젠더 관계에서는 피지배자의 위치에 서 있다. 말하자면, 오셀로는 성적·계급적 주체이면서 인종적 타자이고, 데즈데모나는 인종적·계급적 주체이면서 성적 타자다. 해석의 초점을 누구에게 맞추느냐에 따라, 즉 최종심급을 인종에 두느냐 젠더에 두느냐에 따라 이 극은 지배 이데올로기를 승인한다고 볼 수도 있고 비판한다고 볼 수도 있다. 페미니즘과 탈식민주의 비평가들이 극의 정치적 효과를 두고 종종 엇갈리게 평가하는 연유도 여기에 있다. 이처럼 상호모순된 정체성을 지닌 두 남녀주인공의 만남은 셰익스피어가 묘사하는 그 어떤 인간관계보다 더 복합적인 갈등을 수반한다.

갈등의 양상은 거기서 끝나지 않는다. 오셀로의 인종적 차이에서 비롯된 긴장은 일차적으로 개인과 사회 사이에 형성되지만 동시에 개인 내면에서 자가발전(self-generation) 되기 때문이다. 이 장에서 집중 분석하려는 것도 오셀로가 인종주의를 내면화하는 양상이다. 오셀로는 베니스의 백인기독교 사회에 팽배한 인종편견의 희생자이면서 또한 그 비극을 스스로 초래하는 주인공이다. 이것은 같은 무어인이 등장하는 『타이터스 안드로니커스』와 『오셀로』의 가장 큰 차이점이다. 애런은 '시커먼' 피부가 상징하는 죄와 악의 알레고리적 고정관념을 온몸으로 떠안은 채 시종일관 경멸과 혐오의 대상이 되지만, 오셀로는 '검은 피부'의 부정적 함의를 완화하는 '하얀 가면'을 장착한 데다 치열한 내적 갈등과 성찰을 통해 아리스토텔레스가 말한 공포와 연민을 불러일으킨다. 비극 영웅의 요건이 외부의 도전과 내면의 갈등이며 내적 갈등의 진폭이 커질수록 비극성이 심화한다는 점을 감안하면, 오셀로는 비극 주인공의 자격을 완벽하게 갖춘 셈이다.

3 문명사회에 침투한 '야만인'

오셀로가 겪는 내적 갈등의 가장 주요한 원인은 인종적 자의식(self-consciousness)이다. 무어인 오셀로는 '야만인'이며 데즈데모나와의 결합은 '잡혼'이라는 인종편견은 베니스의 백인기독교 사회에 팽배해 있다. 문제는 오셀로 자신도 그 편견을 부정하지 않는다는 데 있다. 오셀로는 이아고, 로더리고, 브러밴쇼, 에밀리아가 공유하는 인종주의 이데올로기의 피해자인 동시에 참여자다. 사실 이 극에서 오셀로가 "음탕한 무어"이자 "여기저기 떠돌아다니는 이방인"이며 그 작자가 "어여쁜 딸"을 아버지의 품속에서 탈취해갔다(1.1.120-34)는 비난을 가장 예민하게 받아들이는 인물은 바로 오셀로 자신이다. 바텔즈가 지적한 것처럼 인종편견은 백인가부장제 사회에서 일종의 '문화적 통화'(cultural currency)로 소비되는데,[23] 그것이 오셀로의 (무)의식에 이식되어 강박적 불안의 원인으로 작용한다. 따라서 극의 전반부에서는 인종적 자의식에서 비롯되는 오셀로의 불안과 그것을 떨쳐버리려는 오셀로의 부단하지만 무익한 노력 사이에 팽팽한 극적 긴장감이 형성된다.

---

23) Emily C. Bartels, "Making More of the Moore: Aaron, Othello, and Renaissance Refashioning of Race," *Shakespeare Quarterly* 41:4(1990), p.448.

오셀로의 내면에서 치열하게 전개되는 갈등은 인종편견에 대한 그의 모순된 반응으로 표면화된다. 오셀로는 백인사회가 자신에게 보내는 의심과 차별의 시선을 때로는 과감하게 정면대응하다가 때로는 교묘하게 회피한다. 막이 열리면서 데즈데모나의 집 안팎에서 새벽을 깨우는 두 가지 긴급상황이 발생한다. 집 안에서는 데즈데모나의 아버지 브러밴쇼가 "지금, 바로 지금, 시커먼 늙은 숫양이 당신의 새하얀 암양과 짝짓기하고 있소"(1.1.87-88)라는 이아고의 보고를 접하고, 집 바깥에서는 터키 함대가 베니스의 전략요충지인 사이프러스섬으로 침공해온다는 전갈이 도착한다. 베니스의 공작은 긴급 원로원회의를 소집하고, "국가의 당면과제"(1.2.90)로 소환된 오셀로와 "혈육의 반역"(1.1.167)을 응징하고자 횃불을 치켜들고 나선 브러밴쇼가 마주친다. 브러밴쇼가 "이 흉악한 도둑놈"(1.2.62)을 당장 포박하여 원로원으로 끌고 가라고 하자, 오셀로는 때가 되면 자초지종을 설명하겠노라며 간단히 상황을 정리해버린다. 백인사회와의 첫 번째 조우에서 오셀로가 가볍게 승리한 것이다.

인종차별에 맞서는 오셀로의 침착하고 당당한 태도는 이아고와의 대화에서도 드러난다. 이아고가 공작에 버금가는 브러밴쇼의 정치적 영향력을 언급하며 데즈데모나와의 결혼이 정말 "확고한가요?"(1.2.11)라고 묻자, "어디 마음대로 해보라지. 내가 여태껏 이 나라에 봉사한 것만 해도 그의 불평을 잠재울 거야. 자랑이 미덕이 될 때도 있다기에 언젠가는 이 사실을 세상에 알리려고 했지. 난 이래 봬도 생명과 혈통을 왕족으로부터 물려받았고, 나의 공적은 이번에 손에 넣은 행운에 비해 조금도 모자라지 않아"(1.2.17-24)라면서 이아고의 우려를 일축한다. 이아고가 브러밴쇼와 관리들이 몰려오고 있으니 일단 자리를 뜨라고 해도 오셀로는 "내가 숨다니? 난 드러나야 할 사람이야. 내 기품과 내 지위와 내 완벽한 영혼이 나를 올바르게 드러낼 것이야"(1.2.30-32)라면서 주어진 상황을 회피하지 않고 대면한다.

자신의 군사적 효용성을 부각함으로써 인종주의적 시선을 불식하려는 오셀로의 대응전략은 원로원회의에서 더 분명히 드러난다. 여기서도 브러밴쇼는 "그 애는 돌팔이 의사한테서 산 주술과 약물로 기만당하고 도둑맞았으며 더럽혀졌소. 그 애가 원래 모자라거나 눈 멀거나 정신이 마비된 것도 아닌데 마술에 홀린 게 아니라면 어찌 그렇게 터무니없이 본성에 어긋나는 짓을 하겠소?"(1.3.61-65)라면서, 오셀로가 마술로 데즈데모나를 농락한 협잡꾼임을 계속 강조한다. 오셀로의 대답은 의외로 간명하고 대담하다. "내가 이 노인의 딸을 데려간 건 분명 사실이오. 그렇소. 난 그녀와 결혼했소. 내가 저지른 잘못은 그 이상도 그 이하도 아니오."(1.3.79-80) 이어서 오셀로는 자신이 어릴 적부터 전쟁터에서 잔뼈가 굵은 군인이기에 스스로 변호할 만한 언변이 없지만, "내가 사용한 혐의로 고소당하는 약물과 요술이 무엇이었는지, 내가 어떤 주술과 마법의 힘으로 그의 딸을 차지했는지"에 대해 "꾸밈없는 이야기"(1.3.90-95)를 들려주겠다고 한다. 오셀로는 또한 데즈데모나와의 대질신문을 요구하며, 혹여 본인에게 불리한 증언이 한 마디라도 나오면 지위와 명예를 박탈하고 사형선고를 내려도 좋다고 장담한다. 그리고 데즈데모나가 오는 동안 오셀로는 공작과 의원들에게 데즈데모나의 마음을 차지하게 된 연유를 들려준다.

그녀의 부친은 이 사람을 참 좋아했소이다.
집에 초대하여 내 인생 얘기도 묻곤 했소.
내가 겪은 전투, 공성, 승패 같은 얘기였소.
어릴 적부터 지금까지 쭉 말해달라고 해서

나는 모든 순간을 빠짐없이 다 들려주었소.
내가 얘기해주었던 건 정말 위험한 모험들,
물과 뭍에서 벌어진 예측 불가능한 사건들,
임박한 죽음을 아슬아슬하게 빠져나온 일,
횡포한 적에게 잡혀서 노예로 팔려갔다가
구출된 일 등 온통 고달픈 인생역정이었소.
그때 나는 내 방식대로 이야기를 전개했소.
거대한 동굴, 불모의 사막, 울퉁불퉁한 돌산,
치솟은 바위와 언덕, 서로 잡아먹는 식인종,
머리통이 어깨 아래쪽에 붙어 있는 원시인들,
이런 얘기를 몹시 듣고 싶었던 데즈데모나는
집안일 때문에 물러났다가 재빨리 처리한 후
귀를 기울이고 내 이야기를 흡입하곤 했지요.
그것을 알아챈 나는 적절한 기회를 엿보다가
그녀가 부분적으로만 들었던 내 인생 여정을
제대로 쭉 듣고 싶다고 간청하도록 만들었소.
나는 젊은 시절의 고통과 역경을 말해주었고,
그녀는 눈물로 공감하며 내 이야기를 들었소.
이야기가 끝나자 내가 겪은 고통에 탄식하며,
'이건 참 신기하고 이상해요, 당신이 불쌍해요,
너무나 마음 아파요' 같은 말을 쏟아내더군요.
그녀는 차라리 안 들었던 게 나은 얘기라면서
자기도 그런 남자가 돼보고 싶다고 말했지요.
그녀는 고맙다면서 이르기를, 만약 내 친구가
자기를 좋아한다면 내 이야기를 들려만 줘도
자기 마음을 얻을 수 있을 거라고 하더군요.

이 말에 용기를 얻고 나는 그녀에게 말했소.

그녀는 내가 겪은 위험 때문에 날 사랑했고,

나는 그녀의 연민 덕분에 그녀를 사랑했다고.

이것이 바로 내가 유일하게 사용한 마법이오.(1.3.129-70)

오셀로의 "꾸밈없는 이야기"는 의외로 설득력을 발휘한다. 공작은 "이런 이야기라면 내 딸의 마음도 차지했을 것이오"(1.3.172)라면서 오셀로의 손을 들어준다. "말씨는 투박하고 평시의 부드러운 언어도 모르며" "스스로 변호할 세련된 언변도 없다"(1.3.82-83, 89-90)라던 오셀로가 진솔하고도 능란한 화술로 브러밴쇼의 인종주의적 고소를 무력화한 것이다. 뒤이어 등장한 데즈데모나가 "사랑의 책임이 절반은 자신에게 있음을 고백"(1.3.176)하면서 상황은 종료된다. 오셀로는 이제 사이프러스로 가서 터키 함대를 격퇴하면 된다. 여기까지는 오셀로의 깔끔한 승리다.

그런데 데즈데모나가 "귀를 기울이고 흡입"했고 공작의 마음도 움직인 오셀로의 "고달픈 인생역정"은 당시 르네상스 유럽인들이 좋아했을 전형적인 타자 담론이다. 오셀로가 박진감 넘치게 들려주는 전쟁터의 노역, 생사를 넘나드는 모험, 온갖 이국적인 풍경과 풍습, 특히 "식인종과 원시인들"에 관한 이야기는 당시 유럽 출판시장에서 엄청난 인기를 구가했던 기행문 장르에 빈번하게 나오는 내용이다. 앞서 언급한 해클루트, 롤리, 아프리카누스 등의 기행문은 셰익스피어 시대 잉글랜드인들이 즐겨 소비했던 텍스트다. 이는 식민지 팽창이 16세기 말 잉글랜드의 국가적 욕망이자 사회문화적 정서였음을 의미한다. 『오셀로』도 그러한 시대정신에 반응한 문화상품임은 물론이다. 따라서 이 극의 주인공으로 발탁된 무어는 자신을 최대한 '무어답게' 연출해야 한다. 백인 주류사회에서 안정된 위치를 확보하려는 '이방인' 오셀로는 런던 관객이 선호하는 이국풍 스토리텔링으로 자신을 상품화하고 있다. 용병으로서의 군사적 효용성 덕분에 백인 사회에 진입한 오셀로는 지금 담론적 상품성으로 또 다른 승부수를 던지는 것이다. 이 전략은 일시적으로 효력이 있지만, 앞으로 오셀로가 겪을 자기소외의 원인으로 작용한다.

여태껏 당당하고 확고하던 오셀로의 태도에 틈새가 보이기 시작한다. 브러밴쇼의 "사적인 비탄"(1.3.56)이 무시당하고 "국가의 일"(1.3.221)을 논의하는 원로원회의에 또 다른 "사적인" 문제가 끼어든다. 데즈데모나가 신혼을 독수공방으로 지새우기 싫다면서 오셀로를 따라 사이프러스로 가겠다고 나선 것이다. 이때 오셀로의 반응은 모호하고 미묘하다.

공작께서 아내의 소청을 승낙하여 주십시오.
하늘에 맹세코 내가 이런 부탁을 드리는 건
정욕의 즐거움을 채우고 싶은 생각이 있거나
육신의 정염을 따르고자 함이 결코 아닙니다.
나에겐 젊음의 혈기 따위는 벌써 사그라졌고,
제대로 만끽하던 쾌락도 다 옛날얘기입니다.
다만 아내 마음을 편하게 해주려는 것일 뿐.
혹시라도 그녀가 내 곁에 함께 있다고 해서
막중한 국사를 소홀히 할 것으로 보십니까?
그러한 염려는 하늘에 맡겨두셔도 좋습니다.
만약 날개 달린 큐피드의 경박한 사랑놀이로
불철주야 경계 임무를 수행해야 할 내 눈이
환락의 나른함에 빠져 본분을 다하지 못하고
내 유흥 때문에 공무를 망치고 오염시킨다면,

내 투구를 여편네들이 가져가서 냄비로 쓰고
온갖 수치스럽고 비천한 불행이 들이닥쳐서
여태껏 쌓은 내 평판이 더럽혀져도 좋소이다.(1.3.261-76)

지금 오셀로는 직전의 "꾸밈없는 이야기"와는 달리 아주 계산된 발언을 하고 있다. 얼핏 보면 나라의 안위를 책임지고 출정하는 장군의 출사표 같지만, 실은 자신을 향한 '무어다움'의 우려를 불식하려는 의도가 행간에 짙게 배어 있다. 오히려 데즈데모나는 "제가 이 무어와 함께 살려고 사랑했으니"(1.3.249) "그와 함께 가게 해달라"(1.3.260)고 요구하는데, 오셀로는 아내의 솔직한 요구에 속으로는 동의하면서 겉으로는 거리를 둘 수밖에 없다. 여성과 흑인의 섹슈얼리티가 '호색'이라는 가부장적 단죄의 틀에 같이 묶이는 것을 경계하기 때문이다. 오셀로가 부정적 의미로 사용하는 "정욕" "쾌락" "정염" "혈기" "즐거움" "환락" "유흥" 등의 단어는 오셀로의 '검은 피부'가 상징하는 관능성과 연계되어 있고, 사랑과 전쟁의 양립 불가능성을 당연시하는 그의 대사는 "막중한 국사" / "경박한 사랑놀이" "유흥" / "공무" "투구" / "냄비" "몸" / "마음" 같은 가부장적 이분법의 언어로 채색되어 있다. 이는 오셀로가 백인가부장제 사회의 지배 이데올로기를 내면화하고 있음을 입증한다. 오셀로는 사랑, 결혼, 가정 등의 '여성적' 영역을 경시하고 전쟁, 정치, 국가 같은 '남성적' 영역을 중시하는 사회적 규범을 강요당하는 동시에 그 규범을 부지중에 승인하고 또한 실천한다.

1막에서 '여성적' 영역을 경시하고 '남성적' 영역을 중시하는 방식으로 자기연출을 시도한 오셀로는 2막에 가서 연극적 수행의 가면을 벗고 '본색'을 드러낸다. 베니스 시민들을 두려움에 떨게 했던 터키의 무적함대는 "흉포하고 맹렬한 태풍"(2.1.34)에 모두 침몰하고, 행운의 승리를 거둔 오셀로는 사이프러스의 전권을 위임받고 섬으로 귀환해 데즈데모나와 재회한다. 그런데 사이프러스에서 오셀로는 베니스에서와는 전혀 다른 사람이 된다. 공간의 지정학적 차이 때문이다. 사이프러스로 오면서 남편이자 장군인 오셀로는 인종적 타자에서 성적 주체로, 데즈데모나는 인종적 주체에서 성적 타자로 권력관계의 무게중심이 이동한다. 특히 오셀로의 자리바꿈은 눈에 띈다. 베니스는 기독교 유럽의 문화적 세례를 받고 백인 주류사회에 편입한 "음탕한 무어"(1.1.124)가 항상 자신이 인종적 타자임을 의식하며 차별과 혐오에 맞서야 하는 공간인 데 비해, 사이프러스는 "우리의 고귀한 장군 오셀로"(2.2.11)가 군사적 효용과 권위에 힘입어 명실상부한 영웅으로 올라서는 공간이다.

그래서 두 남녀주인공의 재회 장면은 아주 인상적이다. 오셀로가 배에서 내리자마자 두 사람은 서로를 향해 "오, 나의 아름다운 전사여!" "오, 내 영혼의 기쁨이여!" "나의 사랑하는 오셀로!"(2.1.179, 180, 182)라고 외치며 격렬한 포옹과 입맞춤을 한다. 그리고 오셀로는 데즈데모나가 "사이프러스에서 내 욕망의 대상이 될 것"(2.1.203)임을 떳떳하게 공언한다. 데즈데모나를 침실에서 마음껏 즐기겠다는 성적 욕망을 노골적으로 표현하는 말이다. 베니스에서는 상상조차 할 수 없던 모습이다. 이 장면을 지켜보던 이아고는 "이제야 네가 제대로 조율이 되었구나. 하지만 내가 쐐기를 박고 줄을 늘어뜨려서 불협화음이 나게 해주마"(2.1.188)라고 이를 갈며 응징을 다짐한다. 이아고의 표현대로 "제대로 조율된" 악기가 완벽한 화음을 내듯이, 지금 오셀로는 불편한 가면을 벗어던지고 겉과 속이 일치하는 모습을 보여준다. 감시와 검열의 시선을 의식할 필요가 없기 때문이다. "입술 두꺼운"(1.1.65) "떠돌이 야만인"(1.3.356)이 "여신 같은 데즈데모나"(2.1.73)를 훔쳤다는 인종주의적 자의식과 싸울 필요도 없다.

이 극 전체에 걸쳐 오셀로가 무적의 용사와 낭만적 연인의 역할을 겸비한 완벽한 영웅으로 연출되는 아주 짧고도 유일한 순간이다.

4 지배 이데올로기의 내면화

하지만 이 달콤한 순간은 오래가지 않는다. 이아고의 계략으로 오셀로의 행복한 밀월과 데즈데모나에 대한 믿음에 균열이 생기기 시작한다. 극의 몸통에 해당하는 3막과 4막에서 셰익스피어는 오셀로가 왜 그리고 어떻게 무너져내리는지를 매우 세밀하고 적나라하게 묘사한다. 가장 큰 원인은 1막에서 잠시 고개를 내밀었다가 들어간 인종적 자의식인데, 그것이 콜리지가 얘기한바 "근거 없는 질투"로 변환되어 전면에 모습을 드러낸다. 말하자면, 오셀로의 의심과 질투는 충분히 근거가 있다. 이 과정에서도 오셀로는 자신의 인종적 타자성을 때로는 은폐하고 때로는 과장하는 심리적 진자운동을 계속한다. 원래 이아고가 파악한 오셀로는 "데즈데모나에게 가장 소중한 남편이 되고도 남을 만한" "성실하고 인정 많고 고귀한 성품의 무어"(2.1.287-89)다. 이아고가 카시오를 지렛대로 삼아 데즈데모나의 부정을 암시하는 모호한 말을 건넸을 때, 오셀로의 첫 반응은 예상대로 전혀 모호하지 않다.

왜 그래? 이게 무슨 소리야? 자네는 내가
달이 변할 때마다 새로운 의심을 유발하고
질투에 사로잡혀서 사는 사람으로 보이나?
나는 일단 의심하면 끝장을 보는 사람이야.
만약 내 영혼이 자네 추측에 장단을 맞춰서

그런 근거 없고 황당한 소문에 시달린다면
나를 염소라고 여겨도 뭐라 그러지 않겠다.
나는 아내가 예쁘고 잘 먹고 친구 좋아하고
얘기 잘 하고 노래 잘 하고 악기 잘 다루고
춤 잘 춘다고 해서 질투하는 인간이 아니야.
정숙한 여인에게는 이게 다 미덕인 법이지.
비록 내가 모자라는 부분이 많기는 하지만
아내의 배신을 염려하거나 의심하지는 않아.
그녀는 자신의 두 눈으로 날 선택했으니까.
아니야 이아고, 난 의심하기 전에 확인하고
내가 의심하게 된다면 증거를 확보할 거야.
그리고 증거가 나타나면 이렇게 할 수밖에.
사랑 아니면 질투, 둘 중 하나는 없애야지.(3.3.179-95)

그런데 신뢰와 자신감으로 가득 찬 오셀로의 대사 행간에는 이미 불안의 그림자가 드리워져 있다. 이것 역시 오셀로 자신의 "모자라는 부분", 즉 브러밴쇼의 표현을 빌리자면 오셀로가 "우리나라의 부유한 곱슬머리 귀공자"(1.2.68)가 아니라는 점을 떨쳐버리지 못하기 때문이다. 겉으로는 '기울어진' 결혼을 서로에 대한 믿음으로 극복할 수 있다고 하면서도, 속으로는 데즈데모나가 언젠가 배신할지 모른다는 불안감으로 인해 항상 의심할 준비가 되어있다. 어떻게 보면, 오셀로는 "근거 없고 황당한 소문"에 자신의 불안과 두려움을 덧입혀서 "증거"를 차곡차곡 쌓아 간다. 무쇠처럼 단단했던 용사 오셀로가 인종주의라는 독극물에 서서히 부식되는 것이다. 셰익스피어는 오셀로를 둘러싼 백인 주류사회뿐만 아니라 그의 내면세계에도 인종주의가 깊이 스며들어 있음을 미리 보여줌으로써 그의 비극이 예견된 추락이며 불가피한 파국임을 암시하고 있다. 이는 서사의 우연성과 돌발성을 억제하고 개연성을 높이려는 정교한 극작법의 일환이기도 하다.

누군가에게 관찰을 당하고 평가를 받는 것은 불편하고 불안하기 마련이다. 특히 오셀로 같은 '주변인'의 경우, 관찰과 평가는 흔적을 남기고 그 흔적은 낙인으로 굳어진다. 백인사회 구성원들에게나 오셀로 자신에게나 '무어'라는 위치는 인종주의적 원죄에 해당하기 때문에 관찰의 대상이 '언제나 이미' 문제가 있는 것처럼 예단해버리는 심리적 유죄판결을 유도한다. 관찰하는 행위 자체가 관찰당하는 자의 평판을 손상하고 그의 불리한 조건을 영속화하게 되는 것이다. 오셀로가 처한 사회 환경에서는 '검은 피부'의 차이가 우열과 차별의 근거로 전환할뿐더러 흠결과 오점을 지닌 일종의 '죄'가 된다.[24] 그러한 점에서, 오셀로의 '검은 피부'는 "의미의 물질적 불변성"을 담보하는 몸의 표식이다.[25] 오셀로는 자신의 피부색이 '다른' 것이 아닌 '틀린' 것으로 받아들이기 때문에 이에 대한 죄의식과 씨름하는 것이다. 그 책임을 사회에만 돌리지 않고 개인에게도 지우는 것이 셰익스피어의 노련한 극작술이다.

오셀로의 인종적 자의식은 파농이 『검은 피부 하얀 가면』에서 분석한 식민지 흑인의 자기소외를 연상시킨다. 식민지배 상황에서는 백인만 인간이고 흑인은 인간 이하의 존재다. 백인은 흑인과의 차이로 '인간'이 되지만, 흑인은 백인과의 차이로 '니그로'가 된다. 그런데 파농이 강조하는 것은 "식민지 흑인은 백인의 노예가 된 후에 스

---

24) Patricia Akhimie, *Shakespeare and the Cultivation of Difference: Race and Conduct in the Early Modern World*, New York: Routledge, 2018, pp.49-52.

25) 같은 책, p.32.

스로 노예가 된다"는 점이다.[26] 일단 백인에 의해 '니그로'로 각인된 흑인은 백인이 시키지 않아도 백인이 원하는 방식으로 행동한다. 백인을 닮아가고 백인에게 의존하며 백인 행세를 하는 흑인이 탄생하는 것이다. "흑인은 인간이 아니다. 흑인은 검은 인간이다. 흑인에게는 오로지 하나의 운명만이 있으니 그것은 바로 백인이다."[27] 말하자면 '하얀 가면'을 쓴 흑인이 탄생하는 것이다. 파농은 '순혈' 흑인 남성의 접근은 거부하고 '인종 세탁'을 위해 백인과의 사랑과 결혼에 매달리는 '혼혈' 흑인 여성의 사례를 분석하면서, 식민지 상황에서는 백인과 흑인의 관계뿐 아니라 흑인과 흑인의 관계도 인종화(racialize)된다고 주장한다. 조금이라도 덜 검은 흑인을 덜 추하고 덜 악하게 여기는 현상이 발생하는 것이다. 선/악, 미/추의 이분법에서 흑인은 항상 부정적인 대척점에 서 있기 때문이다.

『오셀로』의 주인공은 파농이 말한 '식민지 상황'에 처해 있다. 즉 오셀로와 이아고는 식민지 지배자와 피지배자의 권력 관계를 형성한다. 이아고는 오셀로의 부하임에도 그의 면전이 아니면 오셀로를 "무어"(the Moor)로 호칭하며, 인종적 타자의 취약성을 파고들며 이용한다. 그린블랫이 지적한 것처럼, 이아고가 복종의 가면을 쓰고 실제로는 무어를 조종하는 점에서 그의 종속은 자신의 권력을 행사하기 위한 보호 장치다.[28] 게다가 이 극에서 모든 백인은 오셀로를 "무어"로만 여기고 또한 그렇게 부른다. 데즈데모나마저 예외가 아니다. 오셀로의 군사적 능력이 절실히 필요한 공작이 그를 "용맹스러운 오셀로"(1.3.49)라고 부르고, 터키 함대의 격퇴와 오셀로의 혼인을 알

---

26) Frants Fanon, *Black Skin, White Masks*(1952), Charles Lam Markmann(trans.), New York: Grove Press, 1967, p.192.

27) 같은 책, p.10.

28) Stephen Greenblatt, 앞의 책, pp.233-234.

리는 전령이 그를 "우리의 고귀한 장군 오셀로"(2.3.11)로 칭할 뿐이다. 다른 백인들에게 오셀로는 그저 "무어"다. 그는 필요하면 갖다 쓰고 언제든 폐기처분할 수 있는 용병(傭兵)이다.

이 상황에서 백인사회를 대표하는 이아고는 오셀로가 음탕하고 폭력적이며 변덕스러운 무어임을 입증하는 데 진력하고, 오셀로는 자신을 그렇게 바라보는 백인들의 시선을 불식하려고 안간힘을 쓴다. 한쪽은 '검은 피부'가 야만의 표식임을 드러내려고 하고 다른 한쪽은 그것을 '하얀 가면'으로 가리려고 하는 것이다. 이는 오셀로도 스스로 '검은 피부'를 추하고 흉하게 여긴다는 것을 의미한다. '고귀한 무어' 오셀로는 백인에게 고귀하다고 인정받으려는 흑인, 흑인이면서도 흑인혐오와 백인선망에 빠진 흑인, 백인과의 관계 속에서 자신을 백인과 동일시하는 흑인이다. 그에게는 모방과 동화가 궁극적인 목표다. 단적인 예가 2막에 나타난다. 만취한 카시오가 로더리고와 몬타노에게 폭력을 행사하면서 한밤의 사이프러스 군영이 난장판이 되자, 오셀로는 "우리가 터키인이냐? 하늘이 오스만 터키인들에게도 금한 일을 우리끼리 하다니. 기독교인의 수치다. 그 야만적인 싸움질을 당장 멈춰라!"(2.3.165-68)라고 호통을 친다. 자신이 터키인과 다름없는 무어이면서 오셀로는 '우리'/'그들', 기독교인/이교도 식의 유럽중심주의 시각으로 현실을 인식하는 것이다. 기독교 백인의 가치관과 세계관이 그의 의식에 깊숙이 침투해 있기 때문이다.

지배 이데올로기의 내면화는 자기부정과 자기소외로 이어진다. 오셀로는 무어임을 부끄러워하고 부인하면서 기독교인 행세를 하지만 정작 기독교인들에게는 무어인 취급을 받는다. 그런 점에서, 오셀로는 이중의 소외를 겪는 타자, 즉 주류사회에서 소외되는 동시에 자기 자신에게서도 소외되는 이방인이다. 파농의 주장을 다시 인용하면, "흑인의 삶에는 두 가지 차원이 있다. 하나는 동료 흑인과의 관계이고, 다른 하나는 백인과의 관계다. 니그로는 백인 앞에서는 물론이고 다른 니그로 앞에서도 차별화된 방식으로 행동한다."[29] 정확하게 오셀로에게 적용되는 구절이다. 백인을 향해서는 '백인을 빼닮은 흑인'으로, 흑인을 향해서는 '흑인답지 않은 흑인'으로 자신을 차별화하려는 이중의 노력이 오셀로를 어느 쪽에도 속하지 못하는 이중의 소외에 빠지게 한다. 파농이 진단한 것처럼, 오셀로는 "스스로 타자가 되어 자신을 불안정한 위치에 갖다 놓고 항상 전전긍긍하며 버림받을 준비가 되어 있다." 오셀로는 한편으로는 "신비롭게 여기는 집단으로부터 인정받고 거기에 편입되려고" 노력하고, 다른 한편으로는 "자신의 개체성으로부터 도망치고 자신의 존재를 소멸시키려고" 계속 노력한다.[30]

극이 진행되면서 오셀로의 인종적 자의식은 점점 깊어진다. 이아고가 설치한 의심의 덫에 빠진 오셀로는 만약 데즈데모나가 배신했다면 그 원인은 자신의 '검은 피부' 때문이라고 예단한다. "아마도 나는 피부가 검은 데다 한량들의 세련된 사교술도 없고, 아니면 내 나이가 한창때를 지났기 때문에 ─사실 그리 늙은 건 아닌데─그녀가 날 떠난 거야."(3.3.267-71) 오셀로의 의심은 이아고가 "먹잇감을 비웃으며 잡아먹는 녹색 눈빛의 괴물"(3.3.168)로 규정한 질투심으로 변환한다. 그야말로 질투의 노리개와 먹잇감이 되어버린 오셀로는 결혼을 저주하기에 이른다.

아, 이 저주스러운 결혼이여,
이 어여쁜 물건들을 우리 것이라고 하지만

29) Frantz Fanon, 앞의 책, p.17.
30) 같은 책, pp.58, 60, 76.

그들의 욕망은 우리 맘대로 되지 않는구나.

내가 사랑하는 물건의 한 부분만 차지하고

다른 남자들이 손아귀에 넣는 것을 보느니

차라리 두꺼비처럼 습기 찬 동굴에 살겠다.

하지만 이건 고관대작에게 내린 재앙일 터,

하층민보다 더 불리한 위치에 있는 셈이지.

이것은 죽음처럼 피할 수 없는 숙명인 뿐.

어쩌면 우리가 세상에 태어나는 순간부터

이 뿔 달린 재앙은 우리에게 주어진 게야.(3.3.272-81)

오셸로의 이 대사는 르네상스 시대 귀족사회에서 여성을 남성의 소유물로 여기고 "이 어여쁜 물건들"의 욕망을 억압하고 통제하던 가부장적 풍토를 반영한다. 동시에 그 억압의 이면에는 "불가피하게" 저항의 틈새가 있었음을 말해주고 있다. 그래서 남성은 항상 불안한 지배자다. 오셸로는 가부장제 사회에서 발생하는 이 보편적인 모순에 자신의 인종적 특수성을 틈입한다. "뿔 달린 재앙"에 대한 불안은 모든 남성에게 "피할 수 없는 숙명"으로 다가오지만, 자신의 "시커먼 피부"와 "두툼한 입술"이 서방질 당한 남자의 "뿔"을 더 두드러지게 해준다고 생각하는 것이다. 셰익스피어가 가장 빈번하게 그리고 가장 심각하게 다루는 주제 중의 하나가 딸의 순결과 아내의 정조에 대한 아버지와 남편의 불안인데, 이 극에서는 그런 가부장적 불안이 인종주의적 불안과 맞물리면서 훨씬 증폭된다.

오셸로의 의심과 질투가 깊어질수록 '숨김'과 '드러냄'을 오가는 그의 심리적 진자운동도 더욱 격해진다. 오셸로는 한편으로는 "완전히 속는 것이 조금 아는 것보다 낫고"(3.3.339-40), "도둑맞은 자가 도둑맞은 걸 모르면 도둑맞은 게 아니니 그에게 알리지 말라"(3.3.345-46)고 하면서도, 다른 한편으로는 "눈에 보이는 증거"
(3.3.363)와 "살아 있는 이유"(3.3.412)를 당장 갖고 오라고 이아고를
다그친다. "인간은 겉과 속이 같아야 한다"(3.3.132)고 믿는 오셀로로
서는 당연한 요구일 수밖에 없다. 셰익스피어가 자주 사용하는 이항
대립의 언어로 구분해보면, 이아고와 오셀로는 외관/실제, 말/마음,
표상/본질, 환영/실체의 불일치를 인지하고 활용하는 자와 그렇지
못한 자의 충돌을 보여준다.

앞서 2부 3장에서 논했듯이, 이 충돌은 중세적 언어관과 근대적 언
어관의 차이에서 비롯된다. 유사한 양상이 『리어왕』에서도 리어와
고너릴·리건 사이에서, 그리고 글로스터와 에드먼드 사이에서 전개
되는데, 거의 언제나 전자가 후자에게 속거나 패배한다. 이 극에서도
공작과 아버지에게 "저는 오셀로의 얼굴에서 그의 마음을 봤습니다"
(1.3.253)라고 고백하는 데즈데모나도 오셀로와 같은 편에 속한다.
그렇기에 이아고는 기표와 기의의 일치를 믿는 오셀로와 데즈데모
나를 마음대로 기만하고 조종할 수 있다.

마침내 카시오와 데즈데모나의 불륜을 기정사실로 받아들인 오셀
로는 모든 것을 체념하고 내려놓는다.

> 설령 부대의 모든 장병과 참호공병들까지
> 그녀의 달콤한 육체를 맛봤다고 하더라도
> 내가 아무것도 몰랐더라면 행복했을 텐데.
> 오, 이제 내 마음의 평화는 영원히 깨졌다.
> 만족도 없어졌다. 야망을 미덕으로 여겼던
> 깃털 달린 군대와 격렬한 전쟁도 사라졌다.
> 오, 울부짖는 군마와 날카로운 나팔 소리,
> 용기를 북돋우는 북소리, 귀청 찢는 피리,

장엄히 휘날리는 깃발, 명예의 필수 요소,
영광스러운 전쟁의 자부심과 장관과 의식,
이 모든 것과 나는 영원히 작별해야 한다.
오, 치명적인 대포여, 너는 거친 포성으로
불사신 제우스의 무시무시한 천둥 포효를
흉내 내었건만, 너와도 이제 하직해야겠다.
오셀로의 사역은 끝났다.(3.3.348-60)

오셀로의 절망과 비탄은 가부장제 사회의 이데올로기적 토대가
얼마나 취약한지를 여실히 보여준다. 가부장제의 핵심 미덕인 남성
성이 가장 원색적으로 구현되는 공간이 전쟁터이며, 오셀로는 거기
서 자타가 공인하는 남성성의 인증서를 획득하고 "떠돌이 야만인"
(1.3.356)에서 "우리의 고귀한 장군"(2.2.11)으로 거듭나는 데 성공
한 인물이다. 그리고 데즈데모나는 오셀로의 '인종 세탁'에 가장 중
요한 디딤돌이다. 문제는 그 디딤돌이 불안정하다는 데 있다. 엄밀히
말하면, 오셀로가 불안하기 때문에 자신이 딛고 서 있는 디딤돌이 불
안정하게 느껴진다. 마지막 행에서 그가 말하는 "사역"(occupation)
은 직업이자 인생이며, 그것이 끝났다는 것은 사회적 죽음을 뜻한다.
오셀로가 생명처럼 소중히 여겨온 군사적 성취와 명예와 자부심이
일거에 무용지물이 된 것이다. 오셀로의 삶을 떠받쳐주던 데즈데모
나의 정조가 허물어졌다고 오인하기 때문이다. 이는 셰익스피어가
장르를 불문하고 여러 작품에서 거듭 강조하는바, 여성의 비하와 억
압을 수반하는 남성성의 구현이 여성의 몸에 의존할 수밖에 없음을
암시한다. 언제든 '침범'당하고 '오염'될 수 있다고 염려하고 때로는
경멸하며 혐오하는 '아무것도 아닌 것'(nothing) 덕분에 고매하고 위
풍당당한 남성(성)이 유지될 수 있으니, 이것이야말로 가부장제 사

회의 가장 근본적인 모순이다.

오셀로는 셰익스피어의 여느 남성 주인공들과 마찬가지로 이 모순을 인식하지 못한다. 특히 인종적 자의식에 함몰된 오셀로는 정절 이데올로기의 모순에 눈을 뜰 겨를이 없다. 오셀로의 가부장적 권위의식이 인종주의적 열등의식과 맞물리면서 데즈데모나의 정조에 대한 강박감과 그것을 훼손당했다는 상실감이 더욱 깊어지는 것이다. 이는 셰익스피어가 '고귀한 야만인'에게 사유와 성찰의 능력을 리어나 햄릿에게만큼 부여하지 않기 때문이기도 하다. 대신, 오셀로는 모든 파국의 원인을 또다시 자신의 인종적 타자성에서만 찾으려고 한다. "다이애나의 얼굴처럼 깨끗하던 그녀의 이름이 이제는 내 얼굴처럼 시커멓게 더럽혀졌다"(3.3.389-91)라고 자책하는 이유도 백색과 흑색을 각각 순결과 오염, 또는 구원과 저주의 상징으로 간주하는 '마니교 알레고리'(the Manichean allegory)와 그것이 떠받치는 인종주의 이데올로기를 오셀로가 스스로 인정하기 때문이다. 파농이 "자신의 개체성으로부터 탈출하고 자신의 존재를 소멸하려는 몸부림"이라고 표현한 '자기 타자화'의 늪으로 빠져드는 것이다.[31]

이아고가 "눈에 보이는 증거"(3.3.363)로 내미는 손수건도 오셀로가 어머니에게서 물려받은 이국적 주술성의 표식인 동시에 첫날밤에 데즈데모나의 처녀성을 확인했던 증거이자 백인사회로의 편입을 보장해준 선물이기도 하다. 그 인종적·가부장적 기표를 잃어버린 것은 오셀로에게는 순결·정조라는 기의의 상실로 다가온다. 더구나 그 손수건이 카시오의 수중에 들어갔다는 것은 삶의 주춧돌을 빼앗긴 것과 마찬가지다. 셰익스피어가 데즈데모나의 정조와 그것에 기초한 오셀로의 자긍심을 모두 "명예"(honour)라는 단어로 표현한 것도

---

31) 같은 책, p.60.

흥미롭다. 이아고가 "그녀의 명예는 눈에 보이지 않는 본질입니다. 여자들은 이게 없으면서도 있는 척하지요. 하지만 손수건은 다릅니다"(4.1.16-18)라고 하지만, 오셀로에게는 손수건이 곧 "눈에 보이지 않는 본질"이다. 아내의 정조와 남편의 명예를 동일시하는 오셀로는 손수건을 그 두 가지 "본질"을 연결하는 또 하나의 "본질"이라고 믿는 것이다.

젠더와 인종의 심급에서 나타나는 오셀로의 이중적 집착은 결국 가정폭력으로 이어진다. 오셀로는 데즈데모나를 향해 "음탕한 계집"(3.3.478), "온갖 잡놈들이 거쳐 간 년"(4.2.74), "뻔뻔스러운 매춘부"(4.2.82), "간사한 창녀"(4.2.21), "교활한 베니스 창녀"(4.2.91) 같은 욕설을 퍼붓는 것도 모자라 데즈데모나의 사촌 로도비코와 시녀들이 보는 앞에서 신체적 폭력까지 행사한다. 계속해서 오셀로는 데즈데모나에게 창녀의 이미지를 덧씌운다. "내 눈앞에서 꺼져!"라는 호통에 물러가다가 "부인!"이라고 부르자 "되돌아오는" 데즈데모나의 모습(4.1.246-50)을 보고 오셀로는 "저 여자는 돌고 돌고 자꾸 돌고 끊임없이 돌아요. 그리고 울기도 잘 하죠. 게다가 말도 잘 들어요. 시키면 다 따라 합니다. 참 순종적이지요"(4.1.253-56)라고 비아냥거린다. "부인"(mistress)은 카시오의 "정부"라는 뜻이고, "돈다"(turn), "운다"(weep), "말 잘 듣는다"(obedient)라는 말은 모두 헤프고 음란한 여자를 의미한다.

오셀로는 또 데즈데모나를 거짓 눈물을 흘리는 "악어"(4.1.245)와 성욕에 굶주린 "염소와 원숭이"(4.1.263)에 비유하며 그녀를 허위와 호색의 화신으로 몰아붙인다. 오셀로의 광포한 언행을 지켜보던 로도비코는 "이 자가 우리 원로원 모두가 격찬한 그 고귀한 무어인가?"(4.1.264-65)라고 개탄한다. "남자답게" 처신하시라는 이아고의 만류에 오셀로가 "뿔 돋은 자는 괴물이고 짐승이다"(4.1.61-62)라고 스

스로 인정하듯이, 오셀로는 이미 "도시에 거주하는 괴물"(4.1.64)이
되었다.

5 인종적 타자의 자기발견

오셀로의 최후도 셰익스피어의 다른 비극 영웅에 비하면 특이한
구석이 있다. 고전 비극처럼 셰익스피어의 비극도 주인공의 최후를
자기성찰과 자기발견으로 마무리한다. 브루터스, 코리얼레이너스,
안토니 같은 로마 영웅들은 남성성의 모순과 한계를 깨닫고, 햄릿은
죽음과 맞선 인간의 실존적 조건을 번민하며, 맥베스는 인생의 덧없
음과 허망함을 인식하고, 리어와 글로스터는 이성과 광기 혹은 앎과
모름의 역설을 보여준다. 모두 보편적 인간으로서의 자기발견이다.
하지만 오셀로는 인종적 타자로서의 위치를 재확인하면서 무대를
떠난다. 그의 마지막 대사를 살펴보자.

부탁하건대, 이 불행한 사건을 보고할 때
나에 대해서 있었던 그대로 기술해주시오.
조금도 두둔하거나 일부러 헐뜯지 마시오.
나는 너무 사랑했으나 신중히 하지 못했고
쉽게 질투하지 않으나 한번 계략에 빠지면
극단적인 혼란에 빠지고 마는 사람이었소.
나는 비천한 인도인처럼 자기네 부족보다
더 귀중한 진주를 내 손으로 던져버렸고,
원래는 감상적 분위기에 익숙지 않았으나
지금은 슬픔에 정복을 당한 이 두 눈에서

아라비아 나무의 고무 수액이 흘러내리듯
하염없이 눈물을 쏟아내고 있는 사람이오.
그리고 언젠가 알레포에서 있었던 일이오.
머리에 터번을 쓰고 악의를 품은 터키인이
베니스인을 때리면서 이 나라를 비방할 때
나는 할례받은 그 개새끼의 멱살을 붙잡고
그놈을 요절내었지요 ── 이렇게!(5.2.338-54)

여기서 오셀로는 자신을 "비천한 인도인" "아라비아 나무" "터번
을 두른 사악한 터키인"에 비유한다. 모두 오리엔탈리즘 담론에서
정형화된 '오리엔트'의 상징들이다. 게다가 오셀로는 개 목을 따듯
터키인의 목을 찌르던 동작을 그대로 자신에게 반복하며 스스로 숨
통을 끊는다. 자신을 인종적 타자와 동일시하는 '자기 타자화'(self-
Othering)의 상징적인 행위다. 이는 여태껏 '문명화된 야만인'으로
살아왔으나 문명의 꼬리표를 떼고 야만으로 회귀하는 순간이기도
하다. 오셀로의 죽음은 그래서 연극적·이데올로기적 필연이다. 터키
의 군사적 침략을 배경으로 오셀로의 '침입'과 데즈데모나의 '일탈'
이 야기한 불안과 혼란의 소용돌이에 휩싸였던 공동체가 '제자리'를
찾아가기 때문이다. 몰수된 오셀로의 재산은 그라시아노에게 상속
되고, 사이프러스의 군대 지휘권은 카시오에게 이양된다. 질서의 파
괴와 회복이라는 비극의 플롯이 어김없이 구현되는 것이다. 이 극에
서 그 질서는 백인가부장제 사회질서다. 이아고가 예견한 대로 "충
동적인 시작"이 그것에 "상응하는 결별"(1.3.345-46)로 마무리된 셈
이다.

"용맹스러운 장군"이 "괴물"과 "짐승"으로 추락한 원인은 오셀
로의 안팎에서 동시에 작동하는 인종주의 이데올로기다. 이아고가

퇴장하기 직전에 남기는 말을 되새겨보자. 에밀리아가 데즈데모나의 죽음에 이아고가 어떻게 연루되었는지 물었을 때 이렇게 대답한다. "난 내가 생각한 것을 말해줬어. 그가 스스로 그럴듯하고 확실하다고 생각한 것을 말해줬을 뿐이야."(5.2.172-73) 그리고 오셀로가 왜 "내 영혼과 육체를 이렇게 옭아매었느냐?"고 묻자 "내게 아무것도 캐묻지 마시오. 당신이 아는 걸 알지 않소?"(5.2.299-300)라며 입을 다문다. 이아고의 이 냉소 섞인 짤막한 답변은 상당히 함축적이다. 이아고의 "생각"과 오셀로의 "생각"이 같다는데, 그들이 공유하는 "생각"이 무엇인가? 첫째, 그것은 여성의 섹슈얼리티에 대한 남성의 불안과 집착이다. 데즈데모나처럼 자유분방한 베니스 여자는 서방질할 위험이 많다는 선입관을 이아고와 오셀로가 공유한 것이다. 둘째, 그것은 무어에 대한 백인사회의 편견이다. 이아고는 무어의 본성이 변덕스럽고 질투심이 많아서 오셀로의 결혼이 오래가지 못할 것으로 예상했고, 오셀로 자신도 그 불길한 예감을 떨쳐버릴 수 없었다. 그것은 또한 셰익스피어와 그의 관객들도 공유한 "생각"이기도 하다. 콜리지가 말한 이아고의 "초인적 기술"도 오셀로의 마음 한구석에 웅크리고 있던 그 "생각"을 일깨우고 꺼내준 것에 불과하다.

극의 배경과 서사구조를 되짚어보면, 사이프러스를 두고 오스만 제국과 식민지 전쟁을 펼치던 베니스 공화국에는 오셀로에 대한 두 종류의 "생각"이 겨루고 있었다. 하나는 오셀로를 "용맹한 장군"으로 보는 것이고, 다른 하나는 오셀로를 "음탕한 무어"로 여기는 것이다. 공작과 데즈데모나가 전자에 해당한다면, 브러밴쇼와 이아고와 로더리고는 후자에 해당한다. "공공의 적 오토만에 맞서 싸울 용맹스러운 오셀로가 지금 당장 필요한"(1.3.48-49) 공작과 "오셀로의 마음에서 그의 얼굴을 본"(1.3.253) 데즈데모나는 오셀로의 '검은 피부'를 간과하고 그의 능력과 성품을 중시했지만, 나머지 백인들은 그의 피부색에만 주목했다. 따라서 오셀로는 인종적 타자를 원칙적으로 배제하면서도 공동체의 이익을 위해 필요한 때는 포섭하는 선별적 전유의 대상이 되었다. 오셀로는 백인사회의 이중잣대 사이에서 요동치다가 결국 부정적인 잣대에 귀속되었다. 이것은 이른바 '모범 이방인'(model minority)의 딜레마이기도 하다. 백인 주류사회의 일원으로 편입된 타자는 언제든 '원래 자리'로 쫓겨날 수 있다는 불안감과 싸워야 하는데, 한편으로는 배척되지 않으려고 안간힘을 쓰면서도 다른 한편으로는 배척될 마음의 준비가 되어 있는 것이다.

인종주의는 오셀로에게 주어진 불가피한 현실이다. 인종주의가 지배하는 사회에 그가 진입했기 때문이다. 희극에서처럼 역사의 진공상태를 설정하지 않는 한, 그 현실은 셰익스피어도 어찌할 수 없다. 다만 주인공이 거기에 어떻게 반응하는지에 치중할 뿐이다. 그래서 셰익스피어가 특히 공들여 묘사하는 부분은 오셀로의 내면세계다. 이 극의 시작부터 끝까지 셰익스피어는 햄릿이나 브루터스처럼 "자신과 싸우고 있는" 오셀로에게 초점을 맞춘다. 분열된 주체는 르네상스 잉글랜드의 문학과 연극에서 자주 등장하는 모습인데, 오셀로의 경우는 '검은 피부'로 인해 자기분열의 효과가 더 뚜렷이 나타난다. 즉 인종주의를 외면하려는 오셀로와 인종주의에 승복하는 오셀로 사이의 싸움이다. 결과는 후자의 승리다. 셰익스피어 당시에는 뻔한 결과이지만, 과정은 전혀 그렇지 않다. 동시대의 그 어떤 극작가도 스스로 무너져내리는 이방인의 불안감과 열등의식을 이처럼 세밀하고 박진감 있게 묘사하지 못했다. 이 점에서는 셰익스피어가 후한 점수를 받을 만하다.

6 '우리나라'의 대변자 이아고

오셀로의 '질투'에 이유가 있다면, 이아고의 '악의'도 마찬가지다. 이아고가 오셀로를 파멸시키려는 이유는 세 가지로 생각할 수 있다. 첫 번째 이유는 신분 상승 욕구의 좌절이다. 막이 오르면서 이아고는 로더리고에게 자신을 앞질러 카시오가 부관으로 승진한 데 대해 강력한 불만을 토로한다. 본래 권력욕이 강한 직업군인으로서 자신의 능력을 높게 평가하고 있던 이아고로서는 도저히 승복할 수 없는 처사다. 이아고가 보기에 카시오는 진정한 군인이 아니라 실전경험은 전혀 없으면서 탁상공론만 일삼는 "회계장부 관리인"(1.1.30)에 불과하다. 더구나 이아고는 "연공서열을 무시하고 청탁과 정실에 좌우되는 승진"(1.1.35-36)에 반감을 표시한다. 하지만 이아고도 세 명의 지역유지를 통해 자신의 승진을 오셀로에게 청탁했으나 거절당한 것을 보면, 그는 올곧게 살다가 불이익을 당한 것이 아니라 지저분한 생존경쟁에서 "밀리고 뒤처진"(1.1.29) 인물이다. 이아고는 카시오가 마키아벨리의 고향인 피렌체 출신임을 언급하며 그가 권모술수에 능한 작자라고 공격하지만, 사실은 이아고 자신이 가장 전형적인 마키아벨리주의자다. 이 극의 공간적 배경을 자본주의적 근대성이 태동한 지중해의 항구도시 베니스로 설정한 것도 우연이 아니다. 오셀로가 들어선 '문명의 중심부'에는 '만인에 대한 만인의 투쟁'이 이미 진행되고 있었으며 그러한 자본주의적 적자생존과 사회적 유동성이 기회이자 모순으로 다가오는 공간이었다.

이아고의 '악의'를 촉발한 두 번째 요인은 백인 남성의 성적 불안이다. 이아고는 아내 에밀리아가 서방질했다고 의심하며 오셀로를 범인으로 지목한다. "난 무어 놈을 증오해, 그자가 내 이부자리 속에서 계집질했다는 소문이 파다해. 그게 사실인지 몰라도 난 이런 일에는 의심만 들어도 확실한 사실인 것처럼 행동하지."(1.3.385-89) 그 야말로 근거 없는 의심이다. 하지만 오셀로의 경우처럼 그 의심은 이아고의 삶을 밑바닥부터 "갉아먹는다." "난 이 색골 무어 놈이 내 침실로 뛰어들었다는 의심이 들어. 그 생각만 하면 독극물이 내 오 장육부를 갉아먹는 것 같아. 계집질엔 계집질로 앙갚음해서 피장파 장이 되어야만 내 마음이 위로받을 수 있어. 혹시 그렇게 못한다면 난 적어도 이 무어 놈을 분별력으로 치유되지 않는 질투 속으로 빠 트릴 거야."(2.1.293-300) 사실은 이아고도 의심하는 순간 이미 질투 의 늪으로 빠진 것이다. "장군님, 질투를 조심하십시오. 그것은 먹잇 감을 비웃으며 잡아먹는 녹색 눈빛의 괴물이랍니다"(3.3.167-69)라 고 오셀로에게 건네는 조언이 정확히 이아고 자신에게 부메랑으로 돌아온다. 피부색을 제외하면 오셀로와 이아고는 서로 빼닮은 질투 의 화신이다. "계집질에는 계집질로" 복수하겠다는 이아고의 다짐 은 의심에는 의심으로, 질투에는 질투로 맞대응하는 방식으로 실행 된다.

신분도 다르고 피부색도 다른 이아고와 오셀로가 똑같이 의처증과 씨름한다는 것은 남성의 성적 불안이 모든 가부장제 사회의 보편적 현상임을 말해준다. 흑인이든 백인이든 귀족이든 평민이든 상관없 이 남편은 아내의 서방질을 의심하고 또한 상상한다. 언제든 배반당 할 준비가 되어 있는 것이다. 그래서 남성은 항상 불안하다. 그것이 모든 남자가 져야 하는 "결혼의 멍에"다. 이아고는 자신의 입으로 이 '불편한 진실'을 밝힌다.

> 턱수염 난 남자들은 하나같이 장군님처럼
> 결혼의 멍에를 끌고 간다고 생각하십시오.
> 수백만 남자들이 밤마다 남의 침대에 누워

그 침대를 자기 것으로 알고 맹세한답니다.

장군님 경우는 그나마 나은 편이 아닌가요.

근심 없는 침대에서 음녀의 입술을 빨면서

그 여자를 정숙하다고 생각하는 것이야말로

지옥의 앙갚음이요 악마의 최대 조롱입니다.(4.1.65-72)

그래서 이아고도 오셀로도 기다렸다는 듯이 즉각 의심에서 확신으로 건너간다. 둘 다 아내를 잠재적 배신자로 여기고 있었기 때문이다. 여기에 억압과 저항의 묘한 상호작용이 전개될 수 있는 틈새가 발생한다. 그 저항은 피억압자의 주체적 행위라기보다는 억압자의 불안과 의심이 빚어낸 결과다. 오셀로와 이아고가 '느끼는' 저항은 억압의 부산물이자 역효과다. 물론 저항 주체로서의 데즈데모나와 에밀리아의 의지나 의도가 불균등한 권력 관계에 전혀 개입되지 않는 것은 아니다. 특히 에밀리아는 이아고가 쉽게 통제하지 못할뿐더러 순종하는듯하면서도 할 말 다 하는 여성이다. 누구보다 더 원색적으로 여성을 비하하고 혐오하는 이아고가 '말괄량이 길들이기'에 실패하고 불안해하는 모습은 오셀로의 모순과 닮은꼴을 이루는 또 하나의 흥미로운 아이러니다. 이아고의 상처받고 좌절된 남성성이 오셀로에 대한 의심과 질투로 전이된 셈이다.

에밀리아와의 관계에서 이미 훼손된 이아고의 남성성은 오셀로의 '검은 피부'로 인해 더 위축된다. 이아고의 질투는 오셀로의 우월한(엄밀히 말하면, 우월하다고 생각하는) 생식기 정력에 대한 열패감과 무관하지 않다. 이것이 가부장제 사회의 불안을 공유하는 오셀로와 이아고의 중요한 차이다. 오셀로의 불안이 자신을 "색욕이 왕성한 무어"로 여기는 백인사회의 편견에서 기인한다면, 이아고의 불안은 흑인 남성에 대한 부러움 섞인 두려움에서 비롯되며, 그 두려움은 이내 흑인 남성에 대한 혐오와 증오로 변환한다. 식민지사회의 남 근중심주의를 분석한 파농에 따르면, "대부분의 백인 남성에게 니그 로는 가장 원초적인 형태의 성적 본능을 상징한다. 니그로는 모든 도 덕과 금지를 넘어선 생식기 정력의 화신이다." 노예제 사회에서 흑 인 남성에게 가해지는 린치도 백인 남성의 불안감과 열등감을 보상 받으려는 보복행위다.[32] 하지만 파농은 "니그로는 페니스"라는 등식 에 기초한 생물학적 편견, 즉 "니그로는 색골이며 강하며 거칠다"라 는 생각은 "망상"임을 거듭 강조한다.[33] 이아고는 바로 그런 "망상" 에 사로잡힌 백인 남성을 대표한다.

이아고의 '악의'를 설명하는 세 번째(그리고 가장 중요한) 동기는 인종주의적 반감이다. 이아고의 성적인 불안과 질투는 함축적인 데 비해, 이아고의 인종편견은 그의 여성혐오 못지않게 노골적이다. 이 아고는 로더리고에게 "난 그 무어 놈이 싫어"(1.3.367, 1.3.385)라고 되뇌며 오셀로에 대한 반감을 표시한다. 이아고에게는 무어인이 자 신의 상관이라는 사실이 견디기 힘든 모순이다. 여기서 "싫다"(hate) 라는 것은 단순히 개인적인 호불호의 감정을 넘어서 이방인을 향해 주류사회가 공유하는 집단적인 증오심을 의미한다. 이 극에서 유난 히 이아고가 공동체를 지칭하는 단어인 "국가"나 "나라"와 함께 복 수 일인칭 대명사 "우리"를 자주 사용하는 것에 주목할 필요가 있다. 이아고는 로더리고에게 "그놈에 대한 우리의 복수"(1.3.368-89)를 다짐하고, "우리 몸은 정원이며 우리 의지는 정원사"(1.3.320-33)라 는 지론으로 백인사회를 침범한 이방인을 제거하자고 부추기며, "우 리는 마술이 아닌 판단력으로 일한다"(2.3.367)라는 이성/비이성의

---

32) Frantz Fanon, 앞의 책, pp.121-122, 167, 177.
33) 같은 책, pp.122, 157, 170.

이분법으로 주체와 타자의 차별성을 강조한다. 오셀로에게도 "저는 우리나라 성향을 잘 알지요"(3.3.204)라면서 편견 없고 개방적인 데즈데모나의 언행이 사회 문제가 될 수 있음을 상기시킨다.

콜리지가 말한 이아고의 "동기 없는 악의"는 충분한 동기가 있다. 이아고는 "우리"의 대표로서, 그의 불안과 불만은 개인적이면서 사회적이다. 오셀로에게 퍼붓는 온갖 동물적 상징과 욕설──"입술 두꺼운 놈"(1.1.65), "시커먼 늙은 숫양"(1.1.87), "북아프리카산 말"(1.1.110), "음탕한 무어"(1.1.124), "여기저기 떠돌아다니는 이방인"(1.1.134), "역겨운 도둑놈"(1.2.62), "가슴팍이 거무튀튀한 잡것"(1.2.70-71), "이교도 노예"(1.2.99), "떠돌이 야만인"(1.3.356), "지독히 멍청한 당나귀"(2.1.307), "시커먼 악마"(5.2.129), "멍청한 무어"(5.2.223), "얼간이 살인마"(5.2.231)──은 이아고, 로더리고, 브러밴쇼, 에밀리아가 이구동성으로 제창(齊唱)하는 증오와 혐오의 언어다. 이들 모두에게 오셀로와 데즈데모나의 결혼은 공동체의 인가를 받지 못한 사회문화적 강간이며, 이데올로기적 용인과 금기의 경계선을 넘어선 성적 침입이자 일탈이기 때문이다.

실제로 셰익스피어 당시에 적잖은 아프리카 흑인이 런던 거리를 활보하고 다녔고, 그 광경이 기근과 실업으로 흉흉해진 민심을 자극하고 '잡혼'에 대한 사회적 불안을 초래하게 되자 엘리자베스 여왕은 이들을 이베리아반도로 추방하라는 칙령을 내리기도 했다. 이아고가 브러밴쇼에게 "당신 딸이 북아프리카산 말과 교미하면, 당신 손자들은 말 울음소리를 내고, 준마와 조랑말이 당신 사촌과 친척이 될 겁니다"(1.1.110-12)라고 경고하는 장면도 동시대 관객이라면 충분히 공감했을 상황이다. "내 사건도 사소한 일이 아니다"(1.2.95)라는 이유로 원로원회의 소집을 요구하는 브러밴쇼도 오셀로의 성적 침략이 터키의 군사적 침략 못지않게 국가의 심각한 비상사태임을 주지시킨다. "이따위 짓을 처벌 않고 놔두면 노예와 이교도가 우리나라 정치를 말아먹을 것"(1.2.95-99)이라는 브러밴쇼의 우려가 글로브극장 관객들에게는 기우(杞憂)로 들리지 않았을 것이다.

성적·인종적 타자에 대한 이아고의 장광설은 그가 속한 백인사회의 정서를 대변한다. 오셀로와 데즈데모나의 결혼이 확정되면서 극도로 낙담한 로더리고에게 이아고는 "돈을 마련해놓고" 기회를 엿볼 것을 계속 강권한다. 그들의 결혼이 오래가지 못하리라고 믿기 때문이다. "충동적인 시작"이었으므로 "상응하는 결별"을 예상하는 것이다. "원래 무어 놈들의 정욕은 변덕스러워. 지금은 아카시아꿀처럼 달콤한 음식도 머잖아 금계랍처럼 쓰다고 할 거야. 그녀도 젊은 놈으로 갈아탈 거야. 그놈의 몸뚱이에 물리게 되면 자신의 잘못된 선택을 깨닫고 반드시 다른 남자로 바꿀 거야. ……떠돌이 야만인과 요사스러운 베니스 여자 사이의 거룩한 듯 깨지기 쉬운 서약은 내 기지와 지옥의 악마들을 배겨낼 만큼 굳건하지 않아. 조만간 그녀는 자네 여자가 될 거야. 그러니까 돈이나 마련해봐."(1.3.345-58) 이아고에 따르면, "떠돌이 야만인과 요사스러운 베니스 여자"의 공통분모는 변덕과 호색성이다. 즉 인종적 타자와 성적 타자의 욕망은 '보편적 인간'의 규범을 벗어나며, 그런 '비정상'끼리의 만남은 지속 불가능하다는 것이다.

2막에서 사이프러스로 무대를 옮긴 후에도 이아고는 로더리고에게 자유분방한 백인 여성과 호색적인 흑인 남성의 '잘못된 만남'을 주제로 강론을 계속한다.

이렇게 손가락을 대고 정신 좀 차려봐. 그녀가 처음에 무어에게 얼마나 격렬하게 사랑에 빠졌는지 생각해봐. 그놈이 뽐내면서 들려준 황당한 거짓말 때문이잖아. 그따위 허풍이 언제까지 그녀의 마음을 붙잡아둘 것 같아? 분별력을 좀 발휘해. 그녀가 눈요기를 끝내면 뭐가 좋아서 그 악마를 계속 바라보겠어? 재미를 본 후 욕정이 식고 다시 불꽃이 튀어 새로운 욕정을 채우려면 매력적인 외모, 어울리는 나이, 예의범절, 행동거지가 있어야 하는데, 무어에겐 이런 게 하나도 없어. 이런 요건이 없으니 예민하고 명민한 그녀는 속은 걸 깨닫고 무어를 메스꺼워할 만큼 싫어하고 미워하게 될 거야. 본능의 가르침을 받으면 새로운 선택을 안 하고는 못 배기는 법이지.(2.1.219-33)

요즈음 같으면 인종차별과 여성혐오로 비난받아 마땅한 이아고의 발언은 셰익스피어 당시에는 나름대로의 근거와 설득력이 있었다. 룸바가 지적한 것처럼, 르네상스 시대에는 무어의 폭력성과 질투심, 이탈리아 여성의 관능성과 부정(不貞)은 사회적 통설이었다. 뜨거운 태양과 무질서한 사회풍토 탓에 아프리카와 남유럽 사람들은 감정적이고 폭력적인 기질을 갖고 있으며, 활발한 인종적·문화적 교류의 거점이었던 베니스에는 매춘이 성행했고 일반 여성도 헤프고 바람기가 많았다는 기록이 여러 문헌에 남아 있다.[34] 이아고가 "베니스 여자들은 못된 짓을 하나님에게 보여줄지언정 남편에게는 철저히 비밀로 하지요. 그들이 발휘하는 최고의 양심은 그 짓을 안 하는 게 아니라 모르게 하는 겁니다"(3.3.204-7)라고 경고하는 것도, 이에 넘어간 오셀로가 데즈데모나를 "간사한 베니스 창녀"(4.2.91)로 매도하는 것도 사회적 맥락과 동떨어진 모함이나 착각만은 아니다.

---

34) Ania Loomba, 앞의 책, *Shakespeare, Race, and Colonialism*, pp.93-103. 룸바가 인용하는 르네상스 시대의 문헌은 Leo Africanus, *History and Description of Africa*(1526), John Foxe, *Acts and Monuments*(1563), William Painter, *The Palace of Pleasure*(1567), Richard Knolles, *General History of the Turks*(1603), Robert Burton, *Anatomy of Melancholy*(1621) 등이다.

이아고는 시공을 초월한 악의 화신이 아니라 르네상스라는 역사적 전환기의 한복판에 서 있는 '보통 인간'(Everyman)이다. 그는 변화와 혼란의 시기에 사회구성원들이 느낄 수밖에 없는 위기의식을 '우리'끼리의 거친 언어로 표현할 따름이다. 오셀로에 대한 이아고의 '악의'는 성·계급·인종의 갈등이 중첩된 양상을 띠는데, 인종적 차이로 인해 그의 성적 불안과 계급적 불만은 훨씬 더 깊어진다. 이를테면, 이아고가 카시오와 오셀로에게 느끼는 감정은 차원이 다르다. 전자가 '우리' 사이의 경쟁의식이라면 후자는 '그들'에 대한 배타적 적개심이다. 셰익스피어의 동시대 관객들이 보기에, 오셀로와 데즈데모나의 결혼이 애당초 잘못되었다는 주류사회의 견해는 "일상적 현실론"이자 "상식의 목소리"이며,[35] 그러한 비관적 견해를 대변하는 이아고는 "행위와 관객 사이의 중재자,"[36] 즉 '야만인'의 침략행위와 이에 분개하는 백인 관객들을 매개하는 인물이다. 심지어 20세기의 어느 저명 백인 비평가도 "이아고는 우리 모두의 선생이다. 우리 모두 우리 가슴속에 있는 이아고의 영악함을 믿는다"라고 인정할 정도다.[37]

"이아고의 영악함"은 르네상스 시대에 베네치아, 제노바, 피사 등의 지중해 연안 도시에서 부상한 중상주의 경제체제의 핵심 가치인 합리성과 맞닿아 있다. 셰익스피어가 창조한 마키아벨리주의자들,

---

35) K.W. Evans, "The Racial Factor in Othello," *Shakespeare Studies* 5(1970), pp.135–136; Peter Stallybrass, "Patriarchal Territories: The Body Enclosed," in Margaret W. Ferguson, Maureen Quilligan, and Nancy J. Vickers(eds.), *Rewriting the Renaissance: The Discourse of Sexual Difference in Early Modern Europe*, Chicago: The University of Chicago Press, 1986, p.136.

36) Ania Loomba, 앞의 책, *Gender, Race, Renaissance Drama*, p.61.

37) G.K. Hunter, *Dramatic Identities and Cultural Tradition: Studies in Shakespeare and His Contemporaries*, Liverpool: Liverpool University Press, 1978, p.54.

즉 리처드 3세, 볼링브룩(헨리 4세), 해리 왕자(헨리 5세), 에드먼드, 이아고는 모두 합리적 이성으로 권력 창출과 신분 상승을 도모하는 근대적 주체로서, 경제적 이익을 위해 비윤리적인 거래와 협상을 마다하지 않는 상인의 심성을 드러낸다. 특히 이아고는 "우리는 맹렬한 충동과 색욕의 자극과 무절제한 욕정을 가라앉히는 이성이 있다" (1.3.330-32)라고 천명하며, 오셀로를 향한 적대감과 카시오에 대한 질투심을 주도면밀하게 구체적인 행동으로 전환한다. 오셀로, 데즈데모나, 로드리고처럼 이아고에게 기만당하는 인물들에 비해, 이아고는 냉철한 이성으로 자신의 감정을 통제하고 은폐한다. 그리고 이아고가 돈을 중요시하는 것은 돈이 그에게는 감정과 욕망을 계산 가능한 이성적 영역으로 환산하는 매개물이기 때문이다. 합리주의와 자본주의의 결속은 서구 근대성의 특징인 바, 그 징후가 이아고의 언행에서 이미 나타나는 것이다.

이아고가 위기에 처한 백인가부장제 사회의 대변인이라고 할 때, 그 사회가 오셀로의 사랑과 결혼을 마법의 장난으로 설명하는 것도 터무니없는 억지가 아니다. 특히 데즈데모나의 선택을 "혈육의 반란"(1.1.167)으로 간주한 브러밴쇼가 오셀로에게 퍼붓는 맹렬한 비난은 되새겨볼 만하다.

> 역겨운 도둑놈아, 내 딸을 어디 숨겼느냐?
> 저주받을 놈아, 넌 그 애를 마술로 호렸어.
> 사리 분별력 있는 사람들에게 다 물어봐라.
> 그 애가 마술의 족쇄에 얽매이지 않았다면
> 왜 그토록 여리고 예쁘고 행복했던 처녀가,
> 우리나라의 돈 많은 곱슬머리 귀공자들도
> 다 마다하며 결혼하기를 싫어했던 그 애가,

세간의 조롱을 사려고 부모 슬하를 박차고
네놈의 시커먼 가슴팍으로 뛰어들었겠느냐?
그건 좋아서가 아니라 무서워서 한 짓이다.
이건 길 가는 사람 붙잡고 물어봐도 뻔하다.
네놈은 그 애에게 사악한 마술을 행사했고
여리고 어린 몸에 약물과 독약을 주입하여
혼미하게 했으므로 철저하게 조사해야겠다.
이건 너무나 확실하고 명백한 사실일 거야.
그러므로 나는 네놈을 세상을 우롱한 죄와
금지된 요술을 시행한 죄로 체포 구금한다.(1.2.62-79)

브러밴쇼는 자신의 고소가 "국가의 긴급 사안"(1.2.90)에 가려지는
상황에도 "그 애는 돌팔이들이 파는 부적과 약물로 기만당하고 납치
당하고 더럽혀졌다"(1.3.61-62)라고 계속 주장한다. 그토록 순수하
고 순진하던 자신의 딸이 "무서워서 쳐다보지도 못하던 놈과 사랑에
빠진 것"은 "모든 자연의 법칙에 어긋나는 실수"이며, 이는 "욕정을
들끓게 하는 어떤 혼합약물이나 그런 효과를 지닌 마약 성분을 투여
한 결과"(1.3.99-107)임을 확신한다는 것이다. 문제는 마술이나 마약
이 그녀의 "실수"를 설명할 유일한 합리적 근거인데, 이 고소가 피해
당사자에 의해 보기 좋게 기각당한다는 데 있다.

그런데 왜 브러밴쇼는 세 차례에 걸쳐 오셀로가 마술과 마약으
로 데즈데모나를 농락하고 타락시켰다고 끈질기게 강변해야 하는
가? 데즈데모나 본인이 "나는 무어와 같이 살려고 그를 사랑했습니
다"(1.3.249-50)라고 밝혔음에도 왜 브러밴쇼는 그것을 끝내 인정하
지 않는가? 브러밴쇼는 데즈데모나가 증언하기 직전에 "만약 그 애
가 자신이 절반의 구애자임을 고백한다면, 그 사람에게 그릇된 비난

을 가한 내가 벼락을 맞아도 좋소"(1.3.176-78)라고 장담해놓고, 막상 진실이 밝혀진 후에도 여전히 승복하지 않는다. 그 이유를 딸에 대한 아버지의 집착으로만 설명하기엔 뭔가 미흡하다. 힌트를 공작의 짤막한 대사에서 유추할 수 있다. 공작의 구절을 빌리면, 지금 브러밴쇼와 이아고는 "망가진 것을 애써 수습"하고 있다. "맨주먹으로 하느니 부러진 무기라도 사용"(1.3.173-75)하는 심정으로 데즈데모나의 "반란"을 설명하는 것이다. 오셀로를 "교활한 마술사"(1.3.103)로 만들어야 데즈데모나의 선택이 "실수"(1.3.62, 1.3.352)나 "판단 착오"(1.3.100)가 될 수 있기 때문이다. 다시 말해, 오셀로의 마술이라는 "부러진 무기"라도 쓰지 않으면 데즈데모나의 "실수"도 납득할 수 없고 자신들의 "망가진" 자존심도 위무할 수 없다.

똑같이 인종 간의 사랑을 다루는 『안토니와 클리오파트라』에 비해 『오셀로』가 파장이 더 큰 이유도 여기에 있다. 오셀로처럼 '검은 피부'와 연관된 관능성과 폭력성을 지닌 클리오파트라도 '마술'로 로마 영웅을 호리는 '오리엔트 집시'로 묘사된다. 동시에 클리오파트라는 백인가부장제 사회질서에 도전하는 여성이라는 점에서 데즈데모나와도 닮아 있다. 그런데 오셀로와 데즈데모나의 관계는 안토니와 클리오파트라의 관계보다 주류사회에 훨씬 더 심각한 위협으로 다가온다. '서양 한량'이 '동양 요부'와 '놀아나는' 이야기는 여흥의 소재로 적절하지만, '백인 미녀'가 '흑인 색골'과 '붙어먹는' 이야기는 불편하고 불쾌할뿐더러 아주 불안하다. 더구나 "자연의 모든 법칙에 어긋나는"(1.3.102) 사랑놀이에 백인 귀족 여성이 "절반의 구애자"(1.3.176)로 적극 가담했다는 사실은 용납할 수 없다. 애지중지 가꾸고 지켜야 할 '정원'이 스스로 문을 열어젖혔으니 무대와 관객이 공유하는 불안은 임계점을 넘어선다. "사지도 멀쩡하고 안목도 있고 사리도 잘 분별하던 내 딸애가 마술에 홀리지 않고서는 그토록 터무니없는 실수를 할 리 만무하다"(1.3.63-65)라는 아버지의 분한 맺힌 항변이 단순히 "사적인 비탄"(1.3.56)에 그치지 않는 것이다.

이것이 오셀로를 짐승이나 사기꾼으로 만들 수밖에 없는 이유다. 룸바의 분석에 의하면, 르네상스 잉글랜드의 남성으로서는 백인 여성과 흑인 남성의 '잡혼'이 가장 꺼리는 금기이며 거기에 백인 여성이 적극 '공모'하는 것이야말로 사회질서를 뿌리째 뒤흔드는 가장 두렵고 자존심 상하는 일탈이다. 흑인 마술사나 흑인 강간범의 신화가 백인가부장제 사회의 유지에 필요불가결한 이유도 여기에 있다. 따라서 오셀로에게 마술과 마약을 사용한 혐의를 덮어씌워 데즈데모나의 전복적 선택에 '알리바이'를 부여하는 것은 인종적 타자와 성적 타자의 이중적 위협을 일거에 봉쇄하는 일석이조(一石二鳥)의 효과가 있다. 즉 "흑인의 야수성을 고착화하고 여성의 주체성을 제거함으로써 백인가부장제 입장에서 가장 골치 아픈 문제라고 할 수 있는 이방인의 인간성과 여성의 능동적인 섹슈얼리티를 동시에 삭제할 수 있다."[38] 이아고는 바로 이러한 이데올로기적 압력을 매개하는 인물이다.

7 성적 타자의 저항과 (비)주체성

가족을 기본 주제로 삼는 셰익스피어는 특히 부녀관계를 자주 다룬다. 사랑과 결혼이 플롯의 종착역이 되는 희극에서는 물론, 폭력이 난무하고 파국으로 치닫는 비극에서도 아버지와 딸의 관계는 셰익스피어가 즐겨 천착하는 인간관계다. 그런데 밥티스타와 캐서리나·

---

38) Ania Loomba, 앞의 책, *Gender, Race, Renaissance Drama*, pp.51-52.

비앙카, 이지어스와 허미아, 캐퓰렛과 줄리엣, 폴로니어스와 오필리아, 리어와 고너릴·리건·코딜리아, 브러밴쇼와 데즈데모나, 프로스페로와 미랜다 등 셰익스피어가 재현하는 부녀관계는 대개 갈등을 수반한다. 그중에서도 데즈데모나가 가장 도전적이고 반항적인 딸로서, 아버지의 권위를 정면으로 거스르고 아버지가 가장 싫어하고 두려워하는 선택을 한다. 그야말로 저항 주체로서 손색없는 인물로 등장한다. 그러나 데즈데모나의 전복적 역할은 단순하거나 일관되지 않다. 오셀로가 '문명화된 야만인'이라는 모순된 정체성을 부여받았고 이아고도 불가사의한 '악의'와 공감할만한 '상식'을 함께 지닌 것처럼, 백인가부장제 사회에서 차지하는 데즈데모나의 위치도 계급·젠더·인종의 심급이 중층결정된 양상을 띠고 있다. 그래서 데즈데모나에게 초점을 맞춘 작품해석에서도 무엇을 최종심급으로 상정하느냐에 따라 이 극의 정치적 효과에 대한 평가가 엇갈리게 마련이다.

데즈데모나의 첫인상은 무척 인상적이다. 브러밴쇼가 "기만당하고 도둑맞고 더럽혀진"(1.3.61) 딸의 명예를 회복하려고 소집을 요청한 원로원회의에 증인으로 출두한 데즈데모나가 내뱉는 첫마디는 "나누어진 본분"(1.3.181)이다. "지금까지 저는 당신의 딸이었으나 여기 제 남편이 있습니다. 내 어머니가 자신의 아버지보다 당신을 더 소중히 여기고 본분을 다했던 것처럼, 저 역시 제 주인인 무어에게 본분을 다하고자 합니다"(1.3.185-89)라는 데즈데모나의 담대한 선언에, 브러밴쇼는 "자식을 낳느니 차라리 입양했으면 좋았을 것을. ……다른 자식이 없는 게 천만다행이다"(1.3.192-97)라고 한탄하며 물러갈 수밖에 없다. 게다가 데즈데모나는 자신이 오셀로를 먼저 사랑했고 독수공방이 싫으니 전쟁터에 남편을 따라가겠다고 당당하게 밝히면서 결혼과 병영 동행에 대한 공작의 인가를 얻어낸다. 선택과 욕망의 주체로서 확실한 자리매김을 한 셈이다.

데즈데모나가 가부장제 사회의 여성상을 놓고 이아고와 전개하는 논쟁도 흥미롭다. 이아고가 "예쁘고 똑똑한 여자" "예쁘고 멍청한 여자" "못생기고 똑똑한 여자" "못생기고 멍청한 여자"의 네 종류로 분류하는 여성 비하적 발언을 듣고 데즈데모나는 "심한 무지"(2.1.143)라고 일축해버린다. 그리고 이아고가 미모, 겸손, 온유, 검소, 절제, 포용, 지혜, 침묵 등의 모든 '여성적' 미덕을 완비한 여자는 애나 키우고 집안 살림만 하면 된다고 하자, 데즈데모나는 "정말 빈약하고 무기력한 결론"(2.1.161)이라고 맞서면서 에밀리아에게 이처럼 "상스럽고 제멋대로인 조언자"(2.1.164)는 무시하라고 충고한다.

취중 칼부림으로 파면된 카시오의 복직을 남편에게 요청할 때도 데즈데모나는 거리낌이 없다. "우리 장군의 부인이 장군"(2.3.309-10)이라는 이아고의 지적처럼, 카시오의 변호사 역할을 자임하는 데즈데모나의 탄원은 집요하고도 당당하다. 데즈데모나는 카시오의 실수가 "일반 상식의 수준"에서 볼 때 "개인적인 견책을 받을 비행"(3.3.64-66)이 아닌 데다 자신의 실수를 진심으로 뉘우치고 있으며, 카시오는 데즈데모나를 향한 오셀로의 승산 없는 구애를 성사시키는 데 많은 도움을 준 장본인이므로 필히 정상참작을 해야 한다고 강변한다. 카시오의 알현을 연기하려는 오셀로에게는 "사흘을 넘기지 말 것"(3.3.62-63)을 당부하면서 자신의 요청을 들어주지 않으면 식탁과 침실은 전쟁터가 될 것이라고 경고하고, 카시오에게는 "내가 당신 자리를 보장하겠소. ……당신 변호사는 차라리 죽을지언정 당신 소송을 방기하지는 않겠소"(3.3.19-28)라고 약속한다. 1막에서 아버지의 권위에 도전했던 데즈데모나가 2막에서는 새로운 가부장인 남편과도 적극적으로 교섭하는 모습이다.

데즈데모나의 주체성은 그녀의 아버지와 남편뿐만 아니라 백인가부장제 사회의 대변인을 자임한 이아고에게도 '문제'로 다가온다. 브러밴쇼는 딸의 파격적 결혼이 가부장의 권위를 거스르고 성적인 자기결정권을 행사한 것으로 간주할 뿐만 아니라, 그녀의 주체적인 선택을 관능성과 연결한다. 결혼 무효를 요구한 소송에서 패배한 후 브러밴쇼는 원로원에서 물러나며 오셀로에게 "무어, 눈이 있거든 이 애를 잘 살펴보게나. 아비를 속였으니 자네도 속일지 몰라"(1.3.293-94)라는 의미심장한 말을 남긴다. 자신의 딸을 잠재적인 간부(姦婦)로 취급하는 것이다.

오셀로도 데즈데모나의 사랑을 쟁취한 과정을 설명하면서 "그녀가 귀를 기울이고 내 이야기를 게걸스럽게 흡입"(1.3.150-51)했다고 표현한다. 물론 비난을 의도한 것은 아니지만, 오셀로는 아내의 적극적인 성향을 식탐(食貪)에 비유함으로써 이아고의 여성 혐오적 계략을 받아들일 준비를 부지중에 하고 있다. 따라서 이아고가 "떠돌이 야만인과 요사스러운 베니스 계집"(1.3.356-57)을 동시에 파멸시키려는 "이중의 악행"(1.3.393)도 매끄럽게 진행된다. "저는 우리나라 사람들의 성향을 잘 압니다"(3.3.204)라고 운을 뗀 이아고는 데즈데모나의 주체성을 베니스 여인들의 개방적이고 문란한 성향과 연결함으로써 오셀로를 가부장적 폭력게임에 끌어들인다.

오셀로가 데즈데모나를 사랑한 이유도 데즈데모나가 오셀로를 사랑한 이유도 다 정치적이다. 자신들의 정치적 욕망을 이루기 위한 수단으로 서로를 선택한 것이다. 오셀로는 백인 주류사회에 진입해 '인종 세탁'을 하기 위한 발판으로 데즈데모나를 선택했고, 데즈데모나는 가부장제 사회에서 정치적 욕망과 권력의지를 실현하려고 오셀로를 선택했다. 데즈데모나가 사랑한 것은 인종적 타자 오셀로가 아니라 그의 자유분방한 삶의 궤적과 무용담이다. 어릴 적부터 전쟁터를 돌아다니며 용맹을 떨친 오셀로에게 데즈데모나는 자신의 억압된 욕망을 투사한 것이다. 어디에도 얽매이지 않은 '떠돌이' 오셀로는 지리적·사회적 유동성을 갈망하던 데즈데모나의 욕망을 대리 보상하는 인물이다. 오셀로는 데즈데모나 내면에서 꿈틀거리는 욕망을 파악하고 있었다. 그래서 오셀로는 원로원회의에서 데즈데모나가 사이프러스의 전쟁터로 자신을 따라오려고 할 때, "그녀가 원하는 대로 해주시오"(1.3.261)라고 요구한다. 사이프러스에서 재회할 때도 오셀로는 데즈데모나를 "나의 아름다운 용사"(2.1.180)라고 부르며 "어서 와요, 데즈데모나. 편안한 잠자리를 전투로 일깨우는 것이야말로 용사의 삶이요"(2.3.253-54)라면서 '사적인 영역'에 갇혀 지내던 데즈데모나를 '공적인 영역'에 초대한다.

그러나 이 극을 지배하는 가부장제 질서는 성적 타자의 주체성을 쉽게 허용하지 않는다. 데즈데모나는 숱한 남성에게 욕망과 소유의 대상으로 다가온다. 그녀는 브러밴쇼에게 "도적"(1.2.62)의 손길로부터 보호해야 할 "보석"(1.3.196)이고, 로더리고에게는 "입술 두꺼운 놈이 차지한 횡재"(1.1.65)이며, 카시오에게도 "하늘이 내린 데즈데모나"이자 "배 안에 가득한 보화"(2.1.73, 83)다. 특히 카시오의 눈에 데즈데모나는 "형언할 수 없고 세간의 평가 너머에 있는 아가씨이며, 미사여구를 쏟아내는 작가들의 수사를 뛰어넘고 창조의 불가결한 옷을 입히느라 창조자가 소진한 존재"(2.1.61-64)다.

카시오의 여신숭배 찬사에 이아고의 호색적 시선이 덧씌워지면서 데즈데모나는 "밤일에 능한" 여자, "정말 싱싱하고 빛깔 좋은 생물" "사랑의 결투를 신청하는 나팔" 같은 여자, "유혹하는 눈길과 적당한 수줍음"을 겸비한 여자, "사랑을 일깨우는 목소리"를 지닌 여자(2.3.17-24)로 재구성된다. 빼어난 미모와 정숙한 외양에다 드러나지도 않고 과하지도 않은 관능미까지 갖춘 귀족 여성이니 그녀를 차지하려는 남성들에게는 "완벽 그 자체"(2.3.25)인 셈이다. 심지어 오셀로도 데즈데모나의 상품화에 동참한다. 데즈데모나를 자신의 군사적 "기여" 덕분에 "손에 넣은 재물"(1.2.18, 23)로 여기는 오셀로는 이 극에서 그녀에 대한 소유욕과 집착을 누구보다도 더 강하게 드러내는 인물이다.

더구나 베니스에서 사이프러스로의 공간 이동은 데즈데모나를 더 취약한 대상으로 만든다. 사이프러스는 베니스보다 남성중심주의적 쇼비니즘이 더 노골적으로 발현되는 공간이다. 비록 베니스에서는 아버지의 가부장적 통제가 가해졌지만 동시에 그 통제는 귀족 여성의 지위를 보장해주는 보호막으로 작동했다. 하지만 남성성이 가장 조야하게 구현되는 최전선이자 문명사회의 주변부라고 할 수 있는 사이프러스에서 데즈데모나는 남성들에게 둘러싸인 대상이 된다. 아버지의 "보물"이었던 데즈데모나가 이 고립된 섬에서는 모든 남성이 욕망하는 동시에 모든 남성에게 몸을 내줄 것처럼 보이는 잠재적 "창녀"로 전락한다. 3막부터 데즈데모나는 이아고와 로더리고 사이의 밀담에서만 "요사스러운 베니스 계집"으로 그려질 뿐 아니라 오셀로의 마음속에도 그렇게 각인된다. 데즈데모나도 여느 베니스 여자들처럼 "서방질을 신에게 보여줄지언정 남편에게는 들키지 않고, 그 짓을 안 하는 게 아니라 모르게 하는 것을 최고의 양심으로 생각"(3.3.205-7)할지 모른다는 이아고의 속삭임은 "공병들까지 포함한 군부대 병사들 전체가 그녀의 달콤한 몸뚱이를 맛봤을"(3.3.348-49) 수도 있다는 오셀로의 의심으로 발전한다.

욕망의 주체이자 욕망의 대상으로 설정된 데즈데모나는 극이 진행될수록 점차 대상화된다. 카시오를 복직시키라는 끈질긴 요구를 오셀로가 "지금은 아니오. 어여쁜 데즈데모나, 나중에 봅시다"(3.3.55)라고 거절하자, 데즈데모나는 "당신 마음 내키는 대로 하세요. 당신이 뭐라든 저는 따라야지요"(3.3.88-89)라면서 완강하게 버티던 자세를 갑자기 굽힌다. 데즈데모나가 말하는 주체에서 침묵하는 대상으로 전환하는 순간이다. 4막에서 오셀로의 의처증이 깊어져서 데즈데모나를 창녀 취급하는 상황에서도 그녀는 한동안 자신의 결백을 주장하다가 "내가 이런 수모를 겪는 건 당연해. 너무나 당연해"(4.2.109)라면서 모든 것을 자신의 탓으로 돌린다. 오셀로가 데즈데모나의 처형을 결심했을 때도 그녀는 남편의 마음을 읽기라도 한 듯 자포자기 상태에 빠진다. 데즈데모나는 사랑하던 남자에게 버림받고 스스로 목숨을 끊은 하녀 바바리의 이야기를 에밀리아에게 들려주고, 그 하녀가 죽으면서 불렀던 버드나무 노래를 부르며 잠자리에 든다. 마치 죽음을 불가피한 "운명"(4.3.27)으로 받아들이고 준비하는 듯한 모습이다.

　"죽음의 침상"(5.2.51)에 누운 데즈데모나는 제단에 바쳐진 희생양을 닮았다. "더 많은 남자가 배반당하지 않으려면 그녀가 죽어야 한다"(5.2.6)라고 생각하며 정의의 사도를 자처하는 오셀로에게, 데즈데모나의 마지막 자기변론은 "위증"(5.2.51)에 지나지 않는다. "정의의 여신조차 설득당해 칼을 거둘" "빼어난 자연의 걸작품"(5.2.11, 16-17)은 "창녀"(5.2.76, 78)로 낙인찍힌 채 최후를 맞이하게 된다. 이때 무대 위에는 침실 안과 밖 사이에 묘한 공간 분할과 시청각적 병치가 이루어진다. 밖에서는 굳게 잠긴 문을 두드리는 에밀리아의 다급한 외침 — "주인님, 주인님, 제발, 주인님, 주인님"(5.2.83) — 이 용명(溶明)하고, 안에서는 죄어드는 오셀로의 손아귀 사이로 새어 나오는 데즈데모나의 절망적인 애원 — "오, 주님, 주님, 주님"(5.2.84) — 이 용암(溶暗)한다. 그야말로 '말문이 막힌' 채 죽는다. '발화하는 주체'에서 '침묵하는 타자'로의 변환을 마무리하는 데즈데모나의 죽음은 '자기 타자화'를 완결 짓는 오셀로의 최후 못지않게 진한 아이러니를 내포한다.

데즈데모나를 중심에 놓고 보면, 이 비극은 그녀를 사이에 두고 이방인과 백인주류사회가 싸우는 이야기다. 오셀로는 데즈데모나의 '탈취'에 성공했고, 이아고, 브러밴쇼, 로더리고는 관객의 응원을 등에 업고 그녀의 '탈환'을 시도한다. 인종 간에 벌어지는 남자들의 '놀이'(game)에 데즈데모나는 최고의 '먹잇감'(game)이 되는 형국이다. 하지만 어느 쪽도 그 사냥감을 차지하지 못한다. 그런 점에서, 이 극은 가부장적 욕망의 충돌이 빚는 비극이다. 서로 다른 듯하면서도 빼닮은 욕망의 틈바구니에서 데즈데모나는 찢어지고 절멸한다. 사회의 통념과 편견에 맞서 지극히 비현실적인 선택을 한 데즈데모나가 숨 쉴 수 있는 공간은 없다. 아버지도 남편도 그 공간을 마련해 주지 않는다. 아버지에게는 딸의 순결이 남편에게는 아내의 정조가 전부다. '자유로운 영혼'을 소유한 데즈데모나에게는 베니스도 사이프러스도 숨 막히는 현실일 뿐이다. 데즈데모나는 결국 '질식'해서 죽어야 한다. 베니스의 백인기독교 사회는 '우리' 데즈데모나가 짐승 같은 야만인에게 '더럽혀졌다'라고 생각하고, 사이프러스의 사령관 오셀로도 자신의 모든 성취와 명예가 걸린 그녀가 카시오에게 '더럽혀졌다'라고 생각하기 때문에, 데즈데모나가 설 자리는 어디에도 없다. 강간당한 여성은 오염된 공동체의 정화를 위해 희생양이 되어야 한다.

그런데 셰익스피어는 데즈데모나를 뺏고 뺏기는 욕망의 싸움판을 그리면서 어느 쪽도 편들지 않는 것처럼 보인다. 백인가부장제 사회의 대리인을 자임한 이아고는 물론이고 인종주의 이데올로기에 희생되는 오셀로도 데즈데모나의 삶을 통제하고 파괴하는 공범이다. 물론 이는 "잘 기울어지는 데즈데모나"(2.3.335), 즉 남의 말에 쉽게 귀 기울이고 마음이 쉽게 기울어지는 여성 인물을 창조한 작가의 책임이지만, 셰익스피어는 그 책임을 이아고와 오셀로에게 균등하게 묻는다. 이아고의 왜곡된 이성과 오셀로의 과도한 감정이 맞물리면서 시대를 거스른 낭만적 사랑이 희대의 '가정 비극'으로 전락한다. '이성적인' 이아고의 증오심도 '감정적인' 오셀로의 질투심도 가부장제 사회의 이데올로기적 동종이형(同種異形)이다. 이들의 상이한 감정 밑바닥에는 순결·정조 이데올로기에 매몰된 남성의 불안감이 깔려 있기 때문이다. 다만 오셀로의 불안이 '검은 피부'로 인해 더 음험하고 파괴적으로 보일 뿐이다.

『오셀로』를 남성의 불안과 가부장제의 모순이 초래하는 비극으로 해석할 때, 관객의 시선을 끄는 또 하나의 여성 인물은 에밀리아다. 이아고의 아내이자 데즈데모나의 하녀인 에밀리아는 성적·계급적 타자이면서 오셀로에 대해서는 인종적 주체의 위치에 서게 된다. 즉 에밀리아는 젠더 관계에서는 억압당하는 여성으로서 가부장제 사회의 틈새를 드러낼 뿐 아니라 극의 후반부로 갈수록 침묵하는 데즈데모나의 역할까지 대신하지만, 오셀로와의 관계에서는 하녀의 신분을 넘어 백인사회의 일원으로서 남편 이아고의 역할을 반복한다. '고귀한 야만인' 오셀로가 흑인인 동시에 장군인 것처럼, 무어를 장군으로 섬기는 이아고가 백인사회의 대변인인 것처럼, 그리고 데즈데모나가 백인 귀족이면서도 가정폭력에 희생되는 여성인 것처럼, 에밀리아는 하녀이자 아내이지만 '침입한 이방인' 오셀로의 관찰자요 감시자다.

여성 주체로서의 에밀리아는 극 초반부와 후반부에서 뚜렷이 대조된다. 2막에서 데즈데모나와 이아고가 이른바 '네 종류의 여성상'을 놓고 논쟁할 때만 해도 에밀리아는 자신의 목소리를 적극적으로 내지 않는다. 이아고가 "당신은 집 밖에서는 요조숙녀인데 거실에선 요란한 종소리고 부엌에선 살쾡이지. 남 해코지할 땐 성자이고 화났을 땐 악마이며, 집안일엔 요령만 피우다가 잠자리에선 엄청 밝히잖

아!"(2.1.109-12)라고 몰아붙여도 에밀리아는 "언제 당신이 날 칭찬
해준 적 있나요?"(2.1.116)라고만 할 뿐 별다른 대응을 하지 않는다.
하지만 3막부터 역할과 대사 분량이 많아지는 에밀리아는 후반부로
갈수록 '길들어지지 않은 말괄량이'로 바뀌어간다. 특히 부정한 여
자에 대해 에밀리아는 데즈데모나와 완전히 상반된 입장을 피력한
다. 남편을 기만하고 배반하는 행위는 "온 세상을 다 줘도"(4.3.63)
절대로 할 수 없다는 데즈데모나와는 달리, 에밀리아는 "세상은 이
렇게 넓은데 작은 죄를 짓고 큰 보상을 받기만 한다면"(4.3.68-69) 얼
마든지 하겠다고 말한다. 데즈데모나의 목소리가 작아질수록 에밀
리아의 목소리가 커지는 것이다.

　에밀리아의 가치관은 현실적인 동시에 전복적이다. 상황에 따라
"서방질하고 나서 오리발 내밀면 그만"으로 생각하는 에밀리아는
"쌍가락지 한 개나 비단 몇 필" 같은 "하찮은 선물" 받으려고 그런 짓
은 하지 않겠지만, "온 세상을 다 주거나 자기 남편을 왕으로 만들어
준다면 서방질 안 할 여자가 어디 있겠어요?"(4.3.70-76)라고 반문한
다. 데즈데모나의 전통적 여성관은 에밀리아에게 먹히지 않는다. 계
속해서 에밀리아는 아내의 부정을 정반대 시각에서 재해석한다.

> 정말이지 여자들이 바람피워 낳은 자식은
> 이 세상을 가득 채우고 남을 만큼 많아요.
> 하지만 아내가 타락하는 건 남편 잘못이죠.
> 그들은 자신이 해야 할 임무는 소홀한 채
> 우리 보물을 딴 여자 가랑이에다 쏟아붓고,
> 용렬한 질투심으로 우리를 가두고 때리며
> 심술이 나서 전에 주던 용돈도 줄이잖아요.
> 그러니 우린들 성질이 안 나고 배깁니까?

우리는 자비심도 있고 복수심도 있다고요.
남편들은 자기 아내도 같은 성정이 있음을
꼭 알아야 해요. 우리도 남편들처럼 보고
냄새 맡으며 단맛 쓴맛 구분할 줄 알아요.
왜 그들이 우리를 딴 여자와 바꾸는가요?
심심풀이 장난이라고요? 그렇다고 칩시다.
바람피우는 거라고요? 그럴 수 있겠지요.
의지가 약해서라고요? 그럴지도 모르지요.
그러면 우린 남자들 같은 감정이 없나요?
장난하고픈 욕망도 연약한 의지도 없나요?
그러니 그들이 우리를 잘 받들고 모셔야죠.
그렇지 않으면 우리가 저지르는 못된 짓은
그들에게서 배운 것임을 가르쳐줄 겁니다.(4.3.83-102)

한마디로, 여자의 '서방질'은 남자의 '오입질' 때문이라는 것이다. 일견 아낙네의 푸념이나 신세 한탄처럼 들리는 이 대사는 남성중심주의적 정조 이데올로기에 대한 통렬한 비판이자 가부장제 사회의 구조적 모순에 대한 원색적인 증언이다. 동시에 에밀리아는 욕망의 대상이 아닌 주체로서 여성의 목소리를 대변하고 있다. 셰익스피어의 동시대 여성 관객들에게 통렬한 카타르시스를 맛보게 했을 이 대사는 남성 관객들에게는 선을 넘은 도발이자 앙칼진 도전으로 비쳤을 것이다. "난 북풍처럼 자유롭게 말하겠소"(5.2.218)라는 에밀리아의 천명은 남편의 칼부림에 봉쇄되고 말지만, 그녀가 토설한 '불편한 진실'의 파장은 쉽게 사그라지지 않는다.

인종의 심급에서 보면, 에밀리아가 수행하는 역할은 더 흥미롭다. 이 극에서 에밀리아는 이아고처럼 오셀로를 관찰하고 감시하다가 마지막에는 정죄하는 역할을 담당한다. 백인사회의 '눈'과 '귀'로 복무하는 것이다. 에밀리아는 데즈데모나에게 오셀로가 질투심이 많지 않은지 세 차례에 걸쳐 질문한다. 더구나 에밀리아는 신분의 위계를 무시하고 오셀로를 가리켜 "그"(3.4.29) 또는 "이 남자"(3.4.100)로 부르면서, "질투하는 남자들은 이유가 없어요. 그들은 질투심이 많아서 질투하는 거예요. 질투란 스스로 생기고 태어나는 괴물이죠"(3.4.160-62)라고 충고한다. 오셀로를 "질투하는 남자들" 중의 하나로 규정하는 에밀리아는 질투를 "먹잇감을 비웃으며 잡아먹는 녹색 눈빛의 괴물"(3.3.168-69)로 정의한 이아고와 부창부수(夫唱婦隨)하는 셈이다. 르네상스 시대의 오리엔탈리즘 담론에서 질투심은 폭력성과 더불어 '야만인'을 특징짓는 스테레오타입이었다. 에밀리아의 거듭된 질문은 오셀로의 '무어다움'을 확인하려는 시도다. 에밀리아는 오셀로의 결혼과 승전으로 잠복한 인종주의를 다시 수면 위로 끌어올려서 공론화하고 있다. 그런 점에서, 에밀리아는 오셀로의 야만성을 입증하려는 이아고의 도우미다.

에밀리아의 역할은 오셀로의 '무어다움'이 드러나는 5막에서 가장 두드러진다. 오셀로가 데즈데모나를 죽인 직후, 마치 기다렸다는 듯이 모두가 이구동성으로 무어의 야만성을 규탄한다. 사이프러스의 총독 몬테이노는 이 사건을 "극악무도한 행위"(5.2.186)로, 데즈데모나의 사촌 로도비코는 "저주받은 노예의 짓거리"(5.2.289)로 여기고, 데즈데모나의 숙부 그라시아노는 "불쌍한 데즈데모나, 네 아버지가 죽은 게 다행이지. 네 결혼이 그에게는 죽음이었어. 엄청난 비탄이 그의 늙은 명줄을 끊어놨어"(5.2.202-4)라고 한탄한다. 그중에서도 에밀리아의 목소리는 무대 위에 가장 크게 울려 퍼진다. "진실의 보고자"(5.2.126)임을 자처한 에밀리아는 이아고의 협박에 굴하지 않고 "난 입을 다물지 않을 거야. 난 반드시 말해야겠어"(5.2.180)라면서 오셀로가 이아고의 계략에 빠져 데즈데모나를 살해했음을 밝힌다.

그런데 여기서 에밀리아가 사용하는 단어에 주목할 필요가 있다. 오셀로가 장군이며 주인의 남편임에도 불구하고 하녀인 에밀리아는 "무어가 제 마님을 죽였어요!"(5.2.163)라고 외치면서, 오셀로에게 "시커먼 악마"(5.2.129), "악마"(5.2.131), "멍청한 무어"(5.2.223), "어릿광대 같은 살인마"(5.2.231), "잔혹한 무어"(5.2.248) 같은 인종주의적 욕설을 퍼붓는다. 지금껏 신분의 위계질서 때문에 억눌렀던 인종 편견을 여과 없이 쏟아내는 것이다. 특히 "너 따위 바보한테 이렇게 좋은 아내가 웬 말이냐?"(5.2.231-32)는 에밀리아의 개탄은 오셀로와 데즈데모나를 어울리지 않는 짝으로 간주한 백인사회의 정서를 압축해서 대변하는 동시에 자신을 "명예로운 살인자"(5.2.291)로 정당화하려는 오셀로의 마지막 시도를 무력화한다.

에밀리아는 전복적 언행으로 일관한다. 애당초 그녀는 이아고의 '말괄량이 길들이기'가 통하지 않는 여성인 데다 죽는 순간까지 '입 다물지 않는' 여성이다. 그녀가 의심과 비판의 눈길을 보내는 대상은 이아고와 오셀로다. 그런데 이 두 남자를 향한 발언의 수위가 다르다. 두 사람이 합작한 "악행"(5.2.187)이 드러났을 때, 오셀로에게는 온갖 욕설과 저주를 내뱉지만 이아고를 향해서는 "당신은 그런 악인이 아니잖아요"(5.2.170)라면서 진실을 말해달라고 간청한다. 이 차이를 인종 장벽 말고는 설명하기가 힘들다. 그 장벽은 오셀로를 제외한 모든 등장인물과 관객이 공유하고 셰익스피어도 승인한 집단정서였을 것이다. 그런 점에서, 에밀리아의 저항은 오셀로의 야만성을 부각하는 효과를 수반한다. "여태껏 눈을 치켜뜬 가장 아름답고 순결한 여인을 당신이 죽여버렸어"(5.2.197-98)라는 에밀리아의 비난 섞인 정죄는 무고한 희생자의 억울함뿐만 아니라 무분별하고 무자비한 가해자의 폭력성을 고발하고 있다. 이렇듯 극의 후반부에서 데즈데모나와 에밀리아는 가부장적 억압에 상반된 반응을 보이지만, 이들의 묵종/저항은 하나의 결론으로 수렴된다. 그것은 모두 오셀로의 '무어다움'을 확인시켜주는 증거자료다.

룸바는『오셀로』를 "인종 간의 사랑과 사회적 포용성에 관한 판타지인 동시에 인종 혐오와 남성 폭력이 빚는 악몽"으로 규정한다.[39] 룸바의 구절은 이 극에 담긴 정치적 주제를 포괄하며 다양한 해석의 가능성을 열어두지만, 양면성이나 복합성의 강조가 때로는 해석의 초점을 흐리게 한다. 이 극은 "판타지"보다는 "악몽"에 무게중심이 가 있다. 셰익스피어가 그리려는 것은 인종적 차이의 포용이나 초극이 아니라 차이에서 비롯되는 불안과 두려움이다. 또한 셰익스피어가 "인종 혐오"와 "남성 폭력"을 균등한 비중으로 다룬다고 보기는 어렵다.『베니스의 무어, 오셀로의 비극』이라는 제목이 말하듯이, 이 극의 최종심급은 계급이나 젠더가 아니라 인종이다. 셰익스피어는『헛소동』의 클로디오와『겨울 이야기』의 리안티즈를 통해 의심하거나 질투하는 남편의 또 다른 예를 보여주지만, 오셀로의 경우와는 원인도 결과도 다르다. 장르의 차이뿐만 아니라 인종적 차이가 플롯을 제어하기 때문이다.『오셀로』에서 젠더 관계의 갈등이 화해 불가능한 파국으로 치닫는 이유는 인종 장벽 때문이다. 엄밀히 얘기하면, 인종적 차이로 형성된 단층선이 불균등한 젠더 관계로 인해 굳어질 뿐이다.

---

39) Ania Loomba, 앞의 책, *Shakespeare, Race, and Colonialism*, p.91.

8 새로운 식민주체의 탄생

오셀로가 처한 사회 환경은 파농이 말한 '식민지 상황'과 다르지 않다. 파농이 "식민지에서는 경제적 하부구조가 상부구조이고 원인이 곧 결과이며, 백인이기 때문에 부자고 부자이기 때문에 백인이다"라고 주장한 이유는 식민주의가 기본적으로 인종의 드라마임을 강조하기 위해서다.[40] 물론 계급과 젠더의 차이가 중층결정된 형태로 얽혀 있는 경우가 대부분이지만, '식민지 상황'의 최종심급은 어디까지나 인종이라는 것이다. 오셀로가 장군이며 귀족 여성의 남편임에도 '검은 피부'의 무어인이기 때문에 자신의 부하와 하녀에게까지 멸시당할 수밖에 없는 상황이다. 백인이라서 부유하고 백인이라서 선하고 아름다운 상황에서 오셀로는 오로지 결핍이요 부재일 따름이다. 마니교적 이원론이 지배하는 이 세계에서 오셀로는 백인들과의 상호의존적이고 상호주체적인 관계를 형성할 수 없다. 오셀로는 백인사회의 포용성을 시험하기 위해 잠시 끌어들였다가 폐기할 도구일 뿐 공존과 상생의 가능성을 함께 모색할 상대는 아니다. 따라서 오셀로의 소멸은 비극 장르의 논리적 귀결인 동시에 셰익스피어가 간과할 수 없는 이데올로기적 필연이다.

그렇다면 왜 셰익스피어는 『오셀로』에서 '고귀한 무어'라는 모순덩어리를 창조했을까? 이는 셰익스피어를 인종주의자로 결론 내리기 전에 한 번쯤 되짚어봐야 할 질문이다. 르네상스 시대 잉글랜드의 그 어떤 극작가도 백인 영웅과 '유색인' 악당의 대립 구도를 이처럼 과감하게 뒤집지 못한 점을 고려할 때, 셰익스피어의 연극적 실험은

---

40) Frantz Fanon, *The Wretched of the Earth*, Constance Farrington(trans.), New York: Grove Press, 1963, p.40.

시대를 앞서간 도전이요 세간의 상상을 넘어선 파격임이 틀림없다. 오죽하면 이 극을 각색한 후대 작가들이 오셀로와 이아고의 피부색을 뒤바꾸기까지 했겠는가? 그런 점에서, 셰익스피어를 인종주의의 혐의에서 벗겨주려는 비평적 접근도 일리가 있다. 무어를 비극 영웅으로 내세운 것만으로도 충분히 인정받을 만하기 때문이다. 인종주의나 제국주의에 대한 비판이 문학해석의 주요과제가 된 현재 21세기 시각에서는 셰익스피어 시도가 미흡하게 보이겠지만, '현재주의' 입장에서 16세기 작가의 공과를 평가하는 것이 불공평하다는 반론은 나름대로 설득력이 있다. 따라서 셰익스피어가 활동했던 당대의 사회적 맥락 안에서 이 극의 정치성을 재고하는 것도 필요하다.

『오셀로』의 정치적 의미와 효과는 『타이터스 안드로니커스』와 비교해보면 더 분명해진다. 각각 1588년과 1603년에 쓴 것으로 추정되는 두 비극은 약 15년의 시차만큼이나 극작술의 차이가 두드러진다. 새뮤얼 존슨과 T.S. 엘리엇을 포함한 허다한 비평가들이 셰익스피어가 원작자가 아니거나 다른 작가와의 공저로 의심하는 『타이터스 안드로니커스』와 "셰익스피어의 완숙한 비극"[41] 중 하나로 평가받는 『오셀로』는 같은 작가의 작품으로 보기 힘들 정도로 무어 캐릭터가 등장한다는 것 말고는 공통점을 찾아볼 수 없다. 더구나 셰익스피어가 애런과 오셀로를 '비천한 무어'와 '고귀한 무어'의 상반된 이미지로 재현한 것은 인종적 타자의 재현 방식에 유의미한 변화가 있음을 의미한다. 이 변화의 배경을 르네상스 잉글랜드의 이데올로기적 요구에서 찾아볼 수 있다. 애런처럼 '악의 화신'으로 '백인다움'과 '인간다움'의 대척점에 서 있던 무어가 '고귀함'의 지위를 획득한 것은

---

41) Bernard McElroy, *Shakespeare's Mature Tragedies*, Princeton: Princeton University Press, 1973. 매켈로이는 『햄릿』『오셀로』『리어왕』『맥베스』를 "셰익스피어의 완숙한 비극"으로 규정한다.

셰익스피어의 다문화주의적 상상력 덕분이라기보다는 그의 동시대 사회가 새로운 유형의 인종적 타자를 필요로 했기 때문이다.

유럽대륙의 열강을 뒤따라 식민지 진출에 뛰어든 잉글랜드가 각양각색의 인종적·문화적 타자와 마주치면서 '그들'을 규정하고 포섭할 새로운 틀이 필요한 상황에서, 셰익스피어는 기존의 백인/흑인, 문명/야만의 이분법을 변주해 흑인의 '흑인다움'을 세분화한 것이다. 획일화된 기존의 스테레오타입만으로는 다양한 '색깔'의 무어, 니그로, 오리엔탈, 인디언을 담아낼 수 없었기 때문이다. 이 극의 지리적 배경을 르네상스 유럽에서 비유럽세계와의 교류가 가장 활발했고 '이방인'의 경제 활동에 가장 개방적이었던 베니스로 설정한 것은 우연이 아니다. 고대 로마가 16세기 잉글랜드가 지향한 제국 건설의 모델이었던 것처럼, 이탈리아 르네상스를 꽃피운 다문화주의 도시국가 베네치아는 런던의 미래였다. 물론 그렇다고 해서 셰익스피어가 흑인을 백인과 대등한 존재로 격상시킨 것은 아니다. 원래 백인의 반대편에 있던 '비천한 무어'의 '옆'에 '고귀한 무어'라는 또 다른 범주를 설정함으로써 인종적 타자에 대한 재현의 유연성을 확보한 것이다. 이를 두고 바텔즈는 셰익스피어가 "무어의 범주를 확장"했다고 표현한다.[42] 그런 점에서, 『오셀로』는 르네상스와 더불어 탄생한 새로운 식민주체의 이야기다.

셰익스피어가 창조한 '고귀한 무어'는 유럽 근대성의 자기성찰을 목적으로 18세기에 루소(Jean-Jacques Rousseau)를 비롯한 계몽주의자들이 담론화한 '고귀한 미개인'의 원형이다. 왕정복고와 더불어 부활한 런던 연극무대에서도 '고귀함'의 꼬리표를 단 인종적 타자

---

42) Emily C. Bartels, 앞의 글, "Making More of the Moor: Aaron, Othello, and Renaissance Refashioning of Race," p.454.

는 인기 있는 문화상품으로 소비되었다.[43] 그 이국풍 증후군은 잉글랜드의 식민지 팽창이 본격적인 궤도에 올랐음을 반영하는 현상이기도 했다. 문제는 영국중심주의(Anglocentrism)에 기초한 재현이다. 본성이 순진무구한 '미개인'이든 문명의 도움으로 순치된 '야만인'이든 결국 잉글랜드의 지배권을 강화하기 위해 타자를 배경이나 거울로 전유한 것에 불과하다. 더구나 '고귀한 미개인' 개념은 그것의 상대역인 '비천한 미개인'을 상정하는 구실이 되었다. 화이트가 정확히 지적한 바, '고귀한 미개인'과 '비천한 미개인'은 두 가지 상반된 식민정책, 즉 전자의 경우는 개종과 포용을 후자의 경우는 배척과 말살을 정당화하는 담론적 근거로 작용했다.[44]

셰익스피어의 '고귀한 무어'는 기존 유형과 구분된 새 유형으로서, 타자를 재현하는 인종주의적 틀을 폐기하거나 초극한 것이 아니라 더 다채롭게 변주한 것이다. 즉 '비천한 야만인' 애런과 '고귀한 야만인' 오셀로를 병치함으로써 '야만인'의 스펙트럼을 넓힌 셈이다. 하지만 이러한 다변화가 주체와 타자의 자리바꿈이나 '문명인'과

---

43) '고귀한 야만인·미개인'을 형상화한 17·18세기 잉글랜드의 대표적인 문학·연극 작품으로, Thomas Heywood, *The Fair Maid of the West*(1631), William Davenant, *The History of Sir Francis Drake*(1658), John Dryden, *The Indian Emperor*(1665), Aphra Behn, *Oroonoko*(1688), Thomas Southerne, *Oroonoko*(1695), Thomas Gay, *Polly*(1729), Richard Cumberland, *The West Indian*(1771), George Colman Jr., *Inkle and Yarico*(1787) 등이 있다. 이에 관한 상세한 논의는 Anthony Gerard Barthelemy, *Black Face, Maligned Race: The Representation of Blacks in English Drama from Shakespeare to Southerne*, Baton Rouge: Louisiana State Press, 1987; Jack D'Amico, *The Moor in English Drama*, Tampa: University of South Florida Press, 1991; Elliot H. Tokson, *The Popular Image of the Black Man in English Drama, 1550-1688*, Boston: G. K. Hall and Company, 1982를 참고할 것.

44) Hayden White, *Tropics of Discourse: Essays in Cultural Criticism*, Baltimore: The Johns Hopkins University Press, 1978, pp.191-192.

'야만인'의 동일화를 의미하지 않는다. 수식어가 '비천한'에서 '고귀한'으로 바뀌었을 뿐, 타자의 정체성은 여전히 '야만인'이다. 마지막 순간에 오셀로가 자신을 "명예로운 살인자"(5.2.291)로 규정하듯, 이 예외적인 무어는 결국 살인자로 마감한다. 아무리 오셀로가 고귀해도 애런으로부터 물려받은 무어의 호색성과 폭력성은 문명의 베일 이면에 잠재하다가 언젠가는 수면 위로 부상한다. 결과적으로 셰익스피어는 이성/감정, 정신/육체, '우리'/'그들'의 오래된 이분법을 정교하게 다듬었을 뿐 그것을 넘어섰다고 보기는 힘들다. 셰익스피어의 성취와 한계를 여러 측면에서 논할 수 있겠지만, 한 가지 분명한 것은 오셀로에게는 햄릿이나 리어와 같은 '근대적 주체'의 고통이나 '보편적 인간'의 번민을 부여하지 않았다는 사실이다.

제4장 클리오파트라: 진화하는 오리엔탈리즘

> "클리오파트라에게 파격적으로 주어지는 자기연출의 기회는
> 작가의 선물이 아니라 정죄를 위한 올가미다. 셰익스피어는
> 일단 클리오파트라에게 불가사의하고 변화무쌍한 페르소나를
> 부여한 후, 그것을 하나씩 규정하고 또한 규명해간다."

1 '동양 요부' 신화의 재구성

"클레오파트라의 코가 조금만 짧았더라면 지구 표면이 바뀌었을
것이다." 파스칼(Blaise Pascal)이 『팡세』(*Pensées*)에서 역사의 동인은
사소한 것임을 강조하는 맥락에서 던진 이 한마디는 클레오파트라
가 역사를 바꿀 정도의 절세미인이었다는 의미로 회자되어왔다. 그
런데 당시 화폐 초상이나 부조에는 클레오파트라가 길쭉한 매부리
코와 큰 입을 가진 여인으로 묘사되어 있는데, 동시대 유럽인들이 생
각하던 미녀의 전형과는 거리가 있었다. 클레오파트라가 양귀비와
더불어 '동양 미녀'(Oriental beauty)의 대표로 자리매김되어 온 것은
오리엔탈리즘 덕분이라고 해도 과언이 아니다. 사이드가 말한 '오리
엔트'의 지정학적 의미가 근동과 중동에서 확장되어 극동까지 포함
한 아시아 전체로 확장된 것처럼, 이집트 여왕이었던 클레오파트라
는 이집트가 '오리엔트'의 범주에 귀속되면서 '동양 미녀'로 재탄생
했다. 유럽 제국주의의 팽창과정과 궤를 같이하여 변주되어온 클레
오파트라는 '남성적' 서양과 '여성적' 동양의 만남이라는 식민지 판

타지의 원형적 아이콘이 되었다. 그렇게 수 세기 동안 '동양 극장'의 무대에서 율리우스 카이사르와 마르쿠스 안토니우스의 연인으로 서구 남성 관객의 시선을 사로잡은 클레오파트라는 어느새 역사의 흐름을 초극한 불멸의 신화가 되었다.

클레오파트라 7세 필로파토르(Cleopatra VII Thea Philopator, BC 69-30)는 알렉산드로스 대왕을 수행한 장군이자 마케도니아 왕조를 창건한 프톨레마이오스의 후손으로서, 이집트에서 태어나 이집트 언어를 배우고 사용했으나 이집트 혈통과는 상관이 없었다. 프톨레마이오스 12세의 셋째 딸로 태어난 클레오파트라는 부왕이 죽고 난 후, 동생 프톨레마이오스 13세와 권력다툼을 벌이다가 또 다른 동생 프톨레마이오스 14세와의 결혼을 통해 불안정한 권력을 유지해갔다. 로마의 세력이 이집트로까지 확장되자 클레오파트라는 1차 삼두정치의 경쟁자 중에서 폼페이우스 대신 카이사르(줄리어스 시저)의 손을 잡았고, 그의 도움으로 22세에 이집트 여왕이 되었으며 카이사르의 아들로 추정되는 카이사리온을 출산했다. 로마로 개선한 카이사르가 암살당하면서 정치적 보호막을 상실한 클레오파트라는 안토니우스에게 접근해 그와 제휴하고 결혼함으로써 이집트의 왕좌를 보전했다. 2차 삼두정치에서 레피두스가 먼저 탈락한 후 옥타비우스와 힘겨루기를 벌이던 안토니우스는 클레오파트라와 연합군을 결성해 옥타비우스와 맞섰지만 악티움 해전에서 참패했다. 안토니우스는 알렉산드리아로 패주한 후 자살했고, 클레오파트라도 39세의 나이에 그를 따라 자살했다. 옥타비우스(아우구스투스)는 로마 최초의 황제가 되었고 로마는 공화국에서 제국으로 전환했으며, 프톨레마이오스 왕조의 마지막 통치자였던 클레오파트라가 사망하면서 이집트는 로마의 속국이 되었다.

위의 내용은 '역사'에서 전해지는 클레오파트라 이야기다. 역사 속의 클레오파트라는 남성 영웅들을 유혹해 파멸시키는 '요부'(femme fatale)라기보다 강대국에 맞서 자신의 왕국을 지키려던 여장부였다. 그러나 문학적 재현의 장에서 클레오파트라는 20세기 페미니즘 비평이 개입하기 전까지 가부장제와 제국주의의 틀 안에서 '오리엔트'를 상징하는 미녀·마녀로 끊임없이 변신하며 문화상품으로 엄청난 인기를 누렸다. 셰익스피어의 『안토니와 클리오파트라』도 그중의 하나다. 클레오파트라 이야기를 셰익스피어가 어떻게 변주했는지를 살펴보는 것은 역사적 재현과 문학적 재현의 차이를 예시하는 동시에 셰익스피어라는 극작가에게 미친 오리엔탈리즘의 영향을 확인하는 작업이기도 하다.

『안토니와 클리오파트라』를 오리엔탈리즘 텍스트로 분석하려는 것은 두 남녀주인공의 러브스토리 이면에 작동하는 이데올로기에 주목한다는 것을 의미한다. 사실 사랑은 문학의 생산과 소비 과정에서 가장 보편적이며 가장 침투력과 설득력이 강력한 이데올로기적 장치로 복무해왔다. 동서고금의 문학 텍스트에서 사회정치적 갈등을 은폐하고 봉합하는 데 사랑만큼 더 효과적인 기제는 없었다. 온갖 모순과 부조리가 '사랑의 이름으로' 무마되고 심지어 정당화되었다. 독자와 관객에게 사랑은 현실과의 대면을 방해하는 연막(煙幕)이자 미채(迷彩)이며, 현실의 고통을 경감하는 완충장치나 마취제 기능을 수행한다. 『안토니와 클리오파트라』도 수 세기 동안 낭만적이고 초월적인 사랑 이야기로 소비되어왔다. 이 극을 개작한 드라이든의 『모든 것을 바친 사랑』(All for Love, 1677)이라는 극 제목이 암시하듯이, 두 주인공이 처한 상이한 지정학적 입지와 갈등적 권력 관계는 애절하고도 숭고한 러브스토리 속에 묻혀버린다. 이 장에서는 안토니와 클리오파트라의 사랑 이야기의 배경으로 남아 있던 '다른 이야기'를 전경화하고자 한다.

『안토니와 클리오파트라』는 여러 모로 셰익스피어의 다른 로마 비극과 구분된다. 가장 두드러진 차이점은 극의 지정학적 배경이다. 이전 로마 비극에서는 '이민족'의 로마 침공이나 로마 내부의 갈등이 배경이 되는 데 비해, 『안토니와 클리오파트라』에서는 로마가 '다른 세계'를 정복하고 지배하는 이야기를 다룬다. 이 극에서 로마는 성벽으로 둘러싸인 도시국가가 아니라 지중해 전체를 장악한 제국이며, 안토니는 타이터스나 코리얼레이너스 같은 자국의 수호자가 아니라 식민지 정복자다. 또한 『줄리어스 시저』에서는 로마 광장에서 브루터스를 비롯한 시저 암살자들에 맞섰던 안토니가 『안토니와 클리오파트라』에서는 알렉산드리아의 길거리를 활보하고 클리오파트라의 궁궐을 차지하고 있다. 요컨대 『안토니와 클리오파트라』는 제국주의가 배경이자 주제가 되는 최초의 셰익스피어 극이라고 할 수 있다.

『안토니와 클리오파트라』를 제국주의 맥락에서 해석한 나이트에 따르면, 이 극에는 로마의 지정학적 팽창을 나타내는 이미지와 용어들이 가득하다. 영토, 바다, 항해와 관련된 이미지와 "세계" 또는 "지구"라는 단어의 반복은 로마 제국의 패권을 상징적으로 나타낸다. '삼두정치'의 주역들인 안토니, 옥테이비어스, 레피더스는 "세계를 삼등분한 자들"(2.7.71), "세계의 삼분지일"(2.2.68, 2.7.89)을 다스리는 영웅들이며, 안토니는 "세계의 세 기둥 가운데 하나"(1.1.12), "세상에서 가장 위대한 군주"(4.15.56), "대지의 면류관"(4.15.65), "세계의 절반"(5.1.19)으로 일컬어지고, 레피더스와 안토니를 차례로 제압한 옥테이비어스 시저는 "세계의 유일무이한 지존"(5.2.119)이 된다.[1] 플루타르코스 시대와 셰익스피어 시대에는 지중해가 세계의 중

---

1) G. Wilson Knight, *The Imperial Theme: Further Interpretations of Shakespeare's*

심이었음을 감안할 때, 이 극은 팍스 로마나(Pax Romana) 즉 로마가 가장 위대한 제국인 동시에 세계 그 자체라는 전제하에 안토니와 클리오파트라의 사랑 이야기를 전개한다.

캔터도『안토니와 클리오파트라』를 제국주의를 주제로 다룬 작품으로 보면서 셰익스피어 당시에 지중해가 차지한 지정학적·문화적 위치를 강조한다. 브로델의 지중해 연구를 인용한 캔터는 지중해가 스페인, 오스만, 합스부르크 같은 유럽 제국들의 활동무대이자 이질적인 인종, 종교, 문화가 조우하고 융합하는 다문화적 공간이었으며, 그 지중해를 배경으로 동서양의 만남이 펼쳐지는『안토니와 클리오파트라』에서 셰익스피어는 "로마의 동양화"와 "이집트의 서양화"를 동시에 재현한다고 주장한다.[2] 이집트인들은 일상에서 로마의 신들(Mars, Gorgon, Mercury, Jove)을 언급하고 마지막 순간에도 "고귀한 로마 방식을 따라"(4.15.91) 제의적 죽음을 결행하며, 식민지 정복자이자 해외 관광객인 로마인들은 "알렉산드리아의 향연"(2.7.96)과 "이집트식 광란의 술잔치"(2.7.104)에 빠져 있다. 캔터는 당시로선 '세계화'라고 할 수 있는 역동적인 사회현상을 재현하기 위해 셰익스피어는 빈번하고 신속한 공간이동, 예외적으로 많은 장면분할,[3] 사신들의 잦은 등장과 퇴장, 박진감 넘치는 전투 장면의 상세묘사 등의 기법을 동원한다고 분석한다.[4]

『안토니와 클리오파트라』는 남성성을 재현하는 방식에서도 셰익스피어의 다른 로마 비극들과 구분된다. 앞서 3부 3장과 4장에서 상

Tragedies Including the Roman Plays, London: Metheun, 1951, pp.206-210.

2) Paul A. Cantor, *Shakespeare's Roman Trilogy: The Twilight of the Ancient World*, Chicago: The University of Chicago Press, 2017, pp.196-199, 207.

3) 이 극의 3막은 13개, 4막은 15개의 장(scenes)으로 구성되어 있다.

4) Paul A. Cantor, 앞의 책, pp.213-215.

론했듯이, 남성성은 로마 영웅들이 구현하는 '로마다움'의 핵심이다. 『안토니와 클리오파트라』에서도 남성성은 '고귀한 로마인'의 위대함을 판가름하는 이데올로기적 잣대로 작용한다. 타이터스, 줄리어스 시저, 브루터스, 코리얼레이너스는 남성성의 과잉이 '하마르티아'로 작용하는 데 비해, 안토니는 남성성의 상실과 결여로 인한 파국을 맞이한다. 게다가 안토니의 경우는 남성성의 상실이 성적·인종적 타자인 클리오파트라와의 만남에서 비롯되는 것으로 그려진다. 『안토니와 클리오파트라』에서는 서사의 무게중심이 로마의 자기성찰에서 로마와 이집트의 상호작용으로 이동한다. 즉 '고귀하고 남성적인' 로마와 '야만적이고 여성적인' 이집트의 대립 구도에서 제국의 주체가 식민지 타자와 마주치면서 원래의 속성을 잃어가는 과정을 보여준다. 그러한 부정적인 변화의 원인을 '동양 요부'에게서 찾는다는 점에서 이 극은 남성성 담론이 인종과 제국의 담론과 중첩되는 양상을 예시한다. 이 장에서는 안토니보다는 클리오파트라에 초점을 맞추어 셰익스피어가 오리엔탈리즘을 어떻게 전유하고 또한 재생산하는지를 살펴보려고 한다.

『오리엔탈리즘』에서 사이드는 『안토니와 클리오파트라』를 오리엔탈리즘의 원형적 텍스트 중의 하나로, 셰익스피어를 유럽의 중세와 근대를 대표하는 오리엔탈리스트 중의 한 명으로 규정한다.[5] 사이드는 오리엔탈리즘을 "동양에 관해 가르치고 저술하며 연구하는 모든 학술활동" "동양과 서양의 존재론적이고 인식론적인 구분에 근거한 사유의 방식" "동양을 다루기 위한 조직적 제도" "동양을 지배하고 재구성하며 동양에 권위를 행사하는 서양의 방식" "경계선 동쪽의 세계에 관해 이야기하려는 모든 이들에게 주어지는 꿈과 이미지

---

5) Edward W. Said, *Orientalism*, New York: Vintage Books, 1978, p.63,

와 어휘의 축적물" "동양을 서양의 학문과 서양의 의식과 서양의 제국으로 끌어들인 온갖 세력들이 만들어낸 재현의 체계" 등으로 다양하게 정의한다.[6]

그중에서 특히 사유방식이나 재현체계 또는 축적된 이미지로 정의된 오리엔탈리즘은 셰익스피어의 『안토니와 클리오파트라』에도 잘 적용된다. 비록 이 극이 잉글랜드 제국주의가 본격적으로 전개되기 이전에 생산되었고 식민지 현장의 정치권력과는 직접적인 상관관계가 없었지만, 문화적 실천의 형태로 동양을 재현하고 동양의 왜곡된 이미지 구축에 가담한 점은 부인할 수 없다. 셰익스피어가 "명백히 다른(또는 대안적이고 진기한) 세계를 이해하고 때로는 통제하고 조종하며 심지어 포섭하려는 의지와 의도"를 가지고 "동양/서양의 근본적인 구분을 재현의 출발점으로 삼아" "동양을 어떤 것(something)에서 다른 어떤 것(something else)으로 변환"했다면, 그것이 바로 사이드가 비판하는 오리엔탈리즘의 속성에 해당한다.[7]

셰익스피어를 인종주의자나 제국주의자 또는 오리엔탈리스트로 규정하는 것은 섣부른 평가일지 모른다.[8] 『안토니와 클리오파트라』에서도 셰익스피어 특유의 양가성이 유감없이 발휘되다 보니, 로마 장군과 이집트 여왕의 관계가 식민주의 문학에서 접하는 지배자/피지배자의 전형적인 관계와는 다르게 읽히기 때문이다. 어떻게 보면, 셰익스피어는 오리엔탈리즘의 모순과 틈새를 드러낸 작가로 해석될 여지도 있고, 일부 탈식민주의 비평가들은 그러한 시각에서 이 극을 재해석했다. 하지만 셰익스피어에게서 오리엔탈리스트의 혐의를 걷

---

6) 같은 책, pp.2-3, 73, 202-203.

7) 같은 책, pp.2, 12, 67,

8) 이와 관련된 국내 학자의 연구로는 박홍규, 『셰익스피어는 제국주의자다』, 청어람미디어, 2005; 김종환, 『셰익스피어와 타자』, 동인, 2006을 참고할 것.

어내는 것 역시 섣부른 평가일 수 있다. 이 극을 꼼꼼히 읽다 보면 아무리 진보적인 서양 작가도 동양을 대면하는 순간 오리엔탈리스트가 된다는 사이드의 주장을 자꾸 떠올리게 된다. 사이드의 입장은 재현하는 주체의 존재론적 위치가 인식론적 입장을 결정짓는다는 이른바 '점유적 배타주의'(possessive exclusivism)의 범례로 비판을 받기도 하지만, 셰익스피어의 양가성이 과연 오리엔탈리즘의 한계를 초극했는지는 의심스럽다. 이처럼 모호한 셰익스피어의 입장을 좀 더 정밀하게 그리고 총체적으로 파악하기 위해서는 오리엔탈리즘에 복무하는 측면과 오리엔탈리즘을 비판하는 측면으로 나누어 살펴볼 필요가 있다.

2 '여성화된 동양'의 야만성

클리오파트라는 서구 오리엔탈리즘 연극무대에서 가장 오랫동안 꾸준하게 인기를 누려온 여주인공이다. 역사적 사실과 허구적 상상력이 적절하게 버무려진 이 캐릭터는 서구 독자와 관객의 마음속에 "엄청나게 풍성한 세계를 일깨워주는 특출한 문화적 레퍼토리" 중 하나로 자리 잡아 왔다.[9] 플루타르코스의 서사에서부터 할리우드 영화에 이르기까지 클리오파트라는 역사 속의 인물이라기보다는 환상과 신화를 창조하는 원천이자 식민지 페티시즘의 대상이 되어왔다. 셰익스피어가 창조한 클리오파트라 역시 유럽중심주의적 재현의 전통에서 크게 벗어나지 않는다. 앞서 얘기했듯이, 플루타르코스가 서술한 클레오파트라는 이집트 원주민이 아니라 그리스 마케도니아

---

9) Edward W. Said, 앞의 책, p.63.

왕족의 후손으로서, 이집트 언어에 능통하고 이집트 왕국을 통치했으나 이집트 핏줄이 섞이지 않은 백인 여성이었다. 하지만 셰익스피어에게는 원전의 권위보다 동시대 사회의 사회문화적 정서와 이데올로기적 요구가 더 중요했기에 그가 창조한 클리오파트라는 백인이 아니다.

르네상스 잉글랜드의 문학작품과 연극무대에서 재현된 클리오파트라의 인종적 정체성은 일정하지 않았다.[10) 인종적 타자와의 만남이 급증하고 이로 인해 백인가부장제 사회의 호기심과 불안감도 증폭된 르네상스 시대의 인종주의적 사회정서와 무관하지 않은 각색이라고 볼 수 있다. 셰익스피어는 동시대 문학과 연극에서 백인 클리오파트라와 흑인 클리오파트라가 공존하는 상황에서 클리오파트라를 "까무잡잡한 얼굴"(1.1.6)의 인종적 타자로 재창조한다. '유색인 여성'의 성적 함의를 부각하기 위해 마케도니아 출신 여왕을 동양화(Orientalizing)하는 작업에 동참한 것이다.

『안토니와 클리오파트라』에서 셰익스피어가 클리오파트라를 '유색인'으로 설정한 것은 이집트와 클리오파트라를 동일시하는 전략

---

10) 초서(Geoffrey Chaucer)의 『착한 여인들의 전설』(*The Legend of Good Women*, c.1386-88), 대니얼(Samuel Daniel)의 『클리오파트라의 비극』(*The Tragedy of Cleopatra*, 1594), 가르니에(Robert Garnier)의 작품을 번역한 시드니(Mary Sidney)의 『안토니의 비극』(*The Tragedy of Antony*, 1595), 플레처(John Fletcher)와 매신저(Philip Massinger)의 『거짓된 자』(*The False One*, 1619), 메이(Thomas May)의 『이집트 여왕 클리오파트라의 비극』(*The Tragedy of Cleopatra, Queen of Egypt*, 1626)에서는 클리오파트라가 원전에서처럼 백인 여성이다. 반면에 그린(Robert Greene)의 『키케로의 사랑』(*Ciceronis Amor*, 1589), 브랜던(Samuel Brandon)의 『정숙한 옥테이비아』(*The Virtuous Octavia*, 1598), 래니어(Aemilia Lanyer)의 『유대인의 왕 하나님 만세』(*Salve Deus Rex Judaeorum*, 1611), 케리(Elizabeth Cary)의 『매리엄의 비극』(*The Tragedy of Mariam*, 1613)에서는 클리오파트라가 흑인이나 '유색인'으로 등장한다.

의 일환이다. 사실 고대 이집트는 헬레니즘의 전초기지였던 알렉산드리아의 도시 이름이 상징하듯이 인종적·문화적 다양성과 혼종화가 특징이었던 사회였으며, 르네상스 이후 본격적으로 전개된 유럽중심주의와 오리엔탈리즘 담론에서 폄하된 '오리엔트'와는 달랐다. 오히려 고대 이집트는 그리스인들에게 철학과 과학과 종교의 중요한 원천으로 여겨졌고, 마지막 통치자 클레오파트라가 죽고 로마에 병합된 이후에도 이집트는 유럽인들이 동경해 마지않는 문명의 요람이자 융성한 제국으로 남아 있었다.

그러나 로마 제국이 멸망하고 오스만 제국에게 점령당한 후부터 이집트는 기독교 유럽의 타자 '오리엔트'를 대표하는 공간이 되었다. 중세와 근대의 다양한 오리엔탈리즘 텍스트에 재현된 이집트는 사악하고 포학하며 호색적인 아랍인들과 무어인들이 뒤섞여 사는 땅이자 유랑하는 집시들의 고향으로 각인되었다. 셰익스피어도 『안토니와 클리오파트라』에서 이집트를 문명의 중심이자 '남성적' 제국인 로마의 대척점으로 상정한다. 그러한 유럽중심주의 구도 속에서 이집트를 '여성화'하고 '야만화'하기 위해 클리오파트라는 백인 여성에서 '유색인' 여성으로 바뀌어야 한다. 그래야 "이집트가 클리오파트라이며, 클리오파트라가 이집트"라는 등식이 완성된다.[11]

클리오파트라와 이집트에 대한 유럽중심주의 시각은 『안토니와 클리오파트라』의 막이 오르면서부터 나타난다. 셰익스피어의 다른 로마 비극처럼 이 극도 행렬로 시작한다. 그런데 이 극에서 행렬이 펼쳐지는 장소는 로마 광장(the Forum)이 아니라 알렉산드리아의 클리오파트라 궁전이다. 더 눈길을 끄는 것은 안토니와 클리오파트라

---

11) Eldred Jones, *Othello's Countrymen: The African in English Renaissance Drama*, London: Oxford University Press, 1965, p.83.

가 사랑의 밀어를 주고받으면서 등장하고 그 뒤를 시녀들과 환관들이 부채질하며 따르고 있는 장면이다. 미올라가 지적한 것처럼, 이 알렉산드리아의 행렬은 타이터스, 줄리어스 시저, 코리얼레이너스 같은 로마 영웅들이 보여준 개선행렬의 패러디로서, "유의미한 방향성이 결여한 무목적성과 나태함"을 드러낸다.[12] 게다가 이 행렬은 이집트 사회의 '여성성'과 '야만성'을 부각한다. 보무당당하고 활기넘치는 개선 용사들의 행렬이 로마의 호전적인 남성성을 연출하는 제의행위인 것처럼, 여자들과 '남자답지 않은' 남자들이 수행하는 클리오파트라의 한가하고 흐트러진 행렬은 로마의 정반대 이미지를 이집트에 부과한다. 환관이 글자 그대로 '거세된' 남성인 것처럼, 이집트는 '남성적' 로마 제국의 지배를 받아 마땅한 '거세된' 왕국이 되는 것이다.

이어지는 장면에서는 점쟁이가 시녀들과 한담을 나누는데, 이것 역시 이집트의 사회문화적 풍토를 설정한다. 로마에서 사신이 도착해 안토니에게 "로마 생각으로 정신이 번쩍 드는"(1.2.88) 소식을 전해주기까지 무대는 사실상 점쟁이가 지배한다. 그런데 점쟁이와 시녀들이 길게 주고받는 대화는 그야말로 허접스러운 잡담 일색이다. 점쟁이가 시녀들의 손금을 보며 해주는 운수 풀이는 난잡한 성생활, 사생아 출산, 서방질 등 공적이고 정치적인 주제와 거리가 먼 뒷공론에 불과하다. 따라서 관객은 이 극의 도입부에서부터 셰익스피어가 로마와 이집트 사이에 문명/야만의 경계선 긋는 작업을 목격하게 된다. 비록 『안토니와 클리오파트라』에서 로마 제국은 이전 로마 비극에서 묘사된 로마 공화국에 비하면 남성성에 기초한 '로마다움'이

---

12) Robert S. Miola, *Shakespeare's Rome*, Cambridge: Cambridge University Press, 1983, pp.119-120.

퇴색하긴 했지만 '여성화'된 이집트와의 병치를 통해 여전히 정치적·도덕적 우위를 확보하고 있다. 제국의 타자이자 문명의 주변부인 이집트는 나태와 방종과 미신이 지배하는 세계, 시녀와 환관과 점쟁이가 군인을 대체한 세계, 주피터와 마르스가 이시스와 비너스에게 자리를 내준 세계로 그려진다.

그러한 '야만성'과 '여성성'으로 채색된 이집트 사회의 한복판에 클리오파트라가 있다. 서구의 전통적인 인본주의 비평가들은 이 극을 초역사적이고 비정치적인 로맨스로 보면서 클리오파트라를 안토니의 이성애적 사랑의 대상으로만 해석해왔다. 그러나 이 극에서 차지하는 이집트 여왕의 위치는 단순하지 않다. 클리오파트라의 섹슈얼리티는 가부장제, 인종주의, 제국주의, 오리엔탈리즘 등의 지배 담론이 교차하면서 교섭하는 장이다. "변화무쌍"(2.2.246)이라는 단어가 암시하듯, 클리오파트라의 정체성은 하나로 규정되지 않고 상황에 따라 끊임없이 변주된다. 안토니의 낭만적 연인, 치명적 매력의 요부, 이집트의 독재 군주, 비운의 여왕, 로마의 식민지 꼭두각시, 다산과 풍요의 여신 등, 셰익스피어가 창조한 캐릭터 중에서 이토록 다양한 가면(persona)을 쓴 경우는 없을 것이다. 그런데 클리오파트라의 그 어떤 모습도 젠더, 인종, 국가 등의 다중심급에서 작동하는 불균등한 권력 관계와 무관하지 않다. 이를테면, 안토니의 아내로서는 옥테이비아가 풀비아를 대체하듯이 클리오파트라가 옥테이비아를 대체할 수 없고, 이집트 여왕이기에 안토니나 옥테이비어스 시저와 대등한 입장에서 권력 게임을 주도할 수 없다.

이 극을 탈식민주의 시각에서 재해석한 룸바에 따르면, 클리오파트라의 "변화무쌍함"은 가변성과 연극성이 중층결정된 종속 관계의 표현이다. 셰익스피어는 탁월한 연기력을 지닌 이 오리엔트 여배우에게 단일한 역할 대신 "식민담론에서 일반적으로 통용되는 여성성과 비유럽인의 중첩되는 스테레오타입"을 연기하게 한다. 클리오파트라의 다채롭고도 불안정한 정체성은 그의 성적·인종적·문화적 타자성이 교직하고 수렴되는 과정이다. 클리오파트라를 "성적 능동성을 지닌 비유럽 여성 통치자"로 규정한 룸바는 그의 복합적 타자성을 이렇게 부연 설명한다. "클리오파트라의 젠더는 그를 정치적으로 용인할 수 없게 하고, 그의 정치적 위상은 그의 여성성을 문제 삼게 하며, 그의 인종적 타자성은 그의 권력과 섹슈얼리티를 동시에 불안정하게 한다."[13] 더구나 클리오파트라를 둘러싼 복합적인 교섭 양상은 그의 몸과 그것이 상징하는 이집트의 이국적인 문화를 주변화하는 결과로 이어진다. 클리오파트라는 이 극에서 서사구조의 한가운데 위치하면서도 로마의 가부장적 제국주의를 돋보이게 하는 역할을 담당한다. 이러한 포섭과 배제의 이중 전략, 즉 클리오파트라를 미학적으로는 중심에 내세우면서도 정치적으로는 주변으로 밀어내는 셰익스피어의 서사 전략을 좀더 면밀하게 살펴보자.

3 '변화무쌍한' 나일강의 악어

셰익스피어는 극의 전반부에서 클리오파트라를 하나의 이미지에 귀속시키지 않는다. 오히려 "변화무쌍한" 클리오파트라를 있는 그대로 보여주는 전략을 택한다. 서막에서 '여성적이고 야만적인' 이집트 문화의 대표로 소개된 클리오파트라는 2막에 가서 로마인들이 도저히 파악할 수 없는 불가사의한 존재로 묘사된다. 안토니가 잠시 귀

---

13) Ania Loomba, *Gender, Race, Renaissance Drama*, Manchester: Manchester University Press, 1989, p.78.

국해 옥테이비어스와 화해하는 자리에서, 안토니의 이집트 여정을 수행했던 이노바버스가 로마 동료들에게 이집트 이야기를 전해준다. 여기서 안토니와 클리오파트라가 시드너스강에서 처음 만나는 장면은 '이집트 백서'의 압권이다. 첫눈에 안토니의 "마음을 주머니에 집어 넣어버린"(2.2.186-87) 클리오파트라의 자태를 이노바버스는 이렇게 묘사한다.

> 그녀가 앉아 있는 배는 갈고닦은 옥좌처럼
> 강물 위에서 찬란한 빛을 발하고 있었소.
> 돛은 자줏빛이며 선미에는 황금이 깔렸고
> 진동하는 향기에 바람도 사랑에 빠졌지요.
> 은으로 된 노를 피리소리에 맞춰 저어가면
> 갈라지는 물결도 요염하게 뒤따라오더군요.
> 그녀의 자태야말로 절대 형용할 수 없었소.
> 금실로 짠 천막 안에 누워 있는 그 모습은
> 우리가 자연을 능가하는 예술로 찬탄하는
> 비너스보다 더 위대한 자연의 걸작이었소.
> 그녀의 좌우편에는 미소 짓는 큐피드처럼
> 보조개 핀 미소년들이 오색영롱한 부채로
> 고운 볼에 피어난 홍조를 식히는 듯했지만
> 사라진 것 같던 홍조는 다시 피어나더군요.(2.2.201-15)

로마 청중들의 경탄과 선망을 배경으로 이노바버스의 목격담은 계속된다.

> 바다요정 같은 그녀의 시녀들은 목전에서

인어 떼처럼 허리를 굽히고 시중을 들었소.
뱃머리에는 인어 같은 여자가 키를 잡았고,
꽃처럼 부드러운 손으로 당기는 은 밧줄은
팽팽하게 부풀어 올라 제 기능을 다하였소.
배에서 퍼지는 희한하고 이상야릇한 향기가
근처 강둑에 있던 사람들의 코를 자극하자
도시 전체가 그녀를 보러 쏟아져 나왔지요.
광장에 홀로 자리 잡고 기다리던 안토니의
휘파람도 진공상태를 걱정하지 않았더라면
필경 클리오파트라를 구경하러 갔을 것이고
그랬으면 하늘에 큰 구멍이 뚫렸을 것이오.(2.2.216-28)

"내 이야기를 들어보시게나"(2.2.200)로 시작되는 이노바버스의 보고(報告)는 오리엔탈리즘의 전형을 예시한다. 사이드에 따르면, 오리엔탈리즘의 가장 중요한 속성은 재현의 외재성(exteriority)이다. 동양을 재현하는 오리엔탈리스트는 "존재론적으로든 도덕적으로든 동양 바깥에 서 있다." 이는 오리엔탈리스트의 위치가 지닌 역설이다. 즉 재현의 주체이면서도 재현대상을 향해서 타자로 다가서는 것이다. "멀리 떨어져 있고 잘 파악되지 않는 문명이나 문화유적 앞에서는 오리엔탈리스트는 좀처럼 와닿지 않는 그 대상을 번역하고 우호적으로 묘사하며 마음속으로 몰래 파악하면서 그 대상의 모호함을 줄여보려고 한다." 재현의 주체(오리엔탈리스트)와 대상(오리엔트) 사이의 메워질 수 없는 간극은 "난해함, 은밀함, 성적인 기대감"을 부추기는 "동양 신부의 베일" "불가사의한 동양" 같은 비유와 심상으로 표현될 수밖에 없다.[14] 타자의 재현이 합리적 이성이나 경험적 지식보다 허구적 상상력에 더 의존하기 때문이다. 이노바버스의 재현도 마찬가지다. 그는 로마를 대표하는 재현의 주체이지만 재현 대상인 이집트에 대해서는 외부자의 위치에 서 있다. 따라서 '-처럼 보이다'라는 추정 동사(seem)와 형용 불가능성을 은폐하는 수식어(rare, seeming, strange, invisible)를 반복할 수밖에 없다.

그러나 이노바버스는 이집트를 직접 목격하고 경험한 '권위자'로 행세한다. 기행문 작가, 식민지 관리, 선교사, 인류학자들처럼, 이노바버스도 '현지 원주민' 문화와 그것을 소비하는 식민모국 청중 사이의 거리를 조정하는 매개자가 되는 것이다. 그린블랫은 부분이 전체를 대체하는 환유(metonymy)가 모든 재현의 보편적인 속성인데, 특히 지리적·문화적 거리가 극대화되는 식민담론에서 가장 확연해진다고 주장한다. "다른 세계의 파편"이 환유의 기제를 거쳐 "전체의 재현"으로 바뀌고, "다시 그 재현이 다른 곳의 청중에게 전달·보고됨으로써 눈에 보인 것이 눈으로 본 것이 되고, 그 목격자는 '우리 자신'과 우리 시야 너머 있는 것 사이의 접점이 된다."[15] 그린블랫의 분석은 이노바버스의 위치와 잘 맞아떨어진다. 목격자로서의 이노바버스는 로마와 이집트 사이의 거리를 매개하는 동시에 고착화한다. 재현의 외재성을 극복할 수 없는 그의 '증언'은 이집트의 극히 적은 일부를 보고 들은 것임에도 그것이 이집트를 '대표'하고 '대변'하는 총체적 사실로 둔갑한다.

셰익스피어도 이노바버스처럼 환유적 재현으로 클리오파트라를 '전달'하는 역할을 한다. 둘 다 자신이 보거나 들은 파편적인 내용을

14) Edward W. Said, 앞의 책, pp.21, 222.
15) Stephen Greenblatt, *Marvelous Possessions: The Wonder of the New World*, Chicago: The University of Chicago Press, 1991, p.122.

목격자나 작가의 권위를 내세워 마치 그것이 클리오파트라에 관한 '사실'이며 '전부'인 것처럼 보이게 만든다. 이노바버스와 마찬가지로 셰익스피어도 직접 목격자가 아니면서 오리엔탈리즘의 상호텍스트적 전통 덕분에 권위 있는 재현의 주체가 된다. 이노바버스를 대변인으로 내세운 셰익스피어는 16세기 잉글랜드의 연극무대 위에 부재하는 클리오파트라, 즉 소년 배우가 연기하는 캐릭터로만 존재하는 클리오파트라를 대변하는 동시에 그 무대 위에 부재하는 원전 플루타르코스의 서사도 대체한다. 따라서 역사 속에 존재했던 클리오파트라와 오리엔탈리즘의 재현체계 안에 존재하는 클리오파트라 사이에는 엄청난 괴리가 존재하며, 그 괴리는 재현이 거듭될수록 점점 커지게 마련이다. 16세기 잉글랜드 관객이나 21세기 한국 독자가 소비하는 클리오파트라는 허다한 오리엔탈리스트들이 생산하고 유통한 담론, 신화, 선입견, 단편적 지식의 합성물이다. 따라서 클리오파트라와 그녀가 대표하는 이집트는 고유의 개체성과 물질성을 담보할 수 없다. 이집트와 이집트 여왕은 정형화된 이미지로 굳어지고 "벽 없는 가상박물관"에 박제품으로 전시된다.[16]

사이드가 오리엔트를 장소(place)가 아니라 주제(topos)라고 말하면서 종국에는 오리엔트와 그것의 재현인 오리엔탈리즘을 사실과 허구로 구분해서 논하지 않는 이유도 여기에 있다.[17] 오리엔탈리즘에서 재현된 오리엔트는 "진정성 있게 느끼고 체험한 오리엔트"가

---

16) Edward W. Said, 앞의 책, p.166.

17) 같은 책, p.177. 사이드는 "오리엔탈리즘에 나타나는 오리엔트는 서양의 학문과 서양의 의식과 서양의 제국으로 끌어들인 온갖 세력들이 만들어낸 재현의 체계"(p.203)라고 주장한다. 오리엔탈리즘이 아닌 오리엔트를 "재현의 체계"로 규정함으로써 오리엔트의 장소(place) 개념을 없애버리고 사실상 담론으로서의 오리엔탈리즘과 오리엔트를 동일시하고 있다.

아니라 "규정하는 약호와 범주화와 표본 사례를 통한 여과(filtering)" 즉 "서구에 의한, 서구를 위한 재생산"의 과정을 거친 "오리엔트의 환영"이다. 따라서 동양(인)은 "오리엔탈리스트가 생명력을 부여해야 비로소 현실이 되는 침묵하는 그림자이거나 아니면 오리엔탈리스트의 숭고한 해석행위에 필요한 일종의 문화적·지적 프롤레타리아"에 불과하다. 사이드는 이러한 인식론적 폭력을 "오리엔트의 부재"와 오리엔트를 대체하는 "오리엔탈리즘의 존재"로 설명한다.[18] 즉 "서구의 기록"과 "오리엔트의 침묵"이 마주침으로써 오리엔탈리즘이 (재)생산될 수 있다. 이것은 재현의 주체와 대상 사이의 불균등한 권력 관계의 산물인 바, 사이드가 『오리엔탈리즘』에서 가장 힘주어 강조하는 점이다.[19] 『안토니와 클리오파트라』에서도 로마인들은 제국주의 헤게모니 덕분에 이집트에 가서 이집트 문화를 경험할 수 있었고 그 경험을 자신들의 필요에 따라 자신들의 방식대로 '번역'하며 '재구성'하고 있다. 이 극을 쓴 작가도 그것을 즐기는 관객과 독자도 모두 이집트와 클리오파트라를 텍스트화하는 데 참여하지만, '우리'끼리 구성하는 이 해석학적 공동체에 '그들'이 끼어들 자리는 없다.

그린블랫이 지적하는 식민담론의 또 다른 특징은 목격자의 경탄(wonder)이다. 경탄이란 "차이에 대한 본능적인 인지작용"이자 "발견 담론에서 거의 필요불가결한 요소"로서, "범주의 유보나 정지를 수반하며, 일종의 마비 즉 부단히 작동하던 정상적인 연상기능이 멎는 상태"를 말한다.[20] 이노바버스의 로마 청중은 그러한 경이로움을 표현하고 있고, 셰익스피어의 잉글랜드 관객 역시 같은 경험을 했을 것이다. 그런데 가치 중립적인 것처럼 보이는 이노바버스의 '증언'

---

18) 같은 책, pp.166, 208-209.
19) 같은 책, pp.5-6, 12, 25, 40, 94-95, 108-109, 204, 308.
20) Stephen Greenblatt, 앞의 책, p.20.

은 듣는 이의 도덕적 판단을 유보하면서 또한 유도한다. "지금 당장 안토니는 그 여자를 떠나야 해."(2.2.243) 이것이 클리오파트라 이야기를 듣고 난 매시너스의 반응이다. 기존 인식의 틀로 파악할 수 없었던 불가사의한 매력이 위험하고 위협적으로 다가왔기 때문이다. 어떤 새롭고 진기한 것을 처음 대할 때 표현하는 경탄이 곧바로 그 미지의 대상을 범주화하는 작업으로 이어진 것이다. 그린블랫은 어떤 새로운 대상을 향한 경탄은 "그 대상을 사랑할지 미워할지, 그것을 포용할지 거기서 도망할지를 아직 모르는" 상태라고 말하지만,[21] 클리오파트라의 경우는 경탄과 경계(vigilance)가 동전의 양면임을 보여주고 있다.

리틀은 클리오파트라의 이국풍 관능미에 천착하는 이노바버스를 오리엔탈리스트이자 인종학자(ethnographer)와 도색작가(pornographer)로 본다. 인종학과 도색 문학은 미지의 대상을 파악하는 동시에 소유하려는 이중의 충동에 기초한다는 전제하에, 리틀은 이노바버스가 전달하는 시각적 디테일이 로마의 남성 청중에게 그러한 충동을 불러일으킨다고 주장한다. 이 장면의 클리오파트라는 안토니 뿐 아니라 서구 전체를 향한 성적 유혹을 도발하고 있다는 것이다.[22] 이노바버스는 청중의 숨을 멎게 하는 클리오파트라의 매력은 도색 문학의 가장 고전적인 아이콘인 비너스를 능가한다고 너스레를 떨고 있고, 실제로 그녀가 비스듬히 누워 있는 범선은 롱테이크로 처리되는 포르노 영화의 침대를 연상시킨다. 그 범선 안에서 이집트 여왕은 로마 정복자의 도착을 기다리고 있다. "찬란하게 빛나는 옥좌" "금실로 짠 천막" "자줏빛 돛" "선미에 깔린 황금" "감미로운

21) 같은 책, p.20.

22) Arthur L. Little Jr., *Shakespeare Jungle Fever: National-Imperial Re-Visions of Race, Rape, and Sacrifice*, Stanford: Stanford University Press, 2000, pp.147−151.

피리 소리에 맞춰 젓는 노""요염하게 갈라지며 따라오는 물결""큐피드처럼 보조개 핀 미소년들""오색영롱한 부채""고운 볼에 피어난 홍조""바다요정 같은 시녀들""꽃처럼 부드러운 손""팽팽하게 부푼 밧줄""희한하고 이상야릇한 향기" 등의 육감적인 언어로 묘사되는 클리오파트라의 범선은 안토니와 로마 남성들의 시각과 청각과 후각을 동시에 자극하는 강렬한 포르노의 미장센으로 다가온다. 이노바버스가 눈에 선하게 들려주는 이 포르노 텍스트의 박진감은 마치 오르가슴에 도달한 여인처럼 "숨이 가빠 헐떡이면서 거친 숨을 내뿜는"(2.2.242) 클리오파트라의 뇌쇄적인 자태에서 절정을 이룬다.

형용할 수 없는 클리오파트라의 섹슈얼리티는 로마 남성들에게 욕망과 불안을 동시에 야기한다. 기존의 인식과 재현의 틀에 포섭되지 않기 때문이다. 그 불안을 표출하고 또한 봉합하기 위해 그들은 클리오파트라를 형체도 위치도 계속 달라지는 존재로 묘사할 뿐만 아니라 그 가변성을 규범과 토대의 '부재'로 해석한다. 따라서 이 극에는 진흙(1.1.36, 1.3.70, 2.7.22, 2.7.27, 5.2.57), 뱀(2.5.79, 2.5.95, 2.7.24, 2.7.49, 5.2.242, 5.2.261, 5.2.304), 악어(2.7.27, 2.7.41), 구름(4.14.2), 달(3.13.158, 4.15.70, 5.2.239), 물(4.14.11), 조수(1.4.46, 4.14.112), 나일강(2.7.20-21, 5.2.57, 5.2.242) 등 클리오파트라의 무정형성과 연관된 상징들이 범람한다. 특히 안토니가 묘사하는 나일강 악어는 피라미드보다 더 불가사의한 괴물이다.

그것의 모양은 제멋대로 생겼고 몸 너비는 그것만큼 넓으며
그것의 키는 그것만큼 크고 움직일 땐 제 몸통으로 기어가요.
자기가 섭취한 자양분으로 살고 원기가 소진하면 환생한대요.(2.7.42-45)

로마인들에게는 악어를 측량할 잣대도 지칭할 명칭도 없다. 그래서 그들이 아는 범주 중에서 가장 근접한다고 여겨지는 뱀에 빗대어 악어를 "희한한 뱀"(2.7.24, 2.7.49)이라고 호명한다. 악어의 무정형성과 불가지성은 클리오파트라의 "변화무쌍함"과 완벽하게 부합할 뿐 아니라 한곳에 정주하지 않고 떠돌아다니는 집시와도 연결된다.

4 시들지 않는 집시의 관능미

"변화무쌍"한 페르소나를 장착한 클리오파트라는 극이 진행되면서 하나둘씩 가면을 벗기 시작한다. 셰익스피어가 규정하는 첫 번째 페르소나는 클리오파트라의 섹슈얼리티다. 고대 로마와 르네상스 잉글랜드의 가부장제 사회에서 여성에게 부여된 지고의 덕목은 정절과 복종이다. 하지만 셰익스피어의 클리오파트라는 이 양대 규범을 동시에 위반하는 인물이다. 그녀는 관습에 구애되지 않는 성적·정치적 주체성을 유감없이 발휘하면서 무대와 객석의 남성들을 불편하고 불안하게 한다. 특히 클리오파트라의 "까무잡잡한" 피부와 연관된 이국적인 섹슈얼리티는 백인 남성 관객의 경탄과 호기심을 자아내면서도 그녀의 위험한 변태성과 야만성을 비준하는 근거가 된다. 풀비아나 옥테이비아가 흉내 낼 수 없는 클리오파트라의 관능미는 다산성과 난잡함의 이중적 함의를 지닌다. 한편으로는 비너스와 이시스 같은 여신을 연상시키지만 다른 한편으로는 마녀와 집시의 이미지가 덧씌워지는 것이다.

처녀/창녀, 성녀/마녀의 양극화된 여성관이 르네상스 시대의 지배 담론이었는데, 클리오파트라는 그러한 정형의 완벽한 표본이다. 만약 바바가 클리오파트라의 양가성에 주목했더라면, 그녀는 바바가 분석한 식민지 페티시와 스테레오타입의 원조 아이콘이 되었을 법하다. 바바는 "대체로 오리엔트에 대한 서구의 반응은 익숙한 것에 대한 경멸과 진기한 것에 대한 기쁨의 전율(혹은 두려움) 사이에서 진자운동을 한다"라는 사이드의 구절을 차용하면서,[23] 식민지 원주민은 프로이트가 말한 물신(fetish)처럼 백인 지배자에게 욕망/두려움 또는 승인/거부라는 모순된 감정을 불러일으킨다고 주장한다.[24]

클리오파트라의 부정적 이미지는 긍정적 이미지를 압도한다. 이노바버스가 묘사하는 클리오파트라는 제어할 수 없는 욕정의 화신이요 질리지 않는 관능미의 원천이다.

> 그녀의 매력은 나이가 먹어도 시들 줄 모르고
> 그녀의 변화무쌍함은 익숙해질수록 새로워지죠.
> 다른 여자들은 욕망이 충족되면 지겨워지지만
> 그녀는 욕망을 채울수록 더욱 굶주리게 만들죠.
> 가장 비열한 짓도 그녀가 하면 좋게만 보이고
> 음란한 짓거리도 성스러운 사제가 축복한다오. (2.2.235-40)

안토니의 정적 중 하나인 폼페이도 클리오파트라의 매력이 안토니의 족쇄가 되기를 주문한다.

> 음탕한 클리오파트라여, 시든 입술을 적시어라!
> 미모와 마법을 결합하고 거기에 욕정을 더하여
> 그 탕아를 향연에 묶어두고 머리를 마비시켜라.

---

23) Edward W. Said, 앞의 책, p.59.
24) Homi K. Bhabha, *The Location of Culture*, London: Routledge, 1994, pp.70-75.

일류 요리사의 산해진미와 물리지 않는 양념이

그의 식욕을 돋우어서 맨날 먹고 자고 하다가

그의 명예가 망각의 강에 빠져 무뎌지게 하라.(2.1.21-27)

클리오파트라의 관능미와 호색성은 반복되는 비유와 호칭을 통해 관객의 머릿속에 각인된다. 파일로의 눈에 클리오파트라는 안토니를 미혹하는 "집시"(1.1.10)와 "창녀"(1.1.13)이며, 폼페이는 안토니가 "음탕한 클리오파트라"(2.1.21)로 인해 판단력이 흐려지면 좋겠다고 한다. 이노바버스는 잠시 정신을 차린 안토니가 "이집트 계집"(2.6.128)을 못 잊어 이집트로 되돌아갈 것이라고 예견하며, 옥테이비어스 시저는 안토니가 제국을 "창녀"(3.6.68)에게 팔아넘겼다고 분개한다. 심지어 안토니도 패전 후 시저와 협상을 시도했다는 이유로 "항상 곁눈질하는 헤픈 여자"(3.13.115), "세 번씩이나 변절한 화냥년"(4.12.13), "치명적인 마녀"(4.12.25), "뼛속까지 집시"(4.12.28) 같은 욕설을 퍼붓는다. 또한 "암말"(3.7.8), "음란한 이집트 산 암말"(3.10.10), "쇠파리에 쏘인 여름철 암소"(3.10.14) 같은 동물 이미지도 클리오파트라의 야만적 섹슈얼리티를 더욱 고착화한다. 시저에게 패전하고 낙담하는 안토니도 "죽어가는 늙은 사자"(3.13.100), "바산 언덕에서 울부짖는 뿔난 황소"(3.13.132-33), "궁지에 몰려 매를 쪼아대는 비둘기"(3.13.202) 등의 동물 이미지로 묘사된다. 안토니가 정치적으로 거세된 원인을 클리오파트라의 관능미에서 찾는 것이다.

클리오파트라가 '방랑하는 집시'라면, 반대편에 '집안의 천사' 옥테이비아가 있다. 옥테이비어스 시저의 누이요 카이어스 마르셀러스의 전처인 옥테이비아는 비록 재혼 여성이고 정략결혼의 상대이지만 로마 가부장제 기준에서 보면 완벽한 여성이다. 매시너스는 "미모, 지혜, 정절"을 겸비한 옥테이비아는 "안토니의 마음을 안정시킬 수 있는 복덩어리"(2.2.251-53)라고 칭찬하며, 이노바버스도 옥테이비아는 클리오파트라와는 정반대로 "진지하고 차분하며 행동거지가 얌전하다"(2.6.124-25)라고 평가한다. 그야말로 현모양처의 조건을 다 갖춘 셈이다.

옥테이비아는 클리오파트라뿐만 아니라 안토니의 전처 풀비아와도 뚜렷한 대조를 이룬다. 안토니가 로마에서 떠나 있는 동안 풀비아는 시동생 루시어스와 전쟁을 일으켰다가 화친했고, 옥테이비어스 시저에게도 맞섰다가 패전하고 병환으로 사망했다. 한마디로 '거센 여자'였고, 정치적 야망을 표출한 점에서 클리오파트라와 흡사하다. 그녀의 사망 소식을 접한 안토니가 "위대한 영혼이 가버렸구나. 그렇게 되기를 바랐지만"(1.2.129)이라고 하는 것을 보면, 안토니에게 풀비아는 '여자답지 않은 여자'였음을 짐작하게 한다. 이에 비해 옥테이비아는 '여성성'의 전범이라고 할 만하다. 하지만 옥테이비아는 클리오파트라에게 뺏긴 안토니의 마음을 돌려놓지 못한다. 이노바버스가 우려한 것처럼 안토니와 옥테이비어스 시저의 "우정을 동여매는 것처럼 보였던 끈이 그들의 친목을 옥죄는 끈"(2.6.123-24)으로 변하고, 남편과 남동생의 화해를 위해 애쓰던 옥테이비아는 일찍 무대에서 사라지고 만다.

클리오파트라는 옥테이비아와 대칭되면서 안토니와도 구분된다. 안토니도 클리오파트라 못지않게 자유분방한 인물이다. 공화국 시절에 보여줬던 극기와 자제의 삶 대신 이제는 데카당스라는 단어가 어울릴 정도로 공동체의 규범보다 자신의 욕망에 충실한 삶을 추구한다. 하지만 셰익스피어는 안토니와 클리오파트라가 공유하는 삶의 방식을 이중 잣대로 재단한다. 그 잣대는 안토니에게는 관대하면서 클리오파트라에게는 엄격하다. 안토니의 호색성은 두 종류의 남성성, 즉 군인의 스토아주의적 억제와 한량의 에피쿠로스주의적 탐닉 중에서 양자택일의 문제로 여겨진다. 안토니가 비난받는 이유는 "이집트 계집"(2.6.128)과 "알렉산드리아 향연"(2.7.96)에 빠져 있기 때문이 아니라 삼두정치의 일원으로서 책임을 다하지 않기 때문이다. 레피더스가 안토니의 일탈을 자유분방한 천성 탓으로 돌리며 두둔하고 나서자, 옥테이비어스 시저는 안토니의 잘못이 무엇인지를 꼬집어서 얘기한다.

그가 톨레미왕궁의 침대에서 뒹구는 것이나
환락을 위해 왕국을 내준 건 그렇다 칩시다.
노예와 술잔 돌리고 낮술에 취해 비틀거리며
땀 냄새 풍기는 건달들과 싸움질 하는 것도
괜찮다고 합시다. 물론 이러한 행동거지에도
그의 성품이 오염되지 않을 리는 없겠지만요.
하지만 그의 무책임이 우리의 부담이 된다면
그 잘못에는 안토니가 변명의 여지가 없어요.
무료함을 달래려고 주색잡기에만 탐닉하다가
소화 안 되고 뼈 마르는 건 자기 책임이지요.
그러나 지금은 군대 북소리에 정신을 차리고
우리와 함께 국가의 안위를 걱정해야 하는데,
이 시간을 허비하는 것은 비난받아 마땅하오.
이는 애들이 익히 알면서 눈앞의 쾌락 때문에
경험을 무시하고 판단에 어긋나는 짓을 할 때
우리가 꾸짖어야 하는 것과 마찬가지인 게요.(1.4.16-33)

시저가 분개하는 진짜 이유는 "그의 무책임이 우리 부담이 된다"는 데 있다. 나중에 로마에서 화친 회동을 할 때 시저가 불만을 토로하듯이, 안토니는 아내와 동생이 내란을 일으켰을 때도 폼페이가 세력을 확장해올 때도 무관심으로 일관했고, 상대가 병력을 요청하면 보내준다는 조약도 술에 취해 이행하지 못했다. 바꿔 말해서, 안토니가 정치적 동반자로서의 책무를 다했더라면 그의 로마 동료들은 그가 이집트에서 무슨 행동을 하든 상관하지 않았을 것이다. 이는 안토니와 그의 동료들이 영웅호걸은 주색잡기에 능하다는 왜곡된 남성성 숭배문화를 공유하고 있음을 보여준다. 이 비극이 '웨스턴 플레이보이'와 '오리엔탈 집시'의 사랑 이야기로 소비되는 것도 이와 무관하지 않다.

　반면에 클리오파트라는 안토니의 난봉생활에 알리바이를 제공하는 도덕적 희생양이 된다. 클리오파트라는 안토니처럼 상반된 두 가지 삶의 양식 중에서 선택할 수 있는 처지가 아니다. 가부장제 규범에서 여성에게 주어진 양자택일의 항목은 순결한 딸 아니면 정숙한 아내이며, 안토니가 즐기는 '한량'의 옵션은 있을 수 없다. 처음부터 이 규범을 벗어난 클리오파트라는 '여성성'을 상실한 창녀, '인간성'을 벗어난 마녀, '가정' 바깥에서 방랑하는 집시로 규정된다. 더구나 클리오파트라는 유혹과 파멸의 덫으로 묘사되고 있다. 클리오파트라를 묘사하는 가장 두드러진 이미지는 뱀이다. 「창세기」의 에덴동산에서 유혹의 주체로 등장한 이후, 뱀은 서구문학의 전통에서 사악하고 유해하며 혐오스러운 존재로 각인되었다.

　극에서도 클리오파트라는 시종일관 뱀과 연관되어 있다. 안토니는 그녀를 "오래된 나일강에 사는 나의 뱀"(1.5.26)이라 부르고, 안토니와 옥테이비아의 혼인 소식을 전해 듣고 격분한 클리오파트라는 "이집트는 나일강에 잠겨 없어지고 온순한 동물들은 모두 뱀으로 변해버려라"(2.5.78-79)라고 저주하며 자신과 이집트를 뱀과 동일시한다. 클리오파트라가 삶을 마감할 때에도 "나일강의 예쁜 벌레"

(5.2.242), "독을 내뿜는 가엾은 미물"(5.2.304)을 가슴속에 품고 뱀이 뱀을 잡아먹는 자기소멸의 제의를 수행한다. 이렇듯 유혹과 파멸의 덫으로 각인된 클리오파트라는 안토니의 일탈에 대한 책임을 떠안는다. 인간 원죄의 책임이 아담에서 이브에게 그리고 이브에서 뱀에게 전가되듯이, 클리오파트라는 "전쟁의 면류관"이요 "군인의 길잡이"(4.15.66-67)였던 안토니를 홀리고 망가뜨리는 '꽃뱀'이 되어야 한다.

클리오파트라의 유혹은 거부할 수 없다. 이는 안토니 자신은 물론 그의 부하들과 정적들도 다 알고 있는 사실이다. 로마에서 풀비아의 반란과 사망 소식이 도착했을 때 보여주는 안토니의 단호한 태도는 도리어 클리오파트라의 유혹이 얼마나 강력한지를 반증해줄 뿐이다. 한편으로는 안토니가 "이 단단한 이집트 족쇄를 부숴버려야 해"(1.2.122), "나를 미혹하는 이 여왕과 결별해야지"(1.2.135), "난 서둘러 여기를 떠날 거야"(1.2.139), "난 당장 떠나야지"(1.2.143), "그 여자는 상상할 수 없을 정도로 교활해"(1.2.152), "다시는 그 여자를 보지 않을 거야"(1.2.159)라고 거듭 다짐하지만, 다른 한편으로는 안토니의 속마음을 들여다보는 이노바버스가 클리오파트라를 떠날 수 없는 이유를 계속 들이밀고 있다. 마치 중세 도덕극에서 선한 천사와 악한 천사가 주인공의 귀에 번갈아 속삭이며 내적 갈등을 드러내는 것처럼, 안토니의 마음은 공적인 책무와 사적인 욕망 사이에서 말 그대로 찢어지고 쪼개진다.

이어지는 장면에서 클리오파트라가 안토니를 사로잡는 '비법'이 공개된다. 클리오파트라는 시녀들에게 "그가 울적해 보이면 내가 춤추고 있다고 말하고, 기분이 좋아 보이면 내가 병이 났다고 일러라"(1.3.4-6)라고 지시한다. 밀고 당기는 전략을 구사하며 안토니를 쥐락펴락하겠다는 심산이다. 안토니가 나타나자 "난 몸도 아프고 마음도 무거워요"(1.3.14)라고 운을 뗀 뒤, 로마로 떠나야 하는 이유를 내세우는 안토니를 "이 세상에서 가장 위대한 용사가 가장 위대한 거짓말쟁이로 변했다"(1.3.38-39)라고 몰아세운다. 안토니가 "시급한 공무 때문에 부득이하게 떠나지만 내 마음은 늘 당신 곁에 있을 것"(1.3.43-45)이며, 잠시 떨어져 있으면서 "명예로운 시험을 견뎌내는 대장부의 진정한 사랑의 증표를 확인해보라"(1.3.75-76)라고 달래봐도 아무런 소용이 없다.

풀비아의 소환으로 급히 귀국한다고 생각하는 클리오파트라에게 안토니는 아내의 사망 소식을 꺼내 들며 상황의 반전을 꾀해보지만, 안토니는 오히려 "가장 거짓된 사랑"(1.3.63)을 일삼는 남자로 매도될 뿐이다. 아내가 죽어도 눈물 한 방울 흘리지 않는데 자신이 죽으면 어떨지는 명약관화하다는 것이다. 안토니가 '되로 주고 말로 받는' 상황을 수습하지 못한 채 떠날 채비를 하자 이번에는 클리오파트라가 "언쟁하는 여왕"(1.1.49)에서 "동정도 못 받는 미련한 여인"(1.3.100)으로 바뀐다. "당신의 검에 승리의 월계관이 얹히고 가시는 길마다 꽃송이 뒤덮인 탄탄대로가 되옵소서"(1.3.101-3)라는 애절한 고별사에 안토니는 "당신은 여기 있지만 나와 함께 가고, 나는 여기를 떠나도 당신과 함께 있소"(1.3.104-6)라고 답한다. 결국, 클리오파트라는 탁월한 임기응변으로 안토니의 마음을 묶어두는 데 성공한다.

'유혹하는 여인' 클리오파트라는 셰익스피어 창조물이 아니다. 이 클리오파트라는 사이드가 분석한 오리엔탈리즘의 전통과 떼어놓고 생각할 수 없다. 아담과 이브, 파리스와 헬렌, 아이네아스와 디도, 삼손과 드릴라, 솔로몬과 시바 등 헤브라이즘과 헬레니즘을 아우르는 사랑 이야기의 주인공은 유혹하는 여성과 유혹당하는 남성이다. 이들의 사랑은 '남성적 서양'과 '여성적 동양'의 만남으로 설정된다. '동양의 여성화'가 위험하고 파멸적인 사랑의 전제조건인 셈이다.

이것 역시 사이드가 지적한 오리엔탈리즘의 중요한 요소다. 서구인들에게 오리엔트는 섹스와 떼어놓고 생각할 수 없다. "성적 기대감(그리고 위협), 질리지 않는 관능미, 제한 없는 욕망, 뿌리 깊은 생식 능력"은 식민주의 판타지의 핵심이며, 오리엔트는 "유럽에서 엄두도 못 내는 성적 경험을 추구하는 장소"로 그려진다. 그래서 식민지 침략은 성적 침투(penetration)를 수반하기 마련이다.[25] 전쟁터의 싸움이 끝나도 백인 남성 영웅과 그를 기다리는 '유색인 여성' 사이의 또 다른 싸움이 기다린다.

관능과 풍요의 이미지로 채색된 클리오파트라는 스펜서의 『요정여왕』에 나오는 두에사와 아크레이시아를 연상시킨다. 두에사는 정절의 상징 우나와 반대로 바빌론 창녀에 비유되는 "사악한 마녀"(1.2.34)로서, 풍족한 물질과 현란한 관능미로 기독교 기사 레드크로스의 눈을 미혹한다. 스펜서가 창조한 또 하나의 "아름다운 마녀"(2.12.81) 아크레이시아도 타락 이전의 에덴동산 같은 '축복의 정자'에서 뇌쇄적인 에로티시즘으로 버던트를 무장해제 시킨다. 이 마녀들의 매력은 남성 영웅의 판단력과 사명감을 마비시키는 위험요인으로 작용한다. 그 덫에 빠지지 않으려면 레드크로스처럼 거기서 도망치거나, 가이언처럼 그 정자를 철저히 파괴해버려야 한다. 르네상스 잉글랜드의 식민담론에서는 이처럼 '거센 여자'나 '난잡한 여자'를 단죄하고 제어하기 위해 마녀나 집시의 정체성을 부여한다. 셰익스피어 역시 클리오파트라의 성적·정치적 전복성을 봉쇄하는 전략으로 그런 범주를 동원하고 있다.

셰익스피어의 창의적 상상력은 클리오파트라의 특이한 자기재현에서 잘 드러난다. 클리오파트라를 유혹하는 여인으로 규정하는 작

---

25) Edward W. Said, 앞의 책, pp.187-190, 309.

업에 그녀를 둘러싼 로마 남성들뿐만 아니라 클리오파트라 자신도 참여한다. 시녀들과 당구 놀이를 하던 클리오파트라는 자신과 안토니의 관계를 "꼬부라진 낚싯바늘"과 거기에 "끈적끈적한 아가미가 꿰어 버둥거리는 황갈색 지느러미의 물고기"(2.5.12-13)에 비유한다. 두 사람이 낚시 내기를 할 때도 잠수부들이 안토니의 낚싯바늘에 물고기를 매달아 놓으면 안토니가 신이 나서 낚아 올렸다고 한다. 안토니는 클리오파트라에게 '코가 꿴' 노예이며 사랑에 '눈이 먼' 바보라는 얘기다. 계속해서 클리오파트라는 침실에서의 일화를 들려주며 안토니를 마음대로 기만하고 조종할 수 있다고 자랑한다.

> 그게 언제였더라? 세월이 참 빠르네.
> 내가 너무 웃어서 그를 화나게 했다가
> 그날 밤엔 웃어서 그의 화를 풀어줬지.
> 이튿날 아침에는 아홉 시도 되기 전에
> 내가 그를 술 취하게 해서 잠재운 후
> 그에게 내 머리장식과 겉옷을 입히고,
> 난 그의 필리파이 칼을 차고 놀았어.(2.5.18-23)

여기서 특기할 만한 것은 젠더와 인종의 위계질서가 전복되는 이 복장 도착(transvestism) 장면을 수행했고 또한 재현하는 주체가 안토니가 아니라 클리오파트라라는 사실이다. 자신이 "낚싯바늘"임을 클리오파트라가 직접 보여주고 있으며, "세상을 호령하는 삼대 천왕 중의 하나가 매춘부의 얼간이로 전락"(1.1.12-13)했다는 세간의 소문이 사실임을 그 "매춘부"가 증언하는 것이다. 그 결과, 클리오파트라가 유혹의 아이콘이라는 전제는 고정관념으로 굳어진다.

5 '동양 폭군'의 변덕과 무능

자기비하를 통한 자기재현은 클리오파트라의 전복성을 봉쇄하는 서사 전략이다. 셰익스피어는 이 전략을 클리오파트라의 정치적 지도력을 검증하는 데 더 적극적으로 동원한다. 자유분방한 섹슈얼리티 때문에 '오리엔탈 집시'로 규정된 클리오파트라는 유혹의 주체인 동시에 정치적 주체다. 따라서 젠더, 인종, 계급의 심급이 모순되게 중층결정된 이집트 여왕이라는 위치가 또 다른 규명 대상이 된다. 그의 성적 주체성과 마찬가지로 정치적 주체성도 정절과 순종이라는 가부장제 규범에 어긋나기 때문이다. 더구나 클리오파트라는 로마 제국주의 헤게모니를 교란하는 인물이다. 역사상의 클레오파트라는 식민지 피정복자로서의 위치에 머물지 않고 폼페이우스, 율리사르 카이사르, 안토니우스, 옥타비우스와의 연이은 교섭을 통해 자신의 왕권을 보존하려고 했다. 이 극에서도 클리오파트라는 자신의 성적 노예가 된 안토니를 정치적 방패로 삼아 로마 제국에 맞서려고 하다가 그 계획이 좌절되자 옥테이비어스 시저와의 협상을 시도하다가 결국 죽음을 택했다.

여성과 통치는 고대 로마인들에게 양립 불가능한 개념이었지만 셰익스피어의 동시대 잉글랜드인들에게는 그렇지 않았다. 그들이 받드는 군주가 여성이었기 때문이다. 클리오파트라와 마찬가지로, 엘리자베스도 가부장 사회의 불신과 불안을 무릅쓰고 왕좌에 올랐다. 하지만 클리오파트라와는 달리, 엘리자베스는 자신의 미혼과 독신을 가부장제의 핵심 덕목인 순결과 정절의 구현으로 홍보함으로써 남성중심주의적 정치풍토를 진정시키고 주도해나갔다. 그 홍보작업에 잉글랜드 시인과 극작가들이 동원되었음은 물론이다. 일례로, 스펜서의 『요정 여왕』에 나오는 처녀 여왕은 정절의 상징 벨피비와 정의의 상징 글로리아나를 결합한 인물로서, 그의 통치를 통해 잉글랜드의 황금시대가 도래하는 것으로 묘사되어 있다.[26] 엘리자베스는 비록 이런저런 소문은 떠돌긴 했지만, 최소한 공식적으로는 '오염된' 섹슈얼리티로부터 거리를 둠으로써 자신의 여성성을 잠재적인 취약성에서 튜더 왕조의 명예로운 정치적 자산으로 변환할 수 있었다.

그러나 이 극은 초연 시기가 엘리자베스 여왕이 사망한 이후이고 클리오파트라가 '유색인'으로 각색되어서 후원자나 검열자의 시선에서 비교적 자유로울 수 있었다. 그래서인지 클리오파트라의 정치적 주체성에 제동 거는 방식이 상당히 노골적이다. 우선, 클리오파트라의 호칭이 통치자에 걸맞다고 볼 수 없다. 창녀, 마녀, 집시라는 별명과 각종 동물 이미지의 반복은 클리오파트라의 '여성성'뿐 아니라 이집트 여왕으로서의 권위도 부정하는 효과를 지닌다. 대개 클리오파트라가 무대 위에 부재할 때 로마 남성들끼리 주고받는 이 별칭들은 무대와 관객의 인종주의적 공감대를 형성하는 연결고리가 된다. 그들끼리 클리오파트라에게 폄하와 차별의 낙인을 덧씌워 이집트 여왕을 정치적으로 '거세'하는 것이다. 이름 짓기(naming)의 폭력을 예시하는 이 기법은 클리오파트라를 계속 창녀로 호명함으로써 창녀로 만들고 있다.

클리오파트라의 통치권을 박탈하는 더 유효한 방법은 부정적 자기재현이다. 뱀처럼 교활하고 치명적인 '동양 요부'로서의 이미지를 스스로 굳힌 클리오파트라는 계속해서 '동양 폭군'의 이미지도 쌓아간다. 그녀가 통치자로서 보여주는 첫인상은 정치와는 거리가 멀다.

---

26) Francis A. Yates, Astraea: *The Imperial Theme in the Sixteenth Century*, London: Routledge & Kegan Paul, 1975, pp.69-70.

안토니가 로마로 떠난 후 마약에 취해 독수공방의 외로움을 시녀들에게 토로하는 모습은 국사의 번민으로 잠 못 이루는 군주가 아니라 상사병에 걸린 철없는 소녀를 연상시킨다.

> 오, 차미언! 그이는 지금 어디 계실 것 같니?
> 서 계실까, 앉아 계실까, 아니면 걷고 계실까.
> 아니면 혹시 지금 말을 타고 계신 건 아닐까.
> 그 말은 안토니를 업었으니 얼마나 행복할까!
> 말아, 잘 모셔라. 네가 태운 분이 누구시더냐?
> 그분은 이 지구의 절반을 떠받치시는 분이며
> 인간들이 차고 있는 칼과 투구의 주인이시다.
> 그분은 지금 이렇게 말하거나 속삭이실 거다.
> '오래된 나일강의 내 뱀은 어디에 있는 걸까?'
> 난 지금 끔찍이도 달콤한 독을 마시고 있어.
> 태양의 애무를 받아 피부가 까맣게 그을리고
> 세월의 흔적으로 얼굴에 주름살이 패였지만,
> 그이가 나를 잊지 않고 생각해주시면 좋겠다.
> 이마가 넓은 시저가 여기 이 땅에 있었을 때
> 난 제왕이 즐겨 드실만한 맛있는 음식이었지.
> 폼페이대제도 내 얼굴에 시선을 못 박고서는
> 마치 목숨이라도 걸듯이 뚫어지게 처다봤지.(1.5,22-35)

클리오파트라는 과거에도 현재에도 자신이 유혹하는 여인이면서 또한 의존적인 여인이었음을 밝히고 있다. 이전에는 줄리어스 시저와 폼페이를 대상으로 줄다리기를 했던 클리오파트라가 지금은 안토니를 상대로 사랑과 권력 게임을 하는 것이다. 안토니가 나중에 클리오파트라에게 퍼붓는 욕설("세 번이나 변절한 화냥년")의 근거를 미리 자신의 입으로 얘기하는 셈이다. 서막에서 언급되었던 "까무잡잡한 얼굴"도 여기서는 클리오파트라의 정치적 의존성과 연관된다. 즉 '유색인' 특유의 관능미 넘치는 '몸' 하나로 한 시대를 풍미한 여인, 하지만 외세에 의존하지 않고서는 자신의 왕국을 지킬 수 없었던 여인의 '어두운 역사'가 이 느즈러진 대사에 고스란히 담겨 있다.

원래 동양의 전제군주는 포학하며 무능한 호색한으로 묘사된다. 이것 역시 오리엔탈리즘의 인기 있는 주제인데, 클리오파트라는 이 스테레오타입에 충실하게 연기한다. 가령, 안토니와 옥테이비아의 결혼 소식을 접하는 순간, 클리오파트라는 "인간의 모습이 아닌 머리 위에 뱀이 우글거리는 복수의 여신"(2.5.39-40)으로 돌변해 길길이 날뛰며 자신의 성정을 무대 위에 적나라하게 펼친다. 공포에 질린 사신에게 입에 담기 힘든 욕설과 저주를 퍼붓고 그를 마구 때리고 쓰러뜨려서 질질 끌고 다니는 장면은 폭군의 이미지를 충분히 각인시켜주고도 남는다.

뭐라고? 당장 꺼져! 이 썩을 놈의 개자식아!
네 놈의 눈깔을 뽑아 공처럼 걷어 차버리고
네 놈의 대가리에 난 털을 다 뽑아버리겠다.
네 놈을 철사 줄로 갈기고 소금물에 절여서
그 쓰라린 고통을 원 없이 맛보게 해주겠다.(2.5.62-66)

견디다 못한 사신이 도망치자 분을 삭이지 못한 클리오파트라가 자신의 왕국과 백성에게 저주를 퍼붓는다.

무고한 사람이라고 다 벼락을 피할 순 없다.

이 이집트도 나일강에 빠져서 없어져버리고
온순한 동물들도 모조리 뱀으로 변해버려라!(2.5.77-79)

내 이집트 왕국의 절반이 강물에 잠겨버리고
비늘 낀 뱀들이 우글거리는 저수지가 되어라.(2.5.94-95)

이 극에서 클리오파트라의 다양한 정체성과 연관되는 뱀과 나일강은 다산과 풍요가 아닌 파멸과 저주를 상징한다. 따라서 클리오파트라는 이집트를 패망시키는 무능한 통치자가 되고, 클리오파트라와 동일시되는 이집트는 운이 다한 나라, 즉 위대한 제국에게 정복당할 수밖에 없는 나라가 된다.

클리오파트라의 포악함은 변덕스러움과 연결된다. 옥테이비아의 용모, 신장, 성격, 나이, 모발 색깔을 알아보라는 지령을 받은 사신이 이집트로 돌아와서 클리오파트라에게 보고하는 장면도 익살스러운 것 같지만 그냥 웃어넘길 수만은 없다. "목소리는 둔탁하고 키는 난쟁이 같으며" "걸음걸이는 기어 다니는 것 같고 움직이는지 서 있는지 구분되지 않으며, 생기 없는 송장 같아서 숨 쉬는 사람이 아니라 조각처럼 보일"뿐더러, 서른 넘은 과부인 데다 "얼굴은 둥글넓적하고" "머리칼은 갈색이며 이마는 너무 좁아 쳐다보기 민망하더이다." (3.3.16-33) 이것이 겁에 질린 사신이 사시나무 떨듯이 전하는 옥테이비아의 신상명세서인데, "미모, 지혜, 정절"(2.2.251)을 완벽히 겸비했다는 매시너스의 평가와 정반대다. 클리오파트라의 반응도 이 직전 장면과는 정반대다. 시녀들은 사신의 감언이설에 맞장구치고, 클리오파트라는 그의 충실한 임무 수행을 치하하며 황금을 하사한다. 변덕의 극치가 아닐 수 없다. 안토니와의 관계에서뿐만 아니라 국정 수행에서도 클리오파트라가 보여주는 것은 변덕스러움과 경박스러움으로 채워진 즉흥연기밖에 없다. 그리고 이집트를 상징하는 클리오파트라의 궁궐은 아첨과 한담만 가득한 공간으로 전락한다.

포학하고도 변덕스러운 데다 클리오파트라는 무능하기까지 하다. 옥테이비아가 '완벽한 여성'의 세 조건을 겸비했다면, 클리오파트라는 '동양 전제군주'의 삼박자를 다 갖추었다. 악티움에서 최후 일전을 앞두고 이노바버스는 클리오파트라에게 출정하지 말 것을 권고한다. 이유인즉슨 "전하가 나가시면 안토니 장군이 곤욕을 치르실 게 분명합니다. 전쟁에 집중해야 할 그의 마음과 정신과 시간을 빼앗기 때문"(3.7.10-12)이라는 것이다. 하지만 클리오파트라는 "전쟁비용은 내가 부담하고 있다. 내 왕국의 통치자로서 나는 남자처럼 출정하겠다. 난 뒷전에 앉아 있지 않을 터이니 더는 왈가왈부하지 마라"(3.7.16-19)며 출정을 강행한다.

결과는 이노바버스가 우려했던 그대로다. 한창 전투가 벌어지고 있을 때 그것도 팽팽하던 전세가 안토니 쪽으로 유리하게 기울기 시작할 때, 클리오파트라는 "유월 쇠파리에 쏘인 암소처럼 돛을 올리고 도주했고"(3.10.14-15), 안토니도 "암컷 쫓아가는 청둥오리처럼 돛을 펄럭이며 그 여자 꽁무니를 따라갔다."(3.10.20) 셰익스피어가 다른 작품에서는 전투장면을 간략하게 처리하거나 사신의 보고로 대체되는 것과 달리, 이 극에서 악티움 전투를 상세히 묘사하는 것은 클리오파트라의 '치명적인' 역할을 부각하기 위해서일 것이다. 지략도 용맹도 없이 남성성의 경연장에 뛰어든 이집트 여왕 덕분에 로마의 역사가 뒤바뀐 순간을 집중조명하는 것이다.

동양 전제군주의 희화화된 모습을 스스로 연출하는 클리오파트라는 관객의 연민과 공감을 불러일으키는 대신 웃음거리가 되고 만다. 셰익스피어 시대에 영향력이 컸던 아리스토텔레스의 장르 이론에 따르면, 비극의 주인공은 '보통사람들'보다 더 고귀하고 영웅적인 인물이지만, 희극의 주인공은 하찮고 우스꽝스러우며 익살스러운 인물이다.[27] 『시학』에서 강조하는 이 장르의 차이는 계급의 차이를 반영한 것이다. 비극에서는 관객이 귀족 영웅의 고통과 추락을 '우러러보며' 감정이입을 통한 카타르시스를 경험하는 반면, 희극에서는 관객이 비천한 자들의 우스꽝스러운 행위를 '내려다보며' 비판적 거리를 유지하고 때로는 그들의 우둔함을 통해 자신의 지적·도덕적 우월을 확인하기도 한다.

이 극에서 클리오파트라에게 부과된 역할도 아리스토텔레스의 고전적 장르 이론에서 크게 벗어나지 않는다. '고귀한 로마인' 안토니의 상대역인 클리오파트라는 국왕이지만 '유색인 여성'이기에 진정한 비극 영웅이 될 수 없다. 그는 안토니가 겪는 정치적 거세와 자기 소외의 비애감을 증폭시키는 배경(foil)일 뿐, 안토니처럼 분열된 주체의 치열한 고뇌를 보여주지는 않는다. 5막에서 클리오파트라가 정치적 주체로 거듭나면서 안토니의 자리를 대체하기까지, 이 극은 안토니의 비극과 클리오파트라의 희극이 교차한다. 안토니가 '고귀한' 비극 영웅이 되기 위해서 클리오파트라가 스스로 소멸하는 '비천한' 타자로 복무하는 구조다.

따라서 클리오파트라의 경박함과 경쾌함을 '성격' 탓으로만 간주하면, 그를 둘러싼 '힘'의 자장(磁場)을 간과하게 된다. 일례로, 미올라는 클리오파트라를 연기력이 완벽한 경지에 이른 희극배우로 보고,[28] 마셜(Cynthia Marshall)은 클리오파트라의 다중성이 쾌활한 성격과 자기 연출 능력에서 기인한다고 주장한다.[29] 이러한 해석은 클

---

27) Aristotle, *Poetics*, in Hazard Adams(ed.), *Critical Theory Since Plato*, San Diego: Harcourt Brace Jovanovich, 1971, pp.49-51.

28) Robert S. Miola, 앞의 책, p.127.

29) Cynthia Marshall, "Man of Steel Done Got the Blues: Melancholic Subversion

리오파트라가 처한 가부장제 질서와 식민적 권력 관계를 건너뛴다. 그 불평등한 조건은 무대 바깥에서뿐 아니라 무대 위에서도 작용한다. 아리스토텔레스 시대에 하층민이 비극 영웅이 될 수 없었듯이, 셰익스피어 시대에도 '유색인 여성'은 자기재현의 주체가 되는 것을 허용하지 않았다.

6 이집트 여왕의 마지막 변신

시종일관 클리오파트라를 '동양 요부'와 '동양 폭군'으로 정형화하던 셰익스피어는 5막에 가서야 비로소 눈에 띄는 수정을 가한다. 클리오파트라의 정치적 주체성이 발현되는 것이다. 정확히 말하면, 안토니가 죽은 직후 즉 4막 종결부에서부터 클리오파트라는 변하기 시작한다. "이제는 내가 여왕이 아니라 소젖 짜고 허드렛일 하는 시골 처녀와 다른 바 없는 여자이지만, 나를 해치는 신들에게 이 홀을 던져버리고 그들이 내 보석을 훔쳐가기 전까지는 우리 세상이 그들의 세상보다 못할 게 없었다고 말해주고 싶다"(4.15.77-82)라고 절규하는 클리오파트라는 여느 비극 영웅 못지않은 카리스마를 발산한다. 부재하는 안토니의 역할을 대신하는 셈이다. 더구나 떨고 있는 시녀들을 독려하며 "훌륭하고 숭고한 행위를 고귀한 로마 방식에 따라 결행하여 죽음의 사신이 우리를 자랑스럽게 데리고 가게 하자"(4.15.90-92)라고 결단하는 모습은 죽음 앞에서 안절부절못하던 안토니와 뚜렷한 대조를 이룬다.

---

of Presence in *Antony and Cleopatra*," *Shakespeare Quarterly* 44:4(Winter 1993), p.407.

변신의 귀재 클리오파트라는 5막에서 최후의 변신을 시도한다. 이 번에는 "이집트 창녀"가 아닌 이집트 여왕 본연의 모습으로 돌아와 "천하의 주인"(3.13.76) 옥테이비어스 시저를 상대로 왕국의 명운이 걸린 협상을 벌인다. 이 협상 과정에서 클리오파트라는 생존 욕구와 죽음충동(death-wish) 사이에서 치열한 진자운동을 한다. 한편으로 는 시저와의 타협 가능성을 모색하면서, 다른 한편으로는 "새 하늘, 새 땅"(1.1.17)에서 "황제 안토니"(5.2.75)와의 재회를 희구한다.

> 나의 추락은 더 나은 삶을 가져다준다.
> 시저가 된다 한들 뭐가 그리 대단하냐?
> 그는 운명이 아니라 운명의 종복일 터,
> 운명의 뜻을 수행하는 대리인일 뿐이야.
> 내가 모든 행동을 끝맺는 행동을 하면
> 우연에 족쇄 채우고 변화에 빗장 걸지.
> 그건 잠드는 것, 그리고 거지와 시저를
> 똑같이 먹여 살렸던 이 똥 같은 세상을
> 더는 탐할 필요가 없게 되는 것이겠지.(5.2.1-8)

시녀들 앞에서 비극 영웅다운 기개를 내세우던 클리오파트라는 시 저의 대리인 프로큘리어스가 나타나자마자 돌변한다. 관대하고 자 비로운 시저에게 "사랑스러운 의존"(5.2.26)을 표명할 것을 권고하는 프로큘리어스에게 클리오파트라는 "나는 그의 운세를 따르는 시종 으로서 그가 이룬 위대한 업적에 승복하며, 한시바삐 복종의 교리를 배워 그를 알현할 것"(5.2.31)을 다짐하고, 대신에 아들에게 왕위계 승권을 보장해달라고 요청한다.

당신 주인이 여왕에게 구걸하라 하시면
이렇게 전하시오. 여왕 체통에 어울리게
나는 적어도 왕국 하나쯤은 구걸할 거요.
만약 정복한 이집트를 내 아들에게 주면
내 몫이라 여기고 감사하며 무릎 꿇겠소.(5.2.15-21)

하지만 옥테이비어스 시저는 줄리어스 시저가 아니고 안토니는 더
더욱 아니다. 그는 겉으로는 "배려와 연민"(5.2.187)이 자신의 기질임
을 내세우며 클리오파트라가 로마에 가면 각별하게 예우하겠노라고
약속하지만, 속으로는 "그녀를 산 채로 로마에 끌고 가면 내 승리가
영원히 빛날 것"(5.1.65-66)이라고 생각한다. 한때 줄리어스 시저와
안토니의 여자였던 클리오파트라는 그에게 가장 상징적인 전리품이
기 때문이다.

삶과 죽음의 기로에서 동요하던 클리오파트라는 수치스러운 삶보
다 명예로운 죽음을 선택하기로 작정한다. 시저와의 협상이 결렬되
었다고 판단했기 때문이다. 특히 옥테이비아와의 대면은 클리오파
트라가 가장 피하고 싶은 상황이다. 로마 병사들의 습격에 무장해제
를 당한 클리오파트라는 "스스로를 해쳐서 내 주군이 베푸는 아량을
욕되게 하지 마시라"(5.2.42-43)는 프로쿨리어스에게 왜 자신이 로
마로 가지 않을 것인지 분명히 밝힌다.

난 이제부터 먹지도 마시지도 않을 거요.
한담이나 할지언정 잠도 자지 않을 거요.
시저가 뭐라 해도 이 몸뚱이를 허무겠소.
혹여 내가 당신 주군의 궁궐에 끌려가서
결박당한 채 대기하는 일도 없을 터인즉,

무미건조한 옥테이비아의 차가운 눈길에
심문당하는 상황은 더더욱 없을 것이오.
그들은 날 로마 길거리로 떠메고 다니며
아우성치는 잡놈들의 구경거리로 삼겠지?
차라리 이집트 시궁창이 내 무덤이 되고,
나일강 진흙에 벌거벗은 몸으로 누워서
쇠파리가 알 까는 끔찍한 송장이 되겠다.
아니면 내 나라의 저 드높은 피라미드를
교수대로 삼아 날 쇠사슬에 매달아다오.(5.2.48-61)

클리오파트라가 로마에 끌려가지 않으려는 이유는 전시당하지 않기 위해서다. "무미건조한 옥테이비아의 차가운 눈길"을 대하고 "아우성치는 잡놈들의 구경거리"가 되면 클리오파트라에게 주어졌던 자기 연출의 공간이 사라진다. 시저 궁궐이나 로마 길거리에서는 클리오파트라의 연극적 수행이 불가능하다. 그곳은 클리오파트라의 "변화무쌍함"이 결박당하고 교정받는 감옥이며 그의 "몸뚱이"가 고착되어 전시되는 박물관이다. 더구나 클리오파트라에게 로마는 궁궐이든 길거리든 배우와 관객의 쌍방향성이 확보되지 않는 공간이다. 보는 주체와 보이는 대상 사이의 일방향성과 불균등이 극대화된다는 점에서 로마는 일종의 관음증(voyeurism)의 공간이기도 하다. 거기서 클리오파트라는 포르노 여배우처럼 "발가벗겨진" 채 "파고드는 수치심"에 난도질당해야 한다.[30] 경멸과 정죄의 시선에 노출되고 침투당하는 것은 사회적 죽음이요 정신적 강간이다. 그래서 클리

---

30) "파고드는 수치심"(penetrative shame)이라는 구절은 안토니가 악티움전투에서 패배한 후 로마 길거리에서 시저의 개선전차에 끌려가는 자신의 모습을 상상하며 '여성화'에 대한 두려움을 토로할 때 쓴 표현이다(4.14.76).

오파트라는 차라리 나일강이나 피라미드에서 죽기를 원한다. 그곳
에서는 자기 연출이 가능하기 때문이다.

　그런데 클리오파트라는 막상 옥테이비어스 시저가 등장하자 또
다시 정치적 생존의 가능성을 타진한다. 전쟁의 책임을 묻지 않겠다
는 시저를 "이 세상의 유일무이한 지존"(5.2.119)으로 칭하며 "자고
로 여자들을 부끄럽게 했던 연약함"(5.2.122-23)이 자신에게도 가득
함을 고백한다. 직전에 꿈속에서 만난 안토니의 비할 데 없는 위용과
관대함을 기리던 클리오파트라의 모습은 온데간데없다. 자비의 손
짓을 보여주는 정복자도 무릎을 꿇은 피정복자도 똑같이 가면을 쓰
고 있지만, 클리오파트라의 즉흥연기가 더 세련되고 기만적이다. 재
산과 보물을 빼돌리려다 부하의 고자질로 한바탕 수모를 당한 후, 시
저가 "쓸데없는 생각에 얽매이지 말고 기운 내시오"(5.2.183-84)라
며 다독이고 퇴장하자마자 클리오파트라는 최후의 제의(祭儀)를 준
비한다. 시저의 측근 돌라벨라를 통해 자신과 자녀들을 끌고 가서 개
선행렬의 전리품으로 삼으려는 시저의 속셈을 간파했기 때문이다.
"이집트의 꼭두각시"가 되어 "기름때 묻은 앞치마를 두르고 역겨운
입 냄새를 내뿜는 천한 직공들"의 구경거리로 전락하는 것(5.2.207-
12)은 이집트 여왕으로서 감내할 수 없는 치욕이다.

　　건방진 형리들은 우리를 창녀로 잡아가고,
　　허접한 시인들은 우리를 함부로 읊어대며,
　　약빠른 배우들은 우리를 무대에 올려놓고
　　알렉산드리아식 술잔치를 연출할 것이며,
　　안토니는 분명 주정뱅이로 불려 나오겠지.
　　그리고 난 클리오파트라로 분장한 꼬마가
　　앵앵대며 창녀역할 하는 꼴을 구경하겠지.(5.2.213-20)

죽음을 대면하고 수행하는 클리오파트라의 모습은 셰익스피어의 여느 비극 영웅 못지않게 결연하고 비장하다. 자기소멸의 제의적 행위를 도와줄 "나일강의 예쁜 벌레"(5.2.242)가 도착하자 클리오파트라는 숨겨놓았던 '영웅본색'을 드러낸다.

비천한 수단으로 고귀한 행위를 하는구나!
내 마음은 자유롭고, 내 결심은 확고하다.
내게는 더 이상 여자의 연약함 따윈 없다.
머리부터 발끝까지 대리석처럼 변치 않고
이지러지는 달은 이제 내 행성이 아니다.(5.2.235-40)

여태껏 "이지러지는 달"이나 "범람하는 나일강"처럼 살아왔던 클리오파트라가 "대리석처럼 변하지 않는" 안토니의 아내로 삶을 마감하겠다는 선언은 강력한 반전이 아닐 수 없다. 그것은 "변화무쌍한" 연극적 수행으로 로마의 가부장적 제국주의 질서를 어지럽히고 불안하게 했던 클리오파트라가 그 질서 안으로 편입되는 순간이기 때문이다. 특히 불변성과 견고함을 뜻하는 대리석을 클리오파트라의 새로운 이미지로 부여하는 것은 이집트 고유의 '야만적 여성성'을 떨쳐버리고 안토니가 잃어버린 로마의 '고귀한 남성성'을 획득하는 것을 의미한다. 이 변신은 봉쇄이자 포섭이다. 물론 클리오파트라의 자결이 "시저의 행운을 조롱"(5.2.284-85)함으로써 로마 제국의 헤게모니를 마지막 순간에 교란하는 효과가 있지만, 그 효과는 '찻잔 속의 태풍'이다. 또한 "고귀한 로마 방식을 따르는"(4.15.91) 클리오파트라의 비극적 최후는 시저가 얘기한바 "고귀한 연약함"(5.2.343)을 확인하는 과정이기도 하다. 형용사 '고귀한'보다 명사 '연약함'에 방점이 가 있는 시저의 이 역설적인 애도 행간에는 클리오파트라가 아무리 고귀함의 외피를 걸쳐도 성적·인종적 타자의 연약한 본성은 넘어설 수 없다는 메시지가 담겨있다.

어떻게 보면, 안토니가 비난하는 클리오파트라의 변덕과 배신은 그러한 '연약함'에서 비롯되는 진자운동이다. "나의 안토니"(1.5.6)가 "주인 중의 주인"(4.8.16)이었다가, 그가 사라지자 "천하의 주인"(3.13.76) 시저를 "나의 주인, 나의 주군"(5.2.189)으로 받들고, 그와의 정치 협상이 실패하자 다시 안토니를 "남편"(5.2.286)으로 부르며 숨을 거두는 클리오파트라의 굴곡진 삶은 자유분방한 섹슈얼리티나 역동적인 권력의지보다는 그가 처한 권력 관계의 기울어진 지형을 반증한다. 클리오파트라의 계속된 진자운동의 마지막 순간인 자결도 자유의지의 구현이 아니라 불가피한 선택이다. 만약 시저와의 협상이 성공했더라면 클리오파트라는 죽음을 선택하지 않았을 것이다. 천상에서 안토니와 재회해 "불멸의 갈망"(5.2.280)을 성취하겠다고 다짐하는 이유는 그녀에게 다른 대안이 없기 때문이다. 결국, 클리오파트라는 자유와 풍요를 상징하는 이집트 여신의 이미지보다는 안토니의 요부이자 로마 제국의 꼭두각시라는 인상을 남기고 무대를 떠난다.

7 로마/이집트의 불분명한 경계선

지금까지는 셰익스피어가 오리엔탈리스트라는 전제하에 『안토니와 클리오파트라』를 분석했지만, 반대 시각에서 읽어볼 수도 있다. 우선, 이런 질문을 해볼 만하다. 셰익스피어가 조준하는 과녁이 로마 제국의 타자로 규정된 클리오파트라의 '여성성'과 '야만성'이라면, 로마의 남성 영웅들은 '고귀한 로마인'의 정형에 걸맞게 묘사되는

가? 바꿔 말해서, 셰익스피어는 로마와 이집트의 문화적·도덕적 경계선을 확고하게 긋고 있는가? 그렇지 않다. 이 극의 묘미는 셰익스피어가 로마와 이집트의 상이한 세계를 그리는 방식을 문명/야만의 이분법으로 설명하기 어렵다는 데 있다.

무엇보다도 클리오파트라의 상대역인 안토니는 브루터스 같은 '고귀한 로마인'도 아니고 코리얼레이너스 같은 '로마의 수호신'도 아니다. 과거의 안토니와 현재의 안토니는 같은 캐릭터가 아니다. 한때 로마 공화국의 투박하면서도 선명한 남성성 숭배문화를 대표했던 안토니가 이 극에서는 로마의 제국주의 팽창이 수반하는 문화적 혼종화의 물결 한가운데 들어서 있다. 풍요롭고 자유분방한 이집트 문화의 영향으로 '동양화된'(Orientalized) 안토니는 이제 공동체의 이익을 위해 자신의 개인적 욕망을 부인하거나 억압하지 않는다. 옥테이비어스 시저와의 정치적 계약보다 클리오파트라와의 사랑에 더 충실한 안토니의 인생 철학은 셰익스피어의 여타 로마 영웅들이 구현하려는 '로마다움'과는 상당한 괴리가 있다.

안토니는 클리오파트라를 만나면서 제국의 가치체계와 멀어지고 식민주체 클리오파트라를 닮아간다. 흔히 클리오파트라를 변덕과 질투의 화신으로 간주하지만, 안토니도 못지않게 변덕스럽고 감정의 기복이 심하다. 오히려 남성성/여성성의 이분법에 얽매이지 않고 변화하는 상황에 따라 유연하게 대처하는 클리오파트라와는 달리, 안토니는 남성성을 상실할수록 남성성에 병적으로 집착하는 모습을 드러낸다. 더구나 안토니는 줄리어스 시저→폼페이→안토니 →옥테이비어스 시저로 이어지는 클리오파트라의 성적·정치적 선회를 "세 번이나 배신한 화냥년"(4.12.13)이라고 욕하지만, 사실은 안토니 자신의 애정행각도 풀비아→클리오파트라→옥테이비아 →클리오파트라로 옮겨 다니는 배신의 연속이었다. 게다가 죽음 앞에서 안토니는 우스꽝스럽고 범용한 모습을 보여주는 데 비해, 클리오파트라는 비극 영웅다운 비장하고 의연한 최후를 연출한다. 안토니와 클리오파트라 사이의 우열관계는 확연하지도 않고 일관되지도 않다.

그 맥락의 연장 선상에서 보면, 식수(Hélène Cixous), 닐리(Carol Thomas Neely), 아델만 같은 페미니스트 비평가들이 클리오파트라의 모순된 정체성을 긍정적으로 읽어내는 것은 충분한 근거가 있다. 이들은 클리오파트라를 창녀, 마녀, 집시로 규정하는 남성 중심적이고 여성 혐오적인 해석을 거부하고 클리오파트라가 지닌 여신의 이미지에 주목하면서 그녀의 "변화무쌍함"을 여성적 다산성과 모성적 포용성으로 재해석한다. 즉 로마가 남성성 이데올로기에 함몰된 경쟁과 억압의 오이디푸스적인 세계라면, 클리오파트라가 대표하는 이집트는 그처럼 경직되고 편협한 가부장제 사회질서를 극복하는 대안적 세계라는 것이다.[31]

이들의 주장을 이어받은 차니스도 클리오파트라를 저항 주체로 상정한다. 안토니가 "세간의 소문"(2.3.5)에 민감하게 반응하고 그것을 내면화하며 타인의 시선과 언어로 클리오파트라를 규정하는 데 비해, 클리오파트라는 자기연출의 의지와 능력을 보여주고 안토니와의 관계도 주도해간다는 것이다. 차니스에 따르면, 클리오파트라의 연극적 수행이 옥테이비어스 시저가 펼치려는 제국주의 서사의 틀

---

31) Hélène Cixous, "Stories: Out and Out: Attacks/Ways out/Forays," in Hélène Cixious and Catherine Clément(eds.), Betsy Wing(trans.), *The Newly Born Woman*, Minneapolis: University of Minnesota Press, 1986, pp.122-131; Carol Thomas Neely, *Broken Nuptials in Shakespeare's Plays*, New Haven: Yale University press, 1985, pp.136-165; Janet Adelman, *Suffocating Mothers: Fantasies of Maternal Origin in Shakespeare's Plays, 'Hamlet' to 'The Tempest'*, London: Routledge, 1992, pp.174-192.

에 포섭되지 않고 가변적이며 다면적인 주체성의 공간을 확보한다. 셰익스피어 시대의 극장과 유흥시설이 런던시 외곽에 위치해 국가 권력의 통제와 청교도관리의 검열로부터 비교적 자유로울 수 있었던 것처럼, 클리오파트라의 이집트는 로마가 줄 수 없는 변방 특유의 자유와 즐거움을 제공한다.

클리오파트라의 죽음도 이러한 맥락에서 보면 자기연출의 완결이다. "고귀한 로마 방식을 따라"(4.15.91) 죽음을 결행하고 "대리석처럼 견고한"(5.2.239) 안토니의 아내가 되겠다는 맹세에도 불구하고, 어머니가 아기에게 수유하듯이 뱀을 가슴으로 품고 죽는 클리오파트라의 모습은 이국적이고 선정적인 이집트 방식을 따르는 것이다. 즉 클리오파트라의 죽음은 '로마화'를 거부하는 몸짓이며, 가부장적 제국주의의 징벌과 교화를 차단하는 가장 전복적인 저항이다.[32]

인종 문제에 초점을 맞춘 리틀은 클리오파트라의 전복적인 자기재현을 다른 측면에서 분석한다. "나는 바보가 아니어도 바보처럼 보이겠지"(1.1.43)라는 클리오파트라의 짧막한 대사에 주목한 리틀은 그녀의 경박하고 변덕스러운 기질과 과도한 감정표출을 모두 계산된 연기로 해석한다. 리틀이 보기에, 클리오파트라의 기상천외하고 도발적인 연기는 이국 여성을 하나의 고정된 이미지로 규정하려는 로마의 제국주의적 기획에 대한 저항이다. 즉 클리오파트라는 자신을 '야만인'과 '검은 매춘부'로 고착화하려는 로마 남성들의 시선을 거부하고 현혹한다는 것이다.[33]

리틀은 클리오파트라를 단순하게 '오리엔트의 집시'로만 볼 수 없는 이유를 이집트 여왕과 잉글랜드 여왕의 유비 관계에서도 찾아낸

---

32) Linda Charnes, *Notorious Identity: Materializing the Subject in Shakespeare*, Cambridge: Harvard University Press, 1995, pp.126-127, 132-135.

33) Arthur Little Jr., 앞의 책, pp.157-158.

다. 연적 옥테이비아와의 외모 비교에 집착하는 클리오파트라는, 이복언니이자 정적이던 메리보다 자신이 더 아름답다는 평가를 원했던 엘리자베스를 연상시킨다. 더구나 자신의 독신생활을 정치적으로 홍보하려고 얼굴화장과 복장과 초상화에서 순수와 순결을 상징하는 흰색을 선호하면서 백인성 숭배문화(cult of whiteness)를 조성했던 엘리자베스는 클리오파트라의 모델이라고 할 만하다. 셰익스피어가 창조한 이집트 여왕은 "엘리자베스의 백인성도 클리오파트라의 동양화된 흑인성처럼 서사적 허구요 문화적 겉치레"임을 암시하고 있다.[34]

동시대 지배 이데올로기에 대한 셰익스피어의 문제의식이 가장 잘 드러나는 지점은 바로 남성성 개념이다. 셰익스피어가 로마 제국의 규범인 남성성을 옹호하지만은 않는다는 증거는 이 극에 편재한다. 무엇보다도 클리오파트라를 비하하고 이집트 문화를 경멸하는 로마 남성들은 모두 고만고만하다. 그들은 안토니를 "집시의 욕정을 식히는 풀무와 부채"(1.1.9-10), "매춘부의 얼간이"(1.1.13), "제국을 창녀에게 팔아넘긴 자"(3.6.67-68)라고 욕하지만, 그들의 행태 역시 영웅답지 못하다. 안토니는 물론, 옥테이비어스 시저, 레피더스, 폼페이, 이노바버스, 벤티디어스 등 이 극에 등장하는 로마 남성 인물들은 '고귀한 로마인'의 규범에 부합하지 않는다. 합리적 이성의 주체여야 할 로마 남성이 오히려 기만, 술수, 배신, 타산, 변덕을 일삼는 모습으로 그려진다. 진정한 '로마다움'을 구현하는 영웅이 없는 이 극이 로마 제국의 데카당스를 보여준다는 캔터의 주장은 그래서 일리가 있다. '진정한 로마다움이 무엇인가'라는 근본적인 질문을 잠시 접는다면, 공화국에서 제국으로 나아가는 전환기를 로마 황금시대

---

34) 같은 책, p.161.

의 여명이 아닌 황혼으로 보는 캔터의 해석은 셰익스피어를 미숙한 또는 소박한 페미니스트로 읽어낼 가능성을 열어준다.[35]

이 점에서 가장 눈길을 끄는 인물은 옥테이비어스 시저일 것이다. 안토니와 클리오파트라의 정복자요 도래하는 제국의 주인공이 될 시저는 관객의 기대치에 미치지 못한다. 시저는 일단 '남자다움'의 용량(calibre)에서 관대하고 호방한 안토니의 적수가 되지 못한다. 그는 안토니의 무책임과 일탈을 비난하지만, 자신의 이기적이고 이중적인 행보를 반추할 만한 자의식이 부재하기 때문에 천하를 얻고도 관객의 공감을 얻는 데 실패한다.

최대한 상대를 이용하고 이용가치가 없으면 언제든 버리는 것이 시저가 보여주는 인간관계의 일관된 패턴이다. 삼두정치의 동료 레피더스가 그렇게 토사구팽(免死拘烹) 당했고, 안토니를 배반한 알렉사스와 이노바버스도 이용당하고 버림받았다. 클리오파트라에게도 겉으로는 "배려와 연민"(5.2.187)을 약속하면서도 속으로는 그녀를 "이집트의 꼭두각시"(5.2.207)로 전시하려고 계획한다. 시저에 대한 역사적 평가는 차치하더라도 셰익스피어가 묘사하는 그의 이중성은 제국의 총아로서의 위상을 무색하게 한다. 미래에 로마 제국의 황금시대를 구현할 '아우구스투스 시저'가 최소한 이 극에서는 명민하고 치밀하지만 비정하고 타산적인 정치지략가로 남는다.

나머지 로마 영웅들도 '고귀한 로마인'다운 품격이 없기는 마찬가지다. 레피더스는 자신의 정치적 야망을 추구하는 대신에 안토니와 시저 사이의 중재자 역할에 만족하며 양쪽의 눈치를 살피다 사라지고 만다. 삼두정치의 주역들과 적대관계를 형성하는 폼페이도 아버지 폼페이가 남긴 족적을 따라가지 못한다. 폼페이는 자신이 주최한

---

35) Paul A. Cantor, 앞의 책, *Shakespeare's Roman Trilogy*, pp.21-41.

선상 연회에서 시저, 안토니, 레피더스가 모두 만취했을 때 부하 미나스가 "세계를 삼등분한 자들"(2.7.71)을 한꺼번에 제거하고 "세계의 주인"(2.7.62)이 되라고 속삭이자 이렇게 속내를 내비친다.

자네가 행동은 하되 말은 하지 말아야지.
내게는 악행이지만 자네가 하면 충성이지.
내 이익이 내 명예에 우선하는 게 아니라
그 반대라는 것을 자네가 알았어야 했어.
자네는 늘 말이 행동에 앞서는 게 문제야.
내가 모르게 했다면 후에 칭찬받았겠지만
이젠 책망만 받지. 그만두고 술이나 마셔.(2.7.74-81)

폼페이의 볼멘소리가 드러내는 것은 남성성의 허구와 위선이다. 비록 내키지 않는 자기검열로 미나스의 유혹에 굴복하지는 않지만, 부하의 "충성"으로 자신의 "악행"을 은폐하고 "명예"를 독점하려는 폼페이는 시저 못지않게 "말"과 "행동"의 불일치를 드러내며 로마 남성 영웅들의 함량 미달을 예시한다. 미나스의 "충성" 또한 폼페이의 "명예"만큼이나 변덕스럽고 이기적이다. "이제 난 쇠락한 당신 운세를 절대로 따르지 않겠소"(2.7.83)라는 방백을 남기고 떠나는 미나스의 뒷모습은 '사나이들'의 우정과 의리가 얼마나 취약한지를 확인해준다.

폼페이와 미나스의 상하관계를 특징짓는 개인주의 성향은 안토니와 그의 부하들 사이에서 더욱 뚜렷하게 드러난다. 안토니의 부하인 벤티디어스는 파르티아 군대와의 전투에서 승리한 후 패잔병들을 추격해 진멸시키지 않는 이유를 자신의 부관에게 이렇게 설명한다.

오, 실리어스, 실리어스, 난 할 만큼 했어.
부하가 공적을 너무 세우는 건 좋지 않아.
이걸 모르면 쓰나, 실리어스. 잘 새겨들어.
우리가 모시는 상관이 부재하는 상황에서
너무 명성을 쌓는 건 안하느니 못한 거야.
시저와 안토니도 본인들이 나섰을 때보다
부하들 덕분에 이긴 적이 훨씬 더 많았지.
시리아에서 내 직위에 있었던 소시어스는
단기간에 성급하게 명성을 쌓으려 하다가
오히려 안토니 장군의 미움을 사고 말았지.
자고로 전쟁터에서 상관을 능가하는 자는
상관의 상관이 된다는 것을 꼭 기억하게.
공명심은 용사가 갖추어야 할 미덕이지만
승리로 인해 자신의 운세가 기울어진다면
차라리 패배를 택하는 것이 낫지 않겠나?
내가 여기서 더 많은 공적을 쌓게 된다면
반드시 안토니 장군을 기분 나쁘게 할 테고
여태껏 내가 공들여온 탑도 무너질 거야.(3.1.11-27)

캔터는 공화국 시절의 로마 용사들에게서 볼 수 없었던 벤티디어
스의 주도면밀한 셈법에서 "제국의 새로운 명령체계"를 읽어낸다.
공동체주의에서 개인주의로 전환한 제국의 가치관이 전쟁터에도 영
향을 미친다는 것이다.[36] 동시에 이런 변화는 로마 비극 전편에 걸쳐
남성성 이데올로기를 심문하는 셰익스피어의 서사 전략의 연장 선

---

36) 같은 책, p.55.

상에서 파악해야 한다. 타이터스나 코리얼레이너스의 "공명심"이 극도의 야만적 폭력으로 구현되었다면, 벤티디어스가 지키려 하는 "명성"과 "공적"은 겸손을 가장한 아첨과 눈먼 총애의 결합물이다. 로마를 배경으로 전개되는 남성성의 파노라마 한쪽에는 붉은 선혈을 흩뿌리는 살육이 자행되고, 반대쪽에는 구린내 나는 이해관계가 의리의 이름으로 투합한다. 어느 쪽이든 관객이 지지하고픈 그림은 아니다. 3막 1장에서 처음이자 마지막으로 등장하는 조연급 인물인 벤티디어스와 실리어스에게, 그것도 이미 승패가 갈린 파르티아와의 전쟁 막바지에, 셰익스피어가 40행의 긴 대사를 부여하는 것은 우연이 아니다. 로마와 이집트를 오가는 분주한 공간 이동을 잠시 멈추고 제국의 변방 시리아에서 주인공의 부하들이 수행하는 전쟁을 막간처럼 삽입하는 이유는 크고 작은 모든 싸움의 대의명분으로 작용하는 남성성의 어두운 이면을 들추어내기 위해서다. 안토니도 그의 부하들도 "명성"에 목숨을 내걸지만, 그것을 쟁취하는 과정은 아름답지도 않고 정당하지도 않다.

벤티디어스 못지않게 계산적인 안토니 부하는 이노바버스다. 안토니의 복심(腹心)이라고 할 만큼 가장 친근한 부하로 안토니와 클리오파트라의 가교역할을 하는 이노바버스는 마지막 순간까지 주군의 곁을 지켜야 마땅한 인물이다. 하지만 그는 안토니가 악티움 해전에서 패한 직후부터 딴생각을 품는다. 안토니와 시저 사이에서 저울질하던 이노바버스는 일단 안토니 곁에 머물러 있기로 하지만, 그 이유가 사뭇 흥미롭다.

나의 명예가 나와 다투기를 시작하는구나.
바보에게 끝까지 충성하는 건 바보짓이다.
하지만 몰락한 주인을 참으며 따르다보면

그 주인을 정복한 사람을 정복할 수 있고,

그러면 난 역사의 한 자리를 차지할 거야.(3.13.42-47)

"주인을 정복한 사람"은 운명의 총아 시저이며, 시저를 "정복"한다
는 것은 그의 마음을 사는 것을 의미한다. "역사의 한 자리를 차지"
한다는 것은 변치 않는 충성으로 후대에 기억된다는 뜻이지만, 안토
니 이후의 로마 역사에서 시저에게 중용되고 싶다는 뜻이기도 하다.
실제로 이노바버스는 안토니의 기울어진 운세를 확인하는 순간 "그
를 떠날 방법을 찾아 나서기로"(3.13.205-6) 작정한다. 이노바버스는
결국 안토니를 배반하고 떠난다. 하지만 안토니가 "나의 불운으로
인해 충성스러운 자들이 타락한다"(4.5.16-17)라고 자책하면서 이노
바버스에게 보물과 하사금을 보내자, "주인을 저버린 자"(4.9.25)는
자신의 "비열한 행동"(4.6.34)을 뉘우치며 스스로 목숨을 끊는다. 예
수를 팔아넘긴 가룟 유다를 닮은 이노바버스의 최후는 '사나이들'끼
리의 의리도 남녀 간의 사랑처럼 상황에 따라 변한다는 것을 확인해
준다. 아무리 끈끈해 보이는 동종사회적(homosocial) 연대도 돈과 권
력 앞에서는 덧없이 무너지는 것이다.

반면에 클리오파트라와 시녀들의 관계는 끝까지 변하지 않는다.
그들은 클리오파트라와 생사고락을 함께하는 '자매들'이다. 공교롭
게도 클리오파트라를 배신하는 유일한 이집트인은 재무관 셀루커스
다. 그러나 클리오파트라의 시녀인 차미언과 이라스는 그 어떤 로마
남성보다 더 굳게 '의리'를 지킨다. 안토니의 운명이 석양처럼 기울
때 그의 부하들은 하나둘 떠나지만, 클리오파트라의 시녀들은 시저
의 압박에도 굴하지 않고 마지막 순간까지 그녀의 곁을 지킨다. 클리
오파트라를 "동방의 샛별"(5.2.307)과 "필적할 데 없이 고귀한 여인"
(5.2.315)으로 부르며 여왕의 비뚤어진 왕관을 바로잡아 놓고 뒤따

라 자결하는 차미언의 모습은 안토니와 그의 부하들이 맞이하는 최후와 뚜렷한 대조를 이룬다. 따라서 이 극에서 충성/배신, 불변/변덕의 이분법으로 '남성적' 로마와 '여성적' 이집트를 구분하는 것은 문제가 있다. 남성성에 관한 한, 이 극에는 관객이 공감할 만한 영웅이 존재하지 않는다. 안토니도 그의 적수들도, 장수들도 부하들도, 모두 수사와 수행 사이의 불일치를 드러내며 가치의 혼돈상태를 조성할 뿐이다.

남성성의 구현을 표방하는 남성 주체가 영웅적이지 못한 상황은 두 가지 질문을 유도한다. 첫째, 과연 남성성이 이상적 규범이기는 한가? 둘째, 남성성은 특정 집단의 배타적 속성인가? 강조점은 달라도 문제의식이 맞물려 있는 이 두 질문은 남성성에 대한 근본적인 의심을 제기한다. 이 극에서는 고결하고 용감하며 변치 않는 남성, 즉 남성성의 이상을 완벽히 구현하는 남성이 부재한다. 셰익스피어의 다른 로마 극에서도 마찬가지다. 남자답다고 자타가 공인하는 영웅들이 한결같이 무너지고 부서지고 녹아내린다. 그 누구도 도달할 수 없는 규범이 남성성일진대, 남성성은 지극히 비현실적인 이상이다. 그 이상은 여성을 비하하고 통제하는 명분일 뿐만 아니라 남성에게도 자기소외를 야기하는 가학피학성(sadomasochistic) 억압 기제로 작용한다. 게다가 남성성을 과시하려고 나서는 로마 남성을 '반대편'(또는 '아래쪽')에 위치한 이집트 여성과 비교해도 도덕적 우월성을 찾아보기 힘들다. 오히려 창녀와 마녀로 매도된 클리오파트라는 물론 그녀의 시녀들조차 "고귀한 로마 방식에 따라"(4.15.91) 남성성의 제의적 행위를 실천한다.

만약 남성성이 로마 귀족 남성의 배타적 전유물이 아니라 이집트 하층 여성도 흉내 낼 수 있는 형질이라면, 그리고 그 남성성이 여러 "방식"(fashion) 중 하나에 불과하다면, 로마 가부장제와 제국주의를 뒷받침하는 이데올로기적 토대로서의 남성성은 특권적 위치를 상실한다. 다시 말해서, 안토니와 클리오파트라의 가부장적 러브스토리 이면에는 남성성이 본질적 가치가 아니라 연극적 수행이라는 암시가 깔려 있다. 그 암시가 셰익스피어의 교묘하고 세밀한 설계에 의한 것인지는 논란의 여지가 있지만, 남성성에 대한 질문과 재해석의 여지를 남겨놓는다는 점에서 이 극이 열어젖히는 지배 담론의 틈새와 그것이 수반하는 전복적 효과는 미미하지 않다. 좀더 적극적으로 평가하면, 20세기 페미니스트들이 강조한 사회적 실천과 담론적 구성물로서의 남성성/여성성 개념을 셰익스피어는 4세기 전에 연극무대 위에서 실험해보고 있었던 셈이다. 셰익스피어를 단순히 남성중심주의 작가나 오리엔탈리스트로만 규정하는 대신 현대의 젠더 이론가들이 논쟁하는 문제들과 미리 씨름했던 원형적 페미니스트로 볼수 있는 근거도 바로 여기에 있다.

8 오리엔탈리즘의 궁극적 승리

그렇다면 남성성에 대한 셰익스피어의 문제의식이 이 극의 이데올로기적 지형도에 어떤 파급효과를 가져오는가? 위에서 논한 것처럼 안토니와 클리오파트라의 애달픈 사랑 이야기가 작가의 의도이든 아니든 간에 남성성의 모순과 허구성을 드러낸다고 할 때, 이 극을 남성성에 기초한 가부장제와 제국주의를 비판하는 텍스트로 간주하는 것이 문제가 없는가? 이 극에서 셰익스피어는 오리엔탈리즘을 옹호하거나 재생산하지 않고 도리어 교묘하게 해체하고 있는가? 그렇게 결론짓기 전에, 이 극에서 오리엔탈리즘이 작동하는 방식을 한번 살펴보자.

텍스트 '안'에서 타자가 '말하는 주체'가 되어 자기재현을 하는 것은 주체가 타자를 '대신해서' 재현하는 것보다 더 설득력이 있다. 오리엔탈리즘의 존재론적·인식론적 한계인 '재현의 외재성'이 사라지기(엄밀히 얘기하면, 사라지는 것처럼 보이기) 때문이다. 이 극의 특이점은 안토니의 타자요 셰익스피어의 재현 대상인 클리오파트라에게 재현의 주체성을 부여한다는 데 있다. 클리오파트라를 침묵하는 타자에서 스스로 목소리를 내는 주체로 변환함으로써 서사의 박진성과 개연성을 높이는 것이다. 셰익스피어의 이러한 서사 전략은 잉글랜드의 동시대 연극무대에서 사례를 찾아보기 힘들다. 거의 모든 '유색인'과 '이방인'은 주변적이고 평면적인 캐릭터로 등장한다. 하지만 셰익스피어는 인종적 타자에게 대사의 분량과 역할의 비중을 파격적으로 부여하며 그들을 무대의 중심에 위치시킨다. 셰익스피어의 타자 재현은 그린블랫이 분석한 "르네상스 시대의 자기연출"(self-fashioning)과도 정확히 부합하지 않는다. 당시 잉글랜드의 문학과 연극에서는 주체가 자신의 정체성을 구성하기 위해 낯설고 위협적인 대상을 침묵하는 익명의 배경으로 주변화하는 재현 방식이 지배적인 경향이었다.[37] 셰익스피어의 클리오파트라는 그러한 문화적 어울림(decorum)의 법칙을 넘어서는 인물이다.

문제는 클리오파트라의 주체적(인 듯한) 자기재현이 자기소멸의 역효과를 수반한다는 데 있다. 오리엔탈리즘 서사에서 '유색인' 여성은 백인 남성의 우월함을 돋보이게 하는 배경이거나 아니면 그를 파국으로 치닫게 하는 원인이어야 한다. 이 극에서 클리오파트라는 후자에 해당한다. 그 역할을 클리오파트라는 뛰어난 연기력으로 완

---

37) Stephen Greenblatt, *Renaissance Self-Fashioning: From More to Shakespeare*, Chicago: The University of Chicago Press, 1980, p.9.

벽히 수행한다. 클리오파트라가 아담을 유혹한 이브의 후예요 삼손을 파멸시킨 데릴라의 자매라는 생각은 신화적 상상력의 산물인데, 그것이 '사실'임을 클리오파트라 자신이 온몸으로 보여주는 것이다. 클리오파트라가 유혹의 아이콘이라는 이미지는 '고정관념'이 된다. 결과적으로, 클리오파트라에게 파격적으로 주어지는 자기연출의 기회는 작가의 선물이 아니라 정죄를 위한 올가미다. 안토니를 함정에 빠트리는 클리오파트라는 셰익스피어가 설치한 함정에 빠지는 셈이다. 셰익스피어는 일단 클리오파트라에게 불가사의하고 변화무쌍한 페르소나를 부여하고 난 후, 그것을 하나씩 규정하고 또한 규명해 간다.

 이 극은 클리오파트라의 '여성답지 못한' 기질을 길들이는 과정을 보여준다. 기존의 사회질서를 교란하고 위협하는 클리오파트라의 섹슈얼리티와 권력의지를 드러낸 후, 그것의 부당함을 지적하면서 단계적으로 정화해가는 일련의 '말괄량이 길들이기'가 진행되는 것이다. 셰익스피어가 안토니를 4막에서 퇴장시키고 5막을 시저와 클리오파트라의 만남으로 마무리하는 이유도 여기에 있다. 5막이 없었더라면 이집트판 '말괄량이 길들이기'는 미완의 기획으로 남는다. 시종일관 안토니를 조종하고 지배했던 클리오파트라가 로마 제국의 새로운 주인 시저 앞에 무릎 꿇는 장면은 그래서 매우 상징적이다. 그 장면은 순치의 마지막 단계다. 안토니가 실패한 순치 작업을 시저가 완수하고, 잠시 유보되었던 제국주의의 최종 승리를 확증하는 것이다. 셰익스피어는 클리오파트라의 전복적 몸짓이 거셀수록 그리고 봉쇄 과정이 어려울수록 관객의 긴장감과 몰입도가 커진다는 것을 알기에 클리오파트라를 최대한 도발하게 놔둔다. 글로브극장 관객들도 클리오파트라가 시공간적으로 '안전거리'가 확보된 이국 여성이기 때문에 그의 도발을 좀더 느긋하게 바라볼 수 있다. 그리고 어쨌든 결과는 '해피엔딩'이다. 무대와 객석을 지배했던 가부장적 불안은 무마되고, 도전과 교섭에 노출되었던 제국주의 헤게모니는 더욱 공고해진다.

　클리오파트라 길들이기가 불가결한 또 다른 이유는 이집트 여왕이 지니는 상징성 때문이다. 이 극에서 클리오파트라는 곧 이집트이고 이집트가 또한 클리오파트라다. 클리오파트라가 통치하는 이집트는 뱀, 악어, 집시, 창녀, 환관, 점술, 향연, 일탈의 공간으로 묘사된다. 범람하는 나일강이 상징하듯이, 이집트는 풍요롭지만 무질서한 세계이고 그 중심에 클리오파트라가 위치한다. 따라서 클리오파트라의 순치와 굴복은 로마의 식민지배를 정당화한다. 오리엔탈리즘에서 오리엔트를 재현하는 정형화된 틀이 성적 다산과 도덕적 황폐 또는 물질적 풍요와 정신적 빈곤으로 특징지어지는 역설적 이항대립인데, 이 극에서 재현되는 클리오파트라와 이집트는 그 틀에 정확히 들어맞는다. 재현의 효과는 명백하고 강력하다. 클리오파트라를 '야만화'하고 '희화화'함으로써 이집트는 '주인 없는 땅'이 되고 로마 제국의 정복과 지배를 받아야 마땅한 '변방'이 된다. 이것이 식민담론의 핵심이다.

　이상의 논의를 정리해보자. 『안토니와 클리오파트라』는 여러모로 모호한 텍스트다. 캐릭터를 중심으로 보면, 여주인공의 전복적이고 주체적인 언행이 단연 돋보인다. 셰익스피어의 작품 전체를 통틀어 클리오파트라만큼 통제하기 힘든 연극적 에너지와 강력한 권력 의지를 발산하는 여성 인물을 찾아보기 힘들다. 반면에 플롯의 측면에서 보면, 클리오파트라의 도전적이고 도발적인 연극성은 가부장제와 제국주의의 담론적 질서 안으로 편입된다. 셰익스피어의 타자 재현방식인 전복과 봉쇄가 클리오파트라에게도 어김없이 적용되는 것이다. 마찬가지로 이 극은 한편으로는 남성성 담론의 균열과 틈새를 보여주면서도 다른 한편으로는 남성성 담론이 떠받치는 성적·인종적 위계질서를 더욱 탄탄하게 구축한다. 한마디로, 이 극의 정치적 함의는 양가적(ambivalent)이면서 모호(ambiguous)하다. 제국의 남성 주체를 무조건 성원하지도 않고 식민지의 여성 타자를 함부로 폄훼하지도 않는다. 오히려 보기에 따라서는 반대로 해석할 여지도 있다.

원래 양가성이란 어떤 대상을 향해 주체가 상반된 감정이나 입장을 가지는 상태를 가리킨다. 이를 식민지 상황에 적용한 바바는 피지배자의 '정형'(stereotype)이 고착성을 전제하지만 실은 "복합적이고 양가적이며 모순적인 재현이며, 안정적인 동시에 불안정"하다고 주장한다. 프로이트가 말한 '물신'(fetish)처럼, 피지배자의 '정형'은 지배자에게 욕망과 두려움을 동시에 불러일으키며, 지배자가 원하는 식민지 타자의 이미지는 끊임없는 반복을 통해 재생산되지만 고정되지 않기 때문에 그것에 의존하여 구성되는 지배자의 정체성도 불안정해진다는 것이다. 예를 들어, 백인의 눈에 비친 흑인 원주민은 미개한 식인종이면서 온순하고 충실한 하인이며, 난폭한 성욕의 화신인 동시에 순진무구한 어린애다.[38]

클리오파트라는 셰익스피어가 창조한 인물 중에서 그러한 타자의 양가성이 가장 잘 드러나는 인물이다. 로마의 남성 주체들은 이 낯설고 진기한 클리오파트라를 포섭하는 데 실패한다. 비너스에 버금가는 여신에서 두렵고 혐오스러운 마녀로 돌변하고, 제국과도 바꿀 수 없는 보물에서 온갖 비난의 희생양으로 전락하는 클리오파트라는 하나의 고정된 이미지에 귀속되기를 거부하기 때문이다. 바바의 구절을 인용하면, 클리오파트라는 "한편으로는 신비롭고 원시적이며

---

38) Homi K. Bhabha, 앞의 책, pp.66, 70

단순하면서도 다른 한편으로는 가장 약삭빠른 거짓말쟁이요 가장 능란한 권력의 농간자다."[39] 로마 남성들은 파악 불가능한 이국 여성이 두려울 수밖에 없다. 이들의 두려움은 셰익스피어와 잉글랜드 관객이 공유하는 두려움이기도 하다.

클리오파트라의 양가성은 오리엔탈리즘의 양면성과도 연관된다. 이는 하나의 텍스트 안에 오리엔탈리즘이 두 층위에서 동시에 작동한다는 얘기다. 사이드는 프로이트에 빗대어 오리엔탈리즘의 무의식적 '내용'(content)에 해당하는 '잠재적(latent) 오리엔탈리즘'과 그것의 발화된 '형식'(form)인 '외현적(manifest) 오리엔탈리즘'을 구분한다. 전자는 동양을 향한 거의 불가피한 욕망과 권력의지를 의미하고, 후자는 그것이 특정 작가, 텍스트, 담론, 민족문학 등에서 구현된 것을 지칭한다. 사이드는 '외현적' 층위에서는 시대와 지역에 따라 동양의 재현방식이 다양하게 변주되지만 '잠재적' 층위에서는 고대 헬레니즘부터 현대 포스트모더니즘까지 재현체계의 "획일성, 고정성, 영속성"을 유지해왔다고 주장한다.[40] 사이드는 또한 동양에 대한 서양의 '시각'(vision)과 '서사'(narrative)를 구분한다. 공시적(synchronic) 본질론에 기초한 '시각'은 동양을 고정불변의 정태적 구조로 인식하는 데 비해, 통시적(diachronic) 역사서술에 의존하는 '서사'는 동양을 흥망성쇠의 역동적 과정으로 파악하는데, 사이드는 '서사'가 때로는 '시각'을 압박하고 교란하지만 결국은 '시각'의 완강한 구조 속으로 포섭되고 만다고 강조한다.[41]

탈식민주의 이론의 양대 흐름을 대표하는 바바와 사이드는 『안토니와 클리오파트라』의 독해에도 똑같이 유용한 틀을 제공해준다. 그

---

39) 같은 책, p.82.
40) Edward W. Said, 앞의 책, p.206.
41) 같은 책, pp.240-243.

런데 이 두 이론가의 주장에는 겹치는 부분도 있고 갈라서는 지점도 있다. 둘 다 식민담론의 양가성을 전제하지만, 바바가 식민담론의 내적 모순과 균열에 초점을 맞추는 데 비해 사이드는 식민담론의 통시적 연속성과 억압적 효과를 강조한다. 어느 쪽에 더 무게중심을 두고 이 로마 비극을 읽어낼지는 독자가 선택할 몫이다. 여기서는 바바보다 사이드를 더 중요한 참고서로 삼는다. 인종적 타자로서의 클리오파트라에 주목하기 때문이다. 클리오파트라는 단순한 여성 인물이 아니다. 그녀는 사랑에 빠진 비운의 여인이면서 줄리엣이나 오필리아와는 분명 다른 지점에 서 있다. 플루타르코스와 셰익스피어의 로마 영웅들뿐 아니라 동서고금의 관객들이 다채로운 방식으로 부단히 소비해온 이 이집트 여왕은 사이드가 오리엔탈리즘이라고 규정한 서구의 시각, 재현, 사상, 담론, 문화, 제도, 이 모든 것의 한가운데 위치한다. 즉 클리오파트라는 서구가 여성화하고 야만화한 '오리엔트'의 아이콘이다.

추락은 비극 영웅들의 공통된 운명이다. 그런데 클리오파트라의 추락은 햄릿과 리어의 추락에 비해 다른 의미와 효과를 내포한다. 백인 남성과 '유색인 여성'이 무대 안팎에서 차지하는 위치가 다르기 때문이다. 클리오파트라는 '보편적 인간'이기 이전에 성적·인종적 타자이기에 그녀의 추락은 아리스토텔레스가 말한 연민과 공포보다는 주류사회의 안도감을 가져다준다. 이 지점을 간과하면 클리오파트라의 죽음은 여느 비극 영웅처럼 비극적 카타르시스를 연출하는 고귀한 제의적 행위로만 해석된다. 가령, 미올라는 디도와 클리오파트라의 최후를 비교하면서 "디도는 비통하고 비장하게 죽지만 클리오파트라는 의기양양하고 기쁘게 죽는다. 클리오파트라의 찬란한 황홀경이 디도의 불길한 저주를 대체한다"라고 주장한다.[42] 헴스(Lorraine Helms)도 "클리오파트라의 자결을 에로티시즘에서 결혼으로의 통과의례를 완성하는 행위"로 본다.[43] 심지어 이 극의 인종적 위계질서에 주목하는 리틀도 클리오파트라가 스스로 죽음을 선택함으로써 "흑인 매춘부에서 순결한 백인 여성으로 개종"하는 "문화적 변환을 경험"한다고 주장한다.[44]

그러나 이러한 주장은 클리오파트라의 최후를 안토니와의 초월적 재결합으로 보는 전통적인 인본주의 비평을 답습한다. 반면에 룸바는 클리오파트라가 안토니의 '로마 부인'으로 바뀌는 최후의 변신을 "비극적 타협이 아니라 낭만적 승화로 읽는 것은 그녀의 실존적 모순을 삭제하는 터무니없는 시도"라고 비판한다. 룸바는 이처럼 가장 정치적인 장면을 비정치적으로 읽어내는 작업이 제3세계 식민지 시대와 탈식민 시대의 영문학 강의실에서 계속되어왔으며, 이로 인해 "지배적 비평이 비서구 여성의 역사와 경험을 삭제하고 백인 남성의 입장을 받아들이도록 '설득'한다"고 주장한다.[45] 인도 출신 탈식민주의 영문학자인 룸바의 지적은 텍스트의 복합성을 독자의 지정학적 위치에 귀속시키는 환원론적 위험이 있음에도 불구하고 비서구 독자로서는 한 번쯤 되새겨봐야 할 충고임이 분명하다.

클리오파트라의 삶과 죽음을 어떤 시각에서 읽느냐는 것은 독자의 선택인 바, 그 선택은 서로 다른 정치적 효과를 수반하게 마련이다. 문제는 클리오파트라의 비극을 전복적으로 또는 낭만적으로 읽을

42) Robert S. Miola, 앞의 책, p.155.
43) Lorraine Helms, "'The High Roman Fashion': Sacrifice, Suicide, and the Shakespearean Stage," *PMLA* 107(1992), p.559.
44) Arthur Little Jr., 앞의 책, p.163.
45) Ania Loomba, 앞의 책, p.34.

경우, 블룸이 말한 "셰익스피어만의 차이" 즉 셰익스피어의 예외적 위대함을 부지중에 승인한다는 데 있다. 여신/창녀의 이분법을 넘어서는 클리오파트라의 '인가된' 자기재현을 성적 타자의 주체성 구현으로, 그리고 '막다른 골목'에 이른 식민지 여성의 '강요된' 변신을 주변성의 초극으로 해석하는 것은 '텍스트를 읽는 즐거움'을 담보해줄 수 있다. 하지만 그러한 과잉해석은 서구 백인 비평가들이 양가성이나 모호성의 논리로 찬미해왔던 셰익스피어의 정치적 초연함을 추인하게 된다. 클리오파트라를 오리엔탈리즘의 자력(磁力) 바깥에 위치시키는 순간, 셰익스피어는 미학적으로나 정치적으로나 정전의 조건을 완벽하게 갖춘 작가로 굳어지고, 제국주의에 복무한 혐의로 셰익스피어를 소환하고 추궁할 근거도 궁색해진다. 오리엔탈리즘이 때로는 '보편적' 미학으로 때로는 '객관적' 과학으로 다가온다는 사이드의 경고가 여전히 유효한 이유도 여기에 있다.

제5장 캘리반: 억압의 틈새와 저항의 양가성

"셰익스피어가 창조한 '미개인'은 파농이 분석한 '니그로'와
비슷한 구석이 많다. '흑인은 백인의 노예가 되고 나서
스스로 노예가 된다'는 파농의 구절에서, 흑인과 백인이라는 단어
대신에 캘리반과 프로스페로가 들어가도 별로 어색하지 않다."

1 행복한 결말의 유보

흔히 셰익스피어의 마지막 작품으로 알려진 『태풍』은 1610년에서
1611년 사이에 쓴 것으로 추정되며, 낙향하기 전에 플레처와 공저한
『헨리 8세』『두 귀족 친척』을 제외하면 『겨울 이야기』와 더불어 셰익
스피어 단독으로 집필한 마지막 작품에 해당한다. 후기 로맨스라는
하위장르로 분류되기도 하는 『태풍』은 이전의 낭만 희극 작품들보다
더 과감하게 현실과 환상의 경계선을 넘나들면서 인간, 자연, 예술,
가족, 사랑, 결혼, 죽음, 권력, 배신, 용서, 화해 등의 주제를 다룬다.
이 극의 공간적 배경인 외딴섬을 두고서도 아일랜드, 아프리카, 아메
리카 등으로 해석이 분분하지만, 셰익스피어의 다른 작품과는 달리
그 공간의 지리적 위치를 특정하지 않고 주인공의 파란만장한 여정
을 보편적 인간의 파노라마로 재현하는 듯한 느낌을 준다. 어떻게 보
면, 셰익스피어가 여러 장르에 걸쳐 다루었던 주제들을 총망라한 이
극은 작가가 그동안 자신의 작품을 사랑한 관객들에게 헌정하는 일
종의 '버라이어티 쇼'라 할 만하다. 『태풍』은 후대에 영국 안팎에서

수용되는 과정에서도 인본주의, 형식주의, 반식민주의, 정신분석학, 신역사주의, 페미니즘, 탈식민주의 같은 다양한 시각에서 끊임없이 재해석된 작품으로서, 셰익스피어의 작품 중에서 각색과 변주의 폭이 가장 넓었던 텍스트라고 할 수 있다.

셰익스피어의 여타 극에 비해 『태풍』의 형식과 구조는 독특하다. 『태풍』은 『실수 연발 희극』을 제외하면 가장 짧은 셰익스피어 극이면서 또한 『실수 연발 희극』처럼 아리스토텔레스의 삼일치 법칙에 충실한 극이다. 플롯은 오후 2시부터 6시 사이에 외딴섬에서 전개되며, 주인공의 정치적 복권을 일관된 주제로 다룬다. 총 9개의 장면으로 구성된 이 극은 배의 난파에서 시작해서 배의 복구로 끝나는데, 모든 사건과 갈등이 대칭 구도를 형성하며 극의 정중앙에 두 남녀의 약혼이 배치되어 있다. 그런데 이 극은 시간의 흐름과 공간의 이동이 필요한 로맨스 장르임에도 시간의 일치와 장소의 일치를 준수하다 보니 등장인물들의 기억과 진술에 의존하게 된다. 이 극은 도시와 시골의 병치를 전제하는 전원문학인데도 밀라노와 나폴리 장면이 전혀 없고, 12년 전에 거기서 발생한 사건이 프로스페로의 회상을 통해 전해진다. 주인공 못지않은 존재감을 지닌 캘리반과 에어리얼의 과거도 프로스페로와의 언쟁에서 밝혀진다. 그리고 주인공의 대조 배경이 되는 프로스페로의 아내, 알론소의 딸, 캘리반의 어머니 같은 인물들도 무대에 등장하지 않는다.[1]

『태풍』에서 셰익스피어가 시공간의 확대를 요구하는 전원극과 로맨스를 고전적인 형식주의의 틀 안에서 재현한 이유가 무엇일까? 『심벌린』『페리클리스』『겨울 이야기』에서는 로맨스의 특징인 "비전

---

[1] Virginia Mason Vaughan and Alden T. Vaughan, "Introduction," in *The Tempest*, London: Bloomsbury, 2014, pp.14-16.

과 성취 사이의 방랑" "목표를 향한 전진과 즐겁고 매혹적인 탈선 사이의 긴장"을 유감없이 보여주면서,[2] 왜 유독 『태풍』에서는 압축된 플롯과 절제된 서사에 의존하는가? 프라이에 따르면, 셰익스피어의 희극과 로맨스는 서사의 무대를 좁히지 않고 펼치는 특징이 있는데, 이는 동시대 작가 벤 존슨과 비교해보면 더 확연해진다. 사회풍자를 추구하는 아리스토파네스의 희극(Old Comedy) 전통을 계승한 존슨의 희극은 혼란스러운 외관과 실체가 통합된 행위로 수렴되는 "목적론적 복합성"을 지니지만, 사랑과 결혼을 주제로 다루는 플라우투스와 테렌스의 희극(New Comedy)에 영향을 받은 셰익스피어의 희극은 서사의 자족성을 지닌 다수의 플롯이 동시다발적으로 진행되는 "대위법적 복합성"을 특징으로 한다.[3] 그런데 셰익스피어는 유독 『태풍』에서만 공간적 확장과 시간적 지연을 최대한 배제하고 한편의 '잘 짜인'(well-made) 극을 제시한다. 그 이유를 『태풍』이 셰익스피어의 마지막 작품이라는 데서 찾아볼 수 있을 듯하다.

『태풍』의 에필로그를 극작가로서의 셰익스피어의 고별사로 보는 데는 별로 이견이 없다. "여러분의 박수갈채의 힘으로 나를 속박에서 풀어주십시오. ……이제 내게는 부리던 요정들도 없고 마법 걸던 기술도 없습니다. 내가 자비의 신을 괴롭히고 감동시키는 기도로 모든 허물을 용서받지 못한다면, 내게 남은 건 절망뿐입니다. 여러분이 죄를 용서받듯이 여러분도 자비를 베풀어 나를 놔주십시오"라는 프로스페로의 요청은 관객과 무대를 향한 셰익스피어의 작별인사로 봐도 무방하다. 그렇다면 『태풍』을 집필하던 시점에 귀향을 앞둔 셰

---

2) Patricia A. Parker, *Inescapable Romance: Studies in the Poetics of a Mode*, Princeton: Princeton University Press, 1979, pp.58–59, 63.

3) Northrop Frye, *A natural Perspective: The Development of Shakespearean Comedy and Romance*, New York: Columbia University Press, 1965, p.27.

익스피어가 이 극을 마지막 작품으로 생각했을 것이라는 추론이 가능해진다. 30여 년 동안 여러 장르에 걸쳐 숱한 작품을 쓴 셰익스피어가 작가로서의 생애를 마무리하려고 했던 작품이 『태풍』이라면, 그가 담아내고 싶었던 주제는 갈등과 분열이 아니라 화해와 통합이었을 것이다.

셰익스피어가 그동안 장르에 상관없이 즐겨 다룬 주제는 리어가 겪은 "내 마음속의 태풍"(3.4.15)이거나 『리처드 2세』에서 볼링브룩이 일으키려던 전쟁터의 "피비린내 나는 태풍"(3.3.46)이다. 『리어왕』에 나오는 에드먼드의 구절을 인용하면, 셰익스피어의 단골 주제는 "자식과 부모의 비정한 관계, 죽음과 기근, 오래된 우정의 붕괴, 국가의 분열, 왕과 귀족을 향한 위협과 저주, 불필요한 의심, 친구의 추방, 군대의 해산, 결혼의 파탄"(1.2.144-49)이었다. 하지만 극작가 경력의 대단원에 해당하는 『태풍』에서는 『베로나의 두 신사』를 끝맺는 밸런타인의 마지막 구절처럼 "하나의 향연, 하나의 가족, 하나의 공동 행복"(5.4.171)을 제시하고 싶었을 것이다. 말하자면, 조화와 통합이라는 주제를 표현하기 위해 극의 형식에서도 절제와 일치를 추구한 셈이다.

그러나 셰익스피어가 프로스페로의 마법을 통해 시도하는 화해와 통합의 드라마는 그다지 매끄럽게 전개되지 않는다. 셰익스피어가 늘 구현하던 양가성과 복합성의 충동이 "하나의 공동 행복"이라는 목표를 향해 나아가려는 극의 흐름을 자꾸 방해하기 때문이다. 극의 핵심 주제는 주인공의 복권(復權)이다. 셰익스피어의 희극이 다루는 문명과 자연의 병치, 가족의 이산과 재회, 남녀의 사랑과 결혼 등의 주제를 배경으로, 권력을 상실한 프로스페로가 권력을 회복해가는 과정이 극의 주된 플롯으로 전개된다. 이 과정에서 프로스페로는 마술사인 동시에 섬의 통치자로서 무소불위에 가까운 힘을 행사한다. 문제는 신의 주권을 방불케 하는 프로스페로의 힘이 미치지 못하는 구석이 있을뿐더러 독보적인 것처럼 보이는 그의 권위가 끊임없는 유실의 위험에 노출된다는 데 있다. 프로스페로가 계급, 젠더, 인종의 모든 심급에서 위계질서의 정점에 자리하고 있지만, 그에게 종속된 하위주체들은 그가 소유한 권력을 교섭과 교환의 대상으로 삼는다. 한마디로, 프로스페로의 권력이 일방적으로 그리고 안정적으로 구축되지 않는다. 화해와 통합을 향해 치닫는 플롯이 긴장과 갈등을 유발하는 캐릭터에 의해 방해받는 이유가 무엇일까? 왜 셰익스피어는 연극적 여정의 행복한 결말을 추구하는 마지막 작품에서까지 자꾸 불협화음을 틈입시키는가? 그 이유와 과정을 되새겨보자.

2 포섭되지 않는 불협화음

『태풍』은 제목에 어울리게 태풍이 몰아치는 장면으로 시작한다. 딸을 튀니스 왕자와 결혼시키고 귀국하던 나폴리 왕 알론소 일행의 배가 태풍을 만나 난파당할 위기에 처해 있고, 갑판 위는 파도와 사투를 벌이는 선원들과 공포에 질린 귀족들이 뒤엉켜 온통 아수라장이다. "정신 차리고 제대로 해라"(1.1.10)는 귀족들의 참견에 갑판장은 "제발 선실로 내려가시오""당신들은 우리 일을 방해할 뿐이오. 선실에서 나오지 마시오. 당신들은 도움이 안 돼요""이 파도가 왕이 뭐라 한들 무서워할 것 같소? 귀찮게 하지 말고 입 다물고 선실로 가시오"(1.1.11-18)라고 대들며 면박을 준다. "이 배에 누가 타고 있는지 잊지 말라"(1.1.19)라는 경고에도 갑판장의 대답은 도리어 더 거칠어진다. "여태껏 목숨 부지한 것을 다행으로 생각하고 선실에서 죽을 준비나 하시오. 저리 비켜요!"(1.1.24-26) 귀족에게는 무례하고 무엄한 발언이 아닐 수 없다. 하지만 가라앉는 배에서 계급이나 신분은 무의미하다. 혼돈과 무질서를 상징하는 태풍은 이 극의 서막에서도 위계질서가 완전히 붕괴한 상황을 연출한다. 태풍에 휩싸인 배가 뒤집히고 가라앉듯이, 알론소의 왕국은 침몰하고 그의 권위는 전복된다. 알론소의 하강과 프로스페로의 상승이 교차하는 태풍 장면은 프로스페로의 권력 회복 과정이 순탄하지 않을 것을 암시하는 복선(伏線)이기도 하다.

『태풍』에서 권력의 정점에 있는 프로스페로는 계급·젠더·인종의 층위에서 다양한 피지배자와 마주친다. 프로스페로가 가장 먼저 관리하고 통제해야 하는 대상은 그가 가장 소중하게 여기는 무남독녀 미랜다다. 어머니가 부재한 상황에서 '아버지의 딸'이어야 할 미랜다는 아버지의 말에 순종하는 '착한 딸'의 전형이 아니다. 절벽 중턱의 암자에서 모습을 드러낸 프로스페로와 미랜다는 처음부터 삐걱대는 모습을 연출한다. 두 사람의 관심이 다른 데로 향하기 때문이다. 프로스페로는 "네가 누구인지, 내가 어디서 왔는지도 전혀 알지 못하는"(1.2.18-19) 딸에게 과거 역사와 정체성 교육을 하고 싶은데, 침몰하는 알론소 일행의 배를 바라보며 "고통당하는 자들과 함께 고통을 겪는"(1.2.5-6) 미랜다의 시선은 바다로 향하고 있다. 프로스페로가 "아무도 해를 입지 않았다"(1.2.14-15)라고 거듭 말해도 미랜다의 탄식과 눈물은 멈추지 않는다. 아버지가 과거에 얼마나 대단했는지 "별로 알고 싶은 마음이 들지도 않았어요"(1.2.21-22)라는 딸에게는, "이제 너한테 더 얘기해줄 게 있단다" "드디어 때가 되었다. 귀를 기울이고 내 말을 잘 들어야 할 때가 왔다"(1.2.22-23, 36-38)라는 아버지의 진지하고 근엄한 요청은 좀처럼 주의를 끌지 못한다.

프로스페로의 '역사강의'가 시작된 후에도 담론의 구심력을 확보하려는 아버지와 그것을 흩뜨리는 딸 사이에 불협화음이 끊이지 않는다. 프로스페로가 "12년 전에 네 아버지는 밀라노의 공작이었고 강력한 군주였다"(1.2.53-54)라고 하자, 미랜다는 "당신이 내 아버지가 아닌가요?"(1.2.55)라고 되묻고, 이에 프로스페로는 "네 어머니는 정절의 표상이었는데, 네가 내 딸이라고 하더라"(1.2.56-57)라고 대답한다. 마치 선문답처럼 들리는 이들의 대화는 부녀 간에 소통이 부재할 뿐 아니라 아버지의 가부장적 자존심 이면에 불안감이 도사리고 있었음을 드러낸다. 프로스페로는 "마술 연구에 정신이 팔려"(1.2.77) 동생 안토니오에게 국사를 맡겼다가 배신당하고 세 살배기 딸과 함께 추방당한 과거사를 장황하게 들려주면서도, 틈만 나면 바다로 눈길을 돌리려는 미랜다의 관심을 붙들어 매려고 안간힘을 쓴다. 프로스페로는 "내 말 잘 들어라"(1.2.67), "내 말 듣고 있냐?"(1.2.78), "너 딴생각 하는구나!"(1.2.87), "내 말 좀 들어봐"(1.2.88), "내 말 듣고 있어?"(1.2.106), "좀더 들어봐"(1.2.135)라고 끊임없이 미랜다의 주의를 환기하지만, "아버지 이야기는 귀머거리도 고치겠어요"(1.2.106)라며 경청과 딴청을 오가던 딸은 기어이 잠들어버린다. 담론의 주체와 대상 사이에 상호작용이 있을 때, 즉 피지배자의 자발적인 동의가 수반될 때 지배자의 권위가 탄탄하게 구축되기 마련인데, 프로스페로의 담론은 양방향이 아닌 편도(偏道)로만 작용한다.

프로스페로가 두 번째 상대하는 하위주체는 그의 충복 에어리얼이다. 프로스페로의 분부를 "하나도 빠트리지 않고"(1.2.195) 수행하고 돌아온 에어리얼은 임무 완수한 내용을 상세히 보고한 후에 프로스페로가 약속한 "자유"(1.2.245)를 요구한다. 프로스페로가 아직 기한이 남았다고 하자, 에어리얼은 "제가 주인님을 충실히 섬겼고, 거짓말도 한 적이 없고, 실수도 하지 않았고, 아무런 불평불만 없이 일한 것을 아시잖아요. 그래서 1년 감해주신다고 약속하셨잖습니까"

(1.2.247-50)라고 반문한다. 대답이 궁색해진 프로스페로가 꺼내는 카드는 에어리얼이 과거에 입은 은혜다. 프로스페로가 이 섬에 도착하기 전에 "사악한 마녀"(1.2.258) 시코랙스의 종이었던 에어리얼이 12년 동안 소나무 틈에 갇혀서 신음하고 있었는데 프로스페로가 그를 구원해줬다는 것이다. 또 잔소리하면 그 끔찍한 형벌에 다시 처하겠다는 겁박에 에어리얼은 "용서해주십시오, 주인님. 명령을 받들어 얌전히 정령 구실을 다하겠습니다"(1.2.296-98)라며 서둘러 자리를 뜬다. 프로스페로는 에어리얼의 불만을 잠재우는 데 성공하지만, "약속"으로 표현한 양자 간의 계약은 힘의 논리로 무력화되고 만다.

프로스페로가 마주하는 세 번째 하위주체는 캘리반이다. '착하고 충성스런 종' 에어리얼과 달리, 캘리반은 프로스페로에게 '악하고 게으른 종'이다. 프로스페로는 에어리얼을 "나의 용한 정령"(1.2.206)이라 부르면서 캘리반은 "천하에 고얀 거짓말쟁이"(1.2.345), "꼴도 보기 싫은 놈"(1.2.352)으로 비하한다. 하지만 에어리얼의 구원자였던 프로스페로는 캘리반에게는 침략자요 정복자다. 캘리반은 등장하자마자 울분에 사무친 피정복자처럼 "이 섬은 내 어머니 시코랙스가 내게 물려준 땅인데, 당신이 빼앗았잖아"(1.2.332-33), "지금은 내가 당신의 유일한 백성이지만, 예전에는 내가 왕이었지"(1.2.342-43)라고 항변하면서, 박탈당한 섬의 영유권과 주권 문제를 상기시킨다. 프로스페로의 정치적 정당성에 시비를 거는 셈이다. 이에 프로스페로는 "너 같은 쓰레기를 인간답게 대하여 내 암자에 기거하게 했더니 내 딸을 더럽히려고 했어"(1.2.346-49)라고 정죄하지만, 캘리반은 "오호 아까워라, 그렇게만 됐더라면! 당신이 방해만 하지 않았어도 이 섬에는 캘리반 새끼로 가득할 텐데"(1.2.350-52)라고 되받아친다. 계속해서 프로스페로는 "내가 널 불쌍히 여겨 말을 터득하게 해주었고 항상 이것저것 가르쳐주었지. 이 미개인아, 네가 말을 못 할 때는 생각은 있어도 짐승처럼 꽥꽥거리기만 했잖아"(1.2.354-58)라고 면박을 주지만, 캘리반은 "당신이 말을 가르쳐준 덕분에 난 욕을 배웠지. 나한테 말 가르쳐준 대가로 피를 토하는 염병에 걸려 뒈져라"(1.2.364-66)라고 응수한다.

프로스페로가 취할 유일한 수단은 에어리얼의 경우와 마찬가지로 물리적 폭력의 협박이다. 프로스페로는 "마귀할멈의 새끼"(1.2.366)에게 땔감 나무를 해오라고 명령하며, "내가 시키는 일을 소홀히 하거나 마지못해서 하면, 예전처럼 쥐가 나서 온몸이 찢어지고 뼛속 마디마디가 쑤시는 고통을 다시 맛보게 해줄 거다. 네 울부짖는 소리를 들으면 짐승들도 무서워 떨게 될 거야"(1.2.369-71)라고 위협한다. 효과는 즉각 나타난다. "제발 그러지 마시오"(1.2.372)라고 굴복한 캘리반은, "말 안 듣곤 못 배기겠군. 저 작자의 마술은 워낙 위력이 대단해서 내 어머니가 섬기던 세테보스도 꼼짝 못 하고 그 귀신도 저놈 종이 될 거야"(1.2.373-75)라고 중얼거리며 물러난다. 주인과 노예의 팽팽했던 긴장 관계는 의외로 쉽게 수습된다. 주인의 물리적 힘이 더 세기 때문이다. '노예반란'으로 이어질 수도 있었던 캘리반의 저항은 '찻잔 속의 태풍'으로 끝나버린다.

프로스페로를 기다리는 다음 상대는 예비사위 퍼디난드다. 퍼디난드는 이전에 프로스페로가 상대했던 다른 인물들보다 더 어려운 상대다. 퍼디난드는 정적의 아들이자 프로스페로의 복권을 위한 연결고리일뿐더러 그를 길들이는 과정에 미랜다가 자꾸 끼어들기 때문이다. 프로스페로가 자신의 정치적 복수와 복권을 위한 방편으로 퍼디난드와 미랜다의 결혼을 비밀리에 추진해온 상황에서, 딸의 혼전순결은 아버지의 전략적 필수품이다. "얘네들이 서로에게 홀려버렸는데, 진도가 너무 빨리 나가지 않게 막아야겠다. 너무 쉽게 탄 상은 가볍게 여기니까"(1.2.451-53)라고 생각한 프로스페로는 딸과 예비사위의 사랑을 지연시키려 한다. 미랜다와 퍼디난드를 자신의 정치적 디딤돌로 이용하면서도 그들의 사랑에는 걸림돌 역할을 하려는 것이다. 하지만 프로스페로의 계획은 난항에 부딪친다. 프로스페로가 퍼디난드를 "반역자"(1.2.461)로 몰아붙이며 길들이려고 하자, 퍼디난드는 "나를 이따위로 대하면 참지 않겠소"(1.2.465)라며 대들고, 미랜다도 "그 사람을 함부로 다루지 마세요. 그이는 무서운 사람이 아니라 고귀한 분이에요"(1.2.468-69)라고 역성을 든다. 프로스페로의 화를 돋우는 것은 반항하는 예비사위보다 그를 두둔하는 딸이다. "내 수족이 내 머리가 되었느냐?"(1.2.470)라는 힐책에 드러나듯이, 프로스페로의 가부장적 권위는 막무가내로 끼어들고 딴지를 거는 "멍청한 계집애"(1.2.480)로 인해 교란과 유실의 위험에 처한다.

프로스페로와 퍼디난드·미랜다 사이의 갈등과 미묘한 신경전은 결혼식 직전까지 계속된다. 그 과정에서 숨김없이 드러나는 것은 프로스페로의 불안감이다. 그가 불안한 이유는 미랜다가 퍼디난드보다 더 적극적으로 구애하고 나서기 때문이다. 미랜다는 데즈데모나를 닮았다. 『오셀로』에서 데즈데모나는 아버지의 반대와 사회적 통념을 거스르고 '야만인'과의 사랑을 쟁취하는 주체적인 여성으로 등장한다. 브러밴쇼가 애지중지한 무남독녀는 금지된 사랑의 책임이 절반은 자신에게 있으며 무어 용병을 자신이 먼저 사랑했고 결혼 후에도 독수공방하지 않고 남편을 따라 전쟁터로 가겠다고 당당히 밝힌다. 프로스페로의 순진무구한 무남독녀도 적극성에서 만큼은 뒤지지 않는다. 퍼디난드가 사회적 지위를 내세우며 자신의 감정을 에둘러 표현할 때, 미랜다는 거침없이 "당신은 날 사랑하시나요?"(3.1.68)라고 먼저 묻는다. 격정에 북받친 미랜다의 고백은 셰익스피어의 여느 여주인공보다 더 강렬하다. "주고 싶은 것을 감히 줄 수 없고 죽도록 원하는 것을 가질 수 없는 건 제 비천함 때문이에요. 하지만 이건 다 쓸데없는 말이에요. 그것을 숨기려고 할수록 점점 더 커지네요. 간사한 수줍음아, 물러가거라. 솔직하고 신성한 순수함이여, 나를 이끌어다오! 나와 결혼하면 난 당신 아내입니다."(3.1.77-83) 미랜다는 참고 기다리는 여성이 아니다. 미랜다는 가부장제 사회가 여성에게 요구하고 또한 기대하는 "수줍음" 대신에 "솔직함"을 자신의 미덕으로 표현한다.

숨김과 꾸밈을 모르는 딸이 못내 걱정스러운 프로스페로는 예비 사위를 압박하는 수밖에 없다. 수천 개의 통나무를 나르고 쌓으라는 "가혹한 명령"(3.1.11)을 퍼디난드가 "천한 노동"으로 여기지 않고 "고귀한 목적"(3.1.4)을 이루겠다는 일념으로 완수하자, 프로스페로는 "내 선물이자 그대가 값비싼 대가를 치르고 획득한 내 딸을 받아들여라"(4.1.13-14)라며 정식교제를 허락한다. 하지만 혼전순결에 집착하는 프로스페로는 퍼디난드에게 저주 섞인 경고로 겁박한다. "만약 그대가 완전하고 거룩한 격식에 따르는 신성한 예식을 치르기 전에 그녀의 처녀막을 침범한다면, 하늘은 이 혼약을 숙성시키는 축복의 단비를 절대로 내리지 않을 것이다. 대신에 무자식으로 인한 미움과 눈꼴 시린 경멸과 불화가 가득하고 너희가 합방하는 침대는 서로를 증오하는 잡초로 뒤덮일 것이니라."(4.1.15-22) 프로스페로는 혼인과 다산의 신들이 강림해 결혼식 축하 가면극을 공연하기 직전까지도 퍼디난드에게 혼전순결의 약속을 지키라고 거듭 당부한다. "사랑의 유희가 지나치지 않도록 해라. 아무리 굳은 맹세도 혈기 앞에서는 불 속의 지푸라기에 불과해. 좀더 자제해라. 그렇잖으면 네 맹세도 말짱 헛것이다."(4.1.51-54) '다행히' 아버지가 딸과 예비사위에게 부과한 욕망의 제어장치는 고장 나지 않고 제대로 작동한다. 차가운 이성의 "맹세"가 미랜다의 "솔직함"과 퍼디난드의 "혈기"를 억누르는 데 성공한 것이다.

이렇듯 프로스페로는 하위주체들과의 관계에서 상당히 억압적인 인물이다. 프로스페로는 용서와 화해, 갱생과 통합을 지향하는 로맨스의 주인공임에도 그 결말을 향해 가는 과정에서 포용력과 인내심이 모자라는 인물로 묘사된다. 그는 마법의 힘을 자의적이고 억압적으로 행사하면서 자신의 견해와 다른 목소리에 예민하게 반응한다. 이 극의 플롯은 화해와 통합으로 나아가는데 그것을 펼쳐가는 캐릭터는 사랑과 미움 사이에서 계속 진자운동을 하는 것이다. 프로스페로는 에어리얼의 배후에서 알론소 일행의 조난과 방랑, 퍼디난드와 미랜다의 사랑과 결혼, 트린큘로와 스테파노의 징벌 등을 '전지적 시점'에서 관찰하고 조종하는 무대감독이다. 동시에 프로스페로는 이들과 경합하고 교섭하는 등장인물로 무대 전면에 나서야 하는데, 그때마다 그의 '인간다운' 빈틈과 허물이 드러난다. 말하자면, 테두리 극과 극중극의 경계선을 넘나드는 것이다. 프로스페로를 극중극의 층위로 '끌어내리는' 인물, 즉 그의 인내심의 한계를 바닥까지 드러나게 하는 인물이 바로 캘리반이다.

3 전원 세계의 식민지 상황

『태풍』은 단절에서 통합으로 나아가는 희극적 서사구조를 지니고 있다. 그런데 캘리반은 프로스페로가 베푸는 용서와 화해의 잔치에 끝까지 동참하지 못한다. 캘리반은 이름부터 색다르다. 캘리반(Caliban)이라는 이름의 유래를 놓고 다양한 추론이 제기되어왔다. 그중에서 캘리반은 식인종(cannibal)의 철자를 바꿔쓴 것(anagram)이라는 주장이 가장 설득력 있게 받아들여졌다. 식인종은 고대 그리스 시대에 헤로도토스(Herodotus)가 『역사』에서 흑해 지역의 부족을 기술하면서 처음 사용한 단어인데, 이후 유럽인들의 인종주의 판타지에서 간헐적으로 등장했고, 유럽의 식민지 진출이 활발해진 르네상스 시대에 몽테뉴가 「식인종에 관하여」("Of the Caniballes")에서 브라질 원주민의 제의적 풍습을 상세하게 묘사했다. 셰익스피어도 『윈저의 즐거운 아낙네들』과 『오셀로』에서 식인종을 언급했다.

물론 『태풍』의 캘리반은 식인종이 아니지만, 그 이름은 식인 풍습과 연관된 사하라사막 이남의 아프리카 흑인이나 아메리카 인디언, 특히 카리브해 연안의 원주민(Carib)을 연상시킨다. 이외에도 캘리반이란 이름은 플루타르코스와 베르길리우스 작품에 나오는 소아시아 아나톨리아 지역의 Chalybes 부족, 16세기 지도에 나타나는 지중해 연안의 아프리카 지명 Calibia, 아랍어로 '더러운 개'를 뜻하는 Kalebon, 힌두어로 '숲의 신'을 지칭하는 Kalee-ban, 집시들이 '검거나 어두운 물건'을 뜻하는 말로 사용한 caulibon 등 다양한 출처와 연관 지어 논의되어왔다.4) 이름의 어원이 무엇이든 캘리반은 셰익스피어 시대의 유럽인들이 인종적 타자에게 부과한 차별과 경멸의 기표였음이 분명하다. 이 극에서도 캘리반은 번영과 성공을 뜻하는 프로스페로(Prospero)와 적대관계를 형성하며 '문명'의 대척점에 있는 '미개인'의 표상으로 등장한다.

캘리반의 외모도 이름만큼이나 특이하다. 첫 번째 2절판 셰익스피어전집(1623)에 기재된 "배우 명단"에 캘리반은 "미개인이며 흉측한 노예"(a salvage and deformed slave)라고 쓰여 있다. 이 배역 지정은 『태풍』에서 캘리반이 수행하는 역할을 정확히 기술하고 있다. 특히 눈길을 끄는 단어는 "흉측한"이라는 형용사다. 셰익스피어 극에서

---

4) Virginia Mason Vaughan and Alden T. Vaughan, "Introduction," in *The Tempest*, London: Bloomsbury, 2014, pp.31-32.

피부색이 다른 인종적 타자는 유난히 신체적 특징이 상세하게 그려지는 편인데, 캘리반도 예외가 아니다. 프로스페로는 캘리반을 "쓰레기"(1.2.347), "짐승"(4.1.140), "보기 흉한 놈"(5.1.268)으로 부르면서, "그놈은 나이가 들면서 몸도 흉해지고 마음도 썩어간다"(4.1.191-92)라고 한탄한다.

캘리반의 신체적 차이를 가장 기이하고 기괴하게 여기는 인물은 트린큘로와 스테파노다. 벼락을 피하려고 망토를 덮어쓰고 땅바닥에 엎드려 있는 캘리반을 발견한 이들은 "이게 뭐지? 인간이냐 물고기냐? 죽었냐 살았냐?"(2.2.24-25)라며 어리둥절해 한다. 캘리반을 "희한한 물고기"로 생각한 트린큘로는 잉글랜드에 가서 "이 물고기의 그림으로 사람을 끌어모아 휴일에 구경나온 바보들의 쌈짓돈을 털 수 있어. 나도 이 괴물 덕분에 한밑천 잡을 거야"(2.2.28-30)라고 얘기한다. 캘리반을 "학질 걸린 섬 괴물"로 본 스테파노는 "이놈을 치료하고 길들여서 나폴리에 데려가면 소가죽 구두 신은 황제들이 환장하는 선물이 될 거야"(2.2.64-69)라고 말한다.

트린큘로와 스테파노의 반응을 보면 당시에 비유럽 세계에서 들여온 풍물이 유럽 시장에서 인기 있는 문화상품으로 거래되고 있었음을 짐작할 수 있다. 이들이 캘리반을 계속 "괴물"로 부르는 것도 예사롭지 않다. "묘한 괴물"(2.2.88), "속없는 괴물"(2.2.141), "약해빠진 괴물"(2.2.142), "잘 속는 괴물"(2.2.143), "못된 주정뱅이 괴물"(2.2.147), "멍청한 괴물"(2.2.151-52), "천박한 괴물"(2.2.152), "가엾은 괴물"(2.2.155), "역겨운 괴물"(2.2.156), "우스꽝스러운 괴물"(2.2.162), "술 취해 짖어 대는 괴물"(2.2.175), "겁 없는 괴물"(2.2.182). 그들에게 캘리반은 수식어가 무엇이든 "괴물"이다. 막을 내리는 순간까지 캘리반은 알론소의 눈에 "여태껏 본 적이 없는 이상한 물건"으로 보이고, 프로스페로에게도 "하는 짓이 생긴 것처럼 비뚤어진 녀석"(5.1.290-92)으로 남는다. 이렇게 시종일관 캘리반의 신체적 기형을 부각함으로써 그의 '인간다움'을 부정하는 동시에 인간의 수장이자 문명의 사도인 프로스페로와 대립 구도를 형성하게 된다.

『태풍』의 지리적 배경에 대해서도 의견이 분분했다. 프로스페로가 유배된 섬이 어디인지를 암시한 단서들은 있으나 그 섬의 지명과 캘리반의 인종적 정체성이 언급되지 않기 때문이다. 밀라노, 나폴리, 알제리, 튀니스, 버뮤다 등의 구체적 단서에 기대어 이 극의 배경이 지중해나 카리브해라는 추론이 많았고, 캘리반의 섬이 아일랜드라는 주장도 심심찮게 제기되었다. 우선, 나폴리 왕 알론소는 딸 클래리벨을 튀니스 왕과 결혼시키고 귀국하다가 태풍을 만나 섬에 조난했다고 진술하고, 에어리얼은 캘리반의 어머니 시코랙스가 알제리에서 추방당해 이 섬에 유배되었다고 회상한다. 따라서 섬의 위치는 유럽과 아프리카 사이의 지중해 어딘가로 추측해볼 수 있다. 셰익스피어가 이 극을 쓸 당시 아프리카는 완전한 미지의 세계가 아니었고 이미 인종주의·식민주의 담론 시장에서 활발하게 소비되고 있었다. 기행문이나 탐험기록물의 유통으로 인해 지중해 연안의 북아프리카와 사하라사막 이남의 아프리카 내륙에 대한 잉글랜드인들의 호기심이 점점 커지고 있었다.

극의 공간적 배경을 아메리카로 볼 만한 근거도 있다. 에어리얼이 프로스페로에게 난파당한 알론소 일행의 배를 "항상 태풍이 몰아치는 버뮤다"(1.2.229) 구석에 숨겨두었다고 보고한다. 물론 프로스페로가 밀라노에서 추방당해 카리브해까지 갔거나 알론소 일행이 지중해에서 조난해 거기까지 떠내려갔을 항해학적 개연성은 아주 희박하다. 하지만 이 극이 과학이나 역사의 경계를 넘어서는 로맨스 장르에 속한다는 점을 감안할 때, '신대륙' 아메리카와 '불가사의한'

버뮤다 삼각지대는 동시대 관객들의 식민지 환상을 자극하기에 매우 적절한 소재다. 1609년에 식민지 전초기지를 건설하려고 버지니아로 향하던 잉글랜드 선박이 태풍을 만나 버뮤다 해안에 좌초했고 생존 선원들이 9달 동안 섬에서 지내다가 천신만고 끝에 잉글랜드로 돌아온 이야기는 엄청난 화제가 되었다. 게다가 몽테뉴가 문화상대주의 시각에서 브라질 원주민의 문화와 식인 풍습을 기술한 「식인종에 관하여」(1580)의 영어 번역본이 1603년에 출간되고, 제임스타운의 식민지정착을 다룬 스미스(Captain John Smith)의 체험담이 1608년에 나오면서 아메리카는 잉글랜드인들의 가슴속에 강력한 욕망의 대상으로 자리 잡았다.

아일랜드와 섬의 연관성도 간과할 수 없다. 극에서 아일랜드가 섬의 모델임을 명시하는 증거는 없지만, 섬의 자연환경과 캘리반의 성격에 대한 묘사는 당시 잉글랜드 사회에 유포되었던 아일랜드의 이미지와 무관하지 않다. 16세기 잉글랜드로서는 아일랜드가 가장 가까우면서도 가장 껄끄럽고 속 썩이는 식민지였다. 잉글랜드의 탄압과 착취가 가혹했던 만큼이나 아일랜드의 군사적 · 문화적 저항도 완강했다. 그래서인지 당시 아일랜드 원주민은 아프리카 흑인이나 아메리카 인디언보다 더 원색적인 혐오와 비하의 대상이 되었다. 데릭(John Derrick)의 『아일랜드의 이미지』(*The Image of Ireland*, 1578), 스펜서의 『아일랜드의 현황에 관한 견해』(*A View of the Present State of Ireland*, 1598), 리치(Barnabe Rich)의 『아일랜드에 대한 새로운 서술』(*A New Description of Ireland*, 1610) 등의 텍스트는 한결같이 아일랜드인들을 더럽고 무식하고 무질서한 야만인으로, 따라서 무자비한 철권통치가 필요한 족속으로 묘사했다.

『태풍』에서 캘리반은 셰익스피어가 창조한 인종적 타자 가운데 가장 '인간답지 못한' 인물이다. 반인반수(半人半獸)의 형상을 지닌 캘리반은 "꼴도 보기 싫은 노예"(1.2.353)요 "미개인"(1.2.356, 2.2.57)이며, "천성이 악마, 타고난 악마라서 아무리 가르쳐도 소용없다." (4.1.188-89) 프로스페로에게 언어를 배우기 전에는 캘리반은 "짐승처럼 꽥꽥거리는 것"(1.2.357)에 불과했다. "꽥꽥거리는"(gabble)이란 단어는 아일랜드 방언으로, 스펜서 같은 잉글랜드 식민주의자들이 유구한 문자문명 국가인 아일랜드의 언어적·문화적 정체성을 부정하기 위해 사용한 말이다. 프로스페로도 캘리반이 원래 사용하고 있던 언어를 무의미하고 무질서한 잡동사니로 규정함으로써 그 언어의 기억을 삭제하는 것이다.[5] 요컨대, 캘리반이 어머니로부터 물려받았다는 이 섬은 아일랜드, 아프리카, 아메리카의 고정관념들을 혼합한 일종의 식민지 가상공간이다. 흄(Peter Hulme)은 섬의 공간적 배경이 지중해와 대서양이라는 양립할 수 없는 "이중적 지형학"에 근거한다고 지적하지만,[6] 그 섬은 사이드가 말한 '오리엔트'처럼 셰익스피어와 그의 관객들에게 지도상에 존재하는 장소(place)가 아니라 마음속에 자리 잡은 주제(topos)라고 할 수 있다.[7]

캘리반의 야만성과 섬의 이국풍 배경은 『태풍』을 '식민지 로맨스'로 읽을 근거를 제공한다. 셰익스피어가 이 극의 지정학적 배경을 특정하지는 않지만, 서사구조, 환경설정, 인물묘사에서 동시대 유럽의 식민주의 욕망과 환상을 매우 함축적이면서도 농밀하게 담아낸다. 프로스페로와 캘리반은 전형적인 식민지 정착민과 원주민의 관

---

5) Dympna Callaghan, *Shakespeare Without Women: Representing Gender and Race on the Renaissance Stage*, London: Routledge, 2000, pp.117-119.

6) Peter Hulme, *Colonial Encounters: Europe and the Native Caribbean, 1492-1797*, London: Methuen, 1986, p.108.

7) 사이드는 오리엔탈리즘 담론에서 말하는 '오리엔트'는 지리적으로 실존하는 장소(place)가 아니라 문화적으로 구성된 주제(topos)라고 주장한다. Edward W. Said, *Orientalism*, New York: Vintage Books, 1978, p.158.

계를 연출한다. 캘리반의 회상에 따르면, 프로스페로가 섬에 처음 도착했을 때 "날 쓰다듬고 귀하게 여기며 열매 담근 술을 주고, 낮과 밤을 밝히는 큰 빛과 작은 빛의 이름도 알려줬고," 이에 캘리반은 프로스페로가 좋아서 "맑은 샘물, 소금 구덩이, 기름진 땅과 불모지 등 섬의 좋고 나쁜 데를 다 보여주는"(1.2.333-39) 아낌없는 호의로 화답했다. 프로스페로도 한때 "너 같은 쓰레기를 인간적으로 대우하며 내 동굴에서 네놈과 함께 기거한"(1.2.346-48) 적이 있음을 인정한다. 캘리반과 프로스페로가 기억하는 환대와 공생은 초기 식민지 역사에서 식민주의자들의 소망충족적인 환상인 동시에 유럽 정착민들이 실제로 경험한 사실이기도 했다.

프로스페로와 캘리반의 상호의존적 관계는 양자 간의 위계질서가 확립된 후에도 계속된다. 미랜다가 "아버지, 걔는 상놈이에요. 저는 그놈을 쳐다보기도 싫어요"(1.2.310-11)라고 하자, 프로스페로는 "우리가 그놈 없이는 안돼. 불을 피우고, 땔감을 해오고, 우리한테 도움이 되는 일을 해주잖아"(1.2.312-13)라고 달랜다. 프로스페로는 초자연적인 마술로 수하와 정적들을 통제하고 섬의 절대 권력자로 군림하면서도, 힘들고 귀찮은 육체노동만큼은 캘리반에게 의존할 수밖에 없다. 캘리반이 감수하는 노동착취가 프로스페로가 건설한 식민제국의 물질적 토대가 되는 것이다. 그 토대가 없으면 프로스페로의 권력과 이데올로기는 유지될 수 없다. 이들이 형성하는 '불공평한 공생' 관계는 식민지가 정신/육체의 노동분업에 기초한 계급사회라는 역사적 사실을 미리 보여준다.

이 극에서 유일한 인종적 타자인 캘리반은 다른 등장인물들과의 관계에서도 노예의 위치에 선다. 중앙에 프로스페로의 암자가 있는 섬의 위계질서는 확고하다. 권력의 꼭대기에 프로스페로, 그 아래에 미랜다와 퍼디난드, 가장 밑바닥에 에어리얼과 캘리반이 있다. 섬의 변방에는 조난으로 귀족의 권위를 잃은 알론소 일행과 고삐 풀린 하층민들이 방랑하고 있다. 그런데 프로스페로뿐만 아니라 스테파노와 트린큘로도 캘리반을 경멸하고 기만한다. 캘리반은 유배당한 프로스페로가 섬에 도착했을 때 도움을 주었지만, 그의 본색이 드러난 지금은 자신의 행동을 통탄한다. 이 시행착오는 반복된다. 더구나 이번에는 상대가 술 취한 시종과 어릿광대다. 스테파노와 트린큘로는 캘리반을 "괴상한 물고기"(2.2.27)로 여기고 유럽 풍물시장에 팔아넘기려고 하는데, 캘리반은 그들을 달나라에서 온 "굉장한 신"으로 받들고 그들이 따라주는 술을 "천국의 생명수"(2.2.115)라며 들이마신 후 그들의 발에 입 맞추고 오곡백과가 자라는 섬의 보고(寶庫)로 안내한다. 식민적 조우를 풍자하는 이 장면은 상대방을 서로 오인하는 상황에서도 원주민과 정착민 사이의 권력 관계가 후자의 전적인 무지로 인해 전자가 원하는 방식으로 설정되는 것을 보여준다.

만취한 세 사람은 스테파노-트린큘로-캘리반으로 구성된 나름의 위계조직을 갖추고 프로스페로의 지배체제를 무너트릴 반역을 기획한다. "교활한 술책으로 섬을 사취한 마술사이자 폭군에게 종속된"(3.2.40-42) 캘리반에게 이 반역은 "자유와 축제"(2.2.181)를 가져다줄 혁명이다. 이들은 프로스페로가 잠들었을 때 그의 책을 훔쳐서 불태우고 미랜다를 스테파노의 왕비로 삼으려는 계획을 세운다. 하지만 프로스페로가 "짐승보다 못한 캘리반과 그의 패거리들이 내 목숨을 노리는 비열한 음모"(4.1.139-41)를 간파하면서 이들의 계획은 허사로 돌아가고 가혹한 징계의 빌미만 제공할 뿐이다. 이 과정에서 캘리반은 시종일관 자기예속의 태도를 보여준다. 식민지 상황에서 피지배자의 자발적인 예속은 지배자의 희망 사항인 바, 캘리반은 그 정형화된 역할을 충실히 수행한다. 특히 캘리반이 안토니오의 술 시종이었던 스테파노를 "나의 주군"으로 받들며 "당신의 캘리반은 영원히 당신 발을 핥겠습니다"(4.1.215, 218-19)라고 충성을 맹세하는 장면은 식민지 상황에서 인종이 곧 계급이라는 파농의 지적을 상기시켜준다.[8] 유럽 사회에서 계급적 타자였던 백인 하층민이 식민지에서는 인종적 타자인 흑인 원주민을 대상으로 '주체'의 위치에 서는 것이다.

프로스페로가 캘리반을 다루는 방식도 식민지배를 연상시킨다. 캘리반은 이 극에서 가장 반항적인 인물로서, 물리적 폭력으로만 통제 가능한 인물이다. 미랜다, 퍼디난드, 에어리얼과는 프로스페로가 설득이든 위협이든 '대화'의 형식으로 권력 관계를 유지하는 데 비해, 프로스페로의 권위에 승복하지 않는 캘리반에게는 통치 방식을 달리해야 한다. 특히 에어리얼은 똑같이 프로스페로의 노예이면서도 캘리반과 뚜렷이 대조된다. 프로스페로는 에어리얼이 자유를 요구하자 "거짓말쟁이, 못된 놈"(1.2.257)으로 몰아붙이면서도, 그를 부릴 때는 "용감한 내 요정"(1.2.206), "깜찍한 내 에어리얼"(1.2.318), "부지런한 내 충복"(4.1.33), "어여쁜 내 에어리얼"(4.1.49), "내 귀염둥이"(4.1.184), "솜씨 좋은 내 에어리얼"(5.1.95), "내 복덩어리 요정"(5.1.226), "부지런한 내 새끼"(5.1.240), "귀여운 내 에어리얼" (5.1.317) 같은 칭찬으로 그의 노예근성을 일깨우며 자발적인 복종을 유도한다. 반면에 캘리반은 "잘 해주지 말고 채찍을 들어야 말을 듣는 놈"(1.2.346)이며 "아무리 가르쳐도 본성이 안 바뀌는 악마, 천성이 악마"(4.1.188-89) 같은 존재다. 프로스페로는 캘리반의 '타고난' 폭력성을 부각함으로써 폭력적인 식민지배의 명분을 확보하는 것이다.

---

8) Frantz Fanon, *The Wretched of the Earth*(1961), Constance Farrington(trans.), New York: Grove Weidenfeld, 1968, p.40.

캘리반에게 가하는 폭력은 파농이 말한 '식민지 상황'의 특수성과 연관이 있다. 파농은 권력의 작동방식에서 유럽과 비유럽의 차이는 유럽의 근대 시민사회와 전근대 봉건사회의 차이만큼 뚜렷이 구분된다고 주장했다. 근대 유럽이 동원한 식민통치 방식이 전근대적이라는 얘기다. 파농의 분석에 따르면, 근대성을 선점한 유럽이 보기에 아프리카는 부정하고픈 자신의 야만적 과거이므로 유럽 내부에서 시행하는 '합리적' 방식을 적용할 필요가 없다. '니그로'를 물건이나 미개인으로 여기는 식민지배자는 폭력을 은폐하는 노력조차 하지 않고 오히려 그것을 의도적으로 부각한다. 인종학살과 노예착취를 거리낌 없이 자행하는 것도 '니그로'를 인간다운 인간, 합리적 이성을 지닌 존재로 보지 않기 때문이다.[9] 프로스페로가 에어리얼과 캘리반을 지배하는 방식도 이와 크게 다르지 않다. 에어리얼이 식민지배에 순응하고 기생하는 토착 부르주아지라면, 캘리반은 가장 핍박받고 착취당해도 끝까지 권력에 포섭되지 않고 저항하는 식민지 민중에 해당한다. 따라서 캘리반에게는 알튀세르가 말한 '이데올로기적 국가장치' 대신 '억압적 국가장치'가 필요하고, 그람시가 의미한 '헤게모니' 즉 피지배자의 '동의'에 의한 지배자의 '지적·도덕적 지도력'이 통하지 않는다.

4 '잡혼'과 '프로스페로 콤플렉스'

『태풍』의 '식민지 상황'은 '잡혼'에 대한 불안에서 잘 드러난다. 셰익스피어 시대에 인종은 계급보다 훨씬 더 뚜렷한 사회적 단층선이

---

9) 같은 책, pp.38, 84.

었다. 『리어왕』에서 보듯이 르네상스 시대에 계급 간의 결혼은 신분 상승의 통로가 되기 시작했고, 인종 간의 결혼이라도 『안토니와 클 리오파트라』에서처럼 백인 남성과 흑인 여성의 만남은 남성 영웅의 일탈로 용인되었다. 하지만 흑인 남성과 백인 여성의 만남은 백인가 부장제 공동체의 근간을 뒤흔드는 사회적 금기였다. 백인 여성의 몸 은 가부장적 권력을 재생산하고 승계하는 도구이기에 '야만인'의 침 투로부터 보호해야 하는 자산인데, 그것을 '오염'시키는 인종 간의 뒤섞임(adulteration)은 사회적 간통(adultery)으로 단죄받았다. 셰익 스피어 극에서도 장르에 따라 '잡혼'이 『타이터스 안드로니커스』와 『오셀로』에서는 비극적 파국을 초래하고 『베니스의 상인』과 『태풍』 에서는 희극적 결말을 방해하는 차이는 있지만, '잡혼'의 두려움은 모든 텍스트의 언저리에 드리워져 있다.

프로스페로에 따르면, 캘리반이 미랜다를 겁탈하려 한 적이 있 다. 프로스페로가 "너 같은 쓰레기를 인간답게 대하여 내 암자에 재 워줬더니 네놈은 내 딸애의 순결을 더럽히려고 했지"라고 비난하 자, 캘리반은 "아이고, 그렇게만 됐더라면! 당신이 방해만 안 했어 도 이 섬에는 캘리반 새끼들로 가득할 텐데"(1.2.346-52)라고 응수 한다.[10] 그 사건의 기억은 프로스페로가 캘리반을 착취하는 근거로 소환되지만 동시에 프로스페로의 지배 권력을 어지럽히는 악몽으 로 따라다닌다. 지금도 캘리반은 스테파노와 트린큘로를 앞세워 프 로스페로의 "둘도 없는 보물"(3.2.100) 미랜다를 탈취하려는 계획을 세우고 있다. 이는 미랜다의 처녀성을 자신의 정치적 자산으로 이용 하려는 프로스페로에게 가장 불쾌하고 불안한 생각이다. 더구나 흑

---

10) 캘리반이 실제로 미랜다를 겁탈하려고 했는지 아니면 단지 프로스페로가 그 렇게 상상한 것인지는 불확실하며, 이에 대한 비평가들의 견해도 엇갈린다.

인 노예가 백인 귀족 여성의 몸을 '더럽히는' 것은 인종과 계급의 이중 방호벽을 허무는 체제전복적 행위로서, 상상하는 것조차 모독이다. 하지만 그것은 프로스페로에게 떨쳐버릴 수 없는 불안을 불러일으킨다. 캘리반과의 위계적이면서도 상호의존적인 식민지 권력 관계가 수반하는 강박관념이기 때문이다. 인종적 타자를 잠재적 강간범으로 보는 인종주의적 선입견이 부메랑으로 돌아오는 것이다. 파농의 동시대 심리학자 마노니(Octave Mannoni)는 식민주의자의 이런 불안감을 '프로스페로 콤플렉스'라고 명명했고,[11] 그리핀(Susan Griffin)은 백인가부장제 사회가 흑인 남성을 강간범으로 보는 시각을 인종주의자의 "포르노 판타지 또는 잡혼의 유령"으로 규정한다.[12]

프로스페로의 정적들도 '잡혼'의 불안에 사로잡혀 있다. 조난에서 살아남은 알론소 일행의 대화에서 '잡혼'은 막연한 불안이 아니라 실제 사건에 대한 죄책감으로 나타난다. 이들은 알론소가 딸 클래리벨을 튀니스 왕과 결혼시키고 귀국하다가 태풍을 만나 두 자녀를 한꺼번에 잃어버린 것을 자업자득(自業自得)으로 해석한다. 클래리벨은 "이탈리아에서 너무 멀리 떨어져 있어서 다시는 볼 수 없고" 퍼디난드는 "이상한 물고기의 밥이 되어버린"(2.1.111-14) "이 엄청난 손실"(2.1.124)의 원인은 알론소가 신하들의 만류와 클래리벨의 불만을 무릅쓰고 "따님으로 우리 유럽을 축복하는 대신에 그녀를 아프리카

---

11) Octave Mannoni, *Prospero and Caliban: The Psychology of Colonialization*(1950), Pamela Powesland(trans.), Ann Arbor: The University of Michigan Press, 1990, pp.104. 마노니가 분석한 '프로스페로 콤플렉스'와 '권위 콤플렉스', 캘리반의 '의존 콤플렉스'에 관해서는 이경원, 『파농: 니그로, 탈식민화와 인간 해방의 중심에 서다』, 한길사, 2015, 148-171쪽을 참고할 것.

12) Susan Griffin, "The Sacrificial Lamb," in Paula S. Rothenberg(ed.), *Racism and Sexism: An Integrated Study*, New York: St. Martin's, 1988, p.198.

남자에게 팔아넘긴"(2.1.125-26) 데 있다는 것이다. 이들은 그 혼인을 트로이 왕자 아이네아스와 카르타고 여왕 디도의 비극적 사랑에 빗대고 클래리벨의 처지를 "과부 디도"(2.1.101)와 비교하면서 알론소가 강행한 흑백 간의 부적절한 정략결혼을 비꼬고 되씹는다. 오리엔탈리즘의 원형적 신화가 '잡혼'을 매도하는 근거로 인용되는 것이다. "고약을 발라야 할 상처에 소금을 뿌리는"(2.1.139-40) 이들의 빈정대는 대화는 '잡혼'에 대한 사회적 반감을 에둘러 표현한다. 알론소가 신하들의 주제넘은 비판에 전적으로 승복하는 것도 인종주의가 셰익스피어의 동시대 사회가 공유한 지배 이데올로기이기 때문이다.

무대에 등장하지 않는 시코랙스도 인종주의를 강화하는 데 중요한 역할을 한다. 캘리반은 어머니의 이름으로 섬의 영유권을 주장하지만, 프로스페로는 시코랙스의 기억을 소환해 캘리반의 야만성과 식민지배의 정당성을 더욱 공고하게 한다. 우선, 시코랙스는 프로스페로의 아내와 대조된다. 둘 다 셰익스피어가 즐겨 설정하는 '부재하는 어머니'의 범주에 해당하는데, 프로스페로에 따르면 한쪽은 "정절의 표본"(1.2.56)이었고 다른 한쪽은 "음란한 마녀"(1.2.257)였다. 시코랙스는 또한 미랜다와도 비교된다. 공동체에서 추방되어 섬에 유배된 공통점이 있지만, 미랜다는 퍼디난드를 만나기 전까지 남자라고는 아버지밖에 본 적이 없는 "너무나 완벽하고 비길 데 없는 최고 중의 최고 여인"(3.1.47-48)인데, 시코랙스는 "애를 밴 채 버려진 시퍼런 눈의 추악한 마녀"(1.2.269)였다. 더구나 프로스페로의 입장에서는 퍼디난드의 짝으로 내정된 미랜다가 정치적 복권과 화해를 위한 디딤돌이라면, 캘리반이 영유권을 주장하는 근거인 시코랙스는 가부장적 질서 확립에 걸림돌이 된다.

시코랙스는 같은 마술사로서도 프로스페로의 대척점에 서 있다.

아프리카 흑인인 시코랙스가 이른바 '악한 마술사'라면 유럽 백인인 프로스페로는 '선한 마술사'에 해당한다. 특히 시코랙스와 프로스페로를 연이어 섬기는 에어리얼에게는 전자의 마술이 착취와 감금의 도구였지만 후자의 마술은 해방과 계몽의 수단이었다. 섬의 역사가 프로스페로의 도착 이전과 이후로 나뉘는 것이다. 그래서 프로스페로는 자신을 에어리얼의 구원자로 거듭 각인시킨다.

식민주의 관점에서 유추해석을 하자면, 시코랙스가 죽은 후 프로스페로가 섬에 와서 에어리얼을 구해주고 새 통치자가 된 일련의 과정을 유럽 근대성의 이식으로 볼 수 있다. 비서구 세계의 전근대적 모계사회에 서구 자본주의가 침투해 새로운 역사를 전개한 셈이다. 이 해석이 전하려는 메시지는 분명하다. 식민통치가 이전의 암흑세계를 계몽했으며, 더 합리적이고 역동적인 선진 문명이 봉건체제를 대체했다는 것이다. 이러한 식민지 근대화 담론은 프로스페로가 '상징적으로' 수행한 침탈과 정복을 정당화하는 논리로 동원된다. 셰익스피어가 이 행간의 함의를 의도했는지는 명백하지 않지만, 흉악하고 음란한 창녀·마녀·집시의 이미지로 채색된 시코랙스가 프로스페로의 억압적 권력에 면죄부를 제공하는 점은 부인할 수 없다.

5 식민지 유토피아의 명암

『태풍』에서 식민지 공간인 섬이 부정적인 이미지로만 채색되는 것은 아니다. 등장인물들은 대부분 섬을 절망과 죽음의 땅 또는 마녀와 괴물의 서식지로 생각하지만, 알론소의 신하 건잘로는 그렇지 않다. 건잘로는 천혜의 풍요로운 자연환경에 주목하며 만약 자신이 이 섬을 다스리게 된다면 "황금시대를 능가하는 완벽한 통치"(2.1.168)를 해보고 싶다는 희망을 피력한다.

난 이 세상에서 만사를 거꾸로 시행하겠소.
상거래도 허락지 않고 재판관 직책도 없고,
문자를 배우고 가르칠 필요도 없을 것이오.
여기에는 빈부격차도 없고 주종관계도 없고,
계약, 상속, 영토, 경계, 경작, 농장, 쇠붙이,
곳간, 술, 기름 같은 것도 전혀 소용없으며,
남자도 여자도 직업 없이 한가하게 지내고,
다 순진하고 순수해서 왕의 통치도 없지요.
땀과 노력 없이 생산하는 자연의 공동체에
반역, 범죄, 창검, 총포, 무기가 필요 없고,
종류대로 제공하는 자연의 넘치는 풍성함이
순진한 내 백성의 배를 가득 채워줄 것이오. (2.1.148-65)

건잘로는 고문관(councilor)이라는 직책에 어울리게 극한상황에서도 늘 도움과 위로를 베푸는 인물이다. 그는 프로스페로와 미랜다가 밀라노에서 추방될 때 생존에 필요한 물품들과 함께 프로스페로가 "내 공국보다 더 소중히 여기는 내 책들을 서재에서 갖다주었고" (1.2.166-68), 태풍으로 조난당한 알론소 일행이 절망과 체념에 빠져 있는 상황에서 잡초만 무성한 황무지를 보고서도 "여기는 모든 것이 살기 편하다"(2.1.52)라며 그들을 위로한다. 냉소적 불평분자들인 세바스천과 안토니오는 건잘로를 "사실을 완전히 오판하고" "헛바닥을 헤프게 놀리는" "늙은 수탉"(2.1.59, 26, 31)으로 폄훼하지만, 프로스페로는 "경건하고 존귀한 건잘로"가 "나의 진정한 은인이요 그대가 섬기는 자의 충신"(5.1.69-70)이라며 경의를 표한다. 항상 삶의 어두운 면보다 밝은 면을 보는 건잘로가 죽음과 기근의 섬을 기회의 땅으로 "오판"하는 것은 이상한 일이 아니다.

그런데 건잘로의 대사는 단순히 선량한 낙관주의자의 소망을 넘어 신랄한 사회비판의 메시지를 전달한다. 건잘로는 지금 이 섬에서 "순진한" 사람들이 "풍성한" 자연 속에서 "한가한" 삶을 영위하고 있다고 얘기하는 것이 아니라 자신이 통치자라면 그러한 사회를 구현하겠다는 의지를 피력하고 있다. "만사를 거꾸로 시행하겠소"라는 첫 행은 전체 대사의 정치적 함의를 숨기면서 동시에 드러내는 이중의 유도장치다. 경제, 정치, 사법, 교육의 모든 분야에서 기존 질서가 "거꾸로" 뒤집혀야 그가 꿈꾸는 세계가 실현될 수 있다는 얘기를 "거꾸로" 하고 있다. 건잘로가 이 섬에 없다고 나열하는 제도와 현상은 모두 현실에 존재하는 것이다. 특히 "빈부격차" "주종관계" "상속" "영토" "왕의 통치" 같은 문제는 셰익스피어의 동시대 유럽인들이 경험하던 사회적 불평등의 핵심요인이자 교회와 국가가 이구동성으로 설파해온 지배 이데올로기의 물질적 토대다. 셰익스피어는 무겁고 위험한 주제를 가볍게 건드리고 있다. 이 세상 어디에도 존재하지 않는 '유토피아'의 이상을 그림으로써 지금 여기서 목격하는 '디스토피아'의 현실을 비틀며 비꼬는 것이다. 이러한 정치적 복화술은 작가로서의 안전판을 확보하려는 셰익스피어 특유의 서사 전략이다. 『햄릿』이나 『리어왕』에서는 어릿광대나 실성한 인물의 신빙성 없는 목소리로 지배계층의 탐욕과 위선을 풍자하던 셰익스피어가 여기서는 이상주의자의 헛된 망상에 빗대어 현실의 모순과 부조리를 비판하고 있다.

셰익스피어가 지도에 없는 미지의 섬을 이상향으로 설정한 이유는 지배 권력과의 시소게임 때문만은 아니다. 당시 사회적 맥락에서 볼 때, 건잘로의 유토피아 대사는 르네상스 유럽이 구상했던 식민주의 청사진의 단면이다. 캘리반의 섬이 프로스페로의 생존과 회복에 불가결한 공간인 것처럼, 셰익스피어의 동시대 '문명' 사회는 '미개'의 땅이 필요했다. 용량이 소진된 '구세계' 유럽의 돌파구가 유럽 바깥의 '신세계'였기 때문이다. 실업, 역병, 기근, 인구과잉, 인클로저, 계급갈등 등의 문제와 씨름하던 유럽인들에게 컬럼버스의 '신대륙 발견'은 식민주의 야망을 추동하는 기폭제가 되었다. 안으로는 봉건적 신분질서에 억눌리고 밖으로는 이슬람 세력에 둘러싸여 오랜 '암흑의 시대'를 보내야 했던 유럽은 '주인 없는 땅' 아메리카를 차지하면서 식민제국과 근대세계체제의 기반을 구축할 수 있었다. 중세에서 근대로의 전환기였던 르네상스는 문자 그대로 유럽의 '재생'과 '부흥'을 촉발한 시기였다. 알론소의 고문관이자 몽상가인 건잘로는 당대 잉글랜드 관객들이 공유했던 식민주의적 '몽상'의 대변인이라 할 만하다. 5막에서 극의 주제인 '축복받은 타락'(felix culpa)을 건잘로가 요약하는 것도 우연이 아니다.

밀라노 공작이 밀라노에서 추방당한 것은
그의 자식이 나폴리 왕이 되려는 거였소?
한 번의 항해가 준 예사롭지 않은 기쁨을
영원히 남을 기둥 위에 황금으로 새깁시다.
클래리벨은 튀니스에 가서 남편을 얻었고,
퍼디난드는 실종된 데서 아내를 얻었으며,
프로스페로는 무인도에서 공국을 되찾았고,
우리는 모두 제정신을 잃었다가 되찾았소.(5.1.205-13)

건잘로의 축사는 '신대륙 발견'에 대한 기독교 제국주의 언술을 연상시킨다. 컬럼버스는 인도와의 교역을 위한 지름길을 찾아 나섰다가 뜻밖에 '서인도제도'를 '발견'했다. 로마제국의 멸망 이후 지중해 패권을 장악한 오스만제국 '덕분에' 대서양 항로가 열린 것이다. 잉글랜드도 버지니아 식민지 개척이 거듭 실패하고 나서 제임스타운에 교두보를 마련했다. '암흑의 시대'를 거친 후 르네상스를 맞은 기독교 유럽의 역사도 그렇거니와, 버뮤다 탐험대의 조난과 버지니아 정착민들의 실종을 겪은 잉글랜드의 아메리카 진출 과정은 상실과 고립에서 회복과 통합으로 나아가는 이 극의 서사구조와 겹쳐진다. 인간의 계획을 뛰어넘는 신의 섭리, 역경과 시련 후의 축복이라는 주제가 식민담론과 결합해 기독교 제국의 역사를 정당화하는 것이다. 이 중첩된 메시지는 극의 결말에서 분명해진다. "저희를 이리로 인도하시려고 길을 그려놓으신 분은 당신입니다"(5.1.203-4)라는 건잘로의 고백은 알론소의 간증으로 이어진다. "지금까지 그 누구도 이토록 기이한 미로를 지나온 적이 없소. 이는 자연이 절대로 안내할 수 없는 길입니다. 신의 계시가 우리의 지식을 수정해야겠소." (5.1.242-45)

하지만 회복의 기적을 자축하는 건잘로의 마지막 대사에서 빠진 것이 있다. 그것은 "우리 모두"의 "예사롭지 않은 기쁨"이 누군가에게는 "가슴이 미어지는 비탄과 슬픔"(5.1.214)이라는 사실이다. 프로스페로를 비롯한 유럽 백인 귀족들은 뭔가를 얻었고 되찾았으나 그렇지 않은 자들도 있다. 미랜다가 처음 목격하는 "멋있는 신세계"(5.1.183)는 "우리"만의 공동체다. 그래서 "이 섬은 내 것"(1.2.332)이라고 항변했던 캘리반은 프로스페로가 베푸는 화해와 통합의 잔칫상에 낄 자리가 없다. 그에게 돌아오는 것은 "저리 가, 꺼져!"(5.1.299)라는 욕설뿐이다. 프로스페로도 건잘로도 그리고 그들의 작가와 관객들도 캘리반이 무엇을 잃고 얻었는지, 그가 지금 무슨 생각을 하는지는 전혀 관심이 없다. 언제나 그렇듯이, 그들에게 역사는 정복자의 회고록이며 승자의 자기재현이다.

이 장면을 '신대륙 발견' 담론에 적용한다면, 건잘로는 자신들의 파란만장한 여정을 황금 기둥에 새겨 영구히 보존하자고 제안하면서도 그 황금이 침략과 수탈의 산물임을 인식하지 못한다. 물론 400년 전에 생산된 식민지 판타지의 단편(斷片)에서 그러한 비판적 성찰을 읽어내려는 것은 현재주의에 치우친 21세기 독자의 소망 충족일 수 있다. 그러나 한 가지 분명한 것은 셰익스피어가 건잘로의 입을 빌려 징후적으로 재현한 식민지 역사는 캘리반의 배제와 침묵을 수반했다는 사실이다. 이는 이데올로기적 마술의 원천인 프로스페로의 '책'을 캘리반의 '눈'으로 다시 읽어야 하는 이유이기도 하다.

6 억압과 저항의 변증법

『태풍』의 공간적 배경인 섬은 특유의 복합적인 상징성을 지닌다. 셰익스피어의 여타 전원 극에 나오는 숲이나 시골처럼, 섬은 육지의 인간 사회에 있었던 문제들이 전이되어 해결되는 치유의 공간이다. 하지만 그곳은 항구적인 삶의 터전이 아니라 일상으로 돌아가기 전에 잠시 머무르는 장소다. 더구나 섬의 의미는 각자가 처한 입지에 따라 다르다. 죽음의 바다로 둘러싸인 이 외딴섬은 프로스페로와 알론소 같은 '구세대'에게는 유배지이며 조난지다. 이곳에서 프로스페로는 복수와 복권의 시나리오를 펼치고, 알론소 일행은 상실과 절망 속에서 자기성찰의 여정을 걸어간다. 반면에 퍼디난드와 미랜다로 대표되는 '신세대'는 아버지의 그늘에서 벗어나 로미오와 줄리엣이 꿈꿨던 새로운 사회를 구현하는 데 성공한다. 한편 스테파노와 트린큘로에게는 태풍이 몰아치는 이 섬이 '찻잔 속의 태풍'을 일으키는 반역과 일탈의 공간이며, 캘리반과 에어리얼에게는 프로스페로의 억압적 권력을 온몸으로 겪어야 하는 속박과 착취의 공간이다.

한때 캘리반의 땅이었으나 지금은 프로스페로가 다스리고 있는 섬은 식민지 특유의 양면적 속성을 지닌다. 이 섬은 죽음과 절망의 디스토피아로 보이기도 하고 황금시대를 능가하는 유토피아를 상상하게도 만든다. 섬의 '원주민'인 캘리반도 흉포한 괴물과 순진한 어린애의 양극단을 오간다. 실제로 셰익스피어 당시 유럽인들이 개척한 신대륙 식민지도 유사한 반응을 불러일으켰다. 예를 들어, 프랑스의 가톨릭 사제이자 탐험가였던 테베(André Thevet)는 브라질 리우데자네이루 지역의 원주민을 "야만적이고 미개하며 신앙도 법도 종교도 없는 족속, 전혀 문명을 접하지 못하고 난폭한 짐승처럼 살아가는 족속"으로 묘사했다.[13] 원색적인 인종주의 시각에서 관찰한 식민지 타자는 신의 저주를 받은 미개인이요 계몽과 구원의 가능성이 없는 이교도였으며, 필요에 따라 이용하고 착취하거나 아니면 말살해도 괜찮은 대상에 불과했다. 이는 프로스페로와 스테파노·트린큘로가 캘리반을 대하는 시각과 맞닿아 있다. 그들은 사회적 신분과 역할에서는 대립적이면서도 캘리반을 혐오하고 경멸하는 데만큼은 공동보조를 취한다. 차이가 있다면, 프로스페로는 스테파노·트린큘로보다 캘리반의 효용성을 좀더 치밀하게 계산할 뿐이다.

'소수의견'이긴 했지만, 식민지 타자를 우호적으로 바라보는 시선도 있었다. 16세기 말에 아메리카 탐험에 나섰던 잉글랜드 선장 발로(Arthur Barlowe)의 보고서에는 미국 노스캐롤라이나 연안의 로어노

---

13) André Thevet, *The New Found Worlde, or Antartike*, T. Hacket(trans.), London, 1568, p.43. Virginia Mason Vaughan and Alden T. Vaughan, "Introduction" in *The Tempest*, London: Bloomsbury, 2014, p.45에서 재인용.

크섬이 "세상 어디에도 없는 풍요로운 땅"이며, 자신을 환대해준 부족민들은 "예의 바르고 정이 많고 신의가 두터울 뿐 아니라 책략이나 반역 따위는 일절 모르고 황금시대의 풍습에 따라 살아간다"라고 쓰여 있다.[14] 이 모습은 건잘로가 꿈꾸는 이상향에 고스란히 반영되어 있다. 프로스페로의 기억에도 캘리반은 한때 우정과 신의를 쌓아갔던 다정한 조력자로 남아 있다. 비록 둘 사이의 호혜적 연대는 적대적 주종관계로 변질되고 말았지만, 프로스페로가 가졌던 캘리반의 첫인상은 발로 선장이 기술한 아메리카 인디언의 모습과 크게 다르지 않다.

'신대륙' 식민지에 대한 호감을 가장 잘 표현한 텍스트는 몽테뉴의 「식인종에 관하여」다. 브라질 동부 해안의 투피남바 부족사회의 풍습을 묘사한 이 글은 실제로 거기 살았던 몽테뉴의 하인이 전해준 이야기를 바탕으로 예술/자연, 문명/야만의 이분법을 재조명한다. 몽테뉴는 이 글이 주관적 해석이 아닌 객관적 서술임을 강조하기 위해 그의 하인은 본 것을 "왜곡하거나 포장하지 못하고" 그대로 전하는 "단순무식한 사람"임을 상기시킨다. 이 글에 묘사된 원주민 사회는 플라톤이 『국가』에서 제시한 이상 사회보다 더 적극적으로 정의와 평등을 구현한다. 그곳에는 "상거래 제도, 문자 중심의 학문, 산수에 관한 지식, 재판관이나 정치적 상관의 직책이 없고, 노예제도, 부자와 빈자, 계약, 상속, 재산분할도 없고, 여가 목적 이외의 고용이나 결속을 제외한 혈연의 존중도 없으며, 의복, 농경, 쇠붙이, 밀, 포도주도 없다. 거짓, 배반, 위장, 탐욕, 시기, 험담, 사면 같은 것을 의미하는

---

14) Richard Hakluyt, *The Principal Navigations, Voyages, Traffiques & Discoveries of the English Nation*(1598-1600), vol 8 (Glasgow: 1903-1905), p.305. Virginia Mason Vaughan and Alden T. Vaughan, 앞의 글, p.46에서 재인용.

단어는 들어본 적이 없다."[15] 앞서 인용한 건잘로의 유토피아 대사와 판박이라 해도 과언이 아니다.

문화상대주의의 선구적 텍스트로 자주 인용되는 몽테뉴의 에세이는 단순한 호의나 호기심에서 한 걸음 더 나아간다. 식인 풍습마저 문화적 차이와 다양성의 측면에서 접근한 몽테뉴는 '야만'과 '미개'의 자민족중심주의적 개념을 재구성한다. 몽테뉴는 "우리가 살아가는 나라의 여론과 관습"이 "진실과 이성의 기준"이 되고 "자기 나라의 관습에 부합하지 않으면 모조리 야만의 이름을 부과"하는 모순을 지적하면서, 아메리카 인디언은 고대 스키타이족이나 당대 포르투갈인들과 비교하면 더 야만적이지 않다고 주장한다. 가령, 전쟁포로를 처형한 후 섭생이 아닌 전우의 복수를 위해 시신을 불에 구워 먹는 원주민들의 제의행위보다 산 사람을 극한의 고통과 공포를 느끼도록 고문하고 찢어 죽이는 유럽인들의 잔혹함이 더 야만적이라는 것이다.[16] 한마디로, '우리'가 '그들'보다 나을 게 없다는 것이 르네상스를 대표하는 회의주의 철학자의 결론이다.

18세기 계몽주의자들이 전개한 '고귀한 미개인' 담론처럼, 몽테뉴의 에세이는 식민지 원주민의 고정관념을 비판하면서 동시에 비판의 칼날을 유럽 사회의 심장부로 향한다. 몽테뉴가 '식인종'의 풍습 못지않게 악습으로 본 현상은 인본주의의 베일에 가려진 종교적 배타주의와 적개심, 개인적 편견과 사회적 광기다. '고귀한 미개인'을 거울삼아 '야만적 문명인'의 민낯을 들여다본 셈이다. 셰익스피어가 이상주의자의 식민지 백일몽에 빗대어 사회현실을 비판한 것처럼,

---

15) Michel de Montaigne, "Of Cannibals," in Donald M. Frame(trans.), *The Complete Essays of Montaigne*(1957), Stanford: Stanford University Press, 1965, p.155.

16) 같은 책, pp.82-84.

몽테뉴도 식민지 타자를 주체의 자기성찰을 위한 배경으로 전유한 것이다.

『태풍』에서 섬이 '식민지 상황'을 다양하게 연출하는 공간이라면, 식민담론의 전개 방식도 상당히 복합적이다. 담론과 권력의 주체인 프로스페로의 입지가 그리 탄탄하지 않기 때문이다. 프로스페로는 초자연적 마법의 능력을 지닌 통치자이지만, 다른 인물들과의 권력관계는 끊임없는 갈등과 타협을 수반한다. 특히 '목이 곧은' 캘리반은 프로스페로의 담론적 권위는 물론 물리적 폭력에도 완전히 굴복하지 않는다. 프로스페로도 캘리반이 "천성이 악마"(4.1.189)여서 교화 불가능한 존재라고 토로하며 "이 시커먼 녀석이 내 종이라는 것을 인정"(5.1.275-76)할 수밖에 없다.[17] 『태풍』을 '전복과 봉쇄'의 신역사주의 틀로 분석한 브라운(Paul Brown)은 프로스페로와 캘리반의 갈등을 "식민주의자의 서사가 타자를 요구하고 또한 생산"하는 변증법적 과정으로 읽는다. 식민담론의 정당성을 입증하려면 타자가 필요하지만, 타자의 위협이 존재하는 한 식민담론의 최종 승리는

---

17) 이 구절("this thing of darkness I acknowledge mine")은 다양한 해석의 가능성을 열어놓는다. 전통적인 인본주의 관점에서 보면, 프로스페로는 마법의 힘으로 물리적 자연을 통제할 수는 있어도 인간의 본성(human nature)은 변화시킬 수 없는 한계를 드러내는데, 캘리반으로 인해 '인간'으로서의 프로스페로가 자신의 한계를 대면하고 깨닫는다. 『태풍』의 주제를 프로스페로가 수행하는 자기발견(self-knowledge)의 여정으로 접근할 때, 극의 제목도 『리어왕』 3막 4장에서 리어가 말한 "내 마음속의 태풍"(the tempest in my mind)을 암시한다. 따라서 이 구절은 프로스페로가 자신의 내면에 들끓고 있는 이기심과 권력욕, 그리고 심지어는 미랜다에 대한 근친상간적 욕망 등 인간성에 잠재한 "마음의 어두움"을 인정한다는 뜻으로 읽힐 수도 있다. 또한 마술사 프로스페로가 지팡이와 책을 바다에 던져버리고 밀라노로 돌아가는 것은 자신 속에 작동했던 파우스트의 욕망을 포기하고 인간 사회로 귀환하는 것을 의미한다. 프로스페로의 포기가 그의 진정한 승리가 되는 셈이다.

계속 유보된다는 것이다. 따라서 프로스페로가 캘리반을 자신의 일부로 "인정"하는 마지막 순간은 "식민담론의 특권화·신비화와 잠재적 부식(腐蝕)"을 동시에 수반하는 궁극적인 양가성을 드러낸다.[18]

프로스페로와 캘리반의 갈등을 "문자 문화와 문맹 문화의 충격적인 조우"로 본 그린블랫은 캘리반의 저항을 "배워서 욕하기"(learning to curse)의 표본으로 해석한다. 그린블랫은 극작가와 식민지 지배자의 유비 관계를 지적한 혹스를 인용하면서,[19] 셰익스피어는 이 극에서 16세기 유럽인들이 아메리카 원주민 사회에 대해 가졌던 언어 식민주의 시각을 시험한다고 주장한다. 당시 유럽인들은 아메리카 인디언들이 언어의 부재 속에 살고 있다고 보거나 아니면 바벨탑 신화에서 말하듯이 유럽 언어와 뿌리가 같은 언어를 사용한다고 봤다. "전적인 다름"과 "전적인 같음"의 양극 논리로 파악한 것이다. 둘 다 불투명한(opaque) 영역을 인정하지 않는 "의도적 곡해"로서 식민지 정복을 정당화하는 효과를 가져왔다. 그린블랫은 셰익스피어도 한편으로는 중세 유럽에서 전해져온 '야만인'(the Wild Man)의 이미지를 더 과장하여 신대륙 '미개인'(Savage) 캘리반에게 덮어씌우면서 다른 한편으로는 프로스페로가 구현하는 언어 식민주의가 타당한지를 질문하고 있다고 주장한다. 셰익스피어는 캘리반에게 욕하고 저

---

18) Paul Brown, "'This Thing of Darkness I Acknowledge Mine': *The Tempest and the Discourse of Colonialism,*" *Political Shakespeare: New Essays in Cultural Materialism*, Ithaca: Cornell University Press, 1985, pp.68-69.

19) Terence Hawkes, *Shakespeare's Talking Animals: Language and Drama in Society*, London: Routledge, 1973, pp.211-212. 혹스에 따르면, 식민주의자는 자신의 언어에 구현된 문화의 틀을 새로운 세계에 부과해 그 세계가 인식하고 거주할 수 있는 자연스러운 공간으로 탈바꿈하여 자신의 언어를 말할 수 있게 한다는 점에서 극작가를 닮았고, 극작가는 예술을 통해 새로운 경험의 영역에 침투하고 자신의 언어로 문화적 경계선을 확장하며 새로운 영역을 자신의 이미지로 창조하는 점에서 식민주의자를 닮았다.

주하는 능력뿐 아니라 자연의 풍요와 아름다움을 느끼고 묘사하는 감수성을 부여함으로써 '미개인'의 문화에 유럽인들이 인식하지 못하는 '불투명성'의 영역이 있음을 암시한다는 것이다.[20]

'전복과 봉쇄'의 이중효과를 강조하는 신역사주의적 작품분석은 바바의 '식민적 양가성' 개념과도 맞닿아 있다. 사이드를 비롯한 기존의 탈식민주의 이론가들이 식민자와 피식민자의 관계를 권력의 주체와 대상으로 이분화하지만, 바바는 식민자와 피식민자를 모두 식민담론 '안'에 그리고 '대등한' 위치에 두고 양측이 담론의 실천 과정에서 경험하는 양면적인 효과에 초점을 맞춘다. 바바는 또한 식민담론 외부로부터의 저항보다 내부의 모순과 균열에 주목하고 식민담론의 고정성보다는 유동성과 불안정성을 부각함으로써 식민자와 피식민자의 경계나 위계가 공고하지 않음을 입증하는 데 주력한다. 바바가 정신분석학과 탈구조주의 이론을 끌어들여 식민지 상황에 적용한 '정형' '모방' '혼종성' '제3의 공간' 등의 개념은 한결같이 식민주체의 강박이나 불안, 식민담론의 내파(內波)나 유실(流失)을 예증한다.

가령, 순진무구한 어린애와 약삭빠른 거짓말쟁이 아니면 온순한 하인과 난폭한 색마의 양극단을 오가는 피식민자의 정형은 식민자의 승인과 거부 혹은 욕망과 두려움 사이의 끊임없는 진자운동을 야기했고, 식민자도 아버지와 폭군 또는 민주주의의 신봉자와 제국주의의 대리인이라는 이중역할을 수행함으로써 제국주의 담론의 자기모순을 드러냈다. 식민지 인도에 전파된 기독교의 토착화도 바바가 즐겨 사용하는 사례다. 기독교 핵심교리인 중생(重生)은 힌두교 맥락

---

20) Stephen Greenblatt, *Learning to Curse: Essays in Early Modern Culture*, New York: Routledge, 1990, pp.32-42.

에서 중생(衆生)이 브라만으로 거듭나는 것으로 재해석되었고, 채식주의자들인 힌두교도들은 세례는 받아들이면서도 '살을 먹고 피를 마시는' 성찬은 완강히 거부했으며, 우상타파를 목적으로 배포된 인도어판 성서는 원주민 가정의 수호신으로 둔갑했다. 한마디로, 솔기 없는 서사와 타자의 인정(認定)에 대한 식민주체의 자기애적 요구는 계속 지연되거나 좌절되며, 전일성(全一性)과 명징성(明徵性)에 기초한 식민담론의 권위는 끊임없는 오염과 타협의 위험에 노출된다는 것이 바바의 논지다.[21]

프로스페로와 캘리반의 불균등하고 갈등적인 권력 관계는 바바가 말한 '식민적 양가성'의 드라마를 완벽하게 재연한다. 프로스페로는 전형적인 식민주의자다. 문명사회로부터의 소외→'주인 없는 땅'에 도착→ 원주민과의 호혜적 관계→계몽과 착취 및 영토권 분쟁→식민왕국 건설→금의환향(錦衣還鄕)으로 이어지는 프로스페로의 모험은 식민지 개척자의 전형적인 여정이다. 특히 프로스페로는 외형과 내면에서 인간인지 짐승인지 구분하기조차 힘들었던 '미개인' 캘리반에게 언어와 문화를 가르쳐서 그를 식민통치의 하수인으로 활용한다. 바바의 구절을 인용하면, 캘리반은 식민지와 "거의 같지만 똑같지는 않은, 즉 어느 정도의 차이를 지닌" 피식민자가 된 것이다.[22] 계몽과 순치의 과정을 거친 '미개인'이 '문명인'을 '흉내' 낼 수는 있지만, 둘 사이의 차이가 없어질 정도로 똑같지는 않다. 이는 식민자가 원하는 가장 이상적인 피식민자의 정형이다. 식민자는 피식민자에게 나를 닮으라고 요구하면서도 나와 너의 차이가 없어지는 것은 원하지 않는다. 차이는 차별의 근거이기 때문이다.

---

21) Homi Bhabha, *The Location of Culture*, London: Routledge, 1994, pp.66-100, 114-120.
22) 같은 책, p.86.

문제는 노예가 주인에게 '자발적인 예속' 대신 '배워서 욕하는' 태도를 견지한다는 데 있다. 프로스페로와 캘리반은 권력의 시소게임을 연출한다. 프로스페로는 캘리반이 응답하지 않으면 분노하고, 캘리반이 욕설로 응답하면 협박한다. 담론적 권위 확립이 여의치 않은 상황에서 물리적 폭력이 유일한 통제수단이지만, 그것은 가부장적 온정주의를 표방하는 지배자가 원치 않은 방식이다. 캘리반의 완강한 저항은 프로스페로의 불안과 좌절을 초래하고, 결국 리어가 말한 "마음속 태풍"이 전지전능한 것처럼 보이는 프로스페로에게도 불어닥친다. 이는 브라운이 지적한 "식민담론의 잠재적 부식"과 바바가 강조한 "식민주체의 끊임없는 진자운동"을 목격하는 순간일 뿐만 아니라, 이른바 3C(Christianity, Commerce, Civilization)를 '암흑의 오지'에 전파하려는 '백인의 부채의식'과 제국주의의 이상(理想)이 붕괴하는 현장을 연출한다. 한편으로는 미개한 타자가 문명의 세례를 받고 식민통치의 불가결한 인적 자원으로 거듭남으로써 식민제국의 기반을 공고히 해주지만, 다른 한편으로는 지배자의 언어와 문화를 기괴한 형태로 이식받은 타자가 그 언어로 되받아 말하고 주체와의 차이와 위계를 흐트러뜨리는 점에서는 식민권력을 불안정하게 하는 요인으로 작용한다.

이러한 식민담론의 이중효과는 프로스페로의 관점에서 분석한 것이다. 하지만 캘리반에게 초점을 맞추면 얘기가 달라진다. 캘리반은 에어리얼처럼 프로스페로의 충실한 하수인으로 복무하지는 않지만, 프로스페로가 건설한 식민왕국의 밑바닥에서 육체노동에 종사하는 전형적인 식민지 노예다. 비록 캘리반이 저항 주체라고 하지만, 그의 저항은 지배와 예속의 매개수단인 프로스페로의 언어를 통해서 구체화될 수 있다. 즉 지배자의 언어를 전유(專有)하는 것이다. 캘리반은 시코랙스로부터 물려받은 '모국어' 대신 프로스페로에게서 배운 '외국어'로 그에게 말대꾸하고 섬의 영유권도 주장한다. 그 과정에서 언어가 운반하는 가치와 문화도 일정 부분 받아들일 수밖에 없다.

882

이는 동도서기(東道西器) 혹은 중체서용(中體西用)을 표방한 비서구의 서구문물 수용의 아이러니이며, 제국의 언어로 제국에 저항하는 탈식민주의 기획의 역설적 딜레마이기도 하다.

캘리반이 부지중에 겪는 '정신의 식민화'는 스테파노·트린쿨로와의 관계에서 잘 드러난다. 서로를 프로스페로가 보낸 "정령"(2.2.15)과 유럽 풍물시장에 전시할 "희한한 물고기"(2.2.27)로 오인하는 이들의 첫 만남에서, 스테파노를 "굉장한 신"으로 믿은 캘리반은 그가 준 "천국의 술"에 취해 "당신의 발에 입 맞추고 당신의 종이 될 것을 맹세"(2.2.115, 149)한다. 트린쿨로의 눈에는 이런 캘리반이 "한낱 주정뱅이를 신으로 받드는 참 우스꽝스러운 괴물"(2.2.162)일 뿐이다. 프로스페로와 캘리반의 첫 만남을 패러디하는 스테파노·트린쿨로와 캘리반의 조우는 유럽의 계급적 타자와 비유럽의 인종적 타자 사이에 형성되는 위계를 예시한다. 여기서 식민지 원주민은 식민모국의 하층민보다 더 열등한 존재요 지배받아야 마땅한 대상으로 타자화된다. 캘리반은 식민자가 가장 원하는 피식민자의 '자발적 예속'을 실천하는 셈인데, 이는 프로스페로의 식민지배에 기인한 '의존 콤플렉스'의 발현으로 봐야 한다.

'의존 콤플렉스'를 피식민자의 고유한 심성으로 분석한 마노니에 따르면, 조상과 족장 같은 외부의 권위에 집착하고 의존했던 식민지 원주민은 식민지배를 무의식적으로 기다렸거나 심지어 원했으며, 아프리카에 처음 도착한 백인을 신이나 아버지로 부르며 초자연적 존재와 동일시했다. 따라서 식민화는 "심리적으로 준비된" 피식민자의 필요와 욕구를 충족시켜주는 과정이었다.[23] 하지만 파농은 식민지 원주민의 '의존 콤플렉스'는 식민지배의 원인이 아니라 결과라고 반박한다. 파농은 흑인의 열등의식 자체는 부정하지 않으면서도 그것의 진짜 원인은 흑인이 백인에게 의존하도록 만드는 사회구조에 있음을 강조한다.[24]

캘리반이 생면부지의 스테파노에게 즉각 무릎을 꿇는 것도 이미 프로스페로와의 주종관계에 길들여져 있었기 때문이다. 양측 모두 타자에 대한 사전지식과 인지능력이 없는 상태에서 한쪽은 상대방을 신으로 다른 한쪽은 괴물로 간주하는 것은 단순히 '미개인'의 무지 때문만은 아니다. 캘리반은 프로스페로와 피부색이 같고 언어도 같은 스테파노를 프로스페로의 동류(同類)로 착각하고, 그를 "폭군 마술사"(3.2.40)를 대체할 "고귀한 주인님"(3.2.36)으로 받든다. 하지만 스테파노·트린큘로와 함께 프로스페로의 암자로 향하며 외쳤던 혁명의 "자유"와 "축제"(2.2.181-82)는 헛된 미망으로 끝난다. 주정뱅이와 어릿광대마저 백인이라는 이유로 신격화했기 때문이다.

사실, 캘리반은 자신이 처한 '식민지 상황'의 원인을 정확히 알고 있다. 스테파노에게 "먼저 그의 책을 뺏는 걸 잊지 마십시오. 그게 없으면 그자는 나 같은 멍청이가 되고 정령도 전혀 못 부립니다. 그의 책을 불태워버리세요"(3.2.92-95)라고 일러주는 캘리반은 식민권력의 원천이 무엇인지를 파악하고 있다. 캘리반에게 "그의 책"은 지배 이데올로기이자 우세한 기술 문명이다. 그런데도 여태껏 프로스페로에게 착취당한 캘리반이 이제는 자청해서 스테파노를 섬기는 이유는 자신을 "멍청이"와 "괴물"로 취급하는 프로스페로와 스테파노의 계속되는 '이데올로기적 호명'에 노출되기 때문이다. 프로스페로의 마술이 캘리반의 저항 의지를 꺾어놓듯이, 스테파노의 술은 그의

23) Octave Mannoni, 앞의 책, pp.85-86, 104.
24) Frantz Fanon, 앞의 책, Black Skin, White Masks, p. 85.

합리적 판단력을 마비시킨다.

캘리반의 자기예속은 미랜다를 대하는 태도에서도 잘 드러난다. 캘리반은 스테파노에게 "비길 데 없는" 미인 미랜다를 왕비로 삼으라고 부추기면서, "여자라곤 내 엄마 시코랙스와 그 여자밖에 본 적이 없지만, 그녀와 시코랙스의 미모는 하늘과 땅 차이죠"(3.2.100-3)라고 말한다. 이는 난생 프로스페로와 캘리반 이외의 남자를 보지 못한 미랜다가 캘리반은 극도로 혐오하면서 퍼디난드에게는 첫눈에 반하는 것과 뚜렷한 대조를 이룬다. 캘리반의 반응은 그가 지닌 선/악, 미/추의 기준이 프로스페로의 지배 이데올로기를 내면화한 결과임을 말해준다. 프로스페로는 시코랙스가 "추악한 마녀"(1.2.258), "저주받은 마녀"(1.2.263), "눈알이 시퍼런 마녀"(1.2.269)였고 캘리반은 "할망구의 점박이 새끼"(1.2.283), "거짓말쟁이 노예"(1.2.345), "마귀할멈 새끼"(1.2.366), "짐승"(4.1.140), "타고난 악마"(4.1.188), "흉한 악당"(5.1.268), "사생아 악마"(5.1.272)임을 끊임없이 상기시키고, 미랜다도 아버지의 반복된 교육 덕분인지 캘리반을 "쳐다보기도 싫은 악당"(1.2.310-11), "끔찍한 놈"(1.2.352), "미개인"(1.2.356), "짐승만도 못한 놈"(1.2.357)으로 취급한다. 공교롭게도 캘리반은 프로스페로에게 저주를 퍼붓고 섬의 주권을 문제 삼으면서도 그러한 모멸과 폄훼의 언어에는 전혀 대응하지 않는다. 프로스페로의 인식론적 폭력에 길들었다고 볼 수밖에 없다. 그래서 스테파노·트린큘로가 부르는 "괴물"이라는 이름도 당연하게 받아들이는지도 모른다.

만약 파농이 『태풍』을 읽었더라면, 캘리반은 『검은 피부 하얀 가면』에서 흥미로운 사례가 되었을 것이다. 식민지 흑인의 자기소외를 분석한 파농에 따르면, 백인은 선하고 깨끗하고 아름다우며 흑인은 악하고 더럽고 추하다는 이분법적 인종주의 이데올로기가 일종의

'허위의식'임에도 그것을 흑인이 스스로 자연스럽게 받아들이는 것이야말로 '식민지 상황'의 핵심이다. 백인이 만들어낸 '흑인다움'을 기정사실로 인정하는 것이다. 파농은 "흑인의 자기분열이 식민지배의 직접적인 결과"임을 강조하면서도,[25] 백인선망과 흑인혐오의 왜곡된 동일시에 빠져 "자신을 평가절하"하는 '니그로'는 "항상 백인의 눈길에서 위안과 승인을 갈구하는 일종의 거지"라고 질타한다.[26] 셰익스피어가 창조한 '미개인'은 파농이 분석한 '니그로'와 비슷한 구석이 많다. "식민지 흑인은 백인의 문화적 부과(賦課)가 빚어낸 노예다. 흑인은 백인의 노예가 되고 나서 스스로 노예가 된다"는 파농의 구절에서,[27] '흑인'과 '백인'이라는 단어 대신에 캘리반과 프로스페로가 들어가도 별로 어색하지 않다.

프로스페로와 캘리반이 재연하는 억압과 저항의 드라마에서 주목해야 할 또 하나의 양상은 저항의 역효과다. 캘리반은 신역사주의나 탈식민주의 독법에서 부각하는 '저항 주체'로서 손색이 없을 만큼 전복적인 장면을 심심찮게 연출한다. 문제는 그 저항의 몸짓이 또 다른 억압의 부메랑으로 되돌아온다는 점이다. 시코랙스의 모계사회 역사에 근거한 영유권 주장은 잠재적 강간범의 혐의로 봉쇄당하고, 프로스페로의 가부장적 담론질서를 교란하는 게릴라전은 캘리반이 가장 무서워하는 물리적 폭력의 빌미를 제공하며, '프롤레타리아'와 '니그로'의 연대를 연상시키는 캘리반·스테파노·트린큘로의 반역은 자유 대신 가혹한 징벌만 가져다줄 뿐이다. "캘리반과 그의 패거리가 꾸민 사악한 음모"(4.1.139-40)는 프로스페로가 애써 다스려온 "마음속 태풍"을 다시 불러일으키고 그가 공들여 준비한 퍼디난드·

---

25) Frantz Fanon, 앞의 책, *Black Skin, White Masks*, p.17.
26) 같은 책, pp.75-76.
27) 같은 책, p.192.

미랜다의 혼인 축하 가면극을 중단시키지만, 미개인·주정뱅이·어릿광대의 삼각연대는 망신거리로 끝나고 프로스페로의 "어지럽혀진 마음"(4.1.163)은 평정을 되찾는다.

캘리반은 결국 노예의 일상으로 복귀한다. 그리고 마지막 순간까지 그는 놀림감이 된다. 알론소가 "이렇게 희한하게 생긴 놈은 처음 보네요"라고 의아해하자, 프로스페로는 "그놈은 생긴 것만큼이나 하는 짓도 해괴하지요"(5.1.290-92)라면서 캘리반의 야만성을 재차 확인시켜준다. 이에 맞장구라도 치듯, 캘리반은 "이따위 주정뱅이를 신으로 받들고 이런 멍청한 광대를 섬겼던 내가 바보 중의 바보였소"(5.1.295-98)라고 자신의 무지와 과오를 인정하면서, "용서받고 싶거든 내 암자를 말끔하게 정돈해라"(5.1.293-94)라는 프로스페로의 명령을 수행하려고 퇴장한다. 캘리반이 '제자리'로 돌아가는 순간이다.

하층민이 귀족에게 호통치는 장면으로 시작한 이 극은 자연의 질서를 파괴하는 태풍이 상징하듯이 사회적 질서가 무너지고 정치적 혼돈에 빠진 섬을 묘사했다. 그 무질서와 혼란의 '밑바닥'에 캘리반이 있었다. "괴물"이 인간 행세를 하려고 했기 때문이다. 하지만 이제 미랜다가 감탄한 "멋진 신세계"(5.1.183)에 캘리반이 낄 자리는 없다. 암자를 정돈하라는 프로스페로의 명령은 셰익스피어와 관객들의 명령이기도 하다. 한동안 혼란스러웠던 상황을 "말끔하게 정돈"하고 모두가 원래 위치로 돌아가는 것이다. "밑으로 내려가시오" "입 닥치고, 방해하지 마시오" "저리 비키시오"(1.1.11, 17, 26)라는 갑판장의 호통은 존대어만 제하면 그대로 캘리반에게 향한다. 그것이 셰익스피어의 마지막 작품 『태풍』이 보여주려는 '회복'이요 '통합'이다.

제5부
정전의 조건과 제국의 전략

제1장 **왜 셰익스피어였는가?**

> "사심 없음이나 초연함 혹은 불편부당으로
> 오독될 수 있는 셰익스피어의 정치적 둔사(遁辭)는
> 지속적이고 광범위한 성공 요인으로 작용했다."

왜 하필 셰익스피어였는가? 그의 동시대 잉글랜드에는 키드, 말로, 벤 존슨, 플레처, 웹스터 등 수많은 극작가가 연극의 황금시대를 펼치고 있었는데, 왜 셰익스피어가 왕정복고기 연극무대에서 가장 인기 있는 각색 대상이 되었는가? 이후에도 초서, 밀턴, 워즈워스, T.S. 엘리엇을 다 놔두고 왜 셰익스피어가 잉글랜드의 '민족시인'이 되었는가? 만약 그 셰익스피어가 아일랜드인이었거나 혹자가 추측하듯 유대인이나 동성애자였어도 영문학을 대표하는 아이콘이 되었을까? 비교 범위를 좀더 넓히면, 소포클레스, 에우리피데스, 베르길리우스, 단테, 세르반테스, 라신, 코르네유, 괴테, 카프카, 도스토옙스키 등의 허다한 작가들을 제치고—물론, 지극히 영국중심주의적인 평가이긴 하지만—셰익스피어가 서구문학의 가장 찬란한 별이 되고 세계문학의 꼭대기에 올라설 수 있었던 이유는 무엇인가? 셰익스피어가 위대한 작가이긴 해도 무슨 근거로 '가장 위대한' 작가라고 할 수 있는가? 서론에서 제기했던 '아마추어 같은' 또는 '문학답지 않은' 이 질문을 다시 되새겨보자.

셰익스피어의 위대함에 최상급이 붙게 된 배경을 추적한 테일러도 비슷한 역사적 가정을 해본다. "만약 1640년대 잉글랜드의 혁명이 지속했더라면, 만약 프랑스가 잉글랜드와의 전쟁에서 이겼더라면, 만약 잉글랜드도 다른 나라들처럼 18세기 후반의 사회변동으로 인해 문화적으로 환골탈태했더라면, 셰익스피어가 지금 누리는 우월적 지위를 성취하거나 유지하지 못했을 것이 거의 확실하다."[1] 테일러는 여러 시대와 영역에서 셰익스피어의 명망을 구축해온 현상을 "셰익스피어 앓이"(Shakesperotics)라고 표현하면서, 그러한 증후군의 역사는 "그의 명망이 더 광범위한 사회문화적 동향이 작동"한 결과라고 주장한다.

테일러는 셰익스피어의 명망을 둘러싸고 저명 영문학자들 간에 벌어진 흥미로운 논쟁 하나를 소개한다. 『비평의 해부』를 쓴 프라이는 셰익스피어가 "세계에서 가장 위대한 시인 중의 하나"라는 것은 "사실의 진술"이 아니라 "가치판단"에 불과하다고 했는데,[2] 이에 반발한 레빈(Harry Levin)은 새뮤얼 존슨이 정전의 조건으로 내세웠던 "지속의 기간과 존경의 연속"을 근거로 "셰익스피어가 으뜸"이라고 강변했다.[3] 그런데 테일러는 존슨의 기준을 따르면 셰익스피어가 베케트(Samuel Beckett)보다 더 위대할지는 몰라도 소포클레스나 에우리피데스보다 더 위대한 것을 설명할 수 없다고 반박한다. 테일러의 반박이 생경하긴 해도, 그것은 존슨과 레빈의 논리만큼 생경하지는 않다.

---

1) Gary Taylor, *Reinventing Shakespeare: A Cultural History from the Restoration to the Present*, London: The Hogarth Press, 1990, p.379.

2) Northrop Frye, *Anatomy of Criticism: Four Essays*, Princeton: Princeton University Press, 1957, p.20.

3) Harry Levin, *Shakespeare and the Revolution of the Times: Perspectives and Commentaries*, Oxford: Oxford University Press, 1976, pp.235-260.

"셰익스피어를 아리스토텔레스의 규칙으로 재단하는 것은 자기 나라의 법에 따라 행동한 사람을 다른 나라의 법으로 재판하는 것과 마찬가지다."[4] 서론에서도 인용한 이 구절은 포프가 18세기 당시 유럽 문학을 지배하던 프랑스 신고전주의의 그늘을 벗어나 셰익스피어를 라신과 코르네유에 버금가는 고전으로 옹립하려고 한 말이다. 즉 고전문학의 보편성보다 민족문학의 독자성을 강조한 것이다. 그런데 셰익스피어가 '위대한 작가'이긴 했으나 '가장 위대한 작가'로 공인되지 못했던 18세기에는 포프의 명제가 잉글랜드의 문화민족주의 정서를 주창하는 근거였지만, 이를 거꾸로 19세기 이후 세계문학의 시금석이 된 셰익스피어에 적용하면 그의 명성으로 구축된 문화 제국주의의 아성을 부인하는 근거가 된다.

돕슨이 『민족시인 만들기』의 말미에 지적하듯이, 한쪽에는 런던의 중산층이 찬탄하고 숭배한 셰익스피어, 영국중심주의의 표상이 된 셰익스피어, 하층민과 외국인이 배제된 셰익스피어가 있었고, 다른 한쪽에는 '자연'의 보편성을 지닌 '세계시민'의 셰익스피어가 있었는데, 둘 사이에는 이미 18세기부터 조정하기 힘든 모순이 내재하고 있었다.[5] 이후 진행된 셰익스피어의 정전화는 그 모순을 은폐하고 봉합하는 과정이었다. 영국적인 것이 곧 세계적인 것이라는 왜곡된 보편 논리로 '그들의 셰익스피어'를 '우리의 셰익스피어'로 치환한 것이다.

테일러는 세계문학의 최고봉에 올라선 셰익스피어를 우주의 블

---

4) Alexander Pope, "The Preface of the Editor to The Works of William Shakespear," Rosemary Cowler(ed.), *The Prose Works of Alexander Pope: The Major Works, 1725-1744*, vol. 2, North Haven: Archon Books, 1986, p.16.

5) Michael Dobson, *The Making of the National Poet: Shakespeare, Adaptation and Authorship, 1660-1769*. Oxford: Clarendon, 1992. pp.218-219.

랙홀에 비유한다. 테일러가 강조하는 것은 항성의 자기소멸로 생겼다가 주변의 모든 물질과 빛까지 빨아들이는 블랙홀의 파괴적인 속성이다. 한때 행성이었던 셰익스피어도 항성으로 변환한 후 특이점(singularity)을 지닌 블랙홀이 되면서, 다른 작가들이 발하는 빛과 그것을 관찰하는 비평가들의 시각까지 그 소용돌이로 인해 비틀어진다는 것이다.

실제로 영문학 비평사에서 셰익스피어의 과대평가는 여타 작가들의 과소평가를 수반했다. 셰익스피어가 언어의 조탁과 인간성의 탐구를 완결했기 때문에 다른 작가들은 모두 결핍으로 간주된 것이다. 이를테면, 말로는 완곡어법이 없고, 벤 존슨은 풍자를 넘어서는 인간미가 없고, 드라이든은 언어의 유희가 없다는 식이다.[6] 이런 존재/부재의 논리가 외국 작가들, 특히 비서구 작가들에게 더 쉽게 적용된 것은 주지의 사실이다. 차이와 다양성의 옹호자인 셰익스피어로 인해 차이와 다양성의 미학이 사라진 셈이다. 거꾸로 얘기하면, 다른 작가들의 고유한 장점을 셰익스피어가 다 갖고 있지 않음에도 19세기 이후 영미 비평가들이 셰익스피어의 모자람을 치밀하게 파헤친 경우는 드물다. '오류가 없는 천재' 셰익스피어가 문학의 우열을 판가름하는 '시금석'이 되었기 때문이다.

셰익스피어도 문학의 우주에서 블랙홀이 되기 전에는 여러 별 중의 하나였다. 잉글랜드의 민족시인 자리를 놓고서도 셰익스피어는 밀턴과 치열한 경합을 벌였다. 특히 청교도혁명에서 명예혁명으로 이어진 17세기 후반의 격변기에는 오히려 밀턴이 상대적인 우위를 차지했다. 밀턴의 정치적 입장이 당시 지배 권력의 이데올로기였던 프로테스탄트 공화주의와 일치했기 때문이다. 셰익스피어의 정전화

---

6) Gary Taylor, 앞의 책, pp.386-387.

가 본격적으로 진행된 18세기와 낭만주의 시대에도 셰익스피어는 '위대한 작가'였지만 '가장 위대한 작가'는 아니었다. 잉글랜드의 문화적 자부심을 대표하는 작가로 거의 언제나 밀턴이 셰익스피어와 함께 소환되었다. 이웃 나라 프랑스의 시민혁명에 자극과 무력감을 동시에 느낀 낭만주의 시인들은 클로디어스를 즉각 처단하지 못하는 햄릿처럼 '정치적' 밀턴과 '비정치적' 셰익스피어 사이에서 계속 저울질하고 있었다.

셰익스피어의 명망에 최상급 형용사가 공공연하게 붙은 것은 19세기 빅토리아 시대 즉 영국 자본주의와 제국주의가 정점에 달했을 때였다. 19세기는 또한 목적론적 발전과 진화 담론이 대세였던 시기인데, 그 시대정신에 어울리게 "발전하는 셰익스피어 빅토리아풍 이미지"도 상한가를 달렸다. 잉글랜드의 큰 강이었던 셰익스피어는 "대영제국을 둘러싸고 또한 규정짓는 대양"이 되었고, 셰익스피어의 명망은 대영제국의 행보처럼 "확장과 분화의 단계로 접어들었다."[7] 1840년에 칼라일(Thomas Carlyle)은 셰익스피어를 "세계만민의 시편"을 쓴 "선지자이자 인류의 사제"로 추앙하기에 이른다. 아널드(Matthew Arnold)가 지적했듯이, 과학과 기술의 발달로 힘을 잃은 종교 대신에 문학이 세속적 종교가 된 시대에 "성서와 셰익스피어"는 빅토리아 영국인들에게 대등한 숭배대상이 되었다.[8]

셰익스피어가 밀턴을 제치고 최종 승자가 된 이유는 텍스트 '안'에도 존재했다. 우선 장르의 차이를 무시할 수 없었다. 셰익스피어의

---

7) 같은 책, pp.167-168.

8) Thomas Carlyle, "The Hero as Poet"(May 12, 1840), *On Heroes, Hero-Worship, and the Heroic in History*(1841), p. 180; Matthew Arnold, "A French Critic on Milton"(1877), *Prose Works*, VIII, p. 170. Gary Talyor, 앞의 책, p.167에서 재인용.

연극은 밀턴의 시보다 엘리트문화와 대중문화를 아우르는 포용력을 더 갖추고 있었다. 작가의 정치적 성향도 중요했다. 밀턴은 왕당파/의회파, 토리당/휘그당, 가톨릭/프로테스탄트 사이의 대립 구도에서 일관되게 후자 쪽으로 경도되었던 반면, 셰익스피어는 특유의 양가성과 복합성으로 인해 어느 쪽에서도 배척당하지 않았다. 사심 없음이나 초연함 혹은 불편부당으로 오독될 수 있는 셰익스피어의 정치적 둔사(遁辭)가 지속적이고 광범위한 성공 요인으로 작용한 것이다. 그 덕분에 가부장제 문화의 산물이었던 셰익스피어가 원형적 페미니스트로 재해석되었고 오리엔탈리즘의 대변인이 인종주의의 비판자로 변신할 수 있었다. 지배 이데올로기를 옹호하되 에둘러서 했기 때문에 '그들의 셰익스피어'가 때로는 '우리의 셰익스피어'도 될 수 있었다.

제2장 근대성과 식민성의 상호연관성

> "유럽 근대성이 써 내려간 찬란한 역사는 어두운 그림자를
> 수반했다. 누구에게는 계몽과 진보의 역사가 다른 누구에게는
> 박탈과 배제의 역사였다. 그리고 그 폭력의 역사는
> 물질적이고 신체적인 동시에 정신적이었다."

　본론에서 셰익스피어의 근대성과 식민성을 차례로 분석해봤다. 그러면 셰익스피어가 재현한 근대성의 징후와 식민성의 모순은 무슨 연관성이 있는가? 주지하다시피, 르네상스와 더불어 시작된 유럽 근대성의 역사는 여러 방면에서 여러 방식으로 전개되었다. 범박하게 얘기하면, 데카르트가 진수(進水)한 철학적 근대성은 신의 피조물이자 대자연의 미물(微物)이었던 인간이 만물의 영장(靈長)으로 거듭나는 과정이었다. 루터의 종교개혁, 마키아벨리의 세속적 정치철학, 몽테뉴의 회의론적 성찰, 홉스의 사회계약론 등은 모두 인간을 우주의 중심에 위치시키고 인간을 역사의 주인공으로 자리매김하려는 인본주의 사유의 산물이었다. 그 새로운 형이상학의 물결이 부르주아지로 일컬어지는 신흥중산층의 사회경제적 진출과 맞물려 태동한 것이 자본주의라는 생산양식이자 가치체계다.

　유럽을 세계의 중심으로 탈바꿈시킨 자본주의는 유럽 바깥으로 진출하여 식민제국을 건설했다. 근대성이 시간과 공간의 한계를 넘어서려는 인간의 부단한 투쟁인 바, 자본주의가 시간의 경제학이라면 식민주의는 공간의 정치학이었다. 유럽 자본주의가 또한 비유럽의

자원과 노동력에 의존하는 '세계체제'일진대, 유럽 바깥의 식민지는 근대성의 필요불가결한 물적 토대였다. 요컨대, 인본주의, 자본주의, 식민주의는 유럽 근대성의 역사를 견인한 추동력이었다.

하지만 유럽 근대성이 써 내려간 찬란한 역사는 어두운 그림자를 수반했다. 누구에게는 계몽과 진보의 역사가 다른 누구에게는 박탈과 배제의 역사였다. 그리고 그 폭력의 역사는 물질적이고 신체적인 동시에 정신적이었다. 타자의 차이를 만들어내어 주체의 정체성을 구성하고 강화하는 것이 근대성의 속성이었다. 데카르트가 주창한 사유의 주체로서의 '인간'(the Man)은 오직 유럽 백인 남성 엘리트 계층을 의미했다. 그 범주에서 제외된 '여타 인간들'(men)은 합리적 이성과 자기성찰의 능력이 결핍된 통제 대상이요 지배당해야 마땅한 익명의 덩어리에 불과했다.

그중에서도 가장 주변화되고 비인간화된 타자가 식민지 원주민이었다. 귀족/평민, 남성/여성, 기독교인/이교도 사이의 경계선을 변주하고 '우리'와 '그들'의 차이를 차별의 근거로 치환한 근대성의 논리가 백인과 흑인의 관계에도 그대로 전이되었다. 엄밀히 말하면, 유럽 내부의 성적·계급적 타자를 규정한 주체와 타자의 위계가 유럽 외부의 인종적 타자에게는 '문명'과 '야만'이라는 훨씬 더 원색적인 이분법으로 변환되었다. 유럽중심주의 시각에서 보면, 식민지 근대성은 '문명'의 주체요 중심인 유럽이 비유럽 세계에 선진 문명을 이식하고 기독교 복음을 전파해 '야만인'과 '미개인'을 물질적·정신적으로 '구원'하는 과정이었다. 그러한 문명화·근대화·유럽화 담론은 침탈과 종속의 역사를 정당화하는 이데올로기적 기제로 복무했다.

셰익스피어가 살았던 16세기 잉글랜드도 근대성의 명암을 조금씩 목격하기 시작했다. 물론 인본주의·자본주의·식민주의가 결탁한 근대성의 모순은 18세기에 들어서면서 본격적으로 발현되었지만, 근대의 여명기인 르네상스 시대에도 이미 그 징후가 나타나고 있었다. 근대 민족국가 잉글랜드를 창조하고 잉글랜드인들의 정체성을 확립하는 작업이 필연적으로 타자의 식민화 즉 타자와의 차별화를 수반했기 때문이다. 일례로, 셰익스피어의 동시대 극작가인 헤이우드는 『배우들을 위한 변론』에서 "연극은 관객들의 마음을 개조하는 힘"이 있음을 강조하면서 "잉글랜드 혈통"을 지닌 자라면 "용감한 잉글랜드 인물"이 무대에서 재현되는 것을 보고 "고귀하고 뛰어난 시도"를 본받게 된다고 주장한다. 헤이우드가 예시하는 잉글랜드 영웅이 에드워드 3세다. 에드워드 3세는 중세 잉글랜드 역사에서 강력한 통치력을 발휘하며 스코틀랜드와의 갈등을 해결하고 프랑스와의 백년전쟁을 전개해 잉글랜드인들에게 최초로 민족의식과 애국심을 고취한 인물이다. 헤이우드는 "프랑스 땅을 짓밟으며, 기세등등하던 왕을 자기 나라에서 포로로 잡고, 왕실 문장(紋章)을 4등분해 잉글랜드의 사자(獅子)를 프랑스의 백합과 병치한"[1] 에드워드 3세의 "위풍당당한 업적"을 칭송한다.[2]

계속해서 헤이우드는 "도시의 간판인 극장은 열국의 이방인들이 자기 나라의 소식을 갖고 모여드는 곳"인데, 유럽 전체에서 연극이

---

1) 에드워드 3세는 왕실 문장(royal coat of arms)을 4등분해 잉글랜드 왕실의 상징인 사자 네 마리를 왼편 하단과 우편 상단에 넣고 프랑스 왕실의 상징인 백합 세 송이를 왼편 상단과 우편 하단에 넣은 문장을 만들어, 이것을 프랑스 왕위계승권을 주장하기 위해 1340년부터 1379년까지 사용했다. 에드워드 2세와 프랑스의 이사벨라 공주 사이에 태어난 에드워드 3세는 1328년 삼촌인 샤를 4세가 사망하고 나서 모계혈통에 의해 자신이 샤를 4세의 가장 가까운 친척이라는 근거로 "프랑스 왕"임을 선언했다. 하지만 프랑스 왕위를 계승한 샤를 4세의 조카 필립 6세가 에드워드 3세의 주장을 묵살하고 그의 프랑스 봉토를 몰수하면서 양국 간의 백년전쟁이 발발하게 되었다.

2) Thomas Heywood, *An Apology for Actors*(1612), Elibron Classics, Adamant Media Corporation, 2005, p.21.

가장 발달한 도시가 런던이며, 연극의 활성화로 잉글랜드 언어도 괄목할 발전이 있었다고 주장한다. 영어는 원래 "네덜란드, 아일랜드, 색슨, 스코틀랜드, 웨일스의 언어가 혼합된 잡동사니"요 "가장 조야하고 생경한 언어"였지만, 연극무대에서 정교하고 세련되게 다듬어지면서 "가장 완벽하고 안정된 언어"로 거듭났으며, 그 결과 "한때 무시당했던 우리 언어를 많은 나라가 점점 사랑하고 있다"라고 강조한다.[3] 헤이우드의 『배우들을 위한 변론』은 청교도들의 연극 유해론(有害論)을 반박하는 동시에 연극이 잉글랜드의 정체성 확립에 불가결한 '이데올로기적 국가장치'임을 천명하고 있다.

연극무대에서도 헤이우드는 자신의 지론을 형상화한다. 잉글랜드, 스페인, 터키, 모로코 등이 각축하는 지중해를 무대로 잉글랜드 여성의 파란만장한 모험을 다룬 『서역의 미녀 아가씨』(*The Fair Maid of the West*)와 엘리자베스 1세의 생애와 스페인 무적함대 격퇴 등을 배경으로 한 『당신이 나를 모른다면 아무도 몰라』(*If You Know Not Me, You Know Nobody*) 등이 대표적인 사례다. 200편 이상의 극을 짓고 하나의 작품이 두 극장에서 동시에 공연될 정도로 당대에 최고 인기를 누린 헤이우드의 주장은 배타적 민족주의에 경도된 특정 작가의 개인적 견해라기보다는 잉글랜드인들이 공유한 '시대 정신'의 표현이라고 봐야 한다. 연극과 언어의 발전을 국력 신장의 증표로 간주한 헤이우드는 민족국가와 식민제국의 건설이 주체의 자족적 기획이 아니라 타자와의 관계 속에서 구현되는 과정임을 말하고 있다.

셰익스피어 역시 잉글랜드(인)의 주체성을 구성하기 위해 타자를 연극무대 위에 소환한 작가다. 사극에서는 중세 잉글랜드의 분열과 혼란을 반추하고, 로마 극에서는 과거의 제국 로마와 미래의 제국 잉

---

3) 같은 책, p.52.

글랜드의 유비 관계를 탐색한다. 비극에서는 주체와 타자의 만남이 파국으로 치닫는 원인을 분석하고, 낭만 희극과 후기 로맨스에서는 탈역사적 공간 속에서 이방인을 포섭하면서 또한 배제하는 양상을 보여준다. 물론 셰익스피어는 동시대의 여타 극작가들처럼 원색적으로 잉글랜드 민족주의와 식민주의를 옹호하지는 않는다.[4] 하지만 근대 민족국가 잉글랜드와 그 구성원의 정체성을 인종적·문화적 타자와의 위계적 차별화를 통해 구성하고, 계급·젠더·섹슈얼리티·종교 등의 층위에서 불거지는 근대성의 모순을 '이방인'과 '야만인'에게 전이하는 담론적 식민화 작업에 셰익스피어도 참여하고 있다.

본론 4부에서 상세히 살펴봤듯이, 초기습작에 해당하는 『타이터스 안드로니커스』를 제외하면 셰익스피어는 유연하고 세련된 방식으로 식민담론을 극화할 뿐만 아니라 기존의 잉글랜드 연극무대에서는 볼 수 없었던 다양한 색깔의 인종적·문화적 타자의 유형을 창조한다. 애런, 샤일록, 제시카, 오셀로, 클리오파트라, 캘리반 등 셰익스피어가 예시한 '이방인'과 '야만인'은 르네상스 이후의 영국·미국·서구 제국주의 역사에서 식민지 타자의 원형적 모델로 재생산되어 오고 있다. 요컨대, 셰익스피어의 근대성과 셰익스피어의 식민성은 분리해서 생각할 수 없다.

셰익스피어는 고증학적 지식이 부족해 시대착오(anachronism)의 실수를 범하긴 해도 현대 관객·독자가 공감할 수 없는 구시대적(outdated) 작가는 아니다. 이는 셰익스피어가 시대를 건너뛰는 천재 작가라서 그렇다기보다는 그가 재현한 근대성의 징후적 모순이 현재도 여전히 계속되는 현상이기 때문이다. 자본주의와 식민주의를

---

4) 대표적인 극작품으로 George Peele, *The Battle of Alcazar*, Christopher Marlowe, *Tamburlaine*, John Fletcher, *The Island Princess*, Thomas Heywood, *The Fair Maid of the West* 등을 들 수 있다.

양대 축으로 삼고 전개된 서구 근대성의 역사는 한편으로는 비서구 세계의 영토를 점유하고 인적·물적 자원을 착취하며 이를 여러 담론과 이데올로기로 정당화한 과정이지만, 다른 한편으로는 그러한 물질적·인식론적 폭력에 대한 서구 내부의 자기성찰과 비판을 심심찮게 수반한 과정이기도 하다.

대표적인 사례가 18세기 계몽주의와 20세기 포스트모더니즘이다. 흥미롭게도 근대성의 자기성찰 담론에도 셰익스피어의 흔적을 어렵잖게 찾아볼 수 있다. 가령, 계몽주의자들이 주창한 '고귀한 미개인' 담론은 '고귀한 야만인' 오셀로의 변형이고, 포스트모더니즘과 다문화주의 철학자들이 강조한 차이와 다양성은 '내부의 이방인' 샤일록과 '동방의 여왕' 클리오파트라가 예시하고 있으며, 심지어 탈식민주의 비평가들이 발굴하려는 저항 주체의 모델도 '비천한 미개인' 캘리반에게서 미리 찾아볼 수 있다. 한마디로, 서구 근대성의 '이면'인 식민주의 역사를 옹호하든 비판하든 셰익스피어는 언제든 갖다 쓸 수 있는 자원이며 끊임없이 변주되는 원형적 텍스트다.

제3장 관용의 정치학과 양가성의 미학

> "타자가 주체에게 형태와 척도를 제공해도 주체의
> 자리에는 결코 설 수 없다는 것, 이것이 셰익스피어의
> 양가성에 담긴 양면성의 논리다. 동시에 그것은
> 관용을 내세운 제국이 타자를 포섭하고 관리하는 논리다."

서론과 본론에서 셰익스피어의 정전성과 정전화는 불가분의 관계에 있으며, 셰익스피어를 정전답게 하는 미학적·정치적 핵심요인 가운데 하나가 양가성임을 작품분석을 통해 논증한 바 있다. 이제 마지막으로 정전으로서의 셰익스피어 특유의 양가성과 제국주의의 통치전략 사이의 연결고리를 찾아보고자 한다. 다시 말해서, 잉글랜드가 제국으로 발돋움하는 과정에 르네상스와 근대의 다른 정전작가들을 제치고 왜 셰익스피어가 대영제국의 '민족시인'으로 등극할 수 있었는지, 셰익스피어의 양가성과 제국주의 담론 사이에 어떠한 논리적 친연성이 있는지를 살펴볼 필요가 있다.

미국의 정치철학자 브라운(Wendy Brown)은 흔히 '톨레랑스'로 일컫는 관용(tolerance)을 서구 근대성의 가장 두드러지는 성취이자 한계로 꼽았다. 브라운의 비판적 분석에 따르면, 관용은 주체 구성의 담론이자 통치성(governmentality)의 전략이다. 관용은 "초월적이고 보편적인 개념, 원리, 원칙, 미덕이라기보다 목적과 내용, 주체와 대상에 따라 다양한 역사적·지리적 변형태를 지니는 정치적 담론이자 통치성의 실천"이었다. 정치적 실천으로서의 관용은 지배자에 의

해 부여되었으며, 피지배자에게 보호와 포섭을 제안하면서도 언제나 지배를 표현하는 양식으로 전개되었다. 따라서 관용은 폭력의 반대개념이 아니라 종종 폭력을 정당화하는 명분으로 동원되었다. 서구 사회에서 관용의 대상은 신앙에서 인간으로 전환되었다. 과거에는 다른 종교나 신념이 관용의 대상이었다면, 19세기부터는 그 대상이 특정 인종이나 존재였다. 이를테면 19세기에는 유대인, 20세기에는 공산주의자, 21세기에는 회교도가 관용의 대표적인 대상이다.

관용이 지배 전략으로 쓰이는 방식은 간단하지 않다. 브라운에 따르면, 이성애자 여성은 남녀평등의 대상이지만 동성애자 여성은 관용의 대상이다. 이성애자는 기존 사회질서가 수용할 수 있어도 동성애자는 그럴 수 없으므로 평등이 아닌 관용의 대상이 된다. 바꿔 얘기하면, "관용은 평등의 확장이 아니라 평등의 대리보충으로 등장한다." 부족한 정당성을 보강하기 위해 관용의 언어와 정책이 필요한 국가는 관용의 대상을 만들어서 '그들'을 관리해야 한다. 따라서 관용의 뒤에는 언제나 폭력이 따라다닐 수밖에 없다. '용인될 수 없는 차이'를 지닌 관용의 대상들은 국가가 정한 선을 넘으려 하면 곧바로 폭력에 노출된다. 미국인으로 살려는 '착한 회교도'가 다른 삶을 생각하는 순간 그는 '테러리스트'가 된다. 테러리스트에게는 관용이 없다. "오늘날에도 개인은 예전 공동체에 대한 공적 애착과 충성을 버리고 새로운 공동체에 충성을 바칠 때, 즉 하나의 민족주의를 다른 민족주의로 대체할 때만 관용의 대상이 될 수 있다." 이처럼 서구 사회는 '야만'을 창조하고 관리하면서 관용해왔다. 미국 경우도 자유주의가 관용의 통치술이다. 자유주의는 다문화주의적 관용에 스며있는 통치술을 부정하며 관용을 탈정치적 가치로 내세우지만 실은 '정치의 문화화'에 앞장선다. 자유주의는 앵글로색슨 문화 이외의 '다른' 문화를 '주변'으로 규정하고 관용의 원리에 따라 타자를 훈육

하고 계몽한다.[1]

겉으로는 차이의 포용과 포섭을 표방하면서 실제로는 차이를 차별의 명분으로 이용하는 관용의 정치학은 20세기 미국뿐 아니라 로마를 비롯한 역사상 위대한 제국의 통치술이다. 제국의 흥망성쇠 과정을 보면, 확장기에는 피정복자에 대한 관용 정책을 시행하다가 쇠퇴기에 접어들면 경직되고 편협한 노선으로 전환한다. 인종적·문화적 타자를 받아들일 수 있는 '용량'(capacity)이 다 찼다고 생각하는 순간 '바깥'을 향한 문을 걸어 잠그는 것이다. 21세기 미국이 예시하듯이, 관용에서 비관용으로의 전환은 제국의 위기를 반증하는 징조다. 거꾸로 말하면, 포용력은 강건한 제국의 조건이다.

셰익스피어를 창조했고 또한 셰익스피어가 창조한 영국 제국도 예외가 아니다. 로마를 모델로 삼고 위대한 제국의 건설을 꿈꾼 영국으로서는 배타적 민족주의보다 포용적 다문화주의가 더 시의적절한 이데올로기였다. 유연하고 포괄적인 통치 전략이 요구되었기 때문이다. 셰익스피어는 그러한 이데올로기적 요구를 잘 충족하는 작가다. 리틀이 지적한 것처럼, 셰익스피어는 동시대의 타자 담론을 다른 방식으로 접근하는 작가다. 하지만 셰익스피어가 자신의 문화를 대안적으로 읽어내었다고 해서 그가 자동적으로 또는 필연적으로 주변화된 자들을 주변부의 시각에서 대변했다는 것은 아니다. 셰익스피어는 가장 신중하면서도 가장 도발적으로 타자의 문제를 재현한 초기 근대 잉글랜드 작가 가운데 한 사람이다.[2] 얼핏 보면, 셰익스피어는 자신의 편파적인 시각을 노골적으로 표명하지 않기 때문에 비

---

1) Wendy L. Brown, *Regulating Aversion: Tolerance in the Age of Identity and Empire*, Princeton: Princeton University Press, 2006, pp.24-32, 44.

2) Arthur L. Little Jr. *Shakespeare Jungle Fever: National-Imperial Revisions of Race, Rape, and Sacrifice*, Cambridge: Cambridge University Press, 2001, p.10.

정치적이라고 할 수 있다. 그런데 주체와 타자 또는 지배자와 피지배자의 목소리를 병치하는 것은 정치적 균형감각을 견지하는 것처럼 보이게 하는 서사 전략의 일환이다. 이러한 셰익스피어 특유의 유연한 정치성을 담보하는 서사 전략이 바로 셰익스피어 정전화의 핵심 논리인 양가성이다.

셰익스피어가 '무어인' '이방인' '야만인' '유색인' '니그로' 등으로 호명되는 인종적·문화적 타자를 재현한 일관된 방식은 전복과 봉쇄의 이중 전략이다. '그들'이 스스로 목소리를 발화하고 때로는 '우리'의 모순을 드러내는 체제 비판적인 역할을 하지만, '그들'은 '우리'를 대체하거나 '우리'와 대등한 주체가 될 수 없을 뿐 아니라 결국 '우리'의 포용력을 시험하고 확인해주는 배경으로 남게 된다. 주체가 타자와의 차이를 통해 비로소 정체성을 형성하는 상호관계 속에서, 타자는 주체의 주체성을 제한하고 그것에 의미를 부여하는 변증법적 상대로만 존재한다. 타자가 주체에게 형태와 척도를 제공해도 주체의 자리에는 결코 설 수 없다는 것, 이것이 셰익스피어의 양가성에 담긴 양면성의 논리다. 동시에 그것은 관용을 내세운 제국이 타자를 포섭하고 관리하는 논리다. 근대성의 자기성찰인 18세기 계몽주의와 20세기 포스트모더니즘·다문화주의 담론에서도 서구 백인 남성이 여러 소수자와 주변인에게 '자리'를 내주면서 '주도권'은 쥐고 있는 상황이 변한 적이 없다. 오히려 타자에게 일시적으로 '말하는 주체'가 되는 기회를 허용하고 불평과 불만을 발화하도록 놔둠으로써 제국의 기반은 더욱 탄탄해진다. 이러한 제국의 전략은 셰익스피어가 타자를 재현한 방식과 정확히 일치한다.

가히 양가성의 귀재라고 할 만한 셰익스피어는 정전의 조건을 갖춘 동시에 제국의 전략을 미학적으로 구현한 작가다. 셰익스피어가 영국에서 미국으로 이어지는 앵글로색슨 제국의 문화적 아이콘이 될 수 있었던 것도 그가 타자를 '다루는' 방식이 관용이라는 제국의 통치전략과 맞닿아 있기 때문이다. 셰익스피어는 한편으로는 제국주의 역사 덕분에 세계문학의 정전이 되었지만, 다른 한편으로는 정전이 될 수 있는 내재적 조건을 스스로 갖추고 있었다. 셰익스피어는 정전성과 정전화, 즉 텍스트 '안'의 미학적 조건과 '바깥'의 정치적 요인이 맞물려서 '제국의 정전'으로 발돋움한 것이다.

제4장 프로스페로의 책, 캘리반의 시각

> "저항은 셰익스피어를 원천적으로 거부하거나 배제하는 것이
> 아니라 셰익스피어와 씨름하면서 그가 지배 이데올로기에
> 복무하는 방식을 조명하고 보편과 객관으로 포장된
> 그의 신화적 권위에 균열을 가하는 것을 의미한다."

 이 책에서 셰익스피어의 양가성은 공교롭게도 논의의 시발점과 종착점이 되어버렸다. 서론에서는 셰익스피어의 양가성을 역사화해서 재해석해야 할 이유를 얘기했고, 본론에서는 셰익스피어의 양가성이 정치적 중립이나 균형으로 치환될 수 없음을 작품분석을 통해 논증했으며, 결론에서는 그 양가성이 논리적으로 제국의 통치 전략과 연계된다는 것을 되짚어봤다. 어떻게 보면, 블룸이 미학적 측면에서 강조한 "셰익스피어만의 혹은 셰익스피어다운 차이"를 정치적 층위에서도 확인한 셈이다. 물론 블룸처럼 형식주의 관점에서 강조하는 셰익스피어의 양가성과 이 책에서 탈식민주의 시각으로 재해석하는 셰익스피어의 양가성은 논의의 맥락도 효과도 전혀 다르다. 하지만 양가성에 기초한 셰익스피어의 정전성과 정전화를 양가성의 분석 틀 안에서(또는 그것에 빗대어) 비판하는 작업은 논리적 모순으로 역비판 받을 수 있을 뿐 아니라 셰익스피어와 연관된 지배 담론을 재생산하는 위험에서도 자유롭지 못하다. 셰익스피어 신화를 해체하려는 시도가 부지중에 또 다른 셰익스피어 신화 창조에 일조하게 되는 셈이다.

그래서 테일러는 셰익스피어라는 블랙홀이 "문화적 공간·시간을 뒤틀어버리고 세상을 바라보는 우리의 시각을 왜곡"시키며, 그 결과 독자들은 문학적 "사대주의"(sycophancy)의 위험에 빠지게 된다고 경고한다.[1] 셰익스피어가 거부하기 힘든 신화이자 정체를 드러내지 않은 이데올로기이며, 디지털 시대에도 각종 지식산업을 뒷받침하는 제도인 동시에 자기복제와 재생산 능력을 지닌 문화자본이라는 점을 고려할 때, 테일러의 경고는 지극히 타당하며 시의적절하다. 특히 비서구 독자들로서는 예나 지금이나 서구 문화제국주의의 포교사로 활동해온 셰익스피어의 위상을 생각하면, 셰익스피어가 그냥 큰 별이 아니라 블랙홀이라는 지적은 귀담아들어야 할 충고다.

그렇다면 셰익스피어의 폐기처분이 가장 바람직한 해결책인가? 그것이 또한 가능한 일이기는 한가? 이 책은 그렇지 않다는 비관적인 결론에서 출발했다. 서론에서 소개한 블룸식의 셰익스피어 예찬에 거부감을 지닌 독자라면, 억압의 기제로 작용해온 셰익스피어를 저항의 수단으로 전유할 수도 있다는 것을 기억해야 한다. 여기서 저항은 셰익스피어를 원천적으로 거부하거나 배제하는 것이 아니라 셰익스피어와 씨름하면서 그가 지배 이데올로기에 복무하는 방식을 조명하고 보편과 객관으로 포장된 그의 신화적 권위에 균열을 가하는 것을 의미한다. 이는 셰익스피어를 억압과 저항이 공존하는 텍스트로 간주하고 그 속에 들어가서 모순과 틈새를 드러내는 작업이다. 이 책을 쓴 목적도 셰익스피어가 가치 중립적이지 않고 이데올로기에서 초연하지 않음을 밝히기 위해서다.

여기서 거의 반세기 전에 아체베와 응구기가 펼쳤던 영어 제국주의 논쟁을 잠시 되새겨보자. 아프리카 탈식민 문학의 양대 효시로 평

---

1) Gary Taylor, 앞의 책, p.410.

가받는 아체베와 응구기는 영어를 아프리카 문학의 매개어로 사용할지를 두고 상반된 입장을 피력한 바 있다. 아체베는 나이지리아를 예로 들어 '민족 문학'은 상호 소통이 불가능한 부족 언어들로 쓴 문학이 아니라 다수의 나이지리아 국민이 접근할 수 있는 영어로 쓴 문학이며, 식민주의는 "우리에게 노래를 선물하지 않았지만 적어도 함께 탄식할 수 있는 말은 가져다주었다. 오늘날 전국적으로 통하는 언어는 좋든 싫든 영어뿐이다"라는 현실론을 개진한다.[2]

반면에 이런 아체베의 입장을 두고 제국주의의 승리를 당연시하는 숙명론의 표본으로 규정한 응구기는 "아프리카는 유럽 언어 없이는 아무것도 못 한다는 작가와 아프리카는 제국주의 없이는 못 산다는 정치가가 무엇이 다른가?"라고 반문한다.[3] 응구기는 식민지 역사에서 "대포는 우리의 몸을 짓이겼고 학교는 우리의 얼을 빼앗았다. 총알은 물질적 정복의 수단이었지만 언어는 정신적 정복의 수단이었다"라고 주장하며,[4] 영어는 "정신의 탈식민화"를 위한 수단이 될 수 없음을 강조한다. 그리하여 응구기는 식민지 유산의 청산을 위해 기독교 세례명(James Ngugi)을 버리고 기쿠유 언어로만 글을 쓰면서 자신이 소속된 케냐 나이로비대학의 영문과를 폐지하고 대신에 아프리카 문학을 '중심'에 그리고 아시아 문학, 카리브 문학, 유럽 문학 등을 '주변'에 재배치하는 제도개혁을 주도하기도 했다.[5]

'아프리카적 사건'이었던 아체베와 응구기의 논쟁을 지금 여기에

2) Chinua Achebe, "The African Writer and the English Language," *Morning Yet on Creation*, New York: Anchor Press, 1975, pp.95-96.

3) Ngũgĩ wa Thiong'o, *Decolonizing the Mind: The Politics of Language in African Language*, London: James Curry, 1986, p.26.

4) 같은 책, p.9.

5) Ngũgĩ wa Thiong'o, *Homecoming: Essays on African and Caribbean Literature, Culture, and Politics*, London: Heinemann, 1972, p.150.

소환하는 이유는 그것이 비서구 독자들이 셰익스피어와 교섭하는 데도 적잖은 시사점을 던져주기 때문이다. 응구기의 당위론과 아체베의 현실론은 문화제국주의에 저항하는 두 가지 방식을 대변한다. 그런데 이 둘을 양자택일이 아닌 상호보완의 관계로 파악할 필요가 있다. 응구기가 주창한 '거부'가 탈식민주의의 욕망이요 의지라면, 아체베가 구현한 '전유'는 그것을 실천하기 위한 수단이다.[6] 셰익스피어를 대하는 방식도 마찬가지다. 이 책 제목이 전제하듯이 우리가 셰익스피어를 '제국의 정전'으로 접근한다면, 응구기 식의 원칙주의와 아체베식의 현실주의를 병행하는 전략이 더 생산적일 수 있다. '혼종성'은 탈식민 시대의 존재론적 현실인 동시에 탈식민주의의 인식론적 토대이기도 하다. 아체베가 '영어로 쓴 아프리카 문학'을 옹호한 이유도 그것을 지배 담론과 저항 담론이 마주치는 전쟁터로 인식했기 때문이다. 한동안 영어와 영문학을 제국주의의 수화물로 규정하며 문화민족주의 입장을 견지했던 '언어의 투사' 응구기도 케냐의 독재정권에 항거하다가 추방되고 나서 지금은 미국에서 활동하면서 영어와 영문학을 문화제국주의 비판의 장(場)으로 삼고 있다.[7] '영문학의 아버지'이자 '제국의 정전'인 셰익스피어를 우리도 그러한 방식으로 마주할 수 있지 않을까?

최근에 응구기가 『글로벌렉틱스』(*Globalectics*)라는 흥미로운 제목의

---

6) 아체베와 응구기의 논쟁에 관한 더 자세한 논의는 이경원, 『검은 역사 하얀 이론: 탈식민주의의 계보와 정체성』, 한길사, 2011, pp.299-323을 참고할 것.

7) 영국 리즈대학 대학원에서 영문학을 공부한 응구기는 케냐에 돌아와 반체제활동을 하다가 국외로 추방되었다. 이후 스웨덴에서 연극을 공부하다가 미국으로 건너간 응구기는 예일대학과 뉴욕대학에서 교수 생활을 했고, 현재는 캘리포니아대학(UC Irvine)의 영문학과·비교문학과 석좌교수로 재직하며 저술 활동을 이어가고 있다. 응구기는 최근 몇 년간 노벨문학상의 유력한 수상 후보로 거론되어왔다.

평론집을 내놓았다. '글로벌렉틱스'란 세계(global)와 방언(dialect) 사이의 변증법(dialectics)을 의미하는 합성어로, 21세기 세계질서가 미국 중심에서 다극(多極) 체제로 재편되어가는 상황에서 문화의 영역에서도 이에 어울리는 패러다임을 정립하고자 제시한 개념이다. 지구가 둥글 듯이, 전(全) 지구적 시대에 각국의 문학도 제국주의의 유산인 중심/주변의 이분법을 넘어서 대등한 가치와 위상을 지니고 다원적 대화(multi-logue)를 시도하자는 것이다. 응구기는 헤겔의 주인/노예 변증법, 괴테의 세계문학론, 들뢰즈의 덩굴줄기(rhizome) 개념에 빗대어 구전문학(orature)과 문학, 그리고 민족문학과 세계문학 사이의 위계를 해체하고, 과거 식민자와 피식민자의 불균등한 갈등 관계를 극복할 수 있는 대안을 문학에서 모색한다. 그는 자신이 지향하는 문학의(그리고 문학을 통한) "탈식민화"는 "세계 언어들로 쓴 문학들이 전 지구적 문제의식 안에서 제휴, 유대, 연합"하는 것이며, 그것은 "과정"이라고 규정한다.[8]

응구기의 제안은 다분히 이상론적이다. 영어·영문학·셰익스피어로 대표되는 문화제국주의와 그 배후에 작동하는 글로벌자본주의의 헤게모니는 엄연한 현실이다. "오늘날 전국적으로 통하는 언어는 좋든 싫든 영어밖에 없고, 내일이 되면 다른 언어로 대체될지 몰라도 그 가능성은 희박하다"[9]라던 아체베의 지적이 거의 반세기가 지난 지금도 나이지리아뿐 아니라 '지구촌' 차원에서도 여전히 유효하다. 게다가 '글로벌렉틱스' 이론은 "식민지 바지를 입은 셰익스피어"를 거부하며 "정신의 탈식민화"와 "중심의 이동"을 외쳤던 변방의 지식인이 미국의 상아탑에 안착하면서 반자본주의·반제국주의 비판의

---

8) Ngũgĩ wa Thiong'o, *Globalectics: Theory and the Politics of Knowing*, New York: Columbia University Press, 2012, p.49.
9) Chinua Achebe, 앞의 글, p.96.

예봉을 스스로 순치(馴致)한 듯한 느낌을 준다.[10]

하지만 거꾸로 생각하면, 응구기가 제안하는 다양한 민족 문학들의 제휴와 연대는 『햄릿』이나 『리어왕』을 『마하바라다』(*Mahabharata*)와 『라마야나』(*Ramayana*)보다 더 위대한 정전으로 당연시하는 세계 문학의 지형도를 재편하고픈 강력한 저항 의지를 표명한 것이기도 하다.[11] 응구기는 "영어가 피지배 언어들의 무덤 위에서 자라났고" "영문학은 문학 피라미드의 꼭대기에 서 있으며" "셰익스피어는 영국 제국주의 권력의 화신"임을 누구보다 더 절실히 체감하고 그것을 극복하려고 애쓴 지식인이다.[12] 세계문학의 변증법을 지향하는 '글로벌렉틱스'는 바로 그 제국의 언어와 문학을 '꼭대기'에서 끌어내리려는 기획의 일환이다.

지금처럼 글로벌자본주의의 헤게모니가 존속되는 한, 세계체제 '바깥'에 서는 것은 어차피 불가능하다. 더구나 셰익스피어가 없어져도 누군가가 그의 자리를 대체하게 마련인 상황에서, 셰익스피어

---

10) Edward Wilson-Lee, *Shakespeare in Swahililand: In Search of a Global Poet*, New York: Farrar, Straus and Giroux, 2016, p.218. "식민주의 바지를 입은 셰익스피어"(Shakespeare in Colonial Trousers)는 응구기가 다녔던 케냐의 연합고등학교(Alliance School)에서 영국 식민지배의 홍보수단으로 복무한 신교육과 영문학을 상징하는 표현이다. "정신의 탈식민화"와 "중심의 이동"은 응구기의 저서 *Decolonizing the Mind: The Politics of Language in African Literature*, London: James Currey, 1986과 *Moving the Center: The Struggle for Cultural Freedoms*, Oxford: James Currey, 1993의 제목에서 따온 구절이다.

11) 『마하바라다』와 『라마야나』는 산스크리트어로 쓴 고대 인도의 서사시로서, 응구기가 영문학과 문화제국주의의 연관성을 주제로 한 인터뷰에서 셰익스피어에 비견될 만한 비서구 세계의 고전으로 거론한 작품이다. Tanuj Raut, "Interview with Professor Ngũgĩ wa Thiong'o," Rianna Walcott(ed.),https://projectmyopia.com/interview-with-professor-ngugi-wa-thiongo/, December 11, 2017.

12) 같은 글, "Interview with Professor Ngũgĩ wa Thiong'o."

폐기론이나 무용론은 실효성 있는 대안이 되기 어렵다. '프로스페로 의 책'은 늘 우리 곁에 있을 수밖에 없다. 우리가 할 수 있고 또한 해야 하는 일은 그 책을 캘리반의 시각으로 다시 읽는 작업이다. 혹여 셰익스피어가 인종주의와 제국주의 이데올로기를 문학의 이름으로 정당화하지 않는지, 그의 신화적 권위로 인해 '정신의 식민화'에 무방비로 노출되지는 않는지 끊임없이 되짚어보는 작업을 '셰익스피어를 통해' 하는 것이다. 캘리반이 프로스페로의 힘을 두려워하면서도 '배워서 욕하는' 전략을 고수하는 한, 프로스페로가 구축하려는 제국의 위계질서는 공고해질 수 없고 영구적일 수도 없다.

이 책을 집필하는 동안 내내 마음에 둔 구절이 하나 있다. 그것은 캘리반의 염원을 담은 응구기의 문구다. 이 책을 끝맺는 마지막 문장을 그 구절로 대신하고 싶다. "자신을 노예로 인정하지 않는 노예는 결코 온전한 노예가 아니다."[13]

---

13) Ngũgĩ wa Thiong'o, "Literature and Society: The Politics of the Canon," *Writers in Politics: A Re-engagement with Issues of Literature and Society*, Oxford: James Currey, 1997, p.8.

참고문헌

김상봉, 『자기의식과 존재사유: 칸트철학과 근대적 주체성의 존재론』, 한길사, 1998.

김종환, 『셰익스피어와 타자』, 동인, 2006.

박홍규, 『셰익스피어는 제국주의자다』, 청어람미디어, 2005.

양석원, 『욕망의 윤리: 라캉 정신분석과 예술·정치·철학』, 한길사, 2018.

이경원, 『검은 역사 하얀 이론: 탈식민주의의 계보와 정체성』, 한길사, 2011.

─────, 「문제는 여전히 제국주의다: 탈식민주의 작가 응구기 와 시옹오가 바라보는 세계문학의 지평」, 『작가세계』 111호(2016년 겨울), 390-406쪽.

─────, 『파농: 니그로, 탈식민화와 인간해방의 중심에 서다』, 한길사, 2015.

이상섭, 『영미비평사 1: 르네상스와 신고전주의 비평(1530-1800)』, 민음사, 1996.

─────, 『영미비평사 2: 낭만주의에서 심미주의까지(1800-1900)』, 민음사, 1996.

이석구, 『저항과 포섭 사이: 탈식민주의 이론에 대한 논쟁적인 이해』, 소명출판, 2016, 710-717쪽.

이현석, 『작가생산의 사회사: 윌리엄 셰익스피어와 문학 제도의 형성』, 경성대학교출판부, 2003.

임철규, 『고전: 인간의 계보학』, 한길사, 2016.

─────, 『눈의 역사 눈의 미학』, 한길사, 2004.

제베데이 바르부, 『역사심리학』, 임철규 옮김, 창작과비평사, 1983.

Achebe, Chinua, "The African Writer and the English Language," *Morning Yet on Creation*, New York: Anchor Press, 1975, pp.91-104.

Adams, Hazard(ed.), *Critical Theory Since Plato*, New York: Harcourt Brace Jovanovich, 1971.

Adams, Stephen, *The Best and Worst Country in the World: Perspectives on the Early Virginia Landscape*, Charlottesville: University Press of Virginia, 2001.

Adelman, Janet. *Blood Relations: Christian and Jew in 'The Merchant of Venice,'* Chicago: The University of Chicago Press, 2008.

———, *Suffocating Mothers: Fantasies of Maternal Origin in Shakespeare's Plays, 'Hamlet' to 'The Tempest'*, London: Routledge, 1992.

Akhimie, Patricia, *Shakespeare and the Cultivation of Difference: Race and Conduct in the Early Modern World*, London: Routledge, 2018.

Alexander, Catherine(ed.), *Shakespeare and Race*, Cambridge: Cambridge University Press, 2001.

Altman, Joel B, "Vile Participation: The Amplification of Violence in the Theater of *Henry V*," *Shakespeare Quarterly* 42(1991), pp.1-32.

Alvis, John, "The Coherence of Shakespeare's Roman Plays," *Modern Language Quarterly* 40:2(June 1979), pp.115-134.

Amussen, Susan Dwyer, *An Ordered Society: Gender and Class in Early Modern England*, New York: Columbia University Press, 1988.

Antonucci, Barbara, "Romans versus Barbarians: Speaking the Language of the Empire in *Titus Andronicus*," *Identity, Otherness and Empire in Shakespeare's Rome*, Maria Del Sapio Garbero(ed.), London: Routledge, 2009, pp.119-130.

Appiah, Anthony. "Race," *Critical Terms for Literary Studies*, Frank Lentricchia and Thomas McLaughlin(eds.), Chicago: The University of Chicago Press, 1990, pp.274-287.

Aristotle, *Poetics, Critical Theory Since Plato*, Hazard Adams(ed.), New York: Harcourt Brace Jovanovich, 1971.

Armitage, David, *The Ideological Origins of the British Empire*. Cambridge: Cambridge

University Press, 2000.

Asimov, Issac, "The Immortal Bard"(1954), *The Best Science Fiction of Issac Asimov*, New York: Doubleday, 1986.

Barber, C. L., *Shakespeare's Festive Comedy: A Study of Dramatic Form and Its Relation to Social Custom*, Princeton: Princeton University Press, 1959.

Barker, Deborah, and Ivo Kamps(eds.), *Shakespeare and Gender: A History*. London: Verso, 1995.

Barker, Francis, *The Culture of Violence: Essays on Tragedy and History*, Manchester: Manchester University Press, 1993.

Bartels, Emily C., "Making More of the Moore: Aaron, Othello, and Renaissance Refashioning of Race," *Shakespeare Quarterly* 41:4(1990), pp.433-454.

———, *Speaking of the Moor from 'Alcazar' to 'Othello'*, Philadelphia: University of Pennsylvania Press, 2008.

Barthelemy, Anthony Gerard, *Black Face, Maligned Race: The Representation of Blacks in English Drama from Shakespeare to Southerne*, Baton Rouge: Louisiana State University Press, 1987.

Barthes, Roland, "The Death of the Author," *Image-Music-Text*, Stephen Heath(trans.), New York: Hill and Wang, 1977, pp.142-148.

Bean, John C., "Comic Structure and the Humanizing Kate in *The Taming of the Shrew*," *The Woman's Part: Feminist Criticism of Shakespeare*, Carolyn Lenz, Gayle Greene, and Carol Thomas Neely(eds.), Urbana Champaign: University of Illinois Press, 1983, pp.65-99.

Bhabha, Homi K., *The Location of Culture*, London: Routledge, 1994.

Bliss, Robert M., *Revolution and Empire: English Politics and the American Colonies in the Seventeenth Century*, Manchester: Manchester University Press, 1990.

Bloom, Harold, *The Western Canon: The Books and School of the Ages*, New York: Harcourt Brace & Company, 1994.

———, *Shakespeare: The Invention of the Human*, New York: Riverhead Books, 1998.

Bohannan, Laura, "Shakespeare in the Bush," *Natural History* 75(1966), pp.301-315.

Bolding, Ronald J., "Anglo-Welsh Relations in *Cymbeline*," *Shakespeare Quarterly* 51(2000), pp.33-66.

Bondanella, Peter, *The Eternal City: Roman Images in the Modern World*, Chapel Hill: The University of North Carolina Press, 1987.

Boose, Lynda, "'The Getting of a Lawful Race': Racial Discourse in Early Modern England and the Unpresentable Black Woman," *Women, 'Race', and Writing in the Early Modern Period*, Margo Hendricks and Patricia Parker(eds.), London: Routledge, 1994, pp.32-54.

Bovilsky, Lara, *Barbarous Play: Race on the English Renaissance Stage*, Minneapolis: University of Minnesota Press, 2008.

Bowers, Fredson, *Hamlet as Minister and Scourge*, Charlottesville: University Press of Virginia, 1989.

Braden, Gordon, *Renaissance Tragedy and the Senecan Tradition: Anger's Privilege*, New Haven: Yale University Press, 1985.

Bradley, A. C., *Shakespearean Tragedy: Lectures on Hamlet, Othello, King Lear, Macbeth*(1904), New York: Meridian Books, 1955.

Brantlinger, Patrick, *Who Killed Shakespeare: What's Happened to English since the Radical Sixties*, New York: Routledge, 2001.

Braudel, Fernand, *The Mediterranean and the Mediterranean World in the Age of Philip II*(1949), vol.2, S. Reynolds(trans.), Berkeley: University of California Press, 1973.

Breitenberg, Mark, *Anxious Masculinity in Early Modern England*. Cambridge: Cambridge University Press, 1996.

Bristol, Michael, *Carnival and Theater: Plebeian Culture and the Structure of Authority in Renaissance England*, London: Routledge, 1985.

——, *Shakespeare's America, America's Shakespeare*, London: Routledge, 1990.

Britton, Dennis Austin, *Becoming Christian: Race, Reformation, and Early Modern English Romance*, New York: Fordham University Press, 2014.

Brown, Ivor, and George Fearson, *The Shakespeare Industry: The Amazing Monument*, New York: Harper and Brothers, 1939.

Brown, Paul, " 'This Thing of Darkness I Acknowledge Mine' : *The Tempest* and the Discourse of Colonialism," *Political Shakespeare: New Essays in Cultural Materialism*, Jonathan Dollimore and Alan Sinfield(eds.), Ithaca: Cornell University Press, 1985, pp.48–71.

Brown, Wendy L., *Regulating Aversion: Tolerance in the Age of Identity and Empire*, Princeton: Princeton University Press, 2006.

Burckhardt, Jacob, *The Civilization of the Renaissance in Italy*(1860), London: Phaidon Press, 1951.

Burrow, John, *A Liberal Descent: Victorian Historians and the English Past*, Cambridge University Press, 1981.

Bushnell, Rebecca W. *Tragedies of Tyrants: Political Thought and Theater in the English Renaissance*, Ithaca: Cornell University Press, 1990.

Callaghan, Dympna(ed.), *A Feminist Companion to Shakespeare*, Oxford: Wiley Blackwell, 2016.

――――, *Shakespeare Without Women: Representing Gender and Race on the Renaissance Stage*, London: Routledge, 2000.

Campbell, Lilly B. *Shakespeare's "History": Mirrors of Elizabethan Policy*, London: Methuen, 1964.

Cantor, Paul A., *Shakespeare's Roman Trilogy: The Twilight of the Ancient World*, Chicago: The Chicago University Press, 2017.

Chapman, Matthieu, *Anti-Black Racism in Early Modern English Drama*, London: Routledge, 2017.

Charnes, Linda, *Hamlet's Heirs: Shakespeare and the Politics of a New Millennium*, New York: Routledge, 2006.

――――, *Notorious Identity: Materializing the Subject in Shakespeare*, Cambridge: Harvard University Press, 1995.

Charney, Maurice, *Shakespeare's Roman Plays: The Function of Imagery in the Drama*, Cambridge: Harvard University Press, 1961.

Cixous, Hélène, "Stories. Out and Out. Attacks/Ways out/Forays," *The Newly Born Woman*, Hélène Cixious and Catherine Clément(eds.), Betsy Wing(trans.),

Minneapolis: University of Minnesota Press, 1986, pp.63-100.

Clough, Arthur(ed.), *Plutarch: Lives of the Noble Grecians and Romans*, Oxford: Benediction Classics, 2010.

Cohen, Richard A., *Ethics, Exegesis, and Philosophy: Interpretation after Levinas*, Cambridge: Cambridge University Press, 2001.

Cohen, Walter, *Drama of Nation: Public Theater in Renaissance England and Spain*, Ithaca: Cornell University Press, 1985.

———, "*The Merchant of Venice* and the Possibilities of Historical Criticism," *Materialist Shakespeare: A History*, Ivo Kamps(ed.), London: Verso, 1995, pp.71-92.

Collinson, Patrick, *The Birthpangs of Protestant England: Religious and Cultural Change in the Sixteenth and Seventeenth Centuries*, London: Palgrave Macmillan, 1988.

Connell, Raewin, *Gender and Power: Society, the Person, and Sexual Politics*, Stanford: Stanford University Press, 1987.

———, *Masculinities*, Cambridge: Cambridge University Press, 1995.

Crane, Mary Thomas, "Roman World, Egyptian Earth: Cognitive Difference and Empire in Shakespeare's *Antony and Cleopatra*," *Comparative Drama* 43(Spring 2009), pp.1-17.

Daileader, Celia R., *Racism, Misogyny, and the Othello Myth: Inter-racial Couples from Shakespeare to Spike Lee*, Cambridge: Cambridge University Press, 2005.

D'Amico, Jack, *The Moor in English Drama*, Tampa: University of South Florida Press, 1991.

da Vinci, Leonardo, *Treaties on Painting*(1632), A.P. McMahon(ed. and trans.), Princeton: Princeton University Press, 1956.

Dean, Paul, "Tudor Humanism and the Roman Past: A Background to Shakespeare," *Renaissance Quarterly* 41:1(Spring 1988), pp.84-111.

de Grazia, Margreta, *'Hamlet' without Hamlet*, Cambridge: Cambridge University Press, 2007.

Derrida, Jacques, *Memoirs of the Blind: The Self-Portrait and Other Ruins*, Pascale-Anne Brault and Michael Naas(trans.), Chicago: The University of

Chicago Press, 1993.

Descartes, René, *Discourse on Method, Optics, Geometry and Meteorology*, Paul J. Olscamp(trans.), Indianapolis: Hackett, 1965.

————, *Meditations on First Philosophy*(1641), Elizabeth S. Haldane(trans.), Cambridge: Cambridge University Press, 1911.

Dobson, Michael, *The Making of the National Poet: Shakespeare, Adaptation and Authorship, 1660-1769*, Oxford: Clarendon, 1992.

Dollimore, Jonathan, *Radical Tragedy: Religion, Ideology and Power in the Drama of Shakespeare and His Contemporaries*, Chicago: The University of Chicago Press, 1984.

————, and Alan Sinfield(eds.), *Political Shakespeare: New Essays in Cultural Materialism*, Ithaca: Cornell University Press, 1985.

Drakakis, John(ed.), *Alternative Shakespeare*, London: Methuen, 1985.

Dryden, John, "An Essay of Dramatic Poesy"(1668), *Critical Theory Since Plato*, Hazard Adams(ed.), New York: Harcourt Brace Jovanovich, 1971, pp.228-257.

Dusinberre, Juliet, *Shakespeare and the Nature of Woman*, London: Macmillan, 1975.

Eagleton, Terry, *Sweet Violence: The Idea of Tragedy*, Oxford: Blackwell, 2003.

————, *William Shakespeare*, Oxford: Blackwell, 1986.

Edwards, Philip, *Threshold of a Nation: A Study in English and Irish Drama*, Cambridge: Cambridge University Press, 1979.

Eliot, T.S., "Hamlet and His Problem"(1919), in Hazard Adams(ed.), *Critical Theory since Plato*, New York: Harcourt Brace Jovanovich, 1971, pp.788-790.

Egan, Gabriel, *Shakespeare and Marx*, Oxford: Oxford University Press, 2004.

Escobedo, Andrew, "From Britannia to England: *Cymbeline* and the Beginning of Nations," *Shakespeare Quarterly* 59(Spring 2008), pp.60-87.

Evans, K. W., "The Racial Factor in *Othello*," *Shakespeare Studies* 5(1970), pp.124-140.

Fanon, Frantz, *Black Skin, White Masks*(1952), Charles Lam Markmann(trans.),

New York: Grove Weidenfeld, 1967.

———, *The Wretched of the Earth*(1961), Constance Farrinton(trans.), New York: Grove Weidenfeld, 1968.

Fawcett, Mary L., "Arms/Words/Teras: Language and the Body in *Titus Andronicus*," *English Language History* 50:2(1983), pp.261-277.

Felperin, Howard, *Shakespearean Romance*, Princeton: Princeton University Press, 1972.

Ferguson, Margaret, "Juggling the Categories of Race, Class, and Gender: Aphra Behn's *Oroonoko*," *Women, 'Race', and Writing in the Early Modern Period*, Margo Hendricks and Patricia Parker(eds.), London: Routledge, 1994, pp.209-224.

Fish, Stanley, *Is There a Text in this Class?: The Authority of Interpretive Communities*, Cambridge: Harvard University Press, 1980.

Flecknoe, Richard, "Discourse of the English Stage"(1664). *Critical Essays of the Seventeenth Century*, vol.2, J.E. Spingarn(ed.), Bloomington: Indiana University Press, 1963, pp.90-96.

Floyd-Wilson, Mary, *English Ethnicity and Race in Early Modern Drama*, Cambridge: Cambridge University Press, 2003.

Foyster, Elizabeth, *Manhood in Early Modern England: Honour, Sex, and Marriage*, Harlow: Longman, 1999.

Frye, Northrop, *Anatomy of Criticism: Four Essays*, Princeton: Princeton University Press, 1957.

———, *A Natural Perspective: The Development of Shakespearean Comedy and Romance*, New York: Columbia University Press, 1965.

Furtado, Peter, "National Pride in Seventeenth-Century England." *Patriotism: The Making and Unmaking of British National Identity*, vol.1, Raphael Samuel(ed.), London: Routledge, 1989, pp.44-56.

Gabero, Maria Del Sapio(ed.), *Identity, Otherness, and Empire in Shakespeare's Rome*, London: Routledge, 2016.

Garber, Marjorie, *Shakespeare After All*, New York: Anchor, 2004.

Gates, Jr., Henry Louis, "Critical Fanonism," *Rethinking Fanon: The Continuing Dialogue*, Nigel C. Gibson(ed.), New York: Humanity Books, 1999, pp.251-268.

Gellner, Earnest, *Thought and Change*, London: Weidenfeld and Nicholson, 1964.

Gerard, Albert, "'Egregiously an Ass': The Dark Side of the Moor. A View of Othello's Mind," *Shakespeare Survey* 10(1957), pp.98-106.

Gilles, John, *Shakespeare and the Geography of Difference*, Cambridge: Cambridge University Press, 1994.

Gillingham, John, "Images of Ireland 1170-1600: The Origins of English Imperialism," *History Today* 37:2(1987), pp.16-22.

Gilroy, Paul, *'There Ain't No Black in the Union Jack': The Cultural Politics of Race and Nation*, Chicago: The University of Chicago Press, 1991.

Grady, Hugh, *Shakespeare, Machiavelli, and Montaigne: Power and Subjectivity from 'Richard II' to 'Hamlet,'* Oxford: Oxford University Press, 2002.

Greenblatt, Stephen, *Hamlet in Purgatory*, Princeton: Princeton University Press, 2013.

──, *Learning to Curse: Essays in Early Modern Culture*, Routledge: New York, 1990.

──, *Marvelous Possessions: The Wonder of the New World*, Chicago: The University of Chicago Press, 1991.

──, *Renaissance Self-Fashioning: From More to Shakespeare*. Chicago: The University of Chicago Press, 1980.

──, *Shakespearean Negotiations: The Circulation of Social Energy in Renaissance England*, Berkeley: University of California Press, 1988.

──, *Will in the World: How Shakespeare Became Shakespeare*. New York: W.W. Norton, 2004.

Griffin, Eric J., *English Renaissance Drama and the Specter of Spain*, Philadelphia: University of Pennsylvania Press, 2009.

Griffin, Susan, "The Sacrificial Lamb," *Racism and Sexism: An Integrated Study*, Paula S. Rothenberg(ed.), New York: St. Martin's, 1988, pp.296-305.

Griffiths, Huw, "The Geographies of Shakespeare's *Cymbeline,*" *English Literary Renaissance* 34(Fall 2004), pp.339-358.

Grogan, Jane, "'Headless Rome' and Hungary Goths: Herodotus and *Titus Andronicus,*" *English Literary Renaissance* 43(Winter 2013), pp.30-61.

Hadfield, Andrew, *Shakespeare and Republicanism*. Cambridge: Cambridge University Press, 2005.

Hadot, Pierre, *What Is Ancient Philosophy?* Michael Chase(trans.), Cambridge: Harvard University Press, 2002.

Hall. Kim F., *Things of Darkness: Economics of Race and Gender in Early Modern England,* Ithaca: Cornell University Press, 1995.

Hallet, Judith P. and Marilyn B. Skinner(eds.), *Roman Sexualities*. Princeton: Princeton University Press, 1997.

Halpern, Richard, *Shakespeare Among the Moderns,* Ithaca: Cornell University Press, 1997.

Hamilton, A.C., *The Early Shakespeare,* San Marino: The Huntington Library, 1967.

Harmon, A.G., *Eternal Bonds, True Contracts: Law and Nature in Shakespeare's Problem Plays.* Albany: SUNY Press, 2004.

Hansen, William F., *Ariadne's Thread: A Guide to International Tales Found in Classical Literature,* Ithaca: Cornell University Press, 2002, p.385.

Hawkes, Terence, *Meaning by Shakespeare,* London: Routledge, 1992.

Hazlitt, William, *Characters of Shakespeare's Plays*(1817), New York: Wiley and Putnam, 1845, Harvard University Digital Library.

Healy, Thomas, "Past and Present Shakespeares: Shakespearean Appropriations in Europe," *Shakespeare and National Culture,* John Joughin(ed.), Manchester: Manchester University Press, 1997, pp.206-232.

Hechter, Michael, *Internal Colonialism: The Celtic Fringe in British National Development,* London: Routledge, 1998.

Heilman, Robert B., *Magic in the Web: Action and Language in 'Othello,'* Lexington: University of Kentucky Press, 1956.

Heinze, Eric, "Imperialism and Nationalism in Early Modernity: The

'Cosmopolitan' and the 'Provincial' in Shakespeare's *Cymbeline*," *Social and Legal Studies* 18(2009), pp.373-396.

Helgerson, Richard, *Forms of Nationhood: The Elizabethan Writing of England*, Chicago: The University of Chicago Press, 1992.

Helms, Lorraine, " 'The High Roman Fashion': Sacrifice, Suicide, and the Shakespearean Stage," *PMLA* 107(1992), pp.554-565.

Hendricks, Margo, " 'Obscured by Dreams': Race, Empire, and Shakespeare's *A Midsummer Night's Dream*," *Shakespeare Quarterly* 47:1(Spring 1996), pp.37-60.

Heywood, Thomas, *An Apology for Actors*(1612), Elibron Classics, Adamant Media Corporation, 2005.

Hill, Christopher, "The English Revolution and Patriotism," *Patriotism: The Making and Unmaking of British National Identity*, vol.1, Raphael Samuel(ed.), London: Routledge, 1989, pp.159-168.

Hodgdon, Barbara, *The End Crowns All: Closure and Contradiction in Shakespeare's Histories*, Princeton: Princeton University Press, 1991.

Holderness, Graham, *Cultural Shakespeare: Essays in the Shakespeare Myth*, Hartfield: University of Hertfordshire Press, 2001.

————, *The Shakespeare Myth*, Manchester: Manchester University Press, 1988.

————, *Shakespeare and Venice*, London: Routledge, 2016.

Howard, Jean, and Marion O'Connor, *Shakespeare Reproduced: The Text in History and Ideology*, London: Methuen, 1987.

Howard, Jean, and Phyllis Rackin, *Engendering a Nation: A Feminist Account of Shakespeare's English Histories*, London: Routledge, 1997.

Howard, Jean, and Scott Cutler Shershow(eds.), *Marxist Shakespeares*, London: Routledge, 2001.

Huffman, Clifford, "*Titus Andronicus*: Metamorphosis and Renewal," *Modern Language Review* 67:4(1972), pp.730-741.

Hulme, Peter, *Colonial Encounters: Europe and the Native Caribbean, 1492-1797*, London: Methuen, 1986.

Innes, Paul, *Shakespeare's Roman Plays*, London: Palgrave, 2015.

Jameson, Fredric, *The Political Unconsciousness: Narrative as a Socially Symbolic Act*, Ithaca: Cornell University Press, 1981.

Jay, Martin, *Downcast Eyes: The Denigration of Vision in Twentieth-Century French Thought*, Berkeley: University of California Press, 1993.

Johnson, David, *Shakespeare and South Africa*, Oxford: Clarendon, 1996.

Johnson, Samuel, "Preface to Shakespeare"(1765), *Critical Theory Since Plato*, Hazard Adams(ed.), New York: Harcourt Brace Jovanovich, 1971, pp.329-336.

———, "Preface to Shakespeare," *The Yale Edition of the Works of Samuel Johnson*, vol.7, Arthur Sherbo(ed.), New Haven: Yale University Press, 1968, pp.59-113.

———, "Rasselas"(1759), *Critical Theory Since Plato*, Hazard Adams(ed.), New York: Harcourt Brace Jovanovich, 1971, pp.327-328.

Jones, Eldred, *Othello's Countrymen: The African in English Renaissance Drama*, London: Oxford University Press, 1965.

Jordan, Jennifer, " 'To Make a Man without Reason': Examining Manhood and Manliness in Early Modern England," *What is Masculinity?: Historical Dynamics from Antiquity to the Contemporary World*, John H. Arnold and Sean Brady(eds.), London: Palgrave Macmillan, 2011, pp.245-262.

Joughin, John(ed.), *Shakespeare and National Culture*. Manchester: Manchester University Press, 1997.

Kahn, Coppélia, *Roman Shakespeare: Warriors, Wounds, and Women*, London: Routledge, 1997.

Kamps, Ivo(ed.), *Materialist Shakespeare: A History*, London: Verso, 1995.

Kastan, David Scott, *Shakespeare and the Book*, Cambridge: Cambridge University Press, 2001.

Kavanagh, James, "Shakespeare in Ideology," *Alternative Shakespeares*, John Drakakis(ed.), London: Methuen, 1985, pp.146-168.

Kelley, Joan, "Did Women Have a Renaissance?" *Women, History, and Theory: The*

Essays of Joan Kelley, Chicago: The University of Chicago Press, 1984, pp.19-50.

Kerrigan, John, *Archipelagic English: Literature, History, and Politics 1603-1707*, Oxford: Oxford University Press, 2008.

Kimmel, Michael, "The 'Crisis' of Masculinity in Seventeenth-Century England," Stefan Horlacher(ed.), *Constructions of Masculinities in British Literature from the Middle Ages to the Present*, London: Palgrave Macmillan, 2011, pp.89-108.

King, Ros, *Cymbeline: Constructions of Britain*, Aldershot: Ashgate, 2005.

Kittredge, George L., "The Man Shakespeare," *Shakespeare Association Bulletin* 11(1936), pp.170-174.

Knapp, Jeffrey, *An Empire Nowhere: England, America, and Literature from 'Utopia' to 'The Tempest,'* Berkeley: University of California Press, 1992.

Knight, G. Wilson, *The Imperial Theme: Further Interpretations of Shakespeare's Tragedies Including the Roman Plays*, London: Methuen, 1951.

———, *The Wheel of Fire: Interpretations of Shakespearean Tragedy*(1930), London: Methuen, 1965.

Kott, Jan, *Shakespeare Our Contemporary*(1964), New York: W.W. Norton & Company, 1974.

Kuzner, James, "Unbuilding the City: *Coriolanus* and the Birth of Republican Rome," *Shakespeare Quarterly* 58(Summer 2007), pp.174-199.

LaCapra, Dominick, *Rethinking Intellectual History: Texts, Contexts, Language*, Ithaca: Cornell University Press, 1983.

Leavis, F. R., "Diabolic Intellect and the Noble Hero, or the Sentimentalist's Othello," *The Common Pursuit*, London: Chatto & Windus, 1962.

Lenman, Bruce, *England's Colonial Wars, 1550-1688: Conflicts, Empire and National Identity*, New York: Longman, 2001.

Lentricchia, Frank, and Thomas McLaughlin(eds.), *Critical Terms for Literary Studies*, Chicago: The University of Chicago Press, 1990.

Lerner, Lawrence, "The Machiavel and The Moor," *Essays in Criticism* 9:4(1959), pp.339-360.

Leventen, Carol, "Patrimony and Patriarchy in *The Merchant of Venice*," *The Matter of Difference: Materialist Feminist Criticism of Shakespeare*, Valerie Wayne (ed.), Ithaca: Cornell University Press, 1991, pp.57-79.

Levin, Harry, *The Myths of the Golden Age in the Renaissance*, Bloomington: Indiana University Press, 1969.

————, *Shakespeare and the Revolution of the Times: Perspectives and Commentaries*, Oxford: Oxford University Press, 1976.

Levy, Eric P., *'Hamlet' and the Rethinking of Man*, Madison: Fairleigh Dickinson University Press, 2008.

Liebler, Naomi Conn, *Shakespeare's Festive Tragedy: The Ritual Foundations of Genre*, London: Routledge, 1995.

Little, Jr., Arthur, "The Rites of Queer Marriage in *The Merchant of Venice*," *Shakesqueer: A Queer Companion to the Complete Works of Shakespeare*, Madhavi Menon (ed.), Durham: Duke University Press, 2011, pp.216-224.

————, *Shakespeare Jungle Fever: National-Imperial Revisions of Race, Rape, and Sacrifice*, Cambridge: Cambridge University Press, 2001.

Loftis, John, *The Politics of Drama in Augustan England*, Oxford: Clarendon Press, 1963.

Loomba, Ania, " 'Delicious Traffick': Racial and Religious Difference on Early Modern Stages," *Shakespeare and Race*, Catherine Alexander and Staley Wells (eds.), Cambridge: Cambridge University Press, 2000, pp.203-224.

————, *Gender, Race, Renaissance Drama*, Manchester: Manchester University Press, 1989.

————, "The Great Indian Vanishing Trick: Colonialism, Property, and the Family in *A Midsummer Night's Dream*," *A Feminist Companion to Shakespeare*, Dympna Callaghan (ed.), Oxford: Wiley Blackwell, 2016, pp.181-205.

————, *Shakespeare, Race, and Colonialism*, Oxford: Oxford University Press, 2002.

————, and Martin Orkin(eds.), *Postcolonial Shakespeares*, London: Routledge, 1998.

Lukács, Georg, *History and Class Consciousness: Studies in Marxist Dialectics*(1968), Rodney Livingstone(trans.), Cambridge: The MIT Press, 1988.

Lyotard, Jean-François Lyotard, *Heidegger and 'The Jews'*(1988), Andreas Michael and Mark Roberts(trans.), Minneapolis: University of Minnesota Press, 1990.

Maley, Willy, " 'This Sceptred Isle': Shakespeare and the British Problem," *Shakespeare and National Culture*, John J. Joughin(ed.), Manchester: Manchester University Press, 1997, pp.83-108.

Mannoni, Octave, *Prospero and Caliban: The Psychology of Colonialization*(1950), Pamela Powesland(trans.), Ann Arbor: The University of Michigan Press, 1990.

Marcus, Leah, *Puzzling Shakespeare: Local Reading and Its Discontents*, Berkeley: University of California Press, 1988.

————, "The Shakespearean Editor as Shrew-Tamer," *Shakespeare and Gender: A History*, Deborah E. Barker and Ivo Kamps(eds.), London: Verso, 1995, pp.214-234.

Marshall, Cynthia, "Man of Steel Done Got the Blues: Melancholic Subversion of Presence in *Antony and Cleopatra*," *Shakespeare Quarterly* 44:4(Winter 1993), pp.385-408.

Martin, Randall, "Introduction," *Women Writers in Renaissance England: An Annotated Anthology*(1997), Randall Martin(ed.), New York: Routledge, 2014, pp.1-12.

————, *Shakespeare and Ecology*, Oxford: Oxford University Press, 2015.

Marx, Karl "On the Jewish Question"(1843), *The Marx-Engels Reader*, Robert C. Tucker(ed.), New York: W.W.Norton & Company, 1978, pp.26-52.

————, and Friedrich Engels, "Manifesto of the Communist Party"(1848), *The Marx-Engels Reader*, Robert C. Tucker(ed.), New York: W.W.Norton & Company, 1978, pp.473-500.

Matar, Nabil, *Turks, Moors, and Englishmen in the Age of Discovery*, New York:

Columbia University Press, 1999.

McElroy, Bernard, *Shakespeare's Mature Tragedies*, Princeton: Princeton University Press, 1973.

McNabb, Cameron Hunt, "Shakespeare's Semiotics and the Problem of Falstaff," *Studies in Philology* 113:2(2016), pp.337–357.

Memmi, Albert, *Racism*(1982), Steve Martinot(trans.), Minneapolis: University of Minnesota Press, 2000.

Mignolo, Walter D., "Delinking: The Rhetoric of Modernity, the Logic of Coloniality, and the Grammar of De-coloniality," *Cultural Studies* 21:2–3(2007), pp.449–514.

———, *The Darker Side of the Renaissance: Literacy, Territoriality, and Colonization*, Ann Arbor: The University of Michigan Press, 1995.

———, *The Darker Side of Western Modernity: Global Futures, Decolonial Options*, Durham: Duke University Press, 2011, pp.3–6.

Mikalachki, Jodi, "The Masculine Romance of Roman Britain: *Cymbeline* and Early Modern English Nationalism," *Shakespeare Quarterly* 46.3(1995), pp.301–322.

Miles, Gary B., "How Roman Are Shakespeare's 'Roman'?" *Shakespeare Quarterly* 40:3(Fall 1989), pp.257–283.

Miles, Geoffrey, *Shakespeare and the Constant Romans*, Oxford: Clarendon, 1996.

Miola, Robert S., *Shakespeare's Rome*, Cambridge: Cambridge University Press, 2004.

Montaigne, Michel de., "Of Cannibals," *The Complete Essays of Montaigne*, Donald M. Frame(trans.), Stanford: Stanford University Press, 1965, pp.150–159.

Montrose, Louis, *The Purpose of Playing: Shakespeare and the Cultural Politics of the Elizabethan Theater*, Chicago: The University of Chicago Press, 1996.

Mottram, Stewart, *Empire and Nation in Early English Renaissance Literature*, Cambridge: D.S. Brewer, 2008.

Murphy, G.H., "Shakespeare and the Ordinary Man," *Dalhousie Review* 25(1935), pp.161–173.

Narasimhaiah, C.D.(ed.), *Shakespeare Came to India*, Bombay: Popular Prakashan, 1964.

Neely, Carol Thomas, *Broken Nuptials in Shakespeare's Plays*, New Haven: Yale University Press, 1985.

Neil, Michael, *Putting History to the Question: Power, Politics, and Society in English Renaissance Drama*, New York: Columbia University Press, 2000.

————, "Unproper Beds: Race, Adultery, and the Hideous in *Othello*," *Shakespeare Quarterly* 40(Winter 1989), pp.383-412.

Nelson, T.G.A., and Charles Haines, "Othello's Unconsummated Marriage," *Essays in Criticism* 33:1(1983), pp.1-8.

Newman, Karen, "And Wash the Ethiop White: Femininity and the Monstrous in *Othello*," *Shakespeare Reproduced: The Text in History and Ideology*, Jean E. Howard and Marion F. O'Connor(eds.), London: Methuen, 1987, pp.143-162.

Ngũgĩ wa Thiong'o, *Decolonizing the Mind: The Politics of Language in African Language*, London: James Curry, 1986.

————, *Globalectics: Theory and the Politics of Knowing*, New York: Columbia University Press, 2012.

————, *Homecoming: Essays on African and Caribbean Literature, Culture, and Politics*, London: Heinemann, 1972.

————, "Literature and Society: The Politics of the Canon," *Writers in Politics: A Re-engagement with Issues of Literature and Society*, Oxford: James Currey, 1997, pp.3-27.

————, *Moving the Center: The Struggle for Cultural Freedoms*, Oxford: James Currey, 1993.

Novy, Marianne, *Shakespeare and Outsiders*, Oxford University Press, 2013.

Oakley-Brown, Liz, "*Titus Andronicus* and the Cultural Politics of Translation in Early Modern England," *Renaissance Studies* 19:3(2005), pp.325-347.

Orkin, Martin, "Othello and the 'Plain Face' of Racism," *Shakespeare Quarterly* 38 (Summer 1987), pp.166-188.

———, *Shakespeare against Apartheid*, Craighall: Ad Donker Publishers, 1987.

O'Rourke, James L., "Racism and Homophobia in *The Merchant of Venice*," *ELH* 70(Summer 2003), pp.375–397.

Parker, Patricia A., *Inescapable Romance: Studies in the Poetics of a Mode*, Princeton: Princeton University Press, 1979.

Patterson, Annabel, *Shakespeare and the Popular Voice*, Cambridge: Basil Blackwell, 1989.

Pfister, Manfred, "Acting the Roman: *Coriolanus*," *Identity, Otherness and Empire in Shakespeare's Rome*, Maria Del Sapio Garbero(ed.), London: Routledge, 2016, pp.35–47.

Pitkin, Hanna F., *Fortune is a Woman: Gender and Politics in the Thought of Niccolò Machiavelli*, Berkeley: University of California Press, 1984.

Pope, Alexander, "The Preface of the Editor to The Works of William Shakespear," *The Prose Works of Alexander Pope: The Major Works, 1725-1744*, vol.2, Rosemary Cowler(ed.), North Haven: Archon Books, 1986.

Quijano, Aníbal, "Coloniality and Modernity/Rationality," *Cultural Studies* 21:2–3(2007), pp. 168–178.

Rackin, Phyllis, *Stages of History: Shakespeare's English Chronicles*, Ithaca: Cornell University Press, 1990.

Raman, Shankar, *Framing India: The Colonial Imaginary in Early Modern Culture*, Stanford: Stanford University, 2001.

Randall, Martin, *Shakespeare and Ecology*, Oxford: Oxford University Press, 2015.

Rappaport, Steve, *Worlds within Worlds: Structures of Life in Sixteenth-Century London*, Cambridge: Cambridge University Press, 2002.

Raut, Tanuj, "Interview with Professor Ngũgĩ wa Thiong'o," Rianna Walcott(ed.),https://projectmyopia.com/interview-with-professor-ngugi-wa-thiongo/, December 11, 2017.

Rebhorn, Wayne, "The Crisis of Aristocracy in *Julius Caesar*," *Julius Caesar: Contemporary Critical Essays*, Richard Wilson(ed.), Basingstroke: Palgrave, 2002, pp.29–54.

Regehr, Kaitlyn and Cheryl Regher, "Let Them Satisfy Thus Lust on Thee:
Titus Andronicus as Window into Societal Views of Rape and PTSD,"
Traumatology 18:2(2012), pp.27-34.

Rhymer, Thomas, "A Short View of Tragedy"(1693), *Shakespeare: The Critical Heritage*, vol.2, 1693-1733, Brian Vickers(ed.), London: Routledge & Kegan Paul, 1974, pp.25-59.

Ribner, Irving Ribner, *The English History Play in the Age of Shakespeare*, Princeton: Princeton University Press, 1957.

Rose, Jaegueline, "Hamlet-the Mona Lisa of Literature," *Shakespeare and Gender: A History*, Deborah E. Barker and Ivo Kamps(des.), London: Verso, 1995, pp.104-119.

Ryan, Kiernan, *Shakespeare's Comedies*, London, Palgrave Macmillan, 2009.

Said, Edward W., *Culture and Imperialism*, New York: Alfred A. Knopf, 1993.

──────, *Orientalism*, New York: Vintage Books, 1978.

Sale, Carolyn, "Black Aeneas: Race, English Literary History, and the 'Barbarous' Poetics of *Titus Andronicus*," *Shakespeare Quarterly* 62(Spring 2011), pp.25-52.

Sanchez, Melissa E., *Shakespeare and Queer Theory*, London: The Arden Shakespeare, 2019, p.122.

Sander, Eve Rachele, "The Body of the Actor in *Coriolanus*," *Shakespeare Quarterly* 57(Winter 2006), pp.387-412.

Scammell, G.V., *The First Imperial Age: European Overseas Expansion c. 1400-1715*, London: Harper Collins Academic, 1989.

Schneider, Elizabeth(ed.), *Coleridge: Selected Poetry and Prose*, New York: Holt, 1966.

Schrift, Alan D., *Nietzsche's French Legacy: A Genealogy of Poststructuralism*, New York: Routledge, 1995.

Schwyzer, Philip, *Literature, Nationalism, and Memory in Early Modern England and Wales*, Cambridge: Cambridge University Press, 2004.

Sedgwick, Eve Korofsky, *Between Men: English Literature and male Homosocial Desire*, New York: Columbia University Press, 1983.

Shapiro, James, *Shakespeare and the Jews*, New York: Columbia University Press, 1996.

Shepard, Alexandra, *Meanings of Manhood in Early Modern England*, Oxford: Oxford University Press, 2003.

Showalter, Elaine, "Representing Ophelia: women, madness, and the responsibilities of beminist criticism," Patricia Parker and Geoffrey Hartman (eds.), *Shakespeare and the Question of Theory*, New York: Methuen, 1985, pp.77-94.

Shurbanov, Alexander, and Boika Sokolova, *Painting Shakespeare Red: An East-European Appropriation*, Madison, New Jersey: Fairleigh Dickson University Press, 2001.

Simmons, J.L., "Masculine Negotiations in Shakespeare's History Plays: Hal, Hotspur, and 'the Foolish Mortimer'," *Shakespeare Quarterly* 44(1993), pp.440-463.

——, *Shakespeare's Pagan World: The Roman Tragedies*, Charlottesville: University Press of Virginia, 1973.

Sinfield, Alan, *Faultlines: Cultural Materialism and the Politics of Dissident Reading*, Berkeley: University of California Press, 1992.

Singh, Jyotsna, *Shakespeare and Postcolonial Theory*, London: The Arden Shakespeare, 2019.

Skinner, Marilyn, "Introduction," *Roman Sexualities*, Judith Hallettand Marilyn Skinner (eds.), Princeton: Princeton University Press, 1997, pp.3-25.

Smith, Bruce, *Shakespeare and Masculinity*, Oxford: Oxford University Press, 2000.

Sommers, Alan, "Wilderness of Tigers: Structure and Symbolism in *Titus Andronicus*," *Essays in Criticism* 10(1960), pp.275-289.

Spencer, Terence J.B., "Shakespeare and the Elizabethan Romans," *Shakespeare Survey* 10(1957), pp.27-38.

Spencer, Theodore, *Shakespeare and the Nature of Man*, New York: Macmillan, 1942.

Spiller, Elizabeth, *Reading and the History of Race in the Renaissance*, Cambridge: Cambridge University Press, 2011.

Stallybrass, Peter, "Patriarchal Territories: The Body Enclosed," *Rewriting the Renaissance: The Discourses of Sexual Difference in Early Modern Europe*, Margaret W. Fergusson, Maureen Quilligan, and Nancy J. Vickers(eds.), Chicago: The University of Chicago Press, 1986, pp.123-142.

―――, and Allon White, *The Politics and Poetics of Transgression*, Ithaca: Cornell University Press, 1986.

Stoll, Elmer Edgar, *Hamlet the Man*, Oxford: Oxford University Press, 1935.

―――, "Othello the Man," *Shakespeare Association Bulletin* 9(1934), pp.111-124.

Stone, Lawrence, *The Crisis of Aristocracy, 1558-1641*, Oxford: Clarenden Press, 1965.

―――, *The Family, Sex and Marriage in England 1500-1800*, New York: Harper & Row, 1977.

Suzuki, Mihiko, "Gender, Class, and the Ideology of Comic Form: *Much Ado about Nothing* and *Twelfth Night*," A Feminist Companion to *Shakespeare*, Dympna Callaghan(ed.), Oxford: Wiley Blackwell, 2016, pp.139-161.

Taylor, Gary, *Reinventing Shakespeare: A Cultural History from the Restoration to the Present*, London: The Hogarth, 1990.

Tillyard, E.M.W., *Shakespeare's History Plays*, London: Chatto and Windus, 1943.

―――, *Shakespeare's Problem Plays*, London: Chatto & Windus, 1950.

Tokson, Elliot H., *The Popular Image of the Black Man in English Drama, 1550-1688*, Boston: G.K. Hall and Company, 1982.

Traub, Valeri, *Desire and Anxiety: Circulations of Sexuality in Shakespearean Drama*, London: Routledge, 1992.

Underdown, D.E., "The Taming of the Scold: The Enforcement of Patriarchal Authority in Early Modern England," *Order and Disorder in Early Modern England*, Anthony Fletcher and John Stevenson(eds.), Cambridge: Cambridge University Press, 1985, pp.116-136.

Vaughan, Virginia Mason, *Performing Blackness on English Stage, 1500-1800*, Cambridge: Cambridge University Press, 2005.

Viswanathan, Gauri, *Masks of Conquest: Literary Study and British Rule in India*, New

York: Columbia University Press, 1989.

Vitkus, Daniel, *Turning Turk: English Theater and the Multicultural Mediterranean, 1570-1630*, New York: Palgrave Macmillan, 2003.

Yates, Frances A., *Astraea: The Imperial Theme in the Sixteenth Century*, London: Routledge & K.P. Paul, 1975.

Wallerstein, Immanuel, *The Modern World-System I: Capitalist Agriculture and the Origin of the European World-Economy in the Sixteenth Century*, Berkeley: University of California Press, 1974.

Walters, Jonathan, "Invading the Roman Body: Manliness and Impenetrability in Roman Thought," *Roman Sexualities*, Judith P. Hallett and Marilyn B. Skinner(eds.), Princeton: Princeton University Press, 1997, pp.29-43.

Weimann, Robert, *Shakespeare and the Popular Tradition in the Theater: Studies in the Social Dimension of Dramatic Form and Function*, Baltimore: The Johns Hopkins University Press, 1978.

Wells, Robin Headlam, *Shakespeare on Masculinity*, Cambridge: Cambridge University Press, 2001.

West, Grace Starry, "Going by the Book: Classical Allusions in Shakespeare's *Titus Andronicus*," *Studies in Philology* 79:1 (Spring 1982), pp.62-77.

White, Hayden, "Introduction: Historical Fiction, Fictional History, and Historical Reality," *Rethinking History* 9:2-3(2005), pp.147-157.

———, *Metahistory: The Historical Imagination in Nineteenth-Century Europe*, Baltimore: The Johns Hopkins University Press, 1973.

———, *Tropics of Discourse: Essays in Cultural Criticism*, Baltimore: The Johns Hopkins University Press, 1978.

Wilbern, David, "Rape and Revenge in *Titus Andronicus*," *English Literary Renaissance* 8:2(Spring 1978), pp.159-182.

Wilson-Lee, Edward, *Shakespeare in Swahililand: In Search of a Global Poet*, New York: Farrar, Straus and Giroux, 2016.

Woolf, Virginia. *A Room of One's Own and Three Guineas*, Oxford World's Classics, Morag Shiach(ed.), Oxford: Oxford University Press, 2000.

Wordsworth, William, "Preface to the Second Edition of *Lyrical Ballads*" (1800), *Critical Theory Since Plato*, Hazard Adams (ed.), New York: Harcourt Brace Jovanovich, 1971, pp.433–443.

찾아보기

■ 인물

제국의 정전 셰익스피어

'이방인'이 본 '민족시인'의 근대성과 식민성

지은이 이경원
펴낸이 김언호

펴낸곳 (주)도서출판 한길사
등록 1976년 12월 24일
주소 10881 경기도 파주시 광인사길 37
홈페이지 www.hangilsa.co.kr
전자우편 hangilsa@hangilsa.co.kr
전화 031-955-2000~3 **팩스** 031-955-2005

부사장 박관순 **총괄이사** 김서영 **관리이사** 곽명호
영업이사 이경호 **경영이사** 김관영 **편집주간** 백은숙
편집 김지수 노유연 김지연 김대일 최현경 김영길
관리 이주환 문주상 이희문 원선아 이진아 **마케팅** 정아린
디자인 창포 031-955-2097
CTP출력·인쇄 예림 **제본** 경일제책사

제1판 제1쇄 2021년 8월 31일

값 48,000원

ISBN 978-89-356-6015-5 93840

● 잘못 만들어진 책은 구입하신 서점에서 바꿔드립니다.
● 이 저서는 2016년 한국연구재단의 지원을 받아 수행된 연구입니다(NRF-2016S1A6A4A01018607).